魏武风云

上

禹　庆◉著

团结出版社

图书在版编目（CIP）数据

魏武风云 / 崔禹庆著 . -- 北京 : 团结出版社 ,
2025. 1. -- ISBN 978-7-5234-1498-9

Ⅰ . I247.5

中国国家版本馆 CIP 数据核字第 20245WZ539 号

责任编辑：石　晶
封面设计：安　吉

出　　版：团结出版社
　　　　　（北京市东城区东皇城根南街 84 号　邮编：100006）
电　　话：（010）65228880 65244790
网　　址：http://www.tjpress.com
E-mail：65244790@163.com
经　　销：全国新华书店
印　　装：武汉鑫佳捷印务有限公司

开　　本：170mm×240mm　16 开
印　　张：71　　　　　　　　　字　　数：1158 千字
版　　次：2025 年 1 月 第 1 版　　印　　次：2025 年 1 月 第 1 次印刷

书　　号：978-7-5234-1498-9
定　　价：298.00 元（全 3 册）

词曰：

亘古长河浊浪，洪荒大漠飞沙。黄尘漫漫掩无瑕，谁辨清白真假。

猎猎旌旗争竖，声声鼓角厮杀。得失荣辱笑由他，一盏清茶闲话。

——依《中华新韵》调寄《西江月》

第一章

小阿瞒涡河斗蛟龙　曹二叔秋夜写家书

汉桓帝延熹九年（即公元 166 年），秋七月。

豫州沛国谯县。

虽已入秋，但天气还未出伏。俗话说："磨腰日头最毒。"午后偏西的太阳，毫不吝啬地将它的光和热倾泻在大地上。放眼望去，遍野的秋庄稼全都奄拉着叶子，无奈地接受着太阳光的炙烤。只有豆子地里的蝈蝈，这儿一声、那儿一声，此起彼伏，欢快地唱着歌。在这碧绿的秋的海洋里，纵横阡陌的田间小路上，游弋着几个少年——他们大都是总角的年纪，太阳光把他们的脸涂抹得黝黑黝黑的。

这时走在中间的那位个子稍高，年龄明显要大一些的少年，抹了一把脸上的汗水，朝前头骑在马上的少年喊道："阿瞒，你在马上看得清楚，它们落在哪儿了？"骑在马上被唤作"阿瞒"的少年朝前一指，说："就落在那片谷子地和高粱地的搭界处。"说完将背上的弓箭拿下来，朝那位高个少年喊道："夏侯惇，准备弓箭！"又朝跟在马后边的少年喊道："夏侯渊，带上'黑豹'，把那些野鸡赶起来！"

夏侯渊和夏侯惇是同族兄弟，但从他衣服上那几处补丁看，这夏侯渊的家境远没有那位同族哥哥的家境好。此时他脸上蒙着的灰尘，早被汗水冲成了一个大花脸。只见他把脸上的汗水一抹，应道："遵命。"朝身旁的那条大黑狗挥了一下手，顺着谷子地的垄道，朝谷子地和高粱地的交界处跑去。

"扑棱棱"一阵响，几只野鸡"咕——咕——"惊叫着，拼命地扇动着翅膀，从庄稼地里快速地飞起来。只听"嗖——嗖——"两声，两只箭朝飞起的野鸡射去。一只野鸡一头栽了下来，还有一只野鸡翅膀无力地扇了几下，朝前滑了一段，斜落在高粱棵里，其余的刹那间飞得无影无踪。

阿瞒朝后喊道："曹洪、秦邵、丁冲，你们几个快去把野鸡捡回来！"

被唤作曹洪的少年，与阿瞒是同族兄弟。只见他将怀敞着，汗水在他的肚子上冲出了一道道沟，手里拿着一支用木棍自造的戈，招呼一下旁边的小伙伴：
"丁冲，走！"朝先落下的那只野鸡跑去。另一个被唤作秦邵的，看起来是这
群总角少年中年龄最小的一位，他手里拿着一把自制的木枪，枪头上绑着一簇
红樱，走在最后面，这时也应了一声，朝滑落的那个野鸡跑去。不大一会儿工
夫，两只野鸡交到了阿瞒的手里，其中一只还扑棱着翅膀。夏侯惇说："这活
着的一只是我射的，翅膀打坏了。"阿瞒把两只野鸡绑在马鞍上，连先前挂在
马鞍两边的猎物数了数，对小伙伴们说："三只野鸡，一只野兔，还有几只斑鸠，
够吃一顿了。怎么样，收家伙吧？"

夏侯惇将弓箭背好，说："收就收。不过，天还早着呢。"

阿瞒说："天太热了，打得多了也放不住。咱们先到涡河里洗澡，凉快一下，
然后生火烤肉吃。"这一提议立刻得到了全体小伙伴的赞成。阿瞒把手一指："前
方二里地，涡河，堤上小树林！"小伙伴们"嗷嗷"叫着朝阿瞒手指的方向冲去，
阿瞒骑着马冲在最前头。

涡河从西北方向流入谯县境内，在接纳了同方向流过来的惠济河后，直接
向东，在谯县城外又汇入了从北边流过来的大沙河，再向东绕过谯县城，又折
向东南流去。河的堤岸上有一处杂树林，长着大大小小各种各样的树，这里比
较凉爽，是阿瞒和小伙伴们常玩的地方。阿瞒将马鞭朝马屁股上一抽，马跃上
河堤，来到小树林里。阿瞒跳下马，找了一片树荫较浓的地方，把马拴好，然
后把猎物解下来放在地上。这时小伙伴们一个个都喘着粗气，满头大汗跑了过
来。这里是涡河折向东南的河湾处，河道比较宽，内湾的地方有一处沙滩，河
水流速较慢，这里一丛一丛的长着一些芦苇和蒲草。这时阿瞒已经脱光了衣服，
下了堤岸，朝河中跑去，沙滩上留下一串脚印。夏侯惇将弓箭从身上解下来，
丢在地上开始脱衣服。夏侯渊脱完衣服，看曹洪没脱衣服，就催他。曹洪吞吞
吐吐地说："我们还是就在河边洗洗吧，最近常听人说涡河里出了蛟龙，还有
人被吃了。"秦邵和丁冲年龄最小，本就不太会游泳，听曹洪一说，便不敢下河，
只将裤腿挽起，到河边洗洗脸，玩玩水罢了。夏侯渊听了曹洪的话，略迟疑了
一下，夏侯惇说："哪有那么巧，就赶上蛟龙了。再说这都是听说，谁也没见过。"
拉着夏侯渊朝水里跑去，扭头说："你们不下河也行，先和点泥把野鸡、斑鸠
给裹了，兔子皮待会我剥。"听了夏侯惇的话，曹洪只把鞋脱了，在河边和秦邵、
丁冲撩水洗脸，擦身子，准备和泥。

远处，涡河的主航道上不时有各种船只驶过，河湾处阿瞒尽情地享受着戏水的乐趣，只见他一会儿钻个猛子，一会儿仰在水上。夏侯惇和夏侯渊也尽情地在水中嬉戏着。曹洪终于经不住诱惑，决定脱衣服下水，他叮嘱秦邵和丁冲："你们洗完脸先把泥和好……"话未说完，只听夏侯惇喊了一声："蛟龙！"腔调都变了。大家顺着夏侯惇的目光望去，只见阿瞒前方，贴在水面上一个长着长长嘴巴的怪物，在慢慢地朝阿瞒游去。毫无疑问，这是一条鳄鱼。因为鳄鱼只将眼睛露在水面上，谁也看不清这条鳄鱼有多大。夏侯惇和夏侯渊一起朝阿瞒喊道："阿瞒快回来！"一边朝岸上游。秦邵、丁冲吓得愣在那里，曹洪的汗毛全都竖了起来，一个劲儿在岸边喊阿瞒。其实他们心里都很清楚，阿瞒想逃几乎是不可能了。

阿瞒似乎根本没听到他们的呼喊声，只见他全神贯注地面对着那条鳄鱼，两手蜷在胸前。鳄鱼也停止了游动，双方僵持在那儿，时间仿佛凝固了。小伙伴们站在岸边，全都张着嘴，惊恐地朝阿瞒这儿望着，连大气也不敢喘一下，恐怕打破了这恐怖的宁静，诱发了鳄鱼的野性。突然，只见鳄鱼猛地向前一跃，阿瞒双手向前一伸，一股惊涛骇浪从涡河中升起，溅起的水花有一丈多高。曹洪嘴一咧，带着哭腔："妈呀，阿瞒完了！"说完大哭起来。到底夏侯惇年龄大一些，他已游回岸边，哆嗦着说："曹洪，快快告诉你家二叔！"曹洪方才回过神来，根本顾不上穿鞋，连滚带爬，哭着跑到杂树林中解下缰绳，不知哪来的劲儿，一翻身就跨上了比他高得多的马，快速地朝谯县城驰去。

曹洪一边哭一边快马加鞭，来到曹家大门前，高声叫道："二叔，二叔！不好啦，阿瞒，阿瞒——"随着喊声，人已经从马上滚落下来。这时从大门内慌忙跑出一位年近四十的男子，一头雾水地望着曹洪："你慢点说，什么事儿？"曹洪哭着说："你家阿瞒，曹操完——完了。""什么完了？""他让蛟龙给吃了。""啊！"曹二叔嘴张得大大的："在哪儿？"曹洪说："在涡河河湾里。""管家，快，备马！"曹二叔跺着脚在地上转了两圈，"怎么这么慢！"他浑身哆嗦着直骂管家，又瞅了曹洪一眼，突然往自己头上一拍："这不是马，你快带路！"说完将曹洪抱到马上，一翻身跨了上去，两腿一夹，狠命打马朝涡河跑去。

曹二叔脑子里一片空白，怎么出的谯县城，现在飞奔在什么地方，他全然不知，只是下意识地随着曹洪的指引快马加鞭，他只有一个念头："阿瞒真的被蛟龙吃了吗？这下该怎么给哥哥交代？"然而当他们风驰电掣般来到涡河堤岸上那片杂树林时，只见阿瞒坐在地上，背靠一棵树，若无其事地谈笑着，旁边围着的小伙伴全神贯注地听着。

曹二叔疑惑地望了望曹洪，曹洪一脸迷茫的样子望着阿瞒，他们下了马径直朝阿瞒走去。阿瞒一看二叔来了，脸立刻绷住了，站了起来。当他听说曹洪回家找二叔时，就知道这一顿揍今天是少不了的。现在他已经做好了受惩戒的准备。

曹二叔来到阿瞒面前，围着阿瞒转了两圈，上上下下打量好大一会儿，开口道："阿瞒，你碰上蛟龙了？""嗯。"阿瞒点点头。"蛟龙没吃你？""没有。"阿瞒忐忑不安地望着二叔，做好迎接暴风雨般的痛骂和责打。然而出乎阿瞒的意料，曹二叔一把把阿瞒搂在怀里，泪水从眼眶里滚落下来，嘴里喃喃道："小曹操，小阿瞒，你快把我吓死了。"阿瞒感到，二叔的整个身体都是颤抖的。

吃过晚饭，曹二叔摇着扇子来到书房里。他要给他的哥哥曹嵩，也就是小阿瞒的父亲写一封信，谈谈阿瞒这一段的情况，主要是希望哥哥能把阿瞒接走，孩子大了已经不太好管。像今天万一阿瞒被蛟龙伤了，自己怎么向哥哥交代？现在想起来还后怕。说老实话，阿瞒这孩子真不是省油的灯，一天到晚从未见他温习过功课，只要不上学，便和那帮小伙伴们整日飞鹰走狗，游荡无度，真可谓任侠放荡，不务正业。眼看着孩子一天天长大了，将来荒废了学业不说，这万一哪天出点事儿，那可就说不清了。想到这儿他铺开绢帛研好墨，真要落笔的时候，却又不知怎么写好了，只怕哥哥误会了自己。他将笔重新放在笔架上，静静地坐在那儿，摇着扇子，思绪无法平静下来。正是由于与哥哥曹嵩的关系特殊，才让他写信时不得不认真斟酌一番。说到他与哥哥曹嵩的特殊关系，这还要从他们的爷爷说起。

他们的爷爷曹萌，字元伟，待人宽厚仁慈，勤俭持家，日子过得还算可以。唯一不足的是家中常受到一些世族、豪强或明或暗的欺负，同族中那些飞黄腾达的远亲也有点看不起他们家。思前想后，犹豫了很久，才一咬牙，将最聪明性格最温顺的小儿子曹腾，托人送到京都洛阳当了黄门从官——也就是一位小宦官，以期将来有点出息，自己的家也少受人欺负。

小曹腾聪明伶俐，温顺谨慎，汉安帝永宁元年被邓太后选中，陪太子刘保读书。两人很快成了好朋友。太子刘保对曹腾另眼相看，饮食赏赐与众不同。

不久，邓太后崩，安帝的皇后阎姬专房妒忌，用鸩酒毒杀了太子刘保的生母李氏，又将自己的几个兄弟阎显、阎景、阎耀、阎晏等并封为卿校，以阎显为首的外戚，将朝廷大权独揽手中。不久他们又勾结宦官大长秋江京、中常侍樊丰等人诬告太子刘保，刘保被废为济阴王，曹腾仍回到黄门从官任上。

延光四年春，安帝崩。阎皇后因无子嗣，怕济阴王刘保被众公卿立为皇帝，于是与几位兄弟勾结江京、樊丰等人，将济北惠王刘寿的幼子北乡侯刘懿立为皇帝，是为少帝。谁知老天不作美，汉少帝刚被立二百多天，就因病一命呜呼了。因为济阴王刘保一直没回封国，留在洛阳，阎显和江京等人为了不使刘保登上大位，他们秘不发丧，赶快合谋征济北、河间两位王子，谁先到洛阳就立谁为皇帝。阎显等人的所作所为激怒了朝中众人。中黄门孙程联合其他宦官及尚书令刘光等大臣共十九人，斩杀了大长秋江京等人，迎济阴王刘保于德阳殿继皇帝位，是为顺帝。刘保即位后，将外戚阎氏兄弟及党羽尽皆诛杀，迁太后阎姬于离宫。顺帝刘保很快又将曹腾召回身旁，升为小黄门，不久又升为中常侍。

自从曹腾在朝廷逐渐得势后，再也没人敢欺负他们这一门曹家了。州里的刺史、沛国的国相、谯县的县令等官员经常到家里来关照，远亲近邻再也无人冷眼相看。

建康元年秋大，顺帝病逝，梁皇后无子，立虞贵人尚在襁褓中的儿子刘炳为帝，是为冲帝。梁皇后为皇太后。第二年开春，冲帝就病逝于玉堂殿。此时的大将军是皇太后梁妠的哥哥梁冀。兄妹二人策划立肃宗的玄孙、八岁的刘缵为皇帝，是为质帝。

大将军梁冀居职暴恣，骄横异常。质帝年少而聪慧，当着群臣的面怒斥梁冀："此跋扈将军也！"梁冀恼恨在心，用鸩酒和煮饼进质帝，将质帝毒死，然后欲立肃宗的曾孙蠡吾侯刘志为皇帝。而太尉李固欲立清河王刘蒜为帝。二人僵持不下。曹腾虽然认为清河王刘蒜"年长有德"，但太尉李固却对宦官有很深的成见，在朝中对黄门宦官一概排斥。曹腾为了自保，于是决定联合梁冀，立蠡吾侯刘志为皇帝，是为桓帝。桓帝即位后，为感谢曹腾拥立之功，以曹腾是先帝旧臣为由，不但升其为大长秋，坐上了宦官的头把交椅，而且被封为费亭侯，加位特进。

梁冀将刘志立为皇帝后，与其妹梁太后商议，将小妹梁女莹嫁与刘志为皇后。梁冀的两个妹妹分居太后与皇后，梁家前后有七人封侯，夫人、女儿有七人封地称君，子侄娶公主为妻者三人，其余任卿、将、尹、校职务的五十七人，真是权倾朝野，百僚侧目；生杀予夺，威震天下。

皇后梁女莹依仗其姐皇太后梁妠及兄梁冀等的势力，全然不把皇帝放在眼里，生活中极尽奢靡，恣意妄为。因皇后无子，每有宫人孕育，便想法谋害。桓帝迫于太后及大将军梁冀的权威，将怨怒压在心里，丝毫不敢泄露。延熹二年，梁皇后因病崩，桓帝认为机会不可失去，于是在厕所中与宦官、小黄门唐衡密谋，联络与梁冀有仇的中常侍单超、徐璜、具瑗、小黄门左悺等五人，又获取大长秋曹腾的支持，然后密诏尚书令尹勋，持节将各丞郎以下的军队符节收缴中宫，使黄门令具瑗率领厩驺、虎贲、羽林、都侯等将士总计千余人，与司隶校尉张彪等包围梁冀的大将军府，使光禄勋袁盱持节收梁冀大将军印。梁冀夫妻感到大势已去，在府中自杀。桓帝随后将梁冀的儿子河南尹梁胤、叔父屯骑校尉梁让、卫尉梁淑、越骑校尉梁忠、长水校尉梁戟等宗亲逮捕下狱，处以极刑。其他所连及公卿列校刺史二千石官员者处死数十人，故吏宾客罢官、判刑者三百多人，朝廷为之一空。以梁冀为首的外戚集团遭到了毁灭性的打击。

桓帝依靠宦官夺取了胜利，维护了自己的皇权，便论功行赏：封中常侍单超为新丰侯，赐二万户；中常侍徐璜为武原侯，具瑗为东武阳侯，各赐一万五千户，赐钱各一千五百万；左悺升为中常侍，封上蔡侯，唐衡升为中常侍，封汝阳侯，各赐一万三千户，赐钱各一千三百万。五人同日封侯，世人称为"五侯"。又封小黄门刘普、赵忠等八人为乡侯。尤其对大长秋曹腾更是格外敬重。

由于宦官在这次斗争中功劳巨大，于是汉桓帝除封侯外，还特许自大长秋曹腾以下各宦官娶妾养子，袭爵传封，继承家业，传嗣香火。于是各宦官便忙碌起来，纷纷过继养子。这时曹腾的父亲曹萌便做主，将长房长孙曹嵩过继给小儿子曹腾做了养子，自此曹二叔与曹嵩由亲兄弟变为堂兄弟。

自哥哥曹嵩过继给曹腾后，不久便被举为孝廉，到荥阳县当了县令。由于当时正妻——阿瞒的母亲重病在身，身体非常虚弱，便将阿瞒及其母亲留在家中，带着小妾赴任去了。后来曹嵩转任成皋县令，不久又转为洛阳京官，这时阿瞒的母亲病故，曹嵩打算将阿瞒带到洛阳，而小阿瞒沉浸在丧母的悲痛中，小小年纪要为母亲守孝三年，曹嵩只得作罢，暂将阿瞒托与二弟照管。但不久养父曹腾病故，归葬乡里，曹嵩守孝期满，又打算将阿瞒带走，阿瞒执意不愿离开谯县，考虑到后母难处，于是便将在谯县的家产及阿瞒一并托付二弟管理。

正是由于此，小阿瞒才一直留在谯县，由二叔照看。曹二叔想让哥哥曹嵩把阿瞒接走吧，好像自己不愿帮哥哥的忙，故意找借口推脱。继续照看阿瞒吧，这孩子一天比一天大，毕竟不是自己亲生的，说轻了不听，说重了不行。像今天的事情真是万幸，蛟龙居然没吃阿瞒，可以后日子还长着呢，像阿瞒那个天不怕地不怕的劲头，说不定哪天就闹出个事来，到时怎么给哥哥曹嵩说呢。他手中的扇子摇了又摇，笔架上的笔拿起又放下，最后还是决定写封信，无论如何将实情告诉哥哥，至于是否接走阿瞒，就由哥哥决定了。他终于将笔落在绢帛上。

第二章

曹都官书房议党人　众贤士狱中斥宦竖

今天休沐。曹嵩吃过早饭，来到书房，打算整理一些资料。这时小妾——现在已是正妻了，将一封信送了过来，说："刚接到的，谁的信？"曹嵩看了说："老家谯县的。"一听是老家来的，妻子便停在那儿不走了，问："说的什么事？"曹嵩边看边答："二弟说，今年秋庄稼长得不错，待秋后田里的租税收上来就派人送来。还有，阿瞒现在长大了，不太好管，信中虽没明说，还是希望我能回去把他接来洛阳上学。""你打算怎么办？"妻子说着一屁股坐在席上，看样子要与丈夫详谈一番了。

曹嵩沉吟了一下说："原来想他年龄还小，又不愿意跟我们，既然这样就让他在家乡的痒序里读完乡学，然后再设法让县里推荐来洛阳太学里学习。现在二弟管起来有些吃力……"妻子打断他的话说："不行就接到洛阳来吧，让他一个人留在谯县，不知道的人会说是我嫌弃他。"曹嵩说："我就是有心想接他，现在也没时间回去啊！天子刚颁下诏令，凡是党人一律抓捕归案，目前已抓了二百多人了。我身为都官从事，正负责察举百官犯法者，每一个被抓的人我都得察举罪证。"妻子点头认可："这倒也是，听说大名士陈寔也被抓了？"

曹嵩点点头说："被抓的这二百多人，哪一个不是名儒高士，别的不说，你最熟悉的我们司隶校尉部的司隶校尉李膺李元礼，头一个就被抓了，那可是与陈寔齐名的士人啊"？妻子说："真想不到，天子怎么说翻脸就翻脸。"曹嵩"嘘"了一声，示意妻子说话小声点，然后说："都是因为宦官。被抓的这些人，哪一个不是宦官的死对头。就说李膺吧，当初张树任野王县令，贪财无道，欲强夺已有身孕的良家媳妇为己有，人家不从，竟把人家杀了，一尸两命啊。李膺接到举报，要逮捕他。他知道李膺威严，便逃到京师洛阳，藏在他兄长中常侍张让的家中。李膺带人去抓，他躲在大厅中的合柱中，李膺令人砍了合柱，把他揪了出来，抓到监狱，审问属实就把他杀了。张让不依，跑到天子那里告状，天子立刻诏李膺入殿，亲自诘问，为什么不请示就把人杀了。李校尉毫无惧色，大义凛然说：'昔晋文公将卫成公抓到京师惩治，这是《春秋》上记载的。《礼记》中说，公族有罪，执法者也应依法执行。昔孔子为鲁司寇，上任七日而诛少正卯。今臣到官已久，私下里把积压案子当作自己的罪过，总想快速审结案子，没想到这却成了罪过。我诚知有罪，但是请求天子让我再留任五日，将我手中的案子审结完毕，元凶得以正法，然后把我扔到鼎镬里烹煮了，我也毫无怨言。'而他手中的那些案子，大多都是宦官的宗亲们犯下的，你说宦官们能不记恨他吗？"

妻子说："我好像听说过这件事，天子不是支持了李膺吗？劝张让不要再追究此事，李校尉实属无罪。"

曹嵩说："是啊，当时李膺是胜了，并且宦官们自此见到他皆鞠躬屏气，躲着他。可宦官们能忍下这口恶气吗？很快事情就来了。当初李膺任河南尹时，有一个叫张成的是河内人，会占卜算卦，他与宦官关系密切，宦官把他介绍给天子，他把当今天子哄得五迷三倒的。当时张成打听到朝廷准备大赦天下，于是教他的儿子，趁此机会把仇人杀了。李膺把他抓捕入狱，查明事实，虽遇大赦，并不饶恕，还是把他儿子给杀了。张成一直怀恨在心，这次张让等宦官们和张成勾结起来，密谋让张成的弟子牢修上书，诬告李膺等人交结太学里的诸郡生徒，互相驱使，共为朋党，诽讪朝廷，疑乱风俗。于是天子震怒，颁下诏命，各郡国一起逮捕党人。这些昔日与宦官作对的名儒贤士，包括惩办过宦官宗亲的州郡守相，全部被扣上党人的帽子，一起抓了起来。"妻子担心地说："不会牵连到你吧？"曹嵩摇摇头说："不会。因为咱们父亲的缘故，这些宦官以为我是他们一伙的。"妻子说："那你也要当心。"曹嵩说："这个自然。"

妻子想了想，说："我记得咱们父亲在世时可不像这样，他位居大长秋，和士人的关系很融洽，亲自向天子举荐他们。有些公卿大夫很是感恩，至今还念他的好呢。""是啊，要不许多公卿大夫对我很客气。好了，你不要再唠叨了，我这就写回信告诉二弟，让他不要有什么顾虑，对阿瞒一定要严加管教，待我腾出时间就回老家，把阿瞒接来。"听曹嵩如此说，妻子起来去忙自己的事情去了。

这里曹嵩拿了一张蔡侯纸，略一思索，便把因为最近忙，无法回去接阿瞒，还请二弟严加管教，不胜感激等话语，非常恳切地写了下来；随后封好交给下人，拿到驿站发了出去，然后坐下来准备审阅有关党人的资料。

曹嵩刚翻了一下资料，就有下人来禀告说："尚书仆射曹鼎前来拜访。"曹嵩连忙起身就要出门迎接。曹鼎与曹嵩是同族兄弟，也就是前面提到的曹洪的伯父。以前在边郡的侯国任国相，前不久刚调来京城，在朝中尚书台任尚书仆射。曹鼎刚到京城不久，人生地不熟，因此休沐日无处可去，便经常到曹嵩家来。这时曹鼎已经进来了，曹嵩忙让座，令人摆上茶。曹鼎看了一眼曹嵩几案上的资料，说："是有关前司隶校尉李膺的。休沐日也不闲着，在家也忙啊。"说着在另一张几案旁坐了下来。曹嵩笑了笑。曹鼎接着问道："现在天子下令拘捕党人，我久在边关，这党人一事我不是太明白，为何到处都在抓党人，到现在也没抓完。"

曹嵩指着曹鼎几案上的茶，说："你尝一下，这是刚从巴蜀之地进来的茶，是今年春上采的，很好喝。说起党人来，这话可就长了。"曹嵩端起杯，喝了一口茶，清了清嗓子说："当初本朝天子还是蠡吾侯的时候，拜了一个老师受学。这老师是甘陵人，姓周名福，字仲进。蠡吾侯即天子位后，就把他这位老师带到京城任尚书。"曹鼎说："我怎么没见过此人？"曹嵩说："已经在几年前去世了。你想想周福当上尚书，老家的宗族们能不抖起来吗？刚好时任河南尹的房植字伯武与他是同乡，也是有名当朝。周福的家在甘陵县的南部，房植的家在甘陵县的北部。两家宗亲宾客都感到自己一方有势力，互相讥讽，各树朋徒，互不相让。甘陵人传谣说：'天下规矩房伯武，因师获印周仲进。'自此甘陵逐渐形成了南北部两大势力，时人谓之'部党'，党人之议，从此开始。"

曹嵩示意曹鼎喝茶，说："咱们再接着说。范滂这个人你一定听说过。"曹鼎说："大名鼎鼎，这次拘捕党人，被抓的就有他。"曹嵩说："正是。这范滂是汝南人，本在太尉府任掾属。他执法如山，对罪犯绝不姑息，威名当时，因对宦官把持朝政不满，便辞官回乡。时任汝南太守的是南阳人宗资，他感于范滂的威名，诚邀范滂任郡功曹，将一郡政事全部委任给范滂。范滂上任后，对那些巧取豪夺的人，即便是宦室宗亲，查察罪证，一律解职收监，并宣称绝不与这些人同朝共事。与此同时，将那些为人正直，有气节的人举荐提拔，委以重任。所以汝南郡都指范滂所用之人为'范党'。"

曹嵩顿了顿，接着说："还有成瑨，这个人你也一定听说过，这次拘捕党人也把他抓了。他是弘农人，时任南阳太守，他听说本郡岑晊颇受李膺、王畅的赞赏，被他们誉为国家栋梁，于是力邀岑晊为郡功曹，又以张牧为中贼曹吏。

这二人上任后，惩恶扬善，郡治为之一振。这时天子后宫有一个美人是南阳人，他的兄长姓张名汎，勾结宦官在南阳恶霸一方，岑晊与张牧逮捕了张汎及他的宗族宾客，查有罪者皆先斩后奏，这一下触怒了中常侍侯览。这次拘捕党人，成瑨被抓，岑晊和张牧得信后逃跑了。因此汝南和南阳流传着两句话：汝南太守范孟博，南阳宗资主画诺；南阳太守岑公孝，弘农成瑨但坐啸。"

曹鼎点头道："我明白了，意思是汝南实际是范滂在主政，南阳实际是岑晊在主政。这与党人有什么关系呢"？曹嵩说："关键是这两句话很快流传到太学，在三万太学生中流传开来。以郭林宗、贾伟节为首的太学生，不满宦官干预朝政，他们纷纷以范滂和岑晊为楷模，公开评议朝政，高言深论，不隐豪强。李膺、陈蕃、王畅等与郭林宗及太学生们互相褒扬、推崇。太学生中流传着这样的话：天下楷模李元礼，不畏强御陈仲举，天下俊秀王叔茂。一时间士人羞与宦官为伍。这引起了宦官的不满，鼓动牢修向天子告状，诬李膺为党人，顺势推波助澜。天子震怒，颁下诏书，布告天下，逮捕党人。那些逃跑的也不放过，皆悬金购募，四下缉捕。到目前已抓捕二百余人。"

曹鼎叹口气说："照此下去，正直废放，邪枉炽结。朝廷中就没有敢伸张正义的人出来说句话吗？"曹嵩说："怎么没有？据说太尉陈蕃要仗义执言，为党人辩解申冤。"曹鼎说："由太尉亲自出马，为党人申冤，事情或许会有转机。"曹嵩说："也不一定……有关党人的话题还是少议论吧。"曹鼎说："这个我明白。"二人又说了会儿闲话，曹鼎起身告辞。

这日上朝，陈蕃果然上疏极谏："臣闻贤明之君，委心辅佐；亡国之主，讳闻直辞。故汤、武虽圣，而兴于伊吕；桀纣迷惑，亡在失人。由此言之，君为元首，臣为股肱，同体一心，共享成败也。伏见前司隶校尉李膺、太仆杜密、太尉掾范滂等，正身无玷，死心社稷。以忠忤旨，横加考察，拘捕入监，禁锢闭隔，以期杜塞天下之口，聋亡一世之人。与秦焚书坑儒，何以为异？昔武王克殷，表彰封拜功臣；今陛下临政，先诛忠贤，遇善何薄？待恶何优？夫宦竖谗人，巧言如簧，使听之者惑，视之者昏。夫吉凶之效，在于辨识忠奸；成败之机，在于察言。人君者，摄天地之政，秉四海之维，举动不可以违圣法，进退不可以离道规。谬言出口，则乱及八方。何况髡无罪于狱，杀无辜于世乎！又青、徐大旱，五谷不收，百姓流离失所，饥饿难耐。而宦竖宗亲，外戚私门，贪财受贿，所谓'禄去公室，政在大夫。'昔春秋之末，周德衰微，数十年间反复灾眚者，天所弃也。苍天对汉，悲悯不已，故殷勤示变，以使陛下醒悟，除妖去孽，实在修德。臣位列台司，忧责深重，不敢尸禄惜生，坐观成败。如蒙陛下采录，即使吾身首分裂，也毫无怨言。"

朝堂上众公卿闻之无不感动，天子却觉句句刺耳。碍于陈蕃老臣，只好强压怒火，以太尉陈蕃所征辟之人皆失于考察，致使党人充斥太尉府，便将太尉陈蕃罢免，降为尚书令。

天子为免再生事端，怒斥御史台审案不力，要求尽快结案，诏命中常侍王甫到黄门北寺狱，对党人直接拷问，与司隶校尉部互相配合，勘定罪证，及早定案。

黄门北寺狱收押的是部党一案的首要分子。这些党人刚被押来时，狱吏要求他们："你们已是罪犯，在这里每天都要祭拜皋陶。"范滂厉声说："皋陶是一个圣贤的人，他是古代直谏的忠臣。他在天之灵若知我范滂无罪，将会在天子面前为我申冤；若我范滂有罪，祭拜他就没有任何用处！"所有党人听了范滂的话，都不再祭拜。狱吏恼羞成怒，欲对党人严刑拷打。范滂说："同囚之人大都疾病缠身，如动刑，就先从我开始。"同郡袁忠争着说："我身体棒，就先从我开始。"狱中党人在二人的表率下，全都大义凛然，宁死不屈。眼看狱吏们无计可施，王甫领受诏命亲自来审。王甫命狱吏将所有党人带着刑具，押在北寺狱大堂阶下。审讯开始，王甫手拍几案，气势汹汹地问道："你们身为人臣，不思效忠国家，而共附部党，互相褒举，评议朝廷，虚构无端，暗中阴谋，意欲何为？如实招来，不得隐瞒！"

本来范滂、袁忠排在后面，他们挤到前面，范滂应道："我曾听孔子说'见善如不及，见恶如探汤。'要想使自己的品德高尚，就要喜欢追踪那些品德高尚的人，厌恶那些道德恶劣的人，绝不与他们同流合污。凡是对朝廷有利的话，我都愿意听，对朝廷有利的事，我都愿意做，从来没有想过和谁结为部党。"

王甫说："你们互相拔举，结为唇齿，凡有不合你们意见的，你们一概排斥。"

范滂仰天大笑，慷慨陈词："古人追求品德高尚，是为了给自己求得幸福；

今天我追求品德高尚，却深陷大狱，我死之日，愿埋在首阳山旁边，上不负天，下不愧夷、齐。"

面对范滂的冲天豪气，王甫竟为之动容，肃然起敬，出人意料地下令为范滂除去了脚镣手铐，不再问范滂，于是点名叫李膺。李膺拖着脚镣，从人群中挤到前面，昂首挺胸，冷冷地斜视着王甫。面对这传闻天下的名士，王甫心里不由得发虚，他清清嗓子，提高了声音问道："你沽名钓誉，大肆搜罗、容纳宾客，臧否朝政，扰乱朝纲，都有哪些人是你的死党，从实招来！"李膺微微一笑，说："追随我的人那是太多了，你想知道都有谁，那好办，请你准备好笔墨，我全都如实告诉你。"

王甫一听此话，赶快命跟来的小宦官准备笔墨记录。李膺不加思索，开始列举名单："第一名，曹破石，第二名侯虎，第三名朱恭……"李膺越说越快，"共普、张亮、王尊、腾是……"王甫越听越不是滋味——曹破石是中常侍曹节的弟弟，侯虎是中常侍候览的养子，朱恭是长乐五官史朱瑀的养子。共普等人不是宦吏就是中黄门，清一色的宦官和宦官之后。王甫赶快让李膺停下来，李膺不但没住口，反而又故意提高嗓门，说："还有王蒙、王吉。"王甫一听是自己的两个养子，便一拍几案说："你这是胡说八道！"李膺抬起戴着刑具的手，指着王甫说："你就按照我说的名单去调查，他们哪一个不是三番五次带着丰厚的礼物到我门上去拜访，请求拜我为师，我就甘愿受死。"

别的党人见李膺如此说，也都纷纷附和，七嘴八舌抢着说某某宦官及宗亲子弟多次拜访自己，要求收为门徒。这下王甫慌了手脚，将名单从小宦官手里要过来，自己给自己找台阶："我当然要调查，如果胡说八道，一定重重治你们的罪。"说完赶快溜了。

王甫回到宫里，将宦官们召集到一起，给大家一说，全都傻了眼。他们明白，因为李膺、杜密、范滂等人都以声名自高、学问渊博而著称，能与他们这些人拉上关系，身价便会倍增。他们都想攀附风雅，抬高自己的身价，于是亲自拜访这些名士，只是这些名士从来没有正眼瞧过他们。他们又授意宗亲子弟拜访这些名士，投在其门下。李膺说的全是实情。此刻他们面面相觑，不知如何是好。王甫更是没了主意，也无法向天子奏报。

宦官们怕把自己牵连进去，自此不敢过分追查党人，一来二去这事情就拖到了第二年开春。党人们被拘押在各处监狱，既不定罪也不释放。

这时远在汝南郡新息县任县长的贾彪，听说朝中自老太尉陈蕃上诉为党人申冤不成，反被降职，朝中再无人敢奏，便坐不住了。这贾彪本颍川人，少游京师，志节慷慨，与同郡荀爽齐名。他一路颠簸，上京师洛阳，要想办法为党人申冤。贾彪知道自己位卑权轻，便游说公卿大夫上奏天子，替党人申辩。公卿大夫们顾左右而言他，谁也不敢上奏。贾彪无法，又找到城门校尉、当今皇后的父亲、国丈窦武，直接问道："李膺、杜密等人被诬为党人，现在被拘押在监狱，国丈怎么看呢？"

窦武说："这纯粹是阉宦们对他们的诬陷，这些人全是国之栋梁。"看得出窦武也是憋了一肚子气。"那国丈为何不搭救他们？"贾彪再问。窦武摇了摇头："现在天子谁的话也听不进去，完全被宦竖们迷惑住了。"贾彪说："你是国丈，最不应该袖手旁观。汉室江山一旦被这些宦官们整垮了，倒霉的首先是你们外戚家族。因此在这关键时刻，国丈应该仗义执言，力挺忠臣，诛除宦竖，确保汉室江山固若磐石。"这句话一下戳到了窦武的心坎上。他一拍几案，说："对，我这就写奏章，明日上朝，奏明天子，大不了我这城门校尉一职不要也就是了。"

第二天早朝，国丈窦武奏道："臣闻明主不讳讥刺之言，以探幽暗之实，忠臣不恤谏诤之忠，以畅万端之事。是以君臣俱明，方能流芳百世。臣幸得遇盛明之世，岂敢怀禄逃罪，不尽心竭力！陛下自即位以来，常侍、黄门续为祸虐，欺罔陛下，竟行谲诈，自造制度，妄爵非人，朝政日衰，奸臣日强。伏寻西汉放恣王莽，佞臣执政，终丧天下。今不虑前事之失，复循覆车之轨，臣恐秦二世之难，必将复及，赵高之变，朝夕即至。近者奸臣牢修，造设党议，遂收前司隶校尉李膺、太仆杜密、御史中丞陈翔、太尉掾范滂等逮考、连及数百人，拘押一年之久，查无实据，仍无法定罪。臣惟膺等建忠抗节，志经王室，此诚陛下稷、卨、伊、吕之佐，而虚为奸臣贼子之所诬枉，天下寒心，海内失望。臣闻古之明君，必须贤佐，以成政道。今台阁近臣，尚书令陈蕃、仆射胡广、尚书朱禹、荀绲、刘祐、魏朗、刘矩、尹勋等，皆国之贞士，朝之良佐。尚书郎张陵、妫皓、苑康、边韶、戴恢等，文质彬彬，明达国典，内外之职，群才并列。而陛下委任近习，专树饕餮，外典州郡，内干心膂，宜以次贬黜，案罪纠罚，抑夺宦官欺国之封，案其无状诬罔之罪，信任忠良，平决臧否，使邪正毁誉，各得其所。宝爱天官，唯善是授。"

窦武奏完，朝堂上一片寂静，公卿们都为窦武捏一把汗。桓帝干咳两声，清清喉咙，说："国丈所言皆为国政，其心之诚，实可嘉矣。然党人互相褒扬，党同伐异，并危言深论，谤议朝政，实咎由自取，国丈不可被其迷惑。"公卿们听出天子并未要惩处窦武的意思，便松了一口气。但党人之事，仍不被宽宥。

也许上天真的要惩罚大汉朝，自窦武为党人申冤无效之后，接着洛阳和上党两地发生大地震，京都的北宫和南宫都有宫殿被震坏。接着又发生日食，大白天一片昏暗。随后不久六个州一起发生洪灾，渤海又发生海啸，洛阳城中竹、柏叶焦枯。面对诸般灾祸，天子大为震惊，惶惶不可终日，询问公卿大夫："这是为什么？"此时尚书霍谞奏报："天地不谐，故有大灾生，昭示天子有违天意。可知党人一说实属诬陷。"劝天子释放党人，方能平息天地之怒。窦武也上奏说："夫瑞生必于嘉士，福至实由善人，在德为瑞，无德为灾。陛下所行，不合天意，所以大灾必生，这是上天的警告，若不改之，必将发生更大灾难。"到此时，天子为天所惑，便有心赦免党人。他又询问曹节、王甫等宦官，这些宦官也怕再追究下去，他们也脱不了干系。于是谎称："根据占卜推算，以天时宜大赦。"于是桓帝大赦天下，党人全被释放，逃亡的党人也不再追究，但天子还是给党人留了个尾巴：凡党人释放后，一律遣归乡里，禁锢终身。并诏告各州郡："党人一律记录在案，不准征辟（任用）。"

第三章

陈太傅拔刀抗王甫　曹阿瞒施计骗叔父

虽然党人被释放，但遣归乡里，禁锢终身，实际上是把党人软禁起来了。这引起了太学生们的不满，他们与士人联合起来，大造舆论，极力推崇这些名儒贤士。窦武、刘淑、陈蕃被推为"三君"，所谓"君"就是当世的宗师。李膺、荀翌、杜密、王畅、刘佑、魏朗、赵典、朱禹为"八俊"，所谓"俊"就是当世的英杰。又将郭林宗、宗祠、巴肃、夏馥、范滂、尹勋、蔡衍、杨陟这八人称为"八顾"，所谓"顾"，是说这八人品德高尚。张俭、岑晊、刘表、陈翔、孔昱、苑康，檀敷、翟超为"八及"，所谓"及"者，就是能引导人们追随自己。度尚、张邈、王考、刘儒、胡母班、秦周、蕃向、王章为"八厨"，所谓"厨"就是能仗义疏财的人。一时间这些名号在京城内外传得沸沸扬扬。

曹嵩对此事非常忧虑。司隶校尉部的掾属们都在私下议论，太学生和士人共相标榜，指名天下，这不坐实了宦官对他们的诬告吗？照此下去，必会再次引起宦官们的不满。处理完政务，曹嵩忧心忡忡地回到家中。妻子看他不高兴，也不敢多说什么，只说："书房里有一封信，今天刚来的。"

曹嵩来到书房，看到几案上的信，拿起一看，又是二弟从谯县老家寄来的。拆开一看，说的还是有关阿瞒的事情，仍是不认真读书，整天和一帮年龄相当的孩子们胡混。特别是最近和别的孩子打架，用刀把人家的头发给割了，引得人家大人堵住门，骂了好几天，说是给人家孩子施了髡刑，辱没了人家祖先，让人家一家人无脸见人。那家人还发誓说，不管曹家有多大势力，也要告到郡县。最后实在无法，找了当地一些有名望的人，从中说和，赔偿了一笔钱，才算把这事给安抚下去。信中虽未明说，话语之间还是希望哥哥曹嵩把阿瞒接到京城，直接管教。

妻子来喊他吃饭，见他呆坐在几案旁想心事，便说："是二弟的信吗？八成是阿瞒又闯祸了。"曹嵩不置可否："眼看再有一个月就过年了，我向司隶校尉部告个假，趁过年回去把阿瞒接来。"妻子说："马上就要进入腊月，天寒地冻的，路上不好走，不如过了年，明年开春再去接。"曹嵩说："你说的也是。不过回家给二弟及宗亲们该捎的东西，只管先准备着。过几天我提前先给司隶校尉部告个假，待来年开春我就启程。"

然而世事难料。就在曹嵩刚向司隶校尉部告了假，眼看再有几天就该过年了，却传来了天子在德阳殿驾崩的消息。国丧期间，曹嵩是不敢离开京城的，于是赶快给二弟写了一封信说明情况，让二弟无论如何再费心照管阿瞒。

天子刘志驾崩，谥号为孝桓帝。皇后窦氏为皇太后。因桓帝无子，窦太后临朝，与其父窦武商议，迎河间王、解渎亭侯、其年十二岁的刘宏即帝位，是为汉灵帝，改元"建宁"。窦武升为大将军。窦太后又诏命陈蕃为太傅，辅佐新君，与窦武及司徒胡广共参录尚书事。

春二月，葬桓帝于宣陵。

桓帝的葬仪结束后，陈蕃看到许多公卿大夫对宦官仍心怀不满，大都托病不朝，便决心趁此时机清除宦官势力，于是私下对窦武说："中常侍曹节、王甫等，自先帝时操弄国权，浊乱海内，引得朝野怨声载道。今不诛曹节等人，后必难图。"窦武也早有此心，两人一拍即合。一边上奏窦太后，请求批准诛除宦官，一边征辟天下名士到朝中任职，加强与宦官争斗的力量。表奏尹勋为尚书令，刘瑜为侍中，冯述为屯骑校尉；又征被废黜的前司隶校尉李膺、宗正刘猛、太仆杜密、尚书朱禹等，到朝中任职。又请越嶲太守荀昙为从事中郎将，辟颍川陈寔为太傅掾属。当初被桓帝禁锢的党人纷纷回到京城，列于朝堂，于是天下雄俊无不大快人心。

然而新即位的天子刘宏，因年纪尚小，其乳母赵娆随刘宏从河间来到京城。这赵娆本是心术不正之人，陪伴着刘宏朝夕不离窦太后身边，与中常侍曹节、王甫等宦官互相勾结，共谄媚窦太后，陈蕃和窦武请诛宦官的奏章被窦太后驳回。眼看几个月来不仅无法诛除宦官，反而宦官更加嚣张。

此时已到五月，恰逢日食，陈蕃鼓动窦武说："我已年近八十，在我有生之年，定要为将军除害。今以日食为由，上奏太后，斥罢宦官，以塞天变。乳母赵娆朝夕谄惑太后，急宜将她罢免，赶回河间。请将军深思，不可犹豫。"窦武于是上奏太后："黄门、常侍本来负责内宫杂事，管理内宫财物而已，今乃使他们参与政事，委以重任，子弟布列朝中及各州郡县，专为贪暴，致使天下人人共愤，宜悉诛废，以清朝廷。"太后说："自汉以来，宦官世代皆有，但当诛其有罪，岂可尽废也。"窦武只得先将罪大恶极的中常侍管霸、苏康等上奏处死。随后又上奏要诛曹节等人，窦太后不予准奏。

侍中刘瑜善观天象，上奏太后："太白星犯房星左骖，上将星入太微，其占宫门当闭，将相不利，奸人在主旁，愿急防之。"太后不听。他又告诉陈蕃、窦武："星辰错谬，不利大臣，宜速断大计。"窦武和陈蕃当机立断，令司隶校尉朱禹、河南尹刘祐、洛阳令虞祁联手抓捕宦官。

长乐五官史朱瑀得知消息，密使人潜入大将军府，盗取欲抓捕宦官的名单，看到上面也有自己的名字，骂道："中官放纵者，自可诛耳。我曹何罪，而当尽见族灭。"于是联络长乐从官史共普、张亮等十七名宦官，谎称陈蕃、窦武要废帝，行大逆不道之事，与乳母赵娆和中常侍曹节、王甫拥卫窦太后和天子刘宏前往德阳殿，关闭宫门，拜王甫为黄门令、持节，矫诏少府周靖代理车骑将军、加节，联合度辽将军张奂率五营士兵征讨窦武。王甫又矫诏命虎贲、羽林、厩驺、都侯、剑戟士共计一千多人，屯驻朱雀门，与张奂配合，对外宣称窦武反叛，奉天子之命征讨。情急之下，窦武率兵抵抗，但手下将士长期惧怕宦官，又不明真相，以为窦武果真反叛朝廷，在王甫等人的蛊惑下，渐渐倒戈。窦武见大势已去，只好自杀。

太傅陈蕃闻听事情有变，不顾已近八十高龄，带领太傅府诸掾属八十多人，拔刀突入承明门，振臂高呼："大将军窦武，忠以卫国，黄门反逆，反诬窦氏反叛。"这时王甫刚好从内宫出来，听见陈蕃所言，便劝道："先帝新弃天下，山陵未成，窦武何功，兄弟父子，一门三侯。老太傅为国之栋梁，为何与贼人枉结朋党。"陈蕃怒斥王甫，奋不顾身，拔刀拼命。王甫忙调集人马，将陈蕃等人围住，无奈老太傅终因年老体衰，寡不敌众，被送往黄门北寺狱，不久在狱中遇害。

自窦武、陈蕃死后，宦官大权在握，将窦太后软禁在南宫，尊天子刘宏已故多年的生父、河间王刘英为孝仁皇帝，其生母董氏为慎园贵人，并将慎园贵人从河间接到京城洛阳宫中，专辟宫室居住。宦官又表奏天子，将陈蕃、窦武所任用的党人一律解职，押送回乡，继续禁锢。

外戚与党人联手与宦官的这次大决斗，以外戚和党人完败，宦官完胜而告结束。曹嵩虽然置身事外，但也感到身心俱疲。虽然他非常同情党人，对宦官不满，但看在昔日老父亲的面上，曹嵩仍被宦官们视为知己，继续得到重用。

现在又是年末，正是各郡县向朝廷申报本年度施政绩效的时候，曹嵩正忙着将司隶校尉部管辖的三河、三辅、弘农七郡的郡国从事上报来的施政情况，汇总在一块，以便奏报朝廷，臧否优劣。只此一件事，便将他忙得头昏脑涨。

这天，当他拖着疲惫的身体回到家中，便接到了老家二弟寄来的信。他料定阿瞒又闯祸了，待打开信，果然信中说，阿瞒的一个大他几岁的好朋友叫夏侯惇，秉性刚烈。前不久有人因一点小事羞辱了他的老师，夏侯惇一怒之下，将羞辱他老师的那个人给杀了，于是被官府抓了起来。没想到小阿瞒人小鬼大，偷着将自家的一大块好地，连着上面快要成熟的庄稼，一起卖掉，所得钱款全部用来打点郡县衙门。并搬出了父亲曹嵩做幌子。郡守县令知道曹嵩在司隶校尉部主管察举百官，且其父曾任大长秋，在宦官们眼中威望极高。他们既得了钱，便有心卖个人情，便寻了一个借口，说："夏侯惇因师杀人，是为了维护老师的尊严；被杀之人辱师在先，难辞其咎。"遂判夏后惇赔偿死者家人一些钱财，无罪释放。这件事还是他派人去收庄稼时才知道的，当时就把他气得够呛。

看到这里，曹嵩再也按捺不住自己的火气，骂道："这样大事，一个小孩子就敢做主办了，将来还不反了天。"

过了好大一阵，曹嵩的情绪才平静下来，想了想，阿瞒年龄也不小了，过完年就该十五岁了，乡学也该毕业了。这些年父子没在一起，感情确实淡薄了。于是他给二弟写了一封信，说这几年一直忙，总没机会回家乡接阿瞒。这次过完年，等开春天气转暖，一定回家接阿瞒。

太阳落山的时候，阿瞒从学校里回来了。刚进大门就听二叔在正房里喊他。他进屋一看，没有想到父亲坐在那里，心里说不出来是高兴还是紧张，竟愣在那里。曹嵩打量了一下儿子，比前几年又长高了许多，一双秀长的眼睛透着聪明，略显黝黑的方脸庞，透着一股豪气，宽宽的肩膀，看上去非常壮实。但想到二弟多次信中的话，不免又皱了皱眉头。刚要说话，就传来有乡绅前来拜访，曹嵩只好把到嘴边的话咽了回去，起身去接待客人。阿瞒一看有客人到来，赶忙退出屋外，回到后院自己的房间去。

一连几天，不是有人上门拜访，就是有人前来邀请，曹嵩忙着应酬，难得和阿瞒说上几句话。阿瞒也从这不多的接触中，感觉到父亲似乎对自己非常不满意。不用说二叔在父亲面前告了他的状，如果自己在父亲心里留下个坏印象，那可不是什么好事情。怎么消除父亲对自己的成见呢？曹操在想办法。

这天是休沐日，学校不上学。阿瞒吃过早饭，坐在后院看书。这时二叔有事来到后院，看到阿瞒拿着书在看，倒吃了一惊——要在平时早就没影了。刚想夸他两句，还没有张口，就见阿瞒突然跌倒在地，口歪眼斜嘴里流着口水，浑身抽搐。二叔一下子慌了手脚，忙问怎么回事？阿瞒嘴里"呜呜哇哇"含糊不清，不知说些什么。二叔急忙跑到前院通知哥哥曹嵩，让他赶快到后院看看，自己跑去找大夫。曹嵩一听也慌了神，三步并作两步跑到后院，却见阿瞒静静地坐在那里看书。曹嵩奇怪地问："你二叔说你中了恶风，是真的吗？"阿瞒说："我根本就没中什么恶风，只是看书坐得久了，腰腿有点酸麻，感到有点不舒服。叔父不喜欢我，看我不顺眼，总是夸大其词，难免父亲被他蒙骗。"

这时二叔领着大夫来到后院，一看阿瞒什么事也没有，感到有点茫然。曹嵩一看是华佗来了，赶快起身相迎，客气地说："有劳元化先生了。他说只是坐久了，腰腿有点酸麻，没什么大碍。"华佗看了看曹操，笑了笑说："既无事，我就告辞了。"曹嵩亲自相送。至此曹嵩对二弟的话产生了疑惑。

京官回到家乡，地方官们都想攀攀高枝，再加上谯县不仅有县衙，还是州治所在地，官吏人数众多，因此不算亲朋好友，单这各级官吏，就让曹嵩应付了好一阵。

这天曹嵩推掉了一切应酬，决定和阿瞒好好谈谈。今天的天气很好，后院中的各种树木花草，在微风的吹拂下，都展现出鹅黄般的嫩叶。柔和的阳光，照得人暖洋洋的。院中间那棵大槐树下，放着一个几案，因树叶还小得很，树下的树荫是花的。曹嵩惬意地坐在几案旁，享受着春日阳光的温暖。这会儿他望了望站在面前，略显局促的儿子，缓缓问道："《急救》《三仓》这些书读得怎么样？"阿瞒说："都认真读过了。"并且没等曹嵩要求便背诵起来。曹嵩满意地点了点头，又问：《九九》学得怎样？阿瞒说："也都会了。""那么《六甲》《五方》呢？"曹嵩接着问道。阿瞒又回答了天文地理方面的知识。曹嵩看儿子对答如流，不像二弟说的那样整天不读书，心里便略有了几分高兴，又问："你的《孝经》《论语》学得怎么样？"阿瞒说："正在学。"曹嵩随意挑了几段让他背诵，也都非常流利地背诵下来。不仅如此，还能讲述其中的意思，尽管很肤浅。这一下曹嵩有点吃惊了：儿子不仅小学初级班的知识学得好，连高级班的知识也学得很好。原本想着让他到洛阳后在高级班回读一下，现在看来可以直接到太学去读书了，于是不经意间就做出了决定：直接送儿子读太学。

要想到太学上学有三条路可以走：一是由太常选择百姓中年满十八岁以上的有知识懂礼貌的学子进入太学；二是由地方官府选拔那些学习好，懂孝道，知礼节的才俊推荐给太学，年龄可以放宽，不过这要经过那些经学博士们的面试考核；三是由地方各级官府推荐进京参加"明经"考试，落选的士人们补充进入太学学习。曹嵩觉得阿瞒适合第二条路，于是他直接到豫州府衙，找刺史说明了来意。豫州刺史看了阿瞒的学业成绩，也看了县学对他的评价，便欣然答应下来，待秋季太学招生时，一定让县衙以乡里才俊推荐给太学。曹嵩很满意，把这一结果告诉了阿瞒。没想到阿瞒却不愿意。当时私学盛行，他打算在家乡找一个有名望的经学大师投其门下。父亲和二叔都认为他应该到京城去：一是可以开阔眼界；二是太学中著名的经学博士众多，可以汇聚各家之长；三是太学中学子众多，可以结交许多名士。这三条理由确实打动了阿瞒的心，他决定跟随父亲到京城去。

转眼已是晚春，曹嵩觉得该上路了。启程这天，族中宗亲都来送行，阿瞒的小伙伴夏侯惇、夏侯渊、曹洪、秦邵、丁冲等十几个人也前来送行。大家依依不舍，眼圈都红了。阿瞒笑嘻嘻地将手一挥："都高兴点！我在京城开了眼界，回来一定告诉你们。"父亲曹嵩催促阿瞒上车，二叔叮嘱他们路上小心。告别了宗亲好友，曹嵩令御者扬鞭，阿瞒在小伙伴们的目送中，随父亲离开了家乡谯县。

一路晓行夜宿。这天来到成皋境内。快到县城的时候，遇到一个岔路口，曹嵩示意离开大道奔小路而去。阿瞒问是怎么回事？曹嵩说："早些年我任成皋县令时，与本县吕家庄的吕伯奢相识，遂成莫逆之交。每次回老家路过成皋，都要拐到他家中探望。你的这位吕叔父待人很热情。"

这里是山区，离了大路，渐渐就在沟壑中穿行；因为偏僻，人烟比较稀少，眼看已是中午时分，阿瞒嚷着肚子饿。曹嵩说："再坚持一会儿，快要到了。"沿着沟中的路转过一座小山，便见远处有一个村庄，曹嵩说："那就是吕家庄了。"不一会便来到庄前，曹嵩指挥御者左拐右弯很快来到一处宅院前，还没有下车，便见一个三十多岁的男子迎了出来，嘴里说："听见马车响，就知道来人了。没想到是你们。"曹嵩对阿瞒说："这就是你吕叔父。"阿瞒下了车，上前问了好。吕伯奢拉着阿瞒的手说："想必这是大侄子了，瞧，长得多壮实。"说着又拍了拍阿瞒的肩："饿坏了吧，先进屋休息，我这就安排人做饭。"

曹嵩张罗着下人将带来的礼物——家乡的特产、一些绢帛锦缎等从车上卸下来。吕伯奢说："瞧你，大老远的还带这么多东西。"这时从屋里出来一个妇女，怀中抱着一个小孩，曹嵩忙搭话，问："怀中抱的是……"吕伯奢接过话说："这几年你没来，还不知道，这是我的儿子，还不到两岁。"曹嵩说："你也不写信告诉我一声，连点礼物也没带。"吕伯奢说："这一大车礼物还少哇。"曹嵩说："我是说给孩子的礼物。"说着大家一起进了屋，席地而坐。女人说："你们先坐，我去安置饭。"吕伯奢说："让家人们去安置饭，你尽管带孩子。"女人笑说："三十多岁得子，恐怕孩子受屈，娇得什么似的。"说着抱着孩子出去了。吕伯奢说："你们先坐。"也随着走了出去。

不大一会儿饭就端上来了，是一大锅烩饼。吕伯奢说："先简单吃点儿，一会儿杀头猪。"也许是真饿坏了，阿瞒狼吞虎咽地吃了两大碗。小孩子家坐不住，到一个新地方，感到一切都好奇，饭碗一丢就出去转悠去了。这里不像自己的家乡一马平川，放眼望去便看见远处四周全是山岭，不过田地里长的庄稼和自己家乡的一样，都是小麦，并且也是一尺多高了。阿瞒上坎下沟，直转悠到傍晚，才朝回走。还没到吕伯奢家，就闻到飘来的肉香味。"不用说，吕叔父一定杀了一头猪。"阿瞒听到肚子已经咕咕叫了。

晚饭是非常丰盛的。几案上摆满了各种各样的肉菜，还摆着酒。曹嵩是不许阿瞒喝酒的。但吕伯奢却执意要阿瞒喝，说："不喝酒还算什么男子汉。阿瞒已经长成大小伙了，不能再把它当小孩子了。"曹嵩只好嘱咐阿瞒："少喝点，别醉了出洋相。"跟随的下人们已经另外安排房间，这里没有外人，曹嵩和吕伯奢便天南海北地闲扯起来，说着说着便扯到了党人的事情上。曹嵩把近些年京城发生的事，诸如禁锢党人，诛杀陈蕃、窦武之事述说了一遍，然后问吕伯奢："这些事你们在乡下也听说了吧？"吕伯奢说："听说了，但不是太清楚。乡下人主要还是关心身边的事。比如这两年闹旱灾，庄稼大量减产，饿死人的事到处都是。"

曹嵩和吕伯奢碰了一下杯，酒落肚，便说："不光你们这里，司隶校尉部所管辖的三河、三辅、弘农七郡，加上豫州所管辖的几个郡，这两年全都遭了旱灾，朝廷救灾的钱币都筹不到。"吕伯奢说："仅是旱灾还能对付。像我们这里，县令是中黄门王尊的一个什么亲戚。从他上任以来，我们当地的大小豪强和它勾结在一起，大肆兼并土地。哪一块地只要被他们相中，说是买你的，随便给几个钱，强行掳了去，告状又告不赢。百姓没了土地可怎么活啊。眼看着孩子饿死，活着的人饿急了，便与人交换着死孩子吃。这都成了什么世道？嗨——"

曹嵩问："我看你们吕家庄好像还过得去？"吕伯奢说："是，不过这都是托了你的福。"曹嵩不解地问："怎么是托我的福啊？"吕伯奢说："附近这三里五乡的都知道我有一个在京城当大官的哥哥，这位哥哥的父亲曾在朝廷中任大长秋，所以这些宦官的宗亲及豪强们不敢把我怎么样，有我在村里撑着，我们这个村便免遭了许多劫难。虽说这两年连遭旱灾，还不至于饿死人。"

曹嵩说："到处都一样，宦竖宗亲和豪强勾结，郡县官吏，只好睁一只眼闭一只眼。这也是这几年盗贼蜂起，各处不断发生反叛朝廷的事，致使朝廷手忙脚乱，顾了这边，顾不了那边。"

阿瞒虽然早就会喝酒了，但当着父亲的面不敢放肆。父亲和吕叔父的谈话，他又插不上嘴，便说自己困了想早点睡觉。吕伯奢喊来一个家人，领阿瞒到安排好的房间休息。阿瞒躺在床上，翻来覆去睡不着。今天吕叔父和父亲说的事，其实自己的家乡也不少。至于说到党锢，说到陈蕃、窦武，就如同听天书一样。明天到了京城，不知道还有多少没听过的事呢。渐渐地，他迷糊了。

送阿瞒去睡觉后，吕伯奢和曹嵩东一句西一句地闲扯着。这两年见面少了，两人要说的话还真不少，不觉已是午夜了。曹嵩说："休息吧，明天我还要上路。"吕伯奢说："多住两天，咱哥俩好好唠唠。""我这次出来的时间也不短了，官府里的事一大堆，想一想就头疼。我得赶着回去。"吕伯奢只好听便。

第四章

曹操遭宗承冷遇　袁绍约朋友春游

　　阿瞒来到京城洛阳已经好几个月了。现在已进入秋季，老家沛国谯县将阿瞒以乡里才俊推荐上太学的文书，已经呈送到太学，很快太学就要安排经学博士们对他们这类生员进行面试考核。父亲要求他在家好好复习，便到司隶校尉部处理公务去了。

　　阿瞒是个坐不住的人，父亲前脚走，他就跑到街上转悠去了。这些天来他已经对洛阳很熟悉了。今天上街又看到许多士卒在抓人，被抓的仿佛都是官府士大夫那些有头脸的人。阿瞒根据几天的观察打听，知道被抓的这些人与党人有关，便想，等父亲回来，一定问问是怎么回事。

　　待到晚上父亲回来，阿瞒试探着问白天看到的事情，父亲想了想，说："你也不小了，有些事也应该知道一点，尤其在京城，免得将来在外面说错话办错事。"于是父亲曹嵩就一五一十地说起这些事的始末。

　　原来早在今年春上，中常侍侯览的母亲在兖州山阳郡防东县的老家病亡。侯览请了假，到家中奔丧。不仅葬礼隆重，陪葬物品丰厚，而且一掷千金，大兴土木，为他母亲建造了豪华的坟茔。这还不算，又在母亲的墓后，为自己预建了寿墓，仅占地就达数百尺，石椁双阙，极其气派，寿墓旁边用来守孝的屋子修得高大漂亮。周围别人家的房屋影响他寿墓的建造，不管三七二十一，动手就把人家的房屋给扒了；周围遇有别人家的坟墓，派人立刻摧毁。

　　新任郡太守翟超接到百姓举报，指示督邮张俭到防东县调查。张俭到防东后，不仅调查证实举报属实，而且还发现侯览前后夺取别人的宅院三百八十一所，田地一百一十八顷，建造的豪华宅院十多处，大部分都是高楼池苑，堂阁相望，并且雕梁画栋，堪比朝廷的皇宫。最可恨的是，作为一个宦官，还掠夺良家妇女充做妻妾。以前这些事情举报到郡县，郡守县令往往一推了之，不仅不予追究，反而替他遮掩。张俭调查完毕，怒不可遏，立即呈上奏章，列举侯览罪状，请求朝廷诛除侯览。侯览得知消息，便疏通关系，将奏章截留下来，扣在手中。张俭忍无可忍，遂率吏卒，直接到防东县，进入侯览家中搜查；并将其母坟墓挖开，没收里面的资财；随即再次呈报奏章，说侯览的母亲在世时，结交宾客，干乱郡县事务，罪在不赦。

天子接到奏章，决定派人调查。因张俭是山阳郡高平县人，与侯览的家乡防东县相邻，侯览收买了张俭的一个叫朱并的同乡，上告张俭与同乡二十四人互相冠名，勾结成部党，图谋社稷。这二十四人分别是：张俭与檀彬、褚凤、张肃、薛兰、冯禧、魏玄、徐乾这八个人是"八俊"；田林、张隐、刘表、薛郁、王访、刘祇、宣靖、公绪恭这八个人是"八顾"；朱楷、田槃、疏耽、薛敦、宋布、唐龙、嬴咨、宣褒这八个人是"八及"。这二十四人以张俭为首，纠集在一起，专门整修了一块平地，刻了石碑立在那里，以明其志。

天子接到朱并的诬告信，听说与党人有关，也不辨真假，立刻下诏逮捕张俭等人。虽然李膺等所谓党人已被废黜，但盛名天下，仍被世人推崇。这时已经升任大长秋的曹节决心斩草除根，将李膺等党人与张俭一案合并在一起，诬称党人作乱，应一并诛杀。于是天子下诏，将李膺、虞放、杜密、范滂及司隶校尉朱禹颍川太守巴肃、沛国相荀翌、河内太守魏朗、山阳太守翟超、任城相刘儒等党人及疑似党人的数百人悉数逮捕，送入监狱。父亲曹嵩最后说："事情大概就是这样。"

"天子怎么这样糊涂。"阿瞒说，"是真是假调查一下不就明白了。"曹嵩立刻制止阿瞒："这种话出去绝不能乱讲。宦官们天天和天子在一起，他不相信宦官还能相信谁？你一个小孩子以后少打听这种事，即便将来到太学，也少议论这方面的事，专心把自己的书读好就行了。"

阿瞒顺利通过了太学经学博士们的面试，正式成为了一名太学生。初次踏入太学，他感到一切都是新奇的。偌大的校园比家乡的谯县城还大，仅住宿的楼就有数百栋，讲经的殿堂鳞次栉比，三万多名太学生熙熙攘攘充满了生机。在校园里经常可以看到五六十岁的白发太学生，还在那里皓首穷经。而大多数的青年人都是各州郡选拔的才子，个个风流倜傥，意气风发，儒雅俊秀。他们有的已经扬名在外，有的已经崭露头角。阿瞒觉得能和他们相交，自己一定会受益匪浅，学识必有很大程度的提高，于是主动与他们结交。但是他的热情却常常换来别人的冷遇，这使他感到迷惑不解。

这一日，阿瞒听完讲经，刚出殿堂大门，正往别处瞧，不防和一个人撞了个满怀。只见那人抱着的一捆书札散落在地上，阿瞒感到不好意思，赶忙赔不是，并将散落的书札拾起来交还给人家。那人笑了笑，自我介绍道："我叫宗承，字士林。你是刚入学的吧？交个朋友吧。"阿瞒一听，忙说："久闻大名，你父亲是大名鼎鼎的汝南太守宗资?"宗承点了点头。阿瞒也忙着自我介绍："我叫曹操，小字阿瞒"。宗承问："家是……""哦，我是沛国谯县人，家父是曹嵩……"不等曹操说完，宗承立刻收回了笑脸，冷冷的"哦"了一声，转身离去了，丢下曹操一个人怔怔地站在那儿，好不尴尬。

宗承的态度极大地伤害了曹操的自尊心，他的倔强劲上来了，打听到宗承的住处，几次前往拜访。然而每次都被人家婉拒，甚至连个面也不见。

这天休沐，曹操闷闷不乐回到家里。父亲曹嵩见他无精打采，便问怎么回事？曹操便讲了事情的缘由。曹嵩沉思了一会儿，说："是因为你爷爷的缘故。自陈蕃、窦武被害之后，党人再次被驱逐。李膺、杜密、范滂等党人，俱被宦官们追杀，以至各州郡，凡是平常互相之间有点矛盾的，有点小仇的，竞相检举，动辄扣以党人的帽子，由此而被诛杀、流放、废封、禁锢者达六七百人。他们中有的曾是公卿大夫，有的是经学博士，差不多都是天下名士；许多人曾是太学生们的老师和同学，因此人们对宦官恨之入骨。他们知道你爷爷曾是大长秋，你是宦官之后，当然对你就另眼相看了。"

曹操恍然大悟，问："这么说，当时我爷爷也和现在的宦官一样，诬陷忠良，贪赃枉法?""说到这儿，我倒要和你详细地说说你爷爷了，"曹嵩说，"你爷爷从汉安帝时任黄门从官开始，直到桓帝时，身为大长秋，在宫中几十年侍奉四帝，处事谨慎，与人为善，宽以待人，严于律己。即使策立桓帝立有大功，被封为费亭侯，也不忘乎所以。就说刚刚辞职的大司农张奂，久在边关，曾任护匈奴中郎将，战功卓著。桓帝时外戚梁冀被诛的时候，因张奂曾在大将军梁冀府中任职而受到牵连遭禁锢。你爷爷力排众议，不仅复了张奂的职，还升任度辽将军。"

"既提到张奂，我顺便问一句，他怎么辞了大司农一职?"曹操问。

曹嵩说："那是因为去年诛杀陈蕃、窦武的时候，张奂刚刚回到京城，不知底细，曹节矫诏，使张奂与少府周靖率五营士卒围攻窦武，致使窦武自杀，陈蕃遇害，党人遭遣。张奂因曹节欺骗了自己，所以不仅拒绝了封侯，还辞了大司农的职务。好了，接着说你爷爷。像陈留人虞放、边韶，南阳人延固、张温，颍川人堂溪典等，这些人都是当朝名士，他们全都是你爷爷亲自奏明天子，选拔任用的国之栋梁。

"前几年去世的大司徒钟暠，当初在益州任刺史时，在斜谷关，搜获了蜀郡太守贿赂你爷爷的书信及财物，便上奏桓帝，处罚蜀郡太守，弹劾你爷爷。后来桓帝说，书信是从外面来的，不是你爷爷的错，才没有处罚你爷爷。而你爷爷却不记仇，经常对人称颂种暠为人正直，疾恶如仇，是有才能的官吏。后来多次上奏桓帝，提拔种暠，直到官至大司徒。钟暠经常告诉宾客们说：'我今位列三公，全靠曹常侍力荐啊！'直到现在，朝廷中的许多公卿大夫，都是经你爷爷奏明桓帝任用的，他们大都是名扬天下的学者，高士。我之所以在朝廷中还能被公卿大夫们高看，确实得益于你爷爷当初的为人处事。可是太学生们和近年来新上任的官吏，大多对这些不是太清楚，只要一提到宦官，全都视若仇敌。""照这样说来，我在太学中就永远也抬不起头，不会交到朋友了。"曹操不无忧虑地说。曹嵩说："日久见人心，你只要和那些胡作非为的宦官划清界限，时间长了，自然就会被人理解的。"曹操认真地点了点头。

时间过得真快，转眼已到了年底。这天休沐，曹嵩嘱咐曹操到东市去买一领旃席，将曹操屋里的那领已坏的旃席换下来。

东市是一个综合市场，既卖粮食干菜，又卖畜牧产品；既有柴草杂果，也有酱品熟食。市场里人来人往，好不热闹。曹操来到东市，正走之间，忽听一阵吵骂声。循声望去，前边不远处十字街那儿围着一群人。曹操本就是好看热闹不嫌事儿大的主，他紧走几步，挤了进去，见一个独轮车歪在那里，上面装满了帛、絮及一些毛织品。旁边一个老汉满脸愁容地立在那儿，直朝着三个青年人说好话赔不是。一个看来和自己年龄差不多，但个头比自己要高，身材较瘦的少年正在那里指责三个年轻人。从少年的打扮看像是一个阔家少爷。曹操听了一会儿，弄明白了是怎么回事。原来这三个年轻人说老汉推着独轮车撞了他们，非要将车上的物品拿走作为赔偿。这个少年说亲眼看见是这三个青年人故意倒在独轮车上，把独轮车撞倒了，却来讹诈老汉的财物。此刻老汉一心想息事宁人，一个劲儿地朝三个青年人赔着不是，说着好话。三个青年人不依不饶，非要扣留财物。少年仗义执言，不许三个青年人耍赖。双方僵持不下，三个青年人仗着人多势众动手要打少年。看到事情不妙，少年虽然口气依然强硬，但却步步后撤。三个年轻人越发猖狂，其中靠前的那个年轻人挥拳朝少年打去，只听"哎哟"一声，打人的年轻人抱着胳膊在那里直跳。

原来曹操弄明白事情的原委后，早已义愤填膺，看到那个少年要挨揍，便转身跑到旁边的一个铺位上，顺手抄起了一根木棍，迎着拳头朝上一挡。趁人们还未回过神来，曹操收回木棍，说时迟那时快，曹操又一横木棍，朝第二个人的腿抡了过去，第二个年轻人一下跪在那里。接着曹操抽回木棍，朝第三个年轻人劈头盖脸砸了下去。第三个年轻人一看不好，吓得头一缩转身就跑。人群中爆发出一阵欢笑声。曹操对少年说："对待这种人讲道理是没有用的。"然后朝那两个年轻人说："滚！以后再让我见到你们胡作非为，非劈了你们不可。"两个年轻人到现在也没有弄明白这两棍是怎么挨上去的。这个壮实的黑脸少年身手之快、力量之猛、下手之狠，让他们目瞪口呆，低着头，灰溜溜地挤出人群跑了。

曹操和大家一起将歪倒的独轮车扶起，安慰了老汉几句。老汉千恩万谢，推着独轮车走了。那位少年拉着曹操的手，直夸他身手不凡，愿和曹操交朋友，并立邀曹操到家中一坐。曹操本就是个好结交朋友的人，此刻买旃席的事早忘到了脑后，便欣然前往。

两人离开东市，在少年的带领下，穿街走巷，来到一所大宅院前，门上一块大匾，写着"袁宅"两个大字。曹操心里说，看来这位朋友姓袁了，看这气派，他们家必是达官显贵。进门后穿过庭院，又拐了两个廊道，来到一个小院。刚进小院的门，少年就嚷嚷起来："来客人了！"边嚷边把曹操往屋里让："快进屋暖和暖和。"曹操刚进屋，就见一个年轻人从几案旁边站起。只见此人年纪十八九岁，身高近八尺，宽肩直背，方脸高鼻，浓眉大眼，浑身上下透着一股英豪之气。见到曹操深施一礼，问了声好。这时少年嚷道："去打盆热水，让我这位朋友洗洗手。"待此人出去，少年说道："刚才这位是我大哥，姓袁名绍。"

曹操一愣：怎么，他就是大名鼎鼎的袁绍？在太学谁人不知，谁人不晓。曹操不由得肃然起敬。但看到这位少年对袁绍如此不敬，颇感不解。

一会儿袁绍亲自端着一盆热水进来，让曹操洗手，然后问道："这位兄弟是谁？"少年一拍脑门说："嘻，我只顾高兴，竟忘问了。我们自我介绍一下吧。我叫袁术，你呢？"曹操一边擦手一边说："我姓曹，名操，小字阿瞒。""你们怎么认识的？"袁绍问道。袁术便将在东市发生的情况讲了一遍。袁绍立刻对曹操敬爱有加，边让座边问："听口音你不是京城人吧？""我是豫州沛国谯县人，今年春上才从老家来到京城。""看你们两个年龄差不多，这位兄弟也正读小学高级班吧？"曹操说："秋季的时候我到太学开始读经了。""啊，这么说我们竟是同窗了。"袁绍略略有点吃惊。袁术反倒有点不好意思了。袁绍又问家中情况，曹操一一做了回答。这时曹操看到袁术眼中流露出了轻蔑的眼神。曹操已经熟悉了这种眼神和表情，只是微微一笑。而袁绍依然那样热情，没有丝毫的轻视和不敬。这颇让曹操感到意外，同时也更加感动。这时袁术借口有事出去了，反倒将自己领来的朋友撇给了哥哥袁绍。然而袁绍和曹操越谈越高兴，直到吃晌午饭。袁绍挽留曹操吃过饭再走，曹操坚持不肯，临走袁绍将在太学的住处告诉了曹操，一再嘱咐曹操多联系，无事常在一起聊聊，并亲自送出门。曹操对袁绍的印象非常好。

这天袁绍和曹操说好，明天休沐日，到袁绍家去，袁绍会介绍一些新朋友给他。头天晚上曹操回到家把这事告诉了父亲，曹嵩满心喜欢，自己的儿子和司空袁蓬的儿子成了好朋友，真是太好了。因此吃过早饭，曹嵩就催促曹操出门，免得让人家等候。

曹操来到袁绍家，刚好碰到袁术出门，曹操正要热情问候，袁术淡淡地点了下头，就出门去了。袁绍将曹操领到自己房里，只见筵席上摆了几个案子，案子上摆放着六博棋盘，袁绍将一壶泡好的茶水倒在一个杯子里，放在几案上，示意曹操就近坐下，说："这是刚从蜀郡捎来的茶，你尝尝。"曹操听父亲说过，蜀郡产茶，数量很少，很珍贵，这茶喝了让人提精神。偶尔家中来客，父亲也会泡上一点，待客人走后，剩下的茶水曹操也能沾一下光。

曹操刚要端杯，就听一声高叫："袁老弟，茶水准备好了吗？"随着声音进来一个人。曹操赶忙站起来。只见来人二十多岁，身穿青色袍服，头戴进贤冠，笑问道："这位想必就是袁老弟称赞过的曹小弟了？"袁绍赶忙介绍："这位是许攸，字子远，目前已取得了通晓一经的证书，很快就可以毕业了。"曹操深施一礼："久闻子远兄大名，还望以后多多指教。"接着又进来两位，袁绍一一做了介绍："这位是伍琼，字德瑜；这位是陈珪，其伯父是陈球。"曹操知道陈球是将作大将，与党人有牵连，现已被免职，赋闲在家。曹操与他们都见过礼，大家坐在那里喝茶说话。

这时又进来一位年龄二十五六岁的青年人，身高七尺有余，儒雅俊秀。曹操站起施礼。袁绍介绍道："这位是王俊，字子文，是我同乡。现在已获得通晓二经的证书，是我们这些人中通经水平最高的一位。他发誓一定要通晓五经才离开太学。"

王俊打量了曹操一眼，说："想必是袁绍弟才结识的朋友吧，看年龄不过十五六岁，这么早就到太学来读经，想必也是数一数二的人物。"

袁绍将曹操的情况简要向大家介绍了一下，碍于袁绍的情面，对曹操宦官之后的身份大家并没有过于计较，便海阔天空地聊起来：从《诗经》聊到《尚书》，从《易经》聊到《论语》，从经学聊到诸子百家。曹操感到自己很是受益；而大家也觉得曹操年纪不大，读的书并不少，偶尔的插言也颇有见地。

已到晌午饭时，袁绍早做了安排，家中下人将做好的饭菜端上来，很是丰盛。吃过午饭，大家接着聊。聊到了党人，又聊到了当前的时局，大家不免愤愤然起来。曹操对党人和时局知之甚少，插不上言，但对那些知名高士惨遭迫害深表同情。袁绍说："好了，不提这些事了，提起来惹一肚子气。下棋。"大家又在一起下棋，有玩六博的，有下围棋的，你争我抢，好不热闹。看看时间不早，大家起身告辞。大家伙对曹操这位新朋友的印象非常好，他热情、大方、有礼、谦恭，分手时将各自所在的宿舍号告诉了曹操，欢迎他随时到访。

由于和袁绍交上了朋友，曹操的朋友圈一下子扩大了不少。这些新朋友年龄都比曹操大，其中也有不少太学名士。这给了曹操自信，他又想到了宗承——这是一位德行雅正，名显太学的优秀人才，自己一定要和他结为朋友。

这天，曹操再次来到宗承的宿舍，看到房间里聚着好多人，大家热烈地讨论着什么。曹操怕惊扰了大家，在屋外悄悄地等待。这时见宗承从里面出来，曹操迎上去，笑着对宗承说："世林兄，我特来拜访。"宗承一看是曹操，冷冷地说："我现在正忙，你请回吧。"说完转身又进了屋。曹操望着宗承的背影，叹道："看来要改变一个人的看法，真难啊。"

　　三月三上巳节，朝廷规定休沐一天。袁绍和曹操已约好，上巳节这天，相约几位朋友，大家一起到郊外踏青，在洛河边参加上巳节春游。这是曹操首次在京城度过上巳节，心想一定比家乡的上巳节要热闹得多，因此非常激动。吃过早饭，早早到袁绍家聚齐，大老远就见许攸和袁绍、袁术在袁宅门外套车。袁术见曹操来到，忙招呼他一块套车，说："今天不用下人，我们自己动手。"刚把车套好，王俊、伍琼、陈珪等人一起来到。大家登上车，袁绍拿着鞭子坐在前面，这时袁术伸手要过鞭子，说："你到后面，我来赶车。"袁绍将鞭子交给袁术，挪到后面。大家还未坐稳，只听鞭子一响，袁术催马，大家东倒西歪，赶忙扶住车身。袁术朝后一看，哈哈大笑，随手又抽了几鞭，马车很快拐到朱雀大街上，朝平城门驰去。

　　出了平城门，就来到了洛阳南郊。放眼望去，大自然沐浴在春日中。微风吹过，高大的杨树上嫩绿的叶子刚刚舒展开。槐树上已经有人爬在上面采摘那一串串的白花，这些白花拌上面上笼蒸熟，味道美极了。柳絮随风飘舞着，宛如团团青烟，碧绿的麦苗恰似给田野铺上了一层厚厚的绿毯。空气中弥漫着泥土的清香、野花的芳香。曹操在车上伸手将垂下来的柳条抓住，往上一直身子，折断了一枝柳条，然后用手一拧，将柳条皮拧松、截断，捋下来，将一头放在嘴里咬了咬，做成了一个小口笛，放在嘴里"呜——呜——"地吹着。其他几个人一看，全照着样子做起来，不一会儿，车上一片"呜——呜——"的笛声，引得路上的行人直朝他们望。

　　车子载着他们很快来到了洛河边。洛河像条带子一样从西南流向东北，河边到处是浣洗的姑娘媳妇，岸边沙滩上这儿一伙那儿一伙聚集着欢乐的人群。袁术跳下车，将鞭子扔给袁绍。其他人也都跳下车。袁绍找了一棵树，将马卸下来拴在树上。大家伙说笑着向河滩走去。

　　河滩里有许多娱乐活动，这些活动有的是官府安排的，有的是百姓组织的。袁绍他们一行人来到比赛射箭的地方，这里围聚了许多人，刚好有一个人把手中的箭射完，袁绍接过弓来，抓了几支箭，弯弓搭箭，朝百步外的箭靶射去，"嗖"的一声，连靶边也没碰着。袁绍一连射了好几箭，总算是射中了一支。这时他把弓交给王俊，王俊推说不会射。大家伙一起鼓励他，他推托不过，搭箭开弓，"嗖"的一声，离靶还远着呢，箭就钻在了土里。这时伍琼过来说："你的力量不行，弓都拉不满，射出去的箭一点力量也没有，看我的。"说着从王俊手里接过弓箭，一用力，弓张得满满的，瞄好箭靶，手轻轻一松，箭杆牢牢地插在了百步外的箭靶上。周围的观众欢呼起来，伍琼接着又射了好几箭，都射在靶子上。袁术接过弓，拉了拉，说："我还小，力量不行，拉不满。"许攸说："曹操试试？"曹操将弓从袁术手里接过来，站好姿势，搭箭拉弓，略略一瞄，箭杆带着风声，直射百步开外，正中靶心。他又一连射了好几箭，箭箭命中靶心。围观的人鼓起掌来。袁绍朝曹操竖起大拇指。

射完箭，他们簇拥着又来到扛鼎的场地。只见地上由小到大摆着十几只铜鼎，最小的鼎标着五十斤，每鼎之间相差二十五斤。人们大多扛举的是几个较小的鼎。这时有一个膀大腰圆、虎背熊腰的人，两手抓住三百斤鼎的两个足，"嗨"的一声，一下子举过头顶。人们报以热烈的掌声。袁术来到一百斤鼎的面前，抓住了两个鼎耳，用力一喊，想与刚才那个人一样，把鼎举起来，但鼎却根本没有动。围观的人一阵哄笑。袁术脸一红，挠了挠头，讪讪地笑了。

袁绍走到二百斤鼎的面前，双手抓住鼎的两足，一用劲鼎被扛举起来。人们看到这个儒生打扮的人居然能将二百斤的鼎扛起来，也都啧啧称赞。伍琼上前试了试，也扛起来了。王俊摸都没敢摸。陈珪上去，用两手举起了一百斤重的鼎，放下鼎后累得直喘气。许攸望着曹操笑了笑，意思是："怎么样？能举吗？"只见曹操来到二百斤鼎的面前，两手紧紧抓住鼎耳，一用力鼎就举过头顶，放下后气不喘，手不抖。这令袁绍等人刮目相看。这时许攸低声咕哝了一句："如果何伯求在，恐怕那个四百斤的鼎也能举起。"一语未了，大家伙全不作声了。

前边不远处传来一阵阵的欢呼声，那是蹴鞠比赛正在激烈的进行中。袁绍这一伙人全是蹴鞠爱好者，他们围拢过来，津津有味地观看比赛。待比赛结束，已经过午，天气比早上热多了。他们到河边洗了洗脸，擦了擦身子，然后来到拴马车的树荫下，从车上拿出准备好的食物，大家围在一起。袁绍又从车上搬下一坛酒。有了酒助兴，大家兴高采烈地吃喝起来。王俊依然保持着儒生的矜持，只象征性地抿了两口酒。酒足饭饱之后，他们便围在一起闲聊，在消食过后，又去玩了击剑，年龄最小的曹操依然拔得头筹。他们又欣赏了倡人们的歌舞。直到夕阳西下，河滩上的人群开始慢慢散去，他们也带着疲惫的身体，乘车回到城里。

第五章

扮商贾奋勇送李瓒　尊大师诚意拜桥玄

三月三上巳节游玩时，曹操无意中听许攸说，如果何伯求在，将会如何如何。他好像在哪里听说过这个名字，一时又想不起。这天在太学又遇见了许攸，便问许攸何伯求是谁？许攸说："就是何颙。伯求是他的字。"曹操恍然大悟，何颙与郭林宗、贾伟杰等人关系密切，所以在太学里也颇有些名气。据说此人武艺高强，为人仗义，处事机警，颇有侠士之风。曹操说："听说去年二次党锢，大肆搜捕党人时，何颙因与陈蕃、李膺等人关系密切，受宦官追杀，隐姓埋名逃出京城。朝廷至今还在悬赏缉拿，也不知他现在何处？"许攸笑了笑，没有吱声。

这时曹操又问许攸："我有一事糊涂，袁绍和袁术是亲兄弟，为什么袁术总是盛气凌人，对哥哥一点也不尊重。无论从年龄还是学识，袁绍都在袁术之上，却对袁术处处退让。"许攸听了笑笑说："袁绍和袁术关系复杂。他们本是同父异母的两兄弟。袁绍虽然是大哥，但他的母亲是父亲袁逢的姜，因此袁绍是庶出，而袁术的母亲是父亲袁逢的正妻，袁术是嫡出。一嫡一庶，这就决定了两人在家中的地位不同。再者他们的伯父袁成没有子女，为了延续袁成这一脉的香火，父亲袁逢又将袁绍过继给了袁成，袁绍就成了袁成的继子，这样袁绍和袁术又成了堂兄弟。然而袁绍过继给袁成时袁成已去世，所以袁绍虽承祀了袁成这一脉的香火，却并未离开原来生父的家，仍在这里居住，又属于寄人篱下，这就形成了袁绍和袁术这对同父异母兄弟的特殊关系。""原来如此。"曹操的疑惑解开了。两人正说着，王俊捎来袁绍的口信，让他们晚上到袁绍家去一趟，说有要事相商。

晚上，曹操依约而往。一进屋，曹操见伍琼、陈珪、许攸这三个人先他而到了，另外一个人没有见过面，但看年纪比袁绍他们都大，约而立之年，曹操点了点头，算是打了招呼，然后找个位置坐下。袁绍向曹操介绍："这位是何颙，何伯求。"曹操听后大为吃惊，没想到白天刚刚提到他，晚上竟见了面，赶忙站起来施礼。何颙一按他的肩膀，示意他不必客气，说："虽说初次见面，但你的大名早已贯耳。"曹操不解，说："我有何大名，竟让英雄知道我。"许攸说："伯求兄常来常往，我们大家早已把你介绍给伯求兄了。"袁绍也让曹操不必客气，说："知道你同情党人，厌恶宦竖。所以今晚请你一起来商量事情。"曹操说："谢谢大家的信任。"脸上充满了喜悦和自信。

袁绍说："咱们言归正传。去年搜捕党人时，李膺在老家颍川郡襄城县被抓捕并处死，一家老小被流放边关，父亲及叔伯宗亲受到牵连，被禁锢。何颙得到消息，只好将李膺在太学的儿子李瓒隐藏在京城一个朋友家中。恐怕再拖下去时间长了会走漏风声，所以想把李瓒弄出京城去。关键是城门口查得太严，李瓒又是重点通缉对象，大家看怎么办？"大家商量来商量去，没有更好的办法。

曹操提议："我经常看到贩夫们押着装满货物的车辆出入京城，不如将李瓒藏在货物里偷运出城。"大家觉得这个办法比较好，但是哪里去找可靠的贩夫。伍琼说："是啊，贩夫不可靠，没人遮掩，万一吏卒查验货物怎么办？"大家又都摇头。曹操说："我看可以，我们自己装扮贩夫，这样最安全。"大家都赞同。谁来装扮贩夫？大家议论不一。他们这群人都是束发戴冠的儒生，谁也不像商贩。何颙说："还是由我来装扮贩夫。"大家一起反对。袁绍说："你虽然善于伪装，但本身就是朝廷通缉的要犯，况且还有那么多朋友需要你安排周济，万一出事再把你搭进去。此方法绝对不行。"

曹操说："如果大家信得过我，就由我来护送李瓒。"大家觉得曹操年龄太小。曹操说："只有我最合适。"并说了理由，"一、我从老家来不久，外地口音比较重，像是来京贩运货物的商贩；二是我长得黑，扮长年奔波在外的商贩更像；虽然年龄有点小，我可以谎称家中大人有事，因是熟客，就由我代家中大人跑这一趟，这更不容易引起别人的注意。"大家觉得曹操说的有道理，而何颙却犹豫不决。他说："光有这些还不够，关键是得胆大，万一事泄是要被杀头的。倘若遇到吏卒盘问，心里一慌可就糟了。"

许攸望着曹操笑了。大家伙全都笑了。何颙不明白大伙笑什么，问怎么回事？许攸说："别的不敢说，要说胆大，恐怕没人敢和曹操比了。"

于是许攸对何颙讲道："今年春上大家伙在一块玩，不知怎么就提到了比谁的胆子大。袁绍说他的胆子最大。刚巧城外义庄里放了一个死人，袁绍说他半夜里敢把饭喂到这个死人嘴里，大家不相信，便打了赌。晚上大家在义庄外面等候，袁绍说明天一早请大家验证，然后端着一碗饭进到里面。当时没有见到曹操，还以为他胆子小不敢来。谁知不一会儿就听一声怪叫，大家的汗毛都竖了起来，只见袁绍浑身哆嗦着从义庄跑出来，连话也说不成了。后来看到从里面大笑着跑出来一个人，把大家吓了一跳，一看是曹操。原来曹操把死人搬开，自己躺在那里，袁绍喂一口，他吃一口，可把袁绍吓坏了。"听到这里何颙也笑个不止。许攸说："我再跟你说一件事。前不久有一家人娶媳妇，大家伙围着看热闹，曹操见袁绍看新媳妇看得那么专注，就说把新媳妇偷出来给袁绍做媳妇，袁绍量曹操也不敢，因此说：'好吧，你只要偷出来我就把她娶回家。'两人为此打了赌。结果晚上趁人家正在喝喜酒，曹操让袁绍在后门等着，自己一个人溜进去，在里面大喊抓小偷，指挥里面的人都跑到前院抓小偷，他趁机跑到后院，将新娘子嘴一塞捆好，扛着从后门跑出来，交给了等在那里的袁绍。这时这家人发现新媳妇丢了，追了出来。袁绍也顾不得新娘子了，扭头就跑，却慌不择路，一下掉在路边沟里，沟边长满了棘藜，挂着袁绍的衣服怎么也动不了。曹操大喊：'小偷在这儿！'袁绍一急，一下子从沟里窜了出来。事后袁绍说：'我算服了你了。'"何颙哈哈大笑起来，说："行，有胆有谋。"曹操说："请何大哥告诉我，出城后送到什么地方就行。"何颙将地址告诉了曹操，说："那里已经有人等着了。"

　　第二天，曹操赶着袁绍给他准备好的一辆牛车，到皮货市场买了一车已风干未加工的羊皮牛皮，将车赶到指定的地点，接到李瓒，让他藏在里面，说："忍着点，不管发生什么事你都不要出来。"李瓒只知道说要藏在货物中潜出城，没想到曹操弄了一车臭皮子，又正值端午天热的时节，把他熏得直反胃，强捏着鼻子钻了进去。牛车来到西城门，这时已近中午，人们熙熙攘攘，挤在那里等待守门的吏卒查验。曹操将牛车赶到吏卒的身边停了下来，吏卒捏着鼻子骂了一句，一看是个年纪不大贩皮货的少年，问："你家大人呢？""我家大人病了，我跟着来过好几次了，与卖皮货的商家都很熟了，所以父亲让我自己跑一趟。我本不想来，怕事情办不好。父亲把我骂了一顿，说我白长这么大了，不知道帮家里一点忙。怎么样？绳子解开检查一下。"说着就准备解捆皮张的绳子。这时一阵热风吹来，皮子腥臭的气味熏得吏卒捏住鼻子直喊："快走，解什么绳子，你想熏死我们啊。"

曹操赔着笑，赶着牛车出了城。走了一段路，拐到僻静处，见四下无人，将李瓒从里面放出来。李瓒直嚷："熏死我了，你要再不把我放出来，我就憋死了。这是谁出的主意？装什么货物不好，非装一车臭皮子。"曹操笑着说："只有这臭皮子才最保险。我也被熏坏了。"说着两人将牛车重新赶到大路上，继续朝前走。

眼看天快要黑下来，这时来到一个小镇上。曹操提议找个客栈住下，李瓒说："夏天晚上凉快，连夜赶路，离京城越远越好。再说早点赶到，也少闻这臭皮子味。"曹操说："不行，咱们连夜赶路反而会引起别人的怀疑，哪怕明天走得早一点。"李瓒一听有道理，于是找了个旅舍，将牛卸下交给店家喂着。两人吃了晚饭，曹操让李瓒先休息，自己出去了。李瓒心中有事睡不着，等曹操回来，问："你不休息上哪去了？这小镇晚上有什么好逛的？"曹操说："我找了个主顾，把那一车皮子换成了两大袋粮食。"李瓒问："你换粮食干什么？"曹操说："你想明天还继续挨熏啊？我早就受不了啦。"李瓒笑了："早点休息吧。"

第二天天不亮，趁着凉快，两人早早上了路，车上装着用皮货换的两口袋粮食。牛车渐渐驶入山区，路上行人越来越少，两人一路上说说笑笑，李瓒紧张的心情这时早已放松下来。

傍晚时分，两人赶着牛车来到一个小山村，按照何颙交给的地址，找到一户人家，从外面看这家光景还不错。曹操刚要喊，只见从院子里走出一个人，年二十多岁，身高八尺有余，身姿挺拔，容貌俊秀。李瓒认了出来："景生兄，是你啊？"曹操一听，知道此人就是常说的"八及"之一刘表了，肃然起敬，上前施礼。刘表将二人让进院子，这时从屋里走出一个年龄二十四五的青年人，身高七尺多，身材壮实，浓眉大眼，浑身透着一股豪侠之气。因为来时何颙交代过刘表和张邈两人躲藏在这里，心想这位应该就是张邈了。果然李瓒高兴地迎了上去，喊："孟卓兄，好久不见了。"两人高兴地拥在一起。

这家的主人是老两口，不知何颙怎么认识他们的。搜捕党人一开始，刘表、张邈不仅京城无法待，连原籍也不敢回，何颙便把他们安置在这个地方躲了起来。曹操将两口袋粮食卸下来，这老两口见来了人，帮着把牛卸下来，牵到旁边的牲口棚，和自己的一头驴拴在一起，便张罗着做晚饭。

李瓒向刘表和张邈介绍了曹操，两人都感佩曹操的智勇和豪爽。这时饭菜端上桌，大家边吃边聊。因为走了一天，曹操和李瓒早就乏了，所以便早早休息了。

第二天一早，曹操告别了他们返回洛阳。从此每隔一段时间，袁绍就准备一些粮谷和日常用品，由曹操给他们送去。一来二去曹操和他们也都很熟了。

时间过得飞快，转瞬已是年终。曹操受袁绍之托，再次来小山村送东西，带来了一个好消息：据说过完年天子已经十六，将要亲政，到时要大赦天下；估计这隐姓埋名的苦日子快熬到头了。大家伙听了都非常高兴，盼着天子亲政，大赦天下的时刻到来。

过完年就是建宁四年，还在正月里，朝廷就举行了天子亲政大典。天子颁下诏书，大赦天下。然而诏书却特别指明：唯有党人不赦。不仅不赦，还要严加搜捕，勿使漏网。这唯一的希望破灭了。何颙与袁绍商议，刘表等人在一个地方待的时间太长了，再待下去恐怕走漏风声，不如把他们转移到离京城更远的地方，袁绍也同意。临走，曹操没能去送行，只是托何颙向他们问好，让他们保重。

转眼已到初夏，袁绍二十岁的生日，袁逢为袁绍举行了隆重的冠礼，赐字本初；同时袁绍在太学也通过了《书经》的考试，获得了通一经的证书，被朝廷征辟为郎中，在司徒府任职。自从袁绍出仕以后，与曹操见面的机会就少了。

这天休沐，曹操想到好多天没见袁绍了，心里挺想的，便去袁宅找袁绍。袁绍一见曹操，也亲热得不得了。曹操说："听说新任大司徒桥玄桥公祖是个很严厉的人，司徒府的差事还好应付吧？"袁绍说："差事还行，能应付。只是桥公刚上任，我和他接触不多。谣传说他年轻时在本县睢阳任功曹，有一次豫州刺史周景到梁国视察工作，桥公听说陈国相羊昌罪大恶极，就请求周景任他为刺史部从事，派他到陈国调查羊昌的罪行，周景答应了他的要求，下了任命书。桥公到陈国后，将羊昌的宾客逮捕、审问。羊昌与大将军梁冀私交很好，把这件事反映给了梁冀，梁冀一纸公文，命周景给桥公下令放人，桥公扣住命令不执行，加紧审讯，罪证落实后，将羊昌打入囚牢，押往京城，交给了廷尉署。可知桥公疾恶如仇。"曹操说："他不怕大将军梁冀报复？""他做好了被报复的准备，哪想到梁冀还没有来得及报复，就被桓帝诛杀了。"袁绍接着说，"还有一件事不知你听说没有，就是当初桥公到京城洛阳任职以后，一次桥公年仅十岁的小儿子在门外玩耍，忽然有人拿着刀把他小儿子劫持了，要桥公拿钱来赎，桥公不答应。这时司隶校尉阳球率河南尹、洛阳县令等官吏来到现场，命士卒包围了罪犯，罪犯挟持着孩子退到一栋楼上，阳球等人恐怕罪犯伤害孩子，就和罪犯谈判。桥公反对，喊道：'贼人可恶，我怎能以一子之命放纵国贼。'亲自督促士卒进攻，罪犯被抓获，而儿子也被罪犯杀死。当时劫持人质的事件频发，桥公面呈天子下诏，以后凡有劫持人质的全部斩杀，不得以财宝相赎，姑息养奸。自此以后，直到现在，京城再也没发生过劫持人质事件。"袁绍问曹操："你感觉桥公是个什么样的人？"曹操说："公而忘私，舍生取义的人。"袁绍点点头说："我也有同感。"

少顷，袁绍又说："据说桥公还会打仗。桓帝末年的时候，鲜卑、南匈奴和高句丽一起发动了叛乱，朝廷征拜桥公为度辽将军，假黄钺。桥公率兵出征，一举平定了叛乱。在边关任职三年，边境安定，人民安居乐业。本朝天子刚登基时，被调来京师任河南尹，又转任少府卿，接着转任大鸿胪，后升为司空。他平素与陈珪的伯父、时任南阳太守的陈球关系不睦，自担任三公后，却力荐陈球为廷尉，可知桥公是一个胸襟坦荡的人。"

曹操听了袁绍的介绍，不禁对桥玄肃然起敬，说："这是一个值得尊敬的人，遇到机会你给我引荐一下，我想拜见桥公，希望得到他的指教。"袁绍说："这没有问题。"

不久由于袁绍在通经考试中成绩特别优秀，所以他在侍郎的位置上屁股还未坐热，就被朝廷诏拜为濮阳县长。临上任前，他找到曹操，说要兑现承诺，将曹操引荐给桥公。曹操非常高兴。两人来到司徒府，由袁绍领着不用通报，径直来到后院。这时只见一位白发老者，年纪约有六十岁，正在院内亭中看书，见有人来，放下手中的书，站起来迎接："这就是那位把袁本初吓得半死，又偷人家新娘的曹公子吗？"面对这么直接的提问，曹操倒显得不好意思了，看了袁绍一眼，责怪他不该对桥公什么都说。赶紧上前深施一礼："晚生拜见前辈，望桥公多多赐教。"桥玄笑道："袁本初说你想见我，其实从他那里我也早闻你的大名，也想见见你。不必拘束，请坐。"

　　三人随意聊了起来，曹操觉得袁绍说的确实不错，桥公的确一点架子也没有，就像一位慈祥的老人，渐渐地心情放松下来。这时桥公说："你的爷爷曹常侍一生谨慎，忠于朝廷，早年我和他打过几次交道，给我的印象不错。"曹操说："爷爷在世时我还小，又一直待在老家谯县，我对爷爷记忆不怎么深。"袁绍说："我也听父亲他们谈过，对你爷爷的看法都很好，不像现在的黄门常侍。"由曹操的爷爷谈到现在的宦官，大家越说越气，共同话语不少。看看时间不早，曹操想到大司徒工作一定很繁忙，便起身告辞："今天能有幸被大司徒召见，不胜荣幸。"桥玄说："以后有什么事尽管来找，没事就来聊聊，可别一去不复返哪。"说完自己先哈哈笑起来。曹操说："只要桥公不嫌烦，我一定少不了来打搅。"

　　三天后，曹操等人为袁绍举行了送行礼，袁绍到濮阳上任去了。

　　袁绍走后，朋友圈里少了一位充满激情的组织者，因此曹操感到一下冷清了不少。这天曹操上完经学课，刚走出讲经堂，便听说大司徒桥玄因病辞职了。曹操放心不下，就赶到桥玄家探望。桥玄见是曹操来了，立刻迎了出来，伸手拉住曹操的手就往屋里让："怎么才来看我？"曹操问："听说桥公病了，我特来探视，感觉桥公气色还不错。"桥玄让曹操坐下，说："我有病不假，但不是身体上的病，我是心里的病。宦官把持朝政，胡作非为。我年龄也大了，自知无能为力，心里只有干着急。眼不见心不烦，一生气干脆辞职算了。一开始天子不答应，后来看我态度坚决，便答应我休息一段时间。"曹操说："我还真以为你有病了。""要不是还不来是吧？"桥玄问。曹操笑了。桥玄问了问太学的情况，又问了曹操最近学习怎样，都读了什么书。曹操一一作了回答。看看已近中午，桥玄要留曹操吃饭，曹操说回到太学还有事，坚持要走。桥玄说："这以后我无官一身轻，在家赋闲，常来陪老夫说说话。"曹操说："我一定常来打搅，只要桥公不嫌烦。"桥玄亲自送出门外。

　　自此以后，曹操成了桥玄家的常客。二人无话不谈，从孔子的"正定名分""忠义礼智信、勇泰宽敏慧"的"仁"，到思孟学派的"中庸"与"五行学说"；从杨朱的"全性保真"思想，到庄周的"任乎自然"的道德观；从墨子的"兼爱"到荀子的"礼表法理"的思想；从商鞅变法、李悝的"集诸国刑典，造《法经》六篇"，到韩非的"以法为教"，二人纵横理论，指斥褒扬。曹操从桥玄这位经学博士的大学者那里，获取了大量的知识。而这位学富五车的大名士也看到了曹操涉猎之广泛，思索之深刻。因此更加喜爱曹操了。

一次桥玄问曹操："我曾听说你不爱学习，尤其很少把心思用在经学上，现在看来，不像人们传说的那样。这是怎么一回事呢，难道谣传有误？"曹操笑着说："谣传也是真的。我觉得读书应该将书中的主要内容掌握住，尤其是那些先哲们，他们的思想是什么？他们主张什么，反对什么？只要把这些弄清楚了，就算有收获了。而不必终日抱着书在那里死记硬背，非要揪住书中的一个字、一个词、一个句子，终日在那里考究。甚至望文生义，揣摩猜测作者的心思。有的人甚至钻了一辈子，也没有把书中的字词句探究完，到最后也没弄明白书中到底说的是什么。我觉得把宝贵的时间用在这方面，真是太可惜了。"

桥玄听了，拍了拍曹操的肩头："的确是这样，什么时候也不能把书读死了。"

桥玄曾任度辽将军，亲自指挥部曲打了一些漂亮的仗，所以曹操也经常向他讨教一些战争方面的问题：诸如战略战术、后勤补给、兵器装备等，桥玄总是悉心指教。并介绍给他一些有关军事方面的著作：诸如《孙子兵法》《六韬》等。曹操常常悉心研读。

这一日曹操又到桥玄家中，刚进门就听到一阵优雅的琴声从屋内传出。曹操自幼喜爱音乐，也曾拜师学过古琴。这清澈宛如流水的琴声使他陶醉。他不愿打断这天籁之音，于是站在门外倾听。一曲完了，曹操击掌进入屋内："琴声悠扬，宛如饮了一杯琼浆，是桥公奏的吧？"随着话音，曹操向琴后望去，只见琴旁坐着一位四十来岁，头戴儒冠，身着深衣的男子。他脸色红润，坐姿端庄。曹操不认识他，颇感尴尬。这时桥玄连忙介绍："这位就是蔡邕蔡伯喈，想必你听说过吧"面前坐着的竟是蔡邕。虽未谋面，蔡邕的大名早已如雷贯耳。他博学多才，辞章、数术、天文等无不知晓，尤其擅长音律，弹得一手好琴。桥公还在司徒任上时，专门征辟蔡邕为司徒府掾属。曹操曾打算让桥公引荐，后来桥公告病去职，此事只好作罢。没想到今天竟……曹操激动万分，来不及细想，朝蔡邕恭恭敬敬地深施一礼。

桥公又向蔡邕介绍道："这位就是……"蔡邕起身接着说："桥公新结交的曹操。"桥玄点头："虽然我们是一老一少，却是忘年交。"蔡邕打量了一下曹操，看到这个个头不是很高的少年，黑黑的肤色，英姿勃发，也产生了喜爱之情。一边略略施礼，一边说："桥公不断提到你，今日一见果然颇有气度。"曹操说："蔡大人过誉。以后还请蔡大人多多赐教。"蔡邕颔首微笑："这个自然。"

从此曹操不仅从儒学大师蔡邕那里学到了许多的经学知识，这弹琴的技艺经过蔡邕的点拨，也提高了一大截。

不久，天子拜桥玄为尚书令。桥玄无法再拒绝，只好到尚书台上任，同时举荐蔡邕到河平县任县长。蔡邕走后，曹操很长一段时间感到很失落。

第六章

惩宦竖行刺张让　求品评胁迫许劭

　　时间过得真快，春去夏至又是五月，朝廷大赦天下，改元熹平。转眼已到六月，窦太后自其父窦武被诛后，迁居南宫云台殿，一直郁郁寡欢。此时闻听被流放在比景的母亲病故，更是抑郁成疾，不出几日便崩于云台殿，谥曰桓思皇后。一个月后与桓帝合葬于宣陵。

　　桓思皇后下葬没几日，这天早上天刚亮，就有人发现在南宫的朱雀门前高大的宫阙上，不知什么人在上面贴了张大告示，写着："天下大乱，曹节、王甫幽杀太后，常侍侯览多杀党人，公卿皆尸禄，无有忠言者。"曹节、王甫奏明天子，下令司隶校尉刘猛逐捕诽谤者。这刘猛本就认为告示说的是实情，因此推三阻四，不肯追查。惹恼了曹节、王甫等宦官，奏明天子，说刘猛同情党人，将其贬为谏议大夫，以御史中丞段颎为司隶校尉。

　　这段颎本是一位战功卓著的将军，他曾任辽东属国督尉，戍边时颇有战功，后任中郎将。自从前年征调回京后，甘受曹节、王甫的拉拢，所以屡次增封，成为万户侯。自段颎被宦官举荐为司隶校尉后，与中长侍张让共同追查朱雀门谤讪者。张让推测，能在宫阙上写这些话的，只有太学和各州郡私学的学子们。于是在张让的配合下，段颎拿出了平定叛乱的劲头，坚持不懈在太学和各州郡的私学中追查、搜捕，前后一共逮捕了一千多名学子，致使太学和各州郡的私学里人心惶惶。

　　王俊和许攸害怕受到牵连，也悄悄逃离了京城洛阳，临走都没来得及和曹操道一下别。已是年末，眼看好朋友被抓的抓，逃的逃，曹操心里好不凄凉，更加痛恨宦官。

　　新年刚过，这一日，曹操心事重重地出了太学往家走，不提防被人撞了一下。他抬头瞧了瞧，见是一位老者，弓腰塌背，便往旁边绕了绕，依旧朝前走。这时那位老者又碰了他一下，这一次明显是故意的。曹操刚想发火，只见那老者歪着头朝他挤了挤眼，他略一怔，立刻惊叫道："何……"下面的"伯求"

二字还未出口，又赶快捂住了嘴，低声说："你跟我来!"两人一前一后朝曹操家走去。

来到家中，曹操直接将何颙领到自己的房中。何颙慢慢地将妆卸下，恢复了本来面目。曹操很久没见到何颙了，心情激动，问："你从哪里来，这么危险，你却来到城中，有什么急事?"何颙说："我从汝南来。这次全国各地的学子们遭到搜捕，全都是张让使的坏，我打算刺杀张让为学子们报仇，没想到这么巧碰上了你。"曹操说："自从朱雀门事件后，我父亲怕我牵连进去，就让我搬回家来住。刺杀张让恐怕不容易吧?"何颙说："对我来说并不是什么难事，只要把张让的行踪搞清楚就好办了。"曹操沉吟了一会儿，摇摇头，说："你在城中活动不方便，不如这件事交给我办。"何颙坚决不同意。曹操说："你难道还不相信我吗?"

凭何颙对曹操的了解，论胆量、论计谋、论武功，这位小老弟没得说的。只是此事太大，万一不密，让曹操送了命，那就太不仗义了。何颙摇头反对。看何颙还是不赞成，曹操说："我在城中住，比较方便，寻得时机，随时都可动手。"说了一大堆的理由，坚持自己刺杀张让。何颙想了想，觉得曹操说得在理，只好答应了曹操的要求。

第二天吃过早饭，何颙重新化好妆，将自己随身携带的一把锋利的小手剑留给了曹操，又千叮咛万嘱咐："实在没有机会就放弃，不可强求。"曹操让他放心，并托他向李瓒、刘表、张邈问好。并说王俊和许攸不知躲到哪里去了，望他留心寻访一下。

送走何颙后，曹操便开始了行动。没用几天时间，曹操就把张让的行踪和家里的情况搞清楚了，决定动手。

朔日晚上，半夜时分，曹操换了一身黑色紧身襦衣，将小手剑揣在怀中，从家中翻墙跳出院外。这季节正是初春，晚上还是非常寒冷的，街上空无一人。既是朔日又是阴天，整个洛阳城都笼罩在漆黑的夜色中。曹操穿小巷，翻墙头，避开街上巡逻的士卒，很快来到张让家。他侧着耳朵听了听动静，然后拾了块土块扔进院子里，看看没有动静，便纵身一跃，扒住墙头翻了过去。见左右偏房中有灯光，他知道里面是守夜的人，于是蹑手蹑脚地顺着墙根溜到过庭，直奔后院。他早已打探清楚，张让就在后院正屋住。曹操来到后院，留心观察了一会儿，见后院围墙较高，庭院中有根碗口粗的棍子，他顺手将木棍斜靠在墙角，然后来到张让的住房前，将门闩挑开，闪进屋内，朝里边的套间摸去。屋里太黑，他看不清床上的人睡在哪头。当他竭力辨别清楚人睡的方位后，又发现床上好像不止一个人，起码有三个人。他怀疑自己走错房屋，想了想不会错。可怎么会有三个人，究竟哪一个是张让？他不能错杀无辜。正当他竭力在黑暗中分辨时，突然一声女人的惊叫划破黑暗，随即旁边又一个女人惊叫了起来，曹操心里一沉：坏了，没想到张让这个宦竖，还收养着两个暗妾。张让此时也醒了，大声呼喊起来。曹操动手向张让刺去，张让极力躲闪。这时前后院的人都惊了起来，纷纷朝这里奔来，再不走就来不及了，曹操只好丢开张让冲出屋外，见许多人朝这里围过来，喊叫："赶快点灯，不要放跑了刺客。"曹操将手剑一抢，趁围攻的人往后一退，他返身蹬住靠在墙角的那根碗口粗的棍子，纵身一跃往上蹬了几步，扒住墙头翻了出去。若不是曹操心细，进来时将那根棍子顺势靠在墙角，为逃走做好了准备，此时想逃也来不及了。曹操翻出墙外后，又按照事先观察好的路线，蹿房跳墙消失在夜色中。

这时张让家里大乱，一见刺客跳出了院外，便纷纷朝外涌去。院里的人此时把灯点了起来，大家在猜测刺客是哪来的。这时只听其中一人说："从身形、个头，我看着像曹嵩在太学上学的大儿子。"张让惊魂未定，说："不可能，曹嵩和我关系一向不错，再说他爷爷曾是大长秋，曹操不会干这事儿。""常侍有所不知，这曹操在太学交友颇广，与党人交往甚密。因我去过曹家多次，曾与他儿子见过几次面，也知他儿子颇有些能耐，虽不敢肯定，但我觉得八九不离十。"那人坚持说道，"我们此刻赶到他家，一查就清楚了。如果他大儿子不在家，必是他无疑。"这时有人说："他大儿子在太学上学，也可能住在太学。"那人说："据曹嵩讲，自朱雀门事件后，他儿子现在家居住。如果不在家，就到太学搜查，要是也不在太学，恐怕他就脱不了干系了。"张让说："好，快马前去，赶在他逃回去之前。你们分头去查，如果找不到，立刻在全城搜捕。"

一阵"啪啪"的急速敲门声，惊起了曹嵩，他边穿衣裳，边朝大门走来。此时家奴已开了大门，来人不由分说往里便闯，曹嵩迎着道："什么事？你们是什么人？"来人道："你大儿子呢？"曹嵩这才看清，原来是张常侍的家奴们，便说："深夜来此，张常侍有何吩咐？"那些人一看是曹嵩，口气先软了一些："找你大儿子有点事，在家吗？""在睡觉呢。"曹嵩指着偏院说。不等话音落，那些人朝偏院走去。曹嵩料定事情重大，惊恐地说："待我喊他。"连忙跨前两步来到屋门前，喊了两声，无人搭话。那些来人认为这下坐实了，于是准备踹门，刚一抬脚，只听屋内慢悠悠地答道："半夜三更的，喊我干什么？"曹嵩说："你出来一下。"屋内答道："等我穿好衣服。"屋内的灯亮了起来，一阵窸窸窣窣的穿衣声，门一打开，只见曹操揉着眼睛，呵欠连声地说："有什么急事，非得半夜三更敲门？"

为首的来者上下打量了一眼，确认是曹操，便颇尴尬地对曹嵩说："见谅，见谅！告辞了。"说完便带着其他人要走。曹嵩问："出了什么事？"那人说："有人刺杀张常侍。"曹嵩不愿意了："为何到我们家？"来人说："有人说刺客像你们家长公子。这下好了，说明不是。打搅了。"

送走张让的家奴，曹嵩命家奴插好门，来到曹操屋里，审问是不是曹操干的？曹操一口咬定没有干。曹嵩问曹操是不是参与了此事？曹操矢口否认。曹嵩一脸的不相信。他太了解自己的儿子了，平常闲话中就流露出了对宦官们的强烈不满，他受太学生的影响太大了，虽然他抓不住儿子的证据，但第六感觉让他心里认定这件事与他儿子脱不了干系。他忧心忡忡地回到自己屋里，难以入眠。京城对于他的儿子来说是个非常危险的地方，长此下去，他的儿子不知道会捅出多大的漏子。太学也不能再待下去了，否则他的儿子只能越陷越深。应该立刻让他回老家谯县，找个私学继续学习。曹嵩想着：明年弱冠，行了冠礼，我托托关系，让州、郡举他为孝廉，就可以征辟到朝廷任职了。这后半夜曹嵩瞪眼到天亮。

待父亲走后，曹操将夜行褕衣和小手剑迅速收好。还好，倘若晚回来一步，就露馅了。他平复了一下心情，准备再寻时机刺杀张让。后来经多次打探，张让已加强了戒备，时机很难再有，他感到对不起何颙。这时他父亲已决定让他回老家，在父亲的一再催促下，又见朋友们四下逃散，再在京城待下去，感觉无聊，便只好先回谯县老家。

曹操本想到尚书台找桥玄告别，想了想觉得还是晚上到桥玄家中，因此吃过晚饭早早来到桥玄家。桥玄将他让到书房中，问他最近通经考试准备得怎么样？曹操没有接话，说："我父亲打算让我回谯县，由县里举荐孝廉。"桥玄略一沉吟，说："这样也行。如今京城里乱糟糟的，待下去也无甚益处。不过你回谯县的时候，最好先绕道汝南郡平舆县，到那里拜见一下许劭。他和他的兄弟许靖虽然都很年轻，两人搞的那个'月旦评'却很有名气，对各种人物进行品评，据说都能做到恰如其分。凡经他们品评的人物立刻扬名州郡，名显当世，所以受到世人的推崇。我曾是他们的老师，给你写一封推荐信，让他们认真地给你品评一下，这或许对你以后出仕有帮助。"说完，桥玄就动手写信，然后把它交给曹操。

曹操将信收好，说了一些感谢的话。桥玄一摆手说："你不用说这些客气话。我们俩是忘年交的好朋友，你这一走，我也会感到寂寞的。"说完又哈哈大笑起来，"有分就有合，盼你早早回到京城来。"曹操告辞，桥玄送出门外，语重心长地说："你要努力，我等着你早日归来再聚。"

曹嵩也知许劭的月旦评，得知曹操得了桥玄的推荐信，要绕道汝南找许劭品评，很是高兴。儿子经过月旦评，一定会身价倍增，为今后出仕创造一个很好的条件，于是特意为曹操准备了一辆轻便马车。曹操装好行李，驾着马车，晓行夜宿，走阳城过西平，这天傍晚来到了平舆县。曹操找了一间旅舍住下，安顿好行李，将马交给店家喂着。旅舍老板一看曹操的打扮，便知也是来找许劭品评的，便主动热情地介绍："许子将节操高尚，谨遵伦理，显名天下。当初徐璆任我们汝南太守时，新聘许子将为郡功曹。郡府中的官吏听说许子将任功曹，个个都遵守德操，规范自己的言行。"他看曹操听得很认真，便加重语气道："真的，我说的绝不夸张。他看人最准，所有品评都十分中肯，各州郡依其评议用人，无不恰当。渐渐传扬开来。这不，每天来找他品评的人络绎不绝。"

曹操笑问道："有那么神奇吗？"旅舍老板说："看来你还有点不相信。这么说吧，只要和你谈过一次话，就能把你看得入木三分，评语增一分嫌长，裁一分嫌短。再有几日就是下个月的旦日了，这天他就会把对每人的品评贴在他家门口的一块特制的大壁板上，到时候你自己可以看看，我说的是也不是。你明天早点去，因为人多去晚了怕轮不到你，误了日期就会白跑一趟，只能等下个月了。"

曹操道了谢。第二天一早，曹操吃了饭，向旅舍老板问明了许劭的住处，便穿街过巷，径直来到许劭家，见正对大门的是一面木板做的墙，看来这就是旅舍老板说的贴月旦评用的。进到院内，见过厅已有人在等候了。曹操将名刺递上去，排上号，便细细打量起这座院落。院落不大，坐北朝南，分前后两院，房屋都是草盖的顶，墙壁是土坯垒的，院墙不高，是麦秸和泥做起来的。虽然朴素倒也整洁，看得出主人是个很细致周到的人。

曹操耐心等候，陆续有人进进出出。曹操留心看了一下，有的刚进去不大一会儿就出来了，也有的进去好长时间才出来。这时有人出来喊曹操进去。曹操随人出了过庭，来到后院正房，进门看到正对门的几案旁，席地端坐着一个人，看上去也就三十多岁，头戴儒冠，面容祥和，目光炯炯，周围和背后木架上堆满了简册、木牍等书籍。曹操想这便是许劭了，于是深施一礼："在下曹操，前来拜见名士，望不吝赐教。"许劭没说话，仔细打量着面前站着的这位未满弱冠的年轻人，个头虽不太高，长得也有点黑，头上的发髻挽得紧紧的，浑身上下透着一股豪气。脸上露出了一丝不易察觉的满意的神情。他指着旁边的另一个几案，示意曹操坐下。曹操毕恭毕敬地在几案旁席地跪坐好，身子放得端端正正的。

许劭详细询问了曹操都读过些什么书，对哪一类研读得比较精细，诸子百家都主张什么；对当前时局的看法，京城洛阳最近都发生了什么事，甚至连现在庄稼长得如何都问到了，看似漫无边际。曹操一一做了回答，许劭露出了满意的笑容。最后许劭又问他家中都有什么人，家境如何？当曹操说出爷爷是曹腾，父亲是曹嵩时，曹操明显地感到许劭的眉头皱了起来，那种在太学里无数次见到的冷漠的神情再一次呈现在曹操面前。谈话戛然而止。许劭冷冷地下了逐客令："好吧，请回。"曹操忐忑不安地回到旅舍："许劭会给我个什么评价呢？"

这月的旦日终于到了。许劭家门前的那块硕大的板壁前围满了人，有两个家奴正将评语一条一条地贴上去。有的人看了评语欢天喜地，有的人看了评语神情沮丧。曹操认真地观看着，当最后一条评语贴上后，曹操发现没有对自己的评议。曹操不放心，又从头到尾认真反复地看了几遍，仍然没有。他问许劭的家奴，确信评语已贴完时，心里有一种说不出来的憋闷。他离开人群，在许劭家门前转悠着，最后决定去问个究竟。然而许劭家的大门紧闭，无论怎么拍打门板，里边也不开门，后来从里面传出来一句话："本次月旦评已过，概不会面。"

曹操从怀里掏出桥玄给他写的推荐信，想拿着推荐信再去敲门，刚扬起胳膊，想了想又放了下来；将信重新揣好，来到院墙边，见院墙低矮，一纵身便翻了过去，直奔后院的正房。院内有几个家奴看见便来阻拦他，早被他推得七倒八歪。他一进屋，惊得许劭愣在那里，问他："你是怎么进来的？"这时家奴也跑了进来，说曹操翻墙硬往里闯。许劭一听，脸沉了下来。

曹操稳稳地站在那里，先深深施了一礼，然后不急不躁地说："许子将，你是大名鼎鼎的学者，曹操非常敬重您，而您却看人有别。都说您道德高尚，注重名节，处事公允，看来也是徒有虚名。曹操究竟哪里不值得你品评，请予明示。"许劭张了张嘴，想说："因为你是宦官之后。"但话到嘴边却改了口："对你我还不太了解，所以无法品评。"曹操笑了笑："不是吧。你厌恶宦官，认为我是宦官之后。当今宦官专权，祸乱朝政，曹操同你一样，对此也是深恶痛绝。"

许劭很惊讶，此刻面对曹操，他竟无言答对。曹操说："我是专程来向你请教的，今天你不给我品评，我就不走了。"说完，在一个几案旁坐了下来。这时许靖也进来了，看到曹操耍赖，就要将他往外赶，许劭摆摆手，想想如果抛开宦官之后的身份不说，面前的这个年轻人确有过人之处。默然了一会儿，他拿起笔来，将裁好的蔡侯纸铺好。这时曹操站起来，从怀中掏出一块绢，比那纸大一倍，放在案上，说："不费你的纸了，就用我这块绢吧。"许劭拿起笔来，在绢上写道："曹操：君治世之能臣，乱世之……"他拿着笔的手不动了，沉吟了半晌，最后有力地写出了两个字："奸雄"。曹操一愣，随后哈哈大笑，高声喊道："来人，将许名士的这一评语赶快贴出去。"

家奴听到喊声，赶快进来，看许劭点头，便从曹操手里接过那块绢，出去张贴。曹操从怀中将桥玄写的推荐信掏出来，放到许劭手里，笑呵呵地出去了。许劭一愣，赶快打开手中的绢帛，认真一看，说："这曹操，怎么不将桥公的信早点给我。"

第二天，被品评的士子们陆续揭下自己的评语揣好，相继踏上了回去的路程。曹操也将写着品评自己的那块绢揭下来，胡乱团了起来，揣在怀里，回到旅舍，打点好行李，准备回老家谯县。当他套好车，刚要踏出旅舍的门时，听到旅舍老板正和别人说："你们听说了吗？咱们汝南第一大家，四世三公的汝阳袁家刚从京城回来，说是太仆袁逢的妾死了，灵柩已经运回，正举行葬仪，准备安葬。从各州郡赶来参加葬礼的袁氏门生、宾客据说有两三万人，汝阳城里的旅舍全住满了，实在住不下，袁家干脆搭了好多席棚，光做饭的就有上千人之多。"有人问："你这消息可靠吗？""当然可靠，这事谁能瞎编？有好几个人刚从汝阳回来，都这样说。"曹操想，袁逢的妾不就是袁绍的生母吗？袁绍一定也回来了，不知道则罢，既然知道了，我是一定要去的。于是向店家打听清楚路径，驾上车朝汝阳奔去。

曹操赶到汝阳时已是傍晚，只见袁府内外一片白幡、挽幛，曹操将车和行李交给专门负责接待的执事，带着挽礼来到灵堂。只见灵柩前点着长明灯，摆着供品，袁绍、袁术身披斩衰丧服，神情悲痛，跪在灵前守灵。曹操上前，双手将挽礼敬奉于执事，磕了头，嚎哭了几声，被人搀扶起来。袁绍、袁术还了礼，曹操劝二人节哀。因吊唁的人络绎不绝，曹操不便久停，便告辞。袁绍示意执事安排曹操住宿、吃饭。

离了灵堂，刚出袁府大门，曹操觉得有人拍了一下自己的肩，扭头一看，竟然是王俊。他朝王俊的肩头还了一掌，说："王俊大哥，没想到在这里碰上了你。你走也没说一声，我还以为很难再见到你了。"王俊说："当初形势紧，走得急。你什么时间到的？"

曹操将到平舆去拜见许劭，听说袁绍母亲归葬汝阳，便赶到了这里，叙述了一遍，问王俊："你来得早了。"王俊说："我家离汝阳不远，前几天我得到信儿说本初的生母病逝，归葬家乡，我就过来了，看看有什么事需要帮忙的。袁氏是大家族，门生故吏极多，我在这里也帮不了多少忙。只顾说话，你还没吃饭吧？走，我领你先去吃饭。"示意执事将曹操交给自己。

吃过饭。王俊说："袁氏四世三公，门生、宾客来得太多了，城中旅舍全住满了，只好临时搭了一些席棚，今晚上咱们就在席棚中暂住了。"说着，领曹操来到自己住的席棚中，挨着自己身边给曹操挪了一个位子。两人见席棚中还有其他人，不便说话，便出了席棚，找到一处偏僻的地方，坐在那里聊起来。

曹操问王俊回家后的情况。王俊说："有家乡宗亲们的保护，暂无大碍。"曹操问："将来准备怎么办？"王俊说："我在老家也不能待太长时间，已打算到荆州去躲躲，那里远离中原。"曹操问："什么时间走？"王俊说："等本初的母亲下葬以后，我就从这里走了。"曹操说："不回家了？"王俊说："出来时我已经给双亲说了。"曹操说："这样也好，等形势好转再回来。"

曹操望了望圆月，又问："你见过何颙吗？"王俊说："昨天何颙刚来过，敬奉了挽礼就走了。刘表、张邈、李瓒就躲在汝南，他们没敢来，派了何颙当代表。"曹操说："我能不能见见他们？挺想他们的。"王俊说："何颙说还是少接触为好。连我也不知道他们在什么地方，只知道在当地一家大豪强家中隐藏，那人与何颙和袁绍都是好朋友。"曹操说："我现在也有点担心本初兄。虽然他这几年不在太学了，但当初在太学中可也是大名鼎鼎的人物。现在宦官势力像急红了眼的狼，四处乱咬，难保不会出什么问题。"

王俊笑了笑说："你不用担心。你知道中常侍袁赦吧，他和袁家是同族，因为袁家四世三公，袁赦就想和他们拉近关系，作为外朝的援手。所以你看不管遇到什么风浪，袁家都稳坐钓鱼台，其中的秘密就在这里。"曹操"哦"了一声。

正在这时，远处传来一阵吵嚷声。听声音好像是从袁府那儿传来的，两人弄不清发生了什么事，赶快向袁府跑去。这时灵堂那里已围满了人，曹操和王俊挤了进去，原来是袁绍和袁术正在争吵。王俊告诉曹操："据说从守灵开始，两人就闹别扭，现在灵堂上又吵了起来，实在不像话。"大家不明白他们吵什么，也有劝的，也有听的，渐渐地大家听出来吵架的原因。原来袁术认为袁绍已经过继给袁成当了继子，就不再是袁逢这一脉的儿子了，不能再行孝子之礼，所以不应穿斩衰丧服，而应穿齐衰丧服，因此守孝期就不能长达三年。再一点，因为袁绍的母亲是妾，下葬时陪葬品的规格数量要相应减少。而袁绍却认为，自己虽然承嗣了袁成的香火，但死者毕竟是自己的亲生母亲，必须穿斩衰丧服，在墓旁守孝三年。虽然生母是妾，但自己是朝廷的命官，陪葬品有相当一部分是以自己的名义安置的，所以不能减少。两人因此争执不下，吵得不可开交。族中长老呵斥不住，其余外人也不好表态，最后还是他们的父亲袁逢赶来训斥，才暂时平息了下去。

在这样的时候，在这样的场合，兄弟二人公开吵闹，互不相让，实在是太忤逆了。回席棚的路上，曹操紧皱眉头，对王俊说："很明显，袁术是故意找碴，压制袁绍。"王俊说："不错，袁术这人心胸狭窄，难以容人。"曹操想了想说："袁绍从心底里也看不起袁术，但是两人又都自视清高。你看吧，将来祸乱天下的人，必有这兄弟二人。"王俊点头赞同："我也有同感。"稍停，王俊看着曹操说："不怕，将来铲除祸乱，平定天下的人就是你。"曹操望着王俊，两人相视一笑。没想到两人今日的戏谑，竟一言成谶。

后来，袁绍和袁术在其父亲袁逢和族中长辈们的调解下，达成了一致意见。

袁绍虽过继给袁成为子，但这次毕竟是他的生母大丧，仍以孝子之礼行葬仪，穿斩衰丧服，并守孝三年。因其母是妾，陪葬所用一应物品应符合规制，不应随意增添。

这日出殡，曹操和王俊手执挽绳，将灵柩送往墓地。下葬后人们便陆续散去。曹操和王俊陪着袁绍在墓顶上种了一棵柏树，随后来到墓旁新盖的守墓用的小草房里，只见简易垒起的灶台上，放着一个锅和两个碗以及一点粮食，墙角堆了一堆麦秸草，这就是袁绍睡觉的地方，他将在这里为其母守孝三年。袁绍此刻仍沉浸在悲痛之中，曹操和王俊对袁绍说了一些安慰的话，并让他保重自己的身体。看看天色已晚，便告别了袁绍。

回到汝阳城，吃过晚饭，在席棚中又住了一夜，第二天两人就此告别。曹操说："你此去荆州路途遥远，这辆车就送给你了。"王俊不收，曹操执意要送。王俊推托不过，只好收下，驾上车自去荆州。曹操背上行李回谯县去了。

第七章
举孝廉初登仕途　任县令严惩恶霸

　　曹操回到谯县后，与夏侯惇、夏侯渊、曹洪、秦邵、丁冲等整日在一起，形影不离，无非是飞鹰走狗、狩猎喝酒，尽享着青春的欢乐。与此同时，曹二叔按照哥哥曹嵩的意愿，一直忙着给侄子曹操说媳妇。女方姓丁，也是谯县的，家景殷实。经过打听，丁氏贤淑持重、勤劳敦厚，做得一手好女红，居家过日子是把好手。曹二叔也托人相看了，说是长得虽不是宛若天仙，却也眉清目秀。曹二叔写信将情况给哥哥讲了，哥哥曹嵩全权委托二弟一应承办。曹二叔将此事给曹操说了。曹操起初不愿意，说待弱冠后再行婚礼，架不住已娶亲的夏侯惇、夏侯渊的劝说，丁冲也说这丁家是他的一个远房亲戚，姑娘绝对是持家好手，曹洪、秦邵等人在旁撺掇，曹操也就答应了。

　　曹二叔随即择了吉日，与媒人一起送了聘礼。丁家攀上这么一位亲戚，自然万分高兴，很爽快地答应了。过完年开春按选定的吉日，曹家张灯结彩，大摆宴席，一大清早曹操就骑着装饰漂亮的枣红马，在夏侯惇等人的簇拥下前去迎亲。临近中午，娶亲的队伍已经回来了，花团锦簇的大花车里坐着新娘子，旁边跟着一位陪嫁女，后面便是送亲的队伍。鸣炮奏乐，新娘下车，曹操与丁氏在族中长老的主持下举行了婚礼，随即婚宴开始，宗亲宾朋尽情畅饮，至晚方散。第二天新媳妇就开始操持家务。曹操对自己的媳妇是满意的，人文文静静的。自母亲过世后，曹操就不知道女人的关心是个什么滋味，如今家中诸事全都不用曹操插手。还有丁氏织得一手好布，出嫁的时候从娘家带来了一套织布机，闲暇时便坐在织布机前织布。陪嫁丫头姓刘，年约十三岁，长得白白净净，挺懂事，手脚也挺勤快。曹操整天乐呵呵的。

　　人心里高兴，时间过得就快，转眼就是曹操二十岁的生日了。曹二叔受哥哥曹嵩的委托，张罗着要与曹操举行隆重的加冠礼。冠礼这天，祭祀的供品早已在家庙祖宗牌位前摆好，点燃高香，由宗族中的长老主持仪式。曹二叔领着曹操跪在祖宗的牌位前行礼，然后由聘请的当地最有名望的儒士依次为曹操加缁布冠、皮弁、素冠，最后宣布为曹操取字"孟德"。礼成后，大家欢聚一堂，饮酒作乐，以示庆贺。

举行完冠礼之后，曹操第一件事就是按照父亲的嘱托，带着礼品，依次拜见国相、县令，礼节性的告知国相、县令，自己已成人，可以被国家征辟了。国相、县令见了曹操，夸奖了一番，勉励了几句，让他在家等候消息。果然不久曹操被举荐为孝廉，年底朝廷的诏令下来，批准当地官府的举荐，并征辟曹操为郎官，前往京都洛阳上任。曹操即刻将常用之物收拾停当，家中一应事物仍委托二叔照管，又摆了一桌酒宴，邀请夏侯惇、夏侯渊、曹洪、秦邵、丁冲等一帮好友话别，随后便雇了一辆马车，携夫人丁氏和侍女刘氏前往洛阳上任。

曹操回到洛阳就去拜见桥玄，一见面，曹操便问："听说桥公又因病赋闲在家，这次是真病还是假病？"桥玄没有正面回答："太中大夫盖生，有人举报他在南阳任太守时，贪污受贿了有数亿以上的资财，我上奏圣上将他逮捕，没收他的不义之财。没想到他与圣上有旧恩，反而将他升为侍中大夫。我一怒之下便托病辞了尚书令。"曹操劝解了一番，岔开话题说："听说蔡邕大师已从河平县返回京城，我打算前去拜见他。"桥玄一摆手说："他最近忙得很。朝廷拜他为郎中，调他在东观校对书籍。在校书时，伯喈发现儒家的经籍在流传过程中，文字有许多错误，一些俗儒穿凿附会，随意解释，贻误后人，于是上奏圣上对五经文字进行校勘订正。圣上批准后，便调五官中郎将堂溪典、光禄大夫杨赐、谏议大夫马日磾、议郎张驯、韩说、太史令单飏等这些名震全国的大儒与蔡邕一起，聚集在东观正定五经文字。"曹操说："蔡大师重任在肩，我就不去打搅他了。"两人又说了会儿闲话，曹操便告辞了。

尚书右丞司马防向选部尚书梁鹄推荐曹操任洛阳北部尉。曹操很快接到任职令，曹嵩看曹操有点不高兴，问怎么回事？曹操说："我本想到洛阳当个县令，哪怕到小县当个县长，像当初袁绍那样，谁知却让我当了个北部尉。"曹嵩说："以孝廉为郎充任尉的职务，是朝廷的定例，并无不妥，我倒担心你未必干得好。"曹操说："何以见得？"曹嵩说："洛阳是京师，尤其北部尉所管辖的范围，更是达官贵人云集的地方，历任尉官都无法很好地治理，有的甚至在此断送了前程，你可不要掉以轻心。"曹操说："一个小小的北部尉再干不好，那还能干什么？"曹嵩说："你可不要蛮干，心眼儿灵活一点。在北部尉任上只要不出事，不给朝廷找麻烦，就算干好了。"曹操不以为然。曹嵩颇为担心。

"官不修衙"，而曹操上任的第一件事却是大力整修自己的官衙。他亲自带领吏卒们，从里到外将官衙彻底打扫了一遍。墙角旮旯多年积存的垃圾全部清扫干净，又聘请了各类工匠，将官衙里那些年久失修的断墙烂瓦等全都更换整修一番，该上漆的上漆，该抹墙的抹墙，整个官衙经过整修变得窗明几净，整洁亮堂，焕然一新，吏卒们看了也感到清爽了许多。环境一变，人的精神面貌也变了，个个精神焕发。曹操又特意吩咐工匠造了十几根大木棒，涂上五彩颜色，称为五色棒，悬挂在北部尉官衙大门两旁，耀眼醒目。

曹操不断接到报案，在北部尉的地盘上，经常有打架斗殴、撬门别锁、酗酒、赌博、抢劫等这些乌七八糟的事情出现，尤其夜晚更甚。朗朗乾坤，天子脚下，怎容此等罪恶横行。曹操立刻起草一份文告："夜晚亥初时刻，至第二天早上寅正时刻，实行宵禁。所有人等无事不得在街上闲逛。"手下的吏卒看了文告，劝他不要张贴出去，说："京师中有根基的人比比皆是。倘若那些世族豪强、宗亲国戚不听，将来大话吹出去了不好收场。"曹操沉吟了一下，然后提笔在文告后边又添上："有犯禁者，不避豪强，皆棒杀之。"随后吩咐手下："誊抄几份，即刻贴遍所辖区域，如有人徇私舞弊，放跑犯禁者，我定将严惩。"随后又将吏卒排班，叮嘱道："十二时辰不断人巡逻。一应吏卒按令执行。"自文告发出后，社会治安果然好转。无论是公卿大臣，还是平民百姓，都齐声称赞。消息传到灵帝那儿，灵帝还专门下诏予以表彰。

这天晚上曹操看子时已过，正打算到后堂去休息，巡夜的吏卒前来报告，说是在街上抓了一个违反宵禁的人。曹操说："按文告上说的执行就是了。"吏卒说："那人破口大骂，还说谁也不敢动他一根毫毛，他在宫中有靠山，大家不敢动刑。"曹操将宝剑在腰间挂好，一挥手："走，看看去，谁这么厉害。"

曹操来到现场，只见一人醉醺醺正在大骂："小小的北部尉算什么东西。我侄子是宫里的小黄门蹇硕，我是他的亲叔父，我就是违反你们的禁令了，你们能把我怎么着……"吏卒们望着曹操，看对蹇硕的亲叔父怎么处理。

曹操见过蹇硕，年龄与自己相仿，为人机警，据说颇有心机，虽然只是个俸禄六百石的小黄门，然而他随侍天子左右，深得天子宠信。此刻曹操问吏卒："宵禁令上怎么说？"吏卒答："有犯禁者，不避豪强，皆棒杀之。""那还不动手！""可……""动手，一切由我负责！"接着便听见一阵杀猪般的嚎叫，五色棒雨点般地落在蹇叔身上。这帮吏卒早已受够了宦官宗亲们的气，只是平常没人做主，便忍气吞声，今天得到了这个机会，有人做主，哪一棒下去都不是虚的，不一会儿躺在地上的蹇叔就只有出的气，没有进的气了。

第二天，曹操晚上棒杀蹇叔的事便传遍了京城，蹇硕气急败坏地跑到灵帝那里去告状，要求严惩曹操。由于曹操的宵禁令全洛阳城都知道，灵帝还因此下诏表彰了曹操，现在再以此治曹操的罪，实在说不通。因此灵帝倒责备蹇叔不加检点，反倒要求所有宦官、公卿大夫看管好自己的宗亲宾客，处事不可太张扬。蹇硕只好硬吞下了这个苦果。灵帝赏了他一些银钱，让他处理叔父的后事，以示抚慰。

曹操在京城就这么戳在那儿，宦官们浑身不自在。他们想给曹操安上党人的罪名除掉他，但都知道曹操是前朝大宦官曹腾的孙子，其父曹嵩和他们这些当朝宦官关系处得也非常好。要说曹操是党人，也确实说不通。无奈之下，他们只好叮嘱自己的养子、宗亲宾客们见到曹操躲远点，别找不痛快。自此后，洛阳北部尉管辖的地盘上，恶习绝迹，再也没人敢犯法了。

转眼就是熹平四年，晚春已尽，历时数年的《五经》正定已经完成。蔡邕亲自誊写，交由工匠们将其镌刻在石碑上，并立于太学大门两旁。这些经文用古文、篆、隶等三体书法誊写镌刻，以相参阅，不说《五经》碑文，但就大书法家蔡邕采用的三体书法就够一绝了。先是太学生们围观誊抄，接着全国各地的儒生络绎不绝前来摹写，一时间，太学周围的街巷，天天车来人往，挤得水泄不通。

《五经》石碑立起的第一天，曹操就来观瞻了。他为蔡邕的三体书法所折服，本打算闲暇时也来摹写几篇，没想到来人之多让他始料未及，一些鸡鸣狗盗之徒便趁机浑水摸鱼，坑蒙拐骗，碰瓷讹诈，闹得太学周围整日乱纷纷的。而太学在北部尉管辖区。于是曹操除留人值守官衙外，其余吏卒全调到太学周围，分散疏导人流，打击犯罪行为，折腾了好大一阵，太学周围的秩序才井然有序。一直持续到第二年，誊抄的人才渐渐少了。此时曹操才抽出时间，誊抄正定后的《五经》。

然而曹操刚动手誊抄，便接到灵帝诏命，诏令公卿署衙、各州郡县，审查党人的门生故吏、父子兄弟，其仍在位者，免官禁锢。曹操赶快在北部尉暗查此类人，倘身边有这些人，就要设法保护，好在身边没这些人。曹操很是奇怪，怎么突然又追查起党人来，而且这次殃及五族，必欲斩草除根，不留一点后患。后来见到桥玄才知其原因。原来远在益州的永昌太守曹鸾，上书天子，为党人申冤，言语甚是恳切。曹节、王甫闻知，在天子面前谮言，说党人余孽未尽，即诏司隶、益州把曹鸾押入囚车，送往扶风怀里监狱掠杀之，要求除恶务尽，凡与党人有一点瓜葛者一律清除出官府。桥玄说："你现在是宦竖们的眼中钉，也要小心。"曹操点头说："我多加谨慎。"

蹇硕等宦官虽然一直想除掉曹操，但曹操将北部尉所辖区域治理得不敢说路不拾遗，夜不闭户，倒也井然有序，颇得天子和宫廷大夫们的赞许，所以一直找不到借口，直到曹操在北部尉任上已满三年，简硕等宦官认为机会到了，便共同向天子举荐，以曹操政绩显著，应委以重任，兖州东郡顿丘县盗贼频发，多有伤人事件发生为借口，表奏曹操升为顿丘县令，灵帝准奏。曹操从父亲那里知道，自己是被宦官们逐出京城的，并被父亲告诫："在外任上，更要谨慎，以免宦竖报复。"但实现了自己主政一县的愿望，曹操还是很高兴的，于是交还北部尉的印绶，只因已到年关，便决定过完年再前往顿丘赴任。

闲暇无事静下心来，曹操发现夫人丁氏眉头不展。这天曹操见丁氏又背着人发呆，便询问丁氏，丁氏叹口气说："我已到曹家三四年了，至今无有身孕。"曹操说："原来是这样，可我又没有埋怨你。"丁氏说："你虽没说什么，父亲可是话里带出来了。"曹操点了点头，说："我们还年轻，怕什么？过完年随我到顿丘上任就好了。"说完站起来要走，丁氏欲言又止。曹操问："还有事吗？"丁氏吞吞吐吐地说："我想好了，我的陪嫁丫头刘氏现已成人，让她给你做妾，或许一年半载给你生个一男半女，续了曹家的香火，也了却我一桩心事。"曹操笑说："再等几年也不晚。"丁氏说："我已想好，给父亲回复明白，趁现在无事，你就把她收了。"曹操知道丁氏脾气倔，劝也无用，便不置可否。丁氏将这件事告诉了公公曹嵩，曹嵩拍手欢迎，夸她是个贤惠的媳妇，于是就在年终将刘氏正式纳与曹操为妾。

过完年就是熹平六年。还在正月里，曹操便携妻子丁氏和妾刘氏前往顿丘上任。刚入春，天气依然寒冷，大地冰封，马车的篷布根本挡不住刺骨的寒气。

丁夫人、刘氏蜷缩在车中，用被子裹得严严的；曹操骑在马上，晓行夜宿，一路颠簸来到顿丘县城。

曹操一行来到县衙，只见县衙破败不堪，门柱和大门上的漆早已脱落。进到院里，又见大堂的屋角还坍塌了一块。县丞听说新县令到了，赶快出来迎接。曹操交验了任职文书。县丞将曹操一家引到后院，安顿停当，说："我们顿丘县穷乡僻壤，条件太差，望曹县令不要见怪。"曹操说："不必拘谨，你先去通知一下，待会我和县衙里的人见个面，先熟悉一下。"县丞告辞出去。

曹操把两位夫人安顿好，洗了脸，喝了水，便起身往前面来。这时吏卒们已在大堂等候。曹操在堂上坐定，简要地介绍了一下自己，又让吏卒们各自报了姓名。曹操说："今后还要仰仗各位，请大家恪尽职守。"吏卒们表示："愿听县令差遣。"曹操一挥手："都下去吧。"众吏卒便散了。

曹操将县丞和县尉留下，简单地了解一下顿丘县的基本情况，说："听说本县积压了好多案件未审，许多凶犯逃匿未获，你们可将这些案子整理一下给我，我先看一看。"县丞便赶忙整理去了。曹操又问县尉："怎么本县的盗贼这么多，且伤人事件屡有发生，以致惊动圣上。这是为什么？"曹操看县尉答不出所以然来，就说："你先下去吧，还得想办法去追捕那些逃犯。"县尉答应着出去了。

一连几天，曹操把自己关在书房内，将县丞搬来的案件简牍逐一查看，发现这些案件大多都是当地的世族豪强，仗恃权势，欺男霸女，兼并土地，掠夺资财，把人家逼急了，于是铤而走险，报复之后便逃之夭夭，跑不掉的便被抓了起来。而历任县令既害怕这些世族豪强的势力，又收受了他们的贿赂，于是只追究苦主报复的结果，不问报复的原因，使百姓怨声载道。县丞、县尉及吏卒们对世族豪强不满，知道这些苦主有冤，所以对跑了的苦主也不认真追查，造成所谓的凶犯大多不能归案。

这天曹操将县丞和县尉召到自己书房里，打算商量一下这些积压的案件怎么处理，还未开始，便听到前院闹嚷嚷的。一个吏卒跑来报告："有人抓了一个贼犯，前来告状。"曹操连忙穿戴好衣冠，来到大堂上。县丞也做好准备记录，县尉指挥吏卒分班站好。曹操一拍几案："原被告都带上来！"只见一个身穿丝绸袍衣，腰系彩色丝带的中年男子，一只手臂被裹着，指挥着几个家奴样的人，押着一个身穿短衣，脚穿平头麻鞋，头戴方巾的壮年汉子，一起拥到堂前。

只见那中年男子一指那壮汉："禀告县令大人，他要杀我。"曹操怒喝："跪下！"那中年男子一踢那壮汉："要你跪下！"曹操断喝道："你也跪下。"中年男子一愣，心中说："我还未与新任县令拉上关系，暂且小心。"于是不情愿地跪了下去。

曹操看了看跪在堂下的二人，盯着壮汉问："你要杀他？"那壮汉爽快应到："正是。""为什么？"曹操问。壮汉一指那中年男子说："他要扩建自己的花园，看我家的房屋影响了他的花园扩建，于是以极低的价格要买我这几间房屋，因这些房屋是祖产，我不愿意卖，他便带人去强行拆除。我当时不在家，我的父亲阻挡不让他们拆，结果被他们打死了。我回来后到县衙来告状，县令不为我做主，我一怒之下寻机前去报仇，反被他们家奴拘押。"曹操冷笑一声："看来他胳膊上的伤是你所为了？"壮汉爽快地承认："正是，只可惜我孤掌难鸣，否则我早就要了他的狗命。"

那中年男子说："县令大人，这证据可确凿了。"曹操一拍几案："不错，证据确凿。来人，"一指那中年男子，"将他抓起来。"吏卒们一拥而上。中年男子忙说："你们抓错了，我是原告，他要杀我。我立刻让人把银钱送来。"曹操说："没有抓错，抓的就是你。你仗势欺人，草菅人命，现在又公开贿赂朝廷命官，罪加一等。将他送入死囚牢。"待中年男子被押下去，曹操又对那壮汉说："你为父报仇，实属忠孝，判你无罪，即刻释放。"那壮汉连连磕头。

此案判决立刻轰动了全顿丘县，那些被世族豪强欺压的百姓纷纷前来诉冤，一些所谓潜逃的凶犯也纷纷归乡申冤。于是曹操发布文告："凡是最近几年低价强买田产者，买卖协议一律作废。田地上有庄稼者归原主所有，没有庄稼者，买主在归还时应给予撂荒补偿。凡横行乡里欺压百姓者，只要有人举报，一经查实，立刻正法。"曹操根据举报，查处了一批豪强权势，顿丘百姓无不拍手称快。这些世族豪强纷纷到京城告状，听说了曹操在京城的所作所为，便一个个屏息静气。顿丘县很快政清民乐，恢复了勃勃生机。

很快到了五月仲夏麦收季节，百姓们望着新到手的麦子，感谢曹县令为他们要回了土地。曹操对那些罪行较轻的豪强权势，允许他们缴纳罚款抵罪，这样便筹得了一批资金，曹操将它交给县丞，嘱咐他安排工匠将县衙毁坏的地方修好，剩余的钱款充作赋税上交，减免一部分贫穷人家的赋税。

转眼便是深秋，县衙中坍塌的地方已整修完毕，跑风漏雨的地方也修葺好，整个县衙让人耳目一新。这年冬季刘氏临盆，生下了一个儿子，丁氏非常高兴，终日细心照料刘氏，毫无怨言。很快便是满月，曹操将爱子抱在怀中，爱不释手，取名曹昂。

　　眼看离年关不远，曹操准备写述职报告，以应对年底朝廷的考核，这时却接到了一纸调令，朝廷征调曹操回京任议郎。曹操感到莫名其妙，按常例自己在这一职位上起码要干三年，现在上任刚刚一年，朝廷为什么将自己调回京城？但圣命难违，他只好将一应政务暂交县丞，打点行装。由于曹昂太小，又是冬季，曹操雇了一辆马车，特意铺盖了厚厚的被褥，确认钻不进冷风，这才满意。顿丘的百姓听说曹县令要走，纷纷前来送行，难舍难分。

第八章

受牵连从坐免官　遇知音娶亲纳妾

曹操回到京城，才明白他这次被调回京的缘由。原来他在顿丘大张旗鼓地惩治豪强权势，抑制土地兼并，当地世族豪强，许多与京中宦官是亲戚，纷纷向宦官告状，引起了宦官们的不满。曹嵩得到消息，害怕曹操再做出什么过分的举动，于是找到光禄勋袁滂，又找到同族的弟弟，时已升任尚书令的曹鼎，将他调离顿丘，回京城复任议郎。此时桥玄刚刚被灵帝诏拜为光禄大夫，正是曹操的顶头上司，这让曹操非常高兴。光禄大夫以下至议郎，俱是天子的顾问，负责向天子谏言。因为是闲职，曹操天天和桥玄在一起，纵论天下大事，心情非常愉快。

转眼又是仲春二月，朔日这天发生了日食，接着又发生了地震。灵帝认为开年不利，便改年号为光和，大赦天下，仍是唯党人不赦。然而年号的改变并未使形势有什么转变，接着又是一场地震，连着又发生旱灾，跟着有七个州不同程度地爆发了蝗灾，各地求救的奏章如雪片般飞向京城。灾情太大，朝廷无力救助。这时又传来消息，北疆鲜卑部落发动叛乱，进犯边郡。王甫表奏田晏为破鲜卑中郎将，从并州云中郡出发；又命护匈奴中郎将臧旻联合南单于，从并州雁门关出兵；命护乌桓校尉夏育，从幽州代郡高柳出兵，平定鲜卑的叛乱，不料三路大军皆大败而归。急得灵帝坐卧不安，茶饭不思，迁怒于陈球，将其太尉一职罢免，诏拜桥玄为太尉。这时又有谣传说京城有母鸡变为公鸡。联想到年前在南宫前殿发现一条大青蛇，殿后一棵大槐树莫名其妙连根拔起，倒竖在那里，灵帝更是心内不安，急召群臣，询问朝政得失及应对方法。

曹操经过认真思考，上了一道奏章，指出当前所任用的官吏，大都是宦官或各公卿大夫之间互相举荐的宗亲宾客，这就造成了杜绝贤路，真正有才能的人得不到重用，如同引进了鸱枭，囚禁了鸾凤。因此要消除内忧外患，必须首先改变用人之道。奏章递上去以后，犹如石沉大海，迟迟不见回音。

由于灾情不断，为了弥补朝廷经济的困难，有人提议让那些还未被判刑的囚犯，可以用丝缣等财物赎罪，根据罪行大小决定丝缣等财物的数量。这一提议很快被灵帝批准，下令在全国施行。以致许多罪行严重的罪犯，由于交了足够的丝缣等财物，纷纷从监狱中释放出来。曹操认为这是饮鸩止渴，如此下去，国家将会更乱，断断不能实行。于是再写奏章，措辞严厉，上奏灵帝。

此时正值初冬，天气已经转冷，而曹操却满腔热血，盼望着自己的奏章能被圣上采纳，朝廷的风气能够焕然一新。不料晴天一声霹雳，惊得曹操目瞪口呆。灵帝诏命：皇后宋氏用旁门左道巫术，诅咒当今圣上，被废为庶人；其父不其乡侯宋酆，哥哥濦强侯宋奇与皇后同谋被诛；查宋奇夫人与曹操是同族兄妹，诏命曹操从坐免官。

曹操曾听父亲说过，有一个快出五服的堂妹嫁与濦强侯为妻，自己与这个堂妹从未见过面，却莫名其妙地受到牵连而被罢了官，心中很是不服。来见太尉桥玄，以诉心中烦闷。桥玄劝慰他："宦海沉浮本是常事，不必过于纠结。这件事的始末我略有所闻。据说是你的两篇奏章措辞过于尖锐，圣上看后有几分不高兴，刚巧宋皇后的事出，查到了你与宋奇夫人有这么一点关系，张让趁此在圣上面前潸言，罢了你的官。"曹操恨声道："欲加之罪，何患无辞，即是如此，那就不足为奇了。"桥玄说："实际上就连宋皇后也是被他们诬陷的。这还得从延熹八年说起，那时先皇帝的弟弟渤海国王刘悝，被诬阴谋叛乱，贬为瘿陶国王，食邑仅一县。刘悝后来托宦官王甫说情，希望恢复原来的封国，并给王甫许愿，事成之后将以五千钱作为酬谢。其实当时桓帝也意识到刘悝是被诬陷的，在桓帝驾崩前便恢复了刘悝的爵位和封国。王甫依此向刘悝要钱，刘悝认为王甫没起什么作用，不愿给王甫钱，王甫记恨在心，于是就在熹平元年，也就是六年前，趁南宫朱雀门宫阙上出现告示，朝廷大加搜捕太学生之际，诬告刘悝有篡逆之心。当今圣上不加调查，诏令刘悝自裁，其王妃、侍妾十一人，子女七十人和国相以下官吏全部处死。这事你知道。"曹操问："这刘悝与宋皇后有什么关系呢?"桥玄说："这刘悝的王妃不是别人，恰恰是当今宋皇后的姑母。王甫惧怕宋皇后日后为其姑母复仇，就决心斩草除根，除掉宋皇后。因圣上认为宋皇后缺乏女人味，逐渐冷落了她，王甫瞅准机会，诬告宋皇后有忌恨之心，用旁门左道的巫术诅咒圣上，这才使圣上一怒之下，将宋皇后废为庶人，囚禁起来。宋皇后羞愤而亡，其父不其乡侯、执金吾宋酆，哥哥濦强侯宋奇被诛。"

曹操气愤地说："这些宦官一手遮天，如此下去，朝廷焉能不乱。"桥玄不无忧虑地说："从桓帝时起，到当今圣上，对宦官是越来越宠信，尤其自前年圣上允许宦官在朝中担任丞、令等职以来，更是愈加猖狂。朝廷中的公卿大臣也是人人自危。你这次被免职也好，暂时可以躲避开这是非之地。"曹操说："既如此，我就回谯县老家，像桥公说的，远离这是非之地，清静清静去。"

桥玄想了想，点头认可，说："你走之后，我也就辞去太尉一职，告老还乡，回梁国睢阳养病去了。"曹操说："桥公何出此言？"桥玄说："近来各地叛乱不断，灾情频发，朝廷为解决资金困难，决定在西园设立卖官机构，自关内侯、虎贲、羽林等各官职明码标价，根据交钱多少决定授予官职大小，县令、长根据所在县的贫富确定价格。"曹操惊问道："圣上怎么想出这个主意？"桥玄说："是圣上的生母想出的。"曹操说："自窦太后崩，这解犊亭侯夫人被宦官迎入洛阳，尊为孝仁皇后，仗着自己的儿子是天子，便开始干政，闹得乌烟瘴气。现在又想出这种馊主意，如此下去，天下必会大乱。"桥玄说："据说这是初步，若卖官成功，就将公卿大夫也标价出卖，说是三公出钱千万，各卿五百万。我两袖清风，上哪里弄这千万钱去，不如趁早辞了太尉一职。"曹操说："三公、各卿等重臣也以钱论价，这天下可不就大乱了吗？"桥玄苦笑一下，叹息道："天数如此，非人力可为。我已是古稀之人，无力回天。假如我看得不错，将来平定天下，安生民者，非你莫属，万不可辜负了苍生。"曹操说："桥公也太悲观了吧。"桥玄说："我阅历颇丰，自信看人看事不会走眼。好了，这些烦心事就不说了。你这一走，恐怕再见面就难了。咱们今天把丑话说在前头，将来我不在了，你若路过我的墓旁，要准备一坛好酒、一只鸡祭奠我，给我说说话。若不按我说的办，你离开我的坟墓不出三步，肚子就会疼的，到时可别怪我。"说完爽朗地笑了起来。曹操也笑了，说："桥公真是太诙谐了。桥公保重，待朝廷清明，咱们再出来任职。"桥玄笑笑说："恐怕我等不到那一天了。"

曹操回到谯县，最高兴的就是夏侯惇、夏侯渊这帮朋友了。夏侯惇专门摆了酒席，为曹操接风洗尘，遗憾的是缺少了曹洪。他在去年被郡、县举为孝廉，由伯父曹鼎托人表奏他到荆州江夏郡蕲春县任县长去了。酒宴上，曹操说："现在我们都长大了，也都成家立业了，再也不像小时候那样无忧无虑地快乐生活了。""是啊，"夏侯惇说，"想起小时候真好，整天不知什么是愁。"大家又回忆起小时候下河摸鱼，背着弓箭飞鹰走狗去打猎，爬沟过坎打群架，那时真是纵情恣意。夏侯渊说："这几年连年旱灾蝗灾，庄稼歉收严重，像我这样的人家，生活勉强还过得去，不怕大家笑话，我们家的日子过得挺紧的，可朝廷的赋税一个劲地往上加，我们都快承受不住了。"秦邵说："还有许多丢了土地的，情况就更不如我们了。"丁冲说："听说遭灾的不止我们这里，有好几个州都遭了灾，有的地方都人吃人了。"夏侯惇说："不光这些，边境上经常打仗，盗贼此起彼伏，朝廷平叛都忙不过来，我看这赋税以后还得增加。"夏侯渊一仰脖，灌了一杯酒说："只管喝酒，别再提那些愁人的事了。"

秦邵问曹操："京城里都有什么消息，你也给我们说说。"曹操说："好消息不多，不是日食，就是地震，天灾异象比比皆是。"夏侯惇说："我看这大汉朝气数尽了。"曹操说："这倒不至于。只要将宦官们的实职削去，不让他们干预朝政，情况就会大大改观。"夏侯渊说："朝廷的事我也不懂，我只知道现在不管是谁，只要和宦官沾上点亲就不得了啦。"秦邵说："你说得对。就说咱们沛国的国相王吉，他是中常侍王甫的养子，性情非常残忍，不管是谁，只要落入他手，不死也得扒层皮。凡处决了罪犯，先把尸体四脚八叉地绑在车上，在我们沛国各县周游示众，为的是以儆效尤。遇到夏天没游几天就腐烂发臭了，便用绳索将骨肉连起来，臭气熏天，还要坚持把各县转遍。自从他任国相到现在，大概有三四年了，据说经他手已杀了有万余人。"丁冲说："杀了这么多人，不但没把沛国治理好，反而盗贼不断，劫掠的事时有发生。"夏侯惇说："喝酒！提起这些事让人心烦，咱们又管不了，净瞎操心。"大家一致赞成："喝酒。"

曹操回到家乡已有一段时间了。这一段时间他只做着一件事，就是准备把散落在诸子百家典籍中的有关战争、用兵之道的论述摘录出来，汇编成册，便于自己研究。书籍中尽可能地按各家观点的异同，归类编排。书名已经拟好，就叫《兵法接要》。

这天他正在研读《商君书》，听到外面夏侯惇喊道："孟德，告诉你一个好消息。"随着话音，人已经到了屋里。曹操赶忙让位，问："什么好消息，这么高兴?"夏侯惇说:"咱们沛国的国相王吉,被打入囚车,押送京城了,"曹操说:"真是善恶有报。"夏侯惇说:"据我在州府的一个好朋友说,进入初夏,又逢日食,圣上心中烦躁,诏命新任司隶校尉阳球解说天灾异象。时中常侍王甫休沐,离了京城回到老家,阳球趁机奏告王甫及中常侍淳于登、袁赦、封易、中黄门刘毅、小黄门庞训、朱瑀、齐胜,以及他们那些担任郡国首相、县令、长的子弟们,奸猾纵恣,致使天怒人怨,所以才不断有天灾异象,这是上天在警示,只有将他们严惩,天下才会太平。另外还有太尉段颎,谄附佞幸,宜并诛戮。圣上准奏,阳球毫不迟疑立刻将他们逮捕,亲自拷问。据我朋友说,沛城争看王吉被囚车押送的情景人山人海,可惜咱们看不到。"曹操非常高兴,想到当初桥公说过,阳球曾气得拍着大腿发誓:"若我阳球做司隶,决不容这些宦竖为所欲为。"果不其然,言出必行,同时也为阳球担心,宦竖们不会放过阳球的。他对夏侯惇说:"虽然咱们看不到,也该庆贺一下。走,找夏侯渊他们喝酒去。"

　　曹昂已经一岁多了,这天,曹操正逗着曹昂玩,夏侯渊跑来找曹操,说:"春上社火多,现在城外乡下就有一社火,正有倡家班演出,离城不远,咱们瞧瞧去。"曹操立刻将曹昂交给刘夫人,随夏侯渊出了门。

　　果然出城不远,乡村里正举行着社火。人们熙熙攘攘,叫卖声此起彼伏。一处临时搭建的台子上传来一阵悦耳的琴声,只见台上摆着一架古琴,一位十八九岁的姑娘,淡妆轻抹,身穿花色襦裙,端坐在琴前,那典雅的气质,伴着悠扬的琴声,这让喜欢音乐的曹操难以移动脚步。一曲奏完,欢呼声起。姑娘又连续弹唱了几首曲子,曹操也随着人群连连叫好,直到演出结束,曹操都没有动过地方,任凭夏侯渊自去闲逛。

　　社火一般举行好几天,第二天曹操拉着夏侯渊早早出城来看演出。先是一位十四五岁的少年用笙与人合奏了一首曲子,又有几个小姑娘表演了一段歌舞,这时就见昨天弹琴的那位姑娘换了一身装束,宽袖长裙,在台上边舞边唱起来,歌声悠扬,舞姿轻盈,那长长的衣袂和锦带随着姑娘的身姿上下飘舞,美极了。曹操也随着人群拼命鼓掌叫好。

这时传来一阵嘈杂的叫骂声，人们纷纷向后望去，原来一位脑满肠肥的公子，腰系锦绣丝绦，带着几个家奴，横冲直撞朝这里走来，人们纷纷避让。曹操听人小声议论："王家的这个恶棍来找事了。"曹操说："朗朗乾坤，大天白日，能找什么事？"旁边人说："看来你不是本乡人。王家仗势欺人，无恶不作，早点散了吧，省得找麻烦。"那些胆小的便渐渐散了，胆大的也挪了挪地方，离他们远一点。

班主看来头不对，赶忙出来笑脸相迎。王公子毫不理会，一指台上的姑娘说："走，到我家给我唱几曲。"班主说："我们拿了本乡三老的钱，只在社火上表演。"谁知这王公子一甩手，给了班主一巴掌，打得班主一趔趄，骂道："怕我给不起钱？演得好我再加倍。"然后吭哧着肥胖的身躯上了台，伸手要拉那个姑娘。姑娘闪身一躲，这时那个吹竽的少年跳了出来，伸手挡在姑娘面前，大喊："不许动我姐姐！"王公子一挥拳，打在那少年的胸上，将少年打得跌坐在台上，伸手将姑娘揽在怀中。曹操纵身一跃跳到台上："你放开她！"王公子见来人个头不是太高，皮肤又黑，一身短衣，并未把曹操放在眼里，揽着姑娘就走："我的事你也敢管，活腻……""腻"字刚出口，曹操挥起一拳打去。那王公子放开姑娘，曹操又一拳从下往上打在他的下巴上，只听王公子下牙磕上牙，咔的一声，仰面跌下台去，不想台下有一块垫脚的砖头，王公子仰头磕在砖头上，曹操在台上看得清楚，王公子两眼一翻，只有出的气，没有进的气了。刚巧这王公子就跌在夏侯渊的脚前，夏侯渊便抬起脚来，朝胸上又连踹几脚，边踹边骂。这王公子登时蹬了腿。几个家奴一看不好，嚷着："打死人了。"拔腿就跑。

班主一看打死了人，浑身直哆嗦，直叫："如何是好，如何是好……"曹操对班主说："事已至此，快快收拾东西离开这个地方，在人家地头上，不走就吃大亏。"夏侯渊说："还磨蹭什么？"于是倡家班在曹操、夏侯渊的帮助下，匆忙将东西装上车，朝谯县城奔去。

眼看快到谯县城，就听到后面有追赶的声音，由于倡家班里有老有少，妇女居多，行动迟缓，眼看就要追上来，曹操说："大家别慌，现在已离了他们的地界。"对夏侯渊说，"你赶快领他们走，先到我家躲起来，我来对付他们。"夏侯渊说："孟德，你领他们先走，我在后面缠住他们。你是有功名的，担不得半点毛病，不似我，平头百姓一个。再说安置这一群人，你比我有办法。"说完扭头朝后面跑去。曹操一跺脚，领着倡家班直接回到了家中。

丁夫人、刘夫人看到家中来了这么多倡家班的人，不知怎么回事，待弄清情况，吓得不知如何是好，只怕把曹操牵连进去。曹操将倡家班的男女老少安置停当，赶快派人打探夏侯渊的下落，得知夏侯渊被那帮追赶的人抓住，已扭送县衙。这时夏侯惇得到消息，跟脚来到曹操家。曹操把情况简要介绍了一下，夏侯惇说："不怕，只要倡家班在，让他们证明王公子调戏在先，最起码不致死罪。我先到县衙找朋友问一下情况，看那家人是怎么告的。"很快夏侯惇就回来告诉曹操："王家人告状说，先有一个人将他们公子打下台来，又被现抓的这个人连踹几脚，几个家奴作证，是从台上被打磕着头就没气了。夏侯渊的供词是，王家公子调戏妇女在先，引起民愤，双方对殴，王家公子自己失足摔倒跌死的。县令正在收集证据，今天已晚，明天写张状子，让姑娘状告王公子调戏之罪。我还要找人打点。"说着就要离开。曹操拿了一些银钱，递给夏侯惇："这给县衙中的朋友们，让他们通融一下，免得夏侯渊在牢里受苦。"夏侯惇也不客气，拿了钱出去了。曹操写好状子，让那位姑娘画了押。曹操这才知道姑娘姓"卞"。

当晚无话。第二天一早，曹操便带着卞姑娘到县衙，呈上状纸。县令通过昨天的调查，心里多少明白了事情的起因。今天见曹操陪同卞姑娘来递交状纸，心里已明白了八九分，断定把那位王公子打下台的必定是曹操。毕竟谯县城太小，人与人的关系也不复杂；曹操的父亲曹嵩就在司隶校尉部任都官从事，曹操的爷爷曹腾虽然已经过世，但余荫还在，当朝的宦官和公卿大夫与曹嵩关系也都不错，便有心攀上这一高枝，于是非常热情地接待了曹操，弄得曹操有点莫名其妙。倒是那位姑娘看到县令说话和气，心中也安定了不少。县令让他们回去等候消息，他一定秉公办理。

从县衙出来，这时候曹操才有机会问姑娘的身世及倡家班的情况。姑娘回答说："我家是徐州琅琊国开阳县的，我出生于延熹三年十二月。"曹操屈指一算，得知卞姑娘今年十八岁。卞姑娘说："父母早亡，所以自幼与兄弟在倡家班生活。"曹操说："就是吹竽的少年？"卞姑娘点点头："这几年各州连年遭灾，百姓流离失所，倡家班生活艰难，经常受人欺负。昨天若不是恩人相救，恐要遭毒手了。我本倡家，无以为报，只有等来世了。"曹操笑了笑："小事一件，不足挂齿。"卞姑娘说："县令对你如此客气，可知恩公绝非平常之人，不知能否告知一二？"曹操便将自己的家事简要述说了一遍。卞姑娘瞪着一双水灵灵大眼睛，望着曹操，充满了惊讶。

县令自接了卞姑娘的状纸，经过调查，很快弄明白了事情的原委。这王家是乡中一霸，当地的三老提起王公子也是恨得咬牙切齿，当日事情确是王家公子调戏在先。王家有一个远房亲戚，在京中当钩盾令手下的苑中承，年俸禄仅二百石，王家因此便有恃无恐，全不把乡邻放在眼里。县令本来对宦竖纵放宗亲作恶早有不满，又有心在曹家卖个人情，于是择日判决：王家公子大庭广众之下调戏、强掳妇女在先，败坏乡俗，证据确凿；夏侯渊与王家既无世仇，也无今怨，素不相识，皆因路见不平，仗义执言；王家公子在殴斗过程中误撞砖头致死，实属意外；夏侯渊无罪，当堂释放。

倡家班的人得到这个消息，全都喜笑颜开，卞姑娘紧锁的眉头终于舒展开了。曹操特意备了丰盛的酒席，又请了夏侯惇、夏侯渊、秦邵、丁冲等好朋友，与倡家班在一起庆贺。明天倡家班就要离开这里，曹操决心已下，私下对卞姑娘说："明天别走了，留下来吧。"卞姑娘摇摇头："我留下来干什么呢？""你留下来，咱们一起弹琴唱歌。"曹操坚定地说。卞姑娘抬起头："恩公也会弹琴？"曹操将自己的琴拿出来，调好弦，奏了一曲。经过蔡邕点拨的琴声，如高山流水，清澈悦耳。卞姑娘异常惊讶："恩公的琴弹得如此好，愿拜为师。只是那两位姐姐愿意吗？"她显然指的是丁夫人和刘夫人。"这你不用担心。"曹操说。卞姑娘又说："我只是个倡家，还有个弟弟。"曹操说："一起留下来，也不让他再四处奔波了。"卞姑娘说："班主能愿意吗？"曹操当即去见班主："卞姑娘姐弟两个要留下来。"班主和全体倡家班的人都吃惊不小，这可是倡家班的两个台柱子，虽不情愿，但想到曹家也不是一般人家，这次若不是曹操倾力相救，还不知闹到哪一步呢？而且这对卞姑娘姐弟两人来说，也是一个很好的归宿。曹操说："我多给你一些钱财，你再物色培养两个人。"班主听了这话，只好答应了。

然而弟弟卞秉却不愿意离开倡家班。他从小在倡家班里生活，早已熟悉了倡家班的一切，也非常热爱他的吹竽事业。卞姑娘只好同意了弟弟的要求。临分别时，曹操一再叮嘱卞秉："什么时候想回来，随时都可以。这里就是你的家。"

　　送走倡家班，曹操很认真地准备了一个既简短又隆重的仪式，正式将卞姑娘纳为妾。尽管丁夫人和刘夫人心里老大不愿意，但习俗如此，她们只好认下这个妹妹了。

　　曹操自此闲暇之余，与卞夫人吟诗唱曲，抚琴奏乐，其乐融融，不在话下。

第九章

明古学复征议郎　顺大势解禁党人

这天，二叔高兴地告诉曹操："你父亲升为司隶校尉了，这是他刚来的信。"曹操看过信才知道，原司隶校尉阳球，自从诛杀王甫和段颎之后，就要着手收拾曹节等宦官。曹节得到消息，便联合其他宦官，趁阳球出京城拜谒桓帝陵之际，直接到灵帝那里告状，说阳球以前是一个酷吏，为人残暴，曾经被三公奏告免职，只因九江郡发生贼人造反，阳球平叛有功，才重新被提拔任用。像这样残暴之人，不适合在司隶校尉部任职，以免造成冤假错案。灵帝听信了曹节等宦官的谗言，便将阳球调任卫尉。阳球拜谒完桓帝陵回京城的路上，就接到诏书，让他到卫尉府任职。阳球不接诏书，直奔宫中，见到灵帝，要求："臣无清高之行，恒蒙鹰犬之任。前虽纠诛王甫、段颎，盖简落狐狸，未足宣示天下，愿假臣一月，必令豺狼鸱枭，各服其辜。"灵帝不同意，阳球叩头不起，直到额头流血。灵帝大怒："卫尉要抗旨吗？"阳球无奈，只好到卫尉府上任。随后，曹节等宦官举荐曹嵩任司隶校尉，为此父亲还花了钱。曹操苦笑了一下：看来朝廷卖官已经开始了。曹操并不把它放在心上，依旧埋头读书，为他的《兵法接要》搜集材料，感到累的时候，便和卞夫人赋诗作曲，弹琴相和，日子倒也过得舒心快乐。不到一年，父亲又被诏拜为大司农。曹操想，这次不知父亲又花了多少钱。

这天曹操接到父亲的来信，说圣上要征召能通古文《尚书》《毛诗》《左氏》《穀梁春秋》各一人，到朝中任议郎。他已经托人举荐了曹操，估计诏书不日就会到达，希望曹操早做准备。果然没多久曹操接到朝廷颁下的诏书，因通《毛诗》、明古学，征辟曹操为议郎。曹操便将家业仍交二叔看管，和夏侯惇、夏侯渊、秦邵、丁冲等一帮好友告别，收拾了车马，带着丁夫人、刘夫人、卞夫人及儿子曹昂并几个家人，到洛阳赴任去了。

曹操携家小回到洛阳，领受议郎一职后，便前往东观拜见蔡邕，却见到了卢植。这卢植四十开外，身高八尺有余，少时曾受学于大儒马融，能通古今之学，同曹操一样，好研精而不守章句，前些年与蔡邕一起主持勘定五经，今见曹操来找蔡邕，说："你是刚回到京师吧？蔡伯喈早已不在东观了。"卢植曾任九江太守，平定过九江的叛乱，颇有武将之风，说话声音亮如洪钟。

曹操问："蔡大师到什么地方去了？"

卢植知道曹操与蔡邕的关系较好，便说："说来话长，前年天灾频现，妖异数见，圣上惊恐，以蔡伯喈经学深厚，密诏让他指陈政要。蔡伯喈在密奏中指斥了一些公卿大夫、州郡牧守的罪行，希望圣上裁黜这些不称职的官吏。其实这些人大多是宦竖们的宗亲宾客。中常侍曹节趁圣上更衣之际，偷看了蔡伯喈的密奏，将名单泄露出来，引起了那些人的不满，便寻找机会报复。他们以蔡伯喈假公济私，挟嫌诬告为由，奏知圣上，将蔡伯喈抓了起来，欲以诛杀。而中常侍吕强，虽是宦官，为人正直，力陈蔡伯喈无罪。圣上因念蔡伯喈之才，遂下诏免除死罪，改为髡刑流放，便将蔡伯喈削去头发，连同家人一起，流放到并州五原郡安阳县。"

曹操问："这么说，蔡大师一家现在并州了？"

卢植叹口气说："蔡伯喈到并州后，念念不忘正在编纂的《后汉记》，便上书圣上将自己所拟的纲目、要点、主旨等一同附上，希望助我们这些在东观著书的人编纂好《后汉记》。去年适逢大赦天下，圣上惜其才华，乃宽宥他，让其暂还家乡。蔡伯喈得到赦令，便收拾行装准备动身。五原太守王智设宴践行，酒酣之际，让蔡伯喈为之弹唱歌舞，蔡伯喈当着所有宾客的面拂袖而去。王智是中常侍王甫的弟弟，见蔡伯喈如此不给情面，便向朝廷诬告，说蔡伯喈在五原期间，谤讪朝廷。宦官见此诬告，更是添油加醋，要置蔡伯喈于死地。蔡伯喈在归途中得知消息，知道很难幸免，便亡命天涯，不知所踪。有的说其家人留在并州未与他同行，有的说其家人与他一起逃亡，还有的说他的家人回了老家，直到现在也没个准信。"卢植洪亮的声音低沉了不少。

曹操听完卢植的讲述，心中怅然：一代大师现在亡命江海，生死难料，真是可悲可叹。谢了卢植，曹操离了东观，心事重重，朝家中走去。

一连几天，曹操的情绪都很低沉。这天，偶然得知袁绍在一年多前已回到京城，便前往拜访。来到袁府门前，门吏前去通报。少顷，袁绍迎了出来。一见面袁绍就说："说是有一自称孟德的求见，我还以为是谁呢，原来是你。"说着，拉住曹操的手朝里走。"咱们已有七八年未见面了。"

袁绍依旧住在昔日的偏房小院，曹操对这里非常熟悉，二人进到屋内，曹操见已有人在座，便拱手施礼。袁绍介绍道："这位是周毖，字仲远，现在太尉府任掾属。"又转向曹操说："这位是曹操，字孟德，现……"曹操说："任议郎。"周毖听了袁绍介绍，赶忙站起施礼："常听本初提起，久闻大名。"大家分宾主入座。袁绍问："孟德何时来京？"曹操说："才到京不足一月。听说本初去年才回到京城，在汝南老家待的时间可不短。"袁绍说："我为母亲守孝三年期满后，因伯父死时我还未过继给他，所以未能守孝。既承祀了伯父的香火，我就应为其守孝，便接着为嗣父又守孝三年。六年孝满，这才回到洛阳。"曹操问："现在哪个府衙寺署中做事？"袁绍摇头道："现在朝中乱糟糟的，在家与宾客好友清谈，倒也自在。"

说到宾客好友，曹操想起躲在汝南的何颙等人，但周毖在场，又不知此人底细，只好试探地问："汝南的几个好朋友现在如何？"袁绍说："你是说何颙、刘表、张邈、李瓒他们吧？"曹操见袁绍提起，知道无妨，便说："正是，他们现在怎样？"袁绍说："我临来洛阳前，刚好圣上大赦天下，这次大赦，把那些无大过的党人，一律解除禁锢，但仍不予任用。他们便各自回家乡去了。"曹操说："总算不用隐姓埋名，东躲西藏了。"三人又说了一会儿闲话，袁绍问："我来京城后，听说你是被宋皇后一案牵连，罢了议郎，才回谯县的？"曹操说："正是。一个快出五服的堂妹，嫁于瀍强侯宋奇，就这么牵连上了，你说冤不冤？"周毖说："自宋皇后被逼自杀后，这皇后的位子一直空着，最近朝中传说要立何贵人为皇后。"曹操知道这何贵人是南阳宛城人，据说他家原来是杀猪的，宗族并不显赫，因何氏长得高挑身材，颇有姿色，被选入掖庭，便问："为何选何贵人为皇后？"周毖说："这何贵人的肚子争气，生了皇子刘辩。现在皇帝正宠幸他，所以决意立他为皇后。"袁绍问："什么时候册封？"周毖说："这不清楚，估计要不了多久。"三人议论了一会儿朝中闲事。曹操看时间不早，便告辞。周毖也起身告辞。袁绍让二人常来走动。

没过一个月，灵帝诏封何贵人为皇后。因何皇后的同父异母的哥哥何进，在何皇后入掖庭时就被征拜为侍中，后迁为颍川太守，现在又被征调入京，诏拜为将作大将。其同父同母的哥哥何苗为河南尹。随后，灵帝追赠何皇后死去的父亲何真为车骑将军，封号舞阳宣德侯，又将何皇后的母亲接到京中，封号为舞阳君。何氏一族从此显贵朝中。

　　曹操在议郎任上已快一年了，他目睹了朝廷中众公卿唯宦官眼色行事，听到许多公卿掾属私下议论，说陈蕃、窦武被冤杀后，朝廷的风气愈益败坏，诬陷诽谤层出不穷。对于陈蕃、窦武，曹操并不了解，二人被诛杀时，他还小，在谯县老家。然而议论多了，曹操便留心调查陈蕃、窦武事件的真相，得知陈蕃是位为人刚直不阿，不畏权势，忠心赤胆的老臣。窦武虽为外戚，但为人清正廉明，疾恶如仇。公卿大臣都像他二人，朝廷风气一定会为之一新。为了弘扬正气，必须上奏圣上，为二人平冤昭雪。于是曹操并未吸取上一次任议郎时"直谏贾祸"的教训，认为在其位就要谋其政，尽到议郎的责任，便怀着一腔热血，动笔写下奏章，要为陈蕃、窦武申冤。

　　曹操在奏章中历数了当今朝廷中充斥着奸邪小人，正直而见陷害，善良之人被排挤；希望灵帝为陈蕃、窦武平冤昭雪，使正直发扬，远奸佞小人，惩恶扬善。曹操的奏章言辞激切，大义凛然，并无隐晦曲折之语。奏章写完，曹操久已憋闷在胸中的话语倾吐出来，感到非常畅快。然而奏章呈上，便如石沉大海，再无一点消息。曹操劝自己耐心一点，圣上日理万机，也许还未顾上看自己的奏章。久无消息，便找人打探，得知灵帝整日在西园寻欢作乐，不理政事。这西园乃桓帝时所建，规模宏大，亭台楼阁重重叠叠，小桥流水清雅别致，湖面碧波荡漾，春夏之时，花草树木郁郁葱葱，置身其中，宛若仙境。

　　前些日子，灵帝在西园模拟开办市场，与宫中采女穿上商贾服装，装扮成商贾摆摊叫卖，赚取银钱，以此取乐。最近又增建了一座裸泳馆，每每与宫女们在这里推杯换盏，通宵达旦。酒足饭饱之后，让宫女们脱光衣服陪自己裸泳。有时乘船游玩，让宦官故意把船弄翻，看宫女们在水中拼命挣扎的样子，忍不住哈哈大笑，从中获得格外的快感。

　　灵帝喜欢听公鸡叫，便在西园新建一座鸡鸣堂，里边养的全是从各地收集来的漂亮的大公鸡。公鸡大多在清晨鸣叫，宦官们为了灵帝能随时听到鸡叫，便竞相学鸡叫，到最后竟能以假乱真。灵帝还非常奇怪地问："鸡鸣堂的鸡与别处不一样，什么时候都能叫，这可是宝贝。"

灵帝喜欢上了马，便在西园建了马厩，专设了骡骥厩一职，由宦官任丞官，出重金从各州郡选购好马，以至每匹好马价格涨到二百万钱。不久灵帝又喜欢上了驴，每辆车套上四匹驴，亲自驾驭，在园中与宦官比赛，看谁驾车技艺高，谁的驴车跑得快。这一玩法很快传到了宫外，京城中竞相仿效，导致驴价大涨。据说最近灵帝喜欢上了狗，于是从各地选购了各式各样的狗，根据狗的身材，模仿公卿大臣的朝服，制作成衣服，让狗穿上，戴上进贤冠，佩上绶带，指挥着狗们做各种滑稽的动作，嘴里还高兴地直叫："它们比公卿大臣听话多了。"最近传闻，灵帝看到两只狗在交配，嬉笑之余，突然灵机一动，让宦官找一个宫女来，宦官不知其意，赶快找了一个宫女，灵帝命宫女脱光衣服，令狗与其交配，看是怎样。宫女大惊。宦官们立刻动手，在狗的狂叫和宫女的哭喊中，灵帝心满意足地说："做皇帝日日如此，真乃上仙也。"闻听这些消息，曹操失望透了，再不上奏任何奏章。

皇帝醉生梦死，度年如日，倏忽已是光和五年。春天，全国发生大疫，病死夭亡者不计其数。灵帝心中害怕，为避疫病，下令闲杂人员一律不准擅入西园，他自己更是不出西园。想到蔡邕经学深厚，善观天象，通晓地理，或许有办法攘除灾害，便诏命各州郡遍访蔡邕下落，却渺无音讯。于是诏命东观卢植，指陈政要，披露得失，以攘除大疫。卢植上奏，指出公卿大夫、州郡刺史守令，不理政事，专以贪赂为事，奸邪盈朝，以至天怒人怨，引发大疫。灵帝便颁下诏命，整顿吏治。凡百姓中流传有公卿大夫、刺史守令为民蠹害，政理无效，残害百姓者，即刻举奏，一律严惩。

此诏令一颁，公卿各署、各州郡的奏章络绎不绝。奸猾之人一时惊慌失措，便用重金贿赂太尉、司空、司徒等公卿，以至于那些作恶多端，民愤极大者，不仅不受惩罚，反而被举荐升迁。倒是那些任劳任怨，尽职尽责者，反被诬陷免官，交由廷尉惩处，充了整顿吏治之数。百姓不服，纷纷来京城为他们申冤，以求公道。

面对如此朝政，曹操心急如焚。大疫刚过，又逢大旱，五月，永乐宫又发生火灾，烧毁宫室数间，吓得灵帝生母永乐董太后心惊胆战。一时间谣言四起，说是上天降罪，要惩罚大汉。灵帝笃信天人感应，心中着实惊慌，便以灾异频发。诏问朝政得失。曹操按捺不住，提笔疾书，怒斥三公收受贿赂，举奏奸邪皆回避贵戚、宗亲、宾客，反将那些受百姓拥戴，为朝廷尽忠的正直之士，以流言相诬，免官收押。朝政如此，上天怎不惩戒？

灵帝这次接到曹操的奏章，格外重视。于是斥责三公署衙，让他们据实奏报，凡被民谣传言的贪官污吏，尽数罢免，交由廷尉惩处。那些被诬陷免职收押的廉吏，一律平反昭雪，征拜为议郎。曹操听到灵帝的诏命，非常高兴，觉得朝政自此一定能有所改观。

然而曹操高兴了还不到三个月，那些被罢免的贪官污吏又一个个复了职，奸猾小人更是猖獗，刚刚建立的良好风气被摧毁殆尽。曹操感到非常无奈，自己的力量太渺小了，实在无法匡正朝政，只有等待明主出世，自己的才能才有施展的可能。"难怪袁绍拒绝朝廷的征辟，看来他比我看得透。"曹操心里说，再次暗下决心，从此以后将不再上书朝廷，冷眼旁观局势的发展。"对，就当一个看客。"曹操在心里坚定地说。

议郎本是一个闲差。自曹操决定不再向朝廷奏报任何谏议，更是闲暇无事，便常去袁绍那里闲谈。袁绍爱交朋友，无论贫富，是否闻名，概能折节下士，以诚相待，因此宾客络绎不绝。通过袁绍，曹操又认识了许多人。

时间过得真快，曹操在议郎任上又这样混了一年。现在是光和六年，这一年春夏连旱，庄稼减产严重，有的地方甚至颗粒无收。朝廷无钱赈灾，贪官污吏巧取豪夺，要榨干百姓们最后一点血汗，广大百姓走投无路，在死亡线上挣扎。这时已传闻有十多年的太平道，趁势广招信徒。据说太平道总帅张角，奉事黄老，号称大贤良师，许诺百姓，入了太平道，可以不被人欺，能吃饱饭，如有疾病，免费医治。青、徐、幽、冀、荆、扬、兖、豫八州之人，莫不响应。许多百姓变卖仅剩的一点家产，倾家入了太平道，至夏末，人数已达数十万。曹操看在眼里，急在心上，料这太平道发展下去，必将危及社稷安稳，于是难掩心中焦虑，又要上奏朝廷，终是为国心切，屡屡不改。希望朝廷切不可掉以轻心，赶快取缔太平道，安抚百姓，以免铸成大错。

然而曹操还未来得及动笔，就听朝中议论，司徒杨赐与司徒府掾刘陶先后上书，要求取缔太平道，解散其徒众，征召张角等首领入朝做官。奏章递上去后，便杳无音讯。曹操看到曾是灵帝的老师，现任三公的大司徒杨赐的奏章，尚且如此命运，便长叹一声，打消了上奏朝廷的主意。

　　眼看太平道的声势越来越大，入道的信徒越来越多，郎中张钧坐不住了，奋笔上书："窃惟张角所以能兴风作乱，数十万人所以乐附者，其源皆由王甫、曹节、张让、赵忠等宦竖，相为表里，祸乱朝政。现王甫已被诛，曹节已病死，唯张让统管内宫，交通外朝，索贿受贿。赵忠自接曹节任大长秋后，与夏恽、郭胜、孙璋、毕岚、栗嵩、段珪、高望、张恭、韩悝、宋典等中常侍，多放父兄、子弟、婚亲、宾客典据州郡，辜榷财利，侵略百姓，百姓之冤无所告诉，故谋议不轨，聚为盗贼。宜斩十常侍（十二人约数为十），悬头南郊，以谢百姓。又遣使布告天下，可不须师旅，而大寇自消。"灵帝看完奏章大怒："即刻召十常侍！"张让等十二人到齐后，灵帝将张钧的奏章拿出来，交给十常侍。十常侍大惊失色，慌忙跪倒在灵帝面前，咚咚地撞地磕头，痛哭流涕，认为这是张钧的诬陷，并表示愿意亲自到洛阳监狱中接受调查，而且愿意将家财捐献出来，以助朝廷所需。看到十常侍如此忠心耿耿，灵帝便让他们起身，不再追究他们的责任。十常侍出来后，个个擦着冷汗，直说："吓死人了，真知道什么叫心惊肉跳了。"

　　十常侍果然依约捐出了许多家资，灵帝很是高兴，在张钧的奏章上批道："此人真猖狂也，十常侍难道没有一个好人？"张钧不服，仍照上次奏章的意思，再写一道奏章，第二次上奏灵帝。灵帝接到张钧的第二次奏章，生了气，下诏让廷尉、侍御史逮捕张钧。十常侍趁机贿赂侍御史，诬陷张钧与太平道有联系，将其杀死在监狱里。

　　太平道公开以符水疗病、百姓互助为由，广招信徒，暗中积极做着推翻汉朝的准备。张角将青、徐、幽、冀、荆、扬、兖、豫八州的信徒分为三十六方，大方万余人以上，小方六七千人，每方设渠帅统领，并到处散布"苍天已死，黄天当立，岁在甲子，天下大吉。"做着舆论的准备。京城各卿署衙及州郡署衙的大门，不时出现用白色粉块写的"甲子"二字。一时各种传言满天飞，闹得人心惶惶。

　　灵帝也心神不宁，他想到了中常侍吕强。这吕强曾多次向自己奏报，认为曹节、王甫、张让等人有赵高之祸，曾规劝自己后宫中宫女数千，衣食之费，日数百金，而连年灾荒，民寒不敢衣，饥不敢食，要求自己遣散宫女，节省开支。并认为蔡邕的冤案是自己一手造成的，致使现在群臣以蔡邕为鉴，不敢进忠言，劝自己应为蔡邕平反。自己知道吕强忠诚，但言语冲撞，让自己很难堪，对李强的进谏不予采纳。现在国事吃紧，没有人拿出好的办法，灵帝想了想，决定还是听一听吕强的看法，便召吕强来见。

吕强到来后，明白了灵帝的意思，便坦率地说："现在各州郡大多任用的都是宦官的子弟、宗亲，他们没有什么真才实学，只会搜刮百姓，所以才激起民变。应该首先从刺史和二千石的官吏查起，考察他们的才能和政绩，不称职者一律罢免，然后再整顿郡县。"灵帝点头称是。吕强接着说："还有一件大事，应该赶快办，这就是赦免党人。这些被禁锢的党人，都是举国知名的人才，他们大多是被冤枉的。由于党锢，使他们无法为朝廷效力。倘若他们为太平道所用，其势不可挡，天下将亡。"灵帝仔细一想，惊出一身冷汗，表示一定考虑吕强的谏言。

第二天，灵帝召集各公卿大臣，对目前的形势商讨对策，要求各公卿大臣知无不言，言无不尽，即便说得不当，也绝不追究责任。议郎皇甫嵩上奏："现在各地百姓纷纷加入太平道，各种传言甚嚣尘上，我们不可掉以轻心。党锢之祸所禁锢的党人都是国之精英，希望朝廷解除党禁，启用这些人。如若不然，这些人现在散落各地，一旦被太平道利用，必遗患无穷。"

这皇甫嵩乃前朝度辽将军皇甫规的亲侄子，其父皇甫节曾任雁门太守。皇甫嵩自小有文武之志，好读诗书，习弓马，曾在北地任太守，被灵帝公车征为议郎。如今他的话如此大胆，让大家感到震惊。大家默默无言，看着灵帝怎样表态。反正灵帝有言在先，言者无罪。

灵帝听了皇甫嵩的话与吕强的话如出一辙，一个内官一个外官，意见竟如此一致，可见这是许多人的看法。昨天吕强走后他就反复斟酌过了，看来这党禁必须要解了。于是颁布诏令："凡禁锢党人，一律解禁，各公卿署衙，征辟他们为朝廷效力。派人考察各州刺史、郡守县令，不称职者一律罢免，有罪者一律收监，由合适的党人充任各州郡职位。"诏令发出，不等朝廷派人考察，各宦官纷纷将各自的宗亲子弟从各州郡召回，以躲避打击。洛阳各监狱关押的党人及太学生一律释放，逃亡在外的纷纷归家。一时间各公卿署衙、州郡署衙都忙着征辟这些党人任职，洛阳城很快热闹起来。

一连几天，曹操都待在袁绍家里，昔日的故友们纷纷来到京城。何颙被征辟为司空府掾属，刘表被大将军何进征辟为掾属。袁绍家门前辎軿柴毂，填接街陌。这天曹操又来找袁绍，刚进大门就听到袁绍的叔父、太傅袁隗正在大声训斥袁绍："你不应召公府，终日只知结交朋友，中常侍赵忠已经在宫内署中发牢骚，说你袁本初自抬声望，好养死士，不知你这小子打算干什么。如果赵忠哪一天将这些话奏知圣上，我们袁氏一族恐怕要遭灭族之灾。你不为自己想，也要为我们袁氏一门着想，无论哪个署衙，你先应召上任，避避嫌疑。"说完气呼呼地径直出门去了。

袁绍出来碰见曹操，说："你都听见了，我的叔父身为太傅，却那么怕这些宦官。早晚有一天我非除了这些阉官宦竖。张邈刚从家乡来，现在我的偏院。"曹操听说，赶忙来到偏院，还未进屋就大声嚷开了："孟卓兄，好久不见，你可想死我了！"张邈跨出门，迎着曹操施礼，说："多年不见，不知怎样称呼？""哦，我字孟德。"曹操边说边打量张邈，看他精气神十足。袁绍招呼二人进屋，席地而坐，互诉离别后的感慨。曹操问："孟卓兄这次来京，被哪个署衙征辟了？"张邈说："太尉府征我为掾属，我明天就去报到。"曹操劝袁绍："本初兄也闲了好几年了，如今朝廷整顿吏治，风气为之一变，形势不错，也该为朝廷出力了。"袁绍说："前天刘表给我捎信，说何进大将军要征我为掾属。"曹操高兴地说："好，到大将军府任职也不错。"

这时张邈问："王俊现在不知在什么地方？"曹操说："自那年我和他在汝南本初兄家分手后，他便到荆州避祸去了，现在音讯皆无。"张邈说："听说李瓒被表奏为兖州东平国国相，不知可是真的？"袁绍肯定地点了点头。这时有人来喊袁绍，说又有人来拜访了，让他前去迎接。袁绍道了声"失陪"，到前面去了。

尽管党锢已解，党人纷纷被征召，朝廷吏治有了新气象，但为时已晚，眼看一场巨变就要发生。

第十章
号天公张角起事　平黄巾曹操出征

　　马元义是太平道的一位大方渠帅，手下聚集着荆、扬两州十数万信徒。他利用关系，收买了中常侍封谞、徐奉等人，多次派人潜入京城，在朝廷中秘密发展信徒。这次他受张角委派，亲自潜入洛阳，与封谞、徐奉商讨起事时间。封谞、徐奉建议，由于现在正是冬季，不利行动，待来年春暖花开时正式起事，最终确定日期为三月五日。

　　日子定好后，马元义派人报告给张角，征求张角的意见。张角同意这个日子，然后派人到各州郡，通知各大小方的渠帅，让大家根据距离冀州的远近安排时间，明年三月五日以前，到冀州集结，共同起事。

　　张角有一个弟子叫唐周，是青州济南人，已跟随张角好几年了。他入太平道是打算跟着张角宣扬黄老学说，在太平道混个头脸就感到满足了。闻知总帅张角要推翻朝廷，便坐不住了——这是造反，若事不成，将会是灭九族之灾。左思右想，决定向朝廷自首，于是借口家中有事，离了张角，从巨鹿直奔京城，找到同乡宦者钩盾令周斌，将密奏交与周斌转呈灵帝。灵帝大惊，立刻诏命大将军何进，统领京中左右羽林军及五营士卒，全城戒严，搜捕太平道在京中的信徒。又诏命三公府、司隶校尉部，将所属的掾属交与钩盾令周斌率领，搜捕内外宫省中的太平道信徒。由于唐周提供的情报准确，中常侍封谞、徐奉等内官及朝廷中的入道者，悉被抓获。马元义尚未来得及离开，被大将军何进抓获。

　　看到被抓的人中有中常侍封谞、徐奉等人，灵帝异常震怒，急召十常侍，怒斥道："你们经常说党人欲图谋不轨，让我禁锢他们，有的甚至被诛杀。现在党人更为国用，而你们这些人反而与张角私通，是不是应该将你们全都斩首呢？"十常侍闻言大惊，跪在那里磕头如捣蒜，说："封谞、徐奉私通张角，理应斩首，可我们都未参与其中。党人之事全是已故的曹节、王甫、侯览等人所为。我们当时还都是小黄门，并不知内情。"灵帝叹口气说："起来吧，看在你们殷勤服侍的份上，我就不追究你们了。"十常侍退了出来，一个个冷汗直往外冒。

灵帝下令，所有被抓的太平道信徒，包括封谞、徐奉，共计一千多人，一律诛杀。马元义被车裂。命各州郡，取缔太平道。

京城漏网的信徒，昼夜兼程赶往冀州，向张角报告京城事变。张角大惊，此时才到二月，离起事日期还差一月有余，朝廷取缔太平道的诏命，很快就会下达到各州、郡、县。箭在弦上，不容再犹豫，于是连忙派人，星夜到各地传报：不必再往冀州集结，各方渠帅接到命令，无论何时，就地起事；每人皆戴黄巾，号为黄巾军。

张角率冀州信徒率先起事，自称"天公将军"，其弟张宝号称"地公将军"，小弟张梁号称"人公将军"。黄巾军矛头直指官府，所到之处，燔烧官府，杀富济贫，惩处世族豪强。不出半月，各地皆群起呼应，那些不是信徒的百姓也纷纷加入黄巾军。刺史、守令纷纷逃亡，许多州郡府衙空无一人。

灵帝惊恐万分，诏命大将军何进部署京师守卫，又命京城外围的函谷、太谷、广城、伊阙、轘辕、旋门、孟津、小平津这八个拱卫京师的重要关隘，增加兵马，设置都尉，确保京师万无一失。同时诏命各州郡县征辟勇士，广招兵马，迅速平定各地叛乱。

面对如此紧张的局面，中常侍赵忠、夏恽等十常侍，不是尽忠报国，而是以私利出发，认为目前之所以党人解禁复出，宦官失势，全是因为中常侍吕强所为。认为他残害同类，更加恶毒，决心除掉他，于是串通一气，诬陷吕强"与党人共议朝廷，数读《霍光传》，欲废圣上"。灵帝不问青红皂白，下诏让中黄门带兵抓捕吕强。吕强听说后，不躲不藏，愤而直言："我今天死，祸乱从此起矣。大丈夫尽忠国家，岂能面对狱吏！"说完便自杀了。十常侍犹未解恨，又向灵帝谮言："吕强不等审问就自杀了，一定有奸情，应该追查。"于是将吕强的宗亲一律逮捕，严刑拷问，并没收所有财产。可叹吕强，宦官中的英杰，却被诬致死。

就在此时，坏消息传来，张角指挥的黄巾军主力已经攻占了冀州大部，大有南下进攻京师洛阳之势。灵帝急召各公卿大臣商议对策。有人提议："冀州黄巾势大，仅靠州郡之力难以剿灭，朝廷应派军队征剿。"灵帝诏命："调北军五营，前往冀州征剿张角。"

那么谁来统领北军五营到冀州征剿却成了难题。这时太尉杨赐举荐说："现在东观的卢植可担此任。"司空张济说："杨赐所奏甚是。卢植曾在熹平四年的时候，平定过九江郡蛮人的叛乱。后来庐江地区南夷反叛，又任卢植为庐江太守，很快又将南夷平服。"太傅袁隗也认为卢植文武双全，可充此任。于是灵帝诏命：任卢植为北中郎将，持节，率领北军五营将士，前往冀州平叛。并任命护乌桓中郎将宗员为副将，率本部兵马南下与卢植会合，冀州各郡县征辟的兵马，配合卢植统一行动。卢植领旨，即刻改换戎装，点起北军五营兵马，前往冀州平叛。

北军五营出征后，灵帝立即下诏，令大将军何进在三河地区征募精勇，扩充兵马，以备京师防御之用。然而很快又有消息传来，以波才和彭脱为首的两支黄巾军，在陈国、汝南起事后，很快就攻占了颍川，兵锋直指洛阳。颍川紧临河南，不出旬日即能到达洛阳。灵帝赶紧召集众公卿商议。谏议大夫皇甫嵩说："圣上莫急，大将军何进已募集了一批精壮勇士；另外司隶校尉部所属的京畿地区，也有一些兵马，这些人马加在一起足有数万之众，战斗力虽赶不上卢植带走的五营主力，但也不是太差。将这些人马派往颍川，抵挡黄巾应该是没有问题的。"大将军何进说："这样一来，京城中除了守卫宫室的羽林军外，再无兵马。"皇甫嵩说："还请大将军负责，马上再招募壮士，以备京畿所需。"何进说："可这兵器战马、粮草军需一时到哪里去弄？"皇甫嵩说："西园骁骥厩中的马匹尚可调用，存放在西园的金银财宝尽可充作军费。"灵帝略显犹豫，心想：西园所存财宝，可是我卖官所得，那是我的私房钱。皇甫嵩看透了灵帝的心思，说："社稷重要，如此紧急时刻，陛下还犹豫什么？"灵帝咬牙应道："悉如卿言，我即刻就让内官向大将军交割。"何进应允。

出征颍川的兵马有了，那么由谁来统领这支部曲呢？一人应声道："我举荐一个人。"大家看时，原来是刚解禁不久的党人赵岐，现被朝廷以故刺史诏选为议郎。赵岐说："我举荐的就是皇甫嵩。他的叔父黄甫规曾任度辽将军，父亲皇甫节曾任雁门太守，俱有军功。我在并州任刺史时，熟悉他们一家。皇甫嵩喜读诗书，善习弓马，自小在边地长大，熟知战阵，又曾任北地太守，一定能胜任此职。"大家听了点头称是。

这时又有一人表奏道："谏议大夫朱俊也可以统帅这支部曲。"大家循声望去，见是侍御史刘陶。刘陶接着说，"六年前，即光和元年，交州贼首梁龙策动万余人叛乱，与南海太守孔芝勾结在一起，攻破郡县，牧守俱不能抵挡。危急关头，朱俊被诏命为交州刺史，仅靠从老家会稽和沿途临时征调的五千人马，恩威并用，不出一月，即斩了梁龙，余者皆降，平定了交州叛乱。"大家一听，觉得朱俊也很适合统领这支队伍。灵帝经过斟酌，决定将这四万兵马分为两部分，诏命皇甫嵩为左中郎将，持节；诏命朱俊为右中郎将，持节，各领一部，分别征剿波才和彭脱。二人并不推辞，即刻领命。

这时朱俊说："启奏陛下，臣表奏一人，望征调他来颍川助战。"灵帝问："是谁？"朱俊说："此人姓孙名坚，字文台，孙武之后，吴郡富春人，与臣祖籍相邻，年少时即为县吏，具有谋略。熹平元年，会稽妖贼许昌在句章起兵叛乱，号为阳明皇帝，与其子许韶煽动诸县，聚众数万。时孙坚任郡司马，招募精壮勇士数千人，联合州郡所属部曲征剿，很快就将叛乱平定下去。若得孙坚在吴会地区招募精壮勇士，前来助战，颍川黄巾定能及早平定。"有人说："吴会地区离颍川甚远，恐远水不解近渴。"朱俊说："此次黄巾起事，遍及州郡，各州郡无暇顾及京师，唯吴会尚未波及。"灵帝说："卿言甚好，我即刻下诏，命孙坚为佐军司马，在吴会地区招募兵马，前来颍川助战。"皇甫嵩、朱俊随即点齐兵马，奔赴颍川征剿黄巾军。

何进待皇甫嵩、朱俊前脚刚走，立刻到西园领了金银财宝，购置材料，赶快打造兵器，筹备粮草，训练从骙骦厩中挑选的马匹，但士卒的招募并不顺利。由于刚刚招募过数万精勇，再接着招募已很困难了，于是向灵帝奏报批准："凡在京畿的士农工商的子弟，一律应征；各公卿大臣、黄门常侍的家奴，悉数充军；洛阳街头的闲杂人等一律入伍，这样又招募了一些人马。"

朝廷上下，京城内外，都在翘首盼望从颍川传来好消息，但不久传来的奏报却令人沮丧。原来皇甫嵩、朱俊率领部曲进入颍川后，在许、襄一带遭遇黄巾军。黄巾军人数众多，攻势凌厉，他们堵截不住，边打边退。左中郎将皇甫嵩与波才在长社相持；朱俊与彭脱在阳翟对峙，二人十万火急，接二连三奏报，要求派兵增援。

灵帝急忙升殿，问大将军何进："新军招募的怎么样了？"何进说："才刚刚招募了五千人，还没有来得及训练。"灵帝说："先将这五千人调去增援，余下的再行招募。派谁统领这支部曲？"殿下一片寂静。经过战阵的将军，大多年事已高；没打过仗的，更是不敢称勇。皇甫嵩、朱骏两将军尚且难以抵敌，再说刚刚组建的又是这样一群乌合之众，谁敢拿着鸡蛋往石头上碰。议论来议论去，无人应诏。灵帝犯了难，诏命各公卿大夫，速速举荐人才，便宣布退朝。

这时，中常侍张让想到了曹操。这曹操虽为宦官之后，却和党人搅在一起，处处与宦官为敌。且不说上次遇刺事件，至今让张让心存疑虑，仅后来几次表奏，为党人申冤，要求惩治宦官的宗亲，就不能不让人痛恨。以前看在他爷爷曹腾和父亲曹嵩的面上，再加上实在抓不住曹操的什么把柄，无处下手，只好忍了下来。不如趁这次机会，让曹操率这支部曲上战场。曹操文官出身，从未指挥过兵马，上战场必败无疑。借黄巾军之手，除了曹操，不显山不露水，即便侥幸不死逃回京城，到时再以战败的罪名诛杀，更是名正言顺。主意打定，便和十常侍商议，十常侍异口同声赞成。尤其是蹇硕，终于可以为被五色棒打死的叔父报仇了，更是举双手赞成。于是张让上奏灵帝："曹操曾任洛阳北部尉，算是武将，据说还颇习武艺，应由曹操率领这支新军，增援颍川。"灵帝上朝，将张让的奏章传示大家，公卿们也没有更好的人选，便纷纷附和同意。于是灵帝下诏："擢议郎曹操任骑都尉，率羽林新军即刻出发，增援颍川，功成之后，另行赏赐。"

本来内官外官都以为曹操定会竭力推辞，没想到曹操竟毫不犹豫，挺身应诺，只是要求：从羽林军中抽调人任新军的司马及军侯、屯长。灵帝当即同意。然而曹嵩却慌了神，回到家中怒斥曹操："我经常嘱咐你，不要和党人搅得太近。你阳奉阴违，果不其然，这下有报应了。十常侍故意把你送上不归路。皇甫将军和朱俊将军久经沙场，手下有数万兵马，尚且危在旦夕，你率这点人马，且又是乌合之众，不是去送死吗？"曹操反驳道："国家有难，大丈夫就应挺身而出，即便不成功，也落得个忠义美名。"曹嵩气得浑身哆嗦。丁氏、刘氏听了呜呜地哭起来。卞氏劝解道："他福大命大，父亲不必过于担心。"曹嵩无可奈何地摇摇头："听天由命吧。"

曹操来到军营的第一件事，就是迅速挑选了一批精明干练的人员充当斥候，即刻出发到颍川前线搜集情报，然后抓紧时间进行兵马训练。说是训练，无非是使这支刚拼凑的新军，做到将士互认，依令进退。前方十万火急，容不得曹操再拖延时间，三天后，灵帝亲率公卿大臣，在校场举行隆重的出征仪式，为新军送行。何颙、袁绍、刘表、张邈等曹操好友，一起前来送行。

此时的曹操头上的进贤冠已被金盔代替，宽衣大袖的飘逸袍服已被紧身的战甲代替，腰间挂着一柄灵帝亲赐的青釭宝剑，从骐骥厩挑选的马匹健壮威武，衬托着马背上的曹操更加英姿勃发。曹操见到老友们，立刻跳下战马，说："怎么样，我这一身戎装漂亮吧?"这时有人跑来报告："陛下和公卿大臣即刻到来，请曹将军迎接。"曹操跨上战马，朝众好友一笑："再见，等我的好消息!"马鞭一挥，朝点兵台驰去。待灵帝和公卿大臣就位，曹操指挥部曲绕场一周，接受灵帝的检阅。看着这排列不整，步伐凌乱的队伍，人人都捏了一把汗。

受阅完毕，部曲出了京师，直向颍川而去。曹操率领部曲晓行夜宿，这天中午过了阳城，从阳翟回来的斥候报告："朱俊将军的部曲和黄巾军彭脱部在阳翟相持，黄巾军势大，朱俊将军只有招架之功，如果援军不能马上赶到，防线就有崩溃的危险。"这时派去长社的斥候也回来了，向曹操报告："皇甫将军被数万黄巾军团团围困在长社城，已岌岌可危。"军司马们议论纷纷，说："我们这五千人的部曲，是无力解除对长社城的包围的，朱将军正在和黄巾军相持，如果我们援军赶到，即便不能消灭黄巾军，也能保住防线，不致崩溃。"曹操说："我们直奔长社，先解皇甫将军之围。"司马们愣住了："这不相当于飞蛾扑火吗?"曹操坚定地说："如果我们去增援朱俊将军，即便暂时能使朱将军防线稳定，但长社城一旦被攻破，那么数万黄巾军就会腾出手来，到那时，我们和朱将军就会非常危险了。《孙子兵法》上说：'攻其无备，出其不意。'我们直取长社，明天一早就出发。"随后对从阳翟回来的斥候说："明天我们走后，你们前往朱将军处，一路上到处散布，说援军就在后面，很快会就到达，见到朱将军也这么说，让他们提高信心。"

长社城西北面有一道高岗，泊水顺冈边朝东南流去，斥候说："过了这道岗，往东南走若干里，就是长社城了。"曹操下令："部曲在岗后就地隐蔽歇息。"随后带了十几位随从，在斥候的引领下，前往长社城查看情况。

此时已快到仲夏，天气晴好，远远就望见长社城了。曹操一行下马，让随从将马匹找个地方隐藏起来，他们借着杂草和灌木的掩护，徒步朝前走去。很快见到长社城外黄巾军的旗幡飘扬，黄巾军三人一伙，五人一处，临时搭的简易帐篷星罗棋布，密集的程度可以说休想有一只老鼠能混过这道包围圈。曹操紧皱眉头，心想：靠这五千人的援军，一旦发起攻击，无异于自投罗网。再看长社城上，皇甫将军的大纛旗迎风飘扬，各色旌旗排列整齐。曹操暗自钦佩皇甫将军冷静沉着，临危不乱。这时临近中午，太阳光强了起来，曹操一行额头上汗珠直冒，曹操顾不得擦汗，静静地在那儿观察着，渐渐地他的脸上泛起一股不易察觉的微笑。

从长社城侦查回来，路上遇见几个零星的黄巾军，曹操顺手将他们捕获。这些俘虏狂妄地问："你们是被打散的官军吧？如果把我们放了，我们可以在渠帅面前替你们说几句好话，饶你们不死。"及至见到岗后隐藏的官军，他们才闭住了嘴。

曹操召集司马、军候说："大家做好准备，我们将迎战黄巾军，以解长社之围。"这些司马、军候说："我们区区五千人马，怎解长社之围？"曹操知大家没有信心，便说："此战我们必胜。"见大家露着怀疑的目光，曹操说："包围长社城的黄巾军的确人马不少，但根本不懂兵法，将营寨扎在草丛中。现在小麦已黄了梢，这几天必有一场干热风。如果我们在长社城外放一把火，风助火势，抵上数万兵马，黄巾军就会不战自败。"各位司马、军候闻言一想，立刻来了精神，纷纷要求马上采取行动。曹操说："此法需要和皇甫将军里外配合，方能大胜。现在大家想办法看派谁能潜入城中，与皇甫将军取得联系。"

就在这时外面报告说："抓了一个黄巾军的斥候，现押在大帐外面。"曹操心中一惊：我之所以选择离长社城这么远驻扎，就是怕暴露自己，没想到黄巾军的斥候这么快就盯上了。曹操下令："押进来！"只见那人头裹黄巾，一身短衣打扮，腰里扎着一根绳子。曹操盯着那人问："你不在前面围城，跑到这里做什么？"那人说："你们不裹黄巾，打着官军旗号，隐藏在这里干什么？莫非是官军？"曹操冷笑一声，说："不妨告诉你，我们是官军，特来增援皇甫将军。你们的末日就要到了。像你这样的斥候还有多少？"那人疑惑了一会儿，问："你们的将领是谁？我要见他。"一位司马说："我们的将领是骑都尉曹操，坐在你面前的就是。"只见那人扑通跪下，从怀中掏出用绢写的一封信，双手递给曹操，说："曹将军，你们终于来了。现在城中已经快断粮了，皇甫将军派我赴京城让圣上速发援兵，若再迟些恐怕长社城就守不住了。"

曹操接过信，看了内容，又看了签名和印章，果然是皇甫将军的，便又打量了一下那人，说："黄巾军围得这么严，你是怎么跑出来的？"那人说："表面上看似乎围得很严，实际上他们的人马仍是以乡亭为单位，互相并不很熟，又非常骄横，所以警戒很差。只要扮作他们的样子，根本没人查问。"曹操说："我现在写一封信，派两个人和你一起入城去见皇甫将军，能做得到吗？"那人一拍胸脯说："一点问题也没有！"于是曹操即刻写信，选了两个斥候，与那人一起连夜返回长社城。

第十一章

剿黄巾初战用火攻　罢贪吏下令绝淫祀

待斥候随皇甫嵩的来使走后，曹操下令：每人准备柴草一捆，然后静等干热风起。皇甫嵩在长社城中接到曹操的信，下令各将士准备一只火把，搜集城中所有膏油，静等曹操发动攻击。

眼看已近端午，麦田里的小麦就要成熟，早的已开始下镰收割了，干热风还不见踪影，曹操不免有些着急。这天一阵暖风吹来，曹操大喜。这干热风不是呼呼劲吹，而是和暖习习，甚至让人不易察觉，但整个空气却异常的干燥，没有一点水分，树叶、野草仿佛要被烤焦了。此时一点火星，就能把整个空气引爆。待夜幕降临，曹操令将士们饱餐一顿，然后把抓获的几个黄巾军俘虏押到部曲前面，说："这几人被灌了迷魂汤，至死不降，现在就用他们的头祭我们的大旗。黄巾军号称有黄道保佑，刀枪不入，现在让大家看看是真是假。"于是令人将他们的头砍下，悬挂在早已竖起的高杆上，然后说："大家看清楚了，他们也是肉身凡胎，遇到刀枪也会死，你们不要怕。在此之前，你们不过是士农工商的子弟，或是世家大族的家奴，抑或是街头无所事事的游民；现在只要奋勇向前，杀敌立功，就可以建功立业，授爵封侯，光宗耀祖。"然后一声令下："出发！"将士们群情激奋，立刻背起柴草，跟随曹操，急速向长社城奔去。尽管已是晚上，将士们的口腔鼻腔被干热的空气熏得火烧火燎的。大家默默无言地行进着，很快就望见长社城那黑黢黢的轮廓。

此时已近午夜，曹操判定风向，命将士们散开，悄悄接近黄巾军，扔下柴草随即点燃，火噼噼啪啪燃烧起来。热风一刮，周围的杂草很快被烤焦，也燃烧起来，这一簇那一丛快速蔓延开来。皇甫嵩将军看到城外火光四起，知曹操已到，赶忙命守城的将士，将事先准备好的火把涂上膏油，点燃掷向城外，茅草灌木迅速被点燃。遭到大火的突袭，黄巾军一下乱了阵脚，火光中只见他们像无头的苍蝇乱闯乱撞，哭喊声响成一片。

天色渐亮，眼看火势渐弱，曹操与皇甫嵩分头从城内外发起进攻，战至天明，燃烧过的土地上漫布着柴草的灰烬，到处是烧死战死的尸体，烧伤杀伤的黄巾军痛苦地呻吟着，束手就擒。残部在渠帅波才的率领下，快速逃往阳翟，投靠彭脱去了。

皇甫嵩见到曹操，连连表示感谢。曹操说："残敌逃往阳翟，我们不能给他们喘息的机会，应赶快追剿。"皇甫将军说："将士们苦战一夜，人困马乏，我已令人在城中准备好饭食，让大家歇息片刻，吃过饭再追剿。"曹操说："还是皇甫将军虑事周到。"

黄巾军渠帅波才率残兵败将逃往阳翟。彭脱看到波才遭受如此惨重的失败，不觉大吃一惊。还未稳住阵脚，皇甫嵩和曹操率领的官军已经赶到，只好分兵应对。朱俊将军先是得报，曹操援军已到，勉励将士奋勇抵抗，又坚持了数天，却迟迟不见踪影，眼看难以支撑，闻知皇甫将军和曹操杀到，随即发动进攻。黄巾军在官军两面夹击之下，军心动摇，节节败退。波才和彭脱率领黄巾军，只好向汝南撤退，颍川郡全部被官军收复。

皇甫嵩和朱俊两位将军决定部曲在颍川休整，曹操不同意，说："我们不能给黄巾军喘息的机会，应趁他们还未缓过劲来，连续追歼。"皇甫嵩将军反对说："将士们现在都很疲惫，兵书云'穷寇莫追'，黄巾军虽然失败，但他们仍然很庞大，人数远超我们。能把黄巾军赶出颍川，已属不易。"朱俊将军也这样认为："与黄巾军相持了这么久，将士们确实都很疲惫了，需要休整。"曹操坚持道："黄巾军拖家带口，虽然人数众多，战斗力其实不强，甚至用铁锹、铲子、耙子等农具做兵器。此仗我们的将士打出了信心，而黄巾军却士气低落。倘若让他们在汝南休整，待缓过劲儿来，最后鹿死谁手倒不一定。"皇甫嵩和朱俊两将军认为曹操分析得有道理，便同意稍作休整，继续追歼波才、彭脱。

由于黄巾军扶老携幼，拖家带口，他们撤退的速度非常慢，刚进入汝南境内的召陵，就被官军追了上来。双方在召陵一阵厮杀，黄巾军伤亡惨重，波才战死，人马被打散，剩余的在彭脱的带领下向东撤往陈国。

皇甫嵩、朱骏、曹操收拢人马，继续向东追剿彭脱。正行进间，见东南方向有一支部曲，斜刺里迎头朝这里开来。三人马上紧张起来，停下队伍，准备以应不测。那支部曲显然也发现了他们，略一停顿，继续朝这里行进。渐渐地看清帅字旗上一个大大的"孙"字，朱俊说："莫非是孙坚将军到了？"曹操说："二位将军稍候，待我上前询问一下。"说着提马迎了上去，问："请问来者何人?"然后细细打量领头的那位,看上去浓眉大眼,鼻直口阔,头戴战盔,身披铠甲,年方三十多岁。只见他手一指帅旗说:"我乃吴郡富春人,姓孙名坚。敢问你们可是朝廷的部曲?"曹操说:"正是。"这时朱俊也提马上来,问:"可是孙将军吗?"孙坚听此,仔细一看,便慌忙下马拜见,说:"不知是朱将军,失敬了。自光和元年朱将军到交州任刺史,一别也有六七年了。"朱俊下马,皇甫嵩、曹操也下马。朱俊向孙坚介绍道:"这位是左中郎将皇甫嵩将军,这位是骑都尉曹操将军。"孙坚一一见过礼,说:"没想到和三位将军在此相见。"皇甫嵩将追歼黄巾军的情况,简要讲述了一遍。孙坚说:"各位将军辛苦,我受圣上诏命,自领佐军司马以来,不敢懈怠,赶快在下邳和淮泗地区招募精壮勇士数千人,前来助各位将军征剿黄巾军。我初来乍到,未立寸功,愿为前锋,追剿彭脱黄巾军。"三人听后大喜,便由孙坚任前部先锋,大军随后跟进。

孙坚率领本部兵马随彭脱踪迹,直扑陈国而去。孙坚曾平定过许昌、许韶父子的叛乱,自恃有平叛经验;又听说彭脱率败军狼狈逃窜,也是轻敌,再加上立功心切,催促部曲快速前进,刚进入陈国境,就在西华追上了彭脱。孙坚恃勇,策马向前,杀入敌阵。不料黄巾军抵抗顽强,孙坚感到难以招架,部曲反被冲散,一支冷箭射来,正中左肩,孙坚大叫一声,滚下马来,倒在草丛中昏了过去。就在这时,朝廷的大队兵马赶了上来,立刻投入战斗,黄巾军不抵,节节败退,彭脱战死,黄巾军大部被歼,少数逃窜。战后清点,唯独孙坚不知下落。这时只见一匹马奔驰而来,一边嘶鸣,一边用蹄刨地。孙坚部下认出是孙坚的马,心中一紧,上前牵马。马挣开缰绳,朝远处跑去。将士们随马而去,在一处乱草丛中发现了昏迷的孙坚,大家把他救回,赶紧找医生救治。还好只是失血过多,总算没有大碍,只待静养恢复,大家这才松了一口气。

波才、彭脱被消灭,颍川、汝南、陈国俱被收复,彻底解除了黄巾军对京师洛阳的威胁。皇甫嵩、朱俊写奏章告捷,并命部曲就地休整。很快,朝廷诏书来到,诏书中说:"波才、彭脱被剿灭,三郡得以收复,各将士功绩卓著。左中郎将皇甫嵩晋封都乡侯,右中郎将朱俊晋封西乡侯,骑都尉曹操迁为青州济南国相,佐军司马孙坚为别部司马。余下人等,根据战功,各有奖赏。"此时,大军休整完毕,孙坚的身体也恢复得差不多了,于是大军拔寨起营,返回洛阳。

这天,大军走到许县,又接到朝廷诏书:"因荆州南阳郡黄巾贼首张曼成,号称'神上使'，聚众数万，杀郡守褚贡。新任郡守秦颉击杀张曼成，黄巾贼又以赵弘为帅，攻占宛城，聚众十余万。诏命右中郎将朱俊为镇贼中郎将，节制别部司马孙坚，进军宛城，与荆州刺史徐璆和南阳郡守秦颉配合，剿灭赵弘。兖州东郡黄巾军贼首卜己，聚众数万，攻取郡县，诏命左中郎将皇甫嵩率本部兵马进军东郡，剿灭卜己众贼。骑都尉曹操所部交由皇甫嵩将军统辖，本人回京交回符绶，到济南国上任。"

四人接到诏书，颇有些恋恋不舍，相聚一起，畅饮一场，第二天便分手告别。曹操单人独骑，目送两支队伍一南一北，渐渐从视线里消失，然后快马朝京城驰去。

曹操回到京城，先到太尉府交了兵符，刚要离开，听到了一个令他震惊的消息：北中郎将卢植因征剿黄巾不利，被槛车押回，减死罪一等，现被押在洛阳狱中。曹操怀疑自己是听错了，随即连忙打听，弄清了事情的原委。原来自卢植出征冀州，灵帝放心不下，诏命河东太守董卓率兵马前往助战。本来卢植连战皆捷，斩获黄巾万余人，自董卓到后，自恃曾参与平定汉阳羌人的叛乱，立有战功，遂不把卢植放在眼里，根本不听卢植的调遣，致使征剿黄巾军的战斗不利。恰逢灵帝派小黄门左丰，前往冀州巡查征剿黄巾军的情况，左丰暗示卢植给他行贿送礼，卢植不肯，左丰怀恨在心，回来后向灵帝谮言说："黄巾贼首张角占据广宗城抵抗，实际上很容易剿灭，卢中郎拥兵不战，以待天诛。"灵帝听后大怒，将卢植问罪，拜董卓为东中郎将，持节，代卢植指挥平叛。曹操心想，董卓如此骄狂，绝不是什么好人。至于宦官所为，曹操已无话可说，只好无奈地离了太尉府。

曹操回到家，一家人欢天喜地，小曹昂扑到曹操怀里，父子两人说笑着，尽享天伦之乐。曹操在家迁延数日，收拾行装，告别父亲，带着妻儿，踏上了去济南的路。一路颠簸，走到东郡的时候，已是处暑节气，白天依然很热。曹操想到皇甫嵩将军正在此地围剿黄巾军，虽然分手才一个多月，心里挺想他的。今天路过此地，见他一面，看看战况如何，于是打听到皇甫将军的部曲驻扎地，便催马而行。

皇甫嵩将军见到曹操，颇感意外，心里非常高兴，赶忙备了酒宴招待曹操，说："我这里条件有限，请曹国相包涵了。"曹操说："战事正忙，本不想打搅，只是太想你了。"皇甫嵩说："你要不来打搅，我倒生气了。你看我们倒客气起来了。"曹操笑了，问："战况如何？"皇甫嵩说："东郡的黄巾军有一万余人，被我一战就生擒了首领卜己，斩杀七千多人，其余的四下逃窜。东郡已经平定了。"曹操不禁叫好："东郡已平，该班师回京了。"皇甫嵩说："哪里啊，我刚接到诏书，让我率兵马到冀州接任董卓，剿灭张角等贼。听说这董卓连吃败仗，当初卢植将军不是已取得了胜利吗，怎么被罢了职，你在京城可知底细？"

曹操点头，便将在京城听说的董卓怎么不听卢植调遣，小黄门左丰怎么索贿不成，在灵帝面前告了黑状，卢植怎么被槛车押解到京城等，说了一遍。皇甫嵩长叹一声，说："这些宦官实在可恶。"两人直聊到很晚才歇息。

第二天皇甫嵩将军集合部曲，拔寨起营，朝冀州进发。曹操也收拾好车马，载着妻儿，和皇甫嵩告别，奔济南而去。不出几日，便来到济南地界。这天路过一个小村，远远听见哭喊声，少顷，便见有几个吏卒，押着几位农人模样的人，骂骂咧咧、推推搡搡朝这里走来；后边跟着一群老人、妇女和孩子，一边哭哭啼啼，一边向吏卒哀告："我们不是不缴赋税，只是实在缴不出来。"吏卒大声呵斥："缴不上赋税，县令让我们拿人，你们和县令说去。"这些人跪在吏卒面前，请求他们开恩。吏卒不听，坚持要把人带走。看到此景，曹操停了下来，下马问道："怎么回事？"一个吏卒说："他们抗税不缴，奉县令之命，前来拘押他们到县。"曹操对那些哭喊的人说："你们为什么不缴赋税？"一个妇女哭着说："我们不是不缴，只是这赋税年年增加，今年天旱，粮食减产，我们连吃的都没有，实在缴不出来。"曹操对吏卒说："你就是把他们拘押到县里，他们也实在缴不出，不如先将他们放了，回去如实禀告县令，是否可以减免。"吏卒把眼一瞪，说："听口音你是外地人吧，劝你少管闲事。这些人不压不榨，是出不来油的。"说着把曹操推在一边，押着人只顾朝前走。一老翁还要阻拦，被吏卒一推，脚一崴，跌坐在路上，曹操连忙搀扶住。这时卞夫人从车上下来，掏出些银钱递与老人，说："老人家，还是回去吧，你这么追着哀告，也不济事。"老翁哭道："我儿子被他们抓走，地里的庄稼靠谁呀？地荒了，更缴不上赋税了。"说着大哭起来。卞氏也抹起了泪。曹操说："你怎么也哭起来了？"卞夫人说："若我父亲在，也是这个年龄。看到老者，我就想起了我父亲，一天福也没有享过。"曹操将卞氏劝回车上，说："天色已晚，赶快赶路吧。"

自从踏上济南国的道路，一连几天，每天都能碰上几起这样的事。曹操疑窦顿生：朝廷的赋税是否太重了？待我到任后，第一件事，就是先弄清济南国的赋税；若因天灾赋税过重，就要奏报圣上予以减免。

曹操一到济南，便着手调查济南国的赋税情况，很快就明白了一切。原来朝廷规定是三十税一，可各个县令长为了中饱私囊，便私自增加赋税，下面的掾属也是暗中搜刮，以至于雁过拔毛，将百姓榨得干干净净。济南国十余个县，只有少数县的县令长政风清廉。曹操令王国的长史、督邮认真核实清楚，确认贪赃枉法，私加赋税，巧取豪夺，所在县治污秽狼藉的县令长，竟十有七八。曹操怒不可遏，立刻亲书奏章将这些县令长全部举奏罢免官职。长史、督邮连忙劝道："这些县令长与宦官贵戚有着很深的关系，他们搜刮来的钱财大多进了宦官贵戚的腰包，历任国相都不敢奏免他们，你一下子把他们全奏免，得罪的人就太多了。"曹操说："我既为国相，就一定要把济南治理好，上对得起圣上，下对得起百姓。"奏章送出，相府的长史、督邮等掾属，俱为曹操捏着一把汗。

很快，曹操收到父亲曹嵩的信，信中兜头把曹操大骂了一顿，说："你一下表奏罢免这么多县令长，震动京城，真是前所未闻。宦官贵戚纷纷找我求情，希望你手下留情。自朝廷开西园卖官以来，谁不搜刮钱财？我刚刚由大鸿胪转任大司农，尽管是平调，还向我要了数千万钱，这已成定例，你万不可逆势而动。"父亲在信中还说，"一些宦官贵戚，得知你奏免了十个县令长，就接踵而至，希望选任新的县令长时，表奏这些人。"随后父亲开列了一串名单，恳切地说："如果确有贪赃枉法罪大恶极者要撤换的话，新的县令长请从这些名单中挑选表奏。"最后父亲在信中千叮咛万嘱咐，要曹操切不可任意孤行，要他为曹氏一门着想。

曹操自接到父亲的信后，一直紧皱眉头。长史和督邮、五官掾等众掾属，也都知道了曹国相父亲来信的内容，纷纷劝他按父亲信中说的办："不可树敌过多。选几个民愤极大者，表奏罢免，再从令尊大人给的名单中表奏几个新的县令长，这样既顾全了令尊大人的面子，又减缓了与宦竖的矛盾。"

曹操犹豫了，他知道自己这样做无疑在京城掀起了一场地震，定会招致许多人的报复，但一想到百姓无助的哀告，便坚定了信心，于是再次表奏朝廷：新的县令长，由朝廷擢拔那些英才贤士来充任。并给父亲写了一封信，谢谢父亲的关心，他不能为了自己不顾国家法度。

奏章发出后，曹操怀着忐忑的心情，静等朝廷的诏书。这天，书佐收到两份诏书，急忙呈给曹操，曹操打开一看，一份是改元诏令。诏令中说："皇甫嵩将军在冀州全歼黄巾军十余万人，斩张梁、张宝首级，因张角先已病死，乃剖棺戮尸，其余黄巾军悉数溃散。升左中郎将皇甫嵩为左车骑将军，领冀州牧，封槐里侯，食槐里、美阳两县，合八千户。皇甫嵩奏请免除冀州百姓一年田租，以赡饥民，现予准奏。朱俊将军斩杀南阳黄巾军渠帅赵弘、韩忠、孙夏，贼乱已平，擢升右中郎将朱俊为右车骑将军，以为光禄大夫，赠邑五千户，徙封钱塘侯，加位特进，振旅还京。因黄巾军已被剿灭，普天同庆，特诏命，改年号为中平元年。"

看完改元诏令，曹操欣喜异常。当初风起云涌的黄巾军叛乱，不到一年时间，就被镇压下去了。皇甫嵩和朱俊两位将军立下战功，受到朝廷封拜，可喜可贺。另一份诏令是："济南国相曹操奏请罢黜属县十位县令长，现予准奏，由尚书台拟报贤才达士，充任所缺员额，待审查后即行征拜。"曹操悬着的心终于落了下来，长史、督邮等掾属也齐声庆贺，皆说："没想到圣上竟能准奏，这太出人意料了。"曹操心中暗说："这十个县令长，圣上不知又要收入多少钱财了。"

时光荏苒，转眼便是中平二年，开春，新诏拜的十个县令长已经陆续上任。汉制春时，守相要到所属各县巡视，称为行春。曹操令长史主持日常政务，由督邮陪同巡视各县。长史说："我派人到各县先通报一声，让各县准备接待。"曹操说："不用，我便服出行，这样自由一些。"长史似乎明白了曹操的用意，也不再坚持。

督邮听说曹国相要他陪着到各县去巡视，便让下人准备国相用的皂盖轺车。曹操说："不用张扬，准备一辆漆布轻车就行了，也不用穿官服，更不用仪仗。"曹操和督邮全都儒士打扮，选了几个随从，乘车出了济南城。一路上不慌不忙，遇到乡里有秩、三老、游徼等乡官，随便聊上一阵。这样一路走来，倒也了解到不少新鲜有趣的事情。

这一日路过一个村庄，便看到周围十里八村的人都朝这个村庄涌去，不时有歌舞音乐的声音传来。曹操问："这大概又是在搞祭祀吧？一路走来，这样的事遇见了不少，咱们济南国的百姓，好像对祖先都很敬重，典礼也都很隆重。"督邮说："是啊，这可以说是咱们济南国的一大奇观了。"说话间，前面的路已经挤得走不动了，曹操说："咱们下车走一走，也到里面瞧瞧热闹。"于是下了车，在人丛中挤挤扛扛，朝村里走去。

进村没多远，就看到一处两进院落的祠堂，从门外望去，院里烟雾缭绕，看来香火很盛。由于人太挤，曹操不打算进去了。他看到周围有三家倡优班在表演歌舞，正对祠堂门的倡优班那里围的人最多，曹操喜爱歌舞，便朝那里走去。这时一位年纪看上去五六十岁的老人，正在那里骂骂咧咧："怎么不长眼，专朝脚上踩。本来这双鞋还能对付一段时间，现在踩得快掉底了。"曹操笑说："再买一双新鞋嘛。"老人说："钱都让祖宗花了，哪还有闲钱买鞋。"曹操听话音不对，问："祭祀不是大家伙愿意的吗？况且又是自己的祖先。"老人说："钱都用到祭祀上了吗？还不是族长和主事的贪了去了。"曹操问："一般交多少钱？"老人气呼呼地说："他们说多少就是多少，年年往上加码。"周围的人听了他们的谈话，有的接口说："只不过借祭祀为由头，敛些钱财罢了。"曹操说："既然大家都有意见，不参加就是了。"大家异口同声地说："不参加？轻者说你大逆不道，是不肖子孙，重者抄家封门，逐出乡里。"

这时候舞台上倡优们正在表演歌舞，大家都忙着看表演，也不再接曹操的话。曹操已无心看倡优班的表演，招呼督邮等人出了村。坐在车上，曹操问督邮："这济南国祭祀的风俗是从什么时候兴起的？"督邮说："这说起来可有些年头了。话还得从西汉初年说起，当初吕后专权，任用吕家兄弟子侄把持朝政，屠戮杀害刘氏子孙，眼看刘家的天下就要变成吕家天下了，这时吕后因病薨，朱虚侯刘章联络老臣周勃、陈平，一举诛杀诸吕，使天下重归刘氏。汉文帝刘恒便封刘章为城阳景王。"曹操问："这与祭祀的风俗有什么关系？"督邮说："刘章死后，其子孙在封国内立祠奉祀，因刘章有功于朝廷，此事得到朝廷的批准，祭祀礼仪庄重盛大。此后祭祀之事逐渐蔓延到青州所属各郡国。再后来除了祭祀刘章的祠庙之外，各世族豪强也纷纷为祖宗立祠，举行隆重的祭祀仪式。咱们济南国最盛。有的富商大贾看到有利可图，也纷纷加入其中。后来那些有钱有势的人，便把祭祀当成了一种敛财的手段。除世家大族立祠外，一些分支小宗也纷纷立祠祭祀，再后来，除祭祀祖宗外，还祭祀五花八门的神灵。粗略估算，咱们济南国仅神祠庙堂就有六百多个，每年各种规模的祭祀活动数不胜数，钱财耗费惊人。世族豪强、富商大贾都充当了祭祀的主持，他们伙同族长，巧立名目，逐户强行摊派钱财，收取来的钱财，大部分都进了他们的腰包。"曹操问："各级官吏为何不干预呢？"督邮说："一来里面有祭祀刘章的活动，无人敢管，二来各级官吏收受了他们的贿赂，得了好处，于是便睁一只眼闭一只眼。"曹操点了点头："原来如此。"

暮春时节，曹操对各县的巡视已经完成，回到济南相府，五官掾来见曹操，说："济南城中有一富商，托我向曹国相请求，欲借国相二千石的官服冠带和车马仪仗。"曹操一愣，不解其意，问："朝廷明令禁止商贾乘坐马车，他们还要借用国相的车马仪仗，甚至还有官服冠带，这是为何？"五官掾说："我们济南不是祭祀盛行吗？现在正是祭祀的旺季，这些商贾们为了在祭祀中摆排场、争面子，便会借用各级官吏的官服冠带和车马仪仗，说是借用，实际上是要出钱的。根据仪仗冠带的品级，钱财多少不等。一年算下来，这一项也可挣不少钱呢。"

曹操强压着心头怒火，立刻召集相府所有掾属，下令道："我今天才知道咱们的官服冠带、车马仪仗，还是如此重要的生财之道。从即日起，在济南国，除朝廷规定的祭祀外，比如祭祀老子等，其余的一律视为淫祀，全部禁止。所建大小祠庙一律拆毁，各类神灵牌位一律毁弃。再有出借官服冠带、车马仪仗者，一律严惩。我曹操向来不信神灵，再有蛊惑人心、操纵、组织、参与淫祀者，无论官民，严惩不贷。"立刻亲自撰写取缔淫祀的公告，让书佐们赶快誊抄，发至各县。在全济南国张贴。

然而禁绝淫祀的文告发布以后，各县的淫祀虽有所收敛，仍然盛行难禁。原来那些富商大贾、奸邪小人，依靠淫祀，搜刮了不少钱财，现在禁止淫祀，断了他们的财路，于是心怀不满，以为法不责众，不过吓唬一下而已，所以依然我行我素。曹操令王国的都尉率领吏卒，将那些依然不听劝告，坚持淫祀的所有人等，一律抓获收监。那些未被抓获的淫祀组织者，这下慌了神，纷纷逃出济南国，窜往外郡去了。淫祀之风很快被刹住了。

那些被抓获的奸邪小人，这才意识到曹国相说到做到，感到后悔了，纷纷托人请求宽恕原谅，表示再不组织淫祀了。曹操通报各县令长："凡被抓获的这些奸邪小人，确有悔改之意者，可交赎金抵罪。所收赎金，用于救助百姓生活困难者。"

淫祀的禁绝，大大减轻了百姓的负担。

第十二章
辞郡守还乡隐居　劝好友勿行废立

眼看麦子已经成熟，就要开镰收割了。今年济南国百姓的赋税降了下来，徭役也免除了不少，尤其祸害济南国多年的淫祀这一恶俗又被禁绝，济南国风气为之一新，曹操心情愉快，不由得作乐府诗一首：

"天地间，人为贵，立君牧民，为之轨则。车辙马迹，经纬四极，黜陟幽明，黎庶繁息。於铄贤圣，总统邦域，封建五爵，井田刑狱，有燔丹书，无普赦赎。皋陶甫侯，何有失职？嗟哉后世，改制易律。劳民为君，役赋其力。舜漆食器，畔者十国，不及唐尧，采椽不斫。世叹伯夷，欲以历俗。侈恶之大，俭为共德。许由推让，岂有讼曲？兼爱尚同，疏者为戚。"

诗作已成，曹操和着《度关山》乐曲，反复吟唱。卞夫人闻知，仔细聆听，她看到夫君曹操为古时井然有序的社会而赞美，又以尧舜的故事告诫世人，俭、侈之别的重要。如果世人都能像许由那样，天下哪还有纷争。希望人人都能崇尚谦让、兼爱。这都说到了自己心里，于是怦然心动，立刻将琴搬了出来，和着曹操的吟唱，弹奏出《度关山》的曲谱。二人陶醉在乐曲中。

曲终歌罢，书佐送来朝廷刚颁发的诏令，曹操看了诏令，皱起了眉头，卞氏一看，知道曹操心情不悦，赶快将琴收起，退了出去。曹操将诏令看了几遍，原来，春上南宫失火，燃烧了近半个月才熄灭，许多宫室被烧毁。灵帝诏命各州郡县每亩加收十钱的赋税，用于修复被烧毁的宫室。再者，去年黄巾军起事时，凉州北宫伯玉勾结边章、韩遂，共杀护羌校尉冷征、金城太守陈懿。前不久又以诛宦官为名，入寇三辅，刺史耿鄙难以剿灭。朝廷急诏中郎将董卓、左车骑将军皇甫嵩，率兵马征剿，大军启动，要筹措粮草物资，诏令凡刺史、二千石官员、孝廉、茂才等征拜升迁，皆责其交助军修宫钱。刺史、大郡守相每人需交二三千万钱，中小郡国守相及孝廉、茂才所交助军修宫的钱各不相等。上任前先到西园议价交钱，再颁布征拜诏命。

看完诏令，曹操召集相府掾属说："以前卖官鬻爵是以京官为主，这道诏令卖的却是外官，谁要想当官升迁必拼命搜刮百姓。我担心大汉朝再无宁日。这个暂且不管它，每亩十钱的赋税还是公告征收吧，只是告诫各县令长，绝不能层层加码，趁机大捞一把，否则，我将再次奏罢其职。"长史说："诏令说每亩加收十钱赋税，并未区别好田坏田。那些世家大族拥有的都是好田，许多百姓的都是最差的田，这样统一征收，看似公平，坑的还是百姓啊。"曹操说："诏令中是这么说的，只好照此执行。"

助军修宫钱的征收，各州郡官吏掾属层层加码，引得百姓怨声载道，终于在河内与东郡交界的黑山地区，一姓张名牛角的起兵反叛，号称黑山军。很快，当初四下逃散的黄巾军，群起响应，蔓延至整个太行山区，并、冀两州的许多郡县被攻占。此时皇甫嵩将军被调往西凉，平定北宫伯玉和边章、韩遂，冀州空虚，灵帝下诏，令各州郡广招兵马，平定叛乱。恰在这时，张牛角在攻打瘿陶的战斗中，被飞箭射中，命丧疆场，大家共推常山真定人褚飞燕为总帅。褚飞燕为表示自己继承张牛角的遗志，决定改姓张，称为张燕。因张燕善得士卒的心，黑山军很快发展到百万人。灵帝急招正在家乡为母守孝的朱俊，迅速回京，统帅兵马前去征剿；同时又派人与张燕谈判，希望他归顺朝廷。

黑山军的造反波及许多郡县，各地人心惶惶，济南相府的掾属们也纷纷催促曹操扩编郡兵，以防不测。曹操说："大家不要慌，我们没有层层加码增加赋税，百姓没有理由造反。"大家的心仍然不安，只怕不知何时出现事变。

人们在不安中迎来了晚秋，由于禁绝淫祀，人们把精力都用在了农事上，因此谷菽喜获丰收。这时不断有好消息传来，先是朱俊奉诏回到京师，率兵马进驻河内，准备征剿黑山军。接着是黑山军在大军压境下，同意归降朝廷，朝廷拜张燕为平难中郎将，使领太行山一带所有黑山军占领的山谷，视同郡国。所有赋税由黑山军自行酌情征收。每年按人口比例向朝廷举荐孝廉、茂才。一场巨大的风暴瞬间烟消云散，一切又归于风平浪静。

这天，曹操接到一道诏令，诏令中说：除每亩增收十钱的赋税外，所有官吏诏拜、升迁应交的助军修宫钱，暂时停收。大家都以为是黑山军归降朝廷所致，因此非常高兴。然而很快得到消息，助军修宫钱的暂停征收，与黑山军的归降没有丝毫关系，而是因为大名士司马直。原来司马直被诏拜为巨鹿太守，按助军修宫钱的缴纳标准，应向西园交纳三千万钱，可司马直交不出这笔钱。灵帝感于司马直是高清名节之士，特下旨减免了他的助军修宫钱，让他交纳三百万钱即可。司马直还是拿不出来，灵帝准予他到任后再补交。司马直叹息道："为民父母，而反割剥百姓，以称时求，吾不忍也。"于是以疾病为由，辞去巨鹿太守一职，而灵帝下诏不许，强迫他去上任。司马直无法，硬着头皮走到孟津，忍无可忍，便毅然写书上奏，极陈当世之失，痛斥交纳助军修宫钱："是败坏吏治之道，当为自古至今一大奇闻，实乃祸患成败的根源，愿当今圣上引以为戒。"写完便吞药自杀了，灵帝得到司马直的死讯，又看到奏章，很是震惊，便下令暂停外官向西园交纳助军修宫钱。曹操感叹道："这是一代名士拿命换来的啊，愿卖官鬻爵之风从此休矣。"

虽然助军修宫钱停止了征收，但很快朝廷又颁下诏来，因南宫的修复需要许多木材，灵帝同时又决定在西园修建万金堂，便下诏由各州郡进贡木材。适逢冬季，正是农闲季节，曹操便决定征调徭役，在王国内选取最好的树木，砍伐后，组织劳役，由相府的功曹押运，经过艰苦跋涉，送往洛阳。

眼看已到年关，这时押运木材的功曹派人送回一封信，说："所交木材由黄门、常侍验收，凡不给他们送礼者，以各种借口判定木材不合格，不予收讫。信中希望曹国相准备一份厚礼，送与这些黄门常侍。曹操看完信，立刻火了，给功曹写信说："没有礼物。请你们在洛阳等待！"然后给袁绍写了一封信，打听何谓万金堂，为何宦竖们把持了木材的验收。很快，袁绍回信说："因西园卖官鬻爵收受的金银财宝属圣上的私钱，圣上将这些金银财宝送回河间老家，买田宅、建第观，钱花不完，便都寄存在黄门常侍家，每家都寄存了好几千万钱和大量的财宝。中常侍张让、赵忠看到家中已寄存不下，便出主意，让圣上在西园建一个规模庞大的宫殿，专门用来存放这些金银财宝，称为'万金堂'。由于修复被毁的南宫和建万金堂需要大量木材，黄门、常侍见有利可图，便把持了木材的验收，若不送礼或礼物太少就拒收。许多人不知内情，也不送礼，致使大量木材就扔在那里腐烂，以至于南宫被毁的宫殿迟迟修复不成。后来这些宦竖又想了一个主意，就是不送礼也行，这些木材折价卖给他们，付钱不及十分之一，也算交上了木材。这些宦竖们用这些廉价的木材，在京城大建私邸。信中最后说："助军修宫的钱说是不收了，实际还在收，希望你早做准备，免得该升迁时拿不出钱来。"曹操无奈，只得去信告诉功曹，让他把这些木材统统折价，处理给宦竖们，带领徭役们早日回来。

光阴易逝，转眼便是中平四年秋七月，曹操任济南国相已三年。这时接到朝廷的诏令，诏命曹操为东郡太守。东郡是大郡，人口有六十多万，比济南国多了二十多万，所以相府的掾属们都向曹操道贺。曹操也感谢几年来各位掾属对自己的支持和配合。然后收拾行装，将自己的简牍书籍捆扎好，装上马车。此时卞夫人已怀孕，曹操又将马车铺得异常松软，让丁夫人、刘夫人、卞夫人及曹昂乘坐，然后告别了济南相府的掾属们，踏上了返京的道路。

曹操携家小回到洛阳，父亲曹嵩非常高兴，催促曹操赶快到西园，交纳任东郡太守的助军修宫钱。曹操说："自司马直事件后，这钱朝廷不是不收了吗？"曹嵩说："谁说不收了？一点也不能少。"曹操说："知道了。"心想，看来袁绍说的是对的，这钱确实还在交纳。可自己三年来除了俸禄外，未有丝毫的进项，上哪弄这笔钱去？当然也可以先上任再补缴，这就要从东郡百姓身上盘剥了。他想效仿司马直，辞去太守一职。想当初自己刚举孝廉时，也就是二十岁，可随自己一同被举孝廉、茂才的人中，有许多已经五十多岁了。而自己目前才三十出头，即使再过二十年，自己才和他们初举孝廉、茂才时的年龄差不多。也许二十年后，黄门、常侍被惩处，朝政清明，那时再出来在郡国守相的位置上大干一番，建功立业，仍然不算晚。孔子说过："危邦不入，乱邦不居，天下有道则见，无道则隐。"孔子还说："邦无道，富且贵焉，耻也。"孟子也说："虽有智慧，不如乘势；虽有镃基，不如待时。"是啊，人应该顺势而为，如果一味逆势而动，早晚得付出代价。现在生不逢时，而自己又不愿同流合污，早晚必被陷害，也会殃及一家老小。即使为了一家老小，也应该辞去东郡太守。于是便决定以疾辞官，回老家谯县，隐居二十年，春夏耕作，秋冬狩猎，闲暇时研究一下诸子百家。自己编撰的《兵法接要》一书，一直没有时间完成，也趁这个机会完成它。主意打定，心情一下轻松起来。

曹嵩见曹操总也不提到西园交钱，心中着急，这天又催促曹操，当得知曹操准备以疾辞官时，大发雷霆："一郡太守多少人求之不得，你却要辞，实在可笑。你是不是助军修宫的钱不够，还差多少，我替你补出来。"曹操说："并不全是因为钱，我在济南时，冬天到各县巡查，恐是受了寒，头有时会疼，请了许多方士，也看不好，想辞官，把这头疼病好好治一治。"曹嵩不信，问了三个儿媳妇，确信头疼病是真的。尽管如此，仍坚持让曹操到东郡边理政边治病。父子二人不欢而散。

曹操铁了心要辞去太守一职，并且已经上奏了朝廷。父亲怕灵帝怪罪，只好利用大司农的身份，上下活动，帮曹操说情，灵帝终于准奏，免除了他的东郡太守，允许他回家乡养病。

曹操打点行装，临行前，专门来见袁绍，向他告别。袁绍明白了事情的原委，说："现在朝廷上下全是这样，前太尉崔烈，当初被圣上诏拜时，通过讨价还价，最后交了五百钱，刚出门圣上就后悔了，说如果我再坚持一下，总共敲他一千钱是没有问题的。一个名闻天下的贤士尚且如此，更何况我等之辈。你也太执拗了。既然辞了，回去休养一段时间，我们还年轻，机会有的是。"两人又说了一会儿闲话，曹操便起身告辞。

十一月仲冬，草枯风寒，曹操回到谯县已两个月了。卞夫人产下一子，曹操取名曹丕。这天曹丕满月，曹操与夏侯惇等一帮老友约好，把前几天狩猎获得的飞禽走兽剥皮拔毛，在前厅燃起大火，用鼎镬烹煮，共同庆贺一番。不一会儿，鼎镬中飘出肉香味儿。夏侯惇第一个到来，带了几匹绢帛作为礼物，以示庆贺。接着曹洪也到了，一进门便嚷嚷道："好香。"曹洪自前年说是在南方水土不服，经常闹病，并且当县令太费脑子，不想受这份罪为由，给伯父曹鼎打了个招呼，就表奏朝廷，辞去蕲春县令，回到家乡；他也带来了金银珠宝作为礼物奉上。接着夏侯渊、秦邵、丁冲等陆续也都到了，也各带了礼物。

这时曹昂跑进来说："有一个大哥哥找你呢。"随着话音，一位少年进来，身高七尺开外，稚嫩的脸庞透着一股豪气，曹操一愣，问："你是……"来人说："怎么认不出我了吗？我是曹仁啊。"曹操一听，忙说："是曹仁啊，真认不出来了。上一次见你，还是光和三年，算来至今已有七年了，那时还是十一二岁的小孩子，今年有十八岁了吧？"曹仁说："已经过了十八岁的生日，快要弱冠了。"曹操对曹昂说："这可不是大哥哥，你得管他叫堂叔。"曹昂一噘嘴："比我大不了几岁，怎么就是堂叔了？"曹操朝曹仁望了一眼，笑了，说："他是我的堂弟，你当然得叫堂叔了。好了，出去玩吧。"曹昂朝鼎镬望了望，咽了下口水，说："肉什么时候熟？"曹操说："快了，等熟了先给你一大块。"曹昂高兴地出去了。曹仁说："我前段时间到外郡，拜访昔日的学友们，昨天才回家，听说你辞官回来了。而且小侄子今天满月，便赶忙来了。"也将礼物奉上，是好几匹绢帛。曹操接过礼物，知道曹仁自小好习弓马，是个狩猎迷，便说："以后再狩猎就喊上你。"

大家说笑着，屋里非常暖和，肉香越来越浓。夏侯惇先从鼎镬里捞出几大块肉，对曹仁说："先给你几位嫂嫂和大侄子送过去。"然后对大家说："谁愿意吃什么肉，自己动手。"于是大家从鼎镬里，挑取自己喜爱的或飞禽或走兽的肉，放在自己的几案上。曹操将几坛酒摆在几案上，说："不够还有，今天管够，一醉方休。"每人将面前的杯爵斟满，大家共举杯爵，一饮而尽，随后大口吃肉。

这时有一家仆进来禀报："有两位自称沛国国相周旌和谯县县令郭芝的，前来拜访。"曹操一愣，放下手中杯爵，赶忙起身出来迎接。刚出门，只见外面已经飘起了雪花，来人一高一矮，缩着脖子，袖着手。曹操一看，赶忙施礼，二人还礼。那位高个说："我乃沛国国相周旌。刚刚接到朝廷诏令，令尊大人由大司农升迁太尉，位列三公，特约上谯县县令郭芝，前来庆贺。又得知小公子满月，真是双喜临门，特备薄礼奉上，请笑纳。"呈上礼单。郭芝也呈上了礼单。曹操明白了，父亲已位列三公，这二人是来攀关系的，赶忙令人增添几案，说："庆贺小儿满月，并无盛宴，只是平日和几位好友狩猎得的野味，既然赶上了，一起尝尝。"随将屋内的几位一一介绍给两位父母官，大家互相见礼。曹操坚持让国相周旌坐在首位，周旌不肯，说："曹太守理应上首。"曹操说："我如今辞官在家，是你的百姓，理应国相上首。"周旌推辞不过，只好坐在上首。县令郭芝要坐在曹操下首，曹操不让，说："我们几位都是你的百姓，不敢僭越。"县令郭芝无法，只好坐在周旌下首。大家举起杯爵同饮，共贺曹操双喜临门。

几杯酒下肚，郭芝正在兴头上，问："敢问孟德，你的酒是自酿的，还是买的？"曹操说："在酒肆中买的。"郭芝说："我所饮之酒是自酿的。我有一酿酒秘方，名曰'九酝春酒'，如果孟德有兴趣，我愿送予你。你照此方酿制，其味甘醇，胜于所买之酒。"

曹操立刻来了兴趣，向郭芝讨教。郭芝说："再过十几天就是腊月了，正好开始制曲。到时我先教你制曲。"曹操应允。

外面的雪这会儿下的大了，屋中却暖意融融，肉香酒香盈室。

时值隆冬，大地上冻，曹操便收了弓箭，不再狩猎。按照县令郭芝教的方法，开始制曲，有不懂的地方，随时去请教。制曲一事倒也顺利。

眨眼便是正月，过了十五，天气转暖，曹操准备上好稻米，滤出曲滓，开始酿酒。按照郭芝所教，每三天加一斛米，经过三九二十七天，九酝春酒酿成，开坛一尝，多少有点苦头，便跑去问郭芝。郭芝说："你再酿三天，增为十酿，其味必甘。"曹操回来，按照郭芝所说，仍将坛密封，又酿三天，开坛再尝，果然甘甜醇香。于是喊来夏侯惇等人，大家齐聚一起，开怀畅饮自酿的九酝春酒。

这时已是仲春二月，按照计划，曹操要着手研读诸子百家的著述，并继续完成他的《兵法接要》一书。但是家中孩子哭闹，丁夫人的织机整天咣当咣当响，尤其是三五好友时不时来拜访，搅得曹操静不下心来，于是决定找一处僻静的地方，潜心研习。夏侯惇得知曹操的想法，说："我有一好友，在城外有一陋宅，周围树木环绕，甚是僻静，已闲置多年，不如把它租下来。"曹操说："如果你朋友不用，合适的话，就把它买下来。我研习诸子百家，恐怕要个十几二十年。"夏侯惇说："可以，我这就去问问。"很快给曹操回话说："我朋友说这是一片陋宅，早已不用，既然曹太守要用，就送与你了。"曹操说："那可不行，公平交易。你看市价多少，与他商量好，否则我就不用了。"夏侯惇去找他的朋友沟通，很快价钱商定。曹操付了钱，便亲自与夏侯惇等好友，到城外那所陋宅去考察。

只见空旷的原野里，前不着村，后不着店，一大片树林中，辟出一片空地，盖有土坯垒的几间茅屋，环境果然清静。房前屋后长着一些杂草，由于有树木遮挡，杂草并不旺盛。茅屋由于长时间不住人，顶有点塌了，好在土坯墙还好，曹操安排人将屋顶重新用茅草苫盖了一下，土坯墙重新粉刷了一遍。房前屋后的杂草经过清理，整个环境焕然一新。随后又在屋中生了一堆火，祛了祛湿气。

到阳春三月，便搬了过来。因离城并不太远，便有家仆一天早晚送两顿饭。曹操向好友宣布："大家忙各自的事情，不要来打搅，我要隐居了。待秋后收了庄稼，我们再相聚狩猎。"各好友也都满口应允。自此他便在这茅屋中潜心读书，辑录《兵法接要》。

五黄六月天，正是盛夏，暑气蒸腾，人坐着不动都热得流汗。曹操隐居在树林中，茂盛的枝叶把茅草房遮得严严实实，透不进阳光。房子上新苫的茅草厚厚实实，坐在屋中显得很凉爽。曹操专心致志地读着书，手里的蒲扇不时忽闪一下，扇起的风有一丝凉意。由于注意力都集中在书上，家仆来送饭，他竟没有发觉。

家仆将饭放在几案上，说："有两位客人，是专门来拜访你的，就在屋外候着。"曹操略略吃惊："我已交代过不再见人，怎么还把他们往这里领？"家仆说："是丁夫人吩咐的。"曹操放下书，站起来到屋外迎接，刚跨出门槛就愣住了，随即伸手拉住在前的那位，说："是你啊许攸。你怎么找到这儿来了？"又朝后一看，原来是父母官沛国国相周旌，说："国相到来，有失远迎，恕罪恕罪。"曹操把他们让进屋。许攸说："你吃饭！我们先在你家吃过了。"曹操说："既如此，我就不让你们了。"

吃过饭，曹操问许攸："自熹平元年追捕太学生，我们分手已有十几年未见面了，你现在哪里高就？"许由说："自光和二年大赦天下，我就回到南阳老家。中平元年大赦党人，我被征辟到冀州刺史府任掾属，直到现在。"曹操问："你和我们国相怎么到一起了？"许攸说："我们两人是在躲避朝廷追捕时认识的，彼此结为好友。今天我到你们沛国来，先见了国相，才知道你辞官在家，刚巧有一件事，要说与你，便来见你。"曹操问："什么事？"许攸压低声音说："这事说来话长。你还记得前太傅陈蕃吧，他和窦武被诛杀后，他的小儿子陈逸，被陈藩的好友朱震隐藏在冀州清河国的甘陵县。后来大赦党人，圣上念及陈蕃忠贞于国，便征辟陈逸当了豫州鲁国的国相。"许攸喝了口茶，继续说："自皇甫嵩将军调往陇右征剿边章、韩遂后，王芬到冀州任刺史。这王芬与陈逸有旧，也对当前朝政不满，两人互相通信，指斥时政。今年春天的时候，陈逸与好友平原人襄楷，一起到冀州找王芬叙旧。谁知这襄楷是一个方术之士，惯会观天象，看阴阳，精于占卜巫筮，望云省气。三人闲聊，襄楷说：'我最近观天象，星辰变化不利于宦官，上天将要惩罚黄门、常侍这些人，他们马上就会有灭族之祸。'王芬说：'如果真像你说的那样，我王芬愿举义旗，顺应天时，剿灭这些阉宦之人。'于是三人密谋，决定顺应天象，联络各州郡对宦官不满者，废黜当今圣上，改立合肥侯为帝，重振朝纲。"周旌说："令尊大人花了一亿钱当上太尉才半年，就被罢免了。当今圣上昏聩无能，只知为自己捞钱，已失人心。"

曹操今春以来只顾读书，并不关心外面的事，对父亲被免太尉一事并不知晓。看了看周旌，平静地说："这很正常。我算了一下，自圣上西园卖官以来，太尉长则任职一年，短则两个月不到，平均半年换一次，我父亲能干半年，已属不错了。其他官职也是这样，只有频繁变动，圣上才能捞钱。"周旌说："如此，朝廷官吏成了易市的货品，所苦还是百姓。当今天下，思变已成趋势，只待有人首义。"许攸接过话头说："王芬充满了信心，决心效法伊尹、霍光兴废立之事，澄清天下，重振朝纲。"

看到曹操并未表态，周旌说："现在我们已联系了好几位刺史、郡国守相，他们全都赞成。事成之后，参与的人便是有功之臣，就会彪炳史册。"

曹操反问了一句："如果失败了呢？"周旌和许攸异口同声地说："根本不会失败。当今圣上早已失去民心，宦官如过街老鼠，人人喊打。"曹操摇了摇头说："你们想得太简单了。凡是废立这样的大事，古人也是考虑再三，反复权衡，才能最终确定的。像商汤的伊尹，具有辅相的权势和百官之上的地位，才能夺取太甲帝的权利，并将其禁锢于桐宫。而霍光也是身处首辅大臣的地位，内有太后的支持，外有众公卿的拥护，再加上昌邑王刘贺即位时间太短，恩威皆无，所以很轻易地被废，另立了刘询为帝。"

许攸说："现在朝廷内外都对宦官集团不满，圣上荒淫无道，早已丧失民心。从黄巾军和黑山军起事就可以看出来，只要有人领头，振臂一呼，便会从者如云。"曹操说："黄巾军不是失败了吗？黑山军也被朝廷招抚了。"周旌说："那是因为他们不过是一些百姓，乃乌合之众。而我们不同，许多人是官居一方的郡国守相、儒学名流，声名远扬。一旦举事，与黑山军、黄巾军不可同日而语。"曹操说："现在大家都仅看到了有利的一面，没有看到不利的一面。请你们想一想，现在你们召集到的人马，有当年七国之乱时的七国势力强大吗？合肥侯的威望，有当年吴王楚王的高吗？他们尚且失败，此事也很难成功。"

双方争论激烈，谁也说服不了谁。曹操看再争论下去也没有意义，便说：

"时间不早了，也该休息了，让我们都再考虑考虑吧。"曹操安排二人在隔壁休息。

第二天曹操对许攸、周旌说："昨晚我没有睡好，想了一夜，给王芬写了封信，把我昨天的意见说了。你们把这封信给王芬捎去吧。我希望他看了我的信，能冷静下来。"

许攸接过信，看到信中说："夫废立之事，天下之至不祥也。古人有权成败，计轻重而行之者，伊尹、霍光是也。伊尹怀至忠之诚，据宰臣之势，处官司之上，故进退废置，计从事立。及至霍光受托国之任，藉宗臣之位，内因太后秉政之重，外有群卿同欲之势，昌邑即位日浅，未有贵宠朝乏谠臣，议出密近；故计行如转圜，事成如催朽。今诸君徒见曩者之易，未睹当今之难。诸君自度：结众连党，何若七国？合肥之贵，孰若吴楚？而造作非常，欲望必克，不亦危乎！"

许攸说："信我一定送到，还请孟德再考虑一下。"

曹操说："我决心已定，不参与此事，也希望你们不要一意孤行。当然我也绝对不会出卖你们，这一点请你们放心。"

周旌说："我们相信你才来找你。"

吃过早饭，许攸和周旌告别曹操，踏上了归途。

第十三章

领诏命孟德披甲胄　振皇威天子阅新军

八月仲秋，天气已经很凉爽了，曹操辑录的《兵法接要》也已基本完成。这几天他开始整理书籍，准备把它们分门别类打包收藏。狩猎的季节来到了，伙伴们恐怕早就等得不耐烦了，曹操自己心里也有点痒痒了。

这天家仆来送饭，捎来了一封信。曹操打开一看，是袁绍寄来的。信中说：自今年开春，各地贼寇叛乱不断，边关蛮夷也起兵造反；尤其二月时，黄巾残部郭大死灰复燃，在并州西河白波谷又竖旗造反，连续攻克太原、河东诸郡；汝南葛陂黄巾再次聚众起事，攻克郡县；而朝廷北军五营主力悉在外平叛，朱俊将军驻守河内，以防黑山军生事；京师空虚，灵帝便令大将军何进筹组新的羽林军，因这支新羽林军驻扎在西园，所以又称西园新军。袁绍说："我暂为新军副帅，已向大将军何进举荐你为新军校尉，不日圣上的诏命即会下达，请孟德接到诏命，速来京师。"

曹操看罢信，细想：由大将军何进组建，袁绍出任副帅的新军，想必不错。那就应袁绍之约，到京城试试。这样一来，秋冬狩猎的计划只好告吹了。于是嘱咐家仆，再来时带一辆车来，将这里的书籍物品运回家。

在家仆走后，曹操把书籍物品分类打包，正在忙时，听到人喊："孟德在吗？"曹操连忙应声，刚要出门迎接，来人已进屋。曹操一看，原来是沛国国相周旌，连忙让座，问："国相亲自上门，一定是有事相告。"周旌笑笑，说："大喜事一件，我接到诏令，没有下转谯县，就直接送到你这儿了。"曹操已明白了八九分。周旌说："朝廷又起用你了。"说着把诏令递给曹操。曹操看到："诏命曹操为西园新军典军校尉，职俸比二千石，接诏即刻启程赴任。"下面是灵帝刘宏的签名，盖着红红的印玺。

曹操说："劳驾国相亲自跑一趟，随便派个人送来就行了。"周旌说："我有话要对你说，所以亲自跑一趟……王芬出事了。"曹操说："怎么这么快就出事了？"周旌说："许攸从这里走后，没多长时间，王芬听说圣上要回河间老家巡视，便认为机会来了，借口黑山军攻劫郡县，请求扩军护驾。圣上批准了他的请求，他便赶忙动手，扩充冀州的兵马，打算趁圣上到冀州河间老家巡视时，一举拘捕圣上，立合肥侯为帝。谁知临行前，太史官上奏：'北方有赤气，东西竟天，当有阴谋，不宜北行。'圣上决定不再北巡，并诏令王芬，停止招兵买马，随即又征召王芬到京城任职。王芬心虚，误以为阴谋败露，仓皇出逃。这一下引起了圣上的怀疑，便下令通缉王芬，王芬自知无处藏匿，便自杀了。"周旌顿了顿，不无后怕地说："真险啊，差一点被牵连进去。"曹操说："是啊，倘若王芬被抓招供，就会有许多人身陷囹圄，人头落地。"周旌认真地点了点头。曹操又问："许攸现在怎么样？"周旌说："王芬出逃自杀，并没有牵连冀州刺史府的人，所以许攸仍在冀州刺史府任职。是他来信告诉我事情的起因的，心里也是后怕得很。"

二人说着话，家仆带着车来了，将书籍物品等搬上车，曹操示意他先走，家仆驾着车走了。曹操又检查了一遍屋子，确认都已收拾好，将门关好锁上，很是恋恋不舍。周旌说："孟德还是有点不舍啊。"曹操说："是啊，本想着这一二十年的春夏，都要在这里度过，没想到才一个春夏，就要告别了，谁知道还能不能再回来？"周旌说："不回来才对，将来必位列三公。"曹操说："取笑了。"二人说着，跨上马，出了树林，上了进城的大路。一路说笑，眼看已到城门，周旌说："我就此告别，回沛城去了。"曹操说："感谢国相惦记，有情后补。"两人分手。

曹操进城，回到家中，告诉几位夫人："朝廷下了诏令，让我回京城任西园新军典军校尉。事情紧急，要求接到诏令即刻动身，你们就着手准备吧，需要带的东西赶快准备好。"

由于事发突然，几位夫人面面相觑。刘夫人吞吞吐吐地说："我快要临盆了，车马劳顿的怎么行啊？"曹操望了望她那凸起的肚子，皱皱眉说："还有多长时间能生？"刘夫人说："也就等这一两个月。"曹操发了愁。丁夫人说："这样吧，你带上卞氏及曹丕先到洛阳，我和刘氏及昂儿留下来，待刘氏生产后，你再派人来接我们。"曹操说："也只好这样了。"于是丁氏、刘氏、卞氏几位夫人赶快动手准备起来，其实也没有什么可带的，只是一些日常用品和换洗的衣服，还有那些已捆好的简牍书籍，所以很快便准备妥当。

第二天一早，夏侯惇、夏侯渊、曹洪、秦邵、丁冲、曹仁等好友全都来送行。

曹仁说："我的弓箭马匹都早早准备好了，专等你回来狩猎，没想到你却要走了。我想这新军肯定是刚成立的，干脆我也随你一起去，在你手下当个士卒怎么样?"曹仁这一嚷，却引起了共鸣，大家说："就是，我们都去，大家在一起，也图个痛快。"曹操说："这可不行，我是朝廷征召，不能不去，你们可不能抛家弃小……"夏侯惇忙说："要我说，趁现在年轻，倒真不如一起出去闯荡一番，也建一番功业，封侯拜将，强似在家这么憋屈。"大家异口同声地说："元让说得对，趁朝廷建新军，我们也去凑个热闹，全当天天去打猎了。弄得好，也都博个功名，岂不是好事!"曹操说："既然大家有此心，我先走一步，到京城看看，如果确实不错，到时我派人来接大家同去。"曹洪说："孟德这主意不错，我们都在家做好准备。"一时间大家激情飞扬，也把曹操的劲鼓起来了。

这时曹二叔也赶来送行，告诉曹操说："你尽管放心走吧，丁氏、刘氏和小曹昂，我和你婶子一定会照顾好的。"这时马车已经套好，大家帮忙，七手八脚地把行李、简牍装上车。卞夫人抱着怀中的曹丕，登上马车，大家伙儿送出城外，曹操拱手与大伙儿告别，跨上马，朝洛阳奔去。

曹操离开洛阳不到一年时间，家中一应家什只是落了些许灰尘，曹操动手简单一打扫，便将卞氏及曹丕安顿下来，回身便来到父亲住的宅院中。

自从曹嵩被罢免太尉以后，心里便冷了许多。若再出仕，仍要花一大笔钱。钱他有，只是没有了这股激情，于是便赋闲在家。如今见儿子又回到洛阳，还带回了孙子曹丕，刘氏在家待产，曹嵩喜得合不拢嘴，将儿子曹疾喊来，见过哥哥曹操。曹操问了弟弟的学业，知道也很努力，便勉励了弟弟几句，然后回到自己的院中。

第二天，曹操前往西园，到新军的大帐报到，迎接他的正是袁绍。老朋友相见，格外亲热，待曹操落座，袁绍便说："我来不及征求你的意见，直接向大将军何进举荐了你。"曹操说："这新军是什么情况?"袁绍向曹操介绍道："这西园新军刚筹建不到两个月，共有八支部曲。第一部设上军校尉一人，既是新军主帅，又指挥第一部的兵马，目前人选还未确定，估计由大将军亲自出任，现在暂由别部司马赵瑾代管。第二部设中军校尉一人，既是新军副帅，又指挥第二部兵马，我为虎贲中郎将兼中军校尉。第三部设下军校尉一人，现由原屯骑校尉鲍鸿担任。第四部设典军校尉一人，由你担任。第五部由赵融任助军校尉，第六部由淳于琼为佐军校尉，第七部由夏牟任左校尉，第八部由冯芳任右校尉。俗称西园八校尉。"曹操心想，恐怕我们这六个校尉，都是袁绍推荐的吧。只听袁绍继续介绍道："另外，各部都设有一位司马辅佐校尉。除第一部和第二部的司马为别部司马，权力较大，可以指挥部曲外，其余均为军司马。其下编制与北军五营相同，每部又分为若干曲，有军侯统领，曲下有屯。"曹操问："我什么时候上任？"袁绍说："现在就上任，走，我带你去部曲。"

　　二人出了大帐的门，袁绍指着远处说："那片庞大的建筑就是万金堂。"曹操说："这万金堂建造得真够快。"袁绍说："圣上急等用。"曹操忽然一笑说："咱们各校尉上任，好像没说要助军修宫钱吧？"袁绍也笑道："我们编练新军，是提着脑袋替朝廷卖命，唯有这部曲渠帅是不用拿钱买的。"二人说着话来到营帐门口，值岗的士卒见到袁绍到来，赶快进去通报。这时从里面慌忙迎出来几个人，袁绍介绍道："这位就是你们第四部的典军校尉曹操，字孟德。"几位向曹操施礼。袁绍又向曹操介绍道："这前边的一位是军司马王必，你的副帅。这几位是军侯史涣、丁斐、秦宜禄。"曹操一一还礼。袁绍说："从现在起，你就要住在军营，开始训练兵马了。因你来得迟了，要抓紧时间。"曹操点头："你放心，我不会误事。"

　　南宫嘉德殿，灵帝刘宏阴沉着脸，端坐在龙案的后面，问："方术之士可寻到？"原来前几天刚得到快报，南匈奴单于羌渠，被其子於扶罗斩杀篡了位，现停止配合幽州牧刘虞和骑都尉公孙瓒平定渔阳张纯的叛乱，反而与郭太的白波黄巾军联合起来，攻占了东郡，大有渡过黄河南下的势头。他已经急调中郎将孟益，前往幽州，指挥公孙瓒，配合刘虞加紧剿灭张纯，从背后拖住南匈奴单于於扶罗南下。没想到接着又得到快报，兖、徐两州的黄巾军复起。这时宫中又出现异象，御殿后槐树自拔倒竖，灵帝坐卧不宁，令寻找方士占卜，至今没有回音，这才催问。话音刚落就听到人报："启禀圣上，方术之士已寻到。"

灵帝望去，见回话的是中常侍段珪，他身后跟着一个鹤发童颜，身穿玄色道服的人。灵帝看了看，此人颇有些仙气，便急不可待地问："近日御殿后槐树自拔倒竖，请你占卜，此是福是祸？"方术之士说："臣近几天观天象，望其气，京师当有大兵，两宫流血。"灵帝紧张地问："可有方法攘除？"方士说："要想攘除此灾，必选最信任的人执掌部曲，守好宫室。"送走方士，灵帝不仅没有放下心来，反而愈加紧张，便诏命大将军何进即刻觐见。

何进刚从西园视察新军训练回到大将军府，就接到即刻觐见的诏令，不敢停留，只与大将军府司马许凉和假司马伍宕嘀咕了几句，便赶往嘉德殿。刚一进殿，灵帝劈头就问："大将军，西园新军编练的怎么样了？"何进一听，心想：正如许凉和伍宕猜的那样，灵帝果然问的是新军训练的情况，便说："西园新军已征召两万余人，近一段时间正在加紧训练，担负起守卫京师、平定叛乱的任务，已经没有问题，请陛下放心。"灵帝说："南匈奴新单于於扶罗与郭太的白波黄巾军欲渡河南下，皇甫嵩、董卓征剿西凉边章、韩遂未果，兖、徐二州黄巾又死灰复燃，这叫我怎么放心。"何进便将临来时，许凉和伍宕对他说的话，向灵帝复述了一遍："《太公六韬》中说：'天子将兵事，可以威厌四方。'如今新军已编练完成，陛下应亲自演兵，以振奋军威，震慑四方。"灵帝听了，点头称是，说："好，就在平乐观校场演兵，以振皇威。"何进答应着退出来，心里说：这许凉和伍宕真是料事如神。若非二人事先嘱托与我，还真不知怎样回答呢。

初升的太阳照着初冬的大地，显得暖暖的，平乐观前的校场上旌旗飘扬。两万士卒、骑士分为八阵，排列整齐。各部校尉顶盔贯甲，骑在战马上，静立在本部阵前。各部司马也是全身盔甲，骑着战马，紧挨在各校尉身旁。他们身后是各自部曲的旗仗，大纛旗和帅字旗及各色令旗，在风中猎猎。旗仗后面是各部手持长戟、长矛、长枪、长戈的将士，他们介胄在身，昂首挺立，目视前方。平乐观前新筑起的大坛上，建有十二重五彩华盖，高达十丈，甚是雄伟。大坛的东北处，新筑一座小坛，建有九重华盖，高约九丈。两坛上彩旗飘扬。这时灵帝身着金盔金甲，乘坐着五彩龙虎舆车到来。大将军何进亲自迎接，引导灵帝登上大坛，随后自己来到小坛，远远向灵帝行君臣之礼，拜请灵帝检阅新军。中常侍蹇硕也身着盔甲，陪在灵帝身旁，高喊道："无上将军行阵巡视！"一时间金鼓齐鸣，笙箫齐奏。灵帝在蹇硕的陪同下，走下大坛，跨上战马，开始巡阵检阅。自第一阵将士起，各阵将士见灵帝行到阵前，都山呼"万岁"，喊声整齐划一，震天动地。一遍巡阵检阅下来，灵帝兴致高涨，随后在蹇硕的陪同下，重新登上大坛，亲自指挥演兵。说实话，别说指挥演兵，灵帝恐怕也不曾见过这么大规模的演兵，心中竟有些发虚，不知该怎么样发号施令。好在蹇硕在旁，此人虽是宦官，却自小喜爱兵法，颇懂军阵，在蹇硕的提示下，灵帝不断发出操演的命令，八部将士分部操演，各持戈、戟、矛、枪，时而向前突刺，时而退后勾拽。尤其是曹操毕竟经过战阵，所率第四阵更是步调一致，攻防有序，引得灵帝连连叫好。随后弓箭手在灵帝的号令下，一排排箭矢射向箭的。接着是骑士操演，马匹虽然不多，各部骑士纵马驰骋，手中兵器上下飞舞，真是豪气冲天。演兵结束，灵帝精神振奋，没想到蹇硕这么有武略。他想起方士的话："让最信任的人执掌部曲，可以攘除灾祸。"他又仔细打量了一眼蹇硕，高大的身躯，着一身戎装，甚是威武。随即下旨："诏拜中常侍蹇硕为元帅，领新军统帅兼上军校尉。司隶校尉以下，受其节制，大将军亦受其领属。"

灵帝圣旨下达，惊得何进目瞪口呆。这意味着全国的部曲，都要听从蹇硕指挥。自己身为大将军，以后也要听从蹇硕的节制。站在小坛上九重华盖下的何进，这时恨不得有条地缝能钻进去。当初建这个小坛时，曹操就反对。可自己为面子上好看，一意孤行，他怎么也没想到灵帝颁下如此圣旨，弄得他在小坛上站也不是下来也不是，一时间竟不知如何是好。演兵场上的将士们也如雷轰顶，各部校尉、司马、军侯都是经大将军何进举荐的，他们一直视大将军何进为统帅，没想到晴天一声炸雷，震得阵列中一阵骚动。灵帝颁布完诏命，便在蹇硕的陪同下，乘上五彩龙虎舆车，回南宫去了。

灵帝前脚刚走，新军便炸了营。尤其是袁绍，气得脸都变了形。此刻他心乱如麻，半天没回过神来。原来以为自己虽是新军副帅，大将军何进不太管事，自己是实际上的主帅。这下倒好，以后要受一个宦官的节制，简直窝囊透了。曹操同其他将士一样，也吃惊不小。自己当初任洛阳北部尉时，曾棒杀了蹇硕的叔父，不想这个当初的小黄门，现在居然爬到了中常侍，成为当今天子的心腹。这蹇硕肯定会和自己过不去。尽管将士们牢骚满腹，只是这个现实无法改变，大家垂头丧气，把部曲带回西园军营。自此谁也无心再认真操练。

　　平乐观演兵回来，蹇硕欣喜异常，然而他也非常明白，虽然灵帝诏拜自己为元帅，但大将军仍然握有实权。西园新军的各校尉及司马、军侯都是何进举荐的，要想掌控住新军，自己还要想办法。这时益州巴郡太守报告，当地板楯蛮人发动叛乱。实际上蛮人叛乱，由当地州郡出兵就可以解决，蹇硕认为这是建立功勋的好时机，便自告奋勇，向灵帝奏报，愿亲率新军第一部曲前往巴郡，剿灭蛮人叛乱。然而灵帝以蹇硕身为元帅，不宜离京，由上军别部司马赵瑾，率第一部曲剿灭巴郡蛮人叛乱。蹇硕一想，这样最好，自己既免了征战的辛苦，又在灵帝面前买了好。新军第一部曲是自己的直属部曲，如获胜，自己也很有面子，于是全身戎装，亲自为第一部曲出征送行。

　　就在赵瑾率领上军的将士刚出发，又传来豫州汝南郡的葛陂地区黄巾军攻占汝南许多城镇。蹇硕便奏明灵帝，调下军校尉鲍鸿，率西园新军第三部曲前往葛陂征讨。鲍鸿在得到诏命后，并未即刻出发，而是先到大将军府，请示了何进，才率部出发。这一情况早有人密报蹇硕，于是蹇硕便记下了这一笔账，要想办法把何进排挤出京师。

　　这时传来消息，汉阳人王国，自号"合众将军"，伙同韩遂、马腾不断寇掠三辅地区，现在又包围了陈仓，虽在皇甫嵩将军和董卓将军攻击下不断受挫，但双方一直处在胶着状态，于是蹇硕表奏，由大将军何进亲率部曲，赴三辅地区增援，以图尽早剿灭王国等人的叛乱。灵帝采纳了蹇硕的建议，特赐何进兵车百乘，虎贲斧钺，率新军一部前往三辅地区助战。

　　何进得到诏令，看出了蹇硕是想将自己赶出京师，于是和袁绍商议，袁绍也想不出好的方法。正在一筹莫展之际，曹操得到消息，来见何进，说："大将军不能离京，若离京，军权将失之殆尽。"何进说："我亦知也，但皇命难违，不能不去。"曹操说："近来兖、徐黄巾攻城略地，大有燎原之势。大将军向圣上建议，若兖徐黄巾坐大，天下将危，急调本初率西园新军，前往兖徐二州，镇压黄巾军。"何进顿悟，于是表奏灵帝："兖、徐黄巾来势凶猛，而王国、韩遂、马腾等贼，已由皇甫嵩将军、董卓将军征剿，暂无大碍。若兖、徐黄巾坐大，关东将危矣。臣表奏虎贲中郎将、西园新军副帅、中军校尉袁绍，率新军诸部兵马，前往兖、徐二州，围剿黄巾军。待兖、徐黄巾军剿灭，臣定亲率新军，前往三辅地区增援。"

灵帝接到何进的表奏，感到说得在理，便下诏说："兖、徐黄巾其势浩大，准大将军所奏。但新军不宜全部出动，命袁绍率三部新军前往兖、徐征剿黄巾军。"

接到灵帝的诏令，袁绍即率本部兵马，及助军校尉赵融和左军校尉淳于琼，共三支部曲，奔赴兖徐地区征剿黄巾，留下曹操及左军校尉夏牟、右军校尉冯方三支部曲守卫京师。蹇硕虽然没能把何进排挤出京师，但把何进的一大心腹袁绍，赶出了京师，也颇为满意。

此时已是中平六年开春。自去年平乐观演兵以来，灵帝刘宏的身体就不怎么好，御医们百般医治，总是时好时坏。如今天气转暖，草色遥看，花儿含苞，不断有好消息传来。先是上军别部司马赵瑾，率部平定了巴郡板楯蛮的叛乱，已准备班师回京。接着骑都尉公孙瓒与张纯大战于石门地区，公孙瓒大获全胜，张纯的叛军几乎被全歼。张纯被其宾客王政杀死，首级已献于幽州牧刘虞。随后又接到奏报，皇甫嵩将军在陈仓全歼王国的军队，韩遂、马腾等人仓皇逃出三辅地区。灵帝刘宏的脸上渐渐有了喜色，身体也似乎好了起来。唯有下军校尉鲍鸿出师不利。汝南葛陂黄巾迟迟不能消灭。灵帝派人督问，蹇硕奏鲍鸿吞没军资高达数万钱，灵帝盛怒之下，也不查验是否真实，即刻将鲍鸿下狱处死——蹇硕要逐一清除西园新军的各校尉及军司马。

第十四章

蹇硕密谋杀何进　曹操献计驱董后

　　去冬今春，灵帝感觉身体不适，请医诊治，也是时好时坏。进入四月，又发生了日食，灵帝以为这是上天在惩罚自己，心情更加不好。病情看看渐重，他感到自己命已难保，又想起立嗣的事。其实早在去年，群臣就多次请立太子，只是他觉得长子刘辩轻佻无威仪，不可为人主，有意立王贵人所生的少子刘协为太子。但刘辩的生母何皇后占据宠位，且其兄何进，又位居大将军，握有兵权，所以一直迟疑未决。他让蹇硕任元帅，兼新军统帅，并节制全国军队，也是有意要削去何进的兵权，为立刘协铺平道路。这却引起了文武百官的不满，他们一致认为，按照嫡庶长幼的祖制，应立刘辩为太子。灵帝一直难以定夺。现在这个事情不能再拖了，他诏见蹇硕，把打算立刘协为太子一事告知蹇硕，并希望蹇硕把这件事情办好。蹇硕满口应诺，开始上下活动。

　　不久蹇硕得到消息，何进不经奏报，秘密下令袁绍弃兖、徐黄巾于不顾，率部返回京师，他感到事情不妙，决定先下手为强，快速除掉何进，立刘协为太子。主意拿定，连夜布置，要诛杀何进，于是矫诏，说灵帝要面见何进，有要事相商，诏何进即刻进宫，将刀斧手埋伏好，并下令："待何进入宫，即刻剁为肉泥。"

　　原来何进风闻，蹇硕要辅佐刘协为太子，感到事情急迫，再不动手，自己的外甥刘辩就当不成太子了，于是急调袁绍返京。袁绍接到何进的命令，令淳于琼、赵融率大队人马返回京师，自己先行赶回京师，直奔大将军府。何进见袁绍已回，召曹操、夏牟、冯芳等各位校尉到大将军府，商讨立太子一事。袁绍说："先表奏下军司马鲍信，接替哥哥鲍鸿任下军校尉，把这支部曲抓在手中，防止蹇硕趁机安排亲信，然后再表奏圣上，立刘协为太子。西园新军在我们手中，还怕他蹇硕不成。"话音刚落，门吏来报，说有诏书。何进接过诏书，打开一看，是灵帝要召见他，便说："圣上急召，说有重要事情相商。"袁绍说："有要事相商，是不是商讨立太子一事？"何进说："很有可能。只要圣上征询我，蹇硕就立不成刘协。"曹操说："圣上久病，近来很少见大臣，此刻单召大将军入宫，应予提防。现在内宫完全由蹇硕把持，宫中情况不明，先派人打探一下，以防不测。"何进大笑道："孟德过虑了，我还是大将军，谅他蹇硕也不敢对我怎样。"袁绍也劝何进谨慎一些，何进不听，说："诸位稍候，待我回来。"然后乘车直奔南宫。

何进来到南宫的朱雀阙前，下了车，守卫南宫宫门的卫士，便赶快向里通报："大将军到。"何进趾高气扬地朝宫门走去。刚到宫门前，见有几位小黄门，毕恭毕敬地在宫门内迎候，何进刚要迈步踏入宫门，看见蹇硕的司马潘隐，站在宫门内直朝他使眼色。这潘隐虽是蹇硕的司马，却一向与何进私交颇深。当下何进浑身一激灵，感到大事不好，于是说了声："我身体突感不适，回去暂歇，稍后再觐见圣上。"话音未落，扭头便退了回来，慌忙乘车奔回大将军府。

何进回到自己的将军府，脸色发白，立刻下令："赶快关门，一律不准放人进来。"这时大将军府的主簿陈琳迎了出来，看到何进失魂落魄的样子，不免大吃一惊，只听何进说："真险啊，要不是潘司马，我这次就回不来了。"何进来到前厅，见到袁绍等人，便将刚才的险情给大家复述了一遍，说："看来蹇硕是要下手了，大家看怎么办？"袁绍说："我们抢先下手，立刻令西园留守的三支部曲攻入皇宫，杀掉蹇硕，立刘辩为太子。"夏牟说："本初说得对，我们全都听从大将军指挥，先攻入皇宫，把蹇硕抓起来。"曹操立刻反对："这样不行！未经圣上批准，率兵马进入皇宫，极易被人诬为造反，这刚好给蹇硕以口实。"袁绍说："我们趁势把宦官全都诛杀了，看还有谁敢污蔑我们？"曹操说："宫内宦官人数众多，岂能全部杀死？何况蹇硕还掌握着内宫的禁军，双方在禁宫内动刀剑火并，更非礼法所容。"主簿陈琳说："立刻派兵加强大将军府的守卫，大将军称病不朝，蹇硕也奈何不了大将军。待摸清宫中的情况，再作别论。"

此时何进也没了主意，问袁绍："你率领的那三支部曲现在走到什么地方了？"袁绍说："我回来时他们已快到偃师，估计现在快到洛阳了。"何进说："这太好了，令他们加快行军速度，火速赶回来。让鲍信率下军的部曲也从汝南赶回来。另外虎贲中郎将袁术也掌握着一部分禁兵，我们手中有兵马，还怕蹇硕搞鬼？"此刻何进已恢复了常态。这时门吏来报："潘司马派人给大将军送来一封信。"说着递上来一块叠着的绢帛，何进打开绢帛念道："圣上刚在南宫嘉德殿驾崩，现在何皇后及公子刘辩，已被蹇硕囚禁在后宫，危在旦夕，蹇硕欲密不发丧，要立刘协为太子，望大将军早做决断。"何进拿着信，竟愣在那里。袁绍心急，说："此事已刻不容缓，立刻出动部曲，包围南宫，如果蹇硕抵抗，就攻入南宫，立刘辩为帝。"何进连说："对，对，就照本初说的，大家回西园调动部曲，包围南宫。再与袁术联系，让他助战。"

这时曹操站起来说："不行！这样势必引起战乱，不仅不能救何皇后与皇子刘辩，反而迫使蹇硕杀掉何皇后和皇子刘辩。"袁绍说："如果我们不采取行动，待蹇硕杀了何皇后和刘辩，立了刘协为太子，那一切就晚了。"曹操说："蹇硕秘不发丧，说明他还要假圣上之名行事。圣上生前未立太子，我们正可以利用这一点，将圣上驾崩的消息公之于世，按照嫡庶长幼的祖制，理所当然应立刘辩为帝。蹇硕强立庶子、幼子为帝，于理法不容，便会失去人心。况且公卿大臣也早有意愿拥立刘辩……"

袁绍打断曹操的话说："关键蹇硕在宫中掌握着禁军，他一旦强行立了刘协，各公卿大臣迫于宦官淫威，也只好服从。过去这样的教训太多了。"曹操说："这个担心确实是必要的。为了防止蹇硕强立刘协，我们立刻要求各公卿大臣进入南宫吊丧，这样就能得到公卿大臣们的支持。另外派人联络中常侍郭胜。据说这郭常侍与何皇后的关系比较好，求得他的支持。"何进一听，连连点头："对，联络郭胜，他一定会支持我们。"何进心里明白，这郭胜是他的同乡，他们何家之所以能有今天，全靠郭胜一力举荐，这郭胜是他们一家的大恩人，一定会力挺刘辩为帝。曹操接着说："另外据说中常侍张让及段珪，一向与何皇后比较近，也派人联络他们，这样蹇硕的势力就会大大削弱。待新皇继位后，逐步解除蹇硕等人的权利，这样兵不血刃，既立了新君，朝廷也不会引起大的动乱。当然我们也要让新军做好准备，以应不测。"

曹操一席话说得众人点头称是。何进立刻部署："本初率西园新军做好准备，我这就派人与郭胜、张让、段珪等人联系，同时通知各公卿大臣到南宫嘉德殿吊丧。"

各公卿大臣接到大将军何进的传报，说灵帝已在南宫嘉德殿驾崩，要求各公卿大臣到嘉德殿吊丧。待公卿大臣们穿着白色缞衣，头戴白帻赶到南宫，只见南宫大门紧闭，大家不知所措。这时何进一身白衣来到南宫大门前，说："各位公卿，圣上已驾崩，蹇硕秘不发丧，不知意欲何为？我们要求蹇硕打开宫门，让我们进去祭奠。"大家对蹇硕早有不满，现在大将军何进敢于挑头责问蹇硕，便一呼百应。

　　南宫内，蹇硕心里非常着急：诱捕何进没有成功，接着传来灵帝病故。面对这突如其来的变故，他心中有些慌乱。但他很快镇定下来，决定秘不发丧，先立刘协为太子，再将灵帝驾崩的消息布告天下。没想到灵帝驾崩的消息，这么快就泄露了出去，看来内宫中必有何进的眼线。现在众公卿就围聚在南宫门外，只好赶紧找各位中常侍商讨办法。大家都很紧张，也拿不出主意。郭胜和赵忠平时就妒忌蹇硕的跋扈，这时何进已派人与他们联络，郭胜和赵忠说："圣上驾崩，无法隐瞒，还是迎众公卿进宫吊丧。"张让和段珪也表示赞同。此时南宫门外不断传来公卿们的催促声。这时南阙门司马令前来奏报："大将军何进已放言，再不开门就以谋反论处。袁绍已率西园新军抵达南宫阙门。"郭胜等人催促蹇硕快开门："若再不开宫门，引发动乱，后果不堪设想。"蹇硕感到事态严重，随即决定："调内宫禁军，保护孝仁董太后及皇子刘协，退往北宫。"一面命人打开宫门，放众公卿到嘉德殿吊丧。蹇硕随董太后及刘协，退往北宫，并派人出宫联络驻守京师附近的孝仁董太后的侄子、骠骑将军董重。一旦宫中有变，只要自己在北宫抵住何进的进攻，相持下去，董重将军一定会来支援自己。

　　郭胜、赵中、张让、段珪等中常侍齐聚嘉德殿，公卿大臣哭天喊地涌向嘉德殿，这时袁绍喊道："蹇硕在哪？圣上几时驾崩的，为什么秘不发丧？"连问数声，无人应答。袁绍急了，欲将西园新军招进南宫，说："把蹇硕给我搜出来！"这时郭胜战战兢兢地说："蹇硕护着孝仁董太后及皇子刘协，退入北宫去了。"袁绍说："调集将士，攻入北宫，将蹇硕抓来。"这时只听一声喊："且慢！本初你想干什么？"袁绍循声望去，见是叔父、后将军袁隗正怒视着自己，便说："蹇硕秘不发丧，欲效赵高，图谋不轨，我先将他抓住再说。"袁隗说："圣上此刻停灵嘉德殿，一切丧仪都未准备，你要在此撒野吗？"一句话说得袁绍哑口无言。

　　此时何进也来到嘉德殿，问："皇后和皇子刘辩现在什么地方？"郭胜说："蹇硕以保护为名，早已将何皇后和皇子刘辩，囚禁在后宫中。"何进立刻来到后宫，何皇后哭诉道："蹇硕早已派人将我们母子看住，离不开后宫半步，我们母子性命危在旦夕……"何进说："圣上已驾崩，此时不是哭的时候，快随我来。"

带着何皇后及刘辩来到嘉德殿，皇后和刘辩见到灵帝灵柩，放声大哭。公卿大臣得知何皇后和刘辩已遭了蹇硕的囚禁，个个义愤填膺。这时后将军袁隗说："国不可一日无君。当前应按制先正君位，尊嫡庶长幼之祖制，应由皇长子刘辩继任大统，就皇帝位。"这提议得到了公卿大臣们的认可，于是由皇后诏告三公：主持新皇帝即位典仪。

由于新任太尉刘虞远在幽州牧上，未能上任，只好仍由前太尉马日磾行太尉事，连同司空刘弘和司徒丁宫，即刻着手新皇继位典礼，并令人通知蹇硕及少子刘协，参加新皇册立典仪。蹇硕无法，只好硬着头皮，拥刘协出北宫，到南宫嘉德殿参加新皇继位大典。

此时嘉德殿中灵帝灵柩前，何皇后东向站立，贵人、公主、宗室妇女依次立于后面，皇长子刘辩西向站立，刘协来到后，站在刘辩的下位，文武大臣面北按次排列。大鸿胪传报："哭！"皇后、皇子、宗室、文武大臣皆跪拜痛哭。哭仪结束，都又站立。太尉宣读《尚书顾命》，在灵帝灵柩前，请皇长子刘辩即皇帝位。随后行太尉马日磾走上前，以传国玉玺跪授刘辩，群臣皆跪伏，称"万岁"，史称"少帝"。随后尊何皇后为皇太后。少帝诏封其弟刘协为渤海王，又拜后将军袁隗为太傅，大将军何进参录尚书事。太后的亲弟弟、何进的同父异母的弟弟何苗，为车骑将军。经大将军何进表奏，诏拜袁绍为西园新军统帅、折冲校尉；袁术由虎贲中郎将兼任河南尹。然后宣布大赦天下，改元光熹。

蹇硕虽然被迫承认了刘辩为帝，但看到何进大权在握，不断征拜党人，像逢纪、何颙、荀攸等屡次拔擢，心中很是不满，便要利用宦官仇视党人，联合孝仁董太后，除掉何进，废掉刘辩，立刘协为帝。主意打定，蹇硕便暗中联络黄门常侍，说："大将军何进兄弟秉国专朝，今与天下党人谋诛先帝左右，埽灭我曹。因我执掌禁兵，故至今没敢动手，但久则必生变，今宜在内宫联手，急捕诛之。"宦竖们眼看党人纷纷得势，畏惧党人将来会清算自己，均都表示赞同。蹇硕便着手安排，要在宫中诱捕诛杀何进。

郭胜私下告诉赵忠："何太后一向待我们不薄，大将军何进又倚重我们，倘若立刘协为帝，孝仁董太后得势，未必对我们有好处。"赵忠觉得郭胜说的在理，于是两人一商量，跑到后宫，将蹇硕的阴谋告诉了何太后。何太后立即召见何进。何进得了消息，大怒，回到府中，即召袁绍，说明了此事。袁绍说："今先帝停灵在前殿，大将军统领兵马，身系安危，不能轻易进出宫省，以免遭遇不测。"何进称疾不再进宫守灵，同时要求袁绍，动手诛除蹇硕。蹇硕见何进不再进宫，一时无法，只得再寻机会。

袁绍得了何进的旨意，与袁术合谋，利用袁术掌握的禁兵，突袭内宫，将蹇硕抓获。蹇硕猝不及防，只能束手就擒，被押往北寺狱。何进随即下令处死蹇硕。蹇硕被诛杀后，何太后将内宫的御林军交由郭胜指挥。

由于许多宦官参与了蹇硕的阴谋，何进的宾客张津劝何进说："黄门常侍权重日久，许多人又与孝仁董太后勾结，大将军应为国家除恶务尽。"何进将张津的意思告诉了袁绍，袁绍说："张津说得很对。前朝窦武之所以欲诛宦官反为所害者，以其言语泄露，而五营百官皆服畏黄门常侍的原因。今大将军既有元舅之重，与弟何苗将军并领劲兵，部曲将吏皆乐尽其命，事在掌握，此天赞之时也。大将军宜为天下除患，名垂后世。虽周之申伯，何足道哉！"何进于是下决心除掉宦官，便去后宫，禀告何太后，求得何太后的同意。何太后不等何进说完，便生气地说："中官统领禁省，自古至今，汉家故事，不可废也。且先帝新弃天下，难道要我与士人面对面共事吗？"何进只好回来告诉袁绍说："太后的想法也有几分道理，如果没有宦官在中间传话，太后岂不直接面对公卿大臣，这成何体统？"袁绍劝何进说："中官亲近至尊，出入号令。今不全部诛杀，后必为患。"何进一时拿不定主意。

张让、赵忠等十常侍得知何进在袁绍的怂恿下，要将他们全部诛杀，一时慌了手脚。他们以重金和财宝，贿赂何太后的弟弟何苗和何太后的母亲舞阳君，让他们劝说何进。何苗和舞阳君对宦官们说："各位中官放心，诸位有功于我们何家，我们一定保诸位无事。"然后去见何太后，告诫说："太后能有今天，全赖中官在先帝面前力挺，万不可卸磨杀驴。"何太后信誓旦旦，让母亲和弟弟放心，绝不会诛杀宦官。得到了太后的允诺，舞阳君和何苗又找到何进，斥责说："若不是宦官照应，我们何家能有今天？你若忘恩负义，我们坚决不答应。"何进一时没了主意。

尽管何进在铲除宦官上犹豫不决，还是让宦官们时时感到威胁，便决心从根本上铲除何进，于是暗中联络孝仁董太后，设法夺取权力，扶持刘协为帝。孝仁董太后得到宦官们的支持，立刻像打了气的皮球一样胀了起来，仗着自己是先帝的亲生母亲，事实上的太皇太后，便不把何太后放在眼里。

何太后不想和孝仁董太后硬顶，便宴请董太后，好言相劝说："你我妇道人家，咱们都不干涉朝政。"不料孝仁董太后脸一沉说："你如今觉得你兄长何进是大将军，便有恃无恐。昔日先皇在世时，对我是言听计从。现在让我不要干政，你却事事插手。小心我敕令骠骑将军董重，斩杀何进的头。"两人怒目而视，互不相让。十常侍赶快假意劝解。何太后"哼"了一声，拂袖而去。回到后宫，越想越气，连夜召哥哥何进入宫，商议对策。何进听了妹妹的哭诉，也是怒火中烧，劝了妹妹几句："太后放心，我这就回去，想办法除掉董重，看孝仁董太后还依仗谁。"回到大将军府，何进立刻召集大将军府的掾属及西园新军的将领，商议应对孝仁董太后和骠骑将军董重的办法。

主簿陈琳说："孝仁董太后态度突然变得强硬，一定是背后有人支持。如我猜得不错，肯定是中官们在背后捣鬼。"袁绍说："孔璋说得对。立刻把中官们抓起来诛杀，看他们还怎么闹事。"还有人说："孝仁董太后之所以骄狂，就在于她侄子骠骑将军董重，手中握有一支兵马。"在座的人们都沉默不语，何进更是如坐针毡。这时曹操轻轻拍了拍几案，果断地说："现在少帝已经继任大统，受到文武百官的拥护，收拾孝仁董太后还不是易如反掌。我们只要利用朝廷的制度，由太常当朝奏议孝仁董太后原为蕃妃，不宜久居宫中，应迁回故国河间，将其送回河间即可。待孝仁董太后回归河间后，即刻诏令解除董重的骠骑将军一职，这样就彻底解除了对少帝的威胁。"

听了曹操的分析，大家心里立刻敞亮了许多，袁绍也觉得这个办法好。因孝仁董太后自窦太后薨，自恃灵帝生母，开始干预朝政。灵帝西园卖官，就是孝仁董太后的主意，曾引起众公卿的愤怒，因此第二天朝会，当太常寺卿宣布遣返孝仁董皇后回河间本国，便得到了公卿大臣的拥护。朝会一结束，强迫孝仁董太后立即上路。孝仁董太后一点准备也没有，措手不及，只好含泪出了京城。

孝仁董太后出洛阳不久，袁绍和袁术两兄弟立刻派兵马包围了骠骑将军董重的官邸，董重无奈自杀。袁绍和袁术认为董重已死，威胁已解除，立刻鼓动何进斩草除根，派人在半路上鸩杀了孝仁董太后。在孝仁董太后被鸩杀的第十天，也就是六月辛酉这一天，文武百官举行了隆重的葬礼，安葬灵帝于文陵。何进仍称疾，没有参加灵帝的葬礼。

第十五章

阻董卓卢植斥袁绍　乞太后张让杀何进

由于鸩杀了孝仁董皇后，一些公卿大臣认为何进做事太过分，对何进产生了不满。中常侍张让、段珪等人乘机暗中挑拨，又联络了董重的一些旧部，朝中逐渐聚集了一股不满何进的势力。七月初秋，袁绍风闻张让、段珪等阴谋抓捕何进，于是急忙报知何进说："十常侍欲加害大将军，应抢先下手，彻底清洗宦竖。"何进说："我即刻见太后，求得太后同意。"便赶忙到后宫见何太后，说："宦官统领内宫禁军，且干预朝政，应予惩治。"何太后不同意，埋怨哥哥："我们不能过河拆桥，忘恩负义。"何进只好作罢。袁绍再次蛊惑何进，何进又劝说太后。如此三番五次，这消息早传到宦竖们耳中，他们感到何进步步紧逼，于是又积极贿赂舞阳君和何苗将军，说："大将军专杀左右，擅权以弱社稷。"舞阳君和何苗警告何进，说："内宫的禁军是属于少帝和太后的，任何人无权干涉。宦官对我何家有恩，绝不容你恩将仇报。"何进感到此事非常棘手，对袁绍说："我母亲及弟何苗还有太后，坚决不同意惩治宦官。"袁绍说："既然大将军碍于情面，无法下手，那就征调四方部曲进京，让他们胁迫太后同意清洗宦官。"何进说："此事重大，需要与大家商议。"于是召集西园新军各将领及大将军府掾属，齐聚大将军府前厅，共同密商，看如何处置宦官。

袁绍首先开言说："大家都知道宦竖掌权，干扰朝政，引得天怒人怨，最可恨的是这些宦官勾结董重的旧部，力图对大将军有所伤害。大将军欲剪除宦竖，正本清源。目前十常侍通过贿赂舞阳君和何苗，取得了太后的支持，致使太后百般阻挠，而大将军碍于兄妹情面，又不愿下手。看来只有借助四方猛将，让他们率兵马进京勤王，以胁迫太后同意诛杀宦官。现在我们商量一下，调哪些猛将进京勤王，迫使太后早下决断。"

本来何进打算召集大家商讨怎样惩治宦官，然而袁绍一席话，却变成了办法已定，只是具体执行的问题了，何进也只好表态道："大家商量一下，看征调谁来京师。"大家面面相觑，不知该怎样回答，小声互相议论起来。

这时大将军府的主簿陈琳说道："《易经》中说'即鹿无虞'，俗话也说'掩目捕雀'，那些弱小的动物尚且不可欺以得志，何况国家大事，岂能用欺诈的手段来处理。今大将军总皇威，握兵权，龙骧虎步，上下随心，此犹如鼓洪炉燎毛发，惩处宦官，小事一桩。如今却放弃这些有利条件，去征调外助。大兵聚会，强者为雄，所谓倒持干戈，授人以柄，功必不成，只能招致祸乱。"

何进说："你陈琳只会武文弄墨，哪懂什么兵马之事。"一句话，使本来赞成陈琳的人，也都闭口不言了。眼看已经冷了场，曹操清了清嗓子说："我赞成陈琳主簿的提议。铲除宦官势力，根本用不着大动干戈，更不至于调动四方将士入京。"袁绍一愣，没有想到曹操会公开反对，说："孟德有何高见。"曹操说："宦官擅权，自古有之，大多是由天子假以权宠造成的。宦官人数众多，强兵压制，反而让他们假借天子的名义，做出强烈反弹。所以缩小打击面，仅将那些危害较大，阴谋祸乱朝政的元凶，坐实他们的罪证，将他们绳之以法；然后逐步剥夺宦官们过分庞大的权利，宦官之害便不会再发生，这样，仅动用北寺狱的狱卒就够用了。再者宦官里面，并非全是罪恶之辈，其中有相当多的宦官为人正直，处事公道。大家都知道的中常侍李强，就是因为替党锢之祸平反，而被自己的同类诬陷逼迫致死的，所以说尽诛宦官，不现实也不公平。"

曹操的话音刚落，就有人附和，认为曹操的话比较中肯。何进却说："对了，我们大家忘了，孟德就是宦官之后，怎能不帮着宦官说话。"一句话，噎得曹操脸红脖子粗，他刚想反驳，坐在旁边的侍御史郑泰拉了拉曹操的衣袖，然后说："孟德的爷爷是中常侍、大长秋，且不论当初在世时如何得到公卿大臣的好评，就说孟德何时维护过宦官利益，哪一回对宦官的打击，没有孟德出力？孟德说的办法稳妥，我看应该按孟德的意见办。"

何进这才觉得自己刚才说的话过于莽撞了，不好意思地冲曹操笑了笑，算是道了歉。袁绍也认为，曹操虽是宦官之后，这些年来却处处与宦官作对，大将军的话是惹了众怒了，便打圆场说："大将军并无恶意，既然大家不赞成，此事先议到此，容以后再议。"何进也说："对，咱们都再想一想，看此事究竟怎么办？"大家不欢而散。

曹操与鲍信等校尉出了大将军府，回西园的路上，大家都默然不语，尤其是曹操，一直闷闷不乐。鲍信对大家说："大家都高兴一点。本初向大将军建议，为扩充西园新军，任命我为骑都尉，即刻回泰山老家，招募一批士卒。"曹操颇感意外，说："你去泰山招募士卒，下军这支部曲由谁统领？"鲍信说："暂由袁绍代管。"淳于琼说："惩治这些宦官，还用得着又是调集外部兵马，又是扩充新军吗？就凭我们这八校尉绰绰有余，真不知大将军是怎么想的。"

大家回到西园，各回自己营帐。曹操的眉头一直紧缩着，这倒不是何进当着众人的面抢白了他。袁绍一直力主诛杀全部宦官，何进又毫无主见，早晚这两人必激出事变。这次总算由于大家的反对，才使他们征召四方将士入京的计谋没有得逞，而要想彻底解决这个问题，必须打消袁绍要诛杀全部宦官的念头，让袁绍明白，这样过激的做法，只会把事情弄得更糟糕。

这天，曹操吃过早饭，像往常一样来到校场。王必、史涣、秦宜禄、丁斐正带领部曲操练。近一年来他们朝夕相处，建立了深厚的感情。尤其是丁斐，与曹操是同乡，论起来还是丁夫人的远亲，更是显得亲近。曹操一直告诫他们：什么时候也不能松懈操练兵马。曹操刚与他们打过招呼，这时一骑快马来到，说："禀告曹将军，大将军召你到府中议事。"曹操说："知道了。"骑上马，嘱咐大家继续操练，出了西园直奔大将军府。

快到大将军府的时候碰见了荀攸，这荀攸表字公达，颍川人氏，乃海内名士，被何进表奏，征拜为黄门侍郎。曹操下马，和荀攸并肩走着，问："可知道大将军这次召集我们，商讨什么事情？"荀攸悄声说："据说董卓向朝廷表奏，要诛杀宦官，廓清朝政，已离了凉州，率兵前来勤王。"曹操仿佛耳边响起了一声炸雷，轰得他目瞪口呆。他一愣神，紧紧盯着荀攸，问："此事当真？"荀攸说："我也是刚听说。"曹操说："前些日子在大将军府，大家一致反对征召四方将士入京勤王，董卓怎么会主动表奏少帝要来勤王？"荀攸说："那天虽然大家都反对，可过后袁绍却向何进建议，暗中召四方将士进京，并通告他们，各自上书主动表奏，而且还交代了奏章上写明是他们主动要求的。到时木已成舟，大家也就不好再反对了。我也是才听何颙告诉我的。"曹操长叹一声："唉——"

大将军府的前厅里已经坐满了人，曹操无心和别人打招呼，自己找了一个不起眼的角落坐下。他感到头有点疼。"莫不是头疼病又犯了？"他使劲朝头上捶了几下，又揉了揉太阳穴。这时何进与袁绍兴高采烈地来到前厅，何进在大厅正中的主位上落座，袁绍在他的旁边坐了下来。只见何进清清嗓子，面带微笑地说："告诉大家一个好消息，现有凉州牧、前将军董卓，向少帝表奏，要求诛杀宦官，扫清宫中污秽，率兵前来勤王……"前厅里一下乱了起来，何进提高了声音说："先静一静，现由西园新军统帅袁绍，将董卓给少帝的奏章，向大家宣读一下。"前厅里的声音小了下去。

袁绍高声说："凉州牧、前将军董卓的奏章是这样说的：'臣伏惟天下，所以有逆不止者，各有黄门常侍张让等侮慢天常，操擅王命，父子兄弟并据州郡，一书出门，便获千金，京畿诸郡，数百万膏腴美田皆属让等，致使怨气上蒸，妖贼蜂起。臣前奉诏讨於扶罗、郭太，将士饥乏，不肯渡河，皆言欲诣京师，先诛阉竖以除民害，从台阁求乞资直。臣随慰抚，以至新安。臣闻扬汤止沸，不如灭火去薪，溃痈虽痛，胜于养肉，及溺呼船，悔之无及……'"

"够了！"侍御史郑泰推开几案站了起来："引狼入室，灾祸马上就要降临。这是一剂毒药，却把它当成了美酒琼浆。请大将军赶快下令，阻止董卓部曲入京，让其赶快退回凉州，再迟恐怕就来不及了。"

"说得好！"大家循声望去，见是身高八尺二寸、年已花甲的老者卢植，声音亮如洪钟，底气仍然十足。原来卢植被黄门左封诬陷后，押在洛阳狱中，后皇甫嵩将军剿平黄巾军，上奏朝廷，说全赖卢植的行师方略，才使征剿黄巾成功。灵帝下诏，赦免其罪，复其职为尚书。今天也是听到消息，何进要召四方部曲进京勤王，胁迫太后诛杀宦官，便赶来劝说何进。郑泰的话刚完，卢植就激动地起身称赞，然后侃侃而谈："董卓何许人也，难道大家不清楚吗？如果有人不清楚或是健忘的话，我在此不怕啰唆，再给各位叙一叙这位凉州牧、前将军的所作所为。早在征剿张角黄巾军时，他在我手下任副帅，就拥兵自重，不听号令，导致战事失利。中平五年，凉州的边章、韩遂造反，州刺史耿鄙的司马马腾，也拥兵反叛，与边章、韩遂，共推汉阳的王国为主，寇掠三辅，朝廷命董卓率部归左将军皇甫嵩指挥，剿灭凉州叛军。董卓又不听皇甫将军的指挥，皇甫将军无法，只得独自剿灭叛军。在皇甫将军剿灭王国后，董卓却嫉妒、记恨皇甫将军。中平六年，灵帝感到董卓拥兵自重，便想法要解除他的兵权，征召他到京师任少府卿。董卓借口他的部下拦着他的车不让走，拒不到京任职。先帝又下诏，拜董卓为凉州牧，让他把部曲交由皇甫嵩将军。董卓任了凉州牧，却拒不交兵权，上奏说：'臣既无老谋，又无壮事，天恩误加，掌戎十年。士卒大小相狎弥久，恋臣畜养之恩。'先帝接到奏章，气得够呛。像这样一个拥兵自重的人，如今听说进京勤王，毫不犹豫，行动之迅速，能让人不忧虑吗？"

　　尚书卢植的一番讲述，引起了大家的共鸣，袁绍却不高兴了，强按着怒火说："这是我们大将军府和西园新军的事。卢植老前辈不知就里，还是少插嘴为好。"卢植说："这是天下的事，人人皆可议之。我知这馊主意是你出的，天下大乱，你就是祸首，首先该诛杀的就是你。"袁绍气得脸都绿了，下令将卢植赶出去。卢植哈哈大笑，说："不用你赶，我这就走。"说罢拂袖而去。众人纷纷指责袁绍，认为卢植说得对。看到众人皆反对，袁绍只好说："那就给董卓下令，让他暂屯住在渑池。"何进觉得袁绍的主意不错，便说："按本初的意见办，让东郡太守桥瑁屯住成皋；我已表奏并州刺史丁原为执金吾，让其率部曲屯住孟津，只要他们对宦官造成威胁就行了。"

　　郑泰对何进说："怎么还有桥瑁和丁原？大将军邀请了多少部曲进入京师？这恐怕不是对宦官造成威胁，而是对朝廷造成威胁吧。只有果断的命令他们退回各自的防地，才是唯一可行的办法。请大将军三思。"何进不听："此事不再议。另外，我已表奏少帝，从今天起，本初除任西园新军统帅外，另兼任司隶校尉。"大家不欢而散。

　　临出门，郑泰碰见了主簿陈琳，说："大将军不听人言，恐将有灾祸临身。请他转奏少帝，我身体有恙，现辞去侍御史一职，回家乡养病。"说完头也不回，气冲冲地走了。大将军府掾属刘表送曹操和何颙出门，问："你们怎么看这件事？"曹操看了刘表一眼，摇摇头说："乱汉朝者，就是何进与袁绍也！"何颙频频点头。

　　董卓等人要率部曲进京勤王，胁迫太后诛杀宦官的消息，很快传遍内宫。宦官们慌作一团，张让、段珪等十常侍情急之下，拜见车骑将军何苗及太后的母亲舞阳君，哭诉道："如今大将军召四方将士进京，要诛杀我们，希望舞阳君和车骑将军，务必在大将军面前美言，放过我们。"何苗听后大怒，立刻来到大将军府，指着何进怒斥道："当初我们从南阳来的时候，全家都非常贫贱，全靠着中常侍们，我姐姐才从掖庭一宫女，逐步升迁为皇后，你我二人才得以执掌兵权，位列朝班，母亲又被敕封为舞阳君。如今全家荣华富贵，位极人臣，你却恩将仇报。国家大事，岂可轻易决断。覆水不可收，我劝你三思，赶快悬崖勒马，主动和宦官们讲和，彼此相安。如若一意孤行，我这一关，你就过不去。不信试试看！”说完之后，摔门而去。

袁绍此时正在大将军府中，听到何苗来到，料想是为宦官说情来的，因此躲在屋中，将何苗刚才的话，听了个清清楚楚。他担心何进思想改变，待何苗一走，立刻出来说：“事已至此，箭在弦上，窦武将军的悲剧不能重演。让董卓等四方将士再次上书要求率兵马进京，帮助太后铲除宦官。”何进听从了袁绍的建议，命陈琳给董卓、桥瑁、丁原等人写信，催促他们早日到京。陈琳不愿写，说：“此事各掾属及校尉们都持反对意见，应再与他们协商。”何进大怒：“你一小小主簿，哪容你随意插话。”陈琳只好按照何进的意思，给董卓等人写了信。

很快董卓等人率兵勤王，要求何太后诛杀宦官的奏章，再次呈报何太后。何太后感到事态严重，为了保住宦官们的性命，何太后只好下诏，全部罢免中常侍小黄门等一切宦官的职务，不得入宫，让他们返回家乡。

宦官们接到诏令，宫中一下乱了起来。各宦官纷纷到大将军府谢罪求情。何进说：“天下匈匈，正患诸君耳。今董卓等人垂至，诸君何不早早回乡！”袁绍劝何进就此诛杀宦官，何进不听，说：“我已与太后说好，这么多宦官，不必全都诛杀。你身为司隶校尉，可联合诸署衙，检司诸宦官，确罪大恶极者，予以诛杀，其余的就按太后说的，留他们的性命，遣送回家乡吧。”袁绍见劝说何进无效，便私自诈称何进的意思，让各州郡在宦官回乡后捕杀宦官及其家乡的亲属。很快宦官们便得到了这个消息，张让、段珪、毕岚等十常侍，觉得已无退路，便决心孤注一掷，除掉何进。

张让的养子娶的媳妇是何太后的妹妹。张让面对自己的儿媳，跪下叩头，涕泪交加说：“老臣得罪，当与儿媳等俱回老家，惟受恩累世，当今远离宫殿，情怀恋意，愿再见太后及少帝一面，然后退就沟壑，死不恨也。”儿媳妇看到公公如此可怜，便告诉母亲舞阳君，转告太后，十常侍难以割舍，愿到宫中再见太后和少帝一面，就此告别。太后得知，也是依依不舍，诏十常侍入永乐宫，见最后一面。

十常侍见到太后，哭诉往日在灵帝面前，如何替太后周旋。何太后也为之动容，说：“你们的恩德我不会忘，只是事情弄到这般田地，也是我不愿看到的。让你们回家乡，也是为了保全你们一条性命，我已尽了力了。”十常侍说：“太后的恩德我们永远也不会忘，只是听闻大将军已令各州郡署衙，待我们回到家乡后，仍不放过我们，便想在临走前，希望见大将军一面，向大将军谢罪，以乞残生。"何太后说："你们想见大将军一面，可直接到大将军府。"十常侍说："直接去大将军府，无异于送死，愿当着太后的面，向大将军谢罪，然后各归故里，永不回宫。"何太后答应了十常侍的请求，下诏召何进到永乐宫。

何进接到诏令，便前往永乐宫。大将军府掾属刘表劝阻道："袁绍曾吩咐大将军，非常时期，不可轻举妄动。"何进说："太后诏命，不可不去。我仅去永乐宫，太后说十常侍要当面向我谢罪，然后各返家乡。"刘表说："袁校尉交代过，如非要去，还是带上侍卫为好。"随即招呼大将军府将领吴匡、张璋："你二人率士卒，跟随大将军入宫；如有异动，力保大将军无虞。"二人领命，点了士卒，随何进到永乐宫。

何进来到南宫朱雀门外，只见宫门紧闭，吴匡大声呼叫："开门，大将军受诏进宫议事。"门楼上守卫的禁军说："太后仅诏大将军一人入宫，其余人等在外等候。"吴匡说："我们是大将军的侍卫，应一起入内。"禁军说："对不起，诏命难违，请各位将士宫外等候。"何进对吴匡、张璋说："你二人就在宫外等候。宫中还是太后执政，谅也没有什么大碍。"说完，独自一人进入南宫。当何进走到嘉德殿的时候，迎面见张让、段珪等十常侍站在殿前，何进说："听说你们要见我最后一面，当着太后的面，向我谢罪。其实已没有这个必要。我已答应太后留你们性命，你们还是快快各回家乡吧，免得四方将士诛杀你等性命。"

张让怒斥何进道："天下愦愦，并非独我等之罪也。先帝曾与太后不睦，几至成败，我等涕泣救解，各出家财千万为礼，和悦上意，只愿与卿互为依靠。今乃欲灭我等种族，不是亦太过分了吗？卿言内宫秽浊，请问公卿以下忠清者为谁？先帝驾崩，大将军称疾不临丧，不送葬，其罪难逃。"何进大惊："尔等欲造反不成？"话音未落，只听张让说："今天我们要为朝廷除祸。"然后大喊："还不动手！"这时只见嘉德殿门后埋伏的禁军士卒一起出来，何进一看不妙，知道上当了，扭头便向回跑，只见尚方令渠穆拔剑赶上一步，斩何进于嘉德殿前。

十常侍立即矫诏，交尚书省对外发布。主管常侍曹的尚书看到诏书中说："罢袁绍司隶校尉一职，以故太尉樊陵为司隶校尉。罢袁术河南尹一职，由少府许相为河南尹……"因该尚书平日与袁绍关系不错，看到诏书心有疑惑，便说："刚才见大将军进入里面，还请大将军出来确认一下。"这时一位中黄门将何进的人头扔给他，说："何进谋反，已按太后旨意，将其诛杀了。"常侍曹尚书情知不妙，吓得战战兢兢，捧起何进的人头，急忙来到南宫门楼上，朝下喊道："两位将军，大将军已经遇害，这是他的人头，请接住。还有一封诏书，列举了大将军的罪状，并罢免了袁本初司隶校尉一职和袁公路的河南尹一职……"

吴匡、张璋二位部曲将领，已听不清常侍曹尚书后面的话说的是什么。急忙拾起人头，仔细一看，果然是大将军，两人率士卒就要攻入宫中。此时宫门紧闭，吴匡说："你在这里把守，我去通知袁将军。"说完跳上战马，加鞭而去。

何进带着吴匡、张璋走后，刘表放心不下，于是前往西园找袁绍。袁绍并未当回事，说："大将军去见太后，也不是一次两次了，不必大惊小怪。"曹操在旁边，听了事情的原委，说："马上派人到南宫探听消息。如果吴匡、张璋随大将军进了内宫，也就不必过于紧张。如果二位将领及手下士卒被挡在门外，便大事不好。"袁绍想了想，当即派人到南宫打探消息，不久，被派去探听消息的人回来报告说："吴匡、张璋二位将领，正在南宫门外等候。"曹操脸色一变，说："事情不妙。我们立刻率兵马赶往南宫，大造声势，迫使宦官不敢对大将军下手。"袁绍不以为然，说："再等等看，轻易大动干戈，极易引起混乱。"曹操说："一刻也不能等，我这就调本部兵马过去。"于是调集兵马赶往南宫。快到南宫朱雀门时，一骑快马疾驰而来。曹操定睛一看，正是吴匡，便觉大事不好。吴匡一见曹操，哭着将何进的人头递给曹操，并递上一封诏书。曹操看到何进的人头，及十常侍的矫诏后，知道一切都晚了，令吴匡将人头和诏书速交袁绍，命令部曲即刻包围皇宫，绝不能放任何人出宫。

曹操率本部兵马刚刚包围了皇宫，袁绍率兵马赶到，曹操说："事已至此，赶快包围皇宫，不准宫内任何人出来，防止宦官与京师附近同情他们的部曲取得联系，然后让他们交出凶手，余者概不追究。"袁绍说："攻入南宫，诛杀宦官，为大将军报仇。"曹操说："宫中还有少帝和太后，切不可迫之太急，而且绝不能在宫内厮杀。还要下令关闭所有城门，严防京畿附近的部曲进入城内，让我们有足够的时间处理乱局。"

袁绍不听曹操的劝告，说："以前碍于太后情面，现在宦官已经动手，正可趁此机会，将宦官全部诛杀。"于是袁绍亲自指挥攻打南宫朱雀门。大门紧闭，久攻不下，袁绍令人找来大斧砍门，又令自己的弟弟，虎贲中郎将、河南尹袁术，率其本部攻打九龙门，也是久攻不下。袁术说："拿火来，把九龙门烧了。"大火迅速燃烧起来，很快各宫门先后被攻破。

张让等十常侍见各宫门陆续被攻破，慌忙退入永乐宫。对何太后说："大将军率兵造反，放火烧宫门及东西宫，部曲已攻入尚书省，请太后及少帝、陈留王快退入北宫暂避。"何太后和少帝刘辩、陈留王刘协，只听外面杀声震天，并不知发生了什么事，早已惊恐万分，在张让等人的挟持下，慌忙从南北两宫中间的复道朝北宫撤去。这时尚书卢植已得到何进被杀，袁绍正率兵攻打南宫的消息，便率家兵赶往南宫以探究竟，刚巧来到复道下，抬头从阁道窗口望见张让、段珪正挟持少帝、何太后、陈留王，经复道阁楼向北宫跑，于是大喝一声："张让、段珪，你们诛杀大将军，又挟持天子、太后，罪在不赦。"这猛一声喊，吓得段珪一愣怔。何太后这才知兄长已死，感到事情不妙，趁势挣脱段珪的挟持，喊道："卢尚书救我。"从阁道窗口翻身滚了下来，卢植赶忙扶起太后，保护着太后回到永乐宫。

袁绍攻入南宫，下令大开杀戒。袁绍矫诏说："被宦官表奏的司隶校尉樊陵，河南尹许相与宦官沆瀣一气，罪在不赦。"下令斩首。曹操看到南宫内血流成河，死尸遍地，袁术点燃的大火直冲夜空，气得跺脚，说："这简直是向京畿附近驻守的部曲报信。"于是指挥本部兵马赶快救火，并下令："凡是不抵抗者，一律不准诛杀。"

午夜时分，袁绍率部曲攻入北宫，这时何苗也闻知太后及少帝被宦官挟持，逃往北宫，急忙率兵马前来救助，两支兵马合在一处，在北宫南门朱雀阙下，抓获赵忠、封谞、郭胜等中常侍，手起刀落，全部斩杀。这时吴匡、张璋率部曲也攻入北宫，见到何苗，怒火中烧。平时他们就怨何苗与何进不同心，早就不满何苗与宦官勾结，以致造成今天的局面，于是对手下将士说："杀大将军者即车骑将军何苗也。我们受大将军厚恩，能不为大将军报仇吗?"手下将士与何苗又战在一处，何苗终因寡不敌众被斩杀。

袁绍已经杀红了眼，把太后及少帝忘在了脑后，下令关闭北宫所有门阙，逐殿搜捕宦官，无论老少，皆杀之。有的人天生不长胡子，有的官吏年纪小，还未长胡子，遇到士卒赶快脱裤子，以证清白。南北两宫被诛杀达两千多人。

曹操率本部兵马一面救火，一面搜寻少帝及太后。当看到太后在卢植的保护下安然无恙时，便放了心。但听何太后说，少帝及陈留王被张让、段珪挟持到北宫时，便亲自赶往北宫，命令士卒："搜捕张让、段珪，务必救下少帝、陈留王。"卢植也率家兵，随曹操一起寻找少帝。

然而在北宫搜了个遍，也未见少帝的影子，曹操心急如焚。这时手下人抓了一个小黄门，这个小黄门浑身发抖，两眼直视，已经吓傻了。曹操好言相抚，小黄门才渐渐稳下心来，说："张让、段珪等人感到北宫德阳殿守不住，挟持少帝、陈留王等，一共几十个人出北宫穀门，我听他们说，打算从小平津渡过黄河，到达河内，再号令州郡勤王平叛。"卢植说："我率家兵连夜追赶，务必把少帝追回来。"这时太仆王允也来到了，他说："事不宜迟，我派河南中部掾闵贡率郡兵跟随卢尚书，一同去追寻少帝和陈留王。"曹操说："你们先行一步，我先回嘉德殿，安排太后先行摄政，待宫中的事稍缓，我即前往，找不见少帝，我放心不下。"

第十六章

遭劫持少帝走北邙　拒废立袁绍逃冀州

少帝刘辩及陈留王刘协，在中常侍张让、段珪等几十个宦官的挟持下，从德阳殿出来，经北宫边门榖门溜出北宫后，慌慌张张一路直奔小平津而去。仲秋八月，午夜过后的天气已经很凉了，他们一行却跑得浑身是汗，少帝说："我实在跑不动了。"张让指着前面一道黑黢黢的山岭说："前面就是邙山，翻过邙山就是黄河，过了黄河，我们就可以喘口气了。"宦官们为了逃命，拼尽全力拽拉着少帝和陈留王，深一脚浅一脚地朝前狂奔着。少帝和陈留王的冕冠早已不知去向，袍服不知什么时候被扯了几道口子，锦带也松了结扣。好不容易翻过了邙山，来到黄河边，张让迅速派人寻找渡船，就在这时，卢植率领家兵赶了上来。宦官们立刻着了慌，张让知道已难逃脱，面对少帝行跪拜大礼，说："臣无法保驾，只好先走一步了。"说完，站起身投入黄河之中。有的宦官也步其后尘，跳入滚滚的黄河中。段珪拔出宝剑，大喊："事已至此，死也要拉个垫背的。"说着率其余宦官抵抗。此时闵贡赶了上来，郡兵将宦官团团围住，闵贡手起刀落，斩了段珪，其余宦官也被全部诛杀。

少帝刘辩早已吓得浑身如筛糠一般。卢植、闵贡跪拜行礼，说："少帝不必惊慌，臣等是来救驾的。太后正在宫中盼少帝回宫，请少帝即刻起驾。"陈留王刘协说："何太后无恙乎？"卢植答道："何太后已被臣救下，现在宫中临时摄政，陛下尽管放心。"刘协搀着少帝说："前面带路。"一行人摸黑翻过邙山，却迷了路。这时见前面有一片亮光，有人说："想必那里有人家，先到那里打听一下道路再说。"大家朝亮光奔去，走到跟前，才发现是一片萤火虫。跟着萤火虫，走了不远，便见到一处庄园，闵贡前去敲门，问明了道路，又借了一辆独轮车，少帝和陈留王分两边坐好，闵贡亲自推车，朝洛阳城奔去。

此时天已破晓。行不上数里，碰上了前来寻找少帝的前太尉崔烈、袁绍和曹操等公卿大臣。原来袁绍只顾厮杀，待宫中战斗结束后，才想起少帝及太后，慌忙派人寻找，都说不知下落，袁绍这才慌了手脚。恰好碰到曹操，才得知太后和少帝及陈留王的情况，安顿好何太后，便与曹操一起携部分公卿大臣，朝北邙一路寻来。双方碰面后，袁绍见少帝和陈留王坐在独轮车上，便从跟随的将士中，匀出了两匹马来，一匹让少帝骑，一匹陈留王骑。因陈留王太小，闵贡将他抱在身前，两人共骑一匹。在大家的簇拥下返回洛阳城。

看看天色已亮，洛阳城的轮廓已呈现在眼前。经过一夜大战，极度紧张之后，心情一旦松弛下来，人显得疲惫不堪。大家懒懒的走着，这时却见远处尘头大起，一队兵马旌旗招展，快速向这边驰来，大家不由地停下脚步，心里不免紧张起来。有人小声嘀咕了一句："难道是亲宦官的部曲得到了消息，劫驾来了？"曹操说："准备厮杀！一旦是劫驾的，本初率骑卒快速保少帝及陈留王进城。剩余的人随我盯在这里掩护，谁也不准后退。"

这时那尘头已到跟前，只见前面的帅旗上偌大一个"董"字，为首的将领膀大腰圆，由于过于肥胖，脸上的肉朝下耷拉着，下颏与胸连在一起，已找不出脖子在什么地方，双眉倒竖，特大号头盔紧紧地罩在头上，铠甲锃亮，腰间一柄宝剑，看上去胯下战马要是瘦弱一些，恐怕就会被压趴下。说话粗声大嗓："你们是什么人？"这时少帝在马上见到来人如此凶神恶煞，早吓得浑身抖成一团。崔烈提马上前："少帝在此，为何不回避？"来人说："我正为救驾，连夜赶来。"卢植从后边赶上来，一见来人，心中咯噔一下，说："来者莫不是董卓将军？"董卓一看是卢植，在马上稍一施礼，说："原来是卢老将军。中平元年一别，已有五六年了。卢老将军可好？"卢植没有接他的话，反问道："董将军为何到此？"董卓说："我应诏前来扫除宫廷污浊，昨夜在军营中望见京师大火，烽烟滚滚，想是宫中有事，便率部曲前来保驾，及至城西，闻知少帝在北邙，所以前来奉迎。"

曹操早已料到是董卓，心中极其反感，说："既是前来奉迎圣上，为何不下马见礼？"董卓说："敢问哪位是少帝？"少帝早吓得只顾哭泣，此刻已回答不出问话。陈留王坐在闵贡身前，一指刘辩说："这就是少帝，我是陈留王。卿既是来护驾的，何不将部曲退去两旁？"董卓暗暗称奇，一个九岁的陈留王，却比十七岁的少帝聪明睿智，心中就有废立之意。当即下马施礼，号令将士让开大路，随后跨上战马，随众公卿护驾，回到洛阳。

激烈的厮杀过后，皇宫里一片狼藉。一车一车的死尸，在不断地向外运送着，宦官几乎被杀绝。被袁术一把火烧毁的九龙门和东西两边的宫殿，还冒着缕缕余烟。

董卓率部曲进入洛阳已好几天了，它所带来的仅是前锋，约三千人，大队人马还远在弘农。他感到兵马太少了，就派人催促大队人马迅速赶来洛阳，同时又耍了一个心眼，每天晚上后半夜，趁人们熟睡之机，将这三千人的部曲，悄悄开出城外，第二天又大张旗鼓地进入洛阳城。因此城中百姓，每天都能见到西凉兵马入城。

由于董卓的部曲大多由西凉的羌胡人组成，军纪松弛，掳掠成性，进入京城没几天，就开始四处抢掠，为所欲为。甚至在宫廷内，也毫无规矩可言，动辄淫乱宫女。这引起了公卿士大夫的不满，纷纷斥责董卓不约束自己的部曲。而董卓根本不把这些抱怨当成一回事。一时间，京城内外，打家劫舍，明抢暗夺、奸淫烧杀，闹得乌烟瘴气。

面对如此混乱的局面，曹操再也坐不住了，他要找袁绍商讨一下该怎么办？正要出门，却碰见了鲍信，曹操又惊又喜，慌忙把鲍信让进屋，两人坐下。曹操问："这次回泰山老家，募兵的情况如何？"鲍信说："自从被大将军派回泰山募兵，倒也很顺利，很快就募到了数千士卒。想着大将军急等兵用，连夜往京城赶。走到成皋，听说京城有变，大将军已死，我不敢贸然前行，就将士卒们暂驻在成皋，只身前来探听消息。——京城到底发生了什么事？"

曹操把这些天来的情况，一五一十地告诉了鲍信，然后说："我正打算找本初商量一下，怎样应对当前的局势。"鲍信说："咱们这就找本初去。听了你刚才的介绍，我心里也静不下来。"

两人一起来到新军大帐。袁绍听说鲍信带回来了数千士卒，非常高兴，简单寒暄过后，便很快转入正题。曹操说："目前京城里非常混乱，已经没有王法可言。董卓出入皇宫如入无人之境，他的部下在宫内为非作歹，奸淫宫女，本初兄对这些情况想必也非常了解。"袁绍说："没想到西凉兵马的军纪这么坏，但百废待兴，好多事情还未理出个头绪，此时还顾不上这些。"鲍信说："如果不想法赶快解决，后患无穷。"袁绍问："此事非常棘手，你们说怎么办？"曹操说："现在董卓刚入洛阳城，立足未稳，迅速消灭他的部曲，除掉董卓。

此举肯定会得到公卿大臣们的支持。"袁绍说:"你想得太简单了。董卓的西凉军,个个都如狼似虎,作战勇猛。"曹操说:"虽然如此,但他的部曲兵马不多,我们完全有把握全歼他们。"

袁绍沉吟了一下说:"这些天来,每天都有西凉兵马入城,算起来兵马已不在少数。"曹操说:"我看其中有诈。退一步说,即使每天都有部曲进驻,现在总兵马也不是很多。有公卿大臣的支持,我们完全有把握将其消灭。"袁绍说:"这些都是你的推测,不足为信。"鲍信说:"董卓历来拥兵自重,不听调遣,我们早有耳闻。今天不早铲除,将来必为所制。孟德说得对,趁他现在初入京师,立足未稳,一战便可擒获,否则将来悔之晚矣。"

袁绍心中对董卓的虎狼之兵仍有畏惧,无论曹操和鲍信怎样劝说,都不同意发兵诛除董卓,二人只好悻悻地告辞。

鲍信对曹操说:"我看本初固执己见,此后必有灾祸。我还是率领这数千士卒回泰山吧。"曹操苦笑着说:"事情被本初弄得越来越坏,终有一天不可收拾。"鲍信说:"我带这些士卒先回泰山,若孟德需要,告知我一声即可。"曹操恋恋不舍地说:"但愿后会有期。"

自从董卓接管了大将军府,原何进的部下吴匡、张璋所部被其兼并,随后又兼并了何苗的旧部,董卓的势力迅速扩大。不久,其手下大将徐荣、李蒙、胡轸、樊稠等,各率本部兵马赶到洛阳。有了这数万兵马做后盾,董卓更加骄横。袁绍心中不由后悔,当初未听曹操的劝告诛除董卓,到现在已经尾大不掉,再想剿除也不可能了。为了与董卓抗衡,便表奏并州刺史丁原率兵马由小平津进驻洛阳。

自从董卓入住大将军府后,由于感念何进召自己入京,便将何进一家老小另行安排住处,给予厚待。原在大将军府任职的长史、司马、从事中郎及各位掾属,全都成了董卓的手下。

这天,董卓听到一位掾属满口凉州口音,便问:"你叫什么名字?听口音,你是凉州陇西人氏。"这位满口凉州口音的人说:"我叫周毖,字仲远,凉州武威人。"在这人生地不熟的京城,遇到老乡,董卓感到格外亲切,说:"我是陇西临洮人，没想到远在京师，能碰上老乡。"随即表奏周毖为尚书。同为大将军府掾属的伍琼，与周毖一向交好，经周毖推荐，董卓表奏伍琼为城门校尉。由于董卓常年在边陲任职，对朝廷的情况并不熟悉，再加上又是行伍出身，对朝政治理一窍不通，所以对周毖和伍琼异常信任，可以说言听计从。

周毖向董卓建议道："被宦官诬陷，遭党锢之祸的，大都是名儒雅士，具有王佐之才，天下敬重。要想巩固统治，必须大力任用他们，尤其前太傅陈蕃、前大将军窦武，皆被宦官残害，应给他们彻底平反，这样就可以赢得人心。"伍琼也说："太学里面一些出类拔萃的太学生也是名扬天下，只有重用这些人，才能治理好朝政。"

当初董卓在边陲时，早已闻知宦官专权，残害忠良，引起天下共愤。自己这次来京城，也是打着廓清朝政，以清奸秽的旗号来的，周毖和伍琼的建议，正好说到董卓的心里，便点头答应。在周毖、伍琼的策划下，很快董卓表奏陈纪、韩融等遭党锢之祸幸存的人皆为列卿。又表奏尚书韩馥任冀州刺史，侍中刘岱为兖州刺史，陈留人孔伷为豫州刺史，颍川人张咨为南阳太守，率兵回到泰山老家的鲍信为济北太守，张邈为陈留太守等，这些年轻才俊，纷纷被委以重任，出任封疆大吏。

董卓在周毖、伍琼的协助下，颇有励精图治，振兴朝纲的气势。但他又独断专行，横行无忌，放纵手下士卒，随意进入民舍，实施抢劫，淫掠妇女，终于引起公愤。董卓面对人们的指责，不仅不训诫部下，反而美其名曰，称这种行为为"搜牢"。一时间，洛阳城中，人人惊恐，个个自危。许多人耻于与董卓为伍。何颙被董卓表奏为长史，却称疾不上任，董卓强逼其到任。后来董卓打听到，失踪许久的蔡邕在吴会地区，便下令征召蔡邕到朝廷任职，蔡邕不肯，称病不来，董卓认为蔡邕不给他面子，大骂道："他蔡邕本是被贬之人，真不识抬举！"命州郡的官府，将其押送京师，并扬言："若蔡邕不来，灭其族。"蔡邕无法，只得进京。董卓征拜蔡邕为祭酒，第二天便转拜为侍御史，第三天又转拜为尚书，虽然三天之中周历三台，对蔡邕很是敬重，但蔡邕非常反感。

董卓初见面就看不上少帝刘辩，决心废除刘辩，另立陈留王刘协为帝，于是召集众公卿及部曲将领，在府中商议废立之事，董卓说："大者天地，其次君臣，所以为政。今皇帝暗弱，非万乘之主，不可以奉宗庙，为天下主。陈留王犹胜，欲以伊尹、霍光故事，更立陈留王，怎么样？"

公卿大臣们已风闻董卓欲行废立之事，一阵小声议论之后，便有人反对，说："少帝已经十七岁，陈留王才九岁；少帝是嫡长子，陈留王是庶子，轻言废立，既不合规制，也不合常理。"董卓接口说："天下之主，宜得贤明，人小或者有大智，人大或者是痴呆，不能以年龄论才智。"

这时袁绍接口说："汉家君天下，四百来年了，恩泽优渥，百姓拥戴已久。今少帝富于春秋，未有不善宣于天下，公欲违理任情，废嫡立庶，毫无理由。众公卿不会同意。"董卓怒道："好你个小子，天下事是我说了算，还是你说了算？我欲为之，谁敢不从！你以为我董卓的刀不利吗？"说着手按佩剑。"我的刀剑同样锐利。"袁绍说着挥手拔出佩剑。公卿大臣和诸校尉眼看双方要动武，便纷纷劝解。袁绍软中带硬地说："天下有力量的人，恐怕不只是董公一人，此废立大事，关系重大，今太傅未到场，我去征求一下太傅的意见。告辞！"说完，将宝剑送入剑鞘，昂首而去。

看到袁绍轻蔑的样子，董卓刚要发怒，这时卢植站了起来，说："案《尚书》太甲既立不明，伊尹放之桐宫。昌邑王立二十七日，罪过千余，故霍光废之。今上富于春秋，行未有失，非前事之比也。"董卓大怒，离开座位，手扶腰间佩剑，欲诛杀卢植。此时已升任侍中的蔡邕站起来阻拦说："废立大事，应听从各方面的意见。厅堂之上，卢尚书也是一抒己见，倘为此诛杀大臣，谁还敢说。"这时议郎彭伯也站起来劝谏道："卢尚书海内大儒，众人之望也。今先害之，天下震怖。"董卓恨恨地说："卢植年迈昏庸，应罢去尚书一职。"

这时有一人起立说道："随意废立，实属大逆不道；任意罢免朝廷命官，僭越之心昭然若揭。朝堂之上，不能仅凭个人说了算。"

董卓望去，原来是执金吾、并州刺史丁原，便恼羞成怒，拔出佩剑，欲斩丁原。这时丁原身后一身高九尺有余的大汉，持戟怒视董卓。董卓不免倒吸一口凉气。这时公卿大臣一起上前劝解，董卓也趁坡下驴，宣布此事以后再议。

回到府中，董卓闷闷不乐，这时城门守吏来报："袁绍将新军统帅兼左军校尉的印绶悬挂在上东门，骑马出城而去。"董卓问："去什么地方了？"城门守吏说："有人听见说他要去冀州。"董卓命人："快马把袁绍追回来，都是这小子捣乱，搅黄了我的废立之事，我今天非斩了他不可。"城门守吏说："袁本初已走多时，恐怕追不上了。"董卓说："出重金悬赏，逃到天涯海角，也要把他追回来。"

此时周毖和伍琼正在旁边，二人互相递了眼色，周毖上前劝解道："夫废立之大事，非常人所及。袁绍不识大体，得罪了将军，恐惧被将军问责，非有他志也。若悬赏缉捕，势必为变，不如暂且缓之。"伍琼也说："袁氏树恩四世，门生故吏遍于天下，若逼之过急，其收豪杰以聚徒众，英雄因之而起，则太行山以东，非公之有也。"董卓知袁氏一族在朝野势力庞大，在二人的劝解下，火气小了些，问："你二人说咋办？"周毖说："不如趁势赦免他，表奏他任一郡守，心中感念将军厚恩，必无患矣。"董卓想了想说："他是奔冀州而去，就表奏他到冀州任职吧。"周毖说："刚好冀州渤海郡未有太守。"董卓说："就表奏他到渤海任太守吧，省得在京城给我添乱。"周毖赶快写奏章，上奏少帝，诏拜袁绍，任冀州渤海郡太守。

董卓将袁绍表奏为渤海太守，把袁绍走时悬挂在上东门的新军统帅兼左军校尉的印绶收入囊中，趁势兼并了西园新军，西园诸校尉悉成了董卓部下，个个叫苦不迭。董卓在北邙迎少帝时初见曹操，印象不错，再加上周毖、伍琼的一力推荐，便表奏曹操任骁骑校尉，主管西园新军，把他当成自己的左膀右臂。曹操感谢董卓对自己的信任，表示愿为董卓效力，自此与董卓相处甚密。西园诸校尉对此嗤之以鼻，不愿听从曹操调遣；公卿大臣更是冷眼以对，远离了曹操。

董卓来到洛阳已经满一个月了，这天他对周毖、伍琼、曹操说："我仍是并州牧，与现在朝中的身份似乎不符。"周毖说："董将军权倾朝野，不必在乎虚位。"曹操说："名不正，则言不顺，董将军需任三公为好。"伍琼说："太尉刘虞远在幽州，一直未能上任，可将刘虞改任大司马，董将军自领太尉。"董卓欣然应允，即刻表奏少帝。

董卓自代太尉后，在朝会时越来越觉得少帝窝囊，更决心要废掉少帝。可公卿大臣大多都不愿意，尤其是现在朝中任执金吾的丁原，态度更是坚决。丁原所率并州的部曲，也是一支能征善战的勇武之军，尤其是他身边的那位身高九尺有余的大将，威风凛凛，气势不凡，具有万夫不当之勇。董卓特意打听到此人姓吕名布，字奉先，并州五原郡九原县人，现是丁原的主簿；弓马娴熟，骁勇顽强，令人生畏。这成了董卓的一块心病。不除掉此二人，废立之事难以实施。

这心病被府中的掾属李肃看出来了，他对董卓说："太尉是为丁原之事发愁吧？"一句话说到董卓的心里去了，连连点头："是，是。"李肃说："太尉不用发愁，我有一计，定能除去这块拦路石。"董卓急不可待地说："有何妙计，快快讲来！若能除了丁原、吕布二人，我当重赏。"

李肃说："我也是并州五原郡九原县人，与吕布同乡，自小便相识，对吕布的秉性一清二楚。此人勇力过人，但胸无谋略，且见利忘义，只要施以恩惠，即可诱使其归顺。"董卓说："那就多与他财宝金银，只要说出数目，都可以答应。"李肃说："仅靠金钱财宝恐怕不行。"董卓说："他还想要什么？想封侯拜将，只要归顺过来，我立刻表奏他。"李肃说："大凡将士，无非最爱两样东西，就是兵器与马匹。太尉的赤兔马，可谓龙驹在世，镔铁锻造的方天画戟可谓戟中之王。这两样东西，董公肯舍，我保吕布必归太尉帐下。"

董卓低头不语，良久才说："这两样东西可是我心头之爱啊"李肃说："只要吕布归了太尉，这两样东西不还是归太尉吗？"董卓一想，觉得是这么个理，说："就这么办，你把它们拿去吧。"

李肃令士卒牵上赤兔马，扛上方天画戟，直奔丁原营中。来到营门口，嘱守营卫士通报："吕将军故人求见。"稍等片刻，便有人引李肃进去。来到吕布帐中，李肃拱手施礼："久不相见，奉先贤弟现在可好？"吕布微微一愣。李肃接着说："怎么不认识了？"吕布细瞧，恍然大悟，笑道："没想到在此见到兄长。你怎么在这儿？"说着一边让座，一边命人摆上肴馔，"多年不见，咱们今日好好叙叙旧。"少顷酒菜上来，二位老友重逢，也不客气，便推杯换盏，杯杯见底，兴致甚高。李肃说："听说你投在丁原帐下，做了他的义子？"吕布笑说："你知道。自我父母故去，我在家也无所事事，除了一身武艺，别的什么也不会，便投了丁刺史帐下混碗饭吃。承蒙丁刺史看得起我，收我为义子，信任有加，现在丁刺史帐下任一主簿。"李肃故作吃惊说："奉先弟膂力过人，武艺盖世。凡知者，谁不认为奉先弟是天下一等将才。奉先弟就甘愿做一主簿，不想功成名就，封侯拜将吗？"吕布说："当然想了，只是没有机会。"李肃说："若有机会，不知奉先弟肯不肯抓住。"吕布说："兄长说笑了，若有机会，怎肯放手。"李肃说："如今董太尉正欲广揽人才，投其门下，不愁不建功立业，封侯拜将。"

吕布一听，头摇得像波浪鼓："兄长此言差矣。丁刺史与董太尉正因废立之事闹得不可开交。前些天在朝堂上，我就想一戟结果了董卓，以后休提此话！"

李肃说："奉先弟误会了。正是那日董太尉见奉先弟之后，倍加赞赏，喜爱之情溢于言表。不瞒奉先弟说，我今天正是受董太尉所托，来转达他对你的敬慕之意，请奉先弟随我到帐外一瞧。"话音未落，便拉着吕布的手一同走出帐外。只见帐外一个军士手牵一匹高大战马，此马从头至尾长约一丈，从蹄至项高约八尺，浑身毛发赤红，犹如烈焰一般，再无半根杂毛。这马见了吕布，昂首嘶鸣。吕布一见，便爱之切切。李肃说："这是董太尉胯下坐骑，乃西凉名马，名唤'赤兔'，良将配良马，太尉倾心相送与你了。"喜得吕布手足无措，不知说什么好。李肃又一招手，旁边两个军士抬着一杆大戟过来。李肃说："这杆大戟纯镔铁锻造，戟上雕刻精美图案，人称'方天画戟'。太尉知你善使戟，说这杆大戟只配将军使用，便也送给你了。奉先弟不妨先试试是否顺手。"吕布听完此言，也不客气，顺手抓起大戟，舞了几下，连说："不轻不重，不大不小，正合我手。我原来的那杆破戟只能扔了。"说完，一拉李肃的手："走，进帐喝酒。"李肃说："且慢！"又一招手，旁边士卒抬过一个箱子来，打开盖子，李肃说："这是黄金千两，珍珠数十颗，上好玉带一条，皆太尉相送。"吕布连说："够了，够了，谢谢太尉。"令人收下重礼。两人一起回到帐中坐下饮酒。吕布兴奋异常，连连和李肃碰了几大杯，说："这么厚重的大礼，我吕布受之有愧，用什么来报答太尉呢？"

李肃四下看了看，指了指大帐的方向，小声说："大礼就在唾手之间，既是大礼也是大功，不知奉先弟肯奉此礼否？"吕布一拍脑门说："你看我竟如此糊涂，放着这一件大礼，却不曾想起。回去告诉太尉，明日我就将此大礼奉上。"李肃又端起酒杯："奉先贤弟真豪杰也。"

第二天一早，吕布就骑着赤兔马，手执方天画戟，腰里悬挂着丁原的人头，给董卓送礼去了。董卓一见，非常高兴，亲自迎接吕布。吕布一见董卓，便将丁原人头奉上，说："太尉在上，我已晓喻并州部曲，愿随我投靠太尉的，就跟我走，不愿随的也悉听尊便，自行解散回家。我看了一下，愿意留下的大约有一半人。"董卓夸赞道："奉先真英雄也，现在我就表奏你为骑都尉，原并州部曲统归你率领。"吕布说："谢太尉厚爱，真若再逢父母。如太尉不弃，我就把太尉当作义父侍奉了。"说完，便行父子之礼。董卓说："有此英雄能做我儿，真是三生有幸，吾儿请起。"董卓大摆宴席，正式收吕布为义子。

第十七章

嘉德殿董卓废少帝　吕家庄曹操投伯父

除掉了丁原，董卓便行废立之事。

晚秋九月甲戌日早朝，文武百官齐聚嘉德殿。少帝高坐在正中的龙位上，摄政的何太后坐在少帝身旁，太傅袁隗、司徒丁宫、司空杨彪与众公卿排列两旁。这时董卓来到殿中，吕布手持方天画戟跟在后面。随后是两个士卒抬着一口铡刀来到大殿，"哐当"一声将铡刀撂在地上，各公卿大臣便有点慌乱起来，不知道董卓的葫芦里卖的什么药。少帝浑身抖得像筛糠一般，何太后强作镇静，内心却犹如十五只吊桶打水，七上八下的。

董卓跨前一步，面朝大家，好像少帝及何太后根本不存在一样，大声说："各位公卿，前太傅陈蕃、前大将军窦武，忠于朝廷，深孚人望，却被阉宦诬陷致死，人神共愤。自解禁党锢以来，二人一直未平反昭雪，两家的宗亲、宾客仍深受其害。今天我要为二位贤士申冤，恢复他们二人的爵位，受牵连的宗亲、宾客一律平反，优先予以举荐，征为公府掾属。不知大家意下如何？"听说是为陈蕃、窦武平冤，文武百官无不拍手称快，坚决拥护。

董卓非常高兴，说："本来打算将陷害他们的阉宦腰斩，为他们二位报仇，怎奈这些阉宦不是早已病死，便是在阴谋动乱中悉数被斩杀。今天如有人能检举出迫害二位贤士的漏网之鱼，我一定就地正法。"说着，命两个士卒提起铡刀，等待有被检举者。

起初，文武百官都很高兴，及至听了董卓后面的话，又都心神不宁，生怕董卓随便找个什么借口，将自己腰斩示众，便一个个噤若寒蝉，静静地站在那里。董卓看下面鸦雀无声，便说："既无举奏，下面议第二件事。大家知道，孝仁董皇后是灵帝的母亲，那就是何太后的婆婆。可作为媳妇的何太后，不敬公婆，逆婆媳之礼，致孝仁董皇后忧死，毫无孝顺之节。太后教无母仪，统政荒乱，其子必无德。少帝暗弱，昏愦不明，不可以奉宗庙为天下之主。昔伊尹放太甲，霍光废昌邑，著在典籍。今太后如太甲，少帝如昌邑，我欲行伊尹、霍光之为。陈留王刘协，仁孝聪慧，能奉祀宗庙，应由陈留王继大统，大家认为如何？"

吕布持戟立在那里，怒目扫视着殿中的文武百官。殿中安静极了。董卓说："既无异议，少帝刘辩废为弘农王，陈留王刘协登基继任大统。"迫使何太后携少帝走下龙位，少帝哭哭啼啼，跪倒在地，向登上龙位的刘协叩头称臣。这时何太后突然喊道："董卓逆贼，私行废立，是大汉的奸贼，文武百官，何不阻止？"董卓大喊："来人，将何太后迁永安宫！"何太后边哭边骂："蠢猪何进，引狼入室，至有今日之祸。"听到何太后的哭诉，文武百官莫不垂泪伤心。公卿大臣在董卓的威逼下，只好对着刘协口称万岁，即为献帝。

董卓擅行废立，大权在握，宣布新皇登基，普天同庆，改年号昭宁为永汉。一面遣使吊祀故太尉陈蕃、大将军窦武等，收买人心，一面暗中令人鸩杀何太后。在废帝后仅一个月，便于冬十月乙巳日合葬灵思何皇后于文昭陵。

董卓自认拥立新皇有功，自为相国，入朝不趋，剑履上殿。献帝诏封董卓的母亲为池阳君。自此，汉家朝廷成了董卓一人之天下。公卿大臣无论官居何职，只要意见稍与董卓不合，便会招来杀身之祸。董卓自知树敌太多，疑惧之心有增无减，表奏吕布为中郎将，封都亭侯，让其须臾不离左右。侍御史扰龙宗因事见董卓，忘了解下腰中宝剑，被董卓立刻斩杀了。自此公卿大臣更是人人自危，惶惶不可终日。

这时白波黄巾军攻占河东郡，势力渐大，对京师洛阳构成了威胁，董卓令其女婿牛辅率其兵马前往征剿。

从第一次董卓提出废立之事，罢了卢植的尚书，袁绍将印绶挂在上东门，逃亡冀州开始，曹操就决定除掉董卓，重振朝纲。为此曹操忍受着众公卿的白眼与冷嘲，公开投靠了董卓，又一味曲意逢迎，取得了董卓的信任。然而他心里也明白，此计划风险极高，一旦失败，不仅自己性命不保，在京城的父亲、继母、弟弟及妻儿将全部受到株连。为了解除后顾之忧，他多次与父亲协商说："既然父亲大人已无意仕途，干脆告老还乡，回谯县颐养天年。"而父亲却一直犹豫，曹操心急如焚。由于董卓纵兵抢掠，京城中无论穷富，无一幸免，公卿大臣也时时遭到董卓的威胁，曹操劝告父亲："京城形势混乱，西凉兵马掳掠成性，父亲大人还是早回谯县好。"在曹操的多次劝说下，父亲曹嵩终于答应回谯县老家，但又提出将家产变卖后再走。曹操知道父亲比较爱财，若家产留在这里，说什么他也不会走的，只好催促他无论贵贱，赶快将家产处理完毕。但此时卞氏却不愿随父亲回谯县，要求将小院留下，她要在京城陪着曹操，否则回到谯县她不放心，无论曹操怎样劝说，卞氏只是不从，只好处理家产的时候，他们单独居住的偏院留了下来。父亲临走那天，财宝装了数十大车，曹操亲自送出洛阳城，并再次劝卞氏随父亲一同回谯县老家，并说："我身为骁骑校尉，军中的事情非常多，根本无暇顾及你和丕儿。"卞氏说："你只管忙你的，不用管我们娘俩，只要在京城，时时知道你的情况，我就很安心了。"曹操无法，只得任卞氏留下。

送走父亲以后，曹操将珍藏的手剑找了出来。这手剑长不过一尺，还是当初何颙为刺杀张让准备的。由于刺杀张让失败，曹操一直将它珍藏着。此刻将剑从鞘中拔出，依然寒光闪闪，剑刃锋利。曹操将它贴身藏在怀中，昼夜不离身，只待瞅准机会，随时准备动手。形势已不允许他再拖下去，有迹象表明董卓为了斩草除根，让刘辩永无复位之可能，打算除掉刘辩，他要在董卓下手之前，先除掉董卓，以保证弘农王刘辩无虞。这样刘辩才有机会在公卿大臣的拥戴下复位。

这日一早，董卓召曹操。曹操来到相府，将佩剑解下，交与门吏暂管，来见董卓，问："相国召我何事？"董卓说："今日有旧友从西凉送来了几匹好马，我打算送你一匹。"转头对身旁的吕布说："去马厩中选一匹最好的马牵来。"吕布应声离开。董卓对曹操说："你稍等片刻，待奉先将马牵来后，你试骑一番，觉得不好，还可以再换。"曹操说："谢相国。"董卓说："我有点乏了，先躺下暂歇息一会儿，待你选好后喊我一声。"说完，便和衣而卧，闭目养神。曹操精神一振：吕布不在身旁，这可是千载难逢的好机会，只要一剑下去……他来不及多想，手伸向怀中，将手剑拿出来，刚要拔出鞘，这时董卓打了个喷嚏，翻转身来，略一睁眼，看到曹操手中握着短剑，立刻惊醒，翻身坐了起来，问："孟德你要干什么？"恰在此时，吕布在殿外喊："马牵来了，孟德来看。"机会稍纵即逝。曹操急中生智，双手捧剑，跪在地下说："蒙相国厚爱，赠与好马，心下十分感激，无以为报，现有祖传宝剑一柄，献与相国，以表谢意。请相国笑纳！"董卓转惊为喜，接过宝剑，只见剑柄与剑鞘上，镶嵌宝珠数颗，金丝雕镂，装饰豪华；抽出剑身，镔铁锻造，寒光闪闪，锋利无比。董卓连夸："好剑，好剑。走，我陪你一起去看马。"来到殿外，果然一匹高头大马，昂首挺立。曹操赞美说："真是一匹好马。"董卓指着鞍座说："上去试试。"曹操翻身上了马，抖了抖缰绳，让马走了几步，说："到底是西凉来的好马，比我先前那一匹不知好了多少倍。"董卓说："你撒开缰绳，到外面跑跑，如不满意，可再换一匹。"曹操一抖缰绳，便出了相府，向门吏要回佩剑，扬鞭打马，疾风般来到家中，就在马上对卞氏说："带上丕儿，随我出城。"卞氏情知不妙，说："什么事，你说清楚。"曹操说："我欲行刺董卓，不慎失败，趁现在董卓还未回过味来，我们赶快走，晚了就来不及了。"卞氏急忙说："你稍等一下"赶快回到屋中，拿出一个包袱，说："这是你平日穿的袍服，里面还有一些银两，带上它赶快走。"曹操说："快带上丕儿，咱们一块走。"卞氏说："如果带上我们，董卓追来，可能谁也走不掉。"曹操坚持道："快带丕儿上马！"卞氏发急说："先不要管我们。有我母子在，至少也可以拖延一段时间。"不容曹操分说，顺手捡了根木棍，断然朝马屁股上打了一棍，那匹马扬蹄而去。曹操喊道："等我安顿好，一定派人来接你母子。"

自曹操纵马出了相府，吕布看董卓手中拿着一把精致的短剑，问："这剑真漂亮，哪里来的?"董卓说："是孟德刚献的。"吕布略一迟疑，说："我刚才看曹操举止不自然，心中正疑惑，现在看来，怕是有行刺嫌疑。"董卓一听，若有所思："奉先所虑，倒有道理。待他一会儿回来，我诈问他，看他如何回答。"这时将领胡轸、徐荣来到，见董卓手中那把镶嵌宝石的短剑非常漂亮，齐夸好剑，忙问从哪里得来的?吕布将刚才的情况简略讲了一下，徐荣不等听完，立刻说："曹操欲行刺国相无疑。若不然，为何身藏利刃而来? 既献剑，为何不先将剑拿出来? 迅速抓捕曹操，审问明白，看是否有人指使。"听了徐荣的话，董卓这时也回过味来，下令抓捕曹操。

不一会儿派去抓捕曹操的人回来禀报："无论军营中还是曹操家中，都找不见曹操。只有其妻卞氏和儿子在家中。"徐荣说："曹操定是逃跑了，看来是行刺无疑。应将他妻儿抓起来。"胡轸说："妻儿俱在，不像行刺。先别忙动手，万一不是，见了孟德怎么交代?"

直到下午，仍然不见曹操的影子，便询问京城十二门守卫，可见曹操是否出城。上东门守卫回说："上午见曹将军策马出城，奔东而去。说是奉相国之命，有重要军机大事。"董卓一听，知是跑了，于是下令追捕，并将曹操妻儿抓捕归案。恰遇长史何颙来相府办事，闻之此事，对董卓说："相国待孟德不薄，孟德为何要行刺相国，其中必有原委，或是有人指使。如今孟德妻儿还在城中，如果相国好生相待，孟德感念相国之恩，或许幡然悔悟。如果杀了他的妻儿，断了他的念想，必怨恨相国，逼其起兵造反，反而与相国不利。"董卓一向敬重何颙，听了何颙的话，便下令："严密监视曹操妻儿，不准其出洛阳城。待抓获曹操，一并问罪。"何颙说："相国，我到曹操家中去一趟，向卞氏打听一下，看是否知其下落。"董卓点头应允。

何颙来到曹操家中，见到卞氏，说："董卓已下令缉捕孟德，你还是设法带上儿子逃离洛阳为好。"卞氏说："我母子若此时逃离，必刺激董卓下死命搜捕。"何颙说："夫人说的也是，但你还是早做准备，万一情况不对，我送你们出城。"何颙要卞氏多保重，便告辞出来，到相府找到周毖和伍琼，要他们在董卓面前设法保护曹操妻儿。

军司马王必、军候史涣、丁斐、秦宜禄已经一天没见到曹操了，中间西凉将士来找过一回曹操，看那阵势好像事情不太妙。到傍晚时分，他们得到确切消息，曹操行刺董卓未成，已逃离洛阳。董卓已下通缉令，正在抓捕。知情不报者，诛灭三族。尽管他们平时与曹操在一起议论朝政，知道曹操对董卓不满，但曹操这一壮举，还是令他们始料未及，惊异之余，他们一起赶到曹操家，看望卞氏母子。当来到曹操家，见到卞氏略显憔悴，却并未哭天喊地痛不欲生，便略略放了心。卞氏也叮嘱他们在军营中小心。史涣说："自西园新军被董卓兼并后，便处处受西凉将士的气。这次曹将军离了洛阳也是好事，一旦得知曹将军的下落，我便前往追随。"大家也都有同感。一起安慰了卞氏几句，告诉她多保重，便告辞了。

已经三天了，卞氏没有一点曹操的消息，一颗心始终悬着。除了照顾曹丕外，她无心做任何事情，面色显得更加憔悴。其间何颙来过一次，告诉她有周毖和伍琼护着，她暂时不会有事，劝她还是赶快离开洛阳，先回谯县老家。如果决定走，何颙一定亲自把她娘俩送出洛阳。卞氏谢过何颙，表示一定要等曹操的消息。

这天王必、史涣、丁斐、秦宜禄又来看望卞氏，双方互相询问是否有曹操的消息，当得知都没有曹操的消息时，彼此沉默了，大家都不知说什么好。这时有人敲门，卞夫人让大家在屋中稍候，然后去开门，只见来人一身戎装，盔甲整齐，便有些吃惊。卞夫人仔细一看，原来是后将军袁术，忙将他往堂屋让，袁术手握马鞭说："不必进去了，长话短说，我刚刚得到消息，据说孟德兄在虎牢关被守关将士抓住，在抵抗中已被杀死，请嫂夫人节哀。还是想办法回谯县吧，董卓睚眦必报，早晚不会放过你们。"卞氏听了袁术的话，眼前一黑，身体晃了晃，努力让自己站稳了，望着门外的战马说："袁将军这是要往哪里去？"袁术说："不瞒嫂夫人说，董卓倒行逆使，众公卿纷纷逃离洛阳。我袁氏一族世受皇恩，怎能和他并立朝中？今天我就潜出洛阳城，到外面招兵买马，讨伐董卓。"卞氏问："洛阳城出得去吗？"袁术说："我就说是出城平贼。自董卓到洛阳后，西凉兵马就是以此为借口出城抢劫，别的部曲也都学会了这一招。这已成了惯例，守城士卒连问也不问。"卞氏问："袁将军此去往哪里落脚？"袁术说："我哥哥本初在冀州，曹兄往东在虎牢关遇难，那条路戒备一定很严。我打算往南先到荆州去，那里相对稳定一些。闲话少说，这就和嫂夫人告辞，你也想法逃离京城吧。"说完，出来跨上马，率领亲信百余人扬鞭而去。

卞夫人送走袁术，回到屋中。刚才袁术的话，史涣他们听得一清二楚，便连忙安慰卞氏。秦宜禄说："曹将军已经辞世，京城已无待下去的必要。我们都是曹将军的亲信，董卓一定会像防贼一样防着我们，说不定哪天就被他杀了。不如就此散了，大家各自逃难去吧。"王必、史涣、丁斐也垂头丧气，说："只好如此了，嫂夫人也就此回谯县吧。待送走嫂夫人，我们也就散了。"

卞氏想了想，镇定地说："曹将军遇难，仅是听说。如今大家散去，倘若消息有误，将来曹将军需要大家，那时大家有何面目再见曹将军。不如大家耐心等候，待消息确实后，再散也不迟。"秦宜禄说："我看事情没有转圜的可能了，你们愿等就等吧，我就此告别，暂回老家避一段时间。"王必、史涣、丁斐觉得卞氏说得有理，劝秦宜禄还是再等等看。秦宜禄摇摇头说："不是我说丧气话，希望很渺茫。我劝大家还是趁早离开这里，免得董卓报复。"说完起身告辞，先走了。王必、史涣、丁斐说："我们还是暂且留下，陪嫂夫人再看看，待有曹将军的准确消息，再决定去留。"

　　曹操出了洛阳上东门，一路扬鞭，昼夜兼程，向东狂奔，直走得人困马乏。蒙蒙夜色中，见虎牢关已呈现在眼前。看看天色尚早，找了一片树林，略休息片刻，将戎装丢弃，从卞夫人给他的包袱中，拿出平日穿的袍服换上，推算时间已差不多，便牵马来到关前。此时关门未开，已有人在等候过关。曹操在关前，耐着性子等待，紧张地望着紧闭的虎牢关门，心想待关门放行，出了虎牢关，就可以喘一口气了。先在关外汜水镇上吃点饭，喂喂马，稍事休息，再朝谯县老家方向走。这时，他又想起留在京师的卞氏母子，他现在非常担心她们的安全……正在他胡思乱想的当儿，天已放亮，关门打开了。曹操朝关楼上望了望，警备非常松懈，他牵着马，随着出关的人群顺利出了关门。行了数百步远，只听关楼上大喊："快关上关门。刚出关的人快回来，出关人员一律检查。董相国有令，曹操谋杀相国未果，已潜逃，榜文和图像已经送到，待验过之后方许出关。"曹操闻听此言，翻身上马，直奔汜水镇而去。到了汜水镇，曹操想：汜水镇已不能停留，榜文很快就会到达。于是打马穿镇而过，朝荥阳城奔去。来到荥阳城，肚子咕咕直叫，冬日的寒风一吹，更是饥寒交迫，人困马乏。曹操决定冒险在此停留片刻，喂喂马，自己也吃点东西。这时忽然看到城内官府的吏卒似乎正在调动，便不敢停留，随手从卞氏给他的包袱中摸出一些钱币，朝一个卖饼的摊上一丢，抓了几个饼，说了声："多余的钱不用找了。"骑上马朝城外跑，出了城，来到一片僻静的地方，将饼掰开喂马，自己也随口吃了一点，找到一处山泉，自己和马都喝了一点水，然后骑上马朝成皋奔去。

　　眼看已过中午，曹操边走边想，从昨天到现在只顾奔跑，一直没有休息，多亏胯下这匹西凉战马，宛如龙驹下凡，速度丝毫未减。虽说如此，但一路颠簸，身心俱疲，说不定成皋也已得到缉拿他的榜文，这样下去不是办法，看来最好能找个地方隐藏起来，避避风头，再走也不迟。这个想法刚一露头，便想到了成皋城南吕家庄的吕伯奢家，二十年前曾随父亲来过这里。吕伯父为人热情，与自己的父亲是老朋友，那里远离成皋城，沟壑纵横，交通不便，历来消息闭塞，即便有什么不测，也容易躲避，对，就到吕家庄吕伯父那里逗留几天。想到此，便凭着自己的记忆，又一路打听，来到吕家庄。进到庄中，不用费劲，曹操就找到吕伯奢家。走到门前，只见木棍枝条编织的栅栏门虚掩着，曹操推开门进到院里，只见院落破败了许多，已没有了先前的生机。曹操仿佛走错了门，疑惑了一阵，喊道："吕伯父在家吗？"这时从屋内出来一个二十多岁的小伙子，上下打量着曹操，问："客人从何处来，找我父亲有何事？"曹操料定是吕伯奢的儿子吕继，当初见他时才几岁，一晃二十年过去了，已经长成大小伙了，便说："我姓曹，从洛阳来，今天路过此地，顺道过来看望吕伯父，你就是吕继吧？"

只见那位二十多岁的青年，非常热情，连忙接过缰绳，说："是，我是吕继，原来是京城的曹家大哥到了。"朝屋里喊："快出来，有亲戚到了。"一面又对曹操说："我从小就不断听父亲说起过，其间世伯曹老先生也来过两次，只是这些年世道不太平，互相走动得少了。你看我们这少一辈的，彼此都不认识了。"这时屋内出来一位二十岁左右的少妇，打扮得花枝招展，描眉画唇、双眼流盼，曹操从心里一股厌恶。那位青年介绍道："这就是我常向你提起的京城中的曹家亲戚，贵人来到，快迎进屋中烧点开水。"曹操说："我这马该喂了，请贤弟照料喂一喂。""这个好说，交给我牵到隔壁人家，与那家的牲口一起喂吧。""怎么咱们家没有牲口吗？"那青年尴尬地笑了笑，说："不瞒兄长说，这几年兵荒马乱，尤其是西凉兵四处劫掠，整个河南深受其害，世道不太平，家中牲口都处理完了。"一边说一边牵上曹操的马，出了院子，向右一拐，便消失了。

曹操随那女人来到屋中，见屋中一应家什杂乱无章地摆在那里，曹操皱了皱眉头，这与当初自己印象中的吕伯父家相差得太远了，曹操甚至怀疑自己是否走错了地方。曹操累坏了，一屁股坐下来，抬眼问："怎么不见伯父伯母？"那女人说："我姑婆早在几年前已过世了，我姑舅出门去了。""他到哪去了？"曹操问。这时吕继安置好马，进了门，说："我父亲在家闷得慌，说是到几个老朋友那里转转叙叙旧，临走的时候将家中仅剩的一匹马骑走了，也不知现在转到什么地方了。曹大哥还没吃饭吧？"曹操点了点头。吕继吩咐女人赶快给曹操弄饭，那女人出去了，一会儿端回来一碗汤饼，说："我做饭太慢，曹家大哥一定饿坏了，只好先向邻居要了一些，大哥先垫补一下。"曹操饿坏了，一碗汤饼顷刻间下了肚，对付了个半饱，也不好意思再要。放下碗，两人便闲聊起来，眼看已是傍晚，却不见两夫妻要做饭的意思，曹操只好问："村中可有饭店、酒肆？"吕继忙说："没有。附近有一个小集镇，那儿有。"曹操说："晚饭不用做了，我去镇上买点现成的，再灌点酒，咱们今晚就随便吃点吧。"吕继说："劳你破费，实在不好意思，还是我去吧。"嘴上光说，只是不动。曹操站起来出了院门，按照吕继的指点，朝村外走去。因为离吕家庄很近，曹操很快来到集镇上，找了一处饭店，掏出银钱先灌了一坛酒，然后又让店家炒几个荤素热菜，弄点面食。趁着等待的时间，店家问："听客人口音，不是本地人吧，不知到此是走亲戚还是寻友？"曹操说："我是来走亲戚的。"曹操尽量少说话。谁知店家是个热心人，问："亲戚是哪一家？"曹操敷衍道："前边吕家庄的。"店家又问："吕家庄谁家？这一带没有我不知道的。""吕伯父家。"曹操含糊道。店家看了看曹操，问："是吕伯奢家吧？家中只有他儿子和媳妇，对吧？"曹操只好点点头。店家又问："客人打算短住还是长住？"曹操说："看情况吧。"店家略一沉吟，说："客官还是早点走好。"曹操一听话中味道不对，便留起了心，从怀中摸出一些银钱，交给店家说："这是饭菜钱，多余的不用找了。"店家收了银钱，说："客官莫嫌我话多，看客官也是实在人，想这吕伯奢可是精明一世，勤劳一生，挣下了这份家业，可养了个不争气的儿子，好吃懒做，好不容易给他娶了媳妇，这媳妇却也是好人家的闺女，谁知被这小子给打跑了，也不知在哪里混了个现在的这个女人，同他一样，横草不拈，好吃懒做。两人交的都是一些不三不四的朋友，平时偷鸡摸狗，干些欺男霸女的勾当，硬是把吕伯奢气得大病一场。病好后，感到实在无脸见乡亲们，便收拾了家当，说是眼不见心不烦，出门散心找朋友去了。如今已两年有余，也不见回来。吕伯奢走后，这两人没人管了，更是放肆，明抢暗偷，连赌带诈，庄上四邻被他骗了个遍，这十里八村的人见了他都躲着走。唉——这吕伯奢上辈子不知做了什么孽，这辈子摊上这么个孽障。"到此时曹操所有的迷惑都解开了，他说："谢谢您的提醒。"店家说："不用谢，我也是怕您受骗，好心提醒您一下。"说话间饭菜俱已做好。店家用食盒装好，派人随曹操送到吕家庄。一路上曹操想：看来此地不能久留，今晚上略歇一歇，明早就赶路。

第十八章

遭暗算曹操斩无赖　举义兵卫兹助军资

　　曹操回到吕家，见堂屋里除了吕继和媳妇，另外还有两个年轻人。待店家的人从食盒中拿出菜肴摆好，吕继已将酒坛打开，说："这是我的两个朋友，刚巧来找我，正好让他们陪陪你。"几人便觥筹交错，喝起了酒，一边天南海北地扯起闲话来。曹操瞧这两位年轻人语言轻浮，流里流气，心中不快，随便填饱了肚子，推说不胜酒力，要休息。吕继在隔壁房间给他安排好被褥，然后回去几个人仍然喝酒。曹操刚想宽衣解带，想到店家的话，又看到这新来的两个人，怎么看也觉得不地道，于是多了个心眼儿，和衣而卧，将随身的青釭宝剑放在头下枕着，一只手握在剑柄上，侧着耳朵听了一会儿隔壁的喝酒声，不知不觉睡着了。

　　曹操在睡梦中，突然感到自己的身子被人紧紧地压着，猛一睁眼，屋中漆黑一片，想翻身起来，却怎么也翻不动。曹操用尽全身力气，大叫一声，将枕下宝剑抽出来，向上一挥，只听"哎哟"一声，自己被压的身子松了一下，曹操趁势往起坐，脖子似乎被一条绳索勒住了，他挥手抡起宝剑砍了一圈，感到勒脖子的绳子似乎松了，便跳了起来。黑暗中左劈右砍，只听几声"哎哟"，便没了声音。曹操迅速扑到门边，这时只听院中有人问："捆起来了吗？"曹操推开门缝朝外一看，院中站着三个人，也不搭话，跳出门外"扑扑"两下，结果了两个人的性命。另一个人一愣，拔腿就跑，曹操赶前一步，宝剑抵在了那人的脖子上，厉声问："你们是什么人，若有半句瞎话，我立刻要你的小命。"那人早吓得魂飞魄散，哆哆嗦嗦地说："别杀我，我说。我们是吕继的朋友，傍晚的时候，他派人找到我们，说家中从京城来了一位客人，肯定带了不少银钱，还有一匹上好的马，也可以换许多钱。且刚刚得知官府通缉逃犯，让我们一起把你绑了，送交官府，肯定还能得一笔赏钱，这一下就够我们花好一阵子了……"不等他说完，曹操就一剑结果了他的性命，返身堂屋，见酒菜已空，便擎了灯，到刚才睡觉的地方一看，地上躺着四个人，都已断了气，其

151

中一个便是吕继。曹操说："无用之徒，就这点本事，还整日祸害乡里。吕老伯父，原谅侄儿，让您老绝后了。"返身出来，这时刚好看见吕继的媳妇牵着马从大门外进来，边走边问："事情完了吗？马牵来了，天快亮了，趁早到县上领赏。怎么堂屋的灯灭了——哎哟——"脚被绊了一下，险些跌倒，刚要骂，低头一看是具尸体，吓得惊叫起来。刚出声，曹操已闪到她身旁，宝剑抵住了她的喉咙，吓得她把声音噎了回去。曹操一把揪住她的发髻，说："再喊杀了你。"那女人上下牙碰得"得得"响，说："这不关我的事，都是那个该杀的吕继出的主意。"曹操说："把你家的衣服给我找几件。"那女人很快找出了一堆衣服，曹操一看长袍短褂，襦衣绣服，什么样的衣服都有，便说："看样子，这些衣服来路也不正。"那女人哀求曹操放了她，曹操冷笑一声："放了你？等你去报官抓我呀。"说完，一挥宝剑，结果了那女人。曹操将宝剑上的血迹擦去，送回剑鞘，又找水将手脸上溅的血迹清洗干净，将血衣脱掉，从那一堆衣服中挑出一身商贾穿的衣服换上，看看天色将明，便牵了马，悄悄出了吕家庄，翻身上马，在晨曦中朝东而去。

很快曹操来到中牟县境，打听方知是蔡亭，此时已是中午，曹操便决定在此休息一下，饮饮马，自己也吃点东西。然后从此岔路，绕过中牟县城，再继续东行。打定主意，曹操就近来到一家客店，让店家弄点草料放在马前，又弄了点水饮马，自己要了碗汤饼吃起来。刚吃完，打算起身，这时一伙人来到店中，领头的问掌柜的："你店中可有嫌疑之人？"掌柜笑答："原来是亭长啊，莫不是有什么事了，劳你亲自出来查问。"

亭长道："朝廷发下榜文，说是京城有一个叫曹操的，行刺董相国不成，逃出京师，不知去向。让严加搜查，抓住后有重赏呢。""只怕我们想得此奖，却没此福啊。"掌柜的答道。亭长本待要走，好奇地问了一句："门口拴的这匹马是谁的？""里头一位客商的。"掌柜的说。亭长听了这话，便朝里走了几步，看到曹操正欲起身，亭长厉声喝道："把他抓起来！"跟着的人一拥而上，立刻扭住曹操，不由分说，五花大绑捆了起来。亭长对掌柜的喊道："你还说没有可疑之人，这不是可疑之人？"转头问曹操："你是干什么的？"曹操说："我是商人。"亭长问："既是商人，贩卖的什么货物？"曹操说："贩卖皮货。""皮货何在？""已交给买家，我这是往家赶。"亭长冷笑一声："欺我呆傻怎的。商贾有骑这么好的马吗？这分明是战马。既是商人，为何腰中佩有宝剑？你姓甚名谁，从实招来。"曹操说："我复姓皇甫，因常年与边关胡、羌打交道，便有友人送我一匹西凉好马。如今兵荒马乱，路上不太平，我们走南闯北，佩一宝剑用来防身。请问亭长，朝廷颁下的法令，哪一条不允许？"亭长翻着眼看了看曹操，见他气定神闲，觉得说的也在理，本打算把他放了，又一想，说："我先将你押到县上，那里有曹操画像，如果你不是，县令自然会放你；如果你是，我就能领到重赏。是与不是，你找县令辩说吧。"随即喝令手下人，押上疑犯，牵上马匹，同到中牟县衙。又扭头对店家掌柜说："若有重赏，就没你的份了。"

初冬的天气，再加上天有点阴，本来渐短的天，才到申时，便觉有点暗了。亭长一行人押着曹操来到县衙，县令听说蔡亭亭长抓了一个嫌疑犯，立刻让押进来。简单问了几句，曹操将在店中的话又答了一遍，县令已料定此人就是曹操，便令人将画像拿出来，做最后验证。刚看了两眼，正要开口拿下曹操，这时旁边站着的年轻功曹，在县令耳边嘀咕了一阵，县令不住地点头，然后说："画像中的罪犯，头戴武冠，而此人头戴方巾，看上去不像。先把此人押下去，待明天细细审问。亭长也请回，如果明天审出是罪犯，一定上报朝廷，重赏与你。"亭长率领手下，高高兴兴回去了。

县令及功曹来到后堂，命人将曹操押来，挥手让吏卒下去。功曹亲自解开曹操身上的绳索。县令问："曹将军一路辛苦了。"曹操说："县令大人认错人了，我复姓皇甫，是贩卖皮货的客商。"这时那位功曹说"曹将军，虽然我们未曾谋面，但榜文上已将你描绘得十分详细。我们没有恶意。这位是本县县令杨原杨大人。我姓任名峻字伯达，是本县的功曹。我们早就耳闻将军大名，一直无缘拜见。董卓大逆不道，随意废立，人神共愤。西凉军四处抢掠，奸淫烧杀，我们河南之地深受其害。今听说曹将军欲为国除害，我们焉能助纣为虐。"杨原也说："如今天下将乱，我这个中牟县令也不好做，在放你走之后，我也弃官还乡。"曹操这时确信二人所说无虚，便施礼感谢。

任峻问："曹将军此去有何打算？"曹操说："我本欲回家乡谯县，招募人马，起兵讨伐董卓。"任峻说："此去谯县，还要经数个郡国，十多个县，一路上朝廷的榜文到处都有，恐怕曹将军难以回到谯县。"曹操略一沉思，说："确如功曹说的，此去路途艰险，不过好在出了中牟县境，便是陈留地界，太守张邈是我的好友，想必不会为难我，过了陈留，就是梁国，离我老家也就不远了。"

任峻说："如今天下欲讨伐董卓者不乏其人，如有人首倡，必会群起响应。我想杨县令不必弃官，河南暂无守尹，到时杨县令可自代守尹，起兵响应。大丈夫应以天下为己任，成就功业正当其时。"曹操听了大喜，觉得任峻确是一个人才，于是也劝杨原暂留中牟县，待事起，暂代河南尹起兵。杨原想了想，表示同意。这时杨原令人准备佳肴，为曹操接风洗尘。第二天，杨原让任峻送曹操出城。临别时任峻说："我和杨县令静候曹将军佳音。"

曹操在中牟酒足饭饱，又休息了一夜，精神和体力都得到了恢复，告别杨原、任峻，扬鞭跃马，很快便来到了陈留。这里是郡治所在，到底比别处热闹一些。因为张邈在此任太守，曹操心情很放松，进了城，便信马由缰，随着熙熙攘攘的人群，一直到郡府才下马。门吏通报进去，一会儿张邈就迎了出来，身旁还跟着一位将领。双方见过礼，张邈热情地指着身旁的将领说："孟德，此人你应该知道。"曹操将此人上下打量了一遍，只见此人年纪与自己相仿，七尺多高的个头，比自己高一些，身体健硕，一双眼睛炯炯有神，透着一股豪气。曹操摇摇头，说："抱歉，恕我眼拙，好像未曾相识。"话音刚落，将军自我介绍道："我姓卫，名兹，字子许。"曹操竭力回忆道："这名字倒有点熟。"张邈笑说："走，先到里面，别在大门外站着。"又扭头对门吏说，"把马牵到马厩里喂上。"穿过前殿，来到后堂，张邈吩咐下人准备肴馔。三人落座，曹操笑道："恕我眼拙，实在想不起在哪见过卫将军。"张邈哈哈大笑，说："他原来在车骑将军何苗的部曲里任将领。"曹操说："怪道名字挺熟，只是不曾相见过。敢问卫将军何时来到这儿？"卫兹说："自何苗将军被杀后，不久董卓兼并了何苗的部曲，我就打算离开。适逢三公府征召我，本想应召，但看董卓专权，朝纲崩坏，便回了家乡——本郡襄邑县。"曹操说："原来如此。"

这时肴馔摆好，张邈说："孟德一路辛苦，此酒为你洗尘压惊。"三人举杯共饮，边吃边聊。张邈说："不瞒孟德老弟，董卓私行废立，人人欲诛之。我正悄悄在本郡招兵买马，只待有人号令，便杀向洛阳，为国除奸。卫兹听了我的打算，立刻应召，率三千襄邑将士，投到我的帐下，令我十分感动。"卫兹说："董卓暴虐，汉室倾荡，乱象已成，非武力不能正天下。张太守的想法正合我意，就主动跑来，在张太守帐下任军司马。"说完爽朗地笑了起来。曹操感到卫兹是个心地坦荡，性情豪爽，直来直去的人，心里便喜欢上了他。

热酒下肚，三位义士越聊越投机。张邈说："我接到通缉你的榜文，知你刺杀董卓不成，逃了出来，一直为你担着心。这下好了，来到陈留地盘上，看谁能抓你。下一步你有什么打算？"曹操说："我原打算先回谯县老家，说服我父亲变卖家产，凑齐军资，招兵买马，会同天下豪杰，剿除董卓，重立少帝，匡扶汉室。像卫兹将军说的，现在确是非武力不能正天下。"卫兹说："回谯县老家，不如留在这里，一路上关隘重重，到了家乡，谁知又会是个什么局面。留在陈留，起码不用担惊受怕，东躲西藏。"张邈说："卫兹说得对，回家乡也是起兵，干脆就在我这里招兵买马，就地再拉起一支部曲，咱们也好有个照应。"曹操说："拉部曲需要军资，我两手空空，只能先回家乡，找我父亲商量。说句不好听的话，我父亲看钱财比较重，想让他资助，还得下一番功夫，好好劝劝呢。"

卫兹将杯中酒倒满，举起杯子，说："来，干了这杯！"仰脖喝了个底朝天，放下杯子，说："曹将军，咱俩虽未曾谋面，你的大名早已如雷贯耳。你有勇有谋，治军严整。欲平天下，必是曹将军这样的人。今天我说句满话，我卫家虽不能说富甲天下，在这陈留郡，也算首屈一指的富户豪门，我愿倾其所有，资助你招兵买马。"曹操非常感动，说："谢卫将军！军资我们再议。你一家老小还要过日子呀。"卫兹说："你以为我是一时兴起，说的醉话？没有国哪有家，眼看董卓专断朝政，纵兵劫掠烧杀，我们再不起兵，天下必遭其害，索性豁出去了。"张邈说："卫兹光明磊落，不图虚名，待人挚诚。孟德就答应了吧。只是都挤在陈留也不行，我们本郡的部曲有两万多兵马了。只好在本郡再给你找一个地方当落脚点。"

卫兹想了想，说："我想到一个好地方，就是本郡的己吾县，对，曹将军就把大本营扎在那里。己吾县的县令是枣祗，为人忠厚，也不满董卓，极力拥护张太守起兵，你到那里，他保证欢迎。吃过饭我就将你送到他那里。"望着这位率真热情的好朋友，曹操也不再犹豫，端起酒杯一饮而尽："好，我就在己吾招兵买马，竖起反董卓的大旗。"张邈也高兴地说："我再从本郡征收的军资中，拨出一部分给你。另外告诉枣祗，己吾县的赋税不用上交，就留给你用。"

商议已定，吃过午饭，已是未正时刻，曹操告别了张邈，在卫兹的陪同下，前往己吾。果然像卫兹说得那样，枣祗非常欢迎曹操。曹操见枣祗行止稳重，言谈有条不紊，很快喜欢上了这个比自己小几岁的县令。卫兹将来意说明，枣祗说："我这县衙就是曹将军的大帐，曹将军就住在这里。凡有需要的地方，曹将军尽管吩咐。"当夜卫兹、曹操、枣祗三人就起兵的详细计划，讨论了一通宵。看看天亮，卫兹说："我也该走了，曹将军就动手招募兵马吧。过几天我就把军资给你送来。"枣祗、曹操送出大门，卫兹跨上马，扬鞭催马而去。

为了掩人耳目，不过早地暴露意图，招兵的告示是以己吾县的名义发布的，理由是为了维持当地的治安。告示贴出去以后，曹操立刻写了三封信：一封是告诉自己的父亲，他准备在己吾起兵讨伐董卓，匡扶汉室，为了安全，希望父亲带一家老小来陈留，同时将家中资产变卖，以充军资；另一封是写给夏侯惇、曹洪等人的，告诉他们准备起兵，可前来己吾会合；最后一封是写给卞氏的，告诉她已在己吾落脚，见信后即随来人到己吾来找他。三封信写好后，由枣祗派了两名可靠的吏卒，星夜分投洛阳和谯县而去。

卫兹将第一批物资运来了，有粮食，有钢铁，还有造箭用的箭杆。枣祗很快在当地找了一些工匠，集中起来，昼夜不停地打造刀枪剑戟、弓弩箭矢等兵器。应招的军士越来越多，曹操从中挑选了一些有一定技能的士卒，补充到工匠营赶造兵器，其余的由枣祗从县衙中抽调一些吏卒，临时管理他们。建立一支新军，曹操最缺的是将领和有经验的士卒。张邈和卫兹打算支援一些，曹操考虑到张邈和卫兹的部曲，也是新近才扩编的，便谢绝了张邈和卫兹的好意，决定仿照当初征缴黄巾时的办法，从现有士卒中，选拔一些有能力的来管理部曲。

这天，枣祗正在县衙里忙着调配物资，门上人报："一支近千人的部曲，来到县衙外，说是来找曹将军的。"枣祗迎出来一看，这些人全是百姓打扮，真像是进城来赶集的。偶尔有几支戈戟刀矛等兵器，零星的有人穿戴着盔甲，实在说不上是一支部曲，便问："你们是从哪里来的？"来人说："我们是从谯县来的。"枣祗立刻明白是怎么回事了，将为首模样的几个人迎进大堂，说："请稍候。"一面马上派人去找曹操，一面亲自将这群人，安排到临时搭建的营区里。

曹操正在工匠营忙碌着，一听谯县老家来人了，便连忙赶回县衙，一看是夏侯惇、夏侯渊、曹洪、丁冲等人，非常高兴，说："我日夜盼望，你们终于来了。"夏侯惇说："接到你的信，我们大家就一起商量，全都赞成来找你，于是各自把家中的东西，能处理的全部处理，不能处理的委托人照管，把家门一锁，带着一家老小就赶来了。"曹操说："太好了。我父亲他们没有同你们一起来？"曹洪说："我们原说让伯父与我们一起来的，可他说徐州琅琊郡的太守是他的好朋友，打算带上家人到那儿去躲避。那里远离中原，会更安全一些。所以只有丁、刘两位嫂夫人，带着孩子跟我们一起来了。"夏侯渊说："我们来时，曹伯父因家产还未变卖完，所以暂时留在家中。不过你放心，我们商量让秦邵留下来，帮助曹伯父处理完家产，然后送出谯县城，秦邵再来找我们。"曹操心中埋怨父亲，再耽搁下去，会更加危险。但他没有说出来。

这时枣祗回来，说："带来的士卒，我已安排到临时军营中住下，现正在吃饭。"曹操不解。看到曹操疑惑，夏后惇说："既是起兵，就需要士卒，大家一商量，就在家乡募集了一些，沿途又招募了一些，到了这里，已是近千人的部曲了。"得知他们带来了近千人马，曹操很高兴，将夏后惇等人一一介绍给枣祗。枣祗说："请几位将军也过去吃饭吧。"曹操说："走，咱们一起去看看大家。"

曹操等人来到临时营地，大家正在吃饭，夏侯惇刚要张嘴，曹操阻拦道："不要惊动他们。家眷都在什么地方，我们先过去看看。"枣祗说："我把他们安置在后面的大帐中。"说着带大家来到军营后面，大家一看曹操来了，端着饭碗一起围拢来。大家都相熟，互相也不拘束，愉快地谈笑着。曹操感谢诸位家眷的支持。这时刘夫人怀抱着周岁的曹铄走过来，说："看看你的儿子吧，现在都周岁了，你还没有见过他。"曹操接过来，高兴地朝曹铄脸上亲了一口，曹铄吓哭了。刘夫人赶忙接过来，大家都笑了。丁夫人领着曹昂走过来。曹操摸着曹昂的头说："又长高了，已经十二岁了吧？"丁夫人说："自去年生了曹铄，我和刘氏已经说好，曹昂送给我养，我以后就是昂儿的亲娘了。"看到丁夫人满足的样子，曹操连说："好，好，只要你满意就好。"丁夫人指着旁边的两辆马车说："我们临来时，父亲让把这些交给你，助你起兵。"曹操问："这里面是什么？"丁氏说："这是一些金银财宝。父亲说，他到琅琊还要生活，只能资助你这么多了。"曹操看了看这两车的资财，心里说：这下我明白他为什么要躲到琅琊去了，他是怕我算计他的资财。但依然高兴地说："父亲肯出钱资助我，已经很难为他了。"

夏侯惇等人带来的近千人马，再加上近一个月的招募，曹操手下总共有三千余士卒了。曹操命夏侯惇、夏侯渊、曹洪为军司马，各领一支部曲，然后又抽调一些人组成别营，专门负责警卫、侦查等，由丁冲任司马。这样的安排，使曹操轻松了不少。他抽出时间，专门负责招募士卒和打制兵器，很快部曲已招募到五千人。

这天，曹操与枣祗商议："我打算停止招募士卒。"枣祗不解地问："军资不够了吗？咱们县征收的赋税还有一些。"曹操说："卫兹送来的军资也没有用完。我是想，适当控制一下规模，招的人太多了，自己容易头脑发热，忘乎所以。再者，这五千士卒都是新人，当务之急是如何把他们训练出来，否则只是一群没有战斗力的乌合之众。"枣祗说："曹将军说得对，这训练真是一个大问题。"

两人正在商讨下一步训练的事，这时门吏来报："衙门外来了一支二百来人的部曲，说是找曹将军的。"曹操和枣祗对望了一眼，曹操说："这会是谁呢？走，咱们看看去。"说着二人出了县衙，果然见一支二百人的部曲排列有序，全都是戎装在身，盔甲整齐，戈戟弓箭，装备精良，前面的几匹马昂首挺立，他们虽然风尘仆仆，却依然威武雄壮。正在曹操疑惑不解之际，只见派往洛阳送信的使者跑了过来，指着那几匹马上的人说："曹将军，你看谁来了？"其中一位跳下战马，来到曹操面前，摘下头盔，望着曹操笑着。曹操一下愣住了，这不是卞夫人吗？只见卞夫人一招手，骑在马上的几位全都下马，不等摘下头盔，曹操就认出来了，原来是王必、史涣、丁斐。丁斐的背后背着曹丕，卞夫人赶忙上前，从丁斐的身上解下曹丕，曹操接过来抱在怀中，高兴地说："实在想不到会是你们，太出乎我意料了。"枣祗也闹不清怎么回事。曹操告诉枣祗："这位是我的卞夫人，这几位是我在洛阳时，跟随我的西园新军的将领，这些士卒……"史涣说："都是你的老部下啊。他们都不愿为董卓卖命，得知我们随卞夫人来己吾找你，就跟我们来了。"曹操说："你们来了这么多人，董卓没拦截你们？"王必说："还是卞夫人出的主意，让我们全副武装，说是出来平贼，我们就出来了。"卞氏说："这还是袁术告诉我的方法，说董卓兵马经常打着平贼的旗号出来劫掠，已成家常便饭，他逃离洛阳就是用的这个方法。"曹操问："袁术也逃离京城了？他到什么地方去了？"卞夫人说："他走时说，要往荆州方向，后来就不知道了。"枣祗说："大家一路辛苦了，先让大家休息吧。"曹操说："对，大家先休息。"

卞夫人带来的这二百将士，真是雪中送炭，曹操将他们分到各部曲任军侯、屯长，带领士卒们操练。任命王必为别部司马，协助自己负责整个部曲的训练。史涣、丁斐为军司马，负责工匠营打造兵器。这样一来，新组建的部曲立刻显得井然有序，曹操也从忙乱中抽出身来。

张邈听卫兹说，曹操在己吾的招募进行得很顺利，心里非常高兴，便同卫兹一道，到己吾来巡视。来到己吾后，枣祗迎接住，说："现在兵器打造不出来，这几天曹将军总待在工匠营。"于是在枣祗的带领下，他们一起朝工匠营走去。来到工匠营，却不见曹操的影子，询问一个正在干活的工匠，他抬头望了一圈，便指着远处说："那个光着膀子抡大锤的就是。"张邈似信非信，大家朝工匠说的方向走去。到了跟前一看，果然是曹操，尽管是寒冬，只见他浑身冒汗，抡着大锤在锻打一把刀。曹操也看见了他们，只是笑着点了点头，算是打了招呼。直到这一轮打完，刀坯被工匠重新投入火中，曹操才将大锤交给旁边的一个小伙子，和张邈他们打招呼。张邈说："你怎么干起这些下力的事来？"曹操说："一下招了这么多人，我现在发愁的是，兵器打造不出来。"张邈埋怨说："你是谋划大事的统帅，怎么能干这种具体的小事？"曹操笑说："事无巨细，能为则为。谋划得挺好，士卒们手中没有兵器，怎能上战场？"曹操边说边擦了汗，穿上衣服，说："既然来了，先看看将士们的训练。"张邈说："我这次来，就是看看你的部曲，组建的怎么样了。走吧，你带路。"

一圈转下来，张邈非常满意，没想到仅两个月的时间，曹操就招募了五千士卒，并把这支五千人的部曲调教得有模有样。他们回到己吾县衙，张邈说："刚接到朝廷诏命，废除光熹、昭宁、永汉三个年号，仍恢复中平年号，现在是中平六年。朝廷要求各州郡严防贼乱，我看董卓是不是闻出什么味来了。根据最近得到的消息，关东各州郡大都在悄悄地招兵买马。"卫兹说："听从兖州来的人说，州刺史刘岱的兵马也扩编了不少。"枣祗说："虽然大家都有讨伐董卓的意愿，但是谁也不敢出这个头，占这个先。"张邈看了看曹操，说："孟德打算怎么办？"曹操说："现在已是箭在弦上，下了决心的事，就不能再犹豫。我正在赶造兵器，一旦兵器赶造完毕，立刻举兵起事。"张邈略一沉吟说："好，豁出去了。待你义旗一举，我就首先响应。"几个人就一些细节又做了推敲，吃过午饭，张邈和卫兹就回陈留去了。

第十九章

兴义兵己吾首举事　讨董卓酸枣众会盟

经过连三赶四地打造，曹操这五千将士，终于每人手里都有了一件兵器，身上都穿上了简易的甲胄。此时离过年还有十多天，曹操决定公开起兵讨伐董卓。有人劝说还是等过完年，春暖花开时再起兵。曹操说："不能再拖了，朝廷和百姓都处在水深火热之中，盼义兵如望云霓。"于是曹操一身盔甲，身上披着卞夫人亲手为他赶制的一领绛红色战袍，在枣祗的陪同下，登上在己吾城西门外的演兵场临时搭建的阅兵台。望着台下新打制的戈戟、刀枪，在冬日的阳光下闪闪发光，一股豪气从曹操胸中涌出，他大声说："各位将士，董卓专断朝政，私行废立，鸩杀太后，纵兵抢掠，奸淫烧杀，生灵涂炭，致使人神共愤，国人皆曰诛之。我们奉少帝密诏，从今天起，在己吾首举义兵，为大汉朝除奸讨逆。此乃正义之师，定将所向披靡。望全体将士，效忠朝廷，在讨伐逆贼董卓的战斗中，个个奋勇，人人争先，建功立业，以彪炳史册。"将士们齐喊："讨贼！讨贼！"曹操说："擂响战鼓，出征！"

战鼓咚咚，震天动地。一杆硕大无比的大纛旗在前面引路，这面旗是谯县的家眷们亲手绣成的。当初绣时，曹操就认为太大了，一般人难打起来，这时他看到打着这面旗的，是一位九尺多高的壮小伙子，身材魁梧，步伐稳健。大纛旗迎风招展，旗杆在他手中稳稳地擎着，一看就是个膂力过人的人。紧跟在后面的是一幅大的帅旗，上面绣着一个大大的"曹"字。随后夏侯惇、夏侯渊、曹洪一身戎装，骑着战马，身后分别是各自的令旗及部曲，依次而行。曹操告别枣祗，走下阅兵台，正要跨上战马，这时一个吏卒跑来报告，说："有大约数十人，现在校场外，要见曹将军。"眼看正要出征，在这个当口，是什么人求见呢？曹操把抬起的腿放了下来，命吏卒将他们带来。枣祗不知发生了什么事，也赶快从阅兵台上下来。很快这数十人被带到曹操面前。曹操一看，每个人都持有兵器，再细瞧一个也不认识，疑惑地问："你们是谁，为何要见我？"这些人听问，料知站在他们面前的是曹操，站在最前面的那个人说："曹将军，秦邵你认识吧？我们是秦邵的部下。"曹操一听是秦邵的部下，赶忙问道："秦邵现在哪里？"那人说："秦邵变卖了家产，征召了我们，建起了一支部曲，本打算来投曹将军，说是曹老伯父要到琅琊郡去避难，待送走曹老伯父，就来己吾投奔曹将军。待曹老伯父收拾完家产，装好车，刚把曹老伯父送走，沛国都尉带着吏卒就赶到了，说朝廷颁下诏来，立刻捉拿曹将军，若曹将军不在，要把曹将军一家扣留，解往洛阳。秦邵便率我们阻止吏卒们追赶曹老伯父，双方激战，互有伤亡，秦邵妻战死，秦邵重伤，临断气前，要求我们把小儿秦真送到你手中，托付与你，将他养大成人。"

这时人群中有一士卒，领着一个五六岁的小儿，来到曹操面前。曹操赶忙接了过来，喊道："快把卞夫人请来。"此时谯县来的家眷们，都在校场外为出征的将士们送行，很快卞夫人就跑了过来。曹操把小儿交给卞夫人，说："这是秦邵唯一的骨血，自今天起，交给你抚养，与曹丕等诸儿一样看待，从今后他就是我曹操的亲儿子，改名叫曹真，若有半点疏忽，我绝不答应。"卞夫人说："你尽管放心，我一定把他与曹丕一样看待。"曹操转身对这数十人说："虽然秦邵不在了，你们跟着我，就与跟着秦邵一样。我这就让人给你们换上盔甲，编入部曲。"随即将此情况告诉给了枣祗。枣祗即刻命人取来盔甲，给他们穿上。曹操这才跨上战马，说："部曲已经出征，你们先跟我走。"

曹操率领着这支部曲一路向西，过襄邑，进雍丘，每到一处，大张旗鼓，营造讨伐董卓的声势。张邈接到曹操起兵的消息，在陈留起兵响应，并给在广陵任太守的弟弟张超，去了一封信，要他起兵响应。

这时东郡太守桥瑁闻知曹操起兵，张邈也起兵响应，于是诈称京师三公来信，陈说董卓胁迫三公，朝廷无以自救，期望关东各州郡共举义旗，解除国难。并派人晓喻各州郡，在东郡会合，讨伐董卓。正在观望的关东各州郡，明知三公来信是假，却只当是真，顺势而上，整兵响应。

此时曹操已率部曲来到陈留与张邈会合。面对这喜人的局面，他催促张邈："我们向北，赶快到东郡与桥瑁会合，与各刺史、郡守会盟，共商讨伐董卓的大计。"张邈沉思道："我们首倡义举，各牧守应来陈留会盟。"曹操说："桥太守以三公之名，已晓喻各州郡在东郡会合。"张邈说："我们派人告知各州郡，让他们到陈留来。"曹操说："在哪里都一样。"张邈说："这可不一样。我们是首倡，在陈留会盟，我们就会占主动。"曹操想了想说："据说有的州郡已向东郡行动了，不如我们让大家都在酸枣会合。这里紧邻东郡，又是陈留的地盘，大家也不跑冤枉路。"张邈想了想，说："就按你说的，我们在酸枣县会合，我这就派人告知各州郡。"曹操说："事不宜迟，我为先锋，即刻向酸枣进发。"张邈说："好，我随后就率兵马跟进。"

曹操率兵马离了陈留，转向酸枣进军，路过中牟，便前往县衙去见杨原和任峻，然而只见到了任峻。任峻说："得知曹将军在己吾起兵，我便表奏杨原代为河南尹，举郡响应，杨原也征拜我为主簿，准备征召兵马。谁知杨原事到临头，却胆小怕事，弃官而去。我只好与同郡张奋商量，率我们自己的宗族宾客数百人去投奔你，正要起身，没想到曹将军这么快就到了中牟。"曹操说："人各有志，不必勉强。杨原弃官而去，虽然可惜，也就由他去吧。我任你为别部司马，张奋为军候，咱们现在就去酸枣，与各位郡守会合，参加讨伐董卓的会盟。"任峻与张奋便率聚集的几百人马，随曹操前往酸枣。

曹操率部曲来到酸枣，扎下营寨，此时已进入正月，天气仍然很冷。两天后张邈和桥瑁各率本郡兵马来到酸枣，也都扎下营寨。很快，济北相鲍信也率兵马赶到，见到曹操，高兴地说："得知你在己吾起兵，我立刻响应。咱们终于又见面了。"曹操说："你现在是国相，兵马强壮。"鲍信说："就像当初在洛阳分手时说的，只要你需要，我的兵马随时听从你的调遣。"随后豫州刺史孔伷、兖州刺史刘岱、袁绍的族弟山阳太守袁遗，陆续率各自州郡的部曲来到酸枣。他们的营寨刚扎好，张邈的弟弟张超，也率本郡部曲，从广陵赶来。一时间，酸枣聚集了十几万兵马。

这时，袁绍派人来，说他已率渤海郡的部曲，进驻河内，同河内太守王匡、冀州牧韩馥会合，准备从北面进攻董卓。此时张扬会同南匈奴单于於夫罗也到达河内——这张杨字稚叔，云中人，本是丁原帐下一裨将，受丁原所遣，回云中招募兵马，回来时得知丁原被杀，便留上党。南匈奴单于於夫罗，因内部反叛被逐，率其兵马与白波黄巾会合。二人见关东结盟，也投到袁绍帐下，共同讨伐董卓。河内聚集兵马近十万。得知此消息，大家更是群情振奋。各刺史、太守、国相相聚一堂，共商讨伐董卓的大计，决定成立关东联盟，统一协调各州郡的部曲。

那么，由谁做盟主呢？豫州刺史孔伷提议："韩馥是冀州牧，地位当在各位之上，应推举为盟主。"鲍信提议："袁氏一族四世三公，门生故吏遍布朝野，便于号召天下。而袁绍本人又曾任中军校尉，统率西园新军，兼任司隶校尉，在朝堂第一个反对董卓，被迫出走京师，所以应推举袁绍为盟主。"大家听了鲍信的提议，觉得在理，再加上大多数守相都是袁绍故旧，于是便一致同意，遥推在河内的袁绍任盟主。

正当大家紧锣密鼓地筹备会盟大会的时候，闻知袁术、刘表、孙坚也在荆州起兵。原来，自孙坚跟随朱俊将军，平定了南阳黄巾之乱后，颇受朝廷青睐。边章、韩遂在凉州作乱，中郎将董卓讨伐无功，灵帝遣司空张温代理车骑将军，前往凉州征剿边章、韩遂。张温知孙坚英勇善战，奏请孙坚参其军事，同赴凉州平贼，灵帝准奏。张温到了凉州后，董卓像当初对待卢植一样，根本不服从张温调遣，此举惹恼了孙坚，力劝张温："董卓不服罪，且傲慢犯上，依军法当斩之。"张温说："董卓素著威名于陇蜀之间，今日杀之，讨伐边章韩遂依靠谁呢？"孙坚说："明公亲率王兵，威震天下，何必依赖董卓。吾观董卓有三罪：不尊敬明公，轻上无礼，一罪也；边章韩遂跋扈经年，当以时进讨，而董卓云未可，沮军疑众，二罪也；董卓授任无功，应召稽留，而轩昂自高，三罪也。有此三罪，应斩之示威。"然而张温终不忍下手。后来此事外泄，董卓闻知，与孙坚结下冤仇。不久，长沙区星自称将军，聚众数万，攻城拔地，灵帝急任孙坚为长沙太守，平定区星叛乱。孙坚到长沙后，不仅很快平定了区星的叛乱，连零陵周朝、桂阳郭石的叛乱，也全部剿灭。三郡安定，灵帝大喜，敕封孙坚为乌程侯。

孙坚在长沙得知董卓专权，私行废立，不禁大怒："昔日张公若听我言，朝廷今无此难也。"遂起兵讨伐董卓。路过州治江陵时，遭到荆州刺史王叡的阻拦，孙坚怒而杀之。一路招兵买马，来到南阳时，兵马已达数万。欲说服南阳太守张咨一同起兵，并向其要军粮。张咨说："你是长沙太守，按纲纪军粮不应由南阳出。"连面也不愿见。孙坚欲绕过南阳，又恐有后患，于是诈称得急病，欲将部曲交付张咨。张咨贪利，前往探视，被孙坚斩杀，遂占领了南阳。

恰在此时，孙坚听说后将军袁术到了鲁阳，于是亲到鲁阳，将南阳郡交与袁术。袁术自逃出洛阳，奔向荆州，正不知在哪里落脚，意外得了这么一份大礼，便表奏孙坚为破虏将军，一应军需物资由袁术供给。

自荆州刺史王叡被孙坚杀了后，董卓听从周毖、伍琼的建议，表奏刘表为荆州刺史。谁知袁术不满足仅领南阳太守，想独霸荆州，得知刘表要来主政荆州，便暗中联络各郡太守、县令长，欲阻止刘表上任。刘表闻讯，绕道到了襄阳，联络荆州当地豪强蒯良、蒯越两兄弟，及襄阳人蔡瑁，很快控制了荆州。袁术见事已至此，碍于刘表与哥哥袁绍是好朋友，大家关系也一直不错，就只好默认了。

当曹操己吾起兵，关东各州郡纷纷响应，袁术和孙坚非常高兴，联络刘表，也起兵响应，愿与关东各郡组成联盟，共同讨伐董卓。这样北有袁绍集团，东有酸枣集团，南有袁术集团，关东联军共计三十余万大军，基本上对董卓形成了包围。剿除董卓，重振朝纲，指日可待。于是大家赶忙建坛场，选吉日，共同盟誓。

既然讨伐董卓，就要师出有名，那么讨伐董卓的檄文由谁来主笔呢？大家互相谦让，实际上都不愿出这个头。张超说："我举荐一人，就是我的主簿臧洪。"张邈说："我听说你身为一郡太守，政教威恩，不由你出，一任郡事，动辄交由臧洪，这臧洪何许人也？"张超说："臧旻大家都知道吧？"袁遗说："知道，曾任中郎将，中山、太原两郡的太守，文武全才。"张超说："这臧洪就是臧旻的儿子，曾举孝廉，任即丘县长，因不满董卓，便弃官还乡，回到广陵，被我征召为主簿，力劝要我征召郡兵讨伐董卓，说：'今王室将危，贼臣未枭，此诚天下义烈报恩效命之秋也。'自我兄长张邈给我去信，得知曹将军首举义兵，便催促我前来会盟，共诛国贼。此人才略智数，在我之上，我甚爱之。我即刻把他请来，大家熟悉一下。"说着起身出去，不一会儿臧洪随张超来到。众人一看，臧洪体魄魁梧，一身正气，与大家见过礼，坐在张超旁边。大家与之交谈，果然气度不凡，不约而同说："干脆宣读檄文，也由他一人完成。"

吉日这天，在酸枣的各刺史守相齐聚坛场，臧洪手捧大盘，登上盟坛，举行歃血仪式，然后宣读讨伐董卓的檄文："汉室不幸，皇纲失统，贼臣董卓，乘衅纵害，祸加至尊，虐流百姓。大惧沦丧社稷，翦覆四海……"历数董卓罪行，语气慷慨，涕泪俱下，所有将士，无不义愤填膺。最后宣读盟誓："车骑将军司隶校尉渤海太守袁绍，东郡太守桥瑁，后将军袁术，陈留太守张邈，冀州牧韩复，河内太守王匡，豫州刺史孔伷，兖州刺史刘岱，广陵太守张超，山阳太守袁遗，济北国相鲍信，荆州刺史刘表，长沙太守孙坚，奋武将军曹操等，纠合义兵，共赴国难。凡我同盟，齐心勠力，以致臣节，殒首丧元，必无二志。有渝此盟，俾坠其命，无克遗育。皇天后土，祖宗明灵，实皆鉴之！"臧洪宣读完毕，各路人马，莫不激扬。随即遥拜袁绍为州郡盟主、关东联军统帅。最后又宣读了袁绍接受大家推举的来信，信中勉励大家，同心协力，为国尽忠。由于曹操不接受董卓表奏的骁骑校尉一职，袁绍在信中表奏曹操为奋武将军。

关东各州郡的牧守国相会盟，推举袁绍为盟主，成立关东联军，发布檄文，要征讨董卓，恢复少帝刘辩的皇位。消息传到洛阳，董卓大怒："我先把弘农王刘辩杀掉，看他们还如何恢复少帝。"于是亲自下令，鸩杀弘农王刘辩。这时集结在河内的袁绍，闻知弘农王刘辩被董卓鸩杀，拍案而起，令王匡为前锋，挺进到黄河北岸的河阳津，自己率大军随后跟进，从此处渡过黄河，进攻洛阳，征讨董卓。董卓派遣中郎将胡轸，率兵马前往应战。胡轸颇有计谋，派出疑兵，大张旗鼓要渡河进攻河阳津，却将主力悄悄从小平津渡过黄河，绕到河阳津王匡部曲的后面，出其不意发动了袭击。王匡措手不及，遭到惨败，只好退回河内。袁绍从此不敢冒进。而胡轸却牢牢控制住了河阳津。

这时董卓获悉，颍川太守李旻与酸枣联军暗中勾结，欲起兵响应联军，便命中郎将徐荣，率兵马讨伐。李旻虽然顽强抵抗，毕竟寡不敌众，伤亡惨重，与数百名残兵败将一起被俘，被押往洛阳。董卓命人将李旻在洛阳闹市区，用大锅烹煮致死，然后将捕获的士卒，用猪油浸过的布层层包裹，倒立在地上，从上面点燃，像蜡烛一样烧死，以儆效尤。洛阳居民不忍围观，掩面而泣。

自河内王匡的部曲在河阳津遭到大败，颍川太守李旻起事失败，被董卓烹煮后，袁绍下令："董卓兵强凶残，关东联军各部曲，不可轻举妄动。"酸枣集团的各部曲本来以李旻为内应，相约共同起兵，没想到李旻事泄被烹煮，手下士卒被点了天灯，皆感到恐慌，接到袁绍的命令后，乐得按兵不动，屯守酸枣。

而董卓为了大造征剿关东联军的声势，亲率部曲，声势浩大地发兵东征，要与关东联军决战。部曲走到颍川郡的阳城县，见县城里正在举行春会，集市上买卖兴隆，人声鼎沸，各种杂耍表演，引来阵阵喝彩声。偌大县城摩肩接踵，人流如织。董卓下令包围集市，将所有男子砍头，将被砍的头颅挂在掠夺来的牛车上；集市上的所有财物洗劫一空，连同妇女装在牛车上，声称征剿关东联军大获全胜，然后凯旋。走到洛阳开阳门，将带回来的人头堆积在开阳门外，浇上油膏，一把火点燃，其状惨不忍睹，所获妇女分给将士为婢妾。京城百姓及百官，目睹此状，个个心惊肉跳。

正当董卓在洛阳滥施淫威的时候，接到他的女婿牛辅自河东郡送来的告急信，说："白波谷黄巾郭太等人聚众已达数万，征剿屡次失败，现势力已发展到弘农，请求派兵马支援。"望着牛辅的告急信，董卓阴沉着脸，半天没有发声。关东联军三十万兵马分北、东、南三面已将它包围，原想万一关东联军来攻，抵挡不住可以退往关中。谁料想白波黄巾又渐渐坐大，如果牛辅失利，那就切断了自己与西凉的联系，他就一点退路也没有了。思虑再三，他一面下令牛辅控制住河东郡和弘农郡，以确保与关中的联系，一面决定将献帝刘协迁往长安，然后放手与关东联军一搏，万一失败，退入潼关，凭借潼关天险，可以确保关中地区万无一失，朝廷就还在自己的掌握中。打定主意，他便在朝堂上提出："关东联军反叛，洛阳势危，因崤函险固，国之重防，应徙都长安。昔高祖都关中，十一世后中兴，更都洛阳。从光武至今复十一世。据《石苞室谶》所说，宜复还都长安。"司徒杨彪反对说："迁都改制，天下大事，皆当顺民之心，随时之宜。昔盘庚五迁，殷民胥怨，故作三篇以晓之。往者王莽篡逆，变乱无常，更始、赤眉之时，焚烧长安，残害百姓，民人流亡，百无一在。光武帝受命，迁都洛阳。此其宜也。如今刚立新主，正欲振兴汉祚，而无故捐宫庙，弃园陵，恐百姓惊愕，不解此意，必麋沸蚁聚，以制扰乱。《石苞室谶》妖邪之书，岂可信用。"董卓说："百姓小民，何足挂齿。若有不从，我以大兵驱之，岂能阻碍。"太尉黄琬说："海内动之甚易，安之甚难。又长安宫室败坏，不可卒复。"董卓说："武帝时居杜陵南山下，有现成瓦窑数千处，引凉州材木东下，以作宫室，为功不难。"黄琬、杨彪还待要辩，董卓说："公欲沮我计邪？"于是下令，当场罢免黄琬的太尉，杨彪的司徒一职。

太傅袁隗说："关东地区物产丰富，百姓富足，随意迁都，自乱阵脚。"董卓说："关中肥饶、故秦得并吞六国，今迁往西京，假如关东豪强敢有反对者，以我强兵之势，可把他们赶下东海。"然后略一沉吟，话锋一转："我差点忘了，袁绍袁术就是你的亲侄子。当初我看在你的面子上，任用他们。现在这两兄弟领头造反，不是这两个逆贼，我何以迁都？如今你故意阻挠，是打算与这两个逆贼里应外合，谋我董卓人头乎？我先把你袁氏一族斩草除根，方泄我心头之恨。来人，将袁隗、袁逢、太仆袁基及袁氏宗族一并诛杀，这就是袁绍、袁术起兵反叛的结果。"

这时，尚书周毖、城门校尉伍琼赶忙劝阻道："袁氏一族四世三公，门生故吏遍布朝野，贸然诛杀，恐失民心，请相国三思。"董卓开口骂道："我正要与你二人算账！当初我异常信任你们，你们建议我为陈蕃窦武平反，任用党人，举荐名士，我一一照办。冀州牧韩馥、豫州刺史孔伷、兖州刺史刘岱、河内太守王匡、陈留太守张邈、东郡太守桥瑁、济北相鲍信、荆州刺史刘表，这些人哪一个不是听你们的举荐任命的？当初袁绍逃跑时，我打算追捕他，你们说要安抚他；曹操逃跑后，我要抓捕他的妻儿，你们说不要逼反他，我全都照着做了。现在他们联合起来反对我，你俩怎么解释？"董卓越说越气，"看来你们两人是他们的内应，与他们串通好了，他们的会盟，你两人定然知晓，今天不杀你俩，难解我心头之恨。"于是下令将周珌、伍琼，连同袁隗、袁逢等袁氏宗族五十多口全部斩首。

朝堂上公卿大臣一看今天的阵势非同一般，吓得没人再敢谏阻，迁都之事便算议好通过。

故土难离，洛阳的百姓谁都不愿意迁往长安，尤其是那些富家豪门，资财都在洛阳，更不愿迁徙，董卓随便给他们安了个罪名，将他们诛杀，资财予以没收。吓得富豪们赶紧收拾行装动身，带不走的财物全部丢弃不要了。董卓为了断绝人们返回洛阳的念头，亲自指挥士卒焚烧了南北两宫、寺庙、府库和百姓的房屋，整个洛阳城焚烧毁坏殆尽，一片狼藉，惨不忍睹。又派士卒将洛阳周边二百余里的村庄损毁。待献帝、公卿大夫及洛阳数百万口百姓，被董卓的士卒强行押着上路后，董卓坐镇罩圭苑，命胡轸沿黄河布防，阻止袁绍南下。又派徐荣在荥阳一带布防，阻止酸枣集团西进。命吕布镇守武关一带，以防袁术集团北进。为筹措军资，又亲自指挥士卒，将公卿大臣、富家豪门陵墓中的珍宝洗劫一空，连皇家陵墓也不放过。以至尸骨暴露，任风吹雨打。董卓摆开阵势，要与关东联军决战。

关东联军闻知袁氏在洛阳的宗族被诛杀殆尽，纷纷派人前往河内安慰袁绍，希望袁绍节哀。袁绍重孝在身，哭倒于地，发誓灭族之仇，一定要报。当得知董卓已挟持朝廷和京师百姓西迁，洛阳为之一空，便说："刘协乃董卓私立，我们不予承认。既然他被董卓挟往长安，我们正可趁此机会，拥立新帝。因少帝刘辩已被董卓鸩杀，我们就立幽州牧刘虞为帝，重建大汉朝廷，与董卓分庭抗礼。"

袁绍的这一打算，立即遭到了大多数守相的反对，他们认为，既然少帝刘辩已被鸩杀，刘协已继任大统，就要遵从现实，不宜再立新帝，以致汉室分裂。袁绍见大家反对，便不置可否，此事就被搁置下来。自此驻扎在酸枣的各郡国守相、部曲首领聚在一起，每日推杯换盏，高谈阔论，一提到董卓个个义愤填膺，咬牙切齿，恨不能食其肉，嚼其骨。但一说到何时出兵讨伐，便人人畏战，顾左右而言他。这天，曹操实在看不下去了，说："举义兵以诛暴乱，乃大众自愿聚合，诸君为何仍犹疑不定？起初董卓手中持有天子，占据京城，虽以无道横行，我们还有所顾虑。今焚烧宫室，劫迁天子，海内震动。此天亡之时也，一战而天下定。此机不可失矣！"桥瑁说："袁氏一族被诛，袁绍又是盟主，尚且观望，何况我等。"曹操说："我等皆食汉禄，当为朝廷着想，既已举义旗，自当义无反顾。"桥瑁说："奋威将军求战心切，可否作为全军先锋，率先出兵，我等大军随后跟进。"其余各守相随声附和："桥太守所说极是，待曹将军先行出发后，我们各自率各部兵马，随后出征。"曹操说："既如此，我即刻整兵出征。"说完，辞别众人出了大帐。

张邈随后跟了出来，说："孟德留步。董卓的西凉兵残暴成性，河内的兵马曾吃了大亏，现在董卓又调集重兵欲与我决战，咱们联军谁都不愿出这个头。如今你手下仅五千之众，大家估计你不会出兵，才有意这么说。"曹操说："孟卓兄，大家互相推诿，照此耽搁下去，终究不是办法。我先行动，给大家做个表率。"正说着，鲍信从大帐里出来，说："我率自己的两万兵马，跟随孟德一块行动。"张邈说："既如此，我让卫兹率领他的三千兵马，跟随你们行动。待你们走后，我就督促大家出征。"

曹操以极快的速度集合完部曲，鲍信和弟弟裨将军鲍韬，也整装完毕。卫兹受张邈指派，率本部三千兵马加入了出征的行列。只见校场上鼓声阵阵，旌旗飘扬，群情振奋，斗志昂扬，感染了所有在场的人。各郡国守相向曹操、鲍信、鲍韬、卫兹诸将保证："你们先行一步，明天各部曲一起出兵，共讨董卓。"

曹操、鲍信、鲍韬、卫兹率兵马，一路向西，昼行夜宿。这天傍晚，眼看快到荥阳城，曹操说："据斥候报告，董卓的兵马就在荥阳一带设防，我们要提高警惕。"正说着，斥候来报："前面就是汴水，西岸发现董卓的兵马。"曹操立刻命令停止前进，扎下营寨，派出斥候再探详情。很快斥候回来报告："前方发现的是董卓大将徐荣的部曲，人马数倍于我。"曹操说："两军近在咫尺，趁他们现在毫不知觉，我们发动突袭，先打乱他的阵势，待后面大队兵马赶到，就可以一鼓作气，全歼他们。"鲍信说："快派人通知后面的大队人马，他们离我们仅一天的距离，完全可以赶上来。"曹操说："我与鲍信将军悄悄渡过汴水，发动突然袭击，我们的兵马不多，行动必须快速猛烈。卫兹将军留在河东岸，接应酸枣大队人马到来。"

一声令下，兵马乘夜色潜过汴水，扑向敌军。徐荣丝毫没有准备。面对这么猛烈的进攻，他的部曲惊慌失措，丢盔弃甲。双方激战一夜，待天色微明，徐荣发现关东联军的兵马并不多，于是很快便稳定住军心，开始反击。曹操勉励大家："我们的大队兵马很快就会赶到，这次我们一定可以取得一个大胜利。"将士们纷纷表示："坚决和敌人战斗到底，一定等援军赶到！"留在河东岸接应大队人马的卫兹，迟迟不见援军到来，派了几批快马赶回去催促，都杳无音讯。听着河西岸的喊杀声，卫兹再也待不下去，立刻渡河参战。曹操以为援军赶到，与鲍信一起，鼓励将士们再接再厉。将士们群情振奋，奋勇杀敌。

第二十章

战徐荣卫兹捐躯　下扬州曹操募兵

经过两天的厮杀，徐荣将曹操他们紧紧地包围住。此时又是傍晚，双方的兵马都累了，战场也趋于寂静。曹操闷坐在那里思考着——按说，各位守相应诺第二天出征，和他们也就是差一天的路程，大队兵马早就应该赶到。可现在已经两天了，援军一点消息也没有。鲍信望着一语不发的曹操，担心地说："别是他们根本就没有离开酸枣？"曹操点点头："这正是我所担心的。"卫兹说："我派出去的几批快马，很可能赶往酸枣去了。如是这样，那可什么都晚了。"卫兹也气愤地骂了起来。

曹操说："看来我们不能再傻等了，得想办法突围，否则就会全军覆没。"鲍信说："今天晚上必须突出去。"曹操说："我率所部兵马，先向西进攻，把敌军的注意力吸引到西边，然后鲍信将军和卫兹将军，你们两支兵马合力从东边突围。"卫兹说："我率所部兵马向西进攻，掩护你们向东突围。"曹操说："不必再争了，你们突围后，立刻渡过汴水，向东撤退。也许酸枣的大队人马正往这里赶，你们争取早点与他们会合。""那么你呢？"卫兹问。曹操说："待你们突围后，我趁着夜色，再折向南边突出去。"卫兹和鲍信还要争着担任掩护，曹操说："不要争了。谁也不敢肯定，哪边就一定好突围。谁能突出去都是胜利。记住，待我动手后，你们再行动。"

初夏的天气，夜晚还有些许的凉意，看看已是亥时，敌军已经进入梦乡，营帐外巡逻的士卒，在篝火间穿行着。曹操率领人马，突然向西发起进攻，夏侯惇挺起长枪，纵马冲向敌军营寨；夏侯渊挥动大刀，战马一声嘶鸣，跃入敌军营寨；曹洪一抖缰绳，紧随曹操杀入敌人营寨；王必、史涣，丁斐、也各持兵器，杀入敌人营寨，喊杀声在夜空中回荡。徐荣接到曹操向西进攻的消息，急忙披挂整齐，下令："一定要堵住关东联军！"双方激战。这时鲍信和卫兹率兵马向东突去，很快东边又响起了喊杀声。徐荣一看不好，又赶快调兵增援东边。这时已是子夜时分，双方的兵马绞杀在一起，渐渐地，东边厮杀声弱了下去，曹操命令兵马暂停进攻，清点人数，剩下不到一半人马。曹操说："鲍将军和卫将军估计已经突出去了，我们吸引西凉兵马的目的已经达到，现在我们转向南进攻，突出包围后，再折向东。夏侯惇、夏侯渊，你二人率部在前边开路，我和曹洪断后。"夏侯惇、夏侯渊不同意，说："曹将军先行；我二人断后。"曹操说："现在没时间争论。快，你们先行动。"曹操的话语异常坚定，根本不容许反驳，夏侯惇、夏侯渊只好率本部兵马掉头向南突围。

　　曹操率曹洪所部断后。徐荣的兵马紧紧咬住不放，这时突然冲来一股敌军，一下围住了曹操，一阵拼杀，曹操小腿负伤，马被砍死。曹操摔在地上，敌兵一拥而上，曹操想："临死再拉两个垫背的。"挥起宝剑，两个敌军倒在剑下，这时又涌上来几个敌军，正在危急时刻，曹洪飞马赶到，一阵猛杀，敌军稍退，翻身下马将曹操救起，将马让与曹操，曹操坚辞。曹洪急道："天下可以没有我曹洪，绝不能没有你。"说着，将缰绳递到曹操手中，架着曹操的双腿，趁势朝马上一扛，不等曹操坐稳，便将手中的大刀朝马屁股一拍，随后舞动大刀将围上来的敌兵杀退。看看曹操的马已跑远，调转头且战且退。

　　曹操在马背上狂奔了一段路，后边的追兵越来越远。曹操停下马，向后望去，这时战场上的厮杀声渐渐沉了下去。曹操不知夏侯惇、夏侯渊现在是否已突出包围，曹洪也不见踪影，他不能丢下曹洪，正要返回去寻找，这时黑暗中见一个人影朝这边奔来，那身形非常熟悉，他喊了一声："子廉！"曹洪应声来到面前："你怎么还在这里？快走！"两人折向东，夜色越来越浓，已是后半夜的寅时，一条河拦在了面前，曹操说："这是汴水，只要我们过了汴水就安全了。"因曹操腿部负伤，不便涉水，曹洪让曹操在河边稍等一会儿，便顺着河去找船，正是老天有眼，不大功夫，曹洪就找到了一只小船。船家得知是讨伐董卓的，便毫不犹豫地将曹操、曹洪和战马一起渡过了河。

　　此时天色微明，徐荣手下的将领建议乘胜追击，直捣酸枣。徐荣坚决拒绝，说："曹操所率兵马这么少，尚死战两天一夜，酸枣是他们的大本营，那里有十几万兵马，不是我们进攻他们，而是要防备他们进攻我们。为了防止关东联军报复，我们的部曲要撤往成皋，在汜水凭虎牢关天险坚守。"于是率兵马退往虎牢关。

　　曹操见后面并无追兵，松了口气，搜罗了残兵败将，向东撤去。走没多远，与夏侯惇、夏侯渊相遇，见二人浑身是血，吃惊道："二位受伤了？"夏侯惇、夏侯渊一愣，旋即大笑："身上的血都是西凉将士的，我二人毫发未损。"随即合兵一处，清点人数，五千将士此刻剩下不足一千人，且大都伤痕累累。

曹操率领着战后余生的士卒，缓缓向东行进着，沿途又碰到了一些卫兹、鲍信部曲掉队的士卒，曹操向他们打听卫兹、鲍信的情况，有的说两人已向东撤退，有的说两人已战死，有的摇头说不知道。曹操心情沉重，命人将这些掉队的士卒收拢起来，大家继续向东撤退。这时已近中午，见前面一支部曲缓慢地行走着，曹操料定不是卫兹就是鲍信，令将士们加快脚步追上，渐渐地看清帅旗上那个大大的"卫"字，曹操心中一阵高兴："那是卫兹的部曲，大家再加把劲，赶上他们。"

终于追上了卫兹的部曲，曹操骑在马上高喊："卫将军，请等一等。"然而却不见卫兹的身影，正待要问，只见几个士卒抬着一块木板，上面躺着一个人。将士们说："曹将军，卫将军在突围时身负重伤。"曹操赶忙下马，拖着伤腿一瘸一拐扑了上去，只见卫兹已经昏迷，曹操命抬木板的士卒赶紧放下，说："这样不行，必须想方法救治。"士卒说："到哪找大夫啊。"曹操说："这儿离原武不远了，我马上派人到那儿找大夫。"然而当大夫赶到时，卫兹已经停止了呼吸。曹操望着卫兹，眼泪在眼眶里直打转。

由于找不到棺材，只好将卫兹的战袍解下来，盖着遗体，由士卒们抬着，继续向前。看看天色将晚，见一处营寨，派人前去打探，很快回报："前面是鲍信的部曲。"曹操赶忙纵马向前，快到营寨时，一人骑马迎来，问："来者可是曹将军？我家鲍将军在大帐等候。"曹操心中一块石头落了地：这至少说明，鲍信将军安然无恙。进了大帐，却见鲍信斜靠在那儿，脸色苍白，朝曹操点了点头。曹操心中一沉："鲍将军这是……"鲍信说："受了点伤，不过死不了。"曹操未见鲍韬，问："鲍韬将军呢？"鲍信指了指外面，曹操要去看，鲍信说："曹将军也负伤了，我看你腿脚不便，不用去看了。"曹操不听，到外面，看一辆牛车上用战袍盖着一个人，一个士卒告诉曹操："这就是鲍韬将军。"曹操已明白怎么回事了。掀开战袍，只见鲍韬浑身的血已凝固，嘴唇微张。曹操靠在牛车上，头疼得像要裂开一样，他被人扶着回到帐中。鲍信说："我之所以在此扎下营寨，就是在等你和卫兹将军，见不到你们，我不放心。"曹操说："卫兹将军已战殁了。"鲍信一愣，苦笑了一下："身为将领，为国捐躯，也算死得其所吧。""可他们是不该这样死的啊。"曹操痛苦地说。

第二天，鲍信坚持乘马，曹操骑着马陪伴在鲍信身边，两辆牛车分别拉着鲍韬和卫兹的遗体，大家默默地退往酸枣。

酸枣，关东联军的大帐内，各部曲首领正在争论，究竟谁应当先出兵增援曹操他们。自从连续接到卫兹派来催促兵马赶快增援的要求，他们为此事已经争论好几天了，这时桥瑁说："这两天听不到再来人催促我们了，恐怕不用增援了吧。""是不用增援了，我们已经回来了。"随着声音，只见曹操拄着一根棍子，瘸着腿进了大帐，盔甲上满是发黑的血迹，大家吃了一惊。豫州刺史孔伷说："曹将军快请坐，我们正在商讨怎么增援你们。"曹操冷笑一声，望了望他们面前的几案上摆满的美酒佳肴，用棍子一指，说："你们当初向我们保证，在我们起兵的第二天就率兵马跟进，真没想到，到现在还在商量怎么出兵。难道我们举义兵，凑在一起，就是来这里把盏空谈的吗？"张邈问："卫兹将军呢？"不知谁也跟着问了声："鲍将军呢？"曹操用棍一直外面："你们自己去外面看看。"大伙慌忙起身，来到大帐外，只见鲍信将军因失血过多，无力地伏在马背上。两辆牛车上，鲍韬将军和卫兹将军躺在那里，分别盖着各自平日穿的战袍。曹操指着牛车说："如果你们信守诺言，及时赶到，他们怎么会躺在这里？我们怎么会遭受这么惨重的损失？鲍信将军的两万多兵马，如今仅剩不到万人左右。我和卫兹将军兵马，也各自剩了不到一千人。如果你们及时赶到，也许此刻我们正在成皋或汜水虎牢关弹冠相庆呢。"各郡国守相面面相觑，不知该怎样回答。

在曹操的强烈要求下，联军选最好的木材，赶制了两口上好的棺材，举行了隆重的入殓仪式。张邈派专人将卫兹的灵柩送回襄邑老家安葬，并将卫兹的部下并给曹操，算是对曹操的补偿。

鲍信也携带着鲍韬的灵柩，回泰山安葬。临走前他劝曹操："在这里已经没有意义了，你随我一起回济北吧。"曹操说："大家聚在一起结盟不容易，我还想劝劝他们，实在不行，袁绍还能以盟主身份号令他们。"鲍信说："当前奸臣乘衅，荡覆王室，英雄奋节，天下响应者，义也。今袁绍为盟主，不愿承认刘协为帝，一心想立刘虞，眼看又将生乱也，我料其是另一个董卓。现在我对袁绍已不存幻想。"曹操说："袁氏一族被杀，必欲复仇，讨伐董卓，他应该是积极的。"鲍信说："这次遭受如此惨败，你仍能满怀信心，我看将来能拨乱反正，匡扶汉室者，必曹将军也。袁绍虽强，苟非其人，早晚你与他也要分道扬镳。若如此，你可占据大河以南，以待其变。就此分手吧，你要多加保重，如需要我，派人来说一声，我一定前来相助。"曹操说："鲍将军回去，好好养伤，我们后会有期。"鲍信告辞，登上车，率本部兵马，回济北养伤去了。

曹操的腿伤经过精心医治，很快便痊愈了。而驻守酸枣的各位郡国守相，每日聚会饮酒，高谈阔论，却从不提出兵讨伐董卓的事。曹操心中焦急，在会上屡次要求大家出兵，诸位守相依然是顾左右而言他。张邈劝曹操："你没看出来吗？大家谁也不想出兵。自从卫兹、鲍韬战死，你和鲍信惨败负伤，他们更不敢提出兵的事了。现在大家都以讨伐董卓为借口，拥兵自重，光复汉室在他们心里早已不重要了。我想，与其这样虚耗下去，还不如率部曲回陈留。"曹操说："孟卓兄怎能泄气？大家聚在一起，共举义旗，要是就这样散了，大汉朝也就完了。"张邈说："可各守相为了保存实力，不愿与董卓正面交锋。"张邈的这句话，触动了曹操。经过认真的考虑，曹操在联军的会议上，提出了折中的方案，他说："上一次我们虽然打了败仗，但也让徐荣感到恐慌。他主动放弃关东大片地盘，退到虎牢关，就是证明。我们把兵马推进到成皋一线，占据轘辕、太谷等关，控制住敖仓，切断它的粮道，再由袁绍率河内的兵马，进军黄河岸边的孟津，在北面威胁董卓。另外联系袁术将军，让他率驻扎南阳的部曲，向北经丹水、析水、武关，以震三辅。我们皆高垒深沟，不与其交战，只保持这种大兵压境的态势，就会提振关中文武百官和百姓的信心，然后再设法联系驻守关中扶风的皇甫嵩将军，京兆尹盖勋等人，里应外合，以顺诛逆，就一定能剿灭董卓。"

曹操本以为这个建议一定会得到大家的支持，然而没想到大家反应冷淡，竟无人响应。曹操气愤地说："今兵以义动，我们以顺讨逆，正应奋勇向前，现在却持疑而不进，大失天下之望，我真为诸君感到羞耻。"

曹操回到自己的帐中，立刻给袁绍写信，信中详细讲述了自己的谋划，希望袁绍以盟主的身份，命令各部曲开始行动。袁绍很快回了信，信中说：讨伐董卓是件大事，当从长计议，劝曹操冷静，且不可像前次那样冲动。曹操气得将信摔在一旁。此刻袁绍若在眼前，他一定要质问袁绍：什么是冷静，什么是冲动？

酸枣联军的大帐内，依然是推杯换盏，依然是高谈阔论。曹操已经好几天没有去大帐了，他觉得联席会议早已变了味，成了宴席会议。大家在一起坐而论道，已经毫无意义。可离开这里自己又能干什么呢？虽然张邈将卫兹的余部交给了自己，可连同自己剩下的兵马，总共也不到两千人。要想讨伐董卓，必须得有实力，这就要扩充兵马，可关东地区的刺史守相都在这儿，在他们的地盘上招兵买马，必困难重重。他召集手下部将，把自己的想法告诉了大家。曹洪说："这有何难，我在蕲春任县长时，现扬州刺史陈温时在江夏，我与他关系甚好，不如到扬州募兵，陈温一定会帮助我们。"大家觉得曹洪的主意不错，都很赞同。曹操决定动身前往扬州募兵。

临走前，他向张邈辞行。张邈说："咱们关东地区经董卓这一闹腾，百姓大量流失，招募新兵确有困难，只是扬州离得远了点。"曹操说："此去扬州，招到兵马我即返回。你代我向各刺史守相告声别吧，我实在不愿见他们。"第二天一早，曹操带领部曲离开酸枣，向扬州奔去。

扬州刺史陈温见到曹洪非常高兴。曹洪向陈温介绍了曹操。陈温说："早就闻知曹将军的大名，今日有幸相会。"于是设宴为曹操接风洗尘。席上，陈温问："曹将军不辞辛苦，千里迢迢来到扬州，一定是有重要事情吧？"曹洪说明了来意。陈温说："你们既然这么看得起我，我一定尽力助你们招到足够的兵马。我亲自在州治寿春帮你们招募。"曹操大为感动，没想到陈温如此豪爽。陈温又说："你们到丹阳去，太守周昕可以帮助你们，在那里招募一批。"曹洪说："我们与周昕素不相识，他肯帮忙吗？"陈温："自从曹将军首举义旗，讨伐董卓，周昕就要积极响应，只是离得太远，才没有成行。你们到那里募兵，他一定欢迎。"曹操说："既然陈刺史如此说，我们就到丹阳去一趟。"曹洪说：

"咱们分头行动，我再到庐江去招一部分。"陈温说："也可以，我给庐江太守写一封信，让他帮助你。"曹操说："我在丹阳招到兵马后，回来在寿春等你。"曹洪说："不用，你回到寿春后，带上陈刺史在寿春招的兵马，到龙亢等我。我从庐江直接到龙亢找你。"曹操说："好，就这样定了。"

曹操与曹洪分手后，率部到丹阳，果然像陈温说的那样，太守周昕非常热情，亲自出面替曹操募兵，很快招募了两千余名士卒，还筹集了一些粮草。曹操向他表示感谢，周昕说："不用感谢，讨伐奸臣董卓，恢复汉室天下，理应如此。以后如需帮助，尽可告知，我定尽力而为。"

曹操率夏侯惇、夏侯渊等回到寿春，此时陈温也招到了两千余兵马，并筹备了一些粮草，一并交给曹操。曹操谢过陈温，率领兵马，押上粮草，踏上归程。一路晓行夜宿，出了扬州界，就是豫州沛国的龙亢县。曹操下令扎下营寨，在此等候曹洪。待到夜深，曹操躺下休息，刚迷糊住，突然人声嘈杂，热浪阵阵袭来，曹操猛然一惊，手握剑柄，翻身坐了起来，只见大帐外火起，一片喊杀声。曹操来不及穿戴盔甲，蹬上鞋，掂着青釭宝剑，朝外冲去。只见一群人手持兵器，朝大帐涌来，卫士抵挡不住。曹操挥起宝剑，砍倒数人，然而涌来的人太多了，形势万分危急，别部司马王必、史涣赶来，因手中拿的也是短兵器，只有招架之功，曹操问："怎么回事？"史涣说："扬州新招募的士卒反叛了。"这时丁斐也赶了过来，连同侍卫一起，杀退反叛的士卒。曹操立刻高喊："扬州的弟兄们，只要放下兵器，我一定既往不咎。负隅顽抗者，定斩不饶。平叛有功者，一律重赏。"扬州士卒一听曹操还活着，立刻心下着忙。这时夏侯惇、夏侯渊快马赶到，手中长枪一阵猛杀，扬州士卒四散奔逃，除被杀的外，近千名扬州士卒被抓，其余士卒扔了兵器，一哄而散，逃跑殆尽。

夏侯惇、夏侯渊率各自兵马，把这些被抓获的扬州士卒围在中间，将士们只待曹操开口，就立刻将他们剁成肉泥。这些扬州兵耷拉着头，全都认为必死无疑。曹操望着他们，缓缓地说："咱们从扬州走到龙亢，这些天来，虽然相处时间不长，我曹操待你们怎么样？我实在不明白，这究竟是为什么？只要你们说的在理，我就饶你们不死。否则——"曹操挥了挥手中的青釭剑。

这些扬州士卒面面相觑，其中有几个胆大的，想着索性就是一死，便高声说道："我们原以为陈刺史和周太守招募我们在家乡当差，没想到他们收了曹将军的钱，把我们卖给了你。卖给你也行，既然是卖命，那钱总得给我们一些吧？家中上有老下有小，还等着这些钱活命，可我们连一个子也没见。大家不愿意就这么平白无故地背井离乡，所以我们不愿干了。想着曹将军花了大价钱，料也不会放我们走，所以大家只好来硬的。"

曹操明白了事情的原委，说："扬州的弟兄们，你们误会了。我曹操向你们保证，我一个子儿也没有给陈刺史和周太守。我也没钱给。不光他们没有得到我的钱，反而给了许多粮草资助我。"有人问："既然他们没有得到曹将军的钱财，为什么还要那么积极地替你招兵买马？"曹操说："想必大家都听说了，董卓专权，私行废立，鸩杀太后和少帝，劫幼帝西迁，焚烧宫室，屠杀百姓，洗劫财宝。我曹操首举义旗，招兵买马，就是要诛杀奸臣，光复汉室。天下义士，无不群起响应。陈刺史、周太守深明大义，这是在为国尽忠。"这些扬州士卒交头接耳，开始小声议论起来。曹操说："我招募兵马，诛杀奸贼，靠的是个义字，绝不会强迫大家。如果愿意随我征战沙场，共讨奸贼，我们就是好兄弟。以后大家论功行赏，最后博得个封侯拜将，光宗耀祖。如不愿意，将兵器留下，各自回家，我绝不阻拦。"那些扬州士卒看到曹操如此仗义，一些人便纷纷表示愿意留下，跟随曹操讨伐奸贼。清点人数，大约仅有五百人。其余不愿背井离乡从军的，都被曹操放走了。

曹操在龙亢一边休整，一边等候曹洪。这天，曹洪来到龙亢，见到曹操说："在庐江仅招募了千余人。"当听曹操说从寿春和丹阳招募的士卒反叛，大部分都逃走了，曹洪埋怨道："这陈温和周昕怎么办的事？"曹操说："不可埋怨，陈温和周昕都尽力了，只是我们大意了，没把事办好。"曹洪说："这次扬州募兵，实在不理想，我当初太夸口了。"曹操说："不用自责，我们再想办法。"夏侯惇说："我们就在龙亢再招募一些。"曹操说："只好如此了。"于是连忙贴出告示，在龙亢招募士卒。

这天，曹操在大帐与夏侯惇等人商讨招募兵马的情况，侍卫传报："帐外有人求见。"曹操忙命进来。只见一位将军，顶盔贯甲，英姿飒爽，步履矫健，跨进帐来。见到曹操，便拱手施礼。曹操连忙还礼，疑惑地问："请问将军是——"只见来将把罩在头上的兜鍪摘下，朝曹操笑道："兄长不认识小弟了吗？"曹操这才看清，原来是曹仁，一把拉住曹仁的手说："你是从哪来的？怎么这样一副打扮？"曹仁说："听说兄长在陈留己吾起义兵，我当时正在淮泗地区与朋友游玩，回到家，见各位兄长都到己吾找你去了。心想，既然起兵，就要有士卒，我不能空手去见兄长，于是返回淮泗地区，在朋友的帮助下，招募了两千士卒。后来听说义兵都在酸枣，便打算到酸枣找你。当走到铚县，又听传言说，你到扬州募兵去了，便掉头南下，欲到扬州去找你，后来一想，扬州那么大，我到哪儿找你呢？就在豫州扬州交界一带等候，心想，你从扬州返回，总要路过这一带。果然前些天听说你在龙亢招募兵马，我就赶来了。"夏侯惇、夏侯渊、曹洪见到曹仁，大家异常兴奋，曹操命人摆下酒宴，为曹仁接风。

曹操的兵马加上在龙亢招募的已达六千余人，夏侯惇说："现在的兵马已超过我们刚起事时了，已经够了吧？"曹操说："当初我怕招得太多，容易使自己头脑发热，现在看来，别人是靠不住的，还得自己有实力。我们还是再多招一些。"曹仁说："我们到淮泗地区招募，我在那里有朋友。"曹操说："淮泗地区属徐州管辖。徐州刺史是陶谦，此人曾任车骑将军张温的司马，在西凉与董卓同在张温手下征讨边章、韩遂，与董卓关系较好。这次关东地区各州郡起兵讨伐董卓，陶谦不仅不响应，反而遣使到长安，与董卓勾勾搭搭。到他的地盘上招募兵马，讨伐董卓，他必阻挠。"

正在大家商讨之际，侍卫传报："营寨外，有一支兵马到来，要拜见曹将军。"曹操赶忙迎出去，原来是周昕。周昕不等曹操询问，便说："得知扬州士卒们刚到龙亢就反叛跑光了，我与陈温刺史感到很对不起曹将军，又赶快招了一些人，并从我们州、郡的部曲中抽出一些将士，充任司马和军候。这次由我亲自押送。走到这儿，听说你们在此招募军士，省得我再往酸枣跑了。"

曹操给周昕重重施了一礼，然后在周昕的陪同下，检阅了这支部曲。这支新来的部曲有三千人左右，盔甲整齐，兵戈完备，一看就知道经过了初步训练。曹操立刻下令扎营下寨，安排将士们休息。

曹操安置了一顿丰盛的酒宴，与夏侯惇等各位将领一起，招待周昕。席间，周昕问曹操："回到酸枣，就可以开始征讨董卓了吧？"曹操说："我这次不打算回酸枣了。酸枣的各部曲首领都是刺史，守相，互相之间谁也不听谁的。大家除了喝酒、争论，什么事也干不成。我打算带部曲过黄河，到河内直接找袁绍将军。他是联军的统帅，说话有一定号召力。"周昕说："这样也行，袁氏四世三公，这次家族又遭董卓屠戮，激起了袁氏故旧门生的义愤，讨伐董卓的决心一定很坚定。"酒宴结束，周昕辞别曹操，回扬州丹阳去了。曹操率领兵马，绕过酸枣，渡黄河奔河内而去。

袁绍见曹操率万余兵马投奔自己而来，非常高兴，摆下盛宴为曹操和他的将领们接风洗尘，又派人通告冀州牧韩馥，为曹操兵马筹措粮草。曹操见袁绍这么热情，也很高兴，认为来河内这条路是走对了，建议袁绍联络酸枣和荆州的各部联军，发起对董卓的围攻。

第二十一章

孙坚挥刀斩华雄　刘虞奉帝拒袁绍

　　刘表答应的粮草一直未到，这让驻守在鲁阳的孙坚迟迟不能进兵，只好派长史公孙仇前往襄阳催促。为此特意在鲁阳城东门外的大路旁，摆好了酒宴，给公孙仇送行，亲自为公孙仇斟满酒，公孙仇接过酒杯，一饮而尽，就要告辞上路，斥候来报："董卓大将吕布率步骑数万人，正向鲁阳开来，其先头的轻骑马上就到，请孙将军赶快回城。"

　　原来董卓闻知孙坚已到达鲁阳，对洛阳构成了威胁，急令吕布由武关赶来拦截。周围的将领一听，纷纷催促孙坚赶快进城。公孙仇也催促他："孙将军快回城吧，我这就告辞了。"孙坚摆摆手，不慌不忙，说："我看着你走后再进城。"公孙仇扬鞭而去，直到看不见。这时已望见远方吕布的骑兵荡起的灰尘。将士们再次催促孙坚赶快进城，孙坚下令将士们依次入城，自己反而坐在席上喝酒吃菜，与身边的将士谈笑自若。这时已能望见吕布的骑兵勒马站在那里，朝这里指指点点，孙坚见将士们已经撤回城中，便命人将几案、坐席收拾好，缓缓进入城中，刚关上城门，吕布前锋兵马已到城外。从事韩当说："好险。孙将军今后切不可像今天这样大意。"孙坚笑笑说："如果我们惊慌失措，赶着回城，将士们就会乱了章法，一哄而起，朝城中涌去；大家挤在城门口就会互相践踏，谁也过不去。吕布看到我们如此混乱，势必发动进攻，我们的损失就大了。"韩当说："原来孙将军有意为之，可把我吓坏了。"各位将领无不敬佩孙坚的沉着冷静。

　　吕布率数万步骑包围了鲁阳城，攻了几次都败下阵来，见孙坚战阵整齐，将士们士气高昂，只好率部曲撤退了。

　　这时刘表的粮草已从襄阳运到南阳，袁术便先调拨了一部分送给孙坚。孙坚得到粮草补充后，率军继续前进，到达阳人城。董卓因与孙坚在西凉共同讨伐过边章、韩遂，知道孙坚善战，吕布不是对手，今见孙坚步步紧逼，便任命在河阳津大败王匡的中郎将胡轸为大督护，节制吕布和樊稠。又从女婿牛辅那里抽调李傕、郭汜等部曲增援胡轸，前往阳人与孙坚决战。临出发前，胡轸向刚刚归属自己的各部曲将领宣布："许多人都说关东联军怎么厉害，河阳津一战，被我打得躲在河内不敢出来。还有面前的这个孙坚，连董相国也很看重他，看我如今怎么斩杀他。"此语一出，引起了各部曲将领的不满，都憋着一股劲，要看胡轸的笑话。尤其是吕布，更是心怀不满，本来南线的防御由他负责，现在却成了胡轸的副手，脸上已经挂不住了。现在胡轸又如此狂妄，心里就生出了恶念。

当天傍晚，部曲到达广城。这里离阳人城有几十里路，士卒们已经疲惫。按照董卓指令，晚上住宿广成，士卒及战马好好休息，等第二天天不亮进兵，拂晓到达阳人开始进攻。吕布带头嚷嚷："据斥候报告，孙坚见我大军赶到，已弃城逃走，我们应立即追赶，否则就会让孙坚跑了。"李傕、郭汜、樊稠等将领也随声附和，胡轸没有办法，令手下大将华雄为前锋，连夜进军。然而到达阳人城后，看到阳人城不仅没有被孙坚丢弃，反而戒备森严。此时正是午夜，士卒已人困马乏，又无营寨，只好就地解甲休息。刚安稳住，吕布又派人四下高喊："孙坚率兵马来偷袭了。"随后率本部兵马向后逃跑。李傕、郭汜、樊稠不知真假，也各率部曲向后撤退。这时孙坚得报，说城外西凉兵马不知什么原因大乱，孙坚便抓住战机，趁势出兵进攻，华雄挺枪迎战，被孙坚斩于马下，胡轸的部曲大败，被孙坚追击了十几里路。眼看天色已亮，孙坚恐有伏兵，下令停止追击，回防阳人城。

孙坚阳人大捷的消息很快传到河内。曹操马上劝袁绍："赶快命令联军，配合孙坚，共同围歼董卓。"袁绍不慌不忙地说："孙坚初胜，还要观察。"又过了几天，说："据斥候报告，这次孙坚获胜，纯属西凉军内部起哄所致。"曹操说："毕竟孙坚将军获胜了。原来各部将领都怕董卓，不敢与之交战，现在孙坚将军打破了西凉兵马不可战胜的神话，士气正高，而董卓的部曲受到重创，士气低落，应抓住这一战机，围歼董卓。"袁绍说："受到重创的仅仅是胡轸，徐荣、吕布、李傕、郭汜、樊稠等将领，仍然实力强大，所以我们不可贸然进兵。"袁绍坚决地回绝了曹操进兵的要求，只是例行公事般地发了一道对孙坚的嘉奖令。曹操心里失望极了，也苦闷极了。没想到与董卓有血海深仇的袁绍，却对董卓如此畏惧。

　　袁术得知孙坚在阳人大胜董卓，心里非常高兴，率部曲由南阳挺进到鲁阳，以示对孙坚的支持。孙坚派人来催粮草，准备乘胜进军，攻取洛阳，袁术满口应承。这时有幕僚说："孙坚打败董卓，其力量不可小觑。倘若继续进攻，夺取洛阳，我们将无法节制，这正是除狼而得虎。"袁术觉得此言有理，遂对孙坚起了防范之心，便扣住粮草，迟迟不调拨给孙坚。孙坚的粮草接济不上，得知是被袁术扣在了鲁阳，非常生气，心想：袁术态度突变，一定是听了什么人的谗言。于是连夜骑马，亲自从阳人赶到鲁阳，面见袁术，说："我之所以奋不顾身与董卓决战，上为国家讨贼，下为袁将军门之私仇。而将军不知听信何人潜言挑拨，对我心存疑虑，正可谓大勋垂捷而军粮不济，此吴起所以叹泣于西河，乐毅所以遗恨于垂成也。愿将军深思之。"袁术感到非常尴尬，神情踟蹰地说："请孙将军不必多心，只是由于忙，没有顾过来。这就立刻派人将粮草送入你军中。"孙坚走时还再三叮嘱："请袁将军勿相疑。"

　　胡轸阳人一战遭到惨败，手下名将华雄被孙坚斩杀，董卓在洛阳闻知大惊，晓喻各部曲："遇到孙坚，大家均需小心。"随即打算派人与孙坚讲和。长史刘艾说："阳人一战失利，实属偶然，我们部曲并未伤筋动骨，正应重新发动进攻，消灭孙坚，为何却要与他讲和？"董卓说："关东联军数败于我，不敢与我交战，唯孙坚性情刚直，颇懂战法，步步进逼洛阳。当初我与孙坚同在张温将军手下征讨边章、韩遂，此人遇事果断，足智多谋。"刘艾说："相国在长他人威风。我听说当初在美阳亭北面，孙坚率领部曲与贼虏交战，差一点被杀，把天子授予他的印绶都丢了，这还不够狼狈吗？"董卓说："你不清楚，当初孙坚率领的是一群乌合之众，双方兵力相差悬殊，才有此败。就当前关东联军来说，谁也不如孙坚。若我能把孙坚拉拢过来，关东联军的其他部曲就更不在话下。"于是董卓派李傕带上礼物，到阳人与孙坚讲和。

　　李傕来到阳人，见到孙坚，送上礼物，说："董相国念在与孙将军曾同在张温将军手下讨贼，愿与孙将军携起手来，共同辅佐汉室。"孙坚说："当初随张温将军征战时，我与董卓就不相合。如果那时张温将军听我的话，诛除了董贼，朝廷就不会有今天这场大难了。"李傕摇摇头说："孙将军的话不必说得这么难听。现在董相国权威甚重，他让我转告将军，如果将军与相国握手言和，将军的宗亲、子弟、宾客、好友，愿意出仕为官者，只要将军把名单举荐上来，相国一概表奏朝廷，予以重用，征拜为刺史，守相。"

孙坚听此，怒不可遏，说："董贼逆天无道，荡覆汉室，今不夷汝三族，悬示四海，则吾死不瞑目。岂能与其讲和相亲邪？你立刻滚回去。倘再多言，我现在就先斩了你！"李傕看到毫无谈和的希望，只好灰溜溜地回去复命了。

董卓知道和谈已无可能，又闻知孙坚已经指挥部曲，进到太古，距洛阳仅九十里，想到幼帝及公卿大臣已安然抵达长安，再在洛阳一带坚守已毫无意义，于是下令，将洛阳城内外仅剩的一点房屋焚烧殆尽，留下李傕、郭汜、樊稠，在渑池、华阴、安邑进行防御，自己带着吕布、徐荣、胡轸等撤往长安。

孙坚闻董卓已逃向长安，便率部曲随即进驻洛阳，见洛阳城被董卓洗劫一空，城里城外的房屋，包括南北两宫、府库、御苑，悉被放火烧毁。方圆百里难见人烟。汉朝历代皇帝的陵墓及王公大臣的陵墓，也被董卓挖掘，将里面陪葬的珍宝盗窃殆尽。孙坚望着这满目疮痍的景象，不禁泪流满面，于是下令：将被董卓挖开的陵墓重新填埋好，并将汉室宗庙整理好，祀以贡礼，然后派人向袁绍和袁术告捷，希望联军在洛阳会合，共同进兵潼关。

孙坚进驻洛阳的消息传到河内，曹操欣喜异常，立刻向袁绍建议："孙将军已占领洛阳，你是联军统帅，赶快令所有兵马向西进军，合兵一处，讨伐董卓。"袁绍说："孙坚能占洛阳，只因董卓主动撤退，我们还不能贸然出兵，以免上当。"曹操说："战机稍纵即逝。董卓在渑池、华阴、安邑一线摆开阵势，立足未稳，我们迅速出击，可以一举击破。"袁绍以老大哥的口吻教训曹操说："孟德心情太急躁了。作为将帅，遇到问题应该冷静才对，不要一有事就着急。我与王匡、张扬、於夫罗商量一下。另外韩馥在邺城，我也要派人征询他。"

曹操回到自己帐中，反复思考，整整一晚上没有睡好觉。他觉得自己并没有急躁，趁孙坚进驻洛阳，联军向西推进，是一次极好的机会。于是曹操第二天再次来到袁绍的大帐，建议袁绍说："我反复考虑，虽然董卓确实有意放弃关东，但同时也说明面对关东联军，董卓极为心虚。如果我们持续保持进攻的势头，不仅打击了董卓的信心，也会增强关中文武百官和百姓的信心，为联合皇甫嵩、盖勋创造条件。这个机会千万不可错过。"

袁绍沉默了一会儿，说："现在幼帝被董卓挟持到长安，关山阻塞，幼帝是否还活着都不知道。退一步说，即使幼帝还活着，也是董卓所立。我和韩馥、王匡等人早就商议过，不承认董卓所立的幼帝。"曹操问："本初兄还是想立刘虞为帝吗？关东刺史、守相们皆不赞成啊。"袁绍说："刘虞此人务存宽政，劝督农植，广施恩信，德化边民。虽为上公，却天性节约，敝衣绳履，食无兼肉，得到了幽州百姓的拥戴。由这样的人为帝，定能教化朝政，万民敬仰。我想还是派人到幽州，迎取刘虞，然后到洛阳，拥立刘虞为帝。"曹操这才明白，为什么袁绍在讨伐董卓的问题上，总是推三阻四，原来他一直想要另立天子。虽然幼帝刘协是董卓立的，但毕竟大臣们现在都已认可，天下名士豪杰大都尊奉幼帝，现在袁绍若另立天子，一定会造成天下混乱，失去民心，所以坚决不能同意袁绍的主张，于是曹操说："董卓罪行天下人知晓，所以我们举义兵便得到了天下仁人义士的响应和支持。如果我们不讨伐董卓，另立新帝，就会失去民心，所以我不赞成你的主张，仍坚持西向拥立幼帝，讨伐董卓，请袁盟主三思。"说完昂首而去。

这天，曹操正与夏侯惇等将领商讨如何前往洛阳与孙坚会合，袁绍派人来找曹操，说有要事相商。曹操赶忙来到袁绍的大帐，见几案上摆满了丰盛的肴馔，袁绍招手，让曹操坐在自己身边的几案旁。曹操看了看，除河内太守王匡、将军张扬、南匈奴单于於夫罗外，另外二人并不认得，但看上去皆儒雅雍容，非寻常之人。袁绍说："我给你们互相介绍一下，这位是奋武将军曹操。"二人齐施礼，说："曹将军首举义旗，久闻大名。"袁绍又指着右手边的那位给曹操介绍："这位是冀州牧韩馥。"曹操还礼，说："久闻州牧大名，无缘得见，幸会。"袁绍又指着旁边的那位介绍："这位是前乐浪郡太守张岐，现辞官在河内家中赋闲。"曹操不明白袁绍召张岐来干什么，客气地施礼，说："久仰。"袁绍对韩馥说："快把你带来的好消息给大家说说吧。"

韩馥清清嗓子，说："邺城有一位著名的方士，前天我请他夜观天象，说在箕宿与尾宿之间，有一颗亮星出现，其分野正对燕地，说幽州必定有神人产生。这说明我们所议的拥立刘虞为帝，正应了上天的谶言。大家说这不是好消息吗？"

袁绍说："今天我把张岐也请来了。张岐任乐浪郡太守时，与幽州牧刘虞关系不错，我决定让他为代表，前往幽州迎取刘虞，重兴汉室。来，预祝我们效法伊尹、霍光成功，干了这一杯。"曹操将酒杯一推，说："今幼帝微弱，制于奸臣，未有昌邑亡国之衅，如何效法霍光？一旦另立新帝，天下将会大乱。诸君愿向北称臣，我则向西讨伐董卓，拯救幼主。"

现场气氛颇为尴尬。袁绍将举起的酒杯放下，从怀中摸出一块玉，笑着递给曹操，说："曹将军如若不相信邺城方士所说，你再看看这块玉。济阴有一个叫王定的人，得到这块玉，交给了我，上面刻着'虞为天子'四个字。这证明我们拥立刘虞为帝，正是上应天时，下合民意。"曹操将玉印一推，看也不看，大笑着说："我根本不相信这一套，刘虞也未必愿意当天子，我劝你们还是打消这个念头。对不起，我告辞了。"说完站起身就走。

第二天，袁绍派人来劝曹操说："今袁公势盛兵强，又为盟主，天下英雄，谁能超过他？曹将军与袁公又是故旧，亲如兄弟，应与袁公同心协力。"曹操说："我与本初私交确实很深，但废立之事，关乎天下，万不可逆潮流而动。请转告本初，让他三思。"来人只好悻悻地离开。

曹操见袁绍一心要立刘虞为帝，把讨伐董卓的事搁在了一边，对袁绍很是失望，便欲派人劝说张邈，鼓动屯驻酸枣的联军，前往洛阳与孙坚会合，同时自己也准备离开河内，率兵马前往洛阳。然而就在这时，张邈却派人给曹操送来了一封信，信中说，因酸枣各部曲坐吃山空，兖州刺史刘岱与东郡太守桥瑁为粮草发生了争执。桥瑁认为东郡归属兖州，应由刘岱调拨粮草；刘岱认为东郡的部曲应从自己的郡中解决粮草，两人为此争吵不断。桥瑁又一直自认是他召集大家起事，总以酸枣联军的盟主自居，处处打压刘岱，刘岱一怒之下，斩杀了桥瑁，表奏自己的别驾王肱领东郡太守。酸枣内讧骤起，互不信任，再加上各部曲粮草大都告罄，便以回去筹措粮草为名，各部曲尽回本州郡去了。张邈在信中说："我也要拔寨起营，回陈留了。讨伐董卓一事，恐难以为继。望孟德早日回到陈留，你我再做打算。"

曹操看了张邈的信，心里凉透了，瞬间感到了是那样的悲凉和无助。没想到屯住酸枣的联军，眨眼间却轰然四散了。他在想，是否回陈留与张邈再议起兵之事，讨伐董卓的事难道就这样完了吗？

屯驻酸枣的联军解散的消息传到洛阳，犹如一盆冷水，兜头浇在了孙坚的头上，这让他瞬间无所适从。而驻扎鲁阳的袁术，此刻三番五次下令孙坚撤回鲁阳，说："酸枣的联军已解散，形势突变，讨伐董卓一事还需重新计议。"孙坚只好率部曲返回了鲁阳。

袁术一见到孙坚就问："传闻你在洛阳得到传国玉玺，可是真的？"孙坚坦然道："我正要告诉你这件事。当时在北宫，士卒从井中打水做饭，发现井水中有一物闪亮，便下井捞了上来。"说着命人拿过一个包袱，亲自打开，送到袁术面前。袁术双手捧住玉玺，细细端详，只见玉玺晶莹剔透，略呈绿色，方圆四寸，上纽交五龙。再翻看印文，上篆刻八字："受命于天，既寿永昌"。印文面一角用黄金镶了一小块。"正是传国玉玺。"袁术激动地说，"自张让劫天子出奔邙山后，再不知其下落。定是掌玺者于乱中将其掷于井中。"孙坚说："既如此，就由后将军暂且保管，待剿除董卓，将玉玺交还天子。"

袁术急调孙坚回鲁阳，就是因为玉玺一事，怕孙坚私自藏匿，没想到孙坚竟如此痛快地交出了玉玺，连忙答应。亲自将玉玺包好，命专人收起，夸赞孙坚乃国之栋梁。查豫州尚无刺史，于是表奏孙坚为豫州刺史。孙坚慨然领受。袁术自此以后，多了一件事，经常在无人时，偷偷拿出玉玺欣赏。每当抚摸着那温润晶莹的玉玺，默诵着玺上的八个字，都有一种说不出的快意。袁术认为，上天让他得到传国玉玺，莫不是有意将天下委任于他。每到此时，袁术都有一种莫名的兴奋。恰在此时，袁绍遣特使来到鲁阳，呈上书信。袁术打开信，只见信中说："前与冀州牧韩馥商讨共建永世之道，欲海内重立再兴之主。今长安名义上有幼帝，实无血脉之属。公卿以下皆媚事卓。我们袁氏一族惨遭屠戮，怎能再尊奉这样的幼帝？现在董卓扼守关要，无疑是作茧自缚，将自己困在关中，我们正可就此在关东另立新君，此举一定会得到天下人拥戴。愿吾弟深思之，莫要违背天意。"

袁术见袁绍欲立新帝，打破了自己称帝的幻想，便断然回信道："圣主聪明睿智，有周成那样的品质，贼卓趁危乱之际，威服文武百官，此乃汉家遇到的小灾祸而已，并未达到不可挽救的地步。只要我们努力，仍能重新振兴汉室。如今说幼主'无血脉之属'，岂不是胡说八道！我袁氏先祖，累世相承，忠义为先。太傅公袁隗，仁慈恻隐，虽知贼卓必为祸害，以信徇义，不忍心离去。我袁氏灭族，幸蒙天下豪士来相助，而你却不趁此时上讨国贼，下刷家耻，欲图另立新帝，请不要再让我听到你这样的话。你信中说'我们袁氏一族遭屠戮，怎能再尊奉这样的幼帝'，此言差矣。此事乃董卓所为，怎能怨幼帝。君命，天也，天不可仇，况非君命乎！我袁术一片赤心，志在灭卓，不知其他！"一番慷慨激昂、义正词严的指斥，断然拒绝了袁绍另立新帝的妄想，为自己日后称帝留下了转圜的空间。

袁绍接到回信，气得拍案骂道："袁术竖子，从未将我放在眼中，既如此，也就休怪我无义。"

年前，前往幽州迎取刘虞的张岐，恰在此时回来了，袁绍忙问张岐："为何刘虞没与你同来？"张岐摇头叹息，将刘虞的信呈上。信中说："今天下崩乱，主上蒙尘，吾被重恩，未能清雪国耻。诸君各据州郡，宜共勠力，尽心王室，而反造逆谋，以相垢误邪！"并且发狠说，"如再派人来议及此事，定将来人斩首。"张岐说："刘虞当时就派他的掾属田畴、从事鲜于银，奉使长安。并告诉二人，无论有何困难，也要到长安见到幼帝，以表忠心。"张岐略一顿，说："这样的事，我以后也不再干了。"说完告辞走了。望着张岐的背影，袁绍恨恨地骂道："刘虞这老东西，真不识抬举！"

袁绍立帝不成，心生嫉恨，一股无名火倾泻到袁术身上，于是表奏会稽郡的周喁为豫州刺史。曹操得知消息，赶快面见袁绍，说："袁术已表奏孙坚为豫州刺史，你怎么现在又让周喁任豫州刺史？"袁绍说："孙坚虽然被表奏为豫州刺史，但一天也没到豫州上任。周喁的哥哥周昕在你到扬州募兵的事情上，帮了那么大的忙，我也是看在你的面上表奏他的。"曹操说："这是两回事。现在讨伐董卓，仅剩南北两大集团，关东其他州牧刺史、郡守国相都在观望，你让周喁为豫州刺史，夺了孙坚的豫州，主动挑起与袁术的矛盾，会使关东联军进一步分裂，讨伐董卓之事更难以实现。请收回这一表奏。"袁绍一心要扩大自己的势力，仍坚持己见。曹操摇头叹息："关东将无宁日矣。"

孙坚得知袁绍任命周喁为豫州刺史，怒不可遏，找袁术质问："袁本初身为关东盟主、联军统帅，怎能如此行事？我们同举义兵，拯救社稷，他却以我不在豫州为由，表奏周喁为豫州刺史，岂有此理，请后将军为我做主。"袁术闻之，勃然大怒，说："文台将军，你现在就率你的兵马，前往豫州，杀了周喁，夺回豫州。若袁绍敢出兵阻止，我定率兵马增援。我袁家小妾养的贱子，竟敢和我争势。自今日始，我和他势不两立。"孙坚得到袁术的全力支持，立刻率本部兵马离开鲁阳，奔豫州州治沛城而去，杀了周喁，占了豫州。

袁绍在河内得知消息，大骂袁术不尊兄长，不敬盟主，从此这兄弟二人公开反目成仇。

由于酸枣联军自行解散，袁绍与袁术又闹翻了，关东会盟事实上已不存在，再待在这里已没有意义，曹操打算率部曲回陈留己吾，于是到袁绍大帐辞行，说："本初兄，河内的粮草也不宽裕，我打算率部曲回己吾。"袁绍忙劝阻道："孟德还是留在这里好，由你、我、王匡、韩馥，再加上张扬、於夫罗，咱们的势力仍然不小。至于粮草，你不用担心，我已派人到邺城向韩馥催要。"看到袁绍真心挽留，曹操不好说什么，碍于情面，只得留了下来。

自从立刘虞为帝不成，又闻知酸枣联军已解散，袁绍与袁术又反目成仇，感到形势已变，韩馥便有意要疏远袁绍。其实当初袁绍刚到渤海郡时，因袁氏门人宾客众多，袁绍又有威名，韩馥就怕他取代自己，派人暗中监视袁绍的一举一动。后来各州郡起义兵，他本不想参与，征询掾属们的意见，问："是助袁氏？还是助董氏？"治中刘惠痛斥道："兴兵为国，安问袁董！"这才答应支持袁绍，其实他一直对袁绍深怀戒心。现在见形势有变，就打算逐步减少粮草供应，迫使袁绍裁减兵马，仍回渤海。这次袁绍又派人来催要粮草，他便又减少粮草的调拨。

袁绍看到这次的粮草比上次又有减少，且捎来的信中说了一大堆的困难，心中十分不悦，便要写信指责韩馥。从事逢纪劝道："将军举大事而乞求别人供给军需，实在不是办法。"袁绍问："我们该怎么办？"逢纪说："不占据一州，就没有办法自保。不如占了冀州，粮草就全都解决了。"袁绍想了想说："冀州兵强，恐难取胜。"逢纪说："我有一计，可使韩馥主动让位于你。"袁绍立刻来了精神："请讲。"逢纪说："将军可私下与幽州的奋威将军公孙瓒联合，让他进攻冀州，那时韩馥一定着急惊慌，必会请将军助其抵御公孙瓒。我们再收买韩馥身边的人，让他们劝告韩馥让位于你，这样我们不动一刀一枪，就可以占据冀州了。"袁绍说："你说的倒不错，可用什么办法让公孙瓒与我们合作呢？"逢纪说："公孙瓒与刘虞不和，一心要扩充自己的势力，就说事成之后，双方分据冀州。"袁绍点头应允，于是派人前往幽州联络公孙瓒。公孙瓒听了袁绍的条件，很高兴地答应了袁绍的请求，号称南下讨伐董卓，要借道冀州。韩馥闻知，料公孙瓒不怀好意，断然拒绝让道，双方就要兵戎相见。

第二十二章

袁绍施计代韩馥　荀彧渡河投曹操

眼看韩馥与公孙瓒就要兵戎相见，恰在此时，袁绍闻知韩馥手下将领鞠义对韩馥不满，立刻派人前往联络，暗中支持鞠义起兵反叛，韩馥只好调兵平叛。一边要阻截公孙瓒南下，一边又要平定鞠义反叛，韩馥只好派人求助袁绍来冀州相助。这时袁绍派自己的外甥高干潜往邺城，找到避乱冀州的荀谌，让他劝说韩馥，让出冀州。荀谌仰慕袁氏四世三公，颇有威名，于是慨然应诺，劝韩馥道："公孙瓒的燕、代之师战斗力极强，冀北已连丢数县。车骑将军袁绍因你减少粮草供应，也有意率军东向，其意图不可捉摸。我以为韩将军的处境非常危险了。"韩馥听了荀谌的分析，心中非常恐慌，问："我们该怎么办?"荀谌说："韩将军自料宽仁容众，为天下士所拥戴，与袁绍相比，谁更好一些?"韩馥说："我不如袁绍。"荀谌又问："临危决断，智勇过人，与袁绍相比，谁更强一些?"韩馥说："袁绍比我强。"荀谌再问："四世三公，门客遍布天下，与袁绍相比，谁更在上?"韩馥说："当然是袁绍。"荀谌又说："袁绍现在虽为渤海太守，但他是朝廷诏拜的车骑将军、司隶校尉，又是关东盟主、联军统帅，如此豪杰，必不为将军之下。如今公孙瓒率燕代虎狼之师南下，唯有袁绍将军能够抵挡。韩将军与袁绍有旧盟之约，当今之计，莫若举州以让袁绍，袁绍必感恩将军，一定会厚待于你。那时韩将军有让贤之名，便可以稳如泰山。希望你早下决断。"韩馥生性胆怯，犹豫再三，认为荀谌是自己同乡，所说皆为自己好，终于同意了荀谌的建议。

高干连忙返回河内，将此消息告诉了袁绍。袁绍大喜，即刻由太守王匡留守河内，命张扬、於夫罗留驻漳水，曹操随自己同到邺城。曹操不明就里，问："此刻到邺城干什么?"袁绍高兴地说："韩馥已答应将冀州牧让与我，我们这就去邺城接管冀州。以后，我们的粮草辎重就不用发愁了。"曹操还在奇怪：袁绍究竟是用了什么办法，竟让韩馥乖乖地让出了冀州?

在袁绍大张旗鼓离开河内之际，受韩馥指派驻守河内，配合袁绍讨伐董卓的冀州将领赵浮、程奂，闻听袁绍要到邺城接管冀州，更是惊异，不知冀州发生了什么事。二人随即点起本部兵马，昼夜兼程，驰还邺城，到了冀州府，方知此事是真。只见冀州长史耿武、别驾闵纯、治中李历、从事沮授，正在力谏韩馥。沮授说："冀州虽不富裕，但能征召士卒百万，粮谷可支应十年。虽公孙瓒南侵，鞠义反叛，均为疥癣之羔，不足为虑。袁绍不过是我冀州属下一渤海太守，现又远离本郡，孤客穷军，仰我鼻息。比如婴儿在我股掌之上，绝其哺乳，立可饿杀，奈何欲一州与之？"赵浮、程奂赶忙说："袁本初军无斗粮，只要不给他调拨粮草，仅靠河内王匡供应，我们保证，旬日之间，必土崩瓦解。我等愿率部曲，讨伐公孙瓒，平定鞠义的叛乱。韩州牧尽可开门高卧，何忧何惧。"

韩馥说："我本来就是袁氏门下的故吏，正是靠着袁氏的提携，才有了今天。况且我的才能确实不如袁本初，度德而让，古人所贵，诸君为何反对呢？我意已决。"随即派自己的儿子韩赟，带着冀州牧的印绶，前去迎接袁绍。走到黎阳，碰上了袁绍，便将冀州牧印绶双手奉上。袁绍拿到冀州牧的印绶，欣喜异常，对曹操说："现在的年号是初平，我的字是本初，年与字相合，符合天意，看来我这一去，必能克平祸乱。"曹操只是淡淡地笑了笑，说："但愿如此。"

袁绍来到邺城，见到韩馥，大加称赞："韩将军襟怀坦白，不计私利，一心为公，令人敬佩。"即表奏韩馥为奋威将军。韩馥携家小，随即迁出州府，搬到昔日中常侍张让在家乡的旧宅。袁绍闻知审配、田丰为人正直，有名望，却一直不得志，对韩馥颇有不满，便任命田丰为别驾，审配为治中。荀谌功劳最大，又有高名，待荀谌及其兄荀彧以上宾之礼，皆委以从事。就连荀谌的老乡辛评、郭图也被袁绍重用，任为功曹。其他冀州掾属、功曹，皆依旧职，悉被录用。

张邈在陈留闻知袁绍夺了韩馥的冀州，立刻写信痛斥袁绍："本初身为盟主，却乘人之危，行此不义之事，必遭关东豪杰耻笑。"信中劝袁绍将冀州归还韩馥。袁绍嗤之以鼻，对曹操说："孟卓竟敢教训我，还威胁要与我绝交。我先灭了他再说。"于是要曹操率兵马，与他一起征讨张邈。曹操劝阻道："张孟卓是我们的好朋友，不管他信中的话对与错，我们都应宽容他。如今天下未定，我们朋友之间无论如何不能互相残杀。"恰在此时传来公孙瓒持续攻占冀州北部诸郡县，并表奏严纲为冀州刺史的消息。袁绍只好听从了曹操的劝阻，将讨伐张邈之事暂搁一边，派人向公孙瓒捎信说："如今我是冀州牧，请公孙瓒将军退回幽州，各据本州，互不相扰。"公孙瓒回信说："当初我与袁将军约定，平分冀州，望你践行诺言，将冀州北部郡县移交与我，否则我将直取邺城，夺了冀州。"袁绍大怒，令鞠义为先锋，亲率兵马前往冀北讨伐公孙瓒。至此曹操才明白，袁绍曾与公孙瓒密议谋取冀州。曹操冷笑，心中暗想：这袁本初前引董卓入洛，乱了汉室；今又引公孙瓒入冀，要乱冀州，尽干些引狼入室的事情。由于不愿卷入袁绍与公孙瓒的争斗，便以邺城需要有人防守为由，留在邺城。

袁绍领兵征讨公孙瓒，走到界桥，双方相遇，大战一场，互有胜负。正当袁绍与公孙瓒在冀州界桥相持的时候，据守太行山的黑山军首领张燕，看到董卓挟持幼帝西迁，关东联军四分五裂，互不统属，如今袁绍倾其主力与公孙瓒交战，冀州空虚，于是重举义旗，令手下大将于毒、白绕、眭固等率领数万余众攻入河内，斩杀太守王匡，然后兵发魏郡，直取邺城。十万火急报到冀北界桥，袁绍大吃一惊。如今兵马陷在冀北，与公孙瓒的兵马绞在一起，短期内难分胜负，急得他心如火燎。

与此同时，公孙瓒也如坐针毡。原来青州黄巾复起，百万之众攻入幽州，幽州牧刘虞急令公孙瓒回撤，防守幽州。公孙瓒无奈，只得与袁绍讲和，将所夺占的冀州郡县，归还袁绍，然后率兵马退回幽州，征剿黄巾军。袁绍也率本部兵马返回邺城，准备讨伐黑山军。

袁绍刚回到邺城，驻守漳水的张扬急报，南匈奴单于於夫罗在张燕的蛊惑下反叛，要挟持他投靠黑山军，请求袁绍增援。袁绍立刻派鞠义前往漳水助力张扬。於夫罗闻知，提前行动，挟持张扬投张燕去了。

张燕看到袁绍率大军回到邺城，攻取邺城已不可能，于是命部将白饶，率部曲南渡黄河，攻取东郡。刘岱表奏的东郡太守王肱抵挡不住，被黑山军斩首，东郡落入黑山军之手。此时青州黄巾在遭到公孙瓒的打击后，只好掉头南下，退回青州，然后向西攻取冀州，意图联合黑山军夺取冀州。

袁绍眼看腹背受敌，心中惊慌。知冀州从事沮授多有权略，便向其求教，说："今贼臣作乱，朝廷迁移，吾历世受宠，志竭力命，兴复汉室。然齐桓非夷吾不能称霸，勾践非范蠡无以存国。今欲与卿勠力同心，共安社稷，有什么办法成就一番功业呢？"

沮授见袁绍诚心求教，便说："将军弱冠登朝，扬名海内，值废立之际，忠义奋发，单骑出奔，董卓怀惧，济河而北，渤海稽服。用一郡之卒，撮冀州之众，威陵河朔，名重天下。虽黄巾猾乱，举军东向，则青州可定；黑山跋扈，还讨黑山，则张燕可灭。回众北首，则公孙瓒必丧，震胁戎狄，则匈奴必从。横大河之北，合四州之地，收英雄之才，拥百万之众，迎大驾于西京，复宗庙于洛邑，号令天下，诛讨未服，以此争锋，谁能牧之。比及数年，此功业必成。"

袁绍听了沮授的一番议论，立刻精神振奋，仿佛望见了灿烂的远景，连说："正合我心，正合我心。"随即表奏沮授为奋威将军。沮授建议："当前应派曹操率兵马南渡黄河，攻取东郡，先解除对邺城的威胁，同时与公孙瓒联手，共同讨伐青州黄巾，斩断青州黄巾与黑山军的会合。"袁绍一一采纳，主动向公孙瓒示好，将自己的渤海太守一职，转让给公孙瓒的堂弟公孙范。

曹操越来越感到与袁绍志向不同，彼此之间仿佛生疏了许多，心中感到苦闷。这天曹操接到了鲍信的来信，信中对袁绍夺取冀州极为不满，说："奸臣乘衅，荡覆汉室，英雄奋节，天下响应者，义也。今袁绍为盟主，因权专利，将自生乱，是又一董卓也。若抑之，则力不能制，好言相劝，又无济于事。吾料你与袁绍久之必分道扬镳，望曹将军早做打算。袁绍据黄河北，你可到黄河南，以观形势变化，再行定夺。"看了鲍信的信，曹操感到心中暖暖的，打算听从鲍信的建议，离开袁绍，去闯一条路。恰在此时，曹操接到袁绍的命令，让他率本部兵马，渡河南下，消灭白绕，夺取东郡，解除黑山军在东南方向对冀州的威胁。

曹操很爽快地接受了命令，下令说："黑山军连续攻占河内、东郡，有点不可一世。令史涣即刻率骑卒赶到黄河边，在明天傍晚前，秘密征集渡河船只；其余兵马，明天早上出发，傍晚赶到黄河边，连夜渡河。"各将领领命，分头行动。

第二天吃过早饭，曹操穿戴好盔甲，披上那领绛红色的战袍，跨上战马，率领部曲南下，傍晚时分来到黄河北岸。史涣已将征集到的船只，汇聚在黄河岸边。曹操下令埋锅造饭。待吃过晚饭，天色已暗下来，将士们分批登船，在夜色的笼罩下，悄悄向南岸驶去。半夜的时候，部曲已全部渡过黄河。曹操命部曲全速前进，直扑濮阳城。

天色微明，濮阳城笼罩在深秋的雾气中，百步开外，一片朦胧。曹军利用浓雾接近濮阳城，隐约中看到城门已打开，陆续有百姓从城中出来，一切显得那么平静。曹操一声令下，兵马迅速包围濮阳城，四门同时进攻。黑山军根本没料到会有一支兵马突然出现在面前，措手不及，仓皇应战，在曹军的强大攻势下，很快被全歼。白绕被斩首，曹操夺取了东郡。

袁绍得到曹操的告捷，没想到夺取东郡如此顺利，非常高兴，认为曹操不仅解除了冀州东南方向的威胁，而且自己的势力又向南有了发展，于是立即表奏曹操为东郡太守。

公孙瓒在其堂弟、渤海太守公孙范的支援下，对进犯幽州的青州黄巾军进行了严厉的打击，迫使其退出幽州，转而向西进攻冀州，意图与黑山军联手，东西夹击，夺取冀州。由于曹操占据了东郡，解除了袁绍的后顾之忧，袁绍亲率大军，以鞠义为先锋，东进截击黄巾军。在袁绍的打击下，黄巾军遭到失败，只好停止进攻冀州，掉头南下欲进攻兖州。袁绍把黄巾军赶跑后，发现公孙瓒已经趁机占据了青州北部，并且表奏田楷为青州刺史，刘备为平原相。这田楷乃公孙瓒的掾属，与公孙瓒同为辽西令支人。刘备字玄德，幽州涿郡涿县人，乃汉景帝子、中山靖王刘胜之后。其祖父刘雄和父亲刘弘皆出仕州郡。因父早亡，家道中落，刘备从小与其母贩履织席为业。年十五岁时被其母送去就学，与公孙瓒一起，投在同郡大儒卢植门下读书。刘备不太喜欢读书，最爱好狗马、音乐，讲究穿戴；身高七尺五寸，两手下垂过膝，长着一双大耳；不善言谈，喜怒不形于色，好结交豪侠之士。灵帝末年，黄巾起，朝廷诏各州郡起义兵，刘备率关羽、张飞跟随校尉邹靖征讨黄巾有功，被诏拜为安喜县尉。后朝廷下诏书，裁撤因军功诏拜的官吏，郡督邮前往传诏，刘备前去求见，督邮称疾不肯见。刘备闯入署衙，绑了督邮，击杖二百，将县尉的印绶挂在督邮脖子上，弃官逃走了。后大将军何进遣都尉毌丘毅到丹阳募兵，刘备听说后投到毌丘毅帐下同行，至下邳遇到黄巾军，力战有功，被毌丘毅表奏为下密县丞，后又为高唐县尉，不久又升为县令。黄巾再起事，攻破高唐县，刘备逃回家乡，得知同窗公孙瓒已是刘虞的中郎将，便投到其帐下，被公孙瓒表奏为别部司马，数有战功。此次跟随公孙瓒征讨青州黄巾，又立战功，被公孙瓒表奏为平原国相。

公孙瓒用田楷、刘备二人，意图控制青州。这让袁绍大为不满，派人联络刘虞，让其节制公孙瓒。刘虞也认为公孙瓒做得太过分了，于是下令公孙瓒将兵马撤回幽州。公孙瓒虽不情愿，但在刘虞的三令五申下，只好留下田楷、刘备驻守青州，自己率兵马返回了幽州。

就在这时，刘虞接到在朝中任侍中的长子刘和的来信，说是自刘虞派掾属田畴、从事鲜于银历尽艰险到达长安，觐见献帝，让献帝大为感动，更想摆脱董卓的钳制，便令其潜出武关，联络其父以大司马的名义，调动关东联军，迎取自己回洛阳。信中说，刘和到南阳后，见到袁术，转述了献帝的想法，袁术答应，只要大司马幽州牧刘虞派出兵马，他就立刻响应，率兵马同赴长安，迎取献帝。

刘虞接到刘和的信，积极筹措兵马。公孙瓒深知袁术为人奸诈，力劝刘虞，不要派兵马前去，刘虞不听，派数千兵马前往南阳与袁术会合。公孙瓒害怕袁术知道此事记恨自己，顿时心生邪念，令自己的堂弟公孙越率一千兵马，一起前往南阳，阴结袁术。

刘虞的数千兵马到达南阳，刘和便要求袁术调集兵马，随自己一同前往关中迎取献帝。袁术早已有心要自立为帝，本不愿迎献帝东归，认为关山阻隔，刘虞很难从幽州派兵马来南阳，再加上认为献帝的想法不现实，前次的应诺仅是推托之计，没想到刘虞居然派出了兵马，正在为难之际，公孙越求见，说："我兄公孙瓒认为，此去关中迎取幼帝，乃刘虞与袁绍博取民心之举，还请袁将军扣押刘和及这数千兵马。"此言正合袁术之意，遂对公孙越另眼相看，将幽州数千兵马扣为己有，软禁刘和，再也不提迎取献帝之事。

很快，刘虞闻知此事，对袁术心生不满，求助袁绍，让其劝自己的弟弟袁术放了刘和，归还兵马。袁绍本与袁术不睦，现在又闻与公孙瓒勾结，更是气愤，于是给荆州刺史刘表写信，要求他劝告袁术，放了刘和，若不然，就用断了袁术的粮草为由，威胁袁术。

刘表对袁术曾阻挠自己到荆州上任一事一直耿耿于怀，只是后来关东联军共同讨伐董卓，才强压心中怒气，与袁术联合。现在接到袁绍的来信，要求设法救出刘和，便立刻派人见袁术，要求释放刘和，归还刘虞的兵马。袁术置若罔闻，刘表一怒之下，断了袁术的粮草。袁术得知刘表与袁绍勾结，要将自己赶出南阳，一贯骄横的他暴跳如雷，命孙坚为先锋，亲率大军征讨刘表，夺取荆州。公孙越也积极要求参战。刘表得到消息，命手下大将黄祖进驻邓县，自己亲率大军驻守樊城，层层设防，要与袁术一决高下。

孙坚攻势凌厉，黄祖战败，退往樊城。孙坚再攻，刘表不敌，与黄祖一起渡过汉水，退往襄阳防守。孙坚追过汉水，进攻襄阳。刘表命黄祖趁夜色出城，袭击孙坚，走到岘山，恰遇孙坚携公孙越一同察看地形，双方遭遇，由于孙坚所带兵马太少，虽经顽强拼杀，还是在增援的兵马到达前，全被黄祖的军士射杀。可叹孙坚年仅三十七岁，正是建功立业的大好时候，却命丧岘山。公孙越也命丧黄泉。

由于孙坚被杀，刘表的兵马士气大振，开始反攻。孙坚的兵马军心动摇，无心再战，在孙坚侄子孙贲的率领下，携孙坚等人的尸首，渡过汉水，袁术接住，只好暂停进攻刘表，率兵马退回南阳。袁术表奏孙贲继任孙坚的豫州刺史一职，而将孙坚的部曲全部兼并。孙贲派人将孙坚战死的噩耗，报给远在扬州曲阿的孙夫人。孙夫人派年仅十六岁的长子孙策，前往南阳奔丧。孙策到南阳后，痛哭一场，携父亲灵柩回曲阿安葬。

袁术又将公孙越的遗体厚敛，仍由他带来的士卒护送回幽州，并给公孙瓒写了一封信，信中说："公孙越的死乃是袁绍指使刘表所为。袁绍并非我袁氏正宗，只是婢妾所生一庶子，乃是我袁氏家奴。我愿与公孙将军结为同盟，共同讨伐袁绍。"

公孙瓒接住堂弟公孙越的灵柩，看了袁术的信，怒火中烧，列举袁绍十大罪状，表奏献帝，要讨伐袁绍。奏章中说：

臣闻三皇五帝以来，始有君臣上下之事，制礼以引导百姓，设刑罚以禁暴乱。今车骑将军袁绍，昔窃据司隶校尉一职，正当灵帝丧祸之际，太后承制摄政，何进辅政，袁绍专为邪媚，不能举荐正直之士，致令招丁原焚烧孟津，招董卓造成乱根，绍罪一也。董卓既入洛阳，挟持主上，袁绍不能利用职权以救助，反而弃职逃窜，忝辱爵命，背违人主，绍罪二也。袁绍身为渤海太守，悄悄整备兵马，当攻董卓，而不告知父兄宗亲，致使太傅一门、太仆母子等宗亲，全遭累毙，不仁不孝，绍罪三也。袁绍既然兴兵，已经二年，不恤国难，私自封授，且以军资需要为名，盘剥富户，侵夺民众，百姓莫不痛怨，此绍罪四也。逼迫韩馥，窃夺其州，矫命诏恩，刻金印玉玺，每有所下，文称诏书，昔王莽之乱，今袁绍所施，绍罪五也。袁绍贿方士崔巨业以财物，与共饮宴，令其仰视星日，诈欺天象，以攻伐郡县，绍罪六也。故虎牙都尉刘勋与袁绍共举义兵，刘勋又招降张扬有功，而袁绍却信用谗奸，枉害刘勋，绍罪七也。袁绍贪得无厌，向故上谷太守高焉、故甘陵相姚贡强征钱财，因钱财没有按要求交齐，便将二位守相杀掉，绍罪八也。《春秋》之义，子以母贵。袁绍的母亲本是婢妾，袁绍出身微贱，却占据高位，享受隆福，有揽权之野心，无虚退之意愿，绍罪九也。长沙太守孙坚，前领豫州刺史，驱走董卓，扫除陵庙，忠勤王室，其功莫大，绍遣周喁，盗居其位，断绝坚粮，致董卓不能被诛，绍罪十也。

公孙瓒有影没影，真真假假，列举完这十大罪状后，在结尾说："袁绍罪行，罄竹难书。臣虽名非先贤，蒙被朝恩，当此重任，职在鈇钺，奉辞伐罪，与诸州郡，起兵讨袁，以效齐桓公柯亭之盟，晋文公践土之会。功战情况，以后再表。"

此奏章上奏献帝，又公之于世，便成了讨袁檄文。然后就要举燕代之兵，进攻袁绍。刘虞指斥公孙瓒穷兵黩武，下令不许公孙瓒出兵。公孙瓒极为不满，与刘虞的矛盾再次升级，置刘虞的命令于不顾，发动了对袁绍的进攻。

自曹操到邺城后，荀彧与曹操不多几次的接触，对这位个头中等偏下，皮肤较黑，细长的眼睛透着机敏的曹操，留下了非常深刻的印象。他感到曹操干练机敏，眼光远大，胸襟宽阔，与袁绍不是一类人，认为曹操必能成大事，就有心投到曹操帐下。现在得知曹操已夺取东郡，便私下里邀约堂兄荀谌，同乡辛评、郭图等宗族老乡，对他们说："当初颍川老家战乱不断，受韩馥之邀，我劝说你们来投奔他，以避战乱。不料韩州牧将冀州拱手让与了袁绍。我看袁绍终能不成大事，打算与你们一起，到东郡投曹操，不知你们意下如何？"

堂兄荀谌有点惊讶，略一思索说："袁州牧四世三公，天下名士多附之，曹操也归附在袁氏手下。不投靠袁绍而投靠曹操，这不是舍本逐末吗？况且袁将军比韩将军待我们还要好。我们现在是袁将军的座上宾，遇事常问计于我们，我们背靠袁将军，正可以发挥我们的才能，成就一番功业，丢弃这样的好机会，而去依附前途未卜的曹操，岂不是明珠暗投？"

荀彧说："袁将军势虽强，但外宽内忌，多谋寡断，目光短浅，贪小利而忘大义，久之必败。曹操敬贤爱士，胸有全局，将来平定天下，匡扶汉室，必曹操也。就长远看，若想成就一番功业，还是投奔曹操好。"大家都不愿意放弃眼前这优厚的待遇，谁也不愿跟随荀彧南下。荀彧叹了口气，只好率自己的家人，悄悄离了冀州，南渡黄河，听说曹操就驻扎在顿丘，便赶忙去拜见。

原来自曹操占了东郡，济北相鲍信便派人送信告知曹操说：据斥候报告，黑山军欲替白绕报仇，要进攻东郡，希望曹操将东郡郡治由濮阳迁往东武阳；那里与济北国相邻，万一有什么不测，便于鲍信随时增援。曹操心中感激，采纳了鲍信的建议，将郡治迁到了东武阳，由曹洪驻守。为防黑山军从西面来攻，曹操率主力屯驻顿丘。曹操得知荀彧来见，立刻出大帐迎接。在邺城与荀彧仅有的几次短暂接触，让曹操对荀彧颇有好感，认定荀彧绝非等闲之辈，就有心将其揽在自己麾下。现在见到荀彧，就像久别重逢的老友，曹操高兴地说："文若先生，侍卫报说是你来了，我还有点不敢相信。这大冷的天，你可真给我送来了一盆火炭，我心中太暖和了。我正愁不知下面该怎么办，你可一定给我好好谋划谋划。"荀彧说："曹将军过谦了，你眼光远大，足智多谋，非常人可比。"曹操爽朗地笑道："文若先生，我们现在还用得着这么客气吗？"荀彧听完也哈哈大笑："从今日起，我可不是客人了。"曹操说："这才说对了。"令人将荀彧的家眷安顿好，这才与荀彧同到大帐，促膝而坐。曹操说："先生此来，恰逢其时，还望先生直言不讳为我指点迷津。"

荀彧也不推辞，直言相告："目前天下已经大乱，各州郡名为汉臣，实际上都拥兵自重。刘岱随意杀了东郡太守桥瑁，表奏自己的从事王肱为东郡太守。袁术仅听说豫州刺史孔伷有病，便表奏孙坚为豫州刺史。袁绍为扩充自己的势力，又表奏周喁为豫州刺史。韩馥的冀州牧私相授受给袁绍。就说公孙瓒吧，他只是幽州牧刘虞治下的一员将军，夺了冀州北部数县，就表奏严纲为冀州刺史。击败了黄巾军，趁势占了青州的平原国，又私自表奏田楷为青州刺史，刘备为平原相，俨然自己成了封疆大吏。"曹操点头说："是啊，仅凭袁绍一个表奏，未经朝廷诏拜，我就成了东郡太守。"荀彧说："正是如此。大汉朝如今成了一块遮羞布，谁都可以随心所欲地使用。不仅如此，盘踞太行山的黑山军，也趁势反叛。青州黄巾军虽数败于公孙瓒、袁绍，但其势越加壮大，据说已达百万之众，大有南下侵占兖州之势。其他如徐州一带、豫州一带大小各股黄巾军，更是多如牛毛。西凉的各羌胡叛军，也都拥兵自重。说实话，大汉朝已经名存实亡，由此而来的便是群雄争霸。董卓挟持幼帝，占据关中，自成一势。公孙瓒与刘虞不合，妄想独霸幽州。再看袁绍，至今不承认幼帝刘协，他是想拥立一个自己能控制的天子，做第二个董卓。还有袁术，一直有谣传他强行从孙坚手中得到朝廷丢失的玉玺，秘密珍藏，吾料其早晚必称帝。其他如徐州的陶谦，益州的刘璋，荆州的刘表等，心怀鬼胎，各霸一方。另外，还有好多不知名的郡守县令、豪强大族，也都蠢蠢欲动，扯旗立帜，企图分得汉朝一片天地。"曹操说："文若分析得很对。"荀彧继续说："袁术与刘表现已闹翻，公孙瓒与袁绍眼看就要兵戎相见，各势力之间的争斗会越来越激烈。目前兖州和豫州这一带各郡国守相互不统属，自成一派，还没有形成大的势力，我们要利用这一时机，在黄河以南迅速发展壮大自己。"曹操频频点头。荀彧说："董卓其人暴虐已甚，必不会维持太久。袁绍外宽而内忌，任人而疑其心。袁术志大才疏，私欲极重，睚眦必报。公孙瓒好大喜功，做事莽撞。这些人现在虽然很强大，但他们才疏智短，终将以失败而告终。各州郡牧守，虽然早已将朝廷抛在了一边，但表面上还都拥护幼帝，大汉朝的这面旗帜还竖在那里，我们要坚持拥立幼帝，占据天下道义，赢取民心，复兴汉室，平定天下。"曹操听完荀彧的分析，不禁拍手叫好："文若句句说到我的心里了，真是我的子房啊。"随即拜荀彧为随军司马。

第二十三章

围魏救赵黑山军惨败　恶贯满盈董太师被诛

初春的大地虽然已经解冻，天气还很寒冷，一匹快马汗津津地驰入顿丘，直奔曹操大帐，骑卒急报说："黑山军于毒，率部曲把东武阳包围了，曹洪将军派我来向曹太守请求增援。"曹操吃惊道："你速回东武阳，告诉曹洪将军，必须死守，我立刻派兵救援。"

待来人走后，各部将得知消息，纷纷来见曹操，要求赶快增援曹洪。原来自曹操将郡治迁到东武阳，便派人到己吾，令枣祗携将士们的家眷，一起迁到东武阳，所以听到东武阳告急，将士们心中焦急。曹操一边安慰大家，一边令斥候迅速摸清情况。

说实话，黑山军突然包围东武阳，是曹操没有料到的。照过去惯例，黑山军携家带口，行动迟缓，毫无秘密可言，而这次竟没有一点消息。很快，斥候们纷纷来报：于毒这次将黑山军的家眷们留在了西山大本营，悄悄率兵马渡过黄河，绕过顿丘，直扑东武阳。曹操心中说：于毒这一招果然厉害。另据斥候报告，眭固正准备在白马津渡黄河，於夫罗准备在内黄津渡黄河，配合于毒进攻东郡。这时夏侯惇、夏侯渊、曹仁等将领纷纷要求自任前锋，增援曹洪，以解东武阳之围。曹操说："情况已明，我们不能再犹豫，现在集中兵马，迅速向西行动。"大家愣住了。曹仁说："曹将军，你下错命令了，东武阳在东，怎么让我们向西行动？"荀彧一笑，说："主公没有下错命令，的确是向西。"曹操解释道："孙膑救赵而围魏，于毒将家眷们都留在了西山大营，我们向西去夺取他的大营，他势必放弃东武阳回救，这样东武阳之围自然就解了。"夏侯渊说："如果于毒不回救呢？"曹操说："我们就彻底把他的大本营给端了。我相信曹洪凭借东武阳的城墙，一定能守住。"

计议已定，各部曲立刻集合，朝西而去，刚走到黄河边，斥候来报："于毒闻知我军置东武阳于不顾，前往西山，攻取他的老巢，便慌忙回撤，东武阳之围已解了。"这时又有斥候来报："眭固率部曲正在白马津渡河，准备从背后袭击我们。"曹操与荀彧商议后下令："史涣,给你五百兵马,继续渡过黄河,一路大张旗鼓,把于毒引回西山。"史涣得令,点起五百兵马,北渡黄河,向西而去。曹操又令："所有兵马,随我赶赴白马津,趁眭固渡河立足未稳,将其歼灭。"曹操折回头,沿黄河朝东北方向的白马津扑去。

眭固的兵马刚刚渡过黄河,正准备先夺取白马城,不料曹军赶到,眭固匆忙应战,无奈部曲携家带口,乱成一锅粥。夏侯惇、夏侯渊、曹仁各率本部兵马,一齐冲入敌阵,喊杀声此起彼伏,这强悍的阵势,使黑山军更加慌乱,根本组织不起有效抵抗。眭固费了好大的劲,才在士卒的保护下,冲出战阵,登上黄河岸边的船只,逃向北岸。留在岸上的士卒,悉数被歼灭。这场战斗,给了眭固毁灭性的打击。

正在曹操准备北渡黄河,彻底歼灭眭固之时,这时斥候报告："南匈奴单于於夫罗已于内黄津渡过黄河,正向内黄城方向进发,意欲趁顿丘空虚,夺取顿丘。"曹操略一思索,下令："停止追击眭固,放他一条生路。南匈奴乃虎狼之兵,必将血洗我顿丘,无论如何也不能让他进顿丘。所有兵马快速行动,将於夫罗截击在内黄。"

曹军一路急行军,终于在内黄城外截住了於夫罗。双方展开厮杀,虽然匈奴士卒英勇善战,个个赛如猛虎,但曹军的将士也毫不逊色,夏侯惇、夏侯渊、曹仁等战将更是身先士卒,冲锋在前,渐渐地匈奴兵只有招架之功。於夫罗见大事不妙,指挥兵马边打边撤,退回到黄河边,登上来时的船只,撤往北岸。将士们要求调集船只过河追歼,曹操说："穷寇莫追。我们已经连续奔袭,又打了两场硬仗,部曲已成强弩之末,将士们也太累了,见好就收吧。留下斥候严密监视黄河一线,所有部曲回顿丘休整。"

经此一战,於夫罗遭到重创,率兵马逃往河东郡,张扬趁机脱离了於夫罗,率部曲留驻河内。于毒知眭固惨败,於夫罗受到重创,自己势单力孤,怕曹操来袭,便携其留在西山大营的家眷们,退回太行山中。眭固率仅剩的残兵败将,无颜回太行山,就地投靠了张扬。张扬与吕布曾同在并州刺史丁原手下任职,两人关系一向交好,由于黑山军被曹操打败,河内被张扬占据,吕布向董卓举荐。董卓为了拉拢张扬,表奏张扬为河内太守。自此张扬在河内扩充兵马,牢牢地控制了河内。

孙坚被刘表部将黄祖射杀，这让董卓去了一块心病。刘表和袁术反目成仇，公孙瓒为报堂弟公孙越之仇，兵发冀州，关东联军分崩离析，更让董卓欣喜异常。当初刚回到长安时，他非常害怕关东联军进攻关中，在远离长安城西边的郿县，动用大量的人力物力，建了一处坞堡，周围的墙壁高厚都是七丈，号称"万岁坞"，任命自己的弟弟董旻为左将军，封为鄠侯，专门守卫郿坞。在郿坞里他存了够用三十年的粮食，金银财宝更是无数，仅美女就有几百人。董氏一家老小及宗亲都住在这坞堡中。他的打算是，万一关东联军攻陷长安，他就躲在郿坞里，足以养老了。随后董卓又授意光禄勋宣璠，向献帝表奏自己为太师，位列诸侯王之上。献帝准奏。董卓又在长安建了太师府，到长安上朝时，住在太师府，朝中无事时，就回到郿坞休养，或半月或一月来往于长安和郿坞之间。乘的是金华青盖车，戴的是冕冠，穿的衣服是上玄下纁，这一切都和献帝差不多。

这天，处理完朝中事务，又到了回郿坞的日子，百官都来送行。由于关东混乱，又表奏了张扬为河内太守，自己的势力又在关东地区得到了增强，董卓心中高兴，下令："晚春时节，阳光明媚，万物峥嵘，在横门外大摆酒宴，与百官同乐。"当他乘坐金华青盖车来到横门外时，帐幔已经围好，酒宴已经摆好，百官已经等候多时。董卓下了车，招呼大家入座。他比当初在洛阳时更胖了，坐在那里犹如一堆肉。

他清清嗓子，得意地说："目前关东乱局已成，我已命李傕、郭汜、樊稠等将领，率各自部曲，向东推进到河南、颍川一带，要不了多久，关东地区就会重回我手中。今天诸位尽兴畅饮，以示庆贺。"文武百官随声附和，恭维之声不绝。接着是觥筹交错，董卓开怀畅饮。这时侍卫进来禀报："北地的反贼已被招抚，现已来到长安，就在帐外等候。"董卓命将这些被招抚的反贼带进来。这些反贼看到帐幔中都是好酒好菜，认为自己被招抚，这是董太师打算奖励他们的，一个个喜形于色。董卓望着这些反贼"哼"了一声，下令："来人，将这些反贼的舌头一律割下来。"两旁的士卒一拥而上，随着一阵哭喊乱叫，这些反贼的舌头被割下来。董卓哈哈大笑，百官无不惊悚。董卓又饮了几口酒，冷笑道："再把他们的手脚砍下来。"一阵怪叫之后，帐幔中到处是飞溅的鲜血，被砍下来的手脚堆在一起，被血水浸泡着。董卓举杯邀百官饮酒，说："这就是反叛的下场。"连饮数杯，随后又下令："把他们的眼睛挖出来。"又是一阵凄厉的叫声，有许多反贼当场昏死过去，那些没有昏死的反贼，眼睛已看不见，扭动着被鲜血裹着的，没有手脚像个肉球似的身躯，在几案间翻滚爬动，像无头苍蝇乱撞。百官早已吓得魂飞魄散，浑身颤抖，连筷子也拿不住了。董卓谈笑自若，命人架起鼎镬，燃起大火，将这些反贼的躯体扔进去烹煮。

董卓酒足饭饱，淫威施过，便乘上华盖车，朝郿坞扬长而去。百官惊魂未定，有的卿士吓得已经站不起来了。司徒王允也擦了擦额上的汗，说："大家互相帮扶着回去吧。"

王允回到司徒府，司隶校尉黄琬随后跟着到了府中，不等落座，就说："今天把我吓死了。"然后又压低声音说："这董卓嗜杀成性。上一次会聚百官，一句话就把卫尉张温给杀了。这次已经投降的几百人，就这样活活让他折磨死了。下一次再见面，不知谁的人头又要落地了。"王允说："是啊，今天我也是惊出了一身冷汗。"一句话未完，尚书仆射士孙瑞也来到府中："再不诛杀董卓，天理难容。王司徒欲策反吕布的计谋，进行得如何了？"

原来，董卓挟献帝西迁长安后，这三位大臣就密谋，表奏护羌校尉杨瓒为左将军，执金吾士孙瑞为南阳太守，整备兵马，出武关讨伐袁术，实际上是积蓄力量，诛杀董卓，奉献帝还洛阳。然而董卓意欲放弃关东，固守关中，不同意征讨袁术，这一计谋未能实行，于是王允改奏士孙瑞任尚书仆射，杨瓒为尚书，诛杀董卓的密谋，便被搁置起来。上次董卓来长安上朝，会聚百官时答杀了卫尉张温，他们几人又聚在一起商议诛杀董卓之事。因吕布时时不离左右，也曾有人刺杀董卓，都因吕布而失败。他们不由得仰天长叹："天不灭卓矣！"

事有凑巧，王允因事到太师府见董卓，偶然撞见吕布正搂着董卓的婢妾调情，二人见事情败露，都显得很尴尬，吕布央求王允替他们保密。王允一想，吕布的把柄被他拿到了，正可以此掌控吕布，便问他们："你们实话告诉我，是有真情还是一时的玩闹？"吕布说："她叫貂蝉，年方二八，被董卓强掳进府中，我与她确有真情。"貂蝉也说："董卓且老又丑，我是真心倾慕英雄，对吕布也是真情。"王允说："你二人真情也罢，玩闹也罢，倘被董太师知晓，必取你等性命。况且纸包不住火，早晚必泄露，不如早散了。"二人心有不甘。王允心中暗喜，以关切的口吻说："你二人若想长期相处，又想保住性命，我有一个方法，不知你二人可愿意采用？"吕布说："司徒请讲。"王允说："如此必须先下手为强，把董卓给诛杀了。"吕布略显犹豫，说："容我再细想想。"王允说："如你不愿意，全当我没说。"吕布说："容我想几天。"士孙瑞问王允策反吕布的事情，进行得怎么样了，就是指的这件事。

王允说："前几天我见到吕布，问考虑得怎么样了？他发狠说：'如果不是碍于与董太师有父子关系这一层，我一定诛杀了他。'我说：'董太师姓董，你姓吕，何为父子？曾因一件小事，董卓就拿手戟追杀你，何为父子？待你和貂蝉的事情败露，董卓必要你二人性命，那时何为父子？'吕布似有所悟，发誓为了貂蝉，愿铤而走险。我说你若下了决心，我愿助你一臂之力。"黄琬说："夜长梦多，事不宜迟，我看赶紧采取行动。"王允说："吕布护送董卓回郿坞后，会连夜赶回太师府。明天我再见他一面，如果他态度仍然坚决，我们就和他商量具体办法。"

第二天，王允到太师府找到吕布，还未开口，只听吕布说："昨天送太师回郿坞，临返回时，貂蝉用幽怨的目光看着我，我当时真想立刻用我手中的这把长戟杀了那老贼。"王允说："诛杀了那贼，不仅能使你和貂蝉团聚，也为国除了一害。我身为司徒，于公于私，我都应当帮你。"吕布说："我一介武夫，你是朝廷三公，你说怎么办？我都听你的。"王允说："这府中董卓耳目、亲信众多，咱们现在到我府上，我又帮你联络了几位朝臣，大家一起商量一下具体的行动办法。"吕布绰起他那杆从不离身的方天画戟，随王允直奔司徒府。

这时司隶校尉黄琬、尚书仆射士孙瑞、尚书郑公业、杨瓒、骑都尉李肃等，都在司徒府等候消息，见吕布随王允来到司徒府，便知事已谈妥，心中的石头也都落了地。吕布一见有这么多人帮助自己，心中也非常高兴。尤其是见到同乡李肃也在场，笑问："当初你劝我投董卓，现在也后悔了吧？"李肃笑说："没想到董卓乃豺狼也，当为民除害，方顺大义。"大家在一起商讨了诛杀董卓的具体办法，决定在下一次董卓从郿坞来长安上朝时动手。根据惯例，还要等半个月。王允告诫诸位："这期间，大家都做好准备，务必小心谨慎，以免走漏了风声。"

离惯例董卓上朝的日子还差几天，献帝因病已一月有余未见百官了，这天初愈，又逢初夏，暖风徐徐，于是决定第二天在未央殿大会群臣。司徒王允等立刻行动起来，吕布也披挂停当，翻身上马，前往郿坞迎接董卓。骑都尉李肃将早已挑选好的十几个勇士集中在一起，全都换上宫廷卫士的服装，由他亲自率领，埋伏在皇宫北掖门内。

吕布来到郿坞，将献帝会聚群臣的诏命递进坞内，自己在坞门外静候。眼看华盖车已备好，停在坞门外，这时董卓从坞内出来，刚踏上华盖车，不知何故，马突然惊起，董卓从车上摔下，只好回去重新更衣，其妻劝他不要离开郿坞，董卓不听，重新登车。吕布跨上赤兔马，护卫着董卓前往长安。快到宫门时，马惊而不行，董卓感到今天非常奇怪，认为不吉利，欲令车马返回郿坞。吕布上前说："天子已在未央殿等候，不可失礼，快去为好。有我在身旁护卫，必保父亲无忧。"说着上前挽着董卓的臂膀下了车。董卓一想，自己有软甲在身，又有吕布在旁，料也不会有事，便进了宫门，朝北掖门里走。随行的仅有主簿田仪及几个心腹侍从。刚进入北掖门没走几步，北掖门的两扇沉重的大门就被关上了。董卓心里一惊，停住脚步，刚要询问，李肃大叫一声："动手！"挥起手中宝剑，朝董卓胸前刺去，董卓一躲，刺向臂膀。田仪及几个心腹刚要抵抗，已被伪装成卫士的勇士斩杀。由于董卓暗穿软甲，勇士们的剑未能伤及董卓。董卓大喝一声："吕布何在？"吕布跨前一步："我奉诏讨贼。"挥动手中大戟朝董卓刺去。董卓大骂："狗奴才，竟敢反叛……"话音未落，吕布已将戟尖刺入董卓胸膛，看着董卓那肥胖的身体蹬了腿。这一天是汉献帝初平三年四月二十三日。

吕布、李肃来到未央殿，此时献帝和群臣都在殿中，吕布宣布："董卓恶贯满盈，我已将此贼诛杀在北掖门内。"殿中突然静下来，随即爆发出欢呼声，百官山呼"万岁"。献帝也欣喜异常。王允、黄琬等人心中石头落了地。蔡邕想到董卓当初不可一世，如今却落得如此下场，不禁叹了一口气，不想被身旁的王允听到，斥责蔡邕："董卓国之大贼，几倾汉室，君为王臣，所宜同忿，而怀其私遇，以忘大节！今天诛有罪，而反相伤痛，岂不共为逆哉？"蔡邕辩道："我叹气，不是同情董卓，司徒何以误解？"王允不听，命人将蔡邕收捕入狱。然后将事先准备好的诏书报与献帝，献帝随即签发，诏命京城中的董卓部曲一律放下兵器，命皇甫嵩为车骑将军，率部曲镇压敢于反抗者。董卓的部将胡轸、徐荣见大势已去，宣布投降。李蒙、王方等，则率部逃出城外。吕布直奔郿坞，将貂蝉救出。皇甫嵩派兵包围了郿坞，将董卓一家老小尽皆诛杀，董旻战死。

董卓的尸体被弃于街市，长安城中百姓载歌载舞，就连妇女也都将自己的珠玉衣装拿到市场上换了酒肉，互相畅饮庆贺。

王允等人联合吕布，诛杀董卓的消息，刚进入五月仲夏，就传到了关东各州郡。曹操在东武阳大摆宴席，以示庆贺。同时，打算派人到长安与朝廷取得联系。事有凑巧，被封在东郡乐平任列侯的皇室宗亲刘邈，得知董卓被诛，便携带贡礼到长安向献帝朝贡，路过东武阳，向太守曹操辞行。曹操热情接待了他，也准备了一份绢帛珠宝等厚礼，让刘邈一并贡奉给献帝，并请刘邈转告献帝："若天子愿意迁回东都洛阳，我将率部前往迎接。"刘邈说："曹太守一片赤诚，我定会向天子表奏。"随即辞别曹操，踏上往长安的路。

送走刘邈，曹操考虑再三，与荀彧商议，觉得还是应派专人到长安，与王允取得联系。弄清楚王允的打算，希望他仍将献帝迁回洛阳，以有利于对关东各州郡的节制。就在曹操考虑派谁去长安合适的时候，又从长安传来消息，说是蔡邕被王允杀了，罪名是同情董卓。当时公卿大臣都为蔡邕说情，蔡邕也多次陈辞谢罪，祈求宁愿黥首刖足，留下他一条性命，续写汉史。王允不准，说："昔武帝不杀司马迁，始作谤书，流于后世。方今国祚中衰，神器不固，不可令佞臣执笔在幼主左右。既无益圣德，复使吾党蒙其讪议。"将蔡邕杀害在狱中。曹操闻知，非常震怒。蔡邕可以说是他亦师亦友最尊敬的人，他的诗词歌赋从蔡邕那里受益匪浅，尤其是他的古琴弹奏，曾受到蔡邕的悉心指点。这么一个名扬天下，才华盖世的人，竟被王允给杀了。曹操问荀彧："说蔡伯喈同情董卓，你信吗？"荀彧说："当初董卓入主洛阳时，爱蔡邕高名，强征蔡邕到京任职。蔡邕称病不去，董卓大怒，命州郡强行将蔡邕押解到京，蔡邕的官完全是被逼当上的，许多人都知道此事，他怎么会同情董卓？"曹操说："据说董卓挟幼帝到长安后，自比姜太公，要称尚父，蔡邕竭力反对，董卓才未能如愿。"荀彧说："蔡邕曾计划逃回关东，给他的堂弟蔡谷说，即使道路艰险，哪怕先逃出潼关也行。"曹操说："这样的人会同情董卓，这不是天大的笑话吗？我看王允这人辨人不明，没有雅量，且刚愎自用，必不会长久。我们先不用和他联系，等等再说。"于是派人往长安一事，暂搁下不提。

青州黄巾军在公孙瓒、袁绍的打击下，北攻西进失败后，掉头向南进入兖州。泰山太守应劭率郡兵抵抗，失败后率郡中吏卒逃往州治昌邑，刺史刘岱接纳了他。泰山被青州黄巾军攻占后，黄巾军又进攻任城国。任城国相郑遂率兵抵抗，兵败被斩，任城国又落入黄巾军手中。紧接着黄巾军又进攻东平郡，为了阻止黄巾军的进攻，兖州刺史刘岱命济北国相鲍信率部曲由济北南下，自己亲率兖州部曲从昌邑北上，夹击进攻东平的黄巾军。鲍信立刻回信，劝告刘岱："黄巾军连战皆胜，士气正旺，州中百姓皆震恐，士卒无斗志。我们应避其锋芒，尽量不与他们硬拼。黄巾军号称百万，其中家眷众多，又没有什么好的兵器辎重，专以抢掠为资，我们皆应凭城固守，他们欲战不得，欲攻不能，久之其势必离散。那时我们再瞅准要害，迅速猛攻，必定能打败他们。"

刘岱不听鲍信的建议，对别驾毕谌和治中万潜说："如果任由黄巾军猖狂下去，整个兖州就将不复存在，你二人守好州府，我亲自前往征剿。"于是率部曲出击，结果一战便送了性命，兖州部曲受到重创，残兵败将逃回昌邑。这一下兖州各郡县更是着了慌，有的郡县守令已做好了逃跑的准备，只要黄巾军一到，便弃城而去。像张邈、袁遗，尽管手中握有较强的兵马，也感到事态的严重，做好了撤退的准备。

东武阳城内东郡署衙中，曹操和荀彧也在紧张地分析着形势。曹操说："东平郡眼看就要陷落，而与之接壤的济北、济阴和我们东郡，随时都会遭到黄巾军的进攻，我们应该着手准备怎样守卫好东郡。目前袁绍正在冀北抵抗公孙瓒的进攻，想取得袁绍的支持不太可能，只有依靠我们自己的力量。可黄巾军毕竟是百万人哪。"荀彧说："自刘岱死后，兖州已成崩溃之势，应主动联络鲍信将军及其他郡国，共同应对黄巾军。"话音刚落，郡丞陈宫求见，曹操连忙请入。

陈宫，字公台，是东郡本地的名士，向来敬师重友，少时便广结天下知名之士，因此在本郡和本州向有高名。曹操任东郡太守后，非常敬重陈宫，征聘他为郡丞，遇事也总是征求陈宫的意见，见陈宫到来，知其必有事相议，连忙让座。

陈宫开门见山，说："如今百万黄巾侵扰我兖州，泰山、任城二郡已丢，东平危在旦夕，其余各郡县人心惶惶，不知我们东郡有何打算？"曹操说："我和文若先生正在商讨这件事，打算和诸郡联合，共同应对黄巾军。不知公台有何高见？"陈宫说："自从刘岱战死，州中无主，如果将军此时能领兖州牧，举一州之力消灭黄巾军，便可占据兖州，这为以后的大业奠定了良好的基础。我认为这是天赐良机，不可错过。"荀彧说："公台所言极是。"然后转向曹操，"应抓住机会，趁势而为。"

曹操略一沉吟，说："无人表奏，不知州中掾属及各郡国守相是否赞同。"陈宫说："如今天下大乱，朝廷远在长安，尚自顾不暇，何用表奏。当前黄巾军大兵压境，兖州无一人敢出头揽这个责任，巴不得有人出来拯救这个乱局。如曹将军不推辞，我愿亲往州中请说。凭我在兖州的名望，自认定能说动州中各掾属，听从曹将军调遣，各郡国守相也不会反对。"曹操说："可以，我愿意担起这个责任。"荀彧说："军情紧急，请公台即刻起行。"

陈宫即刻告辞，动身前往昌邑。他想鲍信将军能征善战，在兖州颇有名望，据说与曹将军关系不错，如能征得鲍信将军的支持，事情会更好办一些。于是绕道先来到济北，将自己的打算告诉了鲍信。鲍信一听，欣喜异常，说："这主意太好了，从此兖州就有了主心骨了。"于是命军司马于禁守好济北，自己亲自陪同陈宫到昌邑。

州治昌邑城中已是传言乱飞，州署衙里各掾属早已是人心惶惶，仿佛成了无头苍蝇。陈宫找到别驾毕谌和治中万潜，召集掾属们在一起商议，同时也请了逃到昌邑的泰山太守应劭参加。陈宫说："一家无主不行，一州无主更不行。东郡太守曹操，有治世的才能，如果由他来出任兖州牧，一定能够担负起阻止黄巾军的任务。"这时鲍信说："曹将军当初在颍川大破黄巾军，威震天下。今年春天又大败黑山军，把他们赶回了太行山。我曾与曹将军一道征讨过董卓。大家知道，董卓的部曲是西凉羌胡的虎狼之师，曹将军当初手下仅有五千兵马，就重创了董卓的虎狼之师。因此把兖州交给曹将军，别看黄巾军号称百万，我们照样可以打败他。"鲍信的一席话，使大家信心倍增。

　　陈宫说：“曹将军曾任过顿丘令，又任过济南国相，现在又是东郡太守，有治政的经验。我们把兖州交给他，大家完全可以放心。”大家交头接耳议论起来，觉得目前也只有曹操是兖州牧的最好人选了，于是纷纷表示赞同。泰山太守应劭也表示全力支持。最后大家决定，由治中万潜和鲍信，代表兖州官吏，随同陈宫到东郡，邀请曹操到昌邑来出任兖州牧。

第二十四章

讨黄巾鲍信突遇难　率家兵李乾归正途

考虑到形势危急，曹操在东武阳就任了兖州牧，让荀彧同万潜到昌邑进行交接，自别驾毕谌及治中万潜以下各掾属一律留任，由荀彧总揽州中一切事物。曹操以兖州牧身份通告各郡国守相、县令长，一律凭城固守，不得随意出击，以免被黄巾军各个击破。然后令陈宫留守东郡，率本部所有兵马，前往东平郡征剿黄巾军。鲍信随即派人前往济北，要求于禁率兵马到东平会合。

曹军昼行夜宿，很快进入东平地界，刚过寿张，鲍信对曹操说："前面就是东平城，咱们先去探查一下黄巾军的情况，顺便熟悉一下地形。"曹操点头同意。二人率一千兵马为前锋，先一步朝前疾奔，快到东平城时，发觉周围有许多人带着兵器，朝他们聚拢来。鲍信说："坏了，我们遭遇到黄巾军了，他们想包围我们。我们身边只有这千人兵马，快撤！"这时黄巾军已经冲了过来。曹操和鲍信指挥士卒边战边退，然而黄巾军的人数太多了，杀退一批又涌上来一批。鲍信将军在马上奋力砍杀，说："曹将军，我掩护，你快朝西撤！"曹操说："咱们一起拼杀，一块冲出去，否则全部战死在这里。"鲍信说："你一定要突出去，兖州没有你不行。"话音刚落，又一批黄巾军士卒围上来，鲍信的战马被砍倒，鲍信摔在马下，几支枪戟一起刺向鲍信。曹操大叫一声，奋力上前相救，又一批黄巾军朝曹操拥上来。在这紧急关头，一个身材矮小的士卒，挺着一只长枪冲了进来，面对成群的黄巾军，毫无惧色，身形异常灵活，连续刺倒几个黄巾军，护着曹操朝外冲。曹操在马上战，这个矮个子士卒在地上战，两人一上一下配合，黄巾军始终无法得手。但黄巾军毕竟人数众多，眼看情况越来越危险，正在这时，夏侯惇等部曲赶到，杀退了黄巾军，将曹操等人救出，这位矮个子士卒瘫倒在地上，浑身是血。这时曹操才注意到，这位士卒已身负重伤。曹操问他叫什么名字，哪里人？他说："我叫乐进，字文谦，阳平人。"曹操命人将他抬下去包扎，送回家乡养伤，并嘱咐他："待伤养好后再回来。"随后又命人寻找鲍信。然而整个战场找遍，却不见鲍信的身影。寻找的士卒说，仅在鲍信战死的地方，发现了一些碎肉。曹操心情异常沉重，命令部曲撤往寿张防御。而寿张县令得知曹操战败，认为寿张难保，便弃城携家小逃跑了。

一连几天，曹操都竭力压抑着自己悲痛，不使自己失去理智。这时于禁率济北部曲来到寿张，闻知鲍信战死，尸首很可能被黄巾军剁成了肉酱，便请求曹操："鲍将军儿子还小，这仇只有我们去报了。请曹将军下令，我们一定消灭黄巾军，把他们剁为肉泥。"曹操对于禁说："我们一定要为鲍将军报仇！现在鲍将军战死，军中无主，就由你这个军司马统领鲍将军留下的这支部曲。"于禁说："请曹将军放心，从今后这支部曲一定听从曹将军的调遣。"

由于鲍信的遗体找不到，曹操只好命人用上好的木材雕了一具鲍信的身躯，又用上好的棺木厚敛，送回泰山老家安葬。

这一场遭遇战的失利，自鲍将军以下数百人阵亡，这就使将士们心理上有了阴影，百万黄巾军不可战胜的悲观情绪笼罩了全军。为了稳定军心，曹操亲自穿上铠甲，戴上兜鍪，腰挎青釭宝剑，到各部曲的营寨中巡视，同将士们大谈如何在长社一把火把颍川波才黄巾烧得丢盔卸甲，又如何乘胜追歼，击彭脱于西华。说寿张东这是一场遭遇战，并不能说明黄巾军多么强大，增强士卒们的信心，并激励将士们为鲍信报仇。随后颁布了部曲将士奖惩条例：凡奋勇向前，努力杀敌者，一律记以军功；凡临阵脱逃，畏缩不前者，一律严惩。渐渐地，将士们的士气又得到了恢复。

曹操决心要以一场胜仗来提振将士们的士气，他认真地寻找着战机。这天他正在县衙中——自从县令逃走后，他就把这里作为自己的大帐，分析斥候们送来的情报，侍卫进来禀报："有一自称颍川戏志才的求见。"曹操一听，不认识这个人，便问："他从哪里来的？"侍卫说："他自称是从州治昌邑来的。"曹操想：或是荀彧派来的。立刻说："快让他进来。"侍卫答应一声，转身出去领进一个人。只见此人年纪约四十岁，七尺高的个头，满面红光，看上去很健壮，一双不大的眼睛透着精明。曹操问："既是从昌邑来的，那么就是文若先生派来的了？"来人说："正是。"随手奉上一封信。曹操打开信，上面说："我在州中遇见同乡戏志才，此人有胆略，善机谋，现将他举荐给曹将军，或许能助将军一臂之力。"曹操连忙站起，抱歉地说："不知是先生到来，失敬失敬。"说着便施礼让座。待戏志才坐下，曹操问："你是文若同乡，怎么跑到兖州来了？"

戏志才说："董卓之乱时，文若说颍川是四战之地，天下有变，常为兵冲，宜亟去之，无久留。荀氏族人和一些乡亲随文若去了冀州，但大多数乡亲都恋故土，不肯离开家乡。我当时也打算随文若到冀州去，无奈父母不同意，只好留了下来。自我父母亡故后，家乡待不下去，我只好跑到了兖州，在州中谋了个小差事。"曹操说："我这里正需要人，你就暂且在军中任假司马吧，替我出谋划策。"然后指着自己几案上的一些简册，说："你先看看这些，这都是斥候们刚刚送来的。"

戏志才也不客气，坐在几案旁，认真看了起来，说："从这些情报来看，寿张东边的这一股黄巾军比较猖狂，离我们较近，离其他黄巾军较远，我们应该发动突袭，在其他黄巾军未赶到之前，把他们歼灭。"曹操说："我也是这样想。前些天我和鲍信将军没料到他们这样突前，就吃了大亏。这股黄巾军一直在寿张东晃悠，很明显在打寿张的主意。我打算将他们引诱到寿张的西北，然后将他们全歼。"戏志才说："各个击破，这个计策不错。前刺史刘岱就是率兵马与他们正面决战而吃了亏。"

计议已定，曹操命任峻担任诱敌任务。任峻连夜准备了一些车辆，上面装满了物资粮草。第二天一早，出了寿张城，伪装成向东平城运送物资的，并派了数百人的部曲护送。待任峻走后，曹操留下少量兵马守寿张城。城上插满旌旗，造成要死守寿张城的感觉。然后令夏侯惇、夏侯渊、曹洪、曹仁、于禁各率本部兵马，悄悄向寿张西北进发，在预定地点隐蔽起来。

时近中午的时候，任峻率领的物资车队与黄巾军遭遇，略一抵抗，便扔下几辆装满物资的车辆，掉头朝西北方向逃跑。黄巾军将劫到手的车辆一看，上面装的都是粮草物资，便立刻追了上来。任峻跑一段路，回头抵抗一下，扔下几辆车，又继续跑。黄巾军以为这次可要发财了，于是一路追赶下去。刚过午没多久，便追上了曹军的粮草车队。这里道路两旁是岗地，上面长满了树木，任峻的部曲稍一抵抗，便将物资粮草全部扔在这里，押送的士卒全都四下逃散了。黄巾军见得了这么多的粮草物资，高兴地狂叫起来，你争我抢互不相让，甚至为此还动起了手。

曹操在土岗上的树林中看得真切，对侍卫说了声："保护好戏先生。"然后跨上战马，手挥青釭剑，一声令下，带头向黄巾军冲去。黄巾军只顾抢夺物资，没料到道路两旁高岗上的密林中，冲出大队人马，待他们回过神来，准备抵抗时，其部曲早已被冲得七零八落，完全失去了抵抗力。

战斗很快结束了，被俘的黄巾军无望地聚在那里，一个个露着惊恐的眼神，瞧着曹操的兵马。于禁率领的济北部曲群情激奋，一个个喊着要为鲍信将军报仇。于禁来见曹操，说："曹将军，将他们交给我吧。"曹操心里明白，接下来这里将是一场大屠杀。想到鲍信，曹操一挥手："为鲍将军报仇，你看着办吧。"于禁扭头便走。戏志才拦住道："且慢！"扭头对曹操说，"曹将军！你难道也要像董卓那样，睚眦必报吗？"于禁大声说："他们杀了鲍将军，至今尸骨难寻，这难道是睚眦之仇吗？"戏志才说："刚才的战斗，我们打死了他们那么多人，这还不算报仇吗？"然后转向曹操，"现在他们已经投降，你再把他们全杀了，其他黄巾军听说后，必会与你死战，难道这百万黄巾军，你都要斩尽杀绝吗？"

曹操凝神静立在那里，许久才吐了一口气，对于禁说："戏志才先生说得对，我想鲍将军的在天之灵，也会赞同戏先生的意见。"于禁眼里噙着泪，还要说什么，曹操拍拍他的肩，说："好了，于将军，我们要把这侵犯兖州的百万黄巾全都剿灭，为鲍将军报仇。"于是曹操下令："将俘获的黄巾军一律押回寿张城。"

初战胜利，寿张城里的百姓喜笑颜开；部曲的将士们也一扫前些日子的萎靡不振，有了精气神。临时充作大帐的寿张县衙里，曹操与戏志才商量道："黄巾军都随身携带着农具、牲畜，寿张有许多无主的土地，交给他们耕种，你看如何？"戏志才说："自中平元年张角率黄巾叛乱以来，兖州这一带同其他州郡一样，大小战事就没断过，再加上世族豪强巧取豪夺，人口逃亡很厉害，这些无主土地，本来都是好耕地，荒废了实在可惜，交给他们耕种，确实是个好办法。"曹操说："是把他们分散到各亭、里安置呢，还是集中统一安置？"戏志才说："集中安置比较好，因为他们大多是以宗亲乡里为单位组合的，集中在一起，只要管住他们的渠帅，其他的事情我们就可以放手了。"曹操说："把他们的渠帅带来，问问这样安排行不行？"

戏志才招呼侍卫，很快将黄巾军渠帅带了进来。曹操望去，此人年五十岁左右，头发花白，饱经沧桑的脸上布满了皱纹，但仍透着一股威严。曹操示意他坐下。他梗了一下脖子，没有理睬。曹操问他的姓名，他哼了一声，说："既落入你们手中，是杀是剐，任凭处置，不用废话。"便不再吭声了。曹操笑了笑，说："也不杀你，也不剐你，我打算给你们一些土地，由你们自己耕种，怎么样？"这位渠帅怀疑自己听错了，瞪着眼望着曹操。曹操将刚才的话又重复了一遍。这位渠帅追问道："曹将军此话当真？"曹操说："这下该坐下来，我们一起商量一下吧？"这位渠帅当即跪在地上磕头说："谢曹将军不杀之恩。我们原来在家乡，也是因为世族豪强巧取豪夺，失了土地，生活不下去了，才走上了这条路。你看我们都带着农具、牲畜，也是想找到一块土地，让我们生存下来。我们也知道靠抢掠不是长法，可哪儿也容不下我们。"

戏志才连忙将他搀起。曹操示意他坐下，说："这回你可以告诉我，你姓甚名谁了吧？"那位渠帅歉意地说："禀告曹将军，我姓高名登，大家都喊我老高。"曹操笑着说："看你年龄比我大，以后我也直呼你老高了。这里有一些无主土地给你们耕种，在庄稼收获前，由官府供给你们一些粮食，当然粮食不多，起码能让你们不饿死，不足的你们自己想办法解决，但不准抢掠。庄稼收获后，官府将不再供应你们，暂时不收你们的赋税。你看这方法行不行？"

老高又要跪下磕头，被曹操止住。老高说："其实我们青州百姓都知道，你在我们那儿当济南国相时，禁淫祀、劝农桑，给百姓办了不少好事。我们青州黄巾军里，有不少是济南国的人，在一起常提到你，都说你好，如今一见，果然名不虚传。我这就回去，把这好消息告诉大家。"说完起身，千恩万谢地回去了。

老高走后，曹操对戏志才说："调配无主土地，安置老高他们，事情繁杂，得找一个人来具体承办。现在寿张县令已逃，我们得想法再找一个人来当县令，负责处理这些事务。现在到哪里去找这样合适的人呢？"

戏志才想了想，说："现有一个人非常合适。此人姓程名昱，字仲德，是东郡东阿人。这个人颇有计谋，据说中平元年张角黄巾初起时，东阿县丞王度与黄巾军勾结，引黄巾军入城。县令吓得翻墙逃出署衙，躲往城外东山。官吏们和百姓也弃城逃往东山。程昱随后侦视得知，王度不守空城，却与黄巾军在城西五六里屯住。于是程昱劝大家说：'王度及黄巾军不知守城，可知他们不过是专门掳掠财物，没有坚甲利兵攻守的打算。现在我们何不返回城中，依靠坚固的城墙固守，王度等必不能长久。'然而县令和吏卒及百姓们，宁愿在这荒郊野外流落，也不同意返城，说：'黄巾贼在西边，东边无贼，我们在这东山最保险。'程昱无法，便想出一条计策，派几个人打扮成黄巾军模样，又与县中大姓薛房串通好，让这几个人举着黄巾军的旗帜，在东山上摇晃，薛房大叫：'黄巾军已占了东山。'程昱带头往城中跑，县令吏卒及百姓们一窝蜂跟着跑回城中。大家关闭城门固守。王度等来攻城，久攻不下，士气低落。程昱率吏民开城急攻之，赶跑了黄巾军，东阿城得以保全。"曹操笑说："这个程昱不光有计谋，还有胆略。"戏志才说："还有一件事，是我亲见的。去年公孙瓒与袁绍在冀北打得正激烈的时候，两人都来拉拢刺史刘岱。当时公孙瓒略占上风，势头正旺，便派范方来劝说刘岱，让他断绝与袁绍的来往。如果刘岱不从，待打败袁绍后，定出兵攻打兖州。刘岱拿不定主意。当时别驾是王彧，他告诉刘岱，东阿程昱有计谋，能断大事，请他来出出主意。于是刘岱召见程昱。程昱说：'若弃绍近援而求瓒远助，这就相当于跑到很远的越国，去找人来救已掉到水中被淹的孩子。公孙瓒只是一时得势，你怎么能只看眼前利益，而不考虑长远。'刘岱听了程昱的劝告，继续保持和袁绍的关系，果然范方还未回到幽州，袁绍就夺回了冀州北部。刘岱感念程昱的相助，便任命程昱为都尉，让其留在昌邑，程昱以身体有病为由不应召，回到了东阿。"

曹操说："程昱确是个人才，将寿张交给他，我们尽可以放心。只是我担心，刘岱都请不动他，我们去征辟他，不知他应召不应召？"戏志才说："好在东阿离此不远，为表诚意，我亲自去一趟东阿。"

戏志才即刻动身，来到东阿程昱家中，将来意说明。程昱二话不说，打点行装，随戏志才上路。乡亲们见了感到奇怪，问程昱："以前刘刺史征召，你推三阻四，甚至称疾而辞，而现在却欣然前往，前后差别怎么这样大？"程昱笑而不答。

当身材魁梧的程昱随戏志才来到寿张，见到曹操时，曹操望着他那长长的美丽须髯，夸赞道："仲德是一位美髯翁啊，欢迎欢迎！"待程昱坐定，曹操把黄巾军老高所部交与程昱安置一事说了，程昱说："早闻曹公大名，适逢乱世，曹将军所作所为，世人有目共睹。我愿为曹将军效劳，尽力把寿张治理好。"

安排好寿张的事，曹操同戏志才开始商讨下一步征剿青州黄巾军的行动方案。曹操说："根据斥候的侦探，黄巾军大部分人马都集中在东平，任城国自被黄巾军占领后，仅留有少数几支部曲在此活动，且驻扎分散，戒备松懈。"戏志才说："驻扎任城国的这几支部曲，当属屯驻在任城的那支部曲最强，说是有五六万人左右。按照三成能战斗来推算，能打仗的不足两万人，消灭他们我认为有绝对的把握。其他几支屯驻各县的部曲连家眷在内，大都是两三万人，只要我们将屯驻任城的这支部曲消灭，其他就不在话下了。"曹操说："为进一步麻痹任城的黄巾军，也防止围攻东平的黄巾军增援，我们采用声北击南的方法，放出风去，说要与围攻东平的黄巾军决战，然后悄悄迅速地扑向任城，打他一个措手不及。现在我们来商讨一下，由谁完成声北的任务。"

这时侍卫进来报告："启禀主公，有一自称李乾的求见。"

戏志才"噢"了一声，自语道："是他来了。"

曹操看了一眼戏志才，问："你认识这个人？"戏志才摆手说："不认识。但兖州许多人都听说过他。此人是山阳人，在灵帝中平元年，朝廷号召各地勇士讨伐黄巾军，他便率宗族宾客数千人起兵响应。黄巾军被镇压后，本欲解甲归田，但战乱频起，为了自保，仍持兵戈。前年关东联军讨伐董卓时，山阳太守袁遗曾打算收编他，他不愿意，就离开山阳到济阴乘氏驻扎。不知他此刻来干什么？"曹操听了戏志才的简单介绍，对李乾很感兴趣，忙命侍卫："有请李将军。"

待李乾进来，曹操望去，此人四十多岁，身高七尺开外，身着皮甲，健壮勇武，眉宇间透着一股豪气，一见曹操便躬身施礼，说："我乃李乾，山阳巨野人，特来拜见曹将军。"指着身后两位年轻人说："这稍大一点的是我儿子李整，这是我侄子李典。"曹操说："欢迎诸位。不知李将军来此有何事情？"李乾说："久闻曹将军大名。自从曹将军打败黑山军，我就深感敬佩。现在曹将军首战又胜黄巾军，我感到兖州有了希望，便决定前来投奔曹将军，为自己寻一条正路，免得孤悬在外，没有着落。还望曹将军接纳。"曹操喜出望外，问："你的部曲现在哪里？"李乾答道："就在城外等候。"戏志才说："完成声北的任务有人了。"曹操说："李将军刚到，部曲先扎营休整。"李乾问："怎么回事？若有行动尽可告知。"曹操将打算再战黄巾军，需要一支兵马伪装成主力，到东平虚张声势，正不知派谁去一事，告诉了李乾。李乾当即表示："我们经常在这一带活动，对这里的地形非常熟悉，我保证完成任务。这也算我给曹将军的见面礼。"曹操说："既然如此，我也就不客气了。你带将士们先入城休息，明天将我军的仪仗、旌旗交给你们。声势造得越大越好，待我们到任城后，你就率部曲赶快撤回，千万不要和东平的黄巾军正面接触。"李乾说："请曹将军放心，我这就令部曲入城。"说完告辞。

曹操望着李乾的背影，刚想说："李乾的到来，恰逢其时。"还没张口，就见一人闯了进来。戏志才上下打量着来人，刚要开口问，只见曹操早站起来："乐进，快过来，让我看看，伤都好了吗？"乐进说："伤都好了。"曹操招呼戏志才："来，我给你们介绍一下。这位就是我和鲍信将军被黄巾军包围后，在我左右奋勇拼杀的乐进。"戏志才仔细端详乐进，只见乐进身高仅六尺多，但非常壮实，那双眼睛炯炯有神，透着机敏。曹操说："别看乐进个子不高，打起仗来勇猛顽强，且武艺不凡。上一次若不是他在我身边，后果就不堪设想了。"戏志才对乐进肃然起敬。曹操又对乐进说："这位是戏志才先生，现在军中任假司马。"乐进给戏志才行了礼。

曹操让乐进坐下，关切地问："家中父母都好吗？"乐进说："父母都好。看到你派人送去的那么多钱粮财物，都感动得不知说什么好，嘱咐我跟着你一定好好干。这次回来，我觉得我们现在正需要人，于是就动员来了一千多壮士，他们都是我的同乡。"曹操一听，更加高兴。乐进说："这一千多新卒曹将军看都安排到谁的部曲中？"曹操说："哪里也不用安排，就由你统帅他们。"乐进一听，连说自己不行。曹操说："不用推辞了，我现在拜你为陷阵都尉，统领这支部曲。刚好这几天就要突袭任城的黄巾军，你就留在寿张担任守卫吧。"乐进要求随军行动，曹操说："你们刚回来，一路上旅途劳顿，他们又都是新卒，大概兵器也不全吧？"乐进点点头。曹操说："原来我就担心守卫寿张人马太少，有点放心不下，这次你领这一千多人来，正好解了燃眉之急。"乐进见曹操说得这么重要，便不再争了。

第二天，天刚亮，李乾率本部兵马，打着曹军的旗号、仪仗，浩浩荡荡向东平进发。待他们走后，曹操率夏侯惇、夏侯渊、曹洪、曹仁、于禁等部曲，偃旗息鼓，夜行晓宿，悄悄奔赴任城国。进入任城地界，派去侦察的斥候前来报告："屯驻任城的黄巾军，一大早就到西边抢掠去了，城中留下的都是家眷。"曹洪建议："趁城中空虚，马上突进城内，任城唾手可得。"夏侯渊说："老天有眼，把任城拱手送给了我们。"曹操摆手道："我们应立即占据城西的有利地形，趁黄巾军抢掠归来，人困马乏，警惕性放松之际，发动突袭，将他们围歼，这样任城不就是囊中之物了吗?"大家觉得还是曹操说得对，于是便分头行动，准备在任城西设伏。

仲秋的季节，太阳西斜后，天气便凉爽下来，黄巾军带着抢掠来的财物，懒洋洋地朝任城方向走来。一阵微风吹过，骑在马上的渠帅吴质，感到非常惬意。昨天斥候回来报告，曹操正在准备与围攻东平的黄巾军决战，趁此机会，赶紧再抢掠几次，以备足过冬的物资……这时鼓声大作，紧跟着便是一阵喊杀声，四下里突然冒出许多曹军，一起冲过来。吴质连忙组织抵抗，但曹军来势太突然，太凶猛，黄巾军的士卒们都来不及反应，就很快败下阵来。吴质拼命抵抗，与夏侯惇战在一起，不出几个回合，被夏侯惇挑落马下，曹洪赶到，将他擒住。吴质被曹军押解着进了任城，城中的家眷全部做了俘虏。吴质非常懊恼：自己太大意了，只好等待被曹操斩首了；只是手下的士卒和家眷们死得太冤了。事到如今，埋怨、后悔已无济于事，他那不屈的性格，使他在曹操面前，依然保持着应有的尊严。

然而出乎他的意料，曹操亲自给他松了绑，并答应给他们调配无主土地，由他们自由耕种，官府暂供给基本口粮。看到曹操如此对待他们，吴质——这个年轻的渠帅，感动得热泪盈眶，跪拜曹操道："没想到曹将军如此对待我们，大家有了土地，谁还造什么反呢。"

曹操趁势又连战两场，两小支黄巾军被歼，俘获的士卒和家眷们分别安置在任城国的亢父和樊县。其余几支黄巾军早成了惊弓之鸟，连忙逃往东平与主力会合。

曹操连战皆捷，这给黄巾军造成了极大的震慑。东平久攻不下，抢掠不到财物，军心早已不稳。有消息说曹操正准备率兵马赶来东平，渠帅们商议，再在这里耗下去已无必要，决定撤出东平，退往泰山。

第二十五章
百万黄巾归降曹操　正副两史巡视关东

曹操得知黄巾军已逃离东平，料其军心已乱，立刻率部曲追歼。走在最后的一支黄巾军，被曹操前锋夏侯渊追上，只好被迫抵抗。夏侯惇、曹洪、曹仁、于禁等赶到，很快将其包围，迫令其投降。消息传到前面，黄巾军更加惊恐，加快了逃跑的步伐，好不容易退到泰山，被留守泰山的黄巾军接住，这才松了一口气。黄巾军的渠帅们感到很沮丧，当初北上和西进时，虽遭到公孙瓒和袁绍的打击，但损失都没这么惨，整支整支的部曲被曹操消灭。如今退到泰山，近百万人马聚在这里，已经是初冬的季节了，一连串的失败使他们没有抢掠到足够的物资，大家已经开始吃不饱饭了。渠帅们聚在一起商议，决定和曹操谈判。于是派专人给曹操送了一封信，信中说："曹将军当初在青州任济南国相，不畏权势，惩处世族豪强，扶危济困，并且毁坏神坛，禁绝淫祀，受到了济南百姓的拥戴，其美德也传遍了青州。你那时的主张和精神，实际和我们黄巾军信奉的中黄太乙道是一致的。据说你也是一位很懂中黄太乙道的人，怎么现在反而糊涂了？如今汉家气数已尽，黄家当兴，这是上天的意志，不是凭你一个人的才智能够阻挡的。希望你顺应潮流，和我们联合起来，共同推翻这腐朽的汉朝……"不等看完，曹操把信往几案上一摔，骂道："这些贼人，竟想拉拢我。把送信的押上来！"侍卫立刻将黄巾军的信使押上来。曹操怒不可遏，说："如果不是为了让你回去报信，今天我就砍了你。回去告诉你们的渠帅，不要再执迷不悟。早点投降，我保证你们的生命安全，并负责妥善安置。如果企图顽抗，抓获之日，定斩不饶。滚吧！"来人怯生生地问："曹将军是否写封信，让我捎回去？"曹操一拍几案："只有四个字，'率众投降'，再要啰唆，你就回不去了。"来人赶快退了出去。

戏志才拿起那封信，仔细地看了看，然后说："你看这后面的署名，共十八位，印证了老高和吴质的说法，青州黄巾军没有统一的渠帅，各大小部曲靠协商决定事情。你看这个署名营成的、邹力的，一定是济南国人。"曹操说：

"不错，济南国下辖有菅县、邹平。"戏志才说："所以他们对你当初在济南国的情况一清二楚。我有个想法，既然他们送书信来讲和，我们不妨也去信劝降他们。即便不成功，也能动摇他们的军心。"曹操立刻说："这个主意很好，快派人把那个送信的追回来。"于是曹操写了一封劝降信，交给来人带回去。

黄巾军想议和的愿望没有实现，反而收到了曹操的劝降信，各部渠帅自然不肯投降。但是天气逐渐变冷，没有掳掠到足够的物资，给养越来越困难，这百万人口很难度过即将到来的严冬。然而一旦分散开去筹集物资，很可能遭到曹操的各个击破。退回青州也不可能。别看公孙瓒、袁绍二人正打得难分难解，一旦黄巾军退回去，他们会立刻联合起来共同绞杀黄巾军。于是各渠帅商议：济北相鲍信战死，其部曲归了曹操，济北空虚，全部人马退往济北，以济水为屏障，和曹操相持，趁机在济北筹集过冬的物资。过了今年冬天，明年开春再想办法。于是黄巾军放弃泰山，渡过济水，逃往济北。曹操收复泰山，派人到昌邑，通知应邵回泰山复任，随后率大军抵达济水，准备筹集船只渡河，追歼黄巾军。戏志才说："马上就要进入腊月，隆冬时节，济水结冰，犹如平地。"曹操于是下令："各部曲做好准备，只待天气转冷，济水结冰，就过济水，围歼黄巾军。"

进入腊月，已经下过两场大雪了，北风呼啸，天寒地冻。当初鲍信曾严令济北国各县坚壁清野，固守各自的城邑，由于准备工作做得充分，黄巾军退到济北后，未攻下一座城邑，更没有掳掠到多少物资。如今场光地净，大地一片白茫茫，黄巾军各部的人马，都蜷缩在临时扎的营帐中，饥寒交迫。十几位渠帅聚在一起，愁眉苦脸地商讨着下一步该怎么办。曹操派人送来了第二封劝降信，信中除重复第一封信要求他们投降后，给予适当的土地予以安置外，还很明确地告诉他们，济水已结了厚厚的冰，渡济水已如履平地。面对曹操的劝降信，他们分成了两派：一派认为，曹操信中说的可以考虑，否则这样下去只会被冻死饿死；一派认为，官府从来不讲信用，且两军对垒，兵不厌诈，一旦投降，生命安全也就没了保证，到时再后悔，可就晚了。双方都有理，但又都说服不了对方，事情就这样僵持在那里。

由于已经过去好几天了，至今未收到黄巾军的回应，曹操对戏志才说："估计他们在犹豫。"戏志才说："主公说得对，人多嘴杂。我想是不是把刚归顺的那几位黄巾军渠帅请过来，让他们前去劝说，这样效果会更好些。"曹操说：

"这主意不错，由他们现身说法，证明我们绝非虚言，最大限度地打消这些人的顾虑。"于是命人把高登和吴质等渠帅，请到济水前线来。曹操把自己的打算告诉了他们。他们说："现在天寒地冻，他们的日子可想而知。我们现在就去，劝他们早点归附曹将军，家眷们也少挨点冻饿。"言毕，大家即刻动身，踏冰过济水，前往济北黄巾军营寨。

当高登、吴质等与渠帅们一见面，互相之间反而有些生疏了。黄巾军的各位渠帅对高登和吴质他们保持着戒备。还是高登最先打破尴尬，说："看到大家现在处境这么难，我们也很难过。当初我们被曹将军打败时，心想必死无疑。然而曹将军却和公孙瓒、袁绍不同，对我们以诚相待，将无主的土地分给我们，又供给我们粮草。现在我们几个部曲的人们，都对未来充满了信心，只等来年开春耕种土地了。想想我们当初离家时，不就是因为被当地的世族豪强逼得没有办法了，才出来闯生路的吗？现在曹将军给了我们生路，我们为什么不要呢？"有人问道："你说的都是真的？"高登说："如果大家不相信，问问这几位，让他们说是不是真的。"吴质说："老高说的千真万确。"有人又问："你们每人都分到了多少土地？"吴质回答："多少不等。不过曹将军说了，明年春耕以前，一定会将足够的土地分给大家，不耽误大家春耕。"大家的顾虑渐渐打消了，于是同意归降曹操。大家商议，认为菅成和邹力曾是济南国的吏民，决定由他们二人代表大家前去谈判。高登、吴质等人陪二人回到济水南面见曹操。当他们来到大帐，见到曹操，施礼说："曹国相好。"曹操听说他们都是济南国的人，热情地对他们说："大家背井离乡，都吃苦了。"一句话让菅成和邹力眼眶里含满了泪水。他们以前的国相，是那么亲切，双方一下没有了隔阂，谈起来就比较顺利。

菅成和邹力代表黄巾军提出下列条件：

一、青州黄巾军与汉朝势不两立，因此决不投降汉朝，只归降曹操；

二、青州黄巾军各部归降后，愿跟随曹将军平定天下，但不受汉朝诏拜及敕封；

三、青州黄巾军归降后，只听曹将军一人调遣。一旦天下平定，或曹将军百年之后，全体将士解甲归田，曹将军或其他人不得以任何理由阻拦。

曹操很爽快地答应了他们的条件，但同时也提出了三个要求：

第一、青州黄巾军归降后，按各部人口比例选拔青壮勇士，整编成部曲，其余人员一律留在土地上耕种。

第二、青壮勇士组成的部曲，名为青州兵，由我统一指挥，不得自行其是。

第三、青州兵打仗的缴获可归己所有，以弥补粮草物资的不足，但不准抢掠。

谈判结束，菅成和邹力说："协议我们回去和其他渠帅再商谈一下，如果大家同意，我们就签完字送回来。"曹操说："你们走后，我立刻派人筹集粮草物资，只要签了协议，保证让大家吃上热饭。"

因济北相鲍信战死，曹操命济北国长史暂代国相，先筹措一些粮草，以应燃眉之急，又派人通知荀彧，将州中的粮草送一部分到济北来。很快黄巾军各渠帅签名的协议，送到了曹操的大帐中，高登、吴质等人也都松了一口气，帮助曹操将粮草分发到各部去。

黄巾军各部都在按协议整编各自的部曲，曹操率兵马回到昌邑。这是他自出任兖州牧后，首次来到州治。荀彧将其迎到州府中，说："平定了百万黄巾乃大功一件，只是要安置好他们，也不是一件容易的事。"戏志才说："是啊，当初人数少时，倒也不是太难，现在一下添了百万人口，土地和口粮的筹措，都非易事。"曹操说："所以当初我就只能答应他们，先解决部分粮草供应，也是怕州中拿不出啊。至于土地，到明年开春还有些时日，我们让各郡国县邑赶快调查一下各自的无主土地的数量，尽快报给我们。"荀彧说："枣祗已把家眷们从东武阳带到昌邑来了，你也去看看夫人和孩子们吧，卞夫人又为你生了个男婴，还在等你起名字呢。"曹操说："很长时间没见到他们了，我也很想念他们。枣祗不能总是跟家眷们打交道，那太埋没他的才干了。我想东阿县令还空缺着，让他到东阿任县令吧。"荀彧说："可以，我回头就告诉他。你快回家看看吧。"

被董卓留驻关东的李傕、郭汜、樊稠，闻听董卓在长安被王允和吕布诛杀，徐荣、胡轸已归顺了王允。本在河东征剿白波黄巾军的董卓女婿、中郎将牛辅，虽击败了王允派去讨伐的兵马，斩杀了大将李肃，却在陕地被贪财的亲信部将所杀，将其首级送到长安邀赏，三人顿感天塌了下来。他们失去了依靠，无奈只好静等朝廷的赦书，然后归降王允。然而他们很快得到消息说，王允下令，凡是未降的凉州人，一律斩杀，不得赦免。三人感到异常恐惧，经过协商，决定解散部曲，悄悄潜回西凉。这时有一人赶忙劝阻，连说："不可，万万不可！"大家一看，原来是贾诩贾文和。此人是西凉武威姑藏人，曾被汉阳人阎忠称赞为"有良、平之奇"，颇有权谋。原在中郎将牛辅手下任讨虏校尉，因李傕、郭汜、樊稠被董卓抽调征讨袁术，牛辅派贾诩跟随他们协调三军。贾诩说："王允、吕布意欲尽诛凉州人，而诸君解散了部曲，势单力孤，一个小亭长就能把咱们抓住。反正是个死，索性奋力一搏，率部曲围攻长安，为董卓报仇。万一事情成功，奉国家以征天下；若失败，再逃走也不迟。"大家一听，觉得贾诩的意见很对，便说："他们要杀我们凉州人，我们先把他们并州人给杀了。"于是将部曲中的数百名并州人，无论男女老幼全部诛杀。然后号称征讨并州逆贼王允、吕布，为董太师报仇，向长安进发。走到弘农，与留驻在此的牛辅部将张济会合，又一路招兵买马，部曲快速发展到十几万人。

王允和吕布听到消息，赶忙派胡轸、徐荣前往迎击，走到新丰，双方相遇。李傕、郭汜怒斥胡轸、徐荣反叛。经过激战，徐荣、胡轸战死，两人的部曲被李傕等人兼并，接着就包围了长安。这时率部曲逃出长安城的董卓旧部李蒙、王方等，听说李傕、郭汜、樊稠、张济率兵攻长安，便也赶来与他们会合，共同向长安城发起了猛攻。王允、吕布紧闭城门，双方激战十余天，最终李傕等人攻入长安。吕布劝王允和他一块逃走。王允说："安邦定国，是我毕生的心愿，若不能遂愿，则奉身以死之。今皇帝幼少，完全依靠着我。如今临难，抛下幼主而逃走，我心中实在不忍。请你到关东后，转告关东诸将，务以国家为重。"挥泪与吕布告别。

吕布率手下残兵数千人逃出长安。因吕布杀了董卓，自认为与袁氏一族报了仇，有恩于袁氏，于是经武关逃往南阳，投靠袁术去了。王允扶献帝逃到宣平城楼上，李傕等人率兵马将宣平城楼团团围住。献帝壮着胆子朝下问："卿等放兵纵横，意欲何为？"李傕等人说："董卓忠于陛下，却无故被王允、吕布所杀，臣等为卓报仇，实在是不敢叛逆朝廷。请圣上交出首犯王允，为卓报仇之后，甘愿到廷尉受罚。"王允没有办法，只好垂泪与献帝告别，只身下楼就缚，被李傕处死，一家老小宗族数十人，悉被李傕等诛杀。随后又将参与诛杀董卓的太常种拂、太仆鲁馗、大鸿胪周奂、城门校尉崔烈、越骑校尉王颀等杀害，又纵兵掳掠长安，吏民死者达万余人。

报完仇后，李傕等人看到董卓尸首还陈于街市，便将董卓尸骨收敛起来，予以安葬。安葬这天，狂风暴雨，雷鸣阵阵，把董卓的墓穴震塌数次，水流把董卓的棺木漂起，致使无法下葬。李傕等人惊恐，只好将董卓的尸骨草草下葬。事后，逼汉献帝任李傕为车骑将军，封为池阳侯，领司隶校尉、假节。任郭汜为后将军，封为美阳侯。樊稠为右将军，封为万年侯，张济被任命为骠骑将军，封为平阳侯，仍驻守弘农，防御关东诸州郡兵马来袭。其他大小将帅，也据功分封。

李傕等人感念贾诩一计救了他们性命，表奏贾诩为左冯翊，又纷纷要为他请封，贾诩坚辞不受，说："当时情况紧急，此乃救命之计，何功之有！"心中却为自己一条计策，至长安城中吏民万余人身亡而懊悔不已。

李傕等人把持朝政后，欲缓和与关东各州郡的关系，为了拉拢刘表，表奏献帝，诏拜刘表为镇南将军、荆州牧，封成武侯，假节。李傕等人听说吕布已逃往南阳，为了拉拢袁术，擒获吕布，于是表奏袁术为左将军，封阳翟侯，假节。得知兖州刺史刘岱被青州黄巾所杀，表奏金尚为兖州刺史，即刻动身到兖州上任。然后又表奏太傅马日磾为特使，太仆赵岐为副使，二人持节，前往关东地区巡视，宣示天子诏命，抚慰各州郡。因获悉公孙瓒与袁绍大打出手，由二位特使前往幽冀二州进行调停。马日磾、赵岐二位老臣，已是白发皓首，不辞辛劳，肩负重任，出长安，过潼关，一路向东进发。

乐平侯刘邈到长安朝贡献帝后，回到东郡，得知曹操已被兖州的郡国守相及州中掾属们，推举为兖州牧，共抗黄巾，目前黄巾军已被曹操收编，现在曹操已回到昌邑，就赶往昌邑，将长安的情况报告给曹操。曹操说："我料王允难以持久，只是终被董卓部将重新把持了朝政，圣上的日子又不好过了。"刘邈说："李傕表奏的兖州刺史金尚，很快就会来兖州上任，请曹将军早做准备。另外马日磾和赵岐两位特使，也会很快到达，请曹将军也早做准备迎接。"曹操感谢刘邈专程前来告知，摆宴款待了刘邈。宴罢，刘邈便告辞回乐平封地去了。曹操随即召集荀彧、戏志才商讨应对金尚的办法。戏志才说："我们辛辛苦苦，历经艰险，刚平定了兖州，才说有了一块地盘，就拱手让给他，李傕之流想得太美了。这很简单，将金尚挡在兖州境外。"荀彧也说："戏志才先生说得对，这关系到我们的生存，决不能有丝毫的犹豫。"曹操说："那就这么办，通知各郡县，一律不准放金尚入境。第二件事，朝廷特使要到关东巡视，我们怎样接待？"荀彧说："关东地区与朝廷断了联系已有三年了，现在圣上派特使巡幸关东，百姓们翘首以盼，感到又沐浴到了皇恩，我们一定要热烈欢迎。"戏志才说："见到特使，把兖州的情况讲清楚，求得他们的支持。"曹操说："说得对，关注好特使的踪迹，到时我亲自出兖州境迎接。"

果然没有几天，曹操就接到了报告：金尚已到达兖州。遵照曹操的指示，各郡县不准他入境。金尚在兖州边境转悠了几天，始终踏不上兖州的土地。没有办法，他只好转往南阳，到袁术那里暂且栖身，以寻求袁术的支持。

接着又有消息传来，朝廷特使到洛阳后，便折向南，先去巡视荆州了。曹操感到有点失望，不过还好，特使早晚终归是要来的，便暂时把这件事丢开了。

然而没想到刚过了两天，张邈派人来送信，说特使已到陈留，要见曹操。这让曹操颇感意外，与荀彧和戏志才打了个招呼，便随张邈派来的人一同前往陈留去见特使。

张邈闻知曹操到来，赶忙与弟弟张超到府门外迎候。曹操见到张超，问："听说联军解散后，你就一直留在陈留？"张超说："当初我刚离开广陵，陶谦就把我的广陵太守给罢免了，又表奏了新太守，广陵也就回不去了。"张邈说："陶谦暗中勾结董卓，他的徐州牧就是董卓表奏的。"曹操说："陶谦不欢迎张超，我们欢迎。留在兖州也很好。"三人说着进到府中。曹操问："特使是什么时候到的？"张邈说："刚到不久。特使本打算从这儿北上，先到本初那里去，我说既然已到兖州地界，还是先见见曹将军，所以就赶快打发人去叫你。"三人绕过殿堂，来到东侧一个院落，特使的仪仗旌旗都在院中摆着，有几个侍卫在院门内外伺候。张超说："我已见过特使了，就不进去了。"曹操说："张将军请便。"张邈引曹操来到正厅，太仆赵岐正在那里看书。曹操一见，赶快施礼。赵岐连忙站起还礼，让座。看着赵岐皆白的须发，行动略显迟缓的身体，曹操关切地问："赵太仆鞍马劳顿，一路辛苦了。"赵岐说："为国效力，理所应当。"大家坐定，曹操问："不是说太傅马日磾也来了吗？"赵岐说："不错，马太傅是正使，我是副使。走到洛阳，马太傅说，关东地方太大，一州一郡地跑下来，时间太长，圣上的旨意不能及时宣示，于是他提出和我分开巡视。他从洛阳南下奔荆州方向去了，先见袁术，再见刘表。听说本初和公孙瓒正在交战，我打算先到冀州和幽州，见见本初和公孙瓒，还有幽州牧刘虞，让他们各自罢兵，共同辅佐朝廷。"接着赵岐又说："我来时圣上知道你在兖州正征剿黄巾军，所以诏拜你为镇东将军，诏书我已带来了。"随即命人取来诏书，交给曹操。曹操跪拜受诏，谢过赵岐。赵岐又将献帝抚慰天下，诏示皇恩的旨意宣示了一遍。曹操见赵岐年事已高，略显倦意，告辞说："今日天晚，赵太仆先歇息吧，明天我再将兖州的情况，向你详细禀报。"赵岐同意，曹操起身告辞，与张邈退了出来。

　　两人来到后院张邈的书房中，曹操首先感谢张邈在其一家老小留居己吾期间给予的精心照顾。张邈说："我还要感谢你呢。当初我不满本初夺了韩馥的州牧，去信怒斥了他。听说他要发兵问罪于我，还是你劝阻了他？"曹操说："本初当时也是气话，还望孟卓兄别往心里去。说到韩馥，我听说前一段时间，他从冀州来到了陈留，不久就死在了陈留，这是怎么回事？"

　　张邈说："此事说来话长。当初有一个叫朱汉的在韩馥手下任掾属，曾遭到过韩馥痛斥。袁绍得到冀州牧后，委任朱汉为都官从事。谁知这人小人得志，私自发兵包围了韩馥的家，韩馥躲了起来。朱汉抓住韩馥的大儿子，把他的两只脚敲断了。事后袁绍听说了这件事，立刻把朱汉抓住杀了。韩馥一直怀疑是袁绍设的计，不敢再在冀州待下去了，就找了个借口，辞别了袁绍，到我这儿来了。前不久袁绍派人来，打算让我派部曲向北威胁黑山军，以便解除他围攻公孙瓒的后顾之忧。当时招待袁绍的来使时，韩馥也在座，来使趴在我耳边小声说了袁绍的打算，我也点头同意了。当时我看韩馥脸色大变，知道引起了他的误会，本打算宴席结束后，给他说明解释一下，谁知席中韩馥起身去了厕所，在那儿自杀了。弄得我到现在想起来，心里都不舒服。我只好厚葬了他。"曹操也非常感慨。

　　第二天，曹操把自己如何围剿黑山军，怎样收编黄巾军，以及打算怎样治理兖州等情况，一一向赵岐做了汇报。赵岐听得很认真，称赞曹操的义举，并许诺返回长安后，一定向献帝奏报。当曹操听说献帝意欲东归，立刻表示："如果圣上打算重回东都洛阳，需要我曹操帮忙的话，我一定会全力以赴。"赵岐心中喜悦，连夸曹操是忠臣，再次表示："一定会将曹将军的功绩上奏朝廷。"

袁绍得知赵岐已到陈留，一向不愿承认献帝的他，却赶快派专人前来迎接，并向赵岐转致了敬意，表达了急于见到特使的心情。赵岐很感动，连连赞叹道："关东各州牧、郡守，心里都惦念着朝廷，真是义士啊，圣上知道了，一定会非常高兴。"并告诉来人，明天就随他一起前往冀州。

晚上张邈摆了酒宴，给赵岐送行，赵岐高兴，不觉多饮了几杯，多吃了几口菜品，第二天早上起来，就感觉肠胃不好，于是决定暂时推迟几天再上路。这里张邈赶快把陈留最好的大夫请来给赵岐治病。然而病势沉重，不见好转。袁绍派来的人心里非常焦急。曹操说："赵太仆年事已高，又一路颠簸，我看暂时不要到冀州去了，就在陈留治病，先把身体调养好。"张邈也十分赞同。赵岐听了，叹了口气，感到只好如此，于是给袁绍写了一封信，交来人先行带回，待病体痊愈后，一定到冀州去。随后又写了两封信，派自己的随从前往幽州，分别交给公孙瓒和刘虞。三封信其实一个内容，表达了朝廷对他们的抚慰，要求袁绍和公孙瓒各自罢兵，由刘虞从中调停。让大家抛弃恩怨，共同侍奉朝廷。

曹操看诸事都已安排完毕，便嘱咐赵岐，安心养病，与张邈告别，回昌邑去了。

第二十六章

扣皇使袁术耍骄横　迁州治曹操大追歼

　　初平三年冬，公孙瓒为报袁绍杀自己所置冀州刺史严纲之仇，调集兵马，进犯冀州，攻打龙凑。袁绍率兵迎战。公孙瓒连战皆败，于初平四年仲春二月，率部曲退回幽州。眼看袁绍仍紧追不放，正在一筹莫展之际，赵岐派人送来了劝和信，要求袁绍和公孙瓒罢兵讲和，同心效力朝廷。公孙瓒抓住这个机会，赶快给袁绍写了一封信，信中说："赵太仆以周、邵之德，衔命来征，宣扬朝恩，示以和睦，犹如开云见日，真让人高兴！昔贾复、寇恂争相危害，遇世祖解纷，逆同舆并出。衅难既释，时人美之。自认身处边鄙，能与将军和好，此诚将军之眷，而瓒之愿也。"

　　袁绍此时派去陈留迎接赵岐的人已经回来，看了赵太仆让自己和公孙瓒罢兵修好的信，又接到了公孙瓒的求和信，觉得幽州是刘虞的地盘，既然公孙瓒示好讲和，看在刘虞的面子上，也就决定罢兵，率部曲返回邺城。

　　眼看就要开始春耕了，而答应好给百万黄巾军分配土地的事情还没有完成，曹操心急如焚。从陈留回来就忙这件事。据荀彧报告，兖州各郡国的无主土地，都统计得差不多了，但是数量太少，按人头分下去，每人分不了多少土地。曹操感到奇怪，根据户口流失情况，无主土地不应该这么少。荀彧说："根据调查，有相当多的土地，被当地世族豪强据为己有了。"曹操说："先把收集到的这些土地，按人头分下去，不要误了春耕。随后调查一下，看这些世族豪强掠夺了多少土地，设法让他们吐出来。"

　　与此同时，黄巾军按照与曹操的约定，开始整编。各部根据自己的情况，选取最好的青壮勇士，组成新的部曲。他们不再按黄巾军的旧称为方，也不按官军的称谓为部曲，而是称为营，因不受朝廷诏拜和敕封，每营首领仍称渠帅。

每营按渠帅的姓氏称呼。比如高登的营就称为高家营，也称为老高营；吴质的营就称为吴家营，或老吴营。各营整编后，便向昌邑集结。

这支由青州黄巾军组成的兵马共计五六万人。看着这些从百万人员中精挑细选出的青壮勇士，曹操喜悦之情溢于言表。为便于管理，他派夏侯惇统一指挥这支部曲。然而当夏侯惇高高兴兴前去上任时，却被青州兵各渠帅联手轰了回来。他们说："我们与曹将军有约，只听曹将军一人指挥。"曹操随即携夏侯惇到青州兵营中，对各渠帅说："不错，我们先前有约，你们只听我一人指挥。但我手下不止你们一支部曲，我也不可能具体指挥到你们每一个营，所以我委托夏侯惇替我指挥。他的命令就是我的命令，他的决断就是我的决断。各营渠帅必须服从。如若不从，定军法惩处。"各渠帅交头接耳，觉得曹操的话说得有道理，便表示愿意服从夏侯惇的指挥。

曹操组建了这支青州兵，实力大大增强，加上于禁统帅的原济北国鲍信的兵马，李乾带来的兵马，和乐进新招的兵马，以及曹操的原有兵马，总计达十余万之众。这样无论从地盘上，还是实力上，曹操都已是镇守一方的名副其实的诸侯了。

吕布率数千残部逃出武关，来到南阳投奔袁术。袁术喜出望外，盛情款待。然而好景不长，吕布自恃诛杀董卓，为袁氏一族报仇有功，言谈举止间便恃骄蛮横，其部下旧习难改，不断掳掠南阳百姓，这引起了袁术手下将士的不满。袁术本人也感到吕布终究是一个祸患，逐渐萌生要将其除去的思想。吕布察觉到事情不妙，遂心生恐惧，率部曲悄悄逃离了南阳。袁术部将桥蕤等闻知，赶快报与袁术，要将其追回。袁术问："吕布逃向了哪里？"桥蕤说："据说河内新任太守张扬，是吕布向董卓举荐的，两人曾同在并州刺史丁原手下任事，关系一直不错。有消息说，他到河内投张扬去了。"袁术淡淡地说："此人杀了董卓，毕竟有恩于我袁氏一族，走就走吧，省得在这里给我找麻烦。"

吕布刚刚离开，天子的特使马日碑就来到了南阳。袁术立刻迎接。马日碑先宣示了天子抚慰关东各州郡的旨意，又告诉袁术："李傕、郭汜等人欲和袁将军交好，表奏袁将军为左将军，封阳翟侯。"说着将左将军和阳翟侯的印绶奉与袁术。袁术欣然领受。马日磾又说："李傕、郭汜得知吕布逃到南阳，希望袁将军将其捕获。"袁术一笑说："事不凑巧，吕布已逃离南阳。"马日磾说："既如此，也只好作罢。"

袁术望着马日磾手中的节杖，说："太傅所持特使之节杖，红缨鲜亮，煞是好看，能否借我一观？"马日磾说："这有什么可看的？将军愿看，拿去看好了。"说着将所持节杖，双手奉与袁术。袁术接过，略一观看，连说："好，真好……"将节杖交给了旁边的侍者，说："此节杖我先替你保管着，免得损坏丢失了。"马日磾大惊，要求归还节杖，袁术不予理睬，只说了句："你们好好服侍太傅。"便扬长而去。

数天后，袁术拿着一份上面列有一千余人的名单，来见马日磾，要求马日磾依照名单上所拟，表奏献帝，对他们一一诏拜敕封。马日磾接过名单一看，气得浑身哆嗦，说："袁将军一家四世三公，表奏的公卿大夫不在少数，可有像今天这样，靠逼迫、挟持取得的吗？"于是将名单交还于袁术，坚决不从，并要求袁术将节杖交还，他还要巡抚其他州郡，宣示皇恩。袁术不置可否，随后推三阻四，将马日磾扣押不放。

这天，主簿阎象向袁术禀告："据可靠消息，吕布投冀州袁绍去了。"袁术大怒，说："前些天，刘虞的儿子刘和偷偷逃出南阳，投奔了袁绍，现在吕布又投奔了袁绍。我才是袁氏的嫡宗，袁绍不过一庶子矣，我一直把他当家奴看。我实在不明白，人人都积极追随他，想来真是可气。"嫉妒的怒火使他决心要找个机会，与袁绍见个高低。

机会说来就来。斥候报告："张燕率黑山军进攻冀州，袁绍正与其交战。"袁术大喜，立刻派专人联络公孙瓒，要求配合黑山军，围奸袁绍。又派人前往徐州联络陶谦，从侧翼进攻袁绍。再派人联络曹操，要求与自己联合，共同讨伐袁绍。很快公孙瓒回信说，正调集兵马，准备进攻袁绍。陶谦也来信表示支持袁术，调集兵马，准备借道兖州，进攻冀州。袁术非常高兴，只待曹操回信同意，他就可以借道兖州，发兵征讨袁绍。

然而却迟迟不见曹操来信，他坐卧不宁，又等了几天，终于收到曹操来信。出乎意料的是，曹操信中不仅不同意他围剿袁绍，反而指责他：兄弟之间不应互相攻击。说董卓虽然被诛杀，但献帝仍在西凉集团手中，应联合起来，共同辅佐献帝，迎献帝东归，以慰圣心，以顺民望。信中说："吾绝不会弃朝廷于不顾，与袁绍为敌，以致自己生乱。望公路弟三思而后行。"

由于曹操断然拒绝，以致陶谦和袁术都无法经兖州征讨袁绍，袁术气得手拍几案，大骂道："曹操这个宦竖之后，向来不把我放在眼里。这次我要先灭了他，再灭袁绍。"于是分别给陶谦和黑山军、公孙瓒写信，让他们调集兵马，配合自己进攻曹操，夺取兖州。袁术算了一下账，自己手中有十几万兵马，陶谦有十几万兵马，公孙瓒在青州的田楷、刘备有数万兵马，黑山军虽然正和袁绍交战，至少也能出动数万人。而曹操充其量不足十万余兵马，其中一大半是才收编的青州黄巾军，不过一群乌合之众。他对消灭曹操抱有必胜的信念。

马日磾闻知袁术要起兵围攻曹操，立刻面见袁术，痛斥他不以天下为重，挑起事端，辜负了皇恩，致关东地区烽烟骤起，要求其立即停止进攻曹操和袁绍。为了堵马日磾的嘴，也为了使自己师出有名，袁术想起前不久来投奔他的金尚。金尚是献帝诏拜的兖州刺史，却被曹操无端阻截在兖州境外，这正是一个很好的借口，即便马日磾也无话可说。于是袁术带上金尚，公开宣称代刺史金尚讨回兖州。留下部将苌奴守卫南阳，率大军讨伐曹操。

昌邑城中，兖州州衙的厅堂上，曹操、荀彧、戏志才等正在紧张地商讨着应对袁术的进攻。据斥候报告，徐州牧陶潜的兵马，已屯扎在徐、兖二州交界的地方，随时准备夺取华、费二县，由此攻入兖州。北边公孙瓒遥任单经为兖州刺史，命青州刺史田楷、平原相刘备将兵马集结在高唐，一旦击败曹操，就护送单经到昌邑走马上任。西边，黑山军于毒、南匈奴单于於夫罗公开扬言，为报上次在东郡被重创之仇，要和曹操血战到底。南边袁术自领十余万大军，带着金尚，已离南阳。"虽然形势异常严峻，"曹操说，"但目前我们兖州的北部和西部分别由袁绍和张扬驻守，可以牵制青州田楷、刘备和黑山军于毒、南匈奴单于於夫罗。南阳隔着豫州，袁术到来尚需时日。离我们最近的就是陶谦，双方随时都会交战。"荀彧说："陶谦离我们虽近，我反而认为目前最不用担心的就是陶谦。陶谦这个人很善于投机，早在联军讨伐董卓时，因为他不参与，董卓对他非常感激，表奏他由徐州刺史转任徐州牧，诏拜为安东将军并敕封为溧阳侯。李傕、郭汜把持朝政后，他又与此二人建立了联系，据说不断给二人贡奉物资。这次虽然响应袁术的号召，兵马屯驻徐、兖交界一带，我料陶谦不会替袁术卖命。如果袁术打败我们，陶谦一定会出兵相助，与袁术瓜分兖州。反之，他就会立刻缩回去。"

戏志才说："荀彧先生说得不错，陶谦在观看风向，即便如此，我们还是应该提防他，因为昌邑离徐州、豫州较近，无论是陶谦还是袁术来攻，都不利于防守，我想，还是将州治从昌邑迁出。"曹操点点头："我也有这个想法。那么迁到哪里呢？"荀彧说："迁到鄄城，那里离邺城近，万一兖州失守，便于撤往冀州。"曹操说："好，就这样定了，将州治迁往鄄城。我们就可以全力应对袁术的进攻。"荀彧说："我们是不是请袁绍给刘表写一封信，让刘表趁势进攻南阳，牵制袁术。"曹操说："给袁绍去信太绕圈子，我们直接给刘表去信。我相信为了南阳，刘表一定会出兵帮这个忙。"

话音刚落，侍卫报告："朝廷副使赵岐派人从陈留来见主公。"曹操等人不知什么事，赶快与来人相见。来人说："因马日磾被袁术扣押，圣上诏命赵太仆前往荆州刘表处抚慰，幽冀两州改派段训从长安出发，前往抚慰。赵太仆身体已痊愈，特命我前来感谢曹将军不断关怀、问候，并向曹将军辞行。"曹操说："既是赵太仆奉圣上之命前往荆州，我定当前往送行。请你歇息片刻，待我稍作准备，即随你一同前往。"随即命人领太仆使者下去休息，然后与荀彧和戏志才商议："我前去见赵太仆，一是送行，二是就托赵太仆让刘表助兖州一臂之力。"

搬迁州治的命令一下，由昌邑通往鄄城的道路上，很快便繁忙起来。一拨拨男女老少，车载肩挑着行李包袱，依次朝前走着，一个个面无表情，看得出人们的心情是紧张的。春天中午的太阳照在身上，人们的脸上已经汗津津的了。当初刚上路时，小孩子们还嬉笑着互相打闹，这会儿也已经蔫头蔫脑地蒙眬着睡眼靠在车帮上，随着车辆的颠簸晃动、摇摆着。曹操一家老小同曹军的家眷们一起，随着这股人流朝前行进着，临时雇佣的车上除了坐着夫人孩子外，再就是几个简单的包袱，里面包着随身换洗的衣服和被褥铺盖。

六岁的曹丕眼尖，在车上朝后指着说："那不是父亲吗？"大家顺着他的手指朝后望去，果然曹操骑着战马和戏志才一起，在随从的簇拥下朝这儿驰来。这时曹操也望见了他们，来到跟前，跳下战马，见曹植已在卞夫人怀中睡着了。曹操与各位夫人打过招呼。这时曹昂跳下车，边走边问父亲："听说马上要打仗了，我想随父亲上前线。"曹操边走边说："你还小，再过两年再说吧。"曹昂说："我都十六岁了，不小了。"丁氏说："听说要打仗了，这两天就跟我嚷嚷，说要随你去，我不答应。"曹操说："目前你是家中最大的男子汉，你的弟妹们还小，你要替我照顾好他们。"曹丕也说要上战场征战，曹操说："你更不行了。"说着，从车上抱起四岁的曹彰亲了一口，又拍了拍曹铄的头，说："你也十二三岁了，要帮着你曹昂哥哥，照顾好弟弟妹妹们。"刘夫人说："你放心，曹铄可懂事了，又听话。"这时曹真也嚷嚷着说要去打仗，曹操抚摸着曹真的头，说："你也还小呢，才十二岁。"曹操对曹昂说："这个家就委托你了，替你的母亲们分点忧。"然后对大家说："慢慢走，不用慌，都高兴一点，这只不过是一次搬家而已。你们高兴了，大家伙也都会高兴起来的。好了，鄄城再见！"然后跨上战马，同戏志才一起朝鄄城赶去。此时曹植已醒，卞夫人望着曹操远去的背影，亮起了歌喉，那悠悠的音调，很快感染了这涌动着的人流，大家的心情顿时轻松了许多。

荀彧和别驾毕谌、治中万潜，在鄄城忙得不可开交。州治搬到鄄城，一切都要重新安排。曹操到鄄城后，将州中之事全部委托给了他们，同戏志才一起忙着调集兵马。这时曹操接到袁绍的信，信中说刘虞已答应，以州牧和大司马的身份，阻止公孙瓒参与袁术发动的战争。信中还说，吕布已率他的兵马到达冀州，参加了围剿黑山军的战斗，目前已连战皆捷，形势大好，让曹操放手应对袁术的进攻，并表示："冀州就是你的坚强后盾。若有需要，即派兵相助。"曹操心里稍微有了些底。

接着，张邈派人急报，袁术派人与张邈以及各郡国守相联络，要求各郡国脱离曹操，拥护朝廷诏拜的刺史金尚。张邈彻底回绝了袁术的要求。袁术正大举进攻陈留，张邈和张超经过激战，终不能敌，率部曲已退入济阳，请曹操赶快增援。

袁术占领了陈留，以刘详为先锋，继续追歼张邈和张超，很快推进到匡亭。曹操决定先歼灭刘详，以解张邈之危。为了麻痹袁术，令夏侯惇在鄄城大张旗鼓地调集兵马，宣称要与袁术决战。又令荀彧公开调集粮草，准备誓死保卫鄄城。然后令曹仁、夏侯渊、于禁、乐进潜出濮水，第二天上午包围了匡亭。而此时刘详还没有察觉，以为曹军远在鄄城，所以防备松懈。曹操一声令下，开始进攻匡亭。曹仁在马上，一杆长矛前突后刺，他的弟弟副将曹纯使一杆大长戟，在马上连扎带钩，这弟兄俩互相配合，矛戟所到之处，结果的性命不计其数。夏侯渊、于禁、乐进，更是身先士卒，奋勇争先。刘详仓促应战，气势上又被曹军压倒，终因寡不敌众，很快败下阵来，匡亭被攻破，刘详被曹仁斩杀，只有少数士卒侥幸逃脱，奔陈留报丧去了。

袁术得到刘详全军覆没的消息，颇为震惊，但他很快镇定下来。根据获得的情报，曹操正在鄄城集结部曲，攻占匡亭的只是曹操派出的先锋曹仁。由于袁术根本不相信曹操在匡亭，于是下令大将纪灵任前锋向匡亭进发，自己亲率大军随后跟进，要消灭曹仁，夺回匡亭，为刘详报仇。

袁术盛气凌人，不可一世的性格，曹操是再熟悉不过了。他派快马通知夏侯惇，让其务必率青州兵赶到匡亭，参加围歼袁术的战斗。又令曹洪、李乾赶往济水，准备堵截纪灵的后路。随后命在匡亭的部曲迅速隐蔽，只留曹仁竖起旌旗，在匡亭大模大样地扎下营寨，引诱袁军。

纪灵到达匡亭，见曹仁的帅旗在匡亭上空飘扬，正准备扎下营寨，不料一声炮响，四下里曹军像从地里冒出来的一样，一下把它包围了。纪灵没有想到刚到匡亭就陷入了包围，来不及多想，组织人马拼命突围。无奈曹军的攻势太强大了，兵马一批一批地涌上来，压得他喘不过气来。尽管他挥舞手中三尖刀，奋力拼杀，周围的喊杀声此起彼伏，士卒很快死伤过半，有的感到突围无望，放下武器投降了。纪灵率兵马边战边往济水撤退，又遭到曹洪、李乾的堵截，最后在随从拼死掩护下，损失惨重，才渡过济水，逃出曹军包围。

看到纪灵大败，袁术大发脾气，要斩纪灵，主簿阎象苦劝，袁术才饶了纪灵的性命。袁术简直不敢相信，曹操怎么一下子就到了匡亭，他应该还在鄄城集结兵马呢。这时斥候来报告，曹操的部曲开始渡济水，朝这里奔来。袁术此时已率大军过了封丘，下令兵马撤回封丘，依托封丘城，先稳住阵脚。

纪灵的惨败动摇了袁术部曲的军心，在撤向封丘的路上，又被曹操的部曲追着屁股打了一顿，大家惊慌失措，好不容易逃到封丘，曹操的大队人马又开始包围封丘。惊魂未定的袁术彻底懵了，曹操怎么突然一下子冒出这么多人马？于是下令部曲向陈留撤退。这时留守陈留的士卒来报告，张邈和张超已攻占了陈留。原来张邈和张超趁曹军围歼袁军之际，率兵马扑向陈留，击败了袁术的留守部曲，夺回了陈留。袁术只好率部曲向襄邑撤退。待赶到襄邑，赶快命关闭城门，这才顾得上稍稍喘口气。

稳住阵脚后，袁术着手清点兵马，还好，大部分兵马还在。先前之所以兵败，是吃了大意的亏，于是又给纪灵增调了兵马，命自己私任的豫州刺史孙贲，筹集粮草，送来襄邑，他要在这里与曹操决战。

袁术还没有部署完毕，留守南阳的部曲派快马来报：刘表率荆州兵马攻入南阳，已接连夺取了好几个县，请袁将军速派兵回援。袁绍顿时皱起了眉头，甚至有点惊慌，如果刘表与曹操配合，二人南北夹击，自己就会全军覆没。这时斥候送来情报，曹操在张邈张超的配合下，正朝襄邑包抄过来。袁术决定放弃襄邑，向陶谦靠拢，寻求陶谦的支持，共同应对刘表和曹操。主意已定，于是率兵马撤出襄邑，渡过睢水，撤往豫州太寿城。

太寿城城墙坚固，易守难攻，袁术决心依托太寿城，背靠陶谦与曹操决战，因此迅速派人联系陶谦，让其派兵马进攻华、费两县，从侧翼发动袭击，牵制曹军，或者直接派兵马增援自己。此时袁术的兵马经过连续失败，士气上与曹军已有天壤之别。曹操令张邈守好陈留，防止黑山军乘虚进攻兖州，亲率兵马紧随袁术渡过睢水，紧紧包围了太寿城。

然而曹操几次攻城均遭失败，心里非常着急。这里离陶谦太近，若陶谦动手相助袁术，后果不堪设想，必须尽快攻下太寿城。于是带上戏志才，沿太寿城考察，看如何才能攻破太寿城。二人骑着马，在侍卫的跟随下，围着太寿城巡察，谋划着新的攻城方法。然而转了一圈下来，仍是一筹莫展——太寿城太坚固了。

他们来到睢水的大堤上，这里风景优美，春天的各种花朵开得非常艳丽，在河堤上向远处望，冬麦碧绿，大地好像铺了一层厚厚的绿毯，睢水哗哗，欢快地流着。曹操和戏志才无心欣赏这美景。突然，曹操盯住太寿城不动了。戏志才也顺着曹操的目光朝太寿城望去，二人立刻高兴起来。原来这太寿城虽然坚固，但位置却不好，城建在了一个地势较低的地方，如果在睢水上筑一道坝，将水位抬高，就可以决堤放水，轻而易举地将水灌进太寿城。戏志才说："曹将军，我们找到消灭袁术的办法了。"曹操脸上的愁闷一扫而光，赶回大帐，命令部曲选地势较高的地方重新扎营，派人在睢水拦河筑坝。

这天，袁术正在太寿城等待陶谦来助，守城的士卒来报：曹操放睢水灌城。袁术心中一惊，急忙登上太寿城的城楼，只见睢水从堤岸的开口处倾泻而下，直往城里灌。曹军站在高处大叫："水灌太寿城，让袁术喂鱼虾。"他暗暗叫苦，大骂陶谦背信弃义，至今未见援军。现在唯一的办法就是拼死也要突围出去。袁术登上城楼观望，见东南宁陵方向地势较高，于是袁术率部曲，在茫茫一片水中倾巢而出。许多士卒被曹军射杀，还有许多士卒不知哪里是沟哪里是坑，跌入深水中被淹死。好不容易逃出来的，立刻遭到曹军的截击，又损失了许多人马。本想逃到宁陵城暂歇，哪知曹军追得太紧，根本来不及关城门，只好穿城而过。此时袁术彻底丧失了抵抗的信心，再也不敢心存侥幸，率部曲一直往南撤。

不停地追歼，曹操的部曲也是人困马乏。然而青州兵却非常高兴，连续的胜仗，使各营不断地将缴获来的物资送回兖州，他们的家眷们暂时不会挨饿了。

现在已是初夏，将士们一路追击，一路抱怨："这袁术跑得比兔子还快。这哪里是打仗，简直是赛跑。再这样追下去，腿都要跑断了。"有的说："从匡亭之战算起，现在已经两个多月了。天气越来越热，我们的衣服都该换了，浑身一出汗，这衣服显得更加沉了。"曹操骑在马上，听到将士们各种的抱怨，鼓励大家："我们累，袁术更累。我们决不给袁术以喘息的时间。我已经下令将换季的衣服赶快送来，只是这袁术跑得太快，我们送衣服的追不上。"大家都笑了起来。

袁术拼尽了全力在逃，他已经撤到了九江，进入了扬州境，然而曹军仍紧追不舍，后面的部曲不断被曹操追歼，他已经全然不顾了。前边就是淮水，只要渡过淮水，凭着这道天然屏障，它足可以抵挡住曹操的进攻，再整兵马，与曹操决战。谢天谢地，他终于来到淮水边，马上命令各部曲收集船只渡河。上了船，望着滚滚的淮水，向北说道："曹操，你等着，我必报此仇！"

　　曹操经过千里大追歼，将袁术从兖州赶到豫州，又从豫州赶到扬州，最终将袁术赶过了淮水。望着宽阔的河面，下令部曲就地休整，并安排将士们更换了夏装，准备渡河彻底消灭袁术。这时荀彧派人送来消息，徐州下邳人阙宣反叛朝廷，自称天子，纠集兵马，欲进犯我兖州，请曹操及早率部曲回防兖州。这时曹操也得到情报，早已投靠袁术的豫州汝南、颍川黄巾军何仪、刘辟、黄邵和何曼等渠帅，打算从背后袭击曹操。曹操同戏志才商量，不能陷在这里。果断率部曲踏上了返回兖州的路程。这时已是仲夏季节，从匡亭之战到如今，已三个月有余了。

第二十七章

信谶语阙宣称天子　讨不臣曹操伐陶谦

自从关东地区开始流传"代汉者，当涂高也"这句谶语，前黄巾余部、下邳人阙宣便坐不住了。他分析"涂"即"途"，即路也。皇宫门前的宫阙立于大路两边，恰应了自己的姓"阙"，上天认为取代汉室的当是自己。于是便竖起大旗，自号天子，欲推翻大汉王朝，夺取天下。

陶谦闻之，欲派兵镇压。主簿曹宏连忙说："不可。目前天下大乱，幼帝被关中的李傕、郭汜挟持；幽州牧刘虞为阻止公孙瓒配合袁术攻打袁绍，与公孙瓒开战；袁绍与黑山军正打得难分难解；曹操与袁术正在激战，而我们徐州形势一直比较安定。董卓之乱后，兖、豫等州及三河地区的流民，有许多逃到徐州，使我们徐州的人口大增。现在我们徐州民富物丰，兵强马壮，何不趁此乱局问鼎天下。"陶谦疑惑地说："若如此，各州郡牧守也会像讨伐董卓一样，联合起来围攻我们。"曹宏说："所以我们先投石问路。这阙宣就是一块问路的石子，我们与他联合，暗中支持他为天子。如果其他州郡牧守对此不管不问，我们就废掉他自立。如果州郡牧守们还像当初那样尊奉汉室，群起而攻之，我们就顺势消灭他。"陶谦觉得曹宏的办法不错，于是派人联络阙宣，暗中答应，举州拥立阙宣称帝。阙宣得到陶谦的许诺，喜出望外，认为自己代汉之事，顺从天意，必能成功。于是让来人回去转告陶谦："陶公识天时，将来必是开国重臣。待夺得天下，必封陶公为王。"陶谦随后又建议阙宣："曹操正在全力追歼袁术，其兵马陷在淮、泗，兖州空虚。你可趁此机会，夺取兖州，扩充势力。"阙宣很高兴，便率兵马准备攻打华、费二县，进而夺取兖州。

曹操率部曲回到兖州的时候，已是五月仲夏末。走到定陶，留下大部分兵马在此驻扎，率其余兵马返回鄄城。荀彧见到曹操，高兴地说："曹公终于回来了。泰山太守应劭派人来报，阙宣率兵马已夺取我华、费两县，应劭已率郡兵前往抵御。"曹操问："阙宣在徐州反叛，陶谦为何不镇压？我即刻给陶谦写信，就说阙宣已侵犯我兖州，势力渐大，希望他调徐州兵马，配合征剿反贼。"

　　陶谦接到曹操的信，信中的措辞很是谦恭，称陶谦为前辈，说陶谦年逾花甲，是朝廷的老臣，曾随车骑将军张温，西讨边章、韩遂，又平定徐州黄巾暴乱。现在贼人阙宣又起兵反叛，连夺郡县，侵扰兖州，希望老前辈积极配合，共同剿灭反贼云云。陶谦看完信，坐在那里沉思，想着怎样应对曹操。这时曹宏来见陶谦，陶谦将信递给他，曹宏看完说："从此信可知，曹操与袁术大战之后，已是元气大伤。我们可让阙宣赶快进攻兖州，曹操必派兵征剿。目前豫州无主，我们先派部曲占据豫州，然后由此进攻任城，与阙宣配合歼灭曹操，夺取兖州。这样我们拥有徐、豫、兖三州，势力空前强盛，就可傲视群雄，自立于天下。"这一幅辉煌的远景，让陶谦激动不已，便说："我给曹操去信，继续迷惑他，就说我们正调集兵马，准备讨伐阙宣。"然而暗中调集兵马，准备夺取豫州。

　　六月夏末，小麦等夏收作物已收打完毕，各郡县正按要求，将征集的粮草依次送到鄄城，任峻忙着接收，并不时地将征收的粮草数报告曹操。从任峻提供的数字来看，粮草大头落地，曹操悬着的心逐渐落了下来。

　　这天曹操正与戏志才在府中议论粮草、赋税征收的情况，荀彧兴冲冲地拿着一封信进来说："本初派人送来捷报。"曹操接过信，只见上面写道："闻孟德将袁术赶往淮水以南，解除了我们南面的威胁，实在可喜可贺。自吕布将军来到冀州，每战必奋力争先，几战下来，就彻底扭转了战场形势。前不久，我们将于毒包围在朝歌鹿肠山的苍岩谷口，经过五天激战，将其数万兵马全部歼灭，于毒也被斩首。随后又消灭了左髭丈八等部，沿太行山向北，连克刘石、青牛角、黄龙等，冀州郡县悉被收复。目前黑山军只有招架之功，已全线向太行山溃退。"曹操高兴地连连说："好，好！冀州取得了对黑山军的胜利，我们取得了对袁术的胜利，最困难的时候已经过去了。"

话刚说完，就有侍卫来报："有一自称毛玠者，要拜见曹公，现在门外等候。"曹操、荀彧、戏志才都一愣。这毛玠乃兖州一名士，向以清廉公正著称，曹操有心征辟，只可惜听说他为躲避战乱，早已带领家人到荆州去了，没想到他此刻会来拜见。三人先惊后喜。曹操忙命："快快有请！"很快侍卫带上一个人来。三人望去，见此人身高约七尺，年约三十岁，眉清目秀，头戴方巾，一身布衣。见到曹操，深施一礼，自我介绍："吾乃毛玠，字孝先，陈留平丘人氏。"曹操忙起身还礼："早闻毛玠先生大名，无缘相见，颇感遗憾。不想先生今日到来，有失远迎，万望见谅。请坐！"将荀彧与戏志才介绍给毛玠。毛玠与荀彧、戏志才也都见过礼，彼此落座。

曹操问："听说先生早年到荆州去了，几时返回的？"毛玠说："自黄巾起，又历董卓之乱，兖州战事不断，百姓纷纷逃亡。为避战祸，我便带宗族到荆州去了。原想那里远离中原，比较安定，而且刘表又曾是著名的'八顾'之一，德行甚高。然而走到南阳，便听人纷纷议论，说刘表政令不明，处事优柔寡断，难成大器。当时袁术在南阳，以为他四世三公之家，又曾在朝中任职，一定气度不凡，便转投到袁术门下。谁知袁术骄奢淫逸，征敛无度，南阳百姓怨声载道，又得知他要起兵讨伐袁绍，连自己哥哥都容不下的人，他还能容得下谁？深感还不如到荆州去。正在犹豫之际，听说曹公做了兖州牧。我虽没见过曹将军，但对曹将军略知一二，便决定携家人返回兖州。"

曹操说："先生回来得正好，我曹操正求之不得。现在天下纷争，我们兖州周围又强手如林，正要请先生替我好好谋划一番。"毛玠说："不敢说谋划，只是有几点粗浅的想法，说出来供曹将军参考。如今天下分崩离析，到处田园荒废，百业凋零，百姓饥寒交迫，流离失所，官府征收的赋税粮草，不够一年所用，如此状况，是很难维持长久的。周围的袁绍、刘表、陶谦，虽据大州，又都兵强马壮，在我看来，他们割据一方，心怀叵测，嘴上说拥汉，实际要篡汉。自古以来，用兵之道在于合乎正义，幼帝虽远在关中，百姓却心向汉，所以应顺应大势，积极拥戴汉室，这样才能站在道义的制高点上，来号令那些不守臣节的人。再者，要想平定天下，必须有强盛的实力，这就要求我们，大力鼓励百姓积极生产，振兴百业。据说曹公已将无主土地分配给收编的黄巾军家眷们耕种，这还不够，应将那些世族豪强强占的土地收回，招纳流民，让他们努力生产，这样才能够获得足够的赋税粮草，才有实力傲视群雄。总之就两句话：奉天子以令不臣，修耕植以蓄军资。如此下去，霸业必成。"

毛玠的一番话，使曹操的思路立刻清晰起来，当即拜毛玠为治中从事，专门负责州中土地的清查征收。随后按照毛玠的建议，曹操亲自写了奏章，令从事王必为特使，带上丰厚的礼物，取道河内，前往长安朝贡献帝。又让荀彧、毛玠发布文告：凡最近几年侵占、贱买、夺取的土地，一律无偿退还原土地所有者；圈占、摄取的无主土地，或无法退还原主的土地，一律上交各郡县，由官府统一分配；发现隐匿、瞒报者，一律严厉惩处。文告发出后，一些世族豪强勾结官府掾属，上欺下瞒，漏报、谎报田产，曹操下令予以严惩。经过整治，交纳赋税的户数大增，青州兵的家眷们也增加了许多土地，百姓的生活得到了初步的安置，流民也开始向兖州聚集。但此举却得罪了兖州的世家大族，为以后埋下了隐患。

曹操接到泰山太守应劭的告急信，说：反贼阙宣正在向泰山郡挺进，郡中兵马有限，难以阻挡，请曹将军速派兵增援。曹操自接到陶谦许诺要征讨阙宣的信后，就在等着陶谦动手，直到现在未见陶谦有丝毫的举动，阙宣反而得寸进尺，不断侵占泰山郡。于是决定，调集兵马增援应劭，聚歼阙宣。

这时，侍卫送来斥候的报告，说："陶谦已率部曲夺取了豫州的沛、鲁两国，兵马已抵近兖、豫边境。"曹操大怒："陶谦放着阙宣反贼不征剿，却趁豫州无刺史之际，夺占了沛、鲁两国，难道想谋反不成？"戏志才进来说："主公，派往徐州的斥候刚刚来报，陶谦和阙宣互相勾结，意图自立。"曹操点头道："陶谦果然要谋反。"转头吩咐侍卫，"你去把荀彧先生请来。"侍卫应声转身出去了。

荀彧很快来到。曹操将陶谦的情况简要说了一下，荀彧说："我料此人心怀叵测，果不其然。主公打算怎样应对？"曹操说："反叛之人，人人得而诛之，岂容逍遥法外。"荀彧说："陶谦手下有十几万精兵强将，又有阙宣与之呼应。徐州人口众多，物资丰沛，远非袁术可比。再加上我们与袁术的大战刚刚结束，还未恢复元气。此时讨伐陶谦，确有困难。"戏志才说："正因如此，陶谦才敢恣意妄为。"曹操说："即使这样，我们也要高举义旗，讨伐这两个叛逆。"荀彧说："如果我们分兵抵挡，这就正中陶谦下怀，正好让陶谦各个击破。"曹操说："这陶谦毕竟随张温将军征讨过边章、韩遂，经过沙场历练，老奸巨猾，要比袁术难对付。"戏志才说："陶谦夺占豫州，就是打算趁我们讨伐阙宣之际，从背后攻击我们。让应劭吩咐泰山各县，紧闭城门，守好城池，尽量缠住阙宣。我们集中全部兵马应对陶谦。只要打败陶谦，再回头收拾阙宣不迟。"

曹操说："戏志才先生说得对。陶谦想让我们奔阙宣而去，我们就利用他这一点，公开宣称保卫兖州，征剿阙宣，暗中聚集兵马，突袭陶谦。不过，我所担心的是，我们的粮草能支撑我们与陶谦的这场大战吗？"荀彧说："如果与陶谦速战速决，我们的粮草短期内不成问题，但是一旦相持下去，我们的财力很难与陶谦相抗衡。"曹操说："这仗很可能不会速战速决，讨伐叛贼，没有粮草也得打。"荀彧说："好在已到秋季，今年的秋庄稼长势不错，待秋收过后，我一定想法多征集一些粮草。"曹操点点头："只好如此了。只是我们倾巢出动，这兖州可就空虚了。为防万一，我到陈留见一下张邈，郡兵中他的势力最强，且有张超相助，让他协防兖州。"又对荀彧说，"鄄城这里万一有不测，你就率州府迁往陈留，投靠张邈。"荀彧说："如有不测，我一定坚守到主公回来。"

计议已定，荀彧便着手征调粮草，戏志才着手调集兵马。曹操抽空快马赶到陈留，见到张邈便说："孟卓兄，陶谦勾结阙宣，欲夺我兖州，我不得不前往征讨，兖州也就交给你了。还有我的妻小家人，万一我回不来，他们就交给你照应了。"张邈说："孟德尽管放心，只要我在，就亏不了你的一家老小。陶谦老匹夫竟敢勾结反贼，人人得而诛之。我在陈留静等你得胜归来。"曹操谢过，告别张邈，匆匆返回鄄城。

曹操令于禁伪装成曹军主力，从定陶出发，大张旗鼓地前往泰山，征讨入侵的阙宣，留下李乾守鄄城，然后让卞夫人把自己的甲胄、战袍拿来，边穿边嘱咐说："这次与陶谦交战，双方实力悬殊，万一战败，你就带家人前往陈留，投靠孟卓兄，我已与他说好，他会照顾你们的。"卞夫人冷静地说："前次与袁术相争，也是实力悬殊，你不是照样取胜了吗？这次我和两位姐姐及孩子们，依然等你得胜回来。"曹操张了张嘴，想说什么，没有说出来。披挂停当，告别家人，前往定陶，与戏志才会合，率夏侯惇、夏侯渊、曹洪、曹仁、乐进等，悄悄赶往成武。这时曹操接到任城国相派人来报："陶谦手下大将吕由已率兵马侵入我任城境内，悍然夺取亢父，意图包围任城，请曹将军速派兵救援。"曹操说："回去告诉你们国相，紧闭城门，守好城池，不用担忧。"然后令夏侯渊任前锋，偃旗息鼓，从成武出发，过单父，进入豫州，直扑丰城，很快夺取了这座城，接着又再下沛城，随即令部曲南下彭城。

此刻陶谦正坐镇彭城。自从占领豫州的鲁国、沛国后，他就鼓动阙宣攻打泰山郡，只待曹操征讨阙宣，他就从背后袭击曹操，夺取兖州。他自认计划很周密，所以当他获悉曹操出兵东征阙宣时，便令吕由率兵马从丰、沛出发，夺取亢父，进攻任城。因他没有料到，曹操的兵马由成武斜插过来，未派重兵把守，很快丢了丰、沛二城。他又刚刚接到斥候急报，曹操率大队人马，正往彭城赶来。陶谦心中惊慌，急令吕由从任城撤兵回援。

主簿曹宏说："主公放心，彭城城墙坚固，易守难攻，只要紧闭城门，严加防守，待吕由将军从任城撤回，我们内外夹击，必能将曹军消灭在彭城。"曹宏的弟弟、大将曹豹说："主公不必担忧，丰、沛两城是我们大意，没有料到曹操从成武出发，只留少量兵马设防，才让曹操钻了空子。彭城我们有数万兵马，只要吕将军赶回，定能聚歼曹军。"听了兄弟二人的话，陶谦心里感到宽慰，便下令："紧闭城门，严加防守，不得出战。"静候吕由率部曲到来。

曹操包围彭城，开始攻打。陶谦高挂免战牌，任曹军怎样叫阵，就是不出战。曹操冷笑道："陶谦这是在等待吕由撤回，将我们聚歼在这里。"于是曹操令夏侯渊、乐进遍插旌旗，故布疑阵，大张旗鼓，佯装攻城，又令夏侯惇、曹仁向北截杀吕由。兵马刚走出没多远，迎面碰到由任城撤回来的吕由。原来吕由正在攻打任城，得到陶谦命他速回彭城救援的命令，这才知道丰、沛二城已被曹操夺取，后方已失，自己已成孤军，且彭城告急，于是连忙率兵马昼夜往回赶。快到彭城时，便与曹军相遇，双方立刻投入战斗。夏侯惇、曹仁、曹纯身先士卒，冲入敌阵。由于是遭遇战，双方谁也来不及扎营，兵马搅在一起，喊杀声响彻旷野。吕由率兵马边战边往彭城撤，意图与彭城陶谦会合。曹军坚决堵截，力争就地歼灭吕由，绝不能放他回到彭城，双方战斗异常激烈。这时吕由背后又杀声响起，原来于禁虚晃一枪，在佯装主力，东征阙宣的任务完成后，便掉头南下，要与曹操会合。快到彭城，恰遇吕由与曹军激战，顺势投入战斗，吕由不敢恋战，拼死向彭城靠拢。这时陶谦在彭城闻听北面杀声阵阵，急忙上城观看，见远处尘头大起，料是吕由遭曹军截击。主簿曹宏、大将曹豹要求出城接应吕由。陶谦说："曹军围城甚严，贸然出城，恐遭被歼。"曹宏说："主公不可迟疑，如果吕由全军覆没，彭城也就危险了。"陶谦只好下令兵马出城接应吕由回城。

乐进一见彭城北门打开，便赶快堵截。曹操早料到陶谦会出城接应吕由，令曹洪、夏侯渊分别赶来增援乐进。曹豹不顾一切，拼死冲杀，终将吕由接应回彭城，清点兵马，吕由的部曲损伤惨重。

陶谦设想的依托彭城，内外夹击曹操的计划泡汤。而曹操的兵马将彭城紧紧包围起来，双方隔着城墙对峙着。眼看仲秋已过，彭城依然未攻下，曹操有点着急。戏志才说："主公不必着急，我料陶谦必弃城而逃。"曹操说："何以见得？"戏志才说："陶谦并未想到双方会在这里相持，城中粮谷必然储备不多。如今彭城已有月余与外界断了联系，数万将士的粮谷必定发生困难。"曹操觉得戏志才分析得有道理，便下令各部曲严阵以待，在陶谦弃城时发动攻击。

戏志才猜想的一点不错，陶谦此刻正在城中大伤脑筋。依托坚固的城墙，曹操虽然奈何不了他，但城中的粮草眼看要用完，再这样下去，不用曹操进攻，城中就会大乱，这时真后悔当初为何不做好充足的准备。他与主簿曹宏商量，设法派人到州治郯城，找留守的别驾麋竺，让他派兵马前来增援，以解彭城之围。曹宏说："现在曹军围得这样紧，想派人出去很困难，即便能出去，援军赶来又得一些时日，城中的粮草难以为继。"陶谦说："我们总不能坐以待毙吧。"曹宏说："我们放弃彭城，撤往郯城。在那里依靠充足的粮草和兵马，继续与曹操相抗衡。"陶谦说："曹军围得这样紧，如何能出去？"曹豹、吕由说："主公放心，我们手中还有数万兵马，保你回到郯城不成问题。"陶谦听罢，信心大增，随即命令："曹豹在前，吕由断后，由东门突围。"

负责攻打东门的于禁见陶谦兵马从东门冲了出来，便率兵马上前堵截。曹操早有防备，立刻调集兵马迅速向东门方向集结，围歼陶谦。陶谦在曹豹、吕由等人的保护下，冲出东门，边打边撤。曹军猛烈截杀，陶谦的阵列被打乱，主簿曹宏混乱中掉了队，恰在此时曹洪冲到面前，见曹宏头戴儒巾，身着深衣，料不是一般人，便问道："你是何人？"曹宏说："我乃曹宏。"曹洪一听，怒道："我才是曹洪，哪里又冒出一个曹洪，还想假借我的名号蒙骗人。"于是手起刀落，斩了曹宏。

曹豹、吕由不敢恋战，保着陶谦，杀开一条血路，向东逃去。陶谦逃到武原，守城士卒赶快打开城门迎入城中。负责断后的吕由，拼死抵抗，无奈曹军追得太紧，吕由无法脱身，陶谦在城上眼睁睁地看着吕由战死，长叹一声，忙命关闭城门。曹豹说："主公，我在武原依托城池固守，阻截曹军。趁现在曹军还来不及包围城池，你快撤往郯城，调集兵马再战。"于是曹豹分出一部分兵马，保着陶谦，开了武原城东门，撤向郯城，然后紧闭城门和曹操抗衡。

曹操命兵马安营扎寨，将武原城团团围住。这时斥候报告，陶谦逃回郯城后，正调集兵马，准备与曹操再战。曹操排兵布阵，准备迎接陶谦来攻。果然没过几天，陶谦亲率兵马，由郯城赶来。曹豹见援军赶来，打开城门冲了出去，妄图夹攻曹操。双方在武原再战，直杀了一天，陶谦见一时无法取胜，只好撤回郯城。曹豹仍退入武原固守。由于武原离郯城很近，物资准备充分，有强大的援军做后盾，曹军一时拿曹豹毫无办法。而陶谦多次攻打曹操，也无法取胜，双方僵持在那里。曹操只好分兵连续夺取取虑、睢陵、夏丘等周边各县，解除周围对自己的威胁。

这时已是冬季，经过几个月的征战，将士们都已经疲惫了。负责押运粮草的任峻来到武原，带来了荀彧的一封书信。信中说粮草已剩不多，希望曹操速战速决，否则粮草难以为继。曹操知道，不到万不得已，荀彧不会这样说，便与戏志才商议这事怎么办？戏志才说："徐州毕竟是个大州，又多年无大的战乱，财力雄厚。我们远离兖州，粮草运送困难，长此下去对我不利，还是得设法撤兵。"

就在曹操因粮草难以为继，愁眉不展的时候，郯城中陶谦也正忧心忡忡。自与曹操交战以来，自己连吃败仗，损兵折将，再这样相持下去，自己也捞不到好处。别驾糜竺看出了陶谦的心事，说："与曹操交战，从秋打到冬，我们吃亏不小，现在曹操侵入我徐州，逐渐蚕食我诸县，长此下去于我不利，不如与曹操讲和，双方罢兵。"陶谦说："不知曹操肯罢兵否？"糜竺说："曹操的父亲曹嵩，当初因避董卓之乱，来到我们徐州琅琊郡隐居，实际上是我们一个很好的人质，曹操不能不顾及这一点。"陶谦觉糜竺说得很有道理，于是亲笔修书一封，派人给曹操送去。

曹操收到陶谦的书信，打开看，上面写道："孟德吾侄，你父与我交好。董卓之乱时，特来我徐州，隐居在琅琊郡中。我待其甚厚，嘱当地郡县官府悉加照顾。如此世交，徐、兖二州本应交好。如今贤侄率兵马侵入我徐州，定是其中有什么误会。今特呈书信，愿与曹将军共叙叔侄之谊，免得你父在琅琊郡担惊受怕，致心不安。"

曹操将信递给戏志才说："不仅我们想罢兵，陶谦也想罢兵，只是信中拿我父亲做要挟，让人心里很不是滋味。"戏志才说："陶谦急于求和，双方各取所需，趁势讲和吧。"曹操说："讲和可以，只要他陶谦答应征剿阙宣，消灭反贼，我们就撤兵，否则我们号召天下人共诛之。"戏志才说："主公说得对，只要陶谦答应这个条件，我们保证撤兵。"曹操当即修书一封，交来人带回。

陶谦见了曹操的回信，问麋竺："曹操让我平定阙宣，才肯退兵，你看怎么办？"麋竺说："阙宣称帝，各州郡都反对，若不制止，定会引起众怒。当初曹宏说要投石问路，实际是下策。若阙宣坐大，对我们不利，不如趁势答应曹操。"陶谦很快给曹操写了回信，说："征剿阙宣，平定叛乱，理所应当。只是由于疏忽，让阙宣恣意妄为。待贤侄退军后，即征剿阙宣，绝不让叛贼危害一方。"

曹操接到陶谦的保证书，便率兵马退回兖州，此时已是兴平元年正月。

陶谦见曹军已撤，忙派人收复了彭城、取虑、睢陵、夏丘等县。麋竺说："据说朝廷已新任郭贡为豫州刺史，不久就会上任，我们占据的鲁、沛两国怎么办？"陶谦说："鲁国归还豫州，但为防止曹操再次从丰、沛袭击我们，仍占了丰、沛，这对我们有利。"随后陶谦设宴，诱使阙宣回到郯城，斩了阙宣，将其部曲悉数兼并。阙宣称帝的闹剧，自此结束。陶谦的野心，也自此收敛。

第二十八章

朝天子王必逢援手　贪财宝张闿动杀心

　　曹操率兵马回到兖州，已是仲春二月。这时传来消息，说幽州牧刘虞被公孙瓒斩了首，曹操很是吃惊。原来当初刘虞接到袁绍的求助信，便以大司徒和州牧的身份，阻止公孙瓒配合袁术进攻袁绍。公孙瓒置若罔闻，刘虞很是生气，决定调集各郡共计十万兵马征讨公孙瓒。刘虞的从事公孙纪，因与公孙瓒同姓，经常受到公孙瓒的恩惠，总想找机会报答，这次闻知刘虞要征讨公孙瓒，赶快连夜将此消息告知了公孙瓒。公孙瓒闻知大惊，因部曲散据各地，赶快集结兵马应对。因刘虞调集的兵马是临时拼凑的，而且刘虞本人又不善于打仗，双方交手后，连吃败仗，打到冬天，公孙瓒一直将刘虞赶到居庸县，并将刘虞活捉。恰在这时，天子的特使段训来到幽州，宣读诏命，令刘虞为太傅，总督北方六州；升公孙瓒为前将军，敕封易侯。要求公孙瓒释放刘虞，双方罢兵。公孙瓒不听，将刘虞押到州治蓟城，以刘虞勾结袁绍，图谋自立为帝，证据确凿，逼段训斩刘虞。段训只得下令斩了刘虞。公孙瓒表奏段训为幽州刺史。公孙瓒自此无人节制，便在自己的封地易县的易河边，大兴土木，营建楼观殿堂，称为易京，将兵马屯驻于此镇守。曹操得此消息，忧虑道："幽州无刘虞坐镇，公孙瓒无人可制。自此幽冀两州，战端将起，本初兄无宁日矣。"

　　这天曹操和戏志才正在商讨粮草和赋税的事，荀彧领进一人来，说："派往长安朝奉圣上的从事王必回来了。"曹操一打量，这才看清是王必。因一路风餐露宿，王必显得既苍老又疲惫。曹操示意他坐下，问："你一路辛苦了！此去长安如何？见到圣上了吗？"王必长叹一声："一言难尽，若不是吉人相助，别说难见到圣上，我恐怕也难回来——自我离了兖州，取道河内向西，却被河内太守张扬扣住不放，我心想这下完了。就在这时，张扬的骑都尉董昭劝说张扬……"曹操打断道："董昭，就是在袁绍手下曾任魏郡太守的董昭？当初在袁绍那儿时，我们与他打过交道。"荀彧说："我当初在冀州时，与他的关系不错，他什么时候跑到河内去了？"王必说："我当初也很吃惊，过后问他，他说因其弟弟董芳在张邈那儿任掾属，张邈与袁绍不和，有人诬告他与张邈私下结交，袁绍将治罪于他，他只好逃离冀州。本打算到长安，走到河内，张扬诚心挽留，就在张扬手下任了骑都尉。"曹操"哦"了一声："原来如此。你接着说。"王必说："董昭劝张扬说，'曹将军今虽弱，然实天下之英雄也，应趁此机会与其结交。如今他派使者路过河内，这也是一种缘分，我们应帮助他实现联通朝廷这件事，并主动向朝廷举荐曹将军。曹将军一定不会忘记你的情分。'张扬说：'我虽与曹将军接触不多，但有心与其结交，既如此，就按你说的办。'便专门写了奏章，表奏主公平定黄巾，治理兖州的功绩。董昭也亲自代主公给李傕、郭汜等长安诸将写了信，筹备了礼物，让我送给他们。随后派人将我送出河内。"曹操感叹道："我们不能忘了董昭，将来有机会一定要报答他。"

王必接着说："我到长安后，李傕、郭汜却说：'关东欲自立天子，今曹操虽派来使者，并非出于真心，恐怕是来打探消息的。'欲将我斩了。这时黄门侍郎钟繇说：'方今英雄并起，各矫命专制，唯曹将军乃心向王室，我们却逆其忠心，以后谁还敢来朝奉天子？'李傕、郭汜见钟繇说的在理，这才将我放了。我将董昭代主公写给李傕、郭汜等诸将的信及礼物送给了他们，他们这才答应让我面见圣上。"

曹操望了望荀彧和戏志才，说："据说钟繇的书法相当好，记得和你们二位是同乡，都是颍川人。"戏志才说："他是颍川长社人，其爷爷钟皓与荀彧的爷爷荀淑还有陈寔，并称颍川'人杰'，李膺常感叹'荀君清识难尚，陈钟至德可师。'"荀彧说："南阳阴修为颍川太守时，我与钟繇同在郡中任掾属，当时我是主簿，他是郡功曹，我们关系相当好。"曹操说："钟繇帮了我们的忙，切不可忘记了。圣上在长安怎么样？"王必说："我将张扬写给圣上的奏章呈了上去，并将我们兖州的情况奏报了圣上，他非常高兴，详细询问了关东的情况。圣上非常想回归东都洛阳，他让我转告你，由于李傕、郭汜把持朝政，他不便给你下旨，希望你联络关东诸强，帮他实现东归的愿望。"

曹操说："现在我们知道了圣上的打算，以后多留意，如遇机会，就迎圣上返回关东。"王必说："因我们的贡奉，圣上特别高兴，说多少年没有听到关东的声音了，自此又与关东取得了联系，于是大赦天下，改元兴平。今年是兴平元年。"曹操说："圣上把我们这次朝贡看得很重，看来我们主动朝觐圣上是对的。你这一路辛苦了，回去歇息吧。"王必起身告辞。

王必走后，戏志才说："还有一事，我们应当抓紧时间办，就是隐居在琅琊的曹伯父，应尽快把他接到兖州来。"曹操说："你说得很对，这次若不是粮草困难，我们有意撤军，陶谦就要用我父亲来要挟了。我马上写信，让他赶快带家人到兖州来。"

曹操撤军以后，陶谦为了防止曹军再从彭城进攻，不仅对豫州的丰、沛二城不放手，且重兵防守，以此作为彭城的屏障。又在彭城囤积了足够的粮草，便于长期固守。这天陶谦在府衙中，正倚在几案上闭目养神，到底是年过花甲，精力有所不及，侍卫进来报告："禀报主公，琅琊国相派人求见，有要事禀告。"陶谦睁开眼："带来见我。"很快琅琊国相的使者来到堂上，不等陶谦询问就说："曹操派人来接他父亲曹嵩去兖州，曹嵩到国相府告别，因陶州牧曾有交代，不可让曹嵩随意离开，国相挽留不住，又不敢硬拦，所以只好同意他离开。速派我来禀告主公。"陶谦问："曹嵩一家全走了吗？"使者说："一家老小，连下人共三四十口人全走了。仅随行的行李财物就装了百余辆车。"听到此，陶谦不耐烦地将来人斥退，立刻派人召麋竺来商议。陶谦说："自曹操退兵之后，我告诉琅琊国相看好曹嵩，有他在，曹操就不敢对我们太放肆。可现在曹嵩要走，琅琊国相碍于情面，放走了他。我打算派人将其追回，强行挽留。"麋竺说："恐怕晚了，我们现在派人估计追不上了。"陶谦说："再到琅琊去追，肯定来不及了。我这就让督尉张闿，率他的二百名骑卒，向北直接到兖、徐交界之地，在那里定能截住他们。"

于是陶谦令张闿："你们此去，无论如何把曹嵩一行给我拦住。"张闿说："如果曹嵩执意要走怎么办？"陶谦说："我要你把他留下，至于怎么办，那是你的事。"张闿应道："属下明白了。"于是率手下骑卒，快马加鞭，直奔兖、徐边界。

曹嵩接到儿子曹操派人送来的书信，让他带领一家老小到兖州，至于原因，虽然曹操未说，其实曹嵩心里很清楚。前不久自己的儿子和自己的老朋友刚刚打了一仗，双方撕破了脸，自己在琅琊再待下去，将会非常尴尬。即便儿子不来信说，他也打算离开徐州。只是这几年在这里住惯了，他真有点舍不得离开这里。这里依山傍海，空气湿润，风景秀美，又远离中原是非之地。自己年逾花甲，早已到了与世无争的年纪，想在此安度晚年。小儿子曹疾知书达理，几个孙子孙女活泼可爱，一家老小其乐融融。此前曹操也曾几次来信想让他到兖州，都被他拒绝了，可这次不能不走了。于是将这几年在琅琊置买的田地房产低价转让，又将自己这许多年来积攒下来，走到哪带到哪的金银财宝、绢帛锦缯，奇珍异宝等捆扎好，雇了百余辆大车装载停当，便去向琅琊国相告别，并让他转告陶谦，感谢这几年来对自己一家的照顾。国相苦苦挽留，曹嵩还是带着家人，连同下人，押着这百余辆满载的大车，踏上了前往兖州的道路。

此时已是仲夏五月，麦收在即，天气炎热，曹嵩一行为了赶凉，早起上路，过午便找旅舍歇息，行进的速度并不是很快。这天过午，来到兖、徐交界的双堠亭，再往前就进入兖州的华县了。看看艳阳西照，正是一天中最热的时候，曹嵩抹了一把汗，吩咐下人找旅舍休息，说："明天进入华县就要翻越蒙山了，今天大家好好休息。"这时下人来说："此地只有一家旅舍，且不是很大，咱们随行的车辆太多，旅舍院中停不下。"曹嵩说："院中停不下，那就停在院外，好在只住一宿，将就一下吧。"

他们来到旅舍，车夫们将车停好，牲口全都卸了下来，交由店家负责饲喂。这个小地方一下来了这么大的生意，店家自然高兴，忙里忙外，张罗着食宿。待太阳落山，晚饭便端了上来。大家吃过晚饭，看看时间还早，便在院中摇着蒲扇消暑，忽然外面传来阵阵马蹄声，曹嵩命人出外探看，很快下人来报，说："有一队士卒，都骑着马，领头的说要见曹老大人。"曹嵩想到儿子曹操信中曾说，派应劭来接自己，便告诉大家："可能是泰山太守应劭，前来迎接我们了。"于是请领头的将领进来相见。

来人全身盔甲，略一施礼，说："末将是陶徐州帐下都尉张闿。陶徐州闻知曹老大人要离开徐州，心下不舍，特让我来陪你前往郯城，要与你叙旧。"曹嵩说："替我谢过陶徐州。明天我们就出徐州境了，不愿再去搅扰他了，你们也请回吧。"张闿说："现在你还在徐州的地界上，陶徐州交代，你的安全还由我们负责。此处穷乡僻壤，时有贼人出没，我们现在不能回去。"曹嵩非常感激："那就请将士们扎下营寨休息，明天我们再道别。"张闿说："曹老大人请便，我们就在外面护卫着你，有什么要求，请随时吩咐。"然后命令士卒在周围警戒。

曹嵩对儿子曹疾说："我总觉得来者不善，大家还是小心一点，只要今晚没事，明天到了华县，就可保无虞了。"随后招呼大家各自去休息。

张闿来到院外，同部下商量："陶州牧让我们一定把曹嵩留下来。明天我们先好言相劝，如果不听，我们只好强行动粗了。"这时有人悄声说："我刚才暗里转了一下，院内院外停了足有一百余辆大车。车上装的全是值钱的珍宝，这足够养活我们这些人好多年了。""你是想……"接话的人用手做了个抢的动作。"怎么样？有了这些珍宝，我们何必受人管制，被人呼来唤去。每人分点拿回家，也够家人们花上好一阵子了。"有人坚定地附和着。

张闿此时也动了心。想当年他们参加徐州的黄巾军造反，杀富济贫，无拘无束，好不快活。只是后来被朝廷镇压，才不得不归顺了陶谦。陶谦表面待人和蔼，实际上诡计多端，早晚有一天会被他算计进去，阙宣就是很好的例子。如果劫了曹嵩这财宝，率领众弟兄远走高飞，找一个八面不靠的地方，真强似在这里看人脸色过日子。见张闿动了心，左右的人更起劲地劝说："这是苍天赐予的良机，丢弃这个机会，老天也不会答应。"张闿下定了决心，果断地说："既然下手，就要干得干净利落。大家做好准备，后半夜动手。"

曹疾睡到半夜，想着父亲的告诫，心中不踏实，觉得最后这一夜可不能大意。于是起身到院内院外转了一圈，见一切正常，便返身回屋。恰在此时闪过几条黑影，曹疾心里一紧，张口问了一声："谁？"就被人挥刀砍翻在地，曹疾"啊"的一声惨叫，倒了下去。曹嵩心有戒备，听到叫声，情知不妙，翻身朝窗外望去，只见大门洞开，院里挤进来许多士卒。曹嵩连忙推醒妻子，拉着他就朝后院跑，见后院墙壁上有一个洞，就推着妻子朝外钻。无奈妻子太胖，洞太小，钻不出去，急得曹嵩直跺脚。这时前院已经人声鼎沸，惨叫声此起彼伏，眼看士卒朝后院追来，只好拽着妻子躲到了厕所里，很快就被这帮士卒搜到。曹嵩刚说了一句："你们这帮强盗……"就被这帮人将他们夫妻二人砍翻在地。这些人心狠手辣，不仅将曹嵩一家老小及下人全部斩杀，连同店家一起杀了个干干净净，不留一个活口，然后将这一百余辆车套好，快速消失在黑夜里。

　　应劭接到曹操让他去迎接曹老大人回兖州的指示，带上兵马，到与徐州交界的华、费之地，前往迎接曹老大人。一路上翻越蒙山，道路崎岖难行。这天中午赶到华县，副将建议前往双堠亭迎接，应劭说："根据推断，今天曹老大人应能到华县，我们就在华县等候。双堠亭毕竟是徐州的地盘，我们驻扎在那里恐怕不太方便。如果曹老大人今天下午赶不到华县，明天我们迎着他走，总能碰上。"于是下令在华县休息。

　　第二天一早士卒们吃过早饭，在应劭的带领下，一路向东朝双堠亭进发。刚到徐兖交界，前面就是双堠亭，路见许多百姓神情紧张，气氛大不一样，应劭心中疑惑，忙派人打听怎么回事，说是亭中的唯一一座旅舍发生了凶案，一家老小及下人全被斩杀，连店家也没有放过。应劭听罢，突感事情不妙，后脊梁直冒冷汗，立刻下令赶到双堠亭，远远就闻到一股血腥味。来到旅舍中，应劭大吃一惊，院内屋内到处是死尸。应劭赶忙打听，附近的百姓说："昨天过午，来了一群客人住店，随行有百余辆装满物资的车，甚是庞大，听说是一姓曹的路过这里。傍晚时又来了二百余人的骑卒，说是陶州牧派来的。第二天一早，这一百多辆车和那两百骑卒就不见了，只剩下这些人死在这里。那帮人的心真狠，连店家也没有放过。"

　　应劭欲哭无泪。如果昨天直接迎到双堠亭，一切都不会发生。可现在该怎么办？面对这样的惨剧，曹将军能饶过自己吗？陶谦啊陶谦，我恨不得把你碎尸万段。眼下天气炎热，应劭立刻在附近购置上好的棺木，将曹氏一家老小的尸首殡殓，然后对士卒们说："兖州我是回不去了。大错已铸成，我无脸面对曹将军，你们回去后面见曹将军，替我道个歉。"说完挥泪和士卒们告别。士卒们带上曹氏一家的灵柩，连夜回兖州去了。

面对着父亲曹嵩、弟弟曹疾、后母及侄子侄女等阖家老小的灵柩，曹操悲痛欲绝，发誓无论应劭逃到哪里，一定要将他抓住碎尸万段。并向众人发誓："踏平徐州，诛杀陶谦，为父报仇！"

荀彧不无忧虑地说："主公，我们的粮草恐怕很难支撑对徐州的大战，是不是将大仇埋在心底，加紧备战，待时机成熟，再报此仇。"戏志才也劝曹操："荀彧先生的话是对的，仓促出兵，对我不利。"曹操说："陶谦灭我一门，乃是不共戴天之仇，我若不报此仇，必被世人耻笑。人既无孝，何以立世！军资问题不用发愁，徐州不是府库充足吗？攻下徐州，何愁军资。"

荀彧知道此时曹操已被复仇的怒火烧得浑身滚烫，头脑处于极度的高热状态，便试探地劝阻道："最近有传闻，因对我们清查土地不满，兖州的世族豪强要联合起来，将我们赶出兖州。若主公出兵在外，兖州空虚，万一如谣传所说，到那时后悔就晚了。"曹操摆摆手说："荀彧先生过虑了。我们清查收缴了他们巧取豪夺来的土地，触动了他们的利益，必然引起他们的不满，发发牢骚在所难免，但许多百姓得到了土地，也势必会支持我们。"戏志才说："荀彧先生的话应当引起重视，我们在兖州，他们可能仅仅是发牢骚，一旦兖州空虚，可能就会转成实际行动了。"

曹操想了想说："夏侯惇兼着东郡太守，驻扎在濮阳，为防万一，我把他留下，再给他留一点兵马，青州兵随我到徐州征讨陶谦，万一有事你们就找张邈来助。"于是曹操调集各部兵马，齐聚鄄城，号令全体将士，血洗徐州，然后安葬了父亲曹嵩及一家老小的灵柩，令曹仁为先锋，向东直奔琅琊国而去。

刚出鄄城没多远，负责殿后的于禁派人来报："主公，有一支部曲，万人左右，在后面尾追。"曹操一愣，赶忙同戏志才留步，待于禁来到，向后一看，果然有一支兵马尾随而来。曹操与戏志才等在那里，待这支兵马走近，看到最前面的大纛旗上，一个大大的"袁"字，大纛旗后面是三个帅旗，上面分别写着"朱""张""高"三个大字。帅旗下，三位将军骑在马上，顶盔贯甲，一身戎装。曹操、戏志才拦住他们，问："不知各位将军从哪里来，到哪里去？"三人见问，勒马回道："我们是来找曹兖州的。"戏志才指着曹操说："这位就是兖州牧曹操。"三人一听，赶快下马施礼。中间那位说："我叫朱灵，是冀州牧袁绍帐下假司马，我们奉袁将军之命，来到鄄城，见到荀彧先生，他说你们刚出发，我们就随后跟来了。"左边的那位说："我叫高览，是袁将军帐下都尉。"右边的那位报道："我叫张郃，也是袁将军帐下都尉。"各自报完姓名后，朱灵从怀中掏出一块绢帛，说："我家主公有书信在此，让我面呈曹兖州。"说着递给了曹操。曹操接过一看，只见上面写道："吾闻孟德弟父亲及一家老小皆被陶谦派人劫杀，义愤填膺。孟德是我弟，你父即我父，孟德的仇，即我的仇，不灭陶谦，天理难容。我料孟德必起兵报仇，特令假司马朱灵，统都尉高览、张郃，率兵马万人，前往兖州助战，一切听从你的调遣。待诛杀陶谦后，再让他们回冀州……"信中又说了些关怀的话，让曹操节哀顺变。曹操感动得热泪盈眶，赶快跪下给三位将军行礼，说："我曹某替父亲及一家老小谢过本初兄和各位将军，若大仇得报，定不忘各位的恩情。"朱灵、张郃、高览连忙搀起曹操。戏志才说："前面部曲已走远了。"朱灵等三人连忙命士卒们跟上。有了袁绍兵马的助阵，曹操的信心更足了。

陶谦得知张闿杀了曹嵩一家，又劫了财宝物资，不知逃亡何处，便知闯了大祸，一边下令抓捕张闿，一边赶快给曹操写信，以阻止曹操兵发徐州。信中说与曹嵩是老朋友，本意是派兵前去保护，没想到张闿贼性不改，杀了一家老小，劫了资财。现在正四处通缉，待抓获后，一定将贼人送与曹操处置。信发出后，陶谦不放心，又赶快增调兵马，加强丰、沛和彭城的防守。事已至此，只好横下一条心。如果曹操硬要进攻，真打起来，就实力而言，恐怕自己还略胜一筹。想到此，心里不觉又安定下来。

六月的天，正是燥热难耐的季节，陶谦的心里犹如这天气一样燥热难耐。这时得到琅琊国相报告，曹操在华、费之间越过蒙山，接连攻克东莞、昆山、诸城、西海、莒城等，琅琊国北部全部陷落，而且曹操扬言，要彻底踏平琅琊国。请陶公赶快增援。陶谦后悔不迭，怎么没想到这一层？马上下令丰、沛和彭城的兵马赶往琅琊增援，堵住曹操的进攻。然而兵马还未赶到琅琊，琅琊郡已全部落入曹操之手，琅琊国相也不知逃到哪里去了。

曹操未雨绸缪，为解决粮草不足，在出兵时下令各部，攻入徐州后，各部自行解决给养，做好长期战争的准备。此命令一下，各部曲所到之处，所有物资财富一洗而空。青州兵更是这方面的行家，所过之处，鸡犬不留。消息传开，徐州各郡国纷纷震动，陶谦更是惊恐万分。眼看曹操的兵马已攻到东海郡，一旦东海郡陷落，州治郯城就是一座孤城。陶谦决定放弃徐州，带上跟随多年的旧部，退回老家丹阳。

别驾糜竺看到陶谦要放弃徐州，力劝道："我们不能就这样把徐州拱手让给曹操，曹军攻势虽猛，我们的部曲还有足够的能力抵抗。命从丰、沛、彭城赶来的兵马严守东海郡，从下邳、广陵等郡，速调兵马增援郯城，并设法向外求救。"

陶谦想了想说："向谁求救呢？当初袁术向我们求救，我们没有理睬。况且袁术又远在淮南，公孙瓒又远在幽州，远水难解近渴。"糜竺说："离我们最近的是北海国相孔融。"陶谦说："孔北海未必肯帮这个忙。"糜竺说："孔北海为人热情仗义。据说延熹八年时，党人张俭遭宦官侯览通缉，因与孔融的兄长孔褒交情不错，便前往投靠。当时孔褒不在家，张俭面有难色，准备另寻他处，孔融见之，询问张俭有何事？张俭看孔融年少，不愿告知，孔融说：'兄虽在外，我怎么就不能帮你呢'张俭将被通缉逃亡一事告诉了孔融，孔融不怕牵连，毅然收留了张俭。后来事情泄露，孔融又帮助张俭逃往别的地方，而官府却将孔褒孔融兄弟两人抓捕投进监狱。孔融说：'藏匿党人张俭的人是我，与吾兄无关，坐监牢的人应是我。'由此可知孔北海的为人。"陶谦说："单凭北海国一郡之力，如何能和曹操相抗？"糜竺说："再向青州刺史田楷和平原相刘备求救。"陶谦说："孔融是朝廷诏命的，还好张口，可田楷和刘备是公孙瓒私下任命的，现在公孙瓒正在围剿刘虞旧部的阎柔、鲜于辅，未必肯让他们来帮忙。"糜竺说："当初公孙瓒与袁术联合攻打袁绍和曹操时，我们为他们站脚助威，如今我们有难，公孙瓒定会让田楷和刘备帮助我们。"陶谦说："那就试试吧。"于是派糜竺的弟弟从事糜芳到平原向田楷和刘备求救，派校尉陈登到北海向孔融求救。

第二十九章

太史慈搬兵救孔融　陈公台谋逆拥吕布

北海国相孔融，字文举，孔子二十世孙，早年曾被大将军何进征为侍御史，后升为虎贲中郎将。董卓把持朝政后，因与董卓不和，被董卓赶出了京城，任北海国国相。孔融自到北海后，便在此广设学校，大力推行儒学，积极荐举贤良，若闻人有善举，便倍加赞赏，敬重有加，以礼待之。如遇鳏寡孤独或四方流浪之人，在北海亡故，皆为其具棺殓葬。所以一时间北海人人向善，民风淳朴。倏忽之间，孔融已来北海有数年了。近日，青州新起黄巾，在渠帅管亥的带领下，侵扰北海，已连续夺取北海的安丘、淳于等县，孔融起兵平叛，却一败再败，只好退回都昌，欲凭城固守。刚进入城中，就有门吏来报："有一自称陈登者，从徐州来，要见国相。"孔融连忙起身说："陈元龙乃有名之士，忠亮高爽，沉深有大略，难得能到我这里来。快快有请！"待陈登进来。孔融问："元龙先生怎么突然到北海来了？"陈登也不隐晦，便将曹操的父亲如何被杀，曹操如何起兵报仇一事说了，然后说："陶徐州本是好意派人护送，没想到张闿歹心骤起，以致如此。陶公后悔不迭，下令通缉张闿。而曹操不听解释，执意要踏平徐州，陶州牧希望孔国相前往相救。"听到此，孔融恻隐之心即起，说："冤有头，债有主，徐州百姓并无过错。我本应随你到徐州走一趟，向曹操讲明道理。我曾在大将军何进府中任职，与曹操打过交道，此人并不是胡搅蛮缠之人。只是眼下正与黄巾军交战，难以脱身。"陈登说："我来到北海便已知晓，先替陶公祖谢过文举先生。我就此告辞了。"这时守城士卒来报：黄巾军兵马已将都昌城包围。孔融无奈地说："元龙先生已回不去了。"陈登苦笑道："只好暂留在此了。"

黄巾军连续数天攻打都昌，孔融凭城固守，双方相持。这天守城士卒来报："城外有人突破黄巾军的战阵，正在叫门，说是邻郡太史慈求见。"孔融闻知大喜，连忙说："快开城门迎接！"陈登问："这太史慈何许人也？"孔融说："此人字子义，邻郡东莱黄县人，有胆有谋，且武艺精湛。当年因州、郡不和，他为本郡之事得罪了州府，恐被迫害，便逃往辽东避难。我来北海后，闻听此事，感念此是奇人，又得知其老母一人留在家中，便多次前往抚慰其母，每次都赠送财物。看来他从辽东回来了。"正说着，太史慈已到府中，见到孔融，纳头便拜，说："孔国相本与我东莱不同郡，却对我母赡恤殷勤，甚于故旧。我刚从辽东回来，听母亲说起此事，甚是感激。老母告诉我，黄巾军正攻打北海国，为报孔国相之恩，让我前来相助。"

孔融闻听，心中非常高兴，说："壮士前来助战，是我北海之幸。但眼下黄巾军有数万之众，双方实力悬殊。我闻平原相刘备曾多次参加平定黄巾军的战斗，且连战皆胜，我欲派人前往求救，只是黄巾军围城太紧，无人能出城。"太史慈说："我去试试。"孔融说："你虽勇壮，单骑独马，也难突出去。倘有不测，我怎么向你老母交代？"太史慈说："我能进来，就能出去，我若不去，岂不辜负了老母的心愿。今事已急，万望国相不要犹豫。"孔融只好答应了太史慈，让他前往平原，找刘备搬兵。

太史慈领命以后，便特意准备了一张弓，带上装箭的鞬具，里面装满了箭支，骑上马，又命两个士卒各骑一匹马，扛上箭靶，打开城门，出城来到城壕边。围城的黄巾军见城中有人出来，立刻紧张地跨上战马，准备堵截。只见太史慈命跟随的两个士卒，将箭靶立在城壕边，太史慈抬弓搭箭，将箭射向靶心。直待鞬具中的箭支射完，命两个士卒扛着箭靶，上马返回城中。如此数天，天天如此，黄巾军便渐渐松懈下来，太史慈再出城，已无人关注了。

这天太史慈又像往常一样，从城中出来，猛加鞭抽马，快速越过城壕，待黄巾军发觉不妙，太史慈已冲出包围圈。黄巾军马上追赶，太史慈回身射杀追赶的人，皆应声倒地，无人敢再追，太史慈纵马朝平原国奔去。

为了早日请到救兵，糜芳离了郯城，昼行夜宿，两头不见太阳，快马往青州赶。一路风尘，来到青州州治临淄，立刻求见青州刺史田楷，并将来意说明。田楷倒也热情，说："陶徐州遇到难处，理应前去相助，只是前将军公孙瓒正与阎柔、鲜于辅等交战，让我守好青州，以免曹操、袁绍配合阎柔、鲜于辅夹击我们。"原来刘虞自被公孙瓒杀害后，其从事渔阳人鲜于辅、齐周、骑都尉鲜于银等刘虞旧部，欲为刘虞报仇，因燕国阎柔素有威望，共同推举阎柔为乌桓司马，阎柔又招乌桓、鲜卑等胡汉数万人，与公孙瓒任命的渔阳太守邹丹战于潞北，邹丹兵败被斩。乌桓峭王感念刘虞昔日的恩德，也率本部落兵马，协助阎柔、鲜于辅等共同讨伐公孙瓒。所以田楷说："我得先禀告公孙将军，待其允诺，我才好出兵相助。"糜芳说："那就请田刺史快点禀告，我还要赶到平原去，请平原相刘备也出兵相助。"田楷说："你不必到平原去了，刘备配合我防御曹操，现正在临淄驻扎。"糜芳很高兴："太好了，请田刺史引荐我拜见刘国相。"田楷便与糜芳一同前往刘备的营寨，将糜芳来意说明。刘备也挺爽快，愿跟随田楷救援陶谦，只是也认为应该先向公孙瓒申明，才好出兵南下。于是田楷当即修书一封，派人前往幽州易京呈送公孙瓒。糜芳留在旅舍中静候消息。

很快公孙瓒来了回信，信中说："曹操之所以不敢进攻青州，就是有陶徐州这个盟友在曹操背后。如果曹操灭掉陶谦，夺了徐州，定会配合袁绍攻打青、幽二州，所以必须救助陶谦，打败曹操。"得了公孙瓒的肯定，田楷决定点齐兵马，随糜芳南下。刘备却迟疑道："田刺史手下有万余兵马，而我仅有数千兵马，我闻曹操势大，我们兵马太少，长途奔袭，起不到救助目的。我想先向前将军借一点兵马。"于是刘备修书一封，写道："救助陶徐州，事关我幽、青二州，只是我兵马太少，恐力不能及，望前将军增调兵马与我。另需派校尉赵云前来助战……"刘备所说赵云，字子龙，乃常山真定人，公孙瓒帐下校尉。当初刘备随田楷协同公孙瓒抵抗袁绍时，公孙瓒曾将赵云暂调给刘备使用。这赵云身高八尺，姿颜雄伟，武艺高强，是一位难得的战将。自此刘备一直记挂在心，想把他收入自己麾下，只是没有机会。这次刘备想趁此把赵云要过来。信写好后，即派快马呈送公孙瓒。很快收到公孙瓒的回信，说："我与阎柔、鲜于辅等人交战正酣，校尉赵云不能给你。知你兵马太少，现调集乌桓杂胡三千人马，暂借与你，不日就会到达。如若不够，可就地再征召一部分。"刘备看要赵云无望，只得作罢，赶忙就地又征召了二千饥民，凑了近万兵马，即随田楷和糜芳南下徐州助战。

正在此时，太史慈来到临淄，一见刘备便说："我本打算到平原找刘国相，走到半路听说你在临淄，就奔这儿来了。"刘备不认识太史慈，也不知他找自己有何事，便冷冷地说："你有什么事请讲，我这儿正要出征。"太史慈便将孔融在都昌被黄巾管亥包围，特来向刘国相告急，请刘国相前往相救之事说了，最后说："我本是东莱黄县人，与孔北海非亲非故，也不是故旧好友，只因孔北海盛名远播，且对我老母诚心相敬，不愿看到孔北海遭此厄运，便受孔北海之托，自告奋勇前来相请。"刘备听完，颇受宠若惊，说："孔文举乃一代名人，圣人孔子之后，他居然还知道天下有我刘备？"太史慈说："刘国相平定黄巾，屡战皆捷，孔北海早已闻之，说只有请得刘国相，都昌之围才能解。请刘国相速派兵前往相救，北海的百姓正望眼欲穿。"刘备说："孔北海这么看重我，我一定前往相救。我正欲南下徐州相救陶州牧，待我与刺史田楷相商，再随你前往北海。"说完便到刺史府见田楷，将太史慈到来一事说了。田楷说："既如此，我就先在此等候，等你解了北海之围，我们再前往。"糜芳着急道："我家主公派陈登前往北海国，相请孔北海到徐州助战，不想北海国出了这样的事。徐州军情十万火急，容不得拖延，这事如何是好？"刘备说："不如这样，田刺史率本部兵马先随糜芳前往徐州；我绕道北海，解围之后，与孔北海一道再往徐州。"田楷说："只好如此。那我先行一步，不过你们要快点跟上来。"随即点起本部兵马，与糜芳一起南下徐州。刘备也点起本部兵马，随太史慈向东奔北海国而去。

自太史慈走后，孔融掰着手指数日子，只盼刘备早日到来。这天孔融正在念叨："我算刘备的兵马早该到了，为何至今不见踪影，难道他不愿相救？"只听城外传来阵阵杀声，孔融赶快登上城楼，只见太史慈会同三员大将正与黄巾军激战，四人如入无人之境，勇壮无比，便知刘备的援军已到，赶快命人打开城门，令城中兵马冲出城外，与刘备兵马内外夹击，黄巾军虽然人数众多，但只是一群乌合之众，刘备所率兵马，本就久经战阵，再加上有数千乌桓杂胡兵马，战斗力更是强悍，黄巾军伤亡惨重，管亥见大势已去，再拼下去只会全军覆没，只好落荒而逃。

战斗结束，孔融从城楼上下来，出城迎接刘备，说："这次多亏刘国相相救，为兄不胜感激，不知该如何报答。"刘备说："小弟刘备久仰孔北海大名，一直无缘相见，这次仅尽绵薄之力，何足挂齿。"孔融指着刘备身旁两员大将说："我刚才在城楼上看到，刘国相携这两位壮士，在敌阵中左冲右杀，与太史慈互为援手，武艺实在高强。不知二位壮士姓名？"刘备指着那位身高八尺有余，长髯飘胸，丹凤眼的说："这位是我结义兄弟，姓关名羽，字云长。"又一指旁边满是络腮胡须，豹头环眼的说："这位也是我结义兄弟，姓张名飞，字翼德。"孔融连连称赞。刘备指着太史慈说："这位壮士也是位战将，并不亚于我这两位义弟。"太史慈说："不敢与两位英雄相比。府君只顾高兴，忘了让客人入城了。"孔融连说："只顾高兴，失敬失敬。刘国相与各位英雄及将士们请到城中，我早已命人准备下酒宴，为各位庆功。"说着，大家一齐入城。酒宴中，刘备说："陶徐州派麋芳前来邀我前去相助，共抗曹操，田刺史已先往徐州去了，我还要赶快赶上他。"孔融一指陈登说："这位也是陶徐州派来相请的陈登陈元龙，若不是突遭黄巾管亥之乱，我恐怕已到徐州了。"刘备说："元龙也是天下名士，今有幸得见。"陈登说："徒有虚名，远不及二位国相。如今都昌之围已解，还请二位国相速速前往徐州相助。"孔融说："元龙不必担忧，明日即发兵，我与玄德携手同去，定能助陶公祖取胜。"又转向太史慈说："你年纪轻轻，有勇有谋，这次都昌之围能解，全赖你搬来救兵。我孔融年纪虽比你大，愿与你结为忘年之交，从此你就留在我身边，如何？"太史慈说："谢孔国相高看。我这次从辽东回来，是因为新任扬州刺史刘繇与我是同郡好友，捎信让我去扬州。本打算探视完母亲即赴扬州，赶上孔国相有事，奉母命前来相助，现已完成母命，我还要赶往扬州。与人有约，不可失信，还望孔国相谅解。"孔融叹道："子义真是诚信之人。既如此，我也不再挽留了。"

酒宴结束，太史慈告别孔融、刘备，先回东莱黄县，辞别母亲，再赴扬州应约。孔融等人送出城外，恋恋不舍，直到看不见太史慈的身影，才转身回城。第二天孔融率北海兵马，与刘备一起，奔徐州而去。

袁绍在邺城闻知曹操父亲被陶谦杀害，感念曹操协助自己粉碎了袁术企图与黑山军、公孙瓒夹击自己的图谋，于是派朱灵等人率兵马前去助曹操报仇。吕布听说，认为自己在与黑山军的交战中立下大功，便也要求袁绍给自己增添兵马。本来吕布弃袁术来投奔袁绍，袁绍心中挺高兴，在与黑山军的交战中，吕布又屡立战功，杀得黑山军节节败退，因此当时就给吕布增调了一些兵马。

可吕布恃功自傲，手下将士又非常暴横，引起了袁绍手下将士的不满，纷纷要求惩治吕布。袁绍也害怕吕布将来难以节制，见吕布再次要求增调兵马，便断然拒绝。

吕布看出了袁绍对自己的不满，觉得再在这儿待下去，会对自己不利，于是与手下将领张辽、成廉、魏越、李封、薛兰等商议，决定离开袁绍。吕布对袁绍说："我欲领兵马到河南、弘农一带活动，以防李傕、郭汜从关中杀出。"袁绍知吕布对自己不满，要脱离自己，为了不留后患，有意要除掉他，主意打定，却对吕布说："你既然要到河南、弘农一带驻扎，我表奏你为司隶校尉，驻守洛阳，并挑选三十名勇壮之士随你调用。"吕布谢过袁绍，回到自己营中，待袁绍送给他的三十名勇士来到，吕布非常热情，在自己营帐旁，给他们安排了一个大帐，让他们休息。

晚上，吕布在自己帐中，令乐人弹筝以取乐。待到后半夜，筝声停止，帐中灯熄，这三十个勇士料吕布已睡熟，便潜入吕布帐中，一起朝吕布床上砍去。然后点灯一看，床上未见吕布，知道大事不好。这时吕布全身披挂，率手下将士将营帐围住，冲入帐内，将三十个勇士诛杀，然后把这三十颗人头的法髻打开，挽在一起，掮到邺城门外。夏季天亮得早，此时天已微明，吕布高声叫道："袁氏兄弟无情无义，我除董卓，为你袁氏一门报仇雪恨，你兄弟两人都不知感恩；我又替你袁绍剿杀黑山军，立下战功，你却恩将仇报，欲诛杀我，也是苍天有眼，让我识破了你的诡计。你真是个卑鄙小人，我吕布自此与你势不两立！"袁绍听到叫骂，知道事已泄露，一边大骂这三十个勇士是笨蛋，一边调集兵马，围歼吕布。吕布势单力孤，不敢恋战，率手下将士向南逃跑。袁绍派鞠义率兵马追击，务必将吕布歼灭在冀州。

就在此时，阎柔、鲜于辅派人来联系刘和，希望刘和为父报仇，回幽州共同讨伐公孙瓒，同时也希望袁绍出兵相助。袁绍闻知，认为这是征剿公孙瓒的大好时机，欣然应诺，下令鞠义停止追歼吕布，亲率颜良、文丑等十万兵马，前往幽州汇合阎柔、鲜于辅讨伐公孙瓒。

吕布逃到黄河边，见袁绍没有追来，松了一口气，命将士就地扎营。张辽、成廉等问吕布，下一步往哪里去？吕布心中迷茫，思虑再三，说："过了黄河，往东去就是东郡的白马，往南去就是陈留的酸枣。据说陈留太守张邈与袁绍不和，我们到那里看看如何？"张辽等人莫衷一是。吕布命人搜罗船只，渡过黄河，向南奔陈留而去。

张邈闻知吕布到来，先是一愣，继而出门相迎，热情地说："久闻奉先大名，无缘相见，不想将军亲到鄙郡，有失远迎。"吕布看到张邈如此热情，忐忑的心也略放了下来，施礼问好。张邈命人摆下宴席，款待吕布，请其弟弟张超来作陪。吕布说："我听说张超将军在广陵任太守，怎么现在……"张邈解释道："当初关东联军讨伐董卓，我弟率兵马前来聚义，陶谦与董卓有旧，便罢了我弟的太守一职，断了粮草供应。后联军解散，他就只好留在我这儿了。"随后张邈问吕布如何到了陈留？吕布将袁绍如何诛杀自己，如何逃出冀州一事说了。张邈说："袁本初外宽内忌，难以容人。既离了袁绍，不知将军有何打算？"吕布说："暂无打算。若孟卓兄不弃，愿留在这儿为你效劳。"张邈心想，袁术、袁绍皆不留吕布，看来此人不是善茬，便说："张超和我的兵马，加在一起有数万之众，陈留已难以承受。不过将军既已到此，暂留些时日也可以。"张邈留了一句活口，意思是若吕布万一与自己不和，随时可以将他赶走。吕布说："谢孟卓兄收留。"双方言语客气，酒宴尽欢而散。

然而没过几天，张邈收到了袁绍的信，信中说："闻知吕布逃到你那里，此人居功自傲，我待其不薄，却要反叛于我，望孟卓兄将其诛杀或抓获，若力不能制，我将派兵马前往相助。"读了袁绍这封带有威胁的信，张邈心中不安。袁绍一直对自己不满，这次收留了吕布，定会得罪了袁绍，现在真后悔自己当初考虑不周。如若抓捕或诛杀吕布，又显得太不仗义。思虑再三，决定让吕布离开这里。于是请吕布来到府中，将袁绍的信给他看了，再三说明不是自己不愿意收留，实在是袁绍是关东盟主，还是请吕布谅解。吕布苦笑道："孟卓兄不必为难，我走就是了。"张邈问他："你打算去哪里？"吕布说："我与河内太守张扬曾同在丁原手下共事，关系一直不错，我这就去河内投张扬去。"张邈说："既如此，也是个不错的去处。我送你一些粮草物资，路上使用。"吕布说："孟卓兄早晚有用得着我的时候，随时告知。"然后谢过张邈，率兵马向西奔河内而去。

自从曹操为父报仇，前往徐州征讨陶谦以后，留守东郡的陈宫心里就没平静过。当初曹操清查世族豪强巧取豪夺来的土地，并把它分给青州兵家眷们耕种，这件事引起了兖州许多掾属及各级官吏的不满。这些掾属及官吏有许多本就是世族豪强，他们将怨恨一起倾泻到陈宫身上，埋怨他迎取曹操主政兖州。而陈宫也是一肚子苦水，因为他的宗族中，也被曹操清查出了许多土地，并予以没收。一族人都恼恨是陈宫种下的祸根。这些利益受到损害的掾属及官吏，便私下串通，要将曹操赶出兖州，为此陈宫专门跑到陈留找张邈，让他也参加到反曹的阵营中，因为张邈在东平寿张的老家也遭到了清查。哪知张邈一向赈穷救急，倾家无爱，以侠义闻名，反劝陈宫以大局为重，让出部分田产，以济百姓，陈宫大失所望。然而张超却赞成陈宫的意见，自此张超与陈宫关系走得非常近，然而得不到张邈的支持，他们都惧怕曹操，谁也不敢动。

当曹操亲征陶谦，兖州空虚，州府的从事中郎许汜、王楷等掾属认为时机已到，便密谋要趁此机会夺了兖州，不料荀彧闻到风声，调驻守濮阳的夏侯惇率兵马前往鄄城镇守。临走，夏侯惇交代陈宫，让他守好濮阳。自夏侯惇走后，陈宫就提心吊胆，一旦许汜、王楷起事被抓，必将牵涉到自己，为此几天来他坐卧不安。就在他感到大祸临头的时候，突然听说吕布率兵马到了陈留，立刻意识到机会来了，于是赶往陈留，联络吕布，配合许汜、王楷，将曹操势力赶出兖州。

他来到陈留，先去见张超，问：“听说吕布在此，我们正可与他联手，共取兖州。”张超说：“吕布已走，前往河内投奔张扬去了。”便将袁绍来信，要求诛杀吕布一事说了。陈宫说：“我们现在就去见孟卓兄，设法把吕布追回来。”于是二人来见张邈，刚一见面，陈宫说：“孟卓兄就要大祸临头了。”张邈不解，问：“公台何出此言？”陈宫说：“吕布与袁绍反目成仇，你却收留了吕布。袁绍来信要你诛杀他，你却放走了他，将来袁绍岂能放过你？”张邈说：“袁绍在冀州，我在兖州，他能奈我何？”陈宫说：“当初联军的时候，他就曾让曹操替他除掉你。待曹操从徐州回来，岂不会让曹操再来第二次？”张邈说：“我与孟德交情深厚，上一次孟德就拒绝了他。”陈宫说：“当初曹操势力还小，他有求于你。现在曹操身为州牧，且与袁绍互为依存，很难说曹操这次还会拒绝。"

张邈沉吟不语。陈宫见说到张邈痛处，也不再开口，冷眼相看。张超急道："事已至此，就不要再犹豫了。"张邈说："你说怎么办？"张超说："趁现在兖州空虚，我们夺了兖州，自立门户。"张邈说："我与孟德情同手足，我怎能做出这等事来？"陈宫说："当初曹操不过是依附在你手下的一个偏将，如今拥有一州，骑在了你的头上，曹操心里何曾惭愧过。今雄杰并起，天下分崩，君以千里之众，当四战之地，抚剑顾眄，亦足以为人豪。而反制于人，不觉得耻辱吗？"陈宫一番话触动了张邈心中的隐痛。是啊，当初曹操只身来陈留，是自己帮他起了兵，如今自己反倒成了他的手下，虽说曹操仍然敬重自己，可两人在一起时，总感到心里别扭。我的名望远在曹操之上，为什么要俯首于他呢？想到此，他说："虽说公台说的在理，可现在曹操有十余万兵马，再加上有袁绍相帮，我们很难取胜。"陈宫说："现在兖州空虚，你与张超将军合在一起，兵马有好几万，吕布乃是人中豪杰，我们再请他回来相助，定可一举夺取兖州。况且自曹操清查土地以来，兖州士人心中对曹操早已不满，只要孟卓振臂一呼，各郡国县邑便会纷纷响应。那时得了兖州，与天下诸侯争雄，纵横天下于一时，再也不用看人脸色行事。"张超说："天赐良机，若不利用，将遗恨终生。"张邈说："既如此，让我直接从孟德手中夺取兖州，终有些不忍。"陈宫说："这也好办，我们把吕布推到前台，与他共牧兖州，以后再观天下形势来应对。"张邈点头应允。

三人计议已定，陈宫说："二位将军先整备兵马，我前往河内相邀吕布。"陈宫赶到成皋黄河岸边，正要渡河，见一队兵马刚从对岸渡过来，便上前打听，正是吕布的兵马，便求见吕布，自我介绍后，便问："我听说吕将军投河内而去，而今却为何从河内来？"吕布情绪低落地说："本欲投靠张扬栖身，不料李傕、郭汜为给董卓报仇，早已重金收买了张扬和他手下杨丑、眭固等诸将，要他们不论何时见到我，即刻诛杀。张扬碍于旧情，不肯下手，杨丑、眭固等众将士不依，要张扬诛杀我，向李傕、郭汜邀功请赏。张扬怕发生不测，只好让我赶快离开。"陈功心中暗喜，问："不知吕将军要往哪里去？"吕布说："目前暂无打算，走一步说一步。"陈宫说："我此来是奉张邈太守之命，相请吕将军，他要与你携手共取兖州，不知将军意下如何？"吕布一愣，问道："陈公台说什么？"陈宫又重复了一遍刚才的话。吕布说："承蒙张太守不弃，我愿为他效力，夺取兖州。"陈宫说："不是为他效力，是我们共推你为兖州牧，帮助你夺取兖州。"吕布激动不已，说："各位的大恩永世不忘，我这就随你回陈留。"

吕布与陈宫回到陈留，再次见到张邈，执意要拥戴张邈做兖州牧，说："我初来乍到，怎能僭越孟卓之上？"张邈不愿出这个头，坚辞不受。陈宫说："奉先久居朝中，行奋武将军，假节，仪比三司，又诏封温侯，名震天下，理应任兖州牧。孟卓世居兖州，颇得兖州世家敬奉。你二人同心协力，以奉先为主，共理兖州，岂不妙哉？"吕布说："恭敬不如从命，我权且暂领兖州牧。"陈宫说："大计已定，二位将军行动要快。趁现在鄄城还不知晓，孟卓修书知会荀彧，就说吕布将军自冀州特来助曹兖州征讨陶谦，需要在鄄城补充粮草，让他准备粮草军资。这样钻入城中，将荀彧、夏侯惇等曹氏亲信抓获。兖州府掾属如有不从者，一律斩杀。这样轻而易举就可以夺取兖州，然后号令各郡国县邑效忠我们。待曹操知晓，即便返回也没有了地盘，若不归顺我们，就将其歼灭。随后联合陶谦、公孙瓒、袁术等，共同讨伐袁绍。"张邈、张超、吕布连称此计甚妙。张邈随即修书一封，派功曹刘翊前往鄄城送信。张超率本部兵马与吕布合兵一处，同陈宫一起奔鄄城而去。

第三十章

守鄄城荀彧拒吕布　救郯城刘备劝曹操

荀彧一直有种预感，兖州并不太平。自曹操出兵徐州，便一直留心鄄城中的动静，很快就掌握了从事中郎许汜、王楷暗中联络州府中的掾属，勾结鄄城中的世族豪强，要夺取兖州。荀彧当机立断，立刻令驻守濮阳的夏侯惇，率兵马赶到鄄城，镇压许汜等人的反叛。

因曹军的家眷都在鄄城，夏侯惇接到信，交代陈宫守好濮阳，便率轻兵赶到鄄城。根据荀彧掌握的情况，在程昱、毛玠等人的配合下，连夜逮捕了许汜、王楷等共计百余人，稳定了鄄城的形势，荀彧松了一口气。

这天侍者报告："张邈的功曹刘翊求见。"刘翊进来，见荀彧、夏侯惇等人都在，便将张邈的信呈上。荀彧看到信中说，吕布率兵马前来帮助曹操讨伐陶谦，先到鄄城补充粮草。荀彧看完信，心中疑惑，让刘翊先下去休息，随即与夏侯惇、程昱、毛玠等人相商。程昱说："吕布本在袁绍那儿，怎么突然到了兖州？吕布此来，为何张邈派人来告知？"荀彧说："值此兖州空虚，我们又刚刚粉碎了鄄城的反叛阴谋，吕布来历不明，为防不测，应婉拒为好。说什么也不能让吕布进入鄄城。"于是荀彧立刻写信给张邈说："孟卓来信收悉，感谢奉先将军的好意，曹兖州征战顺利，未提出让人助战，还是请孟卓转告奉先，率兵马返回冀州。"唤来刘翊将回信带给张邈。

刘翊走后，毛玠说："我总觉此事有点蹊跷。这让我想起一件事来。我们陈留有一个年轻人名叫高柔，字文慧。他的父亲高靖，现在蜀郡任都尉，他的堂兄高干是袁绍的外甥，现在袁绍那里。高柔本人聪明好学，一次他告诉邑中的人说：'现在英雄并起，陈留是四战之地，曹将军虽据兖州，却有四方之志，不会安坐兖州。而张邈先于曹操任陈留太守，此人心胸比较狭窄，长此以往，必不肯久居曹将军之下，必有一变。'当初大家都以为张邈与曹将军亲如手足，高柔又年少，对他的话，都一笑置之。现在看来，事出反常必有妖，我们必须提高警惕。"

话音刚落，门吏通报："有一人求见荀彧先生。"荀彧忙让门吏将人带来。来者是位中年人，大家谁也不认识。他自我介绍说："我与高柔是同乡，他让我捎一封信给荀彧先生。哪位是荀彧先生？"说着，来人将信从袖袋中掏出，荀彧边接信边问："高柔为何不亲自来？"来人说："高柔本欲亲自来，临出门接到丧报，他父亲高靖病逝于蜀郡任上，他前往奔丧，便委托我将信交给荀彧先生。信已送到，告辞了。"待来人走后，荀彧展开信一看，不由大惊。信中说："陈宫、张邈、张超共推吕布为兖州牧，准备夺取兖州。现正率兵马奔鄄城而来，望荀彧先生早做准备。"荀彧将信的内容告诉大家，说："我们的怀疑是对的，张邈果然与吕布勾结，起兵反叛，陈宫也参与了此事。留给我们的时间不多了，我们赶快行动起来，准备抵御他们的进攻，务必守好鄄城。"夏侯惇说："我赶快派人到濮阳，将留在濮阳的兵马调来，全力守好鄄城。"荀彧说："已来不及了，我们连夜行动，做好鄄城的防御。"

第二天一早，吕布、张超、陈宫便率兵马来到了鄄城，吕布下马朝城上高喊："太守张邈已知会文若，我来此补充粮草，以助曹公征剿陶谦。"话音刚落，城门缓缓打开，一员大将纵马从城中冲出，身后数百士卒跟随。陈宫小声告诉吕布："此是夏侯惇，字元让。"吕布拱手施礼，说："久闻夏侯将军大名，何必亲自迎接……"话还未完，只见夏侯惇高叫一声："陈宫，你背叛曹将军，我先取了你的性命！"率兵马直朝陈宫冲来。张超一看，忙上前迎住，双方战在一处。吕布的兵马只想着很快入城，根本就没有安营布阵，突遭袭击，部曲被冲得七零八落，张超很快败下阵来。吕布一看不好，截住夏侯惇，战在一处，无奈阵势已乱，收拢不住兵马，只好下令撤退。夏侯惇知道自己兵马太少，也不敢恋战，见吕布撤兵，便也下令收兵，返回城中，紧闭城门。

吕布初战受挫，好不懊恼。陈宫说："此事已泄，偷袭已不可能，鄄城城墙坚固，一时难以攻下。濮阳空虚，且粮草辎重充盈，我们先回濮阳，在东郡招兵买马，并策动各郡国一齐起事。"吕布听了陈宫的建议，便下令撤往濮阳。

荀彧在城楼上见吕布已撤兵，便说："我料吕布必先占濮阳，一旦据有东郡，与张邈互为犄角，其势必盛。形势已万分危机，必须马上向主公报告，让他速回兵平叛。"于是立即修书一封，派人快马驰往徐州。

曹操占了琅琊，攻势仍然不减。为确保郯城无虞，陶谦调集兵马，在东海与曹军决战。又命总督彭城、下邳、广陵三地粮草军资的笮融，速从三地调运粮草军资，确保大军后勤供应。然而笮融却不知去向。

原来，这笮融乃是陶谦的同乡，当初率一支千人的部曲，从丹阳来投靠陶谦。陶谦便将储存在广陵、下邳、彭城三地的粮草物资统归笮融管理。别驾麋竺不同意，劝告陶谦："笮融初来乍到，这么重要的事情交给他，万一托所非人，后果不堪设想。"陶谦说："笮融是我同乡，这么远跑来投靠我，我怎能不相信他。"麋竺说："可先将一地的粮草物资，交由它管理，如果管理得好，再将其他地方储存的粮草物资交给他。"陶谦不听，麋竺只好作罢。

笮融自被陶谦委以三地储存粮草军资的总督，大权独揽，仗着与陶谦是同乡，骄奢淫逸，大肆起庙造祠，铜铸神像黄金涂身，又用最好的锦缎绢帛，为这些铜像做衣服，又铸铜盘九重相配。建起巍峨的重楼阁道，可容三千余人，整天在里边课读佛经。凡好佛者，皆来听经授道。每有佛事，便大设酒饭，沿路布席，连绵数十里，来吃饭的人达万人之众。到陶谦需要征调粮草时，三地的粮草军资已被他挥霍一空。笮融原想以后征收赋税时将亏空补上，没想到陶谦催得急，眼看事情败露，只好带领他的近千人马，逃之夭夭。

陶谦闻知，一口气没上来，昏了过去。麋竺等人慌了手脚，连声呼唤，忙找医者诊治，好久陶谦才缓过劲儿来，脸色极其难看，有气无力地对麋竺说："悔不该当初没听你的劝告，只想着都是同乡，结果错用了笮融。粮草既无，还如何与曹操相抗。"麋竺说："主公别慌，粮草我们再设法征调。"陶谦说："远水难解近渴，一下子重新征调这么多粮草，实非易事。"麋竺连连劝慰，以宽陶谦的心。

前线将士听说粮草被笮融挥霍一空，陶谦又一病不起，军心立刻动摇。曹操又连克缯城、临沂、利城。陶谦对麋竺说："派去青州求救的麋芳、陈登二人不见回还，东海郡的城邑差不多丢光了，眼看曹军就要攻到襄贲、郯城，徐州难保，我又疾病缠身，且年事已高，仔细想想，还是率我的子弟兵回丹阳老家吧。"麋竺苦劝说："主公万不可失去信心，事情总会有转机的。"就在此时，麋芳回到郯城，见到陶谦便说："青州刺史田楷已率援兵到来。"陶谦眼中放出光来，连忙说："快让他进城。"麋芳："田楷说他势单力孤，要在城东马陵山等待刘备和孔融。"并把刘备因救孔融晚到一事说了。看到援军不日就要全部到达，陶谦一扫昔日的萎靡，精神了许多，号令将士："援军已到，固守郯城、襄贲，准备反攻曹操。"

很快，刘备、孔融率兵马来到马陵山，与在此等候的田楷会合，三人将兵马暂驻马陵山，在陈登的陪同下，一起前往郯城面见陶谦。陶谦见了三人，连忙站起施礼。刘备见陶谦身体虚弱，赶忙上前搀扶，说："陶州牧是老前辈，不必客气。"陶谦一迭声地说着感谢的话，并希望三人赶快将兵马从马陵山移驻郯城。刘备说："我有个想法，我们的兵马暂不入驻郯城。马陵山易守难攻，我们将兵马扎在那里，与襄贲成掎角之势，拱卫着郯城，三处又成品字阵势，一处受攻击，其余两处呼应增援，曹军能奈我何？待曹军疲惫，我再乘势进攻，定能将其消灭。"陶谦暗暗佩服：难怪刘玄德征讨黄巾军屡屡获胜，果然应对不凡。这时吏卒来报："曹军已经包围襄贲，守将曹豹请求增援。"刘备、田楷就要回马陵山准备出兵配合，孔融说："先礼后兵，古之常理。朝廷曾派特使抚慰关东，要求关东各州郡停止征战，共保汉室。我看不如先给曹操写一封信，给他讲明道理，劝说他退军休战。如果不听，曹操就在道义上先失了礼，我正义之师就师出有名，必所向披靡。"田楷笑道："文举不愧是圣人后代，当世大儒，凡事总不忘一个'礼'字，打仗也这么客气。"孔融刚要解释，刘备说："文举兄所说不错。我们大老远跑来，二话不说就开打，显得不仗义。我们先把道理讲明，尽量说和，如果曹操执意不从，我们再动手也不迟。"陶谦说："我已反复去信向曹操解释，他根本不听。"刘备说："陶老前辈是当事人，他当然听不进去，这次由我们向他解释，看他怎样说。"孔融说："玄德是汉室宗亲，就以你的名义，劝说曹操罢战。"刘备欣然应诺，便修书一封，即刻派人送入攻打襄贲的曹营中。

曹操此时已得到斥候报告，青州刺史田楷、平原相刘备、北海相孔融已率兵马来到马陵山，准备帮陶谦助战。曹操轻蔑一笑，并未把这数万兵马放在眼里，决定分兵前往马陵山阻截。戏志才说："马陵山易守难攻，我们此时分兵马陵山，势必将兵马陷在那里。不如暂不理会，仍集中兵马攻打襄贲。如果他们从马陵山中出来增援，我们正可以将其引出马陵山予以消灭。"曹操采纳了戏志才的建议，仍下令进攻襄贲。

这时大帐外侍卫来报："有一人自称是平原相刘备的信使，特来送信给曹将军。"说着将信呈上。曹操接过信，展开看到信中说："兖、徐二州都是汉室天下，曹兖州和陶徐州皆是汉朝臣子，双方理应共奉汉室。而今起兵相争，皆因黄巾余贼张闿心生歹意，致陶徐州一片好心反而致罪。曹兖州为报令尊之仇，已攻占了琅琊及东海大部分地区，虽未惩罚凶手，也已经出了这口恶气。城门失火，殃及池鱼，受害的还是百姓。望明公以天下为重，则徐州百姓幸甚。陶徐州一再申明，一旦抓获凶犯张闿等一干人，定交曹兖州惩处，以报父仇。备虽不才，愿做调停人，为两州牧说和。"

曹操冷笑道："陶谦败局已定，此时钻出个刘备来劝和，想挽救陶谦，真是自不量力。他那远道而来的数万兵马，乃乌合之众。告诉来人，让他转告刘备，若知趣就早日返回；若不知趣，硬要充好汉，我连他们一并歼灭。"戏志才说："主公且慢。既然刘备要讲理，那就利用这一点拖住他，待我们攻下襄贲，再回头对付他。"曹操点头。于是戏志才派人告诉刘备的信使，让其安心休息，曹公要给刘备写回信。这边却令各部兵马加紧攻城准备，争取一举夺取襄贲。

戏志才刚部署完毕，荀彧派的信使快马来到曹营，不等通报即闯入大帐。曹操、戏志才非常吃惊。只见来人掏出一封信递给曹操，上气不接下气地说："快，快！兖州告急。"曹操赶快看信，信中说："张邈、张超、陈宫勾结吕布联手反叛，兖州危在旦夕，请主公接信后速率兵马回兖州平叛，稍一迟缓，兖州便会不保。"这消息犹如晴天霹雳，震得曹操呆坐在那里。如今徐州战事正好，没想到自己一向最敬重的老大哥张邈，竟带头反叛。且不说吕布有多少兵马，仅张邈、张超手中就有数万兵马，兖州已极度危险。他很快回过神来，告诉戏志才："接受刘备调解，将这个面子送给他。所有兵马快速撤出徐州，返回兖州平叛。对外只说，看在刘备、田楷、孔融远道而来的面子上，接受调停，各部曲拆除营寨返回兖州。"戏志才赶快派人将刘备的信使叫来，把曹操写好的信交给他，说道："请你将此信交给刘国相。"然后派人把他送出营寨。

刘备的信使带着曹操的信回到郯城，陶谦、田楷、孔融、刘备等并不抱希望。刘备接到信，打开一看，眼睛立刻直了，不由喜上眉梢。信中说："刘府君曾平定黄巾叛乱，吾闻名久矣。陶谦杀我父母及家人，本欲雪耻，刘府君远道而来，单为说和，其意真诚，只好听从劝解，兵马即刻休战，撤回兖州……"后面又说了一些客套话。大家看罢信，皆感到很惊喜，立刻松了一口气。这时曹豹派人从襄贲来报告："曹军已拆除营寨，兵马正在撤退。"陶谦老泪纵横，连说："徐州免除大祸，全赖各位英雄拯救，此大恩永世不忘。"孔融说："刘府君英名远播，方使曹操收敛，其功当属第一。"田楷说："没想到刘国相世人皆知，一封信就退了曹军。"陶谦更是把刘备奉为神明，连连致谢，随即命人大摆宴席，以示感谢。

既然曹兵已退，田楷等人也要告辞返回青州。陶谦感到自己年事已高，又被笮融之事气得大病一场，感到心力交瘁；又怕曹操再寻理由进犯徐州，便有意挽留几位暂驻徐州，等形势稳定再走。田楷说："我身为青州刺史，若长期不在青州，万一青州有事，我如何向公孙瓒将军交代？"陶谦说："田刺史说的在理，我不能为了徐州误了青州的事。玄德、文举二位府君，能否暂留徐州，等我身体康复，再走不迟。"看到陶谦如此真诚挽留，二人答应暂留徐州。

商议已定，田楷便率本部兵马返回青州去了。陶谦让刘备和孔融率兵马到郯城驻扎，刘备不肯，坚持在城外安营扎寨。陶谦说："玄德执意不肯入城，是怕受拘束。刚好豫州的丰城、沛城，现在我手中，这两座城交给你驻防，也可以防备曹操由此进犯徐州。只是希望文举驻在郯城，我要与你探讨一些儒学经典，还望文举不吝赐教。"孔融说："陶老前辈过谦了，互相商讨吧。"随即孔融率本部兵马入城驻扎，刘备率本部兵马前往丰沛二城驻扎。临走，陶谦为确保丰沛二城的防守，又将自己的丹阳旧部调拨了四千兵马给刘备。刘备深表感谢，率兵马前往丰沛。

路上，关羽、张飞问刘备："此次徐州解围，主公功劳最大，郯城乃州治所在，物资丰富，主公为何不愿驻扎郯城？"刘备说："曹操退兵实出乎我意料，总觉得我这面子不会这么大，一定是有什么原因，现在还不得而知。再者郯城虽好，然而几家兵马同驻于此，久之必生间隙，到时反为不美。"关羽、张飞觉得还是刘备想得周到，也不再说什么。到了丰沛二城，刘备分兵驻守，整修城垣，安抚百姓，倒也平安。

陈宫本想赚取鄄城，不料被荀彧识破，只好引吕布来到濮阳。由于陈宫是东郡郡丞，自然不费吹灰之力，就占据了濮阳。夏侯惇留在城中的粮草辎重，也全归了吕布。陈宫马上在东郡为吕布招兵买马，扩充军力。由于张邈、陈宫在兖州颇有影响，在他们的威逼利诱下，全兖州各郡国县邑纷纷响应张邈、陈宫，先后背叛曹操，投到吕布麾下。

荀彧没有料到形势竟会如此急转直下，全兖州除了鄄城外，还有范县、东阿没有反叛。荀彧想，这三座城如果丢了，曹操在兖州就没有立足之地了，所以无论如何也要设法保住这三座城，等待曹操大军归来。正在此时，吏卒来报："豫州刺史郭贡率兵马来到城下，现已扎下营寨，要求荀彧先生出城相见。"原来豫州刺史是孙贲，随袁术逃到淮南后，李傕很快表奏献帝，选郭贡为豫州刺史。难道新任豫州刺史郭贡也是张邈、陈宫的同谋？荀彧略加思索，决定出城面见郭贡。程昱、毛玠、夏侯惇及府中掾属，闻知荀彧要出城，一齐前来阻拦。夏侯惇说："文若先生肩负着镇守鄄城的重任，郭贡来者不善，出城必有危险。"荀彧说："郭贡今天突然来到，定与张邈有关。我料此人一定是在犹豫，若不相见，他必定认为我们实力不济，反而会将他推到张邈一边。"大家认为荀彧说得有理，但又十分担心他的安全。荀彧笑着说："大家放心，我一定会安全返回的。"

荀彧来到郭贡营中，郭贡看到荀彧头戴儒巾，身着深衣，气宇轩昂，举止潇洒，已有几分敬意。荀彧面带微笑，施礼问好，郭贡也连忙回礼，并与荀彧分宾主坐定。荀彧问郭贡来兖州何事？郭贡说："受陈留太守张邈之邀，说是兖州百姓苦于曹操压迫，已拥戴吕布为兖州牧，让我前来会盟。张邈昔日乃八厨之一，久有名望，拒之不恭。今日到来，却见鄄城仍是曹家旗号，又闻文若在城中主事，心中疑惑，便约先生相见。"荀彧心中已明，呵呵一笑，说："曹州牧首倡义举，起兵讨伐董卓，天下谁人不晓。后又击溃黑山军，平定黄巾军，打退袁术的进犯，使兖州免遭战乱，其功绩有目共睹。吕布乃反复小人，想必郭使君早已耳闻。张邈与曹州牧为好友，却心胸狭窄，受人蛊惑，勾结吕布，意图夺取兖州。如此背友弃义之人，终难长久。现在我兖州军民，同仇敌忾，决心保卫兖州。曹州牧正率兵马赶回兖州，不日即可到达，到时吕布、张邈此等小人必死无葬身之地。郭使君乃明白之人，断不会助纣为虐，为此等不义之小人出力相助。"

郭贡看到荀彧谈笑风生，毫无惧意，且言之有理，心中暗说："这荀彧不愧是名儒荀淑的后代，都说此人有王佐之才，今日始见，方知不是虚传。由此等人才相助，曹操怎不取胜？"便心生退意，于是恭送荀彧回城。以鄄城曹军防守稳固为由，给张邈打了个招呼，率兵马回豫州去了。

为确保鄄城万无一失，荀彧每天都要亲自巡视鄄城的防守。这天快走到夏侯惇军营时，就见许多士卒手执兵器，神情紧张地朝军营跑，荀彧忙拦住士卒问："怎么回事，发生什么事了？"士卒一看是荀彧先生，忙说："夏侯将军被人劫持了。"荀彧心中一紧，赶快也向军营跑去。只见夏侯惇的副将韩浩，正指挥兵马包围军营，一面大喊："里面的人听着，你们竟敢劫持将军，还想活命吗？"里面有人喊道："外面的人听着，我们是受陈宫之命，前来谋刺夏侯将军。只要你们给我们足够的资金，放我们一条生路，我们愿放了将军，随后远走他乡。"韩浩说："休想！劫持将军必是死罪，绝不饶恕。"荀彧来到韩浩身边，说："答应他们的要求，让他们放了夏侯将军。"韩浩一看是荀彧，心中犹豫。这时里面传出夏侯惇的声音："韩将军，绝不能为了我一人而放纵这些凶犯，否则他们还会这样做，将遗患无穷。让他们永远断了这个念想，不要犹豫，快率兵马冲进来，将这些贼人全部斩杀。"

韩浩流着泪，一咬牙："那我就对不起将军了。"一声令下，率兵就往里冲，这些凶犯立刻被震慑住了，高喊："我们愿投降，再没有任何要求。"韩浩冲进营中，迅即将凶犯悉数斩杀，救出了夏侯惇。荀彧埋怨说："夏侯将军怎么这么大意，今天真是太悬了，这些人是从哪里来的？"夏侯惇一边夸奖韩浩，一边说："东郡留守的士卒不愿跟随陈宫归顺吕布，纷纷偷跑回来，陈宫就心生一计，命人扮作这些偷跑的士卒，混入鄄城，意图行刺于我。"韩浩说："今后凡从东郡逃回的士卒，一律严加审查。"夏侯惇说："不可，万万不可！不能因为这件事，就对所有逃回的士卒审查，那样会伤了他们的心。我料陈宫得知计谋失败，所派刺客皆被斩杀，定会知趣收手。那些要当刺客的人，得知必死，谁也不敢再贸然前来。我们对逃回的士卒仍要予以信任。"自此，荀彧更加谨慎，对鄄城的防守巡视得更勤了。

这天，又有一批士卒从濮阳逃回到鄄城，向夏侯惇报告："陈宫要吕布坐镇濮阳，自己亲率兵马攻取范县和东阿。"夏侯惇急忙告知荀彧。荀彧立刻来见程昱，说："刚刚得报，陈宫要亲自引兵夺取范县和东阿。现在全兖州仅剩这三座城还在我们手中，且互相之间又无法支援，全靠守城的军民信心坚定。你们程氏在东阿是望族，你是否回东阿协助枣祗稳定局势？路过范县的时候，顺便抚慰一下守城的官兵，给范县县令靳允鼓鼓劲，让他们一定坚持到曹公回来。"程昱说："荀彧先生放心，我这就上路。"荀彧说："我让从事薛悌陪你一道前往，也好有个照应。另外给你拨五百兵马随行，虽然太少，可没有办法，只能给你这么多人。"程昱说："鄄城也正是用人之际，士卒都是以一当十，这五百兵马我就不带了。"荀彧说："目前全州已反，为防不测，这五百兵马你还是带上。程昱告别荀彧，与薛悌带上五百兵马，出鄄城向北而去。

程昱肩负重任，不敢耽搁，一路马不停蹄，这天来到范县，见到县令靳允，看他心绪不宁，愁眉苦脸，便问怎么回事？靳允说："我老母亲及弟弟一家妻儿，在濮阳老家被吕布和陈宫扣为人质，要我归顺他们。"程昱感到事态严重，便问靳允有何打算？靳允说："我这个县令是曹兖州举荐任命的，他有恩于我。我若背之，当属不义。可现在老母及弟弟一家又都在吕布手中，我心急如焚。"

程昱沉吟片刻，说："作为孝子，担忧老母的安全，理所应当。兄弟一家的安危，做兄长的也应该挂念。只是当前天下大乱，英雄并起，然而有真英雄和假英雄之分。俗话说，'良禽择木而栖。'真正聪明的人，必认真思虑，选择真英雄。这就是人们常说的'得主者昌，失主者亡。'陈宫叛迎吕布，百城皆应，似能有为。然而吕布粗中少亲，刚而无礼，匹夫之雄耳。陈宫等人欲借吕布之势，恐怕是没有选对人。目前他们兵马虽众，终必无成。曹兖州智略非凡，苍天所授。只要你固守范县，田单之功可立。这与违忠背主，母子俱亡相比，哪一个更好呢？"靳允流着泪说："感谢仲德指教，忠孝节义四字，忠字为先。我靳允效忠曹兖州，不敢有二心。现实言相告，陈宫所派的氾嶷已在城中，只是他手下带有兵马，怎么办？"程昱说："我明白了，靳县令放心，听我安排。"于是将带来的五百士卒埋伏好，以有要事相商为由，让靳允引诱氾嶷来到县府，将氾嶷擒住，然后将氾嶷的兵卒悉数抓获，氾嶷不降被杀。

这时斥候来报："陈宫率兵马正朝范县驰来，已快到黄河。"程昱迅速将带来的五百兵马，及靳允的兵马合在一起，埋伏在黄河仓亭津渡口，待陈宫渡河时发动攻击。这陈宫只想靳允的老母及弟弟一家悉在濮阳扣为人质，氾嶷来策反，定能成功，便放心渡河，毫无防备。待渡到一半，只见伏兵突然攻击，措手不及，吃了败仗，退回岸边。知道靳允不降，氾嶷已被杀，范县一时难以夺取，便转向东阿。

程昱将五百兵马给靳允留下，增强范县的防守，以防陈宫再来攻取，然后与薛悌快马奔东阿而去。

东阿县令枣祗刚将程昱、薛悌迎进城中，陈宫率兵马已经赶到，迅速将东阿包围。程昱在枣祗的陪同下，沿城墙巡视了一周，看到枣祗布防严密，守城将士士气高昂，感到非常满意。东阿百姓看到程昱回来，又听程昱说，曹兖州正率领大军快速赶回兖州平叛，吕布和陈宫蹦跶不了几天，大家守城的信心更足了。枣祗说：“东阿城墙坚固，又有仲德助阵，百姓们人心稳定，坚守此城定能万无一失。”

陈宫率兵马攻打东阿，枣祗高挂免战牌，闭门不出，陈宫看到东阿城防坚固，无隙可乘，一时难以取胜，只好率兵马返回濮阳，随即向吕布和张邈建议说：“据报曹操正全力回援，应派出兵马在泰山、亢父部署防线，利用有利地形，拦截曹操。再在东平部署第二道防线，如此一来，可使曹操不能入兖州，鄄城等三城求援无望，终必瓦解。”

张邈不愿意率部远离陈留，以辎重粮草运输困难为由推脱不去。张超想去，但吕布却说：“我们就在濮阳等曹操来决战。大丈夫就应该凭真刀真枪真本领取胜，双方摆开阵势，杀个痛快。以此取胜，英名千古。凭着偷奸耍滑取胜，那不叫本事。”将陈宫的建议扔在一边。陈宫感叹道：“此二人不听我劝，终难成事。我鼓动张邈，拥戴吕布，看来是错了。但事已至此，也只好硬着头皮走下去了。”

第三十一章

夏侯惇激战失左目　戏志才情急丧性命

曹操撤出襄贲后，命部曲日夜兼程往回赶，这时将士们才得知吕布占了兖州。由于挂念在兖州的家人，他们不由自主加快了脚步。这天走到开阳，曹操对戏志才说："明天我们就要离开琅琊，进入蒙山了。估计吕布会利用那里险峻的地形阻挡我们，可能会有一场恶仗。我亲自指挥青州兵在前边开路。"戏志才劝道："将领们人人能征惯战，谁都可以任前锋，主公不必身先士卒。"曹操说："虽如此说，但亢父泰山一线地势险要，我要在前面亲自指挥，鼓舞士气。"

连续几天的翻山越岭，将士们的体力受到了极大的消耗。这天走到亢父，道路更加艰险，部曲随山势起伏一字长蛇。曹操的心提到了嗓子眼，对戏志才说："战国时那位纵横家苏秦曾说，'亢父之险，倘有百人扼守，千人也冲不过去'，其言真不为过。倘使吕布在这里布阵防守，我们一定会吃大亏。"戏志才神情严肃地点点头："但愿苍天保佑我们顺利通过。"

曹军经过艰难的行进，终于过了亢父。曹操长舒一口气，对戏志才说："吕布居然在亢父、泰山一线没有设防，我想他一定会在东平布有重兵，在那儿阻截我们。"戏志才说："前边就是东平，我们不能大意。"

东平国的国相听说曹操率大军已回到兖州，目前正向东平挺进，立刻慌了手脚，感到这次投靠吕布是上了陈宫、张邈的当。指望自己那点少得可怜的郡兵，要想抵挡曹军，简直是鸡蛋碰石头。在万分懊恼之后，便趁夜携带家眷，偷偷弃官而去。

东平很顺利地回到手中，这令曹操颇感意外，他难掩心中的喜悦，对戏志才说："吕布在陈宫、张邈的鼎力帮助下，得到了兖州，却没有切断亢父、泰山一线的要道，凭险阻截我们，反而屯守濮阳，由此看来，吕布乃无能之辈。"戏志才说："陈宫投靠吕布，把宝押在这样的人身上，早晚他得追悔莫及。"曹操说："说不定他现在就后悔了，只可惜我那位老朋友张邈，怎么也和吕布勾结在了一起。"戏志才说："张邈目光短浅，心胸又比较狭窄，这就决定了他容易受人蛊惑。"

这时程昱从东阿赶到东平迎接曹操。见到曹操，程昱将荀彧如何铲除鄄城许汜、王楷的反叛，又如何冒着危险智退郭贡，夏侯惇如何险些被人行刺，枣祗又如何悉心守东阿，尤其是靳允如何忍受着母亲及弟弟一家被扣为人质的痛苦，诛杀了陈宫派去游说的氾嶷，确保范县万无一失的情况，详细告诉了曹操。曹操动情地说："不是你们努力坚守，我回到兖州就没有立足之地了。我们一定设法把靳允的老母及弟弟一家救出来。东平国相已经跑了，你就不要回鄄城了，就在东平任国相吧。"

东平的事情安置好后，曹操特意谢过朱灵、高览、张郃，对他们说："感谢你们的鼎力相助，如今我们已从徐州返回兖州，你们也该回冀州了。回去后替我向本初将军致谢。"

三人从曹操那儿出来，准备率兵马回冀州，朱灵犹豫了一阵后，对高览和张郃说："我决定不回冀州了。"高览和张郃很是吃惊。朱灵说："我自信阅人也不算少，到目前为止，还没有遇见像曹将军这样的人，处事公允，胸襟坦荡，不论远近，以功行赏。我认定曹将军是真正的明主，今天我既然遇到了，就不会离开了。你二人将我的部曲带回，交给袁将军吧。"高览、张郃见朱灵态度坚决，知道劝也无用，只好整备兵马，准备回冀州。然而朱灵的部下听说朱灵不回冀州了，要跟随曹将军，也纷纷表示要随朱灵留下。高览、张郃只好率各自兵马，前来向曹操辞行，回冀州去了。曹操拉着朱灵的手说："如今正是我困难之际，你能毅然相随，从此我们就是好兄弟。"朱灵说："从今天开始，我唯曹将军马首是瞻，在你麾下建功立业。"

送走高览、张郃，曹操将李乾留下，协助程昱守东平，率兵马直奔濮阳，要歼灭吕布，收复东郡。

夏侯惇得知曹操率兵马从东平直扑濮阳，马上告诉荀彧："我要面见主公，亲自把濮阳夺回来，以雪我恨。"随即率兵马赶往濮阳，见到曹操，歉疚地说："是我不小心丢了濮阳，还请主公问罪。"曹操安慰说："是我拜陈宫为你的郡丞，咱们谁也没想到他会反叛，不必自责，你们都尽力了。我听说你被陈宫派去的奸人劫持，差一点丢了性命？"夏侯惇一指身旁的韩浩说："全赖韩将军及时派兵包围了那些奸人，他们才没敢下手。"曹操看着韩浩说："我听程昱说了，你处事果断，毫不手软，为大家树立了一个榜样。"韩浩说："我当时心里也在犹豫，还是夏侯将军命我快动手，才坚定了我的决心。"曹操说："我们要定下一个规矩，以后凡遇劫持人质者，人人都要像韩浩那样，奋勇击杀，不准顾虑人质。如此那些奸人知其必死，也就断了这种念想。"果然自此以后，再也没有发生过劫持人质的事件，这是后话。

夏侯惇急切要求道："什么时候攻城，由我担任先锋。"曹操说："我们刚到，对吕布的情况还不太熟悉。而且濮阳城当初经过我们整修，城墙又非常坚固，我们先不要着急。"戏志才说："吕布经过招兵买马，又和张超联合在一起，濮阳的守军还是很强的。再加上南边陈留的张邈随时会来增援，我们有后顾之忧。我看先令一支部曲向南，到与陈留交界处，担任警戒，防止张邈在我们背后偷袭。"曹操说："那就派曹洪去。"曹洪得令，率本部兵马南下，警戒张邈去了。

这时斥候来报："在濮阳西数十里的咸城，吕布的部将魏越率五千兵马在那里驻守。"戏志才说："这一定是陈宫的主意，意图与濮阳互为犄角。"曹操说："你说得对，吕布没这个心眼。我们先把他这个角给掰了。"夏侯惇说："我率青州兵去，保证将它攻下来。"曹操说："你从青州兵中精选五千勇士，我随你一起去。"戏志才不同意："这样一个小仗，主公身为统帅，不宜亲自出马，交给夏侯惇将军就行了。"曹操说："此战虽小，但意义重大。都说吕布的兵马厉害，我们与吕布初次交手，首战必须取胜。为了转移吕布的注意力，由戏先生虚张声势，佯攻濮阳城。"夏侯惇问："什么时候出发？"曹操说："五千对五千，我们用偷袭的办法，今天晚上出发，后半夜发起攻击。"夏侯惇即刻出去选调兵马，很快集结完毕。待夜幕降临，悄悄出发。

夏末秋初的天气更是闷热，尽管曹操率兵马晚上出发，天气比白天已经凉爽了不少，将士们还是汗流浃背。待曹军赶到咸城，已是后半夜。此时驻守咸城的兵马，趁后半夜凉爽，都进入了梦乡，偶尔传来几声哨兵的问答声。曹操命人将哨兵干掉，悄悄摸入城中，突然发起攻击。魏越等将士从睡梦中惊醒，猝不及防，仓促应战，士卒受到重创，魏越见势不妙，带着残兵败将逃回濮阳去了。曹军很快占领了咸城。

当吕布从睡梦中被叫醒，知道咸城已丢，不禁大发雷霆，质问魏越："你难道不知道曹操已率兵马来到东郡了吗？"魏越说："我知道曹操已到东郡，可没想到他置濮阳于不顾，去偷袭咸城。"吕布问："偷袭咸城的是曹操手下哪位大将？"此刻陈宫也闻讯赶到，接口说："以我对曹操的了解，此次偷袭定是曹操亲身所为。主公快备兵马，此刻前去，定能擒获曹操。"吕布半信半疑："昨天曹操还在城外高喊，要夺取濮阳，岂能去攻打小小的咸城。再说，当初我就不同意在那里分兵驻扎，一座小城丢就丢了。"又问魏越，"你可看清楚确是曹操？"魏越说："夜晚天黑，并未看清，只听说是曹操。"陈宫急得跺脚说："主公请信我，擒获曹操，兖州自此再无人与主公相争。"吕布看陈宫说得这么肯定，只好听从陈宫的建议，立刻集合兵马，顶着东方一缕晨曦，奔咸城而去。

　　咸城中，初战告捷的曹操非常高兴，准备留下一部分兵马驻守，其余的返回濮阳。这时士卒来报："吕布已将咸城包围。"曹操心中一惊，忙登上城楼观看，果然吕字大旗迎风招展。吕布望见城上确是曹操，心中大喜，高叫："曹孟德，洛阳一别至今已五年，现在兖州已归我所有，你若投降，看在过去共事的份上，我必厚待于你。"曹操骂道："你就是一个反复无常的小人，先背丁原，又叛董卓，弃了袁术，又离了袁绍，你现在就是一条丧家之犬，在陈宫和张邈的唆使下，又来占我兖州，真是白日做梦！"吕布也不再搭话，指挥兵马即刻发动进攻，曹操令士卒们凭城墙坚守。双方激战，一次一次的攻击，吕布始终毫无进展。眼看日近中午，天气热了起来，吕布的心情更加急躁，令士卒再次发动攻击。由于咸城年久失修，城墙多处破损，有几次吕布的兵马已从这些缺口冲了进去，都被曹军顽强地挡了回去。眼看太阳西斜，曹军已是人困马乏，再这样相持下去，对曹军十分不利，曹操决定突围，于是下令招募陷阵勇士，在前面冲锋，杀开一条血路。

　　号令刚一发出，很快就有许多士卒报名。其中一位壮士，身高九尺开外，膀大腰圆，体形魁梧，双眉如两簇钢针般奓立着，一双大眼炯炯有神，浑身上下透着冲天豪气，手持一双镔铁锻造的大手戟，曹操很是喜欢，问："你叫什么名字？"只见大汉粗声答道："我叫典韦，折冲校尉夏侯惇帐下司马。"曹操若有所思说："我想起来了，经常扛那面大纛旗的就是你了。你这一双手戟有多重?"典韦答:"共计八十斤重。"曹操满意地点了点头,随即从这些应招的士卒中,挑选出百余名陷阵勇士,让他们每人身穿两重铠甲:内里是一身软甲,外面再罩一重硬甲。不用盾牌,所持兵器皆长矛大戟,由典韦指挥。

刚刚准备停当,吕布又发起了进攻。西边城墙缺口处,吕布攻得最急。典韦决定从这里突围。然而他带领的陷阵勇士刚一露头,吕布的弓弩手集中朝这里射来,箭矢如雨。典韦立刻让人找来十几支短戟,将自己的手戟背在身后,双手把这十几支短戟抱在怀中,伏在缺口处。这时吕布的士卒已冲到缺口前,典韦说:"等敌兵离我十步远时告诉我。"说完低下头闭上眼睛静静地等待着。很快有人喊:"已经十步了。"典韦说:"到五步时再告诉我。"话音刚落,有人喊道:"已是五步,到眼前了。"只见典韦双眼瞪圆,大吼一声,猛然跃起,双手一下将十几支短戟甩了出去,十几个敌兵应声而倒。典韦随即从背后抽出手戟,抡圆了冲向敌阵,其他陷阵勇士也一起冲出去,与敌人搅在一起,吕布的弓弩手失去了作用。陷阵勇士撕开了一道口子,簇拥着曹操冲了出去。夏侯惇指挥士卒跟着冲了出去,吕布的兵马抵挡不住,纷纷后退。待曹军冲出之后,吕布才回过神来,忙命兵马追赶。

这时从濮阳方向来了一队人马,曹操心中一惊,莫不是陈宫赶来增援。走近一看,原来是曹仁。曹仁接着曹操,迅速截住后边的吕布兵马。原来戏志才看见已过中午,曹操未回,便知事情不妙,立刻命曹仁率兵马前来接应,正赶上曹操突围出来。此时太阳快要落山,曹军接应兵马已到,吕布不敢再追,只好眼睁睁地看着曹操离去。

曹操回到濮阳城外的营寨时,已是晚上亥时,曹操对典韦大加赞赏,说:"我现在拜你为都尉,你从各部曲中挑选精壮勇士,连同这次选出的陷阵勇士,组成一支三百人的亲兵,随我左右。"典韦应诺,领命而去。

曹操拔除了吕布设在咸城的这个犄角,决定夺取濮阳。夏侯惇自告奋勇,指挥青州兵担任先锋,开始进攻。吕布毫不示弱,就要应战。陈宫劝阻道:"曹军来势凶猛,应紧闭城门,耗其锐气。"吕布不耐烦道:"大丈夫阵前畏首畏尾,让世人笑话。且看我如何打败曹军,擒获曹操。"遂命打开城门,挥起方天画戟,乘赤兔马过了壕沟,命士卒扎下阵来。夏侯惇大喝一声:"吕布,今天我要取你性命。"挥起长枪,带领青州兵冲向敌阵。吕布挺起画戟,率士卒迎了上去。双方将对将,卒对卒,枪戟相对,厮杀起来。几个回合下来,夏侯惇暗暗吃惊:

"吕布果然名不虚传，手中画戟力大势沉，震得自己手中的长枪直颤，此人确有一股蛮力。"不敢懈怠，奋力应对。夏侯渊看到从兄夏侯惇难以取胜，挺起手中长矛杀了过去，手下士卒不等招呼，挥舞着兵器也跟着冲入战阵，吕布手下的张辽也率士卒冲了上去，曹仁看到，也挥起手中长槊冲入阵中，手下兵马也跟着冲了上去。吕布手下的成廉、魏越、薛兰、李封等将士也跟着冲了上去。于禁、乐进、朱灵这时也按捺不住，冲入敌阵，双方将士混战在一起，在濮阳城外厮杀起来，直杀得天昏地暗。忽听濮阳城头锣声响起，原来陈宫担心吕布寡不敌众，便鸣金收兵。吕布听到锣声响得紧，只好下令撤回城中。曹军哪里肯放，跟着追了过去，夏侯惇挺枪追在最前面。这时陈宫命弓弩手射击，阻截曹军，一支冷箭直奔夏侯惇面门而去。夏侯惇感到不妙，慌忙躲闪，这支箭正中夏侯惇左眼，夏侯惇随手一拔，将眼珠带了出来，大叫一声昏了过去。夏侯渊和曹仁赶到，救起夏侯惇，曹操一看，急令收兵，命军中大夫赶快救治。还好箭矢无毒，大夫用草药捣烂敷了上去，止住了血。此时夏侯惇也醒了过来，看无性命危险，曹操命人将夏侯惇送回鄄城养伤。为报此仇，曹操又发动多次进攻，吕布本要应战，陈宫劝道："曹军兵马甚众，不易硬拼。现在整个兖州仅有几座孤城在曹操手中，时间一长粮草必难以为继。待曹军人困马乏，缺少粮草之际，我们再联合张邈两面夹击，必能消灭曹操。"吕布说："那要等到何时？"遂不听陈宫劝告，即刻派人到陈留联系张邈，让他出兵配合消灭曹操。

张邈虽然拥戴吕布夺了兖州，但碍于老朋友的面子，并不想和曹操面对面拼个你死我活，他只想借吕布之手将曹操赶出兖州。所以答应吕布待粮草备齐，即出兵配合，可就是按兵不动。吕布只好高挂免战牌，与曹操僵持在那里。

眼看又过去了半个月，曹操心急如焚。这天，曹操正和戏志才在帐中商讨如何夺取濮阳，侍卫来报："有一人求见主公。"曹操命将人带进来。只见来人身穿褐布短衣，一身农人打扮。曹操问："你是谁，从哪里来，见我有何事？"来人说："本人姓田，单名一个'旺'字。我家族长姓田名诚，曹将军认识的。他派我来见曹将军，愿为内应，助曹将军夺回濮阳城。现有书信一封，请曹将军细看便知。"说着从袖袋中掏出一封信，递给曹操。曹操接过信，看上面写道："当初曹将军任东郡太守，一郡百姓安居乐业。后来夏侯惇将军继任，从不横征暴敛。而自从吕布占据濮阳后，纵兵抢掠，城中百姓多受其害。我田家一族也多次遭吕布抢掠。陈宫身为东郡人，却不为东郡百姓着想，任由吕布胡作非为，张超也助纣为虐，城中百姓苦不堪言……"信中列述了吕布的恶行，表示愿配合曹军驱逐吕布，信中最后说："我田氏族人许多被征为士卒，大多守卫在东门，大家暗中商讨，要献出此门，迎曹军入城。如曹将军认为可行，就将进攻的时间告诉我们。"看完信，曹操与戏志才交换了意见，说："此事不宜拖延，以免走漏风声。今日后半夜，从东门潜入城，直扑东郡府衙，擒贼先擒王，先擒了吕布，然后迅速占领四门，令兵马进城，一举可得濮阳。"计议停当，曹操又问："范县县令靳允的母亲和弟弟一家现在怎样？"田旺回答："被关押在牢狱中。当初吕布要杀了他们，陈宫不让，说那样靳允就会彻底与他们为敌。"曹操点了点头，然后写了一封信，约定了攻击的时间，交给田旺藏好，派人送他出了营帐。田旺说："为了避免引起怀疑，还是要绕道西门进城。"

说来也巧，田旺刚进城，就碰到陈宫带领士卒巡视到西门，仔细巡视进出城的人员。此时田旺不免惊慌，引起了陈宫的注意，便命人将其拦下，来到跟前一看，原来是田诚家中的下人田旺，见其农夫打扮，心生疑惧，问："你如何这样打扮？"见田旺吞吞吐吐，便命人搜查，很快将曹操的信搜了出来，看后大怒，便将田旺抓了起来。陈宫决定将计就计，对吕布说："今晚曹操一定会亲自出马，看我如何擒获他。"接着便秘密将田诚及把守东门的田氏族人的士卒抓获。

田旺走后，曹操就开始布置晚上的行动。由于典韦正忙于亲兵的组建，曹操指示典韦不参加这次的行动，仅由乐进率本部兵马随自己行动。并令丁斐专门负责将靳允的母亲及弟弟一家解救出来。其余各部做好准备，只等各城门打开一起冲进去。戏志才不同意曹操随乐进亲自入城，曹操不听，戏志才只好作罢。

午夜时分，曹操全身披挂，跨上战马，率乐进等人来到濮阳东城门外，守城的士卒悄悄打开城门，接住曹操说："我家族长在城内等候，请曹将军快去。"曹操叮嘱丁斐，让他赶快带人到监牢将靳允老母及家人解救出来，然后命令楼异率部分士卒守在东门，待城中得手后，迎接兵马入城。随后就一抖缰绳，朝东郡府衙奔去。一路上静悄悄的，乐进从后面赶上来问："主公，你不觉得濮阳城太安静了吗？"曹操勒马环视了一下，街上未见一人，说："马上就到预定的接应地点，如有异样，立刻撤退。"

说话间已来到十字街头预定的接应地点，曹操望去，几根立柱排成一排，上面好像挂着什么东西。走到近前，曹操命人点着火把，向上一照，见每根立柱上挂着一颗人头，情知不妙，大叫："赶快撤退。"话音未落，四下伏兵骤起，喊杀声一阵紧似一阵，吕布骑着赤兔马，高叫："不要放跑了曹操，凡抓住曹操者必重赏。"双方混战在一起。曹操看见丁斐，问："靳允家人怎样？"丁斐答："已经救出。"曹操说："你带靳允家人先撤，确保靳老夫人的安全。"这时东门方向火光冲天，曹操怕时间长了楼异控制不住东门，命令将士们杀开一条血路，赶快朝东门撤退。

　　自曹操率兵马入城后，吕布的守军就要关闭城门，这引起了楼异的警觉，赶快阻止，双方争执起来，进而动起手来。楼异兵少，寡不敌众，为了不让他们关闭城门，楼异点了一把火，烧了城门，接着攻上城楼，将城楼也烧了。吕布的守军见城门及城楼已大火熊熊，无法再守，只好逃离。眼看曹军已退了过来，楼异指挥大家快撤。曹操边战边退到了城门口，这时城楼上一根被燃烧成两截的檩条，带着火从上面掉了下来，刚巧砸在曹操的马屁股上，一下把曹操的战马砸得卧了下去，曹操随战马倒在地上，他右手的宝剑撑在地上，左手顺势将带火的檩条推开，刚要翻身站起，只见一杆长矛直指曹操的胸口。曹操两眼一闭，心想："这下完了。"只听持长矛的那位骑在马上问："快说，曹操在什么地方？"曹操随手一指说："那边骑黄马的就是。"那位骑士抽回长矛，转身追了过去。这时曹操已将被压的那条腿抽了出来，腿好像被扭了一下，很疼，他强忍着要将马拉起来，然而马的后胯被砸伤了，好不容易站了起来，已无法骑乘了。楼异冲到跟前，搀起曹操，拉着战马朝外冲。冲出城门，过了壕沟，两人坐在野地里，大口地喘着气。曹操这时感到左手疼得厉害，低头一看，才想起刚才马被砸倒，推那根着火的檩条时被烧伤了。楼异解开自己的盔甲，将衣服撕下一块，给曹操包扎好。两人站起，曹操腿疼，只好在楼异的搀扶下，拉着伤马，一瘸一拐返回营寨。

　　自从曹操率兵马出发后，戏志才一直坐立不安。他已下定决心，这次战斗结束后，他一定要和曹操好好谈谈，像这样的突击，身为统帅的曹操，是不应该亲自出征的。他悬着心走出大帐，在沉静的夜里，从濮阳城方向传来了阵阵杀声，很快又看到东门城楼上火光冲天，不久陆续有败兵退回来，很显然部曲已被打散了。戏志才从他们口中得知，曹军遭到了吕布的埋伏。接着丁斐保护着靳老夫人一家也回来了，证实了士卒们的说法。这时乐进也回来了，当听说曹操还未回来，翻身上马，一抖缰绳，又返身回去寻找。不久，乐进回来了，问："主公回来没有？"都说没有。大家开始惊慌起来，莫不是曹操没有冲出来。戏志才猛一挥手，令乐进："多率士卒再去寻找，务必找到主公。"话音刚落，只觉胸中像堵了一块大石头，头发晕，摇晃了几下，大叫一声，栽倒在地。乐进立刻跳下马，周围的将士也都慌了手脚，赶快派人请军中大夫，只见戏志才冷汗直流，已失去知觉，大家把戏志才抬到帐中。曹操此刻音讯皆无，戏志才又成了这个样子，各位将领一时全没了主意，搓手跺脚地在那儿乱转。这时不知谁喊了一声："主公回来了。"大家一起拥到帐外，只见曹操在楼异的搀扶下，一瘸一拐地进了营寨。曹操见将领们都在这儿，笑着向大家打了招呼，说："马伤了，腿扭了，手也被火烧伤了，让大家见笑了。"看曹操并无大碍，大家的心立刻放了下来。曹操笑着说："你们一个个愁眉苦脸的，我们又不是没打过败仗，都振作起来。"

夏侯渊眉头紧锁，低声说："刚才戏先生见你未回，心中发急，突然晕倒，现在帐中不省人事。"曹操感到浑身的汗毛直竖，他从没这样紧张过，不顾腿疼，三步并作两步朝帐中扑去。见戏志才双目紧闭，呼吸急促，便握着戏志才的手，连声呼唤："戏先生，志才兄！我回来了，平安回来了。你不用担心，我没有一点事。"这时大夫来到，赶快施救，扎上针灸，又忙开了药，让人去熬。过了一阵，戏志才微微睁开了眼，看到曹操，他露出了笑容，眼角滚出了两颗泪珠，用尽最后的力气，握了握曹操的手。曹操也紧紧地握着戏志才的手，生怕一松手，就再也抓不住了。然而曹操终于未能挽留住戏志才，他还是走了。

曹操用最好的棺木盛殓了戏志才，为戏志才举行了隆重的安葬仪式。过后，一连几天，曹操都独坐帐中，他竭力提醒自己要从哀痛中走出来，然而总做不到。将领们也都悲伤极了，平常总觉得戏志才像一位老大哥一样，那么随和，也没觉得多么重要，然而现在一旦失去他，都感到心里空落落的。曹操觉得这种情绪一直持续下去，会对部曲不利，于是振作精神，不顾手掌的疼痛，骑着马到各营寨巡视，鼓舞大家的士气。并命令各部曲，多多赶造攻城用的云梯，他决心要强攻濮阳城。

然而就在此时，粮草供应开始困难。本来今年春夏连旱，夏收已经减产，进入秋季，旱情持续，秋粮减产已成定局。不料蝗灾又起，秋庄稼数天之间被蝗虫吃去，尤其东郡更甚，已经绝收。尽管荀彧想尽各种办法，征调的粮草越

285

来越少，士卒们开始挨饿。曹操在濮阳城外坚持到九月，天气已经变凉，觉得再也待不下去了，只好放弃夺取濮阳，拔寨起营，率兵马回到鄄城。一见到荀彧，曹操动情地说："若不是你鼎力支撑，我恐怕难回到兖州了。"荀彧说："想起来当时真悬哪，好在事情总算过去了。"

范县受灾较轻，靳允得知曹军粮草困难，感谢曹操救出了自己的老母及弟弟一家，竭尽全力征调粮草。然而小小一个县毕竟财力有限，很难从根本上扭转缺粮的局面。程昱和枣祗分别从东平和东阿征调粮草运往鄄城，也远远不能满足这十余万人马的需求。粮草的短缺，让曹操寝食难安。

兖州各郡县守令在曹操刚返回兖州时，心里确实惊慌了一阵，但看到曹军没有攻下濮阳，相持百余天后又撤回到鄄城，心里便安定下来，冷眼旁观形势的发展。有的郡县守令这时醒过神来，便悄悄通过荀彧试探着回归曹操。荀彧将情况报告了曹操，曹操告诉荀彧："只要真心悔过，彻底与吕布断绝关系，对他们将既往不咎。"这些郡县守令便宣布脱离吕布，回归曹操，并按照赋税标准向曹操缴纳粮草，粮草供应略有缓解。

这时曹操多么希望张邈也能这样，只要这位老朋友说一声误会了，一切都会烟消云散，两人今后还是好朋友。然而曹操没有等来张邈的忏悔。张邈觉得吕布和曹操两人分治兖州，这样相持下去最好，对自己最有利。

由于东郡遭灾最重，吕布又纵兵抢掠，百姓大批逃亡。曹操撤回鄄城后，吕布的粮草也遇到了困难，便向张邈要粮。张邈以陈留灾情严重，自己的粮草也不足为由，拒绝给吕布调粮草，吕布在东郡也待不下去了。陈宫建议："与其在东郡饿死，不如放弃东郡，将兵马移往灾情较轻的济阴郡，"吕布采纳了陈宫的建议，派人与济阴太守吴资联系。吴资正害怕曹操找自己算账，满口答应了吕布。吕布率兵马撤出濮阳，转往济阴郡，将兵马驻扎在乘氏。张超率本部兵马回到陈留的雍丘，仍由他哥哥张邈接济度日。

第三十二章

逢荒年曹操欲裁军　筹粮谷李乾遭不测

吕布撤到济阴的消息传到鄄城，荀彧对曹操说："东郡灾情最重，百姓大量逃亡，十室九空，据说已发生了人吃人的事情。现在吕布弃了东郡，一走了之。"曹操说："东郡是天灾加人祸，吕布纵兵抢掠加重了灾情。现在跑到济阴，我料他仍会纵兵抢掠。只是太守吴资死心塌地追随吕布。我有个想法，李乾是济阴人，其家族在济阴也是望族，他的部曲又是在济阴拉起的，我想让李乾回到济阴，甩开太守吴资，私下与各县令长交好。"荀彧说："李乾若能劝说这些县令长回归，将是好事一桩，只是李乾现在东平正帮助程昱稳定形势。李乾如去济阴，派谁去东平？"曹操说："就让曹洪去。我还有一个想法，吕布和我们一样也缺少粮草，双方事实上已经罢战，谁也无力发起进攻，我想让各部曲把最近一两年新征召的士卒裁撤了，这样能省一部分粮草，你看如何？"荀彧想了想说："非常时期，应该节衣缩食，先活下去再说。不过裁撤士卒，此事重大，不到万不得已不这样办。好了，先不说这些烦心事了，你回到鄄城已经好几天了，还是先回家看看吧。"曹操起身说："我先到夏侯惇那里，看看他的伤怎么样了。"

曹操来到夏侯惇家中，见夏后惇的伤已基本痊愈，心中高兴。只是嫂夫人埋怨说："自从眼睛坏了后，又总是好照镜子，可照了镜子，就摔镜子发脾气，吓得孩子们都不敢吱声。"曹操说："夏侯将军猛一下接受不了，还要嫂夫人多劝慰。"夏侯惇说："我伤已无大碍，还是回到军营中，在家憋得难受。"曹操说："现在无战事，你就在家再静养一段时间，把伤彻底治好。"夏侯惇说："主公也有些日子没回去了，我这里一切均好，主公还是回家看看吧。"曹操告辞。

曹操的家离夏侯惇的家不远，这是一座两进的院落。曹操的几个儿子曹昂、曹铄、曹丕、曹彰及侄子曹安民、曹休、曹真，还有家中的几个下人住在前院；丁夫人、刘夫人及卞夫人带着小儿子曹植住在后院。曹操跨进院子，曹铄等正在院中玩耍，见父亲回来了，非常高兴地欢叫起来。曹昂从屋中迎出，见父便问安。曹休和曹真也从屋中迎出，一个喊"叔父"，一个叫"伯父"，大家欢喜异常。下人们跑到后院给各位夫人报信去了。

很快刘夫人挺着快要生的大肚子，略显笨拙地从后院迎了出来，丁夫人也喜笑颜开地迎了出来。曹操觉得，自从刘夫人将大儿子曹昂过继给丁夫人以后，丁夫人明显开朗了许多，脸上经常挂着笑，对曹昂呵护备至，人也显得精神了许多。卞夫人这时也领着三岁的曹植迎了出来。曹操抱起曹植，眼睛却盯着卞夫人问："总觉得哪里不一样，好像未着粉黛。"卞夫人不好意思地说："眼下生活这么困难，哪有闲钱买粉黛啊。"曹操接口道："是啊，困难的日子才刚开始。今后立个规矩，我曹家的女人们，一律不准浓妆艳抹。另外今后各人的衣服，不准再用锦缎，只用褐布来做。"又转头向丁夫人："以后你不要织锦缎，就织褐布，供大家穿衣服，多余的再拿出去变卖成钱，补贴家用。"丁夫人笑着说："恐怕光供应大伙穿衣就够我忙的了。"

晚饭过后，卞夫人说："看你的战袍破了几个洞，今晚上我给你补一补。"灯光下，卞夫人一边织补战袍，一边说："曹休、曹真快到弱冠的年纪了，整天缠着我，让我给你说说要随你征战。我看这次你就把他们带走吧。"曹操说："再等等吧，等行了弱冠礼。"卞夫人说："他们早已铁了心要跟你去征战，眼下在家总饿肚子，我这心里挺不是滋味的，到部曲后兴许能吃饱。"曹操说："说实话，我正打算将新征召的士卒遣返回家，因为军营中粮草供应也很困难。等情况稍微好转一些再说吧。"卞夫人点点头："州府配给的粮食仅能吃个半饱，我们还要带着孩子去挖野菜。"曹操说："这比起百姓们已经算不错的了。"卞夫人说："眼看天气要冷了，待上了冻，连野菜也找不到了，今年的冬天怎么过啊，想起来我就发愁。"曹操安慰了她几句，心情抑郁地出了屋，孩子们已经睡下了，他站在院中望着天上的星星："是啊，今年冬天怎么过啊？"丁夫人屋里传来的织布机的哐当声，在静静的夜空中显得更加响亮。

曹洪到了东平后，李乾便率自己的部曲回到鄄城，来见曹操。曹操把自己的打算告诉了李乾，说："你回到济阴后，告诉那些县令长，只要他们脱离吴资，我曹操保证既往不咎。"李乾干脆地说："凭我过去在济阴不少帮他们的忙，再加上主公的威望，让他们回归，我想问题不大。我马上把兵马交代给我的儿子李整和侄子李典，就动身前往乘氏。"

曹操说："怎么，你不带部曲去吗？"李乾笑了笑说："这又不是去打仗，带部曲反而引起他们的不安。"曹操说："你可要注意安全啊。"李乾说："主公不用担心，我有一个族弟叫李进，他手中有一支部族兵马，我回去后，依靠他就可以了。我这就去准备。"

李乾刚走，朱灵就来了，满脸不高兴，曹操问："看你眉头紧皱，有什么事吗？"朱灵说："主公，我部曲中有人要逃跑，被我抓回来了。"曹操说："当初他们可是自愿留下来的啊，现在为什么要逃跑呢？"朱灵说："这一段时间以来，粮食供应困难，将士们吃不饱饭。可吃不饱饭，又不光是我们，大家都在挨饿嘛。"曹操说："整个兖州都遭了灾，发生了饥荒，他们打算逃到什么地方呢？"朱灵说："他们说要回冀州。据这些逃跑的士卒说，其他部曲的士卒也有想逃往冀州的。"

曹操没吭声，在思索着什么。停了一会儿，曹操说："愿意走的，就放他们走吧。"朱灵说："若放他们走，会动摇军心的。"曹操说："身为统帅，不能让自己的士卒吃饱饭，责任在我。你回去后，不要惩罚他们。他们大都是冀州人，当初来时，就是来帮忙的。我曹操已经感激不尽了。"

朱灵告退，曹操陷入深深的沉思中。粮食、吃饭，这两个词占据了曹操的脑海。不解决粮食问题，部曲就要垮掉。上哪里找粮食呢？他起身去找荀彧。

荀彧这一段时间正为粮食问题忙得焦头烂额，现在吃饭问题成了荀彧的头等大事。虽然有一些郡县归顺了曹操，但灾情严重，能征调的粮食并不多。曹操见到荀彧，开门见山地说："今年新征召的士卒先遣散回家，这个问题不能再拖了。"荀彧说："李乾不是马上要到济阴去吗？如果他能从那里弄回些粮食，事情就好办了。"曹操说："对李乾不能抱太大希望。吕布的兵马都在济阴，吴资又铁了心追随吕布，各县令长是什么心思，谁也不知道，李乾的困难还是不小的。我在想，我们是不是找袁绍帮一下忙。冀州没什么大灾，又是大州，粮食储备据说很充实，能从他那里暂借一些以应急，过了这个难关我们再还给他，这个忙应该能帮吧。"荀彧说："要论主公与他的关系，这个忙应该帮。不过本初的为人我们都清楚，你不找他帮忙，他有时倒显得很大方，主动帮助你，等你找他帮忙时，他反而要要个小聪明，算计你一下。求人的事儿，总不会那么顺当。"曹操说："还是试一试吧，哪怕少给点，也能救救急。我这就给他写信。"

曹操很快就收到了袁绍的回信，信中说："闻知兖州春秋连旱，又遭蝗灾，粮谷短缺，百姓流失，人相食；兖州大半郡县又被吕布、张邈占据，孟德军资入不敷出，粮谷难以为继，为兄虽在冀州，心中甚是惦念。幸喜冀州风调雨顺，愿与孟德共渡难关。孟德可将一家老小送来邺城，为兄保证悉心照顾，衣食无忧。所需粮草筹措齐备后，即派人送达兖州……"后边是一些叙旧论情的话。曹操将信丢在一边，一言不发，他双手用力揉搓自己的鬓角，不知从何时起，他的头会在毫无征兆的情况下疼痛。楼异进来，看到曹操痛苦的表情，忙上前问："主公是不是头疼病又犯了？"曹操点点头。楼异赶忙替他按摩，随后又用热巾敷上。

荀彧听说曹操的头疼病又犯了，便过来看他，劝他找大夫看看。曹操说："找过几次大夫，谁也说不准是怎么回事。这一会儿已经好多了。"说着将袁绍的信给了荀彧。荀彧看完信，说："都说他袁本初内多忌害，此话一点不假。他这是让你把一家老小给他做人质，以后好控制你，不能答应他。"曹操说："我想了想，还是答应他。用我的一家，换取他的粮草，这样兖州的将士们就不会饿肚子，百姓们也能得到一些救助。只要我们活下来，渡过难关，以后我们会有办法的。"荀彧说："千万不能这样做，如此我们就会完全被袁绍掌控。"曹操说："现在野菜都快挖不到了，明年开春青黄不接，日子会更难过。"荀彧说："请主公三思，这一步迈出去，非同小可，我们就将受制于人。"曹操叹口气说："我们这也是没有办法的办法。"

荀彧告辞出来，心中郁闷，刚巧听说程昱又押送来一批粮谷，心中一喜：让程昱再去劝阻曹操。于是赶快去见程昱。此时程昱刚与任峻交接完粮草，见荀彧急急忙忙来找自己，还未开口，荀彧便将曹操准备用家人做人质，换袁绍的粮草一事说了。程昱一听急了，赶忙去见曹操，见面就问："我听说主公打算把自己的妻儿老小送到邺城去做人质，从袁绍那里借粮谷？"曹操说："不错，本初提出来的，我准备答应他。"程昱说："主公是不是遇到困难和危险就害怕的人？"曹操说："当然不是。"程昱说："既然不是，你考虑问题为什么这样不全面呢？袁绍据燕、赵之地，早有吞并天下之心，主公自认能听任他的摆布吗？"曹操默然不语。

程昱又说："秦汉之际的田横，是齐国世族，兄弟三人相继为王，曾经据有千里之地，拥有百万之众，待高祖刘邦得天下，田横兵败成为降虏，此时田横自愿称臣了吗？"曹操说："不愿意，田横认为这是耻辱的事。"程昱说："是啊，田横不愿降汉，最后自杀。我程昱比较愚笨，看问题可能不全面，我觉得主公的志向，还不如田横。田横，齐国的壮士，犹羞为汉高祖的臣，而主公以龙虎之威，却想效仿韩信、彭越对汉高祖称臣一样，甘愿听任袁绍的摆布，我都替主公感到羞耻。我认为，今兖州虽残，但是经过努力，一些郡县逐渐回归，只要我们坚持住，会有更多的郡县归附。无非我们把肚子再勒紧一些，咬牙挺过这一关，以主公之神武，将来霸王之业必成。希望主公认真考虑。"

一番推心置腹、凛凛浩然之词，说得曹操如梦方醒，于是修书一封，让袁绍的信使带回。信中婉拒了袁绍的好意，并表示了感谢。程昱舒了口气，并建议："目前吕布的兵马因粮草欠缺，也自顾不暇，暂不会主动进攻。为了减少粮草的运输，是否将一部分兵马留在鄄城，其余的部曲移驻东平、东阿一带。"曹操觉得这个建议不错，于是决定青州兵、朱灵和李乾的部曲留在鄄城，夏侯渊和曹仁的部曲移驻东阿，于禁、乐进，随程昱前往东平与曹洪会合。计议已定，曹操说："我随夏侯渊和曹仁到东阿去一趟，一来看望一下枣祇，二来了解一下东阿的情况。"临走时，李乾派人将乘氏县令王馈征集的一批粮谷送到了鄄城。曹操非常高兴，对程昱和荀彧说："看来李乾回到家乡后事情做得不错。"命任峻将这些粮谷接收，便随夏侯渊和曹仁的部曲前往东阿。

李乾领受曹操重托，将兵马交给儿子李整和侄子李典，仅率几名随从，回到老家乘氏，见到族弟李进，将自己这次回乘氏的目的说了。李进说："自吕布的部曲到济阴后，军纪太坏，到处抢掠，骚扰百姓，许多县令长颇有怨言。但让他们脱离吕布和吴资，却不见得有把握。"李乾说："我想先见见乘氏县令王馈，探探他的口气。"于是李进陪李乾到了县衙，见到王馈，倒是王馈先感谢李乾当初帮自己剿除贼人，稳定了乘氏，并说："据说你现在曹操帐下？"李乾不置可否，却反问王馈："乘氏现在情况怎样，比较安定吧？"王馈说："在你面前我也不隐瞒，现在时逢乱世，这个县令真不好干。太守吴资响应张邈号召，要求各县拥戴吕布。自从吕布来到济阴，搅得百姓们怨声载道。"李乾说："何不归附曹公？"王馈说："已经叛了曹公，曹公正不知怎么恨我们哪，有何脸面再见曹公。"李乾说："实话说吧，我这次回来，就是受曹公委托，专程来抚慰你们的。曹公说了，吴资是太守，他的命令你们又不能不听，这件事不怪你们。只要你们归附曹公，保证既往不咎。"王馈说："可现在吕布的兵马就在济阴，尤其是他的别驾薛兰和治中李封，就屯住在乘氏，我若归附曹公，立刻性命不保。"李乾说："这个好办，表面上仍听从吕布和吴资，暗中归附曹公。"王馈说："这样最好，可曹公能答应吗？"李乾说："曹公现在正缺少粮谷，可暗中征调一些粮谷给曹公送去，曹公必感谢你。"王馈说："我现在手中就有一批粮谷，是应薛兰、李封的要求征收的。我本就不情愿给他，现在我把它送给曹公。"李乾问："薛兰、李封向你讨要怎么办？"王馈说："这好办，就说灾情严重，征收不上来，给他往后拖。不想给他，总能找到借口。只是这粮谷怎么送到曹公那里？"李进说："我派手下的族兵，将这些粮谷化整为零，昼伏夜行，悄悄送到鄄城，保证不让你受牵连。"三人计议停当，李乾告辞。

没想到初次试探，就大功告成，李乾心中充满了喜悦，对李进说："看来吕布在济阴不得民心。曹公让甩开吴资，直接与各县令长联系是对的。随后我就到各县走一趟。"李进说："不可太莽撞，先把各县令长的情况摸清楚再说，若有人死不悔改怎么办？"此时的李乾信心百倍，说："那样太慢，曹公急需粮谷。若真遇上死硬不悔的，我浅尝辄止，不再深谈就是了。"李进劝李乾切不可大意。

过了几天，李乾看着李进派人扮作客商，将王馈给的粮谷收拾停当，趁夜上了往鄄城的路，便踏上了前往成武的路。

经过紧张地奔波，李乾与济阴各县令长都见了面，其中过半数的县令长也像王馈一样，不满吕布兵马的抢掠，愿意归附曹操。也有几位碍于李乾在济阴的威名，表面上很是客气，但依然依附吕布。对这几位县令长，李乾哈哈一笑，也不勉强，顺势扯一会闲篇，就告辞了。

许多县的粮谷征调越来越不顺利，借口都是遭灾严重，无粮可征，这引起了吕布的注意。很快，驻扎在乘氏的别驾薛兰和治中李封，获悉李乾正在暗中活动，便密谋在李乾返回乘氏的时候，将李乾抓获。李进听到李乾回到乘氏被薛兰、李封抓住了，便设法营救。慑于李氏家族在乘氏的庞大势力及李乾的威望，薛兰和李封便劝说李乾背弃曹操，归附吕布，遭到李乾的拒绝和痛斥。薛兰李封恼羞成怒，将李乾杀害。李进闻知，决心要为李乾报仇，誓把薛兰李封赶出乘氏，并令人前往鄄城，召李整、李典回乘氏。

　　曹操来到东阿，见到枣祗，先对枣祗在那么困难的情况下，与程昱一起保住了东阿表示感谢，随后问道："东郡遭灾最厉害，而属东郡的东阿，为何还能不断地接济部曲的粮草呢？"枣祗说："东阿在东郡的最东边，与济北和东平相邻，所以遭灾相对轻一点。"曹操说："恐怕不仅仅是因为这吧？"枣祗说："东阿在清查无主土地时比较彻底，这些清查收缴出来的土地，一部分交由青州兵的家眷耕种，一部分我又招募了一些流民耕种，因此土地都利用起来了。上半年天气干旱时，我又组织人修了水渠，庄稼得到了灌溉，收成较好，我就储备了一些粮食，百姓手中也有一些存粮。没想到如今派上大用场了。"曹操说："这就是毛玠先生建议的'修耕植以蓄军资'。看来以后我们要把这个事情办好，彻底解决兵马的军资供应，才不至于像今天这样，连活下去都很困难。"

　　曹操了解了东阿的真实情况，感到很放心，就要返回鄄城。临别，枣祗说："主公放心，虽然东阿也很困难，但我一定会想办法，尽可能少让夏侯渊和曹仁的将士们饿肚子。"

　　曹操离开东阿，绕道范县，去抚慰靳允及范县的百姓。靳允一见曹操亲自到来，赶忙跪拜叩谢："主公冒着生命危险，突入濮阳城，解救了我的老母及弟弟一家，我靳允实在感激不尽，无以为报。从今后效力主公，绝无二心。"曹操将其扶起，说："靳县令以大义为重，不怕吕布、陈宫的威逼利诱，为我守住了范县。又在非常困难的情况下，数次征调粮草接济于我，我正要感谢靳县令呢。"靳允说："主公征辟我为县令，我定当尽职尽责。只是范县灾情不轻，我拿不出更多粮谷给主公，还请主公谅解。"曹操说："东郡这次遭灾是兖州最重的，许多县都绝收，你们能做到这样，也实属不易了。不知百姓们的生活怎样？"靳允说："百姓们大都靠野菜度日，眼看天气已冷，野菜也快挖不来了。不过请主公放心，我一定想办法安排好百姓的生活。"

　　曹操从范县出来，一路上在想：如果李乾在济阴能搞到更多的粮食，先给范县送来一些救急；可吕布的兵马驻扎在济阴，李乾的处境一定很困难。他又为李乾担起心来。

曹操回到鄄城，刚脱去盔甲，李乾的儿子李整和侄子李典就身穿重孝，痛哭流涕地来见曹操。曹操一下愣住了，赶忙问怎么回事？二人将李乾遇难一事说了，说："家叔要我们回去报仇，特来向主公辞行。"

曹操听二人哭诉完，怒火中烧，说："我亲自率领兵马，与你二人一道，前往乘氏，向薛兰、李封讨还血债，为李将军报仇。"话音刚落，就见荀彧跨进门来，阻止道："主公切不可贸然出兵。"原来荀彧得知曹操回来，便赶来见曹操，刚要进入厅堂，就听到曹操的最后一句话，赶忙进来劝阻："如果我们出兵征讨薛兰，李封，必与吕布发生全面战争，现在时机还不成熟，请主公暂时忍耐。两位小将军的心情可以理解，也将大仇埋在心底，时机已到，必为李乾将军报仇。"曹操这时冷静下来，认为荀彧说得对，作为主帅，凭一时冲动去决策，是用兵之大忌。

这时，李整李典擦着泪说："主公，荀彧先生说得对，我二人只率本部兵马回去，依靠我们的族叔，把乘氏搅得天翻地覆，让薛兰李封永无宁日。"曹操说："你二人的兵马和吕布相差太悬殊了，不如这样，待时机成熟，我们再一起去报仇。"李整李典说："主公放心，我们这支部曲是在乘氏起家的，我们知道怎样和强敌周旋，我们不会和薛兰、李封硬拼。"见二人执意要走，曹操想了想，叮嘱道："回去后一定多听你们族叔李进的话，他经验丰富，你们多依靠他。"二人点头。于是曹操拜李整为校尉，接替父亲李乾指挥这支部曲，李典副之。二人点齐兵马，直奔乘氏而去。

第三十三章

刘备暂领徐州牧　曹操囤粮巨野城

就在李整、李典点齐兵马，直奔乘氏，要为李乾报仇之际，远在徐州郯城的陶谦，身体这时每况愈下。因闻曹操和吕布正在相互厮杀，刘备的兵马驻守丰沛，在徐州和兖州之间筑起了一道屏障，陶谦暂无曹操兵犯徐州之虞，便每日与孔融谈经论道，商榷儒学，倒也逍遥自在。只是因迟迟抓不到笮融，这一口窝囊气憋在胸中出不来，再加上毕竟是六十有三的人了，虽请医调治，身体总是时好时坏。孔融本打算要返回北海，但进入腊月，见陶谦病体愈坏，也不好意思离开。

这天，孔融又来到陶谦府中，与陶谦闲谈，见陶谦歪在病榻上，毫无精神，便要告辞，让陶谦静养。陶谦强打起精神，挽留孔融坐下，说："文举，我自感不久于人世，心中有一事放心不下，今与文举相商。"孔融说："陶公何出此言，只待静养，身体便会好起来的。"陶谦说："我自己的身体自己知道，只怕今年冬天难过去了。现在天下大乱，朝廷远在长安，已无暇东顾，徐州之事，我实放心不下。文举名重天下，德高望重，可领徐州牧。"孔融连忙推辞："时逢乱世，群雄争霸，我自认不及，唯一人可领徐州，乃刘备刘玄德。"陶谦喘了口气，说："如此最好。"随即命人唤来糜竺、糜芳、陈登、曹豹等文武掾属，说道："今天当着文举的面，我有几句话要嘱咐大家。自中平五年我来徐州，算来已六年了，有劳各位倾力相助，才使得徐州物丰粮足，百姓安居。只是我年事已高，疾病缠身，恐不久于人世，思来想去，欲将徐州委托给刘备刘玄德。此人英雄，可保我徐州无虞。"曹豹说："主公此言差矣，陶商、陶应二位公子，深受主公教诲，可选一人继任，我等愿辅佐二位公子为州牧。"陶谦说："如今天下大乱，二子懦弱，难以自立。若将徐州托于二子，恐终落入曹操之手。望各位不可违了我的意愿。糜竺，你是别驾，这件事交由你安排。近几天你到丰沛去一趟，把刘玄德请来，我要当面将州事嘱托于他。"糜竺点头应允。在场的人都眼含热泪，却不敢哭出声来。陶谦挥挥手，说："大家下去吧，我要静养一会儿。"孔融等人退了出来。

然而还没等糜竺前往丰、沛请刘备到郯城来，陶谦便去世了，徐州署衙中便慌乱起来。好在有孔融在此，与糜竺等别驾从事共同商议，一边安排丧仪，排定各掾属守灵，一边派糜竺前往丰沛请刘备。刘备得知陶谦病故，二话不说，率关羽、张飞、简雍等人，随糜竺赶回郯城奔丧。陶商、陶应二公子重孝在身，一见刘备，便哭拜于地。刘备忙搀起二人，好言抚慰。

停灵期间，糜竺将陶谦生前打算告诉了刘备，希望由他来主政徐州。刘备一听摇手道："我乃一平原相，来到徐州，承蒙陶公高看，将身边嫡兵增拨于我，我岂能再领徐州牧？愿奉二位公子主政徐州。"陶商、陶应二公子说："万万不可，吾父已嘱，唯有刘玄德乃当世英雄，可领徐州牧。万望不要推辞，使吾父在天之灵不安。"双方互让，刘备始终未应。

待丧仪结束，举行完葬礼，陶商、陶应要守孝三年，糜竺等诸掾属要迎刘备入主徐州，刘备不允，推辞说："袁术袁公路近在寿春，此君四世五公，海内所归，可将徐州托付与他。"从事陈登说："袁公路骄豪，非治乱之主。今徐州有步骑十万，上可以匡主济民，成五霸之业，下可以割地守境，书功于竹帛。若玄德不允，也不能交与袁公路。"这时孔融劝道："袁公路岂是忧国忘家之人。此人只是冢中枯骨，何足介意。今日之事，百官拥戴，天与不取，悔不可追。玄德且不可推让。"在大家的劝说下，刘备半推半就，说："我权且暂领徐州牧，待朝廷诏拜新的州牧，我定当奉还。"孔融说："我这就向朝廷表奏你为徐州牧。现在徐州诸事已毕，我也该回北海了。"

今年冬天似乎格外漫长，眼看要过年了，吕布的眉头却皱得更紧了。自从薛兰、李封在乘氏杀了李乾，算是与李氏家族结下了怨。李整、李典二人率李家军回到济阴，与李进的族兵联合起来，鼓动济阴各县以遭受灾害为由，拒绝征调粮谷。有时好不容易征调的粮草，眼看就要运抵营寨，却又总是被袭劫。吕布和陈宫明知这是李进、李整、李典私下串通各县搞的鬼，却又抓不住把柄。欲派兵围剿，又找不到他们的身影。部曲的粮谷供应越来越困难，有时被逼急了眼，吕布便纵兵抢粮，百姓们纷纷把手中的粮谷藏匿起来，让吕布抢也抢不到。吕布思来想去，觉得济阴待不下去了，便决定率部曲移驻山阳。

太守吴资听说吕布要放弃济阴，立刻慌了手脚。他知道济阴的许多属县，私下里与李进、李整、李典勾连在一起，一旦吕布的兵马撤出济阴，这些属县将会公开投靠曹操。于是赶快面见吕布，请求万万不可撤离济阴。吕布阴沉着脸说："在你的地盘上，粮谷征调不来，难道让将士们在这里喝西北风？"吴资说："我一定想办法解决粮谷，还请吕将军留在济阴。否则你前脚走，曹操可能后脚就占了济阴。"陈宫说："好在山阳与济阴相邻。虽然我们到了山阳，一旦曹军来攻济阴，我们绝不会坐视不管。这样吧，我将驻守句阳的刘何将军留下来，与你的定陶互为犄角之势。如曹操进攻定陶，刘何将军可以就近驰援，我们也会迅速从山阳赶来增援。"吕布说："陈宫的办法最好，就这么办。"吴资也只好如此，无奈地看着吕布率兵马撤出了济阴。

吕布的兵马终于被挤出了济阴，李进、李整、李典三人欣喜异常，这一个冬天的辛苦总算没有白费。尽管各县慑于吴资郡兵的压力，表面上仍听命于他，但胆子却比原来大得多了。李进等人又筹措了一批粮谷送往鄄城，并捎话给曹操，希望曹操出兵，攻取郡治定陶，剿灭吴资，全面收复济阴。

正值新年之际，曹操又得到了李进、李整、李典送来的粮谷，心中非常高兴。自从李整、李典率李家军回到乘氏，他心中一直是担忧的，没想到二人与李进的族兵密切配合，不断筹集粮草送往鄄城，再加上其他郡国的一些县纷纷回归曹操，尽管整个兖州遭灾，物资供应困难，但大家饥一顿饱一顿，部曲在没有裁撤人马的情况下，总算熬过了这个冬天。现在吕布又被挤出了济阴，他决定接受李整等人的建议：征剿吴资，铲除这个死心塌地追随吕布的太守，夺取郡治定陶，全面收复济阴。考虑到定陶只有吴资的郡兵驻守，于是曹操决定仅用留驻鄄城的青州兵担任主攻，令李整、李典率李家军在定陶接应，配合青州兵攻打定陶。

朱灵的兵马曾军心浮动，得知曹操不仅不予惩罚，反而主动放他们回冀州，都深受感动，遂改变了主意，决心留下来。这次攻打定陶，也主动要求参战。这时夏侯惇的眼伤已好，便要求亲率青州兵攻打定陶。一切准备妥当，曹操披挂上马，指挥部曲奔定陶而去。

吴资得知曹操亲率大军来征剿，一面派人向留驻句阳的刘何求救，一面又派人到山阳向吕布求援，同时调配郡兵，严防死守，等待吕布的救兵。吴资刚把这一切安排好，曹兵已抵达定陶，李进、李整、李典早已率李家军在这里等候。夏侯惇随即命青州兵包围定陶，开始攻城。

吴资的抵抗相当顽强。每当曹军架上云梯，欲登上城墙之时，上面的礌石滚木一起砸下，致使曹军的进攻受阻。这时斥候来报："刘何从句阳前来增援吴资。"曹操命朱灵、李整等佯攻定陶，率夏侯惇前去围歼刘何。刘何寡不敌众，很快全军覆没。这时斥候来报："吕布率成廉、魏越等部曲已从山阳出发，前来驰援。"

原来，吕布接到吴资的求救后，得知进攻定陶的仅是夏侯惇的青州兵和朱灵的兵马及李家军，便没有调集驻守巨野的薛兰和李封，并留下张辽和陈宫守山阳，仅带成廉、魏越赶来增援。得知刘何被阻截，打算先救刘何再前往定陶，没料到刘何已被曹操歼灭。正在急进中，一声炮响，曹军一下围了上来，吕布措手不及，仓促应战，兵马遭到重创，只好下令退回山阳。

夏侯惇要乘胜追击，曹操说："我们的目的是定陶，暂不和吕布纠缠。"下令收拢兵马，返回定陶，彻底消灭吴资。然而回到定陶，刚要攻城，却得到消息：去年冬天徐州牧陶谦病故，临去世前将徐州嘱托给了刘备，现在刘备已主政徐州。曹操大怒：一个由公孙瓒私下任命的平原相，带着不过万人的兵马跑到徐州，仅凭着一番虚张声势，在陶谦面前赚足了脸面，现在又窃据了粮谷充盈的大州，真是是可忍孰不可忍；趁现在陶谦刚死，人心不稳，刘备尚无根基，一鼓作气拿下徐州，粮谷就可以彻底得到缓解。想到此，曹操下令放弃定陶，返回鄄城，调集所有兵马，再次征讨徐州。

曹操回到鄄城，下令夏侯渊、曹仁、曹洪、于禁、乐进分别由东阿和东平向鄄城集结。荀彧初闻曹操虽然未能夺取定陶，但歼灭了刘何，击败了吕布，也取得了较好的影响，心中非常高兴。然而当得知曹操已下令再次征讨徐州时，心中大惊，赶忙来见曹操，开口便问："主公认为徐州很容易攻占吗？"曹操说："刘备主政徐州，虽受陶谦之让，但徐州百姓未必会服，徐州十万兵马未必甘愿听其调遣，这正是我们夺取徐州的大好机会。如果不抓住这个机会，刘备一旦取得人心，再想夺取徐州就比较困难了。"荀彧说："可我们的兵马至今还吃不饱肚子，若要征讨徐州，粮谷怎么筹措？想当初高祖刘邦力保关中，光武帝刘秀占据河内，皆深耕固本以制天下，进足以胜敌，退足以坚守，故虽有困难失败的时候，而最终成就了大业。兖州地处黄河、济水，天下之要地，就是主公的关中、河内。今虽受吕布，张邈的蛊惑，丢失了一些地方，但许多郡县已回归了我们，并且还有许多郡县正打算脱离吕布和张邈。去冬连下几场大雪，如今开春麦苗长势良好，预计麦收时一定会有不错的收成，只要我们的粮草得到解决，一鼓作气消灭吕布，再联合扬州刺史刘繇，共讨袁术，就可拥有江淮之地，到时徐州就成囊中之物。而现在如果转而进攻徐州，守卫兖州的部曲留得多了，则进攻徐州的部曲就不够用，留得少了，就会担心吕布张邈来攻，许多归顺的郡县，又会沦入吕布之手，民心就会再乱，我们就会再次失去兖州。万一进攻徐州失利，请问主公到哪里去落脚呢？前两次我们征讨徐州，狠狠打击了徐州的世家大族，这些人的父兄子弟仍记恨着我们，他们现在可能不与刘备相合，但我们若进攻徐州，他们一定会与刘备联合起来拼命抵抗。凡事都是有得有失，我们虽然放弃徐州，然而我们巩固了兖州，稳定了我们的根基。请问主公哪一个更划算呢？"

一番话说得曹操如梦方醒，并打消了进攻徐州的计划，打算将各部曲仍遣回原驻地驻扎。荀彧说："部曲既然已经集结起来了，就不必再分散了。目前吕布的兵马为了获取粮草的方便，也分散驻扎。薛兰、李封驻在巨野，魏越、成廉驻在昌邑，吕布、张辽与陈宫驻在东缗，这给了我们各个击破的机会。我们趁势与吕布再战一场，继续扩大我们的影响，争取更多的郡县脱离吕布。巨野离我们最近，对我们威胁最大，可先夺取巨野。"曹操点头同意。

李整、李典闻知曹操要攻打巨野，消灭薛兰、李封，赶快向曹操请战，愿为先锋。曹操知道他们报仇心切，答应了二人的要求，并令各部兵马随后跟进。

此时已是初夏四月，天气已经热了起来。走在路上，望着那绿油油的齐腿深的小麦，曹操脸上透着一股喜悦，再有个把月小麦就该收获了。这次若夺取巨野，山阳北部的这些县趁势就会收回，吕布的地盘就会进一步压缩。

曹操大军来到巨野城下，立刻扎下营寨，开始攻城。双方经过一天的激战，巨野城依然牢牢地在薛兰、李封手中。吕布早已得到薛兰、李封的求救，命张辽、陈宫留守东缗，亲率驻守昌邑的成廉、魏越前往增援。并派人联络张邈、张超，让他们速派兵马来相助。他确信只要张邈、张超的援兵赶到，就能聚歼曹操。

　　曹军虽然连续进攻，巨野城仍未得手。这时斥候报告，吕布已率援军奔巨野而来。曹操早有准备，立刻令夏侯渊、李整、李典、于禁、率部佯攻薛兰、李封；命夏侯惇、曹仁、曹洪、乐进、朱灵等掉头南下，围歼吕布。走不多远，两军相遇，立刻短兵相接，战在一起。吕布一杆大画戟，纵赤兔马在阵中左右冲杀。成廉、魏越也各持戈矛，飞马冲入阵中。夏侯惇、曹仁、曹纯一起抵住吕布，曹洪、乐进抵住成廉、魏越，双方将士混战在一起。巨野城中的薛兰、李封，在城楼上望见远处尘头大起，战鼓骤响，知是吕布援兵已到，遂开城门冲了出来，要与吕布内外夹击。夏侯渊、李整、李典、于禁等率部迎击，企图把薛兰、李封堵在城中，双方战在一处。薛兰、李封始终未能突破夏侯渊等人的防线，吕布也一直攻不到巨野城下，激战一直持续到太阳西斜，双方的将士都已筋疲力尽。看看天晚，只好罢兵休战。薛兰、李封退回城中，吕布扎下营寨，派人前往陈留催促张邈、张超速来增援，曹军也埋锅造饭，双方一夜无话。

　　第二天，双方又是一场大战，吕布的兵马在曹军的顽强阻击下，始终无法和薛兰、李封会合。眼看时至中午，仍分不出胜负。薛兰、李封心中发急，两人商议，薛兰任前锋，李封断后，决定不惜一切代价，向南突击，要与吕布会合。夏侯渊、于禁拼死截住薛兰，李整、李典围住李封，双方杀得血肉横飞。李典越战越勇，一枪下去，将李封挑于马下，李整扑上去，手中刀落，砍了李封。李封一死，手下士卒大乱。此时薛兰心中慌乱，一招不慎，被夏侯渊一枪刺中，跌下马来，于禁上前，将薛兰生擒。李典枪挑李封的头，来到吕布阵前炫耀，薛兰被擒的消息也传至吕布阵中。眼看巨野已失，而此时张邈、张超的援军渺无音讯，再相持下去，必凶多吉少，吕布便下令收兵，退回昌邑。夏侯惇等人要追，曹操说："几天激战，粮草不济，只好罢兵休战。"于是率兵马进占巨野。李整、李典请求斩了薛兰，曹操答应。随后李整、李典带上薛兰、李封的人头，向曹操告假，率李家军回到乘氏，祭奠李乾去了。

　　夺取巨野后，曹操将兵马驻扎在巨野，山阳郡北部的几个县，受到震动，纷纷反叛吕布，重投曹操旗下。此时已是五月仲夏，一场干热风，吹得麦子黄了梢，百姓们陆续开镰收割。为确保完成小麦收割，曹操令曹洪在通往东缗的路上扎下营寨，以防吕布来袭，又令其余各部曲分散到巨野周围各县，帮助百姓快收快打，并及时征收。今年的天气格外照应，麦收开始后阳光普照，极易麦子的收打晾晒，很快征收的夏粮源源不断地向巨野集中。据荀彧报告，其他各郡县麦收情况也是如此。望着金灿灿的麦粒，曹操长舒一口气，粮草问题暂时解决了。

自从吕布解救薛兰、李封不成，败退回到东缗后，怕被曹操逐一击破，便放弃昌邑，将成廉、魏越撤往东缗，兵马聚集一处，以应对曹操的进攻。眼看夏收已到，吕布也令所属各县抓紧征收夏粮，准备足够的粮草，并扩充兵马，以应对即将到来的与曹操的决战。

这日斥候来报："曹操将在山阳北部征收的新麦囤积在巨野城中，部曲全都散在周围各县帮助百姓收打小麦，巨野城中空虚。"陈宫劝吕布抓住时机，偷袭巨野。吕布也认为机会难得，便令张辽守卫东缗，率成廉、魏越偷袭巨野，将囤在城中的新麦洗劫一空，带不走的就地全部焚毁。陈宫也非常赞成，但劝吕布说："还是派人联络张邈、张超，共同对付曹操。"吕布冷笑道："这张邈自鼓动我领兖州牧后，从未派一兵一卒来助过战。张超自兖州遭灾，粮谷供应困难，便返回雍丘，再未露面。这兄弟二人分明是想看我的笑话。前次救薛兰、李封不成，反遭重创，皆因此二人不救之故。此次巨野空虚，不用他们帮忙，我也能取胜。且兵贵神速，战机稍纵即逝，也容不得耽搁。我即刻率兵前往，很可能一举擒获曹操。"

由于斥候报告，在东缗通往巨野的途中，曹操已安排曹洪扎下营寨，于是吕布决定，绕道避开曹洪，奇袭巨野。虽然路途远了一倍，但可以打曹操一个措手不及。待吕布走后，陈宫赶快派人到陈留，请张邈和张超助战，共同击败曹操。

麦收季节的空气干热，尤其过午的阳光，显得更加灼人。听说又一批新麦送来，曹操不顾暑热，带上从事楼异、丁斐，中领军史涣、丁冲和都尉典韦等人，来到仓廪巡视。见到任峻正在指挥一群妇女往仓中运粮，便问任峻："目前征收的粮食有多少了？"任峻说："快三万斛了。今年夏粮收成好，仅山阳这几个县，估计收个十万斛问题不大。"曹操一指那群妇女，说："你怎么用的全是妇女？"任峻无奈地说："巨野城中青壮男丁都到田里收麦了，城中仅剩老人、妇女和孩童，没办法，我只好雇了这些青壮妇女来帮助运送粮食。"曹操问典韦："你的三百亲兵不是在城中吗？让他们来帮助搬运粮食。"典韦答应一声，转身安排去了。这时一名斥候骑快马来到曹操面前，翻身下马，说："主公，大事不好，吕布率兵马直奔巨野而来，目前离巨野大约只剩三十里了。"曹操非常吃惊："这不可能，我在东缗到巨野的路上，安排曹洪警戒，专门防备吕布偷袭，难道他是从曹洪头顶上飞过来的？"斥候说："幸亏主公又安排了我们这些斥候刺探，他们绕道而来，专门避开了曹洪将军，我们几个斥候刚好撞见了他们，其他几位斥候仍在跟踪监视他们。我骑快马赶回来报信。"曹操说："再探！"斥候答应一声，飞身上马而去。

史涣、楼异、丁斐、丁冲等人慌了手脚，赶快劝曹操："主公，还是让典韦率亲兵护你快撤吧。巨野城中空虚，调兵已来不及了。"曹操说："我们走了，城中这刚刚征收的数万斛粮食怎么办？如果落入吕布手中，我们这半个多月的辛苦不是白费了？不要慌。"这时典韦带领三百亲兵到来。曹操说："我们不是还有三百勇士嘛。"任峻着急道："这三百亲兵，虽说个个英勇，但怎敌吕布数万兵马。粮食丢了我们可以再征，主公还是先撤吧，由我们在城中坚守。"曹操紧皱眉头说："你们就能守住了？先别慌，吕布不是还没到吗？随我到城楼上看看再说。"

大家很快登上城楼，沿着城墙巡视，当来到南城楼，曹操朝吕布要来的方向望去，楼异着急道："主公，时间不多了，再望也望不出兵来，快准备撤退吧。"曹操诙谐地说："我望出兵来了，而且还不少呢。"史涣等人大惊失色："吕布的兵马到了吗？"然而向远处望去，什么也没有。大家不解地望着曹操。曹操笑了笑说："我们这几百人硬拼当然拼不过吕布。现在我们来给吕布开一个玩笑。"见曹操如此说，大家互相望望，一头雾水。只见曹操不慌不忙地吩咐："丁斐，你现在快去找任峻，让他把正在搬运麦子的那群妇女交给你，你设法再从城中征召一些，不管老少，能动就行，至少要凑够一千多人。让任峻把军资仓库中的兜鍪，给他们每人发一个，如有兵器，不论损坏与否，随便给他们一件，没有也行，让他们迅速到城墙上来，每个陴墙的凹口处蹲一个，只露出头上的兜鍪。告诉他们不要惊慌，只要趴在那里就行。"丁斐领命而去。

　　曹操又命典韦："你将三百亲兵分为两队。"指着城外说，"西边那条长堤看见了吗？"典韦点点头。"你率一队亲兵，在长堤后面散开。待吕布的兵马到来后，你弄出一点动静。"然后转向史涣："你看见东边那一片树林了吗？你率另一队亲兵，分散隐蔽在树林中，待吕布的兵马到来后，你也弄出点动静。好了，你二人现在快去准备吧。"典韦说："我二人将这三百亲兵带走，主公你身边可就没有一兵一卒了。我还是留下一些亲兵护着你快撤出城吧。"曹操说："只要你们按我说的做，吕布就不会攻城。不仅不会攻城，还会迅速撤退。至于我的安全，你们一点也不用担心。"史涣本想再劝，见曹操态度坚决，不敢张嘴，与典韦迅速下了城楼，分头行动去了。

　　曹操随即命丁冲："你返回大帐，找上几位马骑得好的，分头骑快马奔赴各县，让正在各县帮助百姓收打新麦的各部曲迅速返回巨野，就说十万火急，一刻也不能耽搁。"丁冲应诺，快速下了城楼，回大帐去找人了。

第三十四章
曹操巧施空城计　孙策乞兵取江东

曹操部署停当，此时太阳已经西斜，只见远处尘头大起，曹操命令关闭城门。很快吕布的帅字旗就抵近巨野城下。吕布勒住赤兔马，挥动方天画戟，命令将士发动进攻。成廉一指城墙说："将军请看，城上陴墙后面有许多兜鍪在晃动，不像斥候们说的那样巨野是一座空城。"吕布仔细一看，果然如此，心中惊疑，莫非斥候的情报有误。与曹操几经交手，此人非常狡诈，数次都吃了他的亏，不得不防。正在此时，只听见城楼上一阵大笑，随即一声高喊："奉先将军，别来无恙。"吕布抬头一看，见是曹操，一身盔甲，面带微笑，正朝他说："自将军来到兖州，还未与你好好叙旧，今天料你会来，曹某已在此等候多时了，请奉先城中一叙。"说完又是大笑，"打开城门，迎奉先入城。"一阵吱呀声，城门开启。这时魏越提马上来，说："将军，西边有条长堤，后面好像有兵马埋伏。"吕布望去，果见轻尘浮动。这时成廉又说："将军，东边的树林郁郁葱葱，也似有兵马埋伏。"吕布向东望去，果然树林中影影绰绰，似有兵马在活动。吕布大叫一声："不好，曹操有诈，所有将士，后撤二十里安营扎寨。"吕布兵马慌忙掉头，向南撤去。

曹操见吕布兵马撤走，长长舒了一口气，感到脊背发凉，后背不知什么时候浸出了冷汗。再看那些蹲在陴墙后的妇女和老人们，一个个如筛糠一般，浑身哆嗦。曹操说："都起来吧，吕布的兵马已经撤走了。"令丁斐将他们都带下去。这时典韦和史涣率领亲兵也都回来了，史涣说："我的心紧张得都快跳出来了。"不等史涣喘气，曹操立刻命令道："你立刻带几名亲兵，骑快马到各县再去催促，让各部曲万万不可耽搁，务必明天天亮前赶回来。我们这个空城计只能瞒得了一时，吕布明天回过味来——不用等明天，今天晚上就会回过味儿来，一定会很快来进攻的。"史涣应声而去。

　　吕布后撤二十里扎寨，并命斥候连夜打探曹军虚实，很快斥候就向吕布报告："曹军各部曲都散在各县，帮助百姓收打小麦，巨野的确是座空城。城墙上戴兜鍪的，全是妇女老人，城外长堤后和树林中，都是曹操的三百亲兵在虚张声势。曹操的兵马要赶回巨野，最快也要到明天傍晚。"吕布懊悔不迭，下令："今日已晚，大家也都累了，好好休息。明早三更埋锅造饭，五更出发，天亮赶到巨野，城中这数万斛新麦就归我们所有了。"

　　曹操直到黎明时分，见各部曲陆续赶了回来，悬着的心才真正放下来。他说："吕布很快就会来进攻。夏侯惇、于禁率兵马埋伏在西边的长堤后面，夏侯渊、朱灵率兵马埋伏在东边的树林中，曹仁、乐进隐蔽在城中。若吕布到来，听我号令，大家一起进攻，围歼吕布。"部署刚刚完成，吕布的兵马已经到了巨野城下，吕布命部曲开始进攻巨野。这时魏越和成廉向吕布报告："我们留意了一下长堤和树林，仍觉得那里好像有伏兵，总感到有一股杀气。"吕布笑道："你们看城墙上还有戴兜鍪的吗？斥候已经探明，这是曹操给我们使了一出空城计，他没有料到我们这么快就会返回。即使长堤后和树林中有伏兵，也不过是曹操那几百亲兵在那里故弄玄虚，今天我们再不会上当了，放心攻城。城中数万斛新麦在等着我们呢。"说完，一声令下，命令士卒开始攻城。

　　这时只听城楼上一阵大笑，曹操说："奉先又来了，我等候多时了。"吕布也大笑道："曹孟德，这回我不会上你的当了，你今天敢把城门打开，让我进去吗？"曹操说："我正要打开城门迎接你呢。"下令打开城门。随着吱吱的声音城门大开，曹仁率兵马从城中涌出，曹纯、乐进也挥动兵器冲了出来。吕布心中一惊，忙挥起大戟应战。魏越、成廉正欲往上冲，忽听身后东西两面传来喊杀声。夏侯惇、于禁、夏侯渊、朱灵从两边杀了过来，吕布大叫一声："不好，我们被曹军包围了。"此时容不得他多想，指挥将士边战边退，要冲出曹军的包围圈。可曹军的包围圈像铁桶一般，双方战至中午，都已精疲力尽。吕布、成廉、魏越拼尽全力，终于杀开一条血路，率残部向南逃去。将士们要追，曹操下令："将士们连夜急行军赶了回来，早饭都没顾上吃，又战了一上午，都已经很疲乏了，不要再追了。现在我们手中有了充足的粮草，还怕吕布这些残兵败将吗？不过让他们多活几天罢了。"于是收兵回到城中。

　　吕布只顾逃命，忘了通往东缗的路上，曹洪还扎有营寨，双方遭遇，又是一阵激战。吕布害怕曹操追上来，无心恋战，夺路而逃。曹洪不明就里，也不敢追击，赶快派人向曹操报告。曹操命他继续留在原地监视吕布。

麦收很快结束，夏粮的征收也进入尾声。曹操决定利用吕布新败，将士们斗志正旺之时，一鼓作气再征定陶，消灭吴资，拔掉这颗钉子，于是命夏侯惇率青州兵前往济阴，夺取定陶，其余各部在巨野休整，准备与吕布决战。

回到乘氏祭奠李乾的李整、李典，听说曹操要再征吴资，便率李家军早早来到定陶，迎接住夏侯惇，兵马合为一处，开始攻城。此时吕布新败，根本顾不上吴资，城中济阴郡兵，人心惶惶，意志早已瓦解，尽管吴资亲自督战，还是难逃厄运。定陶很快被攻下，吴资被斩。

吕布巨野偷鸡不成蚀把米，遭到重创，兵马损失惨重，逃回东缗。接着定陶失陷，吴资被杀，济阴郡全部落入曹操手中。这接二连三的坏消息传到陈留，张邈的心情沮丧，情绪非常低落。自曹操从徐州回来后，与吕布互相征战，张邈心中暗暗高兴，单等两败俱伤，他要渔翁得利。为此吕布虽多次让他相助，他都推三阻四，不肯出兵。可没想到吕布这么不争气，一败再败，巨野一战，彻底伤了元气。兖州各郡国守相及所属县令长，纷纷随风转舵，又投到曹操麾下。万一吕布彻底失败，曹操腾出手来，绝不会饶恕自己。他这时真后悔当初不该听了陈宫的鼓动。但事已至此，没有后悔药可吃，也只能硬着头皮走下去，只是再不能袖手旁观，必须全力以赴帮助吕布。想到此，他甚至更加后悔，当初就不该坐山观虎斗。倘若全力支援吕布，曹操根本不是他们的对手，说不定早已被赶出了兖州，何至于弄到这步田地。他现在已别无选择，只有和吕布同舟共济。因此不等吕布、陈宫再来求助，将自己的一家老小送往雍丘，交给张超照看，将郡中一应之事委托给张超暂管，然后率领部曲，前往东缗与吕布会合。

张邈到东缗后，立刻鼓动吕布征招兵马，扩充实力。但是为时已晚，斥候报告："曹操已经率十万大军南下。"张邈只好与吕布共守东缗。曹军包围东缗，开始攻打。吕布、张邈顽强抵抗，双方战了十余天，眼看城中粮草告急，陈宫对张邈说："现在曹军势力强大，硬拼下去必然吃亏。孟卓兄你看怎么办？"张邈想了想，叹了口气说："事已至此，我们只好去投袁术。据说袁术自占据扬州后，元气已经恢复，现有兵马十几万。他与曹操结怨甚深，我们请求他共同讨伐曹操，他必助我一臂之力。"吕布不以为然，说："我从长安出来后，先投奔于他。原想我杀了董卓，帮他袁氏一族报了仇，必厚待我。没想到他竟打算对我动手，不是我走得快，恐已遭到他的暗算。这袁氏兄弟没有一个好东西。我看不如到徐州暂避。据说刘备刘玄德刚主政徐州，正是用人之际。"张邈说："刘备远道而来，窃据徐州，自己的屁股还未坐稳，怎么能指望他助我们抗击曹操?"两人争执不下。这时守城校尉来报："曹军又开始攻城。"张邈对吕布说："集中兵马，先突出去再说。"于是吕布为先锋，张邈断后，开始突围。经过激战，两人终于突了出来。张邈坚持向南投靠袁术，吕布不从，自向东到徐州投靠刘备去了。张邈率本部兵马，经豫州撤往扬州。

曹操得知吕布、张邈逃出兖州，分道扬镳，便率兵马转向陈留，包围了雍丘，劝张超投降。张超认为哥哥张邈早晚会来救他，因此严守城池，拒不投降。将士们纷纷要求攻下雍丘，消灭张超。曹操思虑再三，给张邈写了一封信，信上说："孟卓兄，扬州甚远，家眷都在这里，只要孟卓及将士们返回，我既往不咎。"信中又细述了与张邈多年的友谊，然后派信使追赶张邈，并下令暂不攻雍丘，等待张邈回来。

自被曹操千里大追歼，袁术仓皇渡过淮河，夺取了扬州州治寿春，杀了曾帮助曹操募兵的刺史陈温，任用部下琅琊人惠衢为扬州刺史。消息传到长安，引起了李傕、郭汜的不满。当初李傕、郭汜为了拉拢袁术擒获吕布，曾表奏袁术为左将军、假节、封阳翟侯。袁术笑纳了这些封拜，却对李傕、郭汜不屑一顾，放跑了吕布。后来李傕、郭汜为了缓和与关东各将领的关系，表奏献帝派马日磾、赵岐持节抚慰关东，袁术却骗走了马日磾的节钺，并将其扣留，至今不放。现在又杀了陈温。于是二人表奏献帝，将曾被征为司空掾，后升为侍御史，却一直未到任，现在淮浦避乱的东莱郡牟平人刘繇，诏拜为扬州刺史，与袁术相抗。

刘繇接到诏命，因州治寿春被袁术占着，无法上任，只好一边招兵买马，一边搜罗前刺史陈温的旧部，组建自己的部曲，随即渡江南下，来到丹阳。丹阳太守吴景和都尉孙贲得知朝廷正式诏命的刺史到来，赶快迎接。这吴景乃孙坚的内弟，孙贲乃孙坚的大侄子。刘繇得知此二人与袁术有瓜葛，心怀疑惧，将吴景、孙贲赶出了丹阳。吴景只好携妹妹及孙权等各位外甥与孙贲逃往九江，见到袁术，要求派兵征讨刘繇，夺回丹阳。此时孙策正在寿春袁术帐下任从事，看到舅舅、堂兄和母亲及弟弟们被赶了出来，引起了孙策不满，即刻去见袁术，要求率兵征讨刘繇，替舅舅夺回丹阳。

这孙策乃孙坚长子，父亲去世时年纪尚小，在襄阳迎父亲灵柩回吴郡安葬，随后在其母吴氏的带领下，与孙权、孙翊、孙匡等弟弟前往曲阿，投奔舅舅吴景。去年孙策已近弱冠，得知袁术到了寿春，便前往寿春，欲将父亲的旧部要回。袁术见孙策虽未及弱冠，但已长成，身高七尺开外，长相英俊，处事机敏，性情豁达，与人和善，非常喜欢，感叹道："假如我儿能像孙郎，就是死了也不遗憾。"因心生妒忌，便推托孙策还小，没有答应，却将孙策留在帐前听用。太傅马日磾非常喜爱孙策，以礼征策，表拜孙策为怀义校尉，要留在自己身边，袁术不允。

此刻孙策来见袁术，乞求袁术归还父亲的旧部，要渡江征讨刘繇，这正合袁术的心意。于是不再推托，表奏孙策为折冲校尉，将孙坚的旧部交给孙策指挥。孙坚旧部将领及掾属程普、黄盖、韩当、朱治等，得知袁术已将孙坚旧部归还孙策，心中高兴，来见孙策，愿随少主征伐。孙策拜见这些长辈，心怀感激，唯恐不敬，处处以礼相待。

彭城人张昭避乱扬州，一向与孙策交好，得知孙策领兵要征讨刘繇，前往孙策家中，要与孙策同往。碰见孙策母亲吴老夫人，当即拜为干娘。孙策视张昭为兄长。由于张昭精通经学，弱冠即被举为孝廉，曾被陶谦举为茂才，虽不应，但名显当世，于是拜张昭为长史，抚军中尉。文武之事，悉与张昭相商。

广陵人张纮，曾游学京都，被举为茂才，公府多次征辟皆不就。避难扬州，与孙策交好，被孙策以兄事之，愿随孙策渡江征讨刘繇，孙策任为正议校尉，随身议事。九江人蒋钦、周泰，庐江人陈武，皆与孙策年纪相仿，平素相交甚密，闻孙策准备率部曲东渡，都愿跟随左右。孙策表拜他们为别部司马，随军出征。看到这么多人都愿跟随自己，孙策非常高兴。忽然又想到一个人，当初父亲讨伐董卓时，曾将一家老小安置在庐江舒城，邻居姓周名异，曾做过洛阳令，后辞官归家。其长子周瑜与自己同岁，两人关系甚为密切，从来不分彼此，并拜自己的母亲为干娘。周瑜为人仗义，善谋略，若他能来相助，岂不更好？于是修书一封，派人前往舒城相邀。

这周瑜接到孙策相邀，随即在家乡又招募了千余勇壮，闻知孙策已率部曲到达历阳，便前往历阳与孙策会合。孙策见到周瑜，高兴地说："有公瑾前来相助，此次征讨必定成功。"两人合兵一处，准备渡江。

根据斥候报告，刘繇的大将樊能、于麋镇守横江渡口，张英驻守当利渡口，以防袁术渡江。孙策又获知刘繇的粮草、战具都屯在牛渚，于是与周瑜商议，由周瑜佯攻横江，吸引住樊能、于麋，自己集中兵马攻击当利，强行渡江，直奔牛渚。牛渚守军防守松懈，来不及还手就战败了。刘繇得知牛渚丢失，急令樊能、于麋回兵救援，夺回牛渚。孙策迎战，周瑜趁势渡江，尾随于麋、樊能，与孙策前后夹击，一举斩获于麋、樊能，俘获近万人。孙策宣布："愿从军者表示欢迎，不愿从军者悉听返乡。"近一半人愿随孙策。由于缴获了足够的粮草、战具，孙策就地招兵买马，部曲很快达到一万多人，随即准备进攻曲阿。

此时驻守在曲阿外围的是笮融。这笮融在徐州挥霍掉陶谦的粮草物资后，眼看事情败露，不辞而别，逃到广陵。广陵太守赵昱不知就里，设宴招待，趁酒酣之际，笮融杀了赵昱，纵兵抢掠，然后逃回家乡丹阳。正逢刘繇与袁术相持，投到刘繇旗下。孙策若进攻曲阿，必先消灭外围的笮融，于是率兵马包围笮融的营寨。笮融出战，被孙策斩杀五百多人，笮融大败，紧闭寨门，不敢应战。孙策率兵马进攻，一支冷箭射来，正中孙策屁股，随即跌下马来，因伤在屁股，不能骑马，便躺在马车上拉回营寨。孙策放风说："孙郎已被箭射死。"笮融闻知大喜，即刻命手下将领于兹为先锋，进攻孙策。孙策令数百骑诈败，笮融一看，倾巢追击，孙策回兵掩杀，笮融大败，赶快后撤，逃回到营寨，深沟高垒，不再出战。孙策便转而进攻海陵、湖熟、江乘，皆夺之。

眼看曲阿周围的城池皆陷落，守在曲阿城中的刘繇忧心忡忡。这样下去，曲阿必将不保。这时有掾属提议："你的老乡太史慈，据说武艺高强，可否让他任将军，率兵马抵抗孙策。"这太史慈自告别孔融，应刘繇之邀来到扬州，在州府中任从事。刘繇摇头道："太史慈过去仅做过郡中小吏，若让他任将军，我还不被许子将笑话死。"许子将自董卓之乱后，一直避乱扬州。因品评人物准确，名声在外，所以刘繇很怕许子将笑话，因此太史慈一直得不到重用。

这天，太史慈奉刘繇之命，带领数名吏卒，骑马前往孙策驻地打探军情，走到神亭，突然与孙策不期而遇。此时孙策正率韩当、宋谦、黄盖等十三员大将查看地形。太史慈看无法躲避，便纵马向前，挺枪迎战。随行的吏卒吓得赶忙往回跑，好在刚出曲阿不远，回去搬兵还来得及。

孙策看太史慈孤身一人，并未将他放在眼中，问："你是何人？"太史慈答："我乃东莱太史慈也。"孙策冷笑："刘繇的老乡，无名小卒。"说完令十三员大将观战，要亲手擒获太史慈。两人你来我往，战在一起。许多回合下来，并未分出胜负。孙策暗暗吃惊："此人武功高强，并不在我之下。"于是抖起精神，挥枪刺向太史慈的战马。太史慈抖缰一躲，孙策回手将太史慈背在后背的手戟抓了过来，正在炫耀，却见太史慈一扬手，孙策才发现头上的兜鍪不知什么时候到了太史慈手中。两人正要再战，双方兵马赶了过来，于是各自收手。自此孙策念念不忘，要将太史慈收入麾下。

眼见孙策攻城略地，丹阳许多属县纷纷落入孙策手中，刘繇只有招架之功，笮融见刘繇大势已去，不愿再为刘繇卖命，于是拔寨起营，赶往秣陵，诳骗守卫秣陵的薛礼，将其杀害，将秣陵洗劫一空，逃离了丹阳。刘繇得知薛礼被杀，大怒，发誓说："若再见笮融，必碎尸万段。"孙策见笮融逃离，曲阿外围无兵守卫，便准备进攻曲阿。刘繇军心不稳，眼见曲阿不保，准备逃亡会稽。许子将劝他说："会稽是个富庶之郡，孙策必夺之。且会稽紧邻大海，没有回旋余地，刘使君万不可撤往会稽，而应撤往豫章。豫章郡北连豫州，西接荆州，刘使君是朝廷正式诏命的刺史，可与曹孟德、刘景升相交，此二人与袁术交恶已久，必出手相助。"刘繇听从了许子将的劝告，率部曲撤出曲阿，前往豫章郡。

孙策占据曲阿后，恢复了舅舅吴景丹阳太守的职位，并发布军令："任何人不得掳掠。鸡犬菜茹，一无所犯。"百姓闻之，奔走相告，竞相杀牛奉酒，犒劳孙策、周瑜的兵马。孙策和周瑜都刚及弱冠，一身戎装，年少有为，百姓亲切唤曰"孙郎""周郎"。看到丹阳形势已稳，孙策令朱治将母亲吴老夫人及弟弟孙权、孙翊、孙匡接到曲阿。安置好母亲及弟弟们后，孙策准备夺取会稽。

此时丹阳的东邻吴郡又起黄巾。首领严白虎率众数万，诛杀太守，威胁丹阳。吴景等人建议先剿灭严白虎，再进攻会稽。孙策说："严白虎等黄巾贼人，只是一群乌合之众，不足为患。还是先夺取会稽，回过头再征剿严白虎。"于是率兵马向东南，渡过浙江，夺取山阴，会稽各县纷纷归顺。只有东冶不降，遂强攻破城，将抵抗的将士悉数屠杀。自领会稽太守，布告安民，随后率部曲，掉头向北进攻严白虎。果如孙策所料，严白虎所部不过是乌合之众，很快兵败逃往余杭。孙策任命朱治为吴郡太守。

夺取江东三郡之后，孙策决定进攻豫章，彻底消灭刘繇。刘繇撤往豫章后，出乎意料在这里碰上了笮融。原来笮融杀了薛礼，劫掠秣陵后，逃到豫章，故伎重演，趁豫章太守朱皓设宴款待之机，杀了朱皓，占据了豫章。刘繇毫无准备，首战败于笮融，刘繇重整兵马，再战击败笮融，刘繇占据豫章，笮融逃入山中，被当地山越之民所杀。

真是世事难料。就在刘繇准备调集兵马抵御孙策时，却突发急病亡故。终年四十二岁。守城将士无主，只好投降。孙策兵不血刃进了豫章，见刘繇长子率家人正在服丧，感于刘繇的祖父刘本博学群书，号为通儒；其伯父刘宠曾为会稽太守，正身率下，郡中大治，百姓送礼感谢，刘宠推辞不过，仅取一钱，被百姓称颂为"一钱太守"；其父刘舆曾任山阳太守；兄刘岱曾为兖州刺史，被青州黄巾斩杀，一门尽是封疆大吏，且都清廉，于是前往祭奠，抚慰一家老小，赢得了刘繇部曲的人心。

孙策占据豫章后，任命堂兄孙贲为豫章太守，又分豫章为庐陵郡，任命孙贲的弟弟孙辅为庐陵太守。自此扬州江东四郡皆归孙策所有。孙策派人将捷报送往寿春。使者回来告知，朝廷特使太傅马日䃅因病薨于寿春。感于马日䃅对自己不错，又特派人前往祭奠。

因孙策占据了江东四郡，扬州全境成了自己的势力范围，寿春城中的袁术非常高兴，表奏孙策为殄寇将军。并决定派人前往豫州，怂恿豫州黄巾旧部起兵反叛，杀了豫州刺史郭贡，任命从弟、陈国相袁嗣为豫州刺史，豫州重回袁术手中。袁术拥有了杨豫二州，再次骄横起来。最近得到消息，去冬陶谦病故，临死将徐州让与了刘备，袁术大怒："刘备何许人也？陶谦竟将徐州私相授受。"于是自称徐州伯，准备调集兵马，趁刘备立足未稳，夺取徐州。袁术暗想：若拥有了三州，即便称帝，也无人敢反对。

恰在此时，从长安传来消息，李傕、郭汜起了内讧，分别劫持了献帝和大臣。现在献帝生死不明。袁术一阵狂喜，忙派人前往长安打探。若献帝已死，正是自己代汉的大好机会。想到此，袁术心中激动，面色潮红，似乎已经坐上了皇帝的宝座。

第三十五章
李傕郭汜乱长安　吕布刘备会下邳

自李傕、郭汜、樊稠把持朝政后，三人将长安城一分为三，每人管辖一片区域，其部曲在各自管辖的区域内，暗盗明抢，百姓苦不堪言，稍有不满，便被他们投到狱中，以致监狱人满为患。公卿大臣早有不满，却敢怒不敢言。

由于当初迁都长安时，董卓催得紧，公卿大臣及宫中黄门、署令、宦官、宫女等上路时，并未带多少东西，路上又丢了一些，到长安后又是一片破败荒凉，虽然到长安有五年多了，他们的生活依然很窘迫，甚至有的连换洗的衣服都没有。献帝于是下诏，将朝廷马厩中的马挑出一百匹，变卖成现钱，又让大司农从府库中拿出两万匹各类丝绢、锦帛，把这些钱物赐给大家，用于救济他们的生活。

李傕得知，说：“我家中储存的东西也不够用。”随即派兵马将这些银钱及绢帛全部抢到自己的府中。贾诩闻之，连忙劝告他：“你这样做将引起众怒，赶快将这些钱物归还回去。”李傕对贾诩的劝告置若罔闻，致使侍中马宇、谏议大夫种邵、左中郎将刘范、中郎将杜禀等人忍无可忍，合谋要诛杀李傕。但苦于手中无兵，马宇说：“近闻驻守在郿城的征西将军马腾，与李傕不和，可与其联手，事可成矣。”

说到马腾，此人字寿城，乃东汉初伏波将军马援之后。其父马子硕曾为天水兰干县尉，后丢了官，滞留在陇西，与羌人居住在一起，娶羌女为妻，生下马腾。因家中贫困，马腾长大后到山中砍伐木材，背到城中贩卖，维持生计。长久的劳作，使马腾练就了一副好身板，身高八尺，身材魁梧，异常健壮，面阔鼻高，且为人性情贤厚。灵帝末年，黄巾事起，凉州的王国率众起事，州郡募兵平叛，马腾应召，以功拜军司马。此时金城人边章、韩遂起事，杀金城太守陈懿，然后率兵马入侵三辅地区，被朝廷打败，退回金城。边章、韩遂二人起了纷争，韩遂杀了边章，兼并了他的兵马，进围陇西。陇西太守李相如反叛，与韩遂勾结，攻凉州刺史耿鄙。

因耿鄙信任奸吏，马腾早对其不满，便与韩遂、李相如联合，趁势也率兵反叛，诛杀刺史耿鄙。朝廷多次征剿，李相如兵败被杀，马腾、韩遂却不断袭扰三辅。李傕、郭汜、樊稠把持朝政后，拉拢马腾、韩遂，二人归降，来到长安。李傕表奏献帝，诏命韩遂为镇西将军，遣还金城驻守；马腾为征西将军，驻守郿城。因李傕当初答应要为马腾补充粮草军资，但许多天过去了，李傕一直不兑现承诺，马腾开口询问，李傕推三阻四。马腾认为受到了耍弄，对李傕非常不满。

马宇所说的马腾与李傕不和就是指这件事。几位大臣都认为此事可以利用，于是委托马宇亲往马腾营中联络。马腾一看有这么多大臣支持自己，心中高兴，一口应允。双方商定好时间，到期马腾率兵到达长平观。但马宇等人计谋不密，致使事情泄露，仓皇逃出长安，躲到槐里。李傕命樊稠追到槐里，将马宇等人全部斩杀。李傕又命侄子李利统兵与樊稠共同包围了长平观，要围歼马腾，马腾一边抵抗，一边派快马向韩遂告急。韩遂赶来救援，双方在长平观大战一场，马腾、韩遂战败，逃向凉州。李利与樊稠一直追到陈仓。韩遂见甩不掉追兵，勒马回身，等樊稠追上来，说："我有一言相告，不知樊将军肯听否？"樊稠说："请讲。"韩遂说："请放马过来。"樊稠纵马趋前，韩遂说："世事难料，天地反转，谁也无法料到今后会怎样。你我并无私怨，如今相争，皆为朝廷之事。我们两个都是凉州人，今虽不和，说不定将来又会在一起共事。今天我们好言相别，万一今后谁有了难处，再见面也能帮一把，你觉得我说的对不对？"樊稠想了想，觉得韩遂说得不错，于是报以笑脸，攀起老乡关系。李利远处望着，不知两人说些什么，只见两人越说越高兴，犹如知心朋友，又见两人互相拉了拉手，挥手相别，樊稠回到阵中，下令返回长安。李利本是晚辈，只好听从。

回到长安，李利向叔父李傕报告："樊稠与韩遂两人并马交欢，欢声笑语良久，不知说些什么，看起来两人关系甚密。"李傕心中不快，对樊稠起了疑心，自此处处提防樊稠，而与郭汜的关系更加密切，经常设宴请郭汜喝酒。郭汜喝醉便留宿在李傕家中。时间一长，郭氏的妻子起了疑心，害怕李傕怂恿郭汜在外边养有小妾，于是心生妒忌，要离间郭汜与李傕的关系。

这天，李傕派人送来一盘好菜，郭汜的妻子暗中将豆豉剁碎撒在菜中，郭汜回来准备吃时，其妻说："食物从外边来，我怀疑有问题。"郭汜不相信，说：

"李将军送的菜绝对不会有问题。"其妻用筷子从中将剁碎的豆豉拣出来，让郭汜看，说："菜中怎么会有这种东西？一山不容二虎，同朝难栖双雄。我觉得你太相信李傕了。"随即将菜倒掉。郭汜不以为然，认为妻子太多心了。

这日，李傕又宴请郭汜，郭汜酩酊大醉，想起妻子的告诫，怀疑李傕在酒中下了药，越想越觉得难受，回到家中告诉妻子。妻子从厕所中舀了一些粪汁，连骗带吓，逼着郭汜喝下去。郭汜强喝下去，感到恶心，将酒菜全吐了出来，果然清醒了许多，于是便相信了妻子的话，对李傕产生了戒备。

而樊稠认为征讨韩遂、马腾自己出力最多，兵马损失最大，便多次要求李傕给自己增补兵马。李傕却认为樊稠要拥兵自重，于是起了杀心，便设宴款待樊稠，趁其不备在宴席上将其杀了，把樊稠的部曲兼并了。这使郭汜更加相信妻子的话，李傕再设宴相邀，便一口回绝，至此两人公开闹翻了。董卓旧部安西将军杨定，见李傕无故杀了樊稠，也害怕不知哪天落得同样下场，于是私下与郭汜合谋，要将献帝劫持到郭汜的军营中，矫诏诛杀李傕。谁知谋事不密，李傕得到消息，派侄子李暹，率兵马围住皇宫，要抢先将献帝及皇后劫持到自己的军营中。太尉杨彪怒斥道："自古至今，没有哪一个帝王是居住在臣子家的。诸君举事，当上顺天心，岂能如此！"李暹说："我奉李傕将军之命，不必废话。"遂强行将献帝、皇后及公卿大臣劫走，然后又纵兵入皇宫劫掠，将宫中的锦帛、乘舆、器服等尽皆搬空，连宫人的私有物品也不放过，最后一把火烧了宫殿。

郭汜没想到让李傕占了先，气愤之余，与杨定一起准备攻打李傕，夺回献帝。李傕闻知，派太尉杨彪和司空张喜率数十位公卿大臣前往郭汜军营，与郭汜说和。郭汜不听，反而趁势将这些公卿大臣扣为人质。杨彪怒不可遏，痛斥郭汜："你和李傕同为将军，互相争斗，一人劫天子，一人质公卿，天下可有这样的事？"郭汜大怒，要斩杀杨彪。杨彪毫不畏惧："你已经不拿朝廷当回事，难道我还指望着活吗？"司空张喜、中郎将杨密等公卿大臣一齐求情，郭汜才罢手，转而率兵马包围李傕，命弓箭手朝李傕的营中射击。李傕的耳朵中了一箭，遂将献帝推到前面。郭汜毫不手软，只管命令射击，箭矢纷纷落在献帝身边，吓得献帝早已面无血色，浑身筛糠般抖作一团。在这关键时刻，李傕的部将杨奉听说李傕被围，忙率兵马前来救援，郭汜才撤兵。

第二天，为防郭汜再来抢夺献帝，李傕将献帝等人转移到他在长安北边修建的坞堡中，派士卒严密看守，断绝了献帝和外面的一切联系。外人不知献帝死活，一时间传言四起。

这时已是夏天，侍臣们吃不饱肚子，时间一长，面露饥色，献帝便请求李傕给米五斛，牛肉若干，如无牛肉，给五具牛骨也行，让大家吃顿饱饭。李傕说："每天的饭都是由我供给的，你还要米干什么？嫌饭食不好，那就给你五具牛骨。"于是令人将五具已经腐烂发臭的牛骨送了进来，根本无法食用。献帝大怒，要找李傕理论。侍中杨琦劝献帝说："李傕本是边鄙之人，今又自知犯了悖逆之罪，早已怏怏不乐，听说他准备将您劫往西凉黄白城。臣希望陛下暂且忍耐，不可再追究他的罪过。"献帝只好强忍下这口恶气。

眼看数十位公卿大臣被扣在郭汜那里，献帝着急，知道谒者仆射皇甫郦出自西凉世家大族，便让皇甫郦当李傕、郭汜的调和人，再次劝和双方。皇甫郦先到郭汜那里，经过劝说，郭汜答应了皇甫郦的请求，愿意和李傕讲和。皇甫郦非常高兴，回来见了李傕。谁知李傕不听，说："郭汜不就是一个盗马贼出身的贱人吗？怎么敢同我相提并论！现在郭汜劫持公卿，如此所作所为，你竟视而不见，反而打算为他帮忙。"皇甫郦说："如今郭汜劫持公卿，而李将军你却挟持天子，你们两人相比，谁的罪行轻，谁的罪行重，难道不明白吗？"说完拂袖而去。见了献帝，将情况一说，献帝怕李傕报复，忙让皇甫郦赶快逃回西凉老家躲避。李傕受到皇甫郦怒斥，心中咽不下这口气，便令虎贲王昌斩杀皇甫郦。王昌知皇甫郦是忠臣，虚张声势，搜捕了一阵，回报李傕说："皇甫郦自知得罪了李将军，不知逃亡何处。"李傕来向献帝追究此事，并以此胁迫献帝，诏命自己为大司马，位在三公之上。献帝只好答应了李傕的要求。自此李傕更加骄横，与郭汜更是互不相让。双方连续数月在京城相斗，殃及百姓，死者不下万人。

李傕的部将杨奉，本是白波黄巾军的一位首领，后来在李傕劫掠关东时，归顺了李傕，现在看到京城如此乱象，民不聊生，心中早已不满，于是便联络李傕的军吏宋果，想要谋杀李傕，结果事情败露，索性公开脱离李傕。这样一来，李傕的势力大大削弱，郭汜又张狂起来。

驻守在弘农的张济感到事态越来越严重，长此下去，长安城必将弄得不可收拾，于是率部曲从郡治陕城赶到长安，劝解李傕和郭汜。

李傕和郭汜经过春夏两季长达数月的争斗，都感到势衰力竭，谁也无法取胜。在张济软硬兼施的调和中，答应了张济的要求，互相将献帝和公卿大臣全部放还。由于宫室殿堂已被李傕烧毁，张济打算将献帝迁往弘农暂住。李傕、郭汜只好答应。黄门侍郎钟繇认为这是东归的好机会，劝献帝答应张济。献帝早就想迁回东都，苦于没有机会，听了钟繇的劝告，也认为机会难得，便同意随张济前往弘农。献帝诏命张济为骠骑将军，升郭汜为车骑将军，与大司马李傕共同镇守长安。诏命杨定为后将军，杨奉为兴义将军，董卓的女婿牛辅旧将董承为安集将军，由此三人护送献帝到弘农。张济率部曲先行一步，回弘农准备去了。

献帝在杨定、杨奉、董承的护送下，一路向东，走到华阴，已是仲秋。在此驻守的宁辑将军段煨亲自迎接，并悉心服侍。献帝鞍马劳顿，颇感疲惫，看到段煨如此尽心，便打算在此休息几日再上路。这时曹操驱逐吕布的消息传到华阴，黄门侍郎钟繇劝献帝说："此次东行，意欲回归东都，应与关东诸将建立联系，以获取关东诸将的支持。曹操在兖州平黄巾，讨不臣，安抚百姓，又曾派人前来长安朝拜，忠心可辨。如要东归，还要依靠这样的忠臣。"献帝连连称是，于是颁诏拜曹操为兖州牧，建德将军，并派尚书韩斌，即刻前往兖州宣诏。

韩斌一路辛苦，到达兖州时已是孟冬十月。曹操得知献帝的使者到来，赶快迎入府衙中。当韩斌宣读完诏书时，曹操跪拜行礼，双手恭敬地接过诏书，此刻心中非常激动，感到自己的辛苦努力没有白费，总算得到了天子的认可。韩斌说："此次圣上诏命，全赖黄门侍郎钟繇举荐。"曹操说："回去后，请替我谢谢钟繇先生。"随即设宴款待了韩斌。席中得知献帝已经启程，前往弘农，打算趁此东归时，曹操说："关东的百姓如大旱之望云霓，都盼着圣上回归东都洛阳。韩尚书你在旅舍中静等几天，我要筹备一些礼物，还要烦你代为转奉。"随即派人将他送到旅舍休息去了。

这时楼异来报："逃往扬州的张邈的兵马回来了，现在府衙外等候面见主公。"曹操忙问："张邈也在吗？快让他进来。"楼异说："没有张邈。"曹操"哦"了一声："快让他们进来。"楼异返身出去，很快带进来五位身披盔甲的将士，其中一位提着一个包裹。曹操打量了一下，问："张邈呢？"来人将那个包裹打开，把里面的木匣子递了过来，说："张太守首级在此。"曹操一愣。荀彧接过木匣子，放在几案上。虽是冬季，曹操仍闻到了一股血腥味，他手似乎有些抖，打开木匣，凝视着张邈的首级，沉默良久，说："孟卓兄，没想到我们是这样见面的。"又问："这是怎么回事？"那个提木匣子的将领说："我们快到扬州时，得到曹将军派人送来的信，说家中老小都在等着我们，只要回来，保证既往不咎。大家都是陈留人，本不想到扬州，得此消息，都劝张太守回来，可他说无颜与你相见。并说到扬州后，向袁术借兵，一定率大家打回陈留。将士们苦劝无用，便动手将他杀了，其首级装在木匣中带回。"

曹操眼中流出泪滴，说："孟卓兄啊，你我朋友一场，为何要背弃我？我原想只要你回来，道一声歉，咱们还是好朋友。没想到……"曹操长叹一声，对荀彧说："你安排一下，厚葬孟卓兄吧。"又对那五位将帅说："告诉所有将士，愿意跟着我的，都去找夏侯渊报到，他现在正包围着雍丘。不愿意的，领着自己的一家老小过日子吧。但有一条，若再反叛，休怪我曹操无情。"五位将帅千恩万谢，离了鄄城，带上兵马回陈留去了。

曹操随即给包围雍丘的夏侯渊去信，让他收编张邈的旧部，并让他劝告雍丘城中的张超投降。很快夏侯渊回信说："张超誓要顽抗到底，绝不投降。"曹操下令："夺取雍丘，消灭张超。"不出十天，夏侯渊报捷："雍丘已夺，张超被诛杀。"接到捷报，曹操却高兴不起来，坐在那里发愣。直到荀彧问他："派谁去治理陈留？"他才若有所思地说："就让夏侯渊暂代陈留太守吧。"

眼看已是仲冬，曹操将供奉朝廷的一应物品准备妥当，派人押上车辆，同韩斌一起去见献帝。刚要上路，传来消息，献帝一行走到弘农，被李傕、郭汜追上，在东涧大战一场，献帝和许多公卿大臣被杀，杨奉、董承逃往白波，投靠了黄巾军。事发突然，也不知真假，曹操只好让韩斌暂且留在旅舍中等待，待弄清情况再说。韩斌无法，只得回到旅舍，耐心等待。

献帝在东涧被李傕、郭汜截杀的消息传到寿春，袁术立刻精神倍增。自黄巾之乱以来，世上早有传言"代汉者，当涂高。"当时谁也猜不透这句谶言是什么意思。后来从孙坚手中获得了天子玉玺，袁术手捧玉玺，细细分析了这句谶言，觉得说的就是自己。自己的字是公路，公路既是途，"途"与"涂"相通，谶语暗指我袁公路将代汉。为此，不惜与哥哥闹翻，断然回绝了袁绍立刘虞为帝的请求。前一段时间听说献帝在长安被杀，袁术觉得机会来了，派人打听，才知是误传。这次的消息看来是真的，不管真假，先做好准备，一旦献帝真的被杀，随即就可以代汉。

想到此，他立即召集部下将领及掾属相商，说："刘氏的天下早已衰微，天下大乱，群雄四起，今闻圣上在弘农东涧被截杀，昭示着东汉已亡。我袁氏本出自陈姓，为虞舜之后，汉本属火，我袁氏属土，按五行推断，以黄代赤，则是顺从天意。况且我袁氏一族四世五公，尽心辅佐汉朝，门生故吏遍布朝野，已为众望所归。我欲呼应上天，顺从民意，代汉自立，大家认为如何？"

大家面面相觑，不知怎样回答。改朝换代，弄不好是要被杀头，株连九族的。大将张勋说："袁将军若能自立，我等皆是开国功臣。到时都可以封侯拜将，位列朝班，岂不光宗耀祖，为后世留下荫功。"袁术脸上露出了一丝笑意。

主簿阎象反对道："周朝从后稷到文王，广积恩德，功勋卓著，受到诸侯拥戴，已拥有三分之二的天下，依然以臣子的身份，敬奉殷朝。袁将军一家虽然四世五公，威名显于当朝，但有周代那样强盛吗？汉室虽然衰微，还没有像殷纣王那样残暴。圣上虽然年少，但若有人叛汉，必会遭天下英雄群起而攻之。"他扭头对张勋说，"到时不仅不会光宗耀祖，只怕还会遗臭万年哩！"

掾属们感到事发突然，觉得阎象说得对，风险太大，纷纷摇头。袁术沉下脸来，没有说话，最后大家不欢而散。

袁术不死心，又派人去请当地名儒张范，希望求得他的支持，用他的名望说服众人。但张范一向不满袁术的骄横，不愿与他打交道，所以称病不去。催得紧了，只好让自己的弟弟张承前往敷衍应付。

张承来到袁术府中，受到热情接待。袁术礼贤下士，很是谦恭，问："过去周朝衰败，终有桓文之霸，秦朝失其政，汉朝接而代之。今我拥有扬、豫二州，土地之广，贤士之多，当在众州郡之上。我欲效法齐桓公，追随汉高祖，开创伟业，你看如何？"张承起初不知道袁术力邀哥哥来议何事，见他如此说，接口说道："要想承运上天，君临天下，在德不在众。如能以德感召天下人，想他们之所想，急他们之所急，虽孤身一人，也可称霸天下。如果以强凌弱，贪婪无度，僭越礼法，逆时而动，必被大家抛弃，无论是谁都不会成功。"听了张承的话，袁术心中不悦，当初的热情立刻化为泡影，脸上冷冰冰的。张承告辞，袁术也不起身相送。由于反对的人多，再加上有关献帝的传言并不确定，嚷嚷了一阵，袁术只好作罢。

　　袁术欲称帝的传闻很快也传到了兖州。此时正是隆冬季节，断断续续下了两天的雪，到处是一片白。兖州府衙的殿堂上，曹操与荀彧正围着一盆炭火，边烤边闲聊着。曹操拿起一块柴添到了炭盆中，随即盆中冒出了一股烟，很快升起了火苗。曹操说："自从圣上的玉玺到了袁术手中，就不断有传闻说他要称帝，这次不知是真是假？"荀彧说："这袁氏弟兄两个，一个认为当今圣上是董卓所立，不愿承认，总打算另立天子；一个却想自立为帝，建立袁氏天下。"曹操说："想当初袁绍的母亲归葬汝南，我正好路过，去参加了他母亲的葬礼。就在葬礼上，这兄弟二人就翻了脸。我当时对王俊说：'天下将乱，带头乱汉者，必是此兄弟二人。'没想到当初我的戏说，竟一语成谶。这袁术称帝，看来只是早晚的事。"荀彧一笑："虽然现在袁绍不再提另立天子的事，但凭我们对他的了解，此事一定不会善罢甘休。"曹操也笑着点了点头。

　　侍从进来朝其他几盆炭火中添了柴，又准备往曹操跟前炭盆中加柴，曹操摆了摆手，说："这柴我随手就添了，你不用管了。"侍从退了出去。曹操说："自从袁术怂恿豫州的黄巾旧部斩了刺史郭贡，让自己的族弟陈国相袁嗣当了豫州刺史，这豫州就落入了袁术的手中。他现在拥有扬、豫二州，势力确实很大。我们不能不防啊。"荀彧说："只要他敢称帝，我们就不能置之不理。"两人正在分析形势，这时楼异进来，高兴地说："刚刚得到消息，圣上在杨奉、董承的保护下，从李傕、郭汜的截杀中逃了出来，现在车驾已走到曹阳。"曹操长吁一口气，荀彧也面露喜色。曹操说："当今圣上逃过一劫，但愿自此一切顺利。"

　　韩斌得知献帝到了曹阳，就要上路去找献帝。曹操说："时值隆冬，道路结冰，况且再有十多天就过年了。等过完年，天气暖和一点了，再上路吧。"韩斌看道路确实难走，只好耐着性子在旅舍中静候。时间一晃就逝，过完年，天气回暖，韩斌准备上路，曹操命人将装好车的物资再检查一遍，直到确认无误，叮嘱押车的士卒，一路听从韩尚书的指挥，并叮嘱韩斌："路上一路小心。"

曹操送走韩斌，刚回到府衙，楼异就说："主公，我正要去找你。刚得到消息，袁术自称徐州伯，率兵进犯徐州，要将徐州从刘备手中夺走。"曹操颇感吃惊，立刻召荀彧来见，说："袁术号称徐州伯，篡汉的意图已很明显，我们必须阻止。我们表奏刘备为镇东将军，承认刘备拥有徐州，与他联合起来共同征讨袁术，你看如何？"荀彧说："此计甚好。"曹操说："我即刻写奏章，派人追上韩斌，让他带给圣上。"

刘备在徐州别驾麋竺的辅佐下，自领徐州牧。然而陶谦的旧部有许多并不愿意归顺刘备，州治郯城中的世家大族也不满刘备的到来，一时间刘备与他们的矛盾不断。关羽、张飞主张镇压，凡不愿归顺者一律斩杀。刘备征询从事简雍的意见，问他怎么办？简雍说："我们初来乍到，与大家不熟，只宜安抚。时间一长，形势会逐步稳定下来，切不可操之过急，激起民变。"

刘备又征询孙乾的意见，这孙乾乃北海人，董卓之乱时，来到徐州避乱。自刘备领徐州牧后，得到名儒郑玄的举荐，被征辟为从事。孙乾说："郯城久为徐州州治，其世家大族盘根错节，与州府中的文武掾属瓜葛不断，不如将州治迁出。"刘备将孙乾的意见告诉了麋竺，麋竺也很赞成，于是将州治迁往下邳。果然州治迁到下邳后，陶谦的旧部与那些世家大族联系少了许多，形势很快稳定下来。

今年麦收，徐州收成不错，粮草物资储备丰盈。进入秋季，秋庄稼长势良好，刘备决定将下邳城彻底整修一下。这天他正与麋竺、简雍、孙乾等在州衙中商议此事，侍卫来报："吕布率兵马来到城外，请求入城拜见刘州牧。"大家一愣，纷纷说："吕布不是在兖州正与曹操交战吗？"刘备说："这吕布一定是被曹操打败了。他带有多少人马？"侍卫说："看上去有数千人。"刘备说："看来是惨败。大家说怎么办？"麋竺说："这吕布乃丧家之犬，若收留他，定会招来曹操的征讨，不如让他到别处去吧。"刘备摇头道："吕布乃是一员战将，现在正值用人之际，留下他或许对我们有用。"转头对侍卫说，"让他把兵马留在城外，只身入城来见。"侍卫应声而去。

麋竺还在坚持自己的意见，反对收留吕布，说："吕布虽然是员猛将，但反复无常，留下他终是一害。"简雍、孙乾等也反对收留吕布。正说着，侍卫报："吕布将军到。"刘备起身相迎。吕布进来，见向自己迎来的这位长着一双大耳，气宇轩昂，便料此人是刘备，纳头便拜，说："败将吕布前来投靠刘州牧，希望给个容身之地。奉先在这里先谢过了。"刘备急忙挽起，回拜道："久闻将军大名，只恨无缘相见。今屈尊来此，有失远迎，还望将军恕罪。"二人客气一番，分宾主坐定。

这时关羽、张飞闻知吕布来到，也从军营赶来，要一睹这位传说中大将的风采，看一看究竟是怎样一个人。见关羽，张飞来到，刘备起身介绍："二位贤弟，快见过吕将军。吕将军，这二位是我义弟云长、翼德。"吕布起身施礼，关羽、张飞一看，这吕布身高九尺开外，膀阔腰圆，看上去威风凛凛，确有股蛮力，战场上一定是员虎将。二人点头，心中说，果然名不虚传。只是他那把传说中的方天画戟，未带在身边，无缘得见。二人施礼回拜。吕布一看，自称关羽的人是一位红脸大汉，卧蚕眉，身高比自己略低，身宽体健，看来也是一员战将。那位自称张飞的人，豹头环眼，看上去也是一员猛将。吕布不觉对二人升起一股敬意。

大家叙礼过后，刘备问："奉先将军怎么想到来徐州了？"吕布长叹一声："唉——，说起话长。当初关东诸将起兵，要诛杀董卓，我顺应众意，与王司徒联手，杀了董卓。后出关中，想与关东诸将联手，共图董卓旧部，辅佐汉室。不料关东诸将恩将仇报，皆欲诛杀我。闻知玄德被老臣陶恭祖所敬，一定是位贤德之人，便前来投奔，愿在刘州牧麾下效犬马之劳。"刘备一笑说："奉先将军过誉了。刘备不才，姑且暂领徐州。奉先将军乃朝中大将，被圣上诏拜为奋武将军、假节，仪比三司，敕封为温侯，曾与王司徒共秉朝政。今既来到徐州，备不敢僭越其上，特将徐州拱手相让，还请吕将军不必推辞。"吕布连忙摆手："刘州牧不必多心，我绝无非分之想，凭我一身武功，愿保你稳据徐州。"刘备心中高兴，立刻吩咐摆下酒宴，为吕布接风洗尘。

菜过五味，酒过三巡，吕布喝得高兴，说："我乃九原人，玄德弟乃涿郡人，你我同为边郡之人，说话相投，愿结为兄弟。为兄我一定帮玄德弟守好徐州。"吕布说话渐露出张狂之意，关羽、张飞听着刺耳，二人怒目而视吕布。吕布不知，只管说下去。二人终憋不住，起身道："谁与你是兄弟！我家主公是我们大哥，你一条丧家之犬，即来投靠，还不夹起你的尾巴，再要称兄道弟，休怪不给你情面。"吕布的酒顿时醒了一半，知说话有点放肆了，显得很尴尬。

刘备赶快打圆场："二位贤弟莫要生气，吕将军长于我，自是兄长。"虽如此说，心中对吕布已有不快之意。吕布趁势下台阶："我别无他意，只就年龄而论。今即为好友，我定当听刘州牧驱使。"麋竺引开话题："时间不早了，酒喝得也差不多了，吕将军也早点休息吧。不知主公打算将吕将军的兵马安置在哪里？"刘备说："你既为别驾，觉得安置在哪里好？"麋竺说："丰、沛二城，至今无人驻守，不如将此二城送与吕将军。"麋竺是想让吕布替徐州看好西北的大门，以抵御曹操可能的进攻。刘备立刻明白了麋竺的意思，顺口说："这丰沛二城，虽是豫州陈国所属，先已为陶州牧所占。我自青州来到徐州后，也驻扎在那里，城垣完备，物资富足，确是个不错的地方，你看如何？"吕布自知，若留在下邳，久之必引起猜忌，于是满口答应，说："只要有片栖身之地即可。"随即告辞，带上部曲前往丰、沛二城驻扎。

有吕布守在丰、沛，这就相当于在徐、兖二州之间竖起了一道屏障。如果曹操再进攻徐州，必先过吕布这一关。刘备一直悬在心中的这块大石头，终于落了地。尽管心中对吕布稍有不快，但还是感到吕布的到来是那么及时。

第三十六章

率兵马曹操取豫州　搬救兵杨奉回白波

时间过得真快，转眼就快过年了。刘备准备了一些礼物，派人送给吕布。吕布也派人回赠了一些礼物。双方迎来送往，甚是融洽。

然而天有不测风云，就在刘备觉得自己在徐州已经坐稳之时，广陵、下邳在淮河以南的属县接连告急，说："袁术号称徐州伯，以大将张勋为先锋，率纪灵、桥蕤从寿春出发，顺淮河东下，发动对徐州的进攻，请刘州牧速派兵解救。"刘备本打算率部曲迎战，击败袁术的进犯，可又怕曹操乘虚而入，夺了徐州。在他犹豫之际，淮河以南诸县被攻陷的消息，接二连三传来，急得刘备与糜竺、简雍、孙乾连续商议，都拿不定主意，最后下定决心，只要袁术不过淮河就不出兵。

刘备心情烦躁，连年也没有过好。刚过完年又传来消息，袁术已将徐州在淮河以南的各县尽数攻占，现在兵马集中在盱眙、淮阴，大有渡过淮河，夺取整个徐州之意。刘备立刻通知吕布，防备曹操袭夺徐州，一边调集兵马，准备迎战袁术。就在这时，刘备接到曹操的书信，打开看到，曹操在书信中痛斥了袁术擅杀刺史，私自夺占扬、豫二州，现在又号称徐州伯，悍然进攻徐州，其反叛之心昭然若揭。书信中说："我已写奏章上奏圣上，表奏你为镇东将军。"刘备想，曹操虽未表奏自己为徐州牧，但事实上已承认自己拥有徐州。而且书信中还表明，自己迎战袁术之时，曹操定会配合自己征讨袁术。

看完信，刘备长舒一口气，立刻下令："调集兵马，将袁术驱逐出徐州。"并决定由张飞留守下邳，确保粮草物资的供应。临行前，反复告诫张飞："大战在即，后方空虚，且不可饮酒误事。"张飞立下誓言："二位哥哥只管征战，粮草物资供应，绝不会中断，后方一定安然无恙。自二位哥哥走后，绝不饮酒，一定守好下邳城。"刘备与关羽率大军直奔淮河而去。

刘备亲率兵马迎战袁术的消息传到昌邑，曹操大喜，立刻调兵遣将，准备进攻豫州。因鲁国在豫州的最北端，像一只楔子嵌入兖州，对兖州的威胁最大，按理应先取鲁国，以解后顾之忧，可鲁国已被吕布侵占。

原来吕布自驻兵丰、沛后，发现可以阻断鲁国与豫州的联系，使鲁国孤悬在外，于是出兵攻占了鲁国，以张辽为鲁国相，驻兵鲁国。曹操想，如果先夺鲁国，势必与吕布再战，不仅被吕布缠住，也使刘备疑心。为了不影响大局，决定弃鲁国于不顾，先取梁国。

于是以曹仁为先锋，亲率大军南下进攻梁国。此时曹操的长子曹昂、族侄曹安民编入曹洪部曲，也随军出征。临出征前曹操交代曹昂、曹安民："既为士卒，就要听从指挥，冲锋在前，退却在后，若犯军令，绝不饶恕。"曹昂说："我若贪生怕死，临阵脱逃，甘愿领受军法。"曹操对他的回答很满意，点起兵马，先行向梁国进发。

这梁国国相李让，早已对豫州乱象不满，闻知曹操到来，便打开城门，率王国掾属在城外迎候。符信印授连同户籍仓廪尽数奉上。曹操大喜，对李让说："我此次发兵，并非要夺你国相之位，只是袁术图谋不轨，我欲削其势力。李国相乃朝廷诏拜的国相，仍应继续为朝廷守好这片土地。"让李让将梁国的符信印绶、户籍仓廪收好，并下令："部曲来到豫州，一律不准掠夺百姓。"李让要设宴款待，以尽地主之谊。曹操婉拒说："军务繁忙，不劳你费事了。"告别李让，率兵马继续向南，要到他的老家沛国。

沛国国相现在是陈珪，徐州下邳人，其父陈球灵帝时先后任司空和太尉。曹操少年在洛阳时，与陈珪相熟，知他与袁术是好友，料他必会抵抗，令曹仁做好进攻的准备。快到谯县，碰到陈珪派出的从事相迎，说："闻知曹将军要来，我家国相在府衙中已摆好宴席静候，要与曹将军叙旧。"曹操疑惑：莫非这陈珪要为袁术当说客？且不管他，见了面看他有何话说。便纵马要与来人同入谯县城。楼异等一班掾属不同意，怕有诈。曹操说："大家放心，我的这位老友并非奸诈之人。"楼异坚持让典韦跟随，曹操只好同意。进入谯县城，果然见陈珪在府衙门前迎候。因是昔日好友，两人相熟，彼此见面也不拘束，谈笑着问了好，携手入席。

自陶谦利用豫州无主之际，占了沛国的丰、沛二城后，陈珪一直想夺回来，可自己的郡兵兵马太少，根本不是陶谦的对手。后来郭贡任刺史，陈珪又请求郭贡率州兵替自己夺回丰、沛二城。无奈这郭贡初来乍到，手中兵马也不多，此事只好作罢。前些日子袁术暗中怂恿黄巾旧部杀了郭贡，尽管和袁术是好友，也对其十分不满。后来袁术要称帝的传言沸沸扬扬，便引起了陈珪的反感。如今曹操来到豫州，正可以为豫州做主，陈珪求之不得，所以非常欢迎曹操的到来。席中，两人叙了旧，想起少年时代的那些往事，两人都开怀大笑。说到豫州的现状，陈珪总结道："目前豫州就一个字'乱'，自郭贡被杀后，州中无刺史……"曹操打断他的话，问："不是说袁术任命他的族兄、陈国相袁嗣兼任了刺史吗？"陈珪说："这袁嗣思想正统，效忠汉室，认为这刺史未经表奏，不是朝廷诏命的，所以坚辞不受。豫州名义上归袁术，可他又不治理，放任自流，各郡国自行其是，群龙无首。孟德你入主豫州，正可以结束豫州这混乱的局面。"曹操见陈珪言辞恳切，也推心置腹地说："我这次出兵豫州，就是想把袁术的势力驱逐出去，彻底打消他称帝自立的念头。你觉得陈国相袁嗣会配合吗？"陈珪说："据我所知，袁嗣对他的这位族弟也早有不满，而更敬重于他的族兄袁绍。从他坚辞刺史一职可以看出，他并不想跟他的这位族弟有什么瓜葛。"曹操说："这下我心里有数了。我先给他写封信，说明此次到豫州的情况，请他配合。"

宴席结束，曹操回到大帐，即刻给袁嗣写了一封信，派专人快马送去。随后辞别陈珪，率兵马向西直奔陈国。走到武平，便接到了袁嗣的回信，信中表示愿意归顺曹操，并说："曹将军到来时，我一定率掾属出城迎候。"曹操心中高兴，令兵马加速前进。

原来袁嗣对袁术一向不满，认为他的这位族弟骄横跋扈，难成大事。袁嗣曾说："坏我袁氏一族者，必是袁术。"因此袁术任命他为豫州刺史，他坚辞不就。最近听说曹操率兵马要来豫州，袁嗣知道，曹操此来必是清除袁术势力的，心中料想曹操绝不会放过自己，于是决心率郡兵抵抗。没想到曹操来信很是客气，劝自己脱离袁术，效忠献帝。这也正是自己心中所想，因此连忙写了回信，表示愿听从曹将军的指挥。

曹操率大军来到陈国，果见袁嗣早已在城外迎候。曹操命大军在城外扎营，仅带少数掾属随袁嗣入城。来到相府，见袁嗣早已备好酒宴，曹操也不客气，欣然入席，说："咱们虽未谋面，但从本初兄那里不断听他提起你，说你喜好读书，学问精深。以后有机会，还要向你请教。"袁嗣谦逊地说："徒有虚名，曹将军过奖了。也早闻将军兼学百家，得过蔡邕真传，颇通音律，善作乐府，如有机会，也当请教。"趁着酒兴，两人无话不谈，渐渐地说到当前豫州的形势，袁嗣说："刘辟、黄邵及何仪、何曼都是黄巾旧部，自起事以来，一直占据颍川、汝南两郡。"曹操说："这么说，他们都是波才、彭脱的旧部了？"袁嗣说："正是。我想起来了，当年波才和彭脱就是被你和皇甫嵩、朱俊将军剿灭的。"曹操点点头。袁嗣接着说："后来董卓之乱，天子西迁，豫州成了四战之地，这些被打散的黄巾旧部，趁势又兴盛起来。孙坚到来后，软硬兼施，收编了他们。孙坚被杀后，其侄子孙贲继任，屁股还没坐热，袁术被你赶到了淮南，孙贲也随袁术逃走了，从此他们与袁术断了联系。后来郭贡任刺史，他们不听节制，郭贡又无力征剿他们。再后来他们听从袁术暗中怂恿，杀了郭贡，又归附了袁术。他们与袁术一样，虽占据两郡，却不知治理，只知掠夺。这下好了，你来豫州，正可以剿除他们。不是我妄言，都知道你对付黄巾颇有办法。"曹操说："可这次不一样，他们背后有袁术的支持，且又经营汝南、颍川多年，恐怕不太好对付。"袁嗣笑了，说："我那个族弟我了解，野心不小，为人处事太狂傲，可才疏学浅，曹将军不必多虑。"两人谈得颇为投机。

眼看时间不早，曹操起身告辞，袁嗣说："我已在相府为你安排好了房子，就在这里歇息。如果房子不够，明天我搬出去，你把大帐设在这里。"曹操摆手说："我怎能反客为主？我的大帐就随部曲扎在城外，万不可打扰你们。"随后告辞。袁嗣送出相府，执意送出城，曹操不许，袁嗣只好留步。望着远去的曹操，袁嗣叹道："曹将军待人真诚，目光远大，与我那骄横跋扈的族弟袁公路相比，两人高下显而易见，将来成大事者必曹公也。"

这天傍晚，曹操正在帐中读书，陈国相袁嗣来到帐中，曹操连忙让座，说："国相亲自到来，有什么事吗？"袁嗣说："刚刚得到消息，圣上年前在曹阳遭到李傕、郭汜、张济的围追堵截，险些丧命，已逃往白波。"曹操吃惊道："消息可靠吗？"袁嗣说："应该可靠，是陈国的几个商人说的。他们刚从弘农回来，说现在圣上无处安身，晚上就露宿在田野里。"曹操说："白波属于河东郡，说明圣上不是向东到洛阳，而是向北过了黄河。可那里是白波黄巾军的地盘啊。"袁嗣说："是啊，这正是我最担心的地方。我心中烦躁，就赶来与你商量。"曹操说："我们离得太远，鞭长莫及。这样，你回去告诉那几位商人，暂不要向外宣扬，以免军心民心不稳。我这就派人前去查看，弄清是怎么回事。"袁嗣告辞。

曹操在大帐中坐不住了，韩斌过完年刚走，那时得到的消息是说献帝在东涧遭袭，逃到曹阳，所以韩斌是朝曹阳方向去了。现在看来，韩斌走时献帝已到了白波，不知韩斌能不能找到献帝。现在又过了近两个月，献帝不知是不是还在白波，关键那里是白波黄巾军的地盘。如此一来，岂不是才出虎口又入狼窝。必须派人去弄清情况。想到此，他决定再派王必去见献帝，于是传令王必。

王必来到大帐，问："主公有什么吩咐？"曹操说："据说圣上渡过黄河，向北到了白波，现在到了什么地方，情况怎样，一无所知，我想让你前去探查真实情况。"王必说："主公放心，我保证把情况探查明白。"曹操说："白波那一带是黄巾军控制的地方，你要格外小心。你先回兖州，找荀彧，让他准备一些帐篷——据说圣上住在田野里，我想朝廷的粮草一定无人供应，你再让荀彧准备一些粮草和绢帛，眼看已经是晚春，衣服也该换季了，带上绢帛，让他们就地做一些应季的衣服。"王必答应道："我这就动身回兖州筹备。"曹操说："快去快回，我放心不下，专等你的消息。"

献帝自派韩斌为特使，前往兖州宣诏曹操为建德将军、兖州牧后，便要启程东归。段煨挽留说："请圣上多留几日。前路遥远，我给朝廷筹措一些物资，以便路上用。再者难得圣上到华阴来，让我好好服侍几日，以示忠心。"献帝答应了段煨的请求。

后将军杨定素与段煨不和，见献帝在段煨营中逗留数日不见出来，以为段煨劫持了献帝，随即率兵包围了华阴，要段煨交出献帝。段煨一面精心服侍献帝，一面向杨定解释，表示绝无劫持天子之事。杨奉、董承连忙劝解。杨定不听，要求二人和自己一起进攻段煨。杨奉和董承知道杨定要趁机公报私仇，反而替段煨辩解，这惹怒了杨定，定要诛杀段煨，一连攻了十几天，都无法攻破华阴城。

正在两人相持不下之时，李傕、郭汜率兵马赶到。原来献帝自离了长安前往弘农后，郭汜很快就后悔了，感到没有了献帝，他手中的大权也就没有了，于是主动找到李傕，要求追回献帝。没想到李傕也是这样想的，于是二人一拍即合，捐弃前嫌，合兵一处，要将献帝追回去。原以为献帝已走了一个月了，恐难追上。二人快马过了骊山，听到消息说，段煨已将献帝扣在了华阴，杨定等人正在攻打段煨，要夺回献帝。李傕、郭汜大喜，立刻马不停蹄地赶到华阴，包围了杨定。

献帝在华阴城中，听说李傕、郭汜兵马赶到，正与杨定战在一起，心中恐慌，料想此劫难逃，又要被李傕、郭汜劫回长安，长叹一声："天要亡汉啊。"段煨说："陛下不必惊慌。没料到李傕、郭汜又追来，早知如此，我就该让陛下早日上路。我已与杨奉、董承二位将军说好，让他们即刻护送你上路。"献帝闻言大喜，赶忙登上车舆。杨奉、董承趁李傕、郭汜正与杨定激战，护着献帝出了华阴，一路不停，向东而去。

由于战乱，道路年久失修，献帝坐在车上，被颠得头晕眼花，车辆征集的不够，许多公卿大臣、宦官、宫女都是步行，脚上磨了泡的、崴了脚的，扭了腿的，个个怨天尤人，哭爹叫娘。又怕李傕、郭汜追上来，性命难保，心中又急着赶路。真是快也不行，慢也不愿，其中滋味，难以述说。

献帝一行好不容易走到东涧，刚打算停下来歇歇脚，只见后面尘土大起。文武百官惊慌失措，献帝抖作一团，说："不好了，他们又追来了。"杨奉命徐晃护住车驾，然后与董承调转马头，排好阵势，准备迎敌。

来的正是李傕、郭汜。原来，杨定在李傕、郭汜的强大攻势下，败下阵来，率残兵败将，逃往南山去了。李傕、郭汜收拢兵马，来到华阴城，才知段煨已将献帝放跑，不禁大怒。段煨说："圣上前往弘农，是二位将军与张济将军商议好的，我送圣上走有何不对吗？"李傕、郭汜自知理亏，不再理睬段煨，下令兵马追赶献帝。段煨拦住，奉劝二位："还是返回长安，守好自己的地盘。"二人哪里肯听，纵马一路向东追来。

追到东涧，看看追上，二人欣喜，却见杨奉、董承拦在那里。因杨奉曾是李傕部下，因此李傕仍以命令的口吻说："马上把天子交给我。"杨奉说："二位将军即已同意天子到弘农，为何又要来劫？如此言而无信，随意劫驾天子，欲谋反不成？"李傕大怒，与郭汜一起率兵马冲了过来。杨奉、董承迎了上去，虽拼死抵抗，到底难以周全。这时射声校尉沮俊落在后面，被李傕拦住，一枪将其挑翻在地，枪尖对着倒在地上的沮俊，冷笑道："想死想活？"沮俊大骂："你们这些叛逆，即使乱臣贼子，也没有你们凶残。"李傕一枪将其刺死。光禄勋邓泉、卫尉士孙瑞、廷尉宣播、大长秋苗祀、步兵校尉魏桀、侍中朱展等大臣，皆死于乱军之中。许多侍宦宫女不知下落，辎重物资、符策典籍大多丢失。双方直杀到日落西山，看看天色已晚，李傕、郭汜只好下令收兵。杨奉、董承不敢停留，令徐晃护着车舆，一路向东，走到半夜，估计离李傕、郭汜已远，才敢停下脚步。

　　此时已是仲冬，茫茫田野，寒风阵阵。就在这旷野中，献帝躲在车舆中，熬过后半夜。第二天天还未亮，杨奉奏报献帝："李傕、郭汜很快就会追过来，我们必须早点启程，这样才能甩掉他们。"献帝无法，只得咬着牙上路，眼看快到曹阳，大家都想停下来歇歇，喘喘气。董承说："我们不能停，李傕、郭汜随时都会追上来。"献帝沮丧地说："那怎么办，你看大家实在走不动了。"杨奉把憋在心里的话说了出来："这样逃终不是办法，现在只有想法搬救兵。"董承问："说梦话吧，现在到哪里搬救兵？"杨奉对献帝说："我们行动迟缓，李傕、郭汜很快就会追上来，我们兵马又少，难以抵挡。离此地最近的河东郡白波谷，臣有几位昔日好友，率部曲在那里驻扎，为今之计，臣想北渡黄河，请求他们前来护驾。"公卿大臣们一听，头摇得像拨浪鼓："你说的不是白波黄巾军吗？请他们来护驾，这不是引狼入室吗？"杨奉说："事情紧急，我们随时都有全军覆没的危险。关东诸将远在千里之外，他们想救驾也是鞭长莫及。我们实在是没有别的办法了，只有走一步说一步，先渡过眼前这道难关。"公卿大臣们说："黄巾军和朝廷是死对头，你敢保证让他们愿意为朝廷出力，不伤害朝廷吗？"杨奉说："自各地黄巾军被朝廷平定后，这些余部早已感到前途无望，如果朝廷不追究他们的过去，征召他们，给他们以出路，我相信他们一定会效命朝廷的。我不就是归顺了朝廷吗？李傕、郭汜的兵马说到就到，请陛下颁旨征召他们。我即刻渡河传旨。"

　　献帝问钟繇说："钟爱卿看怎么办？"钟繇说："事已至此，只好这么办，或许还有一点希望。赦免白波黄巾的罪行，诏令他们前来护驾。"献帝立刻下旨。

　　杨奉对董承说："圣上已下旨，我现在就渡过黄河，李傕、郭汜到来，你高挂免战牌，实在不行，就先答应可以交还圣上，提出条件与他们谈判，尽量拖延时间。"又对徐晃说："我的所有兵马归你指挥，你一定要服从董承将军的调遣。"董承说："你快去快回。"杨奉率亲随数人，骑上快马朝渡口奔去。

杨奉刚离开，李傕、郭汜的兵马就来到了。在李傕、郭汜的连续进攻下，眼看营寨难保，董承按杨奉临走前的交代，派人告诉李傕、郭汜，愿意与二位将军和好，将献帝交还给他们。但为了确保自己的利益，必须谈判，否则即使拼个鱼死网破，也绝不投降。李傕、郭汜答应了这一要求，下令停止进攻。双方你来我往提条件、讲要求，讨价还价，犹如一场买卖。眼看两天过去了，双方仍然谈不拢，李傕、郭汜失去了耐心，下了最后通牒，再谈不成，明天就进攻。董承心急如焚，杨奉的救兵仍然不见踪影，献帝和公卿大臣们皆望眼欲穿。

杨奉自离了曹阳，一刻也不敢停，快马加鞭，与随从来到渡口，乘船过了黄河，急速赶赴白波谷。先找到韩暹，将情况一说，韩暹直摇头，说："别说我不愿意，李乐、胡才诸方渠帅知道后，也不会愿意。朝廷征剿了我们这么多年，只因董卓之乱，才顾不上我们，我们才有幸存活了下来。现在要我们前去救驾，即便我愿意去，下面的士卒们也不愿意。"杨奉耐心劝解说："当初我们起兵，皆因贪官污吏横征暴敛，这些年来风风雨雨，大家都吃了不少苦，这样的日子什么时候是个头呢？不如趁此机会归附朝廷，建功立业，也好留个英名以传后世。"

韩暹在杨奉的苦苦劝说下，想了想说："仅我的兵马恐怕力不能及，不知李乐、胡才两位渠帅愿不愿意去？"看韩暹松了口，杨奉连忙说："就请兄长陪我一同去见李乐、胡才二位渠帅。"于是韩暹陪着杨奉找到胡才，又到大阳见了李乐。起初二人都不愿意，韩暹说："不为别的，只为杨奉兄弟，我们也该前去帮帮忙。"韩暹在他们中间年龄最大，兵马最多，威望也最高，胡才、李乐见韩暹如此说，便答应随杨奉过河去。恰好南匈奴左贤王去卑也在，去卑也愿带兵马前往。

他们各率本部兵马随杨奉渡过黄河，还未到曹阳就见尘头高起，杀声震天。杨奉料李傕、郭汜正在进攻，一招手，白波军便冲了上去，李傕、郭汜不防一下涌来这么多兵马，招架不住，只得败下阵来。杨奉、董承与白波军一起，护着献帝及文武百官奔陕县而去。

李傕、郭汜眼看就要把献帝劫到手，冷不防被不知从哪钻出来的一支兵马打败，心中恼怒，忙派斥候打探，才知是黄河对岸的白波贼。李傕这才想起杨奉原来就是白波贼，便与郭汜一商量，决定赶到弘农城，请张济出兵，一起把献帝劫回来。

张济自调解完李傕、郭汜的纷争，便赶回弘农，着手安排献帝来到弘农后的住宿问题。此时房舍都已腾好，只等献帝到来。后来听说李傕、郭汜在东涧要劫持献帝回长安，一些公卿大臣被杀死，心中气愤，说是见到二人，定要严厉斥责。这天忽然李傕、郭汜来到弘农，还未等张济开口，二人便说："圣上在杨奉、董承和白波贼的护卫下，奔陕县去了。张济一听不好，献帝这是要东归洛阳。于是二话不说，点起兵马与李傕、郭汜一起奔陕县而去，定要劫回献帝。

第三十七章

贾诩调停归还公卿　献帝被逼遍封校尉

献帝一行逃到陕县地界，已是人困马乏。此时太阳已偏西，冬季天短，寒气开始袭上来，大家想赶在太阳落山前到陕县城，在那里好好休息一下。献帝也很高兴，再向东就踏上了真正回归东都的路程。正在大家心中高兴的时候，见后面旌旗飘扬，李傕、郭汜又追了上来。杨奉、董承连忙与韩暹、李乐、胡才和去卑商议，决定由董承、李乐护卫献帝东行，杨奉、韩暹、胡才、去卑等人断后，边战边撤。韩暹不同意，说："追兵中发现有张济的旗号，他们的势力得到大大的增强，而我们既要护驾，公卿百官、侍宦宫女又行动迟缓，如此被动，难保不会全军覆没。"各位将领觉得韩暹说得不错，可都又拿不出办法，眼看追兵即到，大家的心情焦躁起来，韩暹说："不如我们护着圣上，渡黄河北上。凭黄河天险，将关中的兵马阻截在黄河南岸。即使他们强行过了河，在我们的地盘上，就由不得他们撒野了。大家说行不行？"各位将领觉得只有这个方法，才能彻底甩掉关中兵马的追击，便齐声说好。报与献帝，献帝此刻早已没了主意，钟繇认为此法最妙，最后决定北渡黄河。由李乐先行一步，到河边搜集船只，如果天晚，便举火为号。

这时关中兵马已到眼前，杨奉等人迎战，董承护着献帝等人朝黄河边撤退。一些年老体弱的公卿大臣，柔弱无力的侍宦宫女渐渐掉了队，拖了大家的后腿，好不容易来到黄河边，此时天已黑了下来，十二月的夜晚更加寒冷。李乐将找到的船只集中在河岸边，命人打起火把，引导人们到岸边上船。董承等来到岸边，却发现这里不是渡口，河岸又高又陡，无法下到岸边，但后面追兵紧紧咬住不放，杨奉等正拼死抵抗，刻不容缓，只好下令让陡岸上的人们往下跳，或是顺着岸坡滑下去。献帝探头往下看，觉得黑黢黢的深不见底，不敢下去。董承急了，决定把马笼头串起来当绳索，把献帝吊下去。这时扭头一看，伏皇后身后的侍从，怀中抱着几捆绢帛，董承一把夺了过来，侍从要抢回去，董承怒道："都什么时候了，还抱着这点财不放。"把绢帛伸开，让献帝抓住一头往下降，献帝不敢。行军校尉尚弘是个大力士，二话不说，背上献帝，用绢帛捆好，抓住绢帛就朝下滑。其他几捆绢帛也都打开，大家抓在手中，争先恐后往下滑。董承又令人将伏皇后和诸位贵人送下去。这时杨奉等将士们也退到陡崖岸边，大家也顾不得岸高坡陡，朝下连滚带跳，争相逃命。

献帝被尚弘背到岸底，李乐接住，送到船中，不久伏皇后、宋贵人及诸位贵人等，连同皇后父亲伏完以及贴身宫女，还有太尉杨彪、太仆韩融等大臣，在几十位虎贲羽林的协助下，陆续上了船。这时董承也随着将士从陡崖岸上下来，由于船少人多，大家拼命都往船上挤。李乐命令开船，许多士卒扒住船舷要往船上跳，眼看船要翻，董承挥刀，朝扒着船舷的手砍去，许多指头掉在船舱中，扒着船舷的士卒掉入水中被冲走。献帝吓得紧闭双眼不敢看。船到对岸，献帝等人上了岸，船又返回南岸，继续摆渡，一直闹腾到天快亮，才将人马渡完。

第二天天亮清点人员，才发现公卿大臣、宦官、宫女大多都不见了，从长安带出来的物资也都不见了。这一次的损失比东涧的那次要严重得多。整个朝廷除了献帝皇后诸位贵人及少数公卿大臣外，其余的都不知下落。献帝哭丧着脸说："我大汉朝就这么完了。"杨奉说："只要有天子，大汉朝就不会完，我这就派斥候潜回南岸，打探他们的下落。"董承说："我们不能停留在黄河边，还是先找个地方安顿下来。"李乐说："我的营寨就在大阳，离这儿不远，我们先到大阳吧。"于是杨奉等人护卫着献帝，在李乐的带领下前往大阳。来到大阳后，李乐将营寨腾出来，安置献帝等几十人住下来。其余各部曲也各自扎下营寨。

第二天，派出去的斥候陆续回来报告："少府田芬、大司农张义昨夜被乱军杀死，还有一些侍宦、宫女也在乱军中被杀死。其余的全都被关中军抓获，现关押在弘农。朝廷的物资也被他们掳走。"献帝闻之大哭。杨奉、董承说："看来我们只好和他们谈判了。请天子下诏，让他们归还朝廷的人员和物资。"献帝说："我的诏书还灵吗？他们肯归还吗？"钟繇说："陛下还是大汉天子，他们若不归还，就是反叛朝廷，可发布诏书，征调天下诸将讨伐他们。"献帝便立刻动笔写诏书："李傕、郭汜、张济三位将军，尽心辅佐朝廷，其功勋卓著。此次东归，并不是想抛弃三位将军，只是觉得东都洛阳乃我大汉朝中兴之地。今闻公卿大臣及宫中一应人员物资，被三位将军保护，朕非常感谢，还望悉数奉还。"诏书写好，盖好御印，由谁送去呢？大家互相看看。韩融说："我是太仆，理当前去。"于是拿上诏书，怀着忐忑不安的心情，硬着头皮前往弘农。

原来李傕、郭汜、张济追劫献帝到黄河岸边，天已黑透，本要下河继续追赶，见坡高岸陡，情况不明，怕中了埋伏，正在犹豫，有士卒报告："岸上还有许多朝廷的人员和物资。"李傕忙去查看，发现原来是朝廷的公卿大臣、侍宦宫女，甚至还有虎贲羽林，欣喜至极，对郭汜、张济说："虽未抢到天子，却把整个朝廷抓在手中了。有了他们，不愁天子不回来。"于是押上这些人员和物资返回弘农。

李傕、郭汜、张济经过商量，决定让这些公卿大臣上奏章劝献帝返回。司徒赵温、太常王伟、卫尉周忠、司隶校尉荣邵，带头痛斥李傕、郭汜、张济，要求立刻释放朝廷的所有人员及物资。三人大怒，决定先将这四人诛杀。

就在这关键时刻，忽报贾诩来到。原来贾诩自随献帝到华阴后，因与段煨是同乡，便上还印绶，辞了自己宣义将军一职，投在段煨帐下。待献帝东归后，听说李傕、郭汜一路追歼，要夺回献帝，他放心不下，便追了过来，正逢李傕等人要诛杀大臣，贾诩怒斥道："欲杀大臣，尔等要造反不成？"因贾诩对他们三人有救命之恩，对贾诩一向敬重，言听计从，见贾诩恼怒，连忙否认，说："我们只是让公卿们劝天子回来。"这时侍卫来报："天子派太仆韩融为特使，奉诏书来到。"贾诩等人忙以礼相迎。韩融见过礼，说："圣上派我来，是想与关中诸将和解，请归还留在这里的人员及物资。"说着将献帝诏书递给他们。三人看过诏书，互相看看，不愿归还。贾诩说："如今天子已到河东郡，扣押公卿百官、侍宦宫女、虎贲羽林就是反叛朝廷。若天子诏告天下平叛，关东诸将齐来勤王，诸位将死无葬身之地。不如趁此机会，放还他们，让天子东归。张济将军依旧镇守弘农，李傕、郭汜二位将军返回长安，镇守关中，仍不失为朝廷大将，保住各自的封号及爵位。"三人一向信服贾诩，既然事已至此，也就做个顺水人情，同意归还朝廷所有人员及物资。韩融没想到事情竟会这样顺利地得到解决，心中高兴，谢过关中诸将和贾诩，带上朝廷的所有人员及物资，渡过黄河，回到大阳。

小小的大阳一下涌来这么多人马，粮草供应紧张，杨奉便提议转往河东郡治安邑驻扎。因献帝乘坐的舆车在过黄河时丢在南岸，李乐只好在大阳找了一辆牛车，献帝、伏皇后、宋贵人挤在牛车上一路颠簸，在各位将领的簇拥下前往安邑。

到了安邑，河东郡太守王邑率掾属将献帝等一行人迎入城内。刚安顿下来，便是新年。过完年，粮草又感到难以为继，虽已立春，但万木萧条，气候寒冷，正是青黄不接之时，一时又征不到粮草。董承想到相邻的河内太守张扬，两人一向交好，于是派人给张扬捎信，让他务必征调一批粮草，以解燃眉之急。

河内太守张扬得到董承的请求，筹措了近千斛粮谷，由董昭陪同，亲自率部曲押运到安邑。首次见到关东大将，献帝非常高兴。自秋七月踏上东归之路，到现在已整整半年，历尽千辛万苦，总算基本上脱离了关中集团的控制，心中高兴，决定在正月里郊祀天地，公卿百官也齐声赞同。于是王邑立刻征调工匠，在安邑郊外搭建起祭坛，献帝举行了隆重的祭祀天地仪式。因这里称安邑，地名吉利，为祈求苍天保佑大汉朝自此平安，于是改年号为建安，并颁布诏命大赦天下。为了表彰将士们护卫的功绩，诏拜杨奉为后将军，董承为前将军，韩暹为左将军，李乐为右将军，胡才为征东将军，张扬为安国将军，皆假节、开府。诏封太守王邑为列侯，南匈奴左贤王去卑护驾有功，赐绢帛财宝，予以表彰。征董昭为侍郎。其余大小将领，也皆论功行赏。左贤王去卑见事已毕，便辞了献帝，回南匈奴去了。

出了正月，天气转暖，献帝准备启程东归洛阳。王邑说："初春天寒，还是等天暖和再上路。"张扬本打算陪天子到洛阳后，再返回河内，可手下将士们不愿意，张扬便辞别献帝返回河内，临走与董承告别："若有需求，可到野王找我。"两人惜别。董昭既为侍郎，便留了下来。

张扬前脚刚走，韩斌带着曹操贡奉的粮草物资来到安邑。原来韩斌从兖州出发，一路向西，到了洛阳，闻知献帝已渡河北上，也渡过黄河，一路打听，来到安邑。献帝见曹操贡奉了这么多粮草物资，满心欢喜，向韩斌询问曹操的情况，韩斌说："曹操得到圣上诏拜他为兖州牧、建德将军的诏书，倍加珍惜，表示坚决效忠朝廷。我动身返回之时，曹兖州正准备挥师南下，以讨不臣，替圣上扫清洛阳附近的贼人，迎接圣上东归。"献帝听了精神为之一振，急盼天气转暖，好早日踏上东归的路途。

转眼仲春已到，献帝坐上牛车，在各部曲将士的护卫下，踏上了东归的道路。王邑直送出三十里外，才辞别献帝，回安邑去了。

献帝的车驾风餐露宿，一路颠簸，走到闻喜，李乐、胡才眼看要出河东郡，不愿再跟献帝走下去，便与韩暹商量要离开，说："既然我们已被诏拜为将军，功名已有，与其跟着天子受约束，不如仍回白波谷自由。"韩暹表示不想离开朝廷，李乐、胡才也不勉强，只是商议，离开前想让献帝再诏拜一批手下的将士。当名单呈递与献帝时，献帝面有难色，说："应依据战功才能诏拜。"二人说："如不按我们呈上的名单诏拜，难抚慰将士们的心。"董承本对这些黄巾旧部看不上眼，只是形势所迫，不得不与他们为伍。如今见他们如此骄横，心中火起："这是朝廷，不是你们的贼窝，想怎样就怎样。"一句话惹怒了他们，连韩暹也对董承不满。杨奉赶快劝解，双方看在杨奉的面子上，都隐忍下来，不欢而散。

事后，李乐、胡才依然要求献帝按名单诏拜各自的手下，说这些人都为护驾立了功。韩暹也拟了一份名单面呈献帝，让献帝诏拜自己手下的将士。杨奉无奈，劝董承睁一只眼闭一只眼，不必与他们较真。董承坚决不允。韩暹等人也不客气，调集兵马要消灭董承。董承情知不是对手，率兵马逃往河内，投奔张扬去了。

董承被赶走后，再无人阻止白波军的要求，献帝只好准奏。但没想到此口一开，犹如开闸的水，一发而不可收。他们不断地提出新的名单，连医者、走卒等也要献帝诏拜为校尉，以至于御史们竟来不及刻制这些新任校尉的大印，只好用锥子在印章上画上名字，就授给这些被诏拜的人。不仅如此，白波军的部曲本是黄巾军出身，一向藐视朝廷规矩，自被献帝诏拜为校尉后，更是肆无忌惮，随意找宫女取乐。有的甚至自带酒食，找献帝对饮，侍中阻拦，便任意谩骂与呵斥，并随意侮辱尚书以下官吏，整个朝廷威风扫地。

献帝被逼的无法，多次找杨奉哭诉。杨奉觉得再也不能这样下去了，于是找韩暹、李乐、胡才商议说："我们在闻喜耽搁的时间太久了，所剩粮草不多。现在已是初夏，应赶快启程前往洛阳。"胡才、李乐明确表示不愿到洛阳去，并说："圣上要走也行，我们部曲还有一些人没被诏拜，请圣上走之前再颁诏书，诏拜他们为校尉。"对此韩暹也有些看不下去了，劝他们不要太过分。眼看就要翻脸，杨奉赶快劝解。献帝无法，只好下诏，将胡才、李乐手下的每一个人都诏拜为校尉，胡才、李乐心满意足，率各自的兵马回白波谷去了。韩暹与杨奉一起，护卫着献帝离开闻喜，启程前往洛阳。

他们从闻喜启程时，粮草就所剩无几，没走几天，粮草就告罄了。河东郡本是穷郡，经过这些年的战乱，百姓早已逃亡殆尽，沿途许多村庄都是空无一人，田地早已荒废，派人四出征粮，也总是空手而归。这天走到一处集镇，还好，这里还有人家，献帝决定在这里上朝，召公卿百官商讨怎么办？

侍中找了一处院落，院中放了一截树桩当龙椅，献帝坐在上面，大臣们站在院子里。虎贲羽林的将士们就在院子的围墙外担任守卫。由于这些虎贲羽林大都是新近才征召的，听说献帝上朝，感到稀奇，本来院墙又比较低矮，他们顾不上警卫，都趴在墙头上观看，互相说笑打闹着。

朝会开始，献帝询问大臣们怎么解决粮食问题。这是必须马上解决的大问题，眼看已经开始饿肚子了。大臣们你看看我，我看看你，互相摇头。杨奉、韩暹也无办法。韩暹说："就是抢粮，也没有地方可抢啊，百姓们早就跑光了。"

这时有士卒来报告："有一支人马，押着许多车辆，不知拉的什么东西，正朝这里走来。"杨奉、韩暹一听，赶快派人前去查询，不一会儿派去的人回来报告："来人自称是曹将军手下的从事王必，奉曹将军之命，带了粮草物资来朝贡天子。"杨奉、韩暹一听，赶忙前去迎接，见到王必非常热情。王必说："请问圣上在哪里？"杨奉和韩暹说："圣上正在上朝，我们这就带你去。"

自王必在兖州带上荀彧筹措的粮草物资后，便一路向西奔安邑而去。走到半路，听说献帝已到了闻喜，便朝闻喜奔来，边走边打听，没想到在这儿碰上了。王必很快见到献帝。见献帝在一处农家院里，坐在一个大树桩上上朝，心中一阵悲凄，没想到献帝竟沦落到如此地步。钟繇和董昭见是王必到了，也迎上来和他打招呼。王必再次见到他们两位，也感到非常亲切。王必将曹操的奏章递上。献帝看完奏章非常高兴，对公卿大臣们说："曹兖州给我们送来了粮草物资，还有许多帐篷，这以后就不用露天睡觉了。"公卿大臣都感慨曹操这批粮草太及时了，这时他们好像突然有了主意，纷纷奏报献帝说："请圣上颁发诏书，让关东各州郡的牧守、刺史、国相像曹将军一样，贡奉粮草物资，迎接朝廷东归，我们就再也不用愁粮草物资供应不上了。"献帝当即应诺，诏命尚书台即刻起草诏书，发往关东各州郡，随后问王必："曹兖州可好？"王必答："启奏圣上，我来的时候，我家主公正发兵征剿豫州黄巾军。"献帝说："曹兖州一向替朝廷征讨无道，忠于朝廷，现在我诏拜曹兖州由建德将军迁为镇东将军，袭封其祖父曹腾的费亭侯。待尚书台起草完诏书，你即刻回去宣诏。"王必替曹操谢过献帝。散朝后，王必将带来的粮草物资交割完毕，带上诏书，又专程向钟繇、董昭告别，回兖州去了。

盘踞在颍川、汝南的黄巾军旧部，闻知曹操兵不血刃，便将豫州的三个王国收于麾下，大惊失色。一面向袁术告急，请求派兵马增援，一面调兵遣将，决心抵抗曹操。总渠帅刘辟放言：要为当年的渠帅波才和彭脱报仇。刘辟令龚都、黄邵在陈国与颍川交界处的长平，设立防线，绝不让曹军踏入颍川半步。令何仪、何曼在陈国与汝南交界的灅强布防，誓死抵抗。

颍川和汝南究竟先征剿谁，曹操在犹豫。荀彧不在，戏志才又早早地离他而去，连个商量的人也没有。他突然感觉有点孤独。这时他又想到，王必前去安邑朝见天子，不知是否顺利。天子东归，不知走到了哪里，山高路远难以知晓，这些都让人不能安下心来，对了，应该先征剿颍川。颍川紧邻洛阳，应提前为天子东归做好准备。想到此，曹操主意已定，令夏侯惇为先锋，尽起大军，前往颍川。走到长平，入颍川境，与驻守在这里的龚都、黄邵大战一场，黄巾军不敌，节节败退，逃往阳翟。曹操命夏侯惇、于禁、乐进组成南路军，沿颍水西进；由曹仁、夏侯渊组成北路军，沿洧水西进，两支兵马成包抄之势，直扑阳翟。曹操自领曹洪、朱灵、李整为中路军，向西追歼，走到许县，追上断后的黄邵，曹洪一马当先，冲入敌阵，斩了黄邵，黄巾军后卫被歼。

龚都逃回阳翟，得知黄邵被杀，又闻知夏侯惇率领的南路军接连攻占郾城、临颍，颍阴，襄城、昆阳；曹仁率领的北路军接连攻占扶沟、鄢陵、长社、密县、阳城，已对阳翟形成包围之势，情知难以抵御，只好在未被曹军包围之前，率兵马逃往汝南。

总渠帅刘辟见曹操未从陈国进攻汝南，便令何仪、何曼率部撤出灅强，回到平舆加强防守。这时，龚都来到，说："曹兵势众，难以抵御，不如率众投袁术将军。"刘辟说："我们兵马虽少，只要坚守，袁术将军一定会来救援。"于是一边令兵马加强布防，一边派快马到淮南，向袁术告急。

曹军收复颍川后，曹操率兵马南下汝南。走到西平，已入汝南境，天色已晚，便命部曲安营扎寨。何曼早令斥候探明，便亲率兵马趁机偷袭，要打曹操一个措手不及。哪知曹操早已料到，暗中准备兵马，待到后半夜，汝南黄巾军潜入曹军营寨，这时曹军一阵呐喊，围了上去，黄巾军拼死抵抗，在夜色的掩护下，总算逃了出来。何曼一溜烟率残兵败将逃到上蔡。

第二天，曹操分兵，连克召陵、征羌诸县，汝南北部悉落入曹军之手。接着进攻上蔡，何曼一看势头不对，放弃上蔡，撤回平舆，见到刘辟、何仪，说："曹军势大，难以抵挡，袁术的救兵什么时间能到？"刘辟说："派去求救的快马回来说，袁将军正与刘备战于淮水，无暇顾及豫州。"何曼说："看来他是见死不救了，我们只好投降曹操了。"这时守城校尉来报："曹军已到城下，正在包围平舆。"刘辟说："曹操用兵神鬼莫测，与我们黄巾军交战，未闻败绩，现在兵马又如此强盛，为今之计，莫如归顺曹操。"何仪点头认可，说："看来也只好如此了。"便派人向曹操求和，曹操应允。于是刘辟、何仪、何曼、龚都等人一起出城，迎接曹操入城。曹操令各部曲守好营寨，由典韦率亲兵随同入城。

这时突然士卒来报："从南边来了一支部曲，有近万兵马。"刘辟等人心中一惊："莫非袁术率兵马前来助战？不可能啊。"这时曹操停下脚步说："这点兵马，大家不必惊慌。"令曹仁前去探查，看是何方部曲。

渐渐远处帅旗上大大的"李"字越来越清楚了，曹操等人感到疑惑。这时只见曹仁马后跟着一位将军，来到曹操面前，翻身下马施礼，说："我乃李通，字文达。听说曹将军来到汝南，我率手下士卒专程前来投奔。"曹操一听，心中大喜，连忙还礼，说："自来汝南前，我就闻说李将军大名，不想今日有幸相见。"原来曹操进军汝南前，就了解到江汝一带活跃着一支兵马。这支兵马于黄巾之乱时，响应朝廷号召，起兵于朗陵，曾生擒江汝间黄巾渠帅吴霸，降其部卒。为首的是江夏平春人李通。此人处事果断，以侠义闻名于江汝之间。每遇大灾之年，倾其家财，赈施百姓，与士卒同吃糟糠，深受百姓和将士爱戴。没想到他今日主动来投。刘辟跨前一步，说："曹将军，城中我已摆好宴席，不如我们大家一同进城，把酒叙话。"曹操连忙向李通介绍："这位是刘辟将军，那位是何仪将军，还有龚都将军、何曼将军，他们都弃暗投明，今日咱们是一家人了。"李通施礼，说："早闻诸位大名，今日幸会！"曹操说："既然诸位将军已摆好宴席，咱们一起入城，像刘将军说的，咱们把酒叙话，快乐一场。"李通命部曲在城外扎下营寨，随曹操等一同入平舆城。

宴席非常丰盛，看来刘辟是用了心准备的。大家入席，互相敬酒，曹操说："想必大家都知道，我的青州兵就是昔日的黄巾军，现在是我的主力。自今日起，咱们同心协力，为大汉朝建功立业。汝南是大郡，你们久居在此，情况比较熟悉，仍由你们驻守这里。随后我表奏天子，诏拜一位好太守，希望新太守到来之后，你们一定要辅佐好。"刘辟等人纷纷表示："一定维护好汝南的稳定。"曹操接着说："我向朝廷表奏刘辟为扬威中郎将，何仪为奋威中郎将，何曼为助威中郎将，龚都为勇武中郎将。你们看怎么样？"刘辟说："我们先后投到孙坚将军和袁术将军名下，多年来也没有个正式名号，如今曹将军这么看重我们，我们十分感激。"曹操接着说："汝南郡太大，既然李通将军来了，就把西边的几个县交给李通将军驻守。你们看如何？"刘辟等人连忙表示赞成。李通不想驻守汝南，说："我本来是想随曹将军征战的。"曹操说："汝南不只是大郡，且南连荆襄江夏，西临南阳、东接淮扬、徐州，汝南稳定与否，事关重大。"李通听曹操如此说，表示愿与刘辟等人，共同守好汝南。曹操说："我表奏李通将军为振威中郎将。"李通很激动，说："谢曹公，我自此也有了归宿。"

宴罢，曹操要回大帐，刘辟等人挽留，希望曹操住在城中。曹操不肯，与李通一起出了城。李通自回本营寨，曹操也回到大寨。只见侍卫来报："出使朝廷的王必已回来，正在帐中等候拜见主公。"原来王必从河东郡返回，走到颍川，得知曹操率大军正攻打汝南，便直奔平舆而来。

曹操听说王必到来，赶忙进到大帐，询问献帝的情况，王必说："天子已从闻喜出发，正在东归洛阳的路上。这一路上可以说险象环生，许多大臣被杀。我带去的粮草物资正好救急，天子非常高兴，当即诏拜主公为镇东将军，袭封费亭侯。"说着掏出诏书，奉与曹操。曹操恭敬地接过诏书，心中不禁感叹。这时王必又掏出一份诏书，奉与曹操说："天子颁下诏书，令关东各州郡牧守贡奉粮草物资。"曹操接过诏书说："你辛苦了，下去好好休息吧。"王必领命，退了出去。

曹操见汝南诸事已毕，便率兵马前往颍川驻扎，这里离洛阳近，随时可以到洛阳勤王。

第三十八章

受蛊惑吕布夺下邳　历艰辛献帝归洛阳

　　袁术当初进攻徐州时，认为刘备名不见经传，虽号称是刘姓皇室血脉，早已沦落为一个织席贩履的穷百姓，只是靠着镇压黄巾的一点军功，又与公孙瓒是同学，才被公孙瓒私自命为平原国相，这与他袁氏一族不可同日而语。原想其在徐州立足未稳，趁机将徐州夺在手中。没想到这刘备突然渡过淮河，把他死死拖在淮河以南，双方数次交手，互有胜负，要想战胜刘备，还真不是件容易的事。正在他为此事发愁之际，驻守汝南的刘辟多次派人来告急，说曹操已攻入豫州，请求他派兵马增援。他实在抽不出兵马，只好对来人说，让刘辟好自为之。一旦腾出手来，即出兵增援。他没想到刘备与曹操竟沆瀣一气，共同与他袁术作对，这让他很是气愤。

　　主簿阎象提醒他："吕布现在驻扎在丰、沛，不如联络吕布，让他从背后进攻刘备。这样两面夹击，刘备必败。"袁术说："据说吕布是在走投无路时，被刘备接纳，让他驻守丰、沛。让吕布进攻刘备能行吗？"阎象说："吕布是个见利忘义之人，只要主公许以厚礼，必能收买他。"袁术于是亲笔给吕布写信，说："当初董卓作乱，破坏王室，残害我袁氏一族。我虽举兵征讨，未能屠裂董卓。吕将军诛杀董卓，为我袁氏一族报仇雪恨，使我终无遗憾。此大恩不敢忘，其大功一也。昔日朝廷诏拜金尚为兖州刺史，走到封丘被曹操所拒。吕将军攻破兖州，给曹操以惩戒，其大功二也。我袁术乃四世三公之后，从没听说天下有刘备这个人，现在此人不知天高地厚，与我对阵于淮水以南，我想，凭借将军的威灵，如果打败刘备，将是将军的第三大功。将军有如此三大功，我袁术岂能不知感恩。今愿与将军结为生死之交，待消灭刘备，我将表奏将军为徐州牧。由于吕将军偏居丰、沛，军粮一定紧缺，我欲送你二十万斛粮谷，以应将军之需。兵器战具如有需要，不论多少，只要开口，必当奉上。"袁术派从事韩胤，携带书信，前往丰、沛去见吕布。

　　吕布闻知袁术的使者韩胤来见，颇感意外，看了袁术的信，心中大喜，立刻应允下来。但送走韩胤后，却有点后悔了。想当初自己来投奔刘备时，刘备待之以礼，并要把徐州让与我，不管是真是假，让人很是感动。现在若乘其不备，袭夺他的后方，传出去岂不让人耻笑？可又一想那二十万斛粮谷，再加上还有各种兵器战具，这太让人眼馋了。陈宫看出他在犹豫，说："欲夺徐州，此是最好时机，若过于拘礼，将尽失良机。"吕布说："让我再斟酌斟酌。"

这天正是晚春上巳节，天气晴好，百花盛开，丰、沛一带踏青游春的人们络绎不绝，吕布心情烦躁，无心赏春。过午太阳西斜，一匹快马裹着春风，冲到吕布的帅府门前，骑手从马鞍上滚下来，不待通报便闯了进去。吕布大惊，忙问："你是何人？为何闯我帅府？"来人喘着粗气说："我乃陶谦旧部丹阳军将军曹豹帐下的司马章诳，奉我家将军之命，特来将下邳城献于将军。"吕布摸不着头脑，忙问怎么回事？章诳这才将事情的原委道来。

原来，刘备自率兵马前往淮水迎战侵犯徐州的袁术，留张飞守卫下邳，兼供粮谷。并嘱其万不可饮酒误事。张飞指天誓日向刘备保证，绝不饮酒。刘备走后，张飞果然滴酒不沾，每日巡视城防，时时向刘备押送粮谷。眼看是上巳节，风和日丽，恰又传来刘备在前方击败袁术，连夺盱眙、淮阴等数座城池。张飞心中高兴，说是要将留守的文武官员聚在一起，趁着上巳节，好好庆祝一下，为此准备了丰盛的美酒佳肴，让大家尽情放松一下心情。

由于强忍了这许多天没有沾酒，此刻开戒，张飞把持不住，开怀畅饮，并举杯连敬各位文武官员。敬到曹豹时，曹豹说他是天戒，从不饮酒，张飞便有些不高兴，认为曹豹看不起他。本来丹阳军对刘备入主徐州就有意见，曹豹一直隐忍不发，平时对刘备、关羽、张飞敬而远之，刘备等人也心知肚明，只是曹豹是丹阳军的主帅，且在徐州各掾属中素有威望，便极力拉拢，尽量谦让，双方倒也相安无事。不想今日张飞饮酒过量，把平时对曹豹的不满，一股脑全发泄出来，强令曹豹饮酒，曹豹不从，张飞性起，令人将曹豹打了十几军棍，曹豹被人搀回丹阳军营帐。丹阳军将士们一看，立刻炸了营，要求找张飞算账。中郎将许耽说："我们兵马难抵张飞，应求助于吕布。"曹豹便命司马章诳速来联络吕布，要里应外合，将下邳城献与吕布。章诳说："我们将军说，丹阳兵屯驻城西的白门，如吕将军到，开白门迎接吕将军入城。我们将军还特意让我转告吕将军，此事越快越好，以免夜长梦多，走漏风声。"吕布听后欣喜异常，说："玄德老弟，这你就不能怪我了。"立刻派人通知驻守鲁国的张辽，让他率兵马直接赶往下邳，自己亲率丰、沛的高顺、成廉倾巢出动，直奔下邳城而去。

一路马不停蹄，吕布的兵马赶到下邳时，已是这日的凌晨，天将破晓。这时曹豹早派中郎将徐耽在白门迎候，章诳前去叫门，城门大开，吕布下令入城。待兵马进入城中，一声令下，杀声四起。此时张飞还醉卧在府中，手下侍从慌忙将其喊醒，张飞睡眼蒙眬，不知发生了什么事。这时侍卫进来说："曹豹串通吕布，现已杀进城来。"张飞顿时酒醒了大半，慌忙披挂，抓起长矛冲出去，欲跨上战马迎战。侍卫说："吕布已占据全城，还是赶快找主公回救下邳。"不容张飞答话，簇拥着张飞杀出城，直奔淮南而去。

刘备正与麋竺、简雍、孙乾、关羽等商议下一步准备夺回广陵在淮南的属县，忽听侍卫报："张飞将军到。"大家大吃一惊，不知张飞此刻怎么来到这里。随着一阵风裹进一个人来，大家一看正是张飞。只见他扑通一声跪在地，大叫："大哥，曹豹勾结吕布，夺了下邳。"关羽忙问："嫂嫂及众将家眷怎么样？"张飞说："仅有我等数十骑冒死拼杀冲出城来，其余人等俱落入吕布之手。"关羽问："你留守下邳，那曹豹勾结吕布，你就一点也没发觉？"张飞说："只因我吃醉了酒，鞭打了曹豹，不想他却暗中勾结吕布，袭夺了下邳。"孙乾埋怨说："原来是你激起了事变。"关羽说："当初大哥是怎么嘱托你的？"张飞说："此事皆因我而起，大错已铸，万死难辞其咎。我已将情况禀明，请哥哥们早早谋划。"说着猛地抓住刘备腰间的佩剑就要自刎。刘备赶忙抱住张飞，命关羽夺下宝剑，说："徐州本非我所有，今既失又有何恋，岂能再搭上兄弟的性命？我曾有恩于吕布，料他必不害我军家眷。"大家也都劝解，张飞方才稳住情绪。

袁术获知吕布已占下邳，立刻开始进攻刘备。刘备丢了下邳，粮草难以为继，军心不稳，连连战败，被袁术赶回淮水以北，退往广陵海西。袁术又追至海西，双方再战，刘备又败，眼看无路可去，万般无奈，只好打算仍回下邳。于是派孙乾先回下邳，请求吕布归还家眷，并向吕布保证，甘愿将徐州让与吕布，只求自己有个落脚之地即可。

哪想此刻吕布正恼恨袁术。原来别说袁术答应吕布的兵器战具毫无踪影，就连二十万斛粮谷迟迟也没有下落。吕布派人去催，袁术说："待消灭刘备后，即奉上粮谷。"吕布感到受了欺骗，有心要与刘备讲和，恰好孙乾送来了刘备的求和信，立刻满口答应，欢迎刘备回到下邳。孙乾连忙返回海西，告知刘备。刘备率兵马迅速撤往下邳。

　　刘备回到下邳，来到白门，却不入城，让守城校尉通报吕布，将其家眷们送出城外。不一会儿，吕布亲自迎出白门，见到刘备，深施一礼，请刘备入城，刘备坚辞。吕布说："既然玄德弟不愿入城，那就请上白门楼一叙。"刘备答应，携关羽、张飞随吕布一同上了白门城楼。吕布坐在上首，刘备坐在下首，关羽、张飞侍立在刘备身后。吕布说："刘州牧既然回来了，徐州理应归还于你，我仍回丰沛。"刘备说："我本德疏学浅，又久居边郡，实不堪重任。当初就说将徐州让于你，你不受。今日正好遂我心愿，万不可再推辞。"吕布说："我本意并非要夺贤弟的徐州，只因张将军与曹豹纷争，怕引起内乱，才出面劝解。不想张将军误以为我要夺下邳，就去盱眙找你去了。"说完哈哈大笑。张飞待要质问，被关羽止住。刘备说："此事已过，不必再提，只希望吕将军归还我们的家眷。"吕布说："玄德弟尽管放心，所有家眷皆毫发无损，尤其两位夫人，我派专人守护。我已令人安排他们收拾东西，一会儿就会来到，只是不知玄德弟下一步有何打算？"刘备说："我已想好，仍回丰、沛二城驻扎，不知吕将军肯答应否？"吕布说："玄德辞让徐州，执意要去丰、沛驻扎，恭敬不如从命。"正说着，人报刘备的夫人及家眷已来到白门楼下。刘备起身告辞，吕布送下白门楼。刘备命关羽、张飞护送家眷们出城，然后与吕布辞别，率部曲到丰、沛去了。

　　刘备在沛城屁股还未坐稳，袁术大将纪灵率数万兵马尾随而至，要彻底消灭刘备。此时刘备因连吃败仗，到丰、沛时兵马已不足万人，难以抵挡袁术大军，只好修书一封，派人送到下邳，请求吕布派兵相救。吕布接到信，勃然大怒："我现在已领徐州，这袁术的兵马随意进入我徐州境内，眼中还有我吕布吗？"就要点起兵马征讨纪灵。部将高顺说："将军心中本欲杀刘备，只是碍于情面，不好下手。今天正好借用袁术之手杀了刘备，然后再征讨纪灵不迟。"吕布说："你不明白，若刘备被消灭，袁术的兵马就会赖在徐州，北连公孙瓒，或者与其哥哥袁绍联手，我就成了他们口中的肉，随时就可以吃掉我。所以我必须救刘备，以便日后有个照应。"高顺说："谁都知道袁术与袁绍不和，他二人绝不会联手。"吕布说："这兄弟二人都不是好东西，难保他们不会勾结在一起。"陈宫说："吕将军说得对，这兄弟俩为了利益可以反目，也会为了利益重新勾结。刘备目前势力弱小，对我已无威胁，救了刘备，对我们有好处。"
于是吕布点起兵马，赶到丰沛。

这时袁术的特使韩胤也赶了来，对吕布说："我家主公有信与你。"吕布
哼了一声，并不接信，说："答应我的二十万斛粮谷什么时候兑现？"韩胤说："我
正为此事而来，二十万斛粮谷，已到下邳。"原来刘备撤回下邳后，袁术定要
赶尽杀绝，令纪灵紧紧追击。主簿阎象说："前次答应吕布的二十万斛粮谷未给，
吕布恐怕不答应。"袁术说："我这就调集粮谷，即刻派人送去。"于是写了一
封信，派韩胤带着二十万斛粮谷来见吕布。谁知吕布已到丰、沛，于是将粮谷
留在下邳，又追到丰、沛。吕布听说二十万斛粮谷已送来，这才接过信，只见
信中说兵器物资等战具正在筹措，稍候也将送来。而且信中还说："闻将军有
一女，与吾子年龄相仿，欲与将军结为秦晋之好。如我二人联手，则天下无忧
矣。"吕布笑道："回去告诉袁公路，我愿与他共结秦晋之好。"韩胤告辞，去
见纪灵，说："主公已给吕布二十万斛粮谷，吕布已笑纳，让你一定要把刘备
消灭。"纪灵说："我记下了，请主公等我的好消息。"韩胤启程，返回淮南交
差去了。

吕布此时在沛城外的营寨中设下酒宴，分头通知刘备和纪灵前来赴宴。刘
备在沛城的城楼上，早望见吕布兵马到来，接到吕布的邀请，连忙携关羽来拜
见吕布。纪灵接到吕布的邀请，心中大喜，料是吕布收了二十万斛粮谷，来助
自己进攻刘备的，连忙前去拜见吕布。待到吕布帐中，忽然见刘备在座，心中
一惊：莫非吕布要助刘备，摆下酒宴诱取我性命？"想到此，就要退出大帐。

刘备正在席中静坐，但等开席。见吕布不提开席之事，似在等什么人，也
不好问。待看到纪灵到来，也是心中一惊，连忙站起：莫非吕布要与袁术联手，
取我性命不成？吕布此时哈哈大笑，用手按住刘备肩头，让他坐下，又站起伸
手拦住纪灵，说："将军勿走，且先坐下。"纪灵看吕布态度坚决，只好勉强
坐了下来。吕布说："你两家相斗，本与我无关，只是玄德乃我贤弟，我不能
不救。袁将军又派人来与我结秦晋之好，我也不能不帮。一个要救，一个要帮，
怎么办？我向来最喜与人说和。今摆下酒宴，大家共同举杯，自此和解，不再
记仇，怎么样？"刘备点头同意。纪灵却不愿意，说："奉袁将军之命，来取
刘备人头，吕将军所言，不敢不听。只是这样回去，我怎么向袁将军交代……"

话未说完，刘备身旁的关羽将大刀往地上一墩，说："取我家主公人头？

我先取了你的人头。"说着就要动手。吕布一看连忙阻拦，说："既然二位互不相让，我再说也无用，不如让上天来裁决。"刘备、纪灵不知吕布何意。吕布说："把我的大画戟拿过来。看到了吧，我这大画戟上有一小枝，我用箭射这小枝，如果射中，便是天意，双方罢兵。谁若不听，便是与我为敌。如若不中，你们各自回去率兵马厮杀，谁赢谁输与我无关。"纪灵问："既然箭射戟上小枝，那有多远距离？"吕布喊道："来人，将我的方天画戟立于营门。"看了纪灵一眼，"咱们到大帐外，我就在大帐外射。"刘备一听，心立刻凉了下来。营门距大帐少说也在百步开外，何况是射戟上的小枝。都知道吕布一杆大画戟使得出神入化，未闻他精通箭法，这分明是要帮袁术除掉自己。他看了一眼关羽，关羽会意，紧握手中大刀，准备拼杀。这纪灵一听，心中高兴，即使是箭法再高明的人，百步开外射中戟上小枝也要靠碰运气。吕布分明是暗中要帮助自己，连忙说："就依将军所言，到时谁也不许反悔。"

这时士卒将一张雕弓拿了过来，上面雕的虎豹栩栩如生，吕布接在手中，扣了扣弦，又接过箭矢，搭在弓上，一下就开满了弓，很明显这是一张又大又强的弓，到底吕布膂力过人。刘备心中紧张，弓虽开得满，不一定射得准。吕布看了刘备和纪灵一眼，说："记好了，谁也不许反悔。"然后屏住气，瞄着大画戟，嗖的一声，前方传来一声脆响，"当"的一声，正中戟枝。刘备又惊又喜，没想到吕布的箭射得如此好。纪灵目瞪口呆，愣了好一会，才说："将军真天威也。"吕布放下弓，哈哈大笑："此乃天意。从此你两家冤仇已解，握手言和，就此各自罢兵。"纪灵心中骂道："什么天意，只是实在没想到吕布竟有如此好的箭术。"但事已至此，只好强笑道："谨遵将军所言。"说着就要离开，吕布拦住说："我摆的酒宴还未开席，既然握手言和，就在一起欢聚吃酒，日后也好见面。"纪灵无法，只得强耐着性子，饮了两杯酒，起身告辞了。刘备也谢过吕布，回沛城去了。吕布拔寨起营，回下邳去了。

纪灵一肚子不高兴，哭丧着脸回到寿春，见到袁术，将事情如此这般说了一遍。袁术大骂吕布不讲信用，说："我这二十万斛粮谷算是打了水漂。"自此再也不提与吕布结亲一事。徐州归了吕布，刘备回了丰、沛，两人互换位置，自己忙活了一场，不光什么也没捞到，还把豫州丢给了曹操，袁术越想越气。这时朝廷派人来，要求关东各州郡牧守，诸位将帅，贡奉粮谷物资，袁术怒道：

"我尚且自顾不暇，哪有粮谷朝那儿送。如今天下大乱，看谁还愿意管朝廷的闲事。"

由于河内郡紧邻河东郡，张扬最先接到献帝颁布的关东各州郡牧守贡奉粮谷的诏书，他对董承说："我要再筹措一批粮谷前往接驾。诏书中说，天子已离开闻喜，正向洛阳进发。我给你一些钱粮物资，你到洛阳，将宫殿整修一下，在那里迎候天子。待我接到御驾后，护卫天子一块到洛阳。有我在，看那些白波军还敢把你怎样？"董承带上张扬给他的钱粮物资，率本部兵马到洛阳去了。张扬率河内兵马押着新筹的粮草，向西接驾去了。走到垣县，正碰上献帝一行。献帝看到张扬一下又送来了许多粮谷，心中高兴，照此下去，关东各州郡牧守的粮米物资就会源源不断地送来，自己就再也不会饥一顿饱一顿了。朝廷的文武群僚、侍宦宫女也都面露喜色。

张扬率兵马与杨奉、韩暹共同护卫着献帝，很快南渡黄河，来到平阴。献帝终于松了一口气，进入河南，已是京畿之地，这里离洛阳已经不远了。千辛万苦走了整整一年，东归的梦想就要实现了。献帝下令在此休整，诏命将毁坏、丢失的旌旗仪仗尽量补齐。他要在进入洛阳城时，彰显朝廷的气派和威严，同时昭告天下，汉天子又回到了东都。他幻想着洛阳城中的百姓欢迎的场面，该是多么隆重热烈。此时刚入秋，晚上还有几分燥热，献帝激动得睡不着觉。

然而当献帝旌旗招展，钟鼓齐鸣，在杨奉、张扬、韩暹及文武大臣的簇拥下进到洛阳城，心情一下子降到了冰点，整个洛阳城被烧得只剩下残垣断壁。他知道西迁时董卓烧了洛阳城，但还是没想到烧成这个样子。洛阳城空空荡荡，饥民们三三两两在瓦砾之间游荡着，他们面无表情地望着这支不整齐的队伍，似乎还不知道发生了什么事。朝廷的大队人马进了城，偌大的南北两宫居然没有一间宫殿是完整的。先到一步的董承来见献帝，张扬问："宫殿怎么没有整修？"董承说："洛阳城毁得太厉害了，南北两宫只有南宫的德阳殿，还残存着大殿的架子，现在正赶着修建。但洛阳人烟稀少，一时征不够役工，估计还得有两个月才能简单整修完毕。"张扬说："想法再多征些役工，只要不跑风漏雨就行。"然后命人在洛阳城寻找，看有没有能容身的地方。然而找遍洛阳城，才在西城找到已故中常侍赵忠的旧宅，那里还有几间不露天的房子，好在现在天气还比较热，跑风漏气全当通风凉快了。张扬、杨奉、韩暹只好将献帝安置在这里，其余各群僚自己寻找能容身的地方。这些公卿大臣、侍宦宫女在残垣断壁间找到一些角落，将瓦砾清理一下，割取荆棘、茅草，搭个棚顶用于遮雨，就算栖身之地了。

朝廷的回归，总算使洛阳城多少有了一些生气。在董承的监工督促下，昼夜赶工，进入八月仲秋，德阳殿终于整修完毕。尽管昔日的金碧辉煌无法再现，但按张扬说的遮风避雨不成问题。由于该宫殿是由张扬出资修建的，所以献帝将其改名为"杨安殿"。献帝在杨安殿上朝，第一件事就是以功诏拜张扬为大司马，韩暹为大将军，杨奉为车骑将军，董承为卫将军，皆授予节钺。

此时献帝回到洛阳已经两个月了，只有荆州牧刘表派人送来了一点粮谷和物资，并附有一封信。信中说了许多冠冕堂皇的话，这引起了公卿大臣的不满，认为刘表口惠而实不至，一个荆州牧贡奉了那么一点礼。然而接下来又过了一段时间，其余各州郡牧守却皆无音讯，还不如刘表。张扬已经从河内征调过数次粮谷了。面对此景，他手下的将领杨丑、眭固早已不满，趁势对张扬说："单凭我们河内一郡，即便倾其所有，也支撑不了朝廷。现在天子已经被各州郡抛弃，我们还是赶快返回野王，顾住自己吧。"张扬觉得二人说的在理，于是对杨奉、韩暹、董承说："天子是天下人的天子，如今天子由公卿大臣辅佐，又有诸将守卫，我本外臣，不能总留在京都。"也不管他们答应不答应，便上奏献帝，以在外日久，要回本郡为由，率兵马离了洛阳，回野王去了。

张扬留下的粮谷很快耗用殆尽。洛阳百姓流离，田地荒芜，粮谷无处征调，献帝只好诏命群僚，尚书郎以下所有人员，自出郊外采集野菜野果。即便这样，仍不能填饱肚子，有的就饿死在残垣断壁间。杨奉一看这样下去不是办法，便与韩暹、董承商量，由二人守卫洛阳，他率本部兵马南下，到梁县驻扎。那里是河南、南阳、颍川三郡交界之处，在此便于在三地筹集粮谷。韩暹、董承只好同意。

杨奉到梁县后，果然隔三岔五弄到点粮谷送回洛阳，但仍解决不了朝廷的根本问题。望着骨瘦如柴的群僚们，献帝感到不寒而栗。照这样下去，要不了多久，大汉朝就会饿死在这残垣断壁间。想东归盼东归，历尽千辛万苦终于东归。原想关东各州郡对自己的东归，一定是大旱之年若望虹霓，没想到到洛阳后，仅刘表象征性地派人来看望了一下，其余的州郡牧守渺无音讯，好像他这个天子根本不存在一样。就连当初那么热情的张扬也弃他而去。难道天下已抛弃了大汉朝吗？献帝感到了恐惧和绝望，他不敢再想下去。

袁绍同时收到了献帝的两道诏书：一道诏书，诏拜袁绍为右将军；另一道诏书，说献帝已回东都，诏命各州郡牧守贡奉粮谷物资。这第二道诏书，让袁绍犹豫了好几天，前思后想拿不定主意，于是召集手下掾属，齐聚冀州署衙，共商如何应诏。

袁绍宣读完献帝的诏书，说："圣上已回洛阳，要求各州郡牧守贡奉粮谷。我们虽然赶跑了田楷，收复了青州，拥有冀青两州，但目前正与公孙瓒在幽州大战，粮草并不宽裕。大家看如何应对？"

别驾沮授说："袁将军四世三公，世济忠义。当今朝廷颠沛流离，终回东都，然宗庙残毁，粮米无继。各州郡牧守，名为义兵，实际上都是另有所图，没有谁是心怀社稷，怜恤朝廷的。而我们现拥有冀青二州，形势稳定，兵强马壮，贤士依附，虽与公孙瓒战于幽州，但其已是强弩之末，仅有招架之功了。如果此时我们能将困顿中的天子，迎到我们邺城，在此新建宫室，挟天子而令诸侯，畜士马以讨不庭，谁敢不听，如此霸业可成。"

袁绍听了沮授的一番话语，精神为之一振，频频点头，决定采用沮授的意见，迎取献帝。刚要表态，从事郭图说："此谋不妥。汉室颓废已久，据说东归途中，又屡遭李傕、郭汜、张济的追歼，公卿群僚死伤无数。如今苟延残喘，仅剩一口气了。要想重新起死回生，是件很困难的事。当前英雄并起，各据州郡，手中都握有数万兵马。所谓秦失其鹿，先得者王。今迎天子，遇事就要表奏，一切皆需听从。不听天子的，就会说我们抗命，这就相当于我们给自己套上了一道枷锁，这个主意是最糟糕的。"袁绍认为郭图说得在理，于是又打算采纳郭图的意见。

沮授再次进言说："今迎朝廷，既符合道义，也符合天时，又顺应民意，必得天下人拥护，对我们只有好处，没有坏处。如果迟疑不决，必有人趁势先抓住这个时机。俗话说，机不可失，时不再来，应迅速行动，越快越好。"袁绍又认为沮授说得不错。他不知道该听谁的了，再看各掾属，也是莫衷一是，不置可否。

这时老部下淳于琼说："这个天子是董卓扶上台的，本来就是不合法的。关东各州郡当初起兵征讨，也是要为无端被废的少帝报仇。如今要迎取到邺城，让我们恭奉着，岂不是让我们承认了董卓的所作所为了吗？"一席话深深触动了袁绍。当初逃出洛阳，袁氏一族被董卓诛杀，不都是因为此吗？后来自己违拂众意，要另立天子，与兄弟袁术反目成仇，不也是为此吗？想到此，他斩钉截铁地说："不必再争了，就按郭图说的办。谁高兴贡奉贡奉，我们不理睬他。"

沮授跺脚仰叹："此机会一失，再想夺回来，比登天还难。"

第三十九章

荀彧遵命荐才俊　董昭献计迁都城

曹操自汝南回到颍川，兵马屯住在许县，马上给荀彧写了一封信，派楼异送去。信中说："颍、汝黄巾已平，豫州为我所有。我打算将镇东将军府设在许县。这里北邻兖州，南接荆襄，紧靠嵩岳，西望三河，傍临漯水，经颍水可直达江淮，为中原之中。你接信后，可将兖州之事交与别驾万潜，速来许县"。

荀彧接到曹操的信，赶快将兖州之事嘱托于万潜，动身来到许县。曹操见到荀彧，说："你终于来了，现有一事正待与你商议。我本打算再送一批粮草物资给朝廷，可许多将帅掾属不同意，认为前不久已经给圣上送过粮谷和物资了。豫州新附，人心不稳，我们自己的物资供应也不宽裕。另外关东地区群雄并起，都在忙着招兵买马，扩大自己的势力，为以后的争夺做准备。此时再忙着贡奉天子，有点得不偿失。只有少数人坚持认为必须贡奉天子，取得天子的信任和支持，这样才能在道义上站住脚，进而霸业可成。"

荀彧说："昔日晋文公敬奉周襄王，才使诸侯们像影子一样紧紧跟随自己。高祖刘邦讨伐项羽时，为义帝穿丧服而天下归心。自天子蒙尘，主公首倡义兵，心中一直怀着匡扶天下的夙愿。今天子东归，天下百姓都希望恢复旧时那种安定的生活，如果我们合乎民意，顺应潮流，以公心待天下，就是最大的谋略，必能使天下豪杰归附；匡扶正义，就是最大的德行，必能使天下贤俊齐聚。"

荀彧的一席话，坚定了曹操的信心，于是马上召集各将领、掾属，对大家说："当初在兖州时，毛玠就建议我修耕植以蓄军资，挟天子以令诸侯。为此，我专门派王必到长安朝见天子。现在天子虽然暗弱，但毕竟是天下共主，百姓望天子如大旱之望云霓，我们必须顺应民心，尽全力贡奉天子，这也是我曹操当初出仕时的理想。"听了曹操的话，许多人改变了当初的想法，一致拥护贡奉天子，于是曹操下令，在豫州当地征调粮谷物资，送往洛阳。

很快粮谷物资筹措齐备，装了整整百余辆大车。曹操令曹洪率兵马押送，王必副之。曹洪领命，率本部兵马押着粮谷上了路。待曹洪走后，曹操对荀彧说:"现在我们拥有兖、豫二州,有许多事情需要你处理,没有时间随我到前线。每当我征战在外,遇有大事无人相商时,总想到戏志才先生。这里是颖川,都说颖川多奇士,是个王佐之才聚集的地方,你看能不能再举荐一个戏志才那样的人?"

荀彧想了想说:"还真有一个人,我保证其才智绝不在戏志才先生之下。"曹操立刻来了精神,说:"此人是谁,现在何处?"荀彧说:"此人姓郭,名嘉,字奉孝,是我们颖川阳翟人。此人相当年轻,生于建宁二年,算来今年当是二十七岁,比我小七岁。董卓之乱时,我带族人应邀投奔冀州牧韩馥,到冀州不久,袁绍就夺了韩馥的冀州,让我留在其府中任职。郭嘉时年也到冀州,被袁绍征辟到府中,自此与他相识。郭嘉不喜张扬,所以不太显名,专好结交俊杰,从不随波逐流。在袁绍那里没多久,他就看出来袁绍是个难成大事的人,便对袁绍的谋士辛评、郭图说:'良禽择木而栖,良臣择主而仕,唯有此,举事才能成功。袁公虽竭力仿效周公礼贤下士,却不懂如何用人,而且好谋而不能善断。要同他共救天下危难,而成就大业,太难了。'劝他们二人另择贤主。自此我知此人绝非等闲之辈。"曹操忙问:"他现在哪里?"荀彧摇摇头说:"自郭嘉弃袁绍而去后,我就再也没有见过他。传闻说是寄情在天地间,广结俊杰,未闻投在哪个牧守的帐下。因不知其下落,所以一直未向主公提起此人。今日主公说起,我就想到了他。"

曹操忧虑地说:"怎样才能找到他呢?"荀彧说:"好在这里离他的老家阳翟不远,我派人——不,我抽时间亲自前去打探,看他的族人们是否有人知道他的踪迹。"曹操说:"只好如此了。另外还有一事,我曾告诉驻守在汝南的刘辟、何仪等人,为汝南选一位好太守,你看有合适的人选吗?"荀彧一笑说:"有,我的大侄子荀攸荀公达。"曹操"哦"了一声,说:"原来荀攸与你是叔侄关系。"荀彧说:"我称他为大侄子,不是他排行老大,而是他的年龄比我大。"曹操说:"当年他为黄门侍郎,我与他相识,但接触不多,了解不深。董卓之乱时,听说与我的好友何颙等随天子被劫往长安。后来据说欲谋诛董卓,事泄被抓,何颙死在狱中,荀攸如何就不知道了。"荀彧说:"后来得到消息,我的这个大侄子本来要被斩首,恰逢王允诛杀了董卓,算是救了他一命。"曹操问:"这么说他现在随天子到了洛阳?""没有。"荀彧说,"王允主政后,要表奏他为任城国相,他坚决不干,认为蜀郡远离关东,形势稳定,要求到蜀郡去。王允答应了他的要求，表奏他为蜀郡太守。然而走到荆州，刘表要表奏他在荆州任太守，他不愿意，坚持要到蜀郡去，被刘表以战乱频发，道路阻塞为由，强留在了荆州。"曹操说："你现在就写信让他回豫州来，就到汝南任太守——不用，我亲自给他写信。"说着就准备笔墨，铺好绢帛，说："我们得抓紧时间，别去晚了他再走了。"略一思索，写道："方今天下大乱，正是有才智的人为国效力之时，而你却想跑到蜀郡坐观天下之变，不觉得太可惜了吗？况且道路阻塞，留在荆州更是虚耗光阴，不能建功立业，空抛才智，实在是太令人惋惜了。现在天子东归，朝廷振兴在即，恳切希望你能返回家乡豫州，我将表奏你为汝南太守，与你小叔一起，共同为大汉朝出力，为荀氏一族增光……"荀彧接过信说："有主公的亲笔信，我再写信劝说一番，料他必能回来。我这就回去找可靠的人前往荆州。"

曹洪押运着粮谷物资，昼行夜宿，不紧不慢一路前行，眼看到新城县境，过了新城就是洛阳了。这天，转过一处山坳，却见依傍山势扎有一处营寨，有兵马把守，阻住了去路。曹洪提马向前，高声问："请问你们是什么人？这里并非关隘，为何在此扎营驻守，阻断道路？"这时一个校尉模样的人说："我乃校尉苌奴，奉卫将军董承之命在此驻守，以护卫京都安全。你们是何人？"曹洪说："我乃镇东将军、兖州牧曹操手下扬武中郎将曹洪，奉我家主公之命，特押送粮谷物资到洛阳贡奉天子，请让开道路，让我们过去。"苌奴说："可将粮谷物资留下，由我们转奉天子，你们可以回去了。"曹洪说："我奉命亲自交予天子，不敢由你代劳，请放我们过去。"苌奴说："朝廷有令，为确保京都安全，无论何处兵马都不能放行。"既是朝廷有令，曹洪也不好说什么，下令在此扎寨，派人回许县请示曹操。苌奴见曹军扎下营寨，也赶快派人回洛阳报告。

献帝闻知曹操派人送来粮谷物资，心中高兴，就要命人前去迎接。然而董承却说："既是贡奉粮谷，我们将粮谷接收住即可。为确保京都安全，曹军兵马应返回。"韩暹也怕曹军兵马进来于自己不利，也表示反对。而公卿大臣们却说："曹将军派人贡奉粮谷，远道而来，一路辛苦，却拒之门外，实在是不敬。"坚持要迎曹洪入洛阳，双方争执，相持不下。献帝犯了难，只得让大家下去再议。

议郎董昭对董承和韩暹把持朝政早有不满，出了杨安殿，回到自己在残垣断壁间搭的庵棚，思忖良久，决定要想办法帮曹军进入洛阳。由于杨奉势力最强，便以曹操的口吻，给驻扎在梁县的杨奉写了一封信，信中说："得知车骑将军历尽千难万险，将天子从长安解救出来，亲自护送回东都，此辅佐之功，天下无人可比。关东百姓无不称颂车骑将军。我对车骑将军更是仰慕，愿与车骑将军坦诚相见，以心相交。比如心腹和四肢，谁也离不了谁，缺一不可。车骑将军在京城主政，是心腹，我为外援，是四肢。车骑将军有兵马，我有粮谷物资，我们互相接济，患难与共，以确保大汉朝江山永固，不知车骑将军意下如何？"接着董昭又给曹操写了一封信，信中说："我未经你的允许，便冒用你的名义，给杨奉写了信。"接着便把给杨奉信的大致内容简述了一下，又写道："希望曹将军接到我的信后，赶快给杨奉送些粮谷，只要笼络住杨奉，事情就好办了。"接着又简述了董承派苌奴设关卡，阻拦曹洪的原因。

原来这苌奴本是袁术帐下的部将，袁术征讨曹操的时候，命苌奴率兵马留守南阳。自袁术被曹操赶到扬州后，刘表趁势夺回了南阳，将苌奴赶了出来。苌奴无处可去，便在河南、南阳、颍川三郡交界的梁县一带，靠抢掠为生。杨奉到梁县后，苌奴依附了杨奉。后来杨奉往洛阳送粮谷，让苌奴押运，苌奴到洛阳后，董承为与韩暹抗衡，留下了苌奴。后来派苌奴到新城，依托险要之地增设关卡，以防关东兵马偷袭，所以苌奴拒绝曹洪过此关卡。董昭信中说："当初董承被白波军挤走，所以与韩暹矛盾很深。说是共同秉政，实际上都想排挤对方，但两人又势均力敌，谁也吃不掉谁。如曹将军给董承写一封信，表示愿与董承结盟，争取得到董承的支持，事情就会更好办了。"信中最后希望："曹将军如能亲自到洛阳来，辅佐天子，将是大汉朝的幸事。"写完这两封信，董昭派心腹之人，如此这般交代一番，便分别送往梁县和许县。

曹洪受阻的消息报到许县，这有点出乎曹操的意料，看来自己把事情想得太简单了，于是准备亲自前去交涉，恰在这时他收到了董昭的来信，明白了事情的原委，对荀彧说："我与董昭素未谋面，前次王必赴长安受阻，就是董昭劝说张扬，并亲自写信表奏天子，帮了我们的大忙。现在又是他主动出手相助，此恩我们不能忘。"

荀彧说：“董昭遇大事不糊涂，只是由于袁绍心胸狭窄，听信谗言，才迫使他离了冀州。”曹操说：“袁本初叶公好龙，人才就在身边，却不知道怎么用。”接着与荀彧商量，立刻筹措一批粮谷，派人专程送往梁县，又亲自给董承写了一封信，内容与董昭给杨奉的信差不多，也是赞扬了董承护驾之功，并表示愿意助董承辅佐天子。同时又筹备了一批军资和粮谷，亲自押往洛阳送给董承。

杨奉在梁县看到曹操给自己的信，心中正在疑惑，不知怎样回复曹操，忽报曹操派人送来了十几车粮谷，心中非常高兴，觉得曹操言而有信。若与曹操联手，依托曹操的粮谷物资，今后就可以在关东站住脚。于是给董承和韩暹写信，说：“曹兖州的部曲近在许县，兵精粮足，是国家仰仗的栋梁，应与其联手共辅朝廷。”信中要求董承不可阻绝了曹操的一番好意，迎接曹操到洛阳。

董承接到杨奉的信，正在犹豫。忽报曹操已到新城，并派专人送来了信，打开一看，曹操在信中很是客气，充满了对自己的尊敬。还专门给自己送来了一批军资和粮谷。最让董承动心的是，曹操信中说，若来到洛阳，将助自己辅佐朝廷。这正是董承最需要的。虽然杨奉让韩暹与自己留在洛阳共同主持朝政，但韩暹为大将军，地位在自己之上，领司隶校尉，握有实权，又自恃在河东护驾有功，与杨奉关系不错，且兵马强于自己，便专横跋扈，并未把他董承放在眼里，处处排挤自己。如果有了曹操的帮助，就可削弱韩暹的势力，甚至将他挤出洛阳，将朝政抓在自己手中。想到此，董承立刻派人给苌奴下令，放曹操的人马及粮谷进洛阳。苌奴接到董承的军令，只好将曹军放行。看到满满的粮谷和军资送往洛阳，苌奴一阵心寒，自己率兵马在外安营扎寨，得罪了曹操，别人却获得了粮谷物资。便对董承产生了不满。于是拔除营寨，也不回洛阳，又到梁县投杨奉去了。

八月仲秋，曹操在离开洛阳七年后，终于又踏上了这块土地。当初改易名姓，逃离洛阳时，这里还是廛肆林立，行人如织；南北两宫殿堂巍峨，金碧辉煌。如今残垣断壁，荆蒿茂盛，人烟稀少，毫无生机。尽管他有心理准备，还是被眼前如此破败的景象惊呆了。当他被董承派来迎接的人带到一处空旷的地方时，他认出了这里是当年的西园，西园新军就驻扎在这里，只是昔日的军营已毁。曹操令曹洪在此扎下营寨。

第二天早朝，曹操到杨安殿觐见献帝。献帝头戴冕冠，身着帝服，端坐在杨安殿上。看上去身材瘦削，稚气未脱，面露憔容。当初离开洛阳时，献帝才九岁，如今算来，应该是十六岁了。曹操跪拜施礼，呈上所贡奉物品的清单。献帝连忙起身，亲自挽起曹操，说："曹爱卿平身。你屡次贡奉朝廷，实是各州郡牧守的楷模。"说着将清单交予大司徒赵温说："由你与少府卿依单上所示查验接收，然后给大家分发下去。"杨安殿内响起对曹操的一片赞许声。

也许是公卿大臣们忍饥挨饿的日子太长了，当他们领到了足够的粮谷，家中老小的生活也有了保证，个个脸上都带着喜色。不仅如此，他们又从少府那里领到了足够的绢帛，今年的冬衣也有了保证，此时的曹操在他们眼中依然成了救星。每次上朝，献帝都对曹操另眼相看，敬爱有加。

曹操带着特意准备的厚礼专程拜访了钟繇和董昭，对他们二人的倾心相助表示了感谢，并诚心请教，自己在洛阳应该如何办。他们二人都指出，应大力整顿朝纲，尽早结束朝廷这混乱的局面。曹操来到洛阳后，也看到整个朝廷礼仪俱废，毫无规矩可言。钟繇和董昭的意见正合自己意愿，于是上奏献帝："自董卓篡政始，经李傕、郭汜把持朝政，他们随意劫持陛下，互相攻击，致朝纲废弃，已经到了令人不能容忍的地步。应正本清源，确立天子威仪，恢复朝廷威望，规范公卿群僚的言行，罢免那些庸官。"卫将军董承立刻拥护，也上奏道："在闻喜时，胡才、李乐等白波军，趁机要挟天子，诏拜手下将士，人人皆为校尉。此类封拜，应一律废除。"董承一句白波军，把韩暹也包含在了其中。韩暹脸上挂不住了，觉得董承要趁机报复，默然不语。献帝早就认为朝纲应该整顿，只是碍于自己无力掌控朝政，于是同意曹操的表奏，下诏："全面整顿朝政，恢复礼仪，以正朝纲。"

绝大多数的公卿群僚，对混乱的朝政早有不满，对整顿朝纲都表示赞成，唯有尚书冯硕、议郎侯祈、侍中台崇却心中不安，因为三人是靠着李傕、郭汜的举荐，才在朝中任职的。当初献帝东迁，他们是不情愿的。如今曹操要整顿朝纲，他们认为是对关中集团的打击报复，三人早晚会被曹操赶出朝廷，于是便聚在一起密谋。冯硕说："韩暹与董承结怨甚深，这次董承要联合曹操，以整顿朝纲为名，清除韩暹的势力。我们应与韩暹联合，共同应对曹操和董承。"

于是三人找到韩暹，将意图说明。韩暹连忙摆手说："现在曹操的兵马就驻扎在西园，董承背后有曹操支持，所以才口出狂言。可凭借我的兵马，根本不是他们二人的对手。这口气如果忍不下，大不了我还回河东郡白波谷。"侍中台崇说："我们不能消极等待，束手就擒。我有一计，定能让形势反转。咱们联名写信，向李傕、郭汜、张济求援，让他们率兵前来，我们在洛阳做内应，到时里应外合，消灭曹操和董承。"冯硕一听，连呼"妙计"，说："李傕、郭汜早就扬言要夺回天子。"韩暹也觉得这个主意不错，说："你们马上写信，张济就在弘农，只要他能赶到，我随时响应。"冯硕当即写信，侯祈、台崇签名。要韩暹签名，韩暹说："我与他们素不相识，签名毫无意义。"三人一想也是，便将信封好，选贴身家奴，潜出洛阳，奔弘农而去。

黄门侍郎钟繇对朝中情况非常熟悉，对冯硕等人的底细更是一清二楚。他知道整顿朝纲必然会触动他们的利益，招致他们的反对，于是悄悄派人注视着这些人的一举一动。当他获知这三个人与韩暹交往密切，冯硕的家奴乔装改扮，潜出洛阳，奔西而去，便料其中必有缘故。于是连忙告知曹操，曹操立刻派人将其抓获，果然搜出了他们给李傕、郭汜、张济的信，意图与韩暹联合，内外勾结，剿除曹操、董承，重新劫持献帝。证据确凿，曹操表奏献帝，将三人一并斩首。

韩暹知道事泄，不敢再待在洛阳，率本部兵马，离了洛阳，奔梁县找杨奉去了。董承闻知韩暹逃走，马上表奏献帝，要把韩暹追回来治罪。献帝认为韩暹护驾有功，下诏不再追究。

经过整顿，果然朝纲得到整肃。论功行赏，诏封卫将军董承、辅国将军、国丈伏完、黄门侍郎钟繇、议郎董昭等十三人为列侯。诏拜镇东将军曹操领司隶校尉，录尚书事，假节。朝政自此由公卿百官执掌，朝廷礼仪初步得到恢复，天子的威仪得到加强。

这天曹操下朝，出了杨安殿，返回设在西园的大帐。快到西园时，见路旁有一女子，蓬头垢面，领着一个八九岁模样的男孩正注视着自己，以为是流落街头的乞丐要向自己行乞，摊开手说："我身上什么也没带。"那女子盯着曹操，显得有点激动，问："你是曹将军吗？我认识你。"曹操一笑："京城中好多人都认识我。""你不认识我了？"那女子追问道。曹操仔细看了看，摇头道："不认识。""我是大将军何进的儿媳妇，我是尹氏啊。这就是大将军的孙子何晏。""啊，他就是小何晏。那时他才满周岁，你们怎么落到这步田地？""一言难尽。"尹氏说着抹起了眼泪。

原来自中平六年，董卓废少帝刘辩，不久便先后鸩杀少帝和何太后。为躲避董卓的追杀，尹氏同其夫何毕，隐姓埋名逃出洛阳，在京城附近一处朋友家中蛰居下来。在朋友的帮助下，弄了几亩薄田勉强糊口。真是祸不单行，不久何毕病故，尹氏无力耕种，薄田半荒半种，收获仅够半年生活，只好在农闲时带上儿子到洛阳城中乞讨。尹氏说："洛阳城自被毁后，百姓大多被董卓迁往长安，人烟稀少，有时一天也难以讨到一口吃的。最近听说天子回到东都，想城中一定热闹，便赶来碰碰运气，或许能要到一些吃的，没想到碰见了曹将军。我如今沦落至此，本无颜相攀将军……"曹操打断她的话说："既然碰上了我，就不能再让大将军的骨血流落街头。"于是带上他们母子二人回到西园，命人安排了饭，又安排让他们母子二人沐浴，再派人到宫廷中，向宫女借了一套女装。尹氏经过梳洗打扮，这才露出芳容，年方三十余岁，光彩照人。

曹操说："等过几天，有合适的人到兖州，再把你们母子送到鄄城，我们的家眷都在那里。尹氏听了，千恩万谢，说："我带何晏先回乡下一趟。我们受了乡邻们照顾，临走与他们道个别。"曹操点头同意，并让人准备了一辆车，装上一些绢帛等物品，交给尹氏，说："你把这些带上，送给乡邻们，东西不多，略表对他们的谢意。"尹氏激动不已，带上何晏回乡下与众乡邻告别。随后返回洛阳，留在军营中，为曹操和将士们缝缝洗洗，很受大家喜爱。

转眼曹操来到洛阳已经一个月了，在他与董承的联手整顿下，朝政有了很大起色。献帝充满了信心，向曹操提出希望整修南北两宫，并将各公卿署衙修建起来。按理说献帝的要求并不过分，但洛阳已成一片废墟，重新再建，这项工程不但耗资非常巨大，而且短期内也很难完成。曹操斟酌再三，决定征求一下董昭的意见。

在一处清理过碎砖烂瓦的院落中，搭着一顶帷帐，董昭一家就住在这里。这顶帷帐是曹操送给他的，代替了原来临时搭的庵棚。旁边是董昭开的小片田圃，在里面种些瓜果菜蔬以补贴生活。现在已是深秋，果蔬早已采摘完毕，剩下的枯秧还留在田圃中。董昭正在清理这些枯秧，准备闲暇时将地翻一翻，天冷时将地冻一冻。见曹操到来，董昭停下手中的活，将曹操往帷帐中让，说："这都是饥饿逼出来的。若不是你送粮谷来，我就指望着这上面的收获，不让一家老小饿死呢。"董昭家眷见来了人，都躲到外面去了。董昭将上位让与曹操，曹操推辞，坚持与董昭分宾主坐定。曹操关切地问董昭生活过得怎样？董昭说："现在很好，你送的粮谷和绢帛用不完。朝廷分给我的那一份我都没要。"曹操说："如有什么困难，可随时告诉我。"董昭点头说："曹将军今天来，一定是有什么事？"

曹操倾了倾身说："正是。圣上想重修宫殿，公卿百官连个办事的署衙都没有，这都是应该马上解决的。但洛阳的损毁太严重了，此工程如此浩大，费用之高难以想象。即使一切顺利，短时间内也难以完成。洛阳百姓被劫往长安，田地荒芜，仅徭役就难以征召。我苦思冥想了好几天，这个问题不知该怎么办。今特来向你请教。"

董昭说："这几天我也在想这个问题，唯一的办法就是——迁都。"曹操反问了一句："迁都？"董昭肯定地点了点头，说："迁都的理由你刚才已经说了，但这不是最主要的原因。"这引起了曹操的兴趣："那么主要原因是？"董昭略顿了一顿说："我们详观洛阳周围，北边河内有大司马张扬驻守，其兵马时刻威胁着洛阳；杨奉、韩暹就在南边梁县，随时都可以返回洛阳；河东有白波军的胡才、李乐等；西边弘农有张济；关中三辅有李傕、郭汜，他们现在还扬言要夺回天子；洛阳城内的董承本是董卓旧部，他现在与你联手，完全是为了驱逐韩暹，排除异己，要独揽朝政，久之必与你反目成仇。纵观整个司隶校尉部所辖之三河三辅及弘农，全在西凉、白波军的控制之下，他们随时可以联合起来围剿你。我知曹将军立志辅佐王室，欲建春秋五霸那样的功绩。可在洛阳，整日犹如坐在火山口上一般，时刻受到威胁，怎能使汉室中兴。"听了董昭的话，曹操默不作声，细细想来，情况确实像董昭说的那样严重。

少顷，曹操问："那应该将都城迁往哪里？"董昭说："你的镇东将军府现在许县，就迁往那里。一是豫州基本上被你控制，许县又离兖州不远，有这两州为屏障，朝廷就可以彻底摆脱西凉集团和白波军的威胁。二是许县虽小，但毕竟城池完好，不用投入太多，即可解燃眉之急。然后逐步扩建，面临的压力就不会太大。三是许县离洛阳不是太远，省去鞍马劳顿之苦，便于迁移，你看如何？"曹操说："朝廷流离日久，好不容易回到东都，人们大都希望能安定下来。如果再次移驾，会不会引发不满？"董昭说："这一点我也想到了。但我觉得欲立非常之功，必须行非常之事。请将军斟酌利弊得失，早下决心。只要处理得当，就可以趋利避害。"

　　曹操略一沉吟，说："我还担心的一点是，杨奉驻扎在梁县，韩暹又刚刚投奔他。他们刚好挡住去许县的路，我料此二人绝不会答应此事。"董昭说："当初朝廷诏拜你为镇东将军，袭封费亭侯，杨奉也是尽了力的。你前不久又送了一批粮谷物资给他，取得了他的信任。杨奉此人虽勇猛，但他向无谋略，只要你继续和他保持好关系，并告诉他，京都粮谷物资供应困难，从许县运输路途较远，不如将朝廷迁往鲁阳，以便粮谷物资的运输。鲁阳紧邻梁县，他必信以为真，不会引起疑虑，就会同意天子离开洛阳。待走到梁县与城父交界处，迅速折向东前往许县，待杨奉发觉，调集兵马阻挡，就已经来不及了。"曹操听完，连说："好好，此计甚妙！我这就去安排实行。"

第四十章

讨逆贼梁县收徐晃　荐硕儒东山寻孔融

曹操告别董昭，回到西园，将荀彧刚派人送来的一批粮谷物资，分出一部分，然后又写了一封言辞恳切的信，说明了朝廷迁往鲁阳的原因，派人到梁县将信和粮谷等交给杨奉。杨奉非常高兴，觉得这样献帝反而离自己更近了，于是满口答应。曹操又将迁都一事奏明献帝，公卿群僚认为曹操说得有道理，况且鲁阳离洛阳并不太远，也都非常赞成。董承也积极协助曹操做着迁都的准备工作。

其实迁都的准备工作没有什么可准备的。京都洛阳除了一座临时修补的杨安殿外，什么也没有。公卿百官更是既无府邸，也无宅院。残垣断壁间用荆茅搭建的庵棚，实在是没有什么可留恋的。所以献帝的舆车准备好，立刻就上了路。董承率本部兵马任前锋，在前边开路，曹洪的兵马断后。

此时已是深秋九月，天气已有一些寒意了。洛阳城中的百姓像献帝刚入城时一样，面无表情地目送着天子的车舆在公卿百官的簇拥下离开洛阳。山路崎岖并不太好走，又怕献帝旅途颠簸，所以慢慢悠悠走了数天，来到辕辕关前。董承下令："天子迁往鲁阳，此关已无守卫之必要，守关将士一同撤离。"又行了几日，便进入城父地界。迎面是一条岔路，向南便是鲁阳和梁县，向东便是颍阳、颍阴到许县。队伍就要顺路南下，曹操赶上，对董承说："我有个想法，不如向东到许县。一是鲁阳离许县仍比较远，且山路崎岖，不利粮谷运输。二是鲁阳紧邻梁县，韩暹自为大将军，一向要干预朝政，有了杨奉的支持，定会卷土重来。如果我们到许县，粮谷就地解决，再无来往调运之忧，韩暹再无可能干预朝政。"这第二个理由打动了董承的心，说："曹将军说得很有道理。"曹操得到了董承的同意，立刻表奏献帝，改道许县。献帝准奏："一切听从曹爱卿安排。"于是曹操下令："所有人马改向东行。"

刚踏上前往许县的路，便看见一队兵马自梁县方向而来。曹操对曹洪说："一定是杨奉派来迎接天子的。无论如何要截住他。"说完，命曹洪兵马就地停下，准备截击。这时一员大将来到曹操面前，通报说："我乃杨奉将军帐前骑都尉、都亭侯徐晃，现奉我家主公之命，前来迎接天子。不知人马为何转向东？"曹操见徐晃宽肩厚背，身穿盔甲，手持大斧，跨赤色骏马，英姿飒爽，颇有几分爱意，提马上前说："我就是镇东将军、司隶校尉曹操。原来通报杨奉将军确是到鲁阳，为便于粮谷物资的供应，已奏报圣上同意，改向许县。请回去转告车骑将军，谢谢他派你专程来迎接。"徐晃说："既是如此，我回去复命。请曹将军一路走好。"说完，调转马头，率兵马回梁县去了。曹操长出了一口气，没想到事情竟如此顺利。与曹洪一起，率兵马赶上队伍，护着献帝直奔许县而去。

献帝的到来，使小小的许县顿时热闹起来。曹操忙着将献帝及公卿大臣、侍宦宫女安排在诸军营寨中，暂时栖身，所有部曲另扎营寨。又忙着在城外搭建帷帐，将自己的镇东将军府和许县署衙搬出城外，将城中的房屋尽快腾空，以便安置天子。经过十几天的努力，整个朝廷终于搬入城中。

自从告别段煨，离开华阴后，已经整整一年了，这是首次住进能遮风避雨的房屋中。曹操对献帝说："尽管有点拥挤，我们很快就会对许县城进行扩建。许多宫殿都要新建，只是暂时要委屈圣上了。"献帝说："这比在洛阳时已经好得太多了。"就在朝廷刚刚安置好，斥候来报："杨奉、韩暹、茇奴纠集在一起，发兵要攻打许县，重新夺回献帝。"

原来，徐晃在城父告别曹操回到梁县，如此这般将献帝前往许县的情况一说，韩暹立刻蹦了起来："我们上当了。曹操当初说，将天子迁往鲁阳，只是虚晃一枪。"杨奉埋怨道："你为何不先拦住天子？是你误了我的大事。"徐晃说："曹将军说已奏报圣上同意，既如此，何必强令天子到鲁阳？曹将军现在是司隶校尉，由他护卫天子，不是很好吗？"杨奉跺脚道："你真糊涂。如此一来，我们不是白忙活一场。"杨奉、韩暹、茇奴商议，要追到许县，夺回献帝。徐晃反对："曹将军兵强马壮，拥有兖、豫二州，我们区区这点兵马，怎是他的对手。我倒是认为应与曹将军联手，共同辅佐天子，岂不更好？"杨奉怒道："曹操将天子从我们手中抢了过去，是可忍孰不可忍。"徐晃再劝无用。杨奉留徐晃守梁县，与韩暹、茇奴点起兵马，奔许县而去。

　　曹操决定迎击杨奉、韩暹。为防止吕布、刘备乘虚而入，令曹仁、夏侯渊率部曲驻扎陈国，同时监视袁术动向。曹洪、朱灵留守许县，亲率夏侯惇、于禁、乐进、李整等向西迎击杨奉、韩暹。临行前，曹操专程来见钟繇，向他打听徐晃。钟繇说："曹将军问起徐晃，我略知一二。此人字公明，是河东郡杨县人，他与杨奉、韩暹出身黄巾军不同，而是曾任河东郡功曹，后来杨奉降了李傕，征讨贼人，他就投在了杨奉旗下。此人一向有正义感，李傕、郭汜乱长安时，是他劝说杨奉脱离李傕，不参与李傕、郭汜的争斗。后来又是他劝说杨奉护送天子东归。东归途中，也是他劝说杨奉，奏报天子诏拜你为建德将军，兖州牧。这次在洛阳时，他又劝说杨奉与你联手。此人对你素有敬慕，只是无缘与你相交。"曹操说："这下我心中有数了。"临出征前，他告诉夏侯惇等人："碰到徐晃，不可死战，我要将他收在帐下。"

　　此时杨奉的兵马已进到颍阳，双方在颍水岸边摆下战场。杨奉挺枪出马，骂道："曹操！你出尔反尔，劫天子欲独揽朝政。"曹操说："杨将军，你说我要独揽朝政，实则是误会。你若不信，请随我到许县，咱们共同辅佐天子如何？"杨奉喝道："还想诳骗我，请还我天子。"说着就挺枪来刺。

　　夏侯惇挺枪迎上，韩暹、苌奴一声呼喊，率兵马攻了上来。于禁、乐进、李整也毫不犹豫，各持兵器率兵马迎上去，双方混战在一起。曹军士气旺盛，越战越勇。杨奉等人毕竟兵少将寡，渐渐不支，边战边退，撤过颍水。此时天色已晚，双方各自收兵。曹操感到奇怪："为何不见徐晃？"后从俘获的士卒中获知，徐晃劝杨奉归附曹操，惹怒了杨奉，怕他动摇军心，让其留守梁县。听到此情况，曹操更是急于要见到徐晃，于是告诉诸将："由夏侯惇统一指挥，继续迎战杨奉等人。我要亲往梁县，去见徐晃将军。"夏侯惇问："你准备带谁的部曲前去？"曹操说："只带典韦等少数随从即可。"大家都不愿意："那样太危险了，徐晃手中还有兵马。"曹操说："我料徐晃并不伤害于我。"第二天一早，曹操带着典韦等少数随从，直奔梁县而去。

　　自从杨奉等人率兵马走后，徐晃在梁县城中坐卧不宁。他觉得杨奉等人私心太重，被妒忌冲昏了头，押上身家性命要孤注一掷。说实话，他当年在河东郡任功曹时，对曹操已有耳闻。尤其是己吾首举义兵，更让他看到了曹操敢于担当的品格。他多么希望杨奉能与曹操联手。但是杨奉在韩暹的鼓动下，却听不进自己的忠告。他料杨奉此去必败无疑，此刻自己只有在梁县静静地等待杨奉败归，等曹操大军包围梁县。

就在此时，守城将士报告："曹操已到城下，要见徐将军。"徐晃闻言大惊，杨奉他们败得怎么这样快？曹操已到城下，看来杨奉等人凶多吉少，这下该轮到自己了。于是赶忙披挂整齐，来到城楼上，朝城外一望，并无大队兵马，心中疑惑，朝下喊道："听说曹将军要见我？"曹操一抖缰绳，将马朝前带了几步，朝上回答："我是镇东将军曹操，今特来拜访。"徐晃答道："你我两军相争，现为仇敌，却言'拜访'，岂不是笑话？"曹操答："久闻将军劝杨奉保驾天子东归，在安邑被诏封为都亭侯，又多次劝杨奉以天下为重。将军深明大义，所以前来拜访，欲与将军共辅天子。"徐晃说："只是这次杨奉不听劝告，致使双方反目成仇，有愧于曹将军。"曹操说："常说'良禽择木而栖，良将择主而仕，'杨奉一意孤行，与你无关，还望将军三思。"徐晃说："谢曹将军好意。怎奈跟随杨奉将军多年，此时弃他而去，便是不忠。"曹操说："一心恭奉天子为之忠，放着这样的大忠不实行，不知徐将军的忠是什么样的忠？况且徐将军多次劝告杨奉，杨奉不听，已是仁至义尽。"

徐晃沉默片刻，说："曹将军请回，待我见到杨奉后，再劝他回心转意，归顺曹将军。"曹操说："不如这样，你我同去见杨奉，咱们一起劝说他归顺朝廷。"徐晃犹豫了一会儿，说："请曹将军容我思考一下。"然后下了城楼。将士们将刚才二人的对话听得清清楚楚，他们感到再继续跟着杨奉毫无出路，纷纷要求徐晃归顺曹操。徐晃见人心所向，也不再犹豫，随即登上城楼："我愿听曹将军的，这就随你一同去见杨奉。"

此时杨奉已经被曹军赶到城父，面对曹军的包围，杨奉、韩暹、苌奴情绪低落，再败就只有退回梁县了。这时忽听侍卫报告："徐晃将军在城外要与杨将军说话。"三人都很吃惊：莫不是梁县已被曹操攻破？连忙到城楼上一探究竟，看到徐晃，便问："你不守梁县，到此干什么？"徐晃说："我是想再劝将军与曹将军讲和，共同辅佐天子。"杨奉说："这么说你已投降曹操了？"曹操说："怎能说徐晃将军是投降。你与韩暹将军为天子东归立下大功，如今朝廷百废待兴，还望咱们共同联手，共辅天子，重振朝纲。何去何从，请你们好好斟酌。"杨奉说："曹将军既如此说，待我们商量一下。今日天晚，明天给你回话。"

杨奉下了城楼，与韩暹、苌奴说："事情既已这样，不如我们与曹操讲和，共同到许县。我们手中有兵马，在许县曹操也奈何不得我们。"韩暹说："你可真糊涂，许县有曹操的十几万兵马，我们到了那里，就成了他口中的肉，随时可以把我们吃掉。死也不能投降。"杨奉说："现在我们连战皆败，徐晃已降了曹操，梁县我们也回不去了，只有在此等死了。"苌奴说："我有一个办法。想我旧主袁术，四世三公，袁氏一族，门生故吏遍布天下。如今占据扬州，手下有十几万兵马，且与曹操不和，我们去投奔他，共同抗曹。"韩暹认为这个主意好，杨奉也认为这是唯一的办法了。于是三人决定，明天五更突围。

曹军将士都认为杨奉已答应谈和，所以放松了警惕。没想到杨奉等人突然突围，措手不及，赶快堵截，已经有些迟了。杨奉等人突出城父，边战边退，逃往扬州去了。

徐晃看到杨奉终不悔改，长叹一声，率手下兵马归顺曹操。曹操表奏徐晃为裨将军，随曹军返回许县。走到颍阴，斥候来报："河南的卷县、原武一带，有一支黄巾余部，对颍川构成威胁。"曹操决定将其铲除。徐晃说："我初归曹将军，寸功未立，就将此事交给我吧，也算我给曹将军的见面礼。"曹操说："你手下兵马不多，让乐进率本部兵马与你一起行动，归你指挥。"徐晃说："这些黄巾余贼都是乌合之众，对付他们，我的兵马足够了。请曹将军回许县，静听我的好消息。"曹操嘱咐他："若力不能及，可速派人报告，我随时派人增援。"徐晃跨上马，告别曹操，率兵马朝西北方向驰去。曹操率兵马自回许县去了。

曹操征讨杨奉、韩暹告捷，形势逐渐稳定下来。这日朝会，献帝诏拜曹操为大将军，敕封武平侯。曹操受宠若惊。大将军一职地位显赫，历来为皇亲国戚所有。武平侯更是远高袭封的费亭侯。公卿百官齐声道贺。曹操推辞，献帝不准，只好说："我暂且领受，有合适的人我定当让之。"

这时有公卿提议："朝廷既然迁到许县，这里就是京城，应更名为许都。"文武百官齐声附和，献帝准奏。太尉杨彪表奏道："许县城太小，大家都挤在这里不行，应将原许县城改作皇宫。现城中还有不少百姓，应迁出城外。咱们现在朝会的地方，是原许县县衙的大堂，大家可以看到，地方太小，拥挤不说，朝廷的威仪体现不出来，应赶快建造一座宫殿，以应朝会之需。随着各公卿署衙的开府，小城也挤不下，应赶快选址筹建署衙。江山社稷，祭祀为大。应依照左祖右社的规制，修建太庙和社稷坛，以应祭祀之需。"

曹操说："太尉所奏之事，都是急需解决的。还有一件事也是急需解决的。朝廷中的许多公卿大臣之位是空缺的，也需要赶快补齐。"大家深有同感。司空张喜说道："东归途中，在李傕、郭汜的追杀下，许多公卿大臣死于非命，再加上风餐露宿，一路颠簸，一些年老体弱的老臣，因病而亡故的也不在少数。仔细算来，活着来到许都的，还不足原来的一半。有的署衙几乎没有人了。请陛下下诏，命各州郡及公卿大臣，举荐茂才、孝廉、名儒贤士，将他们征辟到许都，将各公卿署衙恢复起来。"献帝说："诸事繁多，千头万绪，可交由尚书台办理。但至今尚书令一职还空缺，请曹爱卿先举荐一名尚书令，你看谁合适？"

曹操想了想，说："我看荀彧最合适。"献帝知荀彧是大儒荀淑的后代，来到许县后，与荀彧多次接触，感到此人处事果断稳重，很是倾心，于是当即诏拜荀彧为尚书令，由其草拟诏书，将以上各项事务，颁诏天下，赶快实行。

下朝后，曹操对荀彧说："你做尚书令，我最放心。现在百废待兴，需要各方面的人才，尤其是许都的扩建，朝纲的恢复，各种规制和礼仪的制定，更不能马虎，否则就会闹笑话。我想起一个人，可以承担此重任。"荀彧问："是谁？"曹操说："北海相孔融。此人是孔子二十世孙，儒学功底深厚，精通各种典章礼法。"荀彧点头："孔融确有高名，也疾恶如仇，只是此人恃才傲物，目中无人。"曹操点头："也正因为此，当初在洛阳，曾得罪大将军何进，致使大将军的掾属要追杀他。后任虎贲中郎将，董卓欲废少帝，孔融大加斥责，惹恼了董卓，将其贬为议郎。当时青州大闹黄巾，北海国尤甚。董卓为了看他的笑话，私下授意三公府，同举孔融为北海国相，将他赶出了洛阳。据说他到任后整修城池，建立学校、传播儒术，荐举贤良，推行礼仪，颇得百姓拥护。尽管他志向很高，可书生气太重，以致屡被黄巾贼人围困，弄得好几次都差点丢了性命。"荀彧说："看来他并不适合当守相。"曹操说："在朝中任职或许更适合他，这样可以扬长避短。还有许县令一直空缺着，现在既为京都，你看谁任许都令比较合适？"

荀彧想了想，说："在你将军府中任西曹掾的满宠最合适。此人在兖州曾做过郡督邮，高平县令。为人刚正不阿，疾恶如仇，京畿之地，皇亲国戚、达官贵人众多，非得有这样的人主政才行。"曹操表示认可，又说："现在许都一下子涌来这么多人，待征辟令、举荐令颁布，很快各州郡举荐的人才也都会来到，粮谷物资的供应，就是一个大问题。豫州是四战之地，百姓大量流失，许多土地荒废，应把这些无主土地充分利用起来。现在各地流民甚多，应征召他们来耕种这些土地。在许都继续推行毛玠主张的'修耕植以蓄军资'。"荀彧说："现在我们的部曲已移驻颍川，可将数十万青州兵的家眷迁来许都，这样可以充实京畿的人口，解决劳动力的不足。"曹操说："这个提议很好，应立即实行。兖州腾出的土地，招募流民耕种，许都也可招募一些流民，增加土地的开垦。说到这里，我想我们的家眷，也应一同迁来许都。"荀彧说："他们来怎么住呢？现在许都根本没有多余的房屋，现盖也来不及。"曹操说："就在许都城郊临时搭建一些帷帐。"荀彧说："我担心现在天越来越冷了，妇幼老弱住在帷帐，会挨冻的。曹操说："我们这些家眷都随我们吃过苦，没那么娇气。"荀彧说："那倒也是。我随后就安排人先将这些帷帐搭起来。"曹操说："你现在是尚书令，事情千头万绪，都需要你协调，这件事你就不用管了。我调一些部曲的士卒来搭建吧。"这时二人出了许都城，曹操要回营寨，对荀彧说："自今日起，你就留在尚书台了。"荀彧停下了脚步，似有话说。曹操说："有什么话尽管说，别吞吞吐吐的。"荀彧说："据说主公从洛阳带回一对母子，说是与大将军何进有关系？"曹操回答得很爽快，说："不错，是何进的儿媳妇和孙子。"荀彧说："有谣传说主公要把她收为妾室，小孩子认作义子？"曹操一笑说："不是谣传，是真的。这尹氏手脚勤快，这些天来在我身边服侍得不错，我打算收为妾室，这样也让他们母子有个着落。待丁夫人、刘夫人、卞夫人等来了以后，我就让她们生活在一起，我不会将他母子二人留在营中。"荀彧点点头，目送曹操回营寨去了。

孔融自郯城与刘备一别，回到北海。时光荏苒，到了建安元年春，随着公孙瓒节节败退，袁绍控制了整个青州，让他的大儿子袁谭为刺史。袁谭要求北海国受其节制，孔融不屑一顾。袁谭忍无可忍，于是率兵马攻打北海。孔融率郡兵抵抗，几仗下来，渐渐不支。袁谭发起最后的进攻，流矢如雨，戈矛相接，城头杀声震天。孔融却躲在书房中，坐在几案旁高声读书。此时天色已晚，相府中的掾属们说："城已被袁谭攻破，请国相赶快逃命。"他好像没有听见，还在与身旁的掾属说笑。掾属们急了，拖着他逃出城外，直奔城东的大山中，躲了起来。妻子儿女俱被袁谭所获。

孔融与几位跟随的掾属在山中躲藏，饿了吃野果，渴了喝山泉。眼看天气逐渐变冷，身上的秋衣耐不住寒，有几位掾属看看已是山穷水尽，没有一点指望，便逐渐离他而去。

这天，孔融抱着膀子，哆嗦着身体，与身边仅剩的一位掾属出来找吃的。那位掾属说："再这样下去，今年冬天我们就会冻死饿死在这东山中了。还是找个有人家的地方，想法弄套棉衣。"于是二人大着胆子走出山中。也是事有凑巧，曹操派出征召孔融的使者，身带献帝的诏书，来到北海国，才知孔融已被袁谭赶出了北海。特使到处打听孔融的下落，说是孔融逃入了东山，至今下落不明。这位使者只好前往东山寻找，在山口恰与孔融相遇。双方本不认识，使者看他们二人这么冷的天穿得如此单薄，感到好奇，上前搭话。一听孔融口音是豫州鲁国人，刚好这位信使也是鲁国人，感到亲切，便攀谈起来，才知此人正是孔融，于是告知孔融："曹操已迎天子到许都，举荐孔融为将作大将，圣上准奏，颁下诏书，请即刻赴许都上任。"孔融接诏，心中感激不尽，即随使者启程。

自许县城被辟为皇宫后，城中百姓陆续迁出。曹操亲自策划城中宫殿的建造，按照左祖右社的规制，先着手在皇宫南面东西两侧兴建太庙和社稷坛，以便献帝祭祀。并在许都城外修建各公卿署衙、仓廪府库。扩建许都的场面如火如荼，让人振奋。为解决徭役不足，曹操又抽调各部曲士卒投入其中。

许都西面有一处湖泊，方圆数十里，每到秋季，大雨滂沱，湖水充盈，名为秋湖。曹操留意考察，这里土地肥沃，水源充足，于是曹操表奏枣祗为屯田都尉，负责在此屯田。枣祗随即走马上任，广招流民，称为屯田客，将他们每五六十人编成一个屯，从中选出一人负责管理，称为屯田司马。并配给一定数量的耕牛及农具。屯田客们不再到处流徙，生活逐渐稳定。这日，曹操到秋湖屯田区一带巡视，看到新出的麦苗给田野罩了一层绿毯，屯田客们生产积极性很高，趁冬闲正忙着整修水渠，为来年春耕做着准备，曹操很高兴。从秋湖回来，快到他的临时大将军府时，见那里聚集着许多人，还有许多满载货物的车辆马匹，打马赶上前，才知是任峻押着粮草，刚刚从兖州赶来。任峻一见曹操便告诉他："将领们的家眷也随着从兖州搬过来了。丁夫人、卞夫人等各位夫人及孩子们也都到许都来了。"话音刚落，就见家眷们围拢来，他们一见到曹操，就打听各自家人的情况，当得知都安然无恙时，他们露出了满意的笑容。这时丁冲领着几个人来到，准备按事先分配好的方案，将他们领到已建好的帷帐那里。曹操告诉大家："许都新建，各方面都很困难，没有像样的房屋，大冷的天，让你们住帷帐，对不住大家了。"大家笑着说："曹将军的府邸不也是临时搭建的帷帐吗？主公住得，我们为什么住不得？"大家都高兴地随丁冲看自己的帷帐去了。直到这时，曹操才顾上与自己的家眷见上面。丁夫人开口便问："昂儿现在可好？"卞夫人问："安民侄儿现在怎么样？"曹操一一做了回答，两位夫人都很高兴。曹丕、曹彰、曹植、曹铄、曹休、曹真等也都围拢来，曹操见他们都长高了不少。曹冲刚满周岁，在环夫人怀中抱着，曹操还是第一次见他。曹操接过来抱在怀中，小家伙忽闪着一双大眼睛，像环夫人一样漂亮。虽然初次见到父亲，却一点也不认生，曹操甚是喜爱。曹操陪着他们来到分配好的帷帐前，在此见到了提前已居住在这里的尹氏。曹操向大家介绍了他们母子的情况，希望大家以后互相照应。

每位夫人一座帷帐，看大家各自入住自己的帷帐中，曹操放下心来，便辞别大家，来见任峻。此时任峻已将运来的粮草交割完毕，曹操便询问青州兵家眷们的情况。任峻说："青州兵家眷们听说他们的子弟驻扎在许都，这里有大量的无主土地，曹公希望他们到许都去，纷纷要求来许都。现在是冬季，场光地净，也没有什么可牵挂的，把耕种的田地留给那些流民们，仍以县、乡、宗族为渠方，先后启程，估计这几天就会陆续来到。"曹操说："我已经为他们选好了土地，离许都不是太远，明天你随我一道去那里看看。如果不够，周边还有土地，足够安置青州兵百万家眷的。"

第二天，任峻便与曹操一起，来到颍水旁，这里是颍阴、颍阳、襄城三县交界的地方，一马平川，土地肥沃，水源充足，任峻一眼就相中了。曹操说："秋湖那片屯田区，我交给了枣祗管理，那里以流民为主；这块屯田区就交给你管理。当然在屯田的同时，粮谷军资的调配供应仍由你负责。"任峻问："屯田所收粮谷怎么调配？"曹操说："这个我已想好了，郡县不干预屯田的事。凡屯田所获粮食，都交给你专供部曲调用。"任峻说："有了这些粮谷做后盾，我心中就有底了。我把骑都尉大营就扎在这里了。"曹操说："我这就表奏你兼典农中郎将。今后凡有关屯田的事，都交给你负责，枣祗副之。"任峻说："明天我就着手调配这些田地，按青州兵家眷们各渠方的人数多少分配土地。等他们一到，就整修土地，保证不耽误明春的耕种。"

魏武风云

中

禹 庆 ◉ 著

团结出版社

图书在版编目（ＣＩＰ）数据

魏武风云 / 崔禹庆著 . -- 北京 : 团结出版社，
2025. 1. -- ISBN 978-7-5234-1498-9

Ⅰ. I247.5

中国国家版本馆 CIP 数据核字第 20245WZ539 号

责任编辑：石　晶
封面设计：安　吉

出　版：团结出版社
　　　　（北京市东城区东皇城根南街 84 号　邮编：100006）
电　话：（010）65228880 65244790
网　址：http://www.tjpress.com
E-mail：65244790@163.com
经　销：全国新华书店
印　装：武汉鑫佳捷印务有限公司

开　本：170 mm×240 mm　16 开
印　张：71　　　　　　　　字　数：1158 千字
版　次：2025 年 1 月　第 1 版　　印　次：2025 年 1 月　第 1 次印刷

书　号：978-7-5234-1498-9
定　价：298.00 元（全 3 册）

魏武风云·中
CONTENTS
目录

第四十一章

受斥责袁绍表功　识时务张绣初降

各州郡举荐的茂才、孝廉，以及朝廷征辟的名士贤达，陆陆续续来到许都，许都一派人丁兴旺，朝气蓬勃的景象。这天，去接孔融的使者，向曹操报告说："将作大将孔融已来到许都，现暂住在城北的旅舍中。"曹操便马上前去拜见。两人虽然在洛阳时打过交道，但并无深交。今日相见，彼此较客气。

曹操首先对孔融的到来表示欢迎，希望孔融在整顿朝纲，恢复朝仪等方面务必尽力，也希望孔融能举荐人才，随后关切地问："怎么没见嫂夫人及孩子们，他们都好？"一句话，问得孔融眼睛有点湿润。曹操觉得不对劲，连忙问："怎么，他们没有随你同来许都吗？"孔融这才吞吞吐吐地说："袁绍的大儿子袁谭抢占了北海，他们落在了袁谭手中。"曹操"哦"了一声，说："文举兄不必担心，我这就派人到青州去，把嫂夫人和孩子们接过来。"孔融无法再保持矜持，激动地施了礼，对曹操表示感谢。曹操嘱咐孔融好好休息几天，觐见天子后，再到将作大将府上任，随后告辞。

曹操一路走一路思考着。他与袁绍都一直忙于战争，两人好长时间没有联系了。把天子接到许都这件事，也该给他通报一声。正好趁着孔融家眷的事，派个人专门到邺城跑一趟。

回到大将军府，曹操便修书一封，详细谈了将袁术的势力赶出豫州，又迎天子到许都，说："只要关东诸将共同辅佐天子，大汉朝的中兴指日可待，盼望已久的天下大治的局面就一定可以实现。"信中又特意嘱咐："名儒孔融已被天子征辟到朝中，诏拜为将作大将，而家眷还留在北海。今特派人前往迎接，希望本初兄致意袁谭大侄子，将孔融家眷交与来人带回。"并说了一些感谢的话。然后派楼异到邺城去，告诉楼异："务必转往北海，将孔融家眷带回。"楼异接过给袁绍的信，备了马，就上路奔邺城而去。

楼异到了邺城，先找旅舍住下，然后到冀州署衙拜见袁绍。袁绍听说是曹操帐下楼异来了，赶快让人把楼异带来。说实话，他起初并未把献帝东归当回事，及至听说曹操把献帝迎到了许县，又以朝廷的名义征辟天下名士贤达，心中颇不是滋味。如今楼异送来了曹操的信，且看曹操是怎样说的。当他看完了曹操的信，心中更是五味杂陈，对楼异说："你先在旅舍中歇息，待我给孟德修书一封，你带回去交给他。"楼异说："我家主公还让我把孔融的家眷带回去。"袁绍说："孟德信中已告诉我了，我会照办的。"楼异告辞回旅舍去了。

袁绍心中不能平静，前思后想了好长时间，第二天给曹操写了回信。信中指责曹操没有和他商量，就把献帝迎到了许县，还要建什么许都。并说当初关东举义兵，就是讨伐董卓鸩杀少帝，私兴废立，因此献帝是西凉集团所立，与关东各州郡没有关系，其地位是不合法的，请曹操三思。信中对曹操将袁术势力赶出豫州表示祝贺。最后又给儿子袁谭写了一封信，说是看在曹操的面子上，让他把孔融的家眷交与楼异。随后传唤楼异，让他到青州找袁谭放人。

楼异揣好袁绍的两封信，赶往青州，见到袁谭。袁谭见到父亲的亲笔信，二话不说，将孔融的家眷交给楼异，楼异雇了辆车，冒着严寒，将孔融的家眷带回许都。孔融见到家眷，百感交集，亲自前往曹操大帐致谢。

楼异交了差，自去休息不提。曹操看了袁绍的信，眉头紧皱。看来本初对少帝被废之事一直耿耿于怀，对要不要尊奉献帝还在犹豫不定。袁绍的势力是关东诸将中最大的，最近听说他又占据了并州，并派他的外甥高干任并州刺史。若朝廷能够得到他的拥戴和支持，其他州郡的牧守们就没有理由不拥戴献帝。只有那样，朝纲才能重振，汉室才能中兴。为了让袁绍尊奉献帝，曹操动起了脑筋。

这天朝会，曹操表奏献帝："袁本初率领关东联军讨伐董卓，又先后平定黄巾军和黑山军的暴乱，维护边境戎狄地区的安定，主动讨伐不臣，应诏拜袁本初为朝廷重臣。"献帝准奏说："兴平二年已诏拜袁绍为右将军，现在诏拜他为车骑将军。"曹操说："车骑将军之位不足以显示对袁绍的褒奖。"这时太尉杨彪奏报："我德浅功微，甘愿将太尉一职让于袁绍。"曹操说："杨太尉以天下为重，实在可敬，只是委屈你了。"献帝说："诏拜袁绍为三公之首，位极人臣，想来他会满意了吧。各位公卿都赞成吗？"公卿大臣都知道袁绍势力最大，且袁氏一族门生故吏遍布朝野，而且袁绍与曹操关系交好，自然没有反对的。献帝于是下诏："诏拜袁绍为太尉，开府，兼领冀州牧，以表彰其对朝廷的敬奉。"诏书盖上玉玺，立刻派专人送达邺城。曹操心中的石头落了地，认为如此一来，就稳住了袁绍。只要袁绍应诏，他就算承认了献帝的合法性。

献帝诏拜袁绍为太尉的诏书送达邺城，袁绍很高兴自己被诏拜为三公之首，如此袁氏一族历代为三公的历史得以续写。他问朝廷使者："曹操被天子诏拜为何卿？"使者回说："天子诏拜曹操为大将军。"话音刚落，袁绍脸上的笑意顿时消失，心想：这曹操迎了献帝到许县，却自诩为大将军，是可忍孰不可忍。于是将诏书递还使者，说："回去告诉圣上，我远在冀州，无法顾及朝廷，难以奉诏！"说完拂袖而去，留下特使傻站在那里，百思不得其解：刚才还笑容满面，一眨眼便冷若冰霜。也不敢多问，只好将诏书带回许都。

献帝原以为袁绍见了诏书，心中必然喜欢，定当上奏章表示感谢，没想到却拒不奉诏，根本没把自己放在眼里。联想到自东归后，袁绍一直不贡奉朝廷，并且私相征伐，扩充自己势力。除冀州外，先后占了青州、并州，并与公孙瓒为争夺幽州连年征战，一时气上心头。毕竟年轻气盛，也没有多想，就再下诏书，痛斥袁绍不以朝廷为重，其心叵测。

袁绍接到诏书，看到天子严厉斥责自己，尤其诏书中说："你袁绍地广兵多而专自树党，不闻勤王之师而但擅相讨伐。"心中大怒，认定是曹操鼓动献帝指责自己，于是召诸掾属说："自关东起事，曹操兵败到河内投奔我，是我收留了他。我表奏他为东郡太守，并助其击败黑山军，才使其有立足之地。后表奏其为兖州牧，出兵助其征剿陶谦，帮助他从吕布手中夺回兖州。若不是我一次又一次相助，他曹孟德不知死了几回了。如今忘恩负义，迫令圣上诏拜其为大将军，位居三公之上，却诬我不义，挟天子来号令我。这天子乃董卓所立，尊之为天子，不尊则什么也不是，我当废之。"说着将诏书扔于众掾属。众掾属传看，也有替袁绍鸣不平的，也有主张不尊天子而另立的。

沮授看完诏书，说："主公息怒。当今天子虽为董卓所立，但毕竟也是灵帝骨血。这些年来已为天下所公尊，若无故而废，必引天下公愤，将使我处于不义之地。袁氏一族，四世三公，辅弼汉室，世济忠义，天下敬仰。为今之计，当向天子表奏，申以功绩，示以忠心。天子定能明辨曲直，还主公一个公道。"

各掾属也都赞成沮授的意见，纷纷劝袁绍不可冲动。袁绍决定上奏章，为自己鸣冤叫屈，以缓和与朝廷的关系。

奏章是袁绍亲自写的："臣曾听说，因过分悲哀，能致天降霜雪，伤心至极而能哭倒城墙。每当说到这些事，我都十分相信，诚能感天动地。然而今天来看，才知都是编造的。为何如此认为呢？臣出身为国，破家立事，一片至诚之心却被怀疑。臣昼夜哀叹，剖肝泣血，却不见霜雪从天而降、城墙崩塌。所以邹衍、孟姜女尽管至诚至极，也是感动不了天地的。"

接着袁绍为自己评功摆好，先说自己如何不避艰险，不惧强权，挺身而出，与大将军何进一起，与以张让为首的宦竖集团进行了顽强的斗争，及至大将军被害后，"臣独率兵马，挥戈仗剑，护卫朝廷，虎叱群司，奋击凶丑，宦竖终被诛。此诚愚臣效命之一验也。"又写董卓篡政，袁氏不顾一族之安危，维护朝纲。董卓为了拉拢他而表奏其为渤海太守，封为邟乡侯，犹兼司隶校尉。"吾与董卓并无私人恩怨，如果那时也随波逐流，偷荣求利，进则可以享窃禄位，退则无门户之患。"然而为了大汉朝廷，他却义无反顾，"会聚关东诸将，饮马孟津，歃血漳河。"当时冀州牧韩馥心怀不轨，断了他的粮草，使他的兵马未能及时赶到洛阳，致使袁氏一门被害。"鸟兽之情，犹知号呼，臣所以荡然忘哀，貌无隐戚者，诚以忠孝之节，道不两立。顾私怀己，不能全功。斯亦愚臣破家殉国之二验也。"

袁绍在奏章中还说到，青州黄巾怎样起兵造反，张扬如何勾结黑山军反叛朝廷，危急关头，冀州牧韩馥却束手无策，临危弃土。他却奉辞伐罪，阻止了黄巾军对冀州的进攻，又如何击败了黑山军，并且命曹操暂领兖州牧，平定了青州黄巾。他指责公孙瓒私诛刘虞，窃据幽州。自己如何挥师北伐，征剿公孙瓒。袁绍表白说："臣本是公族子弟，生长在京城，只知道吃喝玩乐，并不会带兵打仗。但是袁氏一族自祖上袁安起，就是朝廷辅弼，以文德尽忠，臣效法祖上，不思辛劳，不顾性命，为大汉社稷尽心竭力。"又说到太仆赵岐奉命东抚，传达天子要关东诸将罢兵讲和，"臣奉诏之日，引师南辕，是臣畏怖天威，不敢怠慢之三验也。"

袁绍在历数自己的功劳后，又说自己的手下都是一些英杰豪俊，令名显达之士，他们"赴汤蹈火，功勋卓著，却不见朝廷的奖赏。而许多州郡牧守，欺世盗名，各怀二心，瞻前顾后，却受到朝廷的诏拜、敕封，"斥责朝廷把事情弄颠倒了。"臣听说太平盛世，德高者为尊；乱世之时，功多者赏厚。自天子蒙难，天下志士愤惋，忠臣们肝脑涂地，粉身碎骨也不后悔，皆为一个'义'字。如今朝廷却奖赏那些无功之人，贬黜那些忠臣，之所以如此，皆是天子听信了那些谗慝之人的邪说。臣身为朝廷二千石的重臣，得朝廷厚恩，并不敢窥觊朝廷再赏赐什么，只是为臣手下的那些将士们鸣不平。"接着袁绍又把自己与弟弟袁术的不和，归结于太傅马日磾，说是马日磾"耗乱王命，宠任非所，凡所举用，皆众所捐弃，"致使与自己的亲骨肉袁术反目成仇。虽然他早想与袁术冰释前嫌，但已事不由己。最后袁绍又说："即使天子有日月之明，也有照不到的地方；有聪慧之智，也有疏漏之时。"希望天子认真看看他的这份奏章，多征询群贤们的意见，再来斥责他。最后袁绍说："臣虽小人，志守一介。若使得申明本心，不愧先帝，则伏首欧刀，褰衣就镬，臣之愿也。惟陛下垂《尸鸠》之平，绝邪谄之论，无令愚臣结恨三权。"

写完奏章，袁绍心中的怨恨得以倾泻，心情平复了许多，派专人将奏章送到许都，呈报献帝。只是自此，他心中对曹操产生了记恨。

献帝在朝会上刚一宣读完袁绍的奏章，公卿大臣们便议论开了，有的说："这袁绍脸皮真厚，若不是他力主清洗宦官，激起宫变，圣上和少帝何以夜走北邙。"有的说："董卓之乱，起因就是他游说何进所致。自己弄巧成拙，现在反成了功臣。"这些公卿大臣有许多都是老臣，这些事如今仍历历在目，所以对袁绍奏章中的话皆嗤之以鼻。对于他夺了韩馥的冀州牧，欲立刘虞为帝，私自任命州郡牧守，老臣们虽远在长安，不是很清楚，但也略有耳闻。最近征召到许都的这些关东才俊们，对此却是一清二楚。于是朝堂上讥讽之声一片，要求天子下诏，戳穿袁绍的谎言，责其贡奉天子，以尽臣子之道。献帝也被群臣的激愤感染，诏令荀彧起草诏书，再次谴责袁绍。

曹操连忙上奏："不可，万万不可！"说实话，听了袁绍的奏章，他与众群僚一样，对袁绍的大言不惭，也是非常气愤。但当群僚情绪激动起来的时候，曹操很快使自己冷静下来，他说："袁绍的奏章的确言过其实，竭力为自己涂脂抹粉，令人生厌。但我们也应该看到，袁绍在奏章中尊奉天子，言必称臣，仅此一点，就应予以宽容、赞扬。最近从寿春不断传来消息，说袁术意欲称帝，以我对袁术的了解，料此事必真，只是时间早晚而已。众百官知道，袁绍现自领冀州牧，让他的大儿子袁谭任青州刺史，侄子高干任并州刺史，幽州正与公孙瓒相争，但公孙瓒只剩招架之功，我料公孙瓒迟早必败。如果我们激怒了袁绍，逼得他反叛朝廷，那么现在稍稍安定的关东地区，就会重新大乱。若此时袁术趁机公开称帝，天下就会烽烟再起，生灵涂炭。即便朝廷赖天之助，平定叛乱，必致元气大伤。此于天子何益，百姓何益？"

众公卿百官听了曹操的分析，细细一想，也都纷纷点头称是。献帝问曹操："以爱卿之言，应该怎么办？"曹操说："从袁绍的奏章中可以看出，他之所以一直在为自己评功摆好，是在向天子要地位。"献帝说："朕诏拜他为太尉，属三公之首，位极人臣，若还不满，莫非让朕把帝位让给他？"文武百官也议论纷纷："太尉一职尚且不满，只好将天子之位让与他了。真是贪得无厌！"曹操笑了笑说："大家理解错了，还是我对这位老大哥了解，他是对我不满。"文武百官面面相觑。曹操解释道："袁绍认为他曾是关东联军盟主，我不过是他手下一员偏将。如今天子诏拜我为大将军，依汉制，大将军实际上较太尉为重。袁绍认为没了面子，心中不满，所以奏章中一再为自己鸣冤叫屈。"众公卿百官仿佛有点明白过来。曹操说："既然原因在此，就把我这个大将军的名号让与他。"献帝说："不可！曹爱卿贡奉朝廷，护驾许都，其功远在袁绍之上。是朕诏拜你为大将军，他袁绍若不服，也立下功勋，辅佐朝廷，让朕亲眼看看。"曹操说："如今天下不稳，为大局计，只要袁绍愿意称臣，贡奉圣上，大将军的名号让与他又有何妨。没有大将军的名号，我依旧贡奉朝廷。"献帝说："那可就太委屈你了。你就领太尉一职吧。"曹操说："我的职位越低，袁绍心中越舒服，我就仍领镇东将军的名号吧。"

文武百官皆不愿意。孔融奏道："曹将军必位列三公，方才称百官之愿。"献帝说："公卿百官共举荐你，曹爱卿再不领受，就有违众意了。"曹操想了想，说："既如此，许都正在兴建中，我也少不了参与，大司空一职空缺，那就领大司空吧。"献帝说："曹爱卿领兵征伐，既把大将军一职让与袁绍，那就拜为骠骑将军吧。"曹操说："我已说过，我的职位比袁绍越低，袁绍心中越舒服，还是让我代理车骑将军吧。"献帝还要说什么，曹操奏道："圣上明鉴，一切以天下为重。袁绍虽为大将军，恐怕他犹嫌名号太空，那就再诏拜他督领冀、青、幽、并四州。如此袁绍再无话可说。"众公卿百官不愿意，说："由其督领四州，其地之广，势之大，史所未见。久之必尾大不掉。"曹操说："冀、青、幽、并四州，实际上已在袁绍手中，承认不承认让他督领，都是如此，不如顺水推舟，暂安其心。"众公卿无奈，只好勉强认可。献帝虽不情愿，也只好诏命荀彧随后拟诏：诏拜袁绍为大将军，赐弓矢节钺，虎贲百人，兼督冀、青、幽、并四州，敕封为邺侯。

曹操说："袁绍好大喜功，爱讲排场，为表示朝廷的诚意，也为了彰显朝廷的威仪，给足袁绍面子，这次应从众公卿中选派一人为特使，持节前往邺城颁诏。"众公卿互相看看，袁绍目前对朝廷是什么态度，谁也拿不准，害怕到邺城后，万一袁绍翻脸，性命难保。这时孔融奏道："臣愿为朝廷特使，持节前往邺城宣诏。"曹操说："文举位列公卿，又是举世皆知的大儒，其名号、身份、地位足以堪当此任，再无人能代替，只好请文举辛苦一趟了。随后我要亲自给袁绍再写一封信，也请文举一并送交袁绍。"孔融说："事不宜迟，我这就准备动身。"很快给袁绍的玺绶符节及弓矢虎贲准备齐全，孔融即刻启程。

孔融到了邺城，碍于孔融的威名，袁绍不情愿地接待了孔融。当得知天子诏拜自己为大将军，领冀州牧，兼督冀、青、幽、并四州，脸上立刻露出了笑容。当孔融告诉他，曹操仅为代理车骑将军时，更是笑逐颜开，连连点头说好，表示一定效忠天子，并热情地接待了孔融。接着准备了一些绢帛财物及冀州特产贡奉天子。孔融长舒一口气，带上袁绍的礼单，自回许都面呈献帝。

曹操这几日陆续接到昆阳、城父、梁县等诸县的报告：驻扎在南阳的张绣不断率兵马来侵扰掠夺，希望朝廷出兵征剿。这时徐晃平定了卷县、原武黄巾余部的叛乱，刚好回到许都向曹操报捷，听到此消息，立刻向曹操请战："讨伐张绣，愿为先锋！"曹操说："这张绣是何许人也？兵马有多少？"徐晃说："主公不用打听，问我就行。这张绣是张济将军的本家侄子，随张济征战，因军功升为建忠将军，敕封宣威侯。""曹操说："这么说是张济的兵马了。可张济不是屯住在弘农吗？"这一下把徐晃问住了。他挠了挠头，笑道："真是，这叔侄俩本在弘农，怎么跑到南阳去了？"曹操命斥候："赶快打听，尽快报来。"

事情很快就弄清楚了。原来自献帝北渡黄河到安邑后，李傕、郭汜返回长安，张济仍留驻弘农。西凉兵马向以抢掠为生，弘农百姓深受其害。许多人流亡在外，致使田地荒芜；又适逢春夏连旱，庄稼歉收，张济在弘农筹不到粮食，士卒饥饿，勉强撑到入秋，实在无法，只好率兵马离了弘农，南下荆州，一路抢掠，来到南阳，遭到南阳诸县的抵抗。在一次攻打穰城的战斗中，张济不幸中了流矢，临终前，将部曲交与了张绣。

得知张济阵亡，南阳郡守向刘表报捷，荆州掾属们也向刘表道喜。可刘表却说："张济将军因为遇到灾荒，军粮不济，才来到荆州。我们本应以礼相待，却反而交兵，这并不是我的本意。"于是在穰城设立了灵堂，专门吊唁张济将军。原来刘表的荆州牧、镇南将军、武城侯、假节等，皆是西凉李傕等人表奏的，刘表一直感谢不尽；再者曹操拥有兖、豫二州，势力眼看做大，如不早做谋划，将来就会吃亏。刚好张济来到南阳，刘表有心与其联手，让其驻扎南阳，拱卫荆州。不料双方交兵，张济被流矢射死，结盟不成，反结了怨，于是屡屡向张绣示好。张绣接手了叔父的兵马，发誓要替叔父报仇。但感到自己年纪尚轻，孤掌难鸣，欲找一个人来辅佐自己，就想到了叔父常提到的贾诩，认为此人神机妙算。得知贾诩现在华阴段煨处，于是派人前往相请，叮嘱使者："如贾诩不允，一定好言相劝，务必把贾诩请来。"

贾诩自与张济在弘农告别后，仍回到段煨处。段煨非常敬重贾诩，处处以礼相待。张绣的使者来到华阴，将张绣专门相请一事告知贾诩，没想到贾诩一口应允下来，这让使者喜出望外，就要与贾诩启程。但贾诩说："我给段将军交代一下，将妻儿暂留华阴，待南阳形势稳定下来后，再来相接。"使者本害怕段煨不放贾诩，要悄悄与贾诩及家眷离开华阴，没想到贾诩却要将家眷托付于段煨，大惑不解。段煨的掾属大多与贾诩关系较好，得知贾诩要离开这里，便劝贾诩："段将军如此厚待于你，你能忍心弃他而去？"贾诩说："段将军生性多疑，他表面上待我甚厚，实则心中对我有忌讳。我离开这里，他心中必定高兴。我到了张绣那里，为便于今后拉拢张绣，必希望与我为友，所以我的妻儿留在这里，必能得到他很好的照顾。张绣年轻，无人替他谋划，迫切希望得到我的帮助，我到那里比在这里安全。"果然贾诩向段煨辞行，段煨设盛宴欢送，并答应一定照看好家眷。

贾诩来到南阳，张绣喜出望外，他没有想到能请动贾诩来做谋主，当即便以父子之礼敬奉贾诩，并将刘表欲讲和的情况告诉了贾诩。贾诩为了探明刘表的真实意图，只身去了穰城，见了刘表，回来后劝张绣说："刘表此人太平盛世可任三公，然而在乱世却对形势认识不清，多疑而不善断，不会有大作为。他是想让我们帮他守南阳，我们可以利用这一点，暂时获得一个容身之地。你叔父张济将军的死纯属偶然，不应算在刘表头上。"于是张绣亲自前往穰城，拜见刘表。刘表很高兴，答应让张绣驻扎南阳。张绣及众将士闻之大喜，遂依附刘表。

　　然而张绣继承了西凉集团的很严重的流寇思想，不断侵扰豫州的昆阳、城父、梁县一带。贾诩劝他不可惹怒了曹操，可张绣却根本没把它当回事，越境抢掠之事时有发生，甚至有两次进到襄城境内，直接对许都构成了威胁。弄清楚了事情的原委，曹操决定征剿张绣。

　　建安二年新年刚过，春寒料峭，曹操奏报献帝，留乐进、朱灵、李整等守许都，徐晃为前锋，于禁在后押送粮草，尽起大军，杀奔南阳而来，要一举剿灭张绣。张绣闻知大惊，后悔未听贾诩劝告，致有今天大祸。忙令侵扰梁县、城父、昆阳的兵马撤回，在堵阳、舞阴设防，堵截曹操大军；一面向刘表告急，请求荆州出兵增援。然而曹军来势凶猛，夏侯惇、曹洪为右，曹仁、夏侯渊为左，两支兵马分击堵阳、舞阴，很快攻破城池，斩杀守城将士无数，余部悉数投降，随后又包围博望。张绣接连派人催促刘表火速增援。

　　刘表本不想和老朋友曹操撕破脸皮，所以才招抚张绣驻守南阳。没想到张绣惹是生非，招来了曹军，心中有气；同时也想让张曹两家互相争斗，彼此教训一下对方，因此推说荆州兵马都在南郡驻扎，赶到南阳尚需时日，暂无法增援，相信张绣一定能击败曹操。此时博望守将逃回宛城。报告说博望已失，曹军正向郡治宛城扑来。张绣此刻已六神无主。贾诩一笑说："主公莫慌，天无绝人之路。刘表不想增援，我们也没有必要替他卖力守南阳。曹将军雄才大略，我们不如趁此归附曹操。"张绣说："只好如此。"于是让贾诩前去与曹操谈和。

　　曹操率大军已抵淯水东岸，扎下营寨，准备强渡淯水，夺取宛城。这时侍卫来报："有一自称贾诩的求见。"曹操一听贾诩到了营中，料是来讲和的，赶忙请进。双方见过礼，贾诩便说明了来意："我家主公年轻气盛，初掌帅印，不意得罪了曹将军，还望曹将军宽宏大量。我家主公愿归顺曹将军，以图将来有个正果。"曹操早闻贾诩大名，如今相见，倒把张绣一事撂在一旁，说："早闻文和有良、平之才，今日有幸得见。当初你一句话就改变了西凉集团的命运。"贾诩说："当时只是为了活命，没想到却引起了后来长安的动乱，一想起来就感到惭愧。"曹操说："天子多次提到你，说全凭有你从中斡旋，才使天子免遭李傕、郭汜的残害，最终还是在你的帮助下，才得以东归。"贾诩说："这都是身为臣子应该做的，实在不足挂齿。"曹操说："如今张绣归降，定是文和之力，一场血战得以避免，先生的功劳首屈一指。"曹操对贾诩早有倾慕之心，很痛快地答应了与张绣讲和。

贾诩一面派人飞报张绣，出城迎接曹操，一面引导曹军渡过淯水，在宛城外扎下营寨，然后陪同曹操入城。张绣率手下诸将早已在城门外迎候，见曹操来到，毕恭毕敬，上前施礼。曹操见张绣三十多岁，正是血气方刚之年，不善言辞，憨厚淳朴，颇有几分喜爱，说了些安抚、劝慰的话，张绣说："府中已备好酒宴，特为曹将军及各位将军接风。"于是曹操及诸将在张绣、贾诩的陪同下，一路说笑，来到南阳署衙，共同入席。曹操今天兴致很高，不断接受张绣及其将领的敬酒，同时也频频向张绣及其将领敬酒。典韦紧随曹操身后。诸将初见典韦，高大魁梧，两眼圆睁，手持双戟，不怒自威，被典韦的气概震撼，心中惊颤。凡曹操敬的酒，不敢推辞，皆一饮而尽。

酒过三巡，曹操见张绣身旁立有一将，体量与典韦相差无几，宽肩厚背，似有千钧之力，数次敬酒皆不饮。曹操问："不知壮士怎么称呼？"张绣说："此乃身旁侍卫，名唤胡车儿。"曹操心中喜爱，特斟满一杯，敬与胡车儿："真壮士矣，请满饮此酒。"胡车儿忙推辞："身为侍卫，不便饮酒，请曹将军包涵。"典韦双眼一瞪，恼怒道："我家主公乃当朝三公，亲自与你把盏敬酒，你却推辞，真是不识抬举。"胡车儿也双眼一瞪："你是何人，敢来指责我？"两人遂发生争执，曹操连忙劝阻："不必伤了和气，胡车儿忠勇，应当嘉奖。"张绣示意胡车儿接过曹操敬的酒，胡车儿接过酒，一饮而尽。曹操高兴，遂令双方将领，开怀畅饮，尽叙友情。渐渐喝得多了，曹军将领以得胜之师，说话不免有些娇蛮。张绣手下将领心中自是不服，互相之间皆以大话相激，渐起纷争。好在时间不早，宴席结束，曹军将领都返回城外营寨，张绣特留曹操在府中歇息。

第四十二章

因大意曹操失典韦　难释怀丁氏思曹昂

曹操心中高兴，酒喝得尽兴，不免多饮了几杯，在张绣的扶持下来到后院。张绣初次接触曹操，感到曹操待人热情、豪爽，心中也非常欢喜，酒也多饮了几杯。来到事先准备好的房中，见床铺还未铺好，不禁大怒，嚷嚷起来。这时一位三十岁左右的妇人跑了过来，带着歉意赶快整理床铺，并一个劲地赔不是。张绣依然不依不饶。曹操侧目望去，此妇人天生丽质，穿着雍容华贵，非常有气质，根本不像是侍女，便劝了几句。待床铺铺好，张绣安排曹操住下，便退了出去，回自己宅院中了。

睡到半夜，曹操起夜，回来时似乎听到旁边一小院内传出时断时续的哭泣声，曹操疑是听错了，仔细听了听，确信自己没有听错，便唤典韦前去打听，看是怎么回事，谁在那里哭。很快典韦来报："旁边小院中哭泣的是曾在这里铺床的妇人。"曹操有点生气："张绣说了她几句，就哭到现在，也太矫情了。去把她带来，我要替张绣惩戒她。"很快那妇人跟随典韦过来，一进门倒地便拜，说："妾身无意中惊了将军的睡眠，还请恕罪，万不可将此事告诉张绣。"曹操见她吓得浑身直抖，颇感好奇，问道："你是谁？为何哭泣？若实话说来，我自会替你掩饰。"那妇人抹了一下泪，才说："我本姓邹，弘农人氏。娘家虽不是名门大户，倒也富庶，算得上书香之家。自小随父亲读过一些书。张济将军驻屯弘农时，便强行要娶我为妾。我父母嫌张济年龄太大，且又是只知抢掠百姓的一介莽夫，便不同意这门亲事。结果张济派人强行将我掳走，还将我父母打伤。后来到了南阳，张济又被流矢射死，张绣以为是我的晦气导致的，自此我虽名为张绣婶娘，却把我当奴婢看待，呼来唤去，稍不如意，便横加指责，恶语相加。每想起我那远在弘农的父母不知死活，妾身也不知将来是何下场，便哀叹自己命运不济，因此哭泣，不想惊了曹将军。"

曹操听了邹氏的哭诉，同情之心油然而生，沉吟良久，说道："这么说来，现在你是孤身一人。若你愿意，随我到许都如何？"邹氏颇为惊喜，点头应允。曹操说："你先别忙着应允，你还不知道我是谁，就这么快答应。"邹氏说："你不是曹将军吗？我们弘农人都听说过你。平定黄巾，征讨董卓，前不久说你迎天子到了许都。得知你来征讨张绣，心想做了俘虏也好，那样我或许还有机会回弘农，见我爹娘，强似在这里孤苦一人，度日如年。没想到双方讲和，自想再无出头之日。若曹将军愿带我走，做牛做马我也心甘情愿。"曹操说："既如此，明天见张绣，与他明说，随我回许都。"邹氏千恩万谢，回自己的小院去了。曹操再无睡意，坐在那里想心事。

第二天一早，张绣便来问候："曹将军昨晚可休息得好？"曹操皱眉说："昨晚被一妇人哭声惊醒，再无睡意。"张绣醒悟："我大意了，让曹将军受惊了，待我斥责于她。"曹操说："我昨晚已派人将她唤来问过了。她说是你的婶娘，可是真的？"张绣说："正是。这妇人自嫁与我叔父后，整日愁眉苦脸，后来我叔父不幸归天，她更是悲天悯人，整日哭哭啼啼，像个丧门星。我早想将她赶走，无奈毕竟是我婶娘，只好养着。"曹操说："张将军既如此说，我给她找个去处如何？"张绣说："太好了，只要有人肯要。"曹操说："我打算将她带回许都。"张绣一愣，随后尴尬一笑："跟了曹将军，也算她此生的造化。"正说着侍卫来报，早饭已准备好。张绣命人将早饭端来。二人吃过早饭，便约上贾诩，前去巡视张绣的兵马。曹操说："南阳本属荆州，如今你归了我，刘表必不答应。我撤军后，他必来攻你。"张绣说："刘表如来，我即向曹将军报告，坚守南阳以待曹将军率兵马增援。"

此时已经过午，张绣早命人摆下酒宴，又派人到城外，将曹军诸将领接到府中，双方将帅又聚在一起，推杯换盏，畅饮至醉。眼看天色不早，曹操告辞，张绣挽留，说："军中营帐条件简陋，还是留在府中歇息。"曹操说："客走主便，免得再打扰，军中营帐早已习惯。请将邹氏唤出，随我一起出城。"张绣忙将邹氏唤出，又交代了几句好生侍奉曹将军的话，曹操便与诸位将领出城回营寨去了。

曹操回到营寨，便派斥候打探刘表的动向。过了几天，见刘表毫无动静，便放下心来，准备起兵返回许都。这时想起张绣的贴身侍卫胡车儿，甚是喜爱，便让典韦将其请来，设宴款待胡车儿，一见胡车儿便说："你与典校尉皆壮士，前日在张将军府上，因职责所在都未饮酒，不知壮士与典韦谁更能饮。今特设一宴，请二位壮士尽情畅饮，以酒会友。"胡车儿与典韦皆是豪爽之人，两人听曹操如此说，也不谦让，敬过曹操几杯酒后，便自顾推杯换盏，你敬我让。曹操望着两人大口吃肉，大杯喝酒，对胡车儿更是喜爱。便有心将其收在帐下，眼看天色已晚，胡车儿起身告辞，曹操命人拿来一些金银送与胡车儿。胡车儿看礼物太重，不敢收，典韦硬塞给他。胡车儿推辞不过，带上金银回城去了。

自胡车儿被曹操请去赴宴，张绣心中就直犯嘀咕：曹操乃当朝三公，为何单请自己的贴身侍卫赴宴？待胡车儿回来，看他喝得酩酊大醉，直说曹操待他如何热情，并将曹操所赠金银让张绣看。张绣看赠物如此贵重，心中起了疑，莫非曹操要收买我的侍卫？联想这些天手下诸将纷纷向他抱怨，说曹军目中无人，饮宴时有轻视嘲讽之意。当听说曹操要留下一支部曲协助守南阳时，诸将鼓动张绣万不可答应，都说："说是协助我们驻守南阳，以防刘表，实则对我们不放心，要留兵马看住我们。如此一来，岂不长期受曹军的气。"张绣想想诸将所说不无道理，便去找贾诩商议。贾诩几天来也听到将士们有不少抱怨，便说："先败后降，必定让人轻看。"张绣说："既然如此，与其受其挟制，我们不如反了。只是曹军势大。"贾诩说："主公若能下定决心，也不是没有取胜的机会。曹军虽人多势众，但对我已不设防。趁此机会，擒了曹操，曹军自退。"张绣说："看来先生已成竹在胸。"贾诩便如此这般地向张绣暗授机宜。

第二天，张绣专程来大帐见曹操，问："听说曹将军要留兵马与我共守南阳，以防刘表来袭，但不知要留哪支部曲？"曹操说："我有这个想法，还未与你商量。我想若刘表来攻，我远在许都，增援恐怕来不及，便打算留曹洪的部曲在此。"张绣暗说，果然如此，便说："既是留曹洪兵马长期屯驻，就不能像现在这样住在临时的营寨中。我思虑再三，决定先将城中的兵马迁出一些，让曹洪将军的兵马进驻城中，待城中的军营建好后，再将他们调回城中。"曹操说："不必如此费事，就让曹洪暂住城外，待城中军营建好后，直接搬入即可。"张绣说："曹将军的部曲已在外多日，将士们都很辛苦，无论如何也不能再让曹洪将军的部曲住在城外，这两天我就动手将兵马先迁出城外，给曹洪将军腾地方。只是车辆太少，盔甲兵器无法运送，只好让将士们把盔甲穿戴在身上带出城外。"曹操看张绣如此热心，怕再反对，反而冷了张绣的心，便点头同意了。

第二天，便陆续有士卒身穿盔甲，携带兵器，开出城外，并着手在城外搭建临时营帐。这时胡车儿来邀典韦，说："曹将军盛情请我饮宴。我家主公过意不去，也设宴要款待典校尉，请务必赏脸。"典韦推辞，胡车儿执意相邀，便请示了曹操。曹操看到两人交好，心中高兴，特批典韦前去赴宴。典韦得到曹操批准，高高兴兴地与胡车儿一同前往。直到天晚，典韦大醉，才被胡车儿送了回来，搀入帐中安顿好。胡车儿临走时，将典韦的一双八十余斤的大手戟悄悄带走了。

此时天色已晚，城外的营帐已经建好，张绣率兵马全副武装开出城外，曹操心中非常感谢张绣。待到半夜，周围逐渐静了下来。曹操刚要休息，忽然传来一阵嘈杂声，曹操侧耳细听，分辨不清。这时嘈杂声越来越响，曹操感到事情不妙，抓起佩剑就往外冲，只见一位侍卫闯了进来，大叫："不好了，张绣反了，现在兵马正向大帐冲来，侍卫们正在拼死抵抗，请曹将军快撤！""沉住气！"曹操说着掂着佩剑冲出了大帐。

典韦听到喊杀声，酒已醒了大半，伸手抓双戟，没有抓到，急忙寻找，也没有找到。典韦知道事情不妙，徒手冲了出去，迎面从冲过来的敌军手中抢过一把长枪，刺了起来，看敌军稍退，赶快扑向大帐，正好碰见曹操掂着佩剑从大帐出来。典韦说："主公快走，这里有我抵挡。"说着推了曹操一把，转身与敌军厮杀在一起。几位侍卫冲到，护着曹操骑上战马，用拳猛击战马，战马载着曹操飞驰而去，这些侍卫回转身助典韦拼杀，阻住了张绣士卒的进攻。张绣的士卒眼看攻不上来，只好调集弓箭手密集放箭。典韦及侍卫们纷纷中箭，张绣的士卒瞬间攻了上来。典韦见身边的侍卫皆已战死，自己也身中数箭，他挥起手中长枪刺了出去，又一批敌军倒下。张绣的士卒再放箭矢，可典韦手拄长枪，立在那里，两眼圆瞪，依然不倒。张绣的士卒吓坏了，谁也不敢近前，都在想：这典韦是什么样的人，为何弓箭射不死他？直到过了很久，有胆大的士卒上来查看，才知典韦早已气绝身亡。

此时整个曹军大乱，各部曲都摸不清情况，纷纷撤往淯水，曹操也随着他们朝淯水撤退。黑暗中，曹操右臂中了一箭，佩剑几乎失手掉落。战马也中了数箭，载着曹操仍然狂奔，这时一支冷箭射来，正中马的面门，战马跌倒，曹操被掀翻在地上，张绣的士卒围了上来。正在危急时刻，两员小将冲到面前，一阵拼杀，击退了张绣的士卒，其中一个跳下战马说："父亲莫慌，请上我的战马。"曹操细看，正是儿子曹昂和侄儿曹安民，两人不由分说，将曹操推上战马，狠抽一鞭，马朝前一跃，冲了出去。曹昂和曹安民一个马上，一个马下，抵住追兵，战在一起。

曹军接连不断地渡过淯水，直撤到舞阴，才收住阵脚。曹操下令各部整备兵马，才知典韦手下的侍卫亲兵，大多没有回来，曹昂和曹安民下落不明。第二天，曹操召集诸将说："这次失败责任在我，我过于相信张绣，失去了最起码的警惕。请大家记住，自此以后，我曹操绝不会再犯同样的错误。"随即命各部曲重新渡过淯水，寻找昨夜阵亡失踪的将士。当曹操来到自己的大帐时，只见大帐已被大火烧毁。典韦及侍卫亲兵的身体上，都是身中数箭。刀、枪、戈、戟所造成的伤痕，遍布遗体。可见当初激战的场面是多么惨烈。邹氏也被乱箭射死。曹操下令：就地征集最好的棺木，装殓他们。这时曹昂和曹安民的遗体也被找到，他们血肉模糊，几乎被乱刀砍为肉泥。夏侯惇等将领怕曹操经不住打击，没敢让曹操去看，便赶快装殓了。随后曹操举行了隆重的葬仪，将他们安葬在淯水岸边。排头最大的那个墓丘是典韦的，后边紧挨着的是曹昂和曹安民。曹操在典韦墓前发誓：一定要为他及战死的将士报仇。随即下令："包围宛城，全歼张绣！"

当曹军再次渡过淯水，贾诩对张绣说："曹操抱定复仇之心，其势不可挡，宛城已不可守。"张绣说："没想到计划那么周密，却让曹操给逃脱了。事已至此，也无处可退，只好与曹操拼个鱼死网破了。"贾诩说："不能硬拼，先撤往穰城。"张绣说："曹操必追往穰城。"贾诩说："我们撤往穰城，就是逼刘表出兵相助。如果刘表仍不出兵，我们再退就是襄阳，刘表就不会置之不理了。"张绣连叫："好，好，此计甚妙，撤往穰城。"

刘表在襄阳闻知南阳北部各县悉落入曹操之手，张绣已逃到穰城，并派人来告急，希望派兵相救。刘表心中暗骂：这张绣这么不禁打，没几个回合，就被曹操赶到了穰城，若再不出手相救，这南阳就会全部落入曹操手中，那时就会完全被动了。于是赶快调集兵马，要增援张绣。

曹操包围了穰城，正准备攻打，得知刘表亲率荆州大军赶来增援，心中略显迟疑。如与刘表对阵，且不说两人会反目成仇，凭刘表的实力，此战短期内也不会结束。许都初创，朝廷百废待兴，自己被拖在这里，那是非常得不偿失的。可不剿除张绣，这口恶气出不来，心中实在不甘。就在他犹豫之际，接到了荀彧派人从许都送来的信。信中说："从寿春频频传来消息，袁术正紧锣密鼓准备称帝。请主公尽早赶回许都，准备应付事变。"曹操心中大惊，于是当机立断，下令解除对穰城的包围，并许下诺言："待腾出手来，必回来报仇。"曹操撤往宛城，命曹洪率本部兵马驻守宛城，守卫所占的南阳北部这几个县，随即率大队兵马返回许都。

刘表到达穰城，见曹操已撤军，两位老友终于没有兵戎相见，心中的石头也落了地，便打算回襄阳。张绣希望刘表助自己趁势收复南阳北部被曹军所占的诸县。刘表不愿与曹军交锋，说："南阳已交你管理，你把这几个县弄丢了，就自己把它夺回来。荆州之事繁多，我还有许多大事要办。"于是率荆州兵马回襄阳去了。

曹操回到许都，心中忐忑，不知该怎样向丁、卞二夫人交代。在大帐中拖了两天后，不得不硬着头皮回了家。丁夫人闻知曹操回来，披头散发，嚎叫着从帷帐中扑了出来，一边撕扯一边哭骂，要曹操还他的儿子曹昂。两天来她的眼泪早已哭干了，也哭累了，整日昏睡，不吃不喝，想起来就干嚎几声。如今见了曹操，怨恨怒气又使她精神大振，非要把曹操撕碎不可。

卞夫人也是悲伤至极。曹安民虽是族侄，却是卞夫人一手拉扯大的，视如己出，见到曹操，也是充满了哀怨。她强忍着悲痛，劝解着丁夫人。环夫人、杜夫人、秦夫人、尹夫人听到丁夫人的哭骂，赶快从各自的帷帐中赶来劝解。丁夫人大骂："你们都有儿有女，我就这一个，还被他父亲送了命。自我昂儿被杀，我心中再不会有任何人。曹操，你还我儿来！"说着又扑上来。

曹操知道，自刘夫人生了小儿子曹铄，把曹昂过继给丁夫人之后，丁夫人奉若明珠，疼爱有加，用情之深，胜过亲生。曹操强忍着心中的火气，任由丁夫人发泄，想着怨恨发泄完就好了。卞夫人是劝丁夫人，也是劝自己，说："打仗哪有不死人的，想想都是父母生养，那些阵亡的将士们，他们的亲人该怎么过呢？还是怨这个乱世吧，天下太平了，这悲伤的事就不会再有了。"曹操对卞夫人的深明大义甚是感激，然而丁夫人根本听不进去，揪住曹操，非要还他儿子："别人的事我不管，我只要我的昂儿回来。"

曹昂也是曹操的儿子，他心中也是悲伤哀痛的，见丁夫人如此没完没了，曹操的怨恨无处发泄，对诸位夫人说了句："你们劝劝她吧。"说完转身出了帷帐，回到他的大帐，独自坐在那里，典韦、曹昂、曹安民等人的形象又浮现在曹操面前，他的心情难以平静。为了排解自己的愁绪，他率司空府各长史曹掾，视察许都城的改扩建。这时许都城的百姓已全部迁出，城内成为了皇宫，按轻重缓急，依次动工兴建殿堂宫室。城外的各公卿署衙、仓廪府库也按照选址，逐一开工。用来祭祀的左祖右社，高台的土方开始堆砌。曹操在这里遇见了总监工孔融。望着这热火朝天的场景，曹操对孔融说："各宫室殿堂，都要依规制而建，切不可闹了笑话。"孔融说："曹公放心，所有工程建筑，皆按历代典仪规制建造。"曹操说："有劳你多辛苦了。"

巡视完许都城的改扩建，曹操又亲自前往位于秋湖西岸的枣祗屯田处，看到枣祗正指挥屯田客们忙着春耕生产。复垦的田地上是一片葱绿的麦苗，新开凿的那条南北河道已经竣工，引入的溵水已开始浇灌两岸的麦田。曹操非常满意，对枣祗夸赞了一番，然后离开枣祗这里，到颍水两岸的颍阴颍阳巡视。青州兵的家眷们自迁来许都，仍依其县乡宗族，正在各自渠帅的带领下，忙着整修分得的土地。由于他们动手较晚，土地没有平整出来，误了去冬小麦的播种。现在一边整修土地，一边播种着一些春季下种的庄稼。曹操打听到任峻正指挥一些人开挖河道，便朝这里走来。任峻见曹操来到，忙迎上来说："颍水以南有大量的田地需要开垦，这条玛瑙河又窄又小，我准备把它改造一下，既利排涝，又能灌溉，将来粮食收获后，还能运输粮食。"曹操说："你与枣祗的想法一样，不过他是新开凿了一条河，你是改造了一条河，旱能浇，涝能排，这么多土地都成了良田。"任峻说："到秋天，我们的粮食就会堆积如山。主公放心，仗打到哪里，我这个总粮官就把粮送到哪里。"曹操说："到秋收的时候，我听你们的好消息。"

在任峻这里逗留了几天，巡视了好几处屯田营寨，看到大家都热火朝天，干劲十足，曹操非常满意，这让他充满了信心，心情也大为好转。于是告别任峻，回到许都。刚踏入大帐，荀彧就来见他，说："你刚离开许都，江东的孙策派来的特使就到了，并带来了吴会地区的许多特产贡奉朝廷。"曹操说："现在袁术称帝的谣传越来越厉害，斥候们的报告也不尽一样，弄得真假难辨，正好问问他们是怎么回事。"荀彧说："我这就派人告知他们来见你。"曹操点了点头，继而又摇头道："你陪我亲自到旅舍去见他们。他们远道而来，这样显得对他们尊重些。"

曹操在荀彧的陪同下，来到朝廷设在许都城北的旅舍。孙策的特使没有想到司空曹操和尚书令荀彧会亲自到旅舍来见他们，慌忙迎了出来，跪拜施礼，说："我们是孙策将军帐下奉正都尉刘由和五官掾高承，特奉孙将军之命诣许，拜献方物。已觐见过圣上，本打算前往司空府拜见曹公，说是曹公这几天在外巡视。不承想今日曹公亲自到旅舍接见，甚是失礼，请曹公见谅。"曹操说："二位使者免礼。你们远道而来，贡奉天子，甚是辛劳。我的司空府就设在军营大帐，许都正在扩建，一切都很简陋。旅舍反而好一些。"二位使者将曹操、荀彧让进旅舍，在正位上落座，自己垂手站立着。曹操说："不必拘礼，你二位也都坐着，咱们随便聊聊。"二位使者谢过曹操，在下位上落座。曹操询问了扬州及江东的情况，二位使者一一做了回答，曹操频频点头。随即曹操又问："都说袁术要在寿春称帝，此事可是真的？"刘由、高承互相对视了一眼说："禀告曹公，此事不假。前不久袁将军还派人专程给我家将军写信，说是应运天命，以土承火，要代汉自立。若事成，我家将军就是开国功臣。我家将军当即给他写了一封回信，明确反对代汉自立，希望袁将军三思而行。"曹操又问："这么说袁术还没有称帝？"二位使者点点头："虽未称帝，但看来已是箭在弦上。请曹公放心我家将军绝不会同流合污。我家将军在江东平定叛乱，实行王道，吴会地区百姓安居乐业，现在暂领会稽太守，还望曹公表奏圣上，以功行赏。"曹操心中明白了孙策让二人前来的目的，就是向朝廷讨一个正式的名号。于是笑了笑说："你二人的意思我已经明白了，回去转告你家将军，只要忠于朝廷，天子圣明，一定会论功行赏。"说着辞别二人，出了旅舍。荀彧对曹操说："袁术称帝只是时间问题。"曹操说："他已经按捺不住了，我们必须着手应对。"

自兴平二年冬，谣传献帝东归途中，被李傕、郭汜追杀于曹阳，袁术趁机欲自立为帝，遭到扬州贤达才俊及掾属的反对，心中不快。后得知献帝无恙，称帝的打算只好作罢。然而自此开始，这一年多来，每当独处无人时，袁术拿出传国玉玺，欣赏把玩，爱不释手，称帝的欲望就更加强烈。自献帝被曹操抢到许县，大兴土木，改扩建宫殿署衙，并且征召天下士人，袁术心中就如同吃了苍蝇般难受。曹操——这位宦官之后，自己何曾把他放在眼里，如今却成了朝廷的重臣，呼三喝六起来。然而袁术也从中看到了机会，尽管曹操在许都闹腾得轰轰烈烈，各州郡牧守却没有一个前去朝奉天子的。袁术看准了，各州郡牧守都在打各自的算盘，都想自立称帝为王。尤其是自己的哥哥袁绍，另立天子一直是他的心愿。听说他拒绝了天子的诏拜，遭到了天子的痛斥。如今天下大乱，各自为政，谁乘势而起，抢得先机，谁就能称雄天下。这时他又想起了那句流传已久的谶语："代汉者当涂高。"分明是说汉祀已尽，代汉而兴者必是我袁公路也。若不是由我代汉，何以传国玉玺会到我手中，这不是天意吗？天意难违，若再优柔寡断，不抓住这天赐良机，将会遗恨终生。他浑身的热血再次沸腾起来，欲望烧得他已经两眼发红了。

建安二年新年刚过，方术之士河内人张炯游历到寿春，卜筮推占，颇有灵验，遂被袁术以重金诚聘到府中，要张炯为其定祸福，决嫌疑，实际上是让张炯为其称帝卜卦。这张炯久历江湖，什么样人的心思摸不透？于是神神叨叨地卜筮一番之后，连忙倒地跪拜，说："今明上在此，请受张炯一拜。"袁术浑身一震，说："神道何出此言？"张炯说："卜筮所得，以土承火，得应运之次。袁氏出于陈，陈乃舜之后也，五行属土，以此推断，土必代火，汉乃火德，正应袁氏代刘氏。久闻天下流传一句谶语……"袁术抢说道："可是'代汉者，当涂高'？"张炯点头道："正是。将军字'公路'，乃途也，途涂相通，正应此谶语。"一席话，说得袁术心花怒放，不由忘形道："实不瞒大师，传国玉玺已在我手中好几年了。"张炯故作吃惊道："传国玉玺已在明上手中？既如此，还犹豫什么，上天之意，代汉而立，刻不容缓，迟则生变。望明上当机立断！"一口一个"明上"，喊得袁术神魂颠倒，当即赐予重金，让张炯留在身边充当军师，为其谋划称帝事宜。

袁术将张炯卜筮的结果广为传扬，告诉大家，并非自己一意孤行，而是奉天承运。承诺各位掾属，待新朝建立，诸位俱是三公九卿，位列朝班，封侯拜将，光宗耀祖。又特地给孙策送去亲笔信，先报喜讯，欲在寿春建立新朝。孙策功绩显赫，定是开国功臣，还要追封其父孙坚。

这时有消息传来，曹操攻打南阳，儿子、侄子俱被张绣杀死，遭到惨败，已退回许都。袁术欣喜若狂，心中对曹操的那点恐惧也一扫而光，自语道："曹操也不过如此。"抓紧了称帝的各项准备。

第四十三章

迷巫谶袁术终称帝　保汉室陈珪劝吕布

　　然而孙策的回信，却兜头给袁术浇了一盆冷水。孙策信中说："大凡上天有专职管理过错的星星，圣明的君王设置了鼓励人们劝谏的堂鼓，为什么都想获得逆耳的忠言，让人指出自己的过错？就是因为不管是谁，都有所长，也必有所短。前年冬天，谣传将军欲行大计，许多人闻之，都感到惊悚恐惧。后来听说将军依然效忠汉室，大家方知此乃谣言。现在又来信说欲自立为帝，马上就要施行，这让我茫然不知所措，总觉得不过是流言而已。如果是真的，便辜负了百姓的期望。我认为有九大理由说明将军不应自立，现陈述如下：

　　当初将军举义旗，天下仁人志士纷纷响应，皆因为董卓擅行废立，残害太后、少帝，纵兵劫掠百姓，奸淫宫女，发掘园陵，暴逆无道已达极致。所以诸州郡群雄豪杰，闻风而起，致董卓内外交困，遂被诛杀。首恶既毙，幼主东归，宣布诏命，欲令诸军勤王，共兴汉室。然而黄河以北，袁绍与黑山军互相攻伐，公孙瓒恃强北幽，曹操放毒东徐，还有汉室宗亲的刘表称乱南荆，刘繇欲霸江浒，刘备争盟淮隅，这些人都未获天子诏命而大动干戈。如今刘备已败，刘繇已亡，公孙瓒苟延残喘，此可谓将军正当与天下合谋，以诛丑类，共奉天子，然而却舍此不图，欲自立称帝，将大失天下所望，此其一也。

　　昔日成汤伐桀，称'有夏多罪'；武王伐纣，号为'殷有罪重罚'。此二王虽有圣德，天授君位。假如当时桀纣没有罪过，他们也没有理由起兵讨伐。如今幼主非有恶于天下，只因为年纪小，屡被强臣劫持，并无大过，这与汤、武当时的形势是不同的。若强行夺取其天下，必遭世人唾骂。此其二也。

　　董卓狂暴，尚不敢自立，仅专断废立，便遭天下人振臂同心而讨之，以中原少战之兵，抵抗西凉强悍之虏。今天下诸侯，皆顽敌善战者，若要战胜他们，我们必须自固阵脚，贡奉天子，顺应大势，以得民心。若认为天下大乱，欲举而代之，则是自招灾祸，此其三也。

　　天子神授，不可强求，必须顺应天意。殷汤有白鸠之祥，周武有赤鸟之瑞，汉高有星聚之符，世祖有神光之征，皆因百姓受困于桀、纣之政，苦毒于暴秦、王莽之役，故能扫除无道，终成大业。今天下非患于幼主，未见苍天受命之应验，却欲一朝登位称号，实在是不可为。此其四也。

天子之贵，四海之富，谁不想称尊号拥天下呢？只是道义上不允许，形势上不允许罢了。陈胜、项羽、王莽、公孙述他们这些人，皆南面称孤，却没有一人成功。帝王之位，不可有非分之想。此其五也。

曾闻幼主明智聪敏，乃有德之君，天下皆心向之，必能成中兴之业。若辅而兴之，则有周公旦、召公奭之美，必得天下拥护。退一万步说，纵使幼主有过，也应推宗室之族属，论近亲之贤良，以承刘统，以固汉室，则会青史留名，让后人称颂。如今硬要自立为帝，实属明知不可为而强为之。此其六也。

袁氏一族，四世三公，权之重、势之盛，天下没有人能比。忠贞之人应该昼夜所思扶国家之倾危，念社稷之危殆，以承先祖之志，以报汉室之恩。却突然中途变节，强欲代汉，逼其袁氏门生故吏作此艰难选择。究竟有多少人愿意追随，不可不详查。此其七也。

聪明圣哲之人在于审时度势，慎于轻举妄动。若明知难图之事，难保之势，非要逆流而上，与天下人对着干，于公于私都不利。此其八也。

世上有许多人被所谓的图谶所迷惑，生拉硬扯，望文生义，强行比附之事。也有许多方术之士，专以悦主为美。如果相信这些歪理邪说，造谣惑众，终会追悔莫及。自古至今，此类教训数不胜数，不可不深思熟虑。此其九也。

以上所说九点，袁将军恐怕也很清楚。我在此只是稍加提醒，恐怕将军偶有遗忘。忠言逆耳，幸留神听！"

看了孙策的来信，袁术气得七窍生烟，大骂孙策不知天高地厚，说话没有分寸："黄龀小儿，没有见过世面。"又细细看了来信，转念一想，如此洋洋洒洒的长信，必孙策谋士张纮所作，待我抓住张纮，必诛杀他。都称孙策为孙郎，到底年纪还小，没经过事，称帝一事把他吓住了，弄得他大惊小怪。若我面南称孤，黄袍加身，将公卿名号诏拜于他，那时他就会志得意满，俯首称臣，方知我称帝的好处。想到此，心中的气消了大半，根本没把孙策的劝谏当回事，依旧在张炯的蛊惑下，忙着筹备称帝的事。

阳春三月，春光明媚，袁术的心情非常好，不顾功曹掾属的反对，选定吉日，在寿春正式称帝，改九江郡为京畿淮南，九江太守为淮南尹；置文武百官，设公卿署衙，诏命金尚为太尉。在寿春郊祀天地，自号"仲家"，立子袁曜为太子。又下令建造宫室、署衙，并诏命扬州各郡县进献宫女媵妾数百人，以充后宫。并令各郡县进奉罗纨锦绣、奇珍异宝，以应宫中之需，过起了锦衣玉食的天子生活。

　　此消息很快传到许都，献帝立刻慌了手脚，连忙召集文武百官朝议。有公卿说："袁氏一族门生故吏遍布朝野，尤其是其兄袁绍，拥有冀、青、幽、并四州，万一这兄弟俩联合起来南北呼应，大汉朝就将危矣。"诸位公卿认为说得在理，心中都非常不安。曹操说："诸位同僚，形势并没有这么严重。袁氏一族四世三公，辅佐汉室，门生故吏才遍布朝野，这些人大都是忠于朝廷的。如今袁术叛汉称帝，这些人是不会跟着袁术反叛的。袁绍虽拥有北方四州，但这兄弟两人互不服气，更不会向袁术称臣。"众公卿的心这下才稍微安定下来。

　　献帝长舒一口气说："曹爱卿说得对。既然袁术已经布告天下，公开反叛朝廷，对他只有征剿了，这还要仰仗曹爱卿谋划了。"这时太尉杨彪说："江东四郡现在全被孙策占有。这样扬州六郡全部落入袁术手中，其势不可小觑。"有的公卿附和说："这孙策颇有其父遗风，秉承孙坚之才，善于用兵，手下兵马战力非常强悍。"又有公卿说："据说袁术与吕布已结为儿女亲家，徐、扬两州纠合起来，出兵征剿恐非易事。"这时有公卿说："天子颁诏，号令天下，诸州起兵，征讨袁术。不相信他袁术就凭一两个州的势力，敢与天下为敌。"这时有公卿说："北方四州已属袁绍，他不趁机起事已属万幸。西凉实际上已被韩遂、马腾控制。交州、益州远在千里之外，隔州跨郡关山阻隔，难以指望。荆州刘表虽是汉家本亲，有谣传说刘表也曾打算郊祀天地，其心叵测。三辅地区尽归李傕、郭汜，且时伺机窥视许都。如今曹公仅掌握兖豫二州，司隶校尉部的三河和弘农四郡，只是名义上归附朝廷。如此情况，既是天子颁诏，也无兵可用。"这番分析，让文武百官全都默然，朝堂上一下静了下来。献帝的心又忽地一下提了上来：看来袁术敢于称帝，也是经过仔细斟酌的；大汉朝已是个空架子，一阵风吹来，顷刻就会坍塌；仅凭曹爱卿一己之力，能扫平叛逆，稳住天下吗？献帝长叹一声，更使文武百官心中恐慌。

　　曹操此刻心中也是不平静的，公卿百官们的看法是对的，形势的确不容乐观。目前最需要的是镇定，要给大家以信心，无论如何不能自乱了阵脚。曹操清了清嗓子，大家看到曹操要讲话，一起把目光投到他身上。只见曹操微微一笑，说："启奏圣上，袁术反叛称帝一事，不必过分担忧。当初袁术勾结公孙瓒，联合陶谦，亲率十几万大军，气势汹汹杀向兖州，那阵势兖州顷刻就会成为齑粉。我起兵反击，千里大追歼，一鼓作气将他赶到了淮南，若不是淮水阻挡，恐怕早就全军覆没了。他老老实实在淮水以南趴了好几年，现在缓过劲来，又看到孙策兼并了江东，自己的势力遍及扬州，便膨胀起来了，称什么'仲家'，我看他这是小孩过家家，闹着玩罢了。"说完曹操爽朗地笑了起来。曹操的轻松笑谈，立刻感染了朝堂上的文武百官，献帝紧张的表情也舒缓下来。曹操又说："大家都清楚，这豫州前不久还是袁术的势力范围，我率兵马南下，各郡国县邑纷纷归顺，这许县现在不就成了京都吗？俗话说，得民心者得天下。如今天下百姓心向汉朝，袁术倒行逆势，必定会成为孤家寡人。我敢肯定，没有谁会为叛贼卖命的，袁术绝不会有好下场。"曹操的一席话，立刻安定了朝堂上文武百官的心，大家的脸上又露出了笑容，献帝也重新提起了精神。

曹操说："大家都说吕布与袁术是儿女亲家，那是在袁术未反叛朝廷前。现在虽然我们对吕布的情况不了解，对他的态度不明，但未接到吕布反叛的消息前，我们不能主动把他往袁术的阵营里推。我认为应由天子下诏，命他征剿袁术。即便他有什么想法，看到朝廷如此镇定，对他如此信任，他也会三思的。"

钟繇说："当初东归走到河东时，圣上曾下诏让吕布前来勤王，并诏拜他为平东将军，封平陶侯。虽然使者见到了吕布，但诏书却在路过山阳时弄丢了，不如这次重新下诏，拜他为平东将军，封平陶侯。"

曹操说："平东将军属于杂号将军，袁术既然已经反叛，就将他的左将军的名号授予吕布，让他率兵马征剿袁术。"献帝准奏。曹操又上奏道："前代理吴郡太守，安东将军陈瑀，被孙策赶出吴郡后，现率兵马屯驻在徐州的广陵海西，应诏命它与吕布联合，共同征讨袁术。前几天孙策派来使者说，袁术称帝前曾给孙策去信，让孙策效忠，孙策去信劝阻袁术，这说明孙策是反对袁术称帝的。孙策这次派特使来许都朝拜天子，贡奉方物，是想获得朝廷的承认。鉴于江东四郡悉被孙氏控制，为了分化其与袁术的联系，可正式诏拜孙策为骑都尉，兼领会稽太守，袭其父爵乌程侯。同时对于孙氏一族所领的郡国守相，一律予以正式诏拜，这样袁术手中仅剩九江、庐江两郡。然后诏命孙策，率兵马联合吕布、陈瑀共同征剿袁术。如此三支大军一到，袁术的称帝美梦就必定破灭，扬州就可平定。"

曹操的一番奏述，有条不紊，且理由充分，献帝及公卿百官立刻稳下心来，感到充满了希望。献帝说："这三处都派谁去颁布诏命？"曹操说："这三处只派两人即可。一人到徐州见吕布，一人先到广陵见陈瑀，顺路南下到吴、会再见孙策。"献帝问："派谁去呢？"这时奉车都尉王则，议郎王浦说："臣愿奉天子诏命，前往宣诏。"献帝大喜，立刻令荀彧草拟诏命，由献帝亲鉴玺印后，交与王则、王浦。王则即启程前往徐州。王浦临行前，到司空府拜见曹操，问有何要嘱托的？曹操想了想，说："你出使在外，目前形势复杂，遇事可以临时决断。"王浦随即带上随从，跨马奔广陵而去。

袁术既已称帝，便要扩充自己的势力，扫平天下。第一件事便是收复豫州。自豫州刺史、袁氏宗亲、陈国相袁嗣降了曹操，袁术就怀恨在心。这次他决定诏拜沛国相陈珪任豫州刺史。这陈珪的父亲陈球，灵帝时任太尉，因此陈珪与袁术同为公族子弟，年龄相仿，少年时便为好友。虽说曹操占据豫州后，陈珪归顺了曹操，但袁术一直认为陈珪是被曹操所迫。如今自己面南称帝，看在多年友情的份上，陈珪一定会支持自己，于是赶快写了一封信，派人给陈珪送去。随后他又想到了徐州的吕布。这吕布与自己曾结为儿女亲家，这次自己的儿子袁曜已被册封为太子，应派人前往徐州，迎娶吕布的女儿为太子妃。如此吕布一定会倾心拥护自己称帝，这样徐州就归到了自己名下。坐拥杨、豫、徐三州，那些观望的州郡，就会弃刘归袁，投靠新朝，一统江山就指日可待。想到此，赶快筹备厚礼，又亲写一封信，派手下韩胤为特使，前往徐州下邳迎娶吕布女儿。随即又诏命太常卿筹备太子袁曜的婚礼大典。

派往沛国的信使到达谯县，见到了沛相陈珪，将袁术的亲笔信呈送给他。袁术的信中写道："昔秦失其政，天下群雄争而取之，那些智勇双全的人，谁也不肯落后。如今天下大乱，再现分崩离析之象，汉室瓦解之势已成，这正是英雄豪杰有所作为的时候。我与足下乃旧交深厚，岂肯放过这大好时机。你我本是至亲心腹，愿与你共同成就大事。"

陈珪看信大惊，袁术所行之事，乃是要诛九族的反叛，赶快写了一封信劝阻："昔秦末世，肆暴恣情，虐流天下，毒被生民，下不堪命，故遂土崩。今虽季世，未有之秦苛暴之乱也。曹将军神武应期，将拨平凶慝，清定海内，信有征矣。以为足下当勠力同心，匡翼汉室。而阴谋不轨，以身试祸，岂不痛哉？若迷途知返，尚可以免。吾备旧知，故陈至情。虽逆于耳，骨肉之患也。欲吾营私阿附，有犯死不能也。"随即交与来使，嘱其速返寿春。

送走袁术的信使，陈珪又赶快写信一封，派人到许都面呈曹操，嘱其早做防备。

自刘备被赶到丰、沛，吕布在陈宫的辅佐下，主政徐州，倒也政通人和。想想当初自被李傕、郭汜赶出长安，几年来颠沛流离，屡被人欺，不知何处为家。如今自领徐州牧，成一方诸侯，再不用寄人篱下。如此扬眉吐气，心中畅爽无比，每天饮酒作乐，再无非分之想。

这天忽闻府门上来报："寿春'仲家'袁术特使韩胤，奉新朝天子诏书，前来迎娶太子妃。"吕布一时闹愣了，赶忙出门来看，早见皇家仪仗列于府门前，旗幡招展，鼓乐齐鸣，如此气派，彰显皇家威仪。吕布连忙问怎么回事？特使韩胤将袁术的诏书呈与吕布，又将事情的原委如此这般叙述了一遍，吕布方才明白是怎么一回事。起初不愿接受，但看到如此皇家礼仪，气派威严，豪华大气，此种场面足以让人的颜面充满光彩，也就不再说什么，笑呵呵地接了袁术的诏书，热情地接待了韩胤，并安排仪仗们住下。随即赶制嫁妆，要送女儿到寿春成婚。

掾属陈登眼看吕布要参与袁术的谋反，心中焦急，这是欺天灭族之罪。若吕布叛汉，自己也成罪人。情急之下，赶快给父亲陈珪写信，商讨如何处置。陈珪接到儿子陈登的信，感到事情紧急，无论如何也要阻止吕布叛汉，于是赶快令人备马，亲自赶往下邳，面见吕布。吕布这时已将妆奁准备停当，选定吉日，鼓乐齐奏，一路吹打，簇拥着太子妃装饰一新的婚车，出了下邳，奔寿春而去。

送走女儿，吕布返回府中，刚要休息——连日来的紧张筹备已把他累得够呛，这时府门上来报："豫州沛国相陈珪前来拜访。"吕布疑惑，这陈珪来干什么？刚要说"请"，话还未出口，陈珪已进来了。双方见过礼，陈珪问："我一入下邳城，就听说吕将军正在嫁女，要去当什么太子妃。我一想，天子尚且年少，从未听说立什么太子，何来太子妃之说，还望将军明示。"吕布便将嫁女之事悉数说明，令人端上美酒佳肴，说："酒宴齐备，沛相正好赶上，先饮一杯酒，权当为你洗尘。"说着倒了一杯酒，递与陈珪。陈珪推开酒杯，说："如此说来，这喜酒我不能喝，倒先给将军吊丧了。"一句话，说得堂上的人目瞪口呆。吕布先是惊愕，随后怒气挂在了脸上。陈珪说："将军息怒！袁术自号'仲家'，另立朝廷，已成叛逆，人人得而诛之。将军却与袁术结为姻亲，自愿受天下不义之名，必有累卵之危，将成天下人讨伐的对象。"吕布猛的一愣。陈珪继续说道："如今曹公奉迎天子，辅赞国政，威灵命世，将征四海；朝廷绝不会容忍袁术的叛逆行径，必会昭告天下勇士，讨伐袁术，料袁术一州之力怎抵天下？"吕布点了点头。陈珪继续说："将军讨伐董卓，忠于朝廷，历来为世人所称道，如果此时与曹公协同共谋，讨伐叛逆，其英名仍为世人敬仰。反之一世英名将毁于一旦，落个千古骂名，何去何从，请将军自思。"吕布默默无言，陈珪又说："想当初将军在袁术处，为袁氏有报仇之恩，尚且不能容你，致使将军流落冀州……"吕布摆手，想起袁术之前曾答应送给自己的粮谷军资，至今没有完全兑现，这袁术言行无信，自己怎么就轻信了他，将女儿送出去了呢？便说："沛相一语道破，无奈此错已铸成，如今该怎么办？"他望着陈珪，眼神里充满了祈求。陈珪问他："迎亲的队伍走了多远？""今天一早走的，已经多半天了，少说也走了几十里地了。"吕布一脸无奈。陈珪说："好在还不是太远，派人快马将他们追回来。"于是吕布传令高顺："你即刻率兵马，追上韩胤，将他们截回来。"高顺说："若韩胤问起，怎么回答？"吕布说："就说我还有嫁妆没有准备好，稍等几天再说。"高顺得令，率数百兵马，前往拦截韩胤。

这韩胤的迎亲队伍，一路吹吹打打，不慌不忙，在下邳城转了一圈，尽显皇家威仪。待出了下邳城，见送亲的队伍已回，赶快命人收起仪仗，卷起旌旗，簇拥着新娘乘坐的婚车，加快脚步赶路，直颠得吕布的女儿头晕眼花，一再大叫要求走得慢一些。韩胤似乎没有听见，直催快点赶路。忽然后边尘头大起，韩胤心中一沉，退到后面殿后。这时高顺追上，说："韩大人怎么走得这样快?"韩胤说:"夕阳西斜,怕赶不到前面的驿站。"高顺说:"奉我家主公之命,请迎亲的人马暂回下邳。"韩胤问:"为什么?"高顺说:"因疏忽大意,还有嫁妆被遗忘了,待备齐嫁妆再送你们上路。"韩胤说:"一应物品寿春都有,少几样嫁妆也无大碍。请转告吕将军,我们就不再返回了。"说着令队伍启程。高顺拦阻道:"如此大婚,岂能缺东少西,终为遗憾,还是返回再等几日吧。"韩胤说:"婚礼吉日已定,寿春的公卿百官都在等待,误了时间将不吉利。"高顺说:"误了时间再定吉日。我家主公之命切不可违。所有兵马听令,将迎亲人等全部送回下邳。"一时间剑戟挥动起来。韩胤一看硬走是不行了,只好随高顺返回下邳。

吕布见韩胤被截了回来,只推说嫁妆未齐备,让韩胤等人在旅舍中暂候几日。陈珪说:"为表明将军与袁术势不两立,没有参与袁术的反叛,应立即将韩胤押送许都,以表忠心。"吕布推说:"出使许都,必得合适人选,待我斟酌后再定。"陈珪看出吕布是在耍心眼,他想再看看风头,于是说:"我儿陈登就非常合适。吕将军切不可拖延,以免引起朝廷误会。"陈宫插话说:"沛相所说不妥,我们答应不与袁氏成婚,就已向天下表明,我们反对袁术称帝。曹操与我们在兖州争锋,已结下深怨,必欲将我们置之死地。若前往联络,无疑自投罗网。"陈宫的意思很明白,双方谁也不参与,不得罪。陈珪早就听说,吕布对陈宫的建议和计谋,并不总是言听计从,于是便打算向吕布说明这种脚踏两只船的后果。刚要张口,吕布说:"沛相一路辛苦,先到旅舍歇息吧。"陈宫的话,正合吕布的心思,于是拦住了陈珪。陈珪只好暂留徐州。

这天吕布在府中来回踱步。若追随袁术,落个叛贼的骂名,一世英名毁于一旦。但与曹操已结冤仇,臣服许都,也非自己所愿,因此心中烦躁。府门上来报:"朝廷特使、奉车都尉王则,奉诏拜见左将军吕布。"吕布赶忙迎了出来,施过礼,将王则迎入府中大堂上。听说要颁布天子诏书,吕布命陈宫以下各功曹掾属齐来迎见特使,陈珪也赶来看献帝诏书怎么说。人员到齐,列队恭候。王则拿出诏书,宣读道:"前平东将军吕布,诛董卓,保汉室,功劳卓著,现诏拜为左将军,敕封为平陶侯。查袁术自立称帝,叛逆朝廷,诏命左将军吕布征剿叛贼袁术。功成之后,再行封敕。"吕布心中喜悦,接过诏书,谢过天恩。王则又将曹操的亲笔书信拿出,交与吕布,吕布打开看到:"吕将军诛除董卓,为国家立下第一大功劳,世人莫不敬佩。前与将军偶有误会,万望将军不必挂在心上。如今国家正贫，无有好金，我自取家中所藏好金，为将军铸了左将军、平陶侯大印；国家也找不到上好紫绶，我只好将自己所佩紫绶取下，转授与你，不知将军介不介意。袁术称天子，实属大逆不道，天下人神共愤，皆欲诛之。还望将军像诛董卓一样，征剿袁术。朝廷相信将军，天下士人相信将军，百姓相信将军，将军不可辜负天下所望，诛灭叛贼，再建功勋。"吕布看到曹操如此敬重自己，对自己的评价如此之高，连忙对王则说："我当亲自给曹公写信致谢。"随后安排王则到旅舍中歇息。

　　第二天，吕布召见陈珪，说："国相说得对。我已决定派你儿子陈登，将韩胤押往许都，交曹公惩处。"陈珪说："将军的决定是正确的。我这就回去见元龙，让他做好准备，出使许都。"说完告辞。吕布令陈宫写拜谢天子、宣誓忠于朝廷的奏章。陈宫写道："臣本当奉迎大驾，无奈事不凑巧。知曹公忠孝，奉迎许都。臣前与操交兵，今操保傅陛下，臣为外将，本想以兵自随，恐有嫌疑，是以待罪徐州，进退全凭天子号令。"陈宫说："主公看写的如何？"吕布说："写得不错。再给曹公写封致谢信。"陈宫不愿，劝吕布不可轻信曹操。吕布心中不快，说陈宫太小气，只好自己口授，另找人代笔，给曹操的信写道："布本祸罪之人，本当诛首，曹公亲自致信抚慰，用自家好金为布铸印，又将自己所用上好紫绶转赠，厚见褒奖，不胜感激。现派陈登亲自到许都致谢，并寻到一条纯正的绶带奉上，以答谢曹公，还望曹公笑纳。我将随曹公效命天子。"随后又备了一些厚礼，交与陈登，私下叮嘱道："见到天子和曹公后，多为我美言，希望曹公表奏我为徐州牧。"陈登说："将军所托，我都记下了，请将军在下邳静候佳音。"陈登带领使团，押上韩胤，直奔许都而去。

第四十四章
袁术起兵征吕布　孙策回师击陈瑀

陈登来到许都，先将吕布的谢恩奏章奉上，又将韩胤移交廷尉押入监牢，专程到司空府拜见曹操，将吕布的致谢信及紫绶呈与曹操。曹操看了紫绶，说："这条紫绶确实不错，比我送给他的那条要好。"又看了吕布的致谢信，详细询问了吕布的情况。陈登一五一十地做了回答，最后对曹操说："吕布这人勇而无谋，交友与反目都非常随意、轻率，见利忘义，毫无是非可言，曹公应早做提防。"曹操点头道："吕布这个人是狼子野心，即使长时间喂养也难以驯化。这次太感谢你父子两人了。我将向圣上表奏，为你们父子请功。"陈登告辞，到旅舍中暂歇。

廷尉经过审问，判定韩胤斩首。上奏天子，以谋反罪诏命行刑。为扩大影响，营造舆论，曹操令韩胤斩首后示众，以儆效尤。

曹操表奏为陈珪增秩中二千石。广陵太守赵昱，被笮融杀死，太守之职空缺，拜陈登为广陵太守。献帝准奏，并正式颁布诏书及印绶。陈登准备返回徐州，临行前向曹操辞行。曹操说："东边徐州的事就托付给你了。"陈登说："曹公放心，我一定治理好广陵，随时听从曹公召唤。"随即告辞，返回下邳。

陈登回到下邳，前往州府面见吕布消差。吕布闻知天子给陈珪赠秩为中二千石，诏拜陈登为广陵太守，便问陈登："我托你向天子和曹公进言，希望正式诏拜我为徐州牧，可有诏书？"陈登摇头道："没有。"吕布大怒，挥起画戟砍向面前的几案，怒斥道："你父亲劝我断绝与袁术的婚姻，将韩胤押往许都问罪，又让我派你到许都与曹操建立联盟，我都言听计从，一一照办。如今你父子增秩迁升，我的要求如石沉大海，岂不是被你父子二人出卖了吗？今天你若说不出个所以然来，休怪我翻脸不认人。先斩了你，看你还怎么去广陵上任？"

陈登一见吕布翻了脸，不慌不忙说："我见曹公后，力陈曹公表奏你为徐州牧，说：'对待吕将军如同养虎，当让其吃饱。不让其吃饱就将吃人。'曹公说：

'你说得不对。我认为对待吕将军犹如养鹰，让其饥饿才能为我所用，如果让其吃饱必然飞去。'曹公看待将军如雄鹰，所以暂不表奏你为徐州牧，待你助朝廷征讨袁术告捷之时，再向天子表奏。"吕布听了转怒为喜，笑道："曹公真知我也。"于是向陈登道歉，陈登消完差，嘱父亲回沛国，自己便到广陵上任去了。

陈登刚走，陈珪还没有来得及回沛国，就传来消息：袁术尽起手下十万大军，前来征讨吕布；誓言踏平徐州，为韩胤报仇。吕布大惊。

原来，袁术的特使持陈珪的信回到寿春，将信交予袁术，袁术看后，气得大骂陈珪不够交情。由于正忙着准备儿子袁曜的婚礼，暂时把陈珪的事放在了一边。眼看婚礼大典已准备就绪，韩胤接新娘子的队伍还没有回来。袁术不免有些着急，埋怨韩胤办事太拖拉。又等了几日，眼看选定的吉日已到，仍不见韩胤的身影，袁术坐不住了，赶快派斥候前去打听。这时从下邳和许都先后传来消息，吕布将韩胤押送许都，现已被朝廷斩首示众了。袁术又惊又气，立刻调集张勋、桥蕤、纪灵等大将，尽起十几万大军，誓要踏平徐州，诛杀吕布，为韩胤报仇。恰在此时，杨奉、韩暹随丧奴从豫州赶来投奔袁术，愿为先锋，要给袁术一个大大的见面礼。袁术实力大增，很是高兴，亲督各路兵马，浩浩荡荡杀向徐州。吕布闻知，慌了手脚，调高顺、成廉、魏越、张辽应战，几战下来，吕布的兵马节节败退，徐州南部各郡县悉被袁术占领，眼看就要攻到下邳，吕布赶快召见陈珪，大发雷霆："今天袁军倾巢出动，全是因你父子所致，让我绝婚姻，联曹公。如今大兵压境，你说该怎么办？"

陈珪在儿子陈登前往广陵上任后，也打算回沛国，得知袁术来攻，便留了下来，欲协助吕布稳定住徐州，见吕布质问，便说："吕将军不必着急，袁术虽有杨奉、韩暹助阵，他们不过如同用一条绳子绑在一起的鸡，不能同时栖在一个木架上，我略施小计就能将他们拆散。"吕布将信将疑。陈珪说："杨奉、韩暹被曹公打败后，没有办法才投靠袁术。我们只要晓之以理，动之以情，再加以利诱，二人必会反戈一击。"陈珪如此这般地说了一遍，吕布脸上立刻有了喜色，咧嘴一笑说："就按你说的办。"于是陈珪亲自动手，以吕布的口吻给杨奉、韩暹写了一封信，信中说："二位将军护大驾东归，有功于国，当青史留名，万世不朽。今袁术造逆，二位将军当起兵讨逆，为何却与叛逆之贼勾结在一起？我有杀董卓之功，二位将军有护驾东归之功，我们俱为大汉功臣，若联合起来，共同讨伐叛逆，将再次建功于天下。此机会不可失也。若击败袁术，所获军资悉归二位将军所有，并向朝廷奏报予以表彰。"然后派心腹之人潜入袁营，面呈此信。

杨奉、韩暹接到吕布的信，互相商议，感到袁术已称帝，若与袁术搅在一起，便也成了叛逆，前面的一世英名便毁于一旦，想来实在不划算。另外吕布还承诺，打败袁术后，所获军资悉归于他们，他们就可以趁势扩充兵马。于是二人也派心腹之人随来人回见吕布，双方商定共同携手，击败袁术。

袁术指挥大军来到下邳城下，见吕布早已在城外布好阵势，恨不得立刻将吕布碎尸万段，为韩胤报仇，于是排开阵势，下令："取反复无常的小人吕布首级者，皆重奖。"随即发动了进攻。由于连续的胜仗，使袁军骄狂无比，将士们个个奋勇，人人争先。吕布手下大将高顺、成廉、魏越、张辽也是久经沙场，毫无怯意，迎头接战。双方将对将，兵对兵，打得难分难解，霎时鲜血飞溅，尸横遍野。袁术一转头，却发现杨奉、韩暹的兵马在原地未动，不免有点生气，便督二人立刻投入战斗。不料杨奉、韩暹高喊："我等护驾东归，乃汉朝忠臣，袁术反叛朝廷，看我为国讨逆，再立功勋。"率兵马扑向袁军。袁术的兵马只顾与吕布激战，都想取吕布首级获得重奖，哪想到背后有人杀来，许多将士都没明白怎么回事，就做了刀下鬼。吕布率兵马与杨奉、韩暹两面夹攻，袁军阵脚大乱，袁术只好下令撤退。在败军的簇拥下，一口气退出百十里，直到傍晚，才收住阵脚。袁术大骂杨奉、韩暹，说抓住二人，定要千刀万剐。命人抓住苌奴，说是他引的祸端，将苌奴斩了。可怜苌奴，真真冤透了。

吕布在连败数阵后，由于杨奉、韩暹的加盟，终于取得了大胜，依约将缴获的军资悉数交给杨奉、韩暹。随后就开始调兵遣将，准备进攻袁术。杨奉、韩暹得到缴获的军资，感到吕布仗义，并不食言，积极配合吕布，要再战袁术。袁术不甘失败，稳住阵脚后，再排兵布阵，准备与吕布决战。就在这紧要关头，留守寿春的太尉金尚派人来报："前代理吴郡太守，安东将军陈瑀，率兵马从海西沿淮水直奔寿春，说奉大汉天子诏命，要讨伐叛贼。江东孙策，也尽起大军，北上奉旨讨逆，现正在渡江，淮南告急，请明上回兵救援。"

原来议郎王浦奉诏书离了许都，先到广陵海西，见到陈瑀，宣读了献帝的诏书，命陈瑀率兵马配合吕布和孙策，共同围剿袁术。陈瑀接诏，告诉王浦，自己兵马不足，就地征召扩充，即前往参加平叛。王浦辞别陈瑀，南下渡江，穿过吴郡，渡过钱塘江，来到山阴，见到了孙策，宣读诏书："董卓逆乱，凶国害民，先将军孙坚志在平贼，虽壮志未酬，其美名天下著闻。孙策继承父志，忠于朝廷，特诏拜为骑都尉，袭父爵乌程侯，领会稽太守。查故左将军袁术，不顾朝恩，坐创凶逆，造合虚伪，拥兵自重，造谣惑众，实乃鸱枭之性，逆行无道，修治宫室，署置公卿，郊天祀地，残民害物，为祸深酷。朕知策心系朝廷，为国效节，望策配合吕布及安东将军陈瑀，勠力一心，共同讨伐袁术。"孙策接诏，说："朝廷诏命，敢不执行？只是我既领会稽太守，朝廷仅拜我为骑都尉，以此领郡太轻，实不太相符。吕布领一州，为左将军，陈瑀曾代吴郡太守，也是安东将军。袁术曾表奏我为代理殄寇将军。"王浦说："依君之见，当如何？"孙策说："请特使表奏天子，是否也诏拜我为将军？"王浦想，再表奏朝廷，路途遥远，一来一回，少说也得月余，岂不耽误事情。好在临来时曹公嘱我临机决断，于是略加思索，便说："孙太守所言极是，符合制度，我就承制先假授孙太守为明汉将军，待回许都后再上奏天子补授印绶。"孙策心满意足，下令调集兵马，准备渡江北上，从南面攻击袁术。王浦与孙策告别，便回许都复命。

袁术得知陈瑀、孙策要进攻寿春，惊得瘫坐在那里，良久才回过神来。他没想到孙策竟然反叛自己，此刻已顾不得与吕布决战了，先顾住老巢再说，下令撤回寿春。

吕布一见袁术撤兵，以为袁术怕了自己，立刻狂喜起来，随即调动兵马，一路追赶，要彻底消灭袁术，为大汉朝再立大功。袁术边战边退，到达淮水，赶快命将士们登船驶往南岸。望着登上船的袁术，吕布跨马高叫："公路慢走！足下一向恃军强盛，常言猛将武士众多，总想吞并这个，征讨那个。布虽无勇，今日虎步淮水，一时之间，足下抱头鼠窜，无人敢来应战。你的猛将武士，如今都在哪里？足下向来喜欢吹大话，没想到如此草包，请足下留步给我解释。"说完哈哈大笑。袁术回讯道："奉先暂留步，不必送了。你乃反复无常小人，根本不配与我交战。待我腾出手来，看怎样诛杀你。"说完令手下快点划船向南岸驶去。由于船只悉被袁术劫往淮南，吕布望着滚滚淮水，只好干瞪眼，下令搜集船只，准备渡过淮水，彻底消灭袁术，那样自己的功劳天下将无人可比。

然而天有不测风云，就在吕布摩拳擦掌要渡过淮水追歼袁术时，留守下邳的陈宫派人送来了急信：青徐黄巾渠帅臧霸率孙观、吴敦、尹礼等，攻破开阳，杀了国相萧建，夺取了琅琊国，大有南进之势，望将军速回兵征剿。这臧霸乃泰山华县之人，以勇壮闻名，黄巾初起时，曾随陶谦征讨，收编青徐黄巾为青徐兵，因功被陶谦封为骑都尉，统领这支兵马。后陶谦死，不愿归附刘备，便率青徐兵在青州、徐州交界处自立为王。后吕布主政徐州，多次派人招抚，臧霸不愿归附。没想到趁吕布与袁术大战，后方空虚，从背后发起了攻击。吕布不敢掉以轻心，只好放弃渡过淮水，下令兵马掉头北上，去征剿臧霸。

孙策送走王浦，召集程普、黄盖、韩当等将帅，说："诸位俱是先父的老将，曾随先父出征讨伐董卓。如今袁术称帝，已为叛逆，我奉旨征讨，望各位老将奋勇争先，再立新功。"程普等人说："明汉将军不用多言，讨平反贼乃我等使命。"孙策又对邓当、蒋钦、周泰等人说："诸位也都曾在袁术手下任过掾属，望各位效法老将，以朝廷为重，坚决平定叛逆。"各位年轻将领摩拳擦掌说："将军放心，无论是谁，反叛朝廷，皆是我等敌人。"孙策命陈武、董袭押运粮草，程普任先锋，数万大军渡过钱塘江，走到吴郡，与在此驻守的周瑜会合，一起向北渡过长江。

孙策的兵马刚渡过长江，正准备向寿春挺进，忽然接到舅舅丹阳太守吴景派人告急：安东将军陈瑀，秘密勾结黄巾旧部的渠帅祖郎、焦巳发动叛乱，已夺取丹阳郡的数县。随即吴郡太守朱治也派人来报：陈瑀秘密勾结黄巾旧部严白虎发动叛乱，正在攻打郡治吴城。孙策大惊，知道江东空虚，若回救迟缓，江东将不保，于是下令："所有兵马迅速回撤江东，消灭陈瑀。"

原来广陵自前太守赵昱被陶谦叛将笮融杀害后，陈瑀被孙策赶出吴郡，逃到广陵，自代太守。王浦传诏要其征讨袁术，便以奉旨讨逆为名，大肆扩充兵马，征调军资，因陈登要来任太守，在临走前要大捞一把。这时得知孙策准备配合吕布征讨袁术，江东空虚，觉得报仇的机会来了。于是掉头南下，联络黄巾旧部祖郎、焦巳、严白虎等，欲里应外合，夺取丹阳、吴郡。又派心腹都尉万演，前往豫章，联络被孙策赶到豫章的扬州刺史刘繇，南北夹攻，收复江东。然后趁孙策与袁术争斗之机，趁机消灭二人，朝廷的诏命就可以圆满完成。

　　然而孙策的回撤速度之快，让陈瑀始料未及。在孙策大军的严厉打击下，祖郎、焦巳、严白虎等渠帅先后兵败被斩杀，陈瑀只好节节败退，盼着刘繇能从孙策背后发起攻击，这样两面夹击，仍有取胜的把握。然而出使豫章的万演，此刻带回了一个让人非常沮丧的消息：扬州刺史刘繇逃到豫章不久，就身染重病，现已病逝。陈瑀感到大势已去，想与孙策讲和已不可能；逃往许都，曹操必不能饶恕自己，只好率兵马强行突围，仅带万演等手下数十骑逃过长江，奔冀州投靠袁绍去了。袁绍虽然收留了他，仅让他当了故安县的县尉。此是后话。

　　孙策赶走了陈瑀，同时顺势又将黄巾旧部祖郎、焦巳、严白虎等一并消灭，丹阳、吴郡的形势反而比以前更稳定了。待孙策再要渡江征讨袁术时，得知袁术与吕布已罢战，吕布已返回下邳，袁术也回到寿春，讨伐袁术的时机已失，孙策只好收起兵马，再做打算。

　　袁术逃过淮水后，赶快部署防线，防止吕布追过淮水，一边率兵向南，迎击孙策，一边又慌忙分兵向东阻截陈瑀。一时间袁术顾此失彼，难以招架，大有末日到来之感。忽然斥候来报：吕布率兵马退回下邳；陈瑀的兵马却渡江南下，到吴郡、丹阳去了；孙策的兵马撤回江东，与陈瑀大打出手。一场乌云瞬间飘散。袁术脸上立刻阳光灿烂，他长出一口气说："数路大军顷刻撤去，看来这朝代更替真乃顺应天意，袁氏当兴。"于是大摆宴席，公卿百官共同庆贺。袁术又膨胀起来。

　　这时袁术得到确切消息，吕布断绝婚姻，将韩胤押送许都，皆是陈珪的主意。就连杨奉、韩暹临阵倒戈，导致自己损失惨重，也是陈珪策划的，这实在太出乎袁术的意料了。他没想到总角之交的好友，在这关键时刻出卖了自己，这口气实在难以下咽，非要将陈珪碎尸万段不可。据斥候们报告，陈珪现在仍在下邳。袁术想，趁陈珪不在沛国，群龙无首，先夺取沛国。于是赶快调集兵马，这次接受上次倾巢出动，淮南空虚的教训，由纪灵率本部兵马留守寿春，以桥蕤为先锋，率张勋、李丰、梁纲、乐就等各部兵马，渡过淮水，朝西北方向进发，直奔沛国，随即发动进攻。沛国所属各县，哪是袁术对手，连连失利，赶快派人到徐州，向陈珪告急。陈珪当即启程返回，还未入境，就得知沛国全境已被袁术攻占。陈珪无法，只好先返回徐州，派人到许都向曹公报告，请求出兵征剿袁术。

袁术很顺利地攻占了沛国，接着将矛头又指向了陈国。自曹操迎天子都许后，便征辟袁嗣到朝廷任职，派司空府掾属骆俊到陈国任国相。袁术给陈国国王刘宠和国相骆俊写信，要求他们归顺新朝，称臣纳贡，否则大军到日，便为齑粉。袁术本以为陈是小国，想以强大的武力威吓刘宠和骆骏，没想到二人根本不予理睬，一边向许都告急，一边调集兵马，准备坚决抵抗，誓与陈国共存亡。

袁术从攻占沛国中得到了甜头，想先诛杀刘宠及骆俊，使陈国也群龙无首，就可以轻易夺取陈国。于是袁术从军中挑选了一批精干之徒，秘密潜入陈国都城中，伺机暗杀了国王刘宠及国相骆俊，待刺客将二人首级呈给袁术后，袁术下令发动攻击，果然陈国群龙无首，乱成一团，袁术轻而易举的又夺取了陈国。这使袁术又盲目自信起来，于是废掉沛、陈二国，改国为郡，任命了太守，在二郡大肆扩充兵马，征调赋税，要与曹操决一雌雄。

此时已是八月仲秋，尽管夏天闹了一场蝗灾，但农田里的庄稼长得还算不错，有的已开始收获了。曹操抽出时间特地来到任峻和枣祗的屯田区巡视。这些屯田客们由于组织起来力量大，庄稼普遍比周围百姓们的要好些。曹操很高兴，心想今年秋收后的粮草征收一定会不错。枣祗却对征收租赋的方法提出了一些意见。由于原来定的是"计牛输谷"，即根据屯田客使用官牛、私牛的多少定额收租。如果按这个办法，收成好的年份，也只能按原来的定额收租，朝廷并不能增加收入。而收成坏的年份，朝廷还不得不减免租赋，这样对朝廷非常不利。枣祗建议，重新制定屯田客的租赋征收的方法。曹操想了想，说："原定的'计牛输谷'的办法，是经公卿百官们商议以后决定的，而且已经颁布实行，今年秋收虽然估计收成比较好，不按'计牛输谷'的办法可以多收一些粮谷，但朝令夕改，则无法取信于民，还是不改为好。"

待曹操走后，枣祗晚上睡不着觉，想了一夜，第二天一早便专程赶到许都，向曹操再次陈述："我反复计算过，'计牛输谷'的方法，长时间执行会使朝廷少收许多粮谷。我认为应按'分成输谷'比较好。根据当年的实际收成，依官牛、私牛不同，按一定比例收取租谷，丰年多收、歉年少收，这样就可以使朝廷在丰收之年多收一些租谷。"曹操想了想，觉得枣祗的看法也不是没有道理，便犹豫起来，说："你去找荀彧，同荀彧商量以后再做决定。"

枣祗来到尚书台，将自己的主张及曹操的意见告诉了荀彧。荀彧感到此事非同小可，也不敢随意拍板，决定召集有关人员共同商讨，于是让枣祗先回去，待与大家约好时间再商讨。

这天枣祗应约来到尚书台，见大司农府的有关掾属，少府的有关掾属，曹操司空府的有关掾属，尚书台的诸位尚书，还有屯田中郎将任峻等数十人齐聚在这里，商讨屯田区粮谷的征收办法。没想到动静如此之大，让枣祗心中颇感不安。荀彧简单把情况介绍了一下，要大家发表意见。司空府的军祭酒侯声说："按照使用官牛、私牛来收租谷，也是为扩大官田着想。由于规定收取的租赋额度是不变的，屯田客为了多得粮谷，就会尽量扩大种植面积，必然尽可能地多开垦荒地，这样官田就会增加。如果按照枣祗的意见，多收多交，就调动不起来屯田客的积极性。"许多人附和侯声的意见。太仓令却支持枣祗的意见，说："'计牛输谷'，丰年不多收，使朝廷失掉许多粮谷，这样朝廷亏得太多。"也有一些人赞同这个看法，双方一直争论不休，难以形成统一的意见。这样荀彧更加犹豫起来，觉得两种办法都有道理。这时有人说："既然'计牛输谷'的方法已经公布实施，现在再改，恐怕影响屯田客的情绪，认为朝廷朝令夕改，言而无信，这不利于后面的生产。"荀彧说："曹公最担心的也是这一点。"任峻说："既然如此，就不要改了，还是按'计牛输谷'的办法执行吧。"枣祗坚持道："'计牛输谷'的方法只是公布，却并未实行，现在改完全来得及。"双方意见针锋相对，到最后也没形成统一的意见，大家不欢而散。

枣祗只好再次去见曹操，陈述自己的意见："屯田客们按照总的收成，用官牛的按四六分成，屯田客得四，官家得六。如果用自己的耕牛，收成按五五分成。只要给屯田客们讲明白，大家有朝廷的保护，又没有徭役，只要努力增加生产，总产量上去了，自己的分成也不会少。况且遇到灾年，粮谷减产，租税相应就会减少，大家终会想通的。"曹操感到枣祗的理由是非常充分的，就当即决定：采纳枣祗的意见，屯田区按粮谷的产量，分成征收租谷。

　　当新的租赋征收方法公布以后，开始屯田客们还有点想不通，认为今年秋粮眼看是大丰收，这样一来自己的收获就减少了。但经过解释，情绪很快稳定下来，开始动手忙着秋收的准备工作。曹操看到屯田客们情绪稳定，各个屯田区并未引起大的波动，便松了一口气。

第四十五章

献帝颁诏讨袁术　曹操亲自收许褚

眼看秋收正在有条不紊地进行，这时曹操得到陈珪报告，袁术夺了沛国，请求曹公出兵讨伐。曹操大惑不解，眼看三路大军就要围歼袁术，怎么却成了这个样子？很快曹操得知，陈瑀为了报私仇，南下吴郡袭击孙策，致使孙策撤回江东，围剿袁术的计策泡了汤。曹操大怒，下令通缉陈瑀，严加治罪。这时陈国王宫中的治书、礼乐长、祠祀长及相府中的功曹、书佐等人一同逃到许都，求见曹操，说陈国国王与国相俱被袁术派刺客暗杀，陈国已落入袁术手中。曹操看他们狼狈不堪的样子，问："陈国怎么这么快就被袁术占领，你们没有抵抗吗？"那几个人跪在地上说："曹公有所不知，袁术开始时派人要我们陈王及国相称臣纳贡，我们国王及国相一口回绝了他，并调动兵马准备坚决抵抗。可谁也没想到，这次袁术竟派了许多刺客，悄悄潜入城中，伺机将国王及国相暗杀了。同时被暗杀的还有陈王的太傅及我们陈国的都尉，随即发动了进攻。我们群龙无首，很快败下阵来。我们几人趁乱逃了出来，大家还是在来许都的路途中相遇，这才结伴一起来到许都，为的是赶快向曹公报告，请曹公赶快出兵。"曹操说："我这就奏报天子，出兵征讨袁术。你们辛苦了，先到旅舍中歇息吧。"

袁术在很短的时间内连续夺取沛国、陈国，眼看其兵马离许都不过百余里了，着实让献帝和公卿百官吃了一惊。许都城中人心开始慌乱起来，甚至有谣传说都城要迁回洛阳。曹操在朝堂上气定神闲地说："袁术自不量力，主动攻上门来了，请天子和文武群僚们不必惊慌，征剿袁术我们有足够的把握取胜。"献帝说："现在就靠曹爱卿了，请曹爱卿即刻发兵，讨伐袁术逆贼。出征之日，我亲率文武百官前往送行。"

散朝以后，曹操对荀彧说："荀令君，这次与袁术又是一场大战。现在正逢秋收，诸事繁忙，许都的一切都交给你了。"荀彧说："主公放心，这次与袁术交战，我保粮谷军资供应充足。望曹公早日凯旋。"

与荀彧分手后，曹操回到司空府，着手调集兵马。命朱灵留守许都；徐晃仍留驻鲁阳、阳城一带，以防李傕、郭汜从西边偷袭。李整已于前不久突然病逝，这让曹操很是惋惜，举行了隆重的葬礼，部曲交由堂弟李典指挥，此次进驻兖、豫交界，兼顾两州的防御。又通知曹洪，加强宛城的警戒，以防张绣偷袭。再通知刘辟、李通等人，加强防卫，防止袁术流窜汝南。然后命曹仁为先锋，乐进督运粮草，夏侯惇、夏侯渊、于禁为中军，选定吉日，将士们披坚执锐，在许都城外举行出征仪式。献帝率文武百官，亲来送行。只见兵马阵列整齐，旌旗飘扬，战鼓震天，献帝颁布诏命，讨伐袁术叛逆。曹操发布军令："奉旨讨逆，立功者赏，后退者罚！"然后一声令下，队列绕场一周，接受天子检阅，随即开赴前线。

袁术夺得沛国、陈国后，打算派人到汝南，联系刘辟等人，他确信，这些昔日的黄巾旧部，只是由于曹操的胁迫，他们才脱离了自己。现在新朝已经建立，自己的大军已到达豫州，只要给他们以足够的利诱，他们必定会重归自己。另外汝南又是自己的老家，袁氏一族在汝南势力极强，他们轻易不会听命曹操。自己面南而立，光宗耀祖，一定会得到汝南百姓的拥护。收复了汝南，然后接着夺取许都，让那个还在苟延残喘的所谓汉朝，彻底寿终正寝。袁术越想越高兴，便准备选派合适的人出使汝南，去做说客。

就在此时斥候来报："曹操亲率十万大军从许都出发，奉天子诏命前来征剿。"袁术顾不得派人去联络汝南，赶快调动兵马，准备与曹操决战。因为心中毕竟有阴影，为了防止像上次那样，如洪水溃堤般一泻千里，袁术集中了张勋、桥蕤两大主力在陈国与曹操决战，又令李丰、梁纲、乐就各率本部兵马在陈国、沛国及淮水北岸，设立三道防线，万一决战失利，依托这三道防线的依次接应，可以有序地体面地撤回到淮水以南，不至于像上次那样兵败如山倒，丢尽了脸面。他为自己这进可攻退可守的排兵布阵，暗自叫好。

曹军很快到达陈国。根据斥候的报告，曹操对袁术的布阵早已了若指掌，微微一笑，对夏侯渊、于禁如此这般叮嘱了一番，令夏侯惇、曹仁立即摆开阵势，发动进攻。张勋、桥蕤立刻迎了上去，双方将对将，兵对兵，矛戈相接，厮杀起来，持续了几天，互有胜负。袁军的防守坚如磐石，曹军又发动了数次进攻，却胜少负多。袁术心中暗喜：连张绣都打不赢，曹军也不过如此。然而正在他高兴之际，斥候传来急报："夏侯渊、于禁攻占苦县，诛杀李丰，现正扑向第二道防线，要消灭梁纲。"袁术这才明白，这些天来曹操的进攻是在吸引自己的注意力，其目的是夺取自己后方设的防线，截断自己的后路，把自己包围全歼。看来自己这一字长蛇阵的布防，分散了兵力，为曹操各个击破创造了条件。袁术惊出一身冷汗，令张勋、桥蕤收拢兵马，在曹军的包围圈未形成之前，撤往铚县，救援梁纲，确保沛郡的安全。

看到袁术要跑，曹操立刻命夏侯惇、曹仁缠住袁军，不让他撤往铚县增援梁纲。双方激战。由于曹军奉旨讨逆，军心振奋，人人向前，而袁军时刻想着赶快甩开曹军，以免陷入包围，因此军心动摇，连连败退，簇拥着袁术逃往铚县。此时夏侯渊、于禁已经夺取铚县，消灭了梁纲。得知袁军已到，便掉头阻截，袁术更是心慌，率兵马夺路而逃。眼看上一次溃逃的一幕又重现了，正在这紧要关头，由袁术任命的沛郡太守舒仲应，率本部兵马赶来接应，袁军撤往蕲阳，这才稳住阵脚。

袁术令张勋、桥蕤、舒仲应守好蕲阳，自己返回淮南，征调兵马来增援。袁术走到淮水北岸，见到在这里布防的乐就，叮嘱他："一定要守好淮水北岸，切不可断了南北两岸的联系。"

袁术前脚刚走，曹操就发动了进攻。曹仁、夏侯惇、夏侯渊、于禁带头冲锋，张勋、桥蕤、舒仲应身先士卒，力战曹军，双方兵来将往，厮杀在一起。桥蕤一个疏忽，被夏侯惇一枪刺中，跌下马来，气绝身亡。袁军损失了一员大将，斗志锐减，放弃蕲阳，拼命逃往淮水。乐就赶来迎住，袁军这才稳住阵脚。这时曹军又追了上来，张勋、舒仲应、乐就拼命抵抗，双方又激战在一处，夏侯渊瞅准机会，把乐就挑于马下。舒仲应看势不妙，劝张勋赶快渡过淮水。张勋杀红了眼，拼死抵抗，坚决不退，眼看再坚持下去就会全军覆没，舒仲应命人强行簇拥着张勋，率领剩下的残兵败将，渡过淮水，逃往淮南去了。

此战结束，曹操不但夺回了沛国、陈国，而且将九江郡，也就是袁术改为京畿的淮南尹——淮水以北的诸县，悉数收入手中，并且将袁术赖以发动战争的主力部曲大部予以歼灭。曹操立马淮水边，下令搜集船只，准备渡过淮水，彻底消灭袁氏小朝廷。然而就在此时，曹洪派人紧急来报：在张绣的鼓动下，南阳北部曹军所占各县令长一举反叛；刘表又派大将邓济出兵湖阳声援，曹洪被迫撤往舞阴；张绣誓言，夺取许都，望主公速派兵增援。

曹操望着淮水南岸，心情如滔滔淮水不能平静。此时已是孟冬十月，寒风吹过淮水，让曹操不由地打个寒噤，将绛红色的战袍又裹紧了些，心中暗说：难道又让袁术逃过这一劫吗？

自春上被曹操赶到穰城，南阳北部诸县被曹军占领后，张绣一直念念不忘，要夺回这些失地。在贾诩的策划下，暗中与这些县的令长积极联络，由于这些县的县令长仍是刘表举荐的，所以很快勾搭在一起，伺机举事。九月，得知曹操亲自率领兵马攻打袁术，张绣认为曹操无暇顾及南阳，就要从穰城起兵，贾诩劝其不可莽撞。待到十月，得知曹操已攻到淮水，张绣认为许都空虚，又要起兵，贾诩再劝，待曹操渡过淮水后再起兵。此时的张绣早已急不可耐，不听贾诩劝告，通令各县令长共同举事，亲率兵马直取宛城。曹洪始料未及，慌忙应战，终因孤掌难鸣，失了宛城，一边撤往舞阴，一边向曹操告急。张绣追到舞阴，曹洪再败，撤往昆阳。曹洪接到曹操命令，要其坚决固守，援军随后就到。曹洪下了死命令：身后已是颍阴、颍阳诸县，是守卫许都的最后防线，已退无可退，要与昆阳城共存亡。

张绣连战皆捷，不仅夺回了南阳诸县，而且已攻入颍川，眼看离许都已经很近了。照此下去，很快就会夺取许都，将献帝夺到手。当年自己的叔父张济与李傕、郭汜重新控制献帝的愿望，很快就可以实现了，便决定写信，派人联络在三辅地区的李傕、郭汜，让他们率兵出关，配合自己夺取许都。贾诩连忙制止了他。当年李傕、郭汜劫持献帝，祸乱长安的情景，简直不堪回首。那时为了活命，出了这个计策，自己险些成了历史罪人。后来好不容易助献帝逃出了西凉集团的控制，若再让李傕、郭汜入主关东，自己必是历史罪人。于是劝张绣："李傕、郭汜在长安长期内斗，实力已大不如前，况且又远在关中。据斥候报告，曹操征讨袁术前，已在许都布防了重兵守卫。且有消息说，曹操击败袁术后，正率得胜之师前来增援曹洪。我们不仅不能再进攻，而应主动回撤，早做防御。"张绣说："我们连战皆捷，士气正旺，而且有刘荆州的大力支持，若再有李傕、郭汜助战，正可谓一鼓作气，抢在曹操到来之前，夺取许都。"贾诩说："曹公用兵如神，绝不可小觑。刘表只是利用我们替他守住荆州北大门，并无夺取许都的打算。这从邓济到了湖阳一直按兵不动，就可以看出，只要曹操不主动进攻他的荆州，他绝不会为我们与曹操撕破脸皮。同样曹操现在也不愿与刘表撕破脸皮，我们正可以利用这一点，守住南阳。万不可胃口太大，那样不光吃不下，还会把已经吃进去的全吐出来。"张绣不听，定要集中兵马，坚决攻取昆阳，消灭曹洪，夺取许都。

曹操自接到曹洪的告急，就当机立断，放弃袁术，率兵马取道汝南，直扑南阳，并派人通知刘辟等人，准备迎接。曹操大军刚到汝南扎下营寨，刘辟、何仪、何曼、龚都等颍汝兵将领前来拜见，将曹操及曹军诸将领迎入城中。曹操随同众人来到汝南署衙中，几案上摆满了珍味佳肴。曹操上座，夏侯惇、夏侯渊、曹仁、乐进、于禁与颍汝兵的将领们分列两旁坐定，大家共同举杯，祝贺曹公击败袁术。大家心情高兴，也都不拘束，几轮下来，酒已喝下去不少。曹操便问了汝南的近况如何？刘辟等人吞吞吐吐地说："我们的粮草一直比较紧张，向汝南各县征调，又总是推三阻四，我只是代行太守之职，也不敢动粗。请曹公给各县打个招呼，以保证我们各部曲的粮谷。本来曹公军情在身，我们不应该此时给曹公找麻烦，可……"曹操打断他的话，问："你们各部曲共有多少人马？"何仪说："全部加在一起约有十几万。"曹操说："我有个办法，大家看行不行？你们这十几万人马，绝大多数都是拖家带口的家眷，坐吃山空也不是个长法。据我所知，汝南也有不少无主土地，你们当初起事时，家中的耕牛农具都带了出来，组织大家把地种起来，粮谷就可以解决了。这些年动乱四起，许多百姓都逃亡了，县令长们征收粮谷也很困难，他们并不是有意为难你们。我把你们的老朋友黄邵的旧部都交给了枣祗，现在正跟着枣祗和流民一起在许都屯田呢。我离开许都时专门到那里看了一下，秋庄稼长势良好，现在应该早已收割完毕，估计产量会很不错。另外我知道你们汝南有一个很大的湖叫葛陂，水量充沛，便于浇灌，是屯田的好地方，何不把葛陂周围的土地利用起来？"

颍汝兵的将领们对望了几眼，何仪说："我们听说曹公在许都屯田，也打算效仿曹公，觉得葛陂的确是屯田的好地方，但到了那个地方，却被人赶了回来。我们马上派人去剿除，不怕曹公笑话，我们反而吃了败仗，此事就这样搁置了。"曹操来了兴趣："哟，还有让你们害怕的，是谁这么厉害？"刘辟说："这人姓许，名褚，字仲康。据他自己讲是沛国谯县人。"曹操说："这么说是我的老乡了，你接着说。"刘辟说："他是前年率其族人宗亲及邻里约数千人来到这里，紧靠葛陂建了一个大寨。刚开始我们谁也没有在意，在我们准备去屯田时，他却占着地盘不让我们靠近，我们这才打算将他赶走。整整攻了一天，也未攻下他的大寨。眼看他弓矢已尽，却不料在寨墙上囤了许多大如杵斗的石头。这许褚身高力大，他手下的人马个个也是力大如牛，搬起这些大石头毫不费力，一顿乱砸，砸得我们将士许多人脑浆迸裂，筋断骨折，谁也不敢往前冲，就这样葛陂被他占去了。"曹操听得很认真，赞许道："这些人是有点不一般。"

何曼接过话头说："正是。尤其是这个许褚，更是力大无比。今年春上，他的寨中缺粮了，想用他们的耕牛与我们换一些粮食。我们打算将他引出寨外，趁机消灭他，便答应了他的要求。待牛、粮交换完毕，我们正要动手，没想到有两头牛返身朝他的寨中跑回去了。这许褚也真够讲信用，一手拽着一条牛尾巴，硬是把两头牛给我们拽了回来。我们的将士一下被震住了，牛也不敢要了，跑了回来。自此再也没人敢去招惹他。"

何曼绘声绘色的描述，引得曹操越发好奇，提出要拜见一下这位壮士。何仪等人连连摇手说："此等粗鄙之人，倘若一语不合，动起粗来，我们很难保证曹公的安全，还是不见为好。"曹操说："我们都是久经沙场之人，何曾惧怕过什么？葛陂离这里还有数十里的路程，今日晚了，明早出发。我倒要看看，这位壮士究竟是何等样的人。"

第二天一早，刘辟等人挑选好一些军中勇士，准备护佑着曹操前往葛陂。曹操见状，说："只由刘辟、何义二人陪我前去，其他人等一律留下。"夏侯惇等曹军将领也要一同前往，曹操命他们："在营寨待命，只等我回来，即刻拔寨起营，前往舞阴。"大家见曹操态度坚决，只好作罢，嘱刘辟、何仪确保曹公安全，若有不测，即刻回报。大家怀着忐忑的心情，目送曹操与刘辟、何仪跨上战马，奔葛陂而去。

三人乘马疾驰，数十里地眨眼便到。放眼望去，葛陂湖面宽阔，初冬的暖阳照着湖面，波光粼粼；湖边一片落光了叶子的树木，簇拥着一座大寨。三人来到寨前，只见大寨的寨墙是用块石垒砌的，非常坚固。寨墙上陴墙的后面，不时有士卒在活动，看起来守卫非常严密。刘辟朝寨楼上喊道："上面的人听着，通知你家寨主，说有贵客来访，让他出来相见。"

不一会儿，寨楼上有一人问："是刘渠帅吧，你怎么有闲工夫跑到这儿来？旁边的那位必是你说的贵客了，请报上名号，若是无名小人，我家寨主一概不见。"

何仪心中如十五只吊桶打水，七上八下，却装出一副威严的样子，说："说出来怕吓着你。当今总督兖豫司三州、朝廷三公之一的大司空、代理车骑将军曹公来到，快让你家寨主出来拜见。"寨楼上没有了声音。等了一会儿，只见一位大汉从楼上朝外探着身子说："何渠帅，怎么有闲心拿我取乐？曹公远在许都，无事跑到这里干什么？即是曹公到来，怎么寨前就你三人，却不见曹公兵马。你打的什么主意？"何仪跨前一步，连忙解释，许褚只是不信。这时曹操一提缰绳，赶上一步，在马上施礼说："仲康老弟，我确是曹操。今天奉旨讨逆，路过此地。听说仲康是谯县人，与我是同乡，特来拜访，可否让我到寨中一叙？我们三人三匹马，勇士还怕我们劫了你的寨不成？"刘辟、何仪一听急了，说："曹公，我们千万不能进入寨中，让他出来相见即可。"这时只听寨楼上一阵哈哈大笑："看战袍，听口音，倒像是曹公。待俺下去走近了瞧瞧，看是不是冒充的。"

不一会儿，寨门打开，从里面走出一个人。曹操望去，果然身高九尺，膀阔腰圆，卧蚕浓眉，目光炯炯，通通的脚步震得土地微微颤抖，真的是力若千钧，看年龄也不过而立之年。刘辟、何仪连忙按住剑柄，小声对曹操说："此人正是许褚。"

　　许褚来到曹操面前，曹操跳下马，刘辟、何仪也跳下马，护在曹操身边。许褚仔细打量了一下曹操，说："果然是曹公，请受许褚一拜。"说着跪了下去，曹操连忙搀起说："你我素未谋面，怎么一见就认定我是曹操？"许褚咧嘴笑道："咱们老家都说曹公出征时必披一件绛红色战袍，是卞夫人亲手缝制，刚才在寨楼上已经看到了。另外都说曹公中等偏下的个头，肤色较黑，如今近前一看，与传闻一样；再听一口谯县口音，还会有假，必是曹公无疑了。"说完又爽朗地笑了起来。曹操一下子就喜欢上了许褚，认为许褚满有脑子，并不是一个只有蛮力的傻大个。许褚又问："曹公怎么只身来到我的寨前？"曹操说："既是来见老乡，何带什么兵马，许寨主还不能保证我的安全？"说完也爽朗地笑了。这让许褚有点不好意思起来，连忙说："请曹公寨中一叙。"随即朝寨中喊道："迎接曹公进寨！"然后陪着曹操进入寨中，甬路两旁站着持戈的勇士，刘辟、何仪依然心情紧张，有意无意地不离曹操左右。走不多远，便见一处高台，上面建有一座很大的厅堂，显然是寨中议事的地方。登上台阶，来到厅堂中，许褚便把曹操往正位上让，曹操说："你是主人，我们是客。"许褚说："曹公来到，便是主人。"坚持让曹操坐正位。刘辟、何仪、许褚分坐两旁。许褚命人立刻准备酒肴，为曹公到来接风洗尘。

　　不一会儿，酒肴便摆了上来。许褚亲自斟酒，先敬与曹操，后与刘辟、何仪敬过酒，便说："曹公首倡义兵，讨伐董卓，夏侯惇、夏侯渊、曹洪、曹仁等将军俱是我们谯县人，屡立战功，名震天下，咱们谯县人哪个不知哪个不晓。前年家乡遭灾，战乱不断，邻里宗亲聚而起兵，有心投靠曹公建功立业，封侯拜将，只是一直无缘，便辗转来到这里落了脚。没想到曹公今日亲自来到这里，我把大家召来，拜见曹公。"曹操非常高兴，说："我也正想见见大家。"许褚喊道："来人！"这时进来一位长相与许褚相似的大汉，身高比许褚略低，许褚说："这位是我的亲兄弟许定。"随后对许定说："你去集合人马，前来拜见咱们谯县的大英雄曹公。"许定答应一声跑了出去，不一会儿回来报告："人马列队完毕，等曹公检阅。"曹操站了起来，在许褚、刘辟、何仪的陪伴下，来到大厅外，只见高台下面的空地上，约有五百余名壮汉，手持戈戟，整齐地排列在那儿，他们个个威武雄壮，曹操一见便喜欢上了，连说："好，好，都是勇士。"许褚大声说道："你们一直说要投靠曹公，这位就是咱们谯县人引以为傲的曹公，今天特来到我们寨中看望大家。从今天起，我们就正式投在曹公门下，为国效忠，争取封侯拜将，光宗耀祖。"大家激动起来，纷纷说："早盼着这一天呢，这才算走上了正途。"许褚说："一会儿散了后，回去与各自的家眷宗亲说明白，除了耕牛、农具，其它的统统扔掉，今天就跟曹公走。"曹操说："别忙。你这儿有数千人马，葛陂你也经营了几年，好不容易建起的大寨就这么不要了？不如你率这五百壮士跟随我，其余人继续留在这里，这也是个家嘛。"许褚坚定地说："所有人一个不留，跟曹公回许都。大家都是谯县人，曹公在哪，哪就是家。"曹操想了想说："既如此也好，你们都有耕牛农具，到许都跟着枣祗屯田，保证不饿肚子。这些壮士就随我征战。"许褚说："皆按曹公说的办。"然后对这些壮士们说："曹公的话大家也都听到了，都回去准备吧。带不走的东西统统留下，不要了。"五百壮士一哄而散，回去准备去了。刘辟说："这么好的大寨，许将军真的不要了？"曹操对刘辟、何仪说："你们回去商议一下，这个大寨就交给你们了，就在这里屯田。加上各县的征调，我保证你们的粮谷明年一定吃不完。"

　　许褚手下的这些乡邻宗亲，听说随了老家的大英雄曹操，人人踊跃，没多大功夫，就都牵着耕牛，背着农具，扶老携幼，来到大厅前集合，按以前的里、伍编制，依次列队，即刻跟随曹操出发。待回到汝南城，夏侯惇、夏侯渊、曹仁、曹纯等见到自己的老乡，也都赶来嘘寒问暖。这些人久闻这几人的大名，如今见到也感到格外亲切，互相问好。曹操命丁冲将他们的家眷送到许都，交代说："到许都后，先禀报荀令君，然后把他们交给枣祗，分给他们土地屯田。你告诉枣祗，这些都是咱们的老乡，一定不要慢待。"丁冲领命，带着这些人上了路。许褚及五百壮士，被曹操编入近卫营。

　　原来典韦在时，受命组建的近卫营，共三百人。在南阳与张绣交战时，为保护曹操，典韦以下百位近卫营勇士战死，曹操一想起就心里难过，曾想着把这支亲兵解散。这次遇到许褚，曹操直夸："这就是第二个典韦，我的樊哙。"将原近卫营一并归入许褚手下，任命许褚为都尉。刘辟又摆宴席庆贺。这时曹操得报，曹洪已退至昆阳，曹操不敢多停，率兵马拔寨起营，向西而去。

　　曹操率兵马来到汝南西部的阳安城，振威中郎将李通率兵马早已在城外迎候。曹操很是奇怪，问："我并没有派人通知你，你怎么列队来迎？"李通说："曹公有所不知，我平时派出许多斥候，他们是我的眼睛耳朵。当我听说曹洪将军在宛城失利，就觉得曹公一定会从淮水赶往增援，必定经过汝南，便早早做了准备。今早斥候来报，说曹公兵马就要到来，所以在阳安城外迎候，准备助曹公讨伐张绣。"曹操听了李通的一席话，不禁感慨万分，心说：这李通真是个有心人。便说："这次讨伐张绣你就不要去了。这里与南阳交界，要防止刘表偷袭。"李通见曹操如此说，只好听命，邀曹操城中暂歇。曹操因军情紧急，昨天又在葛陂耽搁了一天，便谢绝李通的挽留向西而去。

第四十六章

征张绣淯水祭英魂　得荀攸推心议诸侯

　　曹操率部曲刚出汝南界，立刻下令停止前进，转头向南。担任前锋的夏侯惇不解其意，跑来问曹操："主公，解救昆阳之围应该向西北，怎么掉头向南？"曹操说："张绣为什么猖狂？就在于他认为有刘表的支持。现在刘表部曲邓济手下的几万兵马就驻扎在湖阳，我们弃昆阳而不顾，直接进攻湖阳，无论是张绣还是邓济都不会料到。待我们夺了湖阳，张绣必撤，我们迎头截击，正好围歼张绣。"于是各部曲立刻掉头向南奔湖阳而去。

　　驻守湖阳的大将邓济，自受刘表之命，便率兵进到湖阳，给张绣站脚助威；看张绣收复南阳全境后，又一路北进攻入颍川，包围了昆阳，且扬言要夺取许都。邓济赶忙请示刘表是否跟进。刘表令其驻守湖阳，静观其变。万没料到，曹军会突然包围湖阳。邓济赶忙应战，下令关闭城门，严防死守。

　　曹军包围了湖阳，发起进攻。邓济虽仓促应战，但依托城墙，顽强抵抗，经过一天激战，曹军都无功而返。太阳眼看就要落山，曹操下令停止进攻。第二天曹操改变战术，集中弓箭掩护，企图用大圆木撞开四个城门。然而冲撞数次，城门岿然不动，显然邓济已将城门从里面封死。又经过一天的战斗，仍然没有进展。经过休整，曹操令将士们再架云梯攻城，调集弓箭手做掩护。将士们抬着云梯攻到城墙脚下，迅速将云梯竖起，搭上城墙，手持兵器，开始往上攀登。上面的荆州兵立刻用弓箭还击，虽然曹军有弓箭掩护，许多将士还是纷纷受伤摔了下来。偶有登上城墙的，也势单力孤，被枪、矛挑了下来。有的被礌石滚木砸得筋断骨折，许多云梯也被砸断。

　　眼看几天来进攻屡屡受阻，曹操身边的许褚早已按捺不住，招呼身边几位近卫兵，带头就要往上冲，曹操连忙阻拦。许褚说："主公放心，我保证能攻上城墙。"随即率近卫兵，都是一手持盾牌，一手持兵器冲了上去。曹操命弓箭手掩护，很快许褚等人冲到城下，登上云梯。只见他们用盾牌阻挡着城上射下来的箭矢，一直向上登。守城将士看箭矢落在盾牌上，根本伤不到他们，便推出滚木礌石往下砸，这些大力士闪展腾挪，左推右挡，滚木礌石纷纷滚向两边，根本形不成致命伤害。他们很快登上城墙，挥起手中兵器，与守城敌军战在一处，牢牢控制着城上的陴墙。后面的将士迅速跟着攀上云梯，登上城墙，一阵拼杀，城墙上的敌军被斩杀。他们攻入城中，打开城门，早已在外等候的曹军拥了进去。邓济完全没有料到曹军能这么快攻入城中，还没来得及逃跑，就被曹军俘获。

邓济被押到曹操面前，料必死无疑，倒也坦然。曹操命人解去绑缚他的绳索，说："邓将军，我今天放你回去，请转告刘荆州，我愿与他和睦相处。若不是张绣主动挑起战端，也不会有今日之事，罪在张绣。"邓济听到曹操不杀他，心中虽喜，却说："我兵马俱失，只身一人回去，无颜见我家主公，曹公还是斩了我吧。"曹操说："刚才说了，我与景升并无矛盾，你手下兵马悉数归还。"邓济连忙跪地拜谢："我回去定转告曹公的善意。"然后起身告别曹操，率兵马回襄阳去了。

曹操也迅速率兵马离了湖阳，掉头北上，顺势攻克舞阴，直扑昆阳。这时斥候报告："张绣闻知舞阴已丢，率兵马撤离昆阳，经阳城逃往宛城去了。

原来张绣正率兵马攻打昆阳，忽然传来消息，曹操率军南下攻打湖阳，张绣一阵欣喜，认为曹操与刘表直接开战，必被邓济缠在湖阳，于是放手攻打昆阳。贾诩劝其退兵，说："曹操和刘表绝不会大动干戈，趁现在曹操进攻湖阳之际，我们主动撤回宛城，说不定还能保住宛城。"张绣不听，认为此时撤兵，将功败垂成。然而张绣没有料到，邓济兵败，被曹操俘获后又放了回去。舞阴又很快丢失，自己背后空虚，只好咬牙撤兵，经阳城退往宛城。

昆阳之围已解，曹洪率兵马赶来与曹操会合，于是大军南下宛城。来到淯水边，这里埋葬着曹军阵亡的将士。此时已是深冬，墓上的荒草已经枯败，在寒风中摇曳着干枝。曹操心中难过，下令将所有墓上的枯枝败叶清除干净，塌陷的墓重新培好土。前排中间最大的是典韦的墓，上面种了一棵柏树，这棵柏树虽然不大，但那翠绿的柏枝却充满着生机。墓前三牲齐备，香案摆列，将士们戎装列队，肃立在那里。曹操亲自拈香，哭拜于墓前。这时战鼓咚咚，仿佛敲击着每个人的心。曹操举起酒杯，酹酒地上，展开祭文宣读，发誓要攻破宛城，抓获张绣，为将士们报仇，然后焚烧祭文。这时彤云密布，寒风一阵紧似一阵，似有雪花飘落下来。夏侯惇走到曹操身边，劝其节哀，天色已晚，还是回到营帐中。曹操强忍着悲痛，又来到典韦墓旁的曹昂及曹安民墓前，默默地站在那里，任泪水流淌，夏侯惇等将领齐来劝慰。曹操又来到旁边的一座墓前，这里埋葬的是曾随他拼杀多年的那匹大宛马。曹操凝视着墓前的碑，仿佛又闻听到了战马的嘶鸣。曹操不想走，想在这里多待一会儿，陪陪典韦，陪陪自己的儿子、侄子，陪陪那匹曾与自己出生入死的战马，陪陪这些长眠在这块异乡土地上的将士们。夏侯惇等人竭力劝说，曹操才心情沉重地离开墓地。

经过祭奠阵亡将士，激发了全体将士的斗志。第二天，淯水东岸，将士们群情激愤，誓言血洗宛城，消灭张绣，为阵亡的将士报仇。曹操一声令下，将士们顺利渡过淯水。曹操感到奇怪，为何张绣没有部署防线？兵马进到宛城，城中仅有百姓，张绣的兵马已无影无踪。曹操下令安抚百姓，命人打探张绣兵马的下落。

原来张绣撤回宛城后，一边请求刘表增援，一边排兵布阵，要与曹操决战，势与宛城共存亡。贾诩力劝，说："刘表只求荆襄无事，绝不会为我们出兵。为保存实力，应放弃宛城，仍退回穰城，再寻战机。"张绣说："如曹操再追到穰城，我们就再退到襄阳吗？"贾诩说："我料曹操必不会再追到穰城。抛开袁术不说，西有关中的李傕、郭汜，北有袁绍、张扬，东有吕布、刘备，这些人都想置曹操于死地。唯有南边的刘表，只要曹操不主动进攻，他就不会和曹操撕破脸皮。如果曹操剿灭了我们，刘表感到了威胁，必出手干预。以曹操的才智，不可能看不到这一点。只要我们退到穰城，曹操必不进攻。"张绣觉得贾诩说得在理，只好率兵马撤回穰城。

得知张绣逃回穰城，曹操沉吟不语。良久说道："先放张绣一条生路吧。我们就此停战，准备返回许都。"夏侯惇等将领齐问："为什么？"曹操说："如果我们占了穰城、新野等诸县，刘表感到受到了威胁，定会全力支持张绣，我们就会被拖在这里。我们对张绣不斩尽杀绝，也是给刘表留了脸面。"大家点头赞成。曹操随即对收复的宛城以北诸县，进行了严厉的整顿，那些反叛的县令长，来不及逃走的悉数被诛杀，全部换成了自己的人，仍留曹洪驻守宛城，统领各县。随后整备兵马，撤回许都，临走告诫曹洪："只要张绣不主动进攻，就不要理睬他。"

曹军得胜而归，过了襄城，便是任峻的屯田区。田野里冬麦盖着一层厚厚的雪，新修的运粮河结着一层厚厚的冰。此时正是建安三年新春，曹操下令：

各部曲在此扎下营寨。因这个屯田区的屯田客大都是青州兵的家眷，曹操告诉夏侯惇："青州兵放假三天，回去与家眷们相聚，共度新年。"青州兵得到命令，高兴得一蹦大高，纷纷回各自的屯落，与亲眷团聚去了。任峻看到曹军凯旋而归，又要在此过年，便指挥部下杀猪宰羊，要好好犒劳一下将士们。望着这喜庆的场面，曹操兴致也非常高。任峻招呼忙碌着的部下："杀猪宰羊后立刻把肉分发给各部曲，同时也把粮谷发下去，这几天让将士们吃个够。"交代完，问曹操："主公，我陪你到各处转转，巡视一下？"曹操望着任峻新建的营寨，点头应允。

营寨中的房屋都是新建的，任峻的部曲及掾属都住在这结实的房屋中。曹操随便进了几个房屋，看里面暖暖的，心里很满意。出了营寨，望着远处屯田客们的房屋错落有致，家家户户的烟囱上都冒着烟，曹操想象着青州兵的家眷们正在与他们的子弟欢聚一堂。曹操与任峻来到营寨的北面，这里是一片刚建起的仓廪，任峻说："里面堆满了年前新收的粮谷。"再看仓廪的旁边是一片空地，这里是打粮用的场，望着周围堆着高高的麦秸垛和豆秆、谷糠垛，曹操问："去年秋收结束后，共收获了多少粮谷？"任峻说："包括枣祗的屯田区在内，去年一年仅许下屯田，共获粮谷百万斛，目前粮草已不成问题。"曹操说："手中有粮，就有了实力。当年秦国就是重视农业，才使国力强盛，进而统一了天下。汉武帝重视屯田，国力大增，也最终平定了西域。如今在许都屯田仅实行一年，就收获颇丰。我在想，不打仗的时候，部曲的将士们也可以屯田，就叫军屯。天下远未太平，我们的兵马要扩充，贤士才俊都要来到天子身边，需要的粮谷会越来越多，稍一疏忽，我们仍会面临缺粮的危险。我们应将许下屯田的经验，推广到各郡国县邑，每个郡国都要利用无主土地征召流民屯田。同时每个郡国都设典农都尉，专门负责屯田，不受所在郡国的官府管辖，统一由你这个典农中郎将负责，你看怎么样？"任峻高兴地说："谢主公信任，这样我这个粮草总监就不再发愁军粮的供应了。"曹操与任峻越说越高兴。这时史涣跑来说："到处找不到主公，原来你二人跑到这里来了。大鼎里煮的肉都已熟了。"曹操将鼻子在空气中嗅了嗅，一股肉香飘入鼻孔中，说："果然好香，走，回去吃肉。"

新建的景福殿早在年前上冻之初就已经投入使用，曹操回到许都后，还是第一次到景福殿上朝，拜见献帝。远远望去，景福殿的庄重、巍峨、气派，并不比洛阳北宫的德阳殿差。沿着阶陛，登上方砖铺就的台墀，来到殿前，朝上望去，大殿门楣上的景福殿三个楷书大字，透着隶意，一看便知是当朝第一书法家钟繇的亲笔。步入大殿，正中宽大的御案后面，献帝正襟危坐，满朝文武分列两旁。曹操趋前，跪拜行礼，献帝忙说："曹爱卿凯旋而归，辛苦了，请起。"众多的文武大臣也都向曹操道了乏。曹操将如何把袁术赶往淮水以南，怎样俘获邓济，张绣如何逃回穰城，一一奏报献帝。献帝连连说："好！好！我汉家天下，全赖曹爱卿鼎力辅佐。"曹操又将有功人员列表上奏，请献帝论功行赏，献帝一一准奏。

随后太尉杨彪又奏道："据河东太守奏报，留在河东的胡才为仇家所害，李乐因病而死，他们的部曲大都散了。"献帝沉默了一会儿，不无伤感地说："当初东归走到弘农，多亏李乐、胡才出手相救，阻住了李傕、郭汜、张济的追赶，朕才得以脱身。没想到才两年刚过，他们都不在了。告诉河东太守，给他们的家人以抚恤吧。"这时荀彧奏道："刚刚得到三辅地区传来的消息，李傕、郭汜返回长安后互相争斗，终至郭汜被其部将伍习所杀，手下兵马被李傕兼并。现在李傕总督三辅，更加肆无忌惮。"献帝说："绝不能让李傕继续祸害关中百姓。诸位爱卿议一议，派谁去征讨他？"曹操说："我身兼司隶校尉，三辅地区乃我治下，请圣上不必过虑，我这就想办法讨伐他。"随后其他公卿又有奏报，献帝或准奏或驳回。朝议结束，献帝退朝，各公卿大臣离了景福殿，陆续散去。

曹操退出朝堂，与荀彧边走边说："自我出征到现在，又有多半年了，朝廷的各署衙恢复重建得怎么样了？你那里各位尚书及掾属、侍郎都配齐了吗？"荀彧说："先说三公府吧，太尉府和司徒府虽然向全国征辟了一些儒学才俊，但人数远远不够。你的司空府我也替你征召了一些，但缺员还不少。"曹操说："征伐之事一直不断，司空府的事便也顾不上了，只好让你多操一些心了。"荀彧说："经过战乱，太学早已荒废，各州郡的茂才、孝廉也鲜有举荐，再加上各州牧、刺史，守相都想把人才霸在手中，致使朝廷的征辟一直不顺利。"曹操说："我们要把太学尽快恢复起来，还要打破过去那种层层举荐的用人观念，发动大家都来举荐，不讲门第，不论出身贫富，只要有才，就直接奏报天子，尽可能征辟上来，委以重任。这样，就是那些州牧、刺史、守相有私心，想拦也拦不住。"荀彧说："有一件事正要向你禀告，我的大侄子荀攸来到了许都。"曹操立刻着急问道："什么时间到的，你怎么不早说？"荀彧说："因你不在许都，我就先让他在尚书台帮忙，待你回来见过他以后，再让他到汝南上任。""这么说他现在尚书台了？快带我去见他。"

曹操随荀彧来到尚书台。这里原是一处有钱人家的民宅，自黄巾起事以来，这里便没了主人。献帝迁都许县后，尚书台便设在了这里。穿过两道庭院，便来到荀彧办公的后堂，荀彧让曹操坐了正位，随后出去，不久便领进一个人来。曹操上下打量了一下来人，见他身材匀称，个头适中，头戴纶巾，眉宇间透着一股憨厚。曹操连忙站起，问："这位想必就是公达了？"荀彧点头称是。荀攸赶忙施礼。曹操说："看你叔侄二人长得挺像，只是你这当侄子的比你这小叔也大不了几岁，但看上去要苍老得多。这些年心情不顺吧？"不等荀攸答话，便一指旁边的几案，说："公达请坐！"荀攸说："曹公请坐！"荀彧说："公达先陪曹公说话，我还要替天子草拟几道诏书。"曹操说："你尽管去忙。"荀彧临走又交代荀攸："在曹公面前不用拘礼，有什么说什么。"然后退了出去。

待荀彧离开后，曹操细细打量着荀攸，心里纳闷：自打荀攸进来，就说了一句话，眼前的荀攸显得那么愚笨、木讷，这与听说的那位足智多谋，敢于担当的荀攸，简直判若两人。为了缓解一下尴尬的气氛，曹操问："请问公达先生，荀令君年龄与你相差无几，甚至还比你小，两人却相差了一个辈分，这……"荀攸慢悠悠地说："堂叔荀令君的爷爷与我的太爷爷是亲兄弟，我太爷爷排行老大，这样传到我这一代，辈分就小了。"曹操说："这么说，你与荀令君还未出五服？"荀攸点点头，接着又是一阵沉默。

曹操又问："听说天子在长安时，你策动议郎郑泰、何颙、侍中种辑、越骑校尉伍琼等人要刺杀董卓，计划据崤、函之险，以辅王命，号令天下，效桓、文之举，可是真的？"荀攸说："董卓无道，甚于桀纣，天下皆怨之，确有诛之以谢百姓之打算，只可惜功败垂成。"曹操说："想当初我和何颙是好朋友，此人豪侠仗义，我一直视若兄长和师长，听说他死在了狱中，具体是怎么回事？"荀攸说："诛杀董卓事泄，其他人逃离长安，我和何颙被抓，在狱中受尽凌辱。

何颙性刚，感到此生再无望诛除董卓，不甘受辱，一怒之下便自尽了。就在董卓准备杀我时，王允设计除了董卓，我才有幸躲过了这一劫。”

两人逐渐打开了话匣子，曹操问：“据说朝廷诏拜你为任城相，你坚辞不就，主动要求到益州任蜀郡太守。蜀郡路途险峻，地处一隅，你为什么非要到那里？”荀攸说：“蜀郡虽然路途险峻，偏处一隅，但那里远离中原，关山险固，不似关东，战乱频仍。说句私心话，是想在那里安安稳稳地待几年，只可惜刘表与刘璋关系不睦，弄得道路不通，只好羁留在荆州。”

荀攸讲话慢条斯理，曹操有点着急，问：“说到刘表，你觉得这个人怎么样？”荀攸说：“党锢时期，刘表号称八俊之一，又与陈祥、范滂、孔昱、苑康、檀敷、张俭、岑晊等这些名士并称为八友，可见学识也不一般。当初袁术在南阳，认为刘表刚到荆州，就想把他挤出去，没有得逞。又想趁他立足未稳，派孙坚夺占荆州，反而被刘表打败，丢了性命，最终倒将袁术挤出了南阳。长沙太守苏代，华容县长贝羽统兵作乱，荆州黄巾张虎、陈生拥众造反，荆州五十多个世家大族各率部曲公开与刘表作对，刘表略施计策，依靠荆州士人蒯良、蒯越、蔡瑁等人，对这些势力剿抚并举，恩威并用，把荆州治理得平平安安，可见他还是有才能的。听说曹公与他是好友，应该更了解他。”曹操说：“不错，自我少年时代起，就一直把他当兄长看待。”荀攸说：“刘表虽有才能，但为人圆滑，袁术想夺占他的荆州，他心知肚明，却不公开和他决裂，甚至表面上还服从他，口口声声尊他为后将军。李傕、郭汜把持朝政的时候，他也迎合他们的拉拢。袁绍与他结盟，他也积极响应。张济从弘农窜入南阳，在夺取穰城时被刘表部将射杀，他反而派人去祭吊，并将南阳交给张济的侄子张绣管理。总之一句话，只要不影响他在荆州的统治，和谁都联合，谁也不得罪。治中邓义劝他忠于朝廷，不要和袁绍过从甚密，他却说：‘内不失州牧贡职，外不背袁绍盟主，此乃天下之达义也，我这么做难道不对吗？’邓义看他左右逢迎，毫无原则，料其终不能成大事，于是以病为由告退。”

曹操说：“据说袁绍也想把你留在荆州？”荀攸说：“我一到荆州，他就想留我。我之所以没去成蜀郡，与他有很大关系。在荆州待的时间越久，越觉得刘表和袁绍是同一类人。虽然一个跨蹈江汉，一个鹰扬河朔，然而都是外宽内忌，好谋无断，沽名钓誉，有才而不能用，闻善而不能纳，终究不能成大事，所以我一直不答应他在荆州任事。”

曹操说："说到袁绍，我觉得他与刘表还是有区别的。这袁绍的志向要比刘表大得多。"荀攸冷笑一声："曹公说的是。与其说袁绍的志向，不如说袁绍的野心确实比刘表大得多。他为了独揽朝政，总想自己立一个天子。借口当今天子是董卓所立，一直不愿承认。如今他拥有冀青并三州，幽州被他占了大半，越发狂妄起来。现在之所以被迫承认天子，是因为他的腿陷在公孙瓒的泥潭里。有消息说公孙瓒与黑山军联合，双方南北夹击，弄得袁绍首尾难顾。一旦袁绍消灭了公孙瓒，他就会向朝廷摊牌。要么听从他袁绍的，要么他将另立天子。"曹操说："公达所言极是，这也正是我所虑的。"荀攸说："曹公不必过虑，一旦袁绍敢于反叛，天下人必齐攻之，就像袁术，连他的部下孙策都反对他。"曹操说："袁术自立为帝，虽四面楚歌，却野心不死。"荀攸说："此人太过骄横，轻狂得很，我料其下场必惨。倒是那个孙策，英气杰济，猛锐冠世，览奇取异，志陵中原。不过据我看来，此人过于轻佻浮躁，终将因此受损。"

曹操点点头，说："近闻吕布又想和袁术勾搭，他雄踞徐州，始终是一个隐患。"荀攸说："吕布匹夫之勇，而无英奇之略，轻狡反复，唯利是图。自古及今，未有若此不灭亡的。倒是那个驻在丰、沛的刘备，自诩汉室宗亲，其志不小。现在虽然势单力孤，曹公不可不防。总之，为了以防将来的不测，曹公可趁现在各州郡牧守互相争斗之际，放手扩充兵马，一旦将来有变，可从容应对。"荀攸滔滔不绝讲起来，说话一快，口吃的毛病暴露出来："曹公名义上拥有兖豫司三州，可司隶校尉部管辖的三河三辅、弘农这七郡，除河东和河南受朝廷节制外，其余各郡都是自成一体。尤其是关中的三辅地区，在西凉集团的祸害下更是民不聊生。"曹操接过话头说："今天朝会上，天子还说要解决三辅地区的问题，我正不知从何处下手，你看应该怎么办？"

荀攸说："三辅地区大小部曲多如牛毛，较大的就有十多支，互不统领。其中李傕为大，段煨次之。天子东归后，一直无力顾及。我在长安时对段煨有所了解，此人正直，忠于朝廷，若由他统领关中各部曲，定能剿除李傕。这样曹公不必派一兵一卒，关中可平定矣。"曹操眼前一亮，连忙说："公达此计甚妙。明天我就表奏天子，派人奉旨前往关中，诏拜段煨统领关中各部，征讨李傕。"

这一席长谈，使曹操感到荀攸机智豁达，谈锋甚健，刚勇果敢，处事干练，全然没有初见时的愚笨、木讷、胆怯的感觉，唯一的不足是说话口吃，这也是他语速慢的原因。曹操心中说：看来仅凭印象是会误事的。随后问荀攸："军营比较艰苦，不知你是否愿意留在军营，随我出征?"荀攸经过与曹操的长谈，也感到曹操为人爽直，待人诚恳，高瞻远瞩，胸襟宽阔，是个值得依靠的主公，便说："愿倾力相随曹公。"这时荀彧和钟繇一起进来了，曹操高兴地说："告诉你们，今遇公达，非常人也。有他在我身边谋划，天下还有什么事能让我发愁呢?"荀彧说："看来我这个大侄子让曹公非常满意了。"曹操说："非常满意，我想公达就不要到汝南去了，留在军中吧。我们再为汝南选一位太守。"

第四十七章
遵律令割发施髡刑　得急报撤兵返许都

曹操处理完一应事务后，终于闲暇下来，这才想起该回家看看了。公卿百官及各位掾属的家大都已经从临时搭建的帷帐中搬了出来，远远望去这些宅院鳞次栉比，走进细看，便显出了赶工的粗糙。曹操还是第一次回这个新家，他按照荀彧给他提供的方位，还算顺利地找到了家。

这是一座坐北朝南的院落，与周围的院落并无二致。只见门楣上挂着"曹宅"的牌匾，大门敞开着，院里传出小孩子们的嬉笑吵闹声。曹操进了门，看见院中一群大大小小的孩子在追逐嬉闹着。还是曹丕眼尖，一眼就看到了曹操，叫着："父亲回来了！"这些孩子们都笑着喊着，一起朝曹操拥来。其中个子最高的少年来到曹操面前，问候道："伯父好。"曹操说："你这个曹真，长得可真快，才几个月不见，好像又长高了不少。"这时何晏也过来问候："父亲回来了？"曹丕把嘴一撇说："你这个假子，往后靠。"曹操不满意地看了曹丕一眼，训斥道："你们是兄弟，都是我的儿子，你从哪里学来的'假子'？"曹丕挨了训，满脸不高兴，瞪了何晏一眼。何晏洋洋得意地朝曹丕做了个鬼脸。

曹操望着这群大大小小的孩子，心中高兴，依次叫着名字："曹彰、曹植、曹铄，哟，这是我的长公主——你们都在干什么呢？"曹彰将手中的一杆玩具大刀一挥说："我们在曹真哥哥的率领下，正在操练排兵布阵。曹真哥哥说了，将来都得随父亲征战沙场，现在必须好好操练。"曹操说："好，好，可到你们长大了，仗都打完了，你们该怎么办呢？"曹植说："仗打完了就该治国了。母亲常告诉我们，齐家治国平天下。天下太平就该治理国家了。"望着年仅六岁的曹植，曹操很是欢喜。

这时环夫人听见孩子们的吵嚷声，知道曹操回来了，抱着两岁的儿子曹冲迎了出来。曹操接过曹冲，抱在怀里，一边亲一边说："这小子长得真水灵。"这时杜夫人、秦夫人、尹夫人也或抱或扯地带着各自的孩子迎了出来，无论会叫父亲的还是不会叫父亲的，曹操都抱在怀中亲吻一番，挑逗着他们。难得与夫人和孩子们相聚，曹操兴致很高，与大家玩笑了一番，环夫人说："卞姐姐在后边中院，你还是先看看她吧。"曹操在孩子们的簇拥下，穿过过堂屋，来到中院，这是一处三进的院落。卞夫人和由他抚养的孩子们都住在中院。卞夫人正在缝制着衣服，见曹操回来，连忙放下手中的针线，站起来说："还没吃饭吧，我这就让下人给你做。"曹操说："不用，我在大帐吃过了。"卞夫人催促孩子们："天不早了，都回各自的屋里休息。"孩子们依次退出。卞夫人替曹操解下战袍，说："你看这个地方又破了个洞，我明天把它洗洗，把洞缝起来。你这个战袍还是己吾起兵时我给你缝制的，如今已经旧了，也补了好几处了，该做件新的了。"曹操说："现在百废待兴，物资供应还很紧张，战袍虽然旧了些，但还能披，过一段时间再说吧，今天看到曹真，好像又长高了不少，快成大小伙子了。"卞夫人把战袍放好，又拿起针线说："是啊，正是长个的时候，只见衣服短，我这不是正在给他缝制新衣服吗？打从过完年，他就嚷嚷着让我给你说，要随你去征战。"曹操说："不行，他还小，再过两年吧。"卞夫人问："曹休现在怎么样，还好吧？"这曹休本是曹操族侄，逢战乱又遭父病逝，携其母避乱吴郡，母病故，扶灵柩回谯县安葬，后投靠曹操，曹操收留他，交与卞夫人抚养，弱冠后与曹昂、曹安民一同随曹操征战。曹昂曹安民遇难后，卞夫人更加关心曹休，每次见到曹操总要询问曹休的近况，曹操说："曹休打仗勇敢，将来一定会有出息。"说到曹休，曹操不可避免地想到了曹昂和曹安民，叹了口气，问："丁氏现在怎么样？情绪好多了吧？"卞夫人摇摇头说："她一天到晚就知道坐在织布机前织布，总是什么话也不说。她就在后院，你去看看她。"曹操说："我听见织布机在响。"曹操站起来，向后院走去。

　　后院的正房里传来"咣当咣当"的织布声，曹操太熟悉这声音了，自打丁夫人嫁到曹家起，一家老小的衣服用料，大都是丁夫人一根线一根线织出来的。曹操循声进了门，见丁夫人侧背着门，正聚精会神地织着布，曹操喊了她两声，她没有应。曹操来到她身后，拍了拍她的肩，她依然没有动，仿佛屋子里除了她，根本没有第二个人似的。曹操尴尬地站在那里，稍停，低声说："我回来了。"这时丁夫人从牙缝中挤出一句话："还我昂儿！"说着眼中滚出两颗泪珠。无论曹操再说什么，丁夫人只这一句话："还我昂儿！"低头织布，表情漠然。曹操胸中憋着一口气，却又无法发泄出来。如果此时丁夫人和他大吵一架，他也许心里会好受些。他强咽下这口气，一跺脚，转身出了屋。

卞夫人见曹操阴沉着脸从后院回来，知道曹操碰了钉子，心中不快，忙停下手中的针线，站起来说："丁姐姐养了昂儿十几年，感情极深，昂儿是他的希望，只跟着你打了一仗，说没就没了，她心里苦得很，希望你能体谅。"曹操说："打仗哪有不死人的，昂儿难道不是我的儿子，我心里就好受了？都要像他这样，我这些部曲还怎么带？"卞夫人说："时间长了，慢慢总能转过来的。我也常让各位妹妹去劝解她，耐心一些吧，唉——"

曹操问："铄儿和长公主现在跟着谁？"卞夫人说："自从丁姐姐失了精神，什么也不管之后，铄儿和长公主就一直跟着我。"曹操说："难为你了。还有那些族中失了爹娘的孩子都由你照看他们，你对我们曹家是有恩的。现在铄儿和长公主又要你照看，我替丁氏和过世的刘氏谢谢你了。"卞夫人说："丁氏和刘氏都是我的姐姐，咱们都是一家人，照看铄儿和长公主是我应该的。再别说这外气话了。"曹操说："可当初她们两个却并不待见你，还处处为难你，我是觉得，难为你胸襟这么开阔，不计前嫌。"卞夫人不好意思地说："快别这么说了，事情都过去了，不管怎样，我们姐妹一场，孩子们都是曹家的骨血，我总不能不管吧。"

曹操望着卞氏，近二十年的相伴，使他对眼前的这个女人非常了解。她善解人意，总能在关键的时候为他分忧。正是有了卞氏，自己省了多少心，他从心底里感激她。卞氏说："时间不早了，你早点休息吧，我再缝制一会儿，也就休息了。"

丁夫人那冷漠的、绝望的表情，让曹操心中不快，尤其那单调的织布机的"喤当"声，以前听起来觉得很有节奏，现在令曹操心绪不宁，天刚亮，便离了家，带人前去巡视许都城的扩建。看到内城皇宫各大殿正拔地而起，外城朝廷各署衙正依次而建，民居商肆鳞次栉比，仓廪府库、逆旅馆舍渐露端倪，尤其是紧挨内城的左祖右社，高大的台阶已经堆砌完毕，一代帝都的芳姿正容华初现，这让他暂时忘却了丁夫人带给他的不快。随后他又带上许褚，到枣祗的屯田区，看望了安置在这里的谯县老乡。勉励大家努力生产，多打粮食。曹操问枣祗还有什么困难，枣祗说："什么困难也没有。本来春雨贵如油，前几天一场透雨，你看麦苗长势良好，今年一定会有好收成。你谯县的老乡一下又开垦出了许多田地，到秋季又能多收许多粮谷。许都周边还有许多无主土地，只要能招抚大量流民，不愁粮谷产不出来。"曹操说："你和任峻的想法一样，我已让他草拟通告，争取在各郡国县邑全面实行屯田。"曹操辞别枣祗，心满意足地返回许都。

曹操刚回到大帐，就接到一封信，原来是袁绍派人送来的。曹操打开信，见袁绍信中说："洛阳残破，许下埤湿，都不适合建都。孟德曾长期驻守鄄城，宜徙都鄄城，也便于我们共同朝奉天子。"曹操看完信问荀攸："公达先生，你看本初是什么意思？"荀攸说："袁绍看天子都许，心里后悔了，想控制天子，又怕我们不同意，便要求把天子迁往离邺城较近的鄄城，企图控制朝政。"曹操说："我们是不会上这个当的，用什么借口拒绝他呢？"荀攸说："就以许都建设已基本完成，都城面貌已现，若再迁鄄城，需要重新建造新城，财物损失巨大，还是暂不迁都为好。"曹操说："这个借口好，合情合理，又让袁绍抓不住把柄。"荀攸说："此事应奏报天子，让天子下诏，婉拒袁绍的迁都要求。"曹操说："就按公达的意思办，把袁绍的信交给荀令君，让他禀告天子。"

曹操话音刚落，就有门吏来报："曹洪派快马求见曹公。"曹操一惊，忙令快马来见。只见快马呈上一封书信，曹操打开一看，勃然大怒。原来张绣在这春暖花开之际，又率兵攻打宛城。曹操告诉信使说："你即刻返回宛城，告诉曹洪将军，我现在就调集部曲，这次要彻底消灭张绣。"

荀攸闻听曹操调集兵马要再征张绣，赶快阻拦，口吃的毛病又暴露出来。当他把"曹公，征剿张绣，我不同意。"这句话说完整后，快马已出了大帐。曹操感到意外，问："为什么？"荀攸慢悠悠地说："你若征剿张绣，必引起刘表不满，他定会出兵相助。刘表势大，一时难以取胜，我们就会陷在那里。若四方诸侯趁虚来攻，许都将不保。"曹操说："正因此，所以上次征剿张绣，我给他留了一条生路，主动撤回许都。原想他接受教训，从此守好他的穰城，双方互不侵犯，没想到才两个多月，就发兵攻打宛城。任由张绣如此，西南方永无宁日。"荀攸说："事情没有曹公想得那么严重。上一次是张绣暗中勾结南阳北部各县的令长，借助他们的反叛，使曹洪将军败退至叶城昆阳一线。现在这些县令长都是曹公亲自征辟的，再不用担心张绣会策反他们。只要曹洪将军守住宛城，张绣就无可奈何。俗话说'花无百日红'，时间一长，张绣在西凉集团养成的掳掠秉性，必不为刘表所容，彼此就会分道扬镳，到那时我们可借刘表之手消灭他。"曹操说："只有亲手诛杀了他，才解我心头之恨。"丁夫人那冷若冰霜的脸，又浮现在曹操眼前。

荀攸说："我知曹公与张绣有血海深仇，但我劝主公万不可因张绣而引起与刘表的直接冲突，请曹公三思。"曹操说："这一点我已经考虑过了，如刘表出兵助张绣，我将向刘表表明，一旦消灭张绣，穰城等县悉数交还刘表，以示我无夺荆襄之心。"荀攸摇头道："曹公拥有兖、豫、司三州，直接面对刘表，你让他如何放心？"曹操说："我昔日一向与刘表为好友，只要向他解释清楚，此战就为张绣，我想刘表必不驳我的面子。"荀攸说："曹公，我还是坚持以拖待变，力争把矛盾留给刘表。"

曹操不再听荀攸解劝，立刻表奏献帝：征剿张绣。献帝准奏。曹操领了诏命，立刻征调夏侯惇、夏侯渊、曹仁、于禁、乐进等部曲，在任峻的屯田区集结，举行了出征仪式。将士们群情激昂，誓言不诛杀张绣，决不回营。曹操一声令下，夏侯惇任前锋，大队人马浩浩荡荡踏上了征程。曹操对任峻说："这次征剿张绣，兵马所需粮草悉交你押送。"任峻说："主公放心，我保证绝不让将士们饿肚子。"有旁边这些满满的仓廪做后盾，曹操感到心中很踏实。

曹军很快过了襄城，正大踏步朝前急速前进着，突然部曲停了下来，等了一阵仍不见动静。曹操不知前面出了什么问题，骑马朝前赶去。来到队伍前头，只见大路上积了很深的水，将士们无法通过。俗话说"千年的古道变成河"，长年的车轧人踩，道路折下去不少，因战乱频发，又无人整修，渐渐地变成了沟。前天一场大雨，由于这里地势更低，使雨水汇在这里，路就断了。曹操见夏侯惇正在水边着急，忙上前说："赶快看还有没有路可以绕过去。"夏侯惇说："已派人去查看了。"话音刚落，几个士卒跑来报告，指着麦田中的一条小路说："由这条小路可以绕过去。"曹操见这条弯弯曲曲的小路，最宽处也不过五尺，大军行走显得太窄了。曹操皱了皱眉，望着路两边绿油油的麦田，正是灌浆的时候，仿佛听见了麦苗生长的声音，下令："所有将士经过麦田时，一律不得随意践踏毁坏，否则依律惩治。"随后调转马头，率先踏上了这条小路，放慢速度，谨慎地行进着。荀攸、夏侯惇也随后跟着，其余将士依次而行。刚走出没多远，只见麦田里惊出两只斑鸠，呼啦啦斜刺里从曹操的马头前掠过，惊得曹操的坐骑跳了起来。曹操赶紧拢紧缰绳，而马已受惊，根本掌控不住，一下踏进了麦田，把长势正旺的麦苗踏倒了一片，众将士齐上前，好不容易才把受惊的战马拢住。

曹操从马上跳下来，看着被战马踏倒的麦子，连忙伏下身子去扶，许多麦苗已被踏进泥土中。曹操拍了拍手上的泥，默默无语。少顷，曹操说："随军主簿在哪里？让他过来一下。"一会儿，担任随军主簿的史涣，来到曹操面前。曹操指着踩踏的麦田，说："你查一下律令，践踏麦田者，该当何罪？"史涣很干脆地说："不用查，我记得很清楚，有践踏、毁坏麦田者，一律斩首。何况践踏了这么多，更是无可饶恕。"曹操将所佩宝剑从腰间解下来交给史涣，说："那就请随军主簿按律执行吧。"史涣接过宝剑，问："犯罪者何人？"曹操指着自己的脖子说："就在这儿。"史涣一愣，这才明白是怎么回事，吓得连连摇手，说："这使不得。军令怎可用在主公身上呢？"曹操说："既然律令定得明白，我刚才又亲自下令，践踏、毁坏麦田者，依律惩治。自己犯了军令不执行，如何再要求别人呢？"说完，从史涣手中拔出剑来，准备自刎。史涣把剑套一扔，赶紧死死抱住曹操的双手，带着哭腔道："自古道，刑不上大夫，主公万万不可，将士们谁都不敢和主公攀比。"这时将士们都跪了下来，说："主公不是有意要践踏毁坏麦田的，这件事实属意外，理应宽恕。"这时荀攸慢吞吞说道："古者春秋之义，法不加于尊。曹公统领大军，怎可自戕，况且造祸者乃两只斑鸠，论律则应先惩治斑鸠。"夏侯惇也赶快劝解。曹操想了想，严肃地说："既然春秋有法，不加于尊，事因斑鸠而起，我姑且暂免死罪，但活罪难饶，仍需以发代首，施以髡刑。"史涣说："施以髡刑，辱没祖先，乃奇耻大辱，主公万万不可自取其辱。"

曹操自知这髡刑的分量。想当初少年时，自己剪了玩伴的头发，被人家堵着门骂了三天，还是二叔用重金赔笑脸，才把事情平息下去。蔡邕施了髡刑，很长时间不敢见人，连死的心都有。许多心高志傲的贤士，宁愿死也不愿受髡刑自取其辱。但既已违犯律令，必受惩治，于是摘下兜鍪，抓住发髻，挥起宝剑，将发髻贴着头皮削了下来，交给史涣说："将此发髻传示各部曲，就说曹操践麦，本当斩首，今割发以代，施以髡刑。"史涣遵令执行，骑马扬髻，晓喻全军。全军将士经过麦田时，都小心翼翼，凡骑卒无不下马，牵着缰绳，小心通过。步卒靠近麦田者，皆以手扶麦。尽管行军速度慢了下来，但再无一棵麦苗受损。

曹军晓行夜宿，一路上秋毫无犯，很快来到宛城。围攻宛城的张绣得知曹操亲率大军而来，赶快收拢兵马，撤回穰城。曹操命曹洪守好宛城，一路跟随张绣追到穰城，扎好营寨，排兵布阵，对穰城发动了进攻。张绣早有准备，把穰城的城墙增修得异常高大坚固。曹军接连发起进攻，都无功而返。张绣严守穰城，任曹操使出所有招数，兀自岿然不动，气的曹军将士大骂张绣是缩头乌龟。张绣在城头嘲笑道："我穰城固若金汤，城中粮谷充足，谅你围上三五个月，也奈何不得我。"眼看两月有余，双方依然僵持在那里。这日斥候前来报告："刘表亲率五万大军进驻湖阳、新野、山都一线，似由从侧翼包抄我们之嫌。"曹操先是一愣，继而哈哈大笑说："我料定张绣的粮草快消耗完了，刘表再不出手相助，张绣就难以坚守了。我这就给刘表写信，消灭了张绣，即刻撤军，绝不夺占穰城。"随即派人送往刘表营中。刘表很快回了信，信中尽叙昔日友情。说到张绣，称其虽是西凉旧部，但远来投靠，拒之不恭，因此给其一条生路，将南阳郡交由其管理。还望曹操看在昔日交情的份上，不可记仇，将南阳郡所属各县交还张绣。信中最后说："愿与孟德各尽其职，友好相处，共辅汉室。"当然信中也少不了威胁的意思，说荆襄兵马已屯在南阳郡界，后面还有大量兵马正在集结，还望双方不要误会，以免伤了和气。

曹操看完信，冷笑一声，说："我料城中粮草快要告罄，务必在刘表到达前，攻破穰城，消灭张绣。"这时荀攸连忙劝阻说："穰城防守严密，城墙坚固，易守难攻，城中粮草是否告罄，详情并不知晓。再加上刘表已来助战，张绣军心大振。如强行攻城，势必遭受刘表张绣的夹击，于我军非常不利。"曹操说："围城日久，张绣军心已有动摇，只要我们敢于进攻，争取在刘表到达前夺取穰城，立刻就会掌握主动。"就在这时，侍卫报告："荀彧派特使从许都赶来，现在帐外求见。"曹操心中一惊，赶快让侍卫将信使带进来。信使一见曹操，呈上荀彧的信，曹操拆开一看，不由脸色大变。原来荀彧的信中说，献帝婉拒了袁绍迁都鄄城的要求，袁绍大发雷霆，在别驾田丰的鼓动下，趁曹军征讨张绣，出兵进攻许都，要将献帝直接劫往邺城。现正在调集兵马，望曹操接到信后，速率兵马回许都，以应对袁绍的进攻。并说他的一个远房族亲在袁绍身边任掾属，得知此消息，觉得荀彧有危险，便派心腹之人赶来许都，告知荀彧早做打算。而且荀彧也派了一些斥候潜入冀州，打探袁绍动向。这些斥候的报告，也证实了袁绍有进攻许都的打算。

曹操将信递给荀攸，荀攸看完，说："主公，当机立断，撤兵回许。"曹操说："围攻张绣已两月有余了，此时撤兵，前功尽弃，我实在不甘心。"话音刚落，斥候来报："据探，穰城中，储存有大量粮谷军资。"曹操闻知，如同三九天兜头浇了一盆凉水，彻底凉透了。他望着荀攸说："看来张绣做了充分准备，以应对我们的进攻。我当初没听公达的意见，以至于如今骑虎难下。"

其实在听说刘表率兵马到达湖阳、新野一带时，曹操发热的头脑已经开始清醒了，丁氏的情绪确实左右了他此次的行动。若继续进攻穰城，必陷在这里，袁绍趁许都空虚劫走献帝，大好形势彻底断送。曹操不再犹豫，召各位将帅将情况说明，下令拔寨起营，返回许都。荀攸说："诸位将帅，虽拔寨起营，万不可仓促行事，要不慌不忙撤退。"夏侯渊说："既然荀彧先生来信告急，袁绍即将攻许，现在只有火速撤退，回救许都。再不慌不忙，不是耽误军机吗？"曹操说："公达先生说的对，我们不慌不忙，张绣摸不清底细，就不会贸然行动。诸位将领赶快回到各自部曲，指挥将士们有序地撤除对穰城的包围，返回许都。"

第四十八章

急撤军连夜凿暗道　遭反击恰遇增援兵

　　张绣在穰城中焦躁不安，早闻刘表已率大军屯兵湖阳、新野一带，却迟迟不见刘表大军的到达。这天守城士卒来报："曹军正拔寨起营，似有撤兵迹象。"张绣心中狂喜，连忙与贾诩赶往城楼上查看，果见曹军营寨已基本拆除，各部曲正撤除包围。张绣对贾诩说："义父，必是刘荆州大兵已到，曹军被迫撤军，我们赶快出城袭击。"说着就要打开城门追歼曹军。贾诩连忙阻拦，说："且慢！曹军撤退的原因不详，若轻易出击，很容易中其计谋。曹军此番撤军有条不紊，让人生疑。我们率兵马远远跟在曹操后面，以防曹操猛然回头，杀一个措手不及。并派人报告刘表，让其赶快前来助战。"

　　曹操不慌不忙地撤退，这时斥候报告："张绣的兵马在后面远远跟着。"曹操笑了笑："让他先跟着吧。"待第二天，斥候又来报："刘表的荆州兵也跟了上来。"曹操命斥候再探，并让担任后卫的于禁保持警惕，以防刘表和张绣咬住自己。又经过一天的行军，眼看前边不远处就是安众城了，曹操长出一口气。过了安众，就可以放心掉过头来狠狠惩戒一下张绣，然后大踏步地撤回许都。

　　这时，从许都来的信使又到，送来了荀彧的信，只见信上写道："据派往冀州的斥候报告，袁绍的兵马正在黎阳集结，似有渡河迹象，望曹公务必及早赶回，万不可拖延。"曹操即刻给荀彧写信："我率部曲即将到达安众。我将在安众排兵布阵，截断刘表、张绣的追赶，然后疾速回撤许都。请文若先调徐晃、朱灵、李典等部曲，在许都北面布下防线，阻击袁绍。"信使拿上曹操的信，快马返回许都去了。

　　此时太阳已经西斜，曹操命部曲："加快速度，赶在日落前到达安众宿营。"话音刚落，担任前锋的夏侯惇骑快马来报："报告主公，安众城已被刘表占领。"曹操一惊，迅速与荀攸等人一起，跟随夏侯惇朝安众方向扬鞭驰去。

　　原来，刘表获知张绣报告，曹操已撤军，料曹军必走安众，便命屯驻新野、山都的文聘、蒯良部曲，快速赶往穰城与张绣会合。一边亲率屯驻湖阳的部曲，悄悄北上安众，绕到曹操前面，准备南北夹击曹操。

别看这次刘表大动干戈，要与曹操决战，实际上从心里说，并不愿和曹操撕破脸皮，弄个你死我活。他既没有像袁绍那样要做天下盟主的野心，也没有曹操那种以天下为己任，重振汉室的雄心。他认为，汉室颓废已成事实，只求于乱世之中，在荆州这块地盘上，建一个属于自己的独立王国，只要不去与他争荆州，他与所有人都是好朋友，谁若打他荆州的主意，他会不顾一切地与之争斗。孙坚被他手下大将黄祖射杀，袁术被他挤出了南阳，皆因二人要图谋他的荆州。当然他也不会像袁绍和曹操那样，去尽力扩大自己的地盘。张绣之所以数次被曹操征剿，刘表都没有出手相助，就是因为张绣主动进攻了颍川，引起了刘表的不满，认为他无事生非，有意让曹操教训一下张绣，让他有所收敛。这次是看到曹操决心要消灭张绣，怕南阳全郡落入曹操之手，才出兵助张绣的。只要曹操交出夺占的南阳诸县，他就会网开一面，放曹操回许都，两人还是好朋友。当然他也会约束张绣，绝不再袭击颍川。现在，孙坚的儿子孙策已夺占了江东四郡，并扬言要替父报仇，他不能不加强荆州东部的防守，以提防孙策。如果在这里与曹操决战，孙策趁虚而入，那就得不偿失了。因此他打定主意，威吓曹操，逼其将南阳北部的诸县吐出来，然后与曹操握手言和。

刘表刚刚部署完安众的防御，操军已到城下。刘表急提马上前，见曹军阵列整齐，大纛旗及各帅旗下，跨马而立几位顶盔冠甲的将帅，领头的一位，从身段、姿态，让他一眼认出了那是曹操。于是高喊："孟德老弟，多年未见，别来无恙？"

曹操与荀攸，夏侯惇等人赶到安众城下，见城上陴墙后面，甲胄在身的士卒严阵以待，城下荆州兵阵列依次排开，犹如铜墙铁壁。曹操心想，看来要想通过安众城，必有一场恶战了。兵法云，置之死地而后生，刘表把自己逼入绝境，将士们将会激发出更强大的战斗力。此时猛听到有人叫他的名字，循声望去，见一员大将，身高八尺，也是顶盔贯甲，从体态和声音，曹操也认出了这是刘表，只是他没有想到，刘表会亲自在这里阻截自己，于是高声回道："景升兄，自中平六年洛阳一别，已有九年未再见面了，不想今日在这里相见。前次信中已说明，我今番仅为张绣而来，与兄并无冤仇，我们没必要兵戎相见。"刘表手一挥说："这个自然，兄弟之间当以和为贵，只要孟德弟将宛城以北诸县交还于我，咱们还是好兄弟。"曹操呵呵一笑，说："景升兄忘性这么大，宛城以北诸县是我从张绣手中夺来的，与兄并无瓜葛。"刘表说："孟德弟记性也不怎么好，南阳乃是我荆州一郡，本在我管辖之下，怎能说与我无干？"曹操说："当初南阳由袁术驻扎，被我赶到淮南后，其留守兵马被张济叔侄赶了出去，所以从袁术算起，南阳已不归景升兄了。"刘表说："孟德弟揣着明白装糊涂，袁术是被我赶走的，是我让张绣留在南阳管理此郡的。"曹操说："张绣乃张济旧部，曾与李傕、郭汜勾结在一起，祸乱长安，想必景升兄不会不知道。如今张济旧部流窜南阳，景升兄本该将其绳之以法，为朝廷除掉这个祸害，不料却为虎作伥。"刘表冷笑一声："张绣现已归顺于我，同为汉室出力，何谓为虎作伥？"曹操说："张绣诛我大将，杀我子侄，只要你替我报了此仇，宛城以北诸县，我当悉数奉还。"刘表说："我若斩了张绣，岂不惹天下人耻笑，骂我出卖朋友。我刘景升何以再立于人世间？眼看天色已晚，再狡辩也无甚益处。若将宛城以北诸县归还于我，我保证张绣不会再侵扰你的颍川。若不从，你休想越过安众一步。何去何从，望孟德老弟思之，免得动起手来，失了兄弟之情，双方脸上都不好看。今日天晚，请孟德深思，明日等你回话。"说完刘表将手一揖，施了礼，就要离去。曹操说："景升兄慢走，听我一言，岂不闻《孙子·军征篇》说，'归师勿遏'，《九地篇》中说'投之亡地而后存，陷之死地而后生'。你犯了兵法大忌，若交战你必败无疑。"刘表呵呵一笑："那就明日见分晓。"

见刘表率兵马返回安众城，曹操等人也返回营寨。夏侯惇说："都说刘表儒雅，今日一见，果然如此。说话不急不躁，显得如此亲近，又充满了威胁。"荀攸说："此人若逢天下太平，确是一治世能臣。但遇如今之乱世，其胸无大志，目光短浅，终难成大事。"曹操说："公达之言，一语中的，可谓把刘表看透了。当务之急，大家看还是怎么突破安众城吧。"夏侯惇说："别无他路，只有强攻。明天一早，我自任前锋，让刘表这位儒将尝尝我的厉害。"许褚说："何劳夏侯将军动手，明早看我先取了刘表首级。"曹操说："时间不早了，各部曲都扎好营寨，以防荆州兵夜里偷袭。"诸位将领离了大帐，回各自部曲去了。

待大家走后，曹操思索了一会，召史涣："你到附近的村子里，找几位老叟，我要了解一下情况。"史涣领命。待晚饭做好，曹操简单吃了几口，就在帐中静候。荀攸在帐外踱着步，琢磨着什么。这时史涣领着三位老叟到来，荀攸连忙迎上去，陪他们一起进了大帐。史涣说："主公，这三位老丈皆是附近村庄的。"三位老叟看上去有点惊慌。曹操赶忙起身让座，说："老丈别怕，我是曹操。此次是奉天子诏命，前来征剿张绣的。现在许都有事，我要赶快返回，不料刘表占了安众，拦住了去路。请老丈来，是想问问这一带还有别的路可绕过安众吗？"三位老叟都摇摇头。曹操说："别忙，再想想看，多绕点路没关系。"其中一个留着长白胡须的老叟说："不瞒曹将军，我们三人从小生活在这里，自古从穰城到宛城，只有安众这一条道。周围都被山岭阻隔，难以通行。"其他两位老叟也都附合道："实在是无其他路。"曹操说："好吧，麻烦三位老丈了。史涣，去拿点钱来，给三位老丈，算作他们辛苦这一趟的酬劳吧。"史涣很快拿来了钱，分送三位老叟，三位老叟认为自己无功受禄，感到过意不去，推辞不要。曹操说："让三位老丈辛苦跑这一趟，曹某实在不忍，还是拿住吧。"三位老叟千恩万谢，起身告辞。曹操挽起那位长长的白胡须老叟，亲自送出帐外，临分手时，这位老叟略一迟疑，说："我知道有一个地方，不知道算不算路。"曹操为之一振，说："请老丈说说看。"这位老叟说："由此往西，大约十里左右，有一座山岭，好像被天斧劈开了一道缝，右边的峭壁上，被野兽或采药人踩出了一条小径，下边是一条小溪，有流水穿过。沿着这条小径，单个人勉强能通过，大军却难以通行。"曹操问："从这里过去是什么地方？"老叟答："从这里过去，顺着一条山沟，拐过几道弯，就上了通往宛城的大道，刚好绕过安众城。"曹操连忙说："不知老丈能否前往指给曹某看一下？"三位老叟齐答："没问题。"于是曹操调来三匹马，亲自扶老叟坐上去，大家随三位老叟朝西而去。

　　大约走了十里，来到一道山岭前，老叟说："到了。"大家望去，果然这道山岭中间，有一条斧劈般的缝隙，大家下马，来到裂缝前，见这道裂缝有七八尺宽，右侧峭壁的杂草中隐约有一条极窄的路径，由于天色已晚，朝下望不到底，只听有流水声，曹操令人点着火把，在火光的照耀下，试着登上去，感觉宽有一尺。正像老叟所说的，一个人慢慢走可以通过，大军根本无法通行。曹操皱了皱眉，朝两边的峭壁上望。这时荀攸也蹬了上来，一不小心，脚下一滑，连忙用手抠住岩壁，没想到竟把岩石抠下一块来，滑倒在地。要不是曹操抓得急，荀攸可能就滑下去了。曹操说："脚下是碎石，小心点。"荀攸站好，愣了愣，伸手又去抠了块岩石，没想到并没有用劲儿，就又抠下一块岩石。荀攸激动地说："主公你看，这些石头风化得很严重，和土差不多，一掰就掉。"

曹操伸手掰了一块，用火把一照，果然很疏松。二人退了回来，问老叟："这道石缝有多长？"老叟说："说长不长，说短不短，大约有里把地吧，过了这一段，里面就宽敞多了。荀攸问："崖壁上的石头都这么不结实吗？"那位长胡须老叟答："我曾走过几次，都是这种石头，比土坷垃结实不了多少。"曹操对三位老叟说："谢谢老丈。"命史涣将三位老叟送回家去。

待老叟走后，曹操抽出宝剑，朝崖壁上凿了几下，风化的碎石纷纷落下，这块地方立刻宽了许多。曹操兴奋地说："完全能挖得动，老丈说有里把地，我们立刻调三千士卒，每人负责挖三尺长，累了就立刻换人，轮番上阵，估计有两个时辰就可以挖出一条通道。"夏侯惇说："说干就干，我这就去调人，争取一个时辰就挖通。"

曹操与荀攸回到大帐，命各营寨高悬火把，频繁调动兵马，做出明天攻打安众城的准备。城楼上的守将把这一情况报告给刘表，刘表冷笑道："就让他们瞎折腾吧，只要他们不趁夜袭城，就不必报告。"

快到子夜时分，夏侯惇派人来报："暗道已经打通。"曹操下令："各营寨的篝火添足柴草，火把浸足膏油，让他们亮到天明。"然后指挥各部曲，依次撤往刚开辟的通道。待曹操和荀攸来到通道旁时，兵马正有序地进入。曹操见原来窄窄的小径，硬是向一边凿挖了足有五尺多宽，宛若一条地道，部曲的行进非常顺利。曹操估算了一下，不等天亮，所有兵马都可以撤离完毕，这才放心地进入通道。

通道果然只有一里左右，很快就走了出去。出了通道，顺着山势拐进一条山沟，又顺着山沟走了一段时间，便豁然开朗，上了一条大路，经过打听，知道正是通往宛城的大路，安众城已经绕过去了。曹操抹了一把脸上的汗，下令："经过一夜行军，将士们都累了，就地宿营，赶快埋锅造饭。吃过饭，选择有利地形，沿大道两边埋伏起来。我料刘表、张绣必然追来，我们已经占据主动，趁此机会，打他们一个埋伏。我们不能把这个大尾巴带到宛城。"各部曲立刻行动起来。

天空已经放亮，刘表记挂着安众城外的曹军。他昨天傍晚就派人传下命令，令张绣及与张绣一起追赶曹军的荆州兵，快速从曹操后面赶上来，估计他们也快到了。他现在得上城楼巡视一下曹军的动向，若曹操愿意讲和，归还宛城以北诸县，那样皆大欢喜。他刚走出县衙，就碰上守城将士来报："报告主公，安众城外曹军已不知去向，只留下了空寨。"刘表大吃一惊，赶快来到城楼上，向下望去，果然曹军营寨空无一人，各营寨只有几面破旗在晨风中摆动，营寨中的篝火还在冒着烟，绑着的火把还燃烧着。刘表睁着迷惑的眼睛，直直望着眼前的一切，半晌没有说一句话。曹操既不会上天，也不会入地，难道他掉头南下了？不会呀。张绣及自己的两支部曲，就顶着他的后背，向南无异于自投罗网。他赶快下令，追查安众城左右驻扎的营寨，昨夜是否有玩忽职守放跑曹操的。很快各营寨传来消息，昨晚都严阵以待，不敢有丝毫懈怠，就是一只鸟也别想从这里飞过。刘表大惑不解，下令派出斥候，马上探察曹军下落。刚安排完毕，张绣及刘表的两员大将文聘、蒯良的荆州兵已到达安众。

张绣一见到刘表，就着急地问："刘荆州，你派人送信，要我们务必今天一早赶到安众城下聚歼曹操，我与文聘、蒯良将军不敢怠慢，一路走来，丝毫未见曹军的踪影，难道刘荆州将曹军放走了不成？"刘表沮丧着脸，将曹操失踪的消息简单叙说了一下，惊得张绣目瞪口呆，心说："难道这曹操有神人相助，会遁地之术？"正在他疑惑之际，这时派出去探查曹操下落的斥候们回来禀告道："回主公，西去十里之外，发现在山岭一处缝隙处，新凿出了一条暗道。询问附近人家，说昨晚有大军通过暗道，顺着山沟绕过了安众，上了通往宛城的大道。想必曹操已从这条新挖的暗道逃走了。"

刘表和张绣听到这个消息，皆垂头丧气。刘表说："看来天助孟德也，我们白忙一场。"张绣不甘心，说："曹军凿了一夜暗道，又钻山沟绕行，必人困马乏，走不了多远。我们赶快行动，定能追上他！"刘表一想，认为张绣说得在理，把手一挥说："对，命令各部曲立刻追击。如有贻误者，依律惩处。"贾诩赶忙阻拦，说："刘荆州、张将军，且慢！穷寇莫追，追之必遭失败。"刘表和张绣此时急于消灭曹操，根本不听贾诩解释。张绣说："曹操偷偷逃走，已成惊弓之鸟，哪还有心战斗，消灭曹操正当其时。义父休要阻拦，你就在安众城等候好消息吧。"话刚落音，人已出了县衙。张绣开安众城北门，自为前队，率先冲了出去。刘表为后队，率荆州兵跟着追了出去。

通往宛城的大路两侧是连绵不断的丘陵，上面长满了荆棘杂草，曹军吃过早饭，按照曹操的指令，利用这些有利的地形悄悄地埋伏起来。趁现在刘表张绣还未到，将士们抓紧时间闭目养神，让昨天晚上一夜的劳累所消耗的体力恢复过来。日上三竿，安众方向尘头大起，将士们立刻来了精神。这团尘头越来越近，在张绣、刘表不断催促下，这些士卒们眼望前方，弓腰甩臂，大步流星地朝前赶。眼看已经进入了曹军的埋伏圈，这时一声炮响，两边丘陵上埋伏的曹军一跃而起，奔向大路，冲入敌阵，刀枪剑戟伴着喊杀声铺天盖地涌了上来。荆州兵一下被打蒙了，待将士们反应过来，已有许多士卒倒在血泊中。张绣率胡车儿与曹兵战在一起。曹操见胡车儿挥动长戟，犹入无人之境，想起典韦，不禁分外眼红，就要冲上去，许褚连忙阻止，拍马迎了上去，不出数合，将胡车儿斩于马下，曹操连连叫好。张绣见状，连忙下令后撤。后面的刘表眼看曹军势胜，难以抵挡，又见张绣后撤，便边战边撤，向安众退却。夏侯惇、夏侯渊、曹仁、于禁、乐进哪容刘表、张绣逃跑，堵截的堵截，追赶的追赶，不给荆州兵喘息的机会。刘表、张绣拼命突出包围，马不停蹄撤往安众。这时曹操下令，停止追歼，令夏侯惇、夏侯渊、曹仁、于禁率各自部曲，依次撤往宛城。令乐进担任后卫，并将缴获的辎重兵器押运回宛城。

刘表、张绣被曹军追得叫苦不迭，忽然见曹军停止追击，这才趁机收拢兵马，看到部曲遭到重创，两人无精打采，率兵马退往安众。这时贾诩早在城外迎候。张绣说："没听义父的劝告，致使大败而归，折损了许多兵马。"刘表也感到脸上挂不住，冲贾诩笑了笑，就要进城，贾诩连忙拦住，说："刘荆州、张将军，现在率兵马立刻返回，再追歼曹军，此战必能大获全胜。"刘表翻着眼看了看贾诩，说："我们刚刚大败，曹军士气正旺，现在再去追歼曹军，岂不是拿着肉往狼嘴里送？"张绣也附和着刘表，不同意再与曹军交战。贾诩急切地说："请二位将军相信我，此去必能大胜曹军。战机稍纵即逝，万不可犹豫。"刘表轻蔑地看了一眼贾诩，说："我不能再冒这个险，兵马一去一回，已经折腾得够呛，我要回安众城整休兵马了。"说完，自顾进安众城去了。张绣失了胡车儿、正欲报仇，看贾诩说得那么肯定，虽将信将疑，还是率兵马调转头来，再向宛城方向追去。

曹操打了个漂亮的伏击战，甩掉了一直跟着的大尾巴，心中高兴，命大军大踏步回撤，争取早日赶回许都。眼看前边不远就是宛城了，这时一匹快马从后面疾驰而来，到曹操面前，急报："报告主公，我们兵马正押着缴获的军资回撤，不防张绣率兵马又追了上来，现已把我们包围，乐进将军让我报告主公，赶快调兵马救援，迟了就会全军覆没。"曹操的脸好像凝固了一样，毫无表情，这太出乎他的意料了。现在兵马正全力回撤，突然下令掉头驰援，将士们行动上必然有个适应过程。况且离乐进已远，待增援兵马赶到，乐进也是凶多吉少。但此刻已不容他多想，于是下令走在最后的曹仁率本部兵马调头向南，火速驰援乐进，其余兵马前队改后队随后跟进，务必将乐进救出。

原来乐进的部曲留下，打扫完战场，将缴获的兵器军资归类打包押回宛城。刚走没多远，后面尘土大起，见张绣又返身杀了回来。一面命人向曹操告急，一面命士卒们弃了缴获的兵器军资，摆开阵势，与张绣战在一起。然而乐进实力毕竟有限，不敌张绣，几个回合下来，节节败退。张绣见曹军寡弱，信心倍增，命令部曲绝不放过曹军一兵一卒，誓要将乐进的部曲全歼。乐进的兵马此时已陷入重围，眼看难以逃脱，正在此时，一彪军杀到，对着张绣的兵马就是一顿猛攻。乐进望去，只见帅字旗上一个大大的"李"字，心下疑惑，不知谁来助战。这时一将杀到，说："乐进将军休慌，我乃振威中郎将李通是也，特赶来助战。"乐进这才知道是镇守汝南西部的李通将军，心中大喜，命士卒们与李通的兵马一起向张绣发起了进攻。张绣眼看就要大获全胜，没想到攻守逆转，以为是曹军主力返回，不敢恋战，押上截回的兵器军资，撤往安众。贾诩在城外等候，张绣高兴地说："若不是曹军主力赶回增援，我定将曹军后卫全歼。义父此前不让追歼，说追之必败，果然如此。接着你又让赶快追歼，说必能大获全胜，为何前后两次如此不同？"

贾诩淡淡一笑说："曹军并未失败，却主动撤军，在安众又不愿与刘表纠缠，别寻通道悄悄溜走，我料许都一定是发生了什么事，曹军要急速回撤。曹操必用精锐之师阻拦我们，所以那时追击，必遭曹军猛击。曹操取得胜利后，料我们不敢再追，因急于返回许都，必甩开膀子大踏步后撤，断后的部曲以为已经大胜，心生怠慢，所以让你再次追击，必能获胜。"张绣不得不佩服贾诩料事如神，说："如果刘荆州能随我一同杀个回马枪，一定会全歼乐进，可惜了。"

张绣与贾诩回到城中，刘表听说张绣取得了胜利，懊悔没有听贾诩的建议。事已至此，也不再说什么，将安众的防务交与张绣，便率荆州兵回襄阳去了。张绣留下兵马驻守安众，也回穰城去了。

李通和乐进见张绣退兵，知刘表就在安众，也不敢追击，收住兵马，撤往宛城。走不多远，正碰上赶来增援的曹仁，将情况如此这般一说，曹仁派人回报曹操，便调转马头，与李通、乐进一起，撤往宛城。

曹操正率兵马赶来，见快马来报，说张绣已被打败，退回安众。曹操下令停止前进，心中疑惑，原想救兵难以及时赶到，乐进必遭重创。没料到张绣反而被打跑了。及至曹仁、李通、乐进赶到，曹操才恍然大悟，忙问李通："你怎么来得这么巧?"李通答："自曹公征讨张绣，我就派斥候关注战况，后斥候报告，说刘表大军绕到曹军身后，据住安众，我就感到情况不妙，怕曹公得不到消息吃亏。我原想派人通知曹公，一想离安众不远，干脆率部曲前来助战。刚走到这儿，便见乐进将军正与张绣交战，便纵马迎了上去。"曹操夸奖道："没想到你帮了这么个大忙，回头论功行赏，你是头功一件。"曹操命大军再次掉头，李通也随曹军一起，撤往宛城。

曹洪早在城外迎候，见到曹操，说："我得到消息，刘表在安众堵截主公，心想率兵马抄刘表后路，又怕中了刘表奸计，丢了宛城，正在左右为难之际，斥候来报，说主公大胜刘表，一颗悬着的心才落下来。"曹操说："先是大胜，若不是李通来得及时，又会吃个大亏。"说话间，大家已进入宛城，曹洪早已备好酒宴，为曹操接风。席间，曹操说："这次未能消灭张绣，很是遗憾。但围攻穰城和安众之战，也惩戒了刘表和张绣，料张绣暂时不会主动进攻宛城了。李通将军这次助战有功，我回到许都后，马上表奏朝廷，拜你为裨将军，封为建功侯。我还要表奏天子，正式将汝南西部这几个县分出来，设阳安郡，拜你为阳安都尉。"李通赶快跪谢。曹操又说："阳安与宛城为邻，以后你与曹洪将军互相照应。"李通说："主公放心，若张绣再犯宛城，我定前来助战。"曹洪也表示愿与李通配合，守好宛城。

由于许都事急，曹操不敢多待，酒宴结束，曹操便率军返回许都。曹洪送出城外，李通也率兵马自回阳安去了。

第四十九章

郭嘉纵论十败十胜　刘备诱杀杨奉韩暹

曹操连三赶四地返回许都，走到任峻的屯田区，这才长舒一口气，让兵马在此暂歇，对迎接他的任峻说："这次征讨张绣，粮草供应充足，心中很是安稳。"任峻说："手中有粮，我这个总督粮官也好干了。"这时荀彧派快马给曹操又送来一封信，信中说："据斥候报告，袁绍说是幽州公孙瓒还未消灭，若再进攻许都，两面作战，难以应付。田丰再劝，袁绍不听，已将集结在黎阳的兵马解散，气得田丰大骂袁绍不能善断，难成大事。据此，主公可不必急着回许都。"曹操将信递给荀攸说："若我是袁本初，必置公孙瓒于不顾，抓住这有利时机，先夺了许都再说。那样形势就会大变，我们就会吃大亏了。正像田丰说的那样，这袁绍多谋无断，终难成大事。"荀攸说："我们与袁绍之间，终将有一场大战，应早做准备。"曹操点头，对任峻说："为了将来能与袁绍抗争，我们还要尽可能多地储备粮谷，尽量利用无主土地多搞屯田。"任峻说："主公放心，我一定把各地的屯田区及早建起来。"由于袁绍取消了进攻许都的计划，曹操随即命各部曲返回各自营寨进行休整，并要求把这次征讨张绣的有功人员报上来，表奏献帝，予以表彰奖励。

曹操回到许都，见司空府已建好，便将大帐搬入司空府，望着这宏伟气派的署衙，曹操心情也很舒畅。

这日，按曹操约定的时间，各部曲来司空府呈报有功人员名单。最先到的是曹仁，他刚要迈入司空府的大门，就被许褚拦了下来，说："曹公正在大发雷霆，此刻还是不见为好。"曹仁问："主公为何事发火？"许褚说："不知道，从未见曹公如此动怒。"这时夏侯渊、乐进、夏侯惇、于禁先后来到，听许褚如此说，也都摸不着头脑。大家悄悄在那里议论，夏侯惇说："莫不是因为这次征讨张绣，无功而返，又险些被刘表堵截在安众，最后反被张绣偷袭了后卫，事后想想感到窝火？"几位将领觉得夏侯惇说得在理，便纷纷说："既如此，我们还呈报什么有功之人，请求表彰奖励。"说着几位将领就打算回各自部曲去。这时荀彧和钟繇来到，见他们在门外议论，忙问怎么回事？许褚将曹操正动怒的事说了，几位将领也将自己的分析说了一遍，荀彧说："我们久随曹公，曹公是那种为了已经过去的一点事，便耿耿于怀，久久不能放下的人吗？我想一定是有其他事情，你们暂且稍候，待我进去问问。"

荀彧和钟繇进了司空府，来到正堂，见曹操正拍着几案，火气冲天地朝荀攸说着什么？荀攸嘴拙，脸憋得通红，点着头附和着曹操。荀彧说："主公为何事发火？"曹操见荀彧和钟繇进来，便从几案上拿起一封信，递过来说："荀令君，你看看还有这样的事。"荀彧接过来一看，是袁绍的信，只见上面写道："我正在征剿公孙瓒，替朝廷讨伐不臣，奈粮草不够，望孟德奏报天子，调拨粮草。黑山军占据太行山，危害一方，也望孟德派兵助我一臂之力……"整封信中颐指气使，言辞傲慢。曹操指着袁绍的信，说："荀令君、元常，你们说，这袁绍是不是欺人太甚？向我要兵要粮，真是岂有此理。"荀彧一笑说："主公息怒，袁绍是在争一时之长短，此乃妇人所为也。"曹操"哼"了一声，说："我一再谦让，袁绍是得寸进尺，我真想立刻起兵，与他见个高下。"荀彧说："古之成败者，若真有其才，虽弱必强，若无才，虽强必弱。这一点从刘邦项羽的成败，就可以看得很明白了。今主公有四胜，是袁绍不及的。"曹操来了兴趣，问："哪四胜？"荀彧说："袁绍外宽而内忌，任人而疑其心；曹公明达不拘，唯才是举，此乃度胜也。其次，袁绍遇事犹豫不决，总是错失良机；曹公处事果断，随机应变，此乃谋胜也。袁绍统兵过于宽缓，法令形同虚设，士卒虽众，其实难用；曹公法令严明，赏罚必行，兵马虽少，皆奋勇向前，此乃武胜也。袁绍自恃四世三公，专好博取虚名，所以那些自吹自擂的人多归附于他；曹公却以志诚待人，以身作则，对有功者从不吝啬，所以天下忠诚正直之人都愿追随你，这是德胜。曹公凭此四胜辅佐天子，匡扶正义，讨伐叛逆，谁敢不从？所以袁绍终究会败在曹公手下。"曹操长舒一口气，怒气小了一些。

钟繇刚要插话，望了荀攸一眼，见荀攸要张口，知道荀攸嘴拙，便闭了嘴，让荀攸先讲。荀攸说："我劝主公给袁绍写封回信，要谦恭卑下，向其示好，待我们的实力增强后，再与其较量。"这些话也是钟繇想说的。他对荀攸点了点头。

　　曹操看了大家一眼，说："好了，不提袁绍了，说我们的事吧。我一直有一件事放心不下，我身兼司隶校尉，司隶校尉部的三河三辅弘农七郡应归我节制，可实际上我一直腾不出手来处理司州七郡的事，致使这七郡各行其是，我想是不是选一个能干的人任司隶校尉，专门负责司州的事务，把司州七郡牢牢掌握在我们手里。"荀彧说："主公说得对，应找一个人，把司州的事管起来。"曹操问："你们看谁比较合适？"荀彧一指钟繇说："元常就完全能胜任。他随天子在长安多年，对三辅地区比较了解，东归途中又与河东太守王邑和河内太守张扬相处多日，比较熟悉，最重要的是元常处事果断，轻重缓急应对有序。"曹操说："荀令君说得不错，元常大事清楚，从不糊涂，把司州交给他完全可以放心。可他现在尚书台任尚书仆射，是你的左膀右臂，目前百废待兴，尚书台又是最忙的地方，将他调任司隶校尉，不是拆了你的台吗？"荀彧说："现在尚书台确实很忙，但比起司州七郡来说，就不算什么了。我们把司州的事情办好，实力就会大大提高。至于尚书台的事，我抓紧再征辟一些人就是了。"曹操说："不过现在已是秋七月，马上秋收就要开始了，赋税粮草的征收又会忙起来，等忙过这个秋季，再让元常走马上任。"转脸又对钟繇说："你看行吗？"钟繇说："一切悉听曹公安排。刚才进来时，各位将领在门外等候呈报这次征讨张绣有功将士的名单，见曹公正在发火，吓得不敢进来。"曹操一听，连忙命侍卫："快让他们进来，我只顾生气，把这事给忘了。"待将领们进来，荀彧笑道："我说得怎么样？曹公并非为征讨张绣一事发火。"将领们这才放下心来，纷纷呈上名单。见曹操没有什么新的指示，便告辞了。荀彧和钟繇又说了些别的事，也告辞回尚书台了。曹操说荀攸："你也去歇息吧，我这就给袁绍写回信。"随后来到后堂，强压下自己的火气，铺开绢帛，先写了些恭维袁绍的话，然后写道："本初兄身为大将军，乃国之栋梁，公孙瓒恃强凌弱，残害前太尉刘虞，在本初兄的持续围剿下，已成惊弓之鸟。现在困缩在易京，万望本初兄一鼓作气，剿除此叛逆。本初兄来信说，希望朝廷助其粮草，我一定表奏朝廷。只是本初兄应该知道，兖、豫乃四战之地，兵乱灾祸一直不断，人民流离，田园荒芜，粮谷一直供应困难。其他州郡供奉给朝廷的粮草物资也很有限，朝廷无有余粮，还望本初兄谅解。信中说让弟出兵，助兄剿除黑山军之事。我思虑再三，兵马远赴冀州，只会给本初兄添乱。若真有需要，为弟我定率兵马前往助战。"信中又叙了二人的旧情，用词谦恭。然后交给在旅舍中等候回信的袁绍使者。袁绍得到曹操的回信，心中大喜，原本向曹操要兵要粮只是借口，目的是让曹操服软。如今曹操恭敬谦卑，目的已达到，便把信丢在一边，高高兴兴地前往易京，围攻公孙瓒去了，此是后话。

曹操给袁绍回了信，对其盛气凌人，颐指气使的不满暂且压了下来。这天，荀彧领着一个年轻人来见曹操。曹操认真地打量着来人，只见他身高七尺开外，头戴儒冠，身着宽袖深衣，腰扎绢带，清瘦的面庞，瘦削的身材，给人一种豁达、精明、干练的感觉。荀彧指着年轻人说："曹公，这位就是郭嘉郭奉孝，一直打听不到他的下落，没想到今天竟主动找来了。"曹操一听此人就是郭嘉，赶快起身施礼，郭嘉也连忙还礼。大家彼此坐定，曹操说："荀令君早就向我推荐过你，也曾派人到邺城找过你，但一直找不到你。"郭嘉说："我当初在邺城，本以为袁氏一族四世三公，袁绍乃关东盟主，必能成就一番功业。但相处日久，便觉袁公徒欲效周公之下士，而未知用人之机，多端寡要，好谋无决，难与其共济天下大难，定霸王之业，于是便离开邺城，再访明主。"曹操问："奉孝这些年都到过哪里？"郭嘉说："自离了邺城，先是前往幽州。都说幽州牧刘虞宽政仁爱，劝督农桑，虽为上公，却与百姓同甘共苦，深受百姓爱戴。但我观之，其为人过于宽厚，终被公孙瓒所害。这公孙瓒倒也有几分才干，但只知耀武扬威，聚众恃强，终难长久。闻说陶谦把淮泗地区治理得不错，流民百姓逃往徐州的人不少，便前往徐州。然而到徐州后，却见陶谦任人唯亲，不能任用贤士，刑政不理，先怂恿阙宣自称'天子'，后又杀之并其众，料陶谦终至自乱。只好南下江淮，前往扬州。扬州刺史刘繇虽忠于朝廷，却应对失当，终被孙策赶往豫章。"曹操说："奉孝提到孙策，你觉得袁术、孙策二人怎样？"郭嘉说："我认为袁术骄横跋扈，自命不凡，目空一切，不知体恤百姓，奢侈放肆，终难逃厄运。现在果然反叛朝廷，自立为帝，终至众叛亲离。孙策年轻气盛，新并江东，决不会安分守己，江淮一带必是孙氏之天下。"曹操问："奉孝在江淮待了多长时间？"郭嘉说："不长，也就两年时间。建安元年末，我闻听刘表治理荆州有方，境内贼乱悉平，关西、兖、豫等地的学士前往归附者计千数，流民皆归荆州。刘表又建学校，博求儒术，爱民养士，从容自保，其本人又是著名的'八骏'之一，便离了江淮，前往荆州。见到刘表后，方知其虚名在外，与袁绍一样，外宽内忌，用人狐疑不断，表面上谨守王道，实则妄图静卧以取天下。我观其不过一木偶之人，终将一事无成。周历数州，颇感沮丧，只好回颍川老家。一路走来，耳闻目睹，曹公迎取天子，遍招天下贤士，恢复太学，招抚流民，屯田耕植，兖、豫形势稳定。回到阳翟，宗族亲戚说起曹公来，也都赞不绝口，并说荀彧先生多次登门拜访，打听我的消息，说我一旦回来，就来许都找他。曹公知道，荀氏一族乃我颍川望族，名高天下，数次亲自登门，想此必得曹公授意。在族人的催促下，便来到许都。见到许都正在扩建，到处充满了朝气，让人耳目一新。"曹操说："正值百废待兴，我也是如履薄冰，奉孝既来许都，万望你能知无不言，言无不尽，为我认真谋划一番。"郭嘉说："闻曹公从谏如流，愿与曹公相商。"曹操说："奉孝知道，当今天下，群雄并起，战乱频发，百姓流离，我有心辅佐天子，征讨不臣，一统汉室，太平天下，奈实力不济。就说眼下吧，袁本初拥有冀青幽并四州，地广兵强，数次对我不逊，又妄图劫掠天子，我已忍无可忍，虽欲讨之，然力不能敌。我当如何应对？"郭嘉说："刘、项相争之事，曹公必熟知矣。汉高祖以智取胜，项羽虽强，终为所擒。"曹操点头："奉孝所言极是。"郭嘉说："我料袁绍虽强，终为曹公所败。""何以见得？"曹操问。郭嘉说："因为袁绍有十败，曹公有十胜。"

曹操立刻来了兴趣，身子前倾，侧耳恭听："何谓十败，何谓十胜？"郭嘉说："袁绍过分追求虚荣，遇事繁礼多仪，而曹公崇尚自然，不务虚名，此道胜一也。袁绍违背天意，逆势而动，而曹公奉顺以率天下，此义胜二也。汉末政失于宽，袁绍为收买人心，更以宽相治，以致于吏治混乱，而曹公令行禁止，严惩不规，上下知制，此治胜三也。袁绍外宽内忌，用人而疑之，所任唯亲戚子弟，曹公外易简而内机明，用人不疑，不论远近，唯才所宜，此度胜四也。袁绍多谋少决，常干后悔之事，曹公计出随行，应变无穷，此谋胜五也。袁绍自负四世三公，家族显赫，专门结交收纳高名才俊，那些所谓能言善辩者多归附之，而曹公以至心待人，推诚而行，不为虚名，严于律己，对有功者从不吝啬，那些忠正远见，有实际才能的人，皆愿为用，此德胜六也。袁绍见人饥寒，怜惜之情形于色，而眼见不到的百姓疾苦，却从来不考虑或考虑不到，这就是所谓的妇人之仁，而曹公于眼前小事，时有忽略，至于大事，广结四海，所施之恩皆超出预想，虽眼前看不见，但所虑之周详，无不及也，此仁胜之七也。袁绍手下掾属争权夺利，谗言惑乱，曹公以道统御部下，谗言媚语难以横行，此明胜八也。袁绍是非不行，处事毫无原则，曹公对正确的事情及时予以肯定，对错误的事情以法规予以惩处，此文胜九也。袁绍好虚张声势，不知用兵之道，曹公熟知兵法，用兵如神，常以少胜多。将帅心有所恃，敌人心中害怕，此武胜十也。"曹操笑道："奉孝所说，我有何德何能，担此美誉。"郭嘉说："此十败十胜绝无溢美之词，曹公当之无愧。袁绍有此十败，曹公有此十胜，何愁袁绍不败也。"

曹操望着荀彧说："荀令君所荐举之士，果然都是才俊奇士，助我成大业者，必奉孝也。"转头对郭嘉说，"就留在我身边，做我的军师吧，咱们同心协力，共振汉室。"郭嘉说："愿随曹公，匡扶正义，一统天下。"曹操说："荀攸为军师祭酒，拜你为司空军祭酒，有此二位军师助我，何患逆贼不灭。"又对荀彧说："奉孝今日刚来，请荀令君安排好奉孝的衣食住行。"荀彧应诺，对郭嘉说："请随我走吧。"郭嘉辞别曹操，随荀彧出了司空府。荀彧问郭嘉："今日与曹公相见，有何感想？"郭嘉说："曹公果如所传，虚怀若谷，礼贤下士，我此番才算遇到了真主，愿为曹公鞍前马后效劳。"

杨奉、韩暹反叛袁术，助吕布取胜后，便随吕布回到下邳，在城外扎下营寨。渐渐地吕布的热情冷淡下来。原来这杨奉曾是李傕部下，参与了将吕布赶出长安之事，为此吕布耿耿于怀，心中总是不快，因此逐渐停止了二人的粮草供给，二人遂对吕布产生了不满。眼见部曲吃了上顿没下顿，军心不稳，二人商量后，决定到荆州投靠刘表。吕布得知消息，赶快前去劝阻，韩暹说："吕将军不供应粮草，又不让我们走，这不是要我们在这儿等死吗？"吕布不听他们解释，反而派兵监视杨奉、韩暹，阻止他们去投刘表。二人被逼无奈，商量说："驻守沛城的刘备离此地不远，且一向与吕布不和，不如我二人去投刘备。"主意已定，便派人前往沛城联络。刘备一听，非常高兴，说："杨奉、韩暹二位将军乃明智之举。请回去转告二位将军，速率兵马来会盟。"待信使走后，麋竺问："主公真要与其结盟？"刘备冷笑道："此二人一是西凉旧部，一是白波黄巾贼，反复无常，若与其结盟，岂不惹人耻笑？我们将其诱来杀之，兼并其部曲，扩充我们的实力。"麋竺、简雍等人纷纷点头。

　　沛城外，临时搭建的营寨，热闹非凡，宰杀好的牛羊，此时正在大鼎中焖煮，香气扑鼻，整坛的美酒摆在几案上。刘备率关羽、张飞、麋竺、孙乾、简雍早已在此迎候。杨奉、韩暹率兵马来到，见刘备如此盛情，赶忙下马施礼。手下士卒们望着摆好的肴馔和美酒，闻着四溢的肉香，垂涎欲滴。刘备笑逐颜开，施礼说："早闻二位将军大名，无缘相见，今日得以如愿。只是沛城太小，容不下这许多将士，所以就在城外临时搭建营寨，让将士们暂时驻扎，并特备酒肴，犒劳将士们。大家一路颠簸，想必已经饿了，就请大家不必拘束，开始用餐吧。城中已为二位将军另备下盛宴，现在就请进城。"杨奉、韩暹非常感激，于是下令将士们尽情畅饮。刘备命关羽、张飞招待好这些新来的士卒们，携杨奉、韩暹进入沛城。果然，刘备在署衙中已备好宴席，杨奉、韩暹在刘备的招呼下，分宾主坐定。刘备先敬二人，说："二位将军护送天子东归，功高无限，关东诸将都应敬之。能与二位将军结盟，深感荣幸。"说着举起酒杯，与杨奉、韩暹共饮。随后大家你来我往，尽情畅饮，共议将来驱逐吕布，共治徐州的美好前景。杨奉、韩暹心花怒放，酒喝在兴头上，不免多饮了些，渐渐有些醉了。这时突然拥进来一班武士，将杨奉、韩暹的佩剑解去，并将两人捆了起来。二人忙问刘备是怎么回事？刘备笑脸早已不在，厉声说："你二人背叛朝廷，投靠反贼袁术，前虽有勤王之功，但终难抵叛国大罪，特奉曹公之命，将二人正法。"二人此时酒已醒了大半，杨奉说："我助吕将军平叛有功，如何说我反叛朝廷？"刘备不容二人辩解，喝令武士推出去斩了，二人悔之晚矣，大骂刘备小人。顷刻间二人被斩，首级传至城外。此时沛城外杨奉、韩暹的士卒早已被关羽、张飞包围，逼其投降，若敢抵抗，立即诛杀。士卒见了杨奉、韩暹的首级，知道抵抗无用，只好归顺了刘备。刘备随即安抚众将士："只要归附我刘备，今后大家都是一家人，有福同享。"

　　刘备兼并了杨奉、韩暹的部曲，实力大增。消息传到下邳，吕布不禁大怒，大骂刘备不义。畏其尾大不掉，立刻令张辽守下邳，亲自率高顺、成廉，讨伐刘备，要为杨奉、韩暹报仇。刘备知道吕布早有除掉自己之心，为杨奉、韩暹报仇只是一个借口，双方早晚得兵戎相见。如今既已撕破脸皮，便决心与吕布分庭抗礼。主意打定，刘备命关羽仍回丰城驻守，张飞随刘备驻守沛城，两城互为犄角，互相策应。

这天过午，守城士卒来报："吕布大军已到沛城，正在城外安营扎寨。"刘备赶忙到城楼上观看，果然如此。刘备朝城下喊道："吕将军驻下邳，我驻沛城，本互为援手，不知将军为何来到沛城？"吕布大骂道："刘备卑鄙小人，诱杀杨奉、韩暹，并其人马，今特来为杨、韩二位将军报仇。"刘备说："将军息怒！杨奉、韩暹本欲反叛将军，我为将军除害，将军理应感谢我，反兴师问罪，岂不让人心寒？"吕布说："休要花言巧语，你既然说为我除害，可将杨奉、韩暹旧部交与我，方信为真。"吕布心想，只要把杨、韩的旧部交出来，刘备就难成气候，其实力就不足惧。刘备一笑说："我为将军除害，总要受到赏赐吧，杨、韩旧部就算将军赏赐我了，也不枉我劳累一场。"刘备见吕布正在扎营，尚未布好阵势，便命张飞冲出城外突袭。吕布措手不及，先败一阵，赶忙调整兵马应战，双方将士刀枪剑戟混战在一起。张飞虽勇，毕竟兵马有限，实力不济，眼看就要吃亏，刘备鸣金收军。

张飞回到城中，刘备下令紧闭四门，就有关羽信使来报，说成廉进攻丰城，双方交战，因实力悬殊，厮杀一场后，已退回城中坚守。刘备低头沉思，对麋竺说："原想丰、沛两城互为犄角，没想到我们的人马分为两处，兵力反而分散了，弄不好会被吕布各个击破，应放弃丰城，将关羽接回沛城。"刘备告诉关羽信使："你回去后告诉关将军，让他明日一早放弃丰城，率部前来沛城会合，我与张将军前往接应。"信使立刻告辞，回丰城复命去了。

因前不久麋竺、麋芳的妹妹嫁与刘备做了妾，与甘夫人共事刘备，麋竺、麋芳成了舅爷，第二天一早，刘备便命二人守好沛城，率张飞亲自去接应关羽。关羽得到刘备的命令，也于第二天一早，率兵马悄悄离了丰城，但还是被成廉发现了。成廉一看关羽要跑，赶快率兵阻截，双方战在一处。关羽情知实力不济，不敢恋战，指挥士卒边战边撤。就在此时，刘备与张飞赶来接应，眼看两支兵马合兵一处，成廉不敌，这时吕布与高顺也赶到了。原来吕布见刘备潜出沛城，知是接应关羽，便率兵马赶来围歼刘备。吕布命高顺、成廉，坚决堵住刘备，不让其退回沛城。刘备无城池为依托，长此下去凶多吉少，于是下了死命令，所有将士杀开一条血路，坚决撤回沛城。双方一场恶战，刘备终于退回沛城，经过清点，此仗损失惨重，几乎丧失了一半兵马。同样吕布也遭到重创，兵马损失不计其数，自此双方在沛城相持了一个多月。

沛城人少城小，尽管刘备做了充分准备，也经不住这么长时间的消耗，眼看吕布仍无退兵迹象，城中储存的粮草越来越少，城内百姓人心浮动，部曲军心不稳，刘备有些沉不住气了，他甚至开始后悔，当初不该头脑发热与吕布闹翻。现在想寻求外援来解救自己，都不知道该找谁。青州刺史田楷已被袁绍赶回幽州，老同学公孙瓒已是自身难保，好友孔融已到许都任将作大匠。刘表虽与自己同是汉室宗亲，但与其并无瓜葛。况且据传刘表自视清高，又是一州之牧，自己虽曾领平原相、徐州牧，但那都是公孙瓒和陶谦的私相授受，并非名正言顺。退一步说，即便刘表愿帮忙，也是山高路远，解不了近渴。袁术根本不用考虑，若与他联系，便是背叛朝廷。河内张扬与吕布是好友，岂会帮助自己。袁绍虽与吕布不和，但自己在青州时，曾随公孙瓒与袁绍为敌，因此袁绍也绝不会为自己出兵。想来想去，只有许都曹操曾与吕布为仇，现在迫于形势，虽与吕布握手言和，但心中芥蒂绝不会消除。若向其求援，可能还有一丝希望。刘备反复思量，决定派人到许都向曹操求助。简雍说："我愿为主公走一趟。"刘备说："那就有劳你辛苦一趟了，待我给曹公修书一封，你就动身。"

第二天，天刚亮，忽然东门传来厮杀声，原来刚刚归附的杨奉、韩暹的旧部，见吕布围城日久，沛城岌岌可危，本来就对刘备诱杀杨奉、韩暹不满，趁机密谋，暗中与吕布勾结，开了城门，放吕布进城。刘备猝不及防，命麋竺、麋芳保护家眷，遂与关羽、张飞同吕布的兵马厮杀在一起，边战边退，撤出城外，发现麋竺、麋芳及家眷并未出城，待要回去接应时，吕布大军已占据沛城。刘备无法，只好率残存的三千兵马，逃往许都，投曹操去了。

第五十章

奉圣旨刘备取丰沛　稳关中钟繇赴长安

刚从关中回来的谒者仆射裴茂奏报天子，自年初奉诏督宁辑将军段煨征讨李傕，经过半年多的征剿，已讨平李傕，并夷三族，曹操当即表奏段煨为安南将军。天子准奏，并诏封段煨为闵乡侯。

朝议结束，曹操回到司空府，还沉浸在喜悦中。这时担任许都守卫的朱灵将军来报："主公，有一自称刘备者，率一支三千人的部曲，到达许都城东门外，求见主公。""谁，刘玄德?"朱灵点头确认。曹操命朱灵："快，有请刘备!"朱灵应声，转身刚走到殿堂门口，曹操说："且慢，我随你一起去。快备马!"出了司空府，御者已备好鞍马。曹操翻身上马，在朱灵的陪同下，来到许都东门外，果见一支部曲，静候在那里。士卒们盔甲不整，颇露倦容，且多有伤痕，一望便知刚经过厮杀。这时只见正中的一员大将翻身下马，迎上来施礼道："想必来者是曹公也。刘备刘玄德这里有礼了。"曹操见此人双臂过膝，知是刘备，也连忙下马还礼："久闻刘将军大名，虽打过交道，却未曾谋面。不想刘将军今日亲到许都，有失远迎，还望恕罪。身后这位长须髯，身着绿袍的必关羽关云长也。这位豹头环眼者必张飞张翼德了?"刘备说："正是我的两位结义兄弟。"

关羽、张飞见曹操提到自己，上前几步，也施礼道："末将见过曹公。"曹操说："诸将免礼。刘将军，今日为何突然到访许都?"刘备说："说起来羞愧难言。那吕布依仗兵强马壮，夺了丰、沛二城，只好来投曹公，还望曹公不弃。"曹操一听是与吕布相争兵败，忙说："玄德远道而来，是看得起曹某，既来便是朋友，让士卒们在城外安营扎寨，你随我到城中慢叙。"刘备吩咐关羽、张飞指挥士卒们扎寨安营，就要随曹操入城。关羽伸手一拦："慢! 主公，我与你一同入城。"刘备有些为难，看了看曹操。曹操一笑，知是关羽不放心，却没有点破，说："就请云长一同入城。"

刘备随曹操进入许都城，来到司空府，在正厅上分宾主坐定，关羽在刘备身后侍立。不待曹操发问，刘备先提起当年在徐州替陶谦和曹操讲和之事，以拉近与曹操的关系。曹操谦和地谢刘备当初的调和，气氛很是融洽。刘备接着便将如何诛杀杨奉、韩暹，吕布如何攻打丰、沛二城，叙述了一遍。曹操认真听完，知杨奉、韩暹已被诛杀，此一心头之患被除去，心中高兴，忙问刘备今后有何打算？刘备说："欲请曹公助我夺回丰、沛。"曹操说："动用兵马非同小可，待我奏请天子后再许你不迟。当下部曲可有粮草？"刘备说："出来的急，粮草悉留在了丰、沛。来的路上，士卒们已是饥一顿饱一顿了。"曹操唤史涣："中领军!"史涣进来问："主公有何吩咐？""你到枣祗那里，调三千兵马三天所需粮草，交与刘将军。"史涣应声而去。曹操对刘备说："既然玄德来投我，就不能让你在许都饿肚子，先与你三天粮草，你看如何？"刘备连声感谢。曹操早已安排下酒宴，为刘备接风洗尘。刘备吃过饭，看时间不早，便起身告辞。曹操亲自送出府门，叮嘱刘备，在许都好生休养。

尚书程昱闻知曹操调拨粮草供应刘备，第二天一早急忙来见曹操，说："主公，刘备其志不小，手下关羽、张飞皆万人敌，而今穷困来投，终不为主公所用。"曹操问道："何以见得？"程昱说："刘备先投靠公孙瓒，后弃田楷依附陶谦，赚取徐州，被吕布夺之，却甘居丰、沛，反事吕布，又兼并了杨奉、韩暹的部曲。此人随机应变，能大能小，且处事果断，若助之，后必受其害。主公应当机立断，将刘备、关羽、张飞诛杀，并其部曲，以绝后患。"曹操说："刘备远道来投，我却杀之，恐怕不义。"这时荀攸来到，曹操将程昱的建议告诉了荀攸。荀攸听后说："仲德所言不差，这刘备绝非一般将帅，今虽来投，只是权宜之计，待其羽翼丰满，必反制于曹公。"曹操听了荀攸也如此说，沉默不语，少顷，喊史涣："去把荀令君和奉孝请来。"史涣应声而去。不一会儿荀彧和郭嘉先后来到，当曹操把程昱和荀攸的意见说了以后，荀彧也表示赞同。曹操把眼光投向郭嘉，郭嘉说："我在冀、幽之时，对刘备多少有些了解，仲德、公达、荀令君的意见都对，此人绝非久在人下之人。但曹公自起义兵以来，匡扶汉室，除暴安良，以诚信仁义招天下贤俊豪杰，唯恐他们不来。今刘备穷困来投而害之，则天下志士必生疑心，便欲另择其主。夫除一人之患，以阻四海之望，安危之机，不可不慎重考虑。"曹操连连点头说："我与奉孝意见一致。即便将来反目成仇，现在也应虚怀若谷接纳之。"荀彧、荀攸、程昱也觉得郭嘉说得在理，纷纷说："还是奉孝想得全面。"曹操说："当然接纳之也要利用之。我打算给刘备增调一些兵马，让其重回丰、沛，看住吕布。"荀攸说："这倒是个好主意，可吕布未必能让出丰、沛。"曹操说："丰、沛乃豫州之地，我表奏刘备为豫州刺史，这样刘备名正言顺回丰、沛，让吕布退回徐州境内。若吕布不从，便是抗旨不遵。"程昱说："这样最好，利用刘备抗衡吕布，以防徐州不测。"大家都赞成曹操的计划，于是曹操表奏献帝，诏拜刘备为豫州刺史，即刻上任。

刘备闻知，心中非常高兴，尤其没想到的是，曹操又为其增调三千兵马，并调拨了一些军资，便打算回丰、沛后再搜罗一些散兵游勇，扩充兵马，这样有万余兵马守丰、沛，又能与吕布相抗衡了。刘备千恩万谢，点起兵马，离了许都，一面派人前往下邳宣读诏书，要吕布归还丰、沛二城，一面自领兵马回到沛城。驻守沛城的高顺立刻披挂整齐，要再战刘备。刘备怒喝道："高顺逆贼听令，新任豫州刺史刘备，奉旨前来接收丰、沛二城，若不交还二城，便是抗旨，后果如何，你自斟酌。"一番义正辞严地呵斥，唬得高顺不知是真是假，本待不让，这时吕布派人来到沛城，对高顺说："左将军有令，天子有旨，将丰、沛二城交还新任豫州刺史刘备，你率部曲回彭城驻扎。"高顺遵令，率部曲退出丰、沛二城，回彭城去了。

刘备进入沛城，安抚百姓。见到麋竺、麋芳及甘、麋二位夫人，知吕布仍看在当初收留他的份上，家眷虽担惊受怕，并未受到伤害，这才放下心来。令关羽前往丰城驻扎。刘备在丰、沛大肆招兵买马，很快就收散卒近三千人，兵马达到近万人，犹嫌不够，还要大量征招，以与州刺史之名相符。

这天，刘备正与麋竺、孙乾、简雍商讨如何筹措更多的军资，以便进一步扩充兵马，在外征招兵马的张飞兴冲冲地高声叫道："大哥，我一下子弄来了五百匹马，都是塞外好马。"刘备等人赶忙出来观看，果然是好马，忙问："怎么弄到的？"张飞说："今天我出城征招兵马，遇到一群贩马的商贾，我一看都是好马，便拦下来要买这些马，赶马的不卖。我说你们贩马卖给谁都是卖，为何不卖给我？他们说这马有主了。我问主家是谁，他们不肯说，我一怒之下，把这些马抢了。这时领头的人才说，这马是左将军吕布的。我一听是吕布的，那就更不能给他了，于是就连人带马一起弄回来了。"刘备忙问："贩马的人呢？"张飞挥手，令人押上来十几个人，说："他们就是。"刘备盯着贩马的看了一会儿，见他们褐布短衣，猛然断喝："老实说，你们是干什么的？"这些人打了个激灵，说："贩马的。"刘备说："胡说，若不从实招来，我先斩了你们。"这些人再次肯定地说："确是贩马的。"刘备说："如今兵荒马乱，谁能一下子贩这么多马。既不愿意说实话，来人，把他们推出去斩了！"这时一位领头模样的人连忙说："求刘将军饶命。我乃左将军吕布帐下小校，奉我家主公之命，带领他们特到河内押送这批战马。"刘备说："这些马分明为塞外好马，却怎么说是从河内弄来的？看来还是不愿说实话了，推出去斩了！"小校连忙辩解："事已至此，我也不瞒您了。待我细说，你就明白了。去年底袁术送我家主公一些钱币财宝，我家主公与河内太守张扬一向交好，今年春天便托张太守在其老家云中一带代为购买一批战马。前不久张太守通知我家主公到河内去接马，我们便赶到河内见了张太守，交接完毕，便押着马回徐州，因路上要通过冀、兖诸州，怕袁绍、曹操抢去，便扮作商贾来押运。这都是实话，再无一句瞎话，求刘将军看在我家主公的面上，给予放行。"刘备冷笑一声，说："看在左将军的面上，我现在就放你们回去，但这五百匹战马必须留下。"小校说："这些马刘将军若扣下，我家主公必不会饶恕小的。小的性命倒无关紧要，只是恐怕伤了两家和气，到时反为不美。"刘备一拍几案说："看来你是要威胁我了？众所周知，袁术乃朝廷叛贼，你家主公私下与袁术相交，已犯大逆不道之罪，这些马就是证据，一律扣押没收了。回去告诉吕布，若不肯善罢甘休，我将奏报他私通叛贼，不但得不到马，朝廷也绝不会轻饶他。滚吧！"小校还要讨要马匹。刘备一拍几案："再啰嗦，我把你们一起交到许都，让朝廷治罪。"小校不敢再说，连忙退下。刘备喊："来人，把这些人送出城去！"

待小校退出去后，张飞高兴得手舞足蹈："大哥，你真有办法。原来我想硬赖下这些马，没想到你一通言语，我们扣下这些马反倒是名正言顺的。我料吕布不敢声张，只能吃个哑巴亏。"刘备摆摆手说："我这是连唬带吓，我想好了，如唬不住，吕布胆敢前来讨要，我们就把吕布私通袁术的事报给曹操，曹操绝不会坐视不管。"张飞说："还是大哥想得周到。"

吕布押送马匹的小校失了马匹，只好带领手下十几个士卒，迈开两条腿，逃到彭城，向彭城国相侯谐和高顺借了十几匹马，这才回到下邳，将马匹被劫一事告诉吕布。吕布大怒，拔出佩剑要斩这十几人，陈宫连忙拦住，说："吕将军息怒，刘备夺取马匹，他们实在无力阻拦。"吕布将佩剑砍向几案，说："贩履小儿，实在可恶。"说完就要调动兵马，讨伐刘备。陈宫说："主公不可冲动。

如今刘备以我们私通袁术为由，扣下了马匹，若前去讨要，刘备必向曹操告状。"吕布说："我给他来个死不认账。刘备想让我自认倒霉，这办不到。我现在就去把他剿灭了，看他还怎么向许都告状。"随即命成廉守下邳，率高顺、张辽直扑沛城。

自从扣下吕布的马匹后，刘备心中一直忐忑，派出斥候监视吕布的动向。得知吕布亲率兵马来征讨，便令关羽撤回沛城，决心死守沛城。同时派人到许都向曹操告急，说："吕布勾结袁术，招兵买马，意图不轨，现已将马匹扣下，证据在手。吕布为夺回马匹，正要攻打沛城，望曹公速派兵马救援。"

刘备告急的快马来到许都，引起了朝野震动。朝堂上，献帝忧心忡忡地问曹操："曹爱卿，最近一直传闻吕布与袁术暗中往来，现在证实此事果然不假。若二人联手反叛，形势岂不危哉？"曹操笑道："圣上尽管放宽心，吕布与袁术，俱是我手下败将，翻不了天。"这时孔融奏道："启奏圣上，吕布进攻刘备，乃徐州进犯豫州。此事不可小觑，若不及时救援，刘使君兵败，许都失去屏障，吕布气焰必然嚣张，再与袁术联手，许都危矣。"曹操知道，孔融一向与刘备交好，如今不忘当初刘备救命之恩，必然力主救刘备。尚书令荀彧也主张救援刘备。卫将军董承反对，说："现在吕布与袁术的关系究竟到了哪一步，还只是谣传，刘备的话不可全信。若救援刘备，必与吕布刀兵相见，逼吕布公开反叛朝廷，这对我们不利。天子应颁诏令吕布退回徐州，与两家讲和，双方罢战。"太尉杨彪也说："若与吕布开战，许都必然空虚，此时袁术来袭，许都危矣，我赞同卫将军董承的意见，尽量不与吕布翻脸。"许多公卿大臣也纷纷发表意见，大多数人认为太尉杨彪的意见对，赞同董承的意见，与两家讲和。献帝也拿不定主意，问曹操："曹爱卿，你看这事该怎么办？"曹操说："正像公卿百官所说的，此事重大，需认真斟酌。事情虽急，也不在这一两天，刘使君也不至于一攻就败，容我们再议。"献帝点头说："各位公卿，回去后也都认真想想，拿出一个好的办法。"

朝会结束，郭嘉、荀攸见曹操回来，忙问朝会上公卿百官什么意见？曹操把朝会上的情况略述了一遍，说："吕布占据徐州，时刻威胁着许都的安全，本应及早铲除，若此时动手，正像公卿大臣们所说的，许都必然空虚，周围袁绍、袁术、张绣等随时都可能趁虚而入。另据斥候报告，袁术已派人到关中西凉，拉拢那里的十数支部曲。我们知道，袁绍最擅长用小恩小惠拉拢人，虽然段煨忠于朝廷，难保其他部曲不受拉拢。若袁绍计谋得逞，再南下联络益州的刘璋，趁我们东征吕布之时，号令攻打许都，形势将会非常严重，这也正是我所担心的。"

这时荀彧已来到，听到曹操的这一番话，说："主公不必忧虑，正是由于关中部曲众多，互不统属，所以袁绍要想拉拢他们，也并非易事。马腾、韩遂势力最大，也不及当年的李傕、郭汜。只要我们抚以恩德，派人与他们建立联系，虽不敢保证他们永不闹事，但至少在我们平定关东之时，他们不被人利用来关东搅事。上次主公说要派钟繇任司隶校尉，我看此事不能再拖，应让钟繇即刻上任。先到长安，专门安抚关中诸将，使袁绍的图谋不能实现。"曹操说："对，这事不能再拖了。明天朝会，我就表奏天子，诏拜钟繇为司隶校尉，让他先稳住关中的形势。"

这时郭嘉说："各种迹象显示，吕布与袁术确实在暗中勾搭，这吕布是见利忘义之人，趁袁绍现在远征公孙瓒，无心南下之际，发兵剿除吕布，正当其时。不然，若待袁绍消灭了公孙瓒，必南下对付我们，那时吕布再来为害，我们将腹背受敌。"曹操说："若征讨吕布，必举全军之力，我担心张绣再趁虚来袭。"荀攸说："春上我们征讨张绣，虽没有消灭他，也给予了很大的惩戒。刘表必约束张绣使其不主动挑事。而吕布素以骁勇著称，若任其发展，纵横淮泗之间，豪杰响应，再与袁术结盟，更难制御。"听了这几位谋士的意见，曹操终于下了决心，说："你们说的都对。明天朝会，我就表奏天子，征讨吕布。"

第二天朝会，曹操表奏献帝："自李傕、郭汜被诛后，关中地区部曲众多，互不统属，一片混乱，百姓无所适从。现表奏侍中、尚书仆射钟繇，以侍中任司隶校尉，持节督关中诸军。"献帝准奏。曹操再奏："吕布勾结反贼袁术，图谋不轨，证据确凿，若不征讨，终将养虎为患，特奏请天子，以讨不臣。"献帝准奏。孔融看到曹操要出兵征吕布，救刘备，带头称赞。原先持反对态度的公卿大臣，见献帝准奏，也大多附和。朝会结束，走出大殿，曹操问钟繇："元常准备什么时候动身？"钟繇说："形势紧张，我明天就动身，先到长安，待关中稳定后，再将司隶校尉部设在洛阳。这样向西可以督率关中，又便于与许都联系。"曹操点头说："关中形势比较复杂，那里就交给你了。你可以临机决断，不必拘泥朝廷的规制。"钟繇说："谢曹公信任。元常虽不才，愿竭尽全力为朝廷解忧，为曹公解忧。"钟繇回到家，简单收拾了一下，第二天便带着家眷到长安去了。

钟繇前脚走，曹操即命夏侯惇为先锋，率青州兵马，先赴沛城增援刘备，随后令夏侯渊、曹仁、于禁、乐进、徐晃、朱灵等将领，各率本部兵马，在许都城东门外举行出征仪式。献帝亲自宣读讨伐吕布的诏命。一时间战鼓阵阵，鼓乐齐鸣，部曲依次出发。此时曹真刚及弱冠，在他的强烈要求下，曹操准其随军出征，并编入曹仁部曲，与曹休一起受曹纯节制。曹操对前来送行的李典说："曼成将军，许都的防卫就交给你了，若有不测，你即派人到徐州告急。你只要在许都坚守半个月，无论在什么情况下，我都会派兵马赶回救援。"李典说："主公放心，有我李典在，就有许都在。"曹操随即跨上战马，携郭嘉、荀攸、许褚等，踏上了征程。

夏侯惇自领先锋，昼行夜宿，不敢耽搁，一路向沛城进发。这天过午到达芒砀山下，再往前走就是丰、沛地界了。这时斥候来报："前方有一队兵马，正向这边奔来。"夏侯惇连忙提马向前，以探究竟。刚到前队，只见许多兵马迎面涌来，再看旗上字号，乃一刘字，夏侯惇心中一惊，莫不是刘备丢了沛城？夏侯惇猜得不错，刘备在吕布的强大攻势下，终于力不能敌，弃城而逃。在吕布的追赶下，又折损了些人马。在这危急关头，忽见一队兵马自西而来，眼见后面尘头大起，追兵又到，不管三七二十一，要夺路而逃，及到跟前，才知是曹军的援兵已到，其败军把夏侯惇的青州兵冲得七零八落，刘备、关羽、张飞止之不住。这时吕布大军已到，夏侯惇只得仓促应战，因阵列已乱，很快便只有招架之功。虽然刘备、关羽、张飞配合夏侯惇奋力厮杀，仍不能挽回败局，只好且战且退，被吕布向后赶了三十里。眼看太阳落山，吕布这才令高顺、张辽收住兵马，扎下营寨。夏侯惇的兵马才得以收住阵脚，与刘备兵马一起，也赶快扎下营寨。

初战失利，夏侯惇连忙派人向曹操告急。曹操率大军此时已到虞城，得到夏侯惇急报，早上三更埋锅造饭，五更出发，一路急行军，待到芒砀山，已是中午。夏侯惇正与刘备合兵一处，大战吕布、高顺、张辽。由于吕布兵马强大，双方你来我往，夏侯惇等勉强支撑，眼看又要败下阵来，正在此时，曹操率大军赶到。夏侯渊、曹仁、于禁、乐进、徐晃、朱灵各率本部兵马立刻扑了上去。吕布一看势头不妙，下令高顺断后，边战边撤。曹操望着高顺感叹："真是员虎将，若能归顺于我，岂不是好事。"于是下令："争取活捉高顺。"各将领得到这个命令，手下便留起情来，使得高顺得以喘息。

吕布本欲退到沛城抵抗，无奈曹军追得紧，只好弃了沛城逃往彭城。曹操进到沛城，安抚百姓。刘备这才知道，麋竺、麋芳及家眷早已被吕布送往下邳做了人质。刘备的心一下提到了嗓子眼，这一次丢了家眷与上两次不一样，上两次没有与吕布彻底闹翻，吕布照顾情面，对家眷手下留情，这一次恐怕凶多吉少了。关羽、张飞连忙劝慰刘备。曹操知道后，也劝慰刘备。刘备长叹一声："听天由命吧。"

吕布退到彭城，一面令高顺、张辽守好彭城，一面又从下邳征调兵马，要与曹操决战。陈宫说："曹操尽出许都兵马，兖、豫之地必然空虚，可令臧霸率青徐兵进攻兖州。夺取兖州后，南下徐州，我们两面夹击，曹操必败。"吕布连说此计甚妙，赶忙派人通知臧霸，夺取兖州。臧霸得令，立刻调集孙观、孙康、吴敦、尹礼、昌豨等青徐兵各部，从琅琊出发，进攻泰山。

这时曹军已赶到彭城。陈宫说："主公，趁曹军远道而来，立足未稳，应主动出击，先挫曹军锐气，再依城固守待变。"吕布不听，说："曹兵势大，待臧霸得手后从曹军背后发动攻击，我再出兵，两面夹击，曹军必败。"陈宫说："机不可失，只是一味消极等待，必助长曹军气焰。"吕布不听，陈宫无奈，气得直摇头。

曹军将彭城团团围住，开始攻城。彭城经过陶谦、吕布的先后修建，城墙高大厚实，易守难攻。曹军轮番进攻，毫无进展。吕布躲在城中，静等臧霸的喜讯，并不出战。曹操说："吕布久不出战，不知道他这葫芦里卖的什么药？"郭嘉说："琅琊一带驻有臧霸的青徐兵，要防止他偷袭兖州。"曹操顿悟，忙令斥候打探兖州的动静，这时沛国相陈珪闻知彭城久攻不下，来到彭城，对曹操说："曹公，先不忙着攻城，我有一个主意，你看是否可行？"曹操说："陈相请讲。"陈珪说："下邳城只有成廉守卫，我小儿陈应本是州署衙掾属，现在城中。我前往下邳，与小儿商议为内应，再到广陵，让我的大儿子陈登，率郡兵赶到下邳，里应外合，赚取下邳城，到时吕布必然军心不稳，再攻彭城，必能克。"曹操一听大喜，说陈珪屡建功劳，待消灭吕布后必表奏天子，予以嘉奖。并嘱陈珪小心谨慎。陈珪辞别曹操，往下邳去了。

陈珪前脚刚走，泰山太守派人告急，说是臧霸纠集孙观、吴敦、尹礼、孙康、昌豨等青徐兵，攻打泰山，已有数县丢失。现在郡治奉高被围，望曹公速派兵救援。曹操说："果如奉孝所料。"郭嘉说："此必陈宫的主意。"荀攸说："臧霸的青徐兵完全是乌合之众，主公不必担心，我们只要分兵救泰山即可。"于是曹操下令："曹仁总督夏侯渊、朱灵、乐进、刘备等佯攻彭城，夏侯惇、于禁、徐晃随我前往泰山，征讨臧霸。"命令一出，各部随即行动。郭嘉随曹公征臧霸，荀攸随曹仁等围彭城。

曹操率夏侯惇、于禁、徐晃秘密经任城快速潜往泰山。臧霸等正在围攻郡治奉高，不提防曹军从天而降。青徐兵本就是一群乌合之众，其战斗力怎能与曹军相比，很快败下阵来。臧霸等人本来抱着趁兖州空虚，前来捞一把的心态，见曹军主力到来，谁也不愿替吕布拼命，刚一拼杀，便无影无踪，逃回琅琊了。曹操率兵马准备按原路返回，郭嘉说："原路返回，路途绕远，不如经鲁国、薛城南下，直达彭城。"曹操说："此路虽近，但中间有一座萧关，此关是当初陶谦为防备我们进攻徐州而建。而今经过吕布增修，并派有重兵把守，不易通过。"郭嘉说："车到山前必有路，强攻不行，我们智取。"便将自己的打算说了。曹操依计而行，快到萧关时，前锋将缴获的青徐兵的服装换上，打着青徐兵的旗号，来到关前。此关建在山的隘口处，地势险要，易守难攻。装扮成青徐兵的小校上前报到："我乃臧霸帐下小校，我们奉左将军之命前往攻取兖州，不料遇到曹军主力，只好退回彭城，请开关放行。"守关士卒早闻青徐兵正攻打泰山，没想到这么快就败下阵来，本就瞧不起他们，这会儿嘟囔着说："真是一群饭桶。曹军正围困彭城，哪来什么曹军主力。"说着开了关门，曹军一拥而入，立刻控制了萧关。萧关守军还没有反应过来，就做了俘虏。曹操过了萧关，命兵马全力向彭城前进。

守在彭城的吕布只等臧霸得手，南北夹击消灭曹军。连日来陈宫发现围城的曹军似有减少，劝吕布出城与曹操决战，吕布不肯。陈宫说："胜败在此一举，望主公不可犹豫，孤注一掷，形势或可就此逆转。"在陈宫的再三催促下，吕布决定率兵马出城与曹军决战。吕布披挂整齐，跨上战马，持方天大戟，打开城门，冲了出来。曹仁一看，挺枪迎了上去，与其战在一处。夏侯渊也拍马迎了上去，与曹仁共战吕布。关羽、张飞也迎了上去，这时高顺、张辽也冲了出来，截住关羽、张飞杀了起来。乐进、朱灵各持兵器上去助战。双方兵对兵将对将厮杀起来，战至中午，双方你来我往，算是战成了平手。吕布性起，必欲战胜曹军，一杆大戟左突右杀，正在此时，忽见一支兵马自北而来，原来曹操从萧关赶过来了，吕布立刻慌乱起来，欲退回彭城，这时陈宫对吕布说："曹操分兵趁势夺了彭城。"吕布回头一望，果然城楼上竖起了"曹"字大旗，陈宫说："主公快撤往下邳，与成廉会合。"吕布命高顺断后，指挥兵马朝下邳撤退。这时曹操已与曹仁等会合，一起杀向高顺，高顺毫无惧色，抵住曹军。曹操下令活捉高顺，劝其投降，因众将要活捉高顺，不敢死战，终至高顺逃脱。此时天色已晚，曹操下令收兵，进入彭城。彭城相侯谐来不及逃走，被曹军抓获斩首。随后安抚百姓。

第五十一章
求袁术吕布欲嫁女　杖侯成魏续起反心

吕布逃回下邳，下令依托下邳城池，坚决固守。曹军紧随其后，赶到下邳，将下邳城团团围住，向吕布叫战。吕布端坐城楼，嘲笑道："曹孟德，下邳城高墙厚，有本事就来攻吧。"刘备当初将徐州州治从郯城迁到下邳，进行了扩建，知道下邳易守难攻，但急于消灭吕布，救出家眷，便向曹操要求，率先攻城。战鼓擂响，关羽、张飞指挥士卒将云梯送过城河，然而城上吕布准备充分，弓箭密集，云梯始终靠不上城墙，数次进攻，都是无功而返。这时吕布在城上高喊："玄德吾弟，你家眷俱在城中，念过去旧情，我待之不薄，若再攻城，别怪我不念旧情。"关羽、张飞一听，心气立刻泄了一半。刘备更是心绪不宁。眼看攻势顷刻瓦解，曹操为确保刘备家眷安全，不准其继续攻城，撤到后面休整待命。

就在这时，一支兵马赶到，为首的是陈珪。原来陈珪辞别曹操，先到下邳，见到小儿子陈应，与其商议，待其哥哥陈登率广陵郡兵来到后，里应外合，赚开城门，夺取下邳，以绝吕布退路。陈应允诺，陈珪离下邳，又奔广陵而去。见到大儿子陈登，说："昔日在许都时，曹公嘱徐州之事可忘乎？"陈登说："一直未忘。"陈珪说："现在曹公奉诏讨伐吕布，正与吕布在彭城交战，下邳城仅有成廉把守，我与你弟约好，你率广陵郡兵赶到下邳，由他在城中接应，咱们里应外合夺了下邳城，助曹公剿灭吕布。"陈登二话不说，尽起广陵兵马，随父赶到下邳，见曹操正在攻打下邳，陈珪说："本想赚取下邳，没想到晚了一步。"陈登坚决要求率兵马攻城，眼看天色已晚，曹操令其扎下营寨，养精蓄锐，明天攻城，陈登只好依令而行。

第二天，陈登指挥本部兵马，率先攻城。面对高大的城墙，陈登调集了弓箭手掩护，终于将云梯靠到了城墙上。士卒们冒着密集的箭矢，拼命向上攀登，城上滚木礌石又砸了下来。经过激战，陈登的兵马依然进攻无果。这时吕布在城上高喊："陈元龙，你看这是谁？"原来吕布已将陈登的小弟陈应捆绑起来，押到了城上。吕布说："陈元龙，你本徐州署衙中的掾属，即使你勾结曹操，窃居了广陵太守，也本应受我节制。我劝你赶快退回广陵，若不听劝，我先斩了陈应。"陈登说："我乃朝廷正式诏拜的广陵太守，你不过是朝廷任命的左将军，既不是徐州牧，也不是徐州刺史，我为何受你节制？若敢动我小弟一根毫毛，待城破之日，必将你碎尸万段。"陈珪望着城上的小儿子，已是泪流满面。曹操下令停止攻城，让陈登兵马撤回营寨。曹操专程前来探望、安慰陈珪父子两人，并嘱其守好营寨，为陈应的安全起见，不必再参与攻城。

曹操回到大帐，对荀攸、郭嘉说："吕布用人质，连续挫败我两支部曲的进攻，用心何其毒也。"郭嘉说："此主意必出自陈宫。"曹操说："明天攻城，由我亲自指挥。"第二天，曹操亲自指挥，夏侯惇等数位将领，轮番担任前锋，一连攻了几天，仍无法取胜。许褚再次请战，曹操只好同意。许褚从近卫营中挑选了一些勇士，大家披挂停当，一手持盾，一手持剑，一声令下，士卒们抬起云梯向城墙下冲去，曹操集中弓箭手掩护。云梯到了城下，跟着靠到城墙上，许褚等勇士登上云梯，尽管手中的盾牌挡住了城上射下来的箭矢，然而滚木礌石犹如冰雹般砸了下来，云梯被砸断，只好重新组织进攻。下邳城墙高大坚固，许褚也是几次进攻，均遭失败。于是曹操下令停止进攻，紧紧包围住下邳城，再寻战机。

吕布见曹操停止了进攻，心中洋洋得意，觉得曹操终究奈何不了他。可没过几天，吕布心中就沉不住气了。虽然曹军进攻失利，但自己被曹军死死地困在下邳城中，这样僵持下去也不是办法，便眉头紧缩，叹起气来。帐中谋士王楷、许汜知吕布心事，便献计说："袁术在淮南，离这儿不远，可派人前往寿春，请求袁术出兵，对曹操形成夹击之势，下邳之围可解。"吕布说："我曾拒绝袁术婚事，恐其难以帮助。"王楷说："袁术自称帝后，孤立无援，若将军拥其称帝，再答应将女儿嫁过去，袁术必出兵相助。"吕布问陈宫："此计如何？"陈宫摇头道："此计不好，这就坐实了你与袁术勾结，必遭天下人围攻。不如派人前往河内，求救张扬。此时许都空虚，若张扬出兵袭夺豫州，曹操必撤兵，下邳之围可解。"吕布想了想说："这两个办法都好，不管是谁，眼下只要能解下邳之围就行。"于是亲写书信，交与前次押送马匹的小校，再往河内求救。又命王楷、许汜到寿春，向袁术求救。下邳城被曹军围得水泄不通，思来想去，命高顺裨将郝萌护送三人出城。郝萌接到命令，立刻挑选五百精干士卒，趁夜深人静之时，突袭曹营，在吕布亲自策应下，保护着三位使者冲出包围，按照事先约定，将到河内的小校送往西去的大路，然后保护着王楷、许汜，一路向南疾驰而去，很快来到淮水边。郝萌率五百精兵，在淮水北岸扎营静候，王楷、许汜乘船渡过淮水，来到寿春，见到袁术，呈上吕布的书信。袁术接过来看信中写道："臣布愚钝，受小人挑拨，与明上有隙，现追悔莫及。愿奉明上为正统，重结秦晋之好。如今曹贼围我下邳，望明上出兵相救，以解下邳之围，臣愿与明上共抗曹贼，以布之力，为明上开疆拓土，确立新朝。"

此刻，袁术心中乐开了花。"明上"的称呼，让他享受到了称帝的荣耀。但他心中对吕布仍耿耿于怀，哼了一声，说："当初吕布毁弃婚约，将我特使送往许都被斩，何等干脆。后来我不计前嫌，愿与其修好，他却趁机敲诈我，从我这里诓去多少财物。如今曹贼围住了他，大难临头，这才想到了我。"袁术一阵冷笑，说："曹操若消灭了他，正合我意，替我出了一口恶气。"许汜赶忙说："明上有所不知，前者我家主公误听谗言，早已非常后悔，现决心尊奉明上，还望明上不计前嫌。"王楷也赶忙说："明上必知唇亡齿寒之说。今若不相救，曹操一旦占有徐州，绝非明上之福。"

其实袁术正在心中掂量着。自从与曹操一战受到重创，孙策拥江东四郡又公开反叛，弄得他现在手中仅有淮水以南的九江、庐江两郡，实力锐减。但他也明白，若不救吕布，吕布一旦被灭，自己将失去一道屏障。想到此，对王楷、许汜说："若让我相救并不难，怎奈奉先反复无常，回去告诉他，可先将女儿送来，我再发兵不迟。"王楷、许汜见袁术应允——虽然是有条件的，二人还是赶快称谢，答应回去即让吕布将女儿送来与太子完婚。二人不敢停留，离了寿春，渡过淮水，与等在北岸的郝萌会合，返回下邳。看到围城的曹军防守严密，郝萌说："此次回城要比出城困难得多。只待夜晚，我将这五百精兵分作两部分，一部分护卫你二人入城，一旦开战，你二人不可犹豫，只管向里冲，按事先约定，主公一定会出城接应。我率另一部分兵马断后。"郝萌交代完毕，待到后半夜开始行动，没走多远就被曹军发觉。王楷、许汜牢记郝萌的交代，在士卒的护卫下，拼命冲过曹军防线。下邳城中吕布早已算好二人回来的时间，听到城外喊杀声，料到是二人从寿春回来了，便亲自出城将二人接应回城。断后的郝萌终因寡不敌众，被曹军俘获。

郝萌被押送到曹操大帐，抱着必死的决心，昂首阔步来到曹操面前，说：

"既已被擒，要杀要剐，悉听尊便。"说完闭起眼睛，再不说话。曹操伸手为其解绑在身上的绳索，郝萌感觉不对，睁开眼看时，绳索已被解开。曹操说："将军曾随吕布诛董卓，为朝廷立下汗马功劳，本为世人所敬仰。如今为何却与朝廷为敌？"郝萌答："我乃左将军帐下一裨将，唯将军马首是瞻。"曹操说："君不闻，良将择主而仕，良禽择木而栖。吕布勾结袁术，反叛朝廷，天下人共讨之。若将军执迷不悟，到头来必身败名裂，遭人唾骂。若归顺朝廷，再建功业，此前诛杀董卓之功，仍彪炳史册，光宗耀祖。何去何从，请将军自斟酌。"

曹操的一番规劝，入情入理，郝萌如梦初醒，认为自己是汉将，当以拥汉为上，便心悦诚服，愿意归顺。便将吕布如何请袁术，袁术如何以吕布送女儿到寿春为条件，方肯出兵等一一向曹操禀告。曹操谢过郝萌，命人安排郝萌下去休息，又严令围城将士，绝不能放过城中一兵一卒。

王楷、许汜被吕布接入城中，详述袁术以先送公主到寿春与太子成婚为条件，方肯出兵相救。吕布毫不犹豫答应下来。为确保万无一失，要派一员大将护送女儿到寿春。高顺闻知自己的裨将郝萌没有回来，料必被曹军诛杀，自告奋勇，愿将公主送往寿春。吕布犹豫，高顺乃主力战将，还要靠其守城，又恐女儿送不到，袁术不出兵。高顺说："主公，我快去快回，袁术得了公主，必出兵相救，到时里应外合，下邳之围可解。"吕布下了决心，调三千兵马交与高顺，随后找来一副盔甲护住女儿，又用锦帛将女儿捆在自己背上，要亲自送出城。高顺说："把公主交给我就行，主公不必亲自送行。"吕布说："我不将你们亲自送走，心也难安。"一切准备停当，吕布手提画戟，跨上战马，打开南城门，高顺紧随其后，率三千兵马冲了出去。

围城的曹军早已得到严令，放走一人出城，军法严惩。下邳城南门一开，夏侯渊率先冲了上去，抵住高顺，夏侯惇、曹仁抵住吕布，奋勇厮杀。吕布、高顺力求杀出一条血路，无奈吕布身背女儿，既要拼杀，又要护住女儿，这样左躲右闪，前杀后让，只有招架之功。高顺既与夏侯渊厮杀，又忙着护住吕布，也弄得手忙脚乱，顾着这边，顾不着那边，三千士卒也被于禁等冲得七零八落。吕布看冲击无望，只好下令撤回城中，关上城门，清点兵马已损失了一千。送不出女儿，袁术肯定不发兵救助，吕布心情沮丧。

这时陈宫献计说："刘备的家眷和陈登的小弟俱在我们手中，可以此为要挟，令曹操退兵。"吕布连称其妙。第二天，吕布将糜竺、糜芳及刘备家眷与陈应押到白门楼上，高声喊道："若曹军退兵，所有人质俱能保证生命安全，且予以优待，否则休怪我待之不恭。假使城破，先斩人质。何去何从，请孟德斟酌。"刘备和陈登大骂吕布心肠歹毒，又怕人质受害，心中如油煎般难受。曹操嘱刘备、陈登退到外围扎寨，告诉吕布，刘备、陈登已率部离开，不再围攻下邳。

晚上，曹操亲自到刘备营寨中安抚。刘备说："攻打吕布乃国之大事，岂能因个人家小而后退？"曹操说："我一定想法保住玄德家眷的安全。"刘备说："谢曹公关爱，愿听曹公安排。"随后曹操又来到陈登营寨。此时陈珪父子正相视流泪。陈珪说："我小儿的性命恐怕难保了。"陈登说："为国除害，已顾不了那么多了。"曹操接过话说："陈国相、陈太守，你父子二人不必悲伤，我一定设法救出陈应。"二人一看曹操来了，赶快拭去泪水，起身迎接。曹操安抚了一番，劝父子二人放宽心，吕布暂不会对陈应下手。陈珪感谢曹操到来，表示愿听曹操安排。曹操看陈珪父子情绪稳定下来，便告辞了。

送走曹操，陈登送父亲回帐中休息，然后又到寨中巡视了一圈，这才返回大帐，准备休息。忽然值更的侍卫来报，说有两人在外求见。陈登疑惑，现在已是后半夜了，来者会是谁呢？待两人进了大帐，灯光昏暗，陈登没有认出来，问："你二人是谁，来此何事？"其中一个道："大哥，是我啊，小弟陈应。这位是刺奸张弘。"陈登仔细一看，果然是小弟陈应和好友张弘，喜出望外，连忙派人告知父亲。陈珪正辗转反侧，难以入眠，忽听人来传：小儿子回来了。翻身起床，披上衣服，三步并作两步，赶到陈登大帐。父子两人相见，喜极而泣，待情绪稳定下来，方想起问他们怎么逃出来的？张弘这才说出了原委。原来自吕布占了徐州，张弘看到吕布刚愎自用，难成大事，就有心脱离之。如今曹军奉诏征讨，围城甚紧，城破只在早晚间，因一向与陈登、陈应交好，便打算救了陈应，投奔曹操。一是尽了朋友之谊，二是弃暗投明，为自己寻一条后路。于是利用自己是斥候统领的身份，潜入狱中，将陈应乔装打扮，救了出来。谎称受吕布之命，出城刺探曹军情报，骗过守门卫士，逃了出来。

此时天已微明，陈登让二人稍事休息，待天亮后，即带二人前往曹操大帐。曹操见陈应已逃出城，心中一块石头也落了地，向张弘表示感谢，又问了张弘一些下邳城里的情况。当张弘说到，下邳城尚有充足粮草，再坚持两个月不成问题时，曹操忙问："下邳城中怎储存这么多粮草？"张弘说："当初听说曹公要攻打徐州，陈宫便给吕布出主意，说曹公虽然势大，但远道而来，必求速战速决。只要我们坚守住，不出两个月，曹公必退。为此吕布调集粮草，屯于城中，以图固守。现城中军民虽然情绪悲观，但军心民心尚且安定。望曹公加紧攻城，继续对吕布施加压力。"陈登也说："曹公，下令攻城吧，如今我家小弟已逃出来，我愿仍为先锋。"曹操谢过大家，让他们先回营寨休息，静候命令。三人告别曹操，回广陵兵营寨去了。

曹操的心却无法平静。原想经过长久的围困，下邳城粮草枯竭，人心不稳，正可以发动攻击，没想到吕布准备得这么充分。正在此时，侍卫来报："东郡太守的信使求见。"曹操不知东郡又发生了什么事，赶快命侍卫将信使带进来。东郡信使呈上一封信，曹操打开一看，大吃一惊，原来信中说，河内张扬率兵马渡过黄河，进攻东郡，现已夺取东市，扬言要趁虚夺取许都。目前太守正率郡兵抵抗，望曹公速发兵增援，晚了恐难抵挡张扬的进攻。

曹操命人带信使下去休息，忙唤郭嘉、荀攸到大帐议事。待二人来到，曹操把张弘介绍的下邳城里的情况简单叙述了一下，又将张扬已渡过黄河，攻占东市的消息告诉了他们，然后说："现在粮草已不多了，需要立刻从许都调运，而下邳城短期内难以攻取，河内张扬又欲犯许都，我们是不是先撤兵回许都，征讨张扬，以解除后顾之忧，再讨伐吕布。"说完，曹操看着郭嘉、荀攸，大帐内一阵寂静。少顷，郭嘉说："当年项羽七十余战未曾失败，一朝失势而身死国亡，在于他恃勇而无谋也。今吕布每战辄败，气衰力尽，内外失守，仅剩一座孤城。布之威力不及项羽，而困败却过之，若坚持不懈，必能擒之。"

荀攸口拙，慢吞吞地说："奉孝说得对，吕布勇而无谋，今三战皆败，困于下邳，其锐气衰矣。三军以将为主，主衰则军无斗志。陈宫虽有智慧，但计谋总是不被吕布采纳，何不趁现在吕布气势未复，陈宫又无新的计策之际，持续攻击，定能取胜。"曹操说："我最担心的是许都的安全。"郭嘉说："张扬兵马不足为虑，虽东郡郡兵无法与之相抵，但阻截迟滞他应该不成问题。况许都还有李典守卫，张扬即使攻到许都，也难以一下夺取，到那时我们再回兵相救，完全来得及。"荀攸说："主公只看到下邳粮草充足，其实吕布军心已慢，士气早已衰落，我们坚持攻心为上，可让郝萌、张弘、陈应等向城内喊话，指出吕布已穷途末路，下邳已成孤城，无人来救。再跟随吕布顽抗，只有死路一条。只要弃暗投明，归顺朝廷，可以既往不咎。有功者表奏天子奖赏。如此一来，下邳城中军民必心生异志。人心一乱，何愁下邳城不破。"曹操果断地说："二位军师所说不差，我这就派人到许都多调运粮草，并告诉东郡太守，用郡兵迟滞张扬的进攻，命李典加强许都防卫。现在我们就准备一些劝降信，趁明天郝萌、张弘、陈应向城中喊话时，射入城中，瓦解吕布的军心。"

第二天，曹操让郝萌、张弘、陈应向城中喊话，劝城中将士投降。郝萌反复劝解高顺，说："高顺将军，曹公爱将心切，早闻将军大名，数次围而不杀，只盼将军弃暗投明。吕布与袁术勾结，已成朝廷叛逆。如今曹公奉旨讨贼，将军再替吕布卖命，实在不值，万望将军深思熟虑，迷途知返。"高顺在城上闻知，大骂郝萌背主求荣，表示与曹操势不两立。若抓住郝萌，必碎尸万段。郝萌耐心劝说，不急不躁，说到动情处，声泪俱下，一连几天都是如此。随着喊话，劝降信纷纷射入城中，城中士卒也是窃窃私语。吕布心中烦躁，知昔日郝萌与高顺情同手足，渐渐对高顺起了疑心。为防万一，罢了高顺将军之职，命其将兵权交与魏续。原来魏续是吕布的一个远房妻舅，在高顺手下任副将。高顺被逼无奈，移交兵权时对吕布说："主公，我追随你多年，出生入死，却仍得不到你的信任。我听说，凡破家亡国者，非无忠臣明智者也，但患不见用耳。主公举动，不肯详思，只听别人说，由此坏了多少事。"吕布闻之，不以为然。高顺交了兵权，回到家中，闭门不出，终日叹气。

曹操的攻心战，让吕布坐卧不宁。为了鼓舞士气，也为了防止有人反叛，吕布对城防巡视得更勤了。这天当他再次巡视到白门楼时，随箭射上来一封书信，士卒拾起来交给了吕布。吕布打开一看，是曹操亲笔写给他的劝降书，劝他放下武器，归顺朝廷，看在诛杀董卓的份上，仍给予优厚待遇，保其左将军一职不变。吕布面露喜色，抬头一看，见白门楼上的士卒们都在看着自己，便扬了扬手中的信，笑着说："这是曹公的议和书。大家不用害怕，下邳城实在守不住，我就向明公自首。"此言一出，守城将士心中窃喜，互相议论，纷纷传告。陈宫闻之，赶忙去见吕布，说："逆贼曹操，何为明公。一旦降之，若卵投石，必粉身碎骨，岂可保全也。"吕布悻悻改口说："对，投降曹操，必死路一条。所有将士须上下同心，守卫下邳。曹军已是强弩之末，很快就会撤退，大家不必忧虑。"只是军心更加浮动。

　　这样消极的固守毕竟不是办法，陈宫派出许多斥候，刺探曹军动向，以便找出破绽，击败曹军。这天斥候来报，曹军粮草即将告罄，新从许都调运的粮草不日就要到达。陈宫觉得机会来了，马上去见吕布，说："城中兵马分出一半，由将军统领，突出城去，截击曹军粮草，得手后将其焚毁，曹军必然心慌，将军趁此可在外避实就虚，袭击曹军。若曹军围攻将军，我率城中兵马，出城攻其后背。若曹军攻城，将军在外袭扰，不出十日，曹操必撤军。"吕布一听，感觉此办法不错，于是准备亲率张辽所部兵马，出城袭击曹军粮草；留成廉、魏续等守城。披挂停当，吕布就要跨马，此时妻妾闻知，一起前来阻止。吕布呵斥众妻妾。其妻流泪说："你率兵马去截取曹军粮草，按说我等不该阻拦，可现在情况这么乱，俗话说，害人之心不可有，防人之心不可无。想当年曹公待陈宫如赤子，犹舍而背之，今将军厚待陈宫不过于曹公，而今将军将全城交付于陈宫，孤身在外，一旦有变，我等再也见不到将军了。"说完嚎啕大哭。边哭边说："妾昔日在长安，已为将军所弃，赖得庞舒将军私藏妾身，才能与将军再见。今又如此，恐是永别了。"貂蝉等其余各妾也都唏嘘不已。面对此情此景，吕布心乱如麻，想想其妻说的也不无道理，遂说道："好了，不要哭了，我不出城就是了。"妻妾们破涕为笑。陈宫前来催促，吕布说："公台计谋虽然不错，但我孤军出击，若被曹军包围，又无营寨依靠，岂不被曹军消灭？此计太过冒险，还请公台再想别的办法。"陈宫气得直跺脚，只哀叹自己当初有眼无珠，误投吕布。

　　曹军的粮草得到补充，军心稳定，士气高昂。这天，曹操对郭嘉、荀攸说："就要进入腊月，围城已三个月了，据潜入城中的斥候报告，高顺已罢将军之职，部曲由吕布远房妻舅魏续指挥。据传吕布收到我的劝降信后，也曾有意归降，只是被陈宫阻止了。看来下邳城中军心已乱。"郭嘉说："这些天通过观察，我发现下邳城左有沂水，右有泗水，如果我们在城南筑一道堰，决沂、泗之水灌城，城中必乱。"曹操如梦方醒，连呼："妙，妙！"荀攸也说："奉孝此计甚好。"

　　筑一道围堰，对曹军来说，易如反掌，不消两日，就在下邳城南沂、泗之间筑起围堰。此时正是腊月朔日，夜晚无光，曹操下令在沂、泗上游筑坝决堤，两河之水直奔下邳城而去，到城南遇围堰受阻，水位迅速抬升，很快灌入下邳城。待城中发觉，急忙围堵，为时已晚，下邳城已泡在水中。待天亮，吕布见满城是水，心中沮丧，城中军民无不心慌意乱。此时又传来粮草被淹，军心更是不稳。

这天，骑都尉侯成的手下几个士卒聚在一起商议，说与其在城中等死，还不如投降曹操。于是他们决定盗出马匹，赚开城门，投奔曹操，眼看事情就要成功，被人告密。侯成追至城门，把就要出城的几个士卒抓住，追回了马匹。经过清点，共计十五匹。诸校尉闻知，前来祝贺。侯成说："险些铸成大错，否则主公知晓，必以军法严惩。好在有惊无险。现在诸位前来相贺，我有家酿美酒数坛，前几日杀了一头自家养的猪，已腌制起来，正好大家在一起相聚一番。"诸校尉闻知心中都很高兴。魏续听说，也来祝贺。这时校尉宋宪说："主公才发布一道禁令，粮草被淹，为节约粮食，一律不准私自酿酒，也不准酗酒。若主公知道，恐被惩处。"侯成说："古人云刑不上大夫，况我等都是有功之臣，且守城艰苦，今情况特殊，偶尔为之，并不为过。若大家不放心，请诸位稍等，我带上酒肉，先奉与主公。"于是侯成令下人带上酒肉，随他去见吕布。

侯成来到吕布府中，还未等侯成将缘由说清楚，吕布就大发雷霆："我刚下令禁酒封宴，你就带头违犯，把我的禁令当儿戏。"侯成刚辩了两句："酒是先前酿制的，猪是自家养的，并不敢动用公家一粒粮食。"吕布说："那也不行——来人，把他拖出去斩了。"此时同侯成一起来的下人，在门外听到事情不妙，赶忙跑回家中，向正在等候的魏续、宋宪等人告急，他们一听，二话不说，赶到吕布府中求情。看在众人面上，吕布饶其不死，改为击杖一百，众将再求，降为五十。一顿杖击，侯成被校尉们搀了回来。诸校尉感到真是晦气，说了些安慰的话，自散了。只有魏续、宋宪平日与侯成交好，留下宽慰他。看看侯成痛苦的样子，魏续说："跟随吕布实在没奔头，动辄遭罚，现在下邳城已危在旦夕，外面又无救兵，曹军早晚必破下邳城，与其这样不如早降曹操。"侯成说："魏兄何出此言？这话放在别人说倒也罢了，你是吕将军的远房妻舅，吕将军又将高顺的兵马交你指挥，对你如此信任，你怎能这样说？"魏续说："俗话说，人往高处走，水往低处流。我跟随吕布，也是看在亲戚面上，想混出个人样。然而这些年并未受到多大的恩惠，如今眼看下邳不保，怕高顺反叛他，才让我代了高顺。我虽与高顺不和，但凭良心说，高顺鞍前马后跟随他，可谓赤胆忠心，尚且遭此下场，我将来的下场不知如何呢？一旦城破，曹公必不轻饶我们，到那时命都没有了，还谈什么亲戚不亲戚。如今士卒们都在私下悄悄议论，要投降曹操，我们恐难以阻拦，不如随了大家，保住命要紧。"宋宪说："先前我还犹豫，如今见侯成兄被打，颇感心寒，又听魏兄如此一说，真觉得心里透亮了不少。下邳城泡在水中，到时内无粮草，外无救兵，只有等死，不如降了曹操，也算一条活路。"三人越说越投机，互相约定，待侯成伤好之后，即采取行动。

第五十二章

白门楼曹操擒吕布　琅琊郡张辽招臧霸

好在侯成与行刑的士卒平时关系不错，手下留情，仅伤了些皮肉，筋骨并无大碍，休息了几日，伤处很快结了痂，便与魏续、宋宪相商，由魏续趁夜色悄悄地从东门放侯成出城联系曹操，要献下邳城。因城内城外都泡在水中，侯成骑着战马，深一脚浅一脚地淌着水，奔沂水大堤而去。腊月的夜晚寒气袭人，虽然在马上，脚上还是沾满了水，风一刮便成了冰渣，好不容易才登上沂水大堤，堤上巡逻的曹军不明底细，将其抓获，听说是来投诚的，便直接押往曹操大帐。曹操见侯成冷得直打哆嗦，赶快命人将帐中的炭火拢旺，并送上热开水。几口热水下肚，侯成缓过劲儿来，便将城中军心如何不稳，自己如何受辱，又怎样与魏续、宋宪定计献城一事，告诉了曹操。曹操闻听大喜，命人带侯成下去休息，并嘱其将湿衣换掉。此时天已大亮，赶快召郭嘉、荀攸商议，决定就在今晚，堵堤扒堰，悄悄放水，明日一早攻城。

根据侯成提供的下邳城防守情况，曹操做了如下部署：夏侯惇、刘备兵马攻打吕布亲自坐镇的西城门，夏侯渊进攻成廉把守的北门，曹仁进攻张辽把守的南门；其余将帅各率本部兵马由魏续接应，从东门入城；于禁入城后向北门进攻，配合城外的夏侯渊夺取北门；徐晃入城后进攻南门，配合曹仁夺取南门；乐进入城后向西门进攻，配合城外的夏侯惇、刘备夺取西门；陈登入城后，与陈应、张弘、陈珪等，负责保护刘备家眷及安抚城中百姓和州衙的掾属。朱灵配合魏续守护好东门。一切部署停当，只待夜色降临，堵堤扒堰放水。

第二天天刚亮，陈宫早早起来，要到城上巡视。自大水灌城，曹军一直没有动静，这样的安静让他心里发虚，不得不格外警惕。刚一出门，好像哪里不对，低头一看，水已经退去了不少，陈宫脸色大变，说了声："不好！"赶快去见吕布。当吕布打着呵欠，不情愿地开门出来时，陈宫赶忙说："主公，曹军要发动进攻了。"吕布说："谁说的？"陈宫一指地上说："现在大水已退。"吕布一看，水果然下去了不少，慌忙对陈宫说："传我命令，各城门守将严密防守，准备与曹军厮杀。"随即披挂整齐，手持大画戟，骑上战马，赶往西城门。陈宫不敢耽搁，赶忙去传吕布的命令。

州署衙离东门最近，陈宫先到东门，刚登上城楼，就见魏续正探身朝城外观望。陈宫说："奉主公命令，各将帅严守城门，曹军很可能要攻城……"话未落音，已被魏续身旁的士卒绑了起来，陈宫一愣，随即明白是怎么回事了，大骂魏续："你这反贼，无论如何，你与主公总沾点亲。如今反叛，良心何在？"魏续说："曹公待你不薄，你却勾结吕布反叛，要论良心，待见到曹公时，你再与他去论吧。"下令先将陈宫押在一旁。宋宪说："既已动手，魏兄在这里静候曹军，我先去把高顺抓了。"原来高顺虽被罢了官，因这支部曲一直是他手下，许多将士仍效忠高顺，为防意外，魏续与宋宪、侯成早已约好，只要动手，得先把高顺抓了，以免军心生变。魏续点头，宋宪带上自己的心腹，前往高顺家中，抓捕高顺。

此时天色已亮，水也基本退尽，尽管地上一片泥泞，曹军已顾不得那么多了，一声令下，四门同时发动进攻。魏续打出白旗，命人打开城门，曹军依次进入城中，按照预先部署行动起来，随即城中杀声四起。吕布正在白门楼上，命令士卒严防死守，不能放一个曹兵进来，忽闻城中四处喊杀声，正不知为何，却见一支曹军由城中冲到西门，士卒们猝不及防，瞬间被杀被俘，西城门眨眼落入曹军手中，随即城门被打开，城外曹军一拥而入，包围了西城门上的白门楼。面对如此突变，惊得吕布目瞪口呆，顾不得多想，挥起大画戟就要冲下白门楼交战。这时曹操已来到白门楼下，高喊："奉先将军，如今下邳城已被我攻破，你大势已去，抵抗只能徒增伤亡，即便为了积点阴德，你还是束手就擒吧。"吕布见城内城外到处都是曹军，又见白门楼上自己的士卒均无战意，知道抵抗已无用，便说："前些天曹公送来书信相劝，我已有心归降，只是陈宫阻拦。今日既已兵败，愿归降曹公。"许褚大喊道："既愿归降，可将你手中画戟交出来，以证明你的诚意。"少顷，只听白门楼上吕布喊道："下边的人注意了。"随着话音，一杆大画戟从上面扔了下来。许褚捡起。曹操就要登上白门楼，许褚伸手一拦说："主公稍等，为防有诈，我上去先把吕布捆了。"说着率几名近卫营的士卒上了白门楼，一会功夫，许褚在上面喊："主公请上来吧。"

曹操与郭嘉、荀攸、刘备、陈珪等人在夏侯惇、乐进、关羽、张飞的陪同下，登上白门楼。被捆绑着的吕布见曹操上来，高声说："曹公，我已归降，为何还要把我捆起来？"曹操笑道："怕你言而无信。"说着来到白门楼内，在正位坐定。荀攸、郭嘉、刘备、陈珪等分坐两旁，曹操身后站着夏侯惇、乐进，刘备身后站着关羽、张飞。吕布随着被许褚押进来，见刘备也正襟危坐，说："玄德，你现在是曹公的座上宾，我为阶下囚，你能不能美言几句，让曹公把我的绳索放松一点？这许褚把我捆得太紧了。"曹操听见吕布的话，大笑道："既如此，何不直接告诉我，而求刘豫州转告？"令许褚将吕布的绳索放松一点。这时主簿王必说："主公不可。吕布乃一猛虎也，切不可以宽相待。"曹操无奈地对吕布说："本欲相缓，主簿不听，你看怎么办？"吕布刚要回答，这时宋宪押着高顺来到。曹操说："高顺将军，知你能战，曹某我早生爱恋之心。既然吕布弃你不用，那就归降于我怎样？"说着就要起身为高顺松绑。高顺怒道："一仆不事二主，休叫我降你。"曹操说："郝萌将军，劝劝你的这位老友，不要让他固执己见。"郝萌刚要进前劝说，高顺怒不可遏，痛斥道："郝萌叛贼，背主求荣，不知羞耻，你我已恩断义绝，再勿多言。"曹操说："高顺将军说得不对。郝萌将军是弃暗投明，吕布则是背主求荣，望高将军迷途知返，为朝廷建功立业。"高顺说："高某只求一死，绝不会背主求荣。"曹操无奈，只得说："既如此，那就成全你了。"于是下令："将高顺斩首，以戒来者——你走之后，家眷不必担心，由朝廷予以供养。"高顺闻听此言，转身朝曹操跪拜道："那就谢过曹公了，请行刑吧！"说完站起，扭头朝楼下走去。吕布望着高顺，心中悔恨，只叹自己不能识人，铸成大错。

这时魏续押着陈宫来到，吕布见了魏续，心中大怒，大骂魏续："我如此厚待于你，你却叛我。"魏续说："你刚愎自用，不识大势，勾结袁术，反叛朝廷，只以自己妻妾为重，置将士们的性命于不顾，何言厚待。"一句话，堵得吕布答不上来。这时曹操看了看陈宫，说："公台，当初在兖州时，我待你如何？你却联络张邈，勾结吕布，欲置我死地，却是为何？"陈宫说："曹公既问，我也不隐瞒，本以为你做了兖州牧，能为兖州百姓谋利，没想到你先是收编青州黄巾反贼，又强逼兖州士民交出土地，分于青州兵家眷，弄得兖州百姓天怒人怨。道不同不相与谋。事已至此，要杀要剐随你的便。"曹操说："你说的兖州百姓，只是你们这些世家大族而已。今我胜，吕布败，公台有何感想？"陈宫说："原以为吕布能为我所用，不想此人刚愎自用。若吕布听从我的计谋，未必有今日之败。我识人不明，为臣不忠，为子不孝，咎由自取，无话可说。"曹操想，陈宫是有才之人，念在当初曾助我取兖州，只要他说句软话，我当为其脱罪，于是说："公台若死，其老母怎么办？"陈宫说："我闻将以孝治天下者，不害人之亲，老母的存亡，不在我而在曹公也。"曹操又问："那么你死后，你的妻室还有子女怎么办呢？"陈宫说："我曾闻将施仁政于天下者，不绝人之祀，妻室、子女之生死，也在曹公矣。"曹操沉默不语，稍后说："念你当初曾助我取兖州，才使我终有今日，我打算放了你。这样一还一报，咱俩也算扯平了。"陈宫说："曹公万万不可，请将我斩了，以明军法，以儆效尤。"随即朝楼下走去。曹操命人将其拦住，陈宫挣脱，说："曹公不必阻拦，还是行刑吧，我识人不明，误助吕布，应受惩戒。"曹操起身，流出眼泪，说："公台，我送你一程。你放心，你老母及妻室儿女，我会全力照顾。"陈宫说："谢过曹公了。"曹操送陈宫下楼。

吕布看到曹操不愿杀高顺，连陈宫也打算给予活路，感到自己自动归降，料也不会被杀，面露喜色，趁曹操送陈宫下楼，对刘备说："等曹公回来，玄德也帮我说几句好话。"刘备点头。这时曹操回到白门楼上，交代主簿王必说："找一副好棺椁，将公台盛殓，送往许都安葬。其老母、妻、子也一同送往许都奉养照顾，若有怠慢者，斩。"王必应道："主公放心，悉以照办。"其后，陈宫老母百年之后，曹操为其送终，妻在许都颐养天年，子量才为用，女为其择婿嫁人，此是后话。

曹操重新坐定，问吕布："奉先，你有何打算？"吕布说："明公必知昔齐桓公不记射钩之仇，使管仲为相，遂成霸业。今明公若信我，天下不足忧也。明公率步卒，我率骑卒，竭尽股肱之力，为明公前驱，则天下可定也。"曹操低头不语，吕布赶忙向刘备使眼色，说："玄德为我美言。"这时曹操看了刘备一眼，说："刘豫州认为如何？"刘备冷笑一声，说："曹公难道忘了当初吕布事丁建阳、董卓乎？"曹操顿悟："不是玄德提醒，几铸大错。"然后对吕布说："看在你诛杀董卓有功，留个全尸，用绢帛缢死吧？"吕布大骂刘备："织席小儿，最不能信任的就是你。当初若不是我辕门射戟，你何能今日坐在这里。此大恩不报，还落井下石，真乃无义之人。"这时许褚对吕布说："吕将军，走吧。"吕布咬牙道："刘备，到了阴间我也不会放过你！"

这时于禁提着一颗人头来到白门楼上，禀告说："主公，我与妙才将军已夺取北门，成廉不降，被妙才将军斩首，其部曲已降。"说着将首级呈上。曹操说："将其尸首用棺椁装殓，掩埋了吧。"于禁应诺，下白门楼去了。走到楼道口，迎面碰见徐晃押张辽来到白门楼上。张辽见成廉首级，不禁叹了一声。徐晃押张辽来到白门楼内，禀报道："主公，南门已被曹仁将军和我联手攻破，守将张辽及部曲悉被俘获，现将张辽押来，请曹公处理。"

曹操望去，见张辽五花大绑，然神情泰然，毫无惧色。曹操说："在兖州时我们多次交手，张将军确是一员猛将，虽有时恨不得将你碎尸万段，可又打心眼里喜欢。"张辽说："败军之将，阶下之囚，生死已明，再说无用，请曹公动手吧。"曹操笑了笑，说："张将军不必性急。其实当初在洛阳时，我们就见过面。"张辽说："哦？恕我愚钝，在洛阳时好像不曾见过曹公。"曹操说："当初你刚弱冠，在并州刺史丁原的手下任从事，随丁刺史进京勤王，受大将军指派，到黄河以北募兵，因此在大将军府见过你。"张辽说："如此说来，似有印象。那时曹公是新军校尉，我只是一员小校。"曹操说："只因大将军被杀，你募兵回到洛阳，被迫受董卓节制。"曹操说着，起身走到张辽身旁，为其松绑，说："后来你与吕布一起诛杀董卓，护卫天子，本是大功一件。后追随吕布，实属无奈。怎么样，张将军，愿跟随我共扶汉室吗？"此时张辽已泪流满面，曹操的话句句说到自己的心坎上，说："可惜已晚。败军之将，有何颜面受曹公优待？"曹操说："文远差矣。吕布刚愎自用，逆天而动，焉能不败，责任不在你，因此也谈不上失了颜面。"张辽跪拜："早闻曹公知人善任，爱惜人才，既曹公不弃，愿追随左右。"曹操扶起。这时许褚回到白门楼上，禀告说："吕布已缢杀。"曹操说："鉴于吕布诛杀董卓有功，将其尸首用棺椁盛殓，给予厚葬，其妻妾家眷带回许都，由朝廷供养，任何人不准怠慢。此与陈宫、高顺家眷俱交由王必办理。"王必应诺。

诸事已完，曹操轻舒一口气。这时陈应来到白门楼，说："曹公，徐州署衙各掾属皆愿归顺。现都在署衙中静候，请曹公到署衙中会见。还有刘豫州的家眷俱已放出，皆在署衙等候，也请刘豫州前去相认。"刘备起身表示感谢。

曹操刚要动身，夏侯渊押着一个人到来，说："主公，你看我把谁押来了？"曹操一看，原来是毕谌，立刻把脸拉了下来，白门楼上气氛顿时紧张起来。郭嘉、荀攸、徐晃等人不认识毕谌，但感到气氛不对，悄声问身旁的史涣和丁斐是怎么回事？二人悄声解释说："当初曹公在兖州时，毕谌是别驾，为曹公主政兖州立下了功劳。曹公东征陶谦，张邈、吕布反叛，劫了毕谌的母亲、妻室儿女和兄弟，要毕谌投降。曹公回到兖州，听说此事，劝毕谌说：'你母亲及一家俱在张邈手中，为了他们的安全，你就到张邈那里去吧。'当时毕谌痛哭流涕，说：'我毕谌绝无二心，不会因此而叛曹公。'曹公当时非常感动，也为之流泪，并予以嘉奖。没想到曹公前脚刚走，毕谌后脚就投了张邈，让曹公很是难堪。大骂毕谌言而无信，说抓到毕谌必处以极刑，以惩戒那些言而无信之人。今天看来毕谌性命难保了。"

白门楼内很静，只听夏侯渊说："我正在北门清扫战场，手下抓到一个人，说此人要出城，形迹可疑，我一看是毕谌，原来他想溜，正撞在我手里，就给主公带来了。主公发令吧，我这就亲手斩了这无义小人。"毕谌此时低着头，闭眼不敢看曹操，脸色灰白，自知性命难保，只好听天由命。这时曹操缓缓站起来，走到毕谌面前，说："当初我为了保你一家性命，劝你投靠张邈，你不该骗我。"说着替毕谌松了绑，叹了一口气，说："事情已经过去了，且情有可原。"曹操又对众人说："凡人孝于其亲者，岂不也忠于君吗？这正是我们所追求的。"毕谌眼泪一下子就滚了出来，跪谢曹公不杀之恩。曹操说："还有两个人我向你打听一下，就是徐翕、毛晖，此二人叛我后投了吕布。这二人与你不同，罪大恶极，我必将其绳之以法。他们现在什么地方？"毕谌说："我听说他们投了臧霸。我并未见到他们二人，不知是真是假。"曹操点点头说："说到臧霸，此人原是陶谦部下，陶谦收编青徐黄巾后，一直统领这支人马，刘豫州可熟悉此人？"刘备说："当初陶谦在时，他们一直活动在青徐地区的北海、琅琊、东海三郡，陶谦实际上也指挥不动他们。我接收徐州后，并未见过他们。后来吕布占了徐州，又收编了他们。对了，张辽将军应该与他们相熟。"曹操问张辽："你若与他们相熟，可否前去劝降？"张辽犹豫道："臧霸虽被吕布收编，但大多数时间都在琅琊，在有限的几次接触中，我们只是感到脾气、秉性相投，并无深交。曹公既如此说，我就亲自往琅琊走一趟，当面劝其归降。"曹操说："如此甚好，顺便问臧霸，徐翕、毛晖二人可在他那里？若在，请他将二人的首级送来。"张辽应诺，即动身下楼。曹操叮嘱说："为防万一，带上你的部曲。"张辽说："前去劝降，带上部曲，反而不便。"说着告辞，下了白门楼。

看张辽离去，曹操对毕谌说："张辽将军被吕布任为鲁相，你就接任张辽到鲁国任国相吧。"毕谌再次跪谢。曹操说："陈应邀我们到州衙去，刘豫州你道路熟，就在前边引路。"大家下了白门楼，奔徐州署衙而去。

张辽肩负曹操重托，一路纵马扬鞭，来到琅琊郡治开阳。臧霸见到张辽，颇为吃惊："张将军仅带数骑，莫非徐州已落入曹操之手？"张辽点点头，笑笑说："不错，徐州已为曹公所得。我已归降曹公，今特受曹公委派，前来转达曹公意向，希望臧将军率青徐兵马归降朝廷。"臧霸默然，少顷说道："曹公行事，早有耳闻，只是前不久受吕布蛊惑，侵犯兖州，与曹公一战，无颜相见曹公。"张辽说："臧将军多心了，曹公绝非睚眦必报之人。"臧霸说："虽如此说，只是青徐之事，都是渠帅们共商，大家是何意思，不得而知。那就请张将军多待几日，我这就派人到各处，将这些渠帅们请来商议。"张辽说："还有一事，曹公交待，若徐翕、毛晖在你这里，可将此二人首级交于曹公。""这……"臧霸为难地说，"二人确实在我这里，这样吧，若面见曹公，我自会解说。"张辽应允，自到旅舍歇息等候。臧霸召屯驻各处的渠帅们来开阳议事。

徐翕、毛晖前来见臧霸，说："闻知曹公派张辽来劝降，不知主公是何打算？"臧霸说："早闻曹公待人真诚，知人善任，既然派人来邀，我意归附曹公。"徐翕、毛晖说："主公既有此打算，我二人也就告辞了。"臧霸说："咱们一起归附曹公不是很好吗？"徐翕说："主公有所不知，当初我二人在兖州所属郡国任都尉，张邈叛迎吕布，我二人受其蛊惑，叛了曹公。吕布被曹公赶出兖州后，我二人投靠了你，原想就这样下去，了此残生，也算不错。今主公既然归降曹公，我二人必不为曹公所容。看在相处一场的份上，望将军放我们一条生路，我二人只好改投别处了。"臧霸说："你二人投靠于我，说明信得过我。待我见过曹公，自会分辩，那时是走是留，再行定夺。放心，我绝不会卖友求荣。"二人谢过臧霸，心情忐忑地退了下去。

数天后，分住在北海、琅琊、东海的青徐兵各渠帅吴敦、尹礼、孙观、孙康兄弟二人及昌豨等，快马陆续抵达开阳。臧霸向他们转述了曹操的意思，并引他们与张辽相见。吴敦、尹礼、孙观、孙康等渠帅全都赞成，认为这下总算有了着落，只有昌豨吞吞吐吐，说不出个所以然。臧霸不耐烦道："行与不行，给个痛快话。"昌豨说："我觉得咱们谁也不投靠，自由自在最好，谁对我们好，我们就与谁近些，反之，则弃之而去。"臧霸说："孤悬在外，眼前是自在，终不是长久之计，待天下一统，我等必无容身之处。不如趁此归附曹公，建功立业，名垂后世。"昌豨说："渠首既如此说，那就随你，归附曹公吧。"于是这六人一起，随张辽前往下邳，去见曹操。

下邳城中水虽退尽，淤泥到处都是，曹操令人加紧清理，又令郝萌、魏续、侯成、宋宪帮忙整编吕布旧部，裁汰老弱病残，选拔精壮勇士，并让陈应等人安抚城中百姓。经过半个月的忙碌，各种事情渐已理顺。陈登见事情已定，便率部自回广陵去了，陈珪也辞别曹操，回沛国去了。刘备再次与糜竺、糜芳及甘、糜二夫人等家眷重逢，自是喜欢。眼看年关已到，仍无张辽音讯，于是许多人猜测，张辽必是趁机逃走了，不会再回来了。曹操推算了一下时间，张辽确是该回来了。曹操对大家说："张辽将军乃忠义之人，不会叛我而私自逃走，定是有事耽搁了，再静候几日。"

话犹未了，张辽带着臧霸一行人回到下邳。曹操一看各渠帅俱来到下邳，心中高兴。臧霸等人自责道："不该受吕布蛊惑，与曹公在泰山交战。"曹操大笑道："不打不相识，泰山一战，才让我们彼此认识了。"看到曹操如此胸襟，方知曹操的确不是睚眦必报之人，这些渠帅们悬着的心，也都放了下来。

曹操问臧霸："听说徐翕、毛晖二人投在你处，不知是真是假？"臧霸说："此事是真的。"随即跪地施礼，说："请曹公惩罚，我并未将二人的首级带来。我之所以能在青、徐一带站住脚，成为渠首，全凭我为人仗义。按说曹公施恩于我，我不该违背你的命令，但当初我既收留了徐翕、毛晖，就不该再将他们出卖。请曹公见谅。若曹公不赦他二人，就责罚我好了。他们二人很为当初的反叛而懊悔，还请曹公高抬贵手，放过他们。"曹操亲手扶起臧霸，说："臧将军果然是仗义之人，有古人的侠士之风，值得敬佩，我就喜欢这样的人。既如此，我就只好答应你了，不再追究徐翕、毛晖反叛一事了。"臧霸替二人谢过曹操。

随后，曹操又仔细询问了青徐兵的近况，以及各位渠帅驻守各地的情况，曹操说："你们长期在青徐地区驻守，大都是当地的人，对这些地方已经很熟悉了，你们就仍驻守在那里吧。为了便于管理，让你们都负起责任来，根据你们驻守的情况，我打算表奏臧霸将军任琅琊国相，仍驻开阳。分琅琊的利城、东莞为郡，由吴敦、尹礼为太守。孙观驻在北海，就任北海国相，分北海城阳为郡，由孙康为太守。昌豨将军驻守东海，就任东海太守吧。徐翕、毛晖二人，既然臧霸将军说了情，那就分北海的安丘、胶东为郡，由二人分任太守。你们看怎么样？"这些青徐兵的渠帅全都愣住了。他们没有想到曹操这么信任他们，一个个心情激动，连说："谢曹公，谢曹公！"臧霸也代徐翕、毛晖二人表示感谢。曹操说："先别忙着谢，待我表奏天子，正式诏拜你们为郡国守相，才能算数。另外，你们青徐兵是一个整体，待我表奏天子，将原青州的北海与原徐州的琅琊、东海划出，组成青徐地区，你们自己管理自己。"这些渠帅更是齐声说好。曹操说："既如此，我就向天子表奏，臧霸将军为振威将军，节制诸将，你们都要受其节制。大家共同努力，报效朝廷。"这些渠帅已成名正言顺的朝廷命官，个个怀着感恩之情，谢过曹操，高高兴兴回各自的驻地去了。临别，曹操叮嘱臧霸："青徐地区虽不是州，但现在实际上与州相同。下辖大小八个郡国，你位同州牧，责任不小，要把青徐地区管好。"臧霸说："曹公放心，只要有我在，青徐地区就不会出乱子。"曹操说："我相信你。"臧霸信心满满，跨马而去。

此时新年将至，下邳城中军民沉浸在节日的气氛中，一片祥和。曹操对郭嘉、荀攸说："过完年，我们就要返回许都了，我思虑了很久，不知让谁来管理徐州。"荀攸说："曹公司空府中的从事车胄为人敦厚，处事稳重且果断，此人任徐州刺史就很合适。"曹操说："那就派人回许都，让车胄来徐州上任。"刚过完年，车胄就来到下邳，与州中掾属见过面，走马上任，接过了治理徐州的大任。

徐州的事处理完毕，曹操终于腾出了手，决定征讨侵犯东郡的张扬。因征讨张扬用不了这么多兵马，于是令曹仁、于禁、乐进所属兵马，随自己征讨张扬；令夏侯惇率其余各部返回许都。安排停当，他又召见刘备说："刘豫州，原来由于情况特殊，你这个豫州刺史的署衙，随你在沛城，实际上有官无衙。如今都城在许，豫州事实上已属京畿之地，你的州衙相当于司隶校尉部，还是设在许都比较好，这样便于与朝廷协调，也好管理。你看如何？"刘备说："一切悉听曹公安排。"曹操说："好，你带上家眷及部曲，随夏侯惇等部曲到许都吧。"刘备说："我这就回去安排，不耽误随各部曲上路。"

待刘备走后，曹操说："郭嘉随我征讨张杨，荀攸回许都，与你的小叔荀令君商议，给刘备的署衙找一处院落，看把他的部曲安排在什么地方驻扎。"荀攸说："什么时候拔寨起营?"曹操说："诸事已毕，那就明天吧。"

第五十三章

表功勋曹操荐董承　讨叛逆曹仁斩睢固

曹操目送夏侯惇、刘备等人踏上回许都的路程后，便率曹仁、于禁、乐进，告别送行的车胄及陈应等徐州各掾属，折向西北，奔东郡而去。据东郡太守刘延报告，他依靠郡兵，一直把张扬拖在东郡，使其不能南下进攻许都。这使得现在曹操终于腾出手来，解决张扬的问题。曹操心情轻松，纵马扬鞭，晓行夜宿，没几天就来到了定陶，被东中郎将、济阴太守、代曹操都督兖州事的程昱迎到城中。就在此时，忽报河内使者来到，要见曹操。所有人都愣住了，莫非张扬派人来讲和不成？

使者一见曹操，跪拜施礼，说："奉我家主公杨丑将军之命，特往徐州给曹公呈送书信，走到济阴，闻说曹公已在定陶，便贸然前来。"说着将书信呈与曹操。使者的话，让在场的人如堕五里雾中。曹操看完信，大笑道："这下好了，张扬手下大将杨丑，不满张扬助吕布，屡次劝其退兵，张扬不听，便动手除了张扬，现已率兵马退回河内。暂请郡从事缪尚代为太守，薛洪代为长史。让我们放心征剿吕布，不必再有后顾之忧。看来我们不用再到河内去了。"大家一阵欢呼。曹操对信使说："回去告诉杨丑将军，此大功我必表奏天子，为其拜将封侯。"使者应诺，返回河内复命去了。程昱大摆宴席，以示庆贺。

第二天，曹操对郭嘉说："我虽为兖州牧，但自离兖州到许都后，诸事缠身，再未到兖州，今日正好趁此机会，在兖州巡视一番。"于是在郭嘉、程昱的陪同下，遍巡兖州各郡国。时值仲春二月，曹操所到之处，百姓俱忙于春耕，庄稼皆葱郁葳蕤，长势喜人。各郡国县邑的学校也在恢复中，读书之声不绝于耳。贩夫走卒，行商坐贾往来于市，到处一派安居乐业，祥和友善的气氛。曹操夸奖程昱代自己把兖州治理得井然有序，程昱谦虚道："皆因主公的规章法度好，我不过谨遵执行而已。"曹操说："仲德过谦了。"巡视完兖州，曹操率兵马返回许都。

曹操回到许都，便问荀攸："有功将士的名单各部曲是否呈了上来？"荀攸说："都呈了上来，我已汇集成功劳簿，只等主公最后审定了。只是缺曹仁、于禁和乐进部曲的。"曹操说："在昌邑时我已让他们整理出来了，把他们部曲的名单加上就行了。"荀攸说："还有一件事，你刚回来不知道，刘备与圣上攀了亲，成了圣上的皇叔。"曹操笑道："不用攀亲，天下刘姓是一家，他们本来就是亲戚。"恰逢荀彧来到，曹操问："这刘备怎么就成了皇叔了？"荀彧说："刘备来许都后，以豫州刺史身份参加朝会，圣上见他面生，就问他是何人，他自我介绍姓刘，名备，字玄德。圣上说：'你就是豫州刺史刘备啊。'又问他籍贯身世，他说自己是中山靖王刘胜之后，孝景皇帝的玄孙。爷爷是刘雄，曾举孝廉，官至东郡范县令。父亲是刘弘，因父早亡，家道中落，流落在幽州涿郡。后朝廷征召勇士，平定黄巾贼乱，便起兵响应，以军功任安喜县尉，后代平原国相。"曹操说："这刘备说话很有分寸，他这个国相是公孙瓒私自表奏的，并未得到圣上认可，只好说是代任了。后来呢？"荀彧说："听了他的介绍，圣上很感兴趣，命宗正卿查验宗室名籍，果如刘备所说。论及辈分，当是当今天子皇叔，就这么认了亲。"荀攸说："依我看，圣上相中了刘备是豫州刺史，手中还有一支部曲，否则那么多刘姓没落子弟，倘要论起亲来，恐怕叔叔、伯伯甚至爷爷、孙孙，要弄出一大堆来了。"曹操说："不管怎么说，这也是一件好事。"荀彧说："自认了皇叔，圣上隔三差五邀刘备相见，格外看重。因此众公卿大臣也对刘备高看了不少。"曹操问："豫州署衙安排好了？"荀彧说："荀攸一回来就告诉我了，我很快就安排好了，离你司空府不远。刘备的部曲就驻扎在城东五里亭，由关羽、张飞统领。"曹操问："我在徐州时张扬要趁虚攻夺许都，城中人心可算安定？"荀彧说："起初人心有点慌乱，卫将军董承很是沉着，表示要与李典将军共同守好许都，很快人心就稳定下来。"曹操对荀攸说："董承功劳也不小。"

第二天朝会，年轻的献帝端坐在龙案后面，见曹操位列朝班，便说："曹爱卿，吕布被剿灭，这半年多来你辛苦了。"曹操施礼道："这都是微臣应尽之责。"遂将征剿吕布的过程简要叙述了一遍，然后说："这次征剿吕布时，沛国相陈珪鼎力相助，其子广陵太守陈登陈元龙率郡兵前来助战，功劳不小，拟表奏陈元龙加拜伏波将军。因陈珪年事已高，表奏其到许都朝中任职，沛国相可另择他人。"献帝准奏。曹操又奏道："豫州刺史刘备，此次征讨吕布，也是功不可没。特表奏刘备由豫州刺史改任豫州牧，加拜左将军。"献帝一听，曹操表奏的是刚认下的皇叔，立刻准奏。此时刘备站在朝班中，很是感激曹操。曹操又表奏道："青徐兵渠帅臧霸，归顺朝廷，特表奏臧霸为琅琊国相，加拜振威将军，统领青徐地区。其各渠帅任用有差。"说着将名单呈上。献帝准奏，并说："曹爱卿，此次征剿吕布，凡有功之将士，悉数表奏上来，朕都依例褒奖。"曹操将奏章及功劳簿呈送献帝，说："此功劳簿中各有功将士，依功劳大小各有差，请圣上详阅。"献帝接过奏章及功劳簿说："都依曹爱卿所奏，按功劳大小悉以表彰奖赏。"朝堂上公卿百官皆呼："万岁！"曹操说："启奏圣上，还有一事，大司马张扬勾结吕布，进袭东郡，图谋夺取许都，被其部下杨丑所杀，特表奏杨丑为平寇将军，加封为列侯。表奏缪尚为河内太守，薛洪为长史。"

提到张扬，献帝略一沉吟，道："这张扬曾有功于朕，被朕破例诏拜为大司马，没想到竟勾结吕布为患，实在可惜。曹爱卿所奏合乎情理，也予准奏。"可以看出，提到张扬，献帝仍有些不舍，用衣袖沾了沾眼角，说："众爱卿可有事奏？时间不早了，若无事可以退朝了。"曹操说："臣还有一事要奏。"献帝说："曹爱卿请讲。"曹操说："臣多次离许都，许都城中形势都非常稳定。此次听说张扬欲犯许都，公卿大臣皆能同仇敌忾，尤其是卫将军董承，积极备战，与李典将军密切联络，誓与许都共存亡，稳定了人心，也应予以表彰。臣代理车骑将军已有时日，当初就说，若有合适人选，即刻让出。如今臣表奏卫将军董承升迁车骑将军。"献帝听曹操举荐董妃的父亲，高兴地说："朕准曹爱卿所奏。只是朕要诏拜你为骠骑将军。当初你以张济领骠骑将军拒绝了，现在张济早已被刘表所杀，你就任骠骑将军吧。"曹操说："谢圣上信任！还是留给更合适的人吧。"献帝说："那就由你暂行代理。"曹操说："还是虚位以待吧。"少府卿孔融说："既然曹公如此说，那就依了曹公吧。"献帝说："只是我心中过意不去。"董承说："曹公高风亮节，我必尽心竭力，助曹公辅佐天子，重振汉室。"朝堂上，公卿皆为曹操公而无私所感动。

退朝后，曹操回到司空府，没多大功夫，郭嘉就找了来，说："主公，你到底把车骑将军让与董承了？"曹操点头。郭嘉说："昨天我们就劝主公再斟酌一下，这绝不是一件小事。"曹操说："我仔细想过了。我们在前方征战，人家在许都积极守卫，还不应该重奖吗？再说了，这也给其他公卿百官，树了一个榜样，不管是谁，只要尽职尽责，都会得到奖赏。"

郭嘉说："既然如此，天子诏拜你为骠骑将军，为何你不应诏？"曹操说："我已为司空，位列三公，骠骑将军之位，仅次于大将军，又该刺激袁绍了，还是虚位以待吧。"郭嘉说："袁绍远在冀州，大将军一职空有虚名，骠骑将军再虚位以待，这车骑将军即为武将之首。董承身为国丈，其女儿董妃又深受天子宠爱，作为外戚是否权势过重？很难保证他不会有非分之想。"曹操一笑："来到许都已三年了，董承还是尽心竭力的。我们不必多虑。"

这时荀彧来到司空府，说："孙策派他的正议校尉张纮为特使，携绢帛锦缎、海味山珍等江东珍宝，前来贡奉朝廷，希望拜见曹公，正在门外等候。"曹操问："张纮？可是广陵人氏，字子纲的那位？"荀彧说："正是。"曹操说："他在洛阳太学时，我曾与之有过交往，此人颇有才学。大将军何进、太尉朱俊、司空荀爽——你的叔父，三府都征辟为掾属，皆称疾不就，也是一个恃才傲物之人。快请他进来！"荀彧返身出去，很快将张纮带了进来。曹操起身相迎，张纮施礼，曹操还礼，说："我们也算老熟人了，由江东过来，一路辛苦了。"示意张纮坐下。

张纮谢过曹操，坐定后说："奉孙策将军之命，特来贡奉圣上。让我给曹公捎书信一封。"说着将书信呈上。曹操打开信，信中除了一些问候、致礼的话外，主要的还是想请曹操代为表奏天子，当初王浦答应的明汉将军的印绶还未正式授予。曹操笑道："王浦答应的事情，绝不会食言。我这就向天子表奏，正式诏拜孙策为明汉将军，其印绶子纲可派人送回江东，你就留下来，在朝中任侍御史。"张纮不答应，说："朝中人才济济，我才疏学浅，留在许都滥竽充数，还是回江东吧。"曹操仍要挽留，张纮只是不肯。曹操笑笑说："子纲先别一口回绝，再斟酌一下。"张纮告辞，回旅舍去了。

张纮前脚刚走，斥候来报："眭固杀了杨丑，要率河内兵马投靠袁绍。"因事发突然，曹操赶忙与郭嘉、荀彧、荀攸相商怎样应对。曹操说："现在河内生变，眭固要投靠袁绍，则黄河北岸尽属袁绍，将对我们非常不利，我们不能坐视不管。若讨伐眭固，又怕引起袁绍干预，使我们与袁绍直接交战。大家看此事怎么办？"郭嘉说："我认为袁绍不会干预。第一，袁绍正在易京围攻公孙瓒，这对他来说是头等大事；第二，黑山军正与公孙瓒联合，从背后袭击袁绍，袁绍也要设法应对；第三，河内本属于司隶校尉部管辖，袁绍也一直未将其纳入自己的势力范围。我想由于河内之事，事发突然，我们以迅雷不及掩耳之势，平定了河内，袁绍就是想干预，也来不及调动部曲，况且袁绍本就多谋无断。"

曹操听了郭嘉的分析，认为有道理，便说："不再犹豫，就调曹仁、于禁两支兵马，剿灭眭固。曹仁将军任先锋，先期从驻地阳翟出发，经密县到敖仓，我自率于禁兵马，经长社到敖仓，两军会合，在那里渡过黄河。明天朝会我就表奏天子，征讨眭固。郭嘉随我出征，荀攸留在许都，协调各部兵马，守好许都。"

第二天朝会，曹操除表奏献帝正式诏拜孙策为明汉将军，授予印绶外，又表奏献帝要征剿眭固。献帝皆准奏。朝会结束，曹操与孔融共同退朝，说："文举兄，现有一事想请你帮帮忙。"孔融说："曹公客气，有什么事情请讲。"曹操说："我想让孙策的特使张纮留在许都，任侍御史，可他有点不愿意，想回江东。我明天就要出征，知道他敬佩于你，想请你劝劝他，留在许都。"孔融爽快答应道："是帮这个忙啊，好说，张纮在洛阳上太学时，我与他打过几次交道，他当时师从博士韩宗，确是一个人才。我随后就到旅舍中，劝说他留在许都，更好地施展才华，何必居于江东一隅。"曹操说："那就拜托文举兄了。"

曹操回到府中，一切收拾停当，只待第二天率兵马出征。晚上，曹操接到斥候报告，袁绍已夺取易京，公孙瓒将其家眷全部斩杀后自杀，幽州悉为袁绍所有。黑山军闻公孙瓒灭亡，已退回太行山中。曹操大惊，急忙召郭嘉、荀攸商议。郭嘉说："公孙瓒虽亡，但袁军还要处理善后事宜，主力仍在幽州。我们迅速平定河内的决定不变。"荀攸也说："袁绍灭了公孙瓒，已无后顾之忧，下一步该对付我们了。我们一定要抢占先机，提前布局。"郭嘉、荀攸的话坚定了曹操的信心。第二天一早，率兵马经长社到敖仓，与曹仁会合。

曹军刚走到长社，就接到斥候报告，眭固杀了杨丑，料曹操不会善罢甘休，已将郡治由野王迁往射犬，一旦曹军征剿，就逃往冀州，寻求袁绍保护。曹操与郭嘉商议："若从敖仓渡河，还未到射犬，眭固就逃走了，所以必须想法全歼眭固。"郭嘉说："让曹仁将军放慢速度，大张旗鼓地行军，说从敖仓渡河消灭眭固。我们改由长社直接向北，悄悄到达黄河，在获嘉渡河，绕到射犬背后，截住眭固，使他不能北逃，然后与曹仁将军南北夹击，全歼眭固。"曹操说："此计甚妙。"然后派史涣去通知曹仁："你到曹仁那里后，不必返回，就留在那里做副将。"史涣应诺，随即启程去见曹仁。曹操率兵马北上，偃旗息鼓，潜出获嘉。

　　早在初平二年，眭固受黑山军渠帅张燕指派，纠合于毒、南匈奴单于於夫罗等，攻夺东郡，被曹操打败。于毒所部被曹操全歼，於夫罗遭到重创，退回并州，眭固几乎全军覆没，无颜去见张燕，只好投靠了张扬。杨丑杀了张扬归降曹操，引起了眭固的强烈不满，暗中勾结不满杨丑的将校，打着替张扬报仇的旗号，鼓动士卒反叛，杀了杨丑。本欲自立为王，觉得曹操不会放过自己，于是派人通告袁绍，要归附袁绍。为防不测，又将郡治由野王迁往射犬，向冀州靠拢，并派斥候时刻监视曹军动向。当斥候报告曹军到达敖仓，准备渡过黄河时，眭固认为自己有先见之明，州治已迁到射犬，此刻根本不用惊慌。只要曹军过了黄河，自己就撤往邺城，难道曹军还敢追到邺城不成？正在他自我陶醉之时，忽然接到斥候报告，曹操亲率大军，已经渡过黄河，占了获嘉。眭固一下慌了神，没想到曹操抄了自己后路，从背后杀了过来。一面派人向袁绍报告，请求出兵接应，一面率部向冀州靠拢。临走，告诫太守缪尚和长史薛洪，留守射犬，等待他搬来救兵。

　　然而眭固没想到，刚过了犬城，迎面碰上了曹操，只好摆开阵势，要攻破曹军的堵截。而此时曹军也布好阵势，曹操提马上前，高声说："眭固反贼，初平二年那一仗，让你侥幸溜了，真是冤家路窄，如今我们又见面了。我劝你赶快投降，我保证留你性命。"眭固大怒，挥起手中兵器，率兵马冲了过来。于禁也提马向前，双方战在一处。眭固看曹军阵势严密，始终突不破曹军防线，见天色已晚，只好下令休战。第二天，眭固下了死命令，今天务必突破曹操的拦截。然而还未交战，眭固接到报告，曹仁率兵马已经绕过射犬城，正向犬城奔来。眭固无奈，只好下令退回犬城，企图依托城池抵抗，一面派人向袁绍告急，请求务必相救。

　　曹军南北会师，将眭固包围在犬城。曹操高喊道："眭固，此刻投降，尚能留你性命，否则，城破之时，定将你剁成肉酱。"眭固在城楼上叫道："曹贼，不怕你说大话，我已派人告知袁绍将军，待援兵赶到，还不知谁被剁成肉酱呢。"曹操说："远水不解近渴，袁绍现在幽州，别说袁军此刻到不了，恐怕你派的人还未见到袁绍，你就被剁成肉酱了。"眭固说："我手中尚有万余兵马，又有犬城做依托，至少守一个月不成问题，何患袁军救兵不到。"曹操说："不是我要灭你，而是你气数已尽，上天要灭你。你可知此城叫什么？"眭固说："犬城，难道不对吗？"曹操大笑道："你这只兔子，遇到了犬，还能活命吗？"将士们一阵哄堂大笑，就连城上眭固的将士也忍不住笑了起来。原来眭固单字一个"兔"，曹操这句诙谐的话，引得众人笑出声来。眭固气得脸上一阵儿白，一阵儿红，发狠道："我就真是只兔子，急了也要咬你几口。"

曹操不再和他斗嘴，命令部曲开始攻城。双方一个城上，一个城下，一个死守，一个猛攻，打得难分难解，尽管犬城城小垣低，无奈眭固拼命抵抗，激战至天晚，犬城仍未攻破。曹操只好下令停止进攻，准备第二天再攻。

自杨丑被杀后，其旧部受到排挤，心中早对眭固不满。今曹军围城，要趁势降曹，于是派人潜出犬城，见到曹操，具说献城之事。第二天，曹军攻城，眭固指挥兵马抵抗，不料城中杀声四起，眭固知事不妙，只好率众士卒打开城门，夺路而逃。曹仁赶到，堵住眭固去路，眭固只好应战，不出数合，被曹仁挥起手中长矛挑下马来，余者见大势已去，赶快投降。曹操攻占犬城，安抚百姓，整兵南下，包围了射犬城。

留守射犬的缪尚和薛洪，本是经曹操表奏，朝廷正式诏拜的太守和长史，只因眭固杀了杨丑，占了河内，不得不依附眭固。河内郡本属司隶校尉部，归附曹操本就天经地义，于是立刻就要开城门将曹军迎入。此时郡功曹魏种来见二位，说："既然太守、长史欲归降曹操，就把我先绑了，交给曹操，也可立上一功。"二人不解其意，忙问："难道功曹不愿降曹公吗？"魏种说："我曾背曹公，他并不能饶我。如今射犬城已是曹公囊中之物，我也无处可逃。二位大人平日待我不薄，你二人将我献给曹公，曹公必厚待二人。"原来魏种在兖州时，被曹操看中，亲自举荐他为孝廉，并委以郡守。自从张邈勾结吕布反叛曹操后，张邈为了逼魏种归附自己，便设计陷害魏种，使曹操误以为魏种背叛了自己。魏种知道，他与曹操的误会今生难解了，但仍然不愿归附张邈，只好逃出兖州，来到河内。曹操发誓说："我曾说过，谁都会背叛我，唯魏种不会叛我。没想到魏种竟背叛了我。他魏种就是逃到天涯海角，我也要抓住他，非碎尸万段不可！"缪尚、薛洪听了魏种的述说，劝说道："你与我们一同开城投降，也算立了一功，将功补过，曹公必不追究。"魏种说："我与你二人不一样，叛在前，降在后，已属不可赦。由你二人绑我，我或许会好受些，否则曹兵进来，就不会客气了。"缪尚、薛洪二人涕泪皆流，只好草草把魏种绑了，并说："待见到曹公，我二人自会给你说情，望功曹勿忧。"随后打开城门，迎曹操进城。

曹操与郭嘉、曹仁、于禁、史涣等人在缪尚、薛洪的陪同下，来到河内署衙，一进院，就见一个人被绑着立在院中。曹操感到奇怪，仔细一看，认出是魏种。这时缪尚、薛洪要来说情，刚张嘴，曹操摆摆手，盯着魏种说："一别数年，魏种先生还是那么气宇轩昂啊。"魏种躲过曹操的目光说："我今天落入曹公手中，自知无生的希望，是杀是剐，悉听尊便。"曹操说："既悉听尊便，那就由不得你了。"说着，"嚓"地拔出青釭宝剑，魏种把眼一闭，缪尚、薛洪吓得汗毛直竖，赶忙说道："曹公且慢，魏种是被冤枉的。"曹操挥剑将捆绑魏种的绳索挑开，哈哈大笑，说："这是谁捆的？早知这么松，那就多捆一会儿。"所有的人都愣在那儿。魏种睁开眼，也一脸茫然地看着曹操。曹操对郭嘉说："奉孝，你还不知道此人吧？在兖州时，他是我一手举荐选拔的，官至山阳郡长史，本欲表奏为郡太守，却叛我而去。"然后对魏种说："你在兖州叛我后，没有跟随吕布、张邈，我就知事出有因，后来获知是被张邈设计谋害。既然事情已经清楚，如果你不弃我曹操，那就继续跟着我，怎么样？"魏种一下子哭起来，自己的满腹委屈，被曹操一语道破，曹公如此明智，心胸如此宽阔，跟着这样的明公，还有什么话可说呢？当即跪下施礼，说："跟随曹公，永不背叛。"

曹操拉起魏种，大家一起来到正堂，分主次坐定，缪尚、薛洪将河内册籍奉上，简单介绍了河内的情况。曹操说："你二人献城有功，我要向天子表奏，诏封你二人为列侯。太守缪尚年事已高，随我到许都在朝中任职，薛洪仍留任长史。"二人谢过曹操。曹操又对魏种说："你就留在河内吧，我向天子表奏你为太守，河内就交给你了。"魏种万分感激，谢过曹操。随后曹操布告河内，安抚百姓。诸事完毕，就要离开河内，曹操对郭嘉说："公孙瓒被灭，袁绍已无后顾之忧，必会将矛头指向我们，我们该认真应对了。如今既已来到这里，就沿黄河谋划一下防守事宜。"郭嘉非常赞成。于是下令曹仁率本部兵马返回阳翟，于禁率本部兵马仍回许都，留许褚率近卫营，随自己和郭嘉沿黄河巡视，临走，他叮嘱魏种："河内郡位居黄河以北，对我们很重要，一定要守好。"魏种说："曹公放心，只要有我魏种在，河内就丢不了。"曹操说："我给你留下两千兵马，你再招募一些，把郡治仍迁回野王，这样离敖仓近一些，万一有事，可撤往敖仓。"魏种没想到曹操为自己考虑得这样细，心一热，差点掉出泪来，忙转过身遮掩了一下。

交代完毕，曹操离了射犬，在获嘉渡过黄河，沿黄河一路考察，前往东郡。

第五十四章

温旧梦董承获密诏　实无奈刘备签盟约

董承就任车骑将军后，心中高兴，忙着将卫将军府扩建为车骑将军府。门楣上的匾额已由"卫将军府"换成了"车骑将军府"。前来祝贺的公卿百官络绎不绝，尤其是在曹操统领兵马，前往河内征缴眭固后，车骑将军府前更是车水马龙。望着这热闹的场景，董承的虚荣心得到了极大的满足。此时的他从心里是感激曹操的。

这一喜讯传到后宫，董妃也是欣喜异常。她并不知道这是曹操举荐的结果，以为是献帝宠爱自己，才使自己的父亲得到重用。否则皇后伏寿的父亲伏完，至今不过是个辅国将军。这种杂号将军，只是一种荣誉，并无实际价值，便自认在后宫身价倍增。也是董妃年轻，爱好张扬，于是传话让其父到后宫，要当面道贺。父女二人见面，董妃先向父亲道贺，董承谦恭道："全赖皇妃的福。"董妃得意洋洋，父女二人互相恭维了一番。董妃意犹未尽，突发奇想，说："父亲，若朝中没有了曹公，那会是一种什么情形。是不是就像当初在洛阳时，父亲一言九鼎？"董承吓了一跳，连忙示意："此话不可乱讲。"董妃一笑说："此是后宫，又是我的椒房，并无外人，只是随口一说。"董承说："那也要小心提防。"

董妃亲昵地说："据我所闻，按照惯例，外戚在担任车骑将军一职后，不久就会成为大将军。比如和帝时的窦宪，安帝时的邓骘、耿宝，顺帝时的梁商、梁冀父子，桓帝时的窦武、灵帝时的何进都是如此。如今远在冀州的袁绍窃居大将军，许都城中除曹操外，你就是第一重臣。若没有了曹公，这许都兵马将统统由你调遣，生杀予夺都由你说了算，我们董氏就会权倾朝野。"董承点点头，说："此话万不可对外人说起。"董妃说："我能那么傻吗？"父女二人又说了会儿闲话，董承告辞。

父亲走后，董妃的心静不下来了。若父亲掌握了朝政，再设法废掉伏后，自己就有机会登上后位。一种莫名的冲动让她感到浑身燥热，以至于晚上开始失眠。

这日，她又召父亲来到后宫，屏去身旁的侍女，说："我思虑多日，还是觉得应把朝政大权从曹操手中重新夺回来。"董承说："你不是在做梦吧？曹操手中有十多万兵马，朝中公卿百官有许多是他的心腹，连袁绍尚且惧他三分，谁敢动他一根毫毛？"董妃说："先说你想不想把权夺回来？"董承摇摇头，又点点头。"那就好办。"董妃说，"我设法在天子面前讨得一纸除掉曹操的诏书，你在外联络心腹之人，到时奉旨讨贼，公卿百官谁敢不从。事成之后，曹军这十多万兵马就姓了董。这就好比一锅刚刚做好的饭，我们把锅一端，这锅饭就成我们的了。"董承一听，心中好像开朗了许多，犹豫道："好是好，可天子如今非常信赖曹操，怎么能让他下诏除掉曹操呢？"董妃充满了自信，说："事在人为，我自有办法。"董承心想：自己的这个女儿人小鬼大，颇有心计，怪不得得到天子的宠爱。

自此，董妃就在献帝面前，不断说曹操的坏话，说曹操这也不对，那也不是。起初献帝并未在意，说得多了，献帝心里起了疑，说："你好像对曹爱卿特别不满？"董妃说："并不是我对曹公不满，只是对他的种种行为看不惯。朝中大事，悉由他说了算；生杀予夺，封赏敕拜，皆由曹意。你身为天子，处处都要受他掣肘，岂不是君臣易位，乾坤颠倒了吗？"献帝笑道："董妃多虑了。你有所不知，曹操的封赏敕拜，都是在朝堂上表奏之后，由我准奏，才予实行的。自到许都后，哪一次征剿讨伐，都奏报我同意。就连国丈——你的父亲任车骑将军，还是他举荐的呢。"董妃一愣，随即说："虽说都经你准奏，可是想想，你不准奏行吗？不信你就驳一次我看看。"献帝说："曹爱卿表奏的都对，我为什么要驳回呢？"董妃生气道："我这都是为你着想，你却总是向着外人，辜负了我的一片好心。"说着委屈地流出泪来。献帝一看，连忙赔笑："好了好了，贵妃都是为了我，我不该惹你生气。"连劝带哄，董妃又破涕为笑。这样几次下来，弄得献帝心里也活络起来，对曹操起了戒心。

这天，献帝与董妃闲谈，董妃说："历代天子，身在万人之上，代天行事，皆随心所欲，毫无顾忌。你为天子，却处处受制于人。比如田猎，也要曹公允许才行。"献帝说："经过董卓之变，天下大乱，朝纲尽失，百废待兴，国家处在非常时期，我们不能不处处谨慎。曹爱卿乃我父辈，阅历丰富，多听听他的有好处。"董妃说："算了吧，明明受制于人，却不肯承认，若大权在自己人手中，诸事还需如此小心吗？"献帝茫然。董妃接着说："历代朝中大权，都掌在自己人手中，唯独你为天子，却将大权付予外人，却乐在其中，时间一长，公卿百官眼中只有曹公。"献帝想了想，董妃说的也有几分道理。这时董妃又说："你仔细想想，哪代天子，权力不是由皇亲国戚来掌，只有这样，才能保证天下永属刘氏所有。"献帝不语，在心中思量起来，果如董妃所说，大权不是外戚所掌，就是由心腹宦竖所掌，天子呼风唤雨，一言九鼎。献帝问："依贵妃所言，那该怎么办？"董妃脱口而出："除掉曹操，夺回大权。"献帝吓了一跳，连连摆手，说："这万万使不得。曹操并无过错，除掉他，人心必然不服。"董妃说："并不是让你立刻就除掉他，而是由你下一道密诏，交由我父亲——车骑将军，联络朝中忠于汉室之大臣，伺机夺取大权，还政于你。"献帝说："此事太大，容我想想。"董妃说："圣上要当机立断，且不可犹豫不决。"

随后董妃见到献帝，就催促这件事，献帝总是推托，下不了决心。最终董妃急了，说："我一心为你着想，你却三心二意，若不当机立断，拖得越久，事情越难办。"说着哭了起来。献帝到底年少，缺少主心骨，被董妃搅得没了主意，只好说："贵妃莫哭，我答应你，现在就写密诏。可这密诏怎么带出宫去？到处都是曹操心腹，想想心里都慌。"董妃说："这还不容易，你写好后将密诏留在这里，我让父亲来宫中取走就是了。"献帝说："使不得，宫中人多眼杂，万一事情不密，被人撞见，搜了出来，岂不坏了大事。"董妃眼珠一转，说："好办，准备一领锦袍，我将密诏缝于衣带中，你就在朝会时，将此袍当着众人的面送与我父，就说护驾东归有功，特予以奖励，再无人怀疑。"献帝一听，认为此办法稳妥，就答应了。

这天朝会，各种奏议完毕，献帝拿出一领崭新的锦袍，说："车骑将军董承，东归时护驾有功，朕每念及此事，都感慨万千。今特赐锦袍一领，以彰其功，也了却我一桩心事。"董承一愣，随即想到与女儿所约，知这领锦袍不一般，赶快接过锦袍，施礼谢恩。众公卿凑趣说："圣上亲赐，无比贵重，请国丈就此穿上，展示一番，以慰圣意。"董承推托不过，只好穿了起来，系好衣带，展示给众百官，大家一片赞扬。待朝会结束，走出皇宫，尚书荀彧追了上来，说："国丈慢走，天子赠你锦袍，甚是好看，让我仔细瞧瞧，也开开眼。"董承不好推托，将锦袍递了过去，说："不过一领锦袍，没啥好看的，只是皇恩浩荡，情义重要罢了。"荀彧接过锦袍，仔细看了起来，不停地夸锦袍好：用料好，颜色好，做工好。原来荀彧看到献帝在朝堂上赠董承锦袍，感到事情新鲜，心里不免感到蹊跷，便多了个心眼，想一探究竟，便赶上董承，要细观锦袍。荀彧查遍锦袍，见并无异常，又仔细察看衣带，连针脚都滤了一遍，见也无异常，看看董承神情自若，便将锦袍穿在身上，系上衣带，说："到底是天子御赐，感觉就是不一般。将此袍转赠予我怎样？"董承本就紧张，强装笑颜说："荀令君说笑了，此乃圣上所赐，不敢随意转赠，若荀令君想要，待我归家，另做一领好的锦袍送与你。"荀彧笑了笑，解开衣带，脱去锦袍，交还董承说："玩笑而已，不必当真。"然后辞别董承，回尚书台去了。

告别荀彧，董承松了一口气，擦了把冷汗。回到家中，来到书房，屏退家人，将门关好，仔细检查锦袍，未见异常，又拿过衣带，仔细察验，也无异常，心中懊恼，心想，莫非自己多心了。想想不甘，此时天色已暗，又点上灯，在灯下将锦袍衣带细细察验一番，仍无异常。如此反复，身心俱疲，情绪也低落下来，闭目思虑，忽然闻到一股糊味，忙睁眼看，发现一时疏忽，衣带离灯太近，跳落的灯花溅到了衣带上，赶忙伸手扑打。糊点处露出绢帛，上面似有字迹，董承的心立刻狂跳起来，拿来剪刀，拆开衣带，一块带字绢帛漏了出来，展开一看，是献帝手书的密诏，上面写道："朕贵为天子，当摄天下之重。近来曹操弄权，封赏敕拜，皆由曹愿，征伐讨逆，不由朕主。朕夙夜忧思，恐汉室将倾，车骑将军董承，乃国之重臣，朕之国丈，当念朝廷之艰难，联合忠义之士，以正朝纲。建安四年春三月。"上面鉴有天子玺印。

董承览毕，浑身热血涌流，想当初在洛阳，自己权倾朝野，曹操也要看自己脸色行事，可自从来到许都，一切均归曹操做主，自己却大权旁落，变得无足轻重。现在有了这道诏书，就会名正言顺，联络公卿百官，把失去的大权再夺回来。渐渐地董承眼前仿佛出现了一幅曹操被诛，袁绍被灭，女儿董妃贵为皇后，自己身为大将军，手握重权，独揽朝纲的美好画面。但当他从美丽的梦幻中回到现实，却不免有几分惆怅。许都城中，文武百官有许多都是曹操的心腹，还有一些人，虽然忠于天子，比如孔融，但让他公开反操，恐怕也不容易。当然如果自己夺得大权，这些人也会依附自己。目前只有从自己最信任的人入手，然后再拉拢那些对曹操不满的人，逐步扩大势力。主意打定，他便在心里挨个过滤，谁是自己最信任的人？思来想去，目前最值得信任的人是：长水校尉种辑，侍郎王子服，偏将军吴子兰，议郎吴硕。这四人早在长安时，就是自己的至交，知根知底，最主要的是这些人同是董卓旧部，与关东诸将没有瓜葛，不会出卖自己。主意已定，便派心腹通知四人，后天休沐之日，在家中特备酒馔，与大家一同小聚。

休沐日这天，四人应约来到董承家中，被董承引入书房。几案上早已摆好佳肴美酒。大家不解的是，这次董承为何让大家在书房聚宴。董承命家人到前院照看，嘱其不许任何人到后院打搅。

酒过三巡，大家的客套话说过，董承便说："想我们这几个人，早在长安时就为至交，今在许都，大家觉得怎么样？"侍郎王子服说："现在生活比在长安时安定多了。"长水校尉种辑说："这话不错，但不如在长安时快活。那时我们想干什么就干什么，随心所欲。"偏将军吴子兰说："种校尉说得对，我这个杂号将军，手中无兵，只有虚名，处处受制于人，都快把我憋死了。"议郎吴硕说："自到许都后，曹公重振朝纲，恢复典章制度，我们都得谨小慎微，生怕触犯了刑法受罚。"王子服说："大家这么一说，还真是这么回事。"

看到大家众口一词，都有不满，董承故意引诱道："若想自由自在，无拘无束，应该怎么办？"种辑说："好办，若大权在你车骑将军手中，会比在长安时还快活。"美酒使这几个人都现了原形。这些董卓的旧部，自由散漫惯了，来到许都后，不得不夹着尾巴做人。曹操念及护驾有功，对他们颇多迁就，都予以任用，有的还有升迁。

这时吴子兰一杯酒下肚，叹了一口气，说："这些只是说说算了。自杨奉、韩暹被逐后，我们孤掌难鸣。曹公大权在握，再由着我们的性子，已不可能了。"其他几人也都默然不语。董承说："若现在天子要除掉曹操，大家觉得怎么样？"这几人听董承如此说，以为是在开玩笑，说："算了吧，天子现在全靠曹操，还能除掉他？"种辑说："若真除了曹操，你是车骑将军，又是国丈，大权归你，我们当然高兴。"几个人随声附和。董承说："现在机会来了，大家请看——"说着从书架上简牍的后面，掏出一锦缎小包，将其打开，里面是一块黄色绢帛，将其展现在大家面前，说："这是天子密诏，要我联系诸位，共同除掉曹操。"几个人很是吃惊，争相观看，果然是天子手书，盖有玺印。大家激动起来，然而很快激情又落了下去。种辑说："董将军手中兵马不足千人，可曹操的兵马有十数万之众，这无异于以卵击石。"董承说："种辑校尉说得不错，若兵对兵，将对将，我们当然不是对手。若我们只诛杀曹操一人，就容易多了。曹操一死，这十万兵马不就都归了我们吗？大家还记得在长安时，郭汜将军手中仅有数百兵马，还不是将李傕将军的数万兵马夺走了一半。擒贼擒王，这就需要我们动用计谋。"吴硕说："我明白董将军的意思了，只要我们除掉曹操一人，得了他的兵马，还怕公卿百官、各州郡牧守不听吗？"董承点头说："正是。"王子服说："理是这个理，但毕竟我们的人手太少，事又太大。"董承说："这就要求我们积极联络人，扩大我们的势力，时机成熟，再一击中的。"议郎吴硕说："事成之后，我们皆可位列三公。"董承说："正是，那时我们都是国之重臣。为了表明心迹，大家应共同签一份盟约，倘有背约者，天地诛之。"随即起身，在书架上拿到一块白绢，铺在几案上，提笔写道："订立盟约，以助天子；除掉曹贼，共扶汉室；如有背约，天地共诛。"然后写上："建安四年夏四月某日。"在立约人后面，郑重地签下了自己的名字——车骑将军董承。然后交给种辑，种辑签上"长水校尉种辑"，又交给吴子兰，吴子兰签上"偏将军吴子兰"，依次交给王子服、吴硕，也都签上名字。待墨迹干后，董承小心地把它与献帝的密诏放在一起，仍用锦缎包裹起来，放到书架上，外面用简牍挡起来。种辑说："将军可千万把它收好了，这关系着我们几人的性命。"董承说："诸位放心，从此这书房只要我不在，就会锁住门，任何人也进不来。"计议已定，几人心中高兴，便开怀畅饮起来。董承说："希望各位以后留心身边的人，看还有哪些人对曹操不满，争取把他拉拢过来。当然密诏之事，不是最信得过的人，绝不可吐露半字。"偏将军吴子兰犹豫了一下，说："现有一人，我看若能把他拉进来，此事就成功了一大半。"几人同时问：谁？吴子兰说："当今天子新认下的皇叔、豫州牧刘备刘玄德，此人手中的兵马，独立于曹军之外，若能说动他参与，即便到时曹操心腹不服，也可以用这支兵马镇压。"吴硕反对，说："谁不知刘备与曹操关系好，吕布几次要消灭刘备，都是曹操全力支援。他的豫州牧、左将军都是曹操亲自举荐的。"吴子兰说："我觉得那是表象。刘备到许都后，与曹操来往并不密切，他的兵马单独驻扎，并不与曹军相融。从长远看，这样的情况，曹操能允许吗？我料刘备也必心知肚明。"

听了吴子兰的分析，大家觉得有道理。这时董承说："吴将军一席话，倒提醒了我。你们还记得前不久，天子带领公卿百官在许田狩猎一事吗？当初大家分散开来，各自狩猎，我持了弓箭，在草丛中正在小解，见曹操骑马从远处追一只麋鹿而来。我忽然听到附近有人说要刺杀曹操，便拨开草丛望去，原来是关羽劝刘备趁机刺杀曹操。刘备不同意，两人正在争执，张飞在旁说：'此时人已散开，曹操孤身一人，正是行刺的大好机会。'刘备说：'林深草密，难保附近无人。况曹操也是身经百战，武艺超群，万一不成，你我兄弟性命休矣。小不忍则乱大谋，无论如何不可冲动。'就在此时，曹操近卫营校尉许褚赶来。我当时还在心里说，此事好险。若不是刘备劝阻，恰被许褚赶上，这三人必难逃厄运。到现在此事未发，看来当时只我一人知晓。"吴子兰说："看来我的推断是对的，刘备与曹操必有矛盾。"董承说："我决定拜会刘备，探探他的口风。"种辑说："刘备的底我们摸不透，还是谨慎为好。"董承说："我心中已有几分把握了。"因大事在身，几个人不敢多饮，胡乱吃喝了一会儿，便各自告辞了。

　　刘备自正月随曹操大军来到许都，先是被献帝认为皇叔，后又被曹操举荐，由豫州刺史转升为豫州牧，以左将军之位列于朝班，心中满是高兴。然而高兴之余，心中却有一种莫名的隐忧，他觉得自己的头上似乎被曹操扣了一个大大的帽冠，一下子把他给罩住了，使他动弹不得。关羽、张飞早已按捺不住，嚷着要离开许都，重回丰沛。刘备说："曹操绝不允许再将豫州州治迁往丰沛。既来之则安之，暂且忍耐吧。"

　　时逢春暖花开，刘备在府中后院开了一片菜圃，公务之余，潜心种菜。这期间得知公孙瓒被袁绍围困，最后自杀而亡，感念公孙瓒的赏识，刘备心中悲伤了好几天，更是一天到晚只在菜圃中，闷头侍弄菜蔬，其余一概不问，也不与公卿百官交往。关羽、张飞每日早早从城外部曲营寨赶到府中，向刘备请安，帮着侍弄菜圃，有时二人忍耐不住性子，便背上弓箭，到野外打一些野味，以此消磨时光。

　　这日吃过晚饭，天色已暗，虽是初夏，晚上仍然凉爽，刘备在书房中读书。忽然下人来报："车骑将军董承来访。"刘备心中一惊，这车骑将军乃是当朝天子宠妃董氏的父亲，自己从未与其有过交集，不知今来有何事情。如今曹操出征在外，朝中一切大事皆委托于他，太尉、司徒也要让他三分。想到此，刘备不敢怠慢，忙起身出门迎接，这时董承已经进来了。刘备赶忙让座，董承说："皇叔请上座。"刘备说："国丈请上座。"二人推让。董承说："客不压主，请皇叔上座。"说着将刘备让到正位，刘备也不好再推辞。但面对这么大的客，刘备如坐针毡，浑身不自在。

董承笑问："刘皇叔来许都已有百天了吧？"刘备说："正是。已三个月有余了。"董承问："闻皇叔是幽州人，在许都还过得惯吧？"刘备笑答："前几年在徐州，许都与那里差不多。"两人有一句没一句地闲聊着。刘备摸不透董承今夜来访的意图，只好顺着董承的话音搭讪着。董承话题一转，说："刘豫州身为皇叔，对当前朝政有何看法？"刘备警觉道："没什么看法，一切皆好。""你身为左将军，位列朝班，又是皇亲，理应以报效朝廷为己任，怎么能说没有看法？"看刘备不吱声，董承又说："具体点说，你对曹公看法如何？"刘备知董承的车骑将军是被曹操举荐的，料董承与曹操是一伙的，想必是来套自己的话，于是更加警惕，说："我来许都不久，看到朝廷现在上下有序，文武百官相处有节，朝纲整肃，风清气正。至于曹公，都说他遍揽人才，以充朝堂，这都有目共睹，将军何如此问话？"董承冷笑一声："既对曹公如此高评，那为何前次在许田狩猎时，你手下关羽要杀曹操？"刘备一听，腾地站了起来，问："你听谁说的，这玩笑可开不得！"望着脸色发白的刘备，董承一笑："不用谁说，乃我亲眼所见，若非许褚赶到，恐怕你们就要动手了。"

刘备脑子迅速思考着，一时不知该怎样应对。他确信董承当日确实看到了此事，还好自己当时劝阻了关羽，否则后果不堪设想。于是狡辩道："将军有所不知。当时我与二弟发生了争执，他情绪有点激动，并非是要刺杀曹公。自我到许都，曹公待我不薄，兵马粮草悉数供应，又举荐我为左将军，转迁豫州牧，我感激还来不及，怎么会去刺杀曹公？国丈当时一定是误会了。"刘备抹了一把汗，觉得自己的分辩很合情合理。董承说："我耳听眼见，真真切切，刘豫州不打算承认了，那好，待曹公征讨眭固回来，咱们就当着曹公的面辩一辩，看此事是真是假。"见董承如此说，刘备把心一横，说："是真的又如何，假的又如何。若想讹诈几个钱，请将军明说，我尽其所有奉上。若想与刘备兄弟过不去，那也只好鱼死网破了。见了曹公，我就说你索贿不成，诬陷于我。"

董承见刘备真急了，嘿嘿一笑说："刘豫州莫急。我若真想与你过不去，还能等到今天。此事天知地知你知我知，再无人知晓，你就把心放到肚子里吧。"

刘备不解地望着董承，不知他葫芦里卖的什么药。董承压低声音说："我现有一事告诉你，因事关重大，我不得不格外谨慎。"说着从怀中摸出一个锦缎小包裹，刘备问："这是什么？"董承说："天子诏书。"刘备心里疑惑道：天子诏书何必这么神秘？这时董承打开包裹，将黄色绢帛展开说："这是天子密诏，请刘豫州细观。"刘备凑前一看，大吃一惊，甚至怀疑这诏书是假的。又仔细一看，盖有天子玺印，确认是真的，问："天子目前依赖曹操，怎么下密诏要除掉他？"董承说："皇叔有所不知，天子虽未弱冠，但已长大成人。可曹操把持朝政，朝中一切事务，俱是曹操说了算，实际上天子皇权已落入曹操之手，因此天子才让我联络忠臣，设法诛除曹操。"刘备说："仅你我二人，势单力孤，无疑灯蛾扑火，自弃性命，断断不行。"说着连连摇头。这时董承将那块白色绢帛打开，说："不止你我二人，现已有几位忠臣立下盟约，共谋诛除曹操。请看！"刘备将绢帛拿在手中，凑到灯前细看，果见上面列着几个人的名字，这些人他虽不熟悉，但在朝中也碰过面。刘备还是摇头，说："仅靠这几个人就想除掉曹操？要知道他手中有十几万兵马，许都城内外到处是曹操的心腹。"董承说："兵对兵将对将地打，我们当然不行，欲行非常之事，必用非常之法，朝中对曹操不满者不在少数，只要我们找到敢死之士，仅一人便可解决问题。我身为车骑将军，到时曹操这十万兵马皆归我麾下，有天子诏书在此，公卿百官，谁又敢反对，这就叫四两拨千斤。"

刘备听了董承的解释，将信将疑。董承说："我已经认真斟酌过了，保证万无一失，若你愿意，请在这份盟约上签字！"说着将那块白绢铺好。刘备望着白绢，想了想，提笔在上面名字的后面，签上了"左将军刘备"。待墨迹干后，将绢帛交给董承。董承将盟约叠好，与密诏一起，仍用锦缎包好，塞回怀中。两人又说了一些闲话，董承便告辞了。

自董承走后，刘备在床上翻来覆去，一夜未眠。直到天明，才闭上眼打了个盹。

一大早，关羽、张飞就从城外部曲营寨，赶到刘备的豫州府，例行向刘备问安。见刘备睡眼蒙眬，呵欠连连，精神不振，忙问是不是病了？刘备摇摇头，把昨晚董承来访，献帝密诏及盟约签字一事，告知了二位弟弟。张飞听了，高兴地叫道："这是好事啊，他们闹起来，我们正好可以浑身摸鱼。"刘备摇头道："三弟哪里知道，危险已经来临，昨晚我愁得一夜没睡。"关羽说："这有什么好愁的，大不了一起闹起来。"刘备说："事情并不像二位贤弟想得那样简单。这董承召集的人并非朝廷重臣，都是昔日董卓的西凉旧部，在朝中没有什么感召力，想通过诛杀曹操，窃取曹军十万兵马，简直异想天开。这就叫利令智昏。曹操手下大将，个个能征惯战，即便曹操主动让位，让董承来统领，他也指挥不动。尤其青州兵，更是非曹操的指令不听。我料此事必然失败。倘若事情败露，你我兄弟牵连其中，必将性命难保。"张飞说："这好办，以后我们不参与，即使事情败露，也与我们无关。"刘备说："三弟忘了，为兄我已在盟约上签了字，这盟约一旦落入曹操手中，我们百口难辩。"张飞埋怨道："大哥好糊涂，尽管答应他，绝不能签字。这下该怎么办？"刘备说："不签不行啊。上次许田狩猎，你二哥要杀曹操，哪想到当时董承就在草丛中躲着，被他看得真切。如今我又见密诏，若不签，他们必不放心，我们孤军在许都，他们略施小计，就可置我们于死地。"关羽心情烦躁，说："事已至此，大哥说怎么办？"刘备说："现在唯一的办法，就是继续夹着尾巴做人，尽量不引起曹操注意——这就是我为什么把精力用在侍弄菜圃上的原因。遇有机会，赶快率部曲离开。"关羽说："恐怕这样的机会不好遇。"刘备说："事在人为，天无绝人之路。袁绍已消灭公孙瓒，下一步定会腾出手来对付曹操，这是我们从中渔利的好机会。"关羽和张飞见刘备说得在理，异口同声说："大哥放心，我们也像你一样，埋头种菜，再不轻举妄动。"

第五十五章

赞奇才孔融荐祢衡　论英雄曹操举刘备

曹操从黄河巡视回来，刚到许都，孔融就找上门来，说："曹公，你离开许都时，交代我挽留张纮的事，我已做到了，他同意留在许都。"曹操说："我料此事文举兄定能办成，果不其然。你回去告诉他，让他到御史中丞那里去报到，任侍御史，负责察举非法，弹劾公卿百官违法之事。"孔融点头应允，说："还有一件事，你听了一定高兴，许都来了一个超凡绝伦的大人才。"曹操很感兴趣，问："此人是谁，哪里人？"孔融说："此人姓祢名衡字正平，平原般县人，比我小二十岁，是我们的小一辈，后起之秀。我当时在北海国任国相，闻邻郡平原出了一位熟读经史的少年，便亲自前往测试，果然非同一般。小小年纪，天文地理无有不晓，经史子集倒背如流。当时我就承诺，待他弱冠，便征为北海国掾属。然而后来青州黄巾造反，战乱不断，此后祢衡一家便音讯全无。自来许都后，曹公多次表奏天子，征召天下名士，补充朝廷公署，各路才俊纷纷涌入许都。我一直留心打听，都没有祢衡的下落。直到见到祢衡，才知他这些年到荆州避乱去了。这次来是你的好朋友王俊推荐的。通过这几日的接触，我感觉他比少年时更有长进。技艺文章，繁杂深奥，目所一见，辄诵于口；耳所瞥闻，不忘于心……"曹操插话说："看来此人记忆力超群。"孔融点头："正是。常闻桑弘羊善于心算，张安世擅长记忆，此二人合在一起，也不抵祢衡一人。还有，祢衡忠果正直，志怀高洁，见善若惊，疾恶若仇。任座抗诤，史鱼直谏，这二位古人也远不如祢衡。"孔融说得有点口渴了，曹操递给他一杯水，喝了两口，继续说："祢衡能言善辩，才思泉涌，解疑释惑，应对有余。昔贾谊毛遂自荐，能使匈奴单于听命；终军自诩能捆缚南越王向朝廷臣服，这二人青年志高，前世赞美，祢衡就是这样的人。祢衡若为曹公所用，就好比龙跃天衢，鹰击长空，光耀四海，响彻云天。像《激梦》《阳阿》这样的妙舞，只有指挥它的人才喜爱；像飞兔、腰裹这样的良马，只有王良、伯乐这样的人才能驾驭；像祢衡这样的奇才，只有曹公才可以使用。"

曹操认真听完了孔融的介绍，说："能得到文举这样高的评价，看来祢衡真是一个奇才了。"孔融说："我的介绍只有遗漏的，绝无夸大其辞。"曹操说："不必像你说的那样，能超过桑弘羊、张安世、任座、史鱼、贾谊、终军这些人，能与他们中的任何一位旗鼓相当，我们就捡到了宝，我就表奏天子，予以重用。"孔融说："谢曹公，不知什么时候能让祢衡来拜见你？"曹操说："你现在就可以把他带来。他来许都已有些日子了，让人家等了这么久，已经很抱歉了。"孔融立即起身，去请祢衡。

祢衡正在旅舍中读书，孔融说："快跟我走，曹公要见你。"祢衡将书一丢，站起就走。孔融说："王俊先生写给曹操的举荐信，你带了吗？"祢衡说："有无此信无关紧要。"孔融说："我已告诉曹公，有王俊的举荐信，你还是带上。"祢衡从怀中摸出一块绢帛，说："就在这里。"打开一看，却傻了眼。由于汗水的浸洇，墨迹漫灭，成了一片片的墨团。祢衡气得将绢帛一摔，说："不去了。"孔融劝说道："你刚才不是说，有无此信无关紧要吗？为何此刻却将其看得这么重？"祢衡说："你已告诉曹公，我有举荐信，到时将此信拿出，只是一片片墨团，曹公一看，以为我使诈，我祢衡成了什么样的人？""可曹公正在等候，怎么能说不去就不去。"孔融有点着急。祢衡说："我头疼。去不成，你看着办吧。"说着躺在床上，用被子蒙住头，任孔融再劝，只是不理。孔融无法，只好返回司空府，告诉曹操："祢衡身体不适，改日再登门拜见。"曹操笑道："身体不适，快请医者看看，见面一事不急。"孔融离了司空府，再回旅舍，劝祢衡去了。

尽管公孙瓒把易京打造得宛如铜墙铁壁，并在里面储存了三百万斛粮食，但在袁绍的长久围攻下，心情烦躁，派他儿子公孙绪到太行山，请张燕率黑山军出兵相救。急切之下，又写信派文则催促张燕的救兵快点到来。此信恰被袁绍截获，立刻命刘虞旧部乌桓司马阎柔，率鲜于辅、鲜于银、齐周等胡汉部曲，在易京外埋伏好，让自己的兵马伪装成黑山军，按信中所约燃起烽火。公孙瓒在易京最高的阁楼上望见烽火，以为张燕救兵已至，率兵马冲出易京迎接。被袁军和阎柔的胡汉兵马两面夹击，公孙瓒兵马损失惨重，闭门不战。这时谋士田丰又建议，在易京城重重阁楼下挖掘地道，用木棍支起来，待地下挖空，再一把火将木棍烧了，这易京城中的阁楼必然坍塌，易京可破矣。袁绍采用此计，果然阁楼悉数坍塌，袁军攻入易京。公孙瓒自知逃生无门，下令用绢帛将妻小勒死，一把火连同阁楼烧了，然后自杀而亡。袁军告捷，随即袁绍集中兵马，围剿张燕。交战中，公孙绪被阎柔部下乌桓眉格所杀，张燕见势不好，率黑山军退回太行山中。

恰在此时，袁绍接到眭固求救，田丰劝其分兵救援，袁绍说："这眭固当初纠合于毒、白绕、於夫罗攻我魏郡，要夺我邺城。白绕被我消灭，余者逃往东郡，被曹操重创，现在还有脸来求我，不要管他。"田丰说："此一时彼一时也，眭固若归顺我，必于曹操不利。"袁绍说："我数十万兵马，对付曹操绰绰有余，还在乎他那一点兵马。"田丰再劝不听，摇头道："睚眦必报，没有容人之量，如何能成大事！"

幽州既平，原刘虞旧部乌桓司马阎柔，鲜于辅、鲜于银、齐周等人，以为袁绍必表奏刘虞的儿子刘和为刺史，以安幽州百姓的人心。不料袁绍表奏自己的二儿子袁熙为刺史。鲜于辅等人不服，欲起兵反叛。阎柔劝说："袁绍势大，不可贸然行事，且先忍下，以后再说。"鲜于辅等人只好随阎柔暂回燕国。

幽州诸事安排停当。袁绍率大军回到邺城，向献帝告捷，说已诛叛贼公孙瓒，黄河以北悉平，要求献帝迁都邺城。又给曹操写信，要求曹操陪献帝到邺城。用词傲慢，态度蛮横，几近命令口气。献帝下诏，斥责了袁绍。曹操回信也拒绝了袁绍的要求，并以礼相告。袁绍一怒之下，停止向朝廷进贡。并私下密嘱主簿耿苞，由其牵头，劝袁绍代汉自立。耿苞会意，于是在州府议事时，当着所有掾属功曹的面宣称："赤德尽衰，袁氏为黄帝后裔，宜顺天意，代汉而立。"冀州署衙立刻炸了锅，众多掾属纷纷指责耿苞，说他有意反叛汉室，应予严惩。袁绍说："主簿所提，只是一家之言，对与不对，大家先议。"袁绍对耿苞的提议不置可否，反而扬言："若曹操不将天子送到邺城，将调集兵马进攻许都。"消息传到许都，曹操赶紧召集荀彧、郭嘉、荀攸等人商议。

司空府的厅堂上，气氛异常凝重。曹操说："现在袁绍已经停止了对朝廷的贡奉，若他不能控制圣上，就要宣布自立，我们该怎样应对？"荀彧说："自袁绍灭了公孙瓒，傲气十足，野心急剧膨胀。他手中握有冀、青、幽、并四州，势力确实强大，无人能比。虽然我们拥有兖、豫、司、徐四州，表面看起来，应该与袁绍势均力敌——朝中百官有相当一些人持这种看法，其实不然。兖、豫、司三州自董卓之乱后，百姓流离失所，十室九空。正像曹公诗中所说，'白骨露于野，千里无鸡鸣。'这几年我们在兖、豫广招流民，大力屯田，条件逐渐有所好转，但与冀、青、幽、并相比，仍差太多。司隶校尉部所属关中地区，实际上各行其是。徐州又是刚刚收复，人心还不太稳。因此与袁绍的战争，能晚一天就会有利于我们一分。"

曹操点点头，接过话茬说："我也主张尽量往后拖。据说袁绍现在有三十万兵马，而我们充其量也就是十多万兵马，形势确实对我们不利。虽然如此，但迁都不行，袁绍自立也不行，这是我们的底线。我们可以为此不惜一战。我与袁绍自少年时就相识，对他的脾气秉性了如指掌，这个人志大而智小，色厉而胆薄，忌克而少威。兵马虽多而分画不明，将骄而政令不一。土地虽广，粮食虽丰，终究都会归我们所有。"看曹操充满了自信，气氛稍微轻松了一些。

郭嘉胸有成竹地说："虽然袁绍不敬天子，但我料其还不会自立称帝。袁绍不是不想称帝，而是不敢称帝。自黄巾起，又经董卓之乱，百姓灾难深重，人心思定。自天子东迁都许后，朝廷经过这三两年的恢复重建，朝纲重振，人们看到了希望。袁术一称帝，群起而攻之，就是证明。我料河北四州百姓，必不支持袁绍称帝，袁绍不能不顾及民意。另外，袁绍优柔寡断，没有十足的把握，他也不敢迈出这一步。"大家觉得郭嘉的分析有道理，纷纷点头认可。郭嘉又说："但是袁绍不敢称帝，不等于他不敢进攻许都，至少他要把天子控制在手中的决心不会变，因此我们与袁绍的战争不可避免，只是时间早晚而已。这取决于袁绍对战争的准备情况，和他最终下决心的时间。因此我们必须认真做好准备。"

荀攸口拙，缓慢地说："我们的兵马，现在就应该着手向黄河沿岸布防。由于我们的南面有孙策、袁术、刘表、张绣等，因此刘辟、何仪等人及李通和曹洪所部不能动。李典、朱灵留守许都也不能动。其余兵马全部部署在黄河一线。虽然我们只有十万兵马，但黄河天险也能顶十万兵马，依托黄河天险，阻止袁军过河，就可以与袁绍形成相持。"曹操说："我们的兵马太少了，真是捉襟见肘。"荀攸说："现许都有一支现成的兵马，主公打算怎么使用呢？"曹操一愣，随即明白过来，说："我找刘备，看是由他亲自率军到黄河沿岸参加防御，还是由关羽、张飞率军前往黄河南岸，交由我们统一指挥呢？"郭嘉随即说："此人别看兵马不多，其志不小，我料刘备必不肯交出兵权。"曹操点头称是。

这时荀彧说："还有一事，程昱从兖州派人来报，他征调了一批粮草，打算请主公派人把这些粮谷运来，主公看派谁去比较合适？"曹操说："就让夏侯渊率本部兵马前去运回来吧。"郭嘉说："我与夏侯将军一起去。眼看就要麦收了，我到兖州看看夏粮长势怎样。与袁绍的战事欲起，粮草必早做准备。"曹操应诺。

刘备自从在董承的盟约上签了字，心中一直忐忑。尤其是自曹操从河内返回后，更是谨慎处事。除了朝会时与公卿百官见见面，其余时间很少与公卿百官联络，用他的话说是避嫌。即便是好友孔融，也很少往来，只把自己关在后院中侍弄菜圃，或与麋竺、麋芳、简雍、孙乾等谋士闲聊，并约束关羽、张飞照管好部曲，免得出乱子。暗中却留心许都的情况。现在有关袁绍要反叛自立的消息，传得沸沸扬扬，据说曹操正在调兵遣将，准备在黄河一线部署防线，他已闻到了袁曹厮杀的血腥味。他应利用这个机会，向曹操请战，先离开许都再说。只要出了许都，就相当于离了囚笼，命运就会掌握在自己手中。如何向曹操请战呢？早了不行，晚了也不行，得恰到好处，顺其自然地提出来，才不被曹操怀疑。这让他颇费心思。

眼看已进入仲夏了，天气已热了起来。这天，大清早起来，刘备就与麋竺等人忙着侍弄菜圃。这菜圃在刘备等人的细心照料下，长得郁郁葱葱，已经有了收获。今天格外闷热，没有一丝风，好像在孕育着一场大雨，每人身上都淌出了汗。刘备招呼大家休息，然后泡了一壶茶——这是益州牧刘璋刚派人从蜀郡送到许都，贡奉给献帝的。献帝给公卿百官分发了一些，由于自己是皇叔，格外多给了一些。说实话，第一次喝它，还真有点喝不惯，喝了几次，觉得能提神消乏，细品之，苦中回甘，因此闲暇时沏上一壶，与麋竺等人共享。正在此时，门吏来报："曹公近卫营校尉许褚来见主公。"刘备心中有鬼，心下疑惑，稍一迟缓，许褚已进到院中。刘备慌忙上前迎接说："不知许将军来到，有失远迎，还望见谅！请问许将军有何事？"许褚说："我奉曹公之命，请刘豫州到司空府一趟。"刘备试探着问："曹公找我有什么事?"许褚说："曹公没有告知,刘豫州见到曹公后,自会明白。"刘备心中不安,担心盟约事泄,想从许褚脸上看出吉凶。可许褚面无表情,实再看不透,只好说："请许将军稍候,我给曹公摘些果菜捎去。"在糜竺等人的帮忙下,很快装了一篮,命一个侍者提着篮子,随许褚去见曹操。

刘备来到司空府门前,许褚先行通报,刘备从侍者手中接过篮子,打发他回去,便进了司空府大门,迎面见曹操来接,赶快迈步上前施礼,只见曹操把脸一沉,说："刘使君整日闭门不出,原来悄悄在干一件大事。"刘备闻听曹操如此说,心中大惊:莫非与董承盟约之事已泄?只好硬着头皮傻笑,把手中的菜篮朝上一举说："听说曹公找我,便顺手摘了一些果菜,都是自己种的,送与曹公品尝。"曹操接过篮子,边看边说："很是新鲜,一定好吃。都说你闭门不出,悄悄在院中侍弄园圃,学习种菜,所传果然不假。"

听曹操如此说,刘备心中一块石头落了地,说："公事之余,闲来无事,消遣而已。"曹操将果菜交与下人,引刘备来到后院。院中种着几棵梅树,树旁建有一座小亭。曹操引刘备来到小亭,只见亭中放着两个几案,上面除了摆有佳肴之外,还各摆着一盘青梅,另外还煮烫了一壶酒。曹操示意刘备坐下,说："玄德来许都已有几个月了,我一直忙,顾不上与玄德叙谈,这几天见院中的梅子已经成熟,便想到摘些与玄德尝尝鲜。正好今天休沐,便把玄德请来了。"

刘备起身施礼,曹操忙制止道："玄德不必多礼。来尝尝这青梅味道如何。"说着自己先捡了一枚放入口中。刘备重新坐定,也从盘中拣起一枚,放入嘴中细细咀嚼,然后说："酸中带甜,甜中透酸,甚是好吃。"曹操说："看到这青梅,我就想起去年征张绣时,也是这个季节,走到昆阳,道上缺水,将士们口渴难耐,行军速度明显慢了下来。我虚指前方说:'前面有一片梅林,先到着先吃。'将士们一听,口中生津,行军速度骤然加快。赶到有水的地方,让大家灌了个饱。每想到此,就颇为感慨。回到许都,就喜欢上了院中这几棵梅树。"说着,曹操一指煮烫着的酒壶说:"来,把酒倒上,尝尝这酒怎么样。"

两人各自斟满酒杯,刘备举杯示意,说:"谢曹公。"然后一饮而尽,咂着嘴说:"这酒不错,醇厚味甘。哪个酒坊生产的?"曹操也一饮而尽,见刘备如此问,放下酒杯,笑道:"这是我自己酿制的。"刘备惊奇道:"曹公会酿酒?"

曹操说："说起来话就长了，那还是灵帝光和元年的事。我因受堂妹夫濦强侯宋奇一案的株连，被罢官还乡。当时我家乡谯县县令郭芝到我家中，赶上我摆宴，喝了我买的酒，感觉味道甚淡，自夸酿酒技术不错，并把酿造的方法告诉了我。我当年就按他说的方法试着做了一次，果然不错。这以后只要有机会，我都会做上一些。时常喝一点对身体有好处。自天子到许都后，我将此方献与天子。天子命少府在许都城西靠濦水处建了酒坊，汲取濦水酿造。现在朝廷用酒，就是此酒，名为九酝春酒。"

刘备又倒了一杯，一饮而尽，说："此酒甚好，请曹公将此酿法告知于我，我回去后也试一试。"曹操说："现在还不到季节，要等到腊月，那时候我把方子抄好送与你。"刘备说："我先谢过曹公，待我酿出此酒后，一定请曹公品尝。"

二人喝酒吃菜，天南海北闲聊起来。曹操问刘备："听说玄德一向与公孙瓒交好，现在公孙瓒被袁绍所灭，不知玄德有何感想？"刘备叹了口气，说："我与公孙瓒俱受学于卢植，因我二人都不爱读书，好走马习武，彼此气味相投。公孙瓒年长于我，故以兄事之。后公孙瓒得本郡太守赏识，招为女婿，被举为孝廉，任辽东属国长史，因功迁骑都尉，由此显名。黄巾起，公孙瓒平叛有功，升为奋武将军，封蓟侯，我率部投靠于他，得到提携，升为平原国相。说实话，公孙瓒待我不薄，有恩于我，但其擅杀刘虞，确为朝廷所不容。"曹操点点头，说："现在袁绍已灭公孙瓒，谣传要自立为帝，准备渡河南下。玄德对此有何看法？"刘备说："此谣传已遍于朝野。若袁绍敢于自立，只要曹公一声令下，我现在就开赴黄河前线，抵御袁绍。"曹操心中高兴，刚要说欲调其兵马到黄河驻防，忽然刮起了风，天色暗了下来，曹操说："恐怕要下雨。"这时旁边站立的侍从，指着远处的天空说："曹公请看，龙吸水！"曹操与刘备忙站起来，依栏杆朝远处望去。只见空中乌云翻滚，犹如万马奔腾，黑压压朝这儿涌来。一条粗大的黑色云柱，从天空直垂到地面。曹操说："夏季的天，犹如小孩的脸，说变就变。说到这龙吸水，我就想到了传说中的龙，玄德可知龙的变化？"刘备说："不清楚，愿曹公详之。"曹操说："俗话说，'能大能小是条龙'，'能屈能伸是条龙'，可知这龙的秉性变化多端，能大能小，能升能隐。大则兴云布雨，小则隐身藏行；升则飞腾于宇宙之间，隐则潜伏于波涛之内。方今仲夏，龙乘时变化，犹如人得志而纵横四海。以龙喻当世之英雄，玄德纵横驰骋，久历四方，见多识广，可知谁是当世之英雄？"说着与刘备重回几案旁坐下，互相对饮一杯。

放下酒杯，刘备说："我肉眼凡胎，所识甚少，实不知谁是英雄。"曹操说："玄德不必过谦。纵不识面，想必也闻其名。"刘备略一沉吟，试探着说："南阳张绣、汉中张鲁、凉州马腾、韩遂，都拥兵自重，割据一方，能称为英雄吧？"曹操笑道："这些碌碌小辈，何足挂齿！"刘备说："益州刘季玉，久历州牧，能称为英雄吧？"曹操说："刘璋身系宗室，督抚益州，只能算一条守门看护的犬而已。"刘备又说："孙伯符年轻有为，血气方刚，统御江东，可称英雄。"曹操说："孙策开疆拓土，势力遍及江东，但此人刚猛有余，不能算英雄。"刘备说："我知谁是英雄了。刘景升世称八俊，威镇九州，现统御荆州，选贤任能，州治平安，必能称为英雄。"曹操笑着说："刘表虚名在外，不算英雄。"刘备说："那么袁术自立称帝，建立国号，可称为英雄？"曹操说："袁术叛逆之徒，犹如塚中枯骨。"刘备说："其兄袁绍，拥有河北四州，手下谋士众多，兵甲数十万，当世无人可比，唯有此人能称英雄了。"曹操大笑道："袁绍色厉胆薄，好谋无断，干大事而惜身，见小利而忘命，根本称不上英雄。"刘备摇摇头，说："如此，我真不知谁是英雄了。"

曹操拣起一枚青梅，放在口中咀嚼，然后将核吐出，说："凡英雄者，胸怀大志，腹有良谋，有包藏宇宙之机，吞吐天地之志者也。"刘备说："以此为标准，谁能当得英雄呢？"曹操说："远在天边，近在眼前，玄德还不知道吗？"刘备一击掌说："看我竟如此糊涂，忘了曹公才是当今大英雄。"曹操说："玄德漏说了一个人。"刘备说："我再也想不起还有何人可以与曹公相媲美了。"曹操用手一指刘备说："按我说的标准，我是一个，另一个就是你了。"说完哈哈大笑。刘备惊得魂飞魄散，手中筷子跌落在地。自己关门闭户，潜心种菜，只为隐藏自己的真实意图，难道被曹操识破？此时刚好一道闪电掠过，炸雷响起，刘备感到有点失态，趁势低头捡起筷子，掩饰说："刚才雷声骤响，吓了一跳。"曹操一笑说："刚说了你是英雄，却被一声雷响吓成这样。"刘备说："像孔老夫子这样的圣人，听到迅雷骤响，还要改变容颜，更何况我只是一介凡夫，所以根本算不上英雄。"将失态掉落筷子一事，轻轻掩饰过去。此时大雨瓢泼而至。曹操一笑，举杯说："来，我们只管饮酒，雨就让它下吧。"

夏天的雨来得快，去得也快，一阵狂风暴雨过后，便雨霁天晴。曹操说：

"大雨过后，空气清新了不少。"刘备也说："不像刚才那么闷热了。"这时侍卫来报："徐州刺史车胄，派特使来见曹公，说有紧急情况禀报，现在外等候。"曹操连忙让他进来，盯着来人看了一会儿，问："你刚才没淋雨吗？"来使说："我刚走到曹公府门下，大雨骤至，所以没淋住。"说着将信交与曹操。曹操展开一看，不由皱起了眉头，表情凝重。刘备一看，知趣道："我来一阵子了，酒也喝好，曹公忙，我就告辞了。"说着要站起来。曹操伸手一拦，说："不用，其实信中也没啥秘密，是说袁术要北上与袁绍联合，将他手中的玉玺转送袁绍，目前已渡过淮水。袁谭受袁绍指派，从青州南下接应袁术。车胄问我是不是派兵拦截。这还用问，当然得拦截，绝不能让这弟兄俩联起手来。我在考虑，派谁去好呢？"刘备一听，立刻兴奋起来，说："曹公不用犹豫，我去就行。我与袁术交过手，对他并不陌生。"曹操摇头道："不行，你兵马太少，弄不好你反会被他消灭了。"刘备说："我虽然消灭不了他，但起码能阻截住他。曹公再派人北上截住袁谭，先阻住二人不能见面，然后曹公再从容调动兵马歼灭他。"曹操细想，觉得刘备的建议不错，就说："好，就由你去阻截袁术。你兵马太少，我让朱灵率他部下部分兵马，随你一同前往徐州。"刘备说："事不宜迟，我这就回去整备兵马，准备出征。"刘备告辞。

待刘备走后，曹操命人找来朱灵，将情况简要说了一下，然后交代道："将你的兵马一分为二，留刘岱、王忠所部护卫许都，你率路招所部，随刘备前往徐州阻截袁术，待我随后再调兵马前去剿灭。"

到此，读者会问，兖州刺史刘岱早已被青州黄巾所杀，难道他又活了过来？原来此刘岱非彼刘岱。二人同名同姓，却不是一人。曾任兖州刺史的刘岱是东莱牟平人，此刘岱为沛国人，与曹操同乡。朱灵问："何时出征？"曹操说："待我表奏天子后就出征。"朱灵领命，回去调集兵马去了。

第五十六章

辞天子刘备讨袁术 求贤才曹操试祢衡

袁术要北上与袁绍会合，将手中玉玺转送袁绍，这让献帝坐卧不安。他忽然想起给董承密诏一事，觉得有点对不住曹操，心里暗暗自责。当曹操表奏，要派臧霸率青徐兵出琅琊，截击南下的袁谭；派刘备前往徐州，阻截袁术北上时，献帝立刻准奏，并问刘备："皇叔何日出征？"刘备说："军情紧急，明日就动身。"献帝说："明日出征时，朕要亲自前往校场送行，以壮军威。"散朝后，刘备急忙赶回府中，带上早已收拾停当的家眷，弃了豫州署衙，前往城外五里亭军营，整备兵马，带足粮草，准备出征。

董承见刘备要走，立刻慌了手脚。刘备一走，自己的行动就会受挫，赶忙到豫州署衙见刘备。哪知刘备如此迅速，早已人去衙空。本想追出城外，又怕引人注意，只好待明日出征，早点出城，赶在文武百官前面，见刘备一面。

第二天，董承早早出了城，赶到校场，见刘备已披挂整齐，正在调动兵马。董承来到刘备面前，悄声问："密约之事，皇叔忘了吗？"刘备说："谨记在心，何曾忘记。""那你怎么要率兵马离开许都？"董承紧盯着问。刘备装出无奈的样子，说："曹公表奏，天子还要亲自送行，我不去不行。""那盟约之事……"董承急切地问。刘备说："国丈不要着急，我自有打算，此一去离了许都，更便于我扩充兵马。待国丈许都得手，我即快马驰回，助国丈掌控局面。"董承说："皇叔如此说，我就放心了。"

两人正说着，只听鼓乐齐鸣，有人高喊："天子驾到！"刘备赶忙前往迎接献帝。此时文武百官也都随着献帝来到，董承赶忙混入百官的队列。只见献帝驾六马乘舆，画有日月升龙的各色旗帜簇拥在前后。曹操顶盔贯甲，骑马侍卫在乘舆旁边。刘备赶快下马迎住献帝，送上点兵台，然后来到阵列前，重新上马，宣布天子点兵。这时鼓乐再次奏响，四周旌旗舞动。献帝望着整齐的军阵，心情激荡，挥了挥手，鼓乐停止。然后大声说："袁术逆天而动，必遭天谴，望各位将士，奋勇杀敌，剪除叛逆，朕在许都静候佳音，待凯旋之日，必论功行赏。"将士齐呼："万岁！"刘备宣誓："不消灭袁术，誓不回许都！"曹操说："请天子阅兵！"鼓乐再次响起，刘备指挥部曲，依次接受献帝检阅。献帝望着这雄壮的队伍，不仅激动万分，感到自己的血也热了起来。接受完献帝检阅，部曲踏上征程。刘备携关羽、张飞、朱灵、路招等，纵马上前，向献帝、曹操告别，扭身随部曲向东而去。

见刘备兵马远去，献帝与文武百官返回城中。曹操也调转马头，准备回城。这时只见两匹快马自城中驰出，往这边奔来，待到跟前，见是郭嘉与程昱，便问："你二人回来了？"程昱勒住马，也不回答，急切地问："主公，刘备离开许都了？"原来二人从兖州随夏侯渊押运粮草归来，到司空府一看，只有荀攸留守，一问才知事情原委，二人埋怨荀攸为何不劝阻曹操？荀攸说："我劝阻了，但曹公不听。"二人一合计，决定快马赶来，再行劝阻。没想到刘备已出发了。曹操点头认可："正是。"程昱说："主公切不可放刘备离开许都，此人志向不小，一旦离开许都，就如蛟龙入海，猛虎归山，势必给主公带来麻烦。"郭嘉说："若将刘备放在黄河一线，由于与公孙瓒的关系，刘备暂不会归顺袁绍。另外有我十万大军在其周围，刘备不敢有异动。可一旦东去，无人制衡，必为后患。"曹操说："我也想到了这一层，所以派朱灵、路招随同前往。"郭嘉说："主公大错，刘备为主帅，朱灵、路招只能听从。"程昱说："我此前数次劝主公杀掉刘备，以绝后患，主公不忍。虽不杀他，但绝不能放他。"曹操见两位谋士与荀攸的意见一致，才意识到问题的严重性，说："现在兵马已踏上征程，有点晚了。"郭嘉和程昱齐声说："派人去追，还来得及。"许褚纵马上前，说："主公，我这就去追。"曹操说："你告诉刘备，就说阻截袁术，已另有安排，让他速回。"许褚应声而去。

刘备离了许都，压抑多日的这口气，终于吐了出来，心情舒畅，脸色像此刻的太阳一样无比灿烂。正行进间，忽见后面一马快速驰来，料事有变，扭转马头驻足等待。见来者是许褚，忙问："许将军匆忙赶来，不知何事？"许褚停住马说："奉曹公之命，让刘豫州返回许都，阻截袁术一事另有安排。"刘备知曹操已经后悔，但这次机会若放弃，今后恐永无出头之日，于是说："请转告曹公，将在外，君命有所不受，我奉天子诏命，又得曹公厚望，现在部曲士气正旺，一鼓作气才是正理。请曹公在许都静候佳音。"说完调转马头而去。许褚无奈，只得返回禀报曹操。

郭嘉说："可知刘备已有异心，应立即调集兵马将其追回。"程昱说："调哪支部曲，我这就去传令。"曹操摆摆手，沉思了一会儿，说："还未截住袁术，我们自己就先打了起来，这不好。再说我已经答应他了，朝令夕改也不好，就让他去吧。毕竟有朱灵、路招伴随，到徐州后，还有车胄制约，谅刘备也翻不了天。走，我们回城。"

　　袁术僭号称帝以后，事事不顺。先是孙策据江东四郡，弃他而去；后又接连败于吕布、曹操，地盘仅剩江淮之间的九江、庐江两郡。然而他这个小朝廷，三公九卿，宫殿署衙，一样不缺，后宫媵妾、宫女有数百人之多。袁术又天性骄肆，荒侈滋甚，这么庞大的机构，这么多的人全用好米好肉、绫罗绸缎供应着。为了维持小朝廷的淫奢无度，袁术依然像在南阳时那样，横征暴敛，不出二年，江淮空尽，人民相食，士卒冻馁。最终实在搜刮不出来了，打听到旧部陈简、雷薄躲在潜山地区，据说那里这几年收成不错，于是决定将小朝廷迁到潜山。到了潜山后，陈简、雷薄念其旧恩，热情款待了袁术。然而没几天，两人发起愁来，袁术带来这么一大帮人，用度上又极其奢靡，好米好面犹嫌不足，还要好酒好肉，照此下去，很快就会坐吃山空。二人一商量，以潜山地狭、粮少为由，停止了对袁术的供应。袁术走投无路，这时听到谣传，远在冀州的哥哥袁绍，要代汉自立，于是想投奔冀州。认为自己手中握有玉玺，若将这玉玺送与袁绍，定能被哥哥接纳。况且兄弟俩不管谁称帝，仍符合以土代火的谶语，以袁代刘，江山终归还是袁氏的。于是亲笔写了一封信，派心腹前往冀州，面见袁绍。

　　袁绍没想到，绝交多年的弟弟，会给自己写信，心下疑惑，打开一看，只见信中写道："汉失天下久矣，天子坐朝，政在家门；豪雄角逐，分割疆域，此与周末七国无异，唯强者兼之耳。今袁氏受命当王，符瑞炳然。今君拥有四州，三分天下有其一，人户百万，以强则莫与争大，以位则莫与争高。曹操虽欲扶衰拯弱，匡扶汉室，然气数使然，安能续绝运，救已灭乎！现有传国玉玺，欲亲手奉上，请谨归大命，君其兴之。"袁绍看完信，喜出望外，心想，真是天遂人愿，待玉玺到来，我袁氏代汉乃秉承天意，看那些反对的人还有何言。

于是盛宴款待袁术的使者。各谋士将校都觉得奇怪，怎么反目成仇多年的兄弟俩，一夜之间竟如此之好。袁绍告诉使者，让其转告袁术，因豫州有曹军主力驻守，让袁术北上徐州，绕道青州前来冀州。并随后下令，让其长子袁谭从青州南下接应袁术北上。

使者回到潜山，见到袁术，将袁绍的决定告知袁术，袁术如久旱逢喜雨，很是高兴，即刻率兵马离了潜山，返回寿春，渡过淮水北上。此时徐州刺史车胄，率州郡兵马堵截，根本不是袁术对手，袁术很快攻到下邳城。这时刘备赶到，旌旗蔽天，人喊马嘶。袁术见刘曹联军到达，看阵势如此壮观，一时摸不清底细。因多次都是曹军的手下败将，早已没了底气，心中慌乱，觉得仅剩手中这万余兵马，弄不好会全军覆没。于是不再北上，掉头退回到淮水南岸，仍回寿春。

刘备虚张声势，刚摆开阵势，两军还未交战，就把袁术吓跑了，这实在出乎刘备的意料之外，心中大喜，于是煞有介事地排兵布阵，要与袁术决战。并命朱灵、路招速回许都报捷，禀报曹公，不必再派兵马，现有兵马足以阻截袁术。朱灵、路招不肯，要与部曲在一起，刘备以违抗军命相威胁，说："曹公正等捷报，若误了此事，曹公怪罪下来，你二人担待不起。"朱灵、路招无法，只得先回许都报捷。

袁谭自接到父亲袁绍的命令，让他由临淄南下，接应北上的二叔袁术，便点起兵马前往。刚进入泰山郡，便得知青徐兵在臧霸的率领下，已赶到泰山，准备堵截。于是袁谭扎下营寨，派人前往淮泗地区联络袁术，看走到了什么地方。派出去的人回来报告："袁术遭到刘曹联军的堵截，已经返回寿春了。"闻听二叔袁术退回寿春，袁谭便拔寨起营，退回青州，将此事奏报给父亲袁绍。

袁绍在邺城正望眼欲穿，盼着袁术将玉玺送来，然而袁谭的奏报，恰似一盆冷水浇了个透心凉。大骂袁术是窝囊废。与此同时，冀州的掾属、名士及百姓，强烈要求严惩造谣惑众的耿苞，大有群起而攻之的架势。袁绍感到众怒难犯，只好将耿苞抓起来斩首示众，并宣布："再有谣言惑众，鼓吹代汉者，必欲严惩。"并派人前往许都，恢复了中断多时的朝贡。

袁绍派来朝奉的使者捎来的信中，仍再次要求曹操将献帝迁往邺城，而且措辞更加严厉。曹操召郭嘉、荀攸商议，怎样答复袁绍。郭嘉说："袁绍企图控制天子，坚决不能答应。"曹操说："看袁绍的口气，如果我们不答应，恐怕他要来硬的。"荀攸说："虽然我们不想和袁绍打仗，但他要来硬的，我们只好予以回击。"曹操说："好，在这个问题上，我们没有让步的空间。"

这时孔融来到，对曹操说："曹公，什么时间见一下祢衡?"曹操连忙致歉，说："你看我这一段时间，只顾关注袁绍的事情，把这件事忽略了。你现在就可以把他带来见我。"孔融一听，连忙去旅舍找祢衡。

孔融刚走，风尘仆仆的朱灵、路招快马来到司空府前，将马匹交给门吏，不待通报就进了院门，来到正堂，见曹操、郭嘉、荀攸俱在，便施礼说："奏报主公，末将朱灵、路招从徐州赶回报捷，袁术已被吓阻，退往寿春去了。"曹操一听，很是高兴，自己正思考派哪支部曲前去增援围剿袁术，没想到大军未动，这袁术就被吓回去了，便高兴地说："你们的兵马都回来了吧。刘备怎么没有来?"

朱灵说："刘豫州在徐州正部署防线，说随时准备抵御袁术的再次进攻，派我们两人先回来告捷。"曹操问："你们的部曲呢?"朱灵说："被刘豫州留在徐州了。"曹操一听，头即刻大了，问："这么说，就你们两个人回来了?"朱灵与路招点头："正是。"曹操勃然大怒，说："我派你们去，一是助刘备阻截袁术，二是替我看住刘备。没想到你们把兵马全留给了刘备，自己孤身回来了。"朱灵连忙说："我们本不听，可刘备是主帅，令我二人回许都报捷。"曹操大骂，严厉斥责二人，这时孔融领着祢衡来到。曹操正在大发雷霆，对孔融说："我现在谁也不见，你先领祢衡回去。"孔融正不知曹操为何发火，但见曹操脸色难看，说要杀朱灵、路招。郭嘉和荀攸又直给他使眼色，只好带祢衡仍回旅舍去了。

朱灵、路招二人已吓得不知所措，知道丢了部曲，闯了大祸，罪责难逃，跪在那里听曹操发落。郭嘉劝道："主公，朱灵、路招丢了部曲，其罪不小。因刘备是主帅，二人不能不听，情有可原。"荀攸也上来说情，劝曹操息怒。曹操想了想，自己也有失误，临走时没有给二人交代清楚，以至出了这么大的错，便缓过气来，说：“免去你二人的将军、校尉之职，回去以后认真反省。下去吧。”二人起身，谢曹操不杀之恩，又谢了郭嘉和荀攸，退了出去。

曹操说：“我悔不该当初没听你们的劝。”郭嘉说：“刘备驻在徐州，至少能看住袁术，打消他北上的念头。”荀攸赞同郭嘉的意见。曹操说：“事已至此，也只好这样了，派人告诉车胄，严密监视刘备，若有风吹草动，即刻报告。”

曹操待心情平复下来，立刻给袁绍写了一封信，信中详细说明了不能迁都的理由，婉转地拒绝了袁绍的要求，交给来使带回邺城。袁绍接到曹操的回信，大为光火，宣称要贡奉汉室，亲自勤王，下令调集精兵十万，骑万匹，在黎阳集结，要渡河南下。

消息传到许都，形势急转直下，变得异常严峻，曹操与郭嘉、荀攸迅速商议。郭嘉说：“与袁绍的相争已拖不过去了，以前怕刺激袁绍，部曲迟迟不敢向黄河一线调动，现在已无退路。”于是曹操下令：“各部曲紧急开赴黄河一线，按照事先的谋划，自敖仓至济北，依托千里黄河，建立抵御袁绍的防线。”曹操带郭嘉、荀攸亲自到黄河布防，同时命臧霸不必返回琅琊，率青徐兵就地进驻兖、青两州交界处。一旦袁绍从黎阳渡河，臧霸就从侧翼进攻青州，最起码拖住袁谭不能增援袁绍。

经过近两个月的紧急布防，直到秋八月，整个防线部署完毕，曹操才松了一口气。然而又等了近一个月，仍不见袁绍进攻。斥候报告，袁军集结在黎阳，仍无渡河的迹象。曹操说：“袁绍好谋无断，我料袁绍短期内不会渡河南下。”于是下令各部曲严密监视袁军动向，携郭嘉、荀攸等返回许都。

袁绍在黎阳集结兵马，欲渡河进攻曹操，却遭到了别驾田丰、监军沮授的强烈反对。沮授说：“主公自主政冀州以来，先后与黄巾军、公孙瓒、黑山军交战，长期用兵，致冀州百姓疲弊，仓廪空虚，赋役过重，若再用兵，财力难以承担。应坚持尊奉天子，发展生产，安定百姓。待休养生息后，再率兵勤王。若曹操刻意阻碍，到时再表奏天子，斥其隔我王路，那时再发兵进攻，我为正义之师，得到天下同情，人心向我，何愁不胜。”田丰也说：“监军所言甚是。应休养生息，增建舟船，修缮器械，增强实力。同时派出精骑，骚扰曹操边境，让其不得安生，疲其军心。而我以逸待劳，如此必能战胜曹操。"沮授又说："主公与刘表关系密切，可派人联络张绣、刘表，与其建立联盟，共同讨伐曹操，曹操必首尾难顾。"而治中审配、从事郭图、逢纪，却极力赞成立刻出兵。审配说："应趁曹操势力弱小，挟战胜公孙瓒之余威，立刻渡河消灭曹操，以免将来坐大，不好对付。机不可失，时不再来。"袁绍拿不定主意，犹豫再三，终按兵不动。

这时袁绍接到长子袁谭的请求，要率兵马前来助战。袁绍看出，这是袁谭要趁机返回邺城，便以"暂不渡河，还不需要诸子帮忙"为由，拒绝了袁谭的要求。田丰、沮授、郭图倾向袁绍传嗣大儿子袁谭，便劝袁绍将袁谭调回邺城，将来充任世子。袁绍说："我想让这几个儿子各据一州，以考察他们的能力。"拒绝了他们的建议。沮授再谏："世称万人逐兔，一人获之，贪者悉止，就在于名分已定。而且历来都是年均以贤，德均则卜。望主公上惟先代成败之诫，下思逐兔分定之意，将长子袁谭调回冀州，以充世子。"听了沮授的劝谏，袁绍心中不高兴，岔开话题说："监军说现在还不是攻曹的时候，那就暂不攻曹，先派人联络张绣、刘表，共议征曹事宜。世子之事，以后再议。"于是拂袖而去。沮授叹道："将来冀州之祸，必由此始。"

曹操刚从黄河前线返回许都，就得到消息，袁绍派人前往荆州，联络刘表、张绣，要他们配合进攻许都，心中大惊。自己的兵马主要全集中在黄河一线，后方空虚。若刘表来攻，则成灭顶之灾。思来想去，决定利用刘表与益州牧刘璋的矛盾，让刘璋从益州出兵，牵制刘表。原来，刘焉死后，其子刘璋袭任益州牧。时任刘表的别驾刘阖，策动刘璋手下沈弥、娄发、甘宁造反，被刘璋击败，逃到荆州，依附刘表。刘璋派赵韪攻荆州，索要三人无果，自此与刘表结了仇。于是曹操令司空府掾属卫觊，以治书侍御史的身份出使益州，愿助刘璋报刘表策反之仇。曹操交代卫觊说："由荆州入蜀，此路不通，你只好由关中绕道汉中。此事重大，望你早日到达。"卫觊表示："主公放心，我绝不辱使命。"于是率数名随从，向西直奔关中而去。

送走卫觊，曹操轻舒了一口气，这才想起，早就说要见祢衡，由于种种原因，一直拖到现在，此事不能再拖了，于是通知孔融，让其带祢衡来见上一面，好给祢衡安排一个恰当的位置。孔融得信，很是高兴，忙到旅舍来见祢衡。不料祢衡大为光火，说："我来许都时间已经不短，曹操将我晾在旅舍，看来是有意为之。我现在不想见他了。"孔融一见祢衡使起了性子，赶忙劝道："你也知道，这一段时间发生了太多的事情，先是谣传袁绍要代汉自立，接着又传袁绍要出兵攻许，曹公一直忙于处理，实在腾不出时间，请你见谅。"祢衡说："在我看来，这些都是小事，不重视人才才是大事。曹操一向标榜爱惜人才，看来徒有虚名。既如此，也就没必要见了。"孔融再劝，祢衡只是不听，直到最后，祢衡说："既然曹操思贤若渴，那就让他到旅舍来见我。"孔融惊愕道："曹操位居三公，摄政天下，你一介儒生，让他来拜见你，太异想天开了。"无论孔融怎样劝解，祢衡只是不听，干脆不再搭理孔融。孔融无法，只得到司空府，见到曹操，非常为难地将祢衡的意思告诉了他。

曹操听后，先是一愣，接着便笑了，说："我们的确慢待了祢正平。为了表示歉意，这就前去旅舍拜见他。"在孔融的陪伴下，曹操很快来到旅舍。孔融紧走几步，先进到旅舍，催促祢衡出来迎接，祢衡不肯，两人正在争执，曹操进来了。孔融示意祢衡快起来迎接，祢衡把头一昂，抬眼向上，坐在那里不动，弄得孔融很是尴尬。曹操也不计较，主动在一个几案旁坐下，说："想必这位就是祢衡祢正平先生了，少府卿文举兄竭力举荐，说你是一位硕儒，本该早来拜见你，只因事情太多，还请正平先生见谅！"祢衡鼻孔哼了一声，斜眼看了一下曹操，说："鄙人不才，但四书五经、诸子百家、天文地理烂熟于心。"听祢衡说话如此口满，曹操心中有点不爽，想了想，人大凡有几分才，就会有几分傲，这就叫恃才傲物。于是问："正平先生既熟读经史子集，乾坤经纬，那么当今天下，群雄并起，州郡牧守，皆拥兵自重，名为奉汉，实各怀鬼胎。面对如此乱局，朝廷该怎么办？"

祢衡见曹操礼贤下士，倾心相问，便说："此与春秋时略同，君不是君，臣不是臣，父不是父，子不是子，纲常俱乱。只有弘扬儒学，崇尚孔圣人，恢复君君、臣臣、父父、子子，做到尊贵有别，长幼有序，乾天坤地各归其位，才能天地清明，世道皆平。"曹操觉得祢衡说得太宽泛，便问："具体应该怎么办？"祢衡说："自黄巾起事，董卓造乱，仁、礼俱废。应在各郡县恢复庠序，开学讲堂，朝廷的太学也应恢复重建，这样不出数年，仁、礼得以恢复，世风向好，天下就会大治。"对祢衡的这些观点，曹操虽也赞同，但总觉得有点隔靴搔痒，点点头，说："我也正想把各地的学校恢复起来，这些年天下大乱，人才断档，朝廷征辟人才，也是捉襟见肘。正平先生的建议很好。"

孔融见曹操并未因祢衡的傲慢而计较，也略略放了些心，便说："若将祢衡早立朝班，便会妙计层出不穷。"曹操未置可否，继续问："当前形势正平先生也有耳闻吧。袁绍欲联络刘表、张绣，共同侵犯许都，不知正平先生有何应对之策？"祢衡说："刚才我已说了，万恶之源皆因儒学不兴，君臣不明，只有大兴儒学，人人皆圣人，天下皆安。"对这种书生气十足的论调，曹操不屑一顾，他见祢衡拿不出奇思妙计，便转了话题，说："朝廷这几年向各州郡征辟了不少人才，不能说人人皆圣人吧，也可以说人才济济，请正平先生能多向朝廷举荐一些人才，以应朝廷之需。"祢衡冷笑一声："如今许都城中这些人，能称为人才吗？我看皆是酒囊饭袋。"这倒引起了曹操的兴致，说："看来正平先生的人才标准不低啊。那么请问，像我司空府中的西曹掾陈群，此人是陈寔之孙，其父陈纪、叔父陈谌皆有盛名，本人也是学富五车……"说着看了孔融一眼，"与文举先生是好朋友，不能称为酒囊饭袋吧？"祢衡不屑一顾，贬斥道："此人充其量与杀猪的才能差不多，不值一提。"曹操心中不快，说："那么河内温县人氏司马朗呢？其祖父博学好古，其父司马防，养志闾巷，阖门自守，父子之间持礼以待，而司马朗本人十二岁时试经为童子郎，颇有才学。身为令长，爱抚百姓，身在军旅，俭以率下，无论人品与才学，都是人中魁首。"祢衡说："我看此人只可与卖酒的为伍，根本不值一提。"

此时曹操心中已经十分不快，继续问道："荀氏一族，知名当世。荀淑博学高行，与李固、李膺为好友，其八子更是名闻天下，号为八龙。尚书令荀彧，少年时即被称为'王佐之才'，自随我后，屡献奇策，荐举贤良。自天子迁许后，更是日理万机，荀彧荀文若怎么样？""荀彧长得不错，一表人才，面孔漂亮，但不苟言笑，只配借用他的脸来吊丧。"曹操的脸色已经有点愠怒了，问："那么郭嘉、荀攸怎么样呢？这二人是我的谋士，能眼观六路，耳听八方，料事如神，皆有奇智，如陈平、萧何在世。"祢衡说："郭嘉巧言令色，故弄玄虚，朗诵诗词歌赋还行。荀攸口不善言，只能令其看坟守墓。"曹操的火气已经上来了，没想到祢衡如此狂妄，强压怒火问："那么祢衡先生认为谁能称得上人才呢？"祢衡说："大儿孔文举，小儿杨修勉强能凑个数。"曹操听不下去了，冷笑一声，站起来说："祢衡先生的才智，曹某领教了。"就要离去。孔融连忙追出来，说："曹公莫生气，正平说话口无遮拦。"曹操说："他称呼你什么？大儿子？你文举兄年长他二十岁，完全可以称得上是他的父辈。称太尉杨彪的儿子杨修为小儿子，咱们都知道，杨修虽未及弱冠，但才智超人，虽比他小，但也算同龄人。如此目中无人，毫无谦让之心，枉称什么硕儒。"孔融说："祢衡确实有才，若不用实在可惜，曹公给他一个机会，试试看如何？"曹操说："我们匡扶汉室，剿除凶顽，靠的是大家一起努力，人尽其才。而他如此目空一切，唯我独尊。若我向天子举荐，位列朝班，不出几日，就会搅得朝堂不得安宁。若我留在司空府自用，他认为别人都是傻瓜，任意糟践、贬斥，司空府还不乱了套。他只是死读了一些书而已，胸中既无治国方略，腹中又无御敌良策，你让他另选高就吧，我用不起这样的人。"孔融再劝："请曹公给他一个职位试试，实在不行，再下逐客令不迟。"曹操停下脚步，想了想说："你曾说过他也很擅长音律，那就让他到太常寺找大予乐令报到，当一个鼓吏挝鼓，干得好再行升迁。"说完拂袖而去。孔融无法，只得回去埋怨祢衡。

第五十七章

袁术江亭一命归阴　刘备徐州欲谋不轨

由于贾诩一直反对进攻曹军，自去年夏天与曹操交战以后，至今已经一年了，张绣与驻守宛城的曹洪一直相安无事。只是刘表供给的粮草总是不及时，张绣为此忧心忡忡，看来寄人篱下，终不是长久之法。

这天，张绣正与贾诩在署衙中商讨下一步的打算，门吏来报："大将军袁绍的使者前来拜见。"张绣一愣，心想自己与袁绍从无交往，怎么突然之间派使者来见？待使者进来，施过礼，张绣问："从冀州远道而来，不知何事？"使者说："大将军虽与张将军未曾相见，但仰慕已久。这次让我专程前来，就是想与将军结为盟好，共同讨伐曹操。现有大将军手书一封，呈与张将军。"张绣一听，立刻来了精神，说："消灭曹操乃我夙愿。"边说边打开书信观看。信中先写了仰慕之情，又恭维了张绣一番，最后许诺，若消灭了曹操，将表奏张绣为豫州刺史，成一方诸侯。张绣大喜，将信递与贾诩。贾诩连看也不看，将手中的信撕成了两半，又一下把信撕成了四片，将撕烂的帛书扔给了来使。使者非常尴尬，愣在那里。张绣也吃惊不小，一时不知如何是好，连说："先生何至于此？"贾诩对使者说："回去替我们谢谢袁本初，他们兄弟尚且不能相容，而能容天下国士吗？"使者欲再劝，贾诩下了逐客令，只好告辞。

待使者离开后，张绣埋怨贾诩："袁绍派人来与我结盟，正是好事。先生为何一口回绝？"贾诩说："袁本初兄弟相争，互不相容，已非一日。若从，不如从曹公。"张绣瞪大了眼睛："先生不是开玩笑吧？我们与曹操交战多次，他的长子曹昂、侄子曹安民和近身侍卫典韦，俱死在我们手中。这样的仇恨可以说不共戴天，这是其一。其二，谁都知道，袁绍拥有冀青幽并四州，号称带甲百万，远比曹操强大得多，据说最近就要挥师渡河南下，消灭曹操。且不说曹操不容我们，即使能容我们，此时投靠曹操，也无疑自断生路，将来必被袁绍所灭。"贾诩说："正是袁强曹弱，才应该投靠曹操。袁绍拥汉是假，攫取权力是真，而曹公奉天子以令天下，志在匡复汉室，名正言顺，其宜从一也；

袁绍强盛，我们这点兵马于他无关轻重，而曹公虽弱，得到我们就如获至宝，必定珍视我们，其宜从二也。袁绍见小利而忘大义，而大凡具有远大志向的人，必胸襟宽阔，不计私怨，以明德于天下，曹公就是这样的人，其宜从三也。"

张绣默不作声，觉得贾诩的话有道理。只是与曹操有杀子之仇，他心中的疑虑很重，曹操真能捐弃前嫌吗？贾诩看出了张绣的心思，说："我们可以投石问路，先派人到许都见曹操，看曹操是什么态度。"张绣点头同意。

袁绍的信使在张绣这里碰了壁，心中懊恼，收拾行装，离了穰城，前往襄阳去见刘表。荆州的州治本在江陵，当初刘表为了防御袁术，率荆州兵马驻守襄阳，一来二去襄阳也就成了荆州的临时州治，其仓廪府库仍在江陵。穰城离襄阳很近，袁绍的信使很快就到了襄阳。此时的信使已经没有了当初的自信，他不知道刘表是怎样的态度，怀着忐忑的心情到刘表的署衙，见到刘表说明了来意，呈上了袁绍给刘表的信。刘表打开信，见袁绍的信中先叙了两人的友谊，又诉说了思念之苦，问候了刘表，最后说到正题，说曹操把持朝政，致天下诸侯言路不通，准备南下渡河讨伐曹操，匡扶汉室，希望刘表予以配合。刘表看完信非常高兴，当场应允特使："我与本初是多年好友，并以兄事之。信我就不用写了，回去转告你家主公，只要他渡河南下，我一定全力配合，共同讨伐曹操。"信使悬着的心终于落了地，高高兴兴地回邺城交差去了。

待袁绍的信使走后，治中从事邓义见刘表要与袁绍结盟，竭力反对，劝刘表："如与袁绍结盟，必引火烧身。"刘表说："我内不失贡职，外不背盟主，此天下之达义也，治中为何反对呢？"邓义说："关东联军早已自散，何谓盟主之说？袁绍拥兵自重，自立之意已显，此时结盟，弊多利少。"刘表不听，反而斥责道："我意已决，治中再勿多言。"邓义一怒，称疾辞去治中从事一职，再不出仕。

曹操自部署完黄河防线，回到许都，心中一直不踏实。这天，与郭嘉、荀攸在府中议起这件事，曹操说："利用黄河天险，虽然能顶十万兵马，但我们不能就此高枕无忧，应以济水为依托，构建第二道防线，由徐晃、张辽率本部兵马驻守官渡，这样就比较保险了。只是第二道防线的右翼，也就是陈留己吾方面，现在还是个缺口，已无兵可派，怎么办?"郭嘉说:"还有第一道防线守卫鄄城的程昱，兵马也太少，不足千人。"荀攸说:"我们的兵马已用到极限，右翼的空缺，虽然可以缓一缓，但也不宜拖太久。"曹操说:"暂时也只好如此。另外，我打算让满宠到汝南任太守，加强那里的管理，以防刘表、孙策和袁术。"话音刚落，荀彧就笑着进来了，说:"主公，我给你们带来了一个好消息，袁术已于前不久病死了，其余部已投庐江刘勋去了。"三人一听，都很吃惊。曹操问:"消息可靠吗?"荀彧说:"刚刚得到斥候报告，消息确凿无疑。"

原来，袁术北上受阻，退回淮南，一路上郁郁寡欢。时逢盛夏，又值中午，天气炎热，袁术在车辇中汗流浃背，闷热的空气让它几乎喘不过气来。他的脸色通红，时而煞白，路途的颠簸让他几次差点呕吐出来。这时走到江亭，离寿春还有八十里路，袁术下令在此歇息。侍者找了一处民居，看起来这是一户有钱人家，院落和房屋都比较宽敞，便把它临时租了下来，将袁术从车辇上搀扶下来，在正房靠窗的一张床上躺了下来。这里空气对流，比较凉爽，袁术渐渐缓过劲儿来。这时他感到又饥又渴，吩咐御厨准备饭食和蜜浆水。等了很久也没见饭食和蜜浆水送上来，袁术大发雷霆，从床上坐起来，拍着簟席大骂:"御宴和蜜浆水怎么还不送来，再耽搁我就杀了你们。"这时侍者来报:"随军粮谷仅剩麦屑三十斛，蜜浆水已无一滴。"袁术听罢，两眼直瞪瞪地望着前面，良久，长叹一声:"曹孟德，你把我袁术逼到这个地步，我此生与你势不两立!"话音刚落，就一头栽倒在床上，吐出大量的鲜血。身旁的人慌了手脚，赶快让袁术躺好，请御医前来救治。待御医到来，袁术身体已经僵硬，两腿蹬直，魂飞魄散了。袁术妻妾嚎啕大哭，长史杨弘与大将张勋商议，整治棺椁，装殓袁术，将灵柩送回寿春安葬。诸事完毕，要率大家投靠孙策。袁术的堂弟袁胤及女婿黄猗说:"明上在时，孙策已叛，如今明上已崩，人心慌乱，又无粮草，必遭孙策兼并，不如先去投庐江太守刘勋。"刘勋的太守是袁术任命的，大家觉得他不会不管，于是前往庐江，投奔刘勋去了。

袁术既死，曹操长舒一口气，说:"这个小朝廷终于寿终正寝了。既然袁术已死，可令刘备返回许都。"郭嘉说:"我料刘备不会再回许都。"荀彧和荀攸也点头认可。曹操也有同感，但还是说:"试一试吧。"于是派人前往徐州，通知刘备返回许都。

这时出使益州，联络刘璋的卫觊，派人从关中回来禀报曹操，因刘璋杀了汉中太守张鲁的母亲及弟弟，两人反目成仇，张鲁断了通往益州的道路，因此无法前往益州，请示曹操怎么办？曹操告诉来人："回去告诉卫觊，既然无法到达益州，可就地留在关中，任钟繇的主簿，协助钟繇管理关中地区。"来人回关中复命去了。

卫觊无法到达益州，与刘璋建立联盟，牵制刘表的目的就泡了汤。现在曹操最担心的，就是一旦与袁绍开战，刘表会从背后袭击，这让曹操寝食难安。这天荀彧来报："孙策派他的奉正都尉刘由、五官掾高承来到许都贡奉天子，带来了吴会地区的许多特产。两位使者希望见曹公一面。曹操眼前一亮，孙策与刘表有杀父之仇，现刘表大将、孙策的杀父仇人黄祖屯住在江夏，若让孙策进攻黄祖，必牵制刘表不敢北顾。曹操与荀彧相商后，决定抚慰拉拢孙策。于是曹操以孙策旗帜鲜明地反对袁术僭号，支持朝廷讨伐袁术为由，向献帝表奏孙策为讨逆将军，诏封吴侯。献帝准奏。曹操召见刘由、高承，将献帝正式颁布的诏书及印绶郑重地交与二人。刘由、高承一个劲儿地代孙策向曹操表示感谢。曹操说："我知你家主公与黄祖有杀父之仇，我愿支持他报仇。"两位使者表示，回去后定向孙策转告曹公的美意。曹操说："知孙将军的小弟孙匡与我的侄女年纪相仿，还有我的二儿子曹彰，与孙将军的堂兄孙贲的女儿年纪相当，愿与孙将军共结秦晋之好，望二位使者转述我意。"刘由、高承满口应承。曹操说："闻知孙将军的两位弟弟孙权、孙翊虽未及弱冠，但皆有才。我想征辟他们来许都，在朝中任职，也请二位使者转告。"刘由、高承一听更是满心欢喜。二人没想到此次来许都，收获这样大，回去一定会受到孙策的嘉奖。从司空府出来，二人心满意足，收拾好行囊，回江东去了。曹操也如释重负，料想孙策必不会放过黄祖，如此刘表也就无暇北顾了。

守卫许都的第二道防线即济水防线，其右翼的空缺，让曹操一直不能放心。他派往徐州催刘备返回的使者不知怎么样了，若刘备能回来，将他的兵马部署在陈留、己吾，这个缺口就补上了，整个防御就天衣无缝了。很快派往徐州的使者，给曹操带回了刘备的信，信中说："袁术虽已病死，但他的数万兵马在其堂弟袁胤、女婿黄猗的率领下，驻在庐江，随时可以渡淮北上，仍不可小觑。因此徐州的防御不能松懈，请曹公明鉴。"尽管信中对曹操仍然毕恭毕敬，但决不回许都，且态度坚定，毫无商量余地。曹操心中说，看来不用强硬的手段，是无法让他回到许都的。于是召见刘岱、王忠说："被刘备扣留在徐州的路招旧部，与你二位的兵马本属朱灵，在一起征战多年，有较深感情。现在我令你二位率本部兵马前往徐州，将他们带回来。你们合兵一处也有不少兵马，若能将刘备挟持回来更好。"刘岱、王忠说："我们走后，许都的防卫怎么办？"曹操说："目前无大战，即使有，一时也打不到许都。有李典、董承在此防守，你二人尽管放心，快去快回。"刘岱犹豫了一下，说："我有一请求，不知当讲不当讲？"曹操说："请讲。"刘岱说："最好能让路招随我们一同去。"曹操想了想，说："可以，让他戴罪立功，不过这次行动由你二人负责，路招要听你二位调遣。"二人领命，即点起兵马，奔徐州而去。

刘岱、王忠走后，曹操心里仍不安定。这天，正与郭嘉、荀攸商议刘备的事，门吏来报："张绣的特使就在府门外，请求拜见曹公。""什么，张绣？"曹操以为听错了，"是南阳张绣吗？"门吏答："我问过了，正是南阳张绣。"曹操、郭嘉、荀攸互相对看了一眼，郭嘉说："我明白怎么回事了，主公应见他。"曹操立刻命人将张绣的使者带进来。

使者进来，先深施一礼，说："我乃张绣帐下一小吏，奉我家将军之命，特来拜见曹公，送书信一封，请曹公亲启。"说完，毕恭毕敬将书信奉上。曹操打开一看，只见上面写道："大司空曹公钧鉴，张绣愚钝，数与曹公为敌，心不自安，深以为悔……"写了许多赔情道歉的话，希望得到曹操的原谅。曹操往下看到："曹公匡扶汉室，以天下为己任，胸怀坦荡，广揽人才，绣欲弃暗投明，归附曹公门下，建功立业。望曹公不计私怨，纳绣于麾下，为曹公驱使，不胜荣幸……"表明了愿归顺曹操的心志。曹操将信递给郭嘉和荀攸，二人传看。曹操沉吟。此时使者心中直打鼓，只怕曹操一翻脸，斩了自己。良久，曹操问："你家将军怎么想起要来投我了？"使者看着曹操的脸色说："我家贾诩先生一直欲归顺曹公，只因当初双方闹了些误会，才反目成仇。后来我家将军一直后悔不迭。前些日子大将军袁绍派人来与我家将军联络，要与我们订立盟约，共同抵抗曹公。我家将军和贾诩先生勃然大怒，一口回绝了袁绍的请求，痛斥了袁绍使者，将其赶出了穰城……"郭嘉插话说："是贾诩先生将袁绍使者赶走的吧？"使者一愣，随即说道："我家将军也是同意的。他们二人商议，觉得归顺曹公才是正道，但我家将军怕曹公不能原谅，故犹豫不决。贾诩先生说：'曹公以天下为己任，必不挟私记仇。'因此，我家将军特派我前来告罪，望曹公接纳。"

郭嘉说："好了，信你已送到，意思你也转述明白了，一路辛苦，请先到旅舍歇息。待曹公斟酌，奏报天子后，给你回音。"曹操唤史涣："领使者到旅舍安歇，好生照顾，不可怠慢。"史涣应声领使者出去了。待使者出去，曹操说："每当想起长子昂儿和侄子安民及近侍典韦，我对张绣都恨得咬牙切齿，恨不能将其碎尸万段，吃其肉，啜其骨。可现在人家主动示好，愿意归附，我若不能释怀，睚眦必报，仍以为敌，这与袁绍之流有何区别？大丈夫以天下为己任，应放下私怨，化干戈为玉帛，也许另有一番天地。"郭嘉说："主公真明智也。接纳张绣，可以削弱刘表，又可以增加我们的实力。最主要的是，此事传扬开去，可令天下豪杰才俊刮目相看。曹公高风亮节，一笑泯恩仇的胸襟，将会取得天下人心。"

荀攸口拙，一字一板地说："主公接纳了张绣，也就同时将贾诩揽入怀中，主公手下从此又可多一名谋士。"曹操说："那就依二位的意见，再次接纳张绣。"随后召见张绣的使者，说："闻知你家将军粮草缺乏，我已调集了一些，请你带回。请转告张将军和贾诩先生，过去的事烟消云散，谁也不许再提。他们若来许都，我将亲自出城三十里相迎。"使者千恩万谢，带上曹操准备的粮草，回穰城去了。

张绣的归降，让曹操着实高兴了好几天。可前往徐州督使刘备返回许都的刘岱、王忠，至今没有消息传回，这让曹操心绪不宁。如今已是初冬，早上的霜厚厚地铺了一地，寒风亦能沁入身体。曹操披了一件棉袍，坐在那里沉思，门吏来报："刘岱、王忠二位将军前来拜见。"曹操一听，连忙站起来，说："快让他们进来。"二人一见曹操立刻跪下，刘岱说："我们辜负了主公的嘱托，不仅没有将路招的原部曲带回，还受到重创，请主公责罚。"曹操命二人起来说话。二人站起来，讲了此次去徐州的经过。

刘岱说："我们三人到达徐州，要见刘备，路招也说奉曹公之命要见旧部，刘备根本不让我们进入他的营寨，并要求我们返回许都。我们不肯，说袁术已死，奉主公之命，让刘备随我们一起回许都。刘备说：'别说是你们，就是曹公自来，也不敢强令我怎样。曹公现在正忙于抵御袁绍，根本派不出兵来徐州。'我们一看劝说无用，便决定来硬的，没想到刘备现在的兵马约有万余人，我们根本不是对手，很快败下阵来。我们战败后退到下邳，见了刺史车胄。车胄告诉我们，刘备来到徐州后，以抵御袁术为由，大肆扩招兵马，他心有疑虑，已经停止了对刘备的粮草供应，正想向主公报告。这次刘备公开动武，也出乎车胄的意料。刺史车胄说，这下坐实了刘备欲图谋不轨，要我们速回许都报告，请曹公派兵征剿。我们只好先回来向主公请罪，请主公责罚。"曹操说："没想到刘备的兵马扩充得这么快。这事不怪你们，怨我考虑不周，你们仍回原来营寨休整。"二人谢曹操不予责罚之恩，退了下去。

曹操火气上涌，本打算召郭嘉、荀攸商讨如何讨伐刘备，但冷静下来后，仔细一想，当前兵马都集中在黄河、济水一带防御袁绍，实再抽不出兵马前往徐州。况且袁绍大军犹如头上悬着的一柄利剑，不知什么时候落下来。就刘备而言，只是疥癣之患。想到此，便强压怒火，暂时忍下这口气，但却派人前往徐州，通知车胄，严密监视刘备，若有不测，即刻报告。

已是仲冬时节，这几天太阳却天天在笑着，让人们感到暖洋洋的。许都城西门外，旌旗仪仗，鼓乐笙箫排列整齐，沐浴在暖阳里。曹操率司空府的掾属及驻许将领，正静静地等候着张绣的到来。文武百官们也接到曹操的邀请，前来欢迎张绣。据斥候报告，张绣的兵马已经过了秋湖，很快就会到达。

果然，时间不长，便看到西边的大道上扬起一些灰尘，接着便影影绰绰地看到了一些旗帜，再后来便看到了一支行进的队伍，渐渐地刀枪戈戟也看得清了。大纛旗上的"张"字异常醒目，斥候来报："张绣将军已到。"曹操一声令下，钟鼓齐鸣，笙箫齐奏，各色旗帜也舞动起来。只见张绣和贾诩骑着战马走在最前面。他们没有料到曹操会举行这么隆重的欢迎仪式，简直就像迎接凯旋而归的英雄，于是赶快下马，频频致意。见曹操迎面而来，紧走几步，来到曹操面前，跪地行拜见礼。曹操连忙将他们搀起，说："一路辛苦，免礼，免礼！"张绣脸色微微涨红，神情有些拘谨，说："我有罪于曹公，今日当面向曹公请罪，请曹公责罚！"曹操拉着张绣的手说："我已经说过，过去的事不再提了。咱们是不打不相识，从今后咱们就是一家人了。"然后又拉着贾诩的手说："不用说，张将军今日能来许都，全赖文和之力，我要感谢你，是你让我从此名重天下。"贾诩说："曹公惜才、爱才，胸怀坦荡，早已名重天下，因此张将军才来投奔，非我文和之功。"曹操让二人与荀彧、郭嘉、荀攸等人一一相见。

荀彧说："曹公已在城中府上备好酒宴，为二位接风洗尘。兵马所需营寨已提前建好，请将士们到营寨歇息、就餐。"张绣说："谢曹公！我有过在先，承蒙曹公不计前嫌，已属大喜过望，今寸功未立，何劳曹公如此款待，实在于心不安。听说袁绍要南下进犯许都，请曹公派我直赴前线，待立下战功，再把盏痛饮。"曹操说："与袁绍之战来日方长，将军还怕没有立功机会？"说完爽朗地笑了起来。张绣紧张的心情也已经平复下来，随即命部曲听从曹公安排，前往营寨歇息，与贾诩一起随曹操入城。

第五十八章

迎张绣曹操休丁氏　闹盛宴孔融劝祢衡

司空府殿堂上摆满了几案，每个几案上都摆着丰盛的佳肴。曹操让张绣、贾诩在紧挨自己的几案旁坐下，又招呼大家就座。随后，令大家各自斟满杯中的酒，举起酒杯说："今天特为张将军、文和先生接风，大家一同干杯。"大家纷纷举杯，都一饮而尽。殿堂内气氛热烈，大家推杯换盏，其乐融融。就在此时，门外传来一阵哭声，接着是叫骂声，声音尖利而刺耳，一下子喧闹的殿堂静了下来，曹操的脸这时变了颜色，大家互相望望，不知发生了什么事。与此同时，一个妇人大声骂着闯了进来："张绣贼人，你还我的昂儿！张绣在哪？谁是张绣？今天我要与你拼了！"殿堂内的人这下都明白来者是谁了，一时不知怎么办才好。张绣和贾诩也立刻紧张起来，正打算站起来，曹操摆了摆手，示意二人不要动。这时曹操的正妻丁氏哭闹着直奔曹操而来："你告诉我，谁是张绣，今天还我昂儿则罢，若不还，那就拿他的命来抵。"曹操迎上前，说："我这儿都是客人，你先回去，随后我给你解释。"丁氏说："我只要张绣拿命来，我要替昂儿报仇。"荀彧、郭嘉、荀攸忙上前来劝解，夏侯渊一看，也连忙凑上来，嫂子长嫂子短地叫着，赔着笑脸说好话，劝丁氏先回去，有什么事情以后再说。李典也赶过来劝解。丁氏不听，只管鼻涕一把泪一把地哭骂。曹操再也忍不下去了，说："来人，把她拖出去！"尽管曹操发了火，但毕竟是曹操正妻，知她失子的痛苦，大家也不好意思硬拉。丁氏继续叫骂着："曹孟德，你认贼为友，杀昂儿的大仇你不报，却在这儿与仇家饮酒取乐，你的良心何在？既然你不报此仇，就别怪我没有情面。今天我若不报此仇，就不活着从这里出去。"曹操见许褚、荀彧等人都拦不住丁氏，不由怒火中烧，说："丁氏，你听着，再这么不顾脸面地闹下去，我就休了你！"丁氏一听，毫不退让："我早等着你这句话呢，今天你就休了我，从此再不见面，我倒心静。"曹操命人拿纸笔来，要写休书，大家连忙阻拦。曹操早已气极，不顾众人阻拦，当场写下休书，告诉丁斐："你现在就带人，将他送回谯县老家他娘家，告诉他家哥哥，任由其选配人家，从此与我曹氏再无关系。"丁氏说："不用你派人送，待我为昂儿报了仇，自会回谯县去。"许褚一看闹到这步田地，只好皱着眉，硬把丁氏架了出去。

殿堂里静了下来，张绣一脸尴尬，不知如何是好，扑通一声跪在地上，说："请曹公责罚！"曹操立刻将他搀起说："张将军不必放在心上，我曾多次劝她，打仗哪有不死人的，死了人就永远放不下，怎么行？"张绣说："罪在张绣当初心胸狭窄，暗疑曹公。此错已铸成，再难挽回，请曹公责罚，以泄丁夫人心头之恨，还请曹公把休书收回。"曹操说："我已说过，过去的事不许再提了。来，大家饮酒！"说着举起酒杯一饮而尽。

本来融洽热闹的气氛，让丁氏这一闹，也就冷了场，大家的激情已经不在。荀彧说："主公，张将军、贾诩先生路途劳顿，也该早点歇着了。今天酒宴到此为止吧。"曹操点点头，说："对不起大家了，今天没有尽兴，请诸位见谅。"大家谢过曹操，陆续散去。张绣和贾诩告别曹操，回到营寨，见将士们都已吃过饭，还有酒有肉。张绣对贾诩说："听你的话，投靠曹公是对的，他拿得起，放得下，是干大事的人。"

三天后，张绣和贾诩听说曹操真的把丁夫人送回了谯县老家。丁夫人临走时，除了几件换洗衣服外，带走的就是那件当初陪嫁的织机。张绣对贾诩说："曹公如此待我，我此生绝不背曹公。我这就向曹公请战去。"

由于张绣多次要求率本部兵马到前线去，曹操便与郭嘉、荀攸商议，说："济水防线右翼空缺，就让他到陈留、己吾那里驻守吧"。荀攸说："右翼这个缺口一堵，我们的防线就完美无缺了。"

正在此时，门吏来报："城门校尉手下司马来报，说有一队人马，约数百人，为首的自称是庐江太守刘勋，来投曹公，现在城外等候。"曹操对郭嘉、荀攸说："庐江太守刘勋不是接收了袁术旧部，兵势强盛，他怎么到这里来了？"然后对门吏说："告诉司马，让人马在城外暂候，放刘勋一人前来相见。"门吏应声而去。不久门吏领进一个人，只见此人一身戎装，满脸憔悴，手中挽着一个包袱，进门先跪下施礼。曹操说："免礼，你就是庐江太守刘勋？"来人答："正是。"曹操指着旁边的几案说："请坐吧。你怎么想起到许都来了？"

刘勋坐下，仍将包袱紧紧抱在怀中，说："我本是朝廷正式诏拜的建平县长，袁术占了豫州后，征召我为掾属。后来袁术被曹公赶到扬州，就表奏我为庐江太守。自从袁术称帝，我就想脱离他，投奔许都，可一直没有机会。"曹操知道，刘勋这样说，是怕追究他助纣为虐的罪行。为了打消他的顾虑，曹操说："现在来投也不晚。听说袁术旧部都归了你，怎么领了仅数百人从庐江到这儿？"刘勋说："一言难尽。我不是从庐江过来的。请曹公听我细讲……"

原来，袁术死后，旧部在其堂弟袁胤及女婿黄猗等人的带领下，投奔了刘勋。刘勋念其旧恩，接纳了这些人，却将这个小朝廷的公卿百官及宦竖宫女悉数裁撤。即便这样，还有万余人。由于这些年来袁术的横征暴敛，庐江早已被掏空，刘勋也拿不出足够的粮谷供应这些人马，只好派堂弟刘偕，到豫章去找他的老朋友，时任太守华歆告急。华歆手中也没有那么多粮谷，于是派郡功曹陪同刘偕到海昏、上缭一带，找当地的世家大族，筹措三万斛粮米。这些世族当时全应承下来，然而当郡功曹离开后，他们只给了刘偕数千斛粮米，就推三阻四，再也不肯给了。刘偕气愤不已，将情况报告给了刘勋，希望刘勋率兵马前来强行征收。刘勋接到报告，亲率三千兵马到达海昏。然而这些世族闻知刘勋带兵前来，便坚壁清野，纷纷逃散，刘勋空忙一场，只好返回庐江。走到彭泽，碰上孙贲和孙辅，遭到截杀，刘勋和刘偕力战，突出包围，沿长江从浔阳到置马亭，才知庐江已被孙策所占。

原来孙策自得到曹操允诺，支持他征伐黄祖，以报父仇，便调集兵马，号称奉朝廷之命，讨伐黄祖。刚出吴会地区，走到石城，闻知刘勋跑到豫章的地盘上征粮，便分兵八千人由堂兄孙贲孙辅率领，前往阻截刘勋。同时孙策与周瑜率主力两万多人掉头北上，袭击皖城，夺了庐江，将袁术旧部及袁术、刘勋的妻小家人全部俘获，并押往江东。随即任命李术为庐江太守，又给李术留下三千兵马以守庐江，然后率兵马继续向西讨伐黄祖。刘勋为夺回庐江，只得向黄祖求援，黄祖派长子黄射率水军前来帮助刘勋。恰遇孙策来攻，双方激战。因兵马太悬殊，黄射、刘勋大败，黄射的战船几乎丢弃殆尽，逃回夏口。刘勋说："我与刘偕商议，便带着仅剩的这几百人，前来投奔曹公。"

曹操说："既来投奔，我很欢迎。旅途颠簸，也辛苦了，我这就派人到城外，将你带来的兵马安置好。咱们虽未见过面，但对于你，我也早有耳闻，就留在我的司空府怎么样？"刘勋连忙站起来说："谢曹公能收留我，还这么信任我。我这次来，给曹公带来了一件贵重的宝贝。"说着，将一直掂在手中的包袱放在几案上。曹操、郭嘉、荀攸一起盯着这个包袱，不知道是什么珍贵的宝贝。刘勋一边打开一边说："这个宝贝不知多少人想得到他，今天我就把它献给曹公。"这时包袱已经打开，一个晶莹温润，四四方方，上面立体雕刻着五龙交纽的印玺，呈现在大家面前。从一个角上镶嵌的黄金，曹操一下猜到："这就是那枚传国玉玺。"刘勋说："正是。接收袁术旧部后，袁胤将玉玺交给了我，我就将玉玺时时带在身旁，生怕再把它弄丢了。"说着，将玉玺翻过来，上面篆文刻着八个字"受命于天，既寿永昌"，清晰可见。刘勋双手奉与曹操，说："这个传国玉玺，现在属于曹公了。"曹操小心接到手中，仔细端详，又把它还给刘勋，说："明天你随我一同上朝，把他交到天子手中，真正物归原主。我一定表奏天子封你为列侯。你可是为朝廷立了一个大功。"

第二天朝会，曹操携刘勋上朝，将玉玺奉献给献帝。献帝抚摸着失而复得的玉玺，感叹道："苍天有眼，不负我大汉王朝。这传国玉玺，历尽劫难，又回到我大汉手中，说明我汉祚永存。"曹操上奏道："刘勋保护、奉献传国玉玺有功，应诏封为列侯，以彰其功。"献帝说："曹爱卿说得对，朕诏拜刘勋为护汉将军，敕封为列侯。"文武百官齐声道贺。曹操说："还有张绣来归，也值得庆贺。我欲为他们举行盛大庆祝宴会，昭示天下，以为楷模。"献帝说："对，对。两件都是喜事，就由曹爱卿办理吧。"

退朝后，曹操对荀彧说："圣上已经准奏，咱们就好好庆贺一番。"荀彧说："这既是对张绣和刘勋的褒奖，也是让人们知道，许都的大门都是敞开着的，无论何人来到，都永远欢迎，此举必能赢得人心。"

庆贺的宴席很快准备完毕。尽管是冬天，炭火把司空府的殿堂内熏得暖暖的，依次排列的几案上，摆满了各式佳肴美酒，文武百官应邀陆续来到。司空府的掾属们，热情欢迎，大家依次落座。这时曹操携张绣、贾诩、刘勋、刘偕进入殿堂。曹操在正位上落座，张绣等人在曹操两旁的几案旁坐下。曹操清了清嗓子，殿堂立刻静了下来，曹操说："我受天子委托，举行盛宴，欢迎张绣、刘勋来到许都，归附朝廷。尤其是传国玉玺，丢失多年，又重归天子，更是大事一件。各位同僚，今天不用客气，尽情畅饮，咱们一醉方休。好了，话不多说，现在开宴。"

宾客共举酒杯，满饮而尽。这时悠扬的乐曲响起，一群妙龄少女飘然而至，轻舒广袖，摆动柳腰，伴着笙箫的音节，轻歌曼舞。宾客们一边饮酒，一边欣赏，拍手叫好。一曲舞罢，节奏又换。钟磬齐鸣，笙箫相和。一群武士装扮的舞者，跳将上来，踏着节拍，雄壮豪放，充满阳刚之气，令人振奋，大家又是一片叫好声。宾客们觥筹交错，乘兴畅饮。这时司仪一声喊："下面由新任鼓吏祢衡，为大家击挝一曲《渔阳》。"这时一阵咚咚的鼓声响起，然后一阵急点，祢衡挎着一面大鼓，用肚子顶着，双手快速地击打着鼓面，跳到殿堂中央。大家一看，哄然大笑，只见祢衡身着破衣烂衫，脚蹬旧履，与刚才舞者那华丽的服饰，形成了鲜明的对比。然而祢衡神情庄重，沉浸在古乐中，非常虔诚，击打的节奏长短相协，轻重有别，铿锵有力，犹如金石撞击，清脆有韵。大家沉醉在鼓乐声中，祢衡随着节奏，蹀躞而行。来到曹操面前，恰好一段击挝完毕，鼓声戛然而止。

主管乐舞的小吏，拿着一套鼓吏穿的衣服赶快跑上来，斥责祢衡："身为鼓吏，为什么不穿鼓者之服？"要祢衡立刻下去换上。祢衡将挎在肚子前的大鼓摘下，向小吏要过衣服，不慌不忙，先将外面的旧衣脱下，又脱去内衣，赤裸裸地站在曹操面前，引得在座的人哄堂大笑，有的侧脸掩目，不忍观看。曹操很是惊讶，问："大庭广众之下，何太无礼？"祢衡说："我示清白之体，何为无礼？"曹操说："违背礼俗，有伤大雅。"祢衡说："辱没儒士，不能知人善任，才是违背礼俗，真正有伤大雅。"曹操知道祢衡在故意找茬，以发泄心中的不满，便冷笑一声说："看来你对这鼓吏一职，是相当不满意了？"祢衡说："我乃天下名士，精通经史，具有过目不忘之才，你却用为鼓吏，不是无礼是什么？贤愚不分，心胸狭窄，实在是没有雅量。"曹操说："都说你擅长击挝鼓乐，用做鼓吏，正是量才为用。今日一见，可知我正用其长。"

孔融看祢衡闹得太过分了，生怕曹操一怒之下斩了祢衡，赶快出来打圆场："祢衡真性情，曹公不必生气。"转身对祢衡说："你的渔阳鼓乐正打得热烈，大家都在等着欣赏。快穿上衣服，继续击挝。"祢衡冷笑一声，逐次穿上鼓吏衣服，倒显得英姿飒爽，挎好大鼓，挥动鼓槌，鲜明铿锵的节奏又响了起来，脚步随着鼓点蹀躞而动。孔融长出一口气，回到座位上。

曹操受到祢衡的嘲弄，心中虽有不快，但他知道这是祢衡在故意发泄不满，心里说：祢衡的鼓确实击挝得不错，这人脑筋聪明，只是太恃才傲物，无法与人共事，必须煞煞他的傲气。

如此盛大的歌舞盛宴，让张绣受宠若惊，当即要求率部曲奔赴前线，曹操问："兵马都休整好了？"张绣说："都休整好了。我现在是兵强马壮。"曹操说：

"既如此，你到陈留、己吾一带驻扎，防备袁绍从我们的右翼进犯。"张绣说："请曹公放心，只要有我张绣在，右翼就是铜墙铁壁，他袁绍就休想从此越过。酒宴结束，我就点起兵马，前往陈留、己吾。"

盛宴结束后，孔融径直找到祢衡，埋怨道："正平弟，你本是大雅之人，怎么在大庭广众下，干出这等事来？我都觉得脸上挂不住。"祢衡不在乎地说："他曹孟德自诩知人善任，我看徒有虚名。我今天就是故意在大众面前羞辱他一番，让天下人知道，我饱读诗书，满腹经纶之人，在他眼里只是一个鼓吏，以后谁还敢来投奔他。"孔融知道祢衡认死理，劝道："遇事不可太过分了，要适可而止。曹公并非你想的那样，只要你服个软认个错，我再从中劝劝，曹公也不是睚眦必报之人，我想他不会计较此事。"一连劝了好几天，祢衡才放了软话，答应孔融前往司空府向曹操赔不是。

这几天曹操接到斥候报告，说刘表一直忙于准备郊祀天地，暗中打造乘舆。曹操闻知大惊，难道刘表也要称帝不成？倘若如此，必须把他处于萌芽状态的野心给打压下去，于是在朝会上向献帝表奏："荆州牧刘表，以汉室宗亲身份，欲郊祀天地，打造乘舆，似有自立称帝迹象。望天子早颁诏书，予以严斥，使其不敢有非分之想。"献帝说："刘表最近不派人来朝贡，我正感到奇怪，原来是想行僭越之事。我这就下诏，让天下人共讨之。"

这时孔融跨前一步说："陛下，且慢！荆州牧刘表，桀逆放恣，所为不轨，以至欲郊祀天地，拟仪社稷，实昏僭恶极，罪不容诛。但目前看来，应将此事隐讳下来。为什么呢？天子为乘至尊，身为圣躬，国为神器，高高在上，犹如天之不可越，日月之不可逾也。每遇到逆臣，就诏告讨之，犹如昭示天下，让人效仿。贾谊所谓'投鼠忌器'，道理就在这里。前不久讨伐袁术，其后又传袁绍欲自立，今再彰示刘表之事，这就相当于让跛脚的羊窥视高山，认为天险可登也。所以我认为应将这件事隐讳下来为好。"献帝问："依卿之见，对刘表图谋不轨之事，就听之任之，不管不问了？"孔融说："非也。刘表飞扬跋扈，遏绝诏命，断绝贡奉，擅诛列侯，陛下可派一特使，持诏前往斥责，给予警示，以显皇威。臣只是认为应隐讳郊祀之事。"献帝问曹操："曹爱卿认为如何？"

曹操说:"文举所说最好,暂将刘表欲行僭越之事予以隐讳,只责他断绝贡奉,擅诛列侯之事。"献帝问:"那派谁为特使,前往荆州宣示皇威呢?"孔融说:"必选一位德高望重,声名显赫之人,方能昭示皇恩,震慑刘表。"献帝说:"特使人选,由你们斟酌,表奏后下诏。"

朝会结束,文武百官陆续离开大殿。孔融追上曹操说:"曹公,盛宴那日,祢衡大不敬,我已斥责了他,他也深感后悔,认为自己太过轻狂,愿意亲自登门致歉。你看什么时候让他前去赔罪?"曹操高兴地说:"今天就可以,我在府中恭候他来。我要与他好好谈谈。"孔融如释重负,满意地找祢衡去了。

回到司空府,曹操告诉门吏:"见祢衡来到,不用通报,随时可以让他进来,我就在府中等候。"门吏领命。曹操在府中直等到太阳落山,也不见祢衡的身影,感到祢衡不是一般的迟到,不守时,而是故意戏耍他,心中的火气就往上冲,但他告诫自己,要冷静耐心等候。这时听到门外有吵嚷声,很快门吏来报,说:"有一轻狂之人,身穿布衣,头戴儒巾,手持三尺粗杖,坐在大门口,以杖捶地,骂不绝口。"曹操料是祢衡,便朝门口走去,远远听到祢衡正在大骂:"曹操昏庸小人,欺世盗名,让一儒士,充作鼓吏,以此羞辱天下读书之人⋯⋯"曹操停住脚步。门吏说:"主公,我现在就把他抓起来,先扔到监狱中,再定他的罪。"曹操摆手说:"不用。你告诉丁斐,让他把孔融请来。"

很快孔融就来到了,正听到祢衡在骂:"曹孟德不学无术,不敬先师,欲灭掉各路诸侯,行霸王之事,名为汉臣,实为汉贼⋯⋯"孔融赶紧斥责,祢衡住了嘴。孔融迈入大门,曹操见孔融来到,上前说:"这就是你说的他来向我赔罪?"孔融说:"说好的,他来向曹公认错,怎么会是这样?一定是有什么误会,待我详细问问是怎么回事。"曹操说:"不必了。我让他当了鼓吏,他耿耿于怀,想用撒泼打诨,要挟我重用他。像这种一点亏都不能吃,掐尖占先的人,我能委以重任吗?这样不顾羞耻,一次次地闹,说实话,若要杀他,如同杀一只麻雀,一只老鼠一样。顾它颇有些名声,总觉得不知底细的人,一定会认为我不能容人,所以一再忍让。如今竟要起无赖,骂起街来。虽如此,我也不与其计较,他不是嫌鼓吏有失他的身份吗?那好,明天我表奏天子,征辟他为朝廷特使,前往荆州见刘表,宣示皇威。"孔融一听急了,说:"曹公且慢,切不可行。刘景升外宽内忌,刚愎自用,必不容祢衡,让他前往荆州,无疑是去送死。请曹公另择他人,我再劝劝祢衡。"曹操说:"祢正平自认才华盖世,能言善辩，又是名儒，做鼓吏太屈才，正可以为特使。待天子诏书下达，即奉诏前往荆州宣示皇威。"说完丢下孔融，返身回府去了。孔融摇头叹息，斥责祢衡："这回你满意了吧。我一再劝你，你都不听，现在事情弄僵了，你说该怎么办吧？"祢衡心中暗暗吃惊，这才觉得事情弄过头了。他曾在荆州避难，知道刘表刚愎自用，且外宽内忌。说是去宣示皇威，实是前去斥责，弄不好会丢了性命，于是说："我不去，我只是一介鼓吏，不能担此重任。"孔融说："明天奏报天子，一道诏命，你就成了特使，若不听命，便强令之。"祢衡这才闭嘴。

第二天一早，孔融来见曹操，劝他无论如何不要让祢衡到荆州去，说："正平性直，恃才傲物，实在不宜出使荆州，请曹公委以他任。"曹操说："此次特使做得好，证明他确实有才，回来后即表奏他位列公卿。"孔融见劝说无用，只得悻悻地回去了。

祢衡为特使出使荆州的诏命很快下达，公卿大臣依例在许都城外通往荆州的大道上，祖道为祢衡送行。然而日上三竿还不见祢衡的影子，人们开始心焦起来，许多人署衙中还有事，便开始埋怨起来，有人提议说："祢衡向来目中无人，勃虐无礼，视我等为草芥，今又迟迟未到，待他到来，我们在簧席上或躺或坐，只当没看见他，故意羞辱他一番，怎么样？"大家都随声附和。

又等了一个时辰，才见祢衡骑着马，在几位随行差人的陪伴下，慢慢腾腾来到祖道的宴席前，下了马，见众人或坐或卧，无人起身，荀彧看场面实在尴尬，刚要起身，祢衡忽然大哭起来。众人不知何故，赶忙起身问他怎么回事？祢衡说："坐者为冢，卧者为尸，我周围不是坟冢，就是死尸，能不悲哭吗？"一句话让大家又气又笑，纷纷说："我等是尸冢，你就是一个野鬼。"祢衡说："我为朝廷特使，尔等却诬我为野鬼，这是对朝廷的不敬。我看尔等皆是曹操的鹰犬而已。"众人笑道："一介鼓吏，全凭曹公表奏，送你个特使，碍于规制，我等才前来祖道送行，却仍不知天高地厚。罢、罢，我等散去吧。"荀彧说："大家不必生气，祖道的礼节还是要遵守的，大家都来敬酒，祝祢衡一路顺风。"大家敬酒。祢衡翻身上马，说："衡羞与此等鼠辈为伍，告辞！"孔融赶快打圆场，祢衡扬鞭而去。众公卿百官不欢而散。

刘表自送走袁绍特使后，一直按兵不动，毫无配合袁绍的迹象，反而多方打探天子郊祀天地的礼制，又令工匠仿造天子乘舆，这引起了荆州掾属的疑虑，大家不知刘表有何打算。这天，从事中郎韩嵩、别驾刘先来见刘表，说："今豪杰并争，两雄相斥，天下之重在于将军。既允诺袁绍，却不调动兵马予以配合，曹公摄政，而又不肯归附。拥兵十万，坐观成败，必结怨于两方，不知主公有何打算？"刘表一笑说："你们是我的心腹，我也不瞒你们。方今天下诸侯众多，为袁、曹最强。二人相争，终两败俱伤。我养精蓄锐，坐山观虎斗，待彼此力量耗尽，我为最强。到那时，天子当奉则奉，若天下有变，我也是刘姓血脉，承继大统也无不可。"韩嵩反对说："主公切不可有僭越之意。想那袁术，自立以来，天下共讨之，终身败名裂。前不久又传袁绍欲自立，终为形势所迫，不敢妄动，斩了耿苞，再奉朝廷。请主公仔细斟酌，万不可有非分之想。"刘表说："袁术和袁绍皆我刘氏臣子，欲行僭越，苍天不容。而我则不同，身为汉室宗亲，天子之位能者而居，并非要颠覆汉家天下。"刘先说："当年幽州牧刘虞也是汉室宗亲，袁绍和韩馥欲推举为天子，刘虞尚不敢即位，只为天下不容。望主公切不可轻率从事。"刘表说："我会随势而动，请你们不必担心。"二人见劝说无用，只好自叹："主公必引火烧身矣。"

这时，张绣投靠曹操的消息传到襄阳，这让刘表吃惊不小。他实在没有料到张绣出此一招，也更未料到曹操竟能接纳张绣，这让荆州直接面对曹操，再无回旋余地。然而还没等他回过神来，驻守夏口的黄祖又告急：江东孙策率数万大军进攻江夏，黄祖接连失败，望刘表速派兵增援。刘表慌忙调侄子刘虎、校尉韩晞，率兵马前往助战。没想到刘虎、韩晞战败，双双被斩。好在黄祖力战，终保夏口不失，但形势甚危。刘表只得再派兵马增援，这接二连三的意外，弄得刘表心慌意乱，再难气定神闲。

韩嵩再次劝谏："曹公善于用兵，且贤俊多归之。目前虽弱于袁绍，终必取胜。为今之计，莫若举荆州以附曹公，曹公必重德将军，江东也不敢放肆。这样，主公长享福祚，垂之后嗣，此乃万全之策也。"大将蒯越也劝刘表采纳韩嵩的意见。刘先及掾属们也纷纷劝谏，刘表犹豫不决，说："容我再细思之。"

恰在此时，祢衡奉诏来到襄阳，将献帝诏书奉上。刘表看完诏书，见是献帝斥责他飞扬跋扈，遏绝诏命，断绝贡奉等，到底做贼心虚，不禁冷汗直流，疑献帝已知他要郊祀天地，赶忙辩解："这是有人诬陷，我乃刘氏后裔，当忠于当朝天子，忠心可辨。我正在商议，派人出使许都，朝贡天子。"祢衡来时，孔融交代他，刘表刚愎自用，欲图不轨，到荆州后要谨慎从事，且不可硬劝，激怒刘表。没想到根本不用费口舌，刘表立场坚定，效忠天子，祢衡悬着的心，立刻放了下来，说："天子只是听了一些谣传，派我来也是落实一下。现在看来子虚乌有，将军也不必挂在心上。"轻易就相信了刘表的承诺。

刘表知祢衡是大儒，对祢衡热情款待，并征辟祢衡为主簿，大小事情悉向祢衡请教，文章言议，必经祢衡。祢衡受宠若惊，确信以前对刘表的传言，皆是不实之词，于是决定留在襄阳辅佐刘表。然而祢衡恃才傲物的秉性难改，不久与刘表闹翻，刘表一气之下，将他赶到江夏黄祖那里。起初黄祖也很高看祢衡，委以重任，时间不长，祢衡又冒犯了黄祖，被黄祖一怒之下斩了首。此是后话。

为了表示自己忠于朝廷，刘表当即筹措许多朝贡物资，令韩嵩为特使，前往许都贡奉献帝，特意叮嘱韩嵩："此去许都，一定要探测清楚曹操的底细。"韩嵩一听此话，当即表示："请主公另请高明，我恐怕有辱使命。"刘表问："这是为何？"韩嵩说："据我所观，曹公之明，必得志于天下。将军若能上顺天子，下归曹公，荆州便受其佑，我就答应出使许都。如果抱着观望的态度，我若到了许都，天子诏拜我一职，我就成天子之臣。在君为君，我就要守天子之命，就不能替你出力了。请主公认真考虑。"刘表以为韩嵩故意推脱，便答应道："行，你到许都，若被天子诏拜，我不会怪你。"强令韩嵩赴许。韩嵩只得收拾行装，带上刘表筹措的贡礼，前往许都朝拜献帝。

第五十九章

劝刘表韩嵩遭囚禁　刺曹操徐他被擒获

　　曹操收到孙策派人送来的捷报，称："在曹公的支持下，我出兵征讨黄祖，首战告捷，击败黄祖儿子黄射的水军，又斩杀刘表派出的援军刘虎、韩晞以下两万兵马，获船数千艘，将黄祖围困在夏口城中。近闻刘表欲郊祀天地，恐有不轨。待消灭黄祖后，将进讨刘表，攻取襄阳，既报杀父之仇，也为朝廷讨逆。今派人到许都向曹公报捷，希望继续得到曹公支持。"曹操对郭嘉、荀攸说："孙策收编了袁术的旧部，实力大增，又打败了黄祖，消灭了刘表的援军，几乎占领了整个江夏郡，现在势头正旺。"荀攸说："孙策虽年轻，却很有计谋，善于用兵。现在扬州悉归其所有，我看下一步他是想兼并荆州。"曹操说："你说得很对。但是黄祖虽然战败，夏口却还被其牢牢控制着，刘表拥有十万兵马，绝不会眼睁睁地看着江夏落入孙策手中，必出兵相救。孙刘两家争斗已起，我们南部暂时已无虞了。我们向孙策表示祝贺，同时希望他把劫持的刘勋一家老小放还……"这时门吏来报："有一人自称刘表特使，要拜见曹公。"郭嘉说："看来孙策对江夏的进攻起作用了。刘表是想与我们保持好关系，好腾出手来对付孙策。"这时特使被门吏引入大堂，见到曹操跪拜施礼说："荆州特使韩嵩奉命，特来拜见曹公。这是我家主公给曹公的书信，请曹公亲启。"说着奉上一封信。曹操打开一看，都是些客套话，无非是说久不相见，甚为想念等等。曹操将信收好，客气地对韩嵩说："一路辛苦了，请坐！"又一指郭嘉说："这位是奉孝，这位……"韩嵩说："曹公不必介绍。这位是公达，当初在荆州时我们就认识。"说着，与郭嘉和荀攸分别见过礼，然后才坐下。

　　曹操问："前一段时间，听说袁本初派特使到襄阳，要与你家主公结为同盟，可是真的？"韩嵩见曹操问得这样直接，也不避讳，说："确有其事。当时我家主公应诺了这件事。但袁绍特使走后，我家主公并未依约而行。"曹操问："这是为何？"韩嵩说："当时我们也不知其意，询问主公，主公说，他与袁绍是多年好友，如果不答应则驳了朋友的面子，只好先应承下来。可他与曹公也是昔日的老朋友，若与袁绍联手对付曹公，也于心不忍。所以作为两位的朋友，他谁也不帮，并打算劝说双方以和为贵。"韩嵩巧妙地为刘表做了掩饰。

曹操早料到刘表要坐山观虎斗，但韩嵩既然做了掩饰，他也不愿说破，又问道："听说刘景升准备郊祀天地，暗中打造乘舆，欲拟仪社稷，可是真的？"韩嵩略一沉吟，认真地回答道："禀告曹公，这事也是真的。"看韩嵩如此大大方方地承认了这件事，倒有点出乎曹操的意料。韩嵩说："虽然如此，我家主公并非要图谋不轨。他的意思是，袁绍要进攻许都，天子若遭不测，愿将天子接到荆州，事先稍做了一些准备，并非有意要自立称帝。"曹操点点头。韩嵩看出曹操并不完全相信自己的话，又说："请曹公放心，我家主公绝不敢自立称帝。荆州的掾属们当初对主公的行为不理解，纷纷劝谏，要他切不可行僭越之事。由于他也怕引起误会，这次特命我为使者，前来朝奉天子，以表明自己的心迹。"

曹操又问："现在袁绍陈兵黄河，欲进犯豫州，大战一触即发，不知荆州士人们对此有何看法？"韩嵩说："荆州绝大多数士人贤达认为，袁绍虽强，终究必败。曹公秉持正义，匡扶汉室，且运筹帷幄，用兵如神，终将取胜。别驾刘先、大将蒯越、治中邓义、从事蔡瑁等，坚持要我家主公全力支持曹公。"曹操对韩嵩的回答很满意，对韩嵩说："韩特使一路辛苦，请回旅舍歇息。明天朝会，随我一起去见天子。"韩嵩告辞。

曹操问荀彧："你在荆州数年，对韩嵩应当熟悉，这个人怎么样？"荀彧说："韩嵩为人正直，在荆州颇有名望，很受荆州士人敬仰。"曹操点点头说："我知道了。荆州零陵郡还缺一个太守，我打算向天子举荐他，二位看怎么样？"郭嘉说："这样的话，韩嵩必感激曹公，对荆州的掾属也是一个很好的示范。"荀彧说："韩嵩完全可以胜任。"曹操说："那就这样定了，明天朝会时我就向天子表奏。"

第二天朝会，韩嵩将贡奉献帝的财宝、物资清单呈了上去，献帝喜悦。根据曹操的表奏，诏拜韩嵩为侍中，出任零陵太守。嘱韩嵩回荆州后转告刘表，守好荆州，保百姓平安。朝会结束，韩嵩将供奉献帝的物资与少府交接完毕，便准备回荆州。临走，前往司空府向曹操辞行。曹操叮嘱道："你回荆州后，转告刘表，天子如此信任他，让他放心，我曹操绝不背后搞偷袭。"韩嵩说："也请曹公放心，回荆州后，我与众掾属一起，劝刘荆州与曹公交好，共同辅佐汉室。"曹操说："荆州的事，就委托你了。"

韩嵩辞别曹操，回到荆州，转告刘表说，献帝依然信任他，让他守好荆州，并说曹操愿与刘表交好，无心进犯荆州。听了这些，刘表面露喜色，觉得已无后顾之忧，就要调动兵马，全力增援黄祖，打败孙策，确保江夏无虞。刘表又问："你到许都，探测到许都形势如何？"韩嵩说："许都的形势令人刮目，天子圣明，朝廷上下一心。曹公虚怀若谷，许都人才济济，政治清明。经过屯田，粮草充足，百姓安居乐业。面对袁绍威胁，同仇敌忾，若袁绍敢发动对许都的进攻，我料其必败无疑。我希望主公早与曹公共结盟好，这样对主公，对荆州都有利无害。为今之计，我希望主公遣世子到许都为侍，以表诚意。"

刘表看了看韩嵩，冷笑了一声，说："请问你在许都，曹操给了你什么好处？"韩嵩说："曹公表奏天子，诏拜我为侍中、零陵太守。"刘表勃然大怒："我说你怎么净替曹操说话，还要让我将世子送到许都做人质——来人，将韩嵩押出去斩了！"殿堂上文武百僚一看不好，连忙劝解。别驾刘先、大将蒯越等人更是苦苦哀求。韩嵩面不改色，说："当初出使许都时，我就有言在先，若到许都，被朝廷征拜，必是朝廷之臣。在君为君，我必听命于朝廷。你当初应允了我，我才前往许都。难道主公要反悔吗？"刘表一下语塞，令人先将韩嵩押入监牢，若查明他出卖荆州，背主求荣，必将其斩首。

治中刘先见劝说无用，赶忙与从事蔡瑁商议，让他赶快找他的妹妹、刘表的妻子蔡氏，向刘表说情。蔡氏知道韩嵩是贤达之人，颇得荆州世人敬仰，于是劝刘表："韩中郎乃荆州有名望之人，且为人正直，当初又与你有言在先，现在没有理由诛杀他，否则将引起众掾属不满。"刘表又拷问同去的差人，都说韩嵩并没有出卖荆州，背叛刘表，反而还替刘表在天子和曹操面前说了不少好话，刘表这才不再诛杀韩嵩，但却依然将他拘禁在狱中，不让他到零陵上任，并另外派人到零陵任太守。

孙策和刘表为争夺江夏，纷争频发，这使曹操暂时没有了后顾之忧，可以专心致志面对袁绍了。他对荀彧说："自抵御袁绍的防线部署好以后，一直没有时间前往各部去巡视。现在正值隆冬时节，眼看快要过年了，我放心不下，打算与郭嘉、荀攸到各部曲那里看看，许都的事情就交给你了。"荀彧说："主公尽管放心，目前许都并无大事，形势也比较稳定，是应该趁此机会对防线巡视一番。"于是曹操携郭嘉、荀攸等人离了许都，先到驻守在离许都最近的阳翟曹仁那里去巡视。

曹仁见曹操来到，赶忙迎接，陪同曹操巡视了各个营帐。每到一处，曹操见营帐中都燃着炭火，暖暖的，将士们都精神饱满，又看到粮草储备充足，非常满意。对曹仁说："你除了负责许都的左翼安全外，还是一支机动兵马，一旦有不测之事，你要随时准备出动。"曹仁说："主公放心，不论何时，只要主公一声令下，我保证立刻出击。这几年我们在阳翟也实行了军屯，收获了一些粮谷，吃的不愁，就连战马也养得膘肥体壮。"

曹操告别曹仁，从阳翟出来，又到驻守孟津、敖仓的夏侯惇部曲巡视。见夏侯惇部的将士们也是精神抖擞，严阵以待，感到非常放心。随后沿黄河大堤一路走来，到驻守获嘉的乐进营寨，驻守延津的于禁营寨，驻守白马的东郡太守刘延的营寨中，见士卒们皆信心百倍，粮草供应充足，心中感到有了底，也充满了自信。

离开黄河大堤后，曹操又到了鄄城，见到程昱说："我最担心的是你这里，守卫鄄城的兵马太少，只有七百人。"程昱说："主公放心，我保证鄄城万无一失。"曹操说："你虽有城墙依托，但兵马还是太少，我打算从别处抽调两千人马补充给你。"程昱说："你若给我调两千兵马，我就不一定能守住鄄城了。"曹操奇怪地问："七百人你能守住，人多了反而守不住了，这是为何？"程昱说："袁绍有数十万大军，我这七百人他根本看不到眼里，不愿在此耽误时间，所以必弃之不顾。若增了兵，袁绍感到了威胁，必出兵拔之。曹公手中兵马紧张，增兵少了无用，增兵多了一时也没有，我这里曹公就不用惦记了，我一定能守住。"曹操感叹道："你可真有胆啊！"

曹操从鄄城出来，顺济水逆流而上，来到官渡。张辽、徐晃的营寨分扎在济水北岸官渡渡口两边，两座营寨互为犄角。此时正是建安五年新年，两座营寨内都忙着杀猪宰羊，将士们喜气洋洋。曹操在张辽的陪伴下巡视了营寨，看到将士们热情高涨，曹操很满意。张辽在营寨内摆了酒宴，又请了徐晃来作陪，大家举杯，共贺新年。随后曹操又来到徐晃的营寨中巡视，徐晃也备了酒宴，邀请张辽来作陪。大家开怀畅饮，其乐融融，至晚方散。

徐晃将自己的大帐让与曹操歇息，与郭嘉、荀攸等人到别的帐中歇息，临走交代侍卫，严密警戒，陌生人等一律不准靠近。待人们散去，曹操对许褚说："一路走来，你也辛苦了。明天我们还要到驻在陈留己吾的张绣那里巡视，今晚你就不要值夜了，找个地方好好睡一觉，歇一歇。"许褚说："我多年陪伴主公，早已习惯了，就在外帐歇息吧。"曹操说："这里是徐晃的营寨，还有什么不放心的，去吧！"许褚只好说："主公也早点安歇。"随后出了大帐。

许褚刚出大帐没走多远，迎面碰见曹操的随身侍从徐他，问许褚："天已这么晚了，许都尉干什么去？"许褚说："主公要我今日不必值夜。我找侍卫们聊一会儿，与大家乐一乐，就在那里睡了。"徐他心中一阵狂喜，盯着许褚进了侍卫们的营帐。

原来这徐他早已被董承收买，要他伺机刺杀曹操，并允诺，只要行刺成功，必是首功一件。待董承掌握大权，必表奏他为将军，封为列侯。其先徐他犹豫，董承将献帝密诏让他看过，说："这是奉诏行事。事成之后，天子必厚待你，从此就可以飞黄腾达，光宗耀祖。"徐他见有天子诏命，又有高官厚禄，便慨然应诺，要赌一下自己的命运。这次随曹操巡视防线，临行时董承再三嘱咐，一定要趁机刺杀曹操，不能让他再回许都。只因一路走来，许褚一直不离左右，弄得徐他总是没有机会下手。前天董承派人捎来一封密信，催促徐他赶快动手，说许都已做好准备，只待徐他得手后，董承将以车骑将军的名义统领兵马，再以惩办凶手为借口，栽赃曹操手下的将领，清除异己。信中告诫，万不可再拖延。徐他心中十分焦虑，眼看曹操的巡视即将结束，明天启程到己吾张绣那里，巡视完毕后，就要返回许都了。机会越来越少，留给徐他的时间不多了，急得徐他坐卧不宁。没想到喜从天降，机会又这么不经意间来临了。徐他的心跳加快，回到侍从们住的营帐中，见大家都已休息了，将董承给他的信从怀中掏出，捏了捏，确认无误，又重新放回怀中——这封信是他邀功请赏的依据，里面有董承对他的承诺，万万不可丢失。随后将早已准备好的短柄利刃袖在手中，随身物品也都带好，多余的东西一概丢弃，事成之后，他要连夜逃回许都，向董承邀功。

待他收拾停当，静候夜深人静，万籁俱寂，悄悄溜出营帐，躲过巡逻的哨兵，潜到曹操住宿的大帐，细听没有一点动静，把帐门上的遮帘撩开了一道缝，见里面昏暗的灯光忽闪忽闪，并无人值守，料曹操在内帐已经睡熟。他回身看了一下四周，并无异样，不知是被寒风吹的，还是由于心情紧张，他打了一个寒颤，告诫自己一定要沉着。然后猛吸一口气，壮着胆子掀开遮帘，闪了进去。随即把利刃从袖袋中抽了出来，弯下腰，蹑手蹑脚朝内帐摸去。这时忽然感到有一道黑影挡在了眼前。他定睛一看，是一个人，再细瞧，"啊"的一声叫出声来，惊得他愣在那儿，不会动了。站在他面前的竟是许褚。

原来许褚到侍卫们的帐中同大家说笑了一会儿，侍卫们劳累了一天，又喝了酒，除了值夜巡哨的，留在帐中的都逐渐睡下了。许褚也躺下睡觉，可翻来覆去睡不着，多年来都陪在曹操帐中值夜，已经养成习惯，现在正儿八经让他舒舒服服地休息，反而睡不着了。折腾了一阵，感到心中说不出的难受，心慌得厉害，索性起身，回到曹操帐中，见曹操已经睡下，便打算歪在几案旁打个盹。刚眯住眼睛，忽然一阵风从门缝中挤了进来，他感到身上发冷，顺眼瞧去，却见一个身影正探头探脑挤进帐来。他一个激灵，倏地闪到暗影里，昏暗的灯光下，见来人手里握着一柄利刃，朝内帐摸去。他料定是刺客，突然现身，伸手抓住了刺客的手腕，随着来人的一声惊呼，利刃已被夺了下来。他借着灯光仔细一看，原来是徐他，低声喝问："你手持利刃，想要干什么？"徐他浑身颤抖，语无伦次，自己也不知道说了些什么。许褚说："你要行刺主公吗？"徐他一下跪在地上求饶。这时曹操已被惊醒，问："外帐是谁，在那里干什么？"许褚说："惊扰主公了，有人要行刺主公，被我抓住了。"

这时曹操已披衣来到外帐，看到随行的侍从徐他正跪在地上发抖，便问："没想到是你。说，谁指使的？"事已至此，横竖是一死，徐他反而镇静下来，低头不语。许褚一掌扇在脸上，说："谁指使的？再不说我即刻要了你的命。"许褚这一响亮的耳光和高门大嗓，早惊动了外面巡视的士卒，忙进来问怎么回事，一见这个情景，赶忙向徐晃禀报。很快徐晃、郭嘉、荀攸等都被从梦中叫醒，起身赶了过来。

这时曹操令许褚："将他全身上下搜一搜，看还有什么？"一句话提醒了许褚，赶忙仔细搜查他的全身，果然从徐他的怀中贴身处搜出一封信来，交给曹操。这封信正是董承催徐他抓紧时间行刺曹操的密信。徐他一看隐瞒不住，双膝跪地，说自己一时糊涂，受董承指使，说是奉诏行事。看在多年随侍曹公的份上，希望曹公能饶性命。

真相大白，原来这些都是董承一手策划的。曹操问："除了董承指使你，你们的同伙还有谁?"徐他说："我只受车骑将军、国丈董承的指使，别的还有谁，我就真不知道了。"曹操命人将徐他押下去，对徐晃、郭嘉、荀攸说："今天若不是许褚护卫，我恐已遭不测了。我料董承正在许都等我被刺的消息。这个阴谋有多大，都有谁参与了其中，许都城现在是什么情况，我们都不得而知。事发突然，明天我们就不到张绣那里去了，天一亮就赶回许都，免得走漏风声，让董承有所准备。"

这时天色渐亮，徐晃赶紧令人起锅做饭，好让曹操一行吃过饭及早上路。

天刚蒙蒙亮，董承就起来了。一晚上翻来覆去，他都没有睡好。昨天晚上，越骑校尉种辑、议郎吴硕，偏将军吴子兰、侍郎王子服等四人，依次来到董承的车骑将军府中，打探徐他可有消息传来，这几人已经等得不耐烦了。当得知依然没有消息时，他们将已议过多次的方案，再次斟酌了一遍，生怕有哪一点考虑不周，出了纰漏。只要徐他行刺曹操成功，他们在许都立刻动手。董承的旧部尽管只有千余人，到许都后再也没有补充过，但都是从长安时就跟随他的，这些人忠心耿耿，具有很强的战斗力。偏将军吴子兰虽然只有一个虚名，但尚有家兵百十人，其余几人将各自家兵凑一凑，也能凑出几百人来。算下来手中可拼凑出两千余人的兵马，用他们控制各公卿署衙，已经够用了。到时派人飞马招刘备率部曲回许都。只要刘备能赶到许都，大局就会很快稳定下来。然后以天子名义发布诏命，令驻许都的曹军李典、刘岱、王忠听从车骑将军的指挥，其余将领共同讨伐刺杀曹操的凶手。无论曹操是在谁的部曲中出的事，都将成为众矢之的。退一步说，若曹军将领不听号令，就以天子名义征召袁绍讨伐。他们确信这个方案万无一失，便起身告辞回去等消息。自他们走后，董承再也无法入睡。他心中非常焦躁，期盼今天能收到徐他成功的消息。

就在这时，他手下的一位司马闯了进来，急切地说："报告将军，大事不好，李典率兵马包围了我们部曲的营寨，所有士卒都已缴了械。"董承大惊失色："既然营寨被包围，你是怎么跑出来的？"司马一时语塞。他本来是晚上出来寻欢作乐了，待天快亮时潜回营寨，却发现李典的兵马已将营寨围得水泄不通，赶忙跑来向董承禀告，没想到董承有这么一问。他脑袋飞转，很快回过神来，说："我夜里起来小解，发现事情不对，连忙喊醒校尉，他让我快来报告。在李典的包围圈未形成之前，我逃了出来，连夜赶来禀告将军。"董承心里一阵发凉：难道徐他出事了？不对呀，没听说曹操回到许都，按说他现在应该在官渡。正在这时，门吏来报："报告将军，许褚带人已包围了将军府。"话音刚落，许褚率近卫营冲了进来。这些人都是许褚精选的壮士，人高马大，董承刚问了一声："你们干什么？"已被人按倒在地，五花大绑给绑了起来。许褚说："奉曹公之命，前来缉拿反叛贼人，立刻搜查！"很快车骑将军府被翻了个底朝天，天子密诏和董承等人的义状被搜了出来。许褚冷笑一声："你去向曹公解释吧。"董承绝望地闭上了眼睛。许褚下令："带走！"于是董承被押着出了车骑将军府，府中家眷一片哭声。

曹操自离了官渡，偃旗息鼓，日夜兼程，这天晚上回到许都已是后半夜，立刻命李典包围了董承部曲的营寨，又命许褚前往车骑将军府拘捕董承。他最担心的是董承的旧部反抗，造成伤亡。但很快李典来报："董承的兵马已全部缴械。"曹操悬着的心才落了下来，嘱咐李典："将这些被俘的士卒严加看管。"李典领命而去。这时许褚押着董承来到，并将收缴的献帝密诏和董承一伙签名的义状呈给了曹操。曹操一看，笑了笑说："这倒省事了。"对旁边等候的许都令满宠说："这义状交给你，就按上面的签名，将他们悉数抓获归案。"满宠自接到曹操的命令，一直率许都署衙的吏卒们在司空府等待，听到曹操指令，立刻应声出动。

曹操来到董承面前，看着闭眼被架着的董承，说："董将军，没想到你策划了这么大一件事。曹操倒是小看你了，若不是许褚，你的计划接近成功了。可是你想过没有，即便我主动将兵马交与你，你能指挥得动吗？真是贪心不足蛇吞象。"

面对突如其来的巨变，董承好像做梦一样，至今没回过神来。他张了张嘴，没有吭声，少顷睁开眼，盯着曹操说："我这是奉旨讨逆。"曹操扬了扬手中的密诏："奉这道密诏吗？谁知是真是假，若是假的，你矫诏反叛，又是一条罪状。"董承说："诏书乃天子亲笔所书，印鉴清晰可辨，何来假的之说。"曹操说："真假我自会求证。想当初你本是董卓旧部，其罪当诛。念你护驾东归有功，又是国丈，我既往不咎，并将车骑将军名号让与你，原想你身为国丈，定能倾力助朝廷，没想到却行此十恶不赦之勾当。如我猜得不错，此事必与董贵妃有牵连。"董承一听，连忙说："此事与董贵妃毫无瓜葛，皆我一人所为，你不要伤及无辜。"曹操说："有无牵连，我也自会查明白。"

这时满宠已将种辑等四人依次抓获。他们和董承一碰面，知道事情已败露，浑身不由地抖起来。曹操问："除了你们这几个人，还有谁参与了此事？当然除了刘备和徐他。"几个人摇头："再无别人了。我们也是看到董将军持有天子密诏，以为奉诏行事。"曹操说："你们也不问一问这诏书是怎么来的，倘若是伪造的呢？"种辑等人知道难逃一死，辩解也是徒劳，便默不作声。

曹操指示满宠："你先派人将他们押往监牢囚禁起来，你一会随我去见圣上。"许褚将董承连同徐他一并移交给满宠。满宠命都尉，将所有罪犯一起押送许都大牢。曹操看着董承被押了出去，对郭嘉等人说："没想到还牵扯到了天子。现在天已亮，我要赶在朝会前，见天子一面，问清楚密诏是怎么回事。若与天子无关，就好办了。"郭嘉说："据我所料，此事无论与天子是否有关，董贵妃都脱不了干系。当今天子未及弱冠，又十分宠爱董妃，董承正是利用了这一点。"曹操说："你说得对。好了，我先去见天子，晚了天子就该上朝了。"于是携满宠前往皇宫面见献帝。

第六十章

清君侧曹操诛董妃　夺徐州刘备斩车胄

今日朝会，献帝早早起床，洗漱完毕，一切收拾停当，看看还早，便坐在那里闭目养神。这时侍卫通报："曹公求见，说有急事奏报。"献帝一愣，曹操不是在外巡视吗？什么时候回来了？马上就要朝会了，却赶着求见，过去从未有过这样的先例。一定是有什么急事？便说："传曹爱卿来见。"话音刚落，曹操便来到寝殿，献帝问："曹爱卿什么时间回来的？"曹操说："启奏圣上，昨天后半夜回来的，因有一事不明特赶来向圣上澄清。"说着将密诏拿了出来，递给献帝，说："圣上知道这个吗？"献帝接过来一看，脸立刻涨红起来，问："你从哪里得到的？"曹操说："这是我从车骑将军、董妃父亲董承府中搜出来的。董承招供说是圣上指使他干的，不知是真是假，请圣上鉴别。"

献帝听了曹操的话，头轰的一下炸了，吞吞吐吐地说："这……这……"曹操明白了，有意要为献帝开脱，说："我料此事必与董妃有关。"令满宠，"去后宫掖庭椒房将董贵妃带来问话。"满宠领命，不一会儿将董贵妃带来。董贵妃不知何事，一路走，一路发着脾气，待见到献帝，刚要发火，见曹操也在，心中惊慌，这时只见献帝头扭向董妃，说："我就说这事不行，你非要说自家人依靠得住。"说着将密诏晃了晃说，"如今事情败露，你自己去向曹公解释。"董妃知事情不妙，跌坐在那里，浑身发起抖来。曹操又将董承给徐他的信呈了上去，说："圣上要杀我吗？"献帝打开一看，连忙说："绝无此事。这是董承自作主张，我从未说过要害曹爱卿性命。"曹操将密诏和董承的信要了过来，说："圣上虽未说要我的性命，可是你想一下，董承若不要了我的性命，他能将兵马从我手中夺走吗？""这……"献帝无言以对。

曹操将密诏和信收好，说："圣上，自汉朝中兴以来，多次发生外戚擅权与宦官互相残杀的事情。犹以桓、灵二帝时期为盛。党锢之祸害了多少贤士。少帝初立便发生了宫廷惨案，死伤数千人，宫中血流成河，尸横遍地，还把圣上与少帝劫往北邙。事件平息后，宫中的尸体就往外拉了好几天。这些都是圣上亲身经历的啊。也正是由于外戚和宦官相争，才导致董卓入朝，将圣上劫往长安，历尽艰辛才来到许都。这几年我们南征北战，好不容易才使兖、豫等地区稳定下来，有了一片立足之地，朝廷才有了起色。可如今袁绍已陈兵黄河，要大举进攻许都。圣上也知道，袁绍从一开始就认为你是董卓所立，不愿承认你的地位，要为少帝报仇，另立天子。这几年由于我的周旋，也因为形势所迫，他不得不来贡奉，但他废帝之心并不死。我们君臣本应携起手来，粉碎他的阴谋，可你却在此时要董承夺我的权。说实话，我现在就是将兵马拱手让与他，这十多万兵马你看他能否指挥得动？不待袁绍进攻，我们自己就乱了起来，若袁绍再来进攻，恐怕许都难以抵挡。那时朝廷会是一个什么样的结果，圣上想过吗？外戚掌权导致天下大乱的悲剧，可不能重演啊！"一席话说的献帝羞愧难当，说："曹爱卿，是我年少不懂事，办了糊涂事。还请曹爱卿看在咱们君臣的份上，继续辅佐我。你放心，朕今后再也不会这样做了。"曹操说："事情既然说透了，也就不必再纠缠了，咱们君臣之间都要互相信任，再不可受人利用。董贵妃参与了此事，我要把她带走调查。"对满宠说："把董妃带走！"

董妃一听，连忙扑到献帝面前，哭着哀求："圣上，我错了，今后再不敢干政了。你给曹公说一下，饶我一条性命吧。"献帝转头对曹操说，"曹爱卿，看在朕的份上，就饶了她吧。"曹操说："搬弄是非，谗害大臣，祸乱朝纲，这是十恶不赦之罪。若放过她，必留后患。"董妃哭着说："曹公，我再也不敢了。看在我已有五个月身孕，为了汉室血脉，也请高抬贵手，饶我性命。"曹操冷笑一声："难道留下这血脉，将来为你报仇不成？"献帝再向曹操求情，希望放过董妃。曹操说："既然圣上说情，若其罪必诛，我保证留她一个全尸。"说完令满宠将董妃押了出去，对献帝说："圣上，时候不早了，该朝会了，公卿百官恐怕都等急了。"献帝还没有从刚才的事情中回过神来，木讷地点点头，在曹操的服侍下，离开寝宫，前往前殿上朝。

前朝大殿内，文武百官议论纷纷，朝会的时间已经过了好大一会了，还不见天子上朝，大家不知发生了什么事，有人小声议论，说："今天一早，我仿佛听到传言，说李典昨晚包围了车骑将军的部曲，已全部缴了械。"有人说："这是瞎说，董承是车骑将军，又是国丈，李典仅是曹公手下的一员战将，他怎么敢率兵马包围董将军的部曲。"又有人说："我也仿佛听到谣传，说董将军已被曹公抓起来了。"有人反驳："这不可信，曹公正在外巡视部曲，怎么会抓了董承？"大家莫衷一是，也不知道谁说的对。这时见曹操陪着献帝来到大殿，立刻停止了议论。曹操亲自搀扶献帝坐上龙位，大家都感到有点惊奇，不知曹操何时回到了许都，现在又亲自扶献帝上朝，料想一定发生了什么事。

待天子坐定，曹操退回朝班，说："启奏陛下，臣曹操有一事，要向众公卿宣布。"献帝点头道："准奏，请曹爱卿宣布。"曹操回身面向大家，说："各位同僚，大家一定感到奇怪，我正在前方巡视，怎么突然回到了许都？"曹操顿了一下，提高了嗓音说："因为有人要行刺我。"这句话一说，朝堂内立刻像炸了锅，一片议论声。曹操拿出董承给徐他的信说："这是国丈董承给我的侍从徐他的信，要他在我外出巡视时行刺于我。经查，车骑将军、国丈董承与其女儿董妃勾结，妄图矫诏擅杀大臣，祸乱朝政，现已被我绳之以法，交许都令满宠严审。这董承本是董卓旧部，曾为虎作伥，作恶多端，本应诛杀。我念其护驾东归有功，且又是国丈，便既往不咎，并对他信任有加。哪知此人不思悔改，竟欲行不轨。是可忍孰不可忍。经过董卓乱朝，现在朝廷刚刚恢复了一点元气，就又有人想重蹈覆辙，做起了外戚掌权的美梦。董承的事给我们敲响了警钟。今后朝廷的事宦官不能干涉，外戚也不能干涉，由朝廷的公卿百官执掌解决。"大家听了曹操的一番话，方知刚才议论的传言是真的，都痛骂董承不识时务，活该有此下场。

这时尚书令荀彧说："众文武百官，当前袁绍数十万兵马集结在黎阳，其意图大家十分清楚，我们应同仇敌忾，挫败袁绍的阴谋，否则朝廷会再次沦落，我们这些人又会食不果腹，衣不蔽体，靠挖野菜度日了。"荀彧的话引起了那些东归旧臣的共鸣，他们纷纷谴责董承置朝廷于不顾，为了自己的私利，自乱阵脚，罪责难逃。献帝也感到后怕，若许都真乱了起来，后果不堪设想，便说："今后朝中大事，悉听曹爱卿安排，咱们君臣一心，共同抵御袁绍，确保汉室江山永固。"

朝会结束后，曹操指示满宠，抓紧时间审讯董承一伙。很快满宠审理完毕，将董承一伙判为斩刑，诛杀九族。因曹操答应了献帝，所以用三尺白绫结果了董妃的性命，留了一个全尸。

参与董承谋反的人俱已受到惩处，唯有义状上签有姓名的刘备成了漏网之鱼。众公卿大臣都在传言，料曹操必率兵马征讨刘备，这让少府卿孔融坐不住了。自己曾在北海被刘备救过，两人又一直交好，现在曹操要征讨刘备，自己无论如何也要设法制止。于是亲自前往司空府，要劝说曹操不要征讨刘备。

司空府的门吏素知孔融与曹操关系和睦，见孔融来到，也不阻拦，只是先一步向里面传报了一声："少府卿孔融前来拜访。"不等话音落，孔融已经进了厅堂，见荀彧、郭嘉、荀攸俱在，大家都是熟人，也不拘礼，开口便问："听说曹公要出动兵马征讨刘备，不知有无此事？"曹操知道孔融此来定是为刘备说情的，便说："董承义状上的签名人人皆知，参与谋反之人俱已被诛，将刘备缉拿归案，以儆效尤理所当然。不瞒文举兄，我们几人正在商议此事。你既来了，有什么高见，不妨说说。"

孔融说："曹公既让我说，我也不避讳，我以为征讨刘备实在不妥。首先，义状上虽有刘备签名，但他并未参与刺杀曹公的行动。其次，刘备驻守徐州，且手中拥有兵马，如贸然征讨，双方必起干戈。正像曹公在朝会上说的那样，当下我们应同仇敌忾，共同对付袁绍，不应挑起内乱。第三，也是最主要的，袁绍地广兵强，田丰、沮授、许攸皆智谋过人；审配、郭图、逢纪都是尽忠之臣；颜良、文丑等将领勇冠三军。这数十万大军集结在黎阳，随时南下进犯许都，我们全力应对都不敢说有绝对胜利的把握，若再分兵征伐刘备，袁绍趁机攻取许都，则我们必败无疑，以我愚见，绝不能征讨刘备。"孔融说完，看了看大家的表情，猜想自己的主张是否得到了大家的认同。

荀彧一笑说："征不征讨刘备暂且不说，我觉得文举此言似在长他人志气，灭自己威风。依我早年在袁绍营中时所了解的，袁绍兵马众多，但其军法一向不整；田丰、沮授都是刚而犯上之人，许攸此人贪而不治其家，审配、郭图忠而无谋，逢纪虽然果断，却刚愎自用，颜良、文丑只是匹夫之勇，一战即可擒也。因此我认为，与袁绍相争和征讨刘备是两件事，且不可混为一谈。"

孔融刚要再辩，曹操说："文举兄所说也不无道理，是提醒我们不要两面作战。感谢文举兄知无不言。"曹操对孔融一向是很客气的。孔融说："知我者，曹公也。我话已说完，不打搅各位了，这就告辞。"荀彧等人起身相送，孔融说："诸位留步。"施礼告辞。

目送孔融离开，曹操说："文举虽为刘备而来，但他的意见，代表了当下朝中公卿百官的看法，都觉得此时征讨刘备并不是好时机。我们是应该好好斟酌一下这件事。"曹操话音刚落，门吏来报："徐州刺史车胄手下来报，说有急事要拜见曹公，正在门外等候。"曹操正要了解刘备的情况，于是说："快让他们进来。"

少顷，两位蓬头垢面的人被带了进来。曹操心中一惊，还未问话，二人跪拜下去，带着哭腔说："请曹公速派兵马征讨刘备，我们刺史已被刘备给杀了，下邳城已落入刘备手中。"曹操说："二位请起，将事情慢慢说来，究竟是怎么一回事？"二人这才站起，说："自袁术退兵后，我家刺史就按曹公说的，让刘备回归许都。刘备不仅不听，反而大肆扩充兵马，我家刺史便断了刘备的粮草供应，由此两人不和。前几日刘备忽然派人来邀我家刺史赴宴，说打算回许都，特设酒宴告别。我家刺史满心欢喜。可掾属们都觉得此事太过突然，必定有诈，劝刺史不要赴宴。我家刺史说：'若不去，反而会引起误解，万一人家是真心，岂不误了事。'便不顾众人劝说，带了几个侍卫前去赴宴。不久，便有一位侍卫满身带伤逃了回来，说刺史已被刘备杀害，临死前让我们赶快到许都向曹公告急。话未说完，侍卫就断了气。这时下邳城外已是人喊马嘶，掾属们大惊失色，知刘备要夺取下邳，别驾令我二人赶快乘快马，趁刘备还未攻城，冒死冲了出来。我二人昼夜兼程，赶来向曹公报告。估计下邳城现在已落入刘备手中了。"

曹操铁青着脸，听完了两人的叙述，说："二位一路辛苦，先到旅舍中歇息。"二人谢过曹操，被人带了出去。曹操说："真是怕什么来什么。看来征讨刘备的事情，我们拖不过去了。大家说，若我们出兵徐州，袁绍来攻怎么办？"

先是沉默。荀彧说："如果我们不剿灭刘备，袁绍来攻，刘备必从我背后袭击，到那时我们便腹背受敌。趁现在袁绍还在迟疑的时候，集中兵马，断然消灭刘备，迅速回撤，还有争取避免两面作战的希望。"郭嘉说："据我所料，袁绍多谋而不断，性迟而多疑，我们断然征讨刘备，袁绍必不会立刻出兵袭击许都。"曹操说："我也是这样想，以我们对袁绍的了解，就赌他暂时不会进攻许都。"荀攸说："正像曹公说的，剿灭刘备，兵马少了不顶用，被刘备拖在徐州，是我们最忌讳的。因此，应倾其全力，置袁绍于不顾，一击而致命，不给刘备以任何喘息的机会，或许可以为我们赢得时间。"曹操说："既然如此，那就下定决心，出兵徐州，征讨刘备。黄河正面的兵马不动，因河内有魏种驻守，可将驻守敖仓的夏侯惇抽调出来，这样，即便袁绍来攻，魏种也可以抵挡一阵。二线驻守官渡的张辽、徐晃及曹仁、夏侯渊等，全部前往徐州，征剿刘备。这样五路大军共计近八万兵马，对付刘备的万余兵马，我看是足够了。如果大家没有意见，这就下达命令。"荀彧等人异口同声："箭在弦上，不必迟疑。"于是曹操下令："夏侯惇等五部兵马，即刻从各驻地直接开赴徐州，不必来许都集结。"并命令朱灵、路招，随队前往徐州，召唤旧部。并派人通知张绣，第二道防线仅剩他这一支兵马，万一袁绍突破第一道防线，张绣可到官渡，依靠济水拦截，无论如何坚持到兵马从徐州赶回。又令臧霸严守兖、青交界。若袁绍渡河，可从侧翼击杀。

　　刘备在徐州大肆扩充兵马，遭到车胄抵制，断了他的粮草。关羽、张飞气愤不过，要求刘备斩了车胄，重领徐州牧。刘备说："不可，我们表面上还要维护车胄的刺史地位，尽可能地与曹操保持若即若离的关系，不给曹操征讨我们的借口。暗中迅速壮大我们自己，待时机成熟，再与曹操撕破脸不迟。现在车胄不给我们粮草，我们就自己征调。"

　　由于刘备曾任过一段徐州牧，与徐州各郡县守令比较熟悉，便派人暗中与他们取得联系。有的守令脚踩两只船，表面上顺从车胄，暗中给刘备提供资助。导致刘备的势力发展很快，手下兵马达到万余人。本属青徐兵的昌豨，不愿受臧霸节制，被曹操表奏为东海太守后，时常怀有二心，经不住刘备的拉拢，很快归降了刘备，答应愿随刘备共同反曹。刘备觉得自己的底气越来越足，便不把车胄放在眼里。他觉得再韬光养晦一段时间，只等袁曹开战，他就可以趁势而起了。

　　不料，建安五年新年刚过，就传来消息，董承谋刺曹操事泄，已被曹操斩首，董贵妃也被三尺白绫结果了性命，义状上签名的种辑等人也悉被诛杀九族。再要和曹操打马虎眼，已不可能，索性逼车胄就犯。若车胄不归顺自己，就将他诛杀，全面掌控徐州。于是他对糜竺等人说："现在袁绍在黎阳集结三十万大军，曹操已经自顾不暇，根本抽不出兵马来征讨我们。现在起事正当时。"于是刘备在营寨中摆下酒宴，派人到下邳城去请车胄，诓骗说："我家将军欲回许都，临走设宴与刺史话别，表示感谢，请刺史光临。"车胄果然应邀来赴宴。席间刘备劝车胄和自己联合，共同反曹，说："袁强曹弱，其势必败。一旦许都被灭，我们就顺势而起。现在正是建功立业的时候，识时务者为俊杰，还请刺史三思。"车胄勃然大怒，驳斥道："你身为皇叔，更应为大汉朝尽心竭力。在此关键时刻，本应支持曹公击败袁绍，共扶天子。却心生异端，实属大逆不道。我车胄身为朝廷诏拜的刺史，绝不与你同流合污。"刘备下令绑了车胄，车胄大骂不止。刘备斩了车胄，随即率兵马攻入下邳城，将车胄一家老小尽数诛杀。刘备自领徐州牧。许多郡县守令很快宣布归降刘备。昌豨也公开宣布：脱离曹操，归顺刘备。

看到徐州这么轻而易举地夺到了手，刘备喜悦之情溢于言表。他大宴宾客，以示庆贺，毫不掩饰地说："静观袁曹大战，准备伺机取利。"

就在刘备窃喜之时，忽然斥候来报："曹操尽起五路大军，约八万兵马，杀奔徐州而来，要替车胄报仇。"刘备闻言大惊，他没有料到曹操竟置袁绍于不顾，孤注一掷，亲率大军来征讨，一时慌了手脚，忙调张飞率三千兵马，驻守彭城，与下邳城成掎角之势。派人前往东海，令昌豨率部曲赶来增援。但刘备心中感到与曹操相比实力相差太悬殊，便与糜竺等人商议，派出孙乾前往邺城，向袁绍告急。刘备亲自修书一封，说许都空虚，希望袁绍趁此机会，渡河南下，攻取许都，双方合力剿灭曹操。因途经兖州，孙乾怕遭遇曹军拦截，与随从扮作客商，怀揣此信，昼夜兼程，赶往邺城。一路走来，并未遇见曹军，心想兖州如此空虚，若我家主公趁此机会出兵兖州，必能攻取之。于是写了封书信，令一随从返回下邳向刘备报告，然后快马加鞭奔邺城而去。

孙乾到了邺城，因军情紧急，顾不得找旅舍住下，而是直接奔冀州府，递过名刺，要求拜见袁绍。别驾田丰初听是一商人来见，并未放在心上，待看过名刺，方知是刘备的从事来见，赶忙相请。两人见过礼，孙乾便将曹操如何尽起主力征讨徐州，许都如何空虚，刘备如何欲与袁绍联合征剿曹操等述说了一遍。田丰听完，眼前一亮，二话不说，引孙乾前往后堂去见袁绍。

虽然出了正月，冀州仍十分寒冷，袁绍裹着毛皮大衣偎坐在火炉旁。孙乾行过礼，将刘备的信奉上，偷眼看袁绍，见他面容憔悴，毫无精神，与想象中的袁绍大相径庭，心中暗暗吃惊。这时袁绍看完信，叹了口气，说："曹孟德出兵征讨徐州，刘豫州想让我出兵相助，可现在我的小儿子已经病了好几天，大夫开的药也吃了几剂了，仍不见好转，我正为此事焦心，只好请玄德见谅了。"田丰没想到袁绍会这么说，连忙说："与主公争天下者，曹操也。曹操现在东击刘备，许都空虚，举军而袭其后，可一往而定。"袁绍抬眼看了看田丰，说："你不是一直反对我渡河南下攻打许都吗？"田丰解释说："兵以机动，斯其时也。现在有了机会，就应该抓住机会。"袁绍说："真不凑巧，小儿现在病中，我心急如焚，哪有心思去打仗，先等等吧。"田丰说："可机会稍纵即逝，千万不可错过。"袁绍说："要想消灭曹孟德，我还要寻找机会吗？他那点兵马我就没放在眼里。"孙乾一看袁绍并无出兵的意愿，心中一急，赶忙跪下施礼哀求，说："请大将军施以援手，否则徐州就落入曹操之手了。"袁绍略一沉吟，说："刘豫州既然看得起我，让你空手回去也对不住他，这样吧，我送你两千兵马，随你回徐州助刘豫州抵抗曹操，待我小儿身体痊愈，即出兵渡河南下。"然后告诉田丰："所送两千兵马由你负责调配。"孙乾待要再求，袁绍已不愿再听。田丰摇手制止。二人刚退出后堂，田丰长叹一声，说："可惜呀，现在这么好的机会，却因为小儿子一场小病就放弃了，真是太可惜了！"袁绍听见田丰埋怨他，本想怒斥几句，想了想还是没有张嘴，但心中对田丰很是不满。

二人出来，田丰赶快抽调了两千兵马，交与孙乾，说："没办法，现在只能帮你这么多了。回去告诉刘豫州，让他一定设法拖住曹操。我再找机会劝说袁公，一旦他小儿病有好转，即出兵许都。"孙乾说："谢别驾相帮，我一定转告刘豫州。"田丰说："一路保重。"

孙乾辞别田丰，率袁绍给的两千兵马，偃旗息鼓，悄悄奔往徐州，同时命两名随从，骑快马速回下邳，向刘备提前报信。这两名随从走到沛城，得知刘备已进驻沛城，赶忙入城来见刘备。原来刘备送走孙乾，怕远水不解近渴，仍然坐卧不宁。接到孙乾捎回的信，说是兖州空虚，忙与简雍商议。简雍献计说："既然兖州空虚，主公可率一支兵马进驻沛城，若曹操来攻徐州，主公可趁此机会，由沛城攻入兖州，曹操回救，徐州之围可解，这就是围魏救赵。若曹操不回救，我们趁势夺取兖州，这叫顺势而为，坏事反而变成好事。"刘备一听，连呼其妙，于是分兵，留关羽坚守下邳，自己亲率三千兵马，前往沛城驻扎。只待曹操进攻下邳，他就率兵马攻入兖州。

这两名随从见到刘备，将袁绍因小儿生病，无暇出兵攻夺许都一事说了，这让刘备颇感失望。但是又听二位随从说，袁绍给了两千兵马支援，目前正在孙乾率领下赶来徐州。刘备皱了皱眉，问："兖州情况怎样？"两位随从说："一去一回，我们都未见曹军兵马，充其量仅有少数郡兵。"刘备说："你二人再辛苦一趟，回去告诉孙乾，让他到沛城来会合，我在沛城等候他。"两人领命，骑上马又顺原路返回，通知孙乾去了。刘备与简雍商量："袁绍不愿出兵，只能靠我们自己了，好歹袁绍给了我们两千兵马，只要曹操进攻下邳，我们手中这些兵马，足以在兖州闹得天翻地覆，逼曹操从徐州退兵。"

第六十一章

失沛城刘备投袁谭　约土山关羽降曹公

曹操的五路大军依次从各驻地出发，前往下邳。曹操与郭嘉、荀攸、朱灵、路招等，随夏侯渊部从许都出发，走到阳夏，接到斥候报告，说刘备率一支兵马已到达沛城。郭嘉说："刘备料我们必攻下邳，他这是采取围魏救赵的方法，准备袭击我兖州，以解下邳之危。"曹操说："敌变我变，放弃下邳，转向沛城，先消灭刘备，以防其袭夺我兖州。"随即命史涣、丁斐等人分头通知徐晃、张辽、夏侯惇，以及跟在后面的曹仁，到沛城集结，先围歼刘备。然后率夏侯渊所部折向东北，前往沛城。

徐晃、张辽两支部曲一起从官渡出发，一路向东，刚走到济阳，正准备折向东南前往下邳，接到史涣传来曹操的命令，于是继续向东，最先到达沛城，扎下营寨。二人立功心切，不等曹操来到，便率兵马开始攻城。刘备万万没料到曹军会出现在沛城，猛然间有点惊慌失措，后来从帅旗上认出是徐晃和张辽，稍微放了点心，认为凭借沛城的城池，完全能抵御住徐晃和张辽。同时派人前往联络孙乾，要其加快速度赶到沛城，里应外合围歼曹军。

由于刘备依托城墙顽强抵抗，曹军几次进攻均无功而返。第二天一早，徐晃、张辽再度发起攻击，几个回合下来，仍然无法攻上城墙。看看已近中午，这时夏侯惇率部赶到了，立刻摆开阵势，会同徐晃、张辽，三支兵马一起攻城。刘备的兵马虽然顽强抵抗，但毕竟寡不敌众，经不住曹军的轮番进攻，有好几次差点失守。勉强坚持到太阳落山，曹军终于停止进攻，刘备这才顾上喘口气。然而还没等他下城楼回府中休息，就见远处影影绰绰又一支兵马杀来。刘备赶忙驻足观望，余晖中见大纛旗上一个大大的"曹"字，紧随其后的又是一个"夏侯"字样的帅旗。刘备的脸僵在那儿，毫无表情，许久才下意识地下了城楼，回到府中，对简雍说："看来曹操没有到下邳，而是率主力集结到了沛城，我们失算了。"简雍说："为今之计，只有放弃沛城，撤回到彭城或下邳，与关羽、张飞合兵一处，尚能与曹操周旋。"刘备摇头道："不行，曹军会一路追杀下去。

我们必须坚定决心，按事先的设想，杀出沛城。迎着孙乾，合兵一处，大闹兖州，将曹操引出徐州，才是根本之策。今天晚上就行动，明天天一亮，我们就走不成了。"于是赶快下令，所有将士今晚穿戴好盔甲，各持兵器，待后半夜杀出沛城，与孙乾会合。

正月的天气到了后半夜，寒气更加袭人，刘备的兵马收拾停当，打开北门，悄悄出了城。见曹军营寨都很安静，料想曹军已进入梦乡，便要潜出曹军的包围。谁知兵马刚出了沛城，便喊声四起。原来曹操来到沛城，见各路兵马已基本到齐，说："明天曹仁的兵马也能赶到，咱们这五路大军，不给刘备任何喘息的机会，坚决拿下沛城。"郭嘉说："刘备已知我主要兵马聚集在此，很可能趁天黑突围。"曹操说："奉孝说得对，今晚各部曲一定要警惕，若刘备出城，必将其全歼。"果然后半夜，刘备率兵马出了沛城，曹军各路兵马一拥而上，将刘备团团围住。刘备一看不好，知曹军早有准备，若退回城中，必是死路一条，只得下令将士，不顾一切向西北方向冲杀，争取与孙乾会合。双方在夜色中杀得难解难分，简雍一看，曹军夏侯惇部阻击得相当顽强，若再硬拼，不到天亮便会全军覆没，于是连忙对刘备说："放弃向西北与孙乾会合的打算，掉头向北，先设法冲出曹军包围。"见刘备点头，便令将士护住刘备，拼死力战，快到天亮时，终于冲出了曹军的包围圈。清点人数，三千余兵马，仅剩不足二百人，且大都遍体鳞伤，精疲力竭。又令人悄声打探，才知已进入兖州任城地界。刘备说："现在我们只有向北到青州投奔袁谭，请求袁谭派兵马助我们杀回徐州。"简雍说："事到如今，也只好如此了。"刘备说："赶快派人告诉孙乾，让他们不要再到沛城，可到青州找我们。"简雍说："现在不知孙乾到了哪里，派人去找犹如大海捞针。"刘备说："那也不能眼看着他们飞蛾扑火。"简雍只得挑选了两位士卒，给了他们两匹马，嘱其设法找到孙乾，阻止他到沛城。二人领命而去。随后刘备率残部，悄声潜行，奔青州而去。

此时天已大亮，激战声已停，清理完战场，已近中午，却并未发现刘备，不知其逃往哪里。曹操正要收兵，准备进入沛城，忽见西北方向有一支兵马朝这儿奔来。曹操疑惑，为防不测，忙令各部兵马准备战斗。来者不是别人，正是孙乾。他率领两千袁军，应刘备要求正快速赶往沛城。眼看前面就是沛城，远远望去城外许多兵马，孙乾感觉情况不对，正要下令停止前进，却发现大量兵马朝这里围了过来。孙乾一看大势不好，命令兵马后撤，然而已来不及。曹军从四下里围了上来，这两千兵马根本来不及扎营，就被曹军打败，做了俘虏。孙乾等人原本是商人打扮，趁乱逃之夭夭。曹操经过审问，才明白这些人马的来历，便将他们交给朱灵。这些人马中有人认出了朱灵和路招，感到有几分亲切，愿随朱灵、路招效命曹操，朱灵将他们正式收编。曹操进入沛城安抚百姓。这时曹仁所部也已赶到，五路大军聚齐，曹操下令南下进攻彭城。

驻守彭城的张飞已从逃到彭城的士卒口中，得知沛城已落入曹军手中，刘备兵马被打散，下落不明，现曹操五路大军正奔彭城而来。事已至此，只好兵来将挡。张飞一面派人到下邳通报关羽，一面令所有士卒严阵以待，与彭城共存亡。

张飞刚部署完毕，曹军已经赶到。西门徐晃，南门曹仁，东门夏侯惇，北门张辽，将彭城团团围住。为防止张飞逃往下邳，又在彭城东南方向，通往下邳的大路上，由夏侯渊埋下伏兵。此时天色已晚，曹军忙着安营扎寨。为防张飞半夜偷袭，曹操下令各部曲增加岗哨，严密防守。

第二天天刚亮，曹操就下令全面进攻，四支兵马从四门一起攻打。城上守军滚木礌石、弓箭戈戟一起上，顽强防守，一直打到太阳西斜，滚木礌石也消耗得差不多了，士卒们体力渐渐不支。张飞在城上四处奔忙，哪里告急就奔向哪里，到此时也累得气喘吁吁。刚在南门打退了曹军的进攻，忽报东门夏侯惇已攻上城墙，形势危急。张飞刚要前往东门，又接到报告，北门曹操亲自指挥，其校尉许褚率近卫营夺了北门城楼，已将北门打开，张辽率兵马已攻入城中。手下将士劝张飞保存实力，这样硬拼下去，会全军覆没。张飞只得下令突围，在士卒们的簇拥下，打开南门，冲了出来。曹仁正在组织攻城，冷不防张飞冲了出来，赶快调兵马来堵截。双方战在一处。张飞不敢恋战，边战边往东南方向的下邳撤，这时一声炮响，早已埋伏在此的夏侯渊迎头拦截。张飞心想：这回可真的完了。心一横，舞起手中长矛，与夏侯渊战在一处。这时曹仁也追了上来。情急之下，张飞反倒清醒了，眼看逃往下邳已不可能，拨转马头，率士卒向西逃去。此时天色已晚，为防不测，曹军停止了追击。在夜色掩护下，张飞率手下仅剩的百余士卒，直奔芒砀山而去。

曹操进入彭城，安抚百姓，与郭嘉、荀攸等人商议如何攻取下邳。曹操说："下邳城经刘备、吕布屡次增修，城墙高大，易守难攻。上次攻打吕布时，经过旷日持久的围困，最终还是靠水淹，引起军心动摇，才破了城，若硬攻一定会有巨大伤亡。大家说说，应该怎么办？"荀攸说："主公说得对，强攻不行，只有智取。"郭嘉说："据斥候和被俘的士卒所述，下邳城中关羽的兵马，比沛城、彭城的都多，但是其中有两千兵马，是原来朱灵、路招的部下，被刘备兼并的时间并不长。只要我们设法与他们取得联系，让他们为内应，夺取下邳就易如反掌了。"荀攸说："这个好办，我们有在沛城和彭城俘获的士卒，从中挑选一些愿意归顺的，让他们假扮被打散的士卒，混入下邳城，与朱灵旧部取得联系，大功即可告成。"曹操说："再从我们的士卒中挑选一些精兵，也混入其中，就更有把握了。"计议已定，曹操下令依计而行。由于刘备的士卒大多都是到徐州后新近招募的，对刘备并不忠心，所以很容易就被策反，从俘获的士卒中挑选了一些愿意归顺的，连同曹军挑选的一些士卒，只说是从沛城、彭城逃回的，陆续前往下邳。曹操又令路招也混入其中，到下邳召回旧部。

关羽从陆续逃回的士卒口中得知刘备、张飞下落不明，有说前往郯城求救的，有说战死的，有说逃往芒砀山的，莫衷一是，这让关羽心情非常焦躁。很快城中到处流传着刘备与张飞已战死的谣言。甘、糜二夫人也听到了传言，哭闹着来找关羽，让他设法打听刘备的消息。关羽下令赶快收编这些逃回来的士卒，严密控制他们，不准乱说乱动，惑乱军心。这时斥候来报："曹操率五路大军，已由彭城出发，朝下邳奔来。"关羽振作精神，要死守下邳。下邳城易守难攻，吕布尚且守了数月，如今城中粮草充足，守两个月不在话下。若刘备张飞还活着，一定会设法来救自己。

曹操的五路大军很快将下邳城围了个水泄不通，试着发起了数次进攻，只等潜入城中的将士配合。然而城中并无动静，原来设想的城内起事的情况并未发生。曹操在想，莫非混入下邳的这些士卒被关羽识破，或是走漏了风声，再或者路招的旧部都归顺了刘备？当他把这些想法告诉郭嘉后，郭嘉说："我也在想这个问题。我觉得可能是关羽在城中控制得一定非常严密，致使混入城中的人和路招旧部不敢轻举妄动。我们要设法把关羽从城中引出来，为城中准备起事的将士创造条件。"曹操恍然大悟，于是令夏侯惇率两千兵马，对着城上的白门楼叫骂，说关羽号称万人敌，如今躲在下邳城不敢交战，徒有虚名。夏侯惇放言："愿与关羽亲自交战，若不胜，即刻卷旗收兵。"一连两天，仍不见城内有动静。

其实第一天夏侯惇骂阵，关羽就要冲出来与夏侯惇一决高低，糜竺、糜芳苦劝，说是曹操之计，劝关羽一定要耐住性子，无论如何不能出城。第二天又骂了一天，眼见太阳西斜，关羽终于忍耐不住，打开城门率两千兵马冲了出去，直奔夏侯惇而来。双方战了十几个回合，见夏侯惇渐渐不敌，关羽一时性起，便要取夏侯惇性命。夏侯惇趁势拨转马头要逃，关羽挥起大刀追了上去。手下士卒一见关羽取胜，舞动着兵器杀了上来。曹军一见，赶忙随夏侯惇往后逃。关羽紧追不放，然而还没追出三里地，只听城上一阵呐喊，旌旗飞舞。关羽一看，知道中了曹操的计，待要返回，这时曹仁、徐晃、张辽、夏侯渊一起围了上来，夏侯惇也返了回来。关羽率跟出来的两千兵马力战，想冲出包围。然而曹军人马太多了，关羽左冲右杀，最后被逼上一座小土山，才稳住阵脚，清点人数，仅剩数百名士卒。随着夜幕的降临，寒气升了上来，经过激战，将士们都出了一身的汗，冷风吹来，真是又冷又饿。关羽感到对不起大家，后悔没有听糜竺、糜芳的劝告，致使丢了下邳城。城中二位嫂嫂不知怎样。想到明天又是一场恶仗，恐怕凶多吉少。

曹操命各部曲在土山下点起篝火，一为取暖，二为照亮夜空，严防关羽趁夜突围。这时路招派人来报，已控制了下邳城。原来路招混入下邳城后，很快与旧部取得了联系。大家本来得知刘备、张飞已败，下落不明，又闻知曹公数万兵马就在城外，情绪低落，忽然见路招受曹公之命来召回大家，立刻来了精神，纷纷表示拥戴路招，重归曹军。本要即刻行动，无奈关羽控制得很严，不敢轻举妄动。待关羽出城应战，抓住机会便控制了城门，升起吊桥，关闭城门，断了关羽回城之路。因下邳城中基本是路招的兵马和受命进城的士卒，所以不费吹灰之力便控制了全城。曹操携郭嘉、荀攸等人进入下邳城，路招亲自赶上前迎接。曹操问路招：“徐州署衙怎么样？”路招说：“我已派兵马将其看住，未接到主公指令，不敢妄动。”曹操点点头，对郭嘉和荀攸说：“走，咱们到署衙去看看。”

路招在前引路，很快来到署衙，果然见曹军围着署衙。曹操等人进入署衙，来到正堂，见糜竺、糜芳二人席地而坐，徐州掾属们也聚集在这里。有坐着的，有站着的，见曹操进来，都赶快站好，唯有糜竺、糜芳二人未动。路招刚要呵斥，曹操摆了摆手，说：“这不是糜氏两兄弟吗？许都一别，有些时日未见了。怎么，都是老熟人了，也不起身打个招呼吗？”糜氏兄弟对视一眼，糜竺说：“我们已是阶下囚，要杀要剐，悉听曹公尊便。”曹操一笑说：“谁说要杀你们？你们当中许多人已是徐州署衙的老人了，当初陶谦时就被征辟，后来又归了刘备，吕布来到后，又随了吕布。当然大多也在车胄手下干过。这怨不得你们，你们本来都是朝廷的官吏，也是身不由己。"曹操的一席话，使这些掾属们紧张的心情立刻放松下来，甚至有的还抹起了眼泪。曹操对麋竺说："陶谦时你就是徐州的别驾，刘备时你仍是别驾，可见也是英杰。"曹操话锋一转，问："刘备的夫人、你的妹妹，现在可好？"麋竺说："甘、麋二夫人俱在后堂。"曹操对路招说："命令士卒，任何人不得私自闯入后堂，违令者斩。"麋家两兄弟见曹操并无加害之意，连忙站起来施礼。曹操说："关将军现已被围在城外，我想拜托二位，明日前去劝说关将军放下兵器，不要再做无谓的抵抗，归顺朝廷，建功立业，名垂后世不是更好吗？"麋竺说："关将军与刘豫州乃结拜兄弟，誓同生死，必不叛刘豫州。"曹操说："既如此，我也不难为你们。好了，你既是别驾，那就带着各位掾属，暂时在署衙安歇吧。"

曹操离了署衙，回到大帐，对郭嘉说："徐州的掾属们情况比较复杂，这其中大多数人还能为我所用，应以安抚为主，这样可以减少对立，尽快使徐州形势稳定下来。麋氏在徐州尚有一定影响，我们要善待他们，争取为我所用。眼下最主要的还是怎样对付关羽。"荀攸说："主公是想招降他吧，我见你下令停止进攻，便知你有此意。"曹操说："是的，关羽是一员难得的将才，我倾慕已久，现在他已走投无路，我想明天劝说他归降。"荀攸说："此事恐怕不好办。"曹操说："我以诚相待，总能打动他。"

第二天一早，曹操让人多做了数百人的汤饼，要亲自送到土山上，诸将一看，说什么也不同意。曹操说："云长是忠义之人，必不会用阴招要赖。"张辽说："当初吕布时，我与关羽打过交道，自认还能说上几句话，不如由我送上去。即便弄僵，主公还有回还的余地。"曹操一想，是这个理，便嘱咐张辽："你上去以后，可随机应变，如果不行，回来咱们再议。"张辽应诺，将手中兵器交与手下，带着送汤饼的士卒，徒步朝土山顶登去。

关羽本待要趁夜突围，见曹军防守严密，终无机可乘，只好作罢。此时天已大亮，料曹操就要进攻，于是命令士卒，各持兵器，准备应战，说："待曹军进攻，我为前锋，每人随我朝下冲，不论是谁，能冲出去就行。"话音刚落，警戒的士卒说："快看，山下有人上来了。"关羽赶忙向下望去，果然见数十人手中并无兵器，而是挑着担上来的，感到奇怪。为防有诈，命弓箭手准备。

这时听到有人朝山上喊话，喊的什么听不清楚。渐渐近了，听出来人自称张辽，送汤饼来了。关羽疑惑。士卒们本来提足了精神，要决一死战，此刻听说有汤饼送上来了，立刻感到肚子叫了起来，喉咙里也冒起了火，这才想起昨天下午经过拼杀，至今水米未沾，浑身立刻软了下来。关羽看在昔日与张辽那点交情的份上，只好令弓箭手收起弓箭，放张辽上来。

张辽一见关羽，便说："关将军，曹公见众将士出城时并未带干粮，想必又冷又饿，特命我送一些汤饼上来。"关羽冷笑一声："恐怕不只是送汤饼吧？"张辽一笑，说："自然。曹公还要我劝关将军几句，识时务者为俊杰，不要再做无谓抵抗。"关羽说："你我昔日虽有交情，但今天各为其主，恕关某不能领情了。"张辽说："先不说这些，天气寒冷，还是先让将士们趁热吃饭吧。"关羽略一沉吟，大声说："众位将士，这可能是我们最后的一顿饭了，大家吃饱喝足，争取多杀几个曹军。"带头先吃起来，边吃边对张辽说："张将军，请回吧。告诉曹公，我在这里谢他了，临死没让我们当饿死鬼。"

张辽没有搭话，待关羽吃过饭，一笑说："关将军，土山下是数万兵马，尽管你武艺高强，万人莫敌，恐怕今日也突不出去了。再看看眼前的这些将士，也都是父母生、父母养的，家中都有兄弟姐妹，有的还有妻、子，倘有一线希望，战死或许还有点价值。现在明知不可为而为之，你不觉得有点残忍吗？关将军不想为他们寻一条活路？"关羽沉默了。张辽又说："刘备前往沛城时，一定将二位夫人托付于你。如今两位夫人俱在下邳城中，曹公已将二位夫人保护起来，欲交还给你。你若一死，表面上看起来是尽忠了，可却置二位夫人于不顾，辜负了刘备的重托，不知你的义在哪里？"见关羽低头不语，张辽又说："你与刘备、张飞义结金兰，不求同年同月同日生，但求同年同月同日死。如今刘备、张飞下落不明，如果关将军慨然赴死，他日刘备、张飞劫后重生，闻知将军已死，他们还能活吗？可知今日你任性一死，却是三命。为今之计，若归降曹公，一可以使这数百士卒得以活命，二可保二位夫人无恙，三可以打听刘备、张飞下落，兄弟三人相聚。关将军细想我说的是否在理？"

关羽说："张将军所言虽说有理，可自追随刘使君以来，身为别部司马，戎马倥偬，从不知'降'字何写。"张辽说："关将军此言差矣。你身为下邳代理太守，而曹公身为司空，位居三公，归附曹公本在情理之中，算不上投降。"关羽说："如此说来，我是附汉，并非降曹？"张辽说："正是。"关羽说："既如此，我可以放弃抵抗，但必须确保二位嫂嫂不受侵扰，给予优厚待遇。"张辽说："现在二位夫人就得到了很好的保护，关将军若不信，可到下邳城中亲自去看。"关羽说："还有一条，一旦我得知刘使君下落，无论多远，我将携二位嫂嫂前往追随，曹公不可阻拦。"张辽犹豫。关羽说："若此项条件不答应，恕关某绝不归附。"张辽说："待我禀报曹公，应该问题不大。"

　　这时挑担上山的士卒已将空担收拾好，张辽起身告辞，让关羽耐心等候，返身下山去了。见到曹操，便将关羽的要求如此这般述说了一遍。曹操频频点头，当说到"一旦得知刘备下落，关羽必前往追随"时，曹操说："若是这样，要他归降何用？"张辽说："主公莫急。关羽之所以效忠刘备，皆因刘备厚待关羽。人心都是肉长的，倘若主公以诚相待，时间一长，关羽感念主公厚恩，必能效忠主公。况且刘备不知下落，或于乱军中已死也未可知，若真如此，他还到哪里投奔刘备，岂不就留在了主公身边？"曹操一听张辽说得在理，便说："既如此，那就答应他。"于是张辽即刻返回土山，说："曹公已应诺关将军的三条。"关羽说："既如此，我就随你下山去见曹公。"

　　曹操此时早已在山下等候，见关羽从山上下来，忙迎上去说："关将军，许都一别，也有些时日了，今日相见，乃是天意。"关羽说："文远代我向曹公述说的三件事，还望曹公谨守诺言。若知我家主公消息，关某不论早晚，必前往相随。"曹操说："这个自然，我既已答应，绝不食言。"关羽施礼，说："关某谢过曹公了。"

　　关羽回到徐州署衙，见到了糜竺、糜芳，俱说曹操并无不敬，又到后堂拜见了甘、糜二夫人，述说已与曹操约好，日后寻着刘备下落，定携二位嫂嫂前往追寻。甘、糜二夫人说："不知曹公能否遵守诺言？"关羽说："曹公位居三公，说话岂能儿戏，请二位嫂嫂放心。"

　　关羽既降，仅剩下昌豨还盘踞在东海。曹操命夏侯渊、张辽前往征剿。二人领命，各点起本部兵马，奔东海而去。

　　曹操在下邳开始整肃徐州州务。他问郭嘉和荀攸："由谁来主政徐州？"两人一致认为，现在洛阳任河南尹的董昭最为合适。荀攸说："董昭曾在冀州任巨鹿和魏郡太守，经其手两郡皆由乱到治。自前年任河南尹后，两年来，洛阳无论是经济和人口，都有了很大程度的恢复和发展。"曹操也有同感，当即决定：表奏董昭为徐州牧。并派人前往洛阳，通知董昭到下邳来上任。接着曹操又表奏糜芳为彭城国相。这让糜芳颇感意外，没想到能被曹操如此重用，很是感谢。随后曹操又征询郭嘉和荀攸的意见，说："兖州泰山郡郡界太大，常有轻悍之人图谋不轨，管理不易，权时之宜，我想分其五县为赢郡，选清廉能干之人为太守。"郭嘉说："想必主公已有人选了？"曹操说："正是。糜竺久为徐州别驾，素履忠贞，想让他领赢郡太守，抚慰吏民。"郭嘉迟疑道："让他们兄弟两人都镇守一方，万一有变……"曹操说："疑人不用，用人不疑，只要我们真诚相待，总能把他们的心暖热。"郭嘉说："既然主公下了决心，那就试试吧。"糜竺获此消息，也是颇感意外，很是感谢。二人就要前往上任。曹操说："糜芳先行上任。糜竺待董昭来到后，将州中事务与董昭交接后，再行上任。"糜芳于是告别甘、糜二夫人和关羽，先行到彭城上任去了。不久董昭从洛阳赶来，糜竺将徐州一应事务交割清楚，便来与关羽和二位夫人辞别。二位夫人不舍，尤其是妹妹糜夫人更是痛哭流涕。糜竺说："妹妹莫哭，我到兖州，正可以打探刘使君的下落，待获知使君确切消息，即告知你们，那时大家再团聚。"关羽也告诫糜竺珍重，留心打听刘使君下落。糜竺也叮嘱关羽，保护好二位夫人，静候刘备消息，便启程到赢郡上任去了。

此时孙乾从袁绍那里带来的两千兵马已归了朱灵，旧部路招的两千兵马也已回归，曹操又将俘获的刘备兵马裁汰老弱，挑选青壮勇士，补充到各部曲中。直到徐州事务处理完毕，袁绍都没有渡河南下，曹操长舒了一口气，绷紧的心弦终于松弛下来。只待夏侯渊和张辽平叛昌豨归来，就可以拔寨起营，返回许都了。

第六十二章

三公山张辽劝昌豨　馆陶界袁绍迎刘备

　　夏侯渊和张辽来到东海，很顺利地进入东海城。原来昌豨闻知刘备兵败，曹军前来征讨，知自己实力不济，难以抵御，便放弃东海城，率部曲逃往东海北部的三公山，企图借助三公山的有利地形，与曹军周旋，以拖待变。

　　夏侯渊和张辽安抚好东海百姓，随即率兵马来到三公山下，开始发动攻击，然而几天下来，毫无进展。三公山虽不是很高，山势也并不险要，但昌豨在山口处建了一座寨门，扼守着进山的道路。尽管曹军兵马众多，却施展不开，一时竟拿昌豨毫无办法。这两天昌豨干脆紧闭寨门，挂起了免战牌。夏侯渊决定组织兵马，再次进攻。张辽劝阻道："这样硬拼不行，我想了想，打算上山见昌豨一面，劝说他投降。"夏侯渊吃惊道："你去劝他投降，这是主动去送死，坚决不行！"张辽说："你听我把理由讲一讲。这几天交战，我见昌豨在寨门上看我的眼神不一样，似有话要说，而且从寨上射出的箭越来越少，我料他心中正在犹豫。"夏侯渊说："这太过冒险。我就不信，一座小小的三公山拿不下。"张辽说："当然凭昌豨的这点兵马和三公山的地形，我们肯定能把三公山夺了，但我军兵马现大都在徐州，袁绍屯兵黄河，时刻威胁着我们，曹公必盼着我们早日凯旋。如昌豨归降，一可以减少将士的伤亡，二可以及早平定东海，主公可以早日班师回许，我觉得这个险还是应该冒的。"夏侯渊没想到张辽虽然年轻，看问题却这么全面，心中不由暗暗敬佩。可这毕竟太冒险了，他犹豫不决。张辽说："夏侯将军，你放心，我虽只身上山，但我们大军压境，昌豨必不敢加害于我。"夏侯渊只得同意。

　　第二天，张辽来到三公山寨门前，向门楼上高喊："楼上守将听着，我乃张辽，受曹公之命，有话要与昌豨将军说，请放我上山。"过了好大一会儿，守寨将领打开寨门，说："奉我家将军之命，请张辽将军上山。"张辽正要迈步上山，后面的夏侯渊说："文远保重，若昌豨使坏，我立刻发动进攻，踏平他这山寨。"张辽点点头："夏侯将军放心！"说完抬腿朝寨门走去。

　　三公山山腰处，昌豨已等在那里，见张辽上来，忙迎了上去，说："没想到文远将军能亲自来，不知曹公有什么话要传告我？"张辽说："昌豨兄年长我几岁，本应比我明事理。曹公神武，方以德怀四方。上次征吕布，咱们一起降了曹公，曹公将你们青徐兵的将领，都表奏为太守，各自镇守一方，待你们不薄吧，没想到你竟起兵反叛。现在刘备万余兵马尽被消灭，关羽以下许多将士降了曹公。你想想，你这点兵马，敌得住曹公吗？"昌豨只点头："敌不住，敌不住。"张辽说："曹公念你受刘备蛊惑，希望你迷途知返，明辨时务，早早归降。若此曹公将既往不咎。"昌豨说："我上了刘备的当，现在想来，心中早后悔不已。若曹公宽宏大量，不予追究，我愿即刻归降，随你去见曹公，向他请罪。"张辽随即说："那就随我下山吧。"昌豨说："我已在大帐内备了酒宴，请文远赏光，到帐中略坐，吃过饭咱们就下山。"

　　两人一起登上山顶，进入大帐。大帐内生着炭火，颇感温暖。几案上果然摆好美酒肴馔，帐内还坐着两位妇人，各带一个孩子。昌豨向张辽介绍："这是我的妻妾及一对儿女。"张辽与她们施礼，说："两位嫂嫂好。"昌豨说："我要与文远将军相叙，你们都先出去，找地方待会儿。"张辽忙摆手："如今正是正月，又在山上，外面冷得很，还是让她们留在帐中吧。让她们也赶快吃饭，吃完饭咱们就下山。"昌豨说："还不快谢过文远将军。"二位夫人忙向张辽道谢。张辽说："二位嫂嫂不必客气，也招呼孩子们吃饭，我是受曹公之命，来迎昌豨兄回东海的，吃过饭咱们就下山。"两位夫人见张辽说话家常，很是感动。一位夫人说："谢过张将军了。这里荒山野岭的，孩子们也跟着遭罪，还是东海城里好。"另一位夫人说："当初就不该跟着刘备胡闹，多亏曹公宽宏大量，否则还不知这日子怎么过呢。"昌豨不耐烦道："你们快招呼孩子吃饭，休再啰嗦。"回头招呼张辽坐下，斟满酒，与张辽一饮而尽。昌豨心中高兴，要一醉方休。张辽心中有事，只简单喝了几杯，便催着昌豨吃饭。饭毕，又催昌豨下山。昌豨召集部曲，拆了营帐，将山上的物资收拾好，随张辽下了三公山。

　　夏侯渊在山下从早上等到太阳西斜，还不见动静，担心张辽的安全，心中焦急。这时见山口的寨门打开，张辽与昌豨先后走了出来，后面跟着一队兵马，知道事情已经谈妥，心中一块石头落了地。待大家来到夏侯渊面前，张辽刚要介绍，昌豨说："文远不用介绍，这是妙才将军。上次在下邳城我们见过。"

夏侯渊说："咱们走吧，天不早了，回到东海城天就黑了。"大家也不再耽搁，各率兵马，依次回到东海城。

第二天一早，张辽派快马向曹操禀告，东海已平。说自己擅作主张，招降了昌豨，请曹公治罪。然后说昌豨自愿随二人到下邳见曹操，向曹操请罪。

曹操在下邳正翘首以盼东海的消息，接到张辽派回的快马报告，觉得张辽能随机应变，审时度势，心中非常高兴，对张辽愈发看重。待张辽他们一回到下邳，立刻召见。昌豨面带愧色，自责道："都是我听信刘备的蛊惑，辜负了曹公的信任，自感罪责难逃，请曹公责罚。"曹操打量着昌豨，并未开口说话。昌豨心中没底，不知曹操怎样处罚自己，显得局促不安。张辽看曹操不说话，心里也同样没底，不知自己擅自招降，能否让曹操满意。这时曹操一字一顿地说："迷途知返，功莫大焉。过去的事就不再提了，你回去后仍任东海太守，把东海治理好。我随后告诉臧霸，让他也不要再追究这件事了。"昌豨跪拜施礼，说："请曹公放心，我再也不会辜负你的信任了，一定把东海治理好。"曹操说："希望你信守承诺。好了，如无其他的事，你就回东海去吧。张辽将军去送一送。"昌豨千恩万谢，辞别曹操，回东海去了。

送走昌豨，张辽返回，此时夏侯渊已经详细向曹操叙述了张辽只身上三公山，劝降昌豨的经过。曹操责备张辽说："你身为大将，只身前往三公山劝降昌豨，冒的险确实太大了。"又转身责备夏侯渊说："你为何不竭力阻止他？"张辽连忙说："主公，这不怪夏侯将军，是我自作主张，总想着能及早平定东海。"曹操说："这次万幸没事，若你出了事，为一昌豨损我一员大将，那将得不偿失。"张辽一笑说："我挟朝廷之威，曹公又以威信著于四海，料昌豨并不敢加害于我。前日招降关羽，曹公不是还要打算亲自上土山见关羽吗？"曹操说："事情虽同，但人却不一样。关羽是忠信之人，必不用阴招加害于人，所以我敢让你上土山劝降，而昌豨是青徐军中心眼最活的人，毫无诚信可言，见利忘义，所以我才担心。以后再不能这样随便以身试险了。"张辽说："谨听主公教诲，以后当小心为是。"

徐州既已平定，董昭也走马上任，曹操决定返回许都，临走对董昭说："你既为徐州牧，我给你留下两千兵马，以应不测。"董昭说："与袁绍大战在即，曹公正需兵马，徐州暂无大碍，若需兵马我再就地征召。"曹操说："也可以。"然后命各部曲拔寨起营，仍回原驻地驻守。夏侯渊和朱灵随曹操回许都，一个仍负责各部曲的粮草押运，一个仍与李典一起，负责许都的守卫。关羽保护着二位嫂嫂及家僮仆人，随曹操一同前往许都。

曹操班师回到许都，在朝堂上向献帝奏报了徐州大捷的情况，并说各部兵马已回到先前的防御阵地，抵御袁绍的防线已重新恢复起来。献帝连连说好。自曹操率兵马离了许都，献帝知道许都空虚，最怕此时袁绍打来，所以天天提心吊胆，如今心放回了肚子。文武百官也都松了一口气。袁绍若发动进攻，就不怕了。所以齐向曹操祝贺。唯有孔融，得知刘备下落不明，对曹操非常不满。自此心中对曹操有了一个结，便处处与曹操作对，此是后话。

朝会结束，曹操离了景福殿，出了皇宫，想到自回许都后，两天未见关羽了，不知可安顿好，便信步去探望关羽。

关羽护佑二位嫂嫂到许都后，被曹操仍安排在原刘备驻许都时的府宅居住，改名关宅。离开虽不足一年，府宅里已是满目荒凉，枯草遍地，毫无生气。昔日刘备精心开垦的小园圃也隐没在枯草中，两位夫人见状，悲从心头起，不由哭了起来。关羽心中也感凄凉，见两位嫂嫂如此，赶紧劝说道："嫂嫂不必悲伤，待寻得大哥，自去相见。"接着亲自动手，与家仆一起，将院中的枯草清除掉。后院的房屋打扫干净，安排两位嫂嫂住下，吩咐侍女和家僮照应，又叮嘱几位老仆守好二门，闲杂人等，一律不得随便进入后宅。自己又将前院的厅堂收拾干净，住了进去。来许都已两日了，并不出门。早上到后院向二位嫂嫂问安，便回到前院操练刀法，晚上秉烛读《春秋》，至晚方上床歇息。一应吃喝用度，曹操早派人送来，所以并无担忧。

今天练了一阵刀法，已经过午，关羽收了刀，守门的家仆来报，说是曹公来见。关羽连忙出门迎接，曹操已进来了。见院中收拾得干净整洁，便说："宅院有人住才有生气，你看树上已有嫩芽了。"关羽说："是啊，已是仲春了。"曹操又问关羽："二位夫人可好？"关羽点点头说："都很好。"曹操在前院巡视了一遍，来到前厅，见几案上一本打开的《春秋》，问："云长也喜欢《春秋》？"关羽说："比较喜欢，闲来无事时，常翻看一番。"曹操问："生活用度上有什么需要，尽管告诉我。"关羽说："曹公想得很周到，什么都不缺，我替二位嫂嫂谢过曹公了。"说着，示意曹操在正位上坐下来，曹操摆摆手："我就不打搅你了。"说着出了前厅，又巡视了一下前院，说："偌大的庭院，只有你和几位老仆，显得有点冷清了。"说完便告辞了。

　　第二天过午，曹操派丁冲送来十位美妙女子，说是专门送给关羽做媵妾，服侍关羽的。关羽力拒。丁冲说："曹公美意，却之不恭，请关将军留下。"关羽只好收下。丁冲说："曹公让我转告，今晚在家中备下酒宴，邀将军前去一叙。"随即告辞。关羽将十位媵妾送到后院，说是服侍二位夫人的。待太阳西坠，便前往司空府赴宴。

　　关羽所住的宅院，离曹操的司空府并不远，当初随刘备来过，熟门熟路，很快来到曹操的府门外。门吏一见，打了个招呼，赶忙进去通报，少顷曹操满脸带笑迎了出来。看到曹操如此热情，关羽倒有点不好意思了。曹操请关羽来到后宅，一妇人在那里恭候。曹操说："这是我的夫人卞氏，你也该叫嫂嫂吧。"关羽施礼："见过卞嫂嫂。"曹操对卞夫人说："这是大名鼎鼎的关将军。"卞夫人施礼说："久闻将军大名，请进屋坐。"曹操示意卞夫人退下，与关羽进入屋内，分宾主坐定。面前的几案上，早已摆好看馔，两人斟好酒，对饮一杯。曹操指着几案上的一盆肉说："回许都后一直忙，并无时间狩猎。昨天我命人专门猎获了一头鹿，今天收拾好，早早煮上了。你来时刚刚盛出来，尝一尝，看味道怎样？这可是我亲手烹制的。"关羽夹一块鹿肉，放入口中咀嚼起来，说："又烂又香，没想到曹公还会厨艺。"曹操说："关将军过奖，年轻时好狩猎，常与夏侯两兄弟及少年玩伴飞鹰走狗，打的猎物便自己动手烹煮，渐渐地摸了些门道。"两人又对饮一杯，曹操说："闻将军乃河东郡解县人，怎么到了幽州，结识了刘备和张飞？"关羽说："曹公有所不知，我本字'长生'。原在家乡闲时做一小买卖，生活倒也过得去。只因当地有一世族豪强，仗着朝中有人，横行乡里，欺男霸女，全不把官府放在眼里。那一日又逢集市，他公开强抢民女，被我撞见，一怒之下，将其杀了，这才逃出家乡，改字为云长，一路流落到幽州，便在涿郡住了下来。时逢黄巾贼乱，朝廷招募青壮勇士平叛。我闻刘备、张飞在贩马商人张世平、苏双的资助下，拉起了一支部曲，正在招兵买马，便前往应召，得刘玄德厚爱，与张飞依年龄长幼，结拜为兄弟，立志同赴国难，同生共死，报效朝廷。"曹操说："原来如此，若当初我们能早相识就好了。来，喝酒。"

　　两人边喝酒边聊天，天南地北，海阔天空，谈性甚浓。曹操话锋一转，说："关将军年纪也不小了，至今还未婚娶。前日看你形单影只，特选了十名媵妾，让丁冲送了过去，先服侍你，待遇到门当户对、大家闺秀之女，再与关将军成婚。"关羽一摆手说:"我乃一武将,值此乱世,正是横刀立马,为国捐躯之时,不愿为儿女情长所羁,谢曹公的美意。"看看夜已深,站起身说:"时间太晚了,多有打扰,关某告辞了。"曹操说:"今日聊得痛快,以后常来。"起身相送,又命人将关羽送回关宅。

第二日,曹操又派人送去了一些金银、绢帛、珍宝,并捎话:"若不够用,尽可张口。"关羽将这些都禀告二位嫂嫂,并交与二位嫂嫂收好。又过两日,曹操派丁冲来相请,说是家中备下酒宴,请关羽光临。关羽推辞不掉,只好应约前来。这次酒宴更加丰富,请来作陪的还有郭嘉、荀攸、荀彧、夏侯渊、朱灵、李典等在许的文臣武将,大家其乐融融,开怀畅饮,与关羽称兄道弟,热情有加。关羽也甚是感动,举杯说:"曹公,自我来许都后,一应物品尽数供应,毫无怠慢之处,关某不胜感激。今日特敬曹公一杯。"说完就要满饮杯中酒,曹操伸手拦住道:"且慢,今日相聚,咱们也是缘分,互相皆以兄弟相称,就不要一口一个曹公了,听着不顺耳。"关羽说:"曹公此言差矣,你是大司空,位居三公,关某怎敢与你兄弟相称? 那是大不敬。"曹操说:"今天在座的,都是我的兄弟,又是家宴,都以兄弟相称。"关羽坚持道:"他们与你称兄道弟,尚有理由可讲,关某在曹公面前,万万不敢高攀。"曹操说:"云长执意如此,我也不好再说什么。你若称我为曹公,我就称呼你关公,咱们彼此互敬。各位,咱们以后都称云长为关公。"大家齐声赞同,同呼"关公",让关羽很是难为情。

自此,曹操三日一小宴,五日一大宴,与关羽无话不谈,情谊愈加深厚。隔三差五又送金银珠宝,一应日常用度,早早送到。交往的多了,关羽与曹操家人也就熟悉起来。这日小宴,曹操对卞夫人说:"云长的战袍已旧了,你选上好锦缎,为云长重做一领新战袍。"关羽连忙推辞,卞夫人不容他分辩,马上拿来尺子,仔细量了尺寸,说:"云长耐心等候,我一定选最好的锦缎,为云长缝制战袍。看云长喜欢绿色,依旧绣成绿锦袍吧。"说完,便退了下去。曹操说:"你卞嫂嫂手艺很是高超,做出的新袍一定会让你满意。"关羽回到宅院,将这些情况都如实禀报了二位嫂嫂。甘、糜二夫人说:"叔叔在外应酬,自可临机决断,我等女流之辈,也不知如何应对,我等知道便是了。"

这日大宴,荀彧等一帮文武都来相陪。曹操满脸喜悦地说:"诸位先别忙着吃酒,我刚刚得一宝物,请云长及诸位一同观之。"随即领大家来到马厩,只见马厩中几匹战马一字排开,各个膘肥体壮,见有人来,立刻躁动起来,打着响鼻。其中一匹浑身赤红如火炭般的马，更是身形高大，引颈嘶鸣，四蹄蹬地，嘶嘶有声。大家一看都非常喜欢。关羽更是连夸："好马、好马！"仔细端详起那匹红马，试探着问："此马莫不是吕布的赤兔马？"曹操笑道："吕布的赤兔马虽好，只是马龄太老，比不得当年了。这些马是钟繇刚从西凉给我送来的。尤其这匹红马，可遇而不可求。"他把马嘴一掰说："才两岁口。钟繇捎信说，此马在西凉也难以寻觅。因他酷似吕布的赤兔，我就称他为'赛赤兔'。云长喜欢吗？"关羽乃世之名将，见宝马焉有不喜欢之理，连说："喜欢，喜欢！不仅颜色好，看马颈、马背、腰身、四蹄，实在无可挑剔。恭喜曹公得到如此绝世好马。"曹操命人将马从马厩里牵出，配上鞍辔，把缰绳递与关羽，说："云长骑上去试试。"关羽接过缰绳，翻身上马，在院中转了两圈，跳下马来，啧啧称赞："此马脚力真是不错。"曹操说："既然云长喜欢，这马就归你了。酒宴过后，你就把它带回去吧。"关羽连连摆手："这使不得，我哪能夺曹公之爱。"荀彧说："名将配名马，当之无愧。曹公送关公，受之正对。"大家一起笑了起来。

酒宴结束，关羽骑上'赛赤兔'，回到关宅，尽管天色已晚，仍围着马转了半天，才去歇息。第二天到后院向二位嫂嫂问安，并述说了曹操赠马一事，言语中流露出喜爱的语气。甘、糜二夫人听后哭了起来，关羽忙问怎么回事？二位夫人说："自来许都后，曹操对叔叔很是敬爱，不仅金银珠宝相送，还酒宴不断，前几日说为你做锦袍，今又送你宝马，叔叔心中如此喜欢，恐怕已将你家大哥忘了。至今无使君下落，我们怕是与使君再难相见了。"说罢又哭。关羽忙说："二位嫂嫂莫哭，曹操送我宝马，将来正好用它去寻找我大哥。曹公虽待我不薄，但我与使君乃结拜之交，一刻不敢忘记。只要得知使君下落，必保护二位嫂嫂去见我大哥。"二位夫人听后，方才止住哭泣，说："我二人不该怀疑叔叔，请叔叔见谅。"关羽告辞，回到前院，已无心练习刀法，坐在那里想心事。大哥刘备究竟在哪里呢？到现在一点消息都没有。

刘备逃出沛城后，不敢停留，一路向北，穿过任城、泰山，绕开郡县，进入济南，来到青州地界，这才舒了口气，渡过济水，直奔平原。进入平原城，刘备心中感叹，当初自己任平原国相，在此主政了相当一段时间，而今城池依旧，却是物是人非。袁谭自占据青州后，一直将州治设在平原。刘备来到青州署衙前，请门吏通报。袁谭闻知刘备到来，赶快出门相迎，到门外一看，区区百余人，风尘仆仆，料是被曹操打败，逃到这里，心中的热情便减了许多，但外表依然笑脸相迎。与刘备见过面，施过礼，让进府中，问刘备："刘豫州到青州有何打算？"刘备说："大将军袁绍曾捎话给我，说有不测，可到冀州投他。如今曹操夺了徐州，我只好绕道青州，欲往邺城拜见大将军。"袁谭弄明白了刘备的用意，便说："刘豫州既受我父之约，到了青州就如同到了冀州，你先在此住下，待我给父亲通报后，再行定夺。"袁谭在想，如今刘备一败涂地，手中既无兵马又无地盘，不知父亲是否还欢迎他，想先通报袁绍，看袁绍是何旨意。于是便安排刘备一行人住下，连夜派人到邺城向袁绍通报。

袁绍得到袁谭派人送来的报告，笑逐颜开，立即让来人回去告诉袁谭，让刘备即刻启程到邺城，他将安排车舆和仪仗，要亲自出城迎接刘备。别驾田丰没想到袁绍闹得动静这样大，便劝阻道："刘备前来投靠，主公何必如此大礼前往迎接，实乃小题大做，毫无必要。"袁绍说："刘备乃一州之牧，虽丢了地盘，名望还在那里，我隆重迎接，说明我思贤若渴，珍惜人才，各州郡牧守闻知，方能踊跃归顺。"田丰再劝，袁绍不听。田丰直言不讳，说："当初刘备告急，要主公袭夺许都，以策应徐州，主公不肯。如今刘备已成丧家之犬，反而隆重相迎，如此本末倒置，沽名钓誉，此取败之方也。"袁绍勃然大怒，将田丰赶了出去。命人准备好仪仗和车舆，旌旗招展，一路鼓乐，前去迎接刘备。

袁谭派往邺城的使者快马返回平原，将袁绍要亲自出城迎接刘备的事，禀报给袁谭。袁谭没想到父亲这么重视刘备，于是决定亲自护送刘备到邺城。刘备连忙拒绝，说："出了平原就是冀州地界，不用侄儿亲自相送。"袁谭说："我父还要准备仪仗，亲自出城迎接。我若不送，父亲必然怪罪。"刘备此时感动得几乎掉下泪来，没想到袁氏父子这么敬重自己。先前传闻的袁绍诸多不是，看来是不确实的，愈发想早一点见到袁绍。于是马上动身，在袁谭的护送下，离了平原，往邺城而去。

此时虽已进入仲春二月，但冀州的温度还是很低的。因为有袁谭陪着，所过诸县也都热情款待，刘备的心却是暖暖的。这日正午，袁谭对刘备说："这里离邺城还有二百里路，前边再走几十里就是馆陶，咱们今天到馆陶歇息。"

刘备说："我人地生疏，悉听侄儿安排。"话音刚落，前队来报，前方发现一队人马，正迎面而来。刘备看了看袁谭，袁谭也莫名其妙，驻足观望，果然影影绰绰见有人马朝这儿走来，心想：这是哪里的兵马呢？为保险起见，下令停止前进，派人前去打探清楚。功夫不大，派去的人高兴地回来说："禀告袁刺史，前方是大将军亲自来迎接刘豫州的。"这时越来越近，看得更清楚了，旌旗招展，仪仗林立，簇拥着一辆装饰豪华的舆车，又传来了阵阵的鼓乐声，刘备眼里流出了两行热泪。袁谭也没料到，父亲竟出邺城二百里来迎刘备。两人策马迎了上去。双方碰面，袁绍从舆车中走了出来，刘备赶忙下马，大步走上前去，深施一礼。袁绍也赶快还礼。两人是初次见面，刘备心中暗说：果然名不虚传，袁绍身形挺拔，气度非凡，姿貌威容，超乎其上。袁绍伸手拉住刘备的手，亲热地说："刘豫州一路辛苦，袁某得知你要来，很是高兴。"随即对袁谭说："好了，你就送到这里吧。"袁谭翻身上马，告别父亲和刘备，率人马返回平原去了。袁绍说："骑马太冷，我专门准备了舆车，走，随我上车，咱们边走边聊。"刘备没想到袁绍这么细心，将马交给简雍，随袁绍上了车。车马掉头，在仪仗的簇拥下，奔邺城而去。

第六十三章

思旧情赵云寻刘备　感厚恩关羽报曹公

　　刘备来到邺城有好几天了。数天来，袁绍每每设宴款待，两人觥筹交错，纵论天下，大有相见恨晚之感。

　　这天宴罢，刘备回到旅舍，与简雍聊着到邺城后的感受，旅舍的门吏来报，说有一人在门外打听，寻找刘备。刘备问是谁？门吏说："此人不说，只说一见面刘使君便知。"刘备疑惑，觉得冀州并无熟人，忙让门吏将人带进来。不一会儿，一位身高八尺的年轻汉子站在了刘备面前。只见这汉子一身布衣，头上戴一方巾，姿颜雄伟。刘备觉得似曾相识，刚要张口询问，那汉子施礼说："刘使君不认识我了？我乃常山赵云赵子龙也。"刘备一惊："啊，是子龙！"连忙回礼，说："你这一身布衣，我只说面熟，却不曾想到是你。你怎么如此装束，到这里来了？"边说边招呼赵云坐下。赵云说："说来话长……"

　　原来这赵云乃冀州常山真定人氏。袁绍夺了韩馥的州牧后，引起了年轻气盛的赵云不满，便到幽州投了公孙瓒。时公孙瓒正与袁绍争夺青州，命赵云率兵马与刘备一起，助刺史田楷拒袁绍，两人自此相识，情趣相投。因赵云年少，自为小弟。后青州黄巾起，公孙瓒与袁绍握手言和，共剿黄巾，赵云被公孙瓒调回幽州，临分手，二人依依不舍。赵云说："我永远不会忘与刘将军的这段情谊。"刘备说："希望有一天我们能再合作。"二人就此分别。

　　赵云回到幽州后，恰逢公孙瓒杀了幽州牧刘虞，赵云认为公孙瓒太不地道，便有心脱离公孙瓒去投奔刘备，而此时刘备已应陶谦之邀到了徐州。正在赵云不知如何是好之时，得到消息，家兄病亡。便以此为借口，辞了公孙瓒，带着十几名亲随，回常山老家奔丧去了。待兄长的丧事办完，便留在常山老家，聚集了一批青壮勇士，整日操练刀枪。后来听说公孙瓒兵败自焚，便彻底断了重回幽州的念头。前几天，忽然听到传闻，说袁绍率隆重仪仗，前出二百里迎接刘备到邺城。赵云心中大喜，赶忙布衣打扮，到邺城探听事情是否确实。来到旅舍一打听，刘备果真在此，这才与刘备见了面。

　　刘备听完赵云的叙述，感慨万千，也尽诉思念之情。随后又将如何到了邺城，告诉了赵云，说："二位弟弟生死难料。目前我手中兵马仅剩百余人，袁绍虽很热情，但毕竟寄人篱下，不是长久之计。"赵云说，使君不必叹气，终有东山再起之时。云长与翼德两位将军武艺高强，料不会有什么不测，得知使君下落，必会来寻。我在真定老家，聚集了一批勇士，约有五六百人，这就回去把他们带来，供使君驱使。"刘备说："此事虽好，恐引起袁绍不满。我在其境内公开招兵买马，这就犯了忌讳。"赵云说："我这次改换装扮潜来邺城，也是怕引起袁绍注意。我想好了，回去后，将他们悄悄带到邺城，对外宣称说是刘使君失散的部曲，闻知你在邺城，便前来寻找，一定不会引起袁绍的猜忌。"刘备说："这样最好。"于是赵云告辞，返回常山去了。

　　不几日，赵云就令人马分批陆续来到邺城，路途中又招募了一些人马，总共算起来有七八百人之多，加上刘备原有的一百余人，又拉起了一支近千人的部曲。刘备对袁绍谎称是旧部来归，希望另外扎下营寨，请求袁绍调拨一些粮草，补充一些兵器。袁绍也并不追究，按刘备的要求，很爽快地增拨了粮草物资。

　　近日，袁绍又宴请刘备，见刘备心事重重，便问："刘豫州在邺城待不惯吗，为何一脸愁容？"刘备说："自我来到邺城，袁公盛情款待，生活无忧，甚是感激。只是如今旧部纷纷来归，唯有云长和翼德两位义弟，至今不知下落，二位夫人生死不明，恐凶多吉少。欲找曹操报仇，又力不能及，故而心情烦闷。"

　　袁绍哈哈一笑，说："原来刘豫州为此烦恼。玄德尽管放宽心，那曹操在我眼里不堪一击，早晚我与你报仇。"刘备接着说："既如此，袁公何不就此南下渡河，灭了曹操，夺了许都？"袁绍说："我早有此想法，无奈别驾田丰、从事沮授，总说时机不成熟，劝我不可操之过急，我这才迟迟没有发兵。"刘备感觉有机可乘，忙进言道："别驾和从事虑事太过谨慎。以袁公之实力，一鼓作气即可夺取许都。倘犹豫不决，待曹操坐大，将后悔莫及。"袁绍说："我也是这样认为的。依玄德之言，认为我当下即可出兵渡河征讨曹操？"刘备说："正是。我认为此时讨伐曹操，袁公有三胜。"袁绍来了兴趣："哦，愿闻其详。"刘备说："曹操挟持天子，动辄以朝廷诏命天下，天下诸侯莫不深受其害……"袁绍恨恨道："玄德一语中的，每每想起，我都恨得牙痒痒。"刘备接着说："袁公身为大将军，位居三公之上，出兵征剿曹操，既上顺天意，又下合民心，以有名之师，伐无道之逆，此必胜一也。"袁绍拍手叫好。刘备再说："曹军虽然夺了徐州，徐州民心不稳，并不为曹操所用，司隶校尉部所属三河、三辅、弘农七郡，各行其是，曹操难以驾驭。剩余兖、豫二州，民生疲敝，百业凋零。而袁公拥有冀青幽并四州，且物资充沛，一旦出兵，定能所向披靡，此二胜也。曹操招降纳叛，网罗乌合之众，人马不过十万，战马不上千匹。袁公带甲百万，战马万余匹，以众敌寡，此必胜三也。由此三胜，却按兵不动，待失了战机，将遗恨终生。"

刘备的一番高论，说得袁绍心花怒放，端起面前的酒杯，一饮而尽，说："玄德字字玑珠。现在已是仲春二月，天气转暖，我这就着手，准备讨伐曹操，替你报仇。"刘备斩钉截铁地说："我虽仅有不足千人的兵马，也愿随袁公共讨曹贼，匡扶汉室。"袁绍说："夺了许都，你这个豫州牧就能实至名归。"刘备说："我只求诛杀曹操，出了心中这口恶气，别无所求。"二人开怀畅饮，精神振奋。一个觉得曹操顷刻间就灰飞烟灭，朝廷大权独揽，雄霸天下；另一个觉得，搅起了风云，要推波助澜，顺势而为，把命运掌握在自己手中。

沮授闻知袁绍又要渡河南下征讨曹操，立刻来见袁绍，说："主公切不可贸然行事。我前次说过，与公孙瓒征战这些年，百姓疲敝，仓庾无积，此刻再与曹操开战，必加重赋役。况曹操绝非公孙瓒可比，此人运筹帷幄，临机决断，短期内很难战胜他。若拖上几年，致使民不聊生，天下复生乱。"袁绍说："依你之见，就眼看着曹操独霸朝纲，让我这个大将军听命于他，甘受其辱？"沮授说："我们只是暂时忍耐。一面加紧缮治兵器，修造舟船，集聚物资，一面派人袭扰河南，使曹操不得安宁，仅需三年，就可一发而定天下。"袁绍不置可否，说："召集所有掾属，看大家如何说。"很快文武全都到场，治中审配、从事郭图、逢纪等人，众口一词，全都鼓动袁绍讨伐曹操。审配说："兵法云：'十围五攻，敌则能战。现在凭主公神武，跨河朔之强众，以伐曹操，简直易如反掌，主公切不可犹豫，否则将抱憾终生。"袁绍坚定了信心，说："诸位所言，正合我意，如有再劝我罢战者，必治罪。"

别驾田丰坚决反对，说："大凡救乱诛暴，谓之义兵；恃众凭强，谓之骄兵。兵义则无敌，骄者先灭。曹公迎天子于许都，修整宫室，恢复朝纲，已为天下所公认。今举兵南向，于义则违。且庙胜之策，不在强弱。曹操法令既行，士卒精炼，绝不是公孙瓒之辈可比。今弃万安之术，而兴无名之兵，深为主公担忧。"袁绍冷笑一声说："前次别驾力劝我出兵征讨曹操，我没有同意，别驾对此还相当不满。现在又力阻我出兵，你可真是翻手为云，覆手为雨，难道戏弄我不成？"田丰说："事以机动，此一时彼一时也。当初曹军主力尽在徐州，许都空虚。而今曹军尽回许都，防御已经稳固，时机已失。所以前次力主出兵，现在力阻出兵。"袁绍说："我已反复斟酌，主意已定，不必再说。"田丰用杖击地，说："袁公不纳良谏，一意孤行，此次出兵必败。"袁绍本就对田丰不满，这次见他又用杖击地，出言不逊，对自己大不敬，不禁大怒道："来人，给他戴上枷锁，押入监牢，让他清醒清醒。待我诛杀曹操，夺了许都，看我如何羞辱他。"侍卫一拥而上，绑了田丰，押了出去。田丰一路高喊："不听忠言，必败无疑。"

沮授见袁绍主意已定，再劝无用，只好闭嘴，不再言语。郭图说："我们征讨曹操，是为天子清君侧，师出有名，要向天下发布讨伐曹操的檄文，以求天下响应，共诛曹氏。"袁绍说："这檄文就由主簿陈琳来写。"陈琳起身应诺。袁绍又说："各位将领都要做好准备，一旦檄文发布，兵马就要出征。"各将领也应声领命，俱各散去。

沮授回到家中，愁眉不展，思前想后，将宗族召集在一起，说："袁公决定对曹开战，若势在则威无不加，势亡则不保一身，前景很是难料。我今天将家中资财悉数分给你们，若我回不来，你们就好自为之吧。"其弟沮宗说："曹公兵马如何能抵袁公，兄长且放宽心，此一去旗开得胜，定能威无不加。"沮授叹口气说："你们有所不知，以曹兖州之明略，又挟天子以为资，我虽攻克公孙瓒，其实兵马早已疲惫，而将骄主妄军之破败，在此一举也。"族人却仍不以为然，沮授坚持将家产分散一尽，家中老小托付与族人。

此事很快传到了郭图的耳朵，他早就想排挤沮授，立刻向袁绍潜言道："沮授对征讨曹操一事持有异见，私下放言，主公必败，已将家产散尽。他身为监军，监统内外，威震三军，其势与主公同。兵书《黄石》上说：'夫臣与主不同者昌，主与臣同者亡。'现在大战在即，其权不宜过重。"说的袁绍犹豫不决，遂分监军为三，使沮授与郭图、淳于琼共为监军。

此时陈琳已将讨伐曹操的檄文草拟完毕，呈与袁绍审阅。袁绍看后连说："写得好，写得好，很有气势，赶快将其布告天下。"随即调集兵马集结黎阳。这时才知船只远远不够，沮授再次劝阻道："曹军已将黄河上的船只尽皆劫掠焚烧，余下的大多又控制在曹军手中，我军渡河船只不够，应先征调、修建船只，然后再渡河。"袁绍说："数十万兵马集结在这里，待船只造好，不知等到猴年马月。一边征调建造船只，一边渡河，这样两不误。"沮授说："如此渡河，短时间内难以渡过去多少兵马。"袁绍说："先渡过一支兵马，夺取白马津，控制渡口，然后攻占白马城，站稳脚跟，以待后续兵马过河。"沮授说："如此，将使兵马孤军深入，恐遭不测。"袁绍大怒："我早知你不愿出战，如今百般阻挠，长他人志气，灭自己威风，休再多言。诸位将领，谁愿先行渡河，攻占白马城？"大将颜良挺身而出，说："我愿先行渡河，攻占白马。"袁绍大喜，即命颜良为先锋，率本部兵马先行渡河。沮授再谏袁绍："颜良虽骁勇，但性情促狭，不可独任。"袁绍不听："颜良乃我大将，战功卓著，夺取白马，易如反掌。"沮授摇头叹息。

　　曹操这两天头疼病又犯了，在府中养病。他这头疼病自己也不知是什么时候得下的，起初疼一会就好了，他也没在意，后来犯的次数多了，疼的时间有点长了，这才请行医方士诊治。有的说是着了凉，有的说是冲了风，有的说是思虑过度伤了神，众说纷纭，莫衷一是。开上几剂药，吃过之后也就好了。有时不吃药，忍一忍也会好起来。有时不经意间，又会疼起来。眼看春暖花开，但寒气犹在，也许不小心又受了风寒，这两天头又疼了起来，让行医方士开了药，这天刚煎过药吃下，荀彧来了，问："主公，这两天头疼是否轻了些？"曹操说："吃过药便好受一些。有什么事你说吧。"荀彧说："袁绍要发动进攻了，看来这次是真的。这是他发往各州郡的檄文。"说着将檄文递到曹操手中。曹操接过来，只见檄文写道：

　　"盖闻明主图危以制变，忠臣虑难以立权。往者强秦弱主，赵高执柄，专制朝命，威福由己，终有望夷之祸，污辱至今。及到吕后，禄、产专政，擅断万机，决事省禁，下陵上替，海内寒心。于是绛侯朱虚兴威奋怒，诛夷逆乱，尊立太宗，故能道化兴隆，光明显融，此则大臣立权之明表也。"曹操心中冷笑，袁绍这是一副替天行道，舍我其谁的样子，真是自不量力。接着往下看："司空曹操，祖父腾，故中常侍，与左悺、徐璜并作妖孽，饕餮放横，伤化虐民。

父嵩，乞丐携养，因赃假位，舆金辇璧，输货权门，盗窃鼎司，倾覆重器。曹赘阉遗丑，本无令德，慓狡锋侠，好乱乐祸。"把曹氏祖宗三代骂了个遍。曹操强按下胸中怒火往下看，檄文中说袁绍面对董卓之乱，"提剑挥鼓，发命东夏，"聚天下英雄，讨伐董卓，本以为曹操有"鹰犬之才，爪牙可任，"没想到曹操却是"愚佻短虑，轻进易退，"弄得丢盔卸甲，连吃败仗。即便如此，袁绍仍对曹操予以信任，先后表奏曹操为东郡太守和兖州刺史，让其主政一方。没想到却"乘资跋扈，肆行酷烈，割剥元元，残贤害善，"杀了边让，引起天下人的不满。致使陶谦、吕布起兵讨伐，眼看地盘尽失，在这危急关头，又是袁绍以大义为重，"援旌擐甲，席卷赴征，金鼓震响，"助曹操战胜陶谦、吕布，"拯其死亡之患，复其方伯之任"，是对曹操有大恩的。后来天子东归，"群虏乱政，"当时冀州正遇黑山军和公孙瓒反叛，由于忙于平叛，便委托从事中郎将徐勋，转告曹操前往洛阳，"缮修郊庙，翼卫幼主。"然而曹操却"放志专行，胁迁省禁，卑侮王官，败法乱纪，坐召三台，专制朝政，爵赏由心，刑戮在口，所爱光五宗，所恶灭三族，"以至于人们不敢在一起议事，脸上不敢稍露不满，朝廷公卿充员而已。稍有不顺，便睚眦相报，"擅收立杀，不俟报闻。"又说梁孝王本是先帝的亲弟弟，"坟陵尊显，松柏桑梓，犹宜恭肃"，而曹操却"率将校吏士亲临发掘，破棺裸尸，掠取金宝，至今圣朝流涕，士民伤怀。"曹操由此又设立"发丘中郎将，摸金校尉"，专门盗掘坟墓，所过之处"无骸不露"。说曹操"身处三公之官，而行桀虏之态，殄国虐民，毒流人鬼，"又历数曹操设置苛捐杂税，造成兖、豫百姓民不聊生。"历观古今书籍，所载贪残虐烈，无道之臣，于曹为甚。"由于袁绍一直忙于平叛，没有时间整训朝纲，才使曹操"豺狼野心，潜心祸谋，"助长了其"欲挠折栋梁，孤弱汉室，除灭中正，专为枭雄"的野心。由于袁绍长时间在幽州征讨公孙瓒，曹操便假借天子之命，想要渡河北上，从背后袭击袁绍。只是由于"行人发露，瓒亦枭夷"，才使曹操"锋芒挫缩，厥图不果。"而后，又"屯据敖仓，阻河为固，乃欲以螳螂之斧，御隆车之隧。"檄文话锋一转，夸耀说，袁绍拥有"长戟百万，胡骑千群，"人才济济，弓弩精良，大军已陈兵黄河，在荆州牧刘表的配合下，"雷霆虎步，并集虏庭，若举炎火以焫飞蓬，覆沧海而沃熛碳，有何不消灭者哉？"之所以大举兵马，就是因为"当今汉道陵迟，纲弛纪绝"，曹操名为守卫朝廷，实为拘执天子，不得不这样做。檄文最后说："此乃忠臣肝脑涂地之秋，烈士立功之会也，可不勖哉。"

看完檄文，曹操身子僵在那儿，两眼直直地望着前方。荀彧看见冷汗从曹操的额头冒了出来，顺着憋成紫色的脸庞流了下来，心中有点害怕，连忙喊："主公，主公！"曹操身子抖了一下，才回过神来，骂了一句："纯粹是胡说八道！"说着将檄文摔在了眼前的几案上，荀彧这才放下心来，说："檄文颠倒黑白，指鹿为马。我原想主公看后会嗤之以鼻，没想到……"曹操说："虽说满篇胡言，可檄文语言犀利，掷地有声，看得我心里发虚，冷汗都流了出来。可知这檄文是谁写的？"荀彧说："据说出自陈琳之手。"曹操点点头："我料袁绍也无此才。这陈琳曾任何进的主簿，我与他打过交道，文笔甚是了得。檄文遣词造句虽好，可却罔顾事实，无中生有，就太不地道了。更可气的是把我爷爷父亲捎带着也骂了一遍，是可忍，孰不可忍，早晚抓住陈琳，必碎尸万段，方解我心头之恨。"

两人正说着，荀攸进来了，说："主公，东郡太守刘延派人告急，袁绍大将颜良已攻占白马津，正在那里渡河。防守黄河的兵马，已退入白马城，准备依托城池抵抗，请曹公派兵增援。"曹操说："这雷打了这么久，看来这次是要下雨了。去把奉孝请来，咱们商议一下，看怎么应对。"荀彧说："主公正犯头疼病，等你病好一点再说吧。"曹操说："军情紧急，不能耽搁。"荀攸扭头出去找郭嘉去了。曹操对荀彧说："刚才出了一身透汗，头疼病反而好了，这得谢谢陈琳的檄文了。"荀彧说："主公说笑了。每逢开战，主公都精力集中，反而把病魔赶走了。"正说着，郭嘉和荀攸都进来了，曹操说："过去是只听楼梯响，不见人下楼，扭捏这么久，袁绍终于下来了，大家看采用什么方法应对？"

经过简短的沉默，荀攸说："现在看，袁绍进攻的方向，已经很明确了，从白马津渡河，控制白马城，然后大举南下，这里恰是我们防线的薄弱地带。好在前期我们已将黄河上的船只，该控制的控制，该毁弃的毁弃，给袁绍渡河造成了困难，给我们调集兵马争取了时间。"曹操说："可我们兵马毕竟有限，已是捉襟见肘，调谁去增援呢？"郭嘉说："为防止袁绍声东击西，黄河沿线的兵马不能调，官渡居于二线，暂无大碍，只有调驻守官渡的张辽、徐晃前往增援，若堵住袁绍，则更好，若堵不住，再撤往官渡也不迟。"曹操点头道："奉孝说得对，我们先到官渡，率张辽、徐晃的兵马赶往白马。"荀彧说："常言道，养兵千日，用兵一时。自关羽到许都后，主公赠金送银，关怀备至，又选良马送与他，关羽也多次扬言要匡扶汉室。如今大敌当前，正是用人之际，何不招关羽一同前往，为国效力。"郭嘉和荀攸也随声附和。曹操说："我也正想试一试关羽的心迹。你们说得对，这也是一个机会。我一会儿让史涣去告诉他，看他心下如何。如不愿意，也不勉强。好了，明天我表奏天子后，即动身。荀彧仍留守许都。"大家散去，做出征的准备去了。

　　史涣受曹操指派，来到关宅，将袁绍发动进攻，曹公要派兵应对，希望关羽随军出征的事情告诉了关羽。没想到关羽回答得挺干脆："回去禀告曹公，自来许都后，承蒙曹公厚爱，无以为报，愿随曹公出征，横刀立马，建功朝廷。"送走史涣，关羽即向二位嫂嫂辞行。二位夫人一听，心中不安，哭诉道："二弟一走，我等就无人依靠了。"关羽说："嫂嫂放心，家中之事我俱安排停当，尽有家僮、侍女、老仆照看。我此去一是回报曹公的盛情，二是出去打听一下大哥的下落。"二位夫人见关羽如此说，便说道："别的事都无关紧要，寻你大哥下落才是紧要的。请二弟留心便是。"关羽应诺，说："请二位嫂嫂歇息吧，明天走时我再来辞行。"

　　第二天朝会，曹操表奏献帝："袁绍悍然发动进攻，我们只好应对，这就即刻发兵，前往平叛。"公卿百官闻知，众口一词讨伐袁绍，就连孔融也是义愤填膺，说："袁绍之心，早已昭然若揭。只是其兵马过于强大，不知曹公胜算几何？"曹操深知，孔融的疑问代表了众公卿的想法，便说："诸位同僚，请放心，我军挟天子之威，定能剿除奸凶，旗开得胜。袁绍外强中干，其下场必与陶谦、吕布一样。"献帝也鼓励说："曹爱卿用兵如神，定能取胜。不过你又要辛苦了。我与众爱卿静候捷报。"曹操辞过献帝，奉诏携郭嘉、荀攸及一应掾属，并拜关羽为偏将军，一起前往官渡。

　　驻守官渡的张辽和徐晃见曹操一行人来到官渡，赶忙接住。曹操入徐晃营寨，将袁绍发动进攻的事情通报给他们，并命令他们赶快安排人留守官渡，各率本部兵马，明天一早随自己增援白马城。二人立刻分头行动。曹操喊住张辽说："我有一事要请你帮忙。"张辽说："主公尽管吩咐。"曹操说："关羽自来许都后，我竭力想感化他。这次讨伐袁绍，欣然领命随我赶赴前线。你与关羽昔日交好，今晚可邀约他在你帐中歇息，问问他心中究竟是何想法，我好心中有数。"张辽说："主公放心，今晚我与他同床共枕，推心置腹，定问明白他心中作何打算。"曹操点头。

张辽出了曹操大帐，见到关羽，盛情相邀，晚上叙旧，关羽欣然应允。张辽便忙着去部署留守营寨的事情了。待到月上树梢，关羽应约来到张辽帐中，此时张辽已备好美酒佳肴，正在等候关羽。二人见面，也不客气，席地而坐，对饮起来。数杯酒下肚，张辽问："云长来到许都有一些日子了，感觉曹公待你如何？"关羽感叹道："不瞒文远说，曹公安排得很周到，全不用我操心。金银绢帛珍宝数不胜数，照顾得真是无微不至。"张辽又问："与曹公相处了这些日子，你觉得曹公这人怎么样？"关羽说："原来闻说曹公奸诈，可接触后却觉得曹公待人真诚、热情，又很豁达。"张辽说："既然对曹公看法不错，怎么样，从今后就跟随曹公匡扶汉室建功立业吧。"关羽摇摇头，说："我深知曹公待我情深意厚，可我与刘使君早已结拜为兄弟，誓以共生死。大丈夫立于天地间，当以诚信为上，岂可背之，那样必引世人嘲笑。"张辽说："这么说，云长终不肯留下了？"关羽说："只要寻得刘使君消息，千里万里都要去追随。"张辽很无奈，说："云长去意已决，看来没有商量的余地了。只可惜曹公一片真情，要付诸东流了。"关羽说："虽然我终不会留下，但曹公待我不薄，我关某并非无情之人，早晚必报效曹公乃去。这也是我这次愿意随曹公征剿袁绍的原因。"张辽见话说到这个份上，知再劝无用，便与关羽聊了些别的事情，说："天不早了，明天就要出征，云长先歇息吧，我还要出去巡视一番。"说着，看关羽解甲宽带，便出了营帐。

仲春二月的夜晚，天还是凉的。张辽出了营帐，本打算去大帐见曹操，冷风一吹，打了个寒噤，心中想，若照实禀告曹公，恐曹公心生恼恨，对关羽不利；若隐匿不报，便是欺主。张辽拿不定主意，在帐外来回踱步，心中反复思量。他知道曹公还不会休息，或许在等着他的消息，不能再拖了，便叹了口气，自言自语道："曹公乃是君父，关羽只是兄弟也，无论何时都不应欺主。"于是来到大帐见曹操。

夜已深，曹操果然还没有睡，一是等张辽，二是刚刚接到刘延再派快马来报：颜良已将白马城团团围住攻打两天了。曹操认为刘延依托白马城，坚守几天，待援军赶到，完全没有问题。让他担心的是，不知袁绍的兵马究竟渡过来多少，必须争取在袁绍大军未渡过河之前，赶到白马，这样才能有把握先消灭颜良，首战取胜。主意已定，正要歇息，见张辽面色凝重的进来，知道消息不会太好，忙招呼张辽坐下。张辽一五一十地将与关羽交谈的情况告诉了曹操，心情紧张地盯着曹操的脸。曹操沉默了一会儿，叹口气说："事主不忘其本，知恩必欲图报，天下义士也。我与他相处才没有多少日子，便想断了他的兄弟之情，是不是太心急了？好了，既然他要报效我之后才去，我就不给他这样的机会，让他心中总欠着我，看他怎样离去。"张辽看到曹操并无难为关羽的意思，悬着的心放了下来，暗说："曹公心胸真宽阔也。"曹操嘱咐张辽说："明天出征时，我让他与你在一起，若有战事，你让他殿后，不给他立功的机会。"张辽说："主公放心，我让他留在后队。"张辽告辞。

曹操睡意已无，心中直后悔，这次不该让关羽来。

第六十四章

关羽单刀斩颜良　徐晃大斧诛文丑

　　曹操率张辽、徐晃兵马，一路向北，来到延津。驻守延津的于禁赶快迎入城中。曹操询问延津的守卫情况，于禁说："据斥候报告，袁绍欲对延津发起进攻，妄图在此渡过黄河。"曹操说："颜良已在白马津渡河，正围攻白马城。这延津一定要守住，否则我们将两面受敌。"于禁说："主公放心，我一定固守延津。"荀攸说："袁绍兵多，这样被动防守对我们很不利。我们应主动出击。"曹操说："看来公达已有妙计。"荀攸说："如今袁军集中在延津至白马津一带，其右侧空虚。如果我们派部曲渡过黄河，袭击袁绍右翼，袁绍必向西回救，这样我们就可以放手攻击颜良。"曹操非常赞成，于是下令：由乐进率其兵马向北渡过黄河，夺取获嘉；由于禁分兵一半，守卫延津，其余兵马沿黄河南岸向西，在汲城一带渡河，夺取汲城，与乐进部曲互为依托，攻击魏郡西部各县，大造声势，调动袁军向西援救。并告诫二人："牵制袁军的目的达到后，不可恋战，即行回撤。"于禁立刻行动，分兵渡河。乐进也留少数兵马守护渡口，率本部主力渡河。曹操令张辽为先锋，继续沿河堤向东北，赶往白马城增援刘延，然后率徐晃跟进。

　　获嘉和汲城的县令何茂、王摩见曹军围城，急忙派人向袁绍求救，袁绍并不当回事，认为这不过是曹军小股兵马袭扰，只要依托城池坚守即可，下令袁军继续在白马津渡河。可很快得到斥候报告，曹军攻陷获嘉、汲城二县，县令何茂、王摩率部投降。现在曹军正在魏郡西部各县发动攻击，其乡堡三十余屯已被曹军焚烧。发动这次进攻的，不是曹操的什么小股部曲，而是乐进、于禁两员大将。袁绍这才意识到问题的严重，慌忙下令兵马暂停渡河，调兵围歼于禁、乐进。

　　颜良包围白马城已经近十天了，发动了无数次的进攻，竟毫无进展。当初渡河时曾向袁绍夸下海口，定能旗开得胜，让袁绍在黎阳静候佳音。没想到小小白马城，兵不过数千，却迟迟不能得手，心中不免焦躁。这天颜良又发动了进攻，时已过午，仍不能攻下，这时突然斥候报告：曹操援军正向这里奔来，离这里只有十来里路了。颜良大惊，赶忙下令停止攻城，留部分兵马继续包围城池，调动兵马集中在西南方向，以迎击曹操援兵。刚部署停当，曹军已到阵前。

张辽自领命为先锋后，轻兵急进，眼看就要到白马，忽见袁军迎面已布好阵势，顾不上扎营，命大军扎住阵脚，即刻向颜良发动了进攻。双方一阵激战，一个连续作战，一个长途奔袭，双方都是疲惫之师，经过多次交手，直打到太阳偏西，也未分出胜负。这时曹操率徐晃赶到，颜良一看不妙，下令撤回营寨。徐晃、张辽本待追上去再战，曹操阻拦说："天色已晚，将士们都已疲惫，且颜良营寨稳固，强攻必然吃亏。先扎下营寨，明日再战。"徐晃和张辽只得作罢。

第二天，双方摆开阵势再战。张辽嘱关羽："关将军，你在后面压住阵脚。"说罢，与徐晃一起，率兵马发起进攻。颜良毫不示弱，率兵马迎战。曹军兵马众多，颜良渐处下风，忙鸣金收兵，退回阵中，用弓箭封住了阵脚，曹军只得退了回来。随后曹军再次发动进攻，颜良一面派人向袁绍告急，请求增援，一面命人守住阵脚，并不出战。曹军又无功而返。郭嘉说："颜良不肯出战，是在坚守待援，这样拖上几天，如袁军增援的兵马赶到，将对我们十分不利。"曹操说："文远、公明，再次发动进攻，不惜一切代价，强行突破战阵，擒获颜良。"张辽、徐晃领命，拨转马头，刚要指挥兵马再次进攻，关羽伸手一拦，说："二位将军且慢，让我来试试。"原来关羽早望见袁军阵中颜良骑马站在帅旗下，指挥将士们稳固防守，不得出战，便用手一指说："曹公，帅旗下就是颜良，你看我怎样取其首级。"曹操刚要阻拦，关羽已拍马挺刀，纵缰而去。张辽、徐晃怕关羽单骑吃亏，忙率兵马跟了上去。

这赛赤兔如一团流火，直奔袁军战阵而去。袁军士卒始料未及，待惊愕过后回过神来，慌忙张弓搭箭，要射杀关羽，然而箭还未射出，关羽已冲入阵中，袁军慌忙舞戈弄戟，试图迎战，关羽大刀一挥，倒下一片，眨眼突到帅旗下，挥起大刀朝颜良砍去。这颜良也是久经沙场，毫不怯让，挺起手中大刀迎了上来，双方刀对刀，你来我往。这时张辽，徐晃也到，颜良心中着慌，一个疏忽，被关羽砍于马下，顺势割下首级，擎了起来，大喊一声："颜良已被斩首，还不快降。"袁军失了主帅，军心大乱，张辽、徐晃的兵马已到，袁军寡不敌众，伤亡惨重，余下尽皆投降，只有少数腿脚快的逃向白马城。此时关羽已回到曹操面前，将颜良首级奉上。曹操感叹道："云长真万人敌也，此名不虚传。刀斩颜良，立首功一件，我当表奏天子，予以嘉奖。"然后曹操率兵马赶往白马城。围城的袁军早闻知颜良被斩，不等曹军赶到，便一哄而散，逃回黎阳去了。太守刘延出城迎接曹操，陪曹操进入白马城。城中百姓一片欢呼。

袁绍自令兵马向西征讨乐进、于禁，便在黎阳等候颜良夺取白马的消息。没想到颜良告急，请求派兵马增援。可兵马全部赶往魏郡西部，黎阳竟无兵可派，急得袁绍像热锅上的蚂蚁。也就在此时，颜良残部逃回黎阳，报告说："颜良被斩，全军覆没。"袁绍大吃一惊，连忙问："是谁这么厉害，竟斩了我的大将？"这些残兵败将七嘴八舌，说是曹军中有一员战将，红脸长髯，身着绿袍，骑一匹赤色战马，速度之快颇似当年吕布的赤兔。好像听闻人呼叫什么'关将军'。"旁边的刘备听了心中一紧，莫非二弟降了曹操。这时袁绍斜眼看着刘备说："玄德，这红脸长髯将军，怎么听着像你家兄弟？"刘备连忙辩解："袁公明察，世上长相相似的人不在少数，况且盔甲一穿，更是难以分辨。我与云长乃八拜之交，他怎么会助曹操？"刘备虽如此说，但心中不免疑惑，也不敢把话说得太满。袁绍想了想，觉得刘备的话也不无道理，便没有再追究下去。

此时正在西部参加征讨乐进、于禁的文丑，闻听好友颜良被斩，全军覆没，返身回到黎阳，面见袁绍，要求率本部兵马攻打白马，消灭曹操，为颜良报仇。沮授当即反对："我军主力还未渡河，颜良孤军冒进，已经吃了亏，切不可重蹈其覆辙。"文丑不以为然，说："颜良将军不是因孤军深入而失败，他是在攻白马城时，突遭曹操援军袭击，措手不及才吃了亏，我此去必为颜良将军报仇。"袁绍失了颜良，大为恼火，说："我数十万人马，视曹操如草芥。"令文丑为先锋，渡河找曹操报仇。又下令其余各部，迅速剿灭乐进、于禁，赶快渡过黄河，增援文丑，誓要擒获曹操。沮授说："曹操善用兵，常以少胜多，不可不防。应当剿灭于禁、乐进后，大军再渡河。"文丑说："若像监军这样，前怕狼后怕虎，犹豫不前，待兵马全部渡过黄河，恐怕曹军早跑没影了，还找谁报仇？"

　　袁绍对沮授早有不满，见二人争执，便说："我军兵马远超曹军，文丑将军说得不错，先扑上去咬住他，我大军随后就到，一战必擒曹操。"刘备对阵前斩杀颜良的疑似关羽的人，放心不下，为证真假，自告奋勇："启禀大将军，我愿随文丑将军一同前往征讨曹操。"袁绍说："这样最好。你可到阵前看看那红脸长髯的，可是你家兄弟？"听了袁绍的话，刘备赶紧表示："袁公放心，若是我家二弟，必将他引来见大将军，向你赔罪，共伐曹操。"袁绍高兴地对文丑说："关将军乃世之名将，若真是关将军，文丑将军且不可鲁莽，待玄德劝说他来投降，我必厚待之。"文丑和刘备领命，离了袁绍大帐，两人约定，明日在白马津渡河。

　　刘备回到部曲，忙召见简雍和赵云，将关羽可能在曹营一事说了，然后说："云长是我二弟，真能降了曹操吗？那么我的二位夫人现在何处？"简雍和赵云都不相信，劝说刘备："云长是何等样人，怎会做出这种大逆不道，背亲叛友之事，这中间一定有什么原委。若真是云长，见面一问便知。"于是三人赶紧收拾兵马，前往白马津渡河。

　　文丑的兵马正在渡河，见刘备到来，心想：这斩了颜良的红脸长髯将军若真是关羽，主公有话要厚待之，那样，颜良的仇不是就报不成了，颜良将军不就白死了吗？不行，我与颜良交好一场，必报此仇，只能如此如此。待我先斩了这红脸长髯之人，为颜良报了仇再说。主意拿定，文丑便说："我要率兵马轻装前进，不能让曹操给溜了，其粮草物资可由刘使君在后押运。"刘备说："粮草物资可再派人押运，我与将军同行，遇到曹军，我还要弄明白这红脸长髯的人到底是谁。"文丑说："若遇此人，我定会通知你前来确认。粮草物资之事重要，望刘使君不要推脱。"刘备想了想，因是寄人篱下，与文丑又是初次合作，再要坚持恐不太好，只好说："就依文丑将军所说，不过见到红脸长髯之人，一定要快来告诉我，切不可误了事。"

　　于禁、乐进完成了偷袭魏郡西部，将袁绍的兵马向西调的计划，在袁绍大军到达魏郡西部的时候，已撤过黄河，回到各自的驻地，严密防守着黄河。曹操得到捷报，就要率徐晃、张辽，趁机夺回白马津，将袁绍的大军堵在黄河以北。也就在这时，接到斥候报告，袁绍大将文丑所部兵马已先从白马津渡过黄河，正朝白马城奔来。袁绍已筹集大量船只，其他部曲也正在加紧渡河，要与曹操决战，誓报颜良被斩之仇。郭嘉说："袁绍是要倾巢出动了，再守白马就会失去主动。"曹操说："那就避其锋锐，我们先撤往延津。"太守刘延说："白马城中百姓怎么办？"荀攸说："百姓一同撤往延津，所有物资全部带走，给袁绍一座空城。"曹操当即决定："就按奉孝、公达的意见办。"刘延不敢耽搁，命掾属立刻动员百姓，将能带走的家资全部带走。又命自己的郡兵，将城中的粮草物资全部装运。直忙了一夜，第二天天亮，全部收拾完毕，大家一起上路。只见人背的、肩挑的、驴驮的、车拉的，乱哄哄的，在张辽、徐晃的护卫下离了白马城，朝延津撤去。刚出城没走多远，斥候快马来报："文丑快到白马城了。"消息立刻蔓延开，人们慌乱起来，小孩哭，大人叫。刘延说："好在出城没多远，赶快退回白马城，依城固守。"曹操坚定地说："不行，退回去早晚是死。沉住气，别慌。"令大家继续向延津撤退。又走了一会，斥候又报："袁军过了白马城，快追上来了。"百姓又慌乱起来。曹操朝四下里望了望，果断地命令张辽："你率所部兵马，协助百姓撤往路北这座小土山的后面，先让他们隐蔽起来。记住所有家财一律扔掉不要。"张辽领命而去。又对刘延说："你的郡兵押运的粮草物资也扔在路上，帮着张辽将百姓先安置好。"刘延说："我让士卒们将粮草物资快点押运至小土山后面隐藏起来，这些粮草物资扔了太可惜。"荀攸拉了他一下，悄悄说："这是曹公用来做诱饵的，怎么会白白丢给袁军，你照主公说的办就是。"刘延似懂非懂，赶忙按曹操的吩咐去执行了。曹操对徐晃说："你看见那些小山坡了吗？你率所部兵马，立刻埋伏在这些小山坡上，准备袭击袁军。"徐晃领命而去。曹操又命史涣、丁斐率人登上小山顶，监视袁军来的方向，发现袁军立刻报告。然后与郭嘉荀攸等人登上小山。这时徐晃来报："这二百骑卒说，马匹太高大，不好隐蔽。"曹操略一沉吟说："告诉骑卒们，让他们解鞍放马。"徐晃有点不舍，曹操说："让他们离马匹不要太远隐蔽。"徐晃似乎明白了，赶快去照办了。

刚隐蔽好，登上山顶监视袁军的丁斐派人来报："已望见袁军千余骑朝这里奔来。"少顷，丁斐再派人来报："后边大队步卒不计其数，正朝这里涌来。"曹操说："我知道了，不必再报。告诉将士们，都隐蔽好，没有我的命令，一律不准乱动。"

　　这时袁军顺着大道追了过来。原来文丑到达白马城，见是一座空城，抓了一些不愿撤离的百姓，一问才知，曹军刚逃走，便一路追了过来。转过山坡，见大道上尽是丢弃的粮草物资，还有许多各式各样的家财，将士们立刻勒住马抢了起来。文丑说："大家都看到了，曹军已成惊弓之鸟，正仓皇逃窜，我们赶快追上去，待消灭了曹军，这些东西还跑了不成。"将士们丢下这个，又捡起那个，迈不动腿了，根本不听文丑在说什么。文丑挥起手中长枪，挑了数人，刚控制住事态，这时步卒又涌了上来，见骑卒手中都有许多财宝，发声喊动手抢起来。抢到手的兴高采烈，抢不到的大打出手，文丑再也无法控制这混乱的局面。这时有人发现山坡上散落着许多战马，便朝这些马匹跑去，眼看快接近马匹，曹操下令："骑卒上马冲锋!"这些骑卒都隐藏在战马附近，得到曹操命令，立刻跑到马前，迅速披上马鞍，翻身上马。徐晃早已跨上战马，手中大斧一挥，率领二百骑卒冲下山去。埋伏的步卒一看，也挥戈而起。那些跑来欲抢马匹的袁军一看势头不对，反身要跑，哪里还来得及，顷刻间被斩。徐晃率马步卒一起朝大道上扑去，此时袁军大乱，骑卒找不到自己的马匹，步卒找不到自己的伍长、军候，甚至有的还不知道发生了什么事，正在那里欣赏自己手中抢到的财宝。曹军如入无人之境，大开杀戒，徐晃奔帅旗下而去。文丑正拼命指挥将士们抵抗，见徐晃冲了过来，挺枪迎了上去，与徐晃战在一起。这时张辽已将百姓安置好，听到大道上杀声震天，害怕徐晃抵挡不住，便叮嘱刘延："护好百姓。"率部曲赶了过来，立刻投入战斗。关羽紧随其后也赶了过来。袁军一看，传说中的红脸长髯的大将又来了，发声喊，蜂拥而逃。文丑稍有分心，被徐晃一斧砍下马，跟上去取了首级，大喊："文丑首级在此，还不投降!"袁军士卒见主帅阵亡，无心应战，向后便跑。

　　刘备听到前方杀声震天，料想文丑已追上曹军，命将士们加快步伐要赶上前去。不久便看到一群一群的士卒朝这里涌来，他们朝刘备喊道："文丑将军被斩，那红脸长髯的猛将又杀了过来，快逃命吧。"刘备再要向前，无奈被这潮水般败退的士卒簇拥着朝后退去。

　　曹军在徐晃、张辽、关羽的带领下，一路追杀，袁军伤亡惨重，不敢住脚，直往白马津退去。看看袁军逃远，曹操命令停止追击，又命刘延将百姓带回，认领各自的物品，并押上粮草物资，在徐晃、张辽的保护下，缓缓撤往延津。

　　袁绍在黎阳得知文丑被徐晃斩了首，又听逃回的士卒说，那红脸长髯的骑着那匹红马，一马当先追杀他们，心中怒火腾地燃起，便召刘备来问："文丑将军被斩，你却毫发未损。那红脸长髯之人，可是你那姓关的兄弟？"刘备便将文丑让他在后押运粮草，并未见到红脸长髯之人一事说了一遍。袁绍本待要问罪，见刘备如此说，也不好再说什么，但心中却对刘备非常不满。

袁绍自与曹操开战以来，何茂、王摩等人降了于禁、乐进，颜良、文丑先后被斩，三战皆输，心中几近发狂，下令收罗赶造船只，一边继续在白马津渡河，一边强攻延津，令所有兵马全部渡河。他要凭自己的雄厚实力，彻底歼灭曹操，以解心头之恨。

曹操携白马百姓退入延津城，还未安顿好，斥候来报：袁军发疯般地猛攻延津渡口，并且在白马津昼夜不停地抢渡黄河。很明显这是要从两面夹击曹操。曹操连忙召集郭嘉、荀攸商议，说："袁绍的进攻方向就在延津、白马津一线。现在看来，太守魏仲守着河内，孟津、敖仓一带已无必要防守。应调夏侯惇到这里，抵御袁绍的进攻，绝不能让他在延津渡河。"郭嘉说："白马津被袁绍牢牢控制，若继续固守延津，只会使我们陷入被动。不如主动放弃，以避袁绍锋芒，撤往原武坚守，与西边的乐进互为犄角，可避免袁军的夹击。"荀攸也完全赞成郭嘉的主张。于是曹操下令，夏侯惇率本部兵马转往原武布防，并令于禁动员延津百姓，与白马来的百姓一起撤往原武。

袁军终于攻占了延津渡口，渡过河后又占据了延津城。消息传到黎阳，袁绍兴高采烈，认定是曹操在自己强大的攻势下，兵败逃跑了。于是下令各部曲，悉从两地渡河，却把刘备晾在了一边，不再理睬他。刘备心情沮丧，知道是关羽的事情引起了袁绍的不满，可现在自己是有口难辩，即便红脸长髯之人，确是关羽，责任也不在自己啊。都说袁绍睚眦必报，看来名不虚传。如此气量，终难成大事，遇机会必弃他而去。可眼下怎么办？这处境真是太尴尬了。

这天，他正在自己的营帐中，闷头坐着想心事，忽然简雍进来，高兴地说："主公，你看谁来了？"刘备抬头一看，见一商人模样的人跟在简雍后面进来了，随口问道："此人是谁？"来人说："主公不认识我了？"刘备听声音耳熟，这才详细打量来人，惊呼道："孙乾，孙公佑，你怎么跑到这里来了？"高兴地站起来，拉着孙乾左看右看，说："快坐下。给我说说，你跑到哪里去了？真想死我了。"孙乾坐下，讲起了与刘备失散后的经历。

原来，孙乾率袁绍拨给他的两千兵马，在沛城外被曹军包围后，由于他是商人打扮，趁乱溜掉了，在一个百姓家隐藏了下来。风声过后，打探刘备的下落，不知去向，想到彭城找张飞，又闻知彭城已落入曹操手中，张飞也下落不明，想回下邳，得知曹操正攻打下邳城，若回去无异于送死，想返回冀州，情知弄丢了袁绍给的两千兵马，无颜见袁绍，只好到荆州投刘表。走到汝南，被刘辟当做奸细抓了起来。自知性命难保，哀叹道："没想到我孙乾命丧在此了。"刘辟一听，忙问："你是刘豫州帐下的从事孙乾孙公佑吗？"孙乾答："正是。"刘辟连忙给他松绑，说："早闻孙先生大名，没想到在此与孙先生相见，你怎么独自一人到了这里？"孙乾便将前因后果说了一遍。刘辟说："我这里正缺你这样的人才，不用舍近求远到荆州去了，就留在我这里吧。"孙乾见刘辟这么热情，便答应留了下来。两人相处虽然时间不长，却感到脾味相投。这时传来消息，曹操与袁绍在黄河一线打了起来，孙乾知刘辟曾是黄巾军，先是归属孙坚，后又归属袁术，对曹操并非死心塌地，于是鼓动刘辟，趁许都空虚，起兵自立。若能夺得许都，劫持献帝，将立名天下。刘辟不敢，认为自己势单力薄，不是曹操对手。孙乾又鼓动他与袁绍联合，配合袁绍攻占许都，也是首功一件，必得袁绍重用。刘辟依然犹豫，认为远水难解近渴。孙乾说："凭袁公之力，曹操早晚必败，若不趁此建功立业，一旦袁公夺了许都，汝南是他的家乡，他会容忍你待在此处吗？"刘辟仔细一想，觉得孙乾说得在理，若与袁绍联手，有这么个大靠山，就不怕曹操了，于是答应孙乾，只要与袁绍联系上，获得袁绍的支持，他就起兵反曹。孙乾觉得策反了刘辟，在曹操背后点起了火，一定能得到袁绍的赏识，于是前往黎阳来见袁绍。还未走到黎阳，听说刘备也在黎阳，大喜过望，赶到黎阳一打听，刘备果然在黎阳，这就直接找了过来。

听完孙乾的叙述，刘备感到真是柳暗花明，自己正想离开袁绍，这是一个好机会，趁势向袁绍建议，前往汝南去见刘辟，与刘辟一起，在曹操背后开辟第二战场，想必袁绍一定会答应。于是刘备兴冲冲地来见袁绍，然而没想到袁绍听后却不以为然，说："我数十万大军征讨曹操，犹如用掌击蚊蝇一般，一掌下去，定教他粉身碎骨，何必弄这些宵小伎俩。"刘备没想到，连吃败仗的袁绍还是这么狂妄自大，心里凉了半截。而在一旁的沮授连忙说："主公，虽然我军强大，但若有人在曹操背后起事，对我们击败曹操会更加有利，我们就会早一点夺取许都。"袁绍看了看沮授，说："既然监军如此说，那就让刘豫州到汝南走一趟。反正他那点兵马在这里也起不到什么作用。"沮授说："深入曹操后方，应给刘使君增添兵马，这样才能一击中的。"袁绍不耐烦道："那好，就从你所监之军中拨出两千兵马，交与刘备。"沮授说："两千兵马太少，势单力孤，千里奔袭，又是深入曹军后方，重任在肩。"袁绍说："不是还有刘辟吗？好了，就这样定了。"于是下了逐客令："我要休息了。"

两人出了袁绍大帐，沮授说："刘使君先行一步。你兵马太少，我还要劝说袁公，再派兵马深入曹军后方，与你配合。"刘备谢过。沮授问："刘使君打算从哪里渡河？"刘备说："正面曹军强大，很难过去，近闻夏侯惇调往原武，孟津一带空虚，我打算绕道那里渡河。"沮授点头。两人分手，刘备回到营寨，将此事告知孙乾、简雍，两人都很高兴。很快沮授将两千兵马调与刘备，刘备不敢耽搁，点起兵马，沿黄河西进，到孟津渡河去了。

夏侯惇的兵马来到原武，使曹操的正面防御得到了加强。袁绍的兵马源源不断地由延津和白马津渡过黄河，双方主力都在正面集结，眼看大战在即，这时候斥候报来十万火急，说："孙策得知曹军后方空虚，欲率兵马袭夺许都。"这一消息让曹操倒吸一口凉气。他早知孙策绝非等闲之辈，因此一直是竭力拉拢安抚，并支持孙策讨伐黄祖，以报父仇，也是为了让他与刘表相争，无暇北顾。本以为孙策的羽翼还未丰满，暂时不可能觊觎北方，没想到孙策竟如此胆大妄为。若孙策此时袭夺许都，则无异于雪上加霜，对自己将是致命一击。曹操忙与郭嘉、荀攸商议，看如何应对。

曹操大帐中的气氛是凝重的，在座的每一位都绷紧了自己的神经。郭嘉淡淡一笑，说："主公不用担心，以我对情况的掌握，孙策太过狂妄，目中无人，江东诸郡无论郡守豪杰，均遭到了孙策的沉重打击，这些人无时无刻不在想着复仇。孙策一旦率兵马离了江东，他们便会乘势而起。螳螂捕蝉，黄雀在后，搞不好他会丢了身家性命。"曹操深知郭嘉曾游历天下，交友甚多，对许多情况都了如指掌，他不会信口开河，瞎猜乱赌，点头表示认可。荀攸说："即便如此，我们也应做好防范。我这几天一直在想，是否应该放弃河济地区，撤往官渡防御。"曹操有点不解："黄河到济水这么大一块地盘，拱手让与袁绍，我们的损失是不是太大了？"荀攸口吃地说："表面上看，我们让出了许多地盘，但从长远看，更有利于我们防御。目前袁军已经越过黄河，我们已失去了这道天然屏障，而退往官渡，我们可以利用济水这道天然屏障，这是其一。其二，过去我们沿黄河设防，粮草供应距离太远，给我们造成了许多不便，而袁绍的粮草供应却很方便。如果我们在官渡设防，离许都较近，便于我们的粮草供应，而袁军的粮草供应却不方便。其三，万一孙策等人来袭夺许都，随时可以抽调兵马回援。"郭嘉插话说："公达的建议很好，袁绍的粮草供应距离一长，便于我们找机会袭击其粮草，变被动防御为主动防御，可以更好地与袁绍周旋。"曹操说："为保险起见，我有一个想法，可告知广陵太守陈登，若发现孙策有异动，可起兵袭扰他，以牵制孙策。陈登的叔父陈瑀曾任吴郡太守，被孙策征剿，陈登一直欲报此仇。"郭嘉和荀攸也都点头赞同。

　　计议已定，曹操随即下令："徐晃、张辽二位将军先撤回官渡，调集船只，迎接大队人马渡过济水，尽可能动员河济地区的百姓，由夏侯惇和乐进负责掩护，撤到济水以南。为防止袁军趁此时机发起攻击，由于禁率本部兵马主动出击，攻打杜氏津，以转移袁绍的注意力。任务完成后，再迅即撤往官渡。"各部曲将领得到命令，很快行动起来。

第六十五章

关羽封金挂印寻刘备　曹操灞桥折柳赠锦袍

　　袁军悉数渡过黄河后，袁绍携郭图、审配、沮授等谋士乘船渡过黄河，便就接到报告："曹操裹挟着河济之间的百姓正向南逃跑。"袁绍下令："所有兵马前往追歼。"沮授拦阻道："主公，胜负变化，转瞬之间。应留兵马屯驻在延津，守好黄河渡口。若能克敌制胜，则还罢了。若有不测，大军将无路可退。"袁绍说："曹操闻我大军渡河，已成惊弓之鸟，只怕逃得慢。我数十万大军定将曹操碾成齑粉。监军要留后路，是否小心过度了？"下令兵马快速追歼曹军。沮授回头，望着背后的滔滔黄河，不由叹气道："上盈其志，下务其功，悠悠黄河，吾将回不来了！"袁绍听了此话，大为光火，刚要动怒，还未开口，沮授说："主公，我近感身体不适，想回邺城养病，请主公恩准。"袁绍一愣，说："既有病，那就免去你监军一职。但要留在军中休养，不得返回邺城。"说完，丢下沮授，扬长而去。

　　数十万袁军浩浩荡荡，一路南下，来到原武，曹军及原武百姓早已人去城空。这时袁绍得到斥候报告："曹军于禁率兵马突袭我军右侧，已在杜氏津发起了进攻。"袁绍于是下令部曲掉头围歼于禁，然后再南下追歼曹操。沮授建议："曹军正逃往官渡，应继续追击，不给曹军以喘息之机。于禁在杜氏津的进攻是在故意骚扰，意图迟滞我军南下的速度，为曹军南逃赢得时间，分兵应对即可。"袁绍不悦，说："曹操诡计多端，前次颜良、文丑就是太过冒进，以至兵败。这次我不得不防。"沮授叹道："数十万大军被于禁牵着鼻子戏耍，错失战机，我看不到战胜曹操的希望。"果然于禁所部忽左忽右，从不和袁军正面交锋，弄得袁绍疲于应对，无法与于禁决战。不久，就失去了于禁的消息。正在袁绍懊恼之际，斥候报告："于禁已率部撤往官渡。"袁绍如梦方醒，急令部曲向原武进发。而此时曹军及河济地区的百姓，早已渡过济水，济水上的船只，也悉数被曹军截往南岸。袁绍只得命各部曲沿济水扎营，赶造船只，要一举渡过济水。

曹军渡过济水后，曹操令夏侯惇自官渡以西至敖仓布防，令于禁、乐进自官渡以东布防。命徐晃、张辽仍据旧寨，扼守官渡。这时有人建议，不如将徐晃、张辽也撤回南岸，依托济水防守。曹操说："撤回南岸，那就成了被动防守，我们将失去主动权。让二位将军前出北岸，我们进可攻，退可守。"袁曹两军隔济水对垒，决战一触即发。曹操倾其全力增调兵马，命与朱灵一起守卫许都的李典，接替夏侯渊督运粮草，夏侯渊调往济水驻防。又与郭嘉、荀攸商议，认为刘表暂时不会主动进攻许都，命曹洪分兵防守宛城，率领主力赶赴官渡，在徐晃和张辽背后的济水上，建立一条坚固的通道，随时增援二人。又令东西两翼的张绣和曹仁，随时准备策应。一切部署完毕，曹操这才舒了口气。虽然放弃了济水以北广大地区，但现在防线要严密得多，厚实得多。如果袁绍发动进攻，这个防线足以应对。但是这也是曹操的全部家底，一旦崩溃，则万劫不复。

然而就在此时，曹操得到斥候报告，说有一只兵马从孟津潜过黄河，昼伏夜行，直奔许都而去。曹操大吃一惊，忙命斥候再探，很快传来确切消息，说是刘备率一支部曲，已到襄城一带。这时又有斥候报告，驻守汝南的刘辟、何仪等人似有异动。曹操不由打了个冷战，令驻守阳翟的曹仁迅速出兵，前往阻截刘备，务必将其全歼。又令李通严密监视汝南刘辟等人的动向，若有异动，即刻报告，并携郭嘉、荀攸，赶快回到许都，加强许都防卫。同时令关羽随行返回许都，嘱咐所有的人，有关刘备的消息，一律不准透露给关羽。

刘备自离了黎阳，间出河内，在孟津渡过黄河，昼伏夜行，绕道向汝南进发。然而走到郾城，得到消息，曹仁正率部曲朝这里赶来。原来曹仁得到曹操命令，率兵马直接从阳翟插到郾城，要阻截刘备。刘备知道自己的行踪已暴露，再掩饰下去已无必要，于是令兵马昼夜兼程，快速向汝南靠拢。然而刚走到瀙强，就被曹仁追了上来，堵住了他南下汝南的道路。双方在瀙强大战，刘备毕竟仅有三千兵马,哪里是曹仁的对手?一战下来,刘备损伤过半,情况异常紧急。刘备对孙乾说:"再这样下去,必被全歼,前往汝南已不可能,只好顺原路返回,再做打算。"简雍和孙乾也都赞成。刘备说:"我有一事一直憋在心里。前次白马之战,谣说云长已降曹操,我不相信。本想到汝南后再细打听,现在看来已不可能。你二人谁绕道许都打探明白。"孙乾说:"还是我去吧。"刘备说:"你打探明白后,可顺原路追上我们。"孙乾说:"主公放心,若真是关将军,我一定会问个明白。"孙乾告辞,奔许都而去。刘备率残部逃往孟津,一路被曹仁追杀,又折损了些兵马,眼看走到嵩山,前边山路崎岖,后边追兵紧跟,刘备感到了绝望,觉得很难到达孟津,逃过黄河。然而就在此时,忽然曹仁不知去向。刘备大惑不解,不敢停留,直往孟津而去。

原来自刘备渡河南下后,沮授一直向袁绍建议,仅刘备的三千兵马,远远不能对曹操构成威胁,应继续派出兵马,断曹操的粮道,扰乱其军心。这样曹军必然顾此失彼,军心浮动,以利我军在官渡强渡济水。袁绍本就对刘备南下不十分赞成,认为这都是雕虫小技,即使赢了也不光彩,只想正面与曹操刀对刀枪对枪地硬拼,所以对沮授的提议不置可否。沮授说得多了,袁绍才极不情愿地又调了三千兵马,由别将韩荀带领,从敖仓潜渡黄河,进入曹军后方。沮授认为三千兵马太少,难以有大的作为,要求再增加至少五千兵马,才能真正威胁到曹军。袁绍生气道:"刘备也是三千兵马,韩荀这三千兵马足够用了。"沮授说:"刘备的三千兵马本就不够,但如借助汝南兵马,倒还可以。可韩荀孤军深入,兵马太少恐难自保。"袁绍不听,令韩荀仅带三千兵马渡河。

韩荀在敖仓渡过黄河,直奔许都而去,很快被曹军发现。曹操急令曹仁,放弃追杀刘备,回军迎击韩荀,以确保许都安全。曹仁不敢耽搁,只好长叹一声:"刘备又逃过一劫。"率兵马掉头向东,在鸡洛山拦住韩荀,双方一阵激战,韩荀全军覆没。捷报传至许都,曹操大喜,令曹仁仍回阳翟驻扎,以备不时之需。

刘辟、何仪等人,在汝南不见刘备到来,后闻知刘备被曹仁击败,几乎全军覆没,逃回冀州去了,终不敢轻举妄动。

　　关羽随曹操回到许都，一进宅院，先向甘、糜二位嫂夫人请安问好。二位嫂嫂道了辛苦，便问关羽此次外出，可否打听到使君的下落？关羽只好如实回报："并未得到大哥的任何消息，还请二位嫂嫂耐心等候。"甘、糜二夫人不觉又哭了起来，说："久无音讯，想必凶多吉少。"关羽安慰说："久无音讯，反而说明我大哥无事。我再留心打听便是。"二位夫人只好说："全凭叔叔操心就是了。叔叔辛苦，回家来就好好歇息吧。"关羽谢过二位夫人，退了出来。

　　这天朝会，曹操向献帝奏报："这次出征讨伐袁绍，三战皆捷。于禁、乐进深入袁绍防地，攻取汲城、获嘉二县，焚烧堡聚三十余屯，斩首获生各数千，降何茂、王摩以下绍将等二十余人。尤其是关羽和徐晃，分别斩了袁绍大将颜良、文丑，消灭袁军数万人。现在我军兵马主动撤到济水一线，以官渡为中心，凭借济水天险构建了牢固的防线，必将再次重创袁绍，许都定能安然无恙。"献帝及文武百官听了，欢欣鼓舞，信心倍增。接着曹操表奏献帝，敕封关羽为汉寿亭侯，徐晃为都亭侯，二人皆拜为偏将军。献帝准奏，即刻颁布诏书，承制印绶，对二人予以奖授。

　　待印绶制作好，曹操即派人将徐晃的印绶送到官渡，又准备了金银财宝、绢帛锦缎等，连同献帝授予关羽的印绶，亲自前往关宅。关羽连忙推托，说："有感曹公厚待，斩杀颜良只是对曹公的回报，不值得曹公这样隆重对待，断不敢接受。"曹操说："你有功于朝廷，所以偏将军及汉寿亭侯皆天子所封拜，不可推辞。其余些许礼物也不成敬意，还望关将军笑纳。"关羽再要拒绝，曹操已将印绶披挂在关羽身上，关羽只好令家仆将礼物收下。曹操说："我已命人在府中摆下酒宴，要公卿百官同贺关将军受封，还请关将军赏光。"关羽推辞不过，只得随曹操到司空府赴宴。

　　此后又是三日一小宴，五日一大宴。关羽并不是无心之人，他感受到了曹操的浓浓情谊，这让他心中更加不安。如此下去，又会欠下曹操的许多人情。他要赶快打听到刘备的下落，早日离开这里。可刘备在哪里呢？

　　这天关羽在宅院中闷坐，眼看红日西沉，天色渐暗，一个老仆过来催他："关将军，回屋把饭吃了吧。"关羽正要起身，听到门口嚷嚷，关羽心中正烦，高声问道："门外是怎么回事？"这时一个门吏跑来说："不知从哪里来了一个商人模样的人，非要进来见你。问他姓甚名谁，他也不说。不明白此人来历，我们哪敢放他进来。"关羽对老仆说："你随门吏到门外看看。"老仆便随门吏出去了。不一会儿，领了一个商人打扮的人进来了，大远就笑着说："关将军，你看谁来了？"关羽仔细一看，原来是孙乾，喜出望外，立刻迎了上去，说："做梦也不会想到是你，怎么跑到这里来了？"孙乾说："一言难尽。"老仆说："关将军，请与公佑先生屋中叙谈。"关羽连说："对，对，再准备一些佳肴。抱坛酒来，我要与公佑先生好好叙叙。"老仆应声而去。

两人携手进屋，孙乾问："你门上的吏卒怎么一个也不认识？"关羽说："这些人是我来许都后，曹公特意送与我的，你自然不认识了。"孙乾说："弄不清底细，我也不敢亮明身份。"两人坐定，孙乾便将沛城失利后，如何潜往芒砀山，又如何到了汝南，怎样北上到了邺城，见了刘备，又如何渡过黄河，在濦强遭到曹仁堵截，被迫回撤，自己又怎样被刘备所托，到许都打探关羽下落，等一五一十地叙了个明明白白，最后说："原想不好打听，没想到进入许都城，随便一问，都知道你就住在主公当初住的宅院里，称为关宅。我就径直找了来。"

这时佳肴美酒端了上来，两人各自斟满酒杯，边饮边聊。关羽便将如何土山相约，如何来到许都，曹操如何厚待，如何在白马斩颜良等一一叙述了一遍。孙乾说："看来关将军已投靠曹操了。"关羽忙辩解道："公佑先生万万不可误会。自我与主公结拜后，视同生死，绝无背信弃义之事。只因二位嫂嫂无人保护，才不得不与曹操讲和。又因曹公厚待我与二位嫂嫂，无功受禄，总觉有愧，便要回报曹公，互不相欠，这才白马城外替曹公斩了颜良。现在既知主公下落，当前去追随。明日我就去见曹公辞行，携二位嫂嫂随你一同去寻大哥。"孙乾见关羽如此说，知道关羽并未变心，说："曹操能放你走吗？"关羽说："有约在先，想必曹公不会食言。倘若不允，拼着性命我也要将二位嫂嫂送到兄长那里。"孙乾说："既如此，明日一早我就去追主公，将消息告诉他，让他甩掉曹仁后，放慢行程，你可携二位夫人随后追赶上来。"关羽说："好，明日一早我送你出城。"孙乾说："你不必送，那样反而不好。我商人来商人走，不引起别人注意，会更安全。"

此时已是深夜，关羽安置孙乾住下。第二天天亮，孙乾见了甘、糜二位夫人，便要告辞。甘、糜二夫人得知刘备下落，心中欢喜，不觉又流下泪来，问这问那，似有说不完的话。关羽说："二位嫂嫂，天已经不早了，公佑先生还要追赶我大哥。"二位夫人忙止住泪，催孙乾快上路。孙乾也就告辞。送走孙乾，关羽便命家仆们打点行装，说："大丈夫来去明白，我这就去向曹公辞行。你们可将曹公平日所赐财宝，登记造册，归类放好，仍留给曹公。待我从曹公那里回来，咱们就走。"家仆们便忙了起来。

关羽来到司空府，要见曹操，门吏说："曹公不在，上朝去了。关将军有什么话，可先留下，待曹公回来，我们先替你禀告。"关羽犹豫了一下，知道曹操很忙，散朝后也不一定能立刻回来，况且家中正在收拾行装，便说："待曹公回来，我再亲自来辞行。"说罢掉头回去了。

临近中午，曹操回到府中，门吏说："今日关将军来要见你，看样子很急。"曹操问："他没说什么事？"门吏说："没有，只是临走时说，待曹公回来，将亲自再来辞行。"曹操心中一震，莫非刘备的事他听说了。云长是重义之人，不见我的面他是不会走的。我来个避而不见，先拖上一拖。于是对门吏说："关将军再来，一概说我不在。"门吏应诺。

一连几天，关羽来辞行，都未能见到曹操。起初关羽信以为真，认为曹操公务繁忙，便耐心等候。次数多了，关羽意识到曹操在有意躲避自己。这样下去，终不是办法，既然已多次求见，无法当面向曹公辞行，那就只好写个辞书，让人转交曹公了。想到此，便赶快动笔，写好后，将曹操赐给的侍者及侍女召集起来，说："几天来我都无法见到曹公，已不能再拖，只好今天就动身，去寻我家主公。感谢大家平日对我们的照顾，咱们今天就此分别。曹公平日赐予的金银财宝，我早已封存好。汉寿亭侯及偏将军的印绶，我也挂在殿堂上。这里有一封辞书，请你们一并转交给曹公，我在这里拜托各位了。"说完将辞书交与其中一位较年长的侍者，然后招呼甘、糜二位嫂夫人，乘上早已备好的车舆，令家仆押着行囊，牵过"赛赤兔"，又给留下的侍者及侍女行了礼，便出了关宅，朝北门而去。

那位接了辞书的侍者，见关羽一行离去，让大家看好宅院，又招呼了一位侍者，两人一起赶忙去见曹操。来到司空府，不巧曹操上朝去了，只好在门口等着。司空府的掾属们进进出出，很快消息便传遍了司空府。许褚一听，便嚷嚷着要前去拦住关羽。这时朱灵来到司空府，他也是刚刚得到守城将士的报告，说关羽一行出了北门，折向西北去了。都知道关羽是曹操的座上宾，谁也不敢拦截，赶快报告朱灵，朱灵也不敢擅作主张，慌忙来见曹操，正遇着许褚要前往拦截，两人一合计，觉得先拦下再说。刚要走，郭嘉、荀攸这时也听说了此事，便出来对许褚、朱灵说："曹公与关将军有约，大家不可造次。待曹公回来再说。"许褚说："待主公回来，关羽就走远了。他那匹赛赤兔，谁能追得上？"荀攸说："关羽并非单人独骑，一行男女老弱，车舆行李，慢慢腾腾，走不快。待曹公回来，若放行，就由他去，也不伤和气。若不放行，再追完全来得及。"大家听听有理，便不再嚷嚷，也都散去了。只有许褚和朱灵与两位送信的侍者等在门口，直待曹操下朝回来。

直到近午，曹操才回来。朱灵、许褚连忙迎了上去，两位侍者慌忙向曹操禀报，并将关羽留下的辞书递了上去。曹操打开辞书，只见上面写道："吾在许多日，深受曹公厚爱，然与刘豫州结拜在先，誓同生死。当初在下邳土山与曹公有约，今得知刘豫州消息，将前往追寻。大丈夫来去明白，本要当面向曹公辞行，无奈终不能见面，只好托人转交辞书。前者在白马斩了颜良，已报答曹公。今日辞去，万望曹公勿留。所赐财物及印绶，不敢带走，已封金挂印，请曹公查收。"曹操对两位侍者说："你们先回去守好宅院。"两人得令，忐忑的心落了下来，回关宅去了。曹操对朱灵说："你去请荀令君来一趟。"然后对许褚说："你把奉孝和公达找来，我们商量一下看怎么办？"

荀彧很快来到司空府。曹操与郭嘉、荀攸正在商讨，见荀彧到来，曹操说："我与奉孝、公达商量过了，还是放关羽走吧。留人留不住心，也是枉然。况且我们与他有约在先，岂能不守信用？"荀彧说："我也赞成。只是刘备被曹仁将军击败，现已逃回冀州，关羽此去，必到袁绍那儿。而我们正与袁绍相争，恐对我们不利。"郭嘉说："荀令君多虑了，袁绍此人睚眦必报，对关羽斩颜良一事，终不会释怀，久必反目为仇。"荀彧一拍脑门说："奉孝说得对，我竟糊涂了。"曹操说："既然我们都同意放他走，那么就大度一些，大家相处一场也是缘分，咱们一起去送行。"曹操令马厩准备几匹马，朱灵说："我回去调一些人马过来。"曹操摆手说："不用，人多了反而不好，就我们这几个人。公达，你赶快去准备一些银两，送与关羽做盘缠。我到后院去一趟，马上就来。"

曹操来到后院，见到夫人卞氏，说："我让你给云长缝制的新战袍做得怎么样了？"卞氏说："刚刚缝制好，正打算让你给关将军送去。""那就赶快拿过来。"卞氏说："怎么，关将军就在外面吗？正好让他试一试，不合适我就再修改。"曹操说："云长要找刘备去了，这会儿已离了许都，我要赶上去给他送行，顺便将新战袍送给他。"卞氏一听，连忙进到屋里，将锦袍取出来，交给曹操说："你对关将军一片赤诚，终没能将他留下，实在惋惜。"曹操也不搭话，接过锦袍，揣入怀中，出来对大家一挥手："赶快上马！"说完跨上战马，奔北门而去。

关羽护着甘、糜二位嫂嫂的车舆，家仆们押着行李，出了许都北门，折向西北，迤逦而去。看看已经过午，此时已是夏四月末，天气已经热了起来，家仆们说："已走了大半天了，身体也都乏了，该找个地方歇歇脚了。"关羽说："前面就是石梁河。过了石梁桥，找个客栈歇歇脚，吃点东西再上路。"

又走了一程，便到了石梁河。关羽一行登上河堤，正要上桥，有家仆说："关将军请看，那是什么？"关羽顺着家仆的手指，朝来时的路上望去。只见几匹马正朝这里奔来，后面扬起一团灰尘，关羽心里一沉：莫非曹操派人追来了？看来凶多吉少。于是招呼大家："你们先过桥，一路向西，不要回头。若曹操派人来追，恐费一些周折。"甘、糜二夫人听关羽如此说，又都哭了起来："若曹公不放行，你单枪匹马怎能抵得过曹公？看来我们今日难以走脱了。"家仆们也都心慌意乱起来，个个都显得很紧张。关羽一笑说："嫂夫人放心，和曹公打交道也几个月了，我看曹公并非无义之人。请大家先走，我看到底追来的是谁，待我与他交涉后，即赶上大家。"说完，示意家仆们赶快护着车仗，过桥西去。然后调转马头，立在桥上，做好准备。若来人要横，必决一死战。

转瞬间，几匹快马已到眼前。关羽望去，领头的竟然是曹操，这让关羽颇感意外。再看来的人中有荀彧、郭嘉、荀攸等文臣谋士，武将只有朱灵和许褚，却都未带兵器。再向后看，也无什么兵马，心中略略平静下来，看来曹操并无恶意。刚要答话，只听曹操说："云长真的要走了？"关羽说："当初我与曹公有约，既然已知我大哥下落，必前往投奔。本要当面向曹公辞行，无奈几次前往府上，都未能见到曹公，只好留下辞书一封，让人转交了。请曹公见谅！"

曹操翻身下马，几位随行文武也都下了马。曹操说："这几日事情繁杂，未能与关将军相见。既然我与将军有约，岂能不讲信用？今天得知将军已经启程，特与荀令君等人前来送行。"

关羽见曹操一行人都下了马，也要下马，转念一想，自己单枪匹马，还是谨慎为好，于是施礼，说："曹公见谅，关某甲胄在身，行动多有不便，只在马上施礼了。临走之时，我已将曹公平日所赠，悉数封存，所送侍者侍女都留在宅中，送还曹公。汉寿亭侯及偏将军的印绶也都悬在堂上，请曹公查收。"曹操说："这些东西都已赠与你，已属你所有，你带走是理所当然。"关羽说："承蒙曹公厚待，我心中感激不尽。无功受禄，心中不安，断然不能带走。"曹操说："今日我来，准备了一些金银，路途遥远，权作资费。"说着，令朱灵将带来的金银奉上。关羽连忙拒绝，说："平日曹公恩赐，资费绰绰有余，断不敢再收，还请曹公收回。"看他态度坚决，曹操只好作罢，令朱灵将金银收了起来。又从怀中掏出一领锦袍，双手捧着说："前些日子我让你卞嫂嫂为你量身缝制了一领新锦袍，就说这两天给你送去，今天我带了来，请云长笑纳。"关羽又要推辞，曹操说："这锦袍是你卞嫂嫂为你精心缝制的，为此她亲自挑选锦缎，熬了多少夜，费了多少心血，若你不收，岂不冷了她的心？"关羽略一犹豫，说："替我谢过卞嫂嫂，我就收下了。"说着就要下马去接，忽然心中一动，关键时刻，还是谨慎为妙，于是伸过青龙偃月刀，用刀尖将锦袍挑了过来，一看曹操手中并无任何暗器，颇觉尴尬，看来自己多心了，赶忙将锦袍披在身上，夸道："很漂亮。"再次施礼。许褚双眼一瞪，认为关羽大不敬，刚要发火，曹操摆手。关羽说："谢过曹公，各位请回，我还要赶路。"说着，调转马头，下了桥，往西北而去。许褚说："此人太过无礼。"曹操说："关羽对我们心存戒心，尚可理解。好了，我们也都回吧。"

第六十六章

受冷遇刘备生去意 遭暗算孙策逝英年

孙乾离了许都，追上刘备，将关羽之事一说，刘备欣喜异常，料想关羽很快就会找来，在孟津渡过黄河后，便在此等候关羽。这时得知袁绍已夺取河济地区，已由原武进驻阳武，隔济水与曹军对峙，于是留下孙乾在孟津等候关羽，先行从获嘉再渡黄河，直奔阳武而去。

袁绍得知韩荀在鸡洛山全军覆没，心中正窝着火，听说刘备也兵败而归，不由怒火中烧，板着面孔见了刘备，劈头盖脸训斥道："原以为刘豫州久历战阵，本指望你在曹军后方大战一场，不料却损兵折将，丢盔弃甲，大败而归。"刘备分辩道："袁公且慢发火，没想到曹操抽调精锐主力曹仁部曲前去堵截，双方兵力太过悬殊，所以才招致失败。不过请袁公放心，我有信心重整旗鼓，再次与曹军相战。"袁绍冷笑道："再去也必败无疑。当初我就不同意派兵袭扰曹军后方，说什么要乱其阵脚，都是沮授的歪主意，只想投机取巧。"说着把沮授骂了一通，说："好了，此事不必再提。"刘备一看袁绍如此态度，知道再说无益，只好告辞。出门时听袁绍嘟囔道："让其助文丑战曹军，缩在后头不敢交战，至文丑被斩。什么刘皇叔、刘豫州，不过徒有虚名罢了。"刘备一股怒火冲到头顶，他知道这是袁绍在故意让他听，想要转身分辩，又觉得实在没有必要，忧心忡忡地回到营帐中，对简雍、赵云说："袁本初对我已心生芥蒂，我们再待下去已无意义了，不如早点离开这里，到他张口赶我们走时，那样会更尴尬。"简雍说："算来云长这几日也就要到了，待云长来后，我们再做打算。"刘备说："这也是我最担心的。袁本初乃睚眦必报之人，颜良被云长斩杀一事，终是他心头一块病，云长若来，早晚必引起袁绍不满。"简雍等人都点头称是，问："如此该怎么办？"刘备说："我打算派人告诉孙乾，见到云长，千万别让他到这里来，就在孟津等候，我们找借口离开这里，到孟津与他们会合。"简雍说："找什么借口离开这里呢？"刘备说："我已想好，就说到荆州联络刘表，大战在即，让其从荆州出兵，配合袁绍围攻曹操。"

　　刘备欲见袁绍，没想到却屡被拒绝，心急如焚，想到袁绍的谋士许攸颇为贪财，便准备了一些金银财宝，去见许攸，说自己打算到荆州联络刘表共同破曹。这许攸曾任冀州刺史王芬的掾属。王芬谋反自杀，韩馥任冀州牧，许攸留任。待袁绍赶跑了韩馥，两人为好友，自然就在袁绍身边效力，颇得袁绍信任。这许攸本是聪明之人，一听话音，便知刘备要逃，虽说如此，但是能策动刘表从背后袭击曹操，这也是自己所想的。因此面对刘备丰厚的礼物，顺水推舟说："刘豫州心系袁公，倾力破曹，其意可嘉。待我禀知袁公，将刘豫州此番好意转述，劝其采纳刘豫州的大计。"刘备谢过许攸，自回营中等候。

　　许攸来见袁绍，说："当初主公与刘表有约，共同征剿曹操。如今我们已与曹军兵戎相见，而刘表却按兵不动，现在双方在官渡相持，大战很快就要爆发。虽然我们兵力强大，曹军不堪一击，但为了更快地击败曹操，还是应该派人到荆州，劝说刘表履约，从背后袭击曹军。"许攸的一番话，打动了袁绍的心，说："子远所说甚是，可派谁去呢?"许攸说："刘备可堪当此任。他与刘表同为汉室宗亲，又都与曹操不和，言语之间必不避讳。再者刘备在这里也无甚作用，徒增袁公烦恼。"袁绍说："自从他被曹操赶了回来，屡要见我，我心中正为此事烦恼，这样最好，让他带上手下那点兵马到刘表那里去吧，省得在这里碍手碍脚。"

　　得到袁绍许可，许攸立刻来见刘备，刘备千恩万谢，又送了许攸一些礼物。许攸说："还望刘豫州到荆州后，劝说刘荆州早日出兵。"刘备说："子远放心，我与刘荆州同为汉室宗亲，绝不容曹操把持朝政。"送走许攸，刘备便拔寨起营，带上那仅剩的兵马，顺原路再渡黄河，来到孟津。

　　此时孙乾和关羽在孟津已等候多时，见到刘备，感慨万千，兄弟二人互诉衷肠。甘、糜二夫人见了刘备，激动得热泪盈眶，诉说多亏有云长服侍照顾，才得以夫妻见面。大家的情绪很久才平复下来。刘备说："只差三弟还下落不明，仍需细细打听。这里不是久留之地，我们要尽快到荆州去。为了掩人耳目，一路上偃旗息鼓，趁夜行军，尽可能少找麻烦。"甘、糜二夫人又乘上舆车，随刘备踏上了前往荆州的路。

孙策在击败黄祖后，正要夺取江夏，无奈刘表又出重兵增援，只好撤了回来，掉头率大军南下进击豫章，迫使豫章太守华歆将豫章郡让与孙策。这样，扬州六郡悉归孙策所有。自此孙策志得意满，不愿偏居一隅。此时曹操与袁绍陈兵黄河两岸。根据斥候报告，许都空虚，这引起了孙策的觊觎，认为只要抓住这个机会，就可一举击败曹操，兖、豫、徐、司四州尽归自己所有，加上扬州，自己一跃就会成为天下第一大势力。到那时消灭刘表，夺取荆州，替父报仇，将不在话下。想到此，志向愈骄，便着手准备。这时又得斥候报告，曹操已将河济地区丢给袁绍，退往济水，其势已颓。孙策于是下令，集结兵马，渡过长江，经庐江、九江，袭夺许都。

江东水网密布，拥有舟楫之利，便于兵马调动。然而去冬今春，江南大旱，河湖水位下降，战船时有搁浅，部曲行动迟缓。于是孙策下令，各部曲将士都要准备好纤绳，凡遇搁浅，随时拉船。这日进入丹阳，顺溧水而上。孙策早早出舱，督促各船将士，拉纤快速通过，却看到许多将士聚拢在一艘船旁，上上下下，不知在忙些什么，便派人前去询问。原来是于吉乘坐的船，将士们纷纷去问候致意，要帮忙拉船。孙策勃然大怒，说："我竟不如于吉，将士们对他趋之若鹜。"于是令人将于吉抓来。

原来这于吉乃是徐州琅琊人氏，曾谣传说早在顺帝时，琅琊人宫崇就向顺帝奏报说，于吉曾于曲阳泉水上得一天赐神书，名曰《太平青领道》，共一百余卷。由此推断，至今已百年，于吉当有一百多岁，可现在看起来，像只有五六十岁年纪。自黄巾起，于吉便来到吴会地区，烧香读道，颇懂方术，专以治病救人为上。十多年来，在吴会地区盛名远播，不论贫富，都受其恩惠，百姓皆呼"于神仙"，所到之处人人皆拜而敬之。前年，孙策派遣特使到许都敬献土特产，曹操为拉拢孙策，正式表奏献帝，诏拜孙策升为讨逆将军，改封吴侯，仍领会稽太守。孙策在会稽郡城楼上，大宴诸位将领和宾客，其中就有于吉。当于吉身着道服，携着他那漆画精美的名为仙人铧的小药箱来到时，许多将领宾客纷纷起身下楼迎接，孙策的脸便沉了下来。掌宾者一看势头不对，连忙呵禁，哪里禁得住。孙策一声令下，说他蛊惑人心，将于吉抓了起来。诸将士和宾客这才意识到问题的严重，连忙求情。孙策难抑心头之恨，宴会之后欲斩于吉，这些将士们见求情无用，便唆使妻室，入见孙策的母亲吴太夫人，请求释放于吉。吴太夫人也曾得到过于吉的救治，便召孙策说："于先生医术甚高，救治百姓，医护将士，不可杀之。"孙策说："此人妖妄，能幻惑众心，竟使诸将不顾君臣之礼，弃我而下楼迎拜之，不可不除。"吴太夫人怒而斥之："此人恩惠江东，人称神仙，你若不听，就先斩我。"孙策一看母亲发了火，赶忙说："既然母亲竭力相护，依从母亲便是。"于是令人释放于吉。但为避免再妖惑百姓，留于军中，医治将士。没想到此人魔力不减，妖惑将士。这让孙策不由得怒火中烧。

很快于吉便被押了过来，孙策呵问道："天旱不雨，道途艰涩，将士辛苦，各尽其力。而你不同忧戚，安坐船中，装神弄鬼，扰乱我军心，今当相除。"就要诛杀于吉。于吉说："贫道自神授《太平青领道》百余卷书后，济世苍生，何来妖惑人心之说？随军征战，救助伤者，施善积德，从未扰乱军心。"孙策哪里听得进去，执意要杀于吉。将士齐劝："都说于神仙道术极深，时值大旱，可否让他施展法术，祈风祷雨，以赎其罪。"孙策一听，想如此晴天，怎能下雨？就应诺众将士，也好寻个正当的理由斩杀他，也免得众人不服，便说："众将士既如此说，那就把它绑在太阳下，让他请雨。若能感天，日中下雨，便赦免他，否则行诛。"可怜于吉被强令跪在溧水岸边，太阳暴晒，向天求雨。说来天地有灵，时近中午，云气渐渐聚集，微风骤起，似有下雨的征兆。孙策心中一惊，莫非这于吉果有此等法术，如此怎生了得？若不除此人，后患无穷。于是以已到午中，仍未下雨，便要斩于吉。众将士连忙求饶，说："云气已聚，请将军再稍等片刻。"孙策不听，令人即刻斩了于吉。随即大雨倾盆而下，沟河盈满，人们纷纷避雨，待雨过天晴，再看于吉行刑处，早已不见于吉的尸身。随即军中传言，于神仙随天神而去了。孙策料想必是那些倾心敬奉于吉的将士，趁机将尸身收了起来，心中极为不快。若要追究，恐乱了军心，也就只好睁一只眼闭一只眼，随它去了。

这场及时雨使河湖的水位迅速涨了上来，舰船再也不用人拉纤，部曲很快到达长江。孙策部署兵马依次渡过长江。也就在这时，孙策突然接到急报，广陵太守陈登，已集结兵马，只待孙策离了吴会，就要率部渡江南下，袭夺吴会，替自己的叔父陈瑀报仇。

原来当初孙策从袁术那里借兵到江东发展时，吴郡太守许贡曾上表汉献帝，说："孙策骁雄，与项籍相似，宜加贵宠，召还京邑。若被诏不得不还，若放于外必作世患。"不料此奏章却落入孙策的斥候手中。斥候赶快呈报孙策，孙策请许贡相见，责问许贡。许贡不承认，孙策拿出证据，杀了许贡，并株连九族。郡丞陈瑀此时表奏献帝，自代吴郡太守，率郡兵抵抗孙策，被孙策击败，逃往江北广陵海西。后来曹操表奏献帝，令孙策、吕布、陈瑀共同讨伐袁术，也就在孙策渡江北上之际，陈瑀趁吴郡空虚，秘密联络吴郡的豪强，只待孙策北上，便要夺回吴郡。孙策得到消息，放弃攻打袁术，掉头进攻海西，大败陈瑀，妻子宗族尽皆被杀，只剩陈瑀一人逃往冀州，投奔袁绍，被袁绍征为固安都尉。此段缘由前面已叙。

自陈登被曹操表奏为广陵太守，便秣马厉兵，欲替叔父报仇，终因孙策势力强大，不敢造次。前不久接到曹操指令，说闻听孙策欲袭夺许都，劫持天子，因与袁绍陈兵河济，抽不出兵马阻截孙策，希望陈登配合，先牵制住孙策，待腾出手来再征剿孙策。陈登大喜，正愁自己势单力孤，无法替叔父报仇，有曹操相助，此仇必报。但他又深知自己兵马不足，强行阻拦，很可能与叔父下场相似。于是对外扬言，只要孙策渡江北上，袭夺许都，就将夺取吴会地区。这样迫使孙策不敢渡江，达到拖住孙策的目的。只要曹公腾出手，必不容孙策，那时再配合曹公消灭孙策。

孙策并不知这是陈登在虚张声势，害怕自己渡江北上后，陈登也像陈瑀一样，袭夺吴会地区，只好下决心先消灭陈登，解除后顾之忧，再渡江北上。于是下令各部兵马暂不渡江，而是沿江东进，到丹徒以东设防，由此渡江进攻陈登。然而部曲走到丹徒，这才发现粮草先于兵马渡过长江，到了庐江，只好令部曲在丹徒暂歇，等待粮草的补充。

此时正值春夏之交，草木葱郁，兵马在此暂歇，又无别事，孙策性喜狩猎，便率吕蒙、蒋钦、周泰、陈武、董袭等诸位与自己年龄相仿，都是二十多岁的别部司马，相约到丹徒郊外狩猎。这丹徒郊外大多浅山丘岭，长满林木，是飞禽走兽的乐园，正是狩猎的好去处。孙策一行骑着马，说说笑笑，出了城西门。走不多远，便惊起了飞禽走兽，他们张弓搭箭，不经意间就有了一些收获，渐渐地不知不觉离开丹徒城已有十几里了。

就在他们为所猎获的猎物都是一些小的飞禽走兽而不太满意的时候，突然在他们前边不远处的灌木丛中，惊起了一头大鹿。他们全看到了。那头鹿惊慌失措，跳跃着狂奔而去，他们立刻来了精神，一起追了上去。孙策的马匹是良驹，很快就把其他将领甩在后边。他紧紧追着那头大鹿，很迅速地张弓搭箭，几次瞄准，都因为大鹿的闪展腾挪而无法射击。就在他再次瞄准要放箭时，大鹿一个转身朝左边逃去，正前方的树丛中站起了三个人。孙策急勒缰绳问："你们是何人，在此干什么？"这三人答："我们是韩当将军部下，在此射鹿，不想遇到主公。""既如此，刚才鹿到跟前，为何不射？"其中一人答："这就射。"随着话音，一支箭直朝孙策面门射来。孙策急躲，还是迟了，箭一下射中了孙策的面颊。孙策来不及多想，一抬手，手中的箭已射了出去，正中那个射箭人的面门，此人一头栽倒在地。孙策这才大叫一声，将面颊上的箭拔了出来，顺势搭上弓，厉声问："你们究竟是什么人？"只听二人说："我们乃前吴郡太守许贡的宾客，刚才被你射死的乃许贡小儿子。为替许太守报仇，我们潜藏多时，始终未找到机会，今天得知你要狩猎，真是天赐良机。不想小主公又被你射死，新仇旧恨都要你偿还。"说着，挥其手中的大刀冲了过来。孙策举弓射箭，马受惊猛然跃起，箭射空了，许贡的二位宾客已冲到马前。孙策未带兵器，再张弓搭箭已来不及，只好抄起弓抵挡。尽管孙策武艺高强，这两个宾客也是豪杰，终究一张弓难抵双刀，还是身中数刀，马也被砍伤。就在这紧急关头，吕蒙等一帮小将已到跟前，大家一拥而上，将许贡的二位宾客砍成了肉泥。这时再看孙策，满脸是血，身上也到处是血。大家七手八脚赶快割开袍服，裹住伤口，先止住血，然后一齐回到丹徒，令随行军医救治。

这随行军医共两人，正是于吉的两个徒弟。见孙策伤势很重，便赶快为其清创覆药包扎，人们这才松了一口气。但二人颇有难色，对诸将领说："刀剑之伤虽重，只要止住血，慢慢将养就是了。唯有面颊上这一箭，箭镞被毒液浸过，倘我师傅在，这也好办，只要知道是什么毒，对症下药就是了。只是我俩学艺不精，恐难医治。"诸将一听便慌了神，忙问："如你二人所说，是不好治了？"二人说："我有一师兄，早年已出师，现在会稽游方行医，他或许有办法。"老将黄盖和韩当，当即决定，撤兵回曲阿，派人去找于吉的大徒弟，到曲阿给孙策救治。诸位小将觉得两位老将说得对，于是大家立刻拔寨起营，撤回曲阿。

吴太夫人见儿子孙策重伤在身，心中悲痛。孙策强露笑颜，安慰道："母亲大人不必挂念，一点小伤，养养就好了。"吴太夫人见儿子精神尚好，又知已经于吉徒弟之手救治，料想创伤虽重，休养些时日就会痊愈，心里稍稍安定了些。嘱其好好休养，便回后宅去了。

此时于吉的大徒弟已从会稽赶了来，二话不说，即检视孙策的伤情。对自己的两个小师弟的处置感到非常满意，只是对面颊上的箭伤忧心忡忡。诸位掾属及将领见他不语，心中没底，急忙关切地询问，伤情究竟怎样？于吉的大徒弟皱了皱眉，说：“其他伤虽重，皆好医治，唯有这箭伤，箭镞上有毒。天下的毒不计其数，若我师傅在，定能判定是何种毒，对症下药即可治愈。而我的医术不及师傅，是何种毒，不能判定，只好治治看。若有好转，说明对了症，尚能治好。若施药后仍无好转迹象，事情恐怕就麻烦了。”一句话，说的诸文武已经安定的心，一下子又提到了嗓子眼。但又不敢将此话告知孙策，只说：“于神仙的大徒弟说了，这伤好治，请主公放宽心，假以时日，自会痊愈。”孙策也不多想，只说过些时日，就会好起来。

然而数天过去，身上的创伤渐渐愈合，唯有面颊上的箭伤不仅没有痊愈，反而越来越重，面颊的颜色呈暗紫色，并且孙策又发起了烧。尽管于吉的大徒弟想了许多办法，仍控制不住恶化的趋势。文武百官感到事情不妙，忙派人通知镇守巴丘的周瑜、镇守石城的程普和驻守海昏的太史慈，回曲阿来见孙策。孙策的精神越来越差，感到此劫难逃。大骂于吉的徒弟们也都是欺世盗名之徒，常常于昏迷中大叫：“斩杀于吉是为民除害，防止其妖术蛊惑人心。这些徒弟也都是可杀。”文武百官一边劝于吉的这几位徒弟，只说是发烧说的胡话，另一边好言抚慰孙策，只说退了烧就好了。吴太夫人更是心急如焚，只说：“我儿屈杀了于神仙，终有此祸。我要为我儿祷告、禳灾。”于是令人做起法事，祈祷于吉放过儿子，日后定日日敬心供奉。

这样又过了几日，这天吃过早饭，孙策精神尚佳，面色也好看了些。众文武只道是孙策伤势见好，心中不免高兴，言谈举止便喜形于色。孙策见大家喜欢，不免受了感染，情绪也越发好了。唯有长史张昭心中直犯嘀咕，觉得有点不正常，可也不敢多言，只留心观察。果然午后，便见孙策神色逐渐暗淡。孙策强打精神，将张昭、韩当等文武召到跟前，又将三个弟弟孙权、孙翊、孙匡召到病榻前，说：“看来大限已到，我命将不保矣。本想纵横驰骋，讨平诸侯，只是天不佑我。”说着，令人将讨逆将军、吴侯、会稽太守的印绶尽奉与孙权，说：“仲谋虽年届十六，还未及弱冠，但这两年随我征刘勋、讨黄祖，被郡里举为孝廉，又被州里举为茂才，做了阳羡县长，经过这些历练，其才能也崭露头角。如果说举江东之众，决机于两阵之间，与天下争衡，你不如我；但是举贤任能，各尽其心，以保江东，我则不如你。而今将这些印绶交与你，希望你不忘父兄创业之艰难，把江东之地守护好。"孙权强忍泪水，说："兄长休要悲观，今日气色比往日好多了，再将养些日子就会痊愈，切不可把事情想坏了。"孙策摆摆手说："不必安慰我，我自己的身体自己知道。"又对孙翊和孙匡说："我死之后，你两兄弟要听命服从于仲谋，父亲和我都不在了，他就是长兄，就是父。今天我当着众文武的面说清楚，若你二人或家族中敢有生异心者，众人共诛之。骨肉相逆，不得入祖坟。"孙翊和孙匡虽然年纪尚小，也都已懂事，俱哭拜于地说："大哥放心，我二人奉仲谋如同长兄和父亲，永不敢有二心。"

孙策望了望诸位文武说："如今天下大乱，诸侯相争，我们拥吴越之众，有三江之固，足可以自立。万望众人倾心辅佐吾弟。"众人齐说："请主公放心，我等孙氏旧部，安敢不倾心相辅。"

张昭料孙策是回光返照，早已派人将吴太夫人从后宅请来，让其母子再见一面。吴太夫人心内如焚，眼泪直往外涌，孙策想起身，挣扎了一下，吴太夫人忙按住。孙策说："看来我不能尽孝了。江东之事已交付仲谋，还望母亲时时操心，多督导训诫。"吴太夫人哭道："仲谋年少，恐难当此重任。"孙策说："吾弟虽年少，其才足当大任。若有不决之事，内可问张昭，外可问周瑜。只是周瑜驻守在外，恐不能当面嘱托了。还有程普老将军及太史慈，均在外驻扎，终不能再见面了。如今这些文武，不是父亲旧部，就是随我多年的故交，还望母亲敬重他们，万不可怠慢了。"吴太夫人哽咽着说不出话，只一个劲儿地点头。这时夫人乔氏领着儿子孙绍来到眼前，孙策说："我与你终不能白头，此生只有遗憾了。望你孝敬我母，把绍儿抚养成人。如你见到妹妹小乔，让她转嘱周瑜，尽心辅佐仲谋。还有，无论是谁都不能忤逆仲谋，否则我在天之灵，也绝不饶恕。"乔氏已哭得泪人一般。交代完这一切，孙策已喘得上气不接下气了。至晚便瞑目而逝。可叹孙郎正是英年，才二十六岁。

孙策既逝，停灵在堂，由其子孙绍在其母乔氏陪伴下，重孝守灵。孙翊和孙匡及族中诸亲，皆为其守灵。孙权痛哭不起，也要守灵。张昭不允，说："孙孝廉，此时不能只顾守在这里哭泣。我们虽拥有江东六郡，但各郡英豪遍布，宾旅寄寓之士并未臣服。常言说，周公立法而伯禽不师，非欲违父，时不得行也。况今奸宄竞逐，豺狼满道，乃欲哀亲戚，顾礼制，是犹开门而揖盗，未可以为仁也。"孙权只好止住哭声。张昭让孙权的小叔孙静负责丧事，让孙权换上将军服饰，来到前殿，接受众文武的拜谒，正式受理军国大事。

紧赶慢赶，周瑜终于从巴丘赶了回来。原来只说是孙策受了重伤，没想到赶回曲阿却未能见到最后一面。来到孙策灵前大哭一场，便到后宅拜见吴太夫人，两人又哭一场。吴太夫人将孙策临终遗言俱告周瑜，周瑜说："太夫人在上，公瑾定依伯符之言，倾心辅佐仲谋。"说罢辞别吴太夫人，到前殿拜见孙权。孙权一见周瑜，泪如泉涌，周瑜连忙安慰，说："仲谋继承父兄基业，正如伯符所言，其才足可胜任。瑜不忘伯符知遇之恩，定当全力报效。"张昭又将众文武已拜孙权一事告知周瑜。这时镇守石城的老将程普，及驻守海昏的太史慈也先后回到曲阿，先在孙策灵前祭典，又拜谒了孙权。张昭对文武百官说："现在军国大事已由新主掌理，理应表奏天子知晓。"众文武异口同声说："长史所言极是。早日奏报天子，可使吴会地区形势及早稳定。"于是张昭亲自动笔写了奏章，将孙权继任孙策为讨虏将军，领会稽太守，袭封吴侯一事，表奏汉献帝。并派专人携奏章及贡送的物品前往许都。

第六十七章

奉献帝孙权掌江东　拒刘备李通斩三将

自从得到传闻，孙策要趁虚进犯许都，曹操一直密切关注着江东的动态，随时准备从济水调兵马来拦截孙策。这日忽然得到消息，孙策在北上的途中遇刺，伤重不治而亡。曹操大喜，觉得这是天赐良机，他要趁江东混乱之机，像当初征讨刘备一样，集中兵马，一举将东吴这个隐患彻底清除。想到此，他立刻召集荀彧、郭嘉、荀攸等谋士商讨这件事。当他把自己的打算说出来以后，大家都没有吭声。曹操知道，这会儿大家心里都没有闲着，便静静地等着。少顷，荀彧先开了口，说："我认为此事不妥。我们的兵马都集中在济水一线，与袁绍的战争随时都可能爆发，我们根本抽不出兵马再去征讨江东。"曹操说："当初征讨刘备时，许多人都认为我们正在黄河与袁绍对峙，也抽不出兵马，但我们下了决心，还是从黄河前线抽调了兵马，打败了刘备，夺回了徐州。若当时不下决心，徐州现在刘备手中，形势将会怎样？所以有时候该冒的风险还是要冒。只不过当初是在黄河与袁绍对峙，现在换成在济水与袁绍对峙罢了。"

郭嘉说道："一个黄河，一个济水，河流不同，形势也不一样。当初袁绍在黄河以北，那时他还在犹豫，没有下决心南渡黄河，所以给了我们时间。而现在战端已开，河济地区已落入他的手中，官渡离许都又近。我相信很快袁绍就会发动进攻。我们没有充足的时间来消灭孙策。再者，刘备当初兵少将寡，是用阴谋从我们手中夺了徐州，临时扩招的兵马，也都是乌合之众，他在徐州的基础很不牢固。而孙策则不同。孙策经营江东有好几年了，扬州六郡名为朝廷所有，实际上已悉归孙策。虽然不断发生反叛事件，但已很难撼动他的统治。他兵多将广，有一支很有实力的部曲，我们很难在短时间内将其消灭。一旦双方僵持，袁绍发动进攻，我们就会腹背受敌。所以荀令君所说很对，此事万万行不得。"

曹操沉吟不语。荀彧和郭嘉所说，也是曹操所担心的。他在心里掂量了一番，说："我只是觉得这个机会太难得了，放弃这次机会，一旦东吴缓过劲来，再想征讨江东，就不知要费多少劲了。"荀攸说："来日方长，机会总会有的。"看得出，荀攸也是反对出兵扬州的。曹操说："我们再斟酌斟酌吧。"

很快江东的使者来到了许都，将孙权接任孙策任会稽太守的奏章，呈给了献帝，又将带来的贡奉物品，与少府交割清楚，便在旅舍中等候消息。侍御史张纮，闻曹操要出兵征讨江东，一直忧心忡忡，得知江东使者来到，亲自赶到旅舍，打探江东的情况。江东使者见张纮来到，将孙策遇刺之事，前前后后详述了一遍。张纮说："现在江东非常危险。"使者不解，张纮将听到的传闻说了一遍。使者紧张起来，说："我来时，主公的灵柩还未安葬，丧仪依制还在进行中。虽说仲谋已接掌了军国大事，但毕竟年少，文武百官不知能否降服，人心不稳，曹公若出兵征讨江东，江东说不定就真的完了。这如何是好？"张纮想了想，说："别慌，我这就亲自去见曹公，竭力劝说他不要发兵江东。你暂在旅舍中歇息，待有消息我即刻通知你。"说着，起身便往司空府去了。

曹操正在府中读书，门吏通报："侍御史张纮求见。"曹操一笑，明白了张纮的来意。这张纮自为孙策出使许都，被自己强留在朝中后，一直不忘江东。张纮此来，定是为江东之事，倒要看看他是怎么个说法，于是便说："有请子纲！"

张纮来到曹操面前，施过礼。曹操示意他坐下，说："子纲可是为江东之事而来？"见曹操开门见山，张纮也不避讳，快人快语，说："正是。江东使者到来，表奏孙权继任其兄策执掌江东，不知曹公对此有何看法？"曹操说："孙仲谋年少，据说才十六岁，我对他并不了解，子纲觉得我应该怎么办呢？"张纮没有想到曹操有这一问，一时竟不知如何回答，想了想说："仲谋年轻，正应该好言安抚，与江东建立起友好关系。"曹操笑了笑说："当初孙策到江东时，年纪也不大，我念其父与我共伐董卓，其本人又反对袁术称帝，便极力与之交好，表奏他为会稽太守，封为吴侯，表拜为讨虏将军。而他既不是刺史，更不是州牧，却率兵马东征西讨，将朝廷任命的刺史、守相诛杀的诛杀，赶走的赶走，一人独霸了扬州六郡。对此我也不予追究，又支持他讨伐黄祖，替父报仇。没想到最终却率领兵马要进攻许都。只是苍天有眼，让他命丧黄泉。若不然，说不定现在已打到许都来了，我还要养虎为患吗？"

听了曹操的话，张纮心想，看来曹操想趁此机会兼并江东的传闻，绝非空穴来风，于是说："说孙策要袭夺许都，只是谣传，不足为信。即便此言不虚，如今他已撒手人寰，正可趁新人主政之机，修好关系。若乘人之丧出兵，自古以来都有违道义，惹世人讥笑。万一不胜，永为仇人，再难修好。当前袁绍陈兵河济，虎视许都，曹公应广施恩惠，厚待江东，安抚孙氏，以御袁绍。曹公乃雄才大略之人，个中轻重，想必能掂量出来。"

其实几天来，曹操对荀彧等人的劝阻，在心中已反复掂算过了。他已经想明白了，迅速击败刘备，夺取徐州这种事，是不可在扬州复制的。他打算卖个面子给张纮，微微一笑说："子纲所说甚有道理，我就听从你的劝告，明天表奏天子，诏拜孙权继任其兄为讨虏将军，仍领会稽太守，袭封吴侯。"曹操沉吟了一下，说："总督扬州六郡，你看如何？"这一点是张纮没有料到的，惊喜之余，赶快站起身施礼说："我先替孙权谢过曹公。如此一来，江东必尊奉天子，听从曹公号令，专讨不臣之虏。"曹操说："孙仲谋年少，需要人辅佐，唯有你我信得过。我想向天子表奏，诏拜你为会稽都尉，前去辅佐孙权，你看如何？"这更是张纮没有想到的。他被曹操强留在许都后，一直都想返回江东，曹操的这一提议，正合张纮的心意，因此再次施礼表示感谢："愿回江东，辅佐孙权尊奉朝廷。"第二天曹操上朝，即将此事表奏献帝，献帝准奏。随后荀彧拟好诏书，献帝揿印颁发。张纮与江东使者，带上诏书及印绶，高高兴兴回曲阿去了。

江东之事既了，曹操轻舒了一口气，东南方向至少会平安一段时间，下一步就可以集中力量来对付袁绍了。这天，他正在翻看他的旧作《兵法接要》一书，荀彧来见他，说："主公，现在的赋税征收越来越困难了。"曹操说："我也略有耳闻，按说不应该啊。来到许都后，我们大兴屯田，各行各业也都在一定程度上得到了恢复，百姓也基本能安居乐业。你看这问题出在哪里？"荀彧说："经过屯田，这几年的粮谷基本上解决了，各种物质也丰富起来。但是经过连年的战争，百姓手中都没有钱，所以以粮谷为主的田赋，都能征收上来，但以征收钱币为主的口赋、算赋却越来越难征收。"曹操说："据我所知，百姓们手中的棉帛等物资都有不少，把他们卖出去不就有钱了吗？"荀彧说："问题就在这里。由于这些年的战乱，钱币一直没有发行，百姓们为了交上赋税，将手中的棉帛等物资卖给商人，换得钱币再交赋税。商人趁机压低价格，百姓只得以低价、超低价将棉帛等物品卖给商人，换回的钱币还不够本钱。而我们征收到钱币后，又要从商人手中购买这些物资，商人又趁机抬高价格，从中大赚一笔。"曹操点点头，略一沉吟，说："这就使商人两头得利。你看这样行不行？我们把以人口来征收的口赋和算赋，改为以户来征收，从百姓手中直接征收棉帛等各种物资，这叫做'户调制'，这样，百姓也不用受这些商人的盘剥，官府也不用掏高价从奸商手中去买这些棉帛等物资。只不过我们在调配这些物资的时候会麻烦一些。"荀彧说："虽然多了些麻烦，但抑制了奸商，又调动了百姓生产的积极性，这个办法是可行的。"曹操说："你再去征求一下各公卿大臣的意见，如无不妥，今秋的赋税就以'户调制'的方式征收。"荀彧说："关于粮谷，我们也要早做安排。虽然实行了屯田，大批流亡的百姓回到了土地上，但先后经过征讨袁术、吕布、刘备，粮草消耗一直比较大，结余的不是太多。现在又与袁绍交战，河济地区的百姓抛弃田产，大都撤到了许都这一带，一下增加了这么多人，粮谷渐趋紧张。"曹操点头说："荀令君说得很对，我们要早想办法，否则难以应对与袁绍的这场大战。"荀彧告辞。曹操陷入深深的思考中。

这时史涣进来报告说："据斥候报告，说有一小股兵马，正偃旗息鼓，自孟津一直悄悄向南行进，现已快到昆阳，其身份不确定，其意图不明确。"曹操说："继续打探，一定让斥候赶快弄明白他们的目的何在。"史涣应声"是"，便退了出去。

这时郭嘉来到，曹操将史涣刚才的报告说了一遍，郭嘉说："不管是谁，先令昆阳守将蔡阳截住他们，查明他们的底细。我估计很有可能是袁绍派往荆州的使者，要刘表配合其围攻我们。可使者也用不了这么多人。"曹操说："奉孝这一说，倒要引起我们的警惕，通知驻守昆阳到荆州沿途各县邑的兵马，都要进行阻截，再派路招率兵马前往追剿，绝不能让他们到荆州。"

驻守昆阳的蔡阳，接到曹操命令，说有一小股兵马欲往荆州，沿途各县邑守军，务必将其阻拦。蔡阳不敢怠慢，立即派出斥候打探，果然有一小股兵马，偃旗息鼓，从西边小路奔昆阳而来。蔡阳即刻披挂上马，留少数人守城，率两千兵马出城拦截。刚走到城西小路上，就见远处尘头扬起，蔡阳即下令："摆开阵势，准备迎敌。"

刘备在孟津渡过黄河，一路上偃旗息鼓，绕城镇，走小路，尽可能掩其行踪。眼看绕过昆阳，刘备说："绕过了昆阳，再绕几个城邑，就能穿过曹操的地盘到荆州了。"话音刚落，猛见前面旌旗林立，一支兵马挡在前面，帅字旗上一个大大的"蔡"字，想要躲避已来不及，只好硬着头皮迎了上去。来到阵前，说："阵中大将可是蔡阳将军？"原来刘备当初在许都时，曾与蔡阳见过多次，双方并不陌生。蔡阳哈哈一笑，说："原来是刘豫州到了，请问刘豫州要到哪里去？"刘备在马上施礼，说："实不相瞒，我与刘荆州俱汉室宗亲，想到他那里走一走亲戚，还请蔡将军让条路。"蔡阳说："恐怕没这么简单吧。你从冀州来，一定受了袁绍的指派，前往荆州与刘表密谋共取许都。只是这荆州你是去不成了。曹公有令，各县邑守军，均要拦截，不能放过一兵一卒。"关羽挺刀跃马，说："大胆蔡阳，你是什么身份，敢这么和皇叔说话吗？哪个敢拦，先问问我这青龙偃月刀再说。"

蔡阳瞥了一眼关羽，冷笑道："我知关将军英勇。可双拳难抵四手，你这区区数百人，能抵我这数千人吗？还是不要逞强为好。"刘备赶忙制止关羽，说："袁曹相争，我本不愿参与其中，这才离了冀州前往荆州，以求保持中立。还请蔡将军代为向曹公转达，给予方便。"蔡阳说："还是请你亲自到许都向曹公讲明，讨一纸公文，到那时我绝不拦你。"关羽再也按捺不住，挥起大刀就砍了过去。蔡阳退回阵中，下令发起进攻。赵云说："主公，你护住二位夫人，今天只有杀开一条血路了。"说着也挺枪跃马冲了上去。两位战将如入无人之境，曹军士兵纷纷倒在两位将军的马下。但毕竟双方的力量太过悬殊，刘备的人马也伤亡不小，关羽瞅准时机，纵马直奔蔡阳而去。蔡阳也拍马迎了上来，双方交手，只三合，被关羽一刀斩了。曹军一看主帅被杀，军心浮动，逃回昆阳。关羽、赵云就要追杀，刘备急忙呵住，说："穷寇莫追，毕竟实力悬殊，我们追上也无法夺取昆阳。我们的行踪已经暴露，曹军援兵很快就会赶到，我们还是赶快离开这里。"关羽勒住马说："既然行踪已暴露，那就顺着大路，昼夜兼程直奔荆州。"刘备说："我看荆州是去不成了。从蔡阳的话里我们已经知道，这一路下去，曹操已经令各县邑守将拦截我们。我们兵马太少，这一路拼杀下去，恐怕到不了荆州，我们的人马就要拼完了。"赵云说："依主公该怎么办？"刘备说："这里紧邻汝南，我们就向东南到汝南去，进入汝南境，就是刘辟的天下。"孙乾说："原本我们就曾打算和刘辟联合的。上次没有实现，这次歪打正着，到汝南联合刘辟，在曹操背上插一刀，仍能实现让曹操首尾不能相顾的目的。"简雍说："既然决定到汝南去，那就不要犹豫。"刘备说："我们立刻转向东南，依然偃旗息鼓，潜往汝南。"

这汝南本是袁绍家乡，许多世家大族都与袁氏一族沾亲带故，且袁氏的门生故吏更是遍布汝南一境，现在曹操与袁绍公开对立，汝南人就有心反叛曹操，于是刘辟、何曼等人在汝南世家大族的簇拥下，欲投靠袁绍，后来得知刘备被赶回河北，才不敢乱动。这天，刘辟和何仪、何曼、龚都等人正在大堂议事，守卫城门的小校来报："汝南城西门外有一支人马来到，为首的自称是刘备，随行的有孙乾先生，要入城见各位将军。"刘辟等人一听，喜出望外，说："快请他们进来。"何曼问了一句："有多少兵马？"小校说："大约有数百人。"几人都有点大失所望："怎么才这么一点兵马？"

刘备来到汝南郡署衙，早望见有人在门外迎候，大老远就下了马。孙乾赶忙上前介绍。双方一见，彼此施礼、问候。虽是初次相见，却犹如多年未见的老友，很是亲热。当听说随行的有甘、麋二夫人时，刘辟又命人赶快在署衙中腾出房屋，认真打扫，叮嘱下人悉心安置。然后邀刘备、孙乾、关羽等文武来到前堂。刘辟让刘备居中上坐，刘备不肯。刘辟说："刘皇叔乃我豫州之州牧，理应正位。"刘备说："你我同姓为刘，皆是大汉宗亲。"刘辟说："年代久远，我也不清楚自己是何支何系，而刘使君乃当今天子亲验宗谱，钦定为皇叔，当为尊上，还是不要推辞了吧。"刘备推辞不过，再加上又是豫州牧，地位远在刘辟之上，便坐了正位。双方依次坐定，孙乾将离了汝南到冀州，如何见了刘备，如何说动袁绍，如何渡河南下，又如何遭到曹仁阻截，撤回冀州叙述了一遍。刘辟也将怎样盼望刘备到来，怎样感到失望等表白了一番。双方互诉衷肠，道不尽彼此想念之苦。最后刘辟说："这下好了，刘使君受袁大将军之命，来到汝南，下一步我们同心协力，共同讨伐曹操，配合袁大将军夺取许都。"刘备说："早闻汝南西部有李通驻守，可将此人招来，共商抗曹大计。"刘辟说："这李通颇受曹操青睐，硬从我汝南郡中划出数县，交由他来督管。此人恐怕难以从命。"

刘备想了想说："此一时彼一时也。现在袁绍以官渡为中心，沿济水陈兵数十万，曹操必败无疑。英雄识时务，天下攘攘，皆为利往。我们举兵反曹，想他李通，不会逆潮流而动。我来之前，袁绍曾让我临机决断。我们就以袁绍大将军的名义，拜李通为征南将军。如此厚礼，想必李通不会拒绝。"简雍暗想：袁绍何曾让主公临机决断。很快明白刘备的用意，对刘辟说："赶快制作印绶，给李通将军送去。"刘辟高兴地说："如此大礼，那李通焉能拒绝。"于是派人带上印绶去通知李通，到汝南来共商大事。

大家等了几天，却不见李通的踪影。刘备、刘辟心中不安，于是再派人到阳安打听，得到报告，说："李通杀了使者，将人头连同送去的印绶，派人送往许都去了。"刘辟大怒，要率兵马前往阳安征讨李通。龚都挺身而出，说："我率本部兵马去一趟，定将李通人头送来。"说完，即点起本部兵马，奔阳安而去。

自曹操令李通严密注视刘辟等人的动向后，李通便加强了戒备。没想到刘辟果然与刘备勾结，派人来劝降，希望他一起归顺袁绍，并送来了以袁绍的名义颁发他征南将军的印绶。其宾客、宗族见如此高官厚禄，都劝李通接受袁绍的征拜。李通不肯，说："曹公待我不薄，我怎能背信弃义。"宗亲、宾客都哭着劝道："现在袁绍数十万兵马陈兵官渡，曹操自身难保，汝南又全部叛曹，我们仅有这几个县，又孤立无援，立见可亡。刘备乃当今皇叔，又是豫州牧，袁绍为名正言顺的大将军，不如依照刘备的劝说归顺袁绍，也能保得宾客和宗亲们的平安。"李通怒斥道："尔等目光短浅，曹公睿智，光明磊落，必能平定天下。别看袁绍势力强大，此人寡断，任人无方，终将败在曹公手下。刘备更是一条丧家之犬，刘辟等人乃反复无常小人，皆不足惧。我今天把话说明白，绝不背叛曹公。"说罢，拔出佩剑，斩了来使首级，连同印绶一起，派人送往许都去了。料想刘备、刘辟绝不会善罢甘休，便下令全体将士守好阳安。若刘备等人敢来，必决一死战。

李通刚做好准备，龚都便率兵马来到了，前锋别部司马瞿恭过于轻敌，被李通几个回合斩于马下，首级被步卒赶上前去割了下来。李通乘胜追杀，龚都军心大乱，收不住阵脚，败回汝南去了。

刘辟一见龚都败了回来，便要亲率兵马前去征讨。裨将江宫、沈成说："区区李通，何劳将军亲自出马，由我二人各率本部兵马，前往阳安，定能剿灭李通。"于是二人点起兵马，奔阳安而去。谁知几经交手，这江宫、沈成先后被李通斩杀，所率部曲损失惨重，余下兵马溃逃回汝南。刘辟大怒："好一个李通，竟这般厉害，不将你碎尸万段，不能解我心头之恨。"于是令何曼、何仪尽起汝南兵马，要亲自征讨李通。刘备拦住道："刘将军且慢，我们的主要目的是消灭曹操。现在与李通相斗，即便取胜，也将受到重大损失。"刘辟道：

"依刘使君的意思，难道放过李通？"刘备说："我们不如暂且忍下这口气，广招兵马，待袁绍攻破官渡，渡过济水，我们起兵响应。那时没有了曹操的支持，李通军心必乱，到时再报仇也不晚。"刘辟说："似这样，不知要等到何时？"刘备说："不用着急，袁绍很快就会发兵南下。"话音刚落，就有小校来报："城外有一大将，率百余人，自称张飞，指名要进城见刘豫州。"刘备一听，立刻跳了起来："是我三弟，快快有请！"边说边朝外跑。关羽也跟了上去。二人赶到城门口，果然是张飞。三人喜极而泣，相拥在一起，良久，情绪才平复下来。这时才发现还有麋竺和麋芳。刘备问："你们三人怎么在一起？"麋芳说："我在彭城听说主公在汝南，就赶快通知在嬴郡的麋竺，一起来找主公。走到芒砀山，恰遇张将军，就结伴奔汝南而来。"张飞说："自彭城失陷后，我就到了芒砀山中。一直打听不到两位哥哥的下落，把我担心死了。"这时刘辟等人也赶了出来，刘备赶紧把张飞和麋竺、麋芳介绍给大家。刘辟说："早闻诸位大名，现在大家重逢，喜事一件。走，咱们进城，摆宴，好好庆贺一番。"

　　当路招率兵马赶到昆阳，见蔡阳已被斩杀，赶快向南追剿刘备，已不知去向，只好返回许都，向曹操禀报。刘备去向不明，这让曹操很是放心不下，立刻令斥候打探。在这时李通的使者，带着用木匣装的一颗首级，及刘备给他的征南将军的印绶来见曹操。曹操才明白，刘备转投汝南，与刘辟等勾结在一起，意图配合袁绍，从背后袭击。李通信中说："绝不会与刘备、刘辟同流合污，背叛曹公。"这让曹操很是欣慰。对荀彧等人说："李通真义士也，几次在关键时刻都帮了我的大忙，值得信赖。"

　　很快，李通又送来了三颗首级。附信中说，这是龚都偏将瞿恭和刘辟的偏将江宫、沈成的首级。信中表示："只要刘备和刘辟等人敢进攻许都，我一定率所部兵马前往征讨。"这让曹操悬着的心放了下来——有朱灵守卫许都，李通在背后牵制，刘备和刘辟就不敢肆无忌惮，许都可确保安然无恙。这时闻知袁绍在官渡开始发动进攻，曹操便携郭嘉等人，匆忙前往官渡去了。

第六十八章
巧应对袁计遭破解　久相持曹军遇粮荒

济水南岸，曹军大大小小的营寨依次排列；隔河相望，袁军的营寨也绵延相连。两军隔济水对垒。官渡渡口南岸，曹操的大帐外，曹洪的部曲旌旗林立，严阵以待。向北望去，河对岸徐晃、张辽的两个大寨扼守着官渡渡口北岸，曹军牢牢控制着渡口南北两岸。为了联络方便，曹军临时搭了一座浮桥。前不久，袁绍发动了两次全线进攻，因有济水阻隔，都被曹军击败。就在曹操回到官渡的前一天，袁绍还亲自指挥攻打徐晃和张辽的这两个营寨。今天，在徐晃和张辽的陪同下，曹操先后巡视了两个营寨，登上寨墙向外望去，前天血战的痕迹犹存，寨墙外已经风干的血迹呈现暗紫色，损坏了的兵器被丢弃在战场上。曹操看到这些，感受到了战斗的激烈。现在，济水两岸袁曹两军各自坚守营寨，表面的安静让曹操感到一丝不安。

这天，徐晃派人来报告，说："袁军的将士正在往阵前堆土、运木材，不知是何目的？"曹操连忙携郭嘉、荀攸过浮桥到徐晃营中，登上寨墙，朝外望去，果然有许多袁军将士肩抬背扛，堆土运木材。一个高大的土台已堆成，一些袁军开始用木材在土台上搭架子。曹操看了一会儿，立刻明白了，说："袁绍这是打算搭一座高楼，居高临下进攻我们。"郭嘉说："一定要设法阻止，否则将对我十分不利。"曹操命徐晃调集弓箭手，上到寨墙上，朝那些运送木材搭高楼的袁军射箭，袁军被迫停了下来。但很快就有一部分袁军向曹军射箭，掩护那些搭高楼的士卒。虽然速度慢了许多，但搭高楼的行动并没有停止。曹操命令徐晃增调弓箭手，一定要设法阻止袁军的行动。

尽管如此，仅仅两天后，阵前的这个土台上，已搭建了一座高高的塔楼，袁绍称其为"望楼"，亲自登上望楼，徐晃营寨中的一举一动都暴露在袁绍面前。袁绍笑道："曹孟德，你的末日到了。"随即令弓箭手朝徐晃营寨中射击。曹军还击，无奈望楼太高，箭矢纷纷跌落下来，就连最好的能拉硬弓的射手，箭矢射到望楼也没有了杀伤力。而袁军居高临下，一射一个准，直射得曹军躲在帐中不敢露头。实在要出帐，也是持着盾牌，顶着锅，遮掩着身体。曹军完全陷入了被动挨打的境地。袁绍一看此法甚妙，便立刻在张辽寨前如法炮制。张辽集中弓箭手，朝搭建塔楼的袁军射击，同徐晃一样，仍然无法遏制袁军望楼的搭建。曹操心急如焚，一旦张辽寨前的望楼建好，袁绍发动进攻，这两个营寨就成了死寨。他必须找出应对的办法。就在曹操苦思冥想，寻找着破解的办法的时候，袁军第二座望楼已搭建完成。张辽来报，从那里射来的箭矢已造成多人死伤，营寨陷入了非常被动的境地。两处大寨都被袁军看死了，这样下去，迟早会被袁绍攻破。曹操赶往张辽营寨，见将士们都躲在帐中，只要有士卒到帐外，望楼上就会有箭矢射过来，徐晃营寨中的无奈和被动，在这里得到了完全的复制。看到将士们怒火中烧，咬牙切齿，却拿望楼没有一点办法，曹操也是心急如焚。有的将士实在憋不住，拉满硬弓与望楼上的袁军对射，但箭矢飞到望楼，已是强弩之末。这时一个士卒魁梧高大，气极了，捡起一个石块，奋力朝望楼掷去，当然还没碰到望楼就掉了下来。他恼恨地说："我如果有劲，非搬块石头把这望楼砸了不可。"说者无心，听者有意，曹操心中一震：这望楼非用石头把它砸掉才行。可人却无法把石块扔上去，只有像弓一样能把它射出去，可哪有那么大的弓呢？他突然想起小时候，一次在涡河边，当时打了几只野兔和野鸡，大家把猎物往河堤上一扔，就跳到涡河里洗澡，没想到自己跑得急，一下摔倒了。刚巧有一根长长的枯枝横躺在河堤上，一头悬空，曹操的身体正砸在悬空的枯枝上，枯枝另一头立刻翘了起来，那些猎物刚好压在枯枝上，枯枝突然向上一翘，把猎物抛了好远，惹得大家大笑一场。曹操眼中一亮，说："我想到办法了。"于是赶快赶回大帐，立刻按照自己的想象画了一幅图，命人找来工匠，又派人去找木料。工匠们按照曹操所画的图，边干边修改，将木料砍截刨锯，很快做好了一个高高的木架子。在一根长长的木杆中间，安了一个能转动的轴，装在架子上，一头挂上布兜。布兜的一端固定在木杆上，另一端套在杆头上。木杆的另一头绑了十几根绳索，看上去像一个硕大的跷跷板。望着这新奇的玩意儿，将士们都不知道是干什么用的。曹操笑着说："这叫发石机，专门对付袁绍的望楼用的。"

这时曹操让人准备的大石块也送到了官渡。曹操令许褚安排了十几个膀大腰圆浑身是劲的士卒，分两队站在发石机的两侧，每人手中拉住一条大木杆上的绳子，另一头用布兜兜住一块石头，一个小校发声喊，这十几个壮汉一起拉动绳子，装有石块的那头立刻翘了起来，升上了空中，随着惯性将布兜中的石块远远地抛了出去，重重地落在地上，砸了个大坑。将士们立刻欢呼起来。郭嘉说："主公，你这个办法不错，袁绍的望楼经不住这大石块的击打，用不了几下就得散架。"曹操很高兴，又令工匠们在木架底部安装了轮子，移动起来非常灵活，随即命工匠们照样再做几套。

趁着夜色，这些做好的发石机，连同石块，被悄悄运送到徐晃和张辽的营寨，连夜安装完毕。待天色放亮，袁军的弓箭手又登上望楼，准备寻找目标，射杀曹军。他们看到曹军营寨内立起了好几个大架子，感到很新奇，正指指点点地在议论，就看到曹军数队士卒手持盾牌，分列在这些木架两旁。他们立刻拈弓搭箭，朝曹军射去。曹军士卒用盾牌挡住袁军的箭矢，只听一声喊，这些士卒奋力拉起绳索快速向后跑去，只听轰轰隆隆一阵响，几块大石头砸向望楼。这些袁军士卒还没明白怎么回事，有的直接被石头砸死，有的被砸下望楼摔死，没死的目瞪口呆愣在那里。接着又一阵轰轰隆隆响，又有几块大石头砸了过来，望楼晃了晃歪向一边，吓得望楼上的袁军士卒赶快逃了下来。又一阵轰轰隆隆的响，望楼彻底被砸塌了，就连土台上也待不住人了。袁军士卒赶快向袁绍报告："曹军造了霹雳炮，只要轰轰隆隆一响，就有许多大石块从天而降，望楼已经被砸塌了，死伤了许多人。"袁绍不信，曹操手中能有什么兵器，竟这般厉害。赶快亲自到阵前观看，果然两座望楼都被砸塌，土台上留有许多士卒的尸体。一些筋断骨头折的士卒正在土台下哎呦直叫。袁绍命人将受伤的士卒带回去治疗，将尸体清理完，又令人重修望楼。可每当土台上有人活动，曹军的霹雳炮就打过来，一连几天，别说修复望楼了，土台上连人也待不住。袁绍只好下令放弃修复望楼。

困扰曹军多日的望楼，被曹操发明的发石机——将士们俗称霹雳炮，一举摧毁，彻底解除了徐晃、张辽两个营寨的危险。营寨内，将士们又可以自由自在地行走了，曹操紧皱的双眉终于舒展了。自袁绍放弃重建望楼后，已过去许多天了，徐晃、张辽两座营寨外一直静悄悄的。阵前如此安静，反倒让曹操不安起来。他料袁绍不会就此善罢甘休，对徐晃和张辽说："严密监视袁军的动向，若有异常即刻报告。"同时发布命令："各部曲严密注视济水对岸袁军的动静，防止袁军偷袭。"

　　这天，徐晃派人来报告，说营寨前的土台后面，隐隐绰绰发现袁军在活动，好像土台上又堆了许多土。曹操立刻来到徐晃寨中，登上寨墙，朝对面望去，果然如此。因有土台阻隔，看不真切，只能从侧面看到有人不断在堆土。曹操观察了一会儿，不解其意。郭嘉和荀攸也百思不得其解。随后，他们又来到张辽寨中，见到张辽，还未开口，张辽便报告说："我正要派人向主公报告，不知袁绍又在玩什么新花样。"接着便把看到的情况说了一遍，与徐晃营寨看到的情况一模一样。曹操叮嘱张辽，严密监视，便回大帐去了。

　　眼看土台后面的土越堆越多，似乎没有停止的迹象。这天，郭嘉说："根据几天来的观察，我料袁绍是在挖地道，妄图从地下潜入我们营寨，发动袭击。"曹操恍然大悟，便说："奉孝说得不错，若是挖地道，一定有动静，我们让将士们密切注视他们脚下的土地。"徐晃和张辽很快派人来报告，脚下的土地果然有轻微的震动声。曹操说："面对袁军的地道，我们该怎样应对呢？"荀攸说："这个好办，对着袁军地道挖过来的方向，在寨内挖一条深沟，沟内埋伏上士卒。地道一旦挖透，袁军必然从里面钻出来，一擒一个准。"曹操立刻指令徐晃、张辽，各在寨内迎着袁军地道挖过来的方向，挖一条又宽又深的沟，只待袁军送上门来。

　　没过几天，深沟壁上浮土不断往下掉落，监视深沟的曹军士卒也紧张起来。很快徐晃营寨中的深沟露出一个洞，徐晃亲自指挥士卒埋伏在洞的两边，洞口越来越大，洞中钻出了一个人，刚探出头来，还未看清洞外的情况，就被埋伏的曹军一把揪了出来，刚哎呦一声，就被堵住嘴，捆了起来。接着又一个人钻出了洞，不待他反应过来，也被堵住嘴，捆了起来。如法炮制，连续几个人被抓后，洞中的人才明白怎么回事，再也不敢钻出来了。只听洞中高喊："曹军有埋伏，快回去报告袁大将军。"

　　袁绍只等地道挖通，就要部署人马，潜入曹军营寨偷袭，然后里应外合，拔除曹军营寨。这时传来报告，说是已有好几个士卒被曹军抓住了。袁绍大怒："挖洞的人不带兵器，怎能不被曹军抓获？"于是令早已选拔好的士卒带上兵器，冲入洞中，很快传来消息，带兵器的士卒一冲出去，就被曹军斩杀。如此下去，只有送死的份。很快张辽营寨中的地道也挖通了，与徐晃营寨中的结果一样，冲出去一个就被曹军斩杀一个。袁绍很是生气，若就此罢手，这些天来的努力就会白费。为避免士卒被曹军一个个擒获斩杀，袁绍下令兵马在外面攻打曹军营寨，以吸引曹军的注意力，同时令士卒手持盾牌从地道中往外冲，想法控制住洞口。袁绍的想法很好，但现实却很残酷，通过地道冲入曹军营寨的士卒都是有去无还。袁绍不得不下令，放弃利用地道里应外合夺取曹军营寨的方法。恼羞成怒的袁绍集中兵马欲先拔除徐晃营寨，再攻取张辽营寨，各个击破。然而数番激战，袁绍都不能得手。袁绍肚里窝着火，发动了全线攻击。然而曹军顽强抵抗，济水防线稳如泰山，官渡被曹操牢牢控制在手中。

袁绍的谋士许攸看在眼里，急在心中，对袁绍说："主公，不必与曹操在这里浪费时间。目前曹军兵马全集中在济水一线，许都空虚，可派一支部曲，绕到曹军背后，袭夺许都，把天子抢到手中，曹军立刻就会土崩瓦解。"袁绍不高兴地说："当初沮授、刘备就提议从背后袭击曹操，结果刘备、韩荀双双失败，难道还想让我重蹈覆辙吗？"许攸说："主公此言差矣。当初刘备、韩荀之所以兵败，是因为兵马太少。"袁绍不听，说："刘备说到荆州联络刘表，与我夹击曹操，可现在音讯皆无，让人可恼。"许攸说："有消息说，刘备遭到曹操堵截，已转投汝南去了。"袁绍说："一会说到汝南，一会说到荆州，现在又到了汝南，连个准信也没有，我看刘备就是一个骗子。我为天下讨伐曹操，发有檄文。我本正义之师，力量又如此雄厚，一定要名正言顺地击败曹操，方使天下人心服口服。绝不用你们这些人的雕虫小技。我也想明白了，就这么耗，我也要把曹操耗死。至今日始，谁也不要再出这样的主意了。"许攸悻悻地退了出去，心中说："袁绍狂妄自大，早晚必在这方面吃个大亏。"

袁曹两军在官渡相持又是两月有余。这天，李典押运来一批粮草，交割完毕，便来到大帐见曹操，将任峻的信转交给曹操。曹操接信在手，问："这次运来多少粮食？"李典答："不多。荀令君和任峻将军正在想办法积极筹措。"曹操打开任峻的信，上面写道："自二月与袁绍开战，军屯已荒废，河济百姓南迁，粮谷用度陡然增加，而刘备在汝南策动反叛，以豫州牧身份，派人到各郡县活动，至许多郡县消极观望。屯田区的粮草经多次征调，余额已不多。我和荀令君正在想办法征调……"曹操眉头紧皱，知道若不是粮草征收十分困难，任峻也不会说这些。他对李典说："告诉你的部曲，让大家再辛苦一些日子。"李典说："主公放心，只要征收到粮草，哪怕跑断腿，我们也会一颗不剩地送到官渡前线。"李典告辞。

李典刚走，荀攸拿着一封信就进来了，说："这是我小叔荀令君派人刚刚送来的。"说着将信交给曹操。曹操打开一看，信中说："郎陵县长赵俨给我呈送了一封信，希望免除郎陵县及阳安诸县的赋税。因此事重大，我不敢做主，故将赵俨的信一并送来，请曹公决断。"

对赵俨，曹操是熟悉的。此人本是颍川阳翟人，董卓之乱时，举家逃往荆州避乱，遇到同郡的杜袭、繁钦，三家合为一家，互相有个照应。刘表也久闻他们的大名，本欲重用。但时间一长，他们发现刘表并非拨乱反正之主，遂离开南郡，前往长沙隐居。建安二年，闻知曹操奉献帝都许，赵俨劝他们说："曹公应期命世，必能匡济华夏，不如回颍川老家，投奔曹公。"三人一合计，便携父母、妻小回到家乡。三人都是二十多岁，皆英杰，才华出众，曹操很是高兴，表奏献帝，诏拜杜袭为西鄂县长，赵俨为郎陵县长，繁钦留在朝中任职。因此对赵俨的忠诚，曹操是不怀疑的。可为何却在这关键时刻，带头要求免除赋税呢？曹操带着疑惑，打开了赵俨的信。

原来，自曹操颁布户调制以来，阳安都尉李通积极响应，将棉帛物资连同粮谷一同征收。但是由于汝南全境反叛，在刘备、刘辟的蛊惑下，所属诸县拒缴赋税。这让阳安所属各县的百姓觉得背叛了曹公，可以免交赋税，忠于曹公反而要多交赋税，于是纷纷议论，不如也叛了曹公。赵俨闻知这些消息，急忙到阳安找李通商量，说："方今天下未安，许多郡县已叛，有的正在观望，而我们忠于曹公，赋税一点也不少，百姓们感到吃了亏，这很容易被小人利用，不如暂缓征收赋税，避免引起动乱。"李通说："据说官渡前线粮草供应已十分紧张，我们再不加紧征收，一定会让人认为我们也是在观望。"赵俨说："李将军所虑极是。但当前形势确实不妙，还是应考虑轻重缓急，咱们只是暂缓征收，先稳定百姓为上。"李通仍不同意。赵俨说："不能再犹豫了，我亲自给荀令君写信，把情况说明，有什么事我承担。"于是给荀彧写了信，信中说明了暂不征收赋税的原因。信的后面写道："阳安各县百姓执守忠节，在险不二，微善必赏，则为义者动。善为国者，藏之于民，以为国家宜垂慰抚。"曹操看完信，知道了事情的原委，于是给荀彧回信说："阳安情况特殊，应以稳定民心为主，今年的一切赋税全免，已经征收的，全部返还百姓。"想了想，对郭嘉说："那些观望的郡县，意图反叛，影响极坏，待打败袁绍后，连同叛贼一并严惩。"

这时许褚进来问："李典将军走了？"曹操问："你找李典将军有事吗？"许褚犹豫了一会儿，说："我听有的部曲士卒们在议论，说李典将军前次押运来的粮草，里面混有人肉干，我想问问他是不是真的？""嗯？"曹操有点吃惊，他与郭嘉、荀攸交换了一下眼光，干脆利落地说："这不可能，一定是他们看花眼了。再听到这样的传闻，你就给他们解释一下。"许褚说："是，我想着粮草里面也不会有人肉干。"

然而许褚反映的这个情况，着实让曹操几天来都没睡好觉。他知道荀彧和任峻等人，为了筹措粮草费了多大的劲，人肉干的事应该是真实的。可话说回来，若不是十分困难，谁又能用人肉干交赋税。可见百姓手中的粮草也所剩无几了。可当前的困难该如何度过？经过认真考虑，曹操对郭嘉、荀攸说："我打算收缩一下战线，将十万大军后撤至许都附近，这样可以免除粮草的长途押运。"没想到二人齐声反对。郭嘉说："双方正在相持，这就像两个正在角力的人，都在用足了劲儿，想摔倒对方。谁在这个时候想抽手，哪怕心里只要有了这个念头，意志就会动摇，顷刻就会瓦解。"曹操说："既然你二人都不赞成，那就再考虑考虑吧。"

几天来，曹操脑子里一直在想着这个问题。郭嘉和荀攸说的也对。可这十几万大军沿济水摆开，随时都有断炊的危险。于是他给荀彧写了一封信，面对粮草征调的困难，自己有撤军的想法，看荀彧是什么意见。同时他在信中告诉荀彧："粮草紧张，应开源节流，一边加紧征调，一边厉行节约。自即日起，除天子以外，各州郡，包括许都，不论官府还是百姓，一律不准酿酒、饮酒，浪费粮谷。违者严惩。"

很快曹操收到了荀彧的来信，信中说："曹公抗拒袁绍非常强大的兵马，已倾其全力，一旦示弱，必为袁绍所乘。袁绍乃布衣之雄耳，能聚人而不能用，以曹公之神武明哲，终必获大胜。现在我军粮草供应的确困难，但这只是暂时的，远没有楚汉在荥阳、成皋相争时困难。当时刘邦、项羽没有一个肯先退的，因为先退者势必屈也。现在我军倾其全力，画地而守之，扼其喉至袁军不能前进半步，已达半年之久。此时正是关键时刻，眼看就要情见势竭，形势必会起变化，只要曹公抓住战机，施用奇计，必能击败袁军。还请曹公万不可退却。我一定想办法筹调粮草，确保供应。同时已遵从曹公的指令，颁布了禁酒令。"看了荀彧的信，坚定了曹操坚守下去的决心。

第六十九章
袭故市徐晃斩韩猛　弃袁绍许攸投曹操

　　袁绍兵精粮足，长期的相持，让曹军显得异常疲惫。曹操招贾诩从驻守已吾的张绣那里来到官渡，与郭嘉、荀攸等人商议，看有什么办法摆脱目前的困境。贾诩说："曹公在才智方面远胜袁绍，在勇气方面也远胜袁绍，知人善任方面更远胜袁绍，当机立断方面同样远胜袁绍。由此四方面远胜袁绍，而长达半年之久不能取胜，我认为是曹公太过谨慎。应敢于冒险，寻找战机，一举击中袁绍要害。"曹操说："这几天我也在思索，荀令君信中说：'此用奇之时，不可失也。'同你的看法是一致的。可这战机在哪里呢？什么才是奇计呢？"郭嘉说："从将士的战斗素质及军纪的严明上，袁军远不及我们。之所以袁军一直处于攻势，除了人数远超我们之外，充足的粮草军资供应，恐怕是一个重要的原因。这让他们的底气十足。反观我们，随时面临断炊的危险，将士军心浮动。如果我们掐断袁军的粮草供应，必引起袁军的恐慌。"曹操点头称是："奉孝说得对，我们的不足，正是袁绍的长处。"荀攸说："袁军远离冀州，据斥候报告，他们的粮草物资都囤聚在故市。如果我们派出一支人马，突袭故市，烧了粮草、物资，袁军必会军心大乱。"曹操眼睛一亮，说："这或许就是荀令君和文和先生说的奇计、战机。"于是立刻前往徐晃营寨，对徐晃说："在你的营寨西北方向约四五十里，有一个叫故市的地方，那里是袁绍的屯粮之地，守将韩猛率三千兵马在那里镇守。你即刻从你的部曲中调集三千精兵，我已命令中领军史涣，再率一千兵马，配合你今夜偷袭故市，务必将那里存放的粮草全部焚毁。"徐晃说："主公放心，只用我这三千兵马就够了。如主公不放心，我再多抽调一千兵马。"曹操说："你只抽三千精兵，其余的还要守好营寨。今晚我就在你寨中代你守寨，并静候佳音。"

　　徐晃即刻点起三千人马，各带一捆干柴，引火用的火石及膏油也准备得很充足。这时史涣也率一千余士卒来到徐晃营寨。此时天色已黑，徐晃悄悄打开营寨西门，与史涣一起，在夜色的掩护下，直奔故市而去。

现在已是深秋季节，晚上非常寒冷，徐晃、史涣一路上并未遇到袁军，行动非常顺利，到亥时便到了故市。守卫故市的袁军大都躲在帐中，忙着吃酒、赌博，昏暗的油灯下，当班岗哨上的士卒抱着兵器，蜷缩在旮旯里，一边骂着老天，一边眯起眼睛昏昏欲睡。看到故市的守卫竟这样松懈，两人喜出望外，一声令下，令人将岗哨擒获，然后分头冲入寨中，韩猛还没明白怎么回事，就被徐晃砍了脑袋。徐晃和史涣很快控制了故市。随即命令士卒将带来的干柴堆在粮囤上，将膏油倾倒涂抹在上面。顷刻间，火光四起，很快连成了片。晚上风大，借着火势，映红了天空。徐晃、史涣率领将士，顺着来时的路，以极快的速度撤回官渡去了。

直到天色大亮，袁绍在阳武才得到报告："故市遭曹军偷袭，所屯粮草、物资被曹军全部焚毁。"袁绍大怒，欲严惩韩猛，但韩猛已被曹军斩杀。这口气憋在袁绍的心里，让他坐卧不宁，大骂曹操是小人，专干一些蝇营狗盗之事，非常不光彩。随即派人到各部曲询问粮草情况，得知各部曲存粮都在半月左右，这让他长出了一口气，冷笑道："曹孟德，你想摧毁我的粮草，逼我撤军，真是妄想。我耗也要把你耗死在济水。"于是命令淳于琼："你率本部兵马，立刻返回邺城，让留守的审配筹措三十万斛粮草，务必半月之内运抵阳武。"淳于琼不敢耽搁，点起自己的兵马，回邺城调运粮草去了。

徐晃和史涣未及天亮便赶回了官渡，兴高采烈地向等候的曹操报捷。得知一切顺利，曹操很是高兴，回到大帐，立刻派出斥候，探查袁军动静。然而斥候们传回来的消息，让曹操心情无法淡定。袁军军心稳定，预想的混乱情况并未出现。曹操意识到，袁绍的后勤补给非常充足。如此下去，怎么能耗过袁绍。曹操心中不免又有些焦躁起来。

这天下午，曹操正在大帐与郭嘉、荀攸、贾诩商议下一步的行动，曹洪派人来报："西边尘头大起，似有千军万马朝这里奔来。"曹操一惊，西边是夏侯惇在驻防，并未调他来，疑惑道："莫非袁绍派兵马从西边潜过济水，从我们背后包抄过来了？走，咱们到寨楼上探个究竟。"曹操等人出了大帐，径直来到西寨门，登上寨楼，曹洪接住，用手一指，说："主公你看，这阵势恐怕人不会少了。"曹操等人顺着曹洪的手指向西瞭望，果然尘头滚滚直朝这里扑来。曹操命曹洪："不管是什么情况，告诉将士们，做好准备迎敌。"曹洪立刻传下令去。

尘头渐渐近了，依稀看出许多马匹，还有一些装满物资的车辆。曹操与郭嘉等人互相望了望，都非常疑惑。这时尘头已到寨门前，一位小校骑在马上说："请问这里可是曹军营寨？"曹洪答道："正是。我乃扬武中郎将曹洪是也。请问你是何人？"小校说："我乃司隶校尉钟繇帐下小校，特奉钟校尉之命，将两千匹战马及一些粮草物资，从关中押运至官渡，面交曹公。"曹操一听是钟繇从关中送来了战马及粮草物资，赶忙命曹洪打开营寨大门，放那位小校进来。郭嘉等人也轻舒了一口气。

曹操等人下了寨楼，小校也被带了过来。曹洪对小校说："这位就是司空曹公。"小校叩头施礼说："司隶校尉钟繇听说官渡前线物资缺乏，便设法动员马腾、韩遂等一些关中、西凉将帅，设法筹措了两千匹战马及一些粮草物资，命我押运至官渡。这里有钟校尉的亲笔信，请曹公亲阅。"说着从怀中掏出一块包着的绢帛，呈与曹操。

曹操接过信，打开看到："自领司隶校尉后，赶到长安，遗憾的是段煨已于前不久病逝，便直接面见马腾、韩遂等将帅，认真规劝，讲明了祸福及利害关系，以马腾、韩遂为首的西凉、关中各部曲首领，均表示不会受袁绍拉拢。闻官渡战事紧急，便动员马腾、韩遂等西凉将帅，自愿贡献了一些战马及粮谷。我又筹措了一部分，共计两千匹战马，数百车粮谷，现由小校押送到官渡，以资抵抗袁绍之用。关右地区暂无大碍，我已率司隶校尉部各掾属返回洛阳，将继续筹措粮草物资，尽全力支援曹公。"曹操大喜，将信交给众人传阅。大家都欢欣鼓舞。曹操当晚给钟繇写了回信，信中肯定了钟繇对关中各股势力的安抚，并说："关右稳定，自此朝廷再无西顾之忧，此皆元常所努力的结果。元常送来的马匹，极大地提高了我部曲的战斗力，所送粮谷，更是雪中送炭。元常所为，犹如昔日萧何镇守关中，足食成军，可与媲美。"第二天，曹操将回信交给小校，嘱他们一路保重。

钟繇从关中送来了两千匹战马的消息，很快传遍了曹军各部曲。夏侯惇等将领都在盼着曹操快将这些战马分派下来，这样他们的战力将会得到很大提高。一些将领亲自来探曹操的口气，希望能多分到一些战马。尤其是曹洪，仗着曹操的大帐设在他的营寨，近水楼台先得月，非要曹操给他六百匹战马。曹操始终没有松口。曹洪感到自己的口张得有点大了，对曹操说："实在不行，给我五百匹也行。"曹操仍不置可否。

　　贾诩猜透了曹操的心思，对曹操说："主公，我看这两千匹战马还是不分为好。"曹操很认真地在听，"目前我们部曲的战马加在一起，也不足千匹，远远抵不上袁军。如果把这两千匹战马分到各部曲，每个部曲也分不到多少匹，战力提高也有限。不如将这两千匹战马集中起来使用，我们就有了一支强悍的力量，不知主公意下如何？"曹操说："曹洪他们嚷嚷好几天了，我一直含糊其辞，就是有这个想法。奉孝和公达怎么看？"郭嘉说："文和的意见很对，这些战马集中使用，就会起到事半功倍的作用。"荀攸也表示同意。曹操说："那就定下来，这两千匹战马不分，单独组建一支骑卒部曲，大家看由谁来统御这支部曲？"郭嘉说："主公对手下战将了如指掌，你就下令吧。"曹操说："这几天我一直在考虑，曹仁将军手下偏将军曹纯，陈留起兵时就随我们征战，战场上奋勇争先，而且好读书，肯用脑，敬爱学士。就由他来统御这支骑卒部曲，你们看如何？"荀攸说："主公眼光果然不错，曹纯将军年纪虽轻，却文武双全，定能指挥好这支部曲。"曹操说："我再给他配两员战将。这两千匹战马中有一千匹钟繇已配好盔甲，全是硬甲，重盔重甲，专门打攻坚的硬仗，就由曹真来统御。"贾诩说："曹真是主公的义子，我曾闻好狩猎，曾遇虎，沉着冷静，将虎射死，真勇士也，不如将这支骑卒命为虎骑，以壮声势。"曹操点头认可，说："另外一千匹将来有机会都配以软甲，发挥机动灵活的特点，专门用来快速出击，就由我们曹家的千里驹曹休来统御。"贾诩说："猎豹速度极快，正合主公预设的这支骑卒的特点，就命为豹骑。两支合称虎豹骑。"荀攸说："听起来很有气势，叫虎豹骑最好。"郭嘉拍手道："虎豹骑，一个威风凛凛，一个行动迅捷，仅名字就让人望而生畏。"曹操即刻下令，征拜曹纯为虎豹骑督都，曹真为虎骑校尉，曹休为豹骑校尉。

　　曹纯等三人本来随曹仁驻守阳翟，接到曹操的征拜，很快率部曲来到官渡，接受曹操同时授予三人的印绶、帅旗。曹纯的帅旗上是一个大大的"曹"字，曹真的帅旗上，是一额头上有一王字的虎头，曹休的帅旗上是环眼怒视的豹头。曹真和曹休，本随曹纯在曹仁手下任军侯，各领千余人马，现在全部配上战马，所有将士喜气洋洋，好不威风。曹操叮嘱曹真和曹休："按辈分儿，曹纯是你们的小叔。但军中向无叔侄之说，只有将帅之分，一切以军令为上，你们切记。"三人齐声保证："在军言军，绝无私情。"曹操说："近期抓紧演练，争取早日把虎豹骑训练出来。"

话音刚落，曹洪来报："禀告主公，有一支兵马已到营寨东门前，来人自称是幽州建忠将军鲜于辅，受乌桓司马阎柔之命，前来拜见主公。"曹操想，这阎柔和鲜于辅原是刘虞部下，自刘虞被公孙瓒诛杀后，随袁绍征讨公孙瓒，怎么现在到了这里？便问："有多少人马？"曹洪说："约三千左右。"曹操说："让鲜于辅到大帐中去见我。"曹洪应声而去。

曹操刚回到大帐，曹洪领鲜于辅已到。鲜于辅跪拜施礼，曹操示意他坐下，问："鲜于辅将军率兵马远道而来，不知有何急事？"鲜于辅说："曹公有所不知，听我细说……"

原来，袁绍击败公孙瓒后，并未让刘虞的儿子刘和任幽州刺史，而是让自己的二儿子袁熙任幽州刺史，这引起了阎柔和鲜于辅的不满，只好强忍下这口气回到燕国。现在听说曹操与袁绍在河济大战，阎柔便令鲜于辅率兵马前来助曹操击败袁绍。因路途较远，中间隔着袁绍，只好潜出青州，经兖州来见曹操。走到青、兖交界，碰到在此驻扎的臧霸，告知曹公在官渡，便一路赶来。鲜于辅说："我所率兵马皆胡汉儿郎，愿随曹公击败袁绍。"曹操听后非常高兴，说："有鲜于辅将军助阵，我一定能战胜袁绍。将士们远道而来，可好好歇息几天。"鲜于辅说："此来就为助战，请曹公下令，我们即刻就能出战。"曹操说："与袁绍的大战即将开始，还愁没有用武之地？不必着急。"亲自为幽州将士安营扎寨，调配粮谷。

待幽州兵马安置妥当，曹操返回大帐，迎面碰上押运粮草的李典，望着将士们疲惫的身躯，曹操非常感慨，说："大家辛苦了，请你们再坚持一下，顶多半个月，再也不让你们这样一趟一趟劳累了，到时我定击败袁绍。"将士们说："请主公放心，哪怕跑断腿，我们也一定及时将粮草送到官渡来。"

回到大帐，曹操来回踱步，他之所以夸下海口，半月内就要击败袁绍，不是因为脑子一热，心血来潮，而是他知道再这么耗下去一定会被袁绍拖垮，必须在短期内找到击败袁绍的方法。但是袁绍的要害在哪里呢？怎样一击而中的呢？他陷入深深的思考中。

自从曹操将故市的粮草焚毁，袁绍派淳于琼返回邺城调运粮草，已快半个月了，至今未回。谋士许攸清楚地知道，袁军的粮草现在顶多只能支撑三天。过了三天，淳于琼的粮草再不运来，袁军将不攻自破，许攸于是向袁绍建议："根据斥候报告，曹军粮草难以为继，押运粮草的是李典，兵马不多，只要派出一支小部曲，专门袭击曹军粮草，曹军必军心大乱，一举可渡过济水，胜负立现。"袁绍冷笑一声："我早已说过，要名正言顺地击败曹操，让他败得心服口服。你们再不要弄这些雕虫小技的伎俩了。"许攸说："可是我军的粮草也仅够维持三天了。"袁绍说："淳于琼回邺城运粮草，很快就会回来。"许攸说："我们早一点击败曹操不是更好吗？"袁绍不高兴地说："不必多言，我自有安排。"许攸叹了口气，退了出来，刚出门口，只听袁绍嘟囔道："净出些馊主意。"许攸听了此话，心中凉飕飕的。

许攸出了袁绍的大帐，神情沮丧地来到阳武的大街上，突然背后被人一拉，许攸扭头一看，原来是淳于琼手下的骑都尉吕威璜。吕威璜笑问："子远兄眉头紧皱，有什么心事吗？"许攸叹了口气，把话岔开，问："你不是随淳于琼将军回邺城押运粮草了吗？"吕威璜说："粮草已押运回来了。"这时一阵寒风袭来，许攸缩了缩脖子说："真是季节不饶人，刚进入冬季，这风就刺骨了。"说着指了不远处一座酒馆说："咱们找个地方，我给你接风，趁便也暖和暖和。"吕威璜说："今天不行。袁公曾有交代，等我们回来，就派蒋奇接替我们看守粮草。淳于琼将军命我赶快向袁公禀报，好早点交差。"许攸说："不就是向袁公交差吗？我就在酒馆等你。等你交完差，咱们再痛饮。"两人一向交好，吕威璜也不再坚持，便答应许攸，转身去大帐见袁绍了。许攸也转身来到酒馆，捡个僻静的地方坐下来，点了几样热菜，让店家先准备着，便坐在那里喝着热水驱寒，等着吕威璜。

没多大功夫，吕威璜就办完差事来到酒馆。许攸一边招呼店家上菜，一边问："粮草的事已经向袁公交代清楚了？"吕威璜说："交待清楚了，一共运回来一千余车，合计约数十万斛粮谷。袁公很满意，答应这两天就派蒋奇去接替我们，让我们好好歇息。"这时酒菜已经端了上来，许攸边倒酒边问："这么多粮草，这次可要看好了。"双方举杯互敬。热酒下肚，吕威璜说："袁公早有安排，为了防止曹军再来偷袭，特将这些粮草存放在阳武东北的乌巢，这里远离济水前线，又隔着阳武，借给曹操一百个胆子，他也不敢到乌巢偷袭。"

两人边喝边聊，身上的寒意早已驱走，正是酒酣耳热之际，只听吕威璜长叹一声，许攸问："吕将军为何叹气？"吕威璜吞吞吐吐说："这次回邺城，我听说了一件事，告诉你吧，对袁公不忠；不告诉你吧，又对朋友不义。"许攸很是奇怪："什么事竟使吕将军这样为难？"吕威璜说："朋友一场，不告诉你将来我心难安。留守邺城的审配，查出你曾私纳百姓的财物，而且数额巨大，并且纵容宗族宾客滥征赋税，据为己有。现已将你的宗亲子侄、宾客悉收监羁押，待查谳确实，就要治罪。由于牵涉到你，正准备呈报袁公，要将你押回邺城调查。"许攸大吃一惊："这个审配，早就看我不顺眼，这次趁我不在邺城，就在背后下了手。不怕，我与袁公自少年时便是好友，看在多年的交情上，袁公也不会把我怎样。"吕威璜说："审配现在是袁公的红人，田丰、沮授尚且遭其离间，更何况子远兄呢？若证据在他手中，袁公也不能强驳。"许攸不吭声了。联想到这一段时间，袁绍对自己的不满，感到不寒而栗。吕威璜说："你我交情不错，听我一句劝，好汉不吃眼前亏，还是逃吧。"许攸说："我若一跑，家人反而性命难保。"吕威璜说："抓不到你，许多事情没有对证，你的家人或许不至于杀头。"许攸说："说的也是，可由此往北，全是袁公天下，我能跑到何处呢？"吕威璜说："你不是常说与曹操有旧吗？要逃也只能逃到曹操那里。"许攸点头，说："曹操是一个颇念旧情的人，一定会收留我。感谢吕将军救命之恩，他日必将重报。"吕威璜说："此举已属徇私枉法，朋友一场不求回报。既然要走，越快越好。"许攸说："我孤身一人，也无牵挂，就此与吕将军告别，今夜就过济水投曹操去。"两人将酒斟满，碰杯，一饮而尽，出了酒馆，道了声别，分南北而去。

初冬的夜晚，天气已经很冷了。曹操为了寻找破袁绍的战机，已经费尽了心机。眼看已是子夜时分，寒气渐渐上来，在侍卫的催促下，他脱掉外衣，盖上被子，躺了下去，然而寒冷的天气却使他睡意全无。这时听到外面有吵嚷声，曹操朝帐外问道："外边吵嚷什么？"一位侍卫连忙进来，报告说："巡逻的士卒在济水边抓获了一个人，看他贼头贼脑，不像好人，就把他捆了起来。他说是主公的老熟人，专门来见主公，士卒不敢造次，报与张辽将军，将他押送过来。我说主公刚睡下，要见也要等明天……"曹操不等侍卫说完，就问："他是谁，哪里来的？"侍卫说："他说是南阳人，名叫许攸，从袁绍……"曹操翻身坐了起来，顾不上披外衣，连鞋也顾不上穿，光着脚向外跑去，边跑边喊："是子远来了吗？不知贵客驾到，有失远迎。"侍卫一下愣住了，很快反应过来，抓住曹操的外衣追了出去。

曹操一阵风似的刮到了帐外，一看确是许攸，伸手一把挽住许攸的臂膀，高兴地说："多年不见，哪阵风把你给吹来了。外面天气冷，快进帐中。"侍卫要给曹操披上外衣，被曹操立刻拒绝了。他拥着许攸，进到帐中，命人将帐内的炉火捅旺，说："子远先暖暖身子。"然后向许攸深施一礼，许攸赶紧还礼，说："孟德如今已是朝廷三公，今日见我，却如此谦恭，使我心中很是惶恐。"曹操说："你我乃是故交，这里没有三公，咱们仍是老朋友。我想老朋友半夜来访，定有妙计助我攻破袁绍。"

许攸笑了笑，在曹操的示意下坐了下来，说："曹公不怕我是受袁本初指使，专门来探你的虚实的？"曹操边披外衣边说："子远为人光明磊落，不会干这种阴暗丑陋之事，突然来访，必有原因。"许攸说："我事从袁本初多年，曹公也知道，本初兄好大喜功，尤其近些年，拥有河北四州，更是狂妄，听不得别人意见。我多次进言，都被他驳回，终觉他必败，便有意弃他而去。"曹操一笑，递过来一杯热水："就这么简单？恐怕未必吧？"许攸接过热水说："当然不止于此。我随军在外，风餐露宿，可家人、宾客却在邺城悉遭羁押。我倾心为本初谋划，却遭如此祸事，想来心寒，所以思虑再三，还是来投奔曹公，愿曹公不弃。"曹操知道许攸比较爱财，一定是这方面做事不检点，让袁绍对他产生了不满。曹操笑了笑，却并不追问，只是说："子远能来，便是对我的信任，我还要仰仗子远助我一臂之力呢。"许攸说："我曾给袁绍献计，让他出兵，乘虚袭你后方，截你粮草。"曹操后背发凉，说："本初若用你计，我必败无疑。如今曹某愿不吝赐教，授我以破袁绍之计。"

许攸喝了一口热水，说："敢问曹公，军中粮草还有多少？"曹操说："支用一年不成问题。"许攸一笑，说："曹公太夸张了，请以实告我。"曹操："用度半年似乎是够的。"许攸说："有多少粮草就有多少粮草的办法。看来曹公不打算击败袁绍了，我的计谋不一定符合你的要求。"曹操说："刚才我说的确有夸大，给你开个玩笑，实际上可用一个月。"许攸说："曹公不愿意说实话，看来对我并不信任，这也难怪，我在本初那里这么多年，突然来到曹公这儿，怎能不让人怀疑？我就直说吧，曹公孤军独守，开战以来已经半年多了，外无救援，郡县观望，粮谷已竭，恐无隔夜之存，再相持下去，必被本初拖垮。"

一语中的，曹操沉默不语，算是默认了许攸的话。许攸说："曹公必须与本初速战速决，方是取胜之道。"曹操往前探了探身子，说："愿闻子远良策。"许攸说："唯有袭夺袁军粮谷，才是攻破袁绍的关键。"曹操摇头说："前次我袭取了故市，烧了袁绍的屯粮之处，就是想以此逼袁军乱了军心，没想到丝毫不起作用。"许攸说："前次你袭了故市，虽然将袁军粮草焚烧一空，但袁军各部曲存粮至少有半月可用。袁绍随即又向邺城调粮，当然军心稳定。可现在不一样，各部曲存粮顶多仅够三天，从邺城运来的粮草共有一千余车，数十万斛，都存放在阳武东北四十里处的乌巢。如果这次曹公派一支轻兵偷袭，将乌巢的粮草一把火烧了，袁绍再想从邺城调粮，可就来不及了。那时军中断粮，必军心大乱，曹公趁势攻取，一举可胜。"

曹操大喜，说："子远此计甚妙，一击中的。"曹操略一沉吟，问："押运、看护粮草的是谁？"许攸说："这个人你也很熟悉，是淳于琼。"曹操说："当初在西园新军时，他就是有名的酒肉将军，如果是他，就好对付了。"许攸说："不过也有难度，上次袭夺故市，离官渡较近，奇袭易得手。正因此，这次袁绍将粮草屯放在阳武以北，离官渡尚有百十里路。不过也不是没有办法，曹公可扮成袁军，诈称是蒋奇的部曲，前往乌巢保护粮草。因为袁绍答应淳于琼，他只负责押运，待粮草运到，由蒋奇负责看守。"曹操高兴地说："这个办法最好。眼看天已放亮，这一晚上你也够累了，我马上安排你去休息，随后我就调动兵马，袭夺乌巢。"许攸说："曹公，我有一事相求，碰到吕威璜将军，请刀下留人，以报吕将军对我的救命之恩。"曹操爽快地说："子远放心，我见到吕将军，一定以礼相待。请子远先下去歇息吧。"许攸起身，辞了曹操，随侍从出了大帐，歇息去了。

第七十章

得战机连夜烧乌巢　遭谗言两将投曹公

待许攸出了大帐，曹操难抑心中的兴奋。此时天已放亮，曹操立刻召集谋士武将，把许攸昨夜来到官渡的事情告诉了大家，说："抓住战机，袭夺乌巢，焚毁袁军粮谷，扭转战局，在此一举。"曹洪开口道："我们正与袁绍相持，许攸此时突然来到，我看其中必然有诈，主公切不可轻易相信。"张辽说："子廉将军说得对，事发太过突然，不可不防。"郭嘉说："曹公说得不错，这确实是我们的转机，必须牢牢抓住它，即便有风险，也值得一冒。"荀攸说："只要毁了乌巢粮草，袁军必乱。应破釜沉舟，不可犹豫。"贾诩说："我早就说过，不可过于谨慎，必寻战机，一举中的，这乌巢就是的。"

见三位谋士众口一词，与自己看法一致，曹操不再犹豫，说："此事宜早不宜迟，袭夺乌巢，就在今晚动手。"见曹操决心已下，各位将领争相表态，要率本部兵马夺取乌巢。曹操摆摆手说："你们不要争了，由我亲自率领兵马袭夺乌巢。"大家一听，都齐声反对。曹洪说："乌巢在阳武东北，身处袁军腹地，主公切不可亲自出征。"徐晃也说："乌巢不比故市，这如同深入虎穴，主公绝不能冒这个险。我有袭夺故市的经验，这次仍由我去。"郭嘉说："乌巢仅有淳于琼把守，任何一个将军都能取胜，不劳主公亲征。"听到郭嘉这么说，各位将领更是纷纷请战。曹操说："正是由于淳于琼驻守乌巢，我才要亲自去会会这个老朋友。"贾诩说："我赞成主公亲率兵马袭夺乌巢。此战关系重大，成则扭转战局，败则战局急转直下，不能有丝毫闪失。"曹操说："文和说到我的心里了，大家不必再争，各自守好营寨。一旦我在乌巢动手，袁绍很可能趁我不在官渡，发动进攻，诸位将领切不可大意失了营寨。我不在期间，驻守官渡的部曲统由曹洪调遣。"并交代曹洪："若遇难决之事，可与诸位谋士相商。"荀攸说："主公准备带多少兵马？"曹操说："既然是偷袭，人多了反而不便，五千兵马足够了。"荀攸问："带哪支部曲？"曹操说："我已想好，徐晃、张辽的兵马不能动，由许褚率他的近卫营及从曹洪的部曲中选一些精锐组成。这五千兵马一律换上袁军的衣服，打上蒋奇的旗号，万一碰到袁军，就说到乌巢换防。"

临近傍晚，一支饱餐后的五千人的"袁军"，带上准备好的膏油、柴草、引火用的火镰，在曹操大帐前集结待命，许攸要求为曹操带路，曹操应允。待天色暗下来，曹操一声令下，将士们悄无声息地离开了官渡，隐没在夜色里。

孟冬十月，西北风一刮，晚上还是很冷的。走了一程，将士们身上都冒汗了。眼看临近阳武，许攸说："过了阳武就走了多半的路程了，剩下的路程眨眼就到。"曹操告诫大家说："阳武是袁绍的大本营，兵马众多，切不可大意。"话音刚落，迎面来了一支袁军巡夜的人马，呵问道："你们是谁的部曲，半夜到哪里去？"许攸迎上去说："我们是蒋奇的部曲，奉命前往乌巢接替淳于琼将军。"巡夜的问："蒋奇将军在哪里？"许攸答："我们是前锋，蒋奇将军明早才来。"巡夜的说："乌巢离这么近，也不用连夜移防，难道曹操此刻就能打到这里？"其余的人笑道："借给曹操几个胆，也不敢到这里来。"许攸说："是啊，我们也不愿大冷天的夜里行动，没办法，蒋奇将军接到袁大将军的命令，非让我们连夜赶去。"巡夜的不再盘问，闪开了道路。随后又绕过袁军的几处营寨，很快到达乌巢。

夜幕中，除了寨楼上岗哨处留有惨淡的火光，照着打瞌睡的士卒外，到处都静悄悄的。虫儿都冬眠了，旷野里一点声音也没有。曹操命将士们做好战斗准备，然后大摇大摆朝寨门走去。守卫寨门的哨兵见大队人马来了，连忙喝问："什么人，站住！"曹操回答："我们是蒋奇的部曲，奉大将军之命，前来接替你们看护粮草。"岗哨说："早就听说你们要来，怎么半夜才到？"曹操答："原打算明日再来，可大将军有令，说你们押运粮谷太辛苦，让我们早点接防，就连夜赶来了。"岗哨欢喜地说："请你们稍候，待我报告眭元进司马。"许攸对曹操说："这眭元进是淳于琼帐下四个别部司马之一。看来这营寨南门由他把守。"很快，寨楼上的岗哨回复道："司马说了，这大半夜的，将士们都在睡梦中，待天亮后再行移交。"曹操说："外面太冷，请让我们进到营寨避避风寒。"岗哨连忙请示，回说不行。曹操一边继续请求，一边下令："撞开寨门，往里硬冲。"许褚指挥将士，就近寻了一根圆木，抬起朝寨门撞去，岗哨一看不对，一边大叫，一边跑去报告眭元进。

刚才寨门上的岗哨打搅了眭元进的好梦，正在恼恨，忽然听到外面人声嘈杂，这时岗哨急报："蒋奇的兵马正在撞寨门，说要进来避风寒。"眭元进大骂："这蒋奇的兵马简直没有王法了。"一边穿戴好，提起兵器就往外冲，刚到寨门，曹军已经冲了进来。眭元进指挥袁军堵截，双方战在一处。眭元进此时已经惊醒过来，知道这绝不是蒋奇的兵马，一边抵抗，一边命人跑去向淳于琼报告。

淳于琼早已喝得酩酊大醉，此时正在帐中酣睡，被眭元进的急报惊醒，刚要骂人，来人又重复了一遍："曹军已攻入南寨门，眭元进将军正在抵抗，请求将军快速派兵马增援。"淳于琼醉意消了大半，赶快下令西门守将韩莒子，北门守将赵睿，东门守将吕威璜，各率本部兵马增援眭元进，一定要把曹军堵住；然后披挂整齐，拿起兵器冲了出去。这时曹军已攻入寨内，淳于琼挺枪纵马就要迎战，忽听有人说："仲简兄，一别十年有余，今特来与仲简兄叙旧。"淳于琼听声音耳熟，定睛一看，夜色中那身影依然是那么熟悉，大吃一惊："莫非是孟德老弟？"来人哈哈一笑："正是。"淳于琼忙命身边小校："快去报告袁大将军，曹操率主力正在攻打乌巢，请他速派兵增援，迟了粮草不保。"接着怒斥道："曹孟德，你胆子不小，竟敢突袭乌巢。这里临近阳武，很快大将军援军即到，你将死无葬身之地。将士们！活捉曹孟德，大将军必定重赏。"说着大枪一挥，带头扑向曹操，双方激战在一起。

小校领命，骑快马冲出乌巢，直奔阳武而去。到了阳武城门，大叫："快开门，乌巢告急，我要面见主公。"守城将士待要问明情况，好去通报，小校已急不可耐，张口大骂起来。守城将士也不示弱，接着也骂了起来。双方一吵骂，乌巢遭袭的消息很快散布开来。小校嚷道："乌巢若丢，你们罪责难逃。"守城将士自知军情紧急，不敢再拖，忍气放小校进城。

袁绍正在酣睡，被一阵嘈杂声惊醒，心中很是不快，正要发火，侍卫来报："淳于琼将军派身边小校来报，乌巢遭袭，请主公速派兵马救援。"袁绍听罢，心中一惊，睡意全无，一边穿衣，一边命小校进来问话。小校见到袁绍，急切道："曹操亲率兵马，袭击乌巢，淳于琼将军正在迎战。"袁绍问："你们看清楚了，确是曹操？"小校答："确是。淳于琼将军还与曹操答了话。"袁绍说："曹操总共有多少兵马？"小校答："夜晚天黑，摸不清多少人马，攻势凌厉，人马不在少数。"袁绍说："好了，我知道了，你回去告诉淳于琼，我即刻派兵马增援，让他务必守好乌巢。"小校答应一声，退了出去。袁绍随即下令："在阳武的文武速到大帐商议。"

很快郭图等谋士以及驻守阳武的蒋奇、张郃、高览等将领，先后赶到大帐，他们一听曹操率兵攻打乌巢，立刻炸了锅，张郃第一个高喊："我这就率部增援仲简将军，乌巢绝不能丢，我们部曲的粮草已所剩无几，乌巢一丢，将士们就饿肚子了。"高览、蒋奇等将领纷纷请战，立马就要出兵乌巢。这时郭图开口道："大家莫慌，曹操亲率兵马远途奔袭乌巢，官渡必然空虚。乌巢有淳于琼将军万余兵马把守，且有坚固营寨为依托，曹军定难攻破。不如趁此机会攻打官渡。曹操闻官渡被攻，必回兵救援，这就是兵书上说的围魏救赵，既可以夺取官渡，又可以解乌巢之围，一举两得，岂不更好。"

张郃立刻反对："曹操亲率兵马袭夺乌巢，必用精锐之兵，淳于琼将军猝不及防，虽有万人也很难抵挡。曹操敢于出兵乌巢，必加强官渡的防备。急切之下，很难取胜。而乌巢丢失，将撼动军心。所以应全力增援乌巢，以确保粮草安然无恙。"高览、蒋奇等也随声附和。双方意见相左，争论激烈，袁绍一时竟难下结论。

这时只听门哐当一下被撞开了，沮授一头撞了进来，急切地说："听说乌巢被袭，主公应赶快派兵马增援……"不等沮授说完，袁绍打断他的话，问："你是怎么知道的？"沮授说："外面都在嚷嚷。"袁绍冷笑一声："你已因病告假，何敢再来发声？"沮授还要讲话，袁绍不听，沮授高声质问："乌巢事关生死，主公……"袁绍再次打断沮授，说："来人，将沮授押入囚牢，省得在这里胡言乱语。"沮授一跺脚，长叹一声："我等命休矣。"袁绍抓起几案上的一捆书简，砸了过去："再敢胡言乱语，小心我斩了你。"张郃赶快劝说。上来两个小校，慌忙将沮授拉了出去。

袁绍本来拿不定主意，一见沮授，心中有气，说："郭图的意见很对。曹操此刻不在官渡。曹军兵马必群龙无首，此正是可乘之机。现在我命张郃、高览各率本部兵马，立刻前往官渡，务必夺取张辽、徐晃营寨，控制官渡渡口，我们就可以一举渡过济水，直趋许都。"

张郃、高览还要再争，袁绍发怒道："休再多言，乌巢的事不用你们管。"然后对蒋奇说："你本来要去移防乌巢，现在就率你的兵马，前往乌巢增援淳于琼，消灭曹操。"张郃、高览、蒋奇领命而出，三人谁也不敢耽搁，各率本部兵马分头前往官渡和乌巢。

乌巢的战斗异常激烈，到处都是喊杀声。由于曹军穿的都是袁军的衣服，淳于琼也摸不透曹操带来了多少兵马，分不清哪是曹军，哪是自己的兵马，只像无头苍蝇一样到处乱撞。曹操命令："赶快占领存放粮谷的仓廪。"这时斥候前来报告："袁绍的援军快到乌巢了，请主公分兵拒之。"曹操说："再探，什么时候援军到我们身后，什么时候再报。"随即纵马全力向前，全然不顾身后。袁军节节败退，粮草落入曹军之手。曹操随即下令："赶快将带来的柴草和膏油铺洒在粮草上。"随着各处火光燃起，乌巢的粮草被点燃，在西北风的助力下越烧越旺，将乌巢的夜空照得通红。直到这时，曹操才长出一口气。

这时许褚押过来两个人，许攸一见就迎了上去，并且动手给其中一个松绑。曹操料到，这人一定是吕威璜。只见那人破口大骂："许攸许子远，卖主求荣。本来看在你我多年的交情上，让你去寻一条生路，没想到你竟带着曹兵袭了乌巢。我吕威璜对不起淳于琼将军，对不起袁公。"说完，冷不防拔出许攸的佩剑，抹向自己的脖子。许攸赶快去拦，已经迟了，看着吕威璜倒在自己身边，许攸唏嘘不已。

这时被绑的另一个人大骂许攸："原来是你引狼入室。袁公一向待你不薄，你却背弃袁公！"许攸说："仲简兄，你有所不知，袁本初贤愚不分，重用小人，我才弃暗投明，归附曹公。"曹操听着声音挺熟，许攸这么一说，再仔细一看，果然是淳于琼。只见他满脸是血，曹操略一皱眉，说："仲简兄，你这一脸血，我竟没有认出来。"淳于琼哼了一声，斜着眼看了看曹操，说："胜负在天，何必再问，既已被擒，只求速死。"曹操一笑，就要上前松绑。许攸知道，早年曹操和淳于琼同在西园新军，因为有此交情，曹操一定会放了淳于琼，便一拉曹操，小声说："我知曹公想放他一条生路，你看他满脸是血，一定是士卒们为了邀功，把他的鼻子割了，待天亮回过神来，一照镜子看自己如此模样，生不如死，一定会将此仇记在心间。不如趁势成全了他。知曹公不忍下手，交给将士们吧。"随即喊道："淳于琼不知悔改，将他押下去斩首示众。"将士们一声喊，将淳于琼押下去斩了。曹操听许攸说得有理，也只好作罢。

乌巢的粮谷被熊熊大火完全吞没了，曹军将士望着映红的夜空，脸上透着胜利的愉快。斥候赶来报告："袁军增援的兵马就要到达乌巢。"曹操令许褚快速集结部曲，打上淳于琼的帅旗，出乌巢寨门迎了上去。只听对面问道："是淳于琼将军吗？你们这是干什么去？"许攸悄声告诉曹操，问话的就是蒋奇。曹操回答："是蒋奇将军吗？你们怎么这时才到。淳于琼将军正率人救火，你们快去帮一把吧。"说着，示意部曲让开一条路。蒋奇也顾不上多想，命部曲赶快前往增援。曹操示意许褚悄悄跟定蒋奇，一声令下，曹军一拥而上，朝蒋奇的部曲发起了进攻。许褚挥起大刀，一下把蒋奇砍下马来，上前割了首级。蒋奇的兵马毫无准备，眨眼功夫死的死，伤的伤，很快被歼。这时天已放亮，曹操说："趁袁绍还未回过味来，赶快撤回官渡。"

临近中午，陆续有淳于琼、蒋奇的残兵逃回阳武，向袁绍报告乌巢失守，淳于琼、蒋奇阵亡，乌巢粮谷被曹操焚烧一空。袁绍呆若木鸡，愣在那里，好半天才回过神来。郭图忙劝："乌巢丢了不可怕，只要张郃、高览夺了官渡，就是我们的胜利。"袁绍一想是这个理，马上派人再次前往官渡催促。很快消息传回，张郃、高览进攻无果，现已停止了进攻。袁绍大发雷霆。郭图知道事情不妙，害怕袁绍责怪自己，忙说："据报，张郃、高览二位将军，埋怨主公不听他们的意见，强令他们去攻打官渡，因此不肯用力，以致官渡至今攻不下来。现在二人索性违令，停止了进攻。主公不如命他们撤回，予以严惩。再派吕旷、吕翔攻打官渡。"袁绍点头认可。袁绍身边侍从周道素日与高览、张郃是好友，今见郭图欲害二人，便自告奋勇，愿前往官渡，催促二人再发动进攻，给二人一次机会。袁绍说："你去传令，若再攻不下官渡，我将严惩。"周道快马向官渡驰去。

自张郃、高览领命攻打官渡，根本不敢耽搁，各率本部兵马，未及天明，便赶到官渡，即刻对张辽、徐晃营寨发起了进攻。几番攻打，毫无进展，此时日上三竿，张郃对高览说："曹军果然早有防备，俗话说，一鼓作气，再而衰，三而竭。如今几次攻打失败，将士们的信心已颇受影响。"高览说："不如我们合兵一处，轮番攻击他一个营寨，得手后再攻击另一个营寨，或许能成功。"张郃说："也只好如此。"于是高览率本部兵马，与张郃兵归一处，集中力量攻打张辽营寨。然而经过一番厮杀，眼看过午，曹军营寨仍然稳固，此刻袁军将士饥肠辘辘，张郃与高览商议，命令将士埋锅造饭，稍事休整，再发动进攻。

眼看日已西斜，一匹快马骤然而至。张郃看去，原来是在袁绍帐下当侍从的好友周道。周道告诉张郃、高览："乌巢被曹操攻破，淳于琼、蒋奇俱战死，粮草已被曹军焚毁。郭图怕主公怪罪，谎称二位将军对主公强令攻打官渡不满，所以二位将军不肯用力，在曹操不在官渡，曹军群龙无首的情况下，仍然攻不下官渡。主公由此大怒，说要严惩二位将军，被我拦下。我特意赶来，希望二位将军无论如何也要攻下官渡，以消主公心头之恨。我这就回去禀告主公，就说二位将军正奋力攻打官渡。"周道说完，告别张郃、高览，回阳武复命去了。

送走周道，张郃、高览二人阴沉着脸。事实证明，曹操离开官渡之前，是做了充分准备的。数月来，都无法攻克官渡，现在急切之下，就想攻下官渡，根本就不可能。袁绍不听劝告，丢了乌巢，现在又听信郭图的谗言，把攻不下官渡的责任都算在二人头上。现在只有攻下官渡，才能免于责罚。于是二人再次发动进攻，仍然毫无进展。高览说："还继续攻吗？"张郃摇摇头："我们真的尽力了，看来今日命休矣。"高览说："将士们若知道粮草被烧，就更难与曹军交战了。"张郃犹豫了一会儿，说："袁公睚眦必报，又有郭图进谗，势必不容我二人。古人常说：'良禽择木而栖，'不如像朱灵那样投曹公去。"高览说："久闻曹公量才而用，当初真应该与朱灵一起留在曹营了。只是忠臣不事二主，现在去投曹公，恐落个不忠不义的名号。"张郃说："高将军或许忘了，还有'良臣择主而事'一说，我等也是被逼无奈。曹公本是三公之一，投奔曹公也是归顺朝廷，何来不义？"高览想了想，觉得张郃的话不错，便说："那就听你的，咱们投靠曹公。"

二人计议已定，便一同来到张辽营寨前，喊道："张辽将军，我二人有事要与将军相商。"很快营寨大门打开，张辽提马出来，说："两军交战，所商何事？"张郃说："我二人已决定归附曹公，愿与将军讲和。"张辽一听，瞪大了眼睛，竟愣住了。害怕有诈，说："你二人稍等，待我回去禀报一声。"张郃说："知曹公在乌巢未回，将军就可做主。"张辽说："曹公虽不在，由曹洪将军主事，待我前去禀报。"张郃说："既如此，那就快去通报曹洪将军，我俩在此等候。"

张辽返回寨中，即刻过济水来到曹军大帐，见到曹洪，如此这般说了一遍，曹洪也吃惊不小，思忖片刻，对侍从说："快去请郭嘉、荀攸和贾诩先生。"然后对张辽说："双方激战到现在，突然说要归顺我们，我看其中必然有诈。"张辽说："我也觉得此事蹊跷，为稳妥起见，不如回绝了他。"曹洪说："你说的是。曹公不在，还是小心为好，待会看郭嘉、荀攸和贾诩先生怎么说。"话音刚落，郭嘉、荀攸和贾诩来到帐中。曹洪令张辽将张郃、高览要归附曹公的事，叙述了一遍，说："我和张辽将军觉得，不管真假，此时都不能答应，以防有诈。"荀攸说："我看此事是真的，主公在乌巢一定得了手，张郃、高览久攻官渡不下，必受袁绍怒斥，所以二人才生异心。"贾诩说："把二人叫进来一问就清楚了。若有诈，二人必不敢来。"曹洪一听，觉得荀攸、贾诩说的在理，便告诉张辽："你去带二人来。"

张辽回到济水北岸，打开营寨门，对等候在那里的张郃、高览说："既然二位将军要归附曹公，曹洪将军请二位将军进大帐详议。"张郃说："高将军还要统领兵马，我进寨见曹洪将军吧。"又对高览说："所有兵马暂由你统领。"说完，随张辽过济水到南岸来到曹军大寨，面见曹洪将军。

一见面，张郃施礼，曹洪还礼说："前晌你们还在起劲地攻打我们，怎么突然就变了，这变化也太大太快了吧？"张郃长叹一声，便把当初要救乌巢，袁绍不听，命他和高览攻打官渡，郭图如何进谗言，要陷害二人等事说了一遍，最后说："我与高览将军早已仰慕曹公，有心追随，只是没有机会，如今走投无路，才终下决心，还望子廉将军，不要笑我二人。"荀攸说："二位将军乃忠勇之士，如今弃暗投明，我们非常敬佩。曹公知道，也会热情欢迎。"话音刚落，侍卫来报："主公凯旋而归，现已回到徐晃营寨。"几人听后，赶忙起身前去迎接。

曹操袭了乌巢，烧了袁绍的屯粮，又歼灭了淳于琼、蒋奇，担心袁绍趁机进攻官渡，就赶快撤回。临近官渡，见张辽营寨前袁军旌旗招展，枪戟林立，但又不像有战事，便率兵马来到徐晃营寨。徐晃见曹操得胜而归，赶忙打开营门，把曹操迎了进来。不待曹操发问，便把袁军如何攻打自己和张辽，又如何集中兵马攻打张辽一事说了。曹操问："我看袁军现在阵形涣散，将士散漫。"徐晃说："袁军屡攻不胜，气势已衰，现在正在休整，估计很快就会再次发动进攻。"曹操说："这下正好，我已返回，该我们进攻了。待袁军再次进攻张辽时，你绕到袁军身后发起攻击，这样两面夹击，定能歼灭袁军。"

　　徐晃闻言，就要调集兵马，这时侍卫来报："曹洪将军等人来迎曹公，现已来到帐外。"刚报完，曹洪、郭嘉、荀攸、贾诩、张辽等一行人已进到帐中。曹操见到张辽，忙问："袁军正在围攻你的营寨，文远将军怎么在这里？"张辽一指身边的张郃说："主公，你看这是谁？"曹操觉得面熟，张辽说："这是张郃将军啊。"张郃跨前一步，施礼道："曹公好！"曹操连忙还礼，说："原来是张郃将军啊。感谢当初你随朱灵将军助我征讨陶谦，以报父仇。后来听说你在袁绍帐下屡立战功，英名早已贯耳，没想到今日却在这里相见了。张将军来这里……"张郃再次施礼，然后便将如何要求救援乌巢，袁绍不听，又如何攻打官渡，久攻不下，遭郭图等人谮害等说了一遍，最后说："我与高览将军早闻曹公招揽天下人才，不计前嫌，便有心归附，还望曹公接纳。"曹操高兴地说："你与高览二位将军改旗易帜，我万分高兴。袁本初多谋无断，倘若肯听二位将军的意见，何有乌巢之败。想昔日子胥不能早点醒悟，终使自身危亡。如今你二位来投，正如当年微子去殷，韩信归汉一样。从此咱们同心同德，共扶汉室。"

　　曹洪等人齐声道贺，贺曹公又得两员大将。曹操说："走，咱们去看看将士们。"大家一起来到张辽营寨前，高览一见曹操来到，连忙上前施礼。曹操当众宣布：表奏张郃为偏将军，封都亭侯；高览为偏将军，封东莱侯。其余将士也各有奖赏，全体将士无不欢欣鼓舞。

第七十一章
战官渡袁绍大败退　稳人心曹操焚信函

张郃、高览归降曹操的消息很快传到阳武，袁绍勃然大怒。郭图说："难怪官渡迟迟攻不下来，原来这二人早有异心。"袁绍道："我一向待二人不薄，没想到却是两个背信弃义的小人。"于是亲自指挥大军，浩浩荡荡奔官渡而去，要围歼张郃、高览，再次攻打官渡。

早有斥候将消息报到曹操大帐。郭嘉说："袁绍此刻正心焦气躁，倾其兵马要孤注一掷，决战已迫在眉睫。"曹操说："胜败乃在此一举。"于是急调曹仁、张绣增援官渡，令济水沿岸各部曲向官渡集结，与袁绍决战。贾诩说："袁军的将士很快就会知道乌巢粮谷被焚。到那时军心必然大乱。"

这时张辽、徐晃派人来报："袁绍率兵马已到官渡。"曹操率许褚即刻赶往济水北岸。袁绍跨马一指曹操，说："孟德老弟，我此来皆为张郃、高览，只要你将二人交出，我便放你一马，否则我就要踏平官渡。"曹操大笑，说："本初兄，你不闻良禽择木而栖吗？张郃、高览二位将军深明大义，弃暗投明，倒是你，屡屡图谋不轨，我劝你及时醒悟，否则袁氏一族四世三公的美名，将在你手中毁于一旦。"袁绍大骂道："阉宦之后，若不是我抬举你，你怎有今天。好吧，今天就与你彻底做一个了断。"说罢就要提马冲上去。这时贾诩提马上前，大喊道："你乌巢粮谷尽数焚毁，数十万大军饿着肚子来战吗？"袁军将士已风闻乌巢被袭，现在得到证实，阵列骚动。曹操当即下令："所有兵马全部出动。"双方自早至晚，激战一天，打了个平手，各自鸣金收兵，约定第二天再战。

第二天双方再战，袁军因乌巢粮草被焚，军心不稳，败相渐显，这时曹仁和张绣分别从阳翟和己吾赶到，立刻投入战斗。袁绍见势不妙，只好下令先撤回阳武，稳住阵脚再说。袁绍以阳武为依托，令各部曲扎住营寨，严加守卫。曹军紧随其后追了上来，也扎下营寨。双方在阳武又摆开阵势。这时长子袁谭率兵马从青州赶来助战，袁绍大喜。郭图说："我们的粮草眼看告罄，应快派人到邺城，命审配再调粮草，火速运达。"袁绍说："从邺城再调粮草，最快也要十天半月，远水不解近渴，当前怎么办？"郭图说："命各部曲在阳城就地征粮，自行解决粮草。"袁绍点头应允，同时派快马十万火急，奔邺城要审配再调粮谷。

各部曲接到袁绍自行解决粮草的命令，便四下强行征粮。阳武的百姓有许多已随曹操撤往济水南岸，袁军征不到粮草，便纵兵抢粮，军心已极度混乱。曹操不再给袁绍任何喘息的机会，率先发动进攻，双方又是一番激战，互有胜负，再次僵持起来。郭嘉说："袁绍现在固守阳武，就是在等待邺城的粮草补充，我们应分兵截断他的粮道。"荀攸说："据斥候报告，延津、白马津袁绍都未派重兵驻守，我们可以分兵迅速夺占这两个渡口，切断袁军的粮道。"曹操随即命令于禁、乐进："你二人绕过阳武，直趋白马津、延津，控制住这两个渡口。"二人领命，即刻点起本部兵马，奔白马津、延津而去。

袁绍在阳武城中，急切盼望邺城的粮谷早日到达，只要粮谷到达，士气提振，他就能击败曹操。这时斥候急报："曹军两支兵马已占据延津、白马津，切断了我们与河北的联系。"这消息让袁绍大吃一惊。这不仅断了粮草供给，自己也将无退路。想到此，袁绍头上沁出了汗，心慌意乱，不顾一切要夺回延津、白马津，即刻撤离阳武。

曹操见袁军阵形大乱，向后撤退，知是于禁、乐进在延津、白马津得了手，令各部曲紧紧咬住袁军，穷追猛打，不给袁军任何喘息的机会。由于袁军撤退得太过仓促，毫无章法，曹军又猛烈进攻，终于由撤退变成了溃退，被曹军一路追歼到延津、白马津。

于禁占据延津后，见大批袁军朝延津涌来，摆开阵势阻击袁军。袁绍见退路已断，命令所有兵马不惜一切代价，夺取延津渡口。这时后面曹操大军又到，袁绍仰天长叹："我命休矣！"哀叹当初没有听从沮授的建议，在此驻兵防守，以至现在退路被断。此刻他忽然想到了沮授。由于从阳武撤得匆忙，竟忘了沮授，不知他是死是活。正在他哀叹之时，长子袁谭的战马来到跟前，叫道："于禁被我暂时杀退，请父亲速速上船。"袁绍正要纵马下到黄河滩上，却见曹军又涌了上来，大将辛明说："请袁谭将军护送主公速速渡河，我在这里抵挡。"说着挥起长戟，率将士死命抵住冲上来的曹军，并大喊："主公快走。"袁绍和袁谭带着八百名将士，分乘十数艘渡船，朝黄河北岸驰去。辛明终因寡不敌众，全军覆没。

曹军见袁绍已渡到黄河中流，便纷纷找船，要追过河去。曹操望着远去的袁绍，摆手说："将士们连续战斗，已是人困马乏，也到了强弩之末，追过河对我们不利。"于是下令于禁、乐进守好延津、白马津，其余部曲返回阳武。至此，袁绍的三十万人马被曹军斩杀八万之众，被俘无数，其余的四散逃亡，济水以北黄河以南的河济地区，又重回曹操手中。

曹操回到阳武，进入县衙——这里曾是袁绍的大帐，就有小校押着一个人来见曹操，说："这人是我们在狱中发现的，本想着被我们解救了出来，一定会感谢我们，却不料此人不识好歹，反而对我们横眉立目，士卒们气不过，要杀了他。我看此人不一般，便给主公押来了。"说着将那人押到曹操面前。曹操见此人虽然神情沮丧，但衣着打扮依然干净利落，一眼便认出了他，连忙亲手给他松绑，说："好一个奋威将军，前韩州牧的别驾，没想到我们在此见面了。"沮授冷冷答道："我为袁大将军出谋划策多年，如今落入你手，不敢有别的奢望，只求留个全尸。"曹操笑着说："本初无谋，不用君计，以致兵败。本初丧乱过纪，反叛朝廷，我们理应齐心剿除他。"沮授答："袁公失策，以致败北，我智力俱困，已成阶下囚。我的叔父、母亲、兄弟及宗亲俱在邺城，命悬袁公。若蒙曹公可怜，还是杀了我为好。"曹操笑说："君才智过人，若我早得到你，天下不足虑也，怎能杀了你？请沮授先生三思。"遂命人安排沮授休息，并以厚礼待之。

由于袁绍逃跑仓促，遗留下大量的图书文册，史涣掂着一个大行囊来到曹操面前，说："我在厢房里发现了一个大行囊，打开一看，全是兖、豫、徐、司各州的一些郡县守令和许都朝中一些公卿大臣及各署衙的一些掾属，与袁绍秘密往来的信件。"李典说："怪不得当初荀彧先生向各郡县征调粮草那么困难，原来他们早就私下与袁绍勾结，意图反叛。过去只是传闻，这下好了，证据确凿，谁也跑不掉。"许褚说："我们在前方拼命，这些人暗中通敌，按照信上的签名，一个个斩杀，谁也不能说冤枉了他。"鲜于辅想：这回曹公一定要整肃纲纪，那些通敌的郡守县令、公卿掾属的脑袋该搬家了。史涣已经做好了准备，只待曹操一声令下，就通报许都，按书信上的签名抓人。

曹操围着这个行囊转了几圈，又抓起行囊掂了掂，放到地上，说："这些绢帛书信挺沉的，看来还真不少。"史涣上前说："主公，我替你把行囊打开。"

曹操摇了摇手，说："先把它掂到院中吧。"史涣抓过行囊，掂到院中。曹操等人也都跟了出来。史涣要打开行囊，曹操制止道："不要打开，浇上膏油，把它们全烧了吧。"大伙全都愣住了。史涣说："为什么？这可是他们通敌的罪证啊。"曹操点点头，说："细想起来，当初袁绍那么强大，我亦不能自保，何况他们呢！就不要再追究了。"史涣找来膏油，浇在装满书信的大行囊上点燃，火光映照了每个人的脸。鲜于辅目睹着这一切，心里不由叹道：曹公胸襟如此之大，常人难比。

就在此时，小校来报："沮授乘人不备，盗取马匹向北逃跑了。"许褚一听，就要前去追捕，曹操摆手道："区区一个沮授，不用劳你大驾。"转头对小校说："你马上带人去追，追上后即刻斩杀。既死心塌地，留之无益。"小校刚要走，曹操说："慢！"略一沉吟，说："念沮授忠贞，斩杀后就地厚葬吧。"小校领命而去，在黄河岸边，追上了沮授，斩杀后就地葬在了黄河边，此是后话。

由于与袁绍大战，河济地区百姓流离失所，田地荒芜，曹操指示东郡太守刘延，将随曹军逃往济水以南的百姓尽数遣返回来，并表奏朝廷，免除河济地区百姓三年的赋税，以利百姓休养生息。百姓闻知，非常高兴，纷纷扶老携幼，返回家园。

为了防止袁绍再次渡河南侵，曹操命于禁、乐进、刘延沿黄河一线部署防御，留张郃、高览驻守阳武，夏侯惇仍回敖仓驻扎，张绣回己吾驻扎，曹仁回阳翟驻扎，徐晃、张辽仍留守官渡。其余人马随曹操返回许都。鲜于辅见诸事完毕，便打算返回幽州，前来向曹操辞行。曹操说："阎柔将军和你心向朝廷，我已向朝廷表奏阎柔为护乌桓校尉，你为左度辽将军，你二人俱封亭侯。你此番回幽州，一路上要提防袁绍。"鲜于辅说："我仍顺原路返回，请曹公放心。"随即点起本部兵马，奔青州而去。曹操也率兵马，自回许都。

曹操凯旋而归。朝廷上下，许都百姓，无不欢欣鼓舞，荀彧便组织了许多人出城欢迎。那些曾私下与袁绍拉关系的公卿大臣，各署衙的掾属得知官渡大捷，心便提到了嗓子眼，惶惶不可终日。后来得到消息，曹操已将他们与袁绍私下往来的书信尽数焚毁，立刻放下心来，对自己的行为深感自责，因此也都自发前来迎接曹操。看到欢迎的人群那么高兴，曹操感到，长期以来笼罩在许都上空的阴霾，已经一扫而光。冬日的阳光照射着许都城，显得那么温暖。

第二天朝会，曹操上奏，先是陈述了袁绍的罪状："大将军邺侯袁绍，前与冀州牧韩馥，立故大司马刘虞，刻作金玺，遣故任城长毕瑜诣虞，为说命禄之数，并且又与臣亲书云：'可都鄄城，当有所立！'又擅铸金银印，欲废除当今圣上，以致孝廉计吏，皆往邺城诣绍。其堂弟故济阴太守袁叙，更是与绍亲书云：'今海内丧败，天意实在我家，神应有征，当在尊兄。南兄袁术欲使即位，南兄曾言，以年则北兄长，以位则北兄重，便欲送玺，却遭曹操断道。'而后袁绍不思悔改，悍然起兵征伐许都，欲兴废立之事……"列举完袁绍的罪状，然后又奏道："绍宗族累世受国重恩，而凶逆无道，臣谨遵当今重托，辄勒兵马，与战官渡，乘圣朝之威，得斩绍大将淳于琼等八人首级，凡斩首八万余级，俘虏无数，获辎重财物巨亿，绍遂大破溃，与其子谭轻身逃走。许都之危暂解，当今圣上可保无虞。若绍就此迷途知返，乃朝廷之幸事，汉室之幸事。"接着曹操在奏章中又附上了参战将士的功绩，请献帝予以表彰、诏拜。献帝看完奏章，喜形溢于言表，立刻准奏，并颁下旨意，在宫中举办盛宴，以示庆贺。

官渡之战的胜利，大大提高了兖、豫、徐、司四州百姓战胜袁绍的信心，那些曾与袁绍暗中往来的郡守县令长们，有感于曹操既往不咎，胸怀大度，心中颇感惭愧，更是表现得非常积极，主动筹措粮草物资，送往许都。曹军兵马得到了充分的补给，元气迅速得到了恢复。

由于刘备勾结刘辟、何仪等人盘踞汝南，给许都的安全造成了极大的威胁。官渡之战时，若不是李通牵制，后果不堪设想。曹操决定趁此机会，拔掉这颗嵌在豫州的钉子，确保许都无虞。就在他紧锣密鼓调兵遣将之时，新任长沙太守张怿派人告急：刘表派出兵马围剿长沙，形势危急，请求曹操出兵相救。

此事说来话长，早在灵帝时期，张怿的父亲张羡就在荆州的零陵、桂阳等郡任县令，不久升迁到长沙任太守。因为为官清廉，颇得江湘一带百姓的喜爱。后来刘表到荆州任刺史，因张羡为人正直，性格倔强，不会逢迎拍马，所以不受刘表喜爱。随着刘表在荆州地位的巩固，后又被董卓表奏为州牧，大权在握，便处处排挤张羡。张羡欲起兵反抗，为此曾派专人到许都面见曹操，希望与曹操里应外合铲除刘表。曹操非常高兴，有心配合张羡消灭刘表，只因当时袁绍大兵压境，实在不敢分兵相助，只好劝张羡暂且忍耐。不料刘表步步紧逼，张羡忍无可忍，遂率本郡兵马起兵反抗，连续攻占零陵、桂阳等郡。刘表慌忙调集兵马平叛。这在战略上配合了曹操。曹操为此非常感谢，发誓一旦腾出手来，一定相助张羡。不久闻知张羡不幸病故，他的儿子张怿继任长沙太守，继续抵抗刘表。曹操有心在平定汝南后，出手援助张怿。今张怿告急，曹操不能坐视不管，决定派兵相助。

　　郭嘉首先反对："主公，万万不可。最近斥候不断报告，袁绍在冀州大肆招兵买马，欲渡河南下，以报官渡之仇。若此时不赶快平定汝南，却出兵相救张怿，必陷在荆州。到那时我们腹背受敌，后果不堪设想，现在最好不去捅荆州这个马蜂窝。"荀攸说："奉孝说得对，一旦我们相救张怿，惹恼了刘表，必引火烧身。"曹操觉得二人说得在理，可又不忍心看着张怿被刘表消灭。这时贾诩说："派人告诉张怿，让他尽量与刘表纠缠。"曹操点点头，说："那就派人向张怿说明情况，一旦腾出手来，必伸手相救。我们现在就一心一意平定汝南，将这根刺拔出，以解后患。"郭嘉等人说："现在正值隆冬时节，不利兵马行动，等过了年，春暖花开的时候，我们奏请天子，征剿汝南不迟。"曹操表示赞同。

　　袁绍、袁谭父子二人，在辛明的掩护下，乘船渡过黄河，害怕曹军渡河追来，不敢停留，忙率八百残兵逃往黎阳。黎阳守将蒋义渠赶忙打开城门迎了出来。袁绍一把拉住蒋义渠的手说："今天我的身家性命就交给你了。"蒋义渠拍着胸脯说："主公放心，黎阳城如此坚固，我等守城将士必保主公无虞。那曹贼来到，定叫他有来无回。"袁绍非常感激，在蒋义渠的陪同下，进入黎阳城，同时指示蒋义渠，分出兵马，沿黄河堤岸巡视，以防曹军渡河。这时郭图也率一部分残兵由白马津逃回黎阳，见袁绍已回到黎阳，便放下心来。

　　审配、逢纪二人闻知袁绍兵败回到黎阳，立刻由逢纪率兵马到黎阳来见袁绍。逢纪见袁绍咳嗽不止，关切地问："主公想必感染了风寒，还是先回邺城找个好大夫看看，静养调理一番。"袁绍说："天气寒冷，可能渡河时受了风寒，已找大夫看过，也吃了药，不会有大碍。我要在此重整兵马，再战曹操。"

　　这时不断有打散的士卒逃回来，他们带回的消息说："曹操除留于禁、乐进等在黄河南岸驻守外，未敢渡河，已率兵马回许都了。"袁绍一直紧张的心，这才完全放下来。逃回的士卒收拢后约有万余人，袁绍将他们整编后，部署在黄河北岸担任警戒。这天，袁绍到黄河岸边巡视，无意中听士卒们私下在一起议论，有人说："倘若主公早听田别驾的建议，我们也不会遭此大败。"众人皆附合。袁绍的脸沉下来，心中不是滋味，早早返回黎阳。看袁绍脸色不好，逢纪劝袁绍："主公，黎阳诸事已安排妥当，黄河的防御也部署完毕，还是返回邺城吧。复仇之事应从长计议。"袁绍默不作声，心想：现在回到邺城，见到田丰，岂不被他耻笑。于是问逢纪："田丰现在怎么样?"逢纪立刻猜出了袁绍的心思，由于平日多与田丰不睦，便谮言道："田别驾闻主公兵败，笑道：'屡谏不听，终有此败'。"袁绍恨恨道："马上派人，到邺城狱中，将那看笑话的田丰斩了。"

邺城监狱中，田丰神情憔悴。自袁绍兵败官渡，逃回黎阳的消息传到邺城，就有狱卒来见田丰，说："恭喜田别驾，你很快就会出狱了。"田丰问："此话怎讲?"狱卒说："大将军败官渡，据说仅率八百士卒回到黎阳，你料事如神，自此必受大将军重用。"田丰凝神片刻，叹口气说："我命休矣。"狱卒不解，说："别驾怎如此说?"田丰说："倘大将军获胜，心中高兴，还能赦我。现在兵败蒙羞，必不容我。"狱卒说："别驾过虑了。"说了些宽慰的话。

这一日有使者来到，传袁绍之令："即刻将田丰斩首。"狱卒叹道："田别驾真料事如神。"田丰说："俗语说：'君贵审才，臣尚量主；君用忠良，则伯王之业隆，臣奉暗后，则覆亡之祸至；存亡荣辱，常必有兹。'况我与袁绍，并非纯粹的君臣，一味示忠，实则无智。诗云'逝将去汝，适彼乐土。'如今我要走了，悔之晚矣。"引颈就刑。

袁绍斩了田丰，心中恨意渐消，旋即又有点后悔，念其忠贞，令人厚葬田丰。然后与袁谭、郭图一起回到邺城，倾全力整备兵马，以报官渡之仇。袁谭辞别父亲，自回青州，重整兵马。

此时正是阳春三月，曹操已调集兵马，准备征剿刘备、刘辟、何仪等，夺取汝南。这时传来消息，袁绍又征召了十余万人马，调集了数万斛粮谷，欲再次南下进攻许都。而且为确保此次征战成功，除征调长子袁谭，又征调次子袁熙，外甥高干，各率青、幽、并诸州兵马前来助战，四州总兵马近三十万人。许都的气氛又紧张起来。各公卿大臣私下纷纷议论："袁绍拥有四州，势力确非一般，短短数月，又纠集了三十万人马，要讨伐许都，不知曹公这次能否顶得住？"献帝也是忧心忡忡。朝会上，曹操非常淡定，奏报献帝："请圣上放心，也请众位同僚放心，袁绍历来好大喜功，喜欢讲排场，不过是虚张声势，这次定叫他有来无回。"

话虽如此说，但曹操心里还是非常紧张的。他回到司空府，凝神静思，没想到袁绍会在这么短的时间重新纠集了这么多兵马。于是召集谋士武将，商讨如何应对袁绍的进攻。郭嘉说："去年在河济地区与袁绍大战，致使田野荒芜。现在通过努力，刚刚恢复了一点元气，再次交战，河济地区的百姓势必又要遭殃了。"曹操说："这也正是我最犹豫的。"曹洪说："兵来将挡，袁绍既来，只好与其较量一番了。"曹操说："打是一定的，关键是怎样打？"贾诩说："兵法云'出其不意，攻其不备，'这次我们抢先渡过黄河，在冀州与袁绍交战。"曹洪坐不住了，反对道："文和先生说得太荒唐，袁绍纠集冀青幽并四州三十万人马，让我们长途奔袭到冀州，与其交战，这不是以卵击石吗？"夏侯渊不等曹洪的话落音，也反对："我们的兵马到冀州后，人地生疏，粮草物资更难以保证，这仗怎么打？"李典也反对："我们仍应像上次那样，把袁绍引到这里来，寻找战机，断其粮谷。"

郭嘉开口道："我赞成文和的主意。袁绍这次号称三十万人马，但据斥候报告，他的冀州兵马仅占一半，青、幽、并三州的人马正在集结，我们抢占先机，在其他州的兵马还未全部集结起来时，先把他刚征召的冀州兵马消灭掉，就能占据主动。"荀攸也表示赞成。曹操见谋士们意见暗合自己所想，便下了决心，说："就像奉孝说的，抢占先机，主动进攻。"诸将领见曹操如此说，便不再坚持自己的意见，齐声说："主公说行，那我们就听主公的。"曹操说："那好，荀令君仍留守许都，朱灵仍守护许都，防止刘备袭击，任峻负责筹措粮草，李典押运粮草，其余兵马集结阳武。郭嘉、荀攸、贾诩等参与军事，随我行动。事不宜迟，明日朝会，我即奏报天子，讨得讨袁诏书，即刻出兵。"

第七十二章

巧用计曹操袭仓亭　　终失算刘备弃汝南

曹军主力集结延津、白马津，要进攻冀州的消息，很快传到邺城。袁绍冷笑道："曹孟德不知天高地厚，想渡河犯我冀州，这里可不是官渡。"于是派人分头前往青州、幽州、并州，令袁谭、袁熙、高干各率本州兵马，来冀州助战，聚歼曹操。然后袁绍留审配、逢纪辅佐袁尚留守邺城，亲率刚恢复重建的冀州大军，前往黎阳，依托黄河构建三道防线，以抵御曹军进攻。第一道防线就部署在黄河滩里，全部埋伏了弓弩手，待曹军渡河时，将曹军射杀在河中。在黄河大堤上设第二道防线，若曹军突破第一道防线，登上河滩，刀枪剑戟一起上，将曹军痛歼在河滩上。若曹军突破第二道防线，则以黎阳为依托，设有第三道防线，到时青、幽、并诸州兵马赶到，在此聚歼曹军。三道防线部署完毕，袁绍颇为得意，只等曹操自投罗网。

曹军派出的斥候将袁绍的防御探查得一清二楚。曹操召东郡太守刘延，如此这般地叮嘱了一番，然后令于禁、乐进在延津、白马津聚拢船只，扬言要在此渡河攻取黎阳。眼见明天就是四月朔日，夜幕降临，曹操传下令来，除于禁、乐进留守白马津、延津继续吸引袁军外，其余兵马偃旗息鼓，沿黄河大堤向东北方向的仓亭津进发，天亮时已到濮阳界了。曹操令兵马就地隐蔽休息，待夜色再度降临，兵马又行动起来，半夜时分到达仓亭津。刘延早已在此恭候，向曹操报告："主公，按你的要求，我已筹集数百艘船只，现正在河汊处待命。"曹操下令："曹仁为先锋，所部率先登船，渡过黄河后，立即控制仓亭津，其余各部依次渡河，然后包围仓亭城，发起攻击，一举夺取。"

曹仁领命，率本部兵马悄悄下到黄河边，乘上渡船向对岸划去。由于是朔日，没有月光，隐约的划水声也淹没在水波中。曹仁一登上岸，见渡口仅有少数士卒防守，就迅速将其俘获，控制了仓亭津渡口，船只返回。曹仁留下少数兵马，接应后续渡河的将士，然后指挥其余兵马，向不远处的仓亭城猛扑过去。仓亭城守将邓安兵马不多，防守松懈。望着城楼上那盏昏暗的灯光，曹仁脑筋一转，决定智取，于是乘马来到城门前，大声喊道："城上听着，我奉大将军之命，有急事禀报你家将军邓安，请快开城门。"城楼上昏暗的灯光照出一个人影，朝下望了望，问："什么急事，非得连夜来报。"曹仁答："大将军的将令，谁敢违反？你快开城门，待见到邓安将军，自然传达将令，若误了你吃罪不起。"人影忙说："请稍候，这就下去开门。"曹仁一挥手，士卒们立刻做好准备。少顷，只听门栓咣当一响，门被打开，曹仁乘马冲了进去，开门的人刚要喊，已被人用刀顶住了喉咙，张着嘴愣在那里，看着大队人马涌进城，惊得再没合上嘴。

邓安得知曹军已进入城中，立刻抵抗，却被曹仁斩首，手下将士要么投降，要么逃走。曹仁很快占领了仓亭。此时天色才刚刚亮，曹军的大队人马不断渡过黄河，朝仓亭涌来。曹操来到仓亭，将大帐扎在仓亭县衙。仓亭小城由于曹军的到来，显得格外热闹。曹操抚慰完百姓，随即召集各部将领说："仓亭丢失的消息，袁绍很快就会知晓，定会连夜来夺仓亭。我们就在他来仓亭的路上伏击他，打他一个措手不及。"说罢便排兵布阵，令曹仁、夏侯渊、张辽、徐晃埋伏在黎阳到仓亭的大路左侧，令夏侯惇、曹洪、张郃、高览埋伏在路的右侧。待袁军进入伏击圈后，曹纯率虎豹骑堵住他的退路。最后曹操说："我与许褚迎头截击。明日一战，我们十路人马，务必人人争先，争取全歼袁军。好了，大家回去准备，今日后半夜，开始悄悄埋伏好。"众将领命，分头回去准备。

一日倏忽即逝，眼看天色渐晚，忽报有十几位当地百姓求见曹操。曹操不知何事，亲迎出来，见有十几个人挑着食盒，还有几坛酒，赶着猪羊，为首的是几位须发皆白的耄耋老人。曹操问："不知几位老丈找我何事？"其中一位高个的老丈说："禀知曹公，我等皆仓亭百姓，受乡亲们委托，将自家酿的好酒和本地一些土特产凑了些，前来劳军。东西不多，略表敬意，请曹公笑纳。"

曹操颇感意外，赶快把他们让入大堂就座，抱歉地说："我奉天子之命，率大军前来征讨袁绍，惊扰了当地的百姓，特向你们赔罪了。敢问老丈，都高寿几何？"那个高个的老者说："我已百岁。"又指着几位须发皆白的老者说："他们都是耄耋的年纪了。"曹操站起施礼说："有劳诸位老丈，如此高寿，亲自来劳军，让我心中不安。"几位老丈说："曹公有所不知，我们来劳军，并非无缘无故。早在桓帝元嘉年时，有辽东人殷馗，路过我们仓亭，在此夜宿。此人通晓天文，夜观天象，对我们说：'黄星见于楚、宋之分，属于乾象，当应此地五十年后，有真人起于梁、沛之间，其锋锐不可挡。'照此算来，现正好是五十年，曹公又是沛国人，正应天象。袁本初重敛于民，冀州百姓无不怨之。曹公奉天子诏命，兴仁义之兵，吊民伐罪，一举攻克仓亭，正应当年殷馗之言。所以我等特来慰劳曹军。"曹操笑道："老丈们言重了，曹操实不敢当。"当下命丁斐，取锦帛赐予众人，亲自将他们送出大帐，并颁布命令："袁绍连年发动战争，仓亭百姓苦不堪言，如有扰乱百姓，妄杀无辜，掠人财物者，必斩！"

逃出仓亭的袁军，拼命朝黎阳奔去。黎阳城中，袁绍正掰着指头，在算青、幽、并三州兵马到来的日子，按推算，最迟再有两天，这三州的兵马就会陆续来到。别看曹军现在对岸厉兵秣马，口出狂言，要与我决战，到时三十万大军一举渡过黄河，定将曹军全歼，许都指日可取。那时天子存废就由不得他人了。他越想越激动，就在此时，逃回黎阳的仓亭败军来报："仓亭失守，邓安被斩。"惊得袁绍目瞪口呆。据逃回来的士卒讲，曹军大批人马正在源源不断地由仓亭津渡河，准备直取邺城。这太出乎他的意料了，曹操竟然绕到仓亭渡河，直接威胁邺城，让他处心积虑构筑的黎阳防线形同虚设。他心情焦躁，立刻下令，所有兵马顺黄河大堤，连夜奔赴仓亭，围歼曹操。

袁绍真是急红了眼，不断催促加快速度，大骂行军速度太慢。直到第二天天亮，仓亭城的轮廓出现在袁绍的视野中，他才稍稍松了一口气。就在这时，突然前方闪出一队人马，截住了去路，帅字旗下，曹操跨马而立，笑着说："本初兄，我们又见面了。"袁绍怒不可遏，立马叫道："曹孟德，立刻还我仓亭，看在你我多年的交情，我兴许饶你一命。"曹操大笑："这话该我说，若你识相，下马投降，我兴许饶你一命。"袁绍一挥手："众将听令，速擒曹操。"提马就要往前冲。

曹操下令擂响战鼓，顷刻间，四队曹军从道路左侧冲了出来，随即又有四路曹军从右侧冲了出来，与袁军战在一起。袁军长途劳顿，此时已身疲力竭，而曹军却以逸待劳，加上袁军这支兵马都是刚刚招募的，既无名将，士卒也无战斗经验，一个个惊慌失措，很快被曹军打得七零八落。袁绍一看不妙，赶快命兵马后撤，逃回黎阳，不想曹纯率虎豹骑从背后杀出，堵住了退路。许褚杀得性起，大叫："俺虎痴今天杀得好痛快。"挥刀直取袁绍。王趸挺戟拦住，毕竟力量不及，被许褚一刀砍下马来。许褚大刀一挥，瞅准袁绍又砍了过去。袁绍挺剑一架，感到手腕发麻，刚一迟钝，许褚反手一刀，袁绍感到头上风起，两眼一闭，大叫："我命休矣。"只听哐当耳边一声响："父亲休慌。"袁绍听出是袁谭的声音，睁眼一看，果然是袁谭率青州兵马杀过来了，心中略微安定下来。这时又一支兵马杀到，帅字旗上一个大大的"高"字。袁绍知道，这是外甥高干率并州兵马赶到了。高干、袁谭说："曹军攻势太猛，我们先护着主公撤回邺城，再作计议。"不由分说，便护着袁绍边战边撤。曹军一路追杀，快到邺城时，又一支军杀到，原来是袁熙率幽州兵马赶到，截住曹军，袁绍这才回到邺城。

袁绍看到仓亭一战，自己重新建起的冀州兵马，又遭到重创，怒火攻心，胸口一热，吐出一口鲜血，昏了过去。袁谭、袁熙、袁尚、高干慌了起来，连忙请大夫医治。大夫诊后说："袁公前感风寒，一直咳嗽，此又急火攻心，才致晕厥吐血。我开一剂方子，煎药服之，主要还是静养调理，再不能让他操劳。"大夫开完方子，便告辞退了出去。诸子侄安慰说："父亲宽心静养，如今我三路大军已到，可确保冀州无虞，只待父亲身体康复，再整兵马，定教曹操有来无回。"袁绍这才安下心来，说："想那曹贼，乃阉竖之后，我必除之，方解我心头之恨。"

眼看袁绍逃回邺城，曹军将士纷纷要求乘胜进攻，曹操连忙制止说："如今青幽并三州援兵已到，我军又经过大战，正需休整，此事不可操之过急。"于是屯兵黎阳，与袁绍相持。

就在这时，荀彧从许都派快马来报："刘备趁曹公主力尽在冀州与袁绍相持，豫州空虚，令刘辟留守汝南，率何仪、何曼、龚都等，袭夺许都。经由上蔡、西平，攻取郾城，现已包围临颍，请主公速回兵救援。"曹操大吃一惊。郭嘉说："袁绍新败，但诸州兵马俱在，短期难以战胜，不如暂且撤兵，南下消灭刘备。"曹操说："一旦回撤我担心袁绍尾随追击。"张辽、徐晃说："主公尽可率兵马剿灭刘备，我们两支兵马驻守黎阳、仓亭，看住袁绍。"荀攸说："若留兵马守黎阳，必陷入被动。兵马应撤回河南，仍以黄河为依托防守。"曹操点头认可。

于是下令夏侯渊为先锋，回兵许都，其余各部依次拔寨起营，经延津、白马津、仓亭津诸渡口，撤回黄河以南，仍留于禁、乐进守延津、白马津。

袁绍回到邺城，重整兵马要与曹操再战，忽闻曹军主动放弃黎阳，撤回河南，准备追击。这时冀州一些郡县，得知袁绍兵败，趁机发动叛乱，袁绍急调兵马平叛，与曹操再战一事，只好暂时搁置。

临颍县衙，这里是刘备的临时大帐。此时夜幕降临，将士们俱已休息，一盏孤灯陪伴着刘备。想到明天就要攻打许都，他心里激情难耐。自从前年借阻截袁术之机，逃离许都，中间风风雨雨，难以言表。没想到两年后，上天又给了他一次机会，让他又来到了许都。初夏时，他闻知曹操亲率主力扬兵河上，就想趁机攻取许都，刘辟不同意，说有李通在侧，不可妄动。后来听说袁绍仓亭大败，刘备懊恼之余，大骂袁绍无能。很快斥候报告，青、幽、并三州增援冀州，曹操率所有兵马屯驻黎阳，欲进攻邺城，要与袁绍决战，他再也按捺不住了，绝不能失去这千载难逢的战机，于是力促刘辟、何仪等人攻打许都。刘辟害怕李通从背后袭击，便留守汝南，以抵御李通，再则万一攻打许都不利，也好有个退路。刘备一想也对，便与何仪、何曼、龚都一起，发兵北进。许都以南诸城曹军并无重兵把守，所以刘备不费吹灰之力，便悉以攻占。临颍是许都的南大门，离许都咫尺之遥，由此向北，再无城池阻拦。许都仅有朱灵把守，按双方兵力比，自己与汝南兵马远超曹军。尽管许都经过曹操扩建，城墙坚固，拿下许都还是有把握的。刘备脸上露出了舒心的微笑。他甚至开始考虑，夺取许都后，对天子是废是保，到时依势而定。越想越睡不着觉，但明天还有大战，他强迫自己上了床，把眼睛闭了起来。

就在他迷迷糊糊进入梦乡之际，忽然听到麋竺急切的喊声。他连忙睁眼，翻身坐起，问："有什么事？"麋竺说："主公，据斥候快马来报，曹军夏侯渊、高览两支兵马为先锋，已到洧水，正在渡河，明日即可到许都。曹操率大军亦回到了官渡。"刘备大吃一惊，忙唤斥候来问："曹军消息可是真的？"斥候答："是我亲眼所见，所以不敢耽搁，快马来报。请主公早做打算。"刘备说："再探。"然后急忙召简雍、孙乾、何仪、何曼、龚都等来商议。刘备说："没想到曹操会这么果断地从冀州撤兵，如此我们该怎么办？"简雍说："君不闻'典军校尉夏侯渊，三日五百，六日一千。'以快闻名，常能出敌不意，明日到许，不为妄言。此次攻许机会已失，只好先回汝南，再做打算。"其他人也都赞同。刘备不无遗憾地说："真是功亏一篑，也只好如此。"于是下令："明早后队改前队，返回汝南。"

第二天天未亮，刘备命将士们早早吃过饭，便拔寨起营，返回汝南。刚过颍河，斥候报告："曹军已追了上来。"刘备令将士们加快撤退步伐。待到郾城，过了大沙河，斥候报告："曹军紧随其后，也过了大沙河。"刘备就要扎下阵脚，准备抵抗。糜竺说："主公，曹军兵马众多，一旦被缠住，后果非常危险，还是先撤回汝南再说。"关羽说："主公先走，由我殿后。"张飞也说："由子龙护着大哥先走，我与二哥杀退曹军。"刘备说："两位贤弟不可恋战，杀退曹军就赶快脱身。"

关羽、张飞各率本部兵马，刚扎下阵脚，夏侯渊、高览指挥兵马便冲了过来，双方战在一起。关羽、张飞在阵中挥舞刀枪，奋力厮杀。高览、夏侯渊也是身先士卒，抖擞精神。毕竟长途奔袭，人困马乏，高览一个疏忽，被关羽斩于马下。曹军受惊，夏侯渊立不住阵脚，稍退。这时张飞纵马挺枪就要扑上去，被关羽阻住，说："大哥有话，不可恋战，快撤。"夏侯渊见关羽、张飞撤退，也顾不上追赶，赶快来看高览，已是气绝身亡。令人收敛尸体，送回许都，然后指挥曹军，继续追歼。此时刘备与汝南诸将已渡过汝河，大家的心稍稍放松了一点，朝汝南城而去。

自刘备与汝南诸将起兵北上许都，李通果断率领兵马赶来阻截。刘辟以汝南城为依托，截击李通，双方攻打，互有胜负，一直相持着。这天刘辟忽见刘备率兵马返回，知刘备袭夺许都的计划肯定是失败了，很是失望，只好打开城门，迎刘备等进城。

刘备刚刚进了汝南城，夏侯渊兵马就到，李通赶忙接着。夏侯渊说："曹公率大队人马随后就到，这次要彻底消灭刘备，拔除汝南这颗钉子，使我们再无后顾之忧。"李通说："我们先围汝南城，以待曹公。"

汝南城中，刘备、刘辟、何仪、何曼、龚都等人正在紧张地商量着对策。龚都说："我们有汝南城为依托，量他夏侯渊和李通也难奈我何。"刘备说："仅是夏侯渊和李通倒好对付，没想到曹操竟弃冀州于不顾，倾全力来攻打我们汝南，其兵马不日就到，我们孤立无援，应早做打算。"何仪说："使君有何打算？"刘备说："目前离我们最近，又能与曹操抗衡的，唯有荆州刘表，我们只好先到他那里暂避。"龚都说："刘辟将军意下如何？"刘辟想了想，说："我看不如投孙权，他拥有江东六郡，势力并不亚于刘表，且远离许都，曹操鞭长莫及。"刘备听了摇头道："刘表刘景升乃一州之牧，是朝廷诏拜的封疆大吏，且与你我一样，都是汉室宗亲。若投靠刘表，既有安身之处，又不失我等身份。而孙权只是黄口小儿，承袭父兄基业，不过是一会稽太守，虽拥有江东六郡，并未受朝廷诏拜，名不正言不顺。"刘辟心中有些不快，自己这汝南太守也不是正式诏拜的，心中冷笑道：你是朝廷正式诏拜的豫州牧，又与当今天子攀上了亲，到现在不是被曹操追得投到我门下。话到嘴边却是："据传刘表为人清高，号为'八俊'，你与他皆为州牧，尚能搭上话。而我只是汝南都尉，虽同为刘氏宗亲，你二人皆有族谱可查，而我是不知隔了多少代的旁支，连我自己也不清楚。若到荆州，必被刘表轻看。孙权虽然年轻，根基尚浅，再加上他名分不高，若投靠孙权，必被重视。我觉得还是投东吴最好。"龚都说："不管投奔谁，都要受其约束，不如远远找块地方，以做栖身之处，自由自在，岂不快活。"何仪、何曼此时也没了主意。刘备说："既然意见相左，我们都再仔细斟酌一下，但要快，我们没有时间可犹豫了。待曹操率大军一到，我们想走都走不掉。"

曹操真的没有给他们留下太多的时间。第二天一早，守城将士报告："曹军大队人马已到汝南城外。"刘备诸人赶忙登上城楼巡视，果见夏侯惇、曹仁、张辽等各部帅旗招展，向北望去，尘头大起，似有无数曹军正向这里涌来，刘备说："趁现在曹军刚到，还未排兵布阵，我们必须先冲出去。"龚都问："冲出后向哪里去？"刘辟说："曹军从北来，正向东西两面包围，唯有南面仅李通把守，只好向南面突围。事不宜迟，我们这就回去，各率本部兵马朝外冲。"顷刻间，汝南城中人喊马嘶，各部曲很快集结完毕，打开南城门，争先恐后从城中冲了出来。

李通的兵马就在南城门外驻扎，一看汝南城中冲出大批人马，知道刘备等人要跑，一面派人飞报曹操，一面率兵马迎头堵了上去。但毕竟力量悬殊，防线被冲开，刘备等人的兵马朝南而去。就在此时，夏侯惇、曹仁的兵马杀到，立刻追了上去。刘备等人拼命抵抗。这时徐晃、张郃的兵马又到，双方激战在一起，喊杀声在汝南城外的旷野上震天动地。刘辟稍一疏忽，被夏侯惇斩于马下，手下士卒立刻阵形大乱。何仪、何曼分别被徐晃、张郃斩杀。形势危急，关羽拍马到赵云跟前说："你护着主公及家眷，赶快向南撤，我与张飞将军在后掩护。"龚都大喊一声："我也算一个。"说着随关羽冲了上去。赵云抽身，率本部兵马护着刘备及糜竺等人向南撤去。关羽、张飞、龚都边打边撤，只打到太阳西下，双方都人困马乏。突然一条大河拦在刘备面前，退路已断，刘备望着河水，哀叹道："不想我刘备命丧在此。"这时龚都骑马赶上来说："刘将军莫慌，这是淮河，我已令人去找船只，只要渡过淮河，依托淮河，我们仍可以抵挡一阵。"随即对赵云说："赵将军先去助战关、张二将军，等船只到来，我们立刻过河。"

原来龚都曾在这一带经营多年，根基较好，熟人很多，很快找来船只，但船只不多，龚都说："刘将军及家眷们先渡河，待其他船只到来，我再与各位将军渡河。"刘备说："你们千万不可恋战。"渡船离岸后，龚都骑马杀入战阵。随后陆续又有渡船赶到，诸位将领齐心合力猛攻一番，趁曹军退却之机，快速登上船只，朝南岸驶去。待曹军又冲上来，关羽等人已到河心。

夏侯惇、夏侯渊、曹仁、徐晃、张郃、李通望着已到河心的船只，命人赶快寻找渡船，要追过河去。这时曹操率曹洪、张辽、曹纯、许褚等也赶到，他望着远去的船只，说："过了淮河，就是荆州的地面，我们这么兴师动众的过去，一定会引起刘表的恐惧与不安，此时与他发生冲突，对我们不利。此仗已打了一天，将士们都累了，先就地休整吧。"

刘备、龚都渡过淮河，清点人数，两支部曲加在一起才仅剩一千余人。刘备心中无限凄凉，没想到在汝南刚刚有点起色，顷刻间又是一场灭顶之灾。龚都倒不以为然，笑着说："没关系，人没了我们可以再招。眼前要紧的是，依托淮河，阻击曹军。"刘备说："虽说有淮河阻挡，但我们毕竟人马有限。"龚都说："这不用怕，我们身后就是大别山，到时我们往山中一撤，曹军就奈何不了我们。"

刘备、龚都准备依河抵抗，但一连几天，未见曹军动静，派斥候过河探查，回来报告说："曹军已于昨天撤走。"这才略微放下心来。刘备对龚都说："这里不是久留之地，我们还是前往襄阳投奔刘表，暂做安身之处。"龚都摇头道："我与刘荆州素未谋面，都说此人很清高，难以相处，我不想去投靠他。"刘备说："那么龚将军是要投靠孙权了？"龚都说："我不想受制于人，也不去投靠孙权。我与刘辟同时起事，情同兄弟，如今他已战死，我也心灰意冷。前面再走不远，就是荆、豫交界的大别山，我就在山中占山为王，不看任何人脸色，岂不快活。刘豫州乃人中豪杰，非我等可比，可自去荆州，图谋再展宏图。"刘备知龚都胸无大志，也不勉强，只好说："既如此，我们就此别过，后会有期。"于是两人分手，龚都向南进入大别山，自寻快活去了。刘备率残部向西奔襄阳而去。

第七十三章

投襄阳刘备附刘表 回谯县曹操恤家眷

刘备一路向西，过桐柏、平氏、棘阳，走了约有旬日，一条大江横在面前，经过打听得知，这是汉水，过了汉水便是襄阳。因与刘表从未谋面，心中无底，刘备命暂且扎营，欲派人前往襄阳，以探刘表态度。麋竺、孙乾自告奋勇，要求前往襄阳打探。刘备嘱咐道："如刘表不愿接纳，不可强求，赶快回来，我们另做打算。"

麋竺、孙乾告别刘备，过了汉水，进到襄阳城，只见人头攒动，熙熙攘攘，好不热闹。麋竺感叹道："到底远离中原，战乱较少，一派祥和的气象。"接着问孙乾："我有一事不明，这荆州州治在江陵，刘表不在江陵待着，却跑到襄阳长住？"孙乾说："这些年来，中原战乱频发，先是袁术占了南阳，为防袁术夺他的荆州，便率兵马驻守襄阳防御。后来张济叔侄替他守南阳，不料南阳北部又落入曹操手中，最后张绣又投靠了曹操。一直以来，荆州的威胁主要来自北部的南阳，刘表只得亲率大军，常年驻守襄阳。"说话间，二人便来到了刘表的临时州衙，请门吏通报。

刘表闻知刘备的特使麋竺、孙乾前来求见，颇感意外，令二人来见。麋竺、孙乾惴惴不安，来到大堂，只见正中大位上正襟危坐一人，端庄儒雅，气宇轩昂，料是刘表。孙乾暗中说："果然气度不凡，不枉是'八俊'之一。"二人施过礼，刘表缓缓开口，问："你二人既是刘豫州派来的，不知所来何事？听说你们正与曹操交战，可是真的？"麋竺说："我家主公奉袁大将军之命，前来联络刘荆州，共践盟约，以抗曹操。不想半路遇曹军阻截，只得转往汝南暂避。现在汝南被曹军攻占，便来投刘荆州。"刘表"哦"了一声，他知道刘备是吃了败仗，逃到这里来了，但不动声色，淡淡地问了一声："刘豫州带来多少兵马？"麋竺说："不瞒刘荆州，有步卒千余人。"刘表的脸沉了下来，他没有料到刘备会败得这么惨，不屑地问："怎么只有这点兵马？"孙乾说："一路上遭曹军围追堵截，但我家主公仍坚持前来联络刘荆州，配合袁大将军共同征讨曹操。"

刘表心中冷笑起来，这刘备明明是被曹操打得无处容身，却假借袁绍的名义来与我联合，岂不是笑话？一边嘴上说："好，好，我非常欢迎。"一边在心中盘算怎样打发刘备。突然脑筋一动：有了。自张绣投靠曹操后，这汉水以北诸县无人把守。只是由于曹操与袁绍大战，无暇南顾，这些县才安然无恙。如今刘备来到这里，据说他手下关张二位将军好生厉害，皆有万夫不当之勇，让他驻守在那里，替我照看好荆州北大门，我就又可以高枕无忧了。主意打定，他满脸堆笑，说："刘豫州与我同是汉室宗亲，虽从未谋面，但早有耳闻，既然来到荆州，便是看得起我，我定当热情迎接。"旁边站着的从事蔡瑁忙阻止道："主公，且慢！刘备依仗公孙瓒起家，在公孙瓒与袁绍相争的关键时刻，却投靠了陶谦。后又依附了吕布，再后又借曹操之手灭了吕布。自到许都认了皇亲，被天子尊为皇叔，又暗中联络董承等人，欲谋害曹操。后又借前往徐州阻截袁术之名，趁机杀了车胄，占了徐州，最后被曹操赶往冀州，投靠了袁绍。现在又假借袁绍之名，说是来与我联合，可连大将军的文书都没有，保不准是又叛了袁绍。可见此人反复无常，不能终始，如留之，恐遭其害。"大将蒯越接着说："刘备与曹操为敌，兵败后逃来荆州，若留之，必引起曹操不满，将加兵于我。"此时旁边站着的一个年轻人接口说："不如斩了二位来使，捉了刘备送交曹公，曹公必厚待主公。"

气氛立刻紧张起来，孙乾哈哈大笑，说："我家主公自起兵剿除黄巾开始，便以大义为重，不惧强暴。像吕布、曹操之流，我家主公本以为他们能匡扶汉室，不想他们私欲太盛，因此不耻与他们为伍。今受大将军指派，来与刘荆州相约，共同抗曹，中途遭曹操拦截，这才暂避汝南，仍以一隅之地，呼应袁大将军。现在大将军在冀州调兵遣将，已召集青、幽、并三州兵马，征讨曹氏，匡扶汉室。想不到刘荆州身旁谋士武将如此畏惧曹操，欲杀我主公，献媚曹操。不知刘荆州与袁大将军之盟约还算不算数？将来大将军问起此事，刘荆州该如何回答？"

厅堂上鸦雀无声。刘表看了一眼麋竺和孙乾，扭头怒斥那个年轻人说："黄口小儿，休要胡说。刘豫州乃一州之牧，又是我的同宗兄弟，且同为当朝天子的皇叔。我若将其捕捉，送与曹操，岂不让天下人耻笑。大将军该如何看我？

你这是陷我于不仁不义。"然后指着那个年轻人，转脸对麋竺、孙乾说："这是我外甥张允，年少不懂事，说话不知深浅，二位莫与他一般见识。刘豫州受袁大将军之托来到荆州，我定当厚待之。请二位回去转告刘豫州，让他早早渡河来襄阳，我将亲自出城迎接。"

麋竺、孙乾这才松了一口气，谢过刘表，告辞出了荆州府衙，仍过汉水，见到刘备，说："刘荆州欢迎主公到襄阳与他共叙同宗兄弟之情，只是他手下的那些文武，似同情曹操，恐怕对我们不利。"刘备说："刘表乃一介鸿儒，必顾颜面，至于他手下之人，我们小心就是。有刘表在，暂无大碍。待寻机会，我们再谋他处即可。"于是率领兵马，渡过汉水，来到襄阳。只见襄阳城外，旌旗招展，各类依仗整齐排列，金鼓齐鸣。刘表身着盛装，那高大的身躯英姿挺拔，神采奕奕，亲自迎接刘备。刘备感动得热泪盈眶，早早下马，疾步迎上去，深深施礼说："宗兄在上，小弟再拜，如此盛情，备实受不起。"刘表说："早闻玄德大名，今日一见，果然气度不凡。城中早已备下盛宴，为你接风。咱们乘辇入城，一醉方休。"说着亲挽刘备的手，蹬上车辇，在仪仗的簇拥下，一同进了襄阳城。

宴席果然丰盛。刘备手下关羽、张飞、赵云、麋竺、麋芳、简雍、孙乾俱在受邀之列。刘表手下蒯良、蒯越、蔡瑁、傅巽、邓义、王威等众文武作陪。刘表、刘备互相敬酒，宛如久别的亲兄弟一般，喝到兴头上，刘表说："玄德吾弟，今日我见你士卒不满千，打算将荆州士卒拨三千与你。"刘备喜出望外，说："多谢景升兄，此恩容备后报。"刘表说："从襄阳向北，过了汉水、樊城，便是新野，那里离此地不远，你就驻扎在那里，若有风吹草动，我即提兵前往救援。粮草辎重你就地解决，如不够我再给你调拨，你看如何？"刘备连声应诺，举杯相敬，再次表示感谢。大家尽欢而散。

第二天，刘表从荆州的部曲中抽调三千将士，又调拨了一些粮草，刘备接收后，便启程前往新野驻扎。刘表亲自赶来送行。待兵马都上了渡船，刘表拉着刘备的手说："新野离此不远，闲暇之时常来襄阳走走，你我兄弟以后多多相帮相助。"刘备说："我一定不负重望，守好新野，闲暇时即常来襄阳与兄相叙。"说完，登上渡船，下令开船，船队向对岸樊城驶去。

望着远去的刘备，刘表嘴角流露出了笑意，他对一同前来送行的蔡瑁、蒯越等人说："自从张绣投奔曹操后，我一直担心襄阳以北的防守，这下好了，咱们又可以放心了。"蒯越心里嘀咕道："这个刘景升，什么事都寄托到别人身上。"

曹操见刘备、龚都过了淮河，为了不引起与刘表的摩擦，便下令停止追击，大军返回汝南，一边休整，一边安抚当地的百姓。曹操对大家说："公达虽为汝南太守，被我留在身边，久未上任，让刘辟钻了空子。"荀攸说："那我这次就留在汝南吧。"曹操说："不行，我现在离不开你，许多事情还要与你商讨，我们就再选一位太守，大家看谁合适？"郭嘉说："汝南是袁氏家族的本郡，门生宾客遍布汝南各县，刘辟在很大程度上是受了他们的蛊惑。他们的势力很强大，虽然刘辟被灭，刘备已逃，但仍有许多袁氏宗亲、门生宾客拥兵自守，随时都可能给我们制造麻烦，必选一位机敏干练之人为太守。"荀攸想了想，说："我看许都令满宠最合适。此人有胆有识，处事果断，不徇私情，许都是皇亲贵戚聚集的地方，被他治理得井井有条。汝南交给他，大可以放心。"曹操说："公达说得不错。那就通知荀彧，让他表奏天子，正式下达诏命。"

选好了太守，曹操说："那么谁来做汝南都尉呢？"大家异口同声地说："不用找了，现成的就在那里摆着，李通是最合适的人选。"曹操说："大家的看法与我一致。"于是对李通说："你在我与袁绍决战最激烈、最困难的时候，不被刘辟、刘备拉拢，将汝南西部诸县牢牢控制在手中，成功牵制了刘辟、刘备，确保了许都的安全。我将表奏天子改封你为都亭侯，并诏拜你为汝南都尉，连同阳安各县，统归你管辖防卫。"李通谢过曹操，表示绝不辜负曹操的信任，一定守好汝南。

曹操等满宠来到汝南，将诸事安排妥当，便决定率兵马返回许都。这时曹洪来见曹操，说："主公，我的部曲中有许多将士是咱们谯县人，大家自起兵到现在，已经十余年了，一直没有回过家。现在汝南与沛国交界，不如绕一下弯，让大家回谯县老家看看。"曹操点头道："不止你的部曲，曹仁、夏侯渊、曹纯，还有许褚等人的部曲中，也有许多从谯县带出来的人，他们一定也有这样的想法。"曹洪说："不瞒主公说，我们私下里也议论过，大家的确都有这样的想法。主公看能不能通融一下？"

曹操想了想，说："前些年我们与袁术、吕布、刘备交战时，来回有几次路过沛国，那时因为忙于战事，没有机会回谯县看看。现在形势比较稳定，离谯县也不远，回去看看也在情理之中。还有，这些当年随我们从谯县出来的人，现在大都在部曲中担任司马、假司马、军侯、屯长等，最不济也是个伍长了，也都想回去炫耀一下，既如此，我们就绕一下路，回谯县一趟，让大家都回家看看。"曹洪高兴地说："那我就替大家谢谢主公了。"

曹操留李通驻守汝南，令张辽、张郃、徐晃等前往官渡、阳武驻扎，以防袁绍突袭，然后率曹洪、曹仁、夏侯惇、夏侯渊、许褚、曹纯等谯县籍兵马，转道谯县回许都。到谯县的时候，刚刚下过一场雪，虽然天已放晴，由于气温低，白雪覆盖的土地冻得硬邦邦的。曹操命各部曲在谯县城外扎下营寨。这时谯县县令得知曹操率大军来到，赶忙带领县丞、县尉、五官等诸掾属前来迎接。曹操问了问有关谯县的一些情况，说："我这次来，是让谯县籍的将士都回家探视一下家眷，以慰亲人相思之情。望县令传布各乡有秩、三老和游徼及亭里长知晓，为他们提供方便，若有意刁难者，重责不贷。"县令及诸掾属连连称是。最后县令邀曹操到县衙歇息，曹操说："行军在外，不离大帐，你那县衙我就不去打扰了。眼看就要到建安七年的新年了，你照顾好百姓们过好年就行了。"县令应诺，便告辞出了大帐，率诸掾属进城回县衙去了。

早在决定动身来谯县之时，曹操就命任峻在许都筹备粮肉等过节物品，送到谯县。这时这些物品也都运到，曹操下令："凡家在谯县者，各带一份礼物，放假回家与家人团聚，过完年后归队，其余将士留在营寨中当值。"并指示各部曲监粮官，安排好留值将士的生活，过年时都能美美地吃上肉。

眼见夏侯渊、曹洪、曹仁、曹纯等人都各自回家去了，曹操问夏侯惇："元让将军怎么还在营帐中啊？"夏侯惇说："我的部曲大都是青州兵，谯县没有家眷，我的近亲们也都不在了，回不回家的都可以。我一会抽个时间，到夏侯渊家看望一下我的族叔，顺便看看近邻们，其他也没地方可去了。"曹操知道，这夏侯惇非常在意自己仅剩了一只眼，形象受到影响，也是他不积极去见乡邻们的主要原因。曹操也就没有再催促他，而是自己换下戎装，一身棉深衣，起身离了营寨，朝谯县城走去。郭嘉等人一见，连忙跟了上去。曹操说："不用跟着，我随便进城转转，碰到熟人便聊聊，不知走到哪里歇脚，你们就回去吧。"

郭嘉说："那就派两个人跟着，有事也好吩咐一下。"曹操一笑说："你们还怕我走丢了不成？"大家也都笑了，便不再坚持。

　　曹操进了城，直奔老宅而去。当初起事时，父亲就把宅院全都卖了，现在不知是什么人在居住，也不知宅院是什么样了。待他穿过几条街，看到那熟悉的宅院时，心情激动起来，小时候的场景一幕一幕出现在眼前。他停在宅院门前，仔细打量一番，宅院还是先前那个样子，只不过显得有点破败。这时从宅院中走出一个老者，看他停在宅门前徘徊，问道："客官，有什么事吗？"曹操说："没有事，随便看看。你老人家一直住这里吧？"老者说："不是，我是五年前从一张姓人家手中买来的，听说这里原来是曹公的家宅，他的父亲及其一家老小，都被陶谦杀了，如今只剩下曹公一人了。听说还有个小侄女跟着他，唉——"曹操明白，这宅院已经倒过手了，便附和着说："世事难料，我看这宅院比较破败，怎么不修修？"老者说："这些年战乱，能顾住命就不错，哪里还有心修它。客官，我看你说话挺随和，请到宅中喝杯水。"曹操有点伤感，赶忙说："不打搅了。"就此告别老者，想到别处再转转，或许碰到族中老辈或少年时的好友再好好唠唠。

　　然而穿街走巷跑了下来，竟没有碰到一个熟人。一打听才知道，族中的长辈都已过世。同龄人中有的过世，有的逃亡在外，族中那些小一辈，现在已长大成人，大多也不认识，近邻们更是没有见到一人。转悠了一天，曹操又饥又渴，心情沮丧，回到城外的营寨中。

　　郭嘉等人见曹操眉头不展，不知出了什么事，连忙赶到大帐中询问。曹操忧郁地说："不瞒大家说，我在谯县城转悠了一天，竟没有碰到一个熟人。想当初我年少时，在谯县城谁人不识，我又不识谁人，可没想到战乱的后果竟这样严重。百姓们付出的代价竟如此之大，让人不敢想象。"郭嘉说："兖、豫两州遭战乱损毁得最严重，几乎每次大的战争，都波及这两个地区。好在经过曹公的努力，这几年总算逐渐稳定下来，百姓也有了希望。"

　　由于曹操心情不好，晚上躺在床上，翻来覆去睡不着。第二天一早，出了大帐，见夏侯惇也回来了，问："你怎么这么快就回来了？"夏侯惇苦笑着说："回家一趟，左邻右舍都不认识，只好去夏侯渊家，与族叔唠了半夜。再待下去没意思，也就回来了。"话音刚落，就听营寨外有嘈杂的声音，时不时还伴着哭声。曹操忙问怎么回事？这时史涣跑来说："帐外来了一群百姓，说是咱们将士的家眷。他们听说这次咱们回到谯县，许多将士都放假回家探视了，可没见到他们的亲人回去，就找了来。"曹操一听，连忙来到营寨外，果然看见许多百姓，扶老携幼聚在那里，由于天冷，一个个缩着脖子，曹操赶快把他们让入营寨，又安排人给他们做饭，又让人登记他们的亲人姓甚名谁，都在谁的部曲中，然后派人去落实。很快结果传了回来，他们所说的亲人都已经战死了。曹操沉默不语，他已经猜到是这个结果了。待这些人吃过热饭，身上暖和了一些，曹操才不得不把这些噩耗告诉了他们，顷刻间哭声一片。一对老人哭着说："我们就这么一个儿子，走时媳妇也没娶，连个后代都没留下，我这不是绝户了吗?"有的说："虽然我有几个儿子，可这个儿子没有留下后代，他这一脉也绝了啊。"还有的妇女哭道："我家孩子还小，现在他不在了，将来可怎么办?"还有的说："我们家吃了上顿没下顿，原想将来仗打完了，他能平安回来，好歹是个希望。现在希望没了，这日子也就没过头了。"这里的哭声还没停止，营寨外又来了一批找亲人的。郭嘉、荀攸、贾诩及曹操帐中的掾属，都忙着做工作抚慰。眼看太阳西斜，寒气又袭了上来，曹操命人做好晚饭，待大家吃过饭，曹操说："父老乡亲，大家听我说，这些年战乱，大家都遭罪了。你们的亲人跟着我，献出了生命，让人感到悲伤。以前战乱频繁，顾不上大家，现在形势好一点了，我一定想办法把大家安排好。眼看天不早了，大家先回吧。"经过劝慰，大家擦干眼泪，扶老携幼出了营寨，各自回家去了。

这天晚上曹操的头疼病又犯了，一晚上也没有睡好。第二天，曹操安排史涣、丁斐与谯县县令结合，就近调集一些粮谷肉食，马上给这些阵亡将士的家眷发下去，让大家过一个好年。交代好这一切，曹操心中感到好受了些。

这时夏侯惇领着一个鹤发银髯的老者，来到曹操大帐，说："主公，听说你头疼病又犯了，你看我把谁请来了。"曹操认出了是华佗，赶忙站起迎接说："惊动了元化先生，实在抱歉。"夏侯惇说："元化先生在外游医，刚刚回来，听说你的头疼病犯了，二话不说便随着来了。"曹操一个劲地道谢。华佗边坐边说："可有些年头没见过你了，看你的气色还不错，把手臂伸过来，我先把把脉。"然后屏息静气，双目微合，把完一只手腕，再把另一只手腕，良久，双腕脉把完，又用指掌敲了敲头，又详细询问了一些病症，便从随身带的药囊中摸出银针，给曹操在头上扎了几针，很快曹操的头疼病便好了。曹操高兴地说："到底是神医，手到病除。"华佗笑道："这只是治了表，你的头疼是风邪引起的，且年数较长，要想彻底治愈，还要服药治疗。我给你开好方子，你先吃吃看，不过不可性急，要认真地吃上一段时间，才能把风邪赶出来，那时就算治愈了。"华佗开了方子，又交代了一些注意事项，这才起身告辞。曹操连忙送出帐外。

待曹操转回大帐，夏侯渊、曹洪、曹仁、曹纯陆续都回来了，看他们脸上并没有见到亲人后的喜悦，曹操料他们所见所闻比自己好不到哪去，一问果然如此。曹仁说："没想到这十几年家乡的变化太大了，连年的战争，生灵涂炭，远亲近邻死的死，逃的逃。尤其是碰到那些阵亡将士的家眷，老老少少缺衣少食，都不知道怎么安慰他们。"大家异口同声，全是一样的感受。当得知曹操已经下令，调集粮肉对这些人资助时，他们高兴地说："本来我们回来，就是向主公提建议的，这下好了，我们的心里能得到一些慰藉了。"曹操说："生于乱世，是我们的不幸，你们要好好统计一下部曲中这些阵亡将士的名字，务必不漏一人。"他们齐声应诺，回去安排了。

待他们走后，曹操对郭嘉等人说："几天来我一直在想这个问题，阵亡将士家中生活都非常困难，靠我们临时这么救济也不是办法，是不是由官府专门分拨给他们一些土地，并赠送他们耕牛，从根本上解决他们的生活困难。另外，由官府出资建立学校，将所有将士的子女——不管阵亡与否，都送到学校，享受免费教育。对于那些阵亡的将士，有后代的，为他们立个庙，由后代祭祀他们；没留下后代的，从他们的宗亲中选一个过继给他们，让他们也得到祭祀，从而香火不断。过去只顾打仗，顾不上这些，现在意识到了，我们就要赶快办理，这样才能使我们的心里得到安慰，不会留下遗憾。"

郭嘉等人皆赞成。荀攸说："现在形势趋于稳定，也有条件这样做了。"贾诩说："谯县的情况是这样，其他各郡县大抵也是如此……"不等贾诩说完，曹操抢过话头说："对对，文和说得对，我们不仅在谯县这么办，我看应该专门立个制度，在各州郡都实行。凡在我们部曲中阵亡的将士，不论他家在哪里，只要我们管辖到的地方，都照这样办，让死者得到安息，生者得到抚慰。我现在就起草命令。"曹操说着就动起了手，立刻展开青卷，略一思索，一挥而就，将它交给郭嘉等人传阅，大家没有异议，便交由荀攸，让他以政令方式，颁发给各郡县执行。

眼看后天就是新年了，荀攸说："来谯县已经好几天了，你是不是该到丁家庄一趟，去见见丁夫人了？"曹操说："我也想过此事，只是不知她现在的情况，不想贸然见她，还是派人前去打探一下。"丁冲说："丁家庄离这不远，不用派别人，我路熟，亲自跑一趟即可。"仅用半天时间，丁冲把丁夫人的哥哥请来了。丁夫人的哥哥一见曹操，赶忙施礼，曹操客气地还了礼，让大舅哥坐下，询问了丁夫人的近况。大舅哥说："自从我妹妹从许都回来后，整天不说话，也不愿与人交往。我常开导她，她嫂嫂也劝解过多回，就是说不到她心里，不是坐在那里发呆，就是一天到晚坐在那台带回来的织布机上织布。"说完长叹一声。曹操沉默不语。大舅哥又说："我看她是魔怔了。"曹操叹了口气，问："家中现在生活怎样，还过得去吗？"大舅哥说："有你照顾着，家中生活比一般人强多了。"曹操疑惑道："我照顾着？""是啊，这一年四季，每到换季的时候，你都派人送来钱粮绢帛。这不前几天快过年了，你又派人送来了过年的年货，有许多肉……"曹操突然明白了，一定是卞夫人派人送去的。许多事情自己没时间想，也想不到，她都悄悄替我办了，难得她这么贤惠。想到此，曹操打断大舅哥的话，说："既然生活没有问题，我也就放心了。时间不早了，你就先回吧。"大舅哥说："你不回家见见我妹妹了？不行的话，我带着她来一趟吧。"曹操摆手道："她这个样子，我怎么见她啊？看情况吧，如果有时间，我就去看她。"

送走大舅哥后，曹操心里感到很憋闷，看来丁夫人心里的疙瘩是解不开了，要不要去看看她呢？曹操拿不定主意了。荀攸劝道："还是去看看她吧，分开已经两年了，或许她已经想明白了，也未可知。"曹操点头道："我再想想吧，不着急，咱们在谯县还要待上几天，到时再说吧。"

话音刚落，侍卫来报，说是睢阳县令前来求见。曹操疑惑：睢阳县令此刻来到，不知是什么事。于是赶快命人将他带进来。

第七十四章

曹操勘修睢阳渠　袁绍命逝冀州府

　　曹操不知睢阳县令来此何事，忙宣他进来。睢阳县令施过礼，自我介绍道："我姓李，名勘，现为睢阳县令。"曹操点了下头，问："李县令今来何事？"李勘说："禀告曹公，今年秋冬连旱，前些天那场雪也不大，担心开春后冬麦墒情不足，需要浇灌一场透水。可睢阳境内的睢水等河道都不大，且都快见了底，就想修一条渠，把济水引过来。早些年曾议论过这件事，但要经过浚仪县。因浚仪县属陈留郡，我曾上报梁国国相与陈留郡协调，却一直没有结果。这次听说曹公到了谯县，心想睢阳离此不远，便赶来亲自向曹公禀报，希望曹公能帮忙解决这个问题。"曹操一听是这么回事，说："李县令能恪尽职守，为百姓着想，我很欣慰。这件事很重要，只有粮食丰收了，百姓才能生活安定，朝廷的江山才能安稳。此事我一定认真对待，你先回去做一下准备，我随后就到，咱们一起实地考察一番，如果像你说的有很大好处，咱们马上就动工。"睢阳县令没想到曹操回答得这么干脆，还要亲自前往考察，连声感谢，告辞回睢阳准备去了。

　　曹操令郭嘉留守大帐，准备带荀攸、贾诩等人到睢阳去。史涣、丁斐劝道："主公，后天就是新年了。天寒地冻的，待过完年再去也不迟，不差这几天。还有华佗先生开的药，你也该抓紧时间服用了。"曹操说："谯县籍的将士都回家探视了，我们这几天也没什么事，我的头也不疼了，早一天把这事办好了，百姓就能早一天收益。过完年开了春，天说暖和就暖和了，季节不等人。况且修渠也不是小事。"丁斐、史涣也不再说什么，忙着准备去了。第二天，曹操就与荀攸等人一道，乘上马，带着许褚等数名卫士，奔睢阳而去。

　　睢阳县令李勘没想到曹操会在年三十这天到睢阳，听到门吏通报，待他反应过来，曹操已经进了县衙大堂。县令一迭声地致歉："不知曹公这么快到来，未能远迎，有罪，有罪。"曹操摆摆手说："赶了这半天的路，确实饿了，先安排饭，吃过之后，我们就上路考察修渠的路线。"李县令说："曹公一路颠簸，今晚歇一夜，明日再出发。"曹操说："怎么，你又不急着修渠了？饭简单一点，吃完咱们就动身。"县令不敢违抗，赶快命县丞到后堂找厨子做饭，自己陪着曹操说话。曹操询问了睢阳的风土人情，近几年赋税征收的情况，以及学堂教化的问题，县令都一一做了回答。曹操又问："你们这里是前太尉桥玄的家乡，他的家离这里有多远？"县令答："桥家庄离这里不远，车马一个时辰的路。"曹操"哦"了一声。这时饭菜端了上来，果然很简单，县令说："不知曹公来得这么早，什么也没准备，太过清淡了。"心里却直打鼓。曹操说："这汤饼很好，又顶饥又驱寒。"说着便带头吃起来。县令见大家吃得津津有味，脸上浸出了汗，心略略放了下来。曹操说："热饭一吃，身上暖和多了，大家都吃好了，咱们就动身吧。"县令留下县丞值守，与县尉一起，陪着曹操等一行人，出了县衙奔城外而去。

他们一行人出了睢阳，偏向西北而行。前些日子下的那场雪不大，盖不住麦苗。天气虽然晴冷，空气却非常清新。曹操说："麦苗长势不错。"李县令说："是啊，如果睢阳这道渠修好了，开春后就不怕天旱了，只要浇上两次透水，保证夏粮又是一个大丰收。"

他们走走停停，看看渠的走向，看看地势，怎么绕过村庄，怎么少占麦田，一路考察一路商讨，走了五天，来到浚仪的济水河边，登上济水大堤，见济水由西而来，在这里折了一个弯，偏向东北方向而去。睢阳县令告诉曹操："计划中的睢阳渠，就在这里引水。"曹操说："这个地方不错，待渠修好后，在这里建一个闸，天旱时打开闸门引水，天涝时关闭闸门，便于调节水量。"这时太阳已经偏西。曹操说："走，咱们到浚仪城，找县令商量具体的办法。这浚仪县令是谁？"李县令答："这浚仪县令姓陈，名义，是前年奉诏上任的。"一行人下了河堤，奔浚仪城而去。

浚仪城门守吏见一群人骑马而来，刚要上前盘问，认出了其中一人是睢阳的李县令，李县令告诉他："快去通报你家陈县令，曹公已到，让他赶快迎接。"门吏慌忙上马，飞驰而去，到了县衙，慌忙报告。陈县令不信，说："你看错人了吧。曹公现在谯县驻扎，怎可能离开部曲到这里来？"门吏说："真的是曹公，有睢阳县令陪着，是他告诉我的。"浚仪县令这才慌了神，赶忙穿戴好官服，招呼县掾属们前去迎接。刚出县衙大门，就见一行人乘马缓缓而来，仔细一瞧，为首的正是曹公，赶忙迎上前去，跪下施礼道："不知曹公光临敝县，有失远迎，请曹公恕罪。"曹操等人跳下马，把缰绳交给县衙的掾属，由他们牵去饲喂。曹操笑着对浚仪县令说："起来，这不怪你。走，咱们到县衙里面说。"

曹操在县衙正堂的几案后面落座，县令垂手站立一旁，再次自责道："下官实在不知曹公……"曹操打断他的话，说："我这次来，主要是考察从济水引水到睢阳是否可行。你是浚仪县令，想听听你有什么看法。"陈县令说："听说早几年也议论过这个事儿，都感觉是个好事。"曹操说："从济水引水到睢阳，不只对睢阳有利，根据我这几天地察看，对你们县的东部也有很大的好处。"陈县令说："正是，我县东部的百姓也比较关心这个事，只是工程量太大，才迟迟没有动工。"曹操说："既如此，那就与睢阳联合起来，共同修好这条渠，让你们两家都受益。"浚仪县令说："既然曹公下了决心，随后我就与李县令协商，看各出多少劳役，各增加多少赋税，争取下半年动工。"曹操说："时不我待，不能往后拖，我看过完年，天气回暖，大地解冻，就可动工，争取两个月，对，就两个月修好，不耽误春灌。"

浚仪县令瞪大了眼："什么，曹公说过完年就修，两个月完工，我看这不可能。"说完连连摇头。曹操问："有什么难处吗？"陈县令说："从济水到睢阳，修渠动用的劳役，恐怕至少得数万人，这些劳役的报酬也不是小数目。不瞒曹公，自黄巾起事以来，这些年来战事就没断过，分派劳役和赋税征收很是困难。短时间内很难完成，我们只能尽力而为。"曹操点头道："你说的也确是实情。"随后望着睢阳县令："你看这事该怎么办？"睢阳县令说："陈县令说的不假。虽然我们县的百姓积极性更高，但分派劳役，筹措经费也的确不太容易，但只要动工，我县一定会积极想办法克服困难。"

曹操没有说话，坐在那里沉思。荀攸开口道："曹公，我有个提议，你看行不行？当前无战事，我们的部曲驻扎在谯县，离这儿不太远，不如让将士们来修这条渠。这样两县百姓的劳役、赋税都不用增加太多。"陈县令和李县令心中暗暗叫好，这样的好事是他们不敢想象的，可曹操能答应吗？要知道讨伐袁绍是当前的头等大事。他们的目光都投向了曹操。曹操说："我刚才也在想这个问题，这的确是个好办法。这里向西不远就是官渡，待渠修好后，部曲就直接到官渡集结，讨伐袁绍并不误事。很好，就这么办？"两位县令心里乐开了花。曹操继续说："待新年过后，谯县籍将士归队后，驻守谯县的所有部曲都参加修渠。虽然修渠的劳役不用你们征调，但粮草你们两县还是要筹措一些，修渠的工具也要征调一些。"两位县令连忙说："曹公说的是，不用我们征调劳役已经是很大照顾了，粮草物资，我们一定想办法。"曹操说："数万人的粮草物资全由你们负担也不现实，你们只负担一部分就可以了。另外，对于修渠占用的麦田，一定要详查，或调减赋税，或调整田块，或予以补偿。"两位县令立刻表态："曹公放心，我们一定认真落实，不让百姓吃亏。"曹操对浚仪县令说："快去准备饭菜吧，我们早就饿了。今天在你这里住一夜，明天返回睢阳，沿途再好好看看，是否有考虑不周的地方。"

曹操一行人回到睢阳，刚进入县衙，曹操就对睢阳县令说："我有一件事想求你帮忙。"县令忙说："曹公何用'求'字，有什么事尽管吩咐，我照做就是。"曹操说："你给我准备一份太牢，我明天要用。"县令问："是猪牛羊三牲俱全吗？"曹操点头。县令问："曹公要祭祀谁吗？"荀攸接过话说："你忘了刚来睢阳时，曹公向你打听什么了？"县令猛然记起："哦，桥家庄，桥玄、桥公祖。"荀攸说："对，就是前太尉桥玄。"县令不解："前太尉桥玄，过世快二十年了，曹公……"刚想问曹公为什么要祭祀他？一想不该这样问，所以把下半截话咽了回去。荀攸知道县令想问什么，解释道："曹公与桥公祖是好朋友。"这一解释倒让县令更糊涂了。桥玄若活着的话，大约已是九十有五的年龄了，而曹公还不到五十，两人相差四十多岁，可以说差了两辈，他们怎么是好朋友？看到县令有点茫然，荀攸说："这你就不知道了，他们是忘年交。"县令似懂非懂，也不便再问，只好点头道："下官明白了。我这就安排人准备。"曹操说："你再准备一坛酒，一只鸡，以及其他祭祀用品，所有费用，我让史涣与你结算。"县令答应着退了出去，心里不解，既有太牢了，何须再要一只鸡。虽然不明白，还是派人去准备了。

第二天一早，县令就把太牢、一坛酒、一只鸡，及各种肴馔等祭祀用品备齐，分装在数辆马车上，在县衙外等候。曹操早早吃过饭，出了县衙，对荀攸、贾诩说："祭祀桥公是我个人的事，你们就不要去了。"荀攸说："当年在洛阳时，我也与桥公有过交往，前去祭祀也是我所愿。"贾诩说："桥公卓有远见，先知先觉，且一生清廉，不避权贵，我虽未曾谋面，但久已仰慕，心向往之。今日陪主公祭祀，也了却我的心愿。"县令还要说什么，曹操说："既如此，大家就一同前去吧。"

桥家庄离城不远，他们都乘车马，又有县令带路，仅用一个时辰便到了。经过庄人指点，很快就到了桥玄家。从外望去，这是一处两进的院落，院墙有许多地方已经坍塌了，两扇篱笆门关闭着。曹操来到门前，刚要朝里喊，只见一位须发皆白的老人，从茅屋走出来，透过篱笆门问："敢问客官，你们有什么事吗？"曹操仔细端详了一下，说："是桥羽吗？我是曹孟德啊。"老者上下打量几眼，激动起来："啊，是孟德小叔啊。你要不说，我真认不出来了。你怎么到这儿来了？"连忙来到篱笆门前，开了门，把一行人让进院，就要往茅屋里让，曹操说："我今天来，主要是祭祀桥公。时间不早了，你引我们到墓地，祭祀完后，咱们再聊。"桥羽激动地说："这么多年了，曹公还惦记着我父亲，他老人家九泉之下有知，不知该怎么高兴呢。好，好，咱们这就走。"扭头朝茅屋喊道："家里人听着，我陪孟德小叔到父亲墓地去一趟，你们在家准备饭食。"说罢，头前引路，出院门朝庄外走去。

桥玄的墓异常简陋，墓前竖着一根木桩，上写：桥氏公祖之墓。曹操问桥羽："桥公官至太尉，位列三公，怎么墓修得这么简陋。为何不封不树？"桥羽说："孟德小叔知晓，我父居官清廉，无有积蓄，回乡后，兄弟子侄无在大官者，病逝后，因家无居业，无法殡殓，还是众乡亲帮衬，才将尸骨下葬。况且父亲在世时，就一再叮嘱，百年之后，丧事从简，不可张扬，所以这才不封不树。"周围的人听了，无不唏嘘。

这时丁斐、史涣与县令等人，把太牢、肴馔等祭祀用品在墓前摆好。曹操亲自将特意准备的那只鸡摆放在供案上。荀攸主持奠仪，贾诩担任执事。荀攸喊道："祭祀桥公仪式开始。上香！"曹操从贾诩手中接过香烛，点燃，恭恭敬敬地插在供案正中的炉鼎上，然后跪下三叩首。荀攸又喊："献爵！"曹操从贾诩手中接过酒爵，斟满酒，献于供案上，跪下三叩首。荀攸再喊："宣读祭文！"曹操从怀中掏出一块绢帛，展开朗读起来："故太尉桥公，懿德高轨，泛爱博容。国念明训，士思令谟。灵幽体翳，邈哉缅矣！吾以幼年，逮升堂室，特以顽质，见纳君子。增荣益观，皆由奖助，犹仲尼称不如颜渊，李生厚叹贾复。士死知己，怀此无忘。又承从容约誓之言：'殂逝之后，路有经由，不以斗酒只鸡过相沃酹，车过三步，腹痛勿怨。'虽临时戏笑之言，非至亲之笃好，胡肯为此辞哉……"县令此时才明白，曹操为什么要专门准备一只鸡了。原来桥公生前与曹公有约。"怀旧惟顾，念之凄怆。奉命出征，屯次乡里，北望贵土，乃心陵墓。裁致薄奠，公其享至！"宣读完祭文，曹操将祭文点燃，顷刻化为一道青烟，随风而上。曹操说："桥公听到了。"随后将所献祭品又点燃了一些，说："桥公请收下。"并将爵中酒酹洒在地。荀攸、贾诩等人也都一一祭奠过。祭祀结束，曹操命人将太牢等祭品收起，吩咐道："带回庄去，由桥羽给乡亲们分而享之。"

大家回到庄中，一进院门，就见一些人正忙着架锅烧水。桥羽和曹操都有点疑惑。这时县令赶忙解释："曹公有所不知，这是我事先安排好的。"招呼那些人过来，向曹操介绍："他们是该乡的有秩、三老、游徼，这两位是当地的亭长、里长。我让他们召集几位厨师，赶做一些饭食，招待曹公及随行人员。还不快拜见曹公！"那几个人赶忙下拜施礼。曹操说："好哇，那就把祭祀用过的太牢做成饭食，我带的人也不多，到时让庄上的众乡亲们都来，大家高高兴兴吃上一顿。"得到曹操的赞许，县令悬着的心也放了下来，对那些乡亭里长们说："还不抓紧时间忙去。请曹公到屋中歇息！"曹操说："你也自便吧，我陪桥羽到屋中一叙。"

桥羽把曹操引到书房，曹操细细打量了一下房屋，墙壁都是土坯垒起的，屋里摆了许多书架，上面满满的都是竹简、木牍，地上铺的席已经破了好几个地方，几案的漆也斑驳了。曹操席地而坐，把身子靠在几案上，感到有点晃动，用手推了推，果然卯榫之间有些松动了。桥羽不好意思地说："该修理了。"曹操说："据我所知，你曾担任过任城国相，为何这般穷困？"桥羽说："父亲在世时就告诫我们要清廉。我任任城国相后，也一直谨遵父亲教诲，不敢有丝毫贪念。辞官后以祖上留下的几十亩薄田为生，所以日子不怎么宽裕。"曹操问："你为何辞官？"桥羽说："自董卓擅权，不愿与其为伍，便辞官返乡了。"曹操又问："你的儿孙们都怎么样，书读得多不多？"桥羽说："谨遵祖上教诲，学业一刻也没让他们耽误。""那为什么不让他们出来报效国家呢？"桥羽说："这些年战乱频发，也就一直没让他们出去。"曹操说："自天子东归以来，兖、豫、徐、司等州形势逐步稳定下来。目前朝廷正是用人之际，该让他们出力成就一番事业，也能光宗耀祖。回头我给县令说一下，让他量才举荐，或孝廉，或茂才。"桥羽说："谢小叔关心，那就看他们的本事了。"曹操说："你们祖上这么有名望，到他们这儿也差不到哪去，到时县令举荐，你可不要阻拦啊。"

两人正说得投机，县令进来说："饭菜已好，给曹公端进来吧？"曹操说："不用，到前边院子里，人多，热闹。"他们来到院子里，院中飘着肉香，透过篱笆门，看到院外有许多百姓，县令说："他们闻到肉香，不等通知就早早围拢来了。"曹操说："那就开始吧，乡亲们也都饿了。"于是打开柴门，百姓在县令及乡、亭、里长的招呼下，依次端着碗，盛上饭菜，来不及走出院子，就大口吃起来。吃过饭，曹操辞别桥羽一家，返回城去，在县衙住了一夜，第二天一早便赶回谯县了。

新年已经过完，回家探视的谯县籍将士，刚返回到各自的部曲，就接到命令，所有部曲到浚仪、睢阳修水渠。各部曲开始行动起来。荀攸对曹操说："主公，我们马上就要走了，丁夫人的事怎么办？你是不是到丁家庄去见见丁夫人。"曹操说："听她哥哥说的，去也是自讨没趣，算了，不去了。"荀攸坚持说："我觉得主公还是去看看。这都两年了，再大的气也该消了，也许她正在盼着你给个台阶下呢。"曹操犹豫了一阵，说："好吧，那就听你的，我去见见她。"

荀攸命人准备了一辆车，曹操带上丁冲，又带了几个随从，就前往丁家庄。丁夫人的哥哥见曹操乘车而来，知道这是要接小妹走，高兴地说："小妹现在后院机房里织布，曹公先休息一下，我到后院把她喊来。"曹操摆手说："不用，我到后院见她。"大舅哥陪着曹操来到后院，从机房里传出咣当的织布声，大舅哥推开门喊道："小妹，曹公来接你了。"织机的穿梭声并没有停，大舅哥说："曹公你进去吧，我到前边先把马给你喂上。"

曹操迈进门槛，只见丁夫人背对着门，坐在织机上，忙着织布，梭子有节奏地来回穿梭着。曹操颇显尴尬，站在丁夫人身后，说："从许都回来已经两年多了，气也该消得差不多了。我是专程来接你的，你就随我走吧。"丁夫人似乎没听见，也不答话，依然织着布。曹操叹了一口气，抚摸着丁夫人的背说："还是随我走吧。"丁夫人依然低头织着布。曹操见根本无法沟通，重重地叹了口气，返身朝屋外走去。当他脚跨出门槛的一刹那，又停了下来，回过头说：

"差不多就行了，得饶人处且饶人。"丁夫人仍然没有反应，自顾织布。曹操说："真是要与我诀别呀。"抬腿来到前院，心情沮丧地对大舅哥说："看来你妹妹这辈子都不会原谅我了。既然如此，有合适的人家，你就把她嫁了吧。"说完，不顾大舅哥挽留，带上丁冲和随从，乘车回城去了。

　　阳春三月，春暖花开，曹操来到浚仪已经两个月了。经过两个月的紧张施工，睢阳渠已经基本修好，剩下一点扫尾工程，再有几天也就完全结束了。曹操与郭嘉、荀攸、贾诩沿着堤岸一直巡视到睢阳城，望着睢阳渠两岸快要拔节的绿油油的麦田，想象着满满的渠水流入麦田，曹操高兴地笑了。来到睢阳城时，正好是通水的日子，百姓们都涌到睢阳渠看热闹，一时间锣鼓喧天，彩旗招展，县令代表睢阳百姓向曹操致谢，并向曹军赠送了牛羊粮谷。曹操也号召百姓努力搞好生产，多打粮食，人人都能吃上饱饭。

　　渠已修好，麦田已得到灌溉，曹操下令各部曲依次向官渡集结，在那儿休整，只待夏收过后，再次渡过黄河，征讨袁绍。

　　袁绍自去年四月仓亭之战后，咳嗽的病症加重，竟致呕血，便由小儿子袁尚代为主政冀州。眼看进入冬季，得知刘备在汝南鼓动刘辟等人攻打许都，曹操已退兵回许都救援，冀州的平叛也已结束，暂无战事，便令青、幽、并三州兵马各回本州，待来年春暖花开，自己身体康复，再对曹操用兵。袁熙、高干各率本部兵马自回本州，而袁谭迟迟不肯回青州。

　　审配、逢纪二人知道袁谭的心思，为了断掉袁谭欲争世子的心思，决心辅佐袁尚早日确立为世子。但辛评、郭图一直倾心于袁谭，坚持长子世袭制，与审配、逢纪二人意见相左。为了搬开这两个绊脚石，审配与逢纪找到刘夫人，要求劝说袁绍，想法把辛评、郭图支走，免得在邺城碍手碍脚。这刘夫人一向偏爱小儿袁尚，认为袁尚不仅长得漂亮，而且乖巧聪明，早有让其成为世子的思想。审配、逢纪的提议正合其意，于是双方一拍即合，向袁绍谮言，说长子袁谭在青州需要有人辅佐，不如让辛评、郭图随袁谭回青州。袁绍本也有心立袁尚为世子，但辛评、郭图二人以按制应立长子为由，多次阻拦，心中早已不快，听到刘夫人的建议，正中下怀，便令辛评、郭图随袁谭到青州，即刻启程。二人明知这是审配、逢纪的阴谋，但也无法，只好随袁谭到青州去了。赶走了辛评、郭图，审配、逢纪如释重负，刘夫人也是心中暗喜，世子地位的天平，明显倾向了袁尚。

冬去春来，转眼又是仲夏，眼看麦收在即，袁绍的身体一直不见好转，征讨曹操的事情便耽搁下来。这天，袁绍在府中一棵大树下躺着乘凉，门吏通报："家乡汝南袁氏宗亲求见。"袁绍已经很长时间没有家乡的消息了，闻听家乡有人来，赶忙命将人带进来。来人一见袁绍，扑通一声跪倒在地，大哭起来。袁绍心中不快，忙问怎么回事？来人哭诉道："自从曹操率大军围攻汝南，刘备、刘辟兵败逃走，汝南落入曹操手中，他表奏满宠为太守。这满宠率郡兵，将袁氏宗亲、宾客、故吏手中的家兵悉数围歼，有些不愿归降，满宠摆下盛宴，以共商郡事为由，将这些渠帅诱至府中，于座上一举斩杀。袁氏宗亲、宾客、故吏几乎被斩杀殆尽。若不是我逃得快，恐也遭其毒手。希望大将军率兵马打回汝南，为袁氏一族报仇雪恨。"来人只顾哭诉，不知袁绍已气得翻了白眼。

袁绍躺在榻上，他看到曹操正笑着向他走来。这位比自己小几岁的少年，黑黑的皮肤，不高的个子，宦官之后，无论从长相，还是出身，自己都远在其之上。是自己的尽力抬举，才让他曹孟德有了今天。然而每一次的戏谑，自己都败在了他的手下。直到现在，各自都成了指挥千军万马的统帅，仍败在他的手下。老天为什么这么不公？现在袁氏宗亲、宾客、故吏又遭此灭顶之灾，故乡汝南生灵涂炭，其状一定是惨不忍睹，想想让人不寒而栗。曹孟德，我今生今世与你势不两立，即使到了阴曹地府，我也不会放过你。他拼尽全力，大叫一声："曹孟德，你个阉竖之后！"接着咳了起来，口中吐出许多血来。

第七十五章

亲兄弟联手抗曹兵　钟司隶倾力保河东

旁边的侍从见袁绍吐出许多血来，慌了手脚，一边埋怨来人，一边赶快传医者，连呼带叫，惊起了府中所有人。刘夫人、袁尚、审配、逢纪都赶了过来，当医者宣布袁绍已归天时，刘夫人、袁尚立刻哭了起来。审配抹着泪说："夫人、少将军节哀！现在不是哭的时候。袁公突然离世，未有遗言，大事未定，恐有大乱。"刘夫人、袁尚立刻停止哭泣，问审配怎么办？审配说："先秘不发丧，对外宣布袁公已立袁尚为世子，待人心稍服，再宣告袁公薨逝，由世子承袭爵位，大举丧事。"刘夫人、袁尚擦了眼泪，暂将袁绍停灵在后堂，对外严控消息，只说袁绍病重，口谕袁尚为世子，一应事务皆由世子袁尚处理。

然而没有不透风的墙，早有辛评、郭图留在邺城的心腹，骑快马奔青州而去。袁谭得到消息，大怒，说："袁尚秘不发丧，实属大逆不道，自封世子，不予承认。我要率兵马前去问罪。"郭图说："不可，袁公之死，世人不知，若率部曲前往邺城，必授人以柄。为今之计，只说助袁公讨伐曹操，率兵马前往邺城，必能得到世人拥戴。只要到了邺城，大兵压境，看他袁尚如何应对。"袁谭连呼其妙，遂倾青州兵马，前往邺城。早有消息报知袁尚，袁尚心中发慌。审配说："看来此事已泄，那就索性公开发丧。"于是宣布袁绍已薨，遵照袁绍遗嘱，已表奏天子，世子袁尚继任大将军、领冀州牧、承袭邺侯，兼领青、幽、并诸州，并布告天下。

此时是建安七年夏五月，曹操已奏请天子，准备再次征讨袁绍，并要求任峻筹措粮草，调运至延津，以备军需。闻知袁绍病故，曹操颇感惊讶。虽说袁绍比自己大几岁，可毕竟未到花甲之年。自官渡之战后，谣传袁绍身体不好，曹操只道是袁绍外宽内忌，心胸狭窄，气血瘀滞，慢慢就会好起来，没想到竟一命呜呼了。曹操很是感叹，青少年时代在洛阳的情景又浮现在眼前。那时两人交情深厚，互相帮衬，虽然彼此戏弄，袁绍总是吃亏，可全都当成了玩笑。即便现在两人成了死对头，真有一人突然不在了，另一人心里却感到空落落的。

曹操闷坐了半天。这时诸位将领都赶来面见曹操，要求趁冀州无主之际，出兵伐冀，定能一举取胜。

曹操听了诸将的要求，摆摆手，缓缓地说："待袁绍百日丧仪之后，再做打算。"诸位将领不解，说："错失这么好的战机，岂不可惜？"贾诩说："主公做得很对，表面上是战机，但此时征讨，很容易激起冀州的斗志，让他们同仇敌忾。"曹操忧郁地说："文和误解了，我不是这个意思。我就是想让本初安安静静地奔赴黄泉，我不愿去打搅他。"贾诩点点头："曹公真重情义啊。"

袁谭率青州兵马快到邺城时，得到丧报，便将准备好的缞服穿戴整齐，全军将士也都穿上准备好的丧服，打上白幡，一路哀乐，赶到邺城。见邺城四门紧闭，城门上挂着挽幛，城墙上密布穿着孝服的将士，就要攻杀进去，被辛评、郭图阻住："公子且慢，先入城探看虚实，以免引起众怒。"袁谭便上前向守门将士通报，要求进城奔丧。不久传来消息，要求青州兵马驻扎邺城外，只许袁谭一人进城奔丧。袁谭无法，只好命辛评、郭图统领部曲，在城外扎下营寨，自己仅带少数随从进入邺城。临走，郭图说："公子要随机应变，切不可鲁莽行事。"

此时袁绍已停灵在大将军府的正堂中，挽幛满布，祭品摆列，一盏油灯在灵前燃着。袁谭一见悲从中来，两腿一跪，连连叩头，痛哭起来。边哭边偷眼看周围，只见侍卫重重，警戒森严。袁谭知道，再想翻盘，恐怕不易。于是大哭了起来。

待袁谭哭过，袁尚过来搀扶，审配说："大将军病重时，已命袁尚为世子，并说'正逢乱世，国不可一日无主，倘有不测，可将爵位传于袁尚。'现已遵大将军遗言，我等已奏报天子，表奏世子袁尚承袭大将军，请公子拜见新主。"

听了审配的一番言语，袁谭恨得牙根直痒，但事已至此，知道此刻反抗只能自取灭亡，于是擦了擦眼泪，面对袁尚重又施了跪拜礼。袁尚亲自上前搀起，说："我已表奏兄长，由青州刺史转升为青州牧。"袁谭表示感谢，兄弟二人握手言和。审配、逢纪也长长舒了一口气，至少眼前，袁谭服了软，形势算是稳住了。

很快袁熙带着妻小从幽州赶来，高干带着妻小从并州赶来。人员到齐，在审配主持下，聘请术士，选择了一处风水宝地，又安排劳役工匠，昼夜施工，匆忙赶建起一处陵墓，随后举行了隆重的安葬仪式。墓上的封土非常高大，袁谭、袁熙、袁尚、高干及各庶子，每人在墓上各植了一棵柏树。

袁绍百天祭日，又举行了隆重的祭祀仪式，至此丧仪结束。高干辞别袁尚，回并州去了。袁熙也要回幽州了，看到母亲过分悲伤，便让夫人甄氏留下来，陪伴母亲，自回幽州去了。袁谭说自己是长子，要为父亲守孝三年，袁尚知袁谭心怀不轨，便说："我是世子，理当守孝，哥哥还是回青州去吧。"袁谭不听，执意令人在袁绍墓旁简易搭了个庵棚，要在此守孝。袁尚便也命人在袁绍墓旁搭建庵棚，要为父亲守孝。两人在暗中较劲。就在这时，斥候报告："曹操调集十几万兵马，欲再次渡河，侵犯我冀州，现已在延津集结。"袁谭、袁尚一听，立刻慌了手脚。这是在没有父亲的情况下，兄弟二人首次应对曹操，也顾不得守孝一事了，在审配、逢纪、辛评、郭图的赞同下，二人只好携手共抗曹操。于是袁尚命袁谭率本部兵马，在黄河一线设防。袁谭自诩为车骑将军，得到袁尚承认，然后率兵马进驻黎阳。

袁谭进驻黎阳后，情知自己只有五万兵马，难抵曹操十几万大军，一面增修黎阳城墙，沿黄河一线部署兵马，一面向袁尚请求，希望至少再给自己增调五万兵马。袁尚接到袁谭的请求，就要增调兵马，逢纪说："这是袁谭要趁机扩充自己的兵马，坚决不能答应。"袁尚猛然醒悟，说："我给你五千兵马，前往黎阳，说是增援，实是监督，若袁谭有异动，速向我报告。你带去的兵马由你指挥，切记不可交与袁谭。"

袁谭见逢纪仅带来五千兵马，认为远远不够，就再次派人向袁尚请求增兵，袁尚对袁谭的要求推三阻四，一拖再拖，最后索性不予理睬。这时，曹操指挥大军强渡黄河，袁谭亲率将士拼命抵抗，终因寡不敌众，黄河防线被击溃，兵马向后败退到黎阳。袁谭命逢纪立刻回去向袁尚要救兵。逢纪说："可以。"欲将五千兵马带走。袁谭不许，两人起了争执。袁谭抽出佩剑，将逢纪斩首，并亲自写了一封信，派人火速到邺城求增兵。袁尚拆开信，只见信中写道："逢纪不听军令，已被我斩首。曹军势众，难以抵挡，将士伤亡惨重，现已退至黎阳城中，请速派兵马增援，如不然，我将弃守黎阳。"袁尚这才感到形势严峻，欲调集兵马增援黎阳，又恐这些兵马被袁谭夺去占为己有，犹豫不决。这时闻知曹军正向黎阳集结，袁尚为保黎阳不失，由审配和大将苏由留守邺城，令大将吕旷为先锋，自己亲率八万大军，火速赶往黎阳增援。袁谭得知袁尚亲率大军来增援，亲自出城迎接，袁尚在黎阳城外扎下营寨，与黎阳城成犄角之势。这时曹军很快到达黎阳，双方在黎阳大战，互有胜负，彼此相持。郭图说："我有一计，可令曹军丧失斗志。"袁尚急忙问何计？郭图说："当初袁公领我们征讨曹操时，战场在官渡，我军粮草辎重运输路线较远，曹操劫了乌巢，断了我们的粮草，致我军心大乱，才使我们大败。现在情况刚好相反。曹军粮草调集不易，只要我们断了曹军的粮道，曹军便不攻自破。"袁尚、袁谭频频点头。袁尚问："怎样断取曹操粮道？"郭图说："我刚刚得到斥候报告，兖州别驾程昱在兖州筹措了一批粮草，准备用船通过黄河运到黎阳这儿，曹操专门调李典前往护送。只要我们派出兵马，埋伏在黄河边，待运粮船队一来，我们发动突然袭击，劫了这些粮谷，或一把火烧掉，或全部沉入河中，曹军再要调粮，已经来不及，曹军军心必然大乱，我们再展开猛烈进攻，定能全歼曹军。"袁谭、袁尚连称此计甚好。袁尚说："只是派谁去截取运粮船呢？"郭图说："我已经想好了，曹军经黄河运粮，要路过仓亭。可让魏郡太守高藩率本郡兵马在此阻截。"于是袁尚派人赶往仓亭，要求高藩率郡兵在仓亭津截击曹军运粮船队，然而此事却被曹军的斥候探查到，赶快报与曹操，曹操立刻派人通报程昱、李典："袁军将在仓亭津准备拦截我运粮船队，为保证粮草安全，你二人可将粮草改由陆路运送。"

程昱、李典正押着船队行驶在黄河上，忽然接到曹操指令，李典说："若改走陆路，现在再去征调车马，又要一装一卸，费工费力。"话音刚落，前船来报："发现前方黄河北岸有袁军船只。"气氛立刻紧张起来，程昱说："先将船队停靠南岸，我们前去探查，实在不行只好按曹公的意见办。"船队靠岸，待夜幕降临，李典乘轻舟前往探查虚实。回来后李典说："我看袁军缺甲少盔，由此可知这些兵马不善征战，如果我们发动进攻，完全可以将其击败，这样就省去了陆路转运的麻烦，也能使粮草尽早运到。明日我率兵马出战，阻住袁军，程昱先生率粮船迅速通过。"这时有将士说："曹公有令，让我们避开水路改走陆路，如果不听，万一粮船有失，曹公军令定不能饶恕。"李典说："改走陆路，必耽误太多时间，仍走水路我是有把握的。若受曹公惩处，我一人承担。"

高藩本来率郡兵在仓亭津黄河北岸埋伏，见到曹军船队驶来，便嚷嚷着要拦截，忽然见船队靠南岸停泊，料是曹军害怕，不敢前进，愈发轻敌，只待曹军粮船驶来再动手。第二天，果然见曹军船队又扬帆起航，便纷纷跳上船去，要到河中拦截，却不料曹军驶来的是战船，上面载的是兵将，双方迎头相撞，兵器一阵叮当，袁军本是郡兵，怎是李典对手，很快败下阵来，眼睁睁地看着粮船队浩浩荡荡驶了过去，李典断后，护卫着粮船到前线。曹军得到了及时补充，军心振奋，曹操得知详情，对李典、程昱大加赞赏。

袁尚、袁谭在黎阳只等高藩传来捷报，就可全面反攻。不料传来消息，不仅曹军粮草未截，就连高藩的郡兵也损失惨重，气得袁尚大骂高藩无能，立刻传令斩了高藩。

第二天，袁谭来到袁尚的大帐中，说："昨天晚上我想了一夜，与曹操这样相持不是办法，还是写信让高干和袁熙各率本州兵马来助战，这样我们四州兵马联合，一定能消灭曹操。"袁尚一边点头称是，一边暗想：我才继任没有多少时间，让他们率兵马到这儿，万一他们心怀叵测，我该怎么应对？就一个袁谭已经让我防不胜防了，嘴上说的却是："并州、幽州都太远，来一趟兴师动众不容易，还是看看再说吧。"

袁谭还要再说什么，随行的郭图说："两位将军，我又有一计，必能让曹操自行退兵。"袁谭、袁尚一听，连忙催促郭图快说。郭图说："曹操现在所有兵马全集中在黎阳，必定无暇他顾。早年袁公在世时，就与三辅地区的马腾、韩遂等部曲有联系。你们的表兄高干也与关中诸将有交情，可让高干联络马腾、韩遂夺取河东、弘农两郡，再东进直接夺取河内、河南两郡，从侧翼威胁许都。曹操必从冀州撤兵，到时我们与高干和关中诸将共同夹击，必能彻底消灭曹操。"袁尚连连叫好，说："我立刻亲自修书，派人十万火急送往并州。"又与袁谭说："我们暂挂免战牌，静候表兄高干的好消息。"

并州刺史高干接到袁尚的亲笔信，一面派人去长安与马腾、韩遂等人联络，一面抽调驻守壶关的大将郭援，率兵马准备夺取河东郡。恰在此时，南匈奴单于呼厨泉向高干求救。原来呼厨泉南侵，掠夺内地，被钟繇堵截在平阳，正在围歼。这正中高干下怀，于是告诉郭援："呼厨泉现在河东，正与钟繇相持，你即刻出兵，到河东增援呼厨泉，趁势夺取河东，我表奏你为河东太守。随后率大军南下，与马腾、韩遂等联合，袭夺弘农，分占司州，威胁许都，以解大将军袁尚之危。"郭援领命，率两万兵马，杀奔河东郡。

由于河东郡的郡兵，在太守王邑的带领下，正与钟繇一起，在平阳围剿呼厨泉，郭援趁虚而入，迅速连克数县，便向高干告捷："兵马所到之处，好似秋风扫落叶，不日可将河东全部拿下。"随即郭援又包围了绛县。此时担任绛县县长的是贾逵，河东人士，自幼受祖父贾习看重，口授兵法数万言。得知郭援连克数县，毫不畏惧，征调县民，组成义勇队，誓死守卫绛县县城，一边向钟繇通报。

钟繇正与东郡太守王邑一起，在平阳围攻南侵的南匈奴单于呼厨泉，忽闻高干派郭援由壶关西进，袭夺河东，大吃一惊。王邑说："并州兵马势众，我们难以抵挡，请钟校尉派快马向曹公告急。"钟繇说："不行，曹公正在黎阳与袁氏大战，兵马本就紧张，我们应自行想办法。"王邑说："你的州兵和我的郡兵都在这儿，哪还有什么办法？"钟繇说："三辅地区还有十多支兵马，为首的马腾和韩遂势力强大，只要他们肯来相助，消灭郭援和呼厨泉不成问题。"王邑说："三辅地区的兵马，暗中早已与袁氏有勾结，只是由于你钟司隶看得紧，恩威并用，他们才没敢公开反叛。现在让他们出兵相助，与袁氏的兵马交手，我看他们未必能答应。"钟繇沉吟，说："若派此人前去，定能劝说马腾等人出兵。"王邑问："是谁？"钟繇说："新丰县令张既。"王邑说："此人将新丰治理得号为三辅第一，但劝说马腾等人出兵相助未必能行。"钟繇说："此人本就是关中人，与马腾等人颇有交情，又与马腾的谋士傅干私交不错，由他前去劝说，定能成功。"钟繇即刻修书一封，派快马到新丰见张既。

这时绛县贾逵的快马赶到，将贾逵的亲笔信交给钟繇，钟繇问："绛县现在怎么样？"快马说："绛县百姓组成了义勇队，坚决抵抗并州兵马。"钟繇说："回去告诉贾逵，让他固守绛县，等待援军。"快马应声告辞。钟繇打开信，见贾逵建议他据守皮氏，便与王邑商量："贾逵的建议很对，我们应放弃平阳，到皮氏据险而守，想办法迟滞郭援的进攻。"于是二人率兵马撤往皮氏。呼厨泉见钟繇兵马退去，一面尾随钟繇追到皮氏，一面催促郭援，赶快进兵皮氏，聚歼钟繇。

郭援接到呼厨泉要求自己赶到皮氏围歼钟繇的信，心中着急，便下令开始攻城，尽快攻下绛县，腾出手来增援呼厨泉。贾逵身先士卒，率领民众顽强抵抗。气得郭援叫嚣："城破之日必屠城。"毕竟双方实力悬殊，经过几天激战，眼看绛县城就要被攻破，百姓害怕郭援屠城，推举父老与郭援谈判，提出："只要不杀害贾逵县长，绛县百姓愿意开城归顺。"郭援知贾逵受绛县百姓爱戴，又敬佩他有胆有识，想将其招降，便答应了百姓的要求。

郭援入城后，派兵把贾逵押来，说："只要你跪地磕头，归顺于我，你仍可做绛县县长。"贾逵挺立不动，说："我是天子诏命的一县之长，哪有国家的长吏向贼叩头的。"郭援说："我是并州牧表奏的河东太守，也是朝廷官吏。"贾逵说："王邑乃本郡太守，在河东已经数年，不知你是从哪里跑出来的。"誓死不跪，郭援大怒，要斩杀贾逵。绛县吏民齐跪郭援面前，为贾逵求情，说："如果将军违背了诺言，杀了贾县长，我们全城吏民，誓将拼死抵抗。"郭援看到绛县百姓态度坚决，也感其忠义，答应不杀贾逵，暂时将其拘押，随后暗中派人，将其押回壶关拘禁。

郭援占了绛县后，立刻率兵马赶到皮氏，与呼厨泉合兵一处，攻打钟繇。双方在皮氏交战旬余，钟繇凭皮氏天险，顽强抵抗。王邑说："并州兵马强大，且有呼厨泉相帮，我们守在这里很被动，不如先退回河南，以黄河为天险抵抗。"钟繇说："河东之地至关重要，关中之所以还算稳定，就是因河东在我们手中。如果弃了河东，关中必以袁氏为强，整个关中非我所有。"王邑说："可现在困守这里，外无援兵，终不是长事。"钟繇说："我们在皮氏阻挡了这些天，郭援的锋芒已被我所挫，我想主动放弃皮氏，示之以弱，渡过汾河，郭援必渡河追击，可待其渡过一半时，我们突然出击，必能大胜。可扭转这被动的局面。"王邑点头称是。钟繇命兵马趁夜交替撤出皮氏，渡过汾河，在河西岸埋伏下来。

第二天，郭援见钟繇已逃离皮氏，料钟繇已经溃退，令兵马渡过汾河，追歼钟繇。手下将士劝其不可盲目渡河，应派斥候先探清虚实再说，郭援不听，说："钟繇兵马经皮氏一战，也消耗得差不多了，正应追上去彻底歼灭，倘犹豫不决，到时悔之晚矣。"下令全军渡河，务必全歼钟繇。

此时已是建安八年开春，汾河刚刚解冻，河水冰冷刺骨，郭援于匆忙之中，征调的渡河船只不够，只好分批渡河。当第一批将士刚刚渡过汾河，就遭到了钟繇的痛击。郭援一看急了，令船只返回，再渡士卒过河，并命士卒，不管河水冰冷，会水的泅渡过去。随着并州渡过汾河的兵马越来越多，攻势越来越强，钟繇急了，亲自擂起战鼓助战。就在这时，士卒报告："钟校尉，我们后面有大队人马到来。"钟繇一看，一阵尘雾朝这里刮来，大旗上的"马"字已看得很清楚了。钟繇料定这是马腾的兵马，但到底是来帮谁的，他心中并不能十分肯定，但事已至此，也只好孤注一掷，大叫道："我们的援军已到，大家奋力拼杀！"将士们闻听援军已到，个个精神抖擞，杀向敌军。

第七十六章

劝马腾张既搬救兵　医曹操华佗误中毒

这支赶来的兵马，不出钟繇所料，正是马腾所部。原来，张既在新丰接到钟繇派快马送来的书信，即刻动身前往槐里拜见马腾。为稳妥起见，先拜见了马腾的谋士傅干，傅干说："前不久高干派人来，拉拢马腾、韩遂，答应事成之后，支持二人分别主政三辅和凉州。二人已许诺，待高干夺取河东后，分别在三辅、凉州起兵响应，配合高干攻打弘农。"张既感到问题非常严重，要求立刻面见马腾，陈述利害关系。傅干说："你见到马腾，要小心应对。"便陪同张既去见马腾。

这马腾字寿成，汉名将马援之后，其母为羌女。黄巾时，王国率氏、羌等部族反叛。马腾应凉州刺史耿鄙之召，参与平叛，后升为司马，再后因功升征西将军，与镇西将军韩遂结为异姓兄弟。其后韩遂反叛，耿鄙讨伐韩遂，反被韩遂斩杀。马腾与韩遂反目为仇，互相攻击，直到钟繇为司隶校尉，联手凉州牧韦端为两人说和，才又重新握手言和。马腾驻守三辅槐里，韩遂驻守凉州金城。

马腾有一半血统属羌，身长八尺有余，魁梧洪大，面鼻雄异，而性情却很贤厚，见到张既便问："张县令来此有何要事？"张既说："前次曹公与袁绍相拒于官渡，将军支援马匹与物资，曹公大加赞赏，特委托我来向将军表示感谢。现曹公与袁军相拒于黎阳，袁尚派高干袭夺河东，欲从侧面攻击曹公。当初袁绍在时尚且大败于曹公，如今二子争权，焉有不败之理。现在司隶校尉钟繇正率州兵平定河东之乱，希望将军能出兵相助。将来朝廷论功行赏，将军跻身功臣行列，列祖列宗九泉有知，悉以为荣。"一番话，说得马腾心中激荡，说："请德容兄暂且住下，容我与属下商议。"随即派人带张既下去休息。

送走张既，马腾问傅干："前些日子高干许我夺取河东弘农两郡之后，与韩遂分治三辅与凉州，我当时已经答应，现在张既来此，说得也很在理，你看该怎么办，是不是谁的忙也不帮？"傅干说："古人有言，'顺道者昌，逆德者亡。'

曹公奉天子诛暴乱，法明国治，上下用命，有义必赏，无义必罚，可谓顺道矣。袁氏背王命，驱胡虏以陵中原，宽而多忌，仁而无断，兵虽强，实失天下心，可谓逆德矣。今将军暗通双方，欲以坐观成败。吾恐成败既定，朝廷责罪，将军先被诛首矣。"马腾听了傅干的一番话，犹豫道："当初我已答应高干，现在反悔，岂不言而无信？"傅干说："智者转祸为福。今曹公与袁氏相持，而高干、郭援独侵河东，曹公虽有万全之计，不能禁河东之不危也。将军如能引兵讨袁，断袁氏之臂，解曹公之急，曹公必重德将军。将军功名，竹帛不能尽载也。希望将军认真选择！"

马腾恍然大悟，说："敬听你的教诲。"于是召张既说："我已决定出兵助钟校尉讨伐郭援。"张既说："寿成将军英明，我这就去金城找韩将军，让他也出兵助战。"马腾说："金城离此较远，张县令不必再舍近求远，我调集两万兵马，对付郭援足够了。"张既说："既如此，那就太好了。"马腾下令："由马超为统帅，庞德为先锋，率两万兵马，前往河东助司隶校尉钟繇，务必剿灭郭援。"马超、庞德领命，即刻起兵。张既自回新丰不提。

当马超、庞德赶到河东时，正赶上钟繇与郭援在汾河岸边交战，二话不说，便投入战斗，直扑郭援而上。郭援一看不妙，即令兵马渡河而逃。马超哪里肯放，率兵马追过河去，将郭援团团围住。庞德勇猛，一刀将郭援斩于马下。失了主帅，并州兵马纷纷投降，全军覆灭，呼厨泉一看不对，早率匈奴兵马向北逃去。钟繇下令追击，兵马追到平阳，仍将呼厨泉包围在此。呼厨泉见大势已去，只好投降。钟繇对呼厨泉说："单于不识时务，助纣为虐，本当斩首，念你久居边地，少教开化，今饶你一条性命，再不可痴迷心窍，与朝廷为敌。"呼厨泉谢不杀之恩，表示再不南侵，带领手下回匈奴去了。

河东既平，钟繇将捷报及有功人员禀报曹操，很快得到曹操回复：钟繇、王邑、张既、贾逵、马腾、马超、庞德均予以表彰，尤其是马腾被曹操奏报天子，由征东将军转拜为前将军，假节，封槐里侯。马超携带着朝廷颁发给父亲的绶带、印章，率兵马自回槐里。钟繇也率州兵回到洛阳，奏报曹操，唯有贾逵下落不明，据说被押到壶关，不知现在生死如何。

这天曹操得报："有一自称贾逵的人求见。"曹操一愣，以为听错了，问是谁？侍卫重复了一遍，曹操说："请他立刻进来。"旋即贾逵进来。曹操上下打量，见他一身儒雅之气，问："你就是被郭援押到壶关囚禁的绛县长贾逵？"

贾逵说："正是。"曹操示意贾逵坐下，说："大家都以为你凶多吉少，快告诉我，你是怎么从壶关逃出来的？"贾逵说："我被押到壶关郭援的留守处，他们把我扔到一个地窖里，用一个大车轮盖在上面，派人监守，每日送饭。我知道郭援一旦夺取了河东，就会把我处死。我自知逃生无望，一日在地窖中叹气，自语道：'看来我难逃厄运，只是此地无忠勇之人，才使我这样的义士死在这里。'这时看押我的侍卫说：'谁说此地无忠勇之人。我知贾公义士，今晚我就将贾公释放。'我原以为是玩笑话，结果到了晚上，这位侍卫值夜，果然把我放了。我问他：'难道你不怕受牵连？'他说：'我是感贾公真义士也，放了你，我在此也无法待了，打算就此回河南老家。贾公准备到哪里去？'我说：'郭援正在河东掳掠，我暂时不能回去。曹公现在黎阳与袁氏交战，这里离黎阳近，出了太行山就到，我到黎阳投曹公去。'临别我问他姓甚名谁，日后也好报答。他说他叫祝公道。我们分了手，我就奔黎阳而来。"曹操感叹道："多亏了这个祝公道。现在郭援已被消灭，司州形势重回稳定。你有什么打算？"贾逵说："我想还是回绛县当县长。"曹操说："到小县当县长有点屈才了，正好大县渑池，缺一个县令，你就先到渑池上任吧。"贾逵谢过曹操，自到渑池上任去了。曹操对荀攸说："此人是个人才，将来必有大用。"

河东大捷让曹操没有了后顾之忧，决定对袁氏兄弟发起全面进攻。袁氏兄弟自去年冬天高挂免战牌以来，只等高干传来好消息，曹操背后起火，与高干夹击曹操，不料斥候报告：郭援大败，全军覆没。兄弟二人心情沮丧，见曹军来攻，只好披挂上阵。双方从早至晚战了一天，鸣金收兵。如此连战数天，曹军虽未夺取黎阳，但袁军损失惨重。这日鸣金收兵后，袁谭对袁尚说："曹军攻势甚猛，这样下去，黎阳很难守住，不如退回邺城。邺城城高墙厚，且物资储备丰富，利于长期坚守。退到邺城后，再调并州、幽州兵马齐来助战，到时定能消灭曹操。"袁尚无奈，只得同意。袁谭说："既要撤，就不能犹豫。今晚你我交替撤出黎阳。"二人计议已定，到半夜时分，悄悄撤出黎阳。第二天天亮时，已回到邺城。

袁氏兄弟逃回邺城，袁尚进入城中，袁谭也要进城，袁尚对袁谭怀有戒心，不愿让袁谭同居城中。对袁谭说："你可在城外扎营，就像在黎阳一样，形成掎角之势，互为依靠。"袁尚所言也在情理，袁谭无法，只得在邺城外扎下营寨。

　　天还未亮，曹操就接到袁氏兄弟逃离黎阳的消息，十分恼怒，责问当值人员。将士们要求追击，曹操说："为时已晚，此刻他们已逃回邺城。"下令兵马进驻黎阳，安抚城中百姓。然后指挥兵马进抵邺城，扎好营寨，随即发起进攻。邺城城墙高大，又有袁谭在外策应，数次进攻都毫无进展。若进攻袁谭，城中袁尚又出兵策应。

　　眼看已到五月，骄阳似火，兵马疲惫，曹操得到斥候报告：高干、袁熙正率各自兵马赶来邺城。便决定加紧进攻，在两州兵马到来之前攻下邺城。郭嘉谏道："急切之下，难以取胜。主公不如撤兵，返回许都，南下进攻刘表。"曹操不解："奉孝何出此言？"郭嘉说："袁绍废嫡立幼，二子本不相容，我军进攻冀州，反使二人联手。如果我们撤军，扬言进攻刘表，袁尚、袁谭二人必在审配、郭图的唆使下，交相争斗。我静观其变，待其变已成，我再击之，可一举而定也。"曹操恍然大悟："对，对，到那时可事半功倍。"征求荀攸、贾诩的意见，二人也都赞成，于是曹操命贾诩为冀州刺史，在黎阳候任，留五千兵马给贾诩，让其留守黎阳。然后率兵马南渡黄河，回许都去了。

　　曹操回到许都，向天子奏报，说："汝南、黎阳两场大捷，可保许都暂无危险。"献帝说："自前年九月，曹爱卿率兵马出征以来，至今已快两年，曹爱卿及将士们都辛苦了，请曹爱卿把将士们的大小战功奏报上来，我要按差行赏。"

　　曹操回到司空府，即着手各部曲的战功统计。有一些将士反映，当初在黎阳，夜晚担任值守的将士，警惕性不高，放跑了袁军，应受到惩处。曹操对郭嘉和荀攸说："将士们的提议是对的。这些年来我们大都是对有功人员予以奖励，而对于过失，考虑到将士们都很辛苦，只是给予训斥，很少给予惩罚。这样看来不行。《司马法》上说：'将士死绥，'古人打了败仗，不仅本人受到惩处，还要连带惩处家里人。所以赵王任命赵括为大将军出征时，赵括的母亲认为儿子不是那块料，请求赵王不要将大任交于儿子。赵王不听，赵括的母亲就事先声明，若赵括打了败仗，我不能受到牵连，果然赵括兵败，其母无罪。所以打了败仗，有了过失，不惩处也是不合理的。我们现在就拟一道《败军令》，告示全军，凡出征，败军者抵罪，失利者免官爵。"此令一公布，将士们说："这官爵今后可不是永久的了，打了败仗或失利，是要被免去的。"

　　这天，荀彧来见曹操，说："最近有一些郡国守相和县令长空缺，可一时又找不到合适的人选，我想让曹公从部曲中选拔一些校尉、司马等，到郡县去任职。可也有一些人反对，说这些将领打仗可以，他们的德行是不足以充任守相令长的。曹公对此事怎么看？"

曹操想了想说："管仲曾说：'使贤者食于能则上尊，斗士食于功则卒轻于死，二者设于国则天下治。'说得很有道理，从来没有听说让那些无能之人、无斗之士受到禄赏而可以立功兴国的。俗话说，治平尚德行，有事赏功能，所以各郡县守相令长应选拔那些德行好的人。我们部曲中的将领，也有德行很好的，适合做守相令长，比如曹洪，起事前曾做过蕲春县长，从政还是有经验的。夏侯惇曾兼任陈留、济阴太守，带领百姓兴修水利，劝种水稻，干得很有成绩。当然也有许多人不适合任守相令长。目前人才短缺，从部曲中选拔那些德行好的将校、司马，到郡县去上任，这也是救急的办法。要想根本解决这个问题，还需要各州郡尽可能地发现、举荐人才。"荀彧说："自董卓之乱后，各地的学校遭到破坏，许多人荒废了学业，累积到现在，致人才断档。各州郡虽尽力举荐，但无人可用。尤其是太学，自随董卓西迁，便名存实亡。"曹操说："我一直也在思考这个问题，这些年战乱频发，百姓流离失所，许多官学和私学都不存在了，这也造成了今天王道废弃，仁义礼让俱失，才学之士断档。"荀彧说："现在兖、豫、徐、司诸州已较安定，可以考虑把学校恢复起来，将百姓中的俊杰送到那里深造，这样持续数年，人才就会遍布天下，到那时我们就不会为找不到合适的郡守县令发愁了。"

曹操点头道："我想，在各县凡满五百户的乡，都要建一座官学，并置校官，由官府负责开支。同时也鼓励那些有才学的名儒才俊，兴办私学，尽量拓宽培养人的渠道。同时广征天下硕儒，把太学恢复起来。这事已不能再拖。随后我就起草一道《修学令》，表奏天子后布告天下。"

话音刚落，曹操用手按住头，表情很痛苦，荀彧知道，这是曹操的头疼病又犯了，忙唤史涣，让他去找大夫。曹操摆摆手说："不用，我这是老毛病了，大夫来了也没办法，忍一忍就好了。"史涣说："去年正月在谯县，经华佗先生医治，这都快一年半没有再疼过了，不如召华佗先生来许都，为主公再诊治一次。"曹操说："华佗先生四处游医，谁知现在什么地方。"史涣说："我亲自到谯县去一趟，若华佗先生在家，我就把他请来；若不在家，我打听清楚地方，到那里去请他。"曹操说："那就让丁斐去吧。"丁斐领命，便前往谯县去了。这时曹操的头疼得似乎轻了一点，他准备动笔将《修学令》写出来。荀彧劝他病好后再写，曹操不听，坚持写完《修学令》，交由荀彧奏报献帝。

荀彧刚走不久，曹操便听丁斐说："主公，你看谁来了？"随着声音，丁斐已进了屋中。曹操刚要问："你不是到谯县去了吗？"却见丁斐身后跟进来一人，一看，正是华佗先生。曹操急忙起身迎接，说："华佗先生怎么到许都来了？"丁斐说："我刚出许都，就碰到了华佗先生。"华佗说："去年正月在谯县给你扎过针，又开了药，我想你比较忙，不一定能坚持吃药，恐怕头疼病又要犯了，就来许都看看。"曹操说："华佗先生真神医也，我这头疼病刚刚犯，你就来了。"华佗立刻取出银针，给曹操扎上，很快止住了疼。华佗说："我这次准备在许都长住一段时间，亲自为你熬药，连针灸带吃药，争取彻底治好你的头疼病。"曹操说："那就太感谢华佗先生了。"曹操立刻令人给华佗在后堂安排住处，自此华佗每日为曹操针灸、熬制汤药，很快两个月过去了，曹操说："我的头早已经不疼了，华佗先生不用再诊治了。"华佗说："看似好了，但你的头疼病耽搁太久了，风邪侵入太深，至今还未除根。我正在调整药方，还请曹公耐着性子坚持下去。"

这日，曹操正与荀彧、郭嘉在前堂商议事情，忽然见儿子曹植慌慌张张跑来，哭着说："快！快！华佗先生不行了。"曹操等人大吃一惊，赶忙向后堂跑去。只见华佗躺在地上，手里还拿着药碗，赶快令人找医者来。待医者来到，华佗已命赴黄泉。曹操忙问曹植怎么回事？原来自华佗住进后堂，每日煎药，这引起了曹植的兴趣，常来向华佗问这问那，华佗看小曹植聪明机灵，也很喜爱。今天华佗煎完药放凉后，倒了一碗要喝，曹植问："华佗先生也病了吗？"华佗说："你父亲的病总也除不了根，今日我又新添了两味药，因这两味药毒性太大，我不放心，便先尝一下，看看如何。"说着便喝了下去，抹了抹嘴。很快曹植便发现华佗脸色不对，刚要问，华佗指着药锅说："这药太毒，千万不能喝。"说着便倒了下去。

曹操问明白了事情的原委，不禁大哭起来，说："华佗先生，是我害了你啊。早知是这样，我就不要再治了。"荀彧等人赶忙相劝，良久，曹操的心才平复下来，下令殡殓华佗，在石梁河畔选了一块地，将其厚葬，既封且树，并派专人守墓。

由于持续的治疗，曹操不仅头疼病好了，而且整个身体经过华佗的调理，也康健了许多。这时得到消息，刘备自投靠刘表后，正在新野扩招兵马。曹操对郭嘉说："这个刘备又要死灰复燃了，我看还是趁其羽翼未丰，出兵征讨，省得将来尾大不掉。"郭嘉说："主公所言极是，只是若伐刘备，必引起与荆州刘表的直接冲突。"曹操说："我的顾虑也在于此，我们再斟酌一下吧。"

没过几天，又有斥候来报："孙权率兵马西征黄祖，扬言要报父仇，现在攻破黄祖水军，正向江夏挺进。"曹操笑道："天助我也，征讨刘备，进而与东吴夹击刘表，恰逢其时。"于是奏报献帝，调集兵马，浩浩荡荡，直扑新野而去。

刘表正欲调兵增援黄祖，忽闻曹操起大军来征讨刘备，知其意图在自己。此时从冀州传来消息，袁尚、袁谭兄弟两人反目成仇，现正打得难分难解。袁谭已败退青州，袁尚正全力追歼。正是袁氏兄弟相争，才得以让曹操腾出手来南下。因此刘表一边令黄祖坚守江夏，一边回师准备阻挡曹操，又赶快给袁尚写了一封信，劝其与袁谭捐弃前嫌，一致对外，并表示愿与其兄弟一起，共同夹击曹操，派快马送往冀州。

曹操从冀州主动撤兵，这让袁尚非常高兴。此时高干、袁熙各率本州兵马赶到，袁尚认为曹操畏惧四州兵马，不得不撤兵，因此心中充满了自信，以大将军名义，在邺城大摆宴席，一是为高干、袁熙接风致谢，二是庆贺曹操望风而逃。宴毕，高干、袁熙各率兵马返回本州去了，而袁谭驻扎邺城旁边，迟迟按兵不动，这引起了袁尚的不满。派人催促袁谭返回青州。袁谭回话："黎阳还在曹操手中，我要夺回黎阳，才能回兵青州。"袁尚也不好说什么，只得暂容袁谭留在邺城。然而一月有余，袁谭仍毫无动静。袁尚派人催促："何时夺取黎阳？"袁谭说："前次黎阳大战，我损兵折将，出力最大，铠甲兵器损坏太多，又远离青州补充困难，希望大将军给予补充。"审配说："袁谭心怀叵测，主公断不能答应他的要求。"袁尚也知道这袁谭是想一箭双雕，借夺取黎阳来扩充自己，不由发怒，又派人去传："黎阳我自会收复，请大哥返回本州。"

袁谭一边推托，一边与辛评、郭图密谋，打算将袁尚赚到城外营寨杀害，同时派人到青州通知别驾王修，调集兵马前来助战。不料此谋不严密，被袁尚得知，大怒："我一忍再忍，这袁谭竟得寸进尺，要谋害我。身为兄长，既如此无情，也休怪我无义。"审配也说："事已至此，先下手为强。"于是袁尚暗中调集兵马，突然打开城门，向驻扎在城外的袁谭发起了进攻。袁谭大骂袁尚："你害死父帅，篡夺爵位，今又以下犯上，欲害兄长。今天我要讨回公道。"指挥兵马奋力反击，双方激战在一起。如此战了三天，袁谭兵马有限，渐渐不支，只好撤退。袁尚不肯罢手，一路追击，直追到南皮，见袁谭退入城中，方才收兵，返回邺城。

别驾王修得到袁谭要其调集兵马增援的命令，赶快率留守的兵马，前往增援。刚出州治平原城，得到消息，袁谭已败退南皮，便折向南皮前去增援。袁谭见援兵已到，立刻信心倍增，欲再返邺城，找袁尚决战。王修劝道："兄弟如同人的双手，如果与别人准备争斗，而断其右手，反而说我必胜，这样行吗？今放弃兄弟之亲情，请问天下还有谁更亲呢？我看这中间必有谄媚之小人调拨，以求一时之利，愿主公勿听。如果你听我劝，斩了这些佞臣小人，与袁尚重新亲睦，袁氏仍可横行天下，否则其势必危。"袁谭说："是他袁尚不义在先，我只是寻求公道而已。好了，这里没你什么事，回青州去吧。"自领大军，返回邺城，找袁尚决战去了。

袁尚得知袁谭又来挑战，立刻率领兵马迎了上去。双方在巨鹿相遇，大战一场，袁谭再败，只好退到州治平原。王修接住，欲要再劝，袁谭不听，斥王修休要多言。与辛评、郭图商议，依托平原城固守，待袁尚粮草耗尽，必退兵。

袁尚围住城池，决心消灭袁谭。就在这时，刘表的信使到达，将刘表的亲笔信呈给袁尚，袁尚打开看到："显甫吾侄，闻知你与显思侄同室操戈，甚觉不安，知祸起辛评、郭图。今二君初承洪业，进有国家倾危之虑，退有先公遗恨之负，当唯义与国是首要之务。为何如此说呢？金木水火以刚柔相济，相克相生，才能为民所用。今袁青州天性峭急，迷失心智，不辨曲直，仁君承袭爵位，应胸襟宽阔，当以大包小，以优容劣。先除曹操以卒先公之恨，事定之后，乃议曲直是非，不是更好吗？我在荆州翘首以盼，希望听到你们兄弟二人握手言和的好消息，谨记。如果这样做了，则袁氏一族仍能发扬光大，如果不这样做，荆、冀之同盟也将不存在了，请贤侄慎思！"

袁尚看完信，"哼"了一声，对信使说："我这就给刘世伯写回信。"说着即铺好绢帛，给刘表写回信，将责任全推给了袁谭。说自己如何如何忍让，如今大动干戈，实是出于无奈。然后将信交给刘表的信使，打发他回荆州去了。这里继续调兵遣将，储运粮草，扬言："不剿灭袁谭叛贼，绝不撤兵。"

平原城中，袁谭紧皱眉头，他没有想到袁尚攻打青州的意志会这么坚决。如今大兵压境，平原成了一座孤城，外无援兵，内里粮草有限，时间一长，后果不堪设想。心里越想越烦，挂出免战牌，无论袁尚在城外怎样叫骂，就是置之不理。这时郭图进言道："目前之计，只有联合曹操，才能扭转败局。"袁谭有点吃惊，看了看郭图说："联合曹操？"郭图肯定道："是的，与曹操联手，让他攻取邺城，袁尚必然退兵。"辛评认为此计可行。袁谭说："此事重大，派谁去见曹操最合适？"郭图看了看辛评说："你的弟弟辛毗，现任平原令，曾受曹操赏识，被征辟为司空府掾，袁公不放，故未能成行。派他去见曹操，定能说动曹操与我联手。"袁谭问辛评："你看如何？"辛评说："我弟能言善辩，可以为使。"于是袁谭亲自修书一封，交与辛毗，嘱托青州事急，务必与曹操达成同盟。辛毗领命，领少数随从，星夜向许都驰去。

第七十七章

曹操回师讨袁尚　刘表修书劝袁谭

　　辛毗赶到许都，得知曹操已率大军南下征讨刘备，便马不停蹄追了上去，至夜追到西平，来到曹操大帐，请侍卫通报。此时曹操在营帐中处理了一些事务，看看已近午夜，明天还要行军，准备睡觉，这时侍卫进来禀报："有一位自称辛毗的，在外求见。"曹操感到这个名字很熟，略一思索，想了起来，知道必有大事，于是命侍卫快把他请进来，说着就要起身相迎，见一位三十多岁的壮年男子进来。曹操没见过辛毗，上下打量他，只见儒雅的外表下透着一股机灵，向曹操施礼说："颍川辛毗，自青州来，拜见曹公。"曹操问："你是曾经被我征辟为司空府掾属的辛佐治吗？"辛毗说："正是。"曹操示意辛毗坐下，说："虽未与你谋面，却早闻大名。你与郭嘉是同乡，都是颍川阳翟人。三年前他向我举荐，说你在冀州，征辟你到司空府任职，却一直没来。"辛毗说："我得到曹公的征辟后，就想动身。无奈大将军袁绍不放，多次让我哥辛评劝说我留在冀州，后来让我随袁谭到了青州。"曹操说："今天你远道赶来，我想一定是有要紧的事。"辛毗便把袁尚攻打平原，现在袁谭被围，想与曹公联手，共讨袁尚之事说了一遍，最后说："袁使君说，其父袁公与曹公一同征讨董卓，情同手足，愿以叔侄之谊再续旧好，共同剿灭袁尚。"

　　听完辛毗的告白，曹操笑了笑说："你赶了这么远的路，也已很累了，先休息吧。"于是派人将辛毗领去安排歇息。临出大帐，辛毗叮嘱说："曹公切不可错过良机。"曹操点点头，向他挥了挥手。

　　送走辛毗，曹操睡意全无，靠着几案，闭目沉思起来，直到听到外面有杂乱的走动声，才唤过当值的侍卫，说："命令各部曲，停止拔寨起营。早饭过后，所有将领到大帐来议事。"

　　吃过早饭，各部曲将领陆续来到曹操大帐，荀攸、郭嘉等谋士，已先一步来到帐中，大家都不知发生了什么事，面面相觑。曹操见大家都到齐了，说："今天之所以没有拔寨起营，是因为有一件事想与大家商讨。"于是把辛毗受袁谭所托，昨天晚上赶到这里，想与自己联手，共同围剿袁尚一事说了一遍。大家听后很是惊愕，待回过神来，便议论起来。曹仁说："我们正欲进攻荆州，大军已到西平，哪能半途而废。"有的说："若与袁谭联手，需掉头北上。朝令夕改，军之大忌，将士们也难以适应。"这时夏侯渊说："袁谭被攻太急，不得已来降。我们不管他，先取了荆州再说。"大家七嘴八舌，都坚持继续南下取荆州。

这时荀攸说："诸位所言差矣。袁氏一族占据四州，带甲百万。袁绍在时，多以宽厚待人，因此在冀州聚集了一批人才，若袁氏兄弟和睦以守成业，则天下难以平定也。今兄弟遘恶，势不两立，若一方取胜则力专，力专今后更难图。趁二人争斗之际而取之，北方可定矣，此机不可失也。"郭嘉接着说："公达先生说得极是。我们当初之所以南下，也是为了让他们两兄弟发生内斗，我们乘间取之。如今内斗已成，应趁此机会，用兵冀州，借一方之力去攻另一方，河北可定矣。荆州之事，非迫在眉睫，可暂缓图之。"曹操说："奉孝和公达说得对，当与袁谭联手共讨袁尚。各部准备拔寨起营，后队变前队，掉头进军冀州。"辛毗得知消息，非常高兴，心中一块石头落了地。

然而一连两天，曹军都未行动，到第三天，仍看不出行动的迹象，辛毗坐不住了，便来大帐求见曹操，催促起兵。曹操见到辛毗，很是热情，吩咐侍从摆下酒宴，要与辛毗好好叙叙。辛毗哪有心思饮酒，多次把话头引到大军北进冀州一事，曹操都含糊其词，及时岔开，反问辛毗愿不愿意留下来。辛毗从曹操大帐出来后，心情郁闷，找到郭嘉说："我看情况有变，曹公不愿北进。"郭嘉说："这两天我正忙于别的事，未见曹公，按理说早该行动了。待我这就去见曹公，问问是怎么回事。"

郭嘉来见曹操，将辛毗的疑问说了，问："主公是不是改变了主意？"曹操说："这两天我一直在想这个问题，大军已到西平，掉头北上，舍近求远，反而得不偿失。万一我们重返冀州，袁氏兄弟又携手对外，我们岂不是空忙一场？我想还是先取荆州，让袁氏兄弟继续争斗，直到两败俱伤，我们再出手也不迟。"郭嘉说："既然主公有此打算，我告知辛毗，让他先不要着急。"

郭嘉来见辛毗，将曹操所担心之事说了。辛毗说："曹公果然有变，走，我们现在就去见曹公。"二人来到曹操帐中，不待张口，曹操即对辛毗说："奉孝已把我的想法告诉你了吧。不是我不相信你，是我对袁谭不相信，怕他使诈。"

辛毗看了郭嘉一眼，跨前一步说："曹公，咱们先不论袁谭是否欺诈，单就当前袁氏兄弟手足相残来看，各自都认为应承袭爵位。今袁谭失利，不顾兄弟情义，而求救曹公，此秉性可知也。袁尚围困袁谭而不能取胜，可知他的力量也已经衰竭。袁氏连败于曹公，谋臣又不合于内，兄弟两人谗阋，国分为二；连年战争，而介胄生虮虱，再加上旱蝗之灾不断发生，饥馑并臻。国无存粮，天灾应于上，人祸困于下，百姓不论愚智，皆知袁氏土崩瓦解，此乃天亡袁氏之时也。兵法上说，有石城汤池带甲百万而无粟者，不能守也，正是说的此景。今曹公攻邺，袁尚若不回救，即不能自守；若回救，袁谭随后进击，以曹公之威，应困穷之敌，击疲弊之寇，无异急风之吹秋叶矣。天以袁尚与曹公，曹公不取而伐荆州，荆州形势稳定，州内又无内讧，仲虺有言：'取乱侮亡。'如今二袁只顾内斗，可谓乱矣。居者无食，行者无粮，可谓亡矣。朝不谋夕，百姓生活无以为继，又不安抚，失掉了民心，将士安肯奋力。如今趁着袁谭请救，曹公前往安抚，可事半功倍。况且四方之寇，没有比河北更大的，河北平，则天下震，请曹公思之。"听完辛毗的话，曹操猛然惊醒，说："佐治之言醍醐灌顶，我险些铸成大错。明日一早，即刻拔寨起营，兵发邺城。"

郭嘉与辛毗退出大帐。郭嘉对辛毗说："曹公一向从善如流，绝不固执己见，只要他认为正确的，无论意见是谁提出的，他都认真采纳，实行。"辛毗说："奉孝说的是。曹公希望我到司空府任职，我也想好了，待这场仗打完，就留在许都。"

留守邺城的审配得到斥候报告：曹操亲率大军北上，现兵马已到黄河边，正在渡河。审配不敢耽搁，派快马驰往平原，袁尚得此消息，不敢怠慢，慌忙收拢兵马，撤回邺城，为防袁谭追击，令吕旷、吕翔二位将军断后。

曹操闻知袁尚回防邺城，命令部曲加快行军速度，争取将袁尚拦截在邺城外。但袁尚撤退的速度太快了，待曹操赶到邺城时，袁尚兵马已回到邺城。这时斥候报告：袁尚断后的兵马吕旷、吕翔所部还在路上，现已走到馆陶。张郃、徐晃闻听，立刻向曹操请战，各率本部兵马迎头堵截。原来吕旷、吕翔断后，袁谭从背后袭来，两人一边撤退，一边防御，走到馆陶，已不见袁谭的追兵，便加快脚步要赶回邺城。然而走到魏县，迎面碰上曹军，赶忙扎住阵脚，准备迎战。徐晃看袁军扎下阵脚，便下令部曲进攻。张郃拦住道："公明将军且慢，待我前去劝说二位将军归降，若事成，省了一番厮杀。"徐晃疑惑道："双方还未交战，袁军怎肯轻言投降？"张郃说："我当初随袁绍时，与二位将军关系不错。二人都是深明大义之人，想必能劝得他们弃暗投明。若不然，再发动进攻也不迟。"徐晃说："那就听俊义将军的。"于是张郃提马来到阵前，见到跨马而立的吕旷、吕翔，拱手说："二位将军，久已不见，现在可好？"吕旷、吕翔见是张郃，也不回礼，说："张将军背信弃义，叛投曹公，还有何面目来见我二人？今日无话，只有兵戎相见。"

张郃并不生气，微微一笑说："我与二位将军相识多年，为人如何，二位将军自知。我叛袁公，皆因他听信谗言，实属被逼无奈。"吕旷、吕翔不再言语。张郃说："现在袁氏兄弟二人相争，全然不顾手足之情，二位将军再为这样的人卖命值得吗？想曹公受天子之托，讨伐不臣，其义已占先。曹公唯才是举，不分亲疏，跟随曹公上可为朝廷效力，下可以建功立业，光宗耀祖，请二位将军深思。"吕旷、吕翔说："我二人也知袁氏兄弟相残，丧灭天伦，只是袁公当初待我们不薄，现背叛袁氏，岂不背信弃义，必遭人唾骂。"张郃说："俗话说，'良禽择木而栖'。袁公在世，尚有一番情义，现二袁手足尚且不能相容，更待将军何？况且袁尚闻知曹公兵马已到，为了逃命，竟弃二位将军于不顾，早早逃回邺城，哪还有情义可言。"最后一句话切中要害，吕旷、吕翔说："早闻曹公任人唯贤，只是不知曹公能否容我二人。"张郃说："二位将军尽管放心，我保二位将军必受曹公欢迎。"吕旷、吕翔说："张将军既为兄长，又一向无虚言，愿听将军安排。"翻身下马，趋前施礼，拜见张郃。张郃也下马还礼。徐晃见此，非常高兴，下马迎接三人。大家欢聚，当即各率兵马，来见曹操。曹操得知张郃没费一兵一卒，劝降了吕旷、吕翔，连声称赞。并赞赏吕旷、吕翔弃暗投明，表奏二人为列侯。

曹操令各部兵马进抵邺城，只等袁谭来到，共同攻取邺城。可一连数天，都未见袁谭的影子，曹操正在纳闷，斥候来报：袁谭正在巨鹿攻城略地，巨鹿各县已悉归袁谭。曹操微微一笑，下令兵马暂退黎阳。

原来袁谭在平原城得知袁尚退兵，知辛毗已搬来救兵，非常高兴，得知吕旷、吕翔正在撤退，便出城追歼两人。追到馆陶，郭图说："且慢，他们逃回邺城，自有曹操对付，我们趁此机会，先把巨鹿夺到手中，尽快扩充我们的实力。"袁谭连连点头："还是你说得对。"挥兵向西，进攻巨鹿。巨鹿仅有少量郡兵，哪里是袁谭的对手，很快各县先后归附袁谭。袁谭气势大增，顺势要进攻安平。郭图说："如今曹军已进抵邺城，既与曹操结盟，不能不前去拜见，以示盟好。"袁谭恍然大悟，率兵马掉头南下，来见曹操，得知曹操兵退黎阳，便径到黎阳，令兵马扎下营寨，只身前往黎阳城，拜见曹操。

袁谭一身戎装，颇有袁绍气派，三十多岁的年纪，正是飒爽英姿的时候，一见曹操，便行跪拜大礼，说："曹世叔在上，受世侄一拜。"曹操令他一旁坐下，先向他介绍了旁边坐着的郭嘉、荀攸、贾诩等人。袁谭也都见过礼，曹操说："自初平二年我率兵离开冀州，咱们已有十多年未见了吧？当初你还是未及弱冠的少年，现在已经是守备一方的封疆大吏了，这变化实在太大了。"袁谭说："是啊，一晃十多年过去了，曹世叔身体依然康健，可我父却不在了。虽说我父不大世叔几岁，可也不至于这么早过世。我一直怀疑是袁尚为了篡取爵位，做了手脚，谋害了我的父亲，还请曹世叔为我主持公道。"曹操说："你父死得突然，初闻此事我也感到惊讶。经你一说，看来确有蹊跷，不过慢慢总会弄清楚的。"两人又叙了一会冀、青两州的事及叔侄的情分，袁谭说："我的长女，虽未及笄，长得十分可爱，不知曹世叔有年龄相仿之子没有？想与曹世叔结为秦晋之好，还望世叔不弃。"曹操哈哈一笑，说："我倒有一子，名'整'，年方十五，与你女年龄相仿，只是这样一来，我们的辈分不就乱了吗？"袁谭一愣，也笑道："我只考虑年龄了，忽略了辈分，是我所虑不周。不过我们毕竟不是同宗，即使结为秦晋之好，你我仍以叔侄相称，世侄万不敢自抬身价。"曹操再笑说："既然世侄不那么讲究，我也就不那么认真了。只是你父丧期未过三年，不宜行婚姻之事，只好往后推迟了。"袁谭说："曹世叔说得对，待我父三年丧期过去，再来办这件事。"他们又叙了一些闲话，袁谭起身告辞。

送走袁谭，荀攸说："我观袁谭几近谄媚之能事，为人华而不实，主公应防之。"曹操说："我之所以答应他儿女婚事，也是为了稳住他。具体怎样，要看他后事如何。"

袁谭回到营寨，郭图接住，询问与曹操相见的情况，袁谭说："我与曹操言谈甚欢，又与曹操结为秦晋之好，完全取得了曹操的信任，只是不知他何时进攻邺城。"郭图说："这不用着急，曹军兴师动众来到这里，必不会无功而返。

只是吕旷、吕翔投了曹操，这太出乎意料了。"袁谭说："这吕旷、吕翔投靠曹操，也是没有办法，袁尚前头跑了，把他们丢在后面，面对曹操大军，只好举手投降了。这二位将军是我父一手提拔起来的，我袁氏与二位将军有恩。我打算亲自到他们营寨拜访，以叙旧情。若能劝说他们归顺于我，待将来与曹操相争时，可作内应，岂不是好事吗？"郭图说："若要拉拢他们，必给以利诱，给他们什么好处呢？"袁谭说："这个我想好了，他们在袁尚手下时，不过是一般将校，投靠曹操也只是被封了最低爵位的列侯，我承诺他们，如果归顺了我，我表奏他们为将军，如此名号，不信他们不动心。"郭图说："为让他们放心，可先制作将军印绶，送予他们。"袁谭于是安排专人，选最好的锦帛制成绶带，又选上好的章料雕刻成'平虏将军''讨虏将军'印章，带上这些印绶去拜访吕旷、吕翔。

吕旷、吕翔自归顺曹操后，心中有时不免略略感到对不起袁氏，后来见袁谭前来拜见曹操，又听张郃说曹操此次北征，是受到袁谭的邀请，心中的那份愧疚感便荡然无存。今见袁谭亲自来访，赶快迎入帐中，把袁谭让入上座，两人亲自侍奉，袁谭很是开心，说："你二人不忘旧主，令人可敬。"二人说："我们之所以有今天，全赖当年袁公力举，岂敢忘此大恩。"袁谭说："我今天来，是想问问两位将军，今后有何打算？"吕旷、吕翔说："我们也没什么打算，同袁将军一样，听从曹公调遣，为朝廷出力，建功立业。"袁谭说："你二人的眼光应当放远一点，将来打败了袁尚，曹公还是要返回许都的，你们那时怎么办？"吕旷、吕翔说："当然还是跟随曹公了。"袁谭说："你二人乃冀州东平人氏，部曲中的将士，也都是冀州人氏，抛家舍业到河南，即使你二人愿意，将士们也难愿意。"吕旷问："那依袁青州所说，该怎么办？"袁谭说："待击败袁尚，必由我承袭大将军名号，入主冀州。你二人是我袁氏故吏，如果愿意跟着我，我必重用你二人，如若不信，现在就把将军印绶授予二位。"说着掏出印绶，送给二位将军。吕旷、吕翔一看，绶带和印章全是上等材料制作，绣工雕工也都是上乘技艺，很是喜欢。袁谭见二人喜欢，料二人已同意归顺自己，说："此事暂时保密，只待曹公返回许都时，二位将军以兵马皆冀州人氏为借口，留下后再行宣布。"随后袁谭又恭维了两人一番，便起身告辞了。

吕旷看着崭新的印绶，对吕翔说："袁谭此来，送我们将军印绶，我心里总感到不踏实。"吕翔说："这是袁谭在拉拢我们。"吕旷说："原想他归顺了曹公，没想到他还留有一手，可见此人心眼太多。倒是曹公光明磊落。"吕翔说："仔细想想，他们袁氏兄弟尚且寸土必争，寸利必夺，跟了他早晚有被弃的那一天。我们干脆将这些印绶交与曹公，也落个心净。"吕旷点头称是，于是二人一起来见曹操。

曹操接过二人交来的印绶，听了二人的述说，沉吟了一下，说："对于袁谭的心计，我已有提防。你二人把这印绶还拿回去，暂且保管好，先不要声张，我自有主张。"说者将印绶交还二人，勉励了二人几句，二人告辞，仍回营寨。

曹操对荀攸、郭嘉、贾诩说："我就知道袁谭靠不住，所以将兵马屯住在黎阳，此人果然有诈。他想让我们攻击袁尚，待我们两败俱伤，他好从中取利。想得太天真了。我们击败了袁尚，哪里还给他留机会。我们暂且按兵不动，看他怎么办？"

又过了些天，袁谭看曹军仍无动静，便来见曹操，问："曹世叔屯兵黎阳，不知何时征讨袁尚？"曹操认真地说："我也想早日发动进攻，无奈粮草调运困难，先解决了粮草再说吧。"袁谭说："请问世叔，粮草何时能解决好？"曹操说："我这些天正忙于勘察，打算从淇水修一条渠到白沟，这样粮草可以从黄河经淇水直通白沟，运抵邺城，粮草问题就可以解决了。否则还会像以前一样，打到中途，粮草供不上，只好撤军。世侄对这一带熟悉，我正想征询一下你的意见，是否可行？"袁谭说："这个办法确实很好，过去也曾议过修这条渠，主要是想浇灌这一带的土地。但这是一个大工程，比较耗时，不知曹公打算何时动工，何时修成？"曹操说："现在已是冬季，大地马上要上冻，不利施工。我打算先勘定线路，待来年开春再动工，估计明年三四月份能修成。不要着急，让他袁尚再多活些日子。"袁谭说："世叔既有此安排，短期内无战事，不如我率兵马先回青州，进行休整。"曹操说："也好，省得你从青州再往这里运粮草。待来年开战后，我再通知你，那时你再带兵马过来。"袁谭告辞。

回到营寨，袁谭将曹操的意思告知郭图，郭图说："莫不是曹操看出了我们的意图，不想与我们联手了？"袁谭说："不会，我看曹操说这些话时是挺认真的，并没有要撤军的意思。"郭图说："既如此，我们就挥师北上，趁这个时机，占据冀州北部的几个郡国，尽量扩充我们的势力，以便将来与曹操相争时，我们可以处在一个有利的地位。"袁谭大喜，即刻拔寨起营，挥师向北。

走到巨鹿，在此稍事休整，然后进攻安平。就在此时，袁谭接到了刘表自荆州派快马送来的信。

原来自刘表给袁尚写了一封信，劝其兄弟讲和，共抗曹操后，忽闻曹操挥师北上，便松了一口气，认为兄弟二人已经和好，从北面进攻曹操。但很快得到消息，袁谭与曹操联手，要共同征讨袁尚。刘表大吃一惊，若袁尚败，河北诸州必落入曹操之手，那时曹操势力强大，又无后顾之忧，荆州就非常危险了。他越想越怕，埋怨袁谭太不懂事，于是赶快修书一封，劝袁谭迷途知返，切不可酿成大错。派快马送往青州。信使走到巨鹿，碰上袁谭，把信呈了上去。袁谭打开信看到：

"显思世侄亲启：当年天降灾害，祸难横流，王室震荡，纲常俱废，天下之人莫不痛心入骨，忍无可忍。我与你家太公志同愿等，虽荆冀两州相距遥远，却勠力同心，共扶汉室，从未有二心。然而大业未成，太公殂殁，贤侄承统，以继宏业，与曹操战于邺城，守卫冀州，捷报频传，周边英雄，无不依附。不料二位世侄股肱分成二体，胸背绝为异身。吾初闻此事，以为谣传，不以为然，后知所传属实，乃知仇隙已成。兵戈战于冀青，暴尸累于城下，不由悲涕交加。昔三皇五帝，下及战国，君臣相弑，父子相杀，兄弟相残，亲戚相灭，时有所闻。然而要想成王业，定霸功，只应逆取顺守，才能使强盛于一世也，从来没有抛弃亲情，认敌为友，忘其根本，而能全于长世者也。

"夫伯游之恨于齐，未若太公之忿于曹也；宣子之臣承业，未若仁君之继统也。且君子遇难不到敌国，断绝交往不出恶声，况忘先人之仇，弃亲戚之好，而为万世之戒，既让盟友感到耻辱，也被周边的蛮夷戎狄等民族嘲笑，我深感痛心。

"若想青史留名，光宗耀祖，就不应互相诽谤，争校一时之得失。若汝弟有违长幼之序，又不能自谦，仁君当降志辱身，以国事为重，事定之后，使天下评其曲直，将受到世人的尊重。愿显思吾侄捐弃宿怨，追思旧情，复念母子昆弟如初，今整勒士马，瞻望鹄立。"

看完信，袁谭将其丢在一旁，对郭图说："这个刘世伯，真是老糊涂了。袁尚袭篡爵位，又攻我青州，围我平原，若我不与曹操联手，恐早已被其斩杀。现在要我降志辱身，捐弃宿怨，这不是笑话吗？"于是率兵马进攻安平，趁袁尚龟缩在邺城，尽可能多地掠夺冀州的郡县。

　　袁尚自撤回邺城后，加紧防御，只待曹操来攻；然而曹操并未包围邺城，反而退居黎阳，一直按兵不动。这让袁尚心里没了底，摸不清曹操要干什么？就在这时，安平告急，不久渤海也告急，冀州北部郡国，接二连三落入袁谭之手。而曹军屯兵黎阳，随时可能进攻邺城，因此邺城的这十万大军，丝毫不敢前去救援。袁尚急得坐卧不宁，时不时发火。这时又闻袁谭欲进攻河间，审配对袁尚说："我想给袁谭写封信，劝他及早收手，双方讲和，共御曹操。"袁尚说："此刻再劝，恐对牛弹琴。"审配说："我们尽人事，听天命吧。总不能干看着冀州诸郡国就这么落入他的手中。"袁尚咬牙切齿："待我缓过手来，定将他剁为肉酱。"

　　审配当即展开绢帛，提笔写道："车骑将军袁谭敬启：配闻良药苦口而利于病，忠言逆耳而便于行。愿将军缓心抑怒，认真看完我的信。盖春秋之义，国君死社稷，忠臣死王命。如果图危宗庙，败乱国家，依王纲典律，不问亲疏，一视同仁。昔先公废黜将军，委以青州，立我将军以为嫡嗣，上告祖灵，下书谱牒，海内远近，谁人不知，谁人不晓。没想到凶臣郭图、辛评等人，妄画蛇足，曲辞谄媚，搅乱这美好的亲情，至令将军忘孝友之仁，放兵钞突，屠城杀吏，冤魂痛于幽冥，创痍被于草棘。又大不敬说：'孤虽有老母，趣使身体完具而已'，凡听到此话的人，莫不痛心。更使太夫人忧哀愤懑。我冀州人士皆为之悲叹。希望将军以孝为先，珍惜兄弟之情，以古今兴败之事为镜，轻荣财于粪土，贵名位于丘岳。若仍执迷不悟，乃取破家之祸。前次将军屡败，兵马土崩瓦解，此非人力，乃天意也。今又以虎狼为亲，以逞一朝之志，岂不令人心痛？我等乃先公家臣，奉废立之命，而郭图等人干国乱家，实应受到惩处。如果你天性未泯，早点诛除他们，则我们将军必万分感谢你，把你奉为神明，我等也甘愿被你惩罚。如果仍不悔改，大祸必致，愿将军熟详吉凶，使事情得到完美的解决。"信写好后，即刻派快马送与袁谭。

第七十八章

守邺城审配诛冯礼　破蓝口陈琳降曹操

　　袁谭看了审配的信，当着信使的面，撕了个粉碎，对信使讲："回去告诉袁尚，若肯让出大位，方可化干戈为玉帛。窃了我的爵位，反大谈什么孝悌，让我轻利重名，放下怨恨，低首称臣，真是痴人说梦。滚吧！"下令兵马开始进攻河间。

　　袁尚的信使返回邺城，将袁谭的话如此这般地复述了一遍，说："我回来时袁谭已令兵马攻打河间。"袁尚欲出兵救援河间，又怕曹操攻打邺城，正在左右为难，这时审配来说："据斥候报告，曹操正忙于勘测线路，计划从淇水到白沟修一条渠，以运送粮草，待此渠修成后，再进攻邺城。目前天气转寒，大地快要上冻，不易施工，待明年开春才动工，至于何时将此渠修成，不得而知。"袁尚说："这么说，曹操暂时不会进攻邺城？"审配说："对。"袁尚立刻来了精神，决定留审配、苏由守邺城，尽起十万大军，征讨袁谭，并放言："此番不把袁谭、郭图的头悬在河间城头，誓不返邺。"

　　审配待袁尚率大军走后，为了确保邺城万无一失，令副将苏由率五千兵马驻守洹水，一是监视曹军动向，二是在曹军来攻时，依托洹水迟滞曹军，为守卫邺城争取更多的时间。审配的想法很好，然而苏由却不愿去。原来这苏由平时与审配不和，认为这是审配借机除掉自己，心中不满，拖着不肯出城。城门守将冯礼与苏由是好友，见他闷闷不乐，便询问苏由原因，苏由说："曹军强大，让我带这么一点兵马驻守洹水，这不是拿着鸡蛋碰石头，让我白白送死吗？"冯礼说："少主临走时留下不足两万兵马，曹军一旦来攻，别说洹水守不住，这邺城也难以守住。前几天吕旷、吕翔派人来找我，劝我说，曹公奉天子之诏出征，名正言顺，袁公在世时尚且屡屡失败，如今兄弟相残，早晚败于曹公。我看不如趁此机会，也像吕旷、吕翔一样，归顺曹公。"苏由眼睛一亮："正是，投了曹公，省得在此受审配的窝囊气。"于是与冯礼相约，待他前去洹水，顺势投到曹操帐下，到时由冯礼暗开城门，放曹军进城，献出邺城。两人计议已定，苏由点起兵马，前往洹水驻扎。

苏由在洹水一直不见曹军来进攻，心中暗暗着急，直到春末，曹军才抵达洹水南岸，苏由立刻派心腹潜入南岸，见到曹操，言说欲归顺之意，曹操大喜，即封苏由为列侯。苏由前去拜见曹操，并将与冯礼相约，欲献邺城城门一事，详细说了一遍。曹操急忙抽调三百将士组成突击队，跟随苏由前往邺城，曹操率各部曲随后悄悄跟进。

是夜，三百勇士跟随苏由来到邺城南门外，苏由令其隐于暗处，上前点起火把朝城楼上晃了晃，少顷，城楼上也有火光回应，知是冯礼已做好准备。大家屏息静气，只见城门悄悄打开，三百勇士鱼贯而入，亲自督战的曹操抑制住激动的心情，命所有兵马做好突击准备。然而就在此时，一声断喝划破夜空，从城楼上传了下来，接着一阵厮杀，三百勇士被赶了出来，这时一颗人头悬挂在城门上，苏由打起火把一看，见是冯礼，知道事情已泄，懊恼不已。

原来，审配将苏由派往洹水后，虽知曹军正在筹建水渠，却也不敢大意，天天必亲自在城上巡视数遍，恐稍有疏忽，丢了邺城。近日闻曹军已抵达洹水，更是加倍谨慎。这天晚上，虽已过了午夜，审配在府中难以入眠，便披挂整齐，率亲随再次到城上巡视。当他来到南门时，朝下一望，只见黑暗中影影绰绰，似有人涌入城中，便感觉不妙，拔出佩剑，便大声呼叫冯礼，却无人答应，立刻下令关闭城门。守门士卒方知冯礼已叛，慌忙关闭城门，但曹军已突入门内，大门已无法关闭。审配急了，命城上士卒将备好的礌石朝下扔，密集的石头雨，砸得曹军血肉横飞，只得后退，大门终被关上。审配又指挥士卒，将已突入城内的曹军包围，全部斩杀，首级扔出城外。这时亲随将冯礼抓住押了过来，审配怒不可遏，一剑砍了冯礼，将头悬于城门上。

望着城门上悬挂的冯礼头颅，苏由两眼泪下。曹操一边安慰苏由，一边令各部曲在城外安营扎寨。待天大亮，吃过早饭，曹操即令攻城。然而邺城城墙高大，士卒冲到城墙下，云梯刚搭上去，上面的礌石滚木及箭矢纷纷落下，曹军伤亡惨重，屡次三番，都是如此。曹操说："看来审配准备得很充分，这样硬攻不是办法，暂且停止攻城。"这时徐晃说："当初在官渡时，袁绍用堆土台搭望楼的办法，杀得我们动弹不得，不如我们在邺城外也堆一座土台，在上面搭一座望楼，用箭矢掩护攻城的将士。"曹操当即否决了徐晃的建议，说："当初在官渡时，我们扎的是临时营寨，寨墙低矮。这邺城城墙高大、厚实，即便搭了望楼，对袁军威胁也不大。"张辽说："当初在官渡时，袁绍曾用挖地道的方法进攻我们，若不是被曹公识破，还真会被他偷袭成功。"曹洪说："既然我们能破了袁绍的地道，袁军也会用此办法对付我们，我看此法不行。"张辽说："只要我们做得隐蔽，不让袁军发现我们的意图，我看就能取得成功。"曹操说："现在不是攻城的时候。"下令扎好营寨，对邺城不围不攻。"

审配见曹军不再攻城，心中暗自高兴，就在这时，收到袁尚的信，信中写道："我大军所到之处，青州兵马望风而逃，被袁谭占据的郡县，皆已收复，现正把袁谭赶回青州。近闻曹军已越过洹水，进抵邺城，我打算回撤救援。"审配看完信，心中高兴，即提笔给袁尚写回信："主公来信收悉，知连获大捷，我冀州失地尽皆收复。望主公一鼓作气，彻底歼灭袁谭，以解我后顾之忧。曹军虽数次攻城，皆被我粉碎，邺城固若金汤，请主公放心。"将信交给信使说："快送与主公，主公得到此信，定能振奋军威，一举歼灭袁谭。"

与此同时，曹操也接到袁谭的告急信，说袁尚大军又攻入青州，盼望曹操攻打邺城，牵制袁尚。曹操对信使说："回去告诉袁青州，我已率大军进抵邺城，现正准备攻打。"信使告辞，回平原复命去了。曹操对荀攸等人说："这袁谭把夺到手的冀州诸郡又丢了，现在又被袁尚追到了青州，好吧。我们继续对外宣称，正设法修建运粮的渠道，待粮道畅通，再攻打邺城。"郭嘉说："既然主公暂缓攻城，让袁氏兄弟互相厮杀，不如趁此机会先把邺城周围诸县夺取了，让邺城成一座孤城，便于以后夺取。"曹操说："这主意很好。你看我们先夺取哪里？"荀攸说："先夺取赵国都城邯郸，这样将来进攻邺城，袁熙想增援就不那么容易了。"曹操于是要带徐晃、张辽两支兵马前去。郭嘉说："邯郸只有郡兵把守，根本不用主公出马。"曹操笑说："首战必胜，还是我亲自去吧。"

时任邯郸国相的是沮授的儿子沮鹄，得知曹军来攻，一边派人向袁尚告急，一边率郡兵加强防守，但他那点郡兵哪里是徐晃、张辽的对手，尽管顽强抵抗，还是城破被俘，被押来见曹操。曹操感其父沮授乃一义士，有意饶沮鹄的性命，可他与其父一样，宁死不降，曹操只好下令将其斩杀。曹操在邯郸安抚百姓，邯郸城很快安定下来。

曹操得知邯郸西部太行山下有一座毛城，属武安县管辖。这毛城虽不大，战略位置非常重要，它扼守着由上党到邺城的粮道，因此袁绍当时对毛城进行了认真地修建，并特意留了一支兵马在此驻守。如果夺取了毛城，也就掐断了这条粮道，截断了袁尚与并州的联系。曹操于是留张辽守邯郸，率徐晃所部向西夺取毛城。

守卫毛城的是尹楷，曾是袁军的一个司马，久经战阵，经验非常丰富，特意被袁绍留在这里驻守，并兼任武安县长。听说曹军来攻，并不惊慌，一边向袁尚和审配告急，一边急令县尉率县兵前来毛城增援。曹操得到消息，立刻令徐晃分一部分兵马在半路伏击，将县尉及以下县兵悉数包围，还未开打，这些县兵就放下兵器投降了曹军。徐晃随即向毛城发动了进攻，由于尹楷指挥得当，又顽强抵抗，以至徐晃多次进攻都未能取胜。曹操于是下令向守城士卒喊话："袁尚远在青州，审配被困在邺城，外援毫无希望，毛城城小兵少，难以长期坚守。如今曹公奉天子之命征讨不臣，归顺曹公就是归顺朝廷。若执迷不悟，城破之日，不仅自身难保，还要祸及家族。何去何从，请你们仔细想想。"这些喊话果然起了作用，守城将士军心动摇。徐晃又发动进攻，搭上云梯，夺了城楼，开了城门，攻入城内。尹楷至死不降，被乱军所杀。尹楷既死，曹军又占了武安。

邯郸、毛城、武安接二连三被曹军攻占，赵国、魏郡所属各县俱受震动。涉县县长梁岐率先归顺曹操；易阳县令韩范得知曹军正向易阳挺进，也宣布归顺曹操。曹操决定进驻易阳休整，然而先头部曲到易阳后，县令韩范拒开城门。曹操大怒，说韩范诈降，令徐晃率兵马夺取易阳。

徐晃到达易阳，令兵马包围易阳城，却并没有立刻攻城，而是写了一封劝降信，陈述利害关系，然后用箭将信射入城中。韩范看了劝降信，幡然醒悟，答应真心归降，开城门迎曹军入城。徐晃回见曹操，言说劝降一事，曹操心中犹难平复，不接受韩范的投降。徐晃劝道："袁尚、袁谭皆有实力，诸多县令长都在观望，今日灭易阳易如反掌，其余各县惊恐必死守，冀州的平定就会大大延时。希望主公接纳易阳韩范的投降，以此作为示范，其余诸县便会放心归顺。请主公详查。"曹操认为徐晃说的有道理，便称赞道："公明将军虑之齐备，好，接受韩范的投降，并表奏他为关内侯。"其余诸县闻知，果然纷纷效仿。一时间赵国、魏郡所属各县大多归顺曹操，邺城被完全孤立。

这时曹操接到袁谭快马告急，说袁尚已包围平原，正在拼命攻打，请曹公救援。曹操认为袁尚此时已远离邺城，正倾力进攻平原，给自己攻打邺城留出了充足的时间，于是由张辽暂代赵国国相，驻守邯郸，率徐晃返回，准备进攻邺城。他对郭嘉、荀攸、贾诩等人说："当初冯礼一事，实在太可惜了。若能找到冯礼这样的人，夺取邺城就容易多了。"郭嘉说："那就把与邺城有关系的人召来，大家商量一下。"于是曹操派人把苏由、许攸、吕旷、吕翔等人召来，把自己的意图告诉了他们。苏由说："城中魏郡太守，袁氏同族的袁春卿，他是袁尚的族叔，此人一向与审配不和，虽为袁氏一族，却屡遭排挤。前魏郡太守高藩袭夺李典的运粮船队失败遭袁尚罢黜，才临时换他任太守。此人若招降，可作为内应。"曹操说："此人我知道，性情耿直。我曾表奏天子，征辟到朝廷任职，一直未应，估计也是袁绍不放。"许攸说："我与袁春卿平素关系不错，他父亲袁元长因避乱现流落在扬州，可否派人将其从扬州接来，劝其子投降？"曹操说："可以派人将他接来，让他们父子团聚。若说让他来劝降，恐怕远水不解近渴。"许攸说："那就由曹公写一封劝降信，我找人送入城中。有曹公的亲笔信，再加上我与他昔日好友的情分，定能劝他归降。"

于是曹操当即写道："闻你父为避战乱，远徙百越地区，深感漂泊在外之艰辛、孤独，特派人前去，将其迎接回来，你们父子很快就能见面，到时尽享天伦之乐，岂不快哉？袁氏乃名门望族，四世三公，世受朝廷之爵禄。可自袁绍始，便妄行废立，而今袁氏兄弟又争权夺利，全然不顾手足之情，而你却把身家性命托付给他们，你觉得值得吗？你所任太守一职，乃袁氏矫诬之命，不值得留恋。昔日我曾征辟你到朝中任职，虽未能成行，依然盼你能为朝廷效忠出力。若你能幡然醒悟，奉帝养父，既忠且孝，将名扬天下。如果仍不听劝告，甘愿堕落，弃义而就耻，岂不是太可惜了。吾倾心相劝，请你仔细思量，早做决断。"

信写好交给许攸，让他派人送入邺城。许攸选了一位伶俐的士卒，交代了一些注意事项，扮作普通百姓，混进邺城，到魏郡署衙，求见袁春卿，说是受许攸所托，转交一封信。袁春卿心下疑惑，接过信一看，勃然大怒，说："许攸背主求荣，我早已与他断绝一切关系。现在两军交战，曹操鼓如簧之舌，巧言令色，欲陷我于不义之地，是可忍，孰不可忍。冀州乃我袁氏之冀州，岂容他曹氏来践踏。曹操位居三公，我家大将军也是天子所拜，且地位高于曹操，我这魏郡太守也是我家主公禀奏天子所得，名正言顺。我邺城军民上下同心，共抗曹操。"

使者一看袁春卿变了脸，情知不妙，就要辞行，袁春卿说："你还走得了吗？"命人一刀将其斩了，连同那封信一同交给了审配。审配万分感慨，自此对袁春卿视若生死弟兄，两人再不相疑。审配命人将曹操使者的人头从城上扔了下去，用箭射下一封信，劝曹操早日退兵，不要干涉冀州的事，否则死无葬身之地。

曹操看了审配的信，不由大怒，知道袁春卿铁了心要随审配死守邺城，于是下令攻城，双方激战数日，邺城仍未攻破。这日休战，曹操闷闷不乐，带上几名侍卫，围着邺城慢慢巡视，看能不能找到攻破邺城的办法。由于心中有事，不知不觉靠近了城墙，突然一阵箭雨从城上射下来，有两名侍卫被射中，当即倒下，侍卫们赶快护着曹操后撤。曹操抬头望去，城上又是一阵箭、弩齐射，险些被射中。这时只听城上传来一阵哈哈大笑，曹操忙问："城上何人射冷箭？"城上笑声戛然而止，说："城下可是曹公吗？我乃审配。我劝曹公还是赶快撤兵吧。我冀州乃天下大州，实力雄厚，曹公强攻，必将徒劳一场。"曹操骂道："我乃受天子诏命，前来征剿尔等贼人，识时务者放下兵戈，还能保其荣耀，否则城破之日，必将尔等碎尸万段！"话音刚落，又是一阵密集的箭雨。侍卫怕发生意外，护着曹操返回营帐。

许攸闻讯赶来，说："曹公不必生气，我有一计，定能使邺城不攻自破。"曹操忙问何计？许攸说："这邺城经袁绍整修十数年，城墙坚固高大，易守难攻，但离漳水较近，且地势较低，只要围着邺城修一道围堰，将漳水引来，灌入邺城，城中粮谷泡胀发芽，很快就会腐烂，粮草一缺，城中必然人心惶惶，士卒泡在水中，时间一长必然生病，还能安心守城？我敢料定，不出一月，城中必乱。"

曹操一听，果然是条妙计，于是令士卒沿邺城周围用土堆起一条围堰。但围堰很低，审配在城上远望，不知曹军是何用意，便不以为意。曹操又令从邺城到漳水挖一条广深各两丈的渠道，为防审配知晓，仅剩靠邺城这一小段留着。同时命令士卒暗中准备土石。

这天是六月朔日，天上没有月光，曹操一声令下，士卒连夜增高围堰，靠近邺城的那一小段渠道，顷刻成型，不等天亮，漳水便顺着渠道倾泻而下，灌入围堰，水位不断上升，大水灌入邺城，待审配得到报告，邺城已泡在水中。

城中百姓惊慌失措，乱成一锅粥，审配大惊失色，急令士卒查看粮库，粮草已泡在水中，审配束手无策，欲哭无泪。

未到七月，城中的房屋经水长期浸泡，倒塌了许多。尤其是粮草，先后发芽腐烂，百姓已有人饿死，士卒们也吃不饱肚子，并且开始生病。照此下去，邺城将不攻自破。审配心急火燎，派士卒秘密潜出城，到青州向袁尚告急，让他火速回援邺城。

当初袁尚闻知邺城周围魏、赵两郡国的许多县投降了曹操时，心中尚能忍得住，加紧攻打平原城，争取快速消灭袁谭，好回师冀州，重新夺回这些郡县。没想到袁谭拼死固守，平原城迟迟攻不下来，心中已焦躁不安，这时得到审配的告急信，知道大事不妙，只好再次抱着遗憾的心情，令部曲撤兵，火速回援邺城。

袁尚进入冀州，部将马延说："主公，此去邺城，大路上曹军必设伏兵堵截，不如绕道西山，出其不意，从背后攻击曹军，打他一个措手不及。"袁尚认为此计不错，便令部曲向西，绕道曹军背后进攻。

这时斥候向曹操报告："袁军绕道西山，从我背后而来。"曹操笑说："这冀州已属我矣。"令斥候再探。将士们不知其意，曹操说："袁尚若从大道来，说明他救邺心切，决心坚定，抱着拼命的念头，其兵锋必然锐利，我尚且要避一避。如今他循西山而来，说明他并未孤注一掷，心存犹豫，士气必然不高，那我们就不用怕他了。"

待夜幕降临，突然一堆大火在滏水方向骤然升起。原来袁尚大军在离邺城十七里处的滏水旁扎下营寨。曹操说："这是袁尚在向审配通报。"果然等了一会，邺城上也燃起一堆大火，两堆大火相聚十余里，在夜色的笼罩下，显得格外红亮。曹操说："袁尚、审配明日必同时出动，欲南北夹击，让我们腹背受敌。我料审配必从北门出击。曹洪、曹仁、张郃你们必须坚决堵截，不能放审配出城；夏侯惇、夏侯渊、于禁、乐进、张绣、徐晃、吕旷、吕翔、苏由、分两列埋伏在从滏水来的路两旁，待袁尚兵到，即刻发动进攻。派快马到邯郸通知张辽，让他从袁尚背后进攻，务必将其包围。曹纯率虎豹骑待命，若袁尚逃跑，快速追击。"命令下达，各部曲分头准备去了。

第二天，袁尚果然尽起大军向南进发，眼看已望见邺城，忽然左右两边杀声四起，曹军发起进攻，双方战在一起，搅起的飞尘，遮天蔽日。审配早在城上望见，一声令下，整装待发的兵马，倾巢突出北门，要配合袁尚夹击曹军。曹洪、曹仁、张郃齐聚北门，双方就在没膝的水中战在一起。由于被困多时，人马皆忍饥挨饿，都早无斗志，再加上实力悬殊，很快被曹军杀败。审配一看不妙，急令兵马退回城中，关闭城门死守，只待袁尚来救。

袁尚一边与曹军激战，一边盼审配前来接应，然而战至中午，人困马乏，也未见审配到来。曹军攻势越发猛烈，袁尚只好下令撤退。此时战阵已乱，将士得到命令，一起向北溃逃。曹纯率虎豹骑追击，又是一阵激战，袁军损兵折将，一口气退到曲漳，才收住兵马。刚扎下营寨，斥候报告，曹军正尾随而来，袁尚害怕，慌忙派主簿阴夔前去与曹操讲和，说："你曾任豫州刺史，早年与曹操有过交往，请转告曹公，只要保全冀州，我愿听从曹公调遣。"

阴夔肩负使命，来见曹操。曹操听了阴夔的来意，说："告诉袁尚，只有交出冀州，才是唯一出路，根本不存在讲和。"阴夔回到曲漳，将曹操的要求说了，袁尚见讲和无望，趁曹军包围圈还未形成，命令部曲，继续向北撤退，直退到蓝口，方才又扎下营寨。然而还未等喘过气来，曹兵又至。袁尚仓促布阵，刚一交手，部将马延、张凯便投降了曹军。原来马延、张凯看大势已去，在吕旷、吕翔的暗中劝说下，归降了曹操，并被表奏为列侯。袁尚猝不及防，丢下大量辎重及物品，率残部仓皇逃往中山去了。陈琳等大批谋士及掾属，被丢在了蓝口，做了曹军的俘虏，押到曹操面前。

曹操一眼认出了陈琳，微微一笑，说："孔璋老弟，没想到我们在此见面了。"在场的所有人都替陈琳捏了一把汗。想当初陈琳为袁绍写的那篇讨伐曹操的檄文，气势磅礴，上辱其祖，累及家族，用语之刻薄，痛快淋漓地把曹操骂了一顿，以至于曹操看完檄文，冷汗直冒，咬牙切齿道："见到陈琳一定碎尸万段。"如今做了曹操的俘虏，即使不碎尸万段，也难逃活命了。只见陈琳正气凛然，毫不畏惧，对曹操不理不睬。曹操来到陈琳面前，问："你还想活命吗？"陈琳说："我想活命，但落入你手，已知不可能，请曹公动手吧。"曹操点点头，拔出佩剑，试了试剑刃，挥手刺了过去，陈琳一闭眼，感觉身上的绳索松了，好像自己还站在那，睁眼一看，绳索已在曹操手上。曹操将绳索在陈琳眼前晃了晃，扔在地上，笑说："当年在何进大将军府上，你我志同道合，力主诛除宦官，反对召董卓入京，其语言之犀利，给我留下深刻印象。后知你在冀州为袁本初所用，深感惋惜。今日咱们有缘再见，怎么样，就在我身边替我写写典章、檄文如何?"陈琳说:"曹公不记恨我吗?"曹操说:"当初各为其主,情有可原。"
陈琳很是感动,说:"谢曹公不杀之恩。"曹操说:"我有一个疑问,一直打算
当面问明白,当初你为本初写讨伐我的檄文,尽管写我的'罪状',恶恶止其
身嘛,为何还要牵连上我的父亲及爷爷呢?"陈琳不好意思道:"当时情已至此,
犹如箭在弦上,不得不发。"曹操笑道:"理解,理解。"大家都笑了。曹操指
着其他被俘的袁尚的掾属,问:"你们愿意为我所用吗?"大家都说:"愿意。"
曹操说:"那好,自此以后,咱们同为朝廷出力,共扶汉室。"

　　这时,有士卒来报:"我们缴获了袁尚的大批物资,其中还有他的印绶、
节钺及衣物。"说着呈给曹操。曹操接过来,仔细端详着,说:"这袁尚逃得
太匆忙了,竟把这些东西给丢了。"郭嘉说:"这些东西对我们太有用处了。"
曹操一笑:"通知各部曲,返回邺城,消灭审配。"夏侯惇问:"不追歼袁尚了?"
荀攸说:"自有人收拾他。"于是曹军凯旋而归。

第七十九章

保宗族审荣献邺城　念旧情曹操祭袁陵

审配自被曹军堵回城中，就一直闷闷不乐。一连许多天邺城外都非常安静，听不到一丝的喊杀声。派斥候潜出城去打探，只说袁尚被曹军击败，向北撤去，具体情况并不知晓，这让他非常担心。这天，他正在署衙闭目思索，守城校尉前来报告说："曹军扒开多处围堰，城中的水已开始下降了。"审配猛一震，莫非曹操准备攻城了。赶忙披挂整齐，登上城墙巡视，果然见通往漳水的渠道已被堵上，围堰扒开了好几处缺口，水退得很快。他告诫士卒："提高警惕，严防曹军攻城。"

当他来到南门城楼，忽闻城外一阵嘈杂声。他向下一望，只见曹军用长木杆挑着印绶、节钺及数件衣物，在绕城展示，并喊道："袁尚已被击杀，这是他的大将军和冀州牧的印绶、节钺及所穿衣物。再不会有人来救援你们了，早日投降，曹公必宽大你们。若执迷不悟，城破之日，绝不轻饶！"审配一阵眩晕，脚下稍一趔趄，但很快振作精神，对守城将士说："这些印绶、节钺、衣服都是曹操伪造的，妄图以此来动摇我们的军心。退一万步讲，即便是真的，也不能肯定主公已遇难，即便主公遇难，袁氏一脉并未断绝，幽州还有袁熙在。目前曹军久在冀州，已成疲惫之师，我已派人前往并州和幽州求援，待高干和袁熙兵马赶到，邺城之围即可解除。请大家同仇敌忾，以待救兵。"并将此话传喻城中所有士卒和百姓。

然而曹军一连几天无休止的展示和喊话，撼动着守城将士和城中百姓的心。大家背着审配议论纷纷，感到前景渺茫。这时曹操又让苏由、吕旷、吕翔、马延、张凯、辛毗等轮番喊话，以身说法，劝守城将士弃暗投明。审配极为恼火。这天，辛毗正在城外喊话，恰逢审配巡视至此，审配在城上怒斥辛毗："你兄辛评勾结郭图，惑乱袁谭，妄生是非，乱我冀州。现在你又投靠曹操，助纣为虐，现辛氏一族及辛评一家老小俱在城中，你若劝得曹军退兵，尚可留他们性命，否则一门宗亲，定斩不饶。来人，将辛评一家老小及辛氏宗亲悉数拘押！"

原来当初辛评、郭图等人随袁谭到青州后，欲将各自的家眷随迁到平原，因辛氏一族俱在邺城，辛评将家眷就留在了邺城，没想到现在居然成了审配的人质。辛毗大骂："我辛氏一族及兄长一家老小，你若敢动半根毫毛，城破之日，我必将你审氏一门斩尽杀绝。"审配拂袖而去。

曹操的攻心战渐渐起了作用。守卫东城门的校尉名叫审荣，是审配的亲侄子。这天，见叔父审配又巡视至此，悄悄对叔父说："主公生死不明，看来凶多吉少，眼看大势已去，不如降了曹操……"话未说完，一记耳光清脆响亮，打得审荣眼冒金星。审配怒斥道："你若不是我的侄子，我早一剑劈了你。"审荣摸着火辣辣的脸颊，辩解道："我这也是为我们审氏一族百余口人着想。万一城破，我审氏一族便遭灭门矣。"审配恨恨地说："幽州尚在，并州尚在，袁氏还在。忠臣不事二主。你若再说丧气话，动摇军心，我先斩了你！"旁边副将赶快劝解，审荣不敢再吭声。审配告诫道："你给我守好东门，再敢胡思乱想，我先拿你开刀。"说完悻悻而去。

待审配走后，审荣越想越不是滋味，邺城早已断粮，城中百姓已有人食人现象。袁尚不知所踪，并州、幽州的救兵犹如纸上画饼，将士们更是毫无斗志。而叔父一意孤行，非要一条道走到黑，更可怕的是，若曹军攻破城池，我审氏一族必遭灭门。想想后脖梗就发凉，无论如何也不能任由叔父这样闹腾下去。于是决定亲自出城与曹操谈判。只要曹操能确保审氏一族安然无恙，就献了东门，归降曹操。若曹操不答应，横竖战死就是了。主意打定，当晚审荣乔装改扮，吩咐心腹在城上接应，自己潜出城去，来到曹军营寨，指明要见曹公。士卒不敢怠慢，将其押到大帐，禀报给曹操。曹操一听，连忙迎接。由于时间紧迫，审荣不敢久留，便开门见山，把自己欲献城门的打算一五一十告诉了曹操，并提出了自己的条件。曹操一听大喜，连忙应承："审荣将军放心，只要你献了城门，便是头功一件，不只你审氏一门老小安然无恙，就是审配将军，只要他愿意，我将表奏他到朝中任职。"审荣非常高兴，当下约定，明天曹军攻城时献出东门。曹操亲自将审荣送出营寨，目送他消失在夜色中。

第二天曹军发起总攻，喊杀声此起彼伏，曹仁奉命率本部兵马突进到东门，审荣早命人将东门打开，曹军依次涌入城中，按照事先的部署，分头向其他城门进攻，配合城外的曹军，夺取邺城各城门。曹仁亲率一部兵马，去攻占冀州署衙。

这时审配正在南门城楼上督战，指挥士卒用箭矢、礌石、滚木打击攻城的曹军，忽然听到城内响起杀声，也不知道曹军什么时候，从哪里攻进了城，赶快率一部分士卒下了城楼，朝响起杀声的地方奔去，要把突入城里的曹军赶出去。

邺城的守军早已丧失了斗志，只是由于审配巡视得紧，才无可奈何地坚守着。如今城外曹军攻得紧，城内各门也到处是曹军的喊杀声，只以为曹军已攻占了邺城，纷纷放下武器，以求保命。各城门守将眼睁睁看着曹军大队人马涌入城中，邺城迅速被曹军攻占。

曹操来到冀州署衙，刚登上大堂，就见审配被曹仁和夏侯惇五花大绑押了过来。原来审配闻城中曹军攻入，连忙带人前去堵截，这时得到报告，曹军朝冀州署衙攻去，审配知道冀州署衙没有多少兵马，便朝冀州署衙赶去，这时曹仁已攻占署衙，一边令人防守，一边迎着审配而去，双方激战，审配兵马难抵曹仁的攻击，只好边战边撤。这时从南门攻入的夏侯惇截住了审配的退路，两下夹击，审配知道逃生无望，死战到底，被曹仁、夏侯惇俘获，押着来见曹操。

见到曹操，负责看押的士卒令审配跪下。审配充耳不闻，挺胸站立。看押的士卒就要动手，强令审配跪下，曹操摆摆手，示意士卒退下，说："审配别驾，前些天我在城外巡视时，你一下子集中了那么多箭矢朝我齐射，险些要了我的性命。"审配"哼"了一声，大声说："只恨当初箭矢太少，否则早已射杀你了。"曹仁、夏侯惇皆呵斥审配。曹操说："卿忠于袁氏，也是情有可原。"话中已透出为审配开脱的意思。接着曹操笑问："你知道我是怎么攻入邺城的吗？"审配说："不知道。"曹操说："是你侄儿审荣献的城门。"审配恨恨地说："我审氏一族出了败类，真乃一大耻辱。"曹操说："你说得不对。自古道'天下大势，浩浩荡荡，顺之者昌，逆之者亡。'袁氏骨肉相残，尽失民心，审荣不过是做出了明智的选择而已。"审配仰着脸，"哼"了一声，一副不屑的神情。

恰在此时，辛毗嚎哭着进来，一见审配，挥起手中的马鞭，劈头盖脸朝审配抽去，一边大骂。审配一边躲闪，一边回骂。曹操忙问怎么回事？辛毗边哭边说："我进入城中，直奔监牢而去，想赶快把我的兄长一家及宗亲们放出来，不料赶到监牢一看，我兄长一家老小及宗亲，俱被审配下令斩杀。我当场哭晕在地，被人救醒。听说审配被捉，特赶来向曹公请求，亲手诛杀审配及审氏一门，以报此仇。”

曹操原本要留审配性命，看到伤心欲绝的辛毗，再看颇为洋洋得意的审配，曹操说："真够歹毒也。"于是下令将审配交与辛毗。辛毗又要求将审配一家老小及审氏一族全都交与自己。曹操说："审荣献城有功，审氏一家老小及宗族无罪，不予追究。佐治节哀，应以大局为重。"辛毗只好将审配押了下去，亲自斩杀，为辛氏一族报了仇。曹操又派人协助辛毗将辛评一家老小及辛氏一族宗亲安葬。接着又令陈琳起草安民告示，张榜公布，安抚邺城百姓。

然后曹操对荀攸、郭嘉、贾诩说："大将军府离此不远，咱们去见见袁绍的夫人，顺便看看有没有人惊扰。"贾诩说："我从未与她见过面，彼此并不相识，我就不去了。"曹操说："也好，冀州署衙那些新归附的掾属要甄别，哪些可以留用，哪些需要遣返，你身为冀州刺史，可自行决断。你候任了这么久，现在就走马上任吧。"招呼荀攸、郭嘉："咱们去看看这位老嫂子。"

袁绍的大将军府与冀州署衙相隔不远，三人出了冀州府，向左一拐，走不多远，便是大将军府，只见门口有几个曹兵在站岗，曹操问："你们是谁的部曲？"士卒答："禀告曹公，我们是曹仁将军的部曲，现随假司马曹丕到此。"曹操问："曹丕呢？"士卒答："说是到府中巡视一下，看有没有违犯曹公禁令，惊扰袁府的人。留我们在此守卫。"曹操初听士卒说曹丕进入府中，便皱起了眉头，后听士卒的解释，便点了点头，迈步进入府门，朝后堂走去。

原来曹丕随曹仁在审荣的策应下攻入东门，按事先约定，随曹仁直捣冀州署衙，无意中见一宅院，比冀州署衙还要巍峨壮观，近前一看，门上匾额的四个大字"大将军府"金光闪闪，他想这肯定是袁绍的家宅了。年轻人的好奇，促使他想进去看看，想到父亲有令，攻占邺城后，任何人不得私入袁府内，便犹豫起来。但很快就找到了借口，命令跟随的士卒说："曹公有令，任何人不得私入袁府。你们在门外站好岗，我到里面巡视一番，看有没有人违反禁令。"说着抬腿进了袁府。

袁绍的妻子刘氏就住在最后一进的院子里。自从听说曹军在邺城外，举着袁尚的印绶、节钺、衣服炫耀时，她的心就一直揪着，每日以泪洗面。最疼爱的儿子生死不明，这让她备受煎熬。刚刚家仆来报，曹军已攻入城内，双方正在激战，她知道大祸就要临头。看着陪在身边，惊恐万状的二儿媳甄氏，她心里直后悔，当初应让她随袁熙回幽州。可谁会想到事情是这个样子呢？袁绍离开才两年多，冀州就发生了这么大的变化，这是做梦也想不到的。外面的喊杀声让这婆媳二人紧紧依偎在一起，互相壮胆。渐渐地喊杀声越来越稀落，外面是什么情况，她们一概不知，又不敢出外探看，只在屋里互相劝慰着。

正在这婆媳二人胡思乱想之际，猛听婢女在外惊呼："你是谁？怎么进来的？"随着话音跨进来一个英俊的小校，腰挎佩剑，盯着二人问："你们是什么人？"刘氏战战兢兢地答："我是袁绍大将军正室刘氏。"惊恐中仍透着一股高贵之气。小校又一指甄氏："她是什么人？"刘氏答："这是我二儿媳甄氏。"小校命令道："转过身来让我看看。"甄氏浑身如筛糠般，在刘氏的挽扶下，慢慢转过身来，头低着，未拢的长发披散着。小校命令："抬起头来！"甄氏一双惊恐的眼睛望着小校，双方打了照面，小校心中一震，这甄氏虽未梳妆打扮，但她的美艳还是让他感到似有一股酸麻的感觉在全身流过。他盯着甄氏，甄氏害羞地朝刘氏身后躲，更显得娇媚。这时小校的语调似乎柔和了些，说："你们别怕，我是曹公的长子曹丕。我父有令，任何人不得私入袁府，我是来查看是否有人违反这一禁令的，请刘老夫人放心，也请甄少夫人放心，我保证你们不会受到任何伤害。"甄氏这才大着胆子偷眼瞧了瞧眼前自称曹操长子的曹丕，看他似乎未及弱冠，稚气未脱，却精神抖擞，气宇轩昂，心中倒有了几分好感。曹丕被她这么一看，更觉脸上发烫，连忙说："我已派人在外值守，确保无人敢冒犯二位夫人。告辞！"说着，转身退出屋子。他自己也不清楚，怎么心里竟有点慌乱。

待他走出后院，心里还在嗵嗵地跳，迎面碰见父亲、荀攸、郭嘉等人，赶忙让在路边，施礼。曹操盯着他问："你怎么跑到这里来了？"他语无伦次，也不知自己回答了什么。曹操问："我不是已经下令，任何人不得私自入袁府吗？"曹丕定定神说："我留下人在门口值守，进来看看有没有人违反父帅的禁令。"曹操问："看来我得奖励你了，有没有人违反呢？"曹丕摇摇头，干脆地答："没有，里面一切正常。"曹操望着他说："好了，你出去吧。"曹丕得令，长出一口气，赶紧溜了。

曹操等人来到后堂，先令家仆们通报，然后进入屋内，见一老一少两位妇人，慵妆凌乱，惊恐不安地相拥在那里。曹操跨前一步，说："嫂夫人可好？"刘夫人方才回过神来，说："是孟德贤弟啊。这两位是——啊，认出来了，你是郭嘉，这位是……"荀攸上前说："我是荀攸，嫂夫人忘了吗？""是公达贤弟啊，我们可有许多年未见面了，猛一下还真有点认不出了。"说着，赶紧命家仆们招呼他们坐下，端出果蔬招待他们。

三人坐定，曹操说："自初平年间相别，我们已有十几年未见面了，公达时间更长吧。"刘氏说："是啊，一晃十几年了，我们也都老了。"曹操说："是啊，我都五十岁了。"又一指甄氏："这位是？"刘氏忙把甄氏朝前一推，说："忘介绍了，这是二儿媳甄氏。因我身体一直不好，未随熙儿到幽州，留在这里照顾我。来见你曹世叔。"甄氏心里已经安稳多了，头发已临时挽了起来，大大方方地朝三人施礼，说："曹世叔好，荀世叔好，郭大哥好。"曹操这才留神看了一眼甄氏，心中说："早闻袁绍的二儿媳漂亮，今日一见，果然非同一般，真是个大美人。"

待甄氏问过好，曹操对刘氏说："本初兄身体一直不错，没想到走得这么突然。我得知消息后，心中着实感到悲痛。后来听说两位公子相争，伤了和气，就来替他们劝劝架。"刘氏赶忙问："不知我那尚儿如今怎样了？"曹操说："据说现在可能在中山国吧。"刘氏"哦"了一声，久悬的心终于落了下来，说："这孩子有点倔，让曹公费心了。"曹操说："嫂夫人派人去劝劝他，还是放下兵戈，归降朝廷。看在本初的份上，也不会难为他。"

接着曹操又问了一些府中的情况，说："我随后派人守好府门，不会有人来打扰你的。嫂夫人放心，本初虽然不在了，也不会让你们流落街头的。以后的吃穿用度，由朝廷供给，缺少什么，随时告诉我。"一席话说得刘氏感激涕零，"没想到曹孟德这么有情有义。"她在心中这么说。

曹操站起身来，说："时间不早了，嫂夫人歇息吧，我准备这两天抽时间到本初墓上亲自祭奠一下。"刘氏千恩万谢，让家人送曹公出来。

从袁府出来，曹操说："袁绍的妾室一个也没看见，看来传说是真的了。"郭嘉说："刚才趁你们说话的空儿，我在暗中询问了袁家仆人，说是真的。刘氏性情酷妒，袁绍刚死，就把他的五个宠妾全杀掉了，怕她们在地下与袁绍重逢，不但把她们的头发都剪了，还用墨把他们的脸都涂抹了，这样，到了地下，袁绍就认不出她们了。"曹操说："当初在洛阳时，我就知道这个女人不简单，他不但妒忌心强，还非常任性，就因为偏爱小儿子长得漂亮，就上下活动，非要袁绍把爵禄传于袁尚，弄得两个儿子反目成仇。"荀攸说："女子干政，手伸得太长，终不是好事。"

回到冀州署衙，曹操命人准备祭祀用的太牢及一应物品。将士们听说曹操要祭祀袁绍，都不理解。曹洪第一个反对，说："我们与袁氏势不两立，双方征战多年，现在却要祭奠他，实在让人不可理解。"曹操说："虽然双方为敌，但青少年时我与他毕竟是最好的朋友。这段经历是抹不去的，也是值得纪念和回味的。"大多数将领掾属仍想不通，荀攸私下说："曹公祭祀袁绍，一是为当年的友谊，二是为了稳定冀州的民心。袁绍经营冀州十多年，四世三公的族望和他宽厚的待人，笼络了不少士人，通过祭祀可以化解一些人的怨恨和不满。"经荀攸一番解释，许多人不再反对了。

祭祀用品齐备后，曹操选定日子，带上主要掾属及将领，并要求刚归附的冀州掾属都参加，出城十数里，来到袁绍墓前。望着大墓上长出的野草，曹操感慨道："才不过两年多，墓上的野草就这么密了。"又指着墓上的柏树，说："这些柏树都成活了，长势也非常旺盛。可当年种植它们的主人，现在却天各一方，有的已反目成仇。"

这时史涣已经招呼着将太牢及祭品等摆好，荀攸主持祭礼。曹操点上高香，插在香炉上，又斟满酒爵，取出祭文宣读："大将军冀州牧邺侯袁绍，生于名门望族，自少年起，便志向高远……"曹操回忆起少年时代与袁绍的友情，潸然泪下。接着又回忆了与袁绍共组关东联军，讨伐董卓，剿除黄巾，征伐公孙瓒，说到动情处，更是激情难抑；又说了袁绍结交甚广，宽厚待人，致硕儒名士齐聚河北，最后话锋一转，说："袁公归天，致两子纷争，战火不断，累及百姓。吾受天子诏命，前来排解纷争，若袁公在天有灵，可使二子以大局为重，捐弃前嫌，共保汉室，共续袁氏一族之辉煌。"祭文念完，将其点燃，化为青烟，飘上天空。归降的冀州文武哭声一片。祭奠完毕，各文武掾属都非常感激曹操，冀州许多郡县守令闻知，也心悦诚服。

冀州初定，这日曹操与文武掾属在冀州署衙商议事情，曹操问陈琳："都说冀州是大州，人才济济，孔璋兄能否将出类拔萃者举荐上来，参与冀州的治理？"陈琳说："人才倒不少，眼下就有一位。"曹操问："在座者可有此人？"陈琳摇头说："此人姓崔，名琰，字季珪。曹公刚把他从狱中放出，现正在家休养。此人性格内向，不善言谈，喜论军事，后以琴书自娱。被袁绍征辟后，多次直谏，引起袁绍不满。就在袁绍与曹公官渡之战前，崔琰还力劝袁绍：'天子在许，民望助顺，不如守境述职，以宁区宇。'袁绍斥之不听。后袁氏二子相争，争欲得琰相助，崔琰称疾固辞，不参与二子的事，被袁尚一怒之下投入狱中，还是曹公到来，才被释放出来。"曹操说："如此正直之人，你现在就去把他请来。"陈琳即刻去请崔琰。

很快崔琰就随陈琳来到。曹操望去，见此人身高八尺，眉目疏朗，须长四尺，甚有威重，便肃然起敬。提起冀州来，曹操夸赞道："都说冀州是大州，这几天我巡检冀州户籍，果然不差，冀州至少可得三十万甲兵，看来名不虚传。"话音刚落，崔琰板着脸说："今天下分崩，九州幅裂，二袁兄弟亲寻干戈，冀州百姓尸骨遍露于野，未闻曹公仁声先路，存问风俗，救其涂炭，而先校计甲兵，唯此为先，这难道是冀州士女所望于明公的吗！"

闻听此话，在座的文武掾属皆大惊失色，料曹操必怪罪崔琰。曹操也是一愣，随即歉意道："季珪先生说得对，曹某轻狂了，还请先生原谅。现在已是秋八月，庄稼已经成熟，就要进入收获季节，随之而来的便是田租赋税的征收，冀州是大州，人民众多，赋税征收的额度和总量是多少？"崔琰说："这些年，冀州的世族豪强一直在大肆兼并土地，失地农民沦为他们的家奴，便不交田租赋税，反而将田租赋税转嫁到百姓身上。再加上连年征战，田租赋税年年加码，各级官吏又趁机私下征收，致使百姓的赋税非常沉重。许多人实在交不起，被逼无奈，只好投了黑山军。这也是黑山军久剿不灭，越剿越多的原因。具体百姓身上赋税有多少，实在没有个准数。"曹操问："袁绍就没有治理这种乱象吗？"崔琰答："袁绍是依靠这些世族豪强来治理冀州的，他不光不整治他们，反而处处维护他们。比如邺城中审氏一族，在审配的唆使下，把官府通缉的罪犯隐匿在府中，充当打手，组建了一支族兵，又靠着这支族兵，巧取豪夺，大肆兼并土地，邺城周边的百姓恨之入骨，像审配这样的大大小小的世族豪强，在冀州比比皆是。"曹操说："听季珪先生一说，情况还比较严重。我现在征拜你为冀州别驾，咱们先一起商讨看如何减轻百姓的负担。"

看到曹操闻过则喜，心系百姓，崔琰感叹道："曹公与袁公果然不一样，孰胜孰负，乃在天理。"

随后，曹操亲自走访了冀州许多人士，又派人到各郡县调查了解情况，与荀攸、贾诩、崔琰等商量后，亲自起草了一份蠲免冀州田租赋税的公告："有国有家者，不患寡而患不均，不患贫而患不安。袁氏治理冀州期间，有负朝廷重托，默许世族豪强大肆兼并土地，致使这些土地应缴的田租赋税，转嫁到百姓身上，纵使百姓卖光家产，也交不起赋税。尤其审配一族，阴庇罪犯，置朝廷法令于不顾，为所欲为。冀州如此乱象，怎能让百姓亲附。为使冀州百姓休养生息，自今日始，所有抢占兼并的土地，一律返回原主，百姓每户交纳田租每亩四升粮谷，绢二匹，棉二斤。确有困难者可免除租赋。任何人不得擅自增收。各郡国守相严格督查之，坚决不允许世族豪强再将自己该交的赋税转嫁到百姓身上。若有违犯，严惩不贷。"

蠲免田租赋税的公告一经颁布，冀州百姓无不欣喜，形势很快稳定下来。

收复冀州的捷报报到许都，汉献帝立刻颁布诏命，令曹操领冀州牧。曹操接受诏命，表奏冀州刺史贾诩改任太中大夫，并奏报汉献帝，让出兖州牧一职，表奏程昱为兖州刺史。

紧接着，曹操派人到并州，劝高干归降，并允诺，如归降仍留任并州刺史。高干觉得可保并州无虞，表示愿受朝廷节制。高干任命的上党太守郭援，侵犯河东时被庞德斩首，曹操表奏赵亮为上党太守。高干虽心中不愿，也只得表示接受。

就在此时，曹操接到斥候报告，袁谭在此期间，又趁势夺占了安平、渤海、河间等郡、国，在中山国遇到败退的袁尚，将其包围。此时袁尚元气大伤，向袁谭求和，袁谭不许，双方大战，袁尚兵败，只身逃往幽州，到故安投袁熙去了，其部曲尽被袁谭兼并，中山国已落入袁谭之手，自此袁谭势力空前壮大。斥候报告，现在袁谭又以得胜之师，欲夺取常山。曹操立刻派人告知袁谭，自己已被天子诏命为冀州牧，让袁谭把夺占的冀州北部诸郡国县邑让出来，回到青州，不要插手冀州的事。

袁谭本以为消灭了袁尚，自己可以承袭袁绍的爵禄，入主冀州，就任大将军、冀州牧、袭封邺侯，没想到天子诏拜曹操为冀州牧，这让袁谭大为恼火。现在曹操又派人来专程告知，让自己让出所夺占的冀州诸郡国，心中更是气愤，对郭图说："我费尽心机，屡次拼杀，好不容易得到了这些地盘，现在曹操嘴唇一动，就让我让出来，世上哪有这样的好事。况且冀州本就是我袁氏所有，该让出来的是他曹操。现在我们该怎么办？"

郭图略一沉思，说："我们与曹操的结盟只是权宜之计，现在袁尚已败，双方再无结盟之必要，下一步为争夺冀州必刀兵相见。现在已进入冬季，大地就要上冻，曹军大都是中原人，难以适应北方的气候，估计暂不会有大的行动。我们可以趁此机会，派人到荆州联络刘表，与其结为盟友，让他从背后袭击曹操。曹操受到牵制，必不敢倾力进攻我们。现在冀州北部各郡国已为我所有，可利用地利优势，联合乌桓各部共同抗曹。乌桓兵马强悍，曹军势难抵挡，如此，可确保我们夺回邺城，入主冀州。"

袁谭闻听大喜，却担心道："乌桓会与我联手吗？"郭图说："主公有所不知，当初袁公在时，辽西乌桓首领曾请求与袁公和亲，袁公趁机以朝廷名义，赐上谷、辽西、辽东、右北平等部乌桓首领为单于，并颁授印绶，自此与乌桓各部建立联盟，共击公孙瓒。这之后，双方关系一直不错，请求乌桓相助，必能成功。"袁谭连呼其妙，分别派出使者南到荆州去见刘表，北到乌桓各部落联络，以求派兵相助。而对曹公的相劝，不理不睬，置若罔闻。

袁谭如此傲慢，曹操怒火中烧，知道劝说无用，于是正告袁谭，废除当初订立的婚约，亲率大军征讨袁谭。袁谭没料到曹操会在冬季发动进攻，赶忙调集兵马应战。一场激战，曹军夺取了中山，袁谭败退到龙凑。这时袁谭收到刘表来信，信中痛斥袁谭不听劝告，兄弟相争，致有其败。并以荆州远离冀州，无法驰援为由，拒绝出兵。这让袁谭慌了手脚，只好把希望寄托在乌桓出手相助上。

第八十章

假诏命牵招封峭王　念旧恩王修哭袁谭

曹操得到斥候报告，袁谭正与乌桓各部落联络，请求他们出兵相助。目前只有辽东峭王苏仆延已经应允。曹操欲派人前往辽东劝说峭王苏仆延罢兵，正在犯愁没有合适的人选，侍卫来报："有一自称牵招的人，请求拜见曹公。"一旁的陈琳说："巧了，出使辽东乌桓的人有了。"曹操问："这牵招何许人也？"陈琳说："这牵招本是袁绍的督军从事，兼领乌桓突骑，袁绍卒，又跟随袁尚。曹公攻邺城期间，袁尚派他到上党督运军粮，不知为何竟到了这里。他与乌桓各部俱熟，可派他去劝说峭王苏仆延。"曹操闻听大喜，立刻召他进来，牵招施礼致谢。曹操说："刚才陈琳已经把你的情况简要告诉了我，说你本在上党，为何到了这里？"牵招说："说来话长，我本找高干在上党筹粮，闻我家主公袁尚兵败逃到中山，我劝高干说，并州左有恒山之险，右有大河之固，带甲十万；北阻强胡，若迎袁尚到并州，两家兵马相合，再观形势变化。没想到高干归降了曹公，打算暗害我，我得到消息，连夜逃出并州，本欲追随袁尚，这才来到中山，又闻袁尚被袁谭击败，部曲被袁谭兼并，只身逃往幽州。这时听说冀州掾属皆归顺了曹公，受到了曹公的重用，就想到邺城找曹公，还未动身，曹公率兵马到了这里，就来拜见曹公，不知曹公肯接纳否？"曹操连连说："欢迎！欢迎！你就留在我身边任从事吧。眼前恰有一事，要麻烦你。"牵招说："曹公请讲！"曹操便把乌桓峭王苏仆延准备出兵助袁谭一事说了，然后说："希望你前往辽东劝说苏仆延，让他罢兵。"牵招说："事情紧急，我这就动身，一定设法阻止苏仆延出兵。"曹操立刻命人准备马匹，又派了几个随从，跟随牵招出使辽东。

牵招肩负重任，不敢耽搁，一路向北，出塞外到辽东，果见苏仆延已调集兵马，准备南下助袁谭。牵招来到峭王府，听说苏仆延正设盛宴招待平州牧公孙康的使者韩忠，说是奉公孙康之命，带着印绶来赐予苏仆延单于名号的。牵招略一思索，忙让门吏通报，说："我乃牵招，奉曹公之命，特来正式诏拜峭王为辽东乌桓单于，印绶与诏书随后一起送到。"很快里面传来："有请牵招。"牵招进了峭王府，果见大堂上摆满了几案，上面摆放着佳肴美酒，众文武宾客正觥筹交错。苏仆延见了牵招，哈哈大笑，说："今天真是大喜的日子。平州牧公孙康派使者韩忠，带着印绶来赐我单于名号，这场盛宴就是为他准备的。没想到你又送来了曹公的表奏，看来我得好好庆贺一番了。"说着让牵招入座。

酒过三巡，苏仆延说："我有一事不明，昔日袁公诏拜我为单于，并授我单于印绶；今曹公又说表奏天子，诏拜我为单于，也有印绶；可平州牧公孙康又派韩忠来授我单于印绶，那么，究竟谁的印绶是真的，谁的印绶是假的？"在座的部落千夫长、百夫长齐望向牵招。

牵招扫视了一眼在座的诸位，不慌不忙地说："昔日袁公为大将军，可以表奏天子诏拜单于，授予印绶。现在袁公已薨，曹公为三公，表奏峭王为单于，更是名正言顺。而公孙康不过是朝廷治下一边郡太守而已。矫诏自称平州牧，已属大逆不道，擅自制作单于印绶，私相授受，更是国法不容，人人皆可诛之。"

韩忠听了此言，站起身说："我辽东在沧海之东，拥兵百万，又有扶桑、秽貊之用。当今之世，强者为上。曹操不过也是一州牧而已，何言自己是正统。"

牵招拍案而起，怒斥道："曹公顺应天命，拥戴天子，伐叛柔服，宁静四海。公孙康今恃险远，违背天命，擅行私立，侮弄神器，以陷峭王于不义，我正要替天子诛杀叛逆。"说着扑到韩忠面前，揪住韩忠的头发，拔出佩剑，就要将其斩首。苏仆延震惊，慌忙起身，来不及穿鞋，冲上去抱住了牵招，命人将韩忠拉下去。在座的人都大惊失色。牵招在苏仆延的劝说下，回到座位上坐下，说："曹公位居三公，今奉天子之命，以讨不臣，师出有名。若拒之，便是与朝廷相抗，则天下共诛之。且曹公运筹帷幄，用兵如神，刘备、吕布、袁术、袁绍等人皆败于其手。请问峭王比袁公还强吗？不如趁此与曹公修好，可保辽东乌桓平安。"峭王被牵招的凛然正气所震服，又觉得牵招说得在理，便说："你一席话提醒了我，险些被公孙康和袁谭利用了。"慨然接受了曹操的表奏。众千夫长、百夫长皆跪贺。随即将韩忠驱逐，并下令兵马各回营寨，不理睬袁谭。牵招告辞，回邺城将临时假曹公之名表奏苏仆延为单于一事说了，曹操感佩其临机决断，说："我正要表奏峭王苏仆延为单于。"于是表奏献帝，将单于印绶派专人送到辽东。

在曹军的凌厉攻势下，袁谭损兵折将。郭图建议："放弃龙凑，退回平原，利用平原城的坚固城池，固守待援。"袁谭赞成，令别驾王修速到乐安，找太守管统，调运一批粮草到平原，准备长期坚守。王修领命，带上数十随从，奔乐安去了。袁谭率兵马边战边撤，回到平原。曹军一路追歼，紧跟着也到平原，接着发动了几次进攻，都未能得手。此时已进入腊月，呼啸的寒风吹得曹军将士浑身打颤，曹操终于领略到北方冬季的寒冷。将士们的冬装到了这里好像不起作用了，冷风犹如针锥直刺到骨头缝里。曹操对荀攸说："没想到这里的风这么厉害。"这时夏侯惇来报："主公，太冷了，将士们都不愿意出营寨，纷纷要求撤兵，待来年开春后再攻打袁谭。"曹操坚定地说："经过我们的沉重打击，袁谭已是强弩之末，若此时撤兵，明年开春再进攻，他就会缓过劲来，我们就会前功尽弃。告诉将士们，再咬紧牙关挺一挺，我们一起想想办法，多打一些柴来，生火取暖。"

曹军一波接一波的攻击，让袁谭难以抵挡，感到了巨大的压力。所盼望的乌桓援兵迟迟不见踪影，他与郭图商量："这样死等不是办法，不如我们放弃平原，向北撤往辽东，与乌桓峭王合兵一处。"面对严峻的形势，郭图、辛评也非常赞同。于是袁谭下令："所有将士把能带的东西都带上，向北撤退。"将士们接到命令，全都慌了手脚，看来主公是不打算回来了，于是有家眷的把一家老小也都带上，恨不得把家都搬了。

选定吉日寅时，袁谭下令打开北门，袁军涌出了平原城。值夜的曹军发现后立刻报告，曹操下令追歼。袁谭边战边撤，不敢恋战，直战到天亮，撤到南皮，已是筋疲力尽，曹军又迅速包围了南皮城，接着发动了进攻。袁谭望着城外曹军的重重包围，情绪相当低落，甚至感到了绝望。郭图说："主公，我有一个办法可让曹军退兵。辛毗在曹操那儿得到重用，可让辛评前往曹营，面见辛毗，让他劝曹操退兵。我想辛毗不会忘了旧主吧。我们答应曹操不再染指冀州，所占郡县全部让还，冀青两州互不侵犯，双方重续秦晋之好。只要保住了青州，以后我们还会有办法的。"听了郭图的话，袁谭忽然感到前景光明起来，于是第二天挂出免战牌，派辛评出城谈判。

曹操得到报告，派辛毗到营寨外迎接辛评，兄弟两人潸然泪下，互相劝慰。

见到曹操，辛评首先感谢曹公派人帮助辛毗安葬了自己的一家老小，接着便转达了袁谭求和的愿望。曹操说："冀州本不属袁谭，不存在让与不让。前次袁谭助汉室讨伐叛逆袁尚，当属义不容辞。但他却趁机夺占冀州郡县，挑起战端。如今只有交出兵马，交出青州，我向朝廷表奏他回汝南老家任太守。"辛评说："如曹公所说，是不接受我家主公的求和了？"曹操说："袁谭反复无常，言而无信，他是想用缓兵之计，以获喘息之机。辛评先生必知农夫与蛇的故事，我岂能上这个当？"辛评知已无再劝之必要，便起身告辞。曹操说："辛评先生就不要回去了，留在我这里担任从事吧，与你弟辛毗在一起岂不更好？"辛评说："我久事袁氏，得以重用，袁氏今日有难，我岂能背之？曹公之情，我当谢之。"坚持要回袁谭那儿，辛毗再劝也不听。

辛评回到南皮，对袁谭说："曹公有言，若要休战，可交出兵马，交出青州，回汝南老家任太守。"袁谭闻言大怒："你弟辛毗叛我归曹，辜负了我对他的信任。如今是不是你兄弟两人又暗中勾结，将我出卖。来人，将辛评押起来！"辛评自闻一家老小被审配杀害，精神萎靡，身体每况愈下，今听袁谭如此说，一口气堵在心口，昏了过去。郭图连忙劝解："主公不要急昏了头，辛评若叛，就不会回来了。"同时急呼辛评，辛评终于醒了过来，郭图派人陪辛评回去休息。袁谭也感觉刚才有点失态，命人找医者给辛评医治。

郭图劝袁谭说："南皮还在我们手中，事情总有转圜的余地。现在正是腊月，据斥候报告，曹军冬衣较薄，已有人冻出病来，我料曹军要不了多久必会撤兵。当务之急，是再派人到辽东，催促苏仆延出兵。"听了郭图的主意，袁谭逐渐冷静下来。

南皮已围多时，却迟迟攻不下来，让曹操不免有些着急。这天，曹操接到夏侯渊的报告："运送粮草的船只被河水冻住，现在动弹不得，士卒们正在想法凿冰，粮草可能无法按时到达。"原来夏侯渊奉命从敖仓押运一批粮草到南皮，路上河水已经开始结冰，船队沿滏水一路向北，走到武邑，晚上停船休息，一场寒流袭来，第二天开船时，却发现船只被冻在了河中，这才赶快向曹操报告。

　　粮谷无法按时到达，让将士们忍着寒冷再忍着饥饿，这仗还怎么打？曹操下令，就地征用劳役，加速凿冰，一定要尽快将粮草运到。

　　过了两天，夏侯渊又报告："征用的劳役受不了凿冰的苦，全都逃跑了。"曹操大怒："继续征用劳役，一定要凿通水道。派兵马追捕那些逃跑的劳役，一经抓获，一律处死，以儆效尤。"

　　曹操翘首以盼，等待粮船的到达。这天傍晚时分，侍卫来报："有几位百姓，说是有事求见曹公。"曹操疑惑，令他们进来。不一会儿，有几位农民装束的百姓来到帐中，身上的棉衣补丁摞补丁，见到曹操，纳头便拜，拖着哭腔说："曹公在上，我们是逃跑的凿冰者。不是我们不想为曹公凿冰，也知道船队运的是军粮，十万火急。可这冰冻得太厚，凿下去一个白点，犹如石头一般，一天凿下来，手又冻又震，都裂出了大口子，却让船走不了几步路，我们害怕误了曹公的大事，被问罪，只好跑了。"曹操问："难道你们现在不怕死了？"他们说："凿不完冰，军粮运不到，是死，现在被抓住，也是死。横竖是死，我们知道今天来见曹公定难活命，只是想求告曹公，放过那些逃跑的百姓，即使抓回来，让他们继续服劳役就行了，不要处死他们。一切都怪罪我们几个，斩我们好了。"

　　曹操站起身，让他们伸出手，果然每人的手心手背都是裂开的血口子，纵横交织着。曹操回身坐在几案旁，想了想，说："你们说的都是实话。虽然如此，但我已经下了命令，如果不追杀你们，那我的命令就视同儿戏。若杀了你们，又实在于理不合。这样，你们回去告诉乡亲们，先到外面躲一阵，不要让士卒们找到你们。我这里也就睁一只眼闭一只眼，不再追究就是了，等过了这一阵，自然也就没事了。"几位百姓千恩万谢，告辞曹操，回去了。曹操下令，停止凿冰，改由将士肩扛背驮，先将部分粮谷经陆路运到南皮，攻城将士各守营寨，待来年开春，冰雪融化，再发动进攻。

　　曹军一直没有攻城，袁谭疑惑，派斥候潜出城外打探，果然是曹操的运粮船被冻在了武邑。袁谭大喜，料曹军解冻以前不会进攻南皮，只盼派往辽东的信使，能催促苏仆延来助战。然而正月末，信使回报，苏仆延受曹操表奏，已得单于印绶，婉拒了袁谭的请求。袁谭大失所望，情绪立刻降到了冰点，对郭图说："马上进入仲春二月，河水解冻，曹操军粮运至，必要攻城。我们外无援兵，继续坚守南皮，终究是个死。"郭图说："据斥候报告，袁尚逃入幽州，与袁熙一起，联手三郡乌桓，抵抗曹操。我们不如也前往幽州。"袁谭说："袁尚与袁熙关系交好，我若前去，不知袁熙肯接纳否？"郭图说："事已至此，只有这一个办法。况且兄弟之间，总不能见死不救。"袁谭下决心说："既如此，那就赶快行动，若等到仲春二月，曹操发动进攻，再走就迟了。"于是在城中调动兵马，准备伺机突出南皮。这时辛评的侍从来报："辛评重病在床，已不能动了。"袁谭颇有悔意，对郭图说："只好留下他了。"

看到袁谭准备弃城逃跑，引起了一个人的注意。此人姓李名孚，原是袁尚的主簿。当袁尚中山战败，孤身逃走，其兵马及掾属被袁谭兼并，这样李孚跟随袁谭到了青州。他一直对袁谭不满，立誓要为袁尚报仇，得知袁谭要逃，就私下潜出城，来投曹操。将袁谭要弃城逃跑的路线、时间、方向等详细告诉了曹操。曹操立刻调动兵马，埋伏在袁谭逃跑的道路上。果然两天后，袁谭在早上寅时，打开北城门，率将士悄无声息，依次出城，在夜色中向北疾驰。眼看天色渐亮，已走出十余里，未见曹军围追堵截，袁谭悬着的心放了下来，对郭图说："曹军现在若发现，南皮已是一座空城了。"郭图也松了一口气，说："现在还不能大意，应以最快速度向前赶路。"袁谭下令："所有人马不得懈怠，加速前进。"

此时天已大亮，刚转过一个土岗，突然一声炮响，曹军像从地下钻出来一样，挥舞着刀枪戈戟，从四面八方涌来。袁谭一看不好，知道中了曹军埋伏，下令所有将士拼命抵抗，双方激战在一起。曹军以逸待劳，精神抖擞，奋勇向前。袁军只顾赶路，到此已是疲惫之师，身陷绝境，没有退路，只能以死相拼。双方从早至晚杀红了眼。曹操情急之下来到山岗上的战鼓旁，从鼓手手中夺过鼓槌，奋力擂击，将士们骤感鼓声震天，有人喊："曹公亲自擂鼓，为大家鼓劲。"将士们精神为之一振，不顾一切杀向袁军。此番攻势彻底击垮了袁军。袁谭一看不妙，纵马拼命向外突围，在侍卫们的拼死保护下，终于突出重围，身边侍卫已所剩无几。袁谭此时发髻已乱，顾不上喘息，向北疾驰。曹纯正率虎豹骑厮杀，见一人披头散发，在数十人的簇拥下向北疾驰，立刻率豹骑追了上去。袁谭侍卫阻挡，被豹骑连连击杀。袁谭慌不择路，其马一脚踏空，摔倒在地。曹纯挥戟赶到，利刃直抵袁谭咽喉。袁谭慌忙求告："请将军放过我，日后我将倾其所有报答你。"曹纯一声冷笑："死到临头还这么大口气，看这穿着打扮，想必你就是袁谭了？"袁谭刚一点头，曹纯挥戟刺去，然后取了首级，高声展示："袁谭已斩。"袁军得知，立刻土崩瓦解，纷纷投降。此时郭图也早已死于乱军之中。

曹军凯旋，回到南皮，将袁谭首级悬于南皮城门，贴出告示，说："凡有哭袁谭者，戮其全家。"曹操表奏李孚为南皮县令，抚慰百姓。这时辛毗哭着来见曹操，叙说兄长已死。曹操哀叹，令辛毗将辛评殡殓安葬。

这天，城门校尉来报："有一人对着袁谭首级祭奠，哭泣不止。"曹操大怒："我已有令在先，谁敢这么大胆。"于是亲自来看。

这哭者不是别人，正是袁谭的别驾王修。他奉袁谭之命，到乐安筹运粮草，在乐安太守管统的帮助下，很快筹齐了粮草，正准备起运，得知袁谭被曹军围困在南皮，于是决定到东莱、北海等郡调集兵马相救，并与管统约好，待他调兵回来后，与管统一起去救袁谭。然而当他马不停蹄将诸郡县跑了个遍，这些郡守县令自认自己的郡县之卒，根本不是曹军的对手，谁也不敢出兵，就以天寒地冻，不宜出兵为由，婉拒了王修。当王修奔走到高密，得知袁谭兵败，首级被挂在南皮城示众，便将跟随他的几十位手下召集到一起，说："主公已死，我们回去也没有意义了，咱们就此解散，你们都各奔前程吧。"有人问："别驾要去哪里？"王修说："自主公到青州，就征辟我为治中从事，后又被升为别驾，受到重用。如今主公遇难，我当去收尸，将其安葬，以谢知遇之恩。"大家说："你这不是去送死吗？曹公必不饶你。"王修说："那也只好听天由命了。"于是辞别众人，快马直奔南皮，来到袁谭首级下，跪地祭奠，痛哭不止。

曹操来到王修身边，问："你是何人，为何在此哭泣？"王修闻言站起，抹去眼泪，打量着曹操，说："你是曹公吧？我是青州别驾王修。得知主公遇难，特来哭悼，乞求曹公能让我殡殓尸首，将其安葬。"曹操一听是王修，心中一动。他曾听孔融多次称赞此人，正直重信义。孔融任北海国相时，王修被征辟为主簿，后在高密任县令。当时天下大乱，北海黄巾造反，围困孔融。所有人都认为此劫难逃，惶惶不可终日，孔融对大家说："王修必率兵来救我们。"果然王修率县兵连夜赶去救援，与孔融内外夹击，打败了黄巾军，解救了孔融。此事曹操听说后，脑海中留下了很深的印象。此刻他冷冷地说："你可知我已有令，敢来哭袁谭者，必将其碎尸，祸及全家？"王修指着城墙上贴的告示说：

"我已看过上面的告示，但我受袁氏厚恩，岂能将其抛尸荒野于不顾。若曹公准许我将袁谭尸骨殡殓，待安葬之后，我就自来请曹公杀戮，哪怕把我剁成肉酱，也绝无怨言。"曹操说："念你忠义，我就成全你。"随即令人将袁谭首级取下，交与王修，又吩咐曹纯，陪王修找回袁谭尸身，将其殡殓埋葬。

处理完袁谭的后事，王修来见曹操，说："谢过曹公，我今天来了，要杀要剐，任由曹公处理。"曹操连忙起身，拉其坐下，说："我听孔文举多次提到你，说你为人正直，重信义，今日一见，方信孔文举所说不假。你既为袁谭筹运粮草，那么自今日始，你就为我筹运粮草吧。兵马来到青州多日，从许都运粮路途遥远，多有不便。就地征调，你看如何？"

王修没想到曹操如此信任自己，赶忙施礼："谢曹公不杀之恩。早闻曹公唯才是举，扶保汉室，愿为曹公效劳。乐安有一批粮草，原为袁谭筹集，我这就到乐安，将其运回。"

曹操说："青州诸郡见袁谭已亡，便纷纷归降，唯有这乐安太守管统不降，我正准备派曹仁将军前去征剿，乐安的粮草管统不会给你吧？"王修说："管统乃一忠义之士，我愿前去劝降。一为免除兵戈之苦，二为曹公再收一志士，顺便将粮草运回。"曹操说："我已令人多次劝说，管统态度顽固，你去恐怕有危险。"王修说："曹公放心，我与管统私交不错，只要道理讲明，管统一定会归降曹公的。"曹操说："虽然如此，我还是不放心，我派曹仁将军与你同去，若他仍不听劝，就让曹仁将军将其剿除。"

曹仁领命，率兵马与王修一起来到乐安，王修嘱咐曹仁在城外等候，只身入城，来见管统，用诸般事实，将袁谭与曹公进行比较，说："一个燕雀，一个鸿鹄，可见高下。如今遇到明主，切不可错过机会。"经过劝说，管统答应归降曹操，并派人将原来筹措好的粮草装上大车，随王修来见曹操。曹操非常高兴，赦免管统无罪，仍任乐安太守。

送走管统，曹操统兵回到平原，安抚青州百姓。这日休沐，曹操与郭嘉、荀攸说："进城时有人指给我看王修的家，我留意了一下，看他的宅院极为普通，并不像别驾的宅院。今日无事，咱们一起去他家拜访一下。"

三人来到王修家，从外望去，见墙壁斑驳，来到门上，并无门吏把守，三人直接进院。郭嘉喊道："家中有人吗？"王修应声而出，看到三人，极为吃惊，忙将三人让入堂屋。屋中燃着一盆炭用于取暖，碳是劣质的，烟很大。屋内陈设极为简陋，唯一的几案上放着几捆简册。曹操三人席地而坐，发现座席已经烂了好几处。王修令家人出来拜见曹公。曹操见其妻及孩子穿的皆是粗布衣，有的还打着补丁，心中不是滋味，便起身到各屋巡视。果然各屋情况差不多，陈设都非常简单，唯见书房摆满了书籍，看上去不下数百册。而厨房的粮囤中存的粮谷，不满十斛。曹操吃惊地问道："这就是你家的存粮?"王修说："让曹公见笑了。"郭嘉、荀攸也都很吃惊。曹操说："袁绍治理河北，为笼络人心，施政宽厚，其各级掾属家中皆财物丰盈。咱们在邺城见审配家财更是以万计，两人都是别驾，若不是亲眼所见，真不敢相信。"曹操当即告诉荀攸："回去后弄一些粮谷和布帛送给王修，再弄一些好炭。"王修连忙推托，说："谢曹公关心，我的俸禄够用了，不能额外再收取了。"

离了王修家，曹操对荀攸、郭嘉说："王修忠直，不图虚名，家中极简朴，被褥皆补丁，筐席皆破损，是实实在在的蓬门荜户。这样清廉的官员实为少见。"第二天曹操宣布："征辟王修为司空府掾，代司金中郎将，掌管朝廷的钱币铸造及兵器农具的修造。"

管统和王修的事情，给了曹操很深的触动。为了网罗人才，稳定冀青两州的形势，曹操颁布法令："凡袁氏的追随者，自今日始，只要归附朝廷，允许改过自新。"并根据冀、青两州风俗，拟定法令："互相之间有冤仇者，一律不得行私仇报复。冀青两州风俗重厚葬，劳民伤财，使百姓苦不堪言，也自今日始，严禁厚葬。各世家大族应率先垂范，若有违令，必严惩。"

曹操的法令一经公布，许多袁氏的旧部如释重负；多年形成的私斗之风，厚葬之俗也得以扭转，民风为之一变。

魏武风云

下

禹 庆 ● 著

团结出版社

图书在版编目（ＣＩＰ）数据

魏武风云 / 崔禹庆著 . -- 北京：团结出版社，
2025. 1. -- ISBN 978-7-5234-1498-9

Ⅰ . I247.5

中国国家版本馆 CIP 数据核字第 20245WZ539 号

责任编辑：石　　晶
封面设计：安　　吉

出　　版：团结出版社
　　　　　（北京市东城区东皇城根南街 84 号　邮编：100006）
电　　话：（010）65228880 65244790
网　　址：http://www.tjpress.com
E-mail：65244790@163.com
经　　销：全国新华书店
印　　装：武汉鑫佳捷印务有限公司

开　　本：170 mm×240 mm　16 开
印　　张：71　　　　　　　　　　字　　数：1158 千字
版　　次：2025 年 1 月　第 1 版　　印　　次：2025 年 1 月　第 1 次印刷

书　　号：978-7-5234-1498-9
定　　价：298.00 元（全 3 册）

第八十一章

夺幽州焦触歃血　赴邺城张燕受封

青州的形势逐渐稳定下来，曹操准备率兵马返回邺城。这天门吏来报："有一人自称来自渔阳，受王松指派，求见曹公，并呈书信一封。"曹操疑惑，不知王松是何人，郭嘉说："此人本渔阳人，占据渔阳的雍奴、泉州、安次为王。"曹操"哦"了一声，说："他怎么想起给我来信了？"说着，接过信看了起来。信中首先称颂了曹操剪除祸乱，平定天下；又赞扬了曹操唯才是举，心系百姓，正因为此，才"愿意归附曹公"。曹操看完信，对荀攸和郭嘉说："这王松的文采不错。"随即问门吏："信使在哪里？"门吏答："就在外等候。"曹操说："让他进来，我有话问他。"

少顷，信使进来，施礼说："我是王松的从事，受我家首领委托，特来拜见曹公。"曹操说："你家首领文武双全，信的文采不错。"信使答："信是谋士刘放代写的。"曹操问："这刘放是什么人？"信使回答道："刘放，字子弃，涿郡人，本汉广阳顺王的儿子西乡侯刘宏之后。曾在郡中任小吏，后被举为孝廉。时幽州大乱，我家首领王松据雍奴、泉州、安次等地称王，就前来依之。早在曹公攻打邺城时，刘放就劝我家首领归附曹公。最近得知曹公到了南皮，更是劝我家首领说：'想当初董卓作乱，英雄并起，唯曹公能拔拯危乱，翼戴天子，奉辞伐罪，所向必克。袁术、袁绍之强，守则淮南冰消，战则官渡大败。曹公乘胜席卷，必将澄清河朔，此乃大势所趋。及早归附，必有后福。若犹豫不决，必受其制。昔日黥布弃南面之尊，仗剑归汉，希望你早做决断，归附曹公。'我家首领听从了刘放的劝告，由其代写书信，交我来向曹公致意。"曹操说："听你这一说，我倒要见见他们二位了。你快马返回，告诉他们我在此敬候。"

王松的信使刚走，就有门吏来报："有一人自称幽州刺史焦触的使者，求见曹公。"曹操、荀攸、郭嘉都不禁一愣，心说：这幽州刺史不是袁熙吗？焦触何许人也？忙令传见。少顷进来一人，施礼说："拜见曹公。"曹操问："你说是焦触的使者，他何时成了刺史？"使者说："曹公有所不知，请听我慢慢细说详情。"

原来，自袁尚在中山战败，逃往幽州，见到二哥袁熙，便哭诉了袁谭勾结曹操，夺了冀州，要袁熙替他报仇。想到邺城的母亲和自己的妻子甄氏的命运不知怎样，父亲创下的冀州大业毁于一旦，袁熙大怒，便召集幽州各郡县守令和部曲将领到故安，商讨征调粮草，扩充兵马，助袁尚夺回冀州。其中焦触和张南原本是黑山军将领，被黑山军统帅张燕任为先锋，出太行山前往幽州援助公孙瓒。不想公孙瓒被袁绍诛杀，张燕只好率黑山军撤回太行山，然而焦触和张南行动稍一迟缓，便被袁绍包围，只好投降。袁绍占了幽州，让袁熙做了刺史，焦触和张南留在幽州，成了袁熙的部下。但二人一直不被袁熙重用，常常遭到排挤。当得知曹操已攻占冀州、青州，就有心反叛袁熙，归降曹操，于是二人商定，趁此机会下手。

这时袁熙在署衙看人已到齐，只有焦触、张南二位将军未到，心中颇不高兴，便派人前去催促。不料去的人慌忙跑回来说："焦触、张南披挂整齐，正率兵马朝这里赶来，我看势头不对，恰巧碰到一个熟人，一打听才知道，说是要抓捕主公兄弟二人，献与曹操，这才赶忙跑回来报告。请二位主公赶快躲躲吧，叛军很快就到，迟了就来不及了。"所有在场的人大吃一惊，郡守县令不知所措，部曲将领离了营寨，手下无兵，也惊慌起来，有的要回营寨调兵。袁熙的侍卫急中生智，簇拥着袁氏兄弟，逃离了署衙。待焦触、张南包围了署衙，袁熙、袁尚已不知去向。

没有找到袁熙、袁尚，焦触、张南对这些来不及逃的郡守县令和部曲将领说："曹公受朝廷诏命，已收复冀、青两州，并州高干也归降曹公，而袁氏兄弟图谋抗拒朝廷大军，无疑是以卵击石，陷我幽州百姓于水火之中。我二人决定，顺应大势，归附曹公，诸位愿不愿意？"这些郡守县令，大多是刘虞任州牧时，被朝廷正式诏命的。在公孙瓒杀了刘虞占了幽州后，他们只好听命于公孙瓒。袁绍消灭了公孙瓒，他们又听命于袁绍，究竟谁才是真正代表朝廷的，他们弄不明白了，只求管好各自的郡县。近闻冀、青、并三州悉归曹公，这次袁熙召他们来，强令征粮扩军，与曹公为敌，他们心中是不愿的。如今听焦触、张南要归附曹公，便爽快地答应了。而部曲将领们，有相当一部分原本是刘虞的部下，只是不满公孙瓒，为了替刘虞报仇，才归顺了袁氏。而袁熙的亲信，此刻远离营寨，手中无兵，见焦触，张南的兵马，已将署衙包围得严严实实，敢不答应，顷刻脑袋就得搬家，于是也都表示愿随二位将军归附曹公。

焦触、张南二位将军见事情非常顺利，很是高兴，立刻令人将事先准备好的一匹白马牵来，当众宰杀，将其血盛于樽中，宣布："今日歃血为盟，同归曹公，若有违背，必遭天谴。"说罢，焦触、张南带头举樽，各文武百僚依次举樽歃血盟誓。然而别驾韩珩却不愿盟誓，冷笑说："我受袁氏父子厚恩，如今袁氏败亡，兄弟二人下落不明，我智不能相救，勇不能赴死，已属不忠不义，如果再让我北面降伏曹氏，我做不到。"闻听此言，犹如晴空里响了声炸雷，惊得在场所有人员目瞪口呆，面面相觑。张南噌地拔出佩剑，就要斩了韩珩，焦触伸手拦住，说："我们今日举大事，当立大义，事情能否成功，不待一人反对与否。韩珩效忠袁氏，也属难能可贵，可遂其志。"并令人将其暂且羁押。

使者一五一十将事情的经过叙述完毕，说："歃血盟誓完毕，焦触暂代刺史，张南任涿郡太守，派我来平原向曹公禀报，幽州归附曹公，随时听从曹公调遣。"

曹操非常高兴，对使者说："我即刻向天子表奏焦触为幽州刺史，张南为涿郡太守，二人均为列侯。只待天子诏书和敕封下达，就将印绶送去。另外告诉韩珩，我准备征辟他到司空府任掾属，若他愿意，可到邺城或许都找我。"使者领命，高高兴兴回故安复命去了。而韩珩得知曹公征辟的消息，不去就职。后来曹操回许都后，又屡次征辟，韩珩都不就，最后老病于家乡代郡。此是后话。

幽州的取得实在出人意料，这让曹操高兴了好几天。这天，王松和刘放来到平原，曹操见到他们，很是亲切，即刻表奏王松为都督，封列侯，统领雍奴、泉州、安次。王松得到正式任命，感到有了归宿，自是十分高兴。曹操对刘放说："昔日班彪依窦融而有河西之功，今天见到你，我就想到了这件事。你功劳不小，就留在我这里参司空军事，做个主簿吧。"刘放应辟，留在了曹操身边。王松高高兴兴返回雍奴，走马上任去了。

诸事完毕，曹操率兵马返回邺城。闻知消息，别驾崔琰率留守邺城的文武掾属出城迎接，共祝曹操凯旋。曹操一身戎装，骑在马上连连向大家致意。这时许攸来到曹操面前，拱手说："恭贺曹公得胜而归。"曹操也拱手施礼，向许攸致谢。许攸笑说："当初若无我献计，何来官渡之胜，若无官渡之胜，阿瞒如何能拥有河北四州？"曹操说："子远所说不错。如今之胜，细说起来，当推子远首功。"许攸听罢，洋洋得意。旁边的许褚听了，不满挂在了脸上，说："如你所说，没有你，我们就得不到这河北四州了？看来我们这数十万将士，还不及你一介书生？"许攸翻眼说："许将军所说不错，若无好计，百万大军也不过匹夫而已。"许褚恼怒，就要动粗。曹操连忙呵斥。冀州许多掾属并不清楚官渡之战细节，如今听许攸如此讲，都颇感兴趣，纷纷询问许攸。许攸自比功臣，眉飞色舞，细说如何献计，才致阿瞒取胜。一口一个阿瞒，曹操不由皱起了眉头。荀攸此时拦住许攸，说有事相商，将其引入偏僻处，说："子远太狂妄了。"令许褚一刀斩了许攸。

　　曹操在文武掾属的簇拥下，回到冀州署衙，待崔琰等贺喜的人都散去，许褚将许攸的人头献上，说："我已斩了许攸。"曹操很是吃惊，问为何？荀攸说："是我令许褚将军动的手，这许攸今日太狂妄了。"曹操说："子远本就轻狂，与我又是老朋友，言语上不免不分轻重，我虽有点不高兴，但也不至于将其杀掉。"荀攸说："若只这一次，我也不至于让许褚动手。自过黄河后，凡有胜仗，许攸都以此大肆炫耀，以功臣自居，好像主公永远欠着他的。若长此以往，其必骄横，只有当机立断，以除后患。"曹操说："虽如此说，还是觉得有点过分了。既然这样了，那就把他厚葬了吧。"

　　转眼之间，已是三月春末。这天，曹操与荀攸、郭嘉在一起商议事情，门吏来报："有一人自称从太行山来，要求拜见曹公。"曹操疑惑，见荀攸、郭嘉也面面相觑，荀攸说："从太行山来，莫非是黑山军？"曹操说："先让他进来，一问就清楚了。"

　　很快门吏将人带了进来。来人先对曹操施跪拜之礼，又对左右的荀攸、郭嘉施过礼，说："曹公在上，我乃受平难中郎将张燕派遣，特来向曹公转交张将军的书信。"说着掏出一封书信，呈了上来。原来这张燕自复叛朝廷以来，携众据守在太行山中，与青州黄巾遥相呼应，没想到青州黄巾被曹操收编，便受公孙瓒拉拢，与袁绍为敌。袁绍数次征剿，反而越剿势力越大，正在他踌躇满志之时，眼看冀、青、幽、并悉被曹操剿平，再要孤悬一方，恐难以维持，便想效仿青州黄巾，归附曹操。于是派人前来示好。

　　曹操打开信，信中先恭贺曹操得河北四州，然后说："曹公抑制世族豪强，严惩土地兼并，又蠲免百姓的赋税，且政令通行，军纪严明，河北气象为之一新。又闻青州兵颇得曹公信任，建功立业，其家眷也都得到妥善安置，我愿率黑山军所有渠帅归附曹公，辅佐王师。"信中还说愿意亲自到邺城，拜见曹公。曹操大喜，当即对信使说："张燕将军愿重归朝廷，可喜可贺，我在邺城恭候张将军的到来。"信使辞别曹操，回太行山报喜去了。

张燕得到信使回报，立刻筹措牛羊猪等牲畜，征调太行山的土特产品，率领黑山军大小渠帅数十人，前往邺城拜见曹操。曹操亲率冀州文武百官来到邺城外迎接。远远望去，为首一人，年方四十，正当壮年，中等个头，略显偏瘦，非常精干，见到曹操亲自出迎，率众渠帅行跪拜之礼，曹操连忙上前搀扶，然后与张燕等人一起步入邺城。其时冀州署衙中早已摆下盛宴。张燕与各渠帅依次入席，曹操率冀州掾属及各部曲将帅作陪，气氛很是融洽。

曹操说："袁本初主政冀州十几年，多次征剿太行山，可以说你们和袁氏之间恩怨颇深。"张燕说："双方你死我活，打了这些年，说也奇怪，我倒想感谢这位大将军。"曹操不解，望着张燕："此话怎讲?"张燕说："袁绍主政冀州，依靠世家大族，对他们兼并土地充耳不闻，有时还有意袒护，连年战争又不断增加百姓的赋税，逼得冀州百姓纷纷逃入太行山中。因此我的部曲被他越征剿越多，现在太行山中聚有百万之众，请问曹公，我是不是得感谢他?"曹操听完哈哈大笑，说："我这才明白黑山军为什么能牢牢占据太行山，久盛不衰了。"张燕说："常听人说，袁绍的地盘上常常反叛的是穷苦百姓，曹公的地盘上反叛的大多是世族豪强。曹公来到冀州，果然与袁绍不一样，严惩土地兼并，减轻百姓赋税，清算贪官污吏，我手下这些大小渠帅都动了心，我也就遂了他们的愿，归降曹公了。"曹操说："别忘了，当初我与你们黑山军也是刀枪相见过的。"张燕说："不打不相识，那几个渠帅不是都败给了曹公吗?"说完，张燕也大笑起来。冀州署衙的大堂上，笑声不绝于耳，大家推心置腹，尽情畅饮，一醉方休。

第二天曹操对张燕说："我已表奏天子，诏拜你为平北将军、太行山都督，冀、并两州所属各郡的太行山区统归你管理，赋税由你征收，孝廉、茂才由你举荐，位同州牧。再敕封你为安国亭侯，邑五百户。其余各位渠帅也都封拜有差，你看如何?"张燕喜出望外，说："我代各渠帅谢过曹公。"曹操说："太行山中的百姓生活困难，我也时有所闻，我已让荀令君在许都征调数十万斛粮谷送给你，以解燃眉之急。"张燕连连感谢，表示："曹公一旦有事，黑山军定倾力相助，以报曹公的厚爱。"张燕与各渠帅心满意足地告别了曹操，回太行山去了。

送走张燕，荀攸对曹操说："黑山军归降，河北诸州初定，袁氏家眷宗亲继续滞留邺城，恐怕不太合适。不如将其遣回汝南老家。"曹操应允，并亲自与袁绍之妻刘氏商议说："因幽州事变，袁尚、袁熙下落不明，请嫂夫人回到汝南颐养天年。待二子有了消息，我劝他们也回汝南奉养嫂夫人。"刘氏情知大势已去，再留在邺城利少弊多，正想离开这伤心之地，便欣然应诺，嘱家仆打点行装，择日起行。

曹丕闻听此事，赶快来见曹操，说："启禀父帅，能否将袁府甄氏留下来？"曹操说："为什么？"曹丕说："我想娶她为妻。"曹操很是吃惊，略有沉吟："嗯，此女长得确实漂亮。"曹丕说："不仅如此，她的气质无与伦比。"曹操说："听说她好像年龄大一些。"曹丕说："我打听过了，她生于光和五年十二月，比我大四岁。"曹操说："看来你是上心了。不过她是袁熙之妻，已是有主之人。"曹丕说："袁熙下落不明，估计凶多吉少，即使袁熙还在，也难以回到邺城，不如改嫁于我。"曹操点头："按说你已到嫁娶年龄……好吧，我打听一下甄氏的详情再说吧。"曹丕说："父帅一定要抓紧，否则她动身到汝南，就不好办了。"

曹操召崔琰和陈琳来，说："本初的二儿媳甄氏你们了解吗？"二人不清楚曹操为什么会问到这个问题，互相看了一眼，崔琰说："多少知道一些。这甄氏乃中山国无极县人，汉太保甄邯之后，世吏二千石，也算名门之后。父亲甄逸曾任上蔡县令，在甄氏三岁时病逝。"曹操问："甄氏其人怎么样？"崔琰说："了解不多。但有一件事说与曹公，可知此女心地善良，极明事理。据说那是在她十岁左右时，正逢天下大乱，河北饥荒，人们不惜用金银珠玉来换取粮食。当时甄氏家中储有许多粮食，便用这些粮食换取金银珠玉，甄氏知道后，劝其母亲：'今乱世，左邻右舍都在挨饿，不如用这些粮食赈济给亲族邻里，广施恩惠，比换取金银珠玉强。'得到了宗亲邻里的好评。"

陈琳接过话头说："我也听说一件事，说是甄氏幼时就喜欢读书，而且记忆力极好，见到字学一遍就记住了，常用兄长们的笔砚写作。兄长们取笑她：'你应当学习女红，用书为学，想做女博士吗？'甄氏回答：'我听说古代的贤女，没有不学前世的成败以为己诫的。不知书，怎么能懂得这些道理？'"

听了陈琳的话，曹操心中很是赞许。崔琰又说："据说甄氏十四岁那年，他二哥病逝，甄氏对她的寡嫂依然非常敬重，尽力帮助嫂子抚养侄子。这甄氏的母亲性格比较偏执，对二儿媳很苛刻，甄氏劝母亲：'我二哥不幸早亡，嫂子年轻守节，又悉心照顾我们甄家血脉，以大义之言，更要像对女儿一样爱她。'甄氏母亲听了幡然醒悟，自此对二儿媳宠爱有加。从这件事可以看出，甄氏是一个兼爱之人。不知曹公怎么想起打听她来？"曹操说："不瞒二位，我那位长子曹丕看上了甄氏。照二人的说法，这甄氏确实是一个不错的女子。"崔琰说："甄氏确实不错，听说刘氏身体不好，就留在邺城一直照顾。只是年龄比贵公子大一些，又是袁熙之妻，恐怕不太合适。"陈琳说："这倒不是问题，料袁熙也难回邺城。主要看甄氏的态度，只要她愿意，未尝不是一件好事。"曹操说："我再斟酌吧。遣送刘氏时，先把甄氏留下来吧。"

话音刚落，就有斥候来报："袁熙旧部赵犊、霍奴杀了幽州刺史焦触和涿郡太守张南，占了故安、涿县、蓟县，正准备迎接袁熙、袁尚返回故安。"曹操大吃一惊，立刻召荀攸、郭嘉商议，以应对这突如其来的变故。

原来，袁尚、袁熙当初被身边的心腹之人簇拥着逃到故安城外，感到无处可去。袁熙想到父亲在世时，与各郡乌桓关系不错，于是决定投靠乌桓王蹋顿。主意已定，便直奔辽西而去，赶到柳城，见了蹋顿，兄弟二人哭诉冀、幽两州俱落于曹操之手，请求蹋顿看在昔日父帅、大将军袁绍的面子上，出手相助，击败曹操，为其夺回幽冀两州。

这蹋顿本是辽西乌桓大人丘力居的侄子。汉献帝初平三年，丘力居病死，其子楼班年少，蹋顿代立为大人，因其有武略，上谷乌桓大人难楼、辽东乌桓大人、自称为峭王的苏仆延，右北平乌桓大人乌延等，逐渐听其号令。袁绍和公孙瓒相争，蹋顿遣使向袁绍请求和亲，袁绍征民女赐予蹋顿，双方结为同盟。袁绍又矫诏赐蹋顿及各郡乌桓大人为单于，并授给印绶，自此各郡乌桓在蹋顿的率领下，帮助袁绍进攻公孙瓒。后来楼班成年，难楼、苏仆延等率部众奉楼班为辽西乌桓单于，共奉蹋顿为王。如今蹋顿得到袁氏兄弟相求，一是感念袁绍当初之情谊，二是不愿偏居一隅，便爽快答应，倾其全力帮助袁氏兄弟收复幽、冀两州，于是派出快马，通知各郡乌桓，共同起兵。袁氏兄弟也积极行动起来，派亲随潜回故安，招抚旧部，配合蹋顿收复幽州。

赵犊、霍奴本是袁熙旧部，只是迫于焦触、张南的压力，才降了曹操。如今在袁熙心腹的策动下，秘密行动起来。也是焦触、张南大意，认为已经歃血为盟，对赵犊、霍奴毫不防范，结果出其不意被斩首，并将其部曲兼并。幽州各掾属及郡守县令复归袁熙。

此时护鲜卑、乌桓校尉阎柔，得到袁氏兄弟在柳城的消息，立刻派人前往柳城面见蹋顿，要求交出袁尚、袁熙，蹋顿推脱，一面调遣兵马，要送袁氏兄弟回幽州。事情紧急，阎柔派快马到邺城，向曹操禀报。

曹操正与荀攸、郭嘉商议幽州的事情，又接到阎柔快马的报告，乌桓蹋顿要率兵马南下，送袁氏兄弟回幽州。于是决定率大军征剿，留曹洪守邺城，曹操说："曹洪将军谋略不足，二位看有没有合适的人辅佐他？"荀攸说："我堂伯父荀衍就行。"曹操一听连连点头："就让荀衍以监军校尉的身份，协助曹洪留守邺城。"便尽起大军，奔故安而去。

赵犊、霍奴得知曹操率大军前来征讨，自知不是对手，一面加紧在故安布防，一面向袁熙告急。袁氏兄弟请求蹋顿赶快南下增援故安，蹋顿于是下令各郡乌桓出兵故安。辽东乌桓峭王苏仆延，因为接受了曹操表奏的单于印绶，不愿和曹操公开闹翻，以辽东偏远为由，婉拒了蹋顿的要求。而上谷乌桓难楼，右北平乌桓乌延立刻起兵相应。阎柔得到报告，一边率兵马阻截上谷乌桓，一边令鲜于辅阻截右北平乌桓，使其不能纠合在一起，并再派快马报告曹操。

曹军日夜兼程，赶到故安，立刻发动进攻。赵犊、霍奴眼看抵挡不住，再派快马向袁熙告急。而上谷乌桓被阎柔阻击在广宁，右北平乌桓被鲜于辅阻击在犷平，蹋顿从柳城出兵，还未赶到。赵犊、霍奴迟迟不见援兵，信心动摇，故安城很快被攻破，赵犊、霍奴被斩杀，其余将士除战死外，皆被俘。曹操入城，安抚百姓。这时阎柔和鲜于辅同时告急。阎柔在广宁被上谷乌桓包围，鲜于辅在犷平被右北平乌桓乌延包围，并且蹋顿率领辽西乌桓已与乌延汇合，集中兵马攻打犷平，犷平危在旦夕。曹操立刻令夏侯惇为统帅，率曹仁、张辽前往广宁解救阎柔，自己亲率夏侯渊、张郃、徐晃、于禁、乐进、张绣等，前往犷平解救鲜于辅。曹纯的虎豹骑为先锋，已先行出发，其余各部也依次出发。就在这时，驻守邺城的曹洪派快马来报："并州高干反叛，数万兵马在壶关集结，准备进攻邺城。"这让曹操倒吸一口冷气。

第八十二章

叛曹公高干袭邺城　领诏命杜畿赴河东

原来，高干得知袁熙已夺回幽州，曹军倾巢出动，前往征讨，冀州空虚，于是调集兵马，打算从上党出壶关口，穿越太行山，奔袭邺城，与袁氏兄弟和乌桓蹋顿南北夹击，一举将曹操歼灭。当他率兵马来到上党，胁迫上党太守赵亮反叛曹操时，遭到赵亮严词拒绝。他本想斩了赵亮，转念一想，此时若公开反叛，邺城必加强防守，反而会得不偿失。于是一边与上党太守周旋，一边秘密派出五千精锐，打着增援曹公的旗号，前往邺城，打算赚开城门，夺取邺城。

当这五千精锐翻越太行山时，碰到黑山军，说是助曹公征讨幽州。张燕心中疑惑，派快马通报给了曹洪。曹洪很是高兴。监军校尉苟衍感觉不对，对曹洪说："并未听说曹公增调并州兵马助战。即便曹公决定让并州增援，也不应该经上党出壶关到邺城来，其中必然有诈。"曹洪这时也觉得事有蹊跷，两人合计，决定将计就计，先缴了他们的械再说。

这天过午，并州兵马来到，为首的将领高喊着要进城，说是前来助曹公征讨幽州，因翻越太行山，路途劳顿，要进城休整。曹洪说："既然是来助战，非常欢迎，但事先未打招呼，未做准备，这么多人一下涌进城中不好安置，不如分批进城，一次进来一千人，待安排好后再进下一批。"并州将领说："就依曹洪将军之言，不过要快，我们又累又饿。"曹洪说："放心，我这就安排人给你们做饭，每批进来的士卒都能吃上饭。"然后打开城门，放一千名并州士卒进城，关闭城门，将这一千人引入早已埋伏好的街巷。曹军一拥而出，并州士卒还未反应过来，就被擒获。依次而行，并州的五千精锐兵不血刃成了俘虏。曹洪立刻审问，得知高干已将数万兵马集结在壶关，只等邺城得手，就迅速出关。曹洪不敢耽搁，急派快马昼夜兼程向曹操禀报。

曹操尽力使自己冷静下来，对荀攸和郭嘉说："现在征讨乌桓已箭在弦上，可邺城又十分危险，不能不救，我们该怎么办？"郭嘉说："可分兵迅速赶回冀州，先把高干堵在太行山，让他不能出山，待我们打败乌桓后，再率部南下征讨高干。"曹操说:"奉孝的主意不错,但抽调多少兵马呢?"郭嘉说:"现在大部兵马已经开向犷平,只有乐进的部曲还在故安,李典刚运送粮草到此,让他与乐进各率本部兵马,迅速返回冀州。另外派快马通知张燕,让他的黑山军沿太行山布防,以防高干从其他地方出太行山,从背后袭击我们。告诉他们,只要高干出不了太行,他们就是大功一件。"荀攸也非常赞同。曹操说:"就按奉孝说的办。"乐进、李典领命,即刻率兵马赶回冀州。

这里曹军出故安向东,赶到犷平,来到潞河,见曹纯正与乌桓在河对岸厮杀,曹操下令:"所有部曲迅速渡过潞河。"原来蹋顿正在攻打犷平,得知曹军来到,立刻分兵前来阻止,在潞河边与曹军先锋曹纯的虎豹骑相遇,双方骑卒对骑卒展开厮杀,乌桓没料到曹军的骑卒毫不逊色,自午至晚,双方战了个平手。这时曹军步卒已渡过河来,一拥而上,乌桓的这支骑卒寡不敌众被全歼。逃得快的跑回去向蹋顿报告,蹋顿顾不上攻城,下令兵马调头迎战曹军。此时天色已晚,曹操令安营扎寨,第二天发起攻击。

第二天曹军率先发起进攻,蹋顿毫不示弱,指挥兵马迎战,双方战在一起。城中鲜于辅看到曹军已到,军心大振,打开城门冲了出来,里应外合,一阵夹击,蹋顿大败,袁氏兄弟只好随蹋顿向北撤退。曹军一路追击,直追到卢龙塞。蹋顿率残兵败将逃回柳城去了。

曹操下令停止追击,说:"现在已是秋八月,这里的气候要比中原冷得早,兵马需要休整。蹋顿已经受到重创,幽州暂无威胁。"于是下令兵马撤回故安。此时夏侯惇、曹仁、张辽等部曲已将上谷乌桓难楼击败,解救了阎柔,已先期返回故安。他们听说曹公也得胜返回,于是出城迎接。鲜于辅向曹操介绍:"欢迎人群中,那个三十来岁的年轻人,就是阎柔。"曹操惊讶,下马上前拉着阎柔的手说:"久闻大名,没想到这么年轻。"扭转头看到曹丕也在场,说:"阎将军年轻有为,你应向他学习。"阎柔说:"这些天我们在一起,已经很熟了,彼此早已兄弟相称。"曹操很高兴,说:"既如此,你就做我的义子吧。"阎柔纳头便拜:"义父在上,受儿子一拜。"荀攸说:"好了,这就算认下了。"大家齐声赞美,一起回到城中,曹操摆宴庆贺。

幽州已平,曹操表奏阎柔由护鲜卑、乌桓校尉兼代幽州刺史。鲜于辅仍以度辽将军兼督幽州六郡兵马。诸事完毕,便起兵返回邺城。

这天,部曲路过一个村庄,忽然传来吵闹声,顺声音望去,见一群人围在一起，不知争论什么。曹操令人去问，很快侍卫带来了一个老者。老者惊恐地说："我是这儿的里长，不知大军来到，偶有冒犯，请将军原谅！"曹操问："怎么回事？"老者答："是一家几个兄弟争夺田产，分成两派，互不相让，动起了手。"曹操问："事情判明了吗？"里长答："本来事情并不复杂，但互相听了别人的传言，便如火上浇油，更是难以相让。"曹操说："要想判明，看来还得把搬弄是非的人查出来。"里长答："正在追查。"曹操令其退下，对荀攸等人说："前天咱们碰到一件父亲为几个儿子分割家产不均，而互相动手，最后闹到县衙的事。冀州这种事怎么这样多？"荀攸说："自来冀州后，我已经听说好几起这样的事了。宗亲之间、兄弟之间，甚至夫妻之间、父子之间各树一党，听信谣言，弄得最后反目成仇。"主簿陈琳说："我听说安平曾有这样一件事，叔侄之间本来关系挺好，可侄子听人说，叔叔背后说了他的坏话，侄子找叔叔理论，叔叔不承认。叔叔的儿子听说后，不问青红皂白把这位堂兄打了一顿。这位堂兄吃了亏，又找了同族的几个人，把这位堂弟打了一顿。事情越闹越大，最后告到县衙，经过县令追查，结果皆是误听了别人的传话引起的。事情弄明白了，可这冤仇却结下了。"曹操说："这种风气长此下去，人们怎么能安居乐业？事情虽小，不能不重视，我们要杜绝这样的风气继续蔓延。"

这晚宿营，安顿下来后，曹操立刻写了一道《整齐风俗令》，令中说："结树朋党，为历代圣贤所痛恨。闻冀州风俗，父子、宗亲之间，各自结派，互相诋毁，风气极坏。昔西汉文帝时，中大夫直不疑，被人们诽谤，说：'不疑长相貌美，与他的嫂子私通。'直不疑大笑说：'我本无兄长，何来嫂子？'本朝世祖光武帝时，淮南国一位医者叫第五化，字伯鱼，被人诬为经常打他的岳父。此谣言最后竟传到光武帝那里。光武帝问他有无此事，他说：'我三次娶妻，都是孤女，哪来的岳父？'还有西汉成帝的舅父王凤擅权，谷永这个人想攀附王凤，就把他吹捧成了周朝的申伯；王商任丞相，为人忠直，大中大夫张匡，上书诬陷王商'执邪道以乱政。'我举的这四个例子，都是颠倒黑白、欺天罔君之事，冀州百姓都应以此为鉴，停止搬弄是非，造谣惑众。我决心整齐风俗，此类恶俗不除，我深以为耻。此令由各郡县乡里共同监督执行。"曹操将此令交给陈琳，说："明天就把他发给各郡县，即刻实行。"

这时曹操接到乐进、李典的报告："已将高干堵在壶关口，请曹公放心，绝不放高干出壶关。"原来乐进、李典领受命令，即刻昼夜兼程往回赶，要在林虑、涉县一带阻截高干出太行山。当走到常山时，获知高干知阴谋已泄，拘了上党太守赵亮，公开反叛，已率兵出了壶关，正翻越太行山，乐进、李典紧张起来，由常山到涉县、林虑，路途较远，即使昼夜兼程，恐怕在高干出太行山以前，也难以赶到。乐进提议："我们诈称曹公主力，大张旗鼓直奔壶关，对外宣称：'夺取壶关，直捣晋阳，端了高干的老巢。'逼高干撤兵。"李典赞成。于是二人率兵马由常山改道太行山北麓，一路摇旗呐喊，奔壶关而去。此时张燕也得到曹操命令，率黑山军配合乐进、李典也向壶关奔去。高干率兵马眼看就要翻过太行山，得到斥候报告，曹军主力，奔往壶关，要抄自己后路，吓得连忙下令，所有兵马返回壶关口据守，坚决阻截曹军进入并州。待乐进、李典赶到壶关口，高干的并州兵马已将壶关口的关门紧闭，准备迎战曹军。乐进、李典立刻紧邻壶关口扎下营寨，把并州兵马堵在了壶关口。得知堵住了高干，曹操便不慌不忙，率兵马回到邺城。

曹操刚回到邺城，接到司隶校尉钟繇的报告："自高干公开反叛，唆使河内人张晟，纠集一批人窜到弘农起事，在崤山、渑池一带大肆劫掠，现在已发展到万余人。弘农当地人张琰也起兵响应。据斥候报告，他们已与刘表联系，并打算联络关西诸将，控制司州。我正在调集司隶校尉部所属兵马，前往平叛。再者，河东郡太守王邑手下掾属偷奸犯科，牵连到王邑，因此王邑不适合再任河东太守，特向曹公建议，征调王邑到许都，再选河东太守。"曹操看完钟繇的报告，立刻给荀彧写信："河东背山带河、西连关中、北依并州，南接弘农，乃当今天下之要地。现在张晟、张琰在崤、渑之间发动叛乱，南通刘表，我非常担心河东的稳定，请荀令君举荐一位萧何、寇恂这样的人，来镇守河东。"

曹操很快接到荀彧的回信，信中说："我已选定杜畿为河东郡太守，并表奏天子，诏书已下，不日就会启程上任。"接着曹操又接到钟繇派快马送来的信，说："河东郡的督邮卫固和中郎将范先两人，仍坚持要求王邑留任，态度强硬。后得到斥候消息，这两人名为留王邑，实则暗中已勾结高干和张晟准备反叛。可王邑在二人的鼓动下，不等新太守到任交接，竟私自携印绶前往许都。卫固、范先令兵马封锁黄河陕津渡口，阻止杜畿进入河东，要求将王邑调回。我正率司隶校尉部兵马在弘农平定张晟、张琰的叛乱，请曹公派兵马护送杜畿过河，到河东上任。"

曹操大怒，立刻派人通知荀彧："若王邑到许都，将其拘捕。"然后派夏侯惇率本部兵马前往陕津，护送杜畿到河东，并嘱咐夏侯惇："如果卫固、范先反叛，将其就地消灭。"夏侯惇领命，即点起本部兵马，前往陕津。

杜畿领了天子诏书，即启程往河东赶，走到陕津，发现渡口有士卒把守，不准任何人过河。当杜畿亮明身份，把守渡口的士卒说："我们奉卫固、范先将军之命，让你从什么地方来，还回什么地方去。河东郡百姓只认王邑为太守。"杜畿没有料到情况会是这样，只得在堤岸上徘徊，想着计策。这时过来一个人，拉了他一下，示意他借一步说话，杜畿跟着这人离了渡口，见周围没人，这人说："我是司隶校尉钟繇帐下一小吏，特奉校尉之命在此等候你，怕你不知底细，贸然进入河东。卫故、范先已暗中投靠高干、张晟，让王邑留任河东是他们的借口，目的是阻止你到河东上任。钟校尉已禀报曹公，派兵马护送你到河东。你暂且稍候，估计曹公派的兵马这一两天就到。"

杜畿思索了一下，说："谢钟校尉想得如此周到。不过我还是打算只身到河东上任。"小吏说："那样就太危险了，请杜太守三思。"杜畿说："我想过了，河东是个大郡，有九万户百姓，五十万口人，他们并未参与卫固的反叛。卫固又打着挽留王邑的旗号，如果我带兵马过去，百姓们受到他的蛊惑，反而助他死战。现在卫固没有公开反叛，说明他心有疑虑，就不敢害我。我只要在河东待上一两个月，就有办法对付他。"小吏说："话虽如此，可眼前你也过不去呀。"杜畿说："由此顺黄河往上走，是郖津渡，我绕到那里渡河，他们一定不防。你在此等候，等曹公兵马到来，就说我已过河东，让他们回去吧。"说完，不听小吏劝阻，往西而去。

杜畿走后不久，夏侯惇率兵马赶到，听了小吏的转告，只好派人请示曹操是否还过河东。曹操指示："既如此，不必过河东，由此前往弘农，助钟繇平叛。"夏侯惇率兵马前往弘农。

杜畿来到郖津渡口，果然这里没有防备，杜畿过了河，直奔郡治安邑。当杜畿出现在太守府时，惊得卫固、范先目瞪口呆。然而看到杜畿只是一个人时，范先抽出佩剑要斩杜畿，卫固悄悄劝道："杜畿毕竟是太守，杀了他，等于公开反叛朝廷，曹操和钟繇就会派兵来征剿，不如将他吓回去。"范先说："怎么将他吓回去?"卫固悄悄说了打算,范先连连点头,于是将太守府中掾属集中起来,说是迎接新太守到任。随即找了一个平素对他们不满的小吏,寻了一个借口,当着杜畿的面,将其斩了。回头看杜畿,竟然面带微笑,泰然自若。范先逐一杀去,一连杀了三十多人,其中有数人是郡功曹。再看杜畿依然面不改色,于是恼羞成怒,就要杀杜畿,卫固阻住道:"杀之无损,徒留恶名,不如暂且承认他。"于是转脸赔笑,口称:"太守乃受朝廷诏命,我等敢不听命。只是王邑颇受百姓拥戴,我们也是为民请命,对您并无恶意。"杜畿也笑道:"不管新旧太守,皆由朝廷诏命。我来上任时已打听清楚,前太守王邑是依靠你二位治理河东。我要治理河东,自然也少不了你二位帮助。以后咱们要荣辱与共,进退一体,成败共享。然而自古君臣有定义,我毕竟是一郡太守,凡有大事,你们都要与我商量。"卫固说:"这个自然,我们理应听从您的吩咐。"杜畿说:"那好,我现在征辟你为都督,代理郡丞,领功曹。"卫固一听,喜出望外,赶忙领命。杜畿又对范先说:"本郡现有多少兵马?"范先答:"共计三千多。"杜畿说:"今后这三千多兵马统归你指挥。"范先也非常高兴,也连忙领命,拜谢杜畿。二人各取所需,都得到重用,自此表面上俱听杜畿的。

这天,卫固找杜畿商议:"咱们手中只有三千多兵马,万一本郡有事,兵马太少,我想在全郡征召,把兵马扩充到万余人。"杜畿心想,他这是为公开反叛做准备。如果不答应扩军,立刻就会翻脸。杜畿眉头一皱,计上心来,说:"但凡欲行大事,不可扰民。今在全郡大肆扩军,必然扰乱众百姓,我看不如先在全境筹措资财,用资财来招募士卒,这样来应招的人都很高兴,既扩充了部曲,也不袭扰百姓。"卫固一听,这办法不错,立刻表示同意,于是从各县征调资财。经过一个月的征调,安邑城中集中了大量的资财,杜畿将它们分给了部曲中各司马、军侯、屯长等,令他们用分到手的资财去招募新卒。这些人拿到资财,对外宣称招了多少士卒,却将这些资财吞入自己的腰包。

看到这些司马、军侯、屯长腰包都鼓了起来,杜畿放风说:"这些将领家都在本郡,却久在军营,难见亲人,可让他们分批回家探视,如郡中有事再马上召回。"这些将领听了,很是高兴,纷纷要求回家探亲。卫固和范先为了笼络人心,只好答应他们的要求,将他们分批遣返家中探视。这些将领高高兴兴地将吃空饷弄来的资财带回家中,都夸杜畿不错。与此同时,杜畿又以充实各县治理为借口，将郡中那些忠于朝廷，反对卫固、范先的掾属分派到各县，暗中联络各县令长，征召兵马，随时准备策应自己。

此时高干在壶关口遭到乐进、李典的阻击，又知曹操率大军回到邺城，见东出太行无望，于是留下兵马守护壶关，分兵前往河东，准备策应弘农的张晟、张琰。卫固、范先见高干已到达濩泽，准备公开反叛，于是私下征调在家轮休的将领，杜畿知道与卫固、范先无法再周旋下去，于是决定抢先一步动手，对卫固说："我来河东已近三个月了，一直与各县令长未见面，想到各县巡视一下，了解一下河东的风土人情。"卫固不同意，说："现在正是寒冬季节，天寒地冻，还是等天气转暖再去吧。"杜畿没说什么，知道卫固想挟持自己。

天气阴了好几天，刚下过一场小雪，这天天气放晴，杜畿率领十几位掾属，各持弓箭，骑上马匹，大摇大摆来到城门，守城士卒刚要阻拦。杜畿说："天寒地冻，久不出门，今天天气晴好，我与他们一同到城外狩猎，活动一下筋骨，下午就返回。"说着只管往外走，守城士卒见太守执意出城，也不好硬拦，只得派人赶快通知卫固。

杜畿一行十数人出了安邑城，飞马加鞭，直奔最近的张辟而去。到了张辟，县令赶紧接住，杜畿令县令关闭城门，并派人通知各县，准备应对卫固叛乱。

卫固得知杜畿硬闯出了安邑，把守城士卒大骂了一顿：天寒地冻，哪有猎物？一边令范先调集兵马，一边赶快带人追赶，到了张辟，见城门紧闭，便呼叫杜畿，随他一起回安邑。杜畿登上城楼，对卫固说："我知你已投靠高干，希望你迷途知返，否则定将被剿灭。"卫固说："既然你已将事情说破，我也不再瞒你，高干大军已到河东，现在濩泽驻扎，河东兵马又尽在我手中，你若归顺高干，我们仍奉你为太守。否则，大军到日，定将你粉身碎骨。"杜畿哈哈大笑："就靠你手中的那点兵马，还想反叛，自不量力！"这时范先率兵马赶到，卫固令其包围张辟，看看才仅有一千多人，发火道："早已下令休假的将领归队，怎么迟迟不见人，赶快派人催促，让他们各率本部兵马赶来围攻张辟。"

直到第二天，休假的将领带着各自人马才陆续赶到。卫固一看，大骂道："不是已经扩招了万余人吗？怎么还是这三千多人？"各将领低头不语，卫固也顾不得追究，立刻下令发动对张辟的进攻。张辟城中的官吏百姓，在杜畿的率领下，顽强抵抗。这时河东各县的县令长、都尉，带着各自的县兵赶到，约有四五千人，围攻卫固、范先。卫固、范先没料到杜畿招来的人马，远比自己的兵马多，只得下令退回安邑，并向高干告急，请求派兵增援。

然而等了数天，不仅没等来高干的援兵，反而传来消息，高干已率兵退回壶关，这让卫固、范先很是懊丧。

曹操得知高干率兵马离了壶关前往河东，要策动卫固公开反叛，与张晟联手，夺取弘农，决定立刻征剿高干。许多将领不同意，荀攸也反对，说："现在正是正月，冰冻未解，尤其太行山中，山路结冰，积雪未融，行军相当困难。不如暂且忍耐两个月，哪怕推迟一个月也行。"曹操说："高干率兵前往河东，卫固一定猖狂，杜畿的压力会非常大。河东一丢，就会影响弘农……"郭嘉不等曹操说完，就说："曹公说得不错。但据说太行山的积雪还很厚，荀攸的担心是有道理的。这个时候翻越太行山，恐怕不是一件容易的事。"看到荀攸、郭嘉都不太赞同现在征剿高干，曹操犹豫了，思虑后说："乐进、李典一直在壶关口驻扎，他们能在那里驻扎，说明这些困难是可以克服的。"荀攸说："乐进、李典到达壶关口以后，整个冬季的粮草物资供应，一直是靠张燕从太行山中解决的。我们这么多兵马的粮草，就要靠自己带了。"曹操说："虽然如此，可钟繇——尤其是杜畿那里等不得。"于是下令，留曹洪守邺城，荀衍仍为监军校尉，辅佐曹洪。然后尽起所有兵马，奔太行山而去。

大军由林虑进入太行山，山谷中刮来的风直透入骨髓，冰雪覆盖着的道路，让人一步一滑。山路顺着山势左拐右弯，走了一阵，便分不清东西南北了。随着进入深山，山势陡峭，路越来越难走。装载着粮草的车子，走在这崎岖不平的路上，颠簸得厉害，拉车的、推车的累得头上直冒汗。山中的天色黑得早，每天都是早早地宿营。晚上山风呼啸，营帐中的将士们半夜屡屡被冻醒，站岗的士卒，冻得抱着兵戈跺脚取暖。

这天是阴天，快到中午，天色越来越暗，呼啸的西北风刮得山中树木不停地摇摆，不断有干枯的树枝掉落山涧，曹操对荀攸说："看样子要下雪了。"果然很快天上就飘起了雪花，雪花越飘越大，纷纷扬扬向下落，将士们的身上都变成白的了。突然队伍停了下来。曹操派人赶到前面打探原因，原来是一辆装载着粮草的车子，轮轴被崎岖的山路颠断了，正在将粮草从车上卸下来，分给士卒们背上。坏掉的车子推下山涧，部曲又开始动起来。越向前走，山越高，路越陡，时常听到虎豹在山谷中吼叫，让人毛骨悚然。这时队伍又停了下来。曹操以为又有车辆的轴断了，便在路旁耐心地等候，很快来人报告，说是一座简陋的桥梁，年久失修，装粮草的车子刚上去，就把桥压塌了，车辆连同粮草都摔到山涧下了。于是曹操下令，就地宿营，待桥修好再走。

人困马乏，又冷又饿，各部曲点起柴草，用刀斧凿开山涧的冰，取来水做饭，直到汤粥灌入肚中，身上才感到有了点暖意。望着将士们疲惫的身影，曹操开始有点后悔了，对荀攸和郭嘉说："没想到太行山中的路这么难走，当初听从你们的建议就好了。"

第二天桥修好，部曲又踏上了山路。这日，又攀上一座山岭，来到一处较平坦的地方，放眼望去，除了冰雪，什么也看不到。部曲在这里迷路了，于是赶快寻找向导，这才发现，这些天来，一路上竟然很难见到人家，说是人迹罕至，一点也不夸张。就在大家迷茫之时，突然发现一队兵马朝这里走来，气氛紧张起来。直到走近，才发现原来是张燕。张燕跳下马施礼，对曹操说："我听说曹公要征剿高干，太行山的路本就难走，又是这冰天雪地的季节，所以赶来帮助曹公。"曹操说："我们走到这儿迷路了，正发愁找不到向导，正巧你来了。"于是张燕自任先锋，率部走在前面。有了张燕的带领，部曲行进的速度快了不少，又经数天行军，终于到达壶口关。

第八十三章
伐并州曹军战壶关　走上洛高干遭斩首

壶口关位于太行山西麓，关隘不大，位置却十分重要，扼守着上党到邺城的道路。当初高干接到袁绍的征调，都是由此出关。乐进、李典到达壶口关后，就想夺了此关，然而攻了几次，都不能如愿，害怕有闪失，只好就在关前左右扎下两寨。这样，并州兵马出不了关，曹军也进不了关，双方对峙。

曹操来到关前，只见此关依山而建，易守难攻，对荀攸、郭嘉说："此关虽小，占据着有利地势，兵马若攻，施展不开，真应了那句'一夫当关，万夫莫开'。"又转脸问张燕："此壶口关离壶关城有多远？"张燕说："不到一天的路程。但要到壶关城，必先拔除壶口关。"这时乐进、李典争为先锋，要攻破此关。曹操令乐进先攻。乐进领命，指挥士卒冲到关前，关上的箭矢雨点般射下来，根本架不起云梯，被迫退了回来。曹操令李典集中弓箭手，掩护乐进攻城。这次乐进虽然把云梯架了起来，但是很快被关上的滚木礌石砸断。此时天色已晚，曹操下令停止进攻。

第二天，夏侯渊任先锋，再次发动对壶口关的进攻，依然无法夺取。一连几天的进攻，各部曲轮番上阵，将士们伤亡不少，都无功而返。曹操说："看来高干准备得非常充分。连攻了几天，关上的箭矢、滚木礌石丝毫没有减少，这样硬拼不是办法。"张燕说："我倒想到一个办法。我率兵马绕到壶口关后面，两面夹击，可夺此关。"乐进说："怎么绕到壶口关后面，难道飞过去不成？"张燕说："我部曲中有人知道一条小路，非常险峻，能绕到壶口关后面。这条路是采药人走出来的，谁也不知道。"曹操说："好，张将军就辛苦一趟，我在这里仍佯攻壶口关，吸引关上兵马的注意力。"张燕即率黑山军潜入山谷中。

曹操每日仍指挥兵马攻打壶口关。这天，曹操正要进攻，忽听关内喊杀声四起，曹操料是张燕已到关的后面，下令将士加紧攻打，果然关上防守减弱，曹军架上云梯，迅速登上关楼，打开了关门，曹军一拥而入，与张燕两面夹击，全歼了守关的士卒。曹操随即令各部曲乘胜挺进壶关城。

傍晚时分，曹军到达壶关城。曹操命各部曲围绕壶关城连夜扎寨。第二天，曹操与荀攸、郭嘉等人在晨曦中骑马绕壶关城巡视。这壶关城既是壶关县的县城，又是上党郡的郡治，城墙修得高大坚固。曹操皱眉道："这壶关城也是一座易守难攻的城池，看来要颇费些时日，方能夺取此城。"话音刚落，只听城楼上有人喊道："城下可是曹公？"曹操望去，只见帅旗下，一人身披战袍，朝下探看。曹操没见过高干，看那架势，料想必是高干，便骑马向前跨了几步，答道："请问可是高干？"城楼上那人哈哈一笑："正是。"

原来，高干率兵马到了河东濩泽，正要助卫固反叛，忽然接到急报："曹操正在攻打壶口关。"高干不敢耽搁，迅速率兵马赶回壶关城。昨天刚回到城中，若迟一步，就要被曹操拦在城外了。高干直后怕，现在壶口关已失，只能固守壶关城。不过高干并不惊慌，他早已在城中储备了充足的粮草，与曹操相抗数月，根本不成问题。曹操远道而来，时间一长，粮草供应不上，必主动退兵。

曹操望着城楼上骄横的高干，怒斥道："你先降后叛，言而无信，我奉天子诏命，特来征剿。若早日归降，尚能免你死罪，否则，城破之日，便是你的末日。"高干冷笑道："我舅父袁绍，乃汉室大将军，且有恩于你，你却以下犯上，恩将仇报，进犯冀州。又趁我舅父病亡之机，夺了我表兄弟们的冀、幽、青三州。今天我要为国除贼，替舅父和表兄弟们报仇。曹贼，若不是张燕相帮，恐怕你连太行山也过不来。我并州有天险之利，固若金汤，有足够的力量和时间与你周旋。"

曹操怒斥道："袁绍身为大将军，却不尊奉天子，妄图私行废立，实属大逆不道。你的那些表兄弟们，把大汉江山视为一己之私，争权夺利，置河北诸州百姓于不顾。我受天子之托，以讨不臣，可以说师出有名。你妄图负隅顽抗，是打错了算盘。"

高干笑道："我倒要看看你是如何攻破这壶关城的。"说着下令弓箭手放箭。曹操勒马后撤，立刻下令："所有兵马，一起攻城。"双方一个城上，一个城下，开始激烈厮杀。曹军的攻城兵马还未将云梯竖起，就被稠密的箭雨射了回来，攻了一天，毫无进展，曹操只好鸣金收兵。

第二天，曹操令张辽进攻东门，夏侯渊进攻北门，曹仁进攻西门，自率徐晃进攻南门，其余将领分在四门担任掩护，然后一声令下，四门同时进攻。虽然各门有兵马掩护，进攻诸将身先士卒，云梯刚一竖起靠上城墙，便被滚木礌石砸断，有些士卒不是被砸死，就是从云梯上掉下摔死。一连几天攻城都是如此。高干在城楼上哈哈大笑："曹孟德，都说你用兵如神，善于打仗，一经交手，也不过如此。如若明智，还是撤军为好，你我互不侵犯。"

接连的进攻都无法突破壶关城的防守，曹操心中焦急。这时吕旷、吕翔兄弟二人来见曹操，说："急切之下攻城难以奏效，我二人商议，准备诈降高干，赚开城门，曹公率大军趁势突入城中，将高干擒获。"曹操点头认可，吕旷、吕翔派人潜入城中，面见高干，诉说自投降曹操后，屡被排挤，想想当初受袁公之恩，无以为报，决定趁曹军攻城时，归降高干。高干允诺，约定开东门纳其进入。

第二天当曹军攻城时，吕旷、吕翔为先锋，佯攻东门，高干虚放箭矢，吕旷、吕翔冲到城门前，高干说："突然归降，令人生疑，若是真的，你二人可先入城，待确认无误，再放兵马进来。"情况有变，吕旷、吕翔二人也来不及多想，只好答应高干的要求，令兵马靠后，提马跨前。高干令人虚开城门，将二人放进去，关上城门，即将二人绑缚，说："你二人还想诈降。"说着不容吕旷、吕翔分辩，即将二人斩首。然后突然打开城门，冲出一支兵马，在城门前等候的吕旷、吕翔的兵马猝不及防，匆忙应战，待曹操命兵马增援时，并州兵马已退回城中，关上了城门，将吕旷、吕翔的人头扔出城外，说："曹孟德，若你我势力相当，此二人诈降，我还相信。如此兵临城下却要投降，岂不令人生疑。"

面对如此狂妄的高干，曹操发怒道："高干你听着，城破之日，定将你剁成肉酱。你这壶关城中所有人等，不分男女，一律斩杀，为吕旷、吕翔及死去的将士报仇。"

虽然攻势越来越猛烈，壶关城犹如铜墙铁壁，守城的并州将士抵抗越来越顽强。这让曹操百思不得其解，这并州兵马的战斗力，怎么竟如此强悍，真可谓众志成城。

再一次进攻失败后，曹仁来见曹操，说："主公，壶关城守军抵抗异常顽强，我想是不是与你当初的命令有关？"曹操不解地问："我当初下了怎样的命令？"曹仁说："你当初说，攻下壶关城，不论男女，一律斩杀。"曹操说："是这样说过。"曹仁说："围城攻打必给城中人以活路。主公下令，城破之日，城中人必死，以至于人人自危。壶关城城防坚固，粮谷充足，而守城的人又抱定必死的决心，所以我们的进攻才会屡屡失利。"

曹操顿有所悟，说："我当时情绪激动，下的命令过于轻率，这确是一大失误，你提醒得对。"随即令人向壶关城喊话："壶关城中所有将士及百姓都是大汉的臣民，完全是受了高干的欺骗和挟持，因此罪在高干一人。不论何人，只要归降，过往之事一概不纠。"此喊话很快传遍了壶关城。曹操再发动进攻，情况起了微妙的变化，抵抗的激烈程度大大降低，士卒的伤亡也大大减少了。于是曹操下令："留下西城门，让城中百姓由此门外逃。"果然自此以后，从城中跑出的百姓越来越多，有些士卒也偷偷逃了出来。高干看到军心动摇，于是下令："再有私自出城者，一旦抓获必斩首。"

眼看壶关城被曹军围困已经三个月了，到了仲夏季节，曹军的攻势还是那样猛烈，丝毫没有撤军的意思，这让高干心里没了底。这样长期下去，外无救兵，壶关城总有顶不住的那一天。思虑再三，高干决定到匈奴那里去搬救兵。

主意打定，他把自己的打算告诉了手下大将夏昭、邓升。夏昭说："平时我们与匈奴来往并不多，他们肯帮忙吗？"高干说："我舅父在时与匈奴单于颇有往来，看在昔日舅父的面子上，应该没有问题。"邓升说："主公不必亲自去，派一位能言的使者前去就行。"高干说："此事重大，派别人去我不放心，只有我亲自去，才能表示诚意，或能说服单于出兵。"夏昭问："主公带多少兵马？"高干说："我此去是请救兵，又不是去打仗，只带少数随从即可，兵马全给你二位留下。你们一定要勠力同心，守好这壶关城，等我带救兵回来。"

高干带少数随从，混入出城的百姓中，骑马奔往朔方。夏昭、邓升紧闭城门固守。然而高干不在城中的消息很快传了出去，城中将士以为高干逃跑了，立刻慌乱起来，军心动摇。曹军斥候探得消息，马上报告给了曹操。曹操一面加紧攻城，一面派苏由潜入城中，前去劝降夏昭、邓升。二人与苏由曾有交情，苏由现身说法，讲明利害关系，夏昭、邓升看到军心民心已乱，即使救兵赶到，也难以战胜曹军，于是同意投降。

曹操率兵马进城，打开监狱，放出了上党太守赵亮，并安抚壶关百姓，表奏夏昭、邓升为列侯，上党郡很快安定下来。并州各郡县看到高干大势已去，也都纷纷归降了曹操。

高干赶到朔方，先见了右贤王去卑，请求派兵解壶关之危。右贤王去卑曾助献帝东归，在洛阳与曹操见过面，对曹操印象不错，现在高干要他去壶关与曹操兵戎相见，他说："曹公乃朝廷重臣，若与曹公为敌，便是反叛朝廷，恕不能应允。"高干无法，只得转向河西，求救于单于呼厨泉，说："当初你南下河东，被钟繇阻击，我曾派兵马帮过你。现在我被曹军包围，请单于看在昔日的情分上，出兵相救。"不提此事还好，一提此事，呼厨泉怒道："当初你鼓动我南侵河东，结果被钟繇和马超包围，最后还是钟繇宽厚待我，将我释放。我曾向钟繇保证，此后不再与曹公为敌。"高干无法，只得返回壶关。走到半路，闻知壶关城已破，只好转道前往涓、渑，去投张晟、张琰。还未到涓、渑，又闻知张晟、张琰已被钟繇、夏侯惇、马腾、韩遂包围，眼看就要灭亡，只好南下荆州投奔刘表。结果走到上洛，被都尉王琰抓获，斩了首级，送与曹操。曹操令人葬之，并表奏王琰为列侯。

钟繇在夏侯惇、马腾和韩遂的助力下，将危害涓、渑的张晟、张琰彻底歼灭。马腾和韩遂自回关中，夏侯惇前往并州回见曹操，路过河东，顺势助杜畿消灭了卫固、范先。自此弘农、河东两郡皆平。钟繇派快马向曹操告捷，并附带呈上了自己的辞职信。信中写道："涓渑起暴乱，弘农告急，河东太守王邑巧辟治官，贪赃枉法，本当严惩，我却对其宽赦，以致引起卫固、范先以留王邑为借口，拒太守杜畿入河东，后又公开反叛。弘农、河东之事，皆由我所致。我既无德政以惠百姓，又无威刑以检不恪。尤其最近几年屡有疾病，气力日微，尸素重禄，旷废职任，辜负了曹公对我的信任。我本斗筲之才，深得曹公赏识，被曹公拔擢，委以司隶校尉之职，却威刑不振。我请求曹公将我法车征诣廷尉治繇之罪，大鸿胪削去我的爵位，收回我的食邑。"

曹操看完信，随即回信道："元常自任司隶校尉以来，屡建功勋。官渡之战危急时刻，送马送物。三辅地区由乱到治，马腾、韩遂等十几支部曲归附朝廷，皆元常之功也。郭援侵犯河东，你一举平定，匈奴单于乱平阳；以有理有节，先围后放，稳定了边关。又闻你多次迁徙关中之民，招纳亡叛，充实河南，致河洛一带民户大增，重现繁华。司隶校尉部所属各郡，在你的操劳下由乱到治，解了我大军的后顾之忧，其功不可没。张晟、张琰、卫固、范先，乃高干唆使，罪不在你。王邑之事错在其人，于你无碍。三河、三辅、弘农诸郡，历为京畿要地，唯你在此，才能稳定……"后面又说了些勉励的话，派快马送往洛阳。

并州既平，曹操与荀攸、郭嘉商议，派谁出任并州刺史。荀攸说："我举荐一人，你司空府中西曹令史、陈郡柘县人梁习就很合适。"提到梁习，曹操立刻想起一件事，当初梁习与济阴人王思同在司空府中任西曹令史，一日王思当值，在呈送给曹操的简册中，遗漏了一件重要的简册，曹操发现后大怒，即召西曹令史问罪责罚。凑巧王思外出，梁习当值，前去见曹操，被曹操一顿责骂，并将其拘捕。梁习并不辩解，替王思领了罪。王思回来后，知道了这件事，赶忙去向曹操认罪，甘愿受死。曹操感慨道："想不到我司空府中，竟有这样两位义士。"自此对梁习和王思留下了深刻的印象。如今荀攸举荐梁习，曹操连连称道，说："此人很有担当，公达举荐不错。另自刘备去后，豫州一直未有刺史，可由王思为豫州刺史。"召陈琳写奏章，分别表奏梁习为并州刺史，王思为豫州刺史。

并州刺史人选已定，曹操说："我忽然想起一件事，攻壶关城时，听说这里的百姓三天不生火，只吃冷食，说是过什么寒食节。我感到非常奇怪，想弄清楚是怎么回事，只是当时正忙于攻城，倒把这事给忘了，今天又想起来了，你们知道怎么回事吗？"荀攸说："我曾听说有这么回事，这次来并州，我又打听了一下，说是为了纪念介子推。"郭嘉说："不仅上党，还有太原、西河、雁门等郡，都有这个风俗。"

曹操当然知道介子推的事。他是春秋晋国公子重耳的心腹，在重耳长期流亡国外期间，陪着重耳吃尽了苦头。后来重耳回国执政，狐偃等人向重耳邀功，介子推羞与其人为伍，不辞而别。后来重耳论功行赏，要赐封随他一起流亡的人，却找不到介子推。后来打听到介子推已偕老母隐居绵山，不再与重耳见面。重耳只好放火烧山，企图把介子推逼出来，结果介子推和母亲一同被烧死在绵山。曹操说："北方天气寒冷，虽说其时已是阳春三月，但早晚还是春寒料峭，人们连续几天吃冷食，怎么受得了。尤其是那些老人和孩子，更是不堪忍受。"

荀攸说："据说当初在介子推死的这一个月都吃寒食。后来到了本朝，一个叫周举的地方官认为时间太长，影响人们的健康，就下令改为介子推死的这一天，加上前后各一天，共三天为寒食节。这一天刚好在冬至后的一百零五天，与清明节大体相当。"

曹操说："周举改得很好，但不彻底。大家都知道，春秋时对吴国有大功的伍子胥，被沉尸江中，吴国人却并没有因此而不饮江水啊。纪念介子推，为什么非要避火，吃冷食呢？看来这个陋习，我们得给他彻底改一改。"于是提笔写了一道《明罚令》。在讲清楚吃寒食的害处后，又阐明了以此种方法纪念介子推的不合理处，然后写道："今令到，并州各郡县百姓，不得再吃寒食。若犯者，一家之长罚半年刑，主管官吏罚百日刑，县令长罚一月俸禄。"然后将《明罚令》传告并州各郡县，自明年起，取消寒食节吃寒食的旧俗。

七月，曹操率兵马回到邺城。这天，曹操接到阎柔、鲜于辅的报告，说蹋顿在袁氏兄弟的鼓动下，不断率乌桓兵马从柳城南下，侵犯渔阳、右北平、上谷等郡。曹操默然不语。荀攸说："曹公欲征乌桓，只是顾虑路途遥远，粮草难以为继。"曹操点头道："公达所言不错。上次解救广宁，犷平，并未出塞，粮草尚能供应。可要出塞征柳城，就有点力不从心了。我们无法在边郡征调粮草，只能从许都和邺城调运，长距离运输，既耗费大量人力，又速度太慢，实在令人头疼。"

说者无意，听者有心。谏议大夫董昭没有吭声。又过了几天，来见曹操，说："曹公，这几天我走访了一些冀州人氏，又找了冀幽两州的地图，仔细看了看，觉得攻打乌桓，粮草运输的问题能解决。"曹操来了兴趣，注视着董昭，听他讲下去："若从许都调粮，到了黄河，可经前年开凿的白沟经洹水到漳水；若从邺城调粮，可直接由漳水北上，转入呼沱河。从呼沱河挖掘一条渠道，连通泒水，直通渤海。然后沿渤海经海路到潞河口，顺潞河向北到泉州，在这里再开挖一条渠道连通沟河，由沟河而上可直达渔阳，粮草运到渔阳，再随兵马到柳城就容易多了。"

曹操连连称赞，说："你这条河海联运的粮道实在太妙了。需要新开挖的两条渠道，就由你负责组织勘探开挖。由呼沱河到泒水的这一段渠，在冀州境内，我让崔琰为你征调劳役，由沟河口到潞河这一段渠，远在幽州，地广人稀，劳役征调不太方便，你要多操劳一些了。"董昭说："曹公放心，我多与两地的郡县守令联系，争取他们配合，尽早把这两条渠修通，保证征讨乌桓时粮草的运送。"董昭辞别曹操，即忙于修渠之事去了。

这时曹操接到北海国相孙观的急报："海匪管承纠集从钱、王营，打着为袁谭报仇的旗号，上岸作乱，在北海攻城略地，势力发展很快，现已包围淳于城，请曹公速派兵马征剿。"曹操决定亲率兵马前往北海，各部将领踊跃请战。曹操说："对付一个海匪，用不了这么多兵马。乐进、李典在讨伐高干时，配合得很好，就由你二位率本部兵马，加上张辽将军足够了，其余兵马各归营寨休整。"点将完毕，各部曲准备就绪，就要出征，又接到琅琊国相兼青徐军都督臧霸急报："东海太守昌豨再次反叛，我已调集兵马前去平叛，请曹公派兵马增援。"曹操召见于禁，说："昌豨再次反叛，你与他是同乡，曾有旧，由你率兵马前去东海，配合臧霸剿灭昌豨。如有可能，劝其归降。"于禁领命，当即点起本部兵马，往东南方向而去。曹操也率乐进、李典、张辽等，向东北方向而去。

正在围攻淳于城的管承，见曹操大军来到，连忙调集兵马迎战。曹操令李典、乐进、张辽分三面进攻，孙观看到援军赶到，也率兵马从城中杀出。管承顾此失彼，立刻领略了曹军的厉害，这支乌合之众被打得溃不成军，连夜逃往高密。曹操被孙观迎入淳于城。

第二天，曹操就要率兵马继续追歼，可斥候报告，管承逃往高密后，却没有了下落。曹操命斥候再探，得到消息，原来管承知道不是曹军对手，与从钱、王营化整为零，逃回到家乡长广郡，管承隐入长广的山林中，从钱逃往长广的牟平，王营逃往长广的昌阳。曹操令乐进、李典、张辽分兵前往长广进行追剿。就在这时，门吏来报："长广太守何夔求见。"曹操传令来见。只见何夔风尘仆仆，向曹操施礼道："得知曹公欲率兵马到长广追歼海匪。因海匪皆我长广郡人氏，此番赶来是想禀告曹公，暂停动用兵马，我想先劝其归降，如果不听劝告，再动用兵马征剿不迟。"曹操问何夔："你有多大把握能劝降他们？"何夔说："我认为管承等人并非生下来就喜欢叛乱，只因未受道德教化，所以不知道向善。现在曹公大兵追歼，这些海匪为保命，必拼死力战，即使取胜，也必然伤及百姓。不如暂缓进攻，施以恩德，让他们自己感到惭愧，自愿归降。"

这何夔字叔龙，本陈郡人。董卓之乱时避乱淮南，后袁术占据淮南，征何夔为掾属。何夔看不惯袁术的骄横跋扈，料袁术必败，决不应征。袁术大怒，本欲加害他，只因他的姑姑是袁术堂兄山阳太守袁遗的母亲，碍于情面，没有下手。后来何夔偷偷逃回陈郡，曹操听说后，征为司空掾属。有一次曹操问何夔："都谣传说袁术军心大乱，你认为这谣传是否属实？"何夔回答说："天要相助者，必是顺应天意的人；人要相助者，必是讲究诚信的人。袁术既无信，也无顺，还希望得到天人的相助，是根本做不到的。大凡失道之人，亲戚都会背叛他，何况左右掾属及手下将士。以我看来，此谣传必定是真实可信的。"曹操当即感叹道："为国失贤则亡。像你这样有才能的人不为袁术所用，他哪有不败的道理。"不久曹操就表奏他出任城父县令，前不久曹操析东莱郡设长广郡，点名由他担任长广太守。此时何夔到长广上任才几个月，听何魁如此说，曹操说："既然你认为有希望劝说他们归降，那就暂不动用兵马，我在淳于静候你的佳音。"何夔得到曹操允许，便快马赶回长广。

第八十四章
依战功曹操封功臣　征乌桓邴颐荐自身

何夔回到长广，立刻派郡丞黄轸去寻找躲在山林中的管承。见到管承后，黄轸说："曹公本欲率大军前来长广征讨你们，何太守念你们都是本郡百姓，有意保全你们的性命，特意赶到淳于向曹公求情，只要你们归顺朝廷，曹公答应保全你们及家人老小的性命。"管承心有所动，说："我们为匪为贼，也是实出无奈。世族豪强霸占了我们的田产和海面，我们辛辛苦苦一年到头的收成还不够交纳赋税的。"黄轸说："曹公早已颁布了抑制豪强兼并土地的法令，同时也明令减轻百姓的赋税和劳役。"管承说："若像郡丞你说的这般好，我们自然愿意去过这安定的生活。我们答应归降朝廷。"黄轸没想到事情会如此顺利，非常高兴，立刻将他们带出山林，去见何夔。

何夔见到管承，问他今后有何打算？管承说："我这数千人有老有少，只求有个安稳的生活。有些人过去靠种地为生，只望太守给他们一些土地，大多数人过去靠打鱼为生，我还是领着他们回到海岛上，继续打鱼为生，只求郡县少征些赋税，让我们衣食无忧，就很满足了。如此我保证不再反叛。"听了管承的打算，何夔当即应允，给那些愿意种地的人都分了土地，愿意继续打鱼的，跟随管承回到了海岛上。

劝降管承的成功，使何夔充满了信心，于是派掾属成会前往牟平劝降从钱。闻知功曹王钦与王营是远房亲戚，派王钦前往昌阳劝降王营。很快传来消息，从钱斩了成会，扬言誓死不降。王钦也从昌阳返回，说："王营态度暧昧，难下决心。"何夔决定消灭从钱，震慑王营，即刻给曹操写信，说："牟平从钱顽固不化，请曹公派兵马剿灭之。"曹操接到何夔的请求，即派张辽前往长广。何夔接住张辽，直奔牟平，将从钱包围。从钱的三千乌合之众，哪里是张辽的对手，顷刻土崩瓦解，逃向海边，何夔早已率郡兵堵住了他们的退路，与张辽两下夹击，全军覆没，从钱被斩首。

消灭了从钱，何夔再派王钦前往昌阳劝降王营。王营知道抵抗下去就是从钱的下场，便在王钦的劝说下，遣散了部曲，自回昌阳的海岛去了。

匪患既除，张辽就要率兵马返回淳于。这时何夔收到了朝廷颁布的新修订的科律法令，同时收到的还有新下达的收取租税绵绢的额度，要求在各州郡全面实行。何夔详细看了这新颁布的科律法令，它包括得很全面，例如对造谣惑众、公报私仇、礼仪规矩、禁止厚葬等都做了严格的规定，并详细制定了违反这些规定应受到的惩罚。面对这新科法令和征收租税绵绢的额度，何夔皱紧了眉头。长广郡刚刚建立，析出来的六个县都是原东莱国较穷的县，现在海匪动乱刚刚平定，马上就要在全郡实行这么严厉的科律法令，很容易引起动荡。思前想后，提笔给曹操写了一封信，说："曹公新颁布的科律法令相当严格，惩罚又非常重，而长广郡所领六县，疆域初定，百姓服从教化的时间较短，若强行按新科法执行，恐百姓中有人做不到，做不到就要严惩，这不符合当初制定科律法令的初衷。先王当初分九等之赋以分远近，制定三典之刑法以平治乱。我认为在长广郡宜根据实际情况，按照远域新邦之典执行，其百姓之间的事情，让长吏根据情况临时处置，原则是上不违背正法，下以顺百姓之心。这样经过三年的教化，百姓安居乐业，然后再按照新科律法令和租税绵绢的额度执行，就没有做不到的了。"信写好交给张辽，让他回淳于后转呈给曹操。

张辽走后，何夔心中却不安起来。自己对新科律法令和租税绵绢的异议，会不会引起曹公的不满呢？再一想，若不写这封信，违心执行新科律法令及租税绵绢，心中会更加不安。他暗暗说了一句："既如此，也只好听天由命了。"

张辽回到淳于，将何夔的信转呈给曹操。曹操看后颇感意外。他当初令人制定这新科律，就是针对河北四州的情况制定的，主要目的就是打击世族豪强，清除袁氏统治四州所积攒下来的恶习，改变奢靡之风，减轻百姓负担。本以为此新科律法令一旦实行，河北四州的风气必为之焕然一新，没想到在何夔这儿受了阻。曹操经过仔细考虑，决定派人到长广及青徐地区各郡县先了解一下情况。这时侍卫来报："接到臧霸、于禁的告捷，说是昌豨被斩首，东海郡已全部收复。"

原来，于禁受命后，点起本部兵马，直奔东海郡。见臧霸正与昌豨在利城对峙，立刻与臧霸一起包围利城，亲自喊话，以同乡旧友身份劝昌豨归降，昌豨不从。于禁与臧霸合力攻城，昌豨抵挡不住，强行突围，逃到赣榆，再向前就是大海，已无处可逃，只好据守赣榆。于禁、臧霸再次将其包围。于禁仍劝其迷途知返，立刻投降，昌豨仍不听，于禁和臧霸连续攻城，赣榆眼看就要被攻破，昌豨不得已同意投降。曹军进到赣榆，于禁下令将昌豨绑了，昌豨说："我已归降，为何还要绑我？"于禁说："你言而无信，屡次反叛。将昌豨押下去斩了！"臧霸说："昌豨乃一郡太守，现已归降，应交由曹公惩处。"于禁手下将领也劝道："应听臧将军的，把他交与曹公。"于禁说："难道你们不知道曹公的军令吗？围而后降者，不赦。我依法而行，是对曹公负责。虽与昌豨为同郡旧友，已屡次劝告，仁至义尽。"又对昌豨说："非我无情，曹公军令难容，请君莫怨。"说着背过身去，令人行刑。

曹操得知昌豨被斩，感叹道："倘若我在，或许能再饶昌豨一次性命。"

这时眼看已是新年，曹操派往长广及青徐各郡县了解情况的人陆续回来，所反映的情况确如何夔所说。于是曹操下令："新科律法令暂不在长广及青徐地区实行。具体管理办法，由各郡县依据实际情况实行。所征收租税绵绢，也依据民情而定。"并给何夔去信予以表彰。

曹操对荀攸和郭嘉说："何夔的奏报很及时，避免了我们在这些边远郡县，推行不符合实际情况的科律法令，对稳定这些郡县很有好处。看来得常有人提醒一下，是很有必要的。"荀攸说："兼听则明。天下那么大，各州郡情况千差万别，多听听各州郡县的意见，当然有好处。"曹操说："治理国家，指挥部曲征战，都要靠大家的努力，最忌一呼百从。《诗经》说：'听用我谋，庶无大悔。'是说多听听别人的意见，就不会犯错误。看来这几年我开言纳谏不够，这是我的过失。我想从今以后，让身边的治中、别驾及各位掾属，每月的第一天，都要奏报指出我的过失，我要认真看这些奏报。为此我要制定一道法令，让大家都遵守。"于是提笔拟定《求言令》，在讲了求言的原因、需要及要求后，最后曹操写道："自今诸掾属、治中、别驾，常以月朔各进得失，纸书函封，任选其一。"

北海、长广两郡匪患已平，形势稳定，此时已是建安十二年二月，曹操率军返回邺城。这时董昭也将两条运粮渠道全部挖通，向曹操交差，说："由呼沱河向泒水的平房渠和由沟河口向潞河的泉州渠全部挖掘好，已经通水，由许都或邺城征调的粮草，现在能直通渔阳，曹公可随时发兵征讨乌桓。"

望着略显疲惫的董昭，曹操关心地说："修筑这两条渠，让你受累了。尤其又赶上冬季，一定会遇到不少困难。"董昭说："冀、幽两州有关的郡县，闻知曹公下令修筑两条渠道，全都鼎力相助，积极征调劳役。尤其是百姓，看到两条渠有利于庄稼的灌溉，也都积极行动起来，才使两条渠早早完工，功劳都是大家的。"曹操说："你不贪功倨傲，实在可嘉。这一段时间就好好休息吧。"董昭告辞。望着董昭的背影，想着董昭刚才的话，曹操顿有所悟。想起自起义兵诛暴乱，至今已有十九年。平叛讨逆，所征必克，静下心来想一想，都是靠着这些谋士武将的倾力相助，才有了今天的局面。如今天下还没有完全平定，大汉江山也未完全统一，我还要依靠这些谋士和武将共同努力。想到此，曹操提笔写下《封功臣令》，说明天下初定，与文臣武将们的奉献是分不开的。因此表奏天子，论功行赏，予以敕封。写完这些，一个个文臣武将的功劳，浮现在曹操的脑海中，将他们的姓名与予以敕封的名号列于其后：

七大谋士

荀彧　万岁亭侯　增邑一千户　合前二千户

郭嘉　洧阳亭侯　增邑四百户　合前七百户

荀攸　陵树亭侯　增邑四百户　合前七百户

贾诩　都亭侯　增邑四百户　合前七百户

钟繇　东武亭侯　增邑二百户　合前七百户

程昱　安国亭侯　增邑二百户　合前八百户

董昭　千秋亭侯　增邑二百户　合前七百户

四大主将

夏侯惇　迁伏波将军　高安乡侯，增邑一千八百户，并前二千五百户

夏侯渊　迁领军将军　博昌亭侯　增邑一千户　并前一千五百户

曹洪　迁厉锋将军　国明亭侯　增邑一千户　并前一千五百户

曹仁　迁奋武将军　都亭侯　增邑一千户　并前一千五百户。

五大虎将

于禁　虎威将军　益寿亭侯　增邑三百户　并前九百户

乐进　折冲将军　广昌亭侯　增邑三百户　并前七百户

张辽　荡寇将军　都亭侯　增邑三百户　并前七百户

张郃　偏将军　都亭侯　增邑三百户　并前七百户

徐晃　横野将军　都亭侯　增邑三百户　并前七百户

十大战将

李典　捕虏将军　都亭侯　增邑二百户　并前七百户

李通　振威将军　都亭侯　增邑二百户　并前六百户

朱灵　后将军　高唐亭侯　增邑二百户　并前六百户

许褚　武卫将军　关内亭侯　增邑二百户　并前六百户

张绣　破羌将军　都亭侯　增邑二百户　并前二千户

臧霸　威虏将军　都亭侯　增邑二百户　并前六百户

张燕　平北将军　安国亭侯　增邑二百户　并前五百户

曹纯　领军将军　高陵亭侯　食邑三百户

曹休　中护将军　都亭侯　食邑二百户

曹真　中坚将军　灵寿亭侯　食邑二百户

其余将士，根据战功，封拜有差。

望着长长的名单，曹操颇感欣慰。这时他忽然想到，自建安元年自己被献帝诏拜为建德将军，不久升迁为镇东将军，袭封费亭侯以来，屡有增封，食邑不断增加，现已达到三万户。这三万户食邑的租税，自己根本用不了，何不将这些租税，分给那些有困难及战死疆场的将士所留下来的遗孤们，以表我曹操个人对他们的慰藉之意。想到此，接着写下一道《分租令》：

"昔赵奢、窦婴之为将也，受赐千金，一朝散去，故能济成大功，永世流声。吾读其文，未尝不慕其为人也。吾与诸将士、大夫共从征伐，幸赖谋士贡献智慧，将士不惜性命。因此才能化险为夷，平定叛逆，得到了朝廷的大赏，受天子增邑达三万户。追思窦婴散金之义，今日始将三万食邑所收租税，与诸将、掾属及战死沙场将士的遗骨共享，以答谢大家的辛劳，使大家都能感受到天子的恩惠。自此以后，只要年丰，留下够用的，将剩余租税全部分给大家，悉共飨之。"

曹操将《封功臣令》《分租令》交给荀攸和郭嘉等人，征求他们的意见，二人都认为自己受赐太丰，要求减少一些。曹操不听，遂将《封功臣令》表奏献帝，将《分租令》公示于众。不久，就收到献帝的诏命，封拜一如所奏。随诏令到来的有一封荀彧的信，信中对曹操所奏的封敕及增邑坚决不受，说："诸位谋士及将士浴血沙场，功勋卓著，受封增邑理所应当。而我在许都，并未受辛劳之苦，如此爵禄受之有愧，还请曹公收回。"曹操回信道："自初平二年与你相识，先荐戏志才，又荐荀攸、钟繇、郭嘉等人，所举荐之人皆当世奇才，其功甚大。张邈、陈宫兖州之变，若无文若，我将无立身之地。尤其官渡之战时，是文若坚定了我的信心。桩桩件件无以细述。文若近年虽未随我出征，但忠正密谋，抚宁内外，当推文若为首，公达第二。请文若不必推辞。"派人将此信送往许都，又让荀攸写信，劝其小叔接受增邑。后来荀彧推脱不掉，只好接受了曹操的表奏。

曹操颁布的这两道法令，引起了很大的反响。臧霸写信要求将自己的子弟及父兄迁到邺城，并说青徐军的许多将领，得知曹公依据功劳大小，各有封拜时，也纷纷要求将子弟和父兄迁往邺城。曹操赶快写了回信，说："知道你们大家都很忠诚，不必再用这种办法来宣示。昔萧何遣子弟入侍，而高祖不拒，耿纯焚室舆榇以从而光武不逆，你们这样做，我该拿什么来回报呢。"坚决不允许臧霸等人这样做。

这天，李典来见曹操，说："我们家族共三千余户，有一万二千余口，都在老家乘氏县，我打算让他们都迁到邺城。"曹操笑着说："你也要效仿耿纯和萧何吗？"李典说："我愚笨功微，而曹公给我的爵禄太厚重了，我只好举全宗族之力来回报曹公。现在征战未息，魏郡也需要充实人员，以利增加生产，增强实力。我并不是要效法耿纯、萧何。"曹操劝他不要这样做，李典不听，很快便把全族从乘氏迁到邺城，在城外数十里处安顿下来。

曹操大封功臣的事刚刚结束，就接到阎柔和鲜于辅自幽州送来的急报："乌桓王蹋顿纠集辽西乌桓单于楼班，右北平乌桓单于能臣抵之，辽东乌桓单于苏仆延，再次自柳城入塞，劫掠右北平、渔阳、上谷等郡，掳去汉民十数万。幽州吏民虽顽强抵抗，仍遭受重大损失，希望曹公能出兵征剿。"由于平虏、泉州两渠已经修通，粮草运输已无大碍，曹操决定北征三郡乌桓，彻底平定塞外之乱，于是召谋臣武将，商议出征事宜。

然而令曹操没想到的是，所有文臣武将几乎一片反对声。张辽说："许都乃天下之会，今天子在许，曹公北征，柳城远在塞外，豫州必然空虚。若刘表与刘备袭夺许都，大军难以回救。天子落入刘表、刘备之手，据之号令四方，曹公之势去矣。请曹公慎之又慎。"曹洪说："张辽将军所言极是。刘表手中的十几万大军聚集在荆州，与豫州接壤，离许都很近，再加上刘备助阵，对许都威胁最大，应先南下征剿刘表，收复荆州。"曹仁说："乌桓部落众多，代郡、上谷、渔阳、雁门、上郡等各郡乌桓，并未参与反叛。如今只有辽西、右北平、辽东这三郡的乌桓，在蹋顿蛊惑下反叛，无非袭扰边塞，实在没必要兴师动众去远征，这有点得不偿失。"曹操说："原来辽东乌桓单于苏仆延，只是袖手旁观，现在也参与蹋顿的反叛，如果我们置之不理，任由蹋顿闹下去，其他各郡乌桓很难说不受其影响。我们应在他未坐大以前，将其剿灭，以免后患。"这时荀攸说："扬州、荆州这两州都离许都不远，无论孙权、刘表手中都有众多兵马，且他们对许都都有觊觎之心。刘备虽寄人篱下，但是野心勃勃。我军若远征塞外，其必怂恿刘表出兵攻取许都。而边关动乱历来有之，很难根除。仅有这三郡乌桓翻不起大浪。我赞成先平定荆扬，最后再征剿乌桓。"

看到大家异口同声反对，连荀攸也不赞成征剿乌桓，曹操的决心有了动摇，说："要是这样，那就只好令阎柔和鲜于辅暂与乌桓蹋顿周旋了。"这时郭嘉说道："我赞成征讨乌桓。今曹公虽威震天下，乌桓仗恃远在塞外，不屑一顾，必不设防。我们毅然出征，定可将其剿灭。因袁绍曾与乌桓诸部落关系不错，现在袁尚、袁熙又与他们勾结在一起，河北四州刚刚平定，人心还不够安定，只是由于军威的缘故，才不得不臣服。虽已颁布法令实行道德教化，但还未深入人心。如果弃乌桓于不顾而南征刘表，袁尚、袁熙在乌桓的资助下，招募那些死忠流亡之徒，振臂一呼，群起而应，也更激起蹋顿的觊觎之心，恐冀、幽非曹公所有也。"荀攸说："据斥候报告，刘备在新野大肆招兵买马，训练士卒，据传部曲已达万人，更是招徕了不少谋士。他野心不小，必定鼓动刘表趁我北征之际，偷袭许都。"郭嘉说："公达所说是实。但刘表一定不会听刘备的。刘表只是一个空谈之人，虽有其志，但自知才能不及刘备，若重用刘备，恐其做大不能制御，所以必打压刘备；若不重用刘备，刘备必不肯尽心出力。所以曹公虚国远征，不必有任何顾虑。"

在重大问题上，郭嘉与荀攸意见不一，这还是首次。

董昭说："我赞成奉孝的分析，只要我们部署得当，许都的安全还是有保证的。如果不剿灭乌桓蹋顿，袁尚袁熙就是一个很大隐患，一旦发酵，后果不堪设想。"

　　就在此时，门吏进来报告："外面有一人求见曹公，此人自称邢颙，说是从右北平徐无山而来。"曹操及在座的所有文臣武将皆不认识此人，大家面面相觑。曹操说："既然是从右北平来，一定了解乌桓，请把此人带来。"当自称邢颙的人进来后，曹操见其约三十岁，一身布衣，显得很精干，心中已有几分喜欢。只见他施过礼后自我介绍："我本字子昂，河间鄚县人也。自右北平徐无县徐无山中田畴处来。"荀攸说："田畴曾作为幽州牧刘虞的使者，到长安觐见天子，被天子拜为骑都尉。我当时在长安，与他见过一面。"邢颙说："田畴是幽州一大贤士，尤其在右北平，更是家喻户晓，都以能结交田畴为荣。"接着向大家介绍了田畴。

　　原来，这田畴字子泰，右北平无终县人，喜欢读书，练得一手好剑，初平元年，刘虞为向献帝表忠心，经人举荐，征田畴代其出使长安。当时道路断绝，田畴为掩人耳目，顺利到达长安，便谢绝了刘虞的车马仪仗，而是自选其家中宾客与年少勇壮之士共二十余人，骑马向西出关到塞外，沿北山直趋朔方，沿小路到达长安。献帝被董卓所困多时，见到关外使者，很是激动，诏拜田畴为骑都尉。田畴认为，天子正蒙尘受难，自己不能受此荣宠，坚辞不受，被朝廷称为义士。三公署衙都征辟它为掾属，也坚辞不应。天子诏拜刘虞为太傅，田畴奉诏回幽州，通知刘虞到长安任职。然而回到幽州，刘虞已被公孙瓒所害，田畴到刘虞墓前大哭一场而去。公孙瓒闻知大怒，命人把田畴抓来，喝问："你为什么去哭祭刘虞，而不把天子的诏命给我？"田畴决然回答："汉室衰颓，人怀异心，唯刘公不失忠节，故而谒祭其墓。天子诏命，与你无关，所以没有告诉你。如今将军即灭无罪之君，又仇守义之臣，如此行事，则燕赵之士宁死也不愿从你尔。"公孙瓒将其拘押在军中，不允许他与任何人接触。后来有人劝说公孙瓒："田畴乃一义士，你不能礼遇，反而囚之，恐失众心。"公孙瓒只好将他放了。

　　田畴回到家，起誓说："君仇不报，吾不可以立世！"于是率宗族及附从的近邻数百人，潜入徐无山中，寻了一处较宽阔平坦的山谷，隐居下来，开荒躬耕以自养。后来许多百姓渐渐闻知，也来投靠，数年之间发展到五千余家，两万余人，田畴说："诸君不以畴不肖，远来相就，人数众多，已成都邑。而我来此，并非苟安而已，而是欲图大事，复怨雪耻。现在我很担心其志未得，而轻薄之徒自相侵侮。"于是与大家相约，制定法令及惩处办法共计二十余条，又制定了婚丧嫁娶之礼，兴办学校，讲授礼仪、诗书，将这徐无山治理得道不拾遗，民风淳朴。周边的乌桓、鲜卑等部落闻之都与其交好。袁绍闻知，多次派人前往征召，又授田畴将军印绶，田畴皆不接受。袁尚袭任后，又多次征辟，田畴终不应召。

听了邢颙的介绍，曹操很是感慨，说："不知幽州还有如此贤士，若有机会一定亲自拜谒。"

荀攸问："你既是河间人，怎么到了徐无山？"邢颙说："冀州自黄巾起事以来，一直战乱不断，特别是袁绍任州牧以后，世族豪强更是大肆兼并土地，与公孙瓒的战争也更加重了百姓的赋税。各郡乌桓在袁绍的放纵下，侵入冀州劫掠，百姓流离失所。我听说田畴在徐无山中建都邑，百姓安居乐业，与世无争，便前往徐无山，投奔了田畴，并拜其为师，向其求学，至今已有五年之久。"荀攸又问："既如此，你怎么又想到来邺城？"邢颙说："民厌乱久矣，乱极则平。闻曹公入主冀州后，法令严整，冀州风气为之一变，百姓减免赋税，安居乐业，便向田畴告辞，欲回家乡鄚县，走到泉州，见新修泉州渠，说是为征剿乌桓而修。边郡深受乌桓之害，平定乌桓是我夙愿，于是深受鼓舞，直接奔邺城而来，愿为征剿乌桓尽绵薄之力。"

曹操非常高兴，说："看来我们北征乌桓，彻底消灭袁尚、袁熙之患，是顺应天意，受到百姓拥护的。"对邢颙说："从现在起，我正式征辟你为冀州署衙的从事，待北征时，随军而行。"邢颙领命。

第八十五章
白狼山张辽斩蹋顿　碣石山曹公留诗篇

　　曹操决定北征乌桓，于是令朱灵仍驻守许都；李通在汝南严密监视刘表、刘备的动向；夏侯惇回许都西部驻扎，策应防守许都；曹仁驻守河内，助钟繇守司隶校尉部；夏侯渊率部驻守徐州，以防孙权北侵；曹洪驻守邺城，曹丕为副。看看防御已无漏洞，然后令张辽、乐进、于禁、张郃、徐晃、张绣等将领各率本部兵马，及曹纯、曹真、曹休所率虎豹骑，随征乌桓，李典督运军粮。

　　此时已是夏四月，天气已经热起来，望着脸色略显苍白的郭嘉，曹操说："自去年冬天在淳于时，你受寒咳嗽至今未好，如今北征，路途遥远，你就留在邺城，把身体调养好。"郭嘉说："我力主出兵征剿乌桓，怎能不去？况且天气已暖，身体已见好，不会误事，请主公放心。"曹操不再说什么，下令出征。

　　大军昼行夜宿，夏六月到达易水。郭嘉说："兵贵神速，千里奔袭，辎重太多，行动迟缓，时间一长，蹋顿等人必加强戒备。由此往北，应轻兵兼程，以达出其不意之效果，宜将辎重留在易县。"曹操立刻下令，各部曲将辎重、铠甲等留下，曹纯的虎豹骑也弃甲而行。所有兵马轻装前进，行军速度果然大大加快。六月末即到无终。在此稍作休整，即踏上出塞之路。然而刚行几天，天上就下起了大雨，道路泥泞，部曲只好扎下营寨，待天晴再走。没想到淅淅沥沥，一连下了好几天。待雨住欲拔寨起营时，前面水茫茫一片，已找不出道路。曹操下令待水退去再上路，可随后天上又下起了雨，积水越来越多。曹操召邢颙来问："子昂，这水退去还得多少时间？"邢颙说："我虽经此到过柳城几次，却从没碰到这种情况，这么大的水，什么时候才能退尽，我也不清楚。"曹操问："是否还有别的路？这样等下去不是办法。"邢颙说："由无终到柳城只此一条路，我在右北平五年，还未听说有第二条路。"

　　曹操感到很无奈，这时斥候来报："袁氏兄弟与三郡乌桓已得知我军前来征剿，在一些关隘部署了兵马，做好了迎战的准备。"千里奔袭，打乌桓一个措手不及的计划，看来难以实现了。这时荀攸说："既然这儿离徐无山不远，我们不如请田畴来一下，看他有没有办法。"曹操说："我也想过这个问题。田畴是一位隐士，袁绍和袁尚多次征辟，他都一口回绝，不予理睬。我们与他素无来往，恐怕很难请得动。"郭嘉问邢颙："能否把田畴招来请教？"邢颙说："田畴先生是否愿意来，我不敢说，不过当初我离开他投奔曹公时，他不仅不反对，反而夸我说：'民之先觉也！'认为我做得对。这样，我到徐无山一趟，尽力把他请来。"曹操说："田畴乃幽州贤人，本当我亲自去请，只是大军在此，我脱不开身，为显示我的诚意，我派一个人代表我随你前去，你看可好？"邢颙说："这样最好，但不知是谁？"曹操说："此人姓田名豫，字国让，渔阳麻奴人。曾先后跟随公孙瓒和刘备，也是一位有才高士，田畴或许知道此人，现在军中任军谋掾。"于是召田豫，将事情交代清楚，然后备了礼物，交与二人。二人即刻起程，前往徐无山中。

由于有邢颙陪同，轻车熟路，很快到了徐无山中，见到田畴。田畴非常热情，说："早闻渔阳田豫，能审时度势，曾为鲜于辅设谋，投靠曹公。也是我幽州名士，没想到能亲临敝寨，幸会幸会！"田豫也谦让了几句，随即话入正题："曹公欲征乌桓和袁氏兄弟，路遇阴雨，道路泥泞，无法通行，特派我与邢颙同来，想请田畴先生给予指点。"田畴回答得很干脆，说："既是曹公相邀，我一定前去。请先回复曹公，我稍做准备，随后就到。"田豫没想到田畴的答复这么痛快，心中暗喜，说："既如此，我们不妨在这儿等候田先生，大家一同前往无终见曹公。"田畴说："这样也行。"便安排田豫到邑中旅舍休息。邢颙自去见老熟人叙旧。

田畴立刻召集邑兵，从中选取了五百精壮之士，分别带上斧、镐、锹之类工具，又让人准备好行装，将山中事务安排停当，嘱众人说："我明日去见曹公，可能需要些时日，你们严守都邑，静等我回来。"看到田畴着急出行，众宾客说："昔日袁公仰慕先生，多次派人带重礼相辟，又授先生将军印绶，先生皆不受。今曹公派一使者来，先生就唯恐去得迟了，这是为什么呢？"田畴笑说："此事缘由，以后自会知道。"

第二天天刚亮，田畴就率这五百邑卒，随田豫和邢颙去见曹操。田豫吃惊道："先生为何率邑兵去见曹公？"田畴答："我自有用处。"大家不敢耽搁，一路走来，到傍晚时分，来到曹操大帐。曹操原来担心田畴未必会来，没想到这么快就到了，连声感谢。田畴快人快语，说："曹公有所不知，乌桓这些年在袁绍的怀柔下，恣意妄为，袭扰边民，贼杀贤士，我早有心讨伐，只因无力。今知曹公率大军征讨，我敢不尽心力以助曹公？"曹操大喜，便将当前遇到的困难述说了一遍。田畴说："此条出塞道路，依傍渤海，地势平坦，车马易行，但每逢夏秋之交，常有阴雨，雨水汇集此处，长久不能退去。其水浅不通车马，水深不载舟船。直到秋末水尽退去，道路恢复，来往如常。"曹操说："这样看来，只能等秋冬之季才能出塞了？"田畴答："曹公别急，还有一条道可行。右北平郡旧治在平冈，向南通卢龙塞，向东折向柳城。过去出塞外到柳城常走此道。因此道需翻越燕山，道路难走，后郡治南迁到土垠，便逐渐废弃，崩塌断绝，至今已二百余年，许多人已不知有此道。偶有知此道的人，也需仔细辨认，方能寻到踪迹。今蹋顿料曹公大军陷此，只能退兵无疑，必松懈不设防，若退回无终，悄然从卢龙口出塞，越白檀之险，绕道平冈，一路荒山野岭，没有人知，直趋柳城，出其不意，蹋顿可不战而擒也。"曹操连称好主意，于是下令："兵马撤回无终。"临行，又特意制了一个大木牌插在那里，上面写道："方今暑夏，道路不通，且俟秋冬，乃复进军。"此事很快被乌桓斥候探得，报与蹋顿，蹋顿大笑，说："我料曹操三五月之内，无法来攻。"遂不设防。

大军退到无终，悄然转道向卢龙口进发。曹操看到郭嘉咳嗽不止，劝道："此一去山路多险，奉孝留在无终休养吧。"郭嘉说："咳嗽几声，只是小恙，曹公不必担心。"于是大军在田畴的带领下，经徐无山东麓，出卢龙口，没入大山中，顺着山间崎岖的小路，蜿蜒而行。

说是道路，难辨踪迹。许多地方被崩塌的山石掩埋，有些路段经雨水常年冲刷，早已塌陷，多亏田畴这五百邑兵，不断清理山石，凿出路径，将塌陷的地方填补起来，遇到断桥，就近砍伐树木，重新修好，遇到荆棘，就挥起斧头斩断。曹操这时才明白，田畴为什么会带着五百手持斧、镐、锹的邑兵来。

由于前些天的阴雨天气，山体经雨水浸泡冲刷，不断有碎石泥土往下掉落，已经有许多将士被砸伤了。曹操叮嘱大家一定小心，互相提醒、躲避。这天，临近中午，部曲正迤逦而行，突然后面传来惊呼声。少顷，就有人气喘吁吁来报："张绣将军被掉落的山石砸中，由于泥石太多，被埋在里面，现正在抢救。"曹操一边派人到前面找田畴，调取邑兵来抢救张绣，一边向后面出事地点奔去，果见一堆山石从上面滑落下来，许多士卒一边呼唤着张绣将军的名字，一边正拼命用手清理这些山石。很快田畴带着邑兵手持工具赶到，立刻投入其中，山石泥土很快被清理出来，张绣将军被挖了出来。只见他血肉模糊，已经停止了呼吸。现场一片悲哀，许多将士哭泣起来。曹操令张绣亲随将其遗体送往无终盛殓，然后送回武威安葬，并谥号"定侯"。由其子张泉承袭封爵，其兵马交由于禁代管。

望着还在悲怆中的曹操，田畴说："没想到这条路损毁得这样严重，我感到对不起曹公。"曹操挥手制止道："这不是你的错，此路停用二百年，经过你的邑兵努力，尚能通行，已经很不错了。况且，正因为难走，蹋顿才不会想到我们从这里去袭击他。"田畴说："话虽如此，可是我们的行军速度大大慢了下来，超出了我们的预期，粮草将难以为继。"曹操点头道："是啊，派人去催李典，恐怕也来不及了。大军也不能在此等候，只好让大家节约用粮了。"

然而无论怎样节约用粮，勉强又度了几日，各部曲来报，所带粮草已所剩无几。有人建议停下来，在附近征粮。邢颙说："我们现正处在深山中，荒无人迹，根本征不到粮草。"还有人建议先停下来，派人催促李典送粮草。曹操问田畴："还有多长时间能走出这大山？"田畴说："大约再走两天，就可以翻越大山，到平冈地界了。"郭嘉说："我们一定要咬牙坚持，不仅不能等，还要加快行军速度，万一拖延，泄露我军行动，乌桓有了准备，我们将付出更大的代价。"曹操坚定地说："有了，去把曹纯、曹休、曹真三人招来。"很快三人来到曹操面前。曹操说："如今粮食告罄，唯有杀马以解燃眉之急，"三人一听都不愿意，说："杀了马，我们怎么去打仗？"曹操说："无马的士卒改为步卒。我们不能让将士们饿着肚子行军。"三人尽管不愿意，但都无可奈何，只好返回部曲，动员骑士们杀马。可不管杀谁的马，谁都不愿意。这些战马陪伴他们征战沙场，都有了很深的感情。杀战马还不如杀他们自己。曹操闻知，劝大家说："乌桓那里有许多优等的马匹，而且大都久经战阵，我们打败了他们，到时让失马的骑士尽情挑选。"他们明白道理，只是感情上不忍，听了曹操的劝告，只好咬牙同意。靠着吃马肉，部曲终于走出了大山，到达了平冈。

平冈是鲜卑人居住的区域，曹军在鲜卑人的帮助下，很快得到补充。然后由此折向东，直奔柳城而去。又行了几日，遇到一座山，田畴说："此山是白狼山，翻过白狼山，再走不远，就是蹋顿的大本营柳城了。"担任前锋的张辽朝远处望了望，说："此山并不高，翻越这样的山不在话下。"将士们听说翻越此山就到柳城，情绪也高涨起来，在张辽的率领下，朝白狼山扑去。

将士们来到山脚下，一看这座山果然不高，而且也不险峻，只是一座土山，于是便往山顶冲去。刚到山顶，就要下山，突然发现山脚下有数万的乌桓兵马正准备登山，将士们顿时愣住了。张辽赶快向曹操报告。曹操接到报告，立刻驱马跃上山顶，朝山下一望。果见乌桓兵马约有数万人朝山顶奔来，而且乌桓兵马也发现了他们。曹操心中一惊，莫非蹋顿已经知晓，若是这样，蹋顿必有准备。

曹操猜测的不错，就在曹军过了平冈不久，蹋顿就接到斥候报告，曹军出卢龙塞，沿二百年前通往右北平郡旧治平冈的山路，奔柳城而来，已快到白狼山。蹋顿大惊，慌忙召袁尚、袁熙及三位单于说："白狼山是柳城西面的最后一道屏障，无论如何不能被曹军抢占去，现在各率本部兵马，前往白狼山阻击曹军。"当他们的兵马到达白狼山脚下时，发现曹军已到达山顶，便呼喊着不顾一切冲了上去。

曹操回头望望，山顶上只有张辽的兵马，且将士们的铠甲都留在了易县。双方实力如此悬殊，但此时如果退却，乌桓兵马占了白狼山，那么将会前功尽弃。曹操在山顶冷静地观察着正冲上来的乌桓兵马，他们虽然人数众多，且大多是骑卒，但阵形混乱，毫无章法。曹操望着张辽说："敢不敢迎上去一战？"张辽一横长枪，说："主公放心，我的部曲保证没有一个后退的。"曹操下令："你指挥兵马立刻攻下山去。"张辽挺枪跃马，带头冲下山去。曹操命许褚随张辽进攻，许褚说："我要守卫曹公。"曹操说："阻住乌桓兵马就是对我的最好守卫。"许褚发声喊，率虎卫营跟着张辽冲了上去。田畴也率五百邑兵冲下山去。曹操派人急令后边大队人马火速赶到。

乌桓的兵马一窝蜂地往山上冲，而曹军呐喊着往山下冲，双方激战在一起。曹军大都没有盔甲，且是步卒，将士们伤亡不少，果然像张辽所说的，没有一个后退的。张辽知道自己兵少，便要擒贼擒王，朝着蹋顿的帅旗冲了过去，连续捅翻乌桓阻挡的士卒，冲到蹋顿面前，蹋顿也挺枪相迎。两人你来我往，战在一起，这蹋顿果然勇猛，张辽一时难以取胜，这时许褚的虎卫营杀到，乌桓士卒抵挡不住，连连后退，蹋顿稍一分神，被张辽一枪刺于马下，拔出佩剑，斩下首级，擎在手中，以示众人。楼班、能臣抵之、苏仆延闻知蹋顿被斩，各率兵马一起涌了上来，要为蹋顿报仇。这时曹纯帅虎豹骑赶到，曹纯、曹休、曹真抵住三位单于激战，曹纯又将能臣抵之斩于马下。袁尚、袁熙挺枪助战，这时于禁兵马已到，袁尚、袁熙、楼班、苏仆延见曹军援军已涌上来，情知不妙，便互相掩护，逃回柳城，负隅顽抗。

然而曹军紧追不舍，袁尚等人逃到柳城，来不及关闭城门，曹军已到，双方再战。这时张郃、乐进、徐晃俱率兵马赶到，袁尚等人感到大势已去，夺路而逃。曹军死死咬住激战，袁尚等人率残部逃出柳城。大家正要追赶，曹操下令停止追击，进入柳城安抚百姓。

柳城中共有百姓二十余万人，其中有近一半都是这些年被蹋顿掳掠来的汉人。他们见到曹军，奔走相告，激动不已，纷纷要求曹操回军时将他们带回关内。曹操答应了他们的要求，这些人很快安定下来，忙着做返回关内的准备。曹操发布安民告示：凡乌桓部族，只要归附朝廷，保证性命安全。乌桓百姓也很快安定下来。

这时斥候来报，袁尚、袁熙与楼班、苏仆延率残部三千余人马，前往辽东投太守公孙康去了。曹操略一沉思，莞尔一笑，说："好了，不用我们再去追歼他们了。公孙康会把他们的首级给我送来。"听了曹操的话，一座皆惊，只有郭嘉和荀攸相视一笑。曹操下令："将愿返回关内的汉人，按宗族乡里编为部伍，与大军内迁。"荀攸建议："为防止大军撤离后，三郡乌桓再生事端，可将他们一起迁入关内，交由阎柔直接管理。"曹操采纳了这个建议，将乌桓族人按各自部落编组，也随大军内迁。乌桓被俘士卒及马匹交由曹纯虎豹骑统辖。

此时已是深秋九月，曹操问田畴："我们这次返回时，傍海这条路现在应该能走了吧？"田畴答："按往年惯例，已是深秋，大水早已退去，大军行动不成问题。"曹操下令："各部曲及百姓，按事先安排，依次离开柳城，返回关内。"这时有将士说："曹公说，公孙康会把袁尚等人的首级送来，现在就要动身回撤了，怎么不见公孙康送来他们的首级？"曹操笑说："我们只要离开柳城，公孙康就会把他们的首级送来。"诸将士半信半疑。

由于天气转冷，郭嘉的病比先前又重了些，咳嗽不断，身体虚弱。曹操特意安排了一辆车，装好车篷以避风寒，里面铺得软软的，防止颠簸。郭嘉仍坚持骑马，曹操不允，说："虽说傍海大路比较平坦，但路途遥远，你在车中，累了可以躺一躺。"看着郭嘉登上篷车,曹操嘱车夫一路小心,这才跨上马,随车而行。

袁尚、袁熙与楼班、苏仆延逃出柳城,见后面曹兵并未追来,这才收拢残兵,仅剩三千余兵马,个个垂头丧气,下一步到哪里落脚,他们之间产生了分歧。乌桓单于要向北往玄菟郡投高句丽,袁氏兄弟要向东投公孙康。乌桓单于说:"当初公孙康的父亲公孙度任辽东太守时,意图侵夺乌桓的土地,双方战事不断,有宿仇,若投公孙康,无疑是自投罗网。"袁氏兄弟说:"公孙度当初欲霸辽东,所以侵夺乌桓土地,而且还自称辽东王,郊祀天地,扩充军备,图谋自立。当时曹操为拉拢公孙度从背后攻击我父亲,特表奏公孙度为武威将军,封永宁乡侯,却被公孙度奚落一番:'我本是辽东王,谁稀罕这永宁乡侯。'将印绶藏于府库中,曹操早有剿灭其意图。如今公孙康手中握有数万兵马,曹军若追来,公孙康为自保,必全力抵抗曹军。曹军远赴辽东,必不能长久,待曹军退去,我们可重整兵马,收复柳城,再战曹操。而前往玄菟郡,投靠高句丽,则远离柳城,永无报仇之日。"乌桓单于听从了袁氏兄弟的劝说,一起前往辽东投公孙康而去。

公孙康自建安九年承袭父亲的辽东王后,看到曹操先后夺取冀青幽并四州,北方渐趋统一,再想趁乱自立为王已不可能,害怕曹操征剿,已自动取消王号。从武库中找出当年曹操派人送来的威武将军和永宁乡侯的印绶,自领辽东太守、武威将军,而将永宁乡侯转赐其弟公孙恭。自从得到消息,曹操率大军出塞征剿乌桓王蹋顿,心中便一直紧张不安,为防曹军借道征辽东,调集兵马积极防守。

这日,公孙康在襄平城太守府中得到门吏报告:"袁尚、袁熙和楼班、苏仆延单于求见。"公孙康不仅大吃一惊,知柳城已被曹军攻破,对要不要见他们犹豫起来。其弟公孙恭说:"据报袁氏兄弟和乌桓单于带有三千兵马,若曹军来攻,可与其携手抗曹。"于是公孙康传令他们来见。双方见面,互致问候,言语客气,共议抗曹之事。随后公孙康令人将他们的兵马迎入城中安置。

安顿下来后,乌桓单于说:"原本以为公孙康不会接纳我们,没想到倒还热情。"袁熙说："公孙康表面热情，他是想利用我们帮他一起抗曹，不得不留下我们，久之必不容我们。待曹军退后，我们先下手为强，夺了这襄平，以此为基础，扩充军备，收复柳城，夺回幽州，与曹操再战。"

自从袁氏兄弟和乌桓单于来到襄平，公孙康更加关注曹军的动向，连派斥候打探。这天斥候报告："曹军尽起大军，携柳城二十余万百姓，南下回冀州去了。柳城中仅剩极少数不愿走的人，几乎成了一座空城。"公孙康闻之大喜，对公孙恭说："看来曹公无意于我，若我们仍容留袁氏兄弟及单于，日后曹公知道，必怨恨于我。为保我辽东无虞，应向朝廷表示忠心，将他们的首级取下，送与曹公。"于是与公孙恭密谋，埋伏精兵于府中，请袁氏兄弟和乌桓单于来商议共同抗曹事宜。待其进入府中，尽出伏兵，将他们擒获，扔于地上。其时已是深秋，地上冰凉，袁尚说："地上太寒，求太守铺一张席。"公孙康冷笑道："你们的头颅将要远行，哪里还用得着簟席。"遂下令将四人斩首，派人送与曹操，随即将其兵马兼并。

曹操离开柳城已经旬日了，因为有这么多汉和乌桓百姓跟随，老老少少拖累着，致使整个大军行进的速度非常缓慢。这天近午，大军刚过临渝，曹操接到后卫来报："一行数人，自称公孙康使者，求见曹公。"曹操笑说："袁氏兄弟及乌桓单于的人头到了。"公孙康使者一行五人，骑马赶了上来，见了曹操，一起下马参拜，为首的说："禀告曹公，奉我家主公公孙康之命，特将袁尚、袁熙、楼班、苏仆延等四人首级送到。"其余四人各持一木笼，呈与曹操。曹操令人接过，验明正身，转而对公孙康使者说："公孙康斩杀叛逆，忠于朝廷，我即刻向天子表奏他为辽东太守，敕封其为襄平侯，拜为左将军，以示表彰。天子诏命下达后，即与印绶一起，派人送到辽东。"公孙康的使者代其谢过曹操，跨上马，自回辽东复命去了。自此公孙康一心经营辽东，不敢有二心，此是后话。

送走公孙康使者，将袁尚等人的首级传示各部曲及汉、乌桓百姓，将士们交口称赞，纷纷询问："主公怎么算得这么准，公孙康果真把他们的首级送来了。"曹操笑答说："当初公孙度自立为王，与袁绍和乌桓互相征战，侵夺土地，可谓世仇。自建安九年公孙康承袭辽东太守，自动撤去王号，领受朝廷封拜，可知其愿归附朝廷。如果我们出兵追剿袁氏和单于，公孙康必心怀恐惧，与其联手以自保。如果我们离开柳城，公孙康必不容袁氏与单于。"将士们不得不佩服曹公。那些乌桓百姓本来对单于还心存幻想，见了单于首级，彻底放弃了幻想，一心随曹军内迁。

深秋的季节天短了很多，走不多远，太阳已快落山，田畴说："曹公，前边不远就是碣石山。"曹操问："是当年秦始皇和汉武帝巡视过的碣石山吗？"田畴答："正是。"曹操来了兴致，说："今天就在这里宿营，顺便拜访一下碣石山。"

大军扎下营寨，曹操先到篷车前看视郭嘉，说："已到碣石山，不知你能否同行，到山上拜谒？"郭嘉说："我身体较虚，难以登高，就不去了。"曹操嘱其好好休息，便携荀攸、许褚、田豫、史涣、丁斐等掾属，在田畴、邢颙的指引下，前往碣石山。当来到山脚下时，太阳已没入西山。一行人拾级而上，翻过一个山坡，映入眼帘的是一片宫殿，甚是巍峨。田畴说："那就是传说中秦皇东巡时的行宫，后人称之为碣石宫。"说话之间便来到碣石宫。只见殿堂相连，很是壮观。虽经岁月的侵蚀，已经斑驳，但仍看出当年的豪华。站在碣石宫的望海楼上，凭栏远眺，宽阔的大海奔来眼底。左侧一道山梁突入海中，上面郁郁葱葱，树木旺盛，丛林之中隐见一处高台大殿，田畴介绍："那里是汉武台，汉武帝东巡时修建。"曹操一行人离开碣石宫，来到汉武台，见台下百草丰茂，感到奇怪，询问田畴："现在已是深秋，北方天气更寒，一路走来树木都已凋零，为何这里依然葱茏？"田畴说："可能是海风较暖，北面又有山岭阻隔，寒气难以侵到这里的缘故吧。"站在汉武台上，曹操极目远望，几块巨大的礁石从海中突兀而起，似中流砥柱，又似定海神针。浪涛拍击，傲然挺立。礁石之外，便是一望无际的大海。此时天色已晚，繁星初现，月亮从水天相接处露了出来，田畴介绍说："早上在这里看日出，甚是壮观。"曹操此生初次见海，不由得被它那博大、宽阔所震撼。随着天色的转暗，一道天河直入海中，海天相融，不知谁更宽阔。此时的曹操，陶醉其中，悠然吟道："东临碣石，以观沧海，水何澹澹，山岛竦峙，树木丛生，百草丰茂。秋风萧瑟，洪波涌起。日月之行，若出其中；星汉灿烂，若出其里。幸甚至哉，歌以咏志！"

随行之人皆交口称赞："曹公吟诵的这首诗，气势磅礴。"曹操说："你们看这大海，能吞吐日月，含蕴群星，人的胸襟也应像大海一样宽阔。"

此时月亮已升至头顶，荀攸说："主公，夜色已浓，寒气上来了，该返回了。"曹操意犹未尽，恋恋不舍地下了山。

第八十六章

郭奉孝英年早逝　蔡文姬忍痛归汉

曹军自过碣石山后，行不多远，便是当初遭雨水汇集，一片泽国，浅不能通车马，深不能载舟船的地方。如今大水退去，一马平川，人走在上面甚是惬意。眼看已到傍晚，却还不见宿营，这时担任前锋的张辽来报："主公，自进入此地区，大小河流全都干涸，一直找不到水源，无法安营扎寨。问过路的客商，才知自夏秋之交那场阴雨过后，数月来滴雨未下，前行二百里都是如此。"曹操问田畴："往年也是如此吗？"田畴答："不是。没想到今年竟有如此大旱，实出人意料。"曹操说："当初大水漫灌，即使不下雨，地下也渗的有水，令各部曲和百姓就地凿井，寻找水源。"

于是大军随即扎营，连夜凿井，直到天亮才挖出水来，这才埋锅造饭。待将士和百姓都吃饱了肚子，已经过午了，只好第二天再拔寨起营。如此走走停停，每到一处先是凿井找水，行军的速度就大大慢了下来。原来准备的粮草已难以为继，曹操一面派快马前往泉州，催促李典运送粮草，一面下令再次杀马以应急。一连几天杀了数百匹战马，这让曹操心疼不已。终于李典送来了粮草，曹操下令："自此不准再杀一匹战马。"又经过两天的行军，终于走出了无水地区。

有水有粮草，大军行进的速度加快了不少。此时已是孟冬十月，北风阵阵，早上拔寨起营时，地上一层厚厚的严霜，只听到鹧鸪清冷的叫声。偶尔能见到赶路的大雁，拼命往南边飞去，秋庄稼都已收获完毕，各种农具也都已收好。沿途村镇的旅舍都准备停当，那是为便于农闲时商贾们的来往准备的。曹操对荀攸说："这里的冬季比咱们中原来得早，放眼望去，原野一片肃杀。"荀攸说："这里农事已彻底结束，百姓都开始躲在家中避寒。"曹操说："这么冷的天，我真担心奉孝的身体。"荀攸说："篷车里面铺的盖的都很厚，这两天我见他气色还不错。"曹操说："前边就要到土垠了，在那里找一个大夫再给他看看。"

第二天，大军来到土垠，曹操立刻派人在土垠寻找最好的大夫来给郭嘉看病。很快大夫被请来，仔细看过之后开了汤药。曹操关切地问："请问大夫，你看这病……"大夫说："病人身体太虚，旅途劳顿，又逢冬季，更怕受寒。"曹操说："我将这篷车内铺盖得都很厚。"大夫说："这样很好，但节令已到，寒气侵骨，还是应注意。我开了一剂汤药，吃吃看吧。"送走大夫，曹操即令侍者煎药。郭嘉吃了汤药，身上略感发暖，脸颊有些微红，精神似乎好了些，曹操略感放心。

离开土垠，行了两日，大军到达徐无县，田畴前来辞行，说："曹公，由此向西，再走不远，就是徐无山了。我来向曹公告辞。"曹操说："此次征讨乌桓，全赖子泰鼎力相助，可谓立下头功。我欲表奏天子，敕封你为亭侯，食邑五百户，以彰其功。"田畴连忙拒绝，说："我当初助曹公，从没想要获得什么利益。如今曹公表奏，实非我本意，万万不敢领受。"再三推让，曹操知其心意已决，便说："那好吧。但希望你能留在我这里。"田畴说："曹公辟我为司空户曹掾，我已领受。此番回去，将山中百姓安排妥当，即率本宗族前往邺城。"曹操大喜，亲送田畴及五百邑兵出徐无县城，目送他们回徐无山中。

曹军起程继续向易县行进，过了无终，一场寒流袭来，大地冻得硬邦邦的，河道中的浮冰也冻在了一起，人马车辆过河时不用桥梁，直接从冰上通过。曹操对荀攸说："这里与咱们中原地区真是不一样啊。"话音刚落，就有士卒来报："远处有一队兵马正斜刺里朝我们奔来。"曹操勒马远望，果见一队兵马越来越近，待到跟前，才看清是鲜于辅。鲜于辅下马施礼，说："闻知曹公大败乌桓，消灭了袁氏兄弟，特从圹平赶来祝贺！"曹操很是高兴，令其随大军一同到易县。

十一月，曹军到达易县，早有阎柔率护鲜卑乌桓校尉部掾属在此迎候。见到曹操，阎柔说："早闻曹公柳城大捷，便从广宁赶来，迎接大军凯旋。"将曹操接入城中，各部曲也都扎下营寨。曹操说："你和鲜于辅来得正好，我从柳城带回来汉及乌桓百姓二十余万，请你们帮忙看怎样安置他们。"阎柔说："为便于管理，乌桓部落留在幽州涿郡安置。汉民百姓原本是幽州各郡边民，现在既然内迁，就近安排在河间最好。"曹操表示赞同，说："乌桓百姓的安置，就交与你具体办理。汉人百姓的安置由田豫、邢颙来办。还有一件重要的事要交鲜于辅办理。在柳城俘获的乌桓士卒有近两万人，马匹近万匹，这些士卒和马匹久经沙场，将他们遣散了很是可惜。我打算将其中的战马挑选一部分，补充给曹纯的虎豹骑；另外再选一些精壮士卒，专门组建一支乌桓骑，剩余年老体弱的随部落百姓一同安置。"鲜于辅和阎柔都说好。曹操对他们二人说："你们还要给这支乌桓骑选一个好将领，既熟悉乌桓士卒的习俗及秉性，又有指挥的才能。"两人都保证："请曹公放心，一定办好。"

阎柔等人刚走，侍奉郭嘉的士卒就一头冲了进来："主公，郭嘉先生病症突然加重，喘得厉害，已不能言。"曹操心中一沉，连忙朝外跑，还未到郭嘉所居的堂室，就传来了哭声，曹操三步并作两步，扑到郭嘉榻前，此时郭嘉已气绝身亡。曹操悲痛万分，亲自设灵堂，挂起挽幛，摆放祭品，并为其守灵。荀攸等掾属劝曹操下去休息，曹操流泪道："我没想到奉孝竟先我而去，要知道他才三十八岁啊。若我这次不伐乌桓，奉孝就不会受征程之苦，或许身体会慢慢好起来。你们的年龄与我差不多，唯奉孝年龄最小。本打算待我年老之后，诸事都托于奉孝，没想到他却夭折，这难道就是人们常说的天命吗？"荀攸说："主公节哀。奉孝的身体底子薄，即使不征伐乌桓，也难以挨过今年冬天。它是强撑着病体助主公征伐乌桓的。"曹操说："正是因为这样，我才更感到难过。"荀攸说："主公不必自责，若伤心过度，奉孝九泉之下心也不安。请主公暂回住处歇息，这里我安排诸位将领轮流守灵。"

在荀攸的陪同下，曹操回到住处，难以入眠，铺好绢帛，向献帝写奏章道："臣闻褒忠宠贤，未必当身，念功惟绩，恩隆后世，是以楚宗孙叔，显封厥子；岑彭既没，爵及支庶。故军祭酒郭嘉，忠良渊淑，体通信达。自从征伐，十有一年，每有大议，临敌制变。臣策未决，嘉辄成之。平定天下，谋功为高。不幸短命，事业未终。上为朝廷悼惜良臣，下自独恨丧失奇佐。宜追增嘉封邑八百户，并前千余户，谥号曰贞侯。由其子郭弈承嗣爵禄。褒亡为存，厚往劝来也。"奏章写完，曹操心中觉得好受了些，即派人前往许都，奏报献帝。

曹操在易县选取最好的棺木，盛殓郭嘉，派人护送郭嘉的灵柩回颍川安葬。起灵这天，曹操亲自执挽，送出易县城。望着远去的灵柩，曹操悲感交集。这次北征，张绣、郭嘉俱亡，他们的年龄都远小于自己。想想自己已是五十三岁的人了，马上就要步入老年，可大汉朝的江山并未真正统一，天下太平的壮志并未实现，时不我待，我要与天抗争，保养好自己的身体，以争取实现天下大同的梦想。想到此，激情难耐，吟诗一首："神龟虽寿，犹有竟时；腾蛇乘雾，终为土灰；老骥伏枥，志在千里；烈士暮年，壮心不已。盈缩之期，不但在天；养怡之福，可得永年。幸甚至哉，歌以咏志。"这时荀攸轻声劝道："主公，奉孝已经走远了，我们回去吧。"曹操点点头，默然转身，泪水再次流了出来。

郭嘉的去世，让曹操的心情倍感煎熬，直到旬日过后，曹操的情绪才平复下来。眼看临近新年，自柳城内迁的百姓也安排得差不多了。这天，鲜于辅来见曹操，喜滋滋地说："曹公，遵照你的旨意，我从所获乌桓兵马中，挑选了三千精壮士卒，组成了乌桓骑，其余羸弱之人，悉归各部落与百姓一起安置。这支乌桓骑部曲的将领，我手下无一人合适，最终由阎柔将军从他的掾属中挑选了一位。此人叫张憙，汉人，自幼与乌桓相处，与阎柔的经历差不多，熟知乌桓的风俗、秉性，据阎柔介绍，此人打仗勇敢，且有智谋。"

曹操刚点头应允，就有门吏来报："门外来了约两三百人，带有许多牛羊，要求拜见曹公。为首的两位，一位自称是上郡乌桓行单于那楼，一位自称是代郡乌桓行单于普富卢。说是前来祝贺曹公北征大捷。"曹操一面派人召阎柔和荀攸，一面对门吏说："快请他们进来。你再去找丁斐和史涣，让他们将随行人员及牛羊安排好。"鲜于辅说："没想到他们跑了这么远的路来到这里。"这时门吏引十几个人进来，他们施过大礼，两位单于做了自我介绍，并指着随行的十几个人说："他们都是各部的王爷，来向曹公祝贺柳城大捷。"话刚说完，转眼看见了鲜于辅，彼此也打了招呼。这时阎柔和荀攸等人也依次来到大堂，他们与阎柔打过招呼，略显紧张的表情放松了下来。曹操关切地问："上郡和代郡离这儿都比较远，你们一路劳顿、辛苦了。"

上郡单于那楼答道："我们闻知曹公北征蹋顿，也非常高兴。这蹋顿自封为王，恃强凌弱，我们对其早有不满，得知蹋顿被斩，曹公柳城大捷，我就备了牛羊，想犒劳一下将士们。各部落王爷也想趁此机会拜见曹公，我就带他们来了。路过代郡，与普富卢行单于见面，他知道后，也执意要来，便带着他们部落的王爷，精选了一些牛羊，来向曹公道贺。我们刚出代郡，闻知曹公已从柳城返回，便折向这里。"

曹操高兴地说："过去有袁绍相隔，我们没有接触，你们自称行单于，难道都是临时代理的吗？"普富卢答："上郡乌桓的前单于已于前年亡故，我们代郡的前单于也于去年病亡。我二人均被各自部落的王爷推举为新单于，因战乱道路不通，未向天子表奏，没有得到正式诏拜，只好暂代单于了。"曹操说："感念你们效忠朝廷，我即刻向天子表奏你们为单于，把'行'字去掉，待朝廷的诏命和印绶下达,即派人颁授。"两位单于面露喜色——实际上这也是他们此行的目的。诸位王爷向两位单于道喜祝贺。那楼单于说:"我们乌桓身处边关,也无什么好东西,只有牛羊,便赶了一些来,以犒劳将士们。"曹操说:"正好要过年了,我们就用这些牛羊,一起热热闹闹过个年。"曹操沉吟了一下,对荀攸等人说:"礼尚往来,我们也要有所表示,给荀彧和崔琰写信,让他们分别从许都和邺城征调一些金银财宝、绢帛布匹及粮食,派李典将其押运到此,送与两位单于,以示朝廷对他们的抚慰。"两位单于听后,即跪拜致谢。

曹操又问:"你们两郡乌桓与南匈奴相邻,互相处的还可以吧?"那楼说:"自五年前呼厨泉单于南侵河东,被司隶校尉钟繇击败并劝降释放后,收敛了不少。"曹操说:"他们的左贤王曾护送天子东归,立有功劳。我听说并州高干曾向他求援,结果左右贤王和单于都严词拒绝,没有一个人愿意帮助他。"普富卢说:"我们也听说了。左贤王娶了一个汉女为妻,好像姓蔡名琰字文姬,据传此女颇有才艺,对左贤王影响不小。"

说者无意,听者有心。曹操心里一阵激动,追问道:"此女姓甚名谁?"普富卢重复了一遍。曹操站了起来,激动地说:"我终于找到她了。"曹操觉得自己有点失态,向大家笑了笑说:"不瞒大家,此女幼时我就认识,她父亲蔡邕于我是既师亦友,我依乐作诗赋,自认弹琴还说得过去,就是师从于他。蔡邕在长安被王允错杀后,我就遍访其女未得到消息,原以为因战乱已不在人世,实在想不到她竟到了南匈奴,做了左贤王的妻子。她是怎么到的南匈奴?"两位单于摇摇头,说:"这些我们就不知道了。"随后大家又叙了一些别的事情,曹操令人将二位单于及各位王爷,安排在易县城中最好的旅舍暂歇。待二位单于及各位王爷走后,曹操问阎柔:"听鲜于辅说:你为新组建的乌桓骑选了一位好将领?"阎柔将张憙的情况简要介绍了一下,说:"此人有勇有谋,虽是汉人,对乌桓也非常熟悉,我向曹公举荐,合不合适,曹公来定。"曹操说:"既然你说行,那就不用犹豫。我即刻表奏他为乌桓骑校尉,统领这支兵马。"于是阎柔回去向张憙传达曹操的任命。这里曹操即刻安排斥候前往朔方南匈奴廷,探查蔡文姬的确切消息。

新年很快来到,由于二位单于带来了许多牛羊,曹军上下过了一个丰盛的新年。新年过后,李典也将在许都、邺城筹措的金银财宝、绢帛布匹、粮谷等运到。曹操一分为二,赐予二位单于。此时天子的诏命及单于印绶也已到,曹操将其颁授给二位单于。二位单于带着这些丰厚的礼物及正式封号，领着各位王爷，高高兴兴返回上郡和代郡了。内迁的百姓此时也已安排妥当。曹操率大军返回邺城。阎柔和鲜于辅送别曹操，也自回广宁和犷亭。

曹操回到邺城，论功行赏，表彰此次北征乌桓各有功将士，并科问当初反对北征的人，都是姓甚名谁？当初反对北征的人数太多，料曹公必要惩处，可又躲不过去，只得如实将姓名报上来。头一个就是荀攸。曹操下令对着名单进行厚赏。这些人以为听错了。曹操说："这次北征，先损一战将张绣，又失一谋士郭嘉，两次将士断粮，几乎陷入绝境。之所以取胜，靠着上天的眷顾。这样的事偶一为之可也。你们各位的劝谏，是安全之策。今天厚赏你们，是让你们以后再遇到这样的事，仍然要积极劝谏。"大家听了，心才放下来，皆大欢喜。

北方诸州既平，计点收编冀、青、幽、并四州兵马二十余万，加上原有兵马，共计五十余万人。若算上张燕、臧霸及各州郡的兵马，总计约八十万人，曹军势力空前强大。程昱劝谏道："北方已平，再无后顾之忧，值此兵马强壮之时，南下荆、扬，完成统一大业的时机已经成熟，可着手实施。"曹操笑道："我正有此打算。刘备对许都威胁最大，近又不断闻听刘备在新野拼命扩充兵马，觊觎许都之心昭然若揭。刘表又是他的后盾。必先剿灭刘备、刘表，平定荆州，剩下扬州东吴孙权就好办了。"程昱说："主公已有谋划，什么时候南征？"曹操说："我现在有一顾虑，荆扬二州皆水网密布，出行多借以舟船，据闻水军相当厉害。而我们的部曲，大多都是北方人，不习水战。兵法云，知己知彼，方能百战不殆。要想确保南征胜利，必先训练我们的士卒熟悉水性，掌握水战规律。"程昱说："主公虑之详备，此乃有备无患之策，只是训练水军得有水。北方大小河道不少，然而水量都不太充沛。我有一建议，邺城北部有一玄武湖，可依此开凿，扩大面积，导入漳水，以此来训练水军。"曹操连连称赞，于是安排部曲，依次上阵开挖玄武湖。

这天，派往朔方打探蔡文姬消息的斥候回到邺城来见曹操，报说："主公猜得不错，果然是蔡邕的女儿。我设法见到了她，她说自十六岁嫁给河东人卫仲道为妻，两人恩爱，不料好日子没过几年，卫仲道病故，蔡文姬扶灵柩送卫仲道回河东老家安葬。时逢天下大乱，南匈奴南侵，蔡文姬在返回的路上，与许多百姓一起被南匈奴劫掠，后被左贤王纳为妻。如今在南匈奴已生活十四年，育有二子。我向她说明了曹公的意思，她非常激动，但又很犹豫，说是在匈奴已生育两个儿子，有点割舍不下，让我转告主公，表示感谢。"曹操说："你辛苦了，暂且歇息去吧。"

曹操沉思良久，召荀攸商议，说："南匈奴左贤王的汉妻，果然是蔡文姬，我想把她要回来，一是蔡邕仅有此女却流落边关，无以为祀，我既知道她的下落，却放任不管，对不起蔡邕的师生之情；二是蔡邕曾在东观校书，与卢植、韩说等撰补汉史《后汉记》，因乱未成，后被王允斩杀，终使汉史未续。蔡文姬聪慧，又在其父身边多年，受其影响不小，将她要回来，让她继承父志，继续编修汉史，于私于公皆有利。"荀攸说："她在朔方已十几年，还育有两子，且不说她自己就在犹豫，左贤王肯定也不会放人。这事不太好办。"曹操说："我为难的也就在这里。我想多筹备金银财宝，送与左贤王，将它赎回来，实在不行，像左贤王说明蔡文姬对我们的重要，再加厚礼，让他放人。"荀攸说："主公决意要人，那不妨一试。"

于是曹操立即筹措金银财宝、绢帛布匹、中原特产，足足装了百余辆大车，特选亲随史涣为使者，让前次的斥候为向导，前往朔方赎回蔡文姬。

送走史涣，曹操心绪难平。他想到了当初在洛阳时，初次见到蔡邕的情景。那还是在桥公家中，当初自己未及弱冠，蔡邕已是世人皆知的大儒。自从与蔡邕结识后，便从他那里学到了许多知识。自己抚琴的技艺还能说得过去，全凭蔡邕的悉心调教。一晃几十年过去了，蔡邕的音容笑貌仍历历在目。此时已是夜半，曹操难以入眠，披衣起身，登上府中望楼，向北眺望。天气晴好，满天繁星，曹操想，不知史涣此番前去，能否将蔡文姬赎回。如果左贤王坚持不放人，该怎么办？不管用什么办法，我一定要把蔡文姬要回来。决心已下，心中释然，就要下望楼，这时突然一道亮光划破夜空，朝北城墙方向坠去，随即一切又恢复了平静。曹操以为看花了眼，揉了揉眼，夜空中依然繁星一片，金光灿烂。难道刚才天上一颗星星掉了下来？

第二天一早，曹操见到荀攸，说了昨晚上见到的情景。荀攸说："既然主公看得真切，我现在就派人到北城墙方向找一找，弄清楚到底有没有东西坠落于此。"荀攸立刻派人到北城墙那一带探询查看，不一会儿，士卒来报："在北城墙外掘得一只铜雀。"说着将铜雀呈给曹操。曹操仔细端详，果然金光灿灿，对荀攸说："原来坠落的是一只铜雀。这是上天送来的，不知是何兆头？"荀攸说："昔日舜的母亲梦一玉雀入怀而生了舜，今主公得一铜雀，也是吉祥之兆。"曹操心中高兴，便指示在得铜雀处，临漳河修一铜雀台，修台所用土方，就取开挖玄武湖的土方。原计划从漳河引入玄武湖的水渠，刚好处在铜雀台的位置上，于是决定明渠改暗渠，从铜雀台下穿过。

很快玄武湖开凿完成，望着开挖出来堆积如山的泥土，曹操指令曹丕监工，负责修筑铜雀台。再看通入漳水的玄武湖，水面宽阔，碧波荡漾，颇有江南气象。此时赶制的大小船只，也都修缮完成，放入水中。曹操命驻守邺城的各部曲，轮番上船操练，仅月余时间，就已经像模像样了。于是曹操下令：邺城以外的所有部曲，均在当地根据条件训练水军，争取各部曲早日适应水战。

此时已是阳春三月，距建安九年春，曹操北渡黄河征战袁尚开始，已经整整四年了。如今河北诸州俱平，曹操也该返回许都向献帝报捷了。就在此时，史涣从朔方回来了，一同回来的还有蔡文姬。当蔡文姬站在曹操面前时，他略显吃惊。在他的记忆里，蔡文姬还是一个在蔡邕怀中撒娇的小女孩，可如今面容却显得有点苍老，皮肤看上去很粗糙。推算起来，蔡文姬应该是三十多岁，可生活的磨难和大漠的风霜，却使得她犹如一位老妇。曹操不由得一阵心酸，示意蔡文姬坐下，并说："你终于回来了。"蔡文姬略一施礼，说："谢过曹公，派人将我从大漠接回来。"然后依案而坐。曹操摆手说："从你父这里论起，你应该称我世叔才对。"蔡文姬："曹公位列三公，称世叔就是大不敬了。"曹操说："我与你父亦师亦友，理当称为世叔。"蔡文姬笑说："那就谨遵世叔之命。"曹操开怀大笑，说："你父若在天有灵，看到你回来了，也会高兴的。我总算对得起他了。你这次回来，还算顺利吧？"史涣听到曹操询问，便一五一十讲了事情的经过。

原来，史涣到了朔方，见到左贤王和蔡文姬，将曹操的打算说了，左贤王坚决反对，蔡文姬也不同意，主要是放不下两个孩子。史涣便劝说蔡文姬，说曹公希望她能回内地，继承父亲的遗志，编修汉史。这让蔡文姬动了心，决定回内地。可是左贤王仍然不同意，史涣又去见右贤王，让他来劝说左贤王，依然无济于事。史涣又去见单于，让他再劝说左贤王，说曹公心意已决，一定要把蔡文姬接回。单于呼厨泉劝左贤王，说："曹公乃当朝三公，兵马数十万。你若坚持不放人，惹恼了曹公，带兵马来抢，那时怎么办？现在曹公给你送来了这么丰厚的礼物，又派他的亲随来给你说好话，给足了你面子，差不多就行了。"左贤王想了想，单于说得不错，虽然有一万个不情愿，也只好答应了，但两个孩子要留下。蔡文姬忍痛舍下两个孩子，跟随史涣回来了。

听了史涣的介绍，曹操非常感慨，说："你把两个孩子带回来就好了，母子分离是很让人揪心的。"蔡文姬说："开始我也有此打算，可左贤王坚决不同意，只好将他们留在那里了。"曹操说："好了，你既然回来了，我们就该说点高兴的事情。你在异乡颠沛流离十几年，我要好好补偿你。需要什么随时提出来，只要办得到，我都满足你。自然，你年龄并不大，遇有合适的人选，我帮你再重组一个家。"蔡文姬说："曹世叔的好意我领了，不过我回来主要是编修汉史的，只要在这方面给我提供最好的条件就行了。"曹操说："当然，这方面的条件我竭尽全力来满足你。我曾听说，当初你出嫁时，你父亲送给你许多书籍，这些书籍现在都散失了吧？"蔡文姬说："当初我父赐给我四千卷书，这些年来一直颠沛流离，已经散失殆尽。"曹操惋惜道："太可惜了。"蔡文姬说："不过续写汉史的资料和一些有关书籍，总计约四百篇，我凭记忆还能默诵出来。"曹操高兴地说："从现在起，我给你配十个书吏，你默诵出来，让他们帮你记录下来。"蔡文姬婉拒道："我闻男女有别，礼不亲授。你只要给我准备好笔墨，我就能把它们记下来。"曹操说："那就遵从你的意见。不过不用着急，慢慢写。你看是留在邺城，还是到许都去？"蔡文姬说："我一女流，又不做官，去许都无用，就留在邺城潜心修史。"曹操说："好，我在冀州署衙内专门给你辟出一处院落，配齐侍者，不让你有任何后顾之忧。"转头对史涣说："这件事交你办理，一定要使文姬满意。"史涣领命，带蔡文姬找别驾崔琰安排去了。

第八十七章

控交州荀彧荐士燮　袭许都刘备劝刘表

冀州诸事安排妥当，留曹洪、乐进继续在玄武湖操练水战，曹操率于禁、张辽、徐晃、张郃、曹纯等部曲回到许都，令他们驻扎在城西秋湖周围。每逢秋雨连绵，雨水汇集，这秋湖更显得湖面广阔，烟波浩渺，比邺城的玄武湖大数倍，正可以用来操练水战。

安排好部曲，曹操回到司空府，径直来到后院。以卞氏为首的妻妾们，听说曹操回来，便各自领着子女齐聚后庭，与曹操相见。其次子曹彰，膀大腰圆，鹤立鸡群，格外引人注目。曹操打量着他，说："今年该弱冠了吧？"曹彰说："父亲健忘，我明年弱冠。"曹操又问："诗书上可有长进？把你这几年读的诗书，随便选一篇或一首诵给我听听。"听到曹操如此说，曹彰不好意思地傻笑，吭哧了半天，才说："大丈夫应效卫、霍，将十万骑驰沙漠，驱戎狄，立功建号，何能做一博士也？"曹操笑道："看来你的志向是做一武将了？"曹彰说："正是。为将披坚执锐，临难不顾，为士卒先，赏必行，罚必信，岂不痛快！"曹操正色道："你不好读书慕圣道，而好汗马击剑，此一夫之用，何足贵也！"曹彰说："我大哥曹丕已随你征战数年，现在也该我从军了。我虽诗书上不行，从军一定比他强。"曹操说："口气不小，你先说说有什么本领。"这时旁边的曹植插话说："父亲有所不知，我二哥能轻易拉满强弓，射出的箭百发百中。力量特别大，举大鼎易如反掌。而且胆也很大，能与猛兽搏斗。"曹操笑道："还有人替你鼓吹，好，哪天我要亲自测试你。"转头对曹植说："你个头也不低了，有十六了吧？"曹植答："正是。"曹操说："这几年你的学业可大有长进？"曹植答："经史子集，诗词歌赋，父亲随便问。"说着将手中自己做的文章递给了曹操，曹操边看边说："你的口气也不小，这是你作的吗？是不是请人代笔的？"曹植跪地发誓："言出为论，下笔成章，顾当面试，奈何请人！"曹操说："好，待我抽出时间，也要亲自面试。"曹操说完，在众子女中寻找，问："怎么不见曹冲？"其母环夫人答："前些日子染了病，刚吃过药，我让他睡下了。不知你今天回来，我现在去把他叫来。"曹操摇手说："不必了，让他睡吧，明日我再见他。"曹操又问了其他子女一些问题，卞夫人说："你们的父亲也忙了一天了，该歇歇了，咱们大家都散了吧。"诸位妻妾领了各自的子女，回自己的房中了。曹操说："几年来只顾征伐，今日一见，感觉他们都长大了不少。"说着就要随卞夫人回正房。卞夫人说："有一件事还没告诉你，我把姐姐丁氏接来了，住在后院正房。"曹操颇感吃惊，卞夫人说了事情的原委。

原来，卞夫人每逢年节及时令换季，总要派人到谯县给丁氏送一些物品。去年夏秋之交，卞夫人又派人送财物到谯县，去的人回来说，丁夫人有病了。卞夫人立刻亲自到谯县，劝说丁夫人到许都治病、休养。丁氏深受感动，答应随卞夫人来许都。来到许都后，卞夫人把后堂正房腾出来，让给丁氏住，每日嘘寒问暖，遍请许都名医调治，身体逐渐好转。丁氏谢道："我一废放之人，你能这样待我，深感有愧。"卞夫人劝她不要多想，静心调养。

听了卞夫人的介绍，曹操说："想当初丁氏以正妻自居，挟长子曹昂以自尊，对你百般刁难，你竟能以德报怨，真贤德之人也。我这就去见见她。"卞夫人阻止道："她对曹昂的事仍然放不下，你现在去只会惹她生气，待我慢慢相劝，把她心结打开了，你再见她不迟。"曹操说："你想得太周到了。"心里对卞夫人由衷地敬佩。

到底是在家休息，这一夜曹操睡得很踏实。第二天曹操精神饱满地上朝，奏报了平定河北诸州的经过。献帝大喜，满朝文武也纷纷祝贺。这时孔融问曹操："近闻曹公令各部曲加紧操练水战，人们议论纷纷，说曹公要南下征伐刘备、刘表和东吴孙权，不知传言可真?"曹操直言不讳地说："文举所言是真，我确有此打算，只是思虑还未成熟，所以还未上奏天子。"孔融说："请曹公慎思。刘表、刘备乃汉室宗亲，皆为皇叔，忠于汉室，不可轻伐。孙权称臣纳贡，尊奉朝廷，也无理由开启战端。无端兴兵，出师无名，不合民望。"

曹操略一沉思，说："刘备身为皇叔，意图勾结董承谋反，董承等人早已被诛，唯有此人逍遥法外。却不思悔过，斩杀车胄。后投靠袁绍，勾结刘辟、龚都图谋许都，何言忠于汉室。刘表勾结袁绍，私下订立同盟，为虎作伥，又私自郊祀天地，谋篡之心昭然若揭。现在又与刘备狼狈为奸，割据一方。请问文举，刘表又何谓忠于朝廷? 孙权占据扬州，自其兄孙策开始，乱黜州牧、郡守，如今朝中就有不少官吏，是被孙氏从扬州赶出来的，扬州俨然成了他孙氏的天下。"

孔融说："自董卓篡权，天子西迁，天下大乱。各州郡牧守与朝廷断了往来，自行任命比比皆是，并不能以此为由兴兵征讨。"曹操说："天子在长安时，因董卓阻隔，自行任命确情有可原。如今天子已东归多年，天下初定，与天子联系的道路并无阻隔，再自行封拜郡守县令，便是目无天子，人人可讨之。早在建安初期，天子蒙难，刘表弃天子于不顾，郊祀天地，图谋篡位。此等大逆不道，本应诛灭九族。文举劝我为他隐忍，我听从了你的建议，对他不予追究。他本应知过而改，反而拥兵自重，招降纳叛，文举这次还要朝廷容忍他吗？"

孔融说："你这是在借朝廷之名，排除异己而已……"众公卿看孔融情绪激动，怕他再说出过头的话，连忙劝阻说："有话好商量，不必动怒。"孔融怒气冲冲地说："无端兴兵，必遭败绩！"甩手退出了朝堂。各位公卿又替孔融说好话，劝曹公不必介意，曹操笑道："我知文举秉性如此。刘备对他有恩，他必设法维护刘备，知恩图报，也在情理之中。"献帝说："南下用兵一事，可由曹爱卿据情斟酌。诸卿若无事，可以退朝。"

曹操出了大殿，荀彧跟了出来，说："昨日尚书台收到三辅地区右扶风马腾的奏章，想到京师来，希望天子准奏。"曹操问："马腾怎么突然提出这个问题，有点不合常理。"荀彧说："我也百思不得其解。"曹操说："派人去问一下钟繇，让他弄清楚原因。"荀彧应诺。

很快钟繇来信，说马腾与韩遂因为各自的利益产生了矛盾，马腾想自己年龄大了，不愿再与韩遂相争，便想把部曲交由儿子马超统领，率家眷到许都躲个清闲。鉴于此，请曹公向天子表奏，征辟马腾到许都，两人分开，矛盾自然就缓和了。看了钟繇的信，荀彧说："当初这两人曾结拜为兄弟，相亲相爱，董卓时期，为了利益反目成仇，互相攻伐，后来钟繇到任司隶校尉，与凉州牧韦端结合，给两人劝和，关中地区才稳定下来。两人是关中地区十几支部曲中最大的两支，两人不和，关中形势不稳。钟繇说得对，既然马腾主动退让，就让他到许都来吧。"

曹操想了想，说："马腾曾派马超助钟繇讨伐郭援，其后又助钟繇平定张晟、张琰的叛乱，此人功劳不小，我看就表奏他为卫尉，位列朝班，享二千石俸禄。"荀彧表示赞成，说："他的大儿子马超有功，可表奏天子诏拜为偏将军，敕封都亭侯，这样可安马腾的心。"曹操说："可以，就由你将马腾的奏章上报天子，待天子下诏后，连同印绶送与马腾，让他速来许都。"荀彧又说："尚书台刚接到刘表呈报的奏章，表奏零陵人赖恭为交州刺史，接替被其部将区景所杀的交州刺史张津，同时还表奏吴巨接替病故的苍梧太守史璜。赖恭与吴巨两人已经结伴同行，到交州赴任了。"

曹操怒道："刘表是想趁机控制交州，扩大自己的势力，以与朝廷对抗，不能让他的阴谋得逞。"荀彧说："交州远在岭南，朝廷任命的官吏，难以过境荆州去上任，刘表还知道给朝廷打个招呼。像孙权那样，这几年扬州的牧守县令，大都是他私自任命，连个招呼也不打。"曹操点头道："可我们不能眼睁睁看着交州落入刘表之手啊。"荀彧说："我有一计，定让刘表派去的两个人无法控制交州。"曹操说："请讲。"荀彧说："董卓之乱时，中原贤士有许多逃到交州避难，陈国袁徽就是其中之一。前不久他曾给我来信，举荐了一个人，此人姓士名燮，字威彦，苍梧郡广信人。其祖上本豫州鲁国人，王莽时避乱交州，经六世至士燮父亲士赐，桓帝时被诏拜为日南太守。士燮少时曾游学京师，拜颍川刘子奇为师，研究《左氏春秋》，被举孝廉，补尚书郎，后因故免官。其父士赐病亡，回家奔丧。丧期满后，在交州被举为茂才，任巫县县令，后升任交趾太守。据袁徽信中说，士燮不但学问渊博，又善于从政，自大乱以来，所领交趾一郡，百姓安居乐业，流亡到此的中原贤士皆受到他的保护。闲暇时与这些贤士研习《左氏春秋》和《尚书》，有许多独到见解，目前正打算将自己的研究所得奏报朝廷，以正本清源，避免谬误。"曹操说："看来此人确是一个人才，荀令君是想把交州交给他？"荀彧说："正是。这士燮的大弟士壹，初为郡督邮，与时任刺史丁宫关系不错，后丁宫征还京师为司徒，便征辟士壹到司徒府任掾属，董卓之乱时逃回交趾，后领合浦太守。其二弟士䵋，现为九真太守；其三弟士武，现领南海太守。交州七郡，他们兄弟独领四郡，雄镇一州，在交州，威尊无上，震服百蛮。若曹公表奏士燮总督交州七郡，领交州太守如故，这样刘表任命的交州刺史赖恭就空有其名，苍梧太守吴巨所领一郡也难有作为，刘表想控制交州的图谋就难以实现。"

曹操听完荀彧的计策，连呼其妙。第二天上朝，即将交州之事表奏献帝，并表奏士燮为绥南中郎将，献帝准奏，令荀彧起草诏书，撤上玺印，连同绶带，即颁往交州。随后献帝说："说到交州之事，我想起自去年司徒张温告老还乡，司徒一职便空缺；还有太尉一职，自被袁绍拒绝后，一直由杨彪代行其职，大将军之职至今空缺。现在曹爱卿在朝，大家商榷一下，看这几个职位选谁出任。我先说一下，大将军当属曹爱卿，因为这个职位本来是曹爱卿的，是曹爱卿谦让给袁绍的。"众公卿听后都表示赞成。对于太尉一职，有人提议由曹公兼任，有人赞成，也有人反对。司徒、司空之职，更是众说纷纭，提出的人选好几个，大家莫衷一是。

这时议郎华歆提议："现在三公仅剩曹公一人，不如罢黜三公，恢复丞相，曹公任丞相兼大将军。"孔融第一个站出来反对："那样丞相权力过于集中，还是三公制较好，互相制衡，避免专权。"荀彧说："我赞成华歆的提议。三公制权力重叠，互相推诿，影响效率。目前许多州郡还拥兵自重，割据一方，为便于用兵，应仿照西汉制度，恢复丞相。然后提升御史台的地位，重置御史大夫，行副丞相事，从而增强执法监察的力度，更有利于打击、惩处贪腐的各级官吏。"献帝听了荀彧的意见，表示赞成。当即决定恢复丞相制，由曹操任丞相兼大将军。经过众公卿举荐，由光禄勋郗虑升为御史大夫，行副丞相事。御史台脱离少府，归御史大夫直接管辖。御史中丞以下各掾属，皆为御史大夫掾属。为加强察举非法，违失劾奏，再征辟掾属以充实御史台。

由于御史台地位的提高，权力加大，对于各级官吏和百姓举报的不法之事惩处及时，严厉打击了那些非奸即盗，贪赃枉法之徒，从而使吏治更加清明，形势稳定，百姓安居乐业，极大地稳固了朝廷的统治。此是后话。

时间过得飞快，转眼便是六月盛夏。这天一早，曹操便携荀攸等人前往秋湖，巡视驻扎在此的各部曲水战操练的情况。此刻宽阔的湖面上，新赶制的大小战船分序排列，将士们顶盔贯甲，手执兵器排列其上。各船上旌旗招展，甚是严整。曹操在于禁等将领的陪同下，登上早已备好的楼船，检阅阵列。这时鼓乐齐鸣，颇为壮观。待检阅完毕，楼船停靠一边，水战操练开始。只听战鼓咚咚，令旗摇动，各战船进退有序，杀声震天。望着这气势恢宏的水战场面，曹操也非常激动，对随行的掾属们说："比在邺城时的水平又提高了一大截。有此训练有素的水军，何愁南方不平。"

操练结束，太阳已西斜，曹操勉励了众将士，希望他们再接再厉，精心操练，然后率荀攸等掾属返回许都城。刚到丞相府门前，见门外有许多马匹和车辆，门吏来报："关中马腾率家人一行数十人来到许都，拜见丞相，现在府中等候。"曹操对荀攸说："没想到马腾这么快就到了。"

原来，献帝征辟马腾的诏书颁下后，荀彧即派快马送到洛阳交给钟繇，钟繇随即交给参军张既，让他到右扶风槐里向马腾宣布诏书，并颁授印绶。张既为了督促马腾早日启程，便制作了二千石的仪仗，到右扶风后，吹吹打打进了槐里城。马腾感到非常荣耀，整衣戴冠，亲自接诏，即率家人随张既启程，所以很快就到了许都。

这时早有人报入府内，马腾听说曹丞相回来了，连忙起身迎接。刚一见面，曹操望着身高八尺开外，虎背熊腰，年纪看上去长于自己的大汉，说："你就是关中第一大将马腾将军了？"马腾施礼说："丞相过誉了，卫尉马腾拜见曹丞相。"曹操说："你遣子马超助钟繇平定高干策动的叛乱，功劳不小。"马腾说："理应效力朝廷。"大家说笑着，进入正厅，依次落座。马腾指着身旁的两个年轻人说："这是二子马休，这是三子马铁。"两位年轻人施礼，说："拜见曹丞相。"曹操说："真是虎父无犬子，两位小将军英俊年少，也是气度不凡。我与荀彧已商议好，表奏马休为奉车都尉，马铁为骑都尉，都在朝中任职。"马腾再次表示感谢。曹操又问了关中和西凉的情况，马腾一一作答。又问了马腾部曲是如何安排的？马腾说："部曲已交大儿子马超统领。曹公如有需要，随时听候调遣。"曹操满意地点点头，说："知道你要来，我已将卫尉府给你安排好了。一路劳顿，辛苦了，我派亲随史涣带你们到卫尉府。"随即唤史涣："带马腾将军到卫尉府，安置他们住下。"又对马腾说："住下后，如有哪些地方不适，可尽管提出来。"马腾千恩万谢，率家人随史涣前往卫尉府去了。

这时，荀彧来到丞相府，告诉曹操："最近传来消息，说刘表染疾，有意将荆州委托给刘备。"曹操说："刘备又想重演陶谦相托徐州一幕，凭空获取荆州，决不能让他们的图谋得逞。我即刻上奏天子，征讨荆州。"

第二天上朝，曹操上奏献帝："近闻刘备与刘表欲私相授受荆州，请天子下诏发兵征讨。"孔融反对："丞相要讨伐荆州，所列罪名都是莫须有的。以莫须有之罪，调集大军征讨，必失民心。"御史大夫郗虑说："请问文举，刘备勾结董承谋反是不是真的？刘备依仗袁绍，趁许都空虚，勾结刘辟等贼欲袭夺许都是不是真的？刘表曾与李傕、郭汜勾结，并在荆州私自郊祀天地，是不是真的？天子东归后，多次要求各州郡勤王，刘表仅略有表示，然后弃天子于危难之时，再无贡奉是不是真的？现在二人又相互勾结，对许都构成严重威胁，大家有目共睹，何为莫须有罪名？"孔融还要反驳，献帝说："诸卿不必再争，曹爱卿并没有冤枉二人，最起码郊祀天地一事确凿无疑，仅此一条就是大逆不道。"献帝对此一直耿耿于怀。所以曹操上奏讨伐荆州，献帝立刻准奏。曹操说："天子已准奏，再有惑乱君心者，必严惩。"曹操奉旨，开始调动兵马，准备南征荆州。

　　刘备自到新野驻扎后，便休养生息，扩充兵马。到第二年秋天，闻知袁绍病死，曹操率兵马渡河征伐袁氏兄弟，刘备立刻赶到襄阳，鼓动刘表趁许都空虚，出兵袭夺曹操后方，一举夺取许都。刘表却说："刘豫州元气大伤，还未恢复，不宜大动干戈。"婉拒了刘备的请求。又过一年，刘备获知曹操要征伐荆州，就跑到襄阳，与刘表商议如何抵御曹操。刘表也紧张了，要求刘备守住新野，并调动兵马，准备增援刘备。忽然得到消息，曹操竟与袁谭结为盟友，掉头去攻打袁尚去了。刘表长舒一口气。刘备认为部曲已调集，正可趁此机会袭夺许都。时值刘表之妻亡故，便以正办丧事为由，再次婉拒刘备的请求。刘备仰天长叹。

　　建安十年，三郡乌桓在袁熙、袁尚的鼓动下，反叛朝廷，杀了幽州刺史焦触和涿郡太守张南，曹操立刻率兵马征讨的消息传到新野，刘备又兴奋起来，立刻赶到襄阳，再次劝说刘表出兵袭夺许都，说："若曹操平定了幽州，再想击败曹操就更难了。"刘表说："若攻击曹操，战端一开，曹操必将矛头对准荆州。荆州将无宁日。边关之乱，历代难以平定，就让三郡乌桓把曹操拖在那里，时间一长，曹军必气竭而衰，到时可不攻自破。"刘备气得在心中暗骂："一派胡言。"强忍下怒气，郁郁寡欢。出了荆州署衙，在门外碰到了荆州从事伊籍。这伊籍与刘表是同乡，自大乱以来，便南投荆州，因颇有才干，又念及同乡，被刘表辟为从事。自刘备到荆州后，多次往来襄阳，与伊籍渐渐熟了，便成了好友。伊籍见刘备气色不好，便问刘备遇到何事？刘备便将刘表婉拒出兵伐许一事说了，说："三番五次拒绝，不知是何原因，实在可气可恨。"伊籍说："刘使君暂回旅舍休息，待我前去打探。"刘备谢过，自回旅舍等候。

伊籍见到刘表，问："主公，刚才在门外我见刘豫州满脸怒气，不知为何？"刘表不以为然地说："这个刘备，手中兵马仅数千，却三番五次怂恿我攻击曹操，这分明是要利用我。若我取胜，夺了豫州，他身为豫州牧，就拥有了豫州，我却无任何好处。如果败了，曹操必然怨恨于我，我落个出力不讨好。再说刘备在新野，若一旦做大，必对我是一个威胁。所以我不能给他做大的机会。他只有老老实实在新野替我守好荆州北大门。至于曹操，袁氏兄弟加上乌桓，够他折腾一阵了，将来是什么结果还不好说。"

伊籍知道刘表心胸狭窄，善于投机，劝也无用，便敷衍了几句，来到旅舍见了刘备，便将刘表的意思说了。刘备说："我已猜出八九分。"伊籍说："不瞒刘使君，虽说我与刘表是同乡，又受其恩惠，可还是看不惯他时时算计的做法。看似精明，实则糊涂。我劝刘使君早做打算。"刘备说："谢你提醒，只是我寄人篱下，想扩充兵马，仅据一新野小县；欲招揽天下贤士，又无人举荐，只能走一步说一步，真如犁牛掉进井里，有劲使不上。"说完长叹一声。

伊籍说："刘使君不必悲观，说到招募贤士，我倒想到一个人。此人姓庞，号为德公，乃襄阳本地人。显学当世，常有才俊儒士聚于身边，其中不乏经天纬地之才。据说庞德公具有汝南许子将之风，常对士子品评，眼光独到，看人精准，品评之人莫不恰如其分。不如刘使君先拜访一下他，求他举荐一二人才。"刘备说："如此贤士高人，若求拜见，必厚礼相敬。此番来襄阳并无任何准备，不可轻率前往。待我下次来襄阳，必携厚礼敬奉，以示我的诚意。"伊籍说："这样也好。以前我也是只闻其人，并不曾留心，随后我再留意帮刘使君打探一番。"说罢告辞。第二天刘备也自回新野去了。

回到新野，刘备便筹措厚礼，准备再往襄阳时，去拜见庞德公。刚过完年，刘备得到消息，曹操率大军西征高干，觉得这又是一次袭夺许都的机会，便打算到襄阳再劝说刘表出兵。孙乾、简雍："主公屡次劝说刘表，都无济于事，此次仍将无功而返，还是不去为好。"刘备说："看着袭夺许都的机会一次次丧失，我深感惋惜，但愿这一次能使刘荆州醒悟。另外我答应伊籍要拜见庞德公，这次也是个机会。"于是令人备车，将早已准备好的礼物装了满满一车，在孙乾的陪同下，再往襄阳。

刘备到襄阳后，仍寻昔日旅舍住下，留孙乾照看车辆物品，自去荆州署衙再见刘表。刘表见刘备到来，迎入后堂，令人摆下酒宴，兄弟二人再次欢宴。

数杯酒下肚，两人客套了几句，刘备便直奔主题，说："曹操欲征高干，许都空虚，应趁此机会夺取许都。若不趁此机会夺取许都，一旦并州落入曹操之手，其势力将会更大，恐更难与其抗衡。"刘表笑道："玄德弟过虑了，并州隔着太行山，曹操岂能轻易夺之，恐怕又要战上好几年。"刘备说："冀青两州曹操取之也在顷刻之间，幽州也大多归于曹操。若我出兵袭夺许都，曹必回救，即便我不能夺得许都，也会保住并州，日后与高干互相照应，曹操必不敢南下夺取荆州。"刘表说："不是我不想袭夺许都，只是近闻孙权要率兵马再攻黄祖，夺我江夏。我已令黄祖调集兵马应对。我不能弃江夏于不顾，去袭夺许都吧。待我击退孙权，保住江夏，再发兵攻打许都不迟。"说着举杯劝刘备再饮。刘备知其推脱，心中不悦，无心饮酒，起身说要小解，离席而去。

少顷，刘备返回。刘表见其闷闷不乐，问："贤弟面有愠色，难道对我不满？"刘备见刘表颇有怒气，忙说："兄长多心了。我适才去小解，见两腿根处骑马磨出的腒子都已经褪去，长出了新肉，故而惆怅。"刘表笑道："原来是为了一块腒子，大可不必。"刘备说："我自到荆州以来，已经五年从未征战，眼看年已半百，功业未建，不免伤感。"刘表说："荆州无战事，正可以享乐，少受风餐露宿、兵戈拼杀之苦。这样安定的生活，刘使君更应该高兴才是。"说着端起酒杯，再劝刘备饮酒。刘备无心再坐，便以喝醉为由，起身告辞。话不投机，刘表也觉得无味，便起身相送。

第八十八章

庞德公品评人中魁　司马徽举荐诸才俊

　　刘备回到旅舍，伊籍正在等候，见刘备脸色难看，知是在刘表那里碰了钉子，便说："刘荆州又拒绝了刘使君的请求吧？本在意料之中，何必动怒。自上次你走后，我详细打听了庞德公的情况，他近年年事已高，但仍有一些饱学之士、后进之才登门拜见，庞德公依然热情接待。想必刘使君前去，不会遭拒。"听了伊籍的介绍，刘备说："咱们什么时候去拜见庞德公？"说着指了指院中的大车，"我已准备了丰厚的礼物。"伊籍说："今日已晚，明早我来，咱们去见庞德公。"说着告辞。

　　第二天，伊籍早早来到，见刘备和孙乾已在旅舍等候，三人骑上马，令随从赶上装满厚礼的大车，出襄阳城奔庞家庄而去。约行二十里，在一山坳处，有一庄院，甚是严整。因还在正月里，周围树木枝丫疏离，还未发芽；山坡上的枯草，正是草色遥看近却无的时候。三人来到宅门前，只见宅门大开，正要通报，见一仆人出来，说："来者可是豫州牧刘备刘玄德？我家庄主已在正房恭候。"刘备感到惊奇，边朝里走，边悄声问伊籍："你告诉庞德公我今日要来？"伊籍摇头说："没有。"刘备说："这就奇怪了。"说话间三人便来到正房，仆人撩起门帘，示意他们进去。首先映入眼帘的，便是靠窗一个大大的几案，上面摆满了简册书籍。几案后面端坐一人，须发皆白，看上去已是耄耋之年，精神却很矍铄。老者指了指旁边的几案，说："刘使君请坐！"三人依次施礼，不敢落座。刘备扫视了一眼，见房屋中摆满了书架，上面也全是简册书籍，说："晚辈早闻庞老先生大名，只是无缘相见，今特备薄礼，不成敬意，还请庞老先生笑纳。"说着将礼单呈了上去。庞德公接过礼单，并不看，轻轻放在一边，笑说："你心中在问，我是如何知道你来的吧？其实你还未进庄，就有庄客来报，听那做派，我料到就是你了。"刘备这才恍然大悟，心说，庞德公看人真准，尽管我已乔装改扮。

　　庞德公示意三人坐下，说："你此番前来，并不是与我探讨经史子集，也不是寻求我的品评，而是到这里来延揽人才，助你安邦定国的。"刘备说："庞老先生真料事如神。"庞德公笑说："刘使君十几年来屡战屡败，屡败屡战，总想东山再起，所以就到我这里来了。"刘备说："先辈句句中的，可谓入木三分。"庞德公说："我还知你对刘表非常失望，认为他徒有'八俊'虚名。"刘备说："在我艰难时刻，是刘荆州收留了我，我不胜感激，怎敢抱怨。"庞德公摆摆手说："不必掩饰。这刘表'八俊'的称谓，绝非虚妄，他的确是治世之能臣。看他十几年来把荆州治理得政和民安，成为天下贤俊避难之地，就可知他的才能。但适逢乱世，刘表畏首畏尾，瞻前顾后，谨小慎微，万事只求自保，没有挽狂澜于既倒的气魄，这也注定他在乱世中必无所作为。"刘备连连称是，心说：这庞德公犹如一神医，不待你说出病症，他只把脉一搭，便把疾患诊治得一清二楚，果然非比常人。

庞德公说："刘豫州来荆州已有五六年了，一直想招贤纳士，以求有所作为，可屡屡失望，认为荆州无人才可用。其实并非如此。自丧乱已来，中原兵祸连年，许多才俊南下荆州。荆州本地也是人杰地灵，也有许多可造之才，只是刘豫州无缘与他们相见罢了。"刘备说："请庞老前辈明示，备洗耳恭听。"庞德公将一将胡须，说："这荆州有三位才俊，乃当今之奇才。一为卧龙，我之所以称为卧龙，是说他才学超群，乃人中一龙，只是潜卧在此，不愿出山。二为凤雏，之所以被我称为凤雏，是说此人乃人中之凤，虽年纪尚轻，才智一流。三曰水镜，是说此人品德高尚，似水般清澈，似明镜鉴人，才学谋略胜于常人。此三人刘豫州得其任何一人，即可叱咤风云，扭转颓运，创出自己的一片天地。"

刘备欠身致谢，说："请问庞老先生，此三人姓甚名谁，我该到哪里去寻找他们？"庞德公说："我今日并非向你举荐三人，而是向你说明，荆州并非无人。至于他们是否愿意助你成就一番事业，那就看你的造化了。若有缘分，你们自会相遇；若无缘分，也会擦肩而过。"见庞德公如此说，刘备也不好意思再问。这时庞德公说："我知你心不甘，但人各有志，请恕我不能做别人的主。"然后庞德公起身说："刘豫州此行目的已达到，请回吧。"然后交代下人："请送刘使君出庄。"刘备、孙乾、伊籍只得起身告辞。出了庄院，孙乾说："这庞德公快人快语，说话不兜圈子，一语中的，品评人入木三分，形象生动，真高士也。"伊籍说："只可惜庞德公所说三人虚无缥缈，不知到哪里去寻找，别是故弄玄虚吧。"送他们出来的仆人听不下去了，说："我家庄主从无虚言。你们不是从新野来的吗？水镜先生就在新野，你们可自己去寻找。"刘备眼前一亮，待要再详细询问，仆人已自回庄院去了。

刘备得知水镜先生就在新野，早已归心似箭，回到襄阳，即辞别伊籍。赶回新野，便令人四处打听水镜先生姓甚名谁，住在何处，一边准备厚礼，待知其下落，就要登门相请。然而旬日过去，派出去的人回来禀报，谁也打听不到水镜先生，仿佛新野并无此人。刘备心情沮丧到极点，暗说："难道苍天不肯眷顾我吗？明知水镜先生就在新野，却为何无缘得见？"随即下令，多派人手，将新野所有有名望之士，打探清楚报上来。

这天，孙乾来见刘备，说："主公，新野县我们几乎翻了个遍，实在打听不到谁是水镜先生。根据这些天的了解，有一位复姓司马，单名徽，字德操的，很受新野人尊敬，说是学富五车，无人匹敌；采桑绩麻，耕田种谷，经常资助附近百姓，颇受百姓拥戴。我们不妨先拜访一下此人，或许从他那里能打探到一些消息。"刘备说："也只好如此了。"

第二天，刘备携孙乾、简雍等人，带上厚礼，前去拜访司马徽。由于事先已打探清楚，出城行二十里，见一处桑林绽出新芽，转过桑林，一片翠竹掩映着一座庄院。庄院并不大，周围是用桑枝和竹竿编织的篱笆墙，看上去很是雅静。门是栅栏的，虚掩着，刘备赞道："好一处清幽之地。"刚要叩门，透过栅栏，见一书童模样的人，从房中走了出来，问道："来者可是豫州牧刘备刘玄德？"刘备暗暗称奇，还未通报，缘何知道是我前来，难道与庞德公一样，早有人通报。可一路前来，并未见人啊。刘备说："正是，特来拜见司马徽先生。"书童说："我家先生知你要来，已在家中静候多时了，请随我来。"说着打开柴门，在前引路，来到正房，掀起门帘，把刘备等人让了进去。此时司马徽起身相迎，彼此见礼。刘备细瞧，这司马徽身高约八尺有余，须发斑白，看上去已年近花甲，但精神矍铄，连说："久仰！久仰！刘豫州光临寒舍，不胜荣耀。"听上去声音洪亮，底气十足。

双方分宾主坐定，刘备说："我在新野已五六年了，本该早来拜访，只因孤陋寡闻，不知先生居此，所以今日才过来，还请先生见谅。"司马徽笑道："吾本一介儒生，却劳刘豫州大驾，自感惶恐。"双方各自谦恭。刘备说："听口音，先生是中原人吧？"司马徽说："豫州颖川人，在此避乱已近二十年了，口音已有了很大变化。"刘备说："虽有些变化，但中原味道依然很浓。"双方说着闲话，这时刘备已注意到，房屋中摆满了书籍简册，心说，看来司马徽学识颇丰，料想应该知道水镜先生。这时司马徽笑问："刘豫州公务倥偬，今日来我山野之家，不知有何贵干？"刘备说："实不相瞒，我刘备自涿郡起兵，距今已有二十余年，数度沉浮。如今寓居于此，眼看时光流逝，功业未成，心中不免焦躁，今特来向先生求教，不知这新野可有经天纬地之才，以求举荐一二。"司马徽说："荆州也是藏龙卧虎之地，只是刘荆州安于现状，才致荆州俊杰无机会显露罢了。如刘豫州有心招揽人才，何愁荆州无人可用。"

刘备犹豫了一阵，说："前些日子我打听到一位水镜先生，说他有经天纬地之才，就在新野居住。可遍访新野，就是不知道他姓甚名谁，家居何处，不知先生可知晓。"司马徽笑道："一定是庞德公告诉你的。"刘备吃惊道："正是。你怎么知道是庞德公告诉我的？"司马徽说："卧龙、凤雏、水镜皆庞德公所赐大号，外人知者不多。"刘备说："看来先生必知谁是水镜先生了？"只见司马徽捋了一下胡须，看了大家一眼，笑道："我就是水镜先生。"

刘备与孙乾、简雍竟一时愣住了。大家互相看了一眼，真是踏破铁鞋无觅处，得来全不费工夫。刘备立刻起身再拜，说："备有眼无珠，不识贤士就在眼前，失敬！失敬！"司马徽起身还礼，说："我本山野之人，不值得刘使君看重。"说完二人又重新坐下。刘备激动地说："今日既寻到了先生，就请先生不要推辞，助我创出一番事业来。"司马徽摆摆手，说："恐怕让你失望了。一是我自知才疏学浅，难承大任；二来已年近花甲，再要跨马征战，恐怕是心有余而力不足了。"刘备再劝，司马徽依然婉拒，刘备不无遗憾地说："恭敬不如从命，我也就不勉强了，可否能告诉我，卧龙、凤雏都是谁，在哪里？我好前去拜见。"司马徽摇头道："我不能未经他们允许，就自作主张，替他们寻一些烦恼。若刘使君与他们真有缘，自会相见。"

刘备默然无语，心情沮丧到了极点。屋中气氛有点尴尬。司马徽说："刘使君屈尊前来，也是抱有诚意，我就给你举荐几位才俊，虽比不上卧龙、凤雏，也是人中翘楚。这几人与卧龙、凤雏皆为好友，年龄相仿，经常在一起切磋学问，才学也堪称一流。"刘备重又燃起希望，急切道："请水镜先生明示。"司马徽说："这第一当数徐庶，与我同郡，也是颍川人氏，少时避难荆州。其次是博陵人崔州平，前太尉崔烈之子。还有一位是汝南人孟公威，最后一位也是颍川人氏，名曰石韬。此四人与卧龙、凤雏等常到庞德公那里求学，也都有意在有生之年创出一些业绩。这四人刘使君若能得其中一人，也能助刘使君成就一番功业。"刘备问："我到哪里去寻找他们？"司马徽说："刘使君不必寻找，他们经常到各处游学，也常到我庄中来切磋学问，待他们再来时，我向他们致刘使君之意。若他们愿意建功立业，我当荐他们前往刘使君处；若不愿意，也只好听便。其他才俊，我知道的还有一些，但与这四人相比，才学上略逊一筹，我就不再说了。"

刘备千恩万谢，虽未能请得动水镜先生，也不知卧龙、凤雏在哪里，但得到水镜先生承诺，为其举荐数名才俊，也总算有所收获。于是告辞水镜先生，与孙乾、简雍返回新野城。

回到新野城，刘备便盼着水镜先生举荐的才俊上门，然而半个月过去，仍杳无音讯，心中不免焦急起来。张飞说："这些人自称隐士，故意隐去踪迹，制造神秘感，以抬高身价，未必真有才学，一定是吓得都不敢前来了。"刘备说："休要胡说，这些人到处游学，在什么地方耽搁了也不一定。我们心急，就有点沉不住气了。自今日始，我们耐心等待就是了。"

这日刘备正在书房读书，甘夫人身旁的婢女跑来说："夫人肚疼难忍，怕是要生了。"刘备一听，赶忙命人去请产婆。刘备已无心看书，来到前庭静候佳音。焦急的等待让他坐卧不安。想他刘备已经四十多岁的人了，这些年忙于征战，前边几个妻子都未能生育而亡，来到新野后，总算安安稳稳地住了几年。自甘夫人怀孕后，刘备关怀备至，呵护有加。眼看孩子就要出生了，他刘备就要有后了，心中怎能不激动。这时孙乾等人赶来祝贺，都盼望甘夫人头胎能生一个男孩。

这时侍卫进来报告："门外有一人求见。"刘备把手一挥说："我现在不见任何人，有什么事等甘夫人生完孩子再说。"侍卫应声而出，旋即回来，说："此人不走，他说可以等夫人生完孩子再拜见主公。"刘备不耐烦道："等夫人生完孩子我也不见。我现在无心应酬别的。告诉他三日后再来。"侍卫应声退了出去。孙乾感觉事情不对，小声嘀咕了一句："莫不是水镜先生举荐的贤俊之士到了。"一语提醒了刘备，忙唤侍卫来问："刚才求见的那人走了没有？他说没说从哪里来，来这里有何事？"侍卫说："他什么都没说，只说主公生孩子要紧，建功立业不要紧，说完便自去了。"刘备感觉话头不对，立刻追了出去，来到府门外不见人，忙问侍卫，侍卫朝远处一指，说："那边正走着的头戴儒巾的就是。"刘备赶忙追上去，喊："贤俊请留步，请问你尊姓大名，找我有什么事？"

那人仔细打量了一下刘备，笑说："夫人要生孩子了，我这里向你道喜。"说完转身就要离去。刘备忙拦住，这时孙乾等人也追了出来，大家连连赔不是，硬是把来人劝了回来。来到正堂，大家分宾主坐定。这时刘备才详细打量来人，只见他头戴儒巾，身着皂色深衣，年纪约三十岁，举止儒雅。刘备再次赔礼道歉，说："夫人临盆，老来得子，心情激动，慢待了贤士，请问贤士从哪里来，见我何事？"来人见刘备诚恳，说："我姓徐，名庶，字元直，颍川人氏。前天，游历到水镜先生处，他说刘豫州正广招贤士，遂劝我到此拜见刘使君。"

一听是水镜先生举荐的徐元直到了，刘备一阵激动，站起身来说："不知是元直来到，失敬……"这时侍女进来报说："甘夫人已顺利产下一子，请主公前往探视。"刘备一挥手，淡淡地说："知道了。"然后对徐庶说："水镜先生夸赞你才学一流，年轻有为，今日一见，果然气度不凡。元直也就三十岁上下吧？"徐庶答："正是三十岁。"刘备说："我虽已过不惑，今愿与你同为兄弟，共创出一片功业，落得青史留名。"徐庶见侍女还在等待，说："承蒙刘豫州高看，我徐庶愿为刘豫州尽心竭力。此刻刘豫州家中有事，我还是暂时告别，等闲暇时再来。"说着就要起身。刘备忙来到徐庶身旁，按着他的肩说："元直但坐无妨，添丁进口，家常小事。"回头对等在一旁的侍女说："你怎么还在这里，去告诉甘夫人，我这里正有事。"侍女应声退了出去。刘备对徐庶说："如今好了，元直来到，我刘备必将如虎添翼。我想冒昧地问一句，对于当前局势，元直怎么看？"

徐庶见刘备如此问，知刘备要考验自己，便说："当前曹操正率大军远征乌桓，许都空虚，正是对曹操用兵的好时机，只是这刘表进无有与天下英雄相争之气魄，守无有择善而从之气度。待曹操统一北方，必对南方用兵，那时荆州必危。"刘备说："如此说来，荆州早晚必有一战。我现在寄人篱下，到时怎么办？"徐庶说："趁此机会，刘豫州应大力扩充兵马，才能应对将来的形势变化。"刘备说："我也想大力扩充兵马，无奈刘荆州赐我新野小县，人少粮乏，我已尽了最大努力，加上当初刘荆州送我的三千兵马，也不过这五千余人马。"徐庶说："主公不可局限在新野小县一地。刘表把你放在新野，就是想让你替他守好荆州北大门，以防御宛城的曹军。主公正可以此为借口，尽可能在汉水以北诸县，广招兵马，就像当年张绣一样。刘表即使知道，也会睁一只眼，闭一只眼。"刘备如梦初醒，连连点头。这时徐庶起身告辞。刘备忙拦住道："元直要往哪里去，不愿留在我这儿吗？"徐庶说："我家中还有老母一人，如刘使君不嫌弃，我回去将老母接来。"刘备心中的石头落了地，连忙说："元直老母也即我老母，把她接来，我们共同侍奉。"随后命侍从："快备好车辆，随元直回家接老母。"徐庶再三推辞："穷家陋室，客居在外，无甚家当，不必劳师动众。"刘备哪里肯听，徐庶只好听从，带着车辆回家接老母去了。

送走徐庶，刘备难抑心中喜悦。这时侍女又来催促说："夫人正盼主公到后院见一见新生小儿，并赐名。"糜竺等人也催促刘备："快去见一见咱们的小世子吧。"刘备随侍女来到后院，见到甘夫人，问候了几句，抱起儿子仔细相看，心中甚是高兴。甘夫人让他给儿子取名字，刘备想了想，说："我的基业有人继承了，就叫他禅，刘禅。"甘夫人说："此儿娇贵，取个小名吧。"刘备想了想，斟酌道："取一个什么小名呢？"甘夫人说："我记得怀他的时候，梦见北斗入怀，就叫他阿斗吧。"刘备说："好，好，就叫阿斗。"

这一夜，刘备一夜未眠，一为得了徐庶，一为有了阿斗。

第二天，刘备早早派人收拾出一处宅院，只等徐庶将老母接来，即可入住。三天后，徐庶带着老母回到了新野。刘备亲自安置，配齐了侍女和仆从，并说："如有不周之处，尽可提出。"徐庶母亲连称满意。这时刘备留意到随徐庶及其母而来的，还有一个人，刚要询问，徐庶说："禀知主公，此人姓石，名韬，字广元，与我同郡，都是豫州颍川人，而且求学时还是同窗，又一同来荆州避乱。"刘备一听是水镜先生举荐的另一位贤士，心中高兴，当即征辟徐庶和石韬同为军师，在刘备身边共参谋军事。

按照徐庶的谋划，刘备奏报刘表，以加强汉水以北诸县的防御为名，公开招兵买马，刘表也未加干涉。到秋季，刘备的兵马已扩充到近万人，实际上控制了宛城以南的半个南阳。这天，刘备与徐庶、石韬闲聊，刘备问："据水镜先生讲，与你二位同为贤俊的还有博陵人崔州平，汝南人孟公威，不知能否将其举荐来，咱们一同共创大业。"徐庶与石涛对望了一眼。刘备说："二位别多心，我是想你们都是好朋友，聚在一起共谋大业，岂不更好？"徐庶说："不瞒主公，在我来新野之时，崔州平和孟公威已各自回冀州博陵和豫州汝南的老家了。临走时向昔日好友告辞，卧龙先生还曾挽留他们，说：'中国饶士大夫，遨游何必故乡邪！'但二人实恋家乡，执意要回，也就随他们去了。"刘备颇感遗憾，说："如此人才又要被曹操所用了。"

沉默片刻，刘备问："刚才元直提到了卧龙先生，我曾从庞德公那儿得知，说一是卧龙，一是凤雏，一是水镜，三人得其一可助我成就大事。水镜先生已知是谁，唯有卧龙和凤雏，至今不知是谁，元直能否告知一二？"

徐庶说："既然主公想知道，我说出来也无妨。这卧龙乃复姓诸葛，单名亮，字孔明，本徐州琅琊人氏，父诸葛珪，字君贡，曾为泰山太守。还在诸葛亮很小时父母便双亡，其兄弟姐妹被其叔父诸葛玄收养。诸葛玄与袁术关系不错，袁术占据扬州期间，征辟其为豫章太守。诸葛玄带着诸葛亮兄妹到豫章上任，因朝廷另外诏拜朱皓为豫章太守，诸葛玄无法上任，滞留寿春。后袁术败，诸葛玄与刘表有旧，便携诸葛亮兄妹来到荆州。事情不巧，诸葛玄到荆州后不久便病逝了，诸葛亮和其弟诸葛均就留在了荆州，其小妹嫁给了庞德公的儿子庞山民为妻，所以庞德公与诸葛亮还沾点亲。"刘备说："原来是这样。敢问这诸葛亮年纪多大？"徐庶说："我们几人年纪相仿，唯这诸葛亮年龄最小，今年也才二十七岁。"刘备说："诸葛亮年纪最小，而庞德公对诸葛亮评价又最高。冒昧问一句，这诸葛亮的才智与元直相比，是在其上还是其下？"徐庶说："实话实说，远在我与石韬等人之上。想当初我们在一起读书，都务求精熟，唯诸葛亮只观其大略，便能背熟于心。诸葛亮曾说：'你们几人做官最多能做到刺史郡守。'我们问他能做到多大的官，他却笑而不答，其志不可小觑。"刘备问："那他现居何处？"徐庶答："主公是想将他招到自己麾下？可他学识最为渊博，自比管仲、乐毅。常说生不逢时，只好隐居山中，此生绝不出世，主公恐怕请不动他。"

刘备不无遗憾地叹了口气，问："那么凤雏先生呢？"徐庶说："这凤雏被水镜先生称为'南州人才唯一之拔尖者。'"刘备问："他现在哪里？"徐庶说："听说投了东吴。"刘备说："看来凤雏先生已经有去处了。"叹息之余，刘备说："元直能否利用与诸葛亮交好的情面上，劝说卧龙先生来此。"徐庶摇头道："他绝无可能来见主公。"刘备陷入沉思之中。

几天来，刘备坐卧不宁，茶饭不思，求见卧龙先生的欲望越来越强烈。这天实在按捺不住，召徐庶和石韬，将自己的想法说了："我想亲自去求见卧龙先生。"徐庶说："我熟知卧龙先生，即使主公亲自去，他也不会接受征辟。"石韬也说："元直说得不错，我们都知卧龙先生的志向，想也无益，徒增烦恼，还要主公宽心。"刘备说，即使请不动卧龙先生，能让我见其一面，聆听其教诲，也了我的心愿，否则我心真不甘。"徐庶说："主公既如此说，我也就不怕落卧龙先生的埋怨，这就把他的住处告诉你。他家住邓县西南三十里的隆中，与襄阳交界。由新野直去，百余里的路程，乘马一天即可来回。若主公见到卧龙，万不可说是我指引。"刘备说："这个自然。没想到卧龙先生离我们并不远。"得到了诸葛亮的确切地址，刘备即着手准备厚礼，选了一个吉日，要前往隆中拜见诸葛亮。就在此时，刘备得到消息，曹操亲率大军北征乌桓。刘备感到这次曹操远赴塞外，正是夺取许都的绝好机会。于是将拜访诸葛亮的事情暂且放下，携孙乾再次到襄阳，请求刘表出兵伐许。

刘备到了襄阳，仍寻旧日旅舍住下，待第二天面见刘表。吃过晚饭，与孙乾闲聊，猜测刘表是否同意袭夺许都。这时刘表长子刘琦来访，刘备连忙迎接。自刘备到荆州后，多次往来襄阳，与刘琦关系不错，虽以叔侄相称，却似好友一般。今见刘琦眉头紧蹙，不似往日那般欢悦，未说上三五句话，便问刘琦有何心事。刘琦见问，掉下眼泪，说："叔父在上，我也不瞒你。自建安八年我母陈氏亡故后，我父便把妾室蔡氏扶了正。开始还不错，后来蔡氏将其侄女嫁与我弟刘琮为妻，自此便处处打压我，在我父面前诬告我，渐渐地我父在蔡氏不断地怂恿下，对我的态度发生了变化，偏向了我弟刘琮。这些天来，我父感到身体有所不适，蔡氏便旁敲侧击，欲让我父立刘琮为世子，眼见我世子之位不保。今天拜见叔父，是想让叔父帮帮我，劝说我父。"

听了刘琦的自述，刘备很是吃惊。原想与刘琦交好，是想让刘琦在刘表面前帮自己说些好话，而现在情况突变，刘琦失宠，若再与刘琦相交过密，恐自身也要受到牵连。现在刘琮在刘表心中是什么地位还不清楚，蔡氏为人如何也不甚了解，只知他的哥哥蔡瑁为刘表入主荆州立有大功。此事必须谨慎对待，稍有不慎，便会引火烧身。想到此，便对刘琦说："贤侄不必过虑，你是长子，世子之位岂能说换就换。待我见到刘荆州时，定劝他遵从旧制，长幼有序，否则会引起众掾属的非议。"听了刘备的话，刘琦千恩万谢，又嘱咐了刘备几句，离了旅舍回府去了。

第八十九章

争世子蔡氏害刘备　寻贤才玄德拜孔明

　　刘琦拜访刘备的消息，很快传到蔡氏耳中。原来蔡氏自将侄女嫁与刘琮后，便下决心要让刘琮承袭世子之位，于是时时诋毁刘琦，并派人将刘琦监视起来，一举一动都在蔡氏的掌控之下。经过蔡氏的努力，果然荆州上下都倾心于刘琮。蔡氏暗自高兴，不料却漏算了一人，就是刘备。刘备自到荆州后，几年来一直与刘琦过从甚密，虽客居荆州，但身为豫州牧，又是朝廷诏拜的左将军，手中又有兵马，与刘表兄弟相称，其对刘表的影响不容小觑。这次刘备来襄阳，不知刘琦与他密谋了些什么。明天刘备要来府中见刘表，当设法探出刘备意图，若对刘琮不利，就早做打算。

　　第二天，刘备来到荆州署衙拜见刘表。刘表备下酒宴，兄弟二人宴饮。席间，刘备说："这次我来，见兄长气色不似以前，是否操劳过度？"刘表叹了口气，说："诸事繁多，心中不静。就说这长子刘琦吧，原本我对他抱有很大希望，但最近越看越懦弱，恐难担起重任。少子刘琮聪慧，欲倾心于他，可又碍于长幼有序，废长立幼，不合规制，难免让人耻笑。仅此一事，就让我费尽了思量。"刘备说："长子刘琦，待人宽厚，又无大错，废长立幼难以服众。好在兄长身体硬朗，未及花甲，还有时间斟酌，不必操之过急。"刘表说："玄德弟所言极是，此事待从长计议。"

　　两人又说了些闲话，又饮了一些酒，相谈甚欢。刘备提起曹操正率军远征塞外乌桓，许都空虚，说："此正是夺取许都的好时机，希望兄长倾荆州十几万大军，一举夺取许都，将朝廷置于你保护之下，汉室江山将永无旁落之可能。那时景升兄功莫大焉。"刘表淡然一笑，说："曹操征讨乌桓，平定边关，绝非易事。刘使君不闻鹬蚌相争，渔翁得利之典故，让他与乌桓互相征伐，耗其实力，到时再征讨曹操，可事半功倍。"刘备急切道："不然，若曹操取胜，再无后顾之忧，曹军必南下荆襄，到时荆州危矣。"刘表说："玄德危言耸听，江南诸州牧，都是朝廷诏拜，岂是他曹操说征伐就征伐的？"刘备说："曹操早有心窃取汉室，现在唯有乌桓和袁氏兄弟是其后顾之忧，我们绝不能等乌桓被其消灭，到那时江南诸州只能唯曹操马首是瞻。"

刘表见刘备执意要自己出兵，不免心中有火，说："现在我们荆襄形势稳定，百姓也都安居乐业，玄德弟屡次三番要求我发兵许都，莫不是让我替你夺回豫州？听说你现在兵马也扩充了不少，要想夺取许都，你自去好了。"刘表的话让刘备很是窝火，本是好心，却成了要利用他谋求自己的私利。刘备实在憋不住，又辩解了几句，刘表也火气上来，说话更是难听。刘备毕竟寄人篱下，先舒缓了口气："景升兄，咱们先冷静下来，仔细分析一下形势，可知我绝非为了一己私利，硬要你出兵，我实在是担心，将来悔之晚矣。"刘表也放缓了口气说："想我们江南，还有荆、扬、交、益四州，面积广大，山川众多。曹操既是南下，也得掂量掂量。"刘备感到二人说话总是扭着劲，心中烦闷，便借口小解，出来透透气，散一散心中闷气。

刘备小解完毕，来到连廊上，他要在这里平复一下心情，再进去见刘表。正在这时，见伊籍慌慌张张跑进来，一见刘备便说："刘使君快走，有人要害你。我正愁无法见到你，没想到在这里撞上了。"刘备诧异："我在这里好好的，谁会害我，莫不是你弄错了吧？"伊籍说："绝不会错，是我的一个好友亲口告诉我的，说是蔡夫人和他哥哥别驾从事蔡瑁联手要害你，已命他们的外甥襄阳城都尉张允封锁四门，待你从荆州署衙回到旅舍就动手。具体因为什么我也不清楚，好像与长子刘琦有关。"说到这里刘备明白了，今天在刘表面前说了些不利刘琮的话。刘表身边一定有蔡氏的眼线，为了确保刘琮立为世子，看来他们已动了杀心。只是如果我此时一走，将来如何再见刘表，于是对伊籍说："我不能走，我要见刘表，把话说开，戳穿他们的阴谋。"伊籍说："现在无凭无据，他们反说你诬告，挑唆他们夫妻、父子的关系，让你百口莫辩。况且蔡瑁又是为刘表掌控荆州立有大功之人，刘表对他百倍信任。为今之计，刘使君先离开这里，保住性命，其他事以后再说。"刘备说："孙乾还在旅舍中等候，我走了他怎么办？"伊籍说："他们的目的是你，你脱险后，孙乾必无事。待你走后，我再去找孙乾，让他装作不知，第二天找刘表要人，看那时刘表怎么说。快走吧，我已令心腹将你的的卢马牵在后门僻静处等候。我来时襄阳城东、北、南门，他们俱已安排停当，唯有西门还未来得及安排，你可从那里出城，走不多远便是檀溪，向右有一座桥，过了桥再折向北，即是回新野的路。"刘备只好听伊籍的，直奔后院，来到后门，果见一人牵着的卢等在那里，便飞跨上马，说了声："谢谢，有情后补。"便奔西门而去。

原来自蔡夫人知道刘琦昨天晚上拜见刘备后，心中不快，便提高了戒心。今天见刘备进府，便安排心腹留意刘备的言行，果然对刘琮不利。后又得知刘备与刘表起了争执，两人都说了一些过头话，便急忙找到哥哥蔡瑁，欲趁此机会除掉刘备。这蔡瑁早就对刘备不满，今得知刘备与刘表产生了争执，认为这是一个契机，听从了妹妹的建议，即刻找到外甥张允，让他调兵马封锁四门，待刘备回旅舍后动手，诛杀刘备。即便刘表知道，生米做成熟饭，刘表无可奈何，顶多埋怨几句。

这张允领了蔡瑁旨意，认为舅舅太兴师动众，谅一个刘备正在署衙与主公饮酒，能跑到哪去，便领着一些士卒以检查城防为名，到各门依次暗中布置，交代若有人骑马出城，必拦阻盘问报告。待他来到西门，远远望见一匹快马奔西门而出，便纵缰追了过去，问守门侍卫："刚才那匹快马上骑的是谁？何事这么慌张？"守门侍卫答："他只说是奉主公之命，有要事出城，我们也不敢拦。"张允知道自己大意误了事，立刻率手下士卒追了上去。

刘备快马出了城门，刚要喘口气，突然听到后面一阵呼叫，十几匹战马朝这里追来，情知不妙，不敢停息，向西奔去。只见前边一条溪水拦在面前，想这必是伊籍说的檀溪了。待要向右找桥过檀溪，已经来不及了，后面追兵已到。为首的张允大喊："刘豫州，为何匆忙而去？"刘备也不答话，更不敢停留，可这檀溪宽约数丈，究竟有多深也不知道，料想终归难走脱，只好横下心，纵马跳入檀溪，立刻没入水中。刘备心想，这回彻底完了，仰天长叫："的卢，的卢！今日厄运，成败靠你了。"话音未落，的卢的两条后腿蹬住河底，一跃而起，一团水雾冲到岸边。刘备一看，已过檀溪，心中一阵狂喜。对岸追赶的张允也惊呆了，这么宽这么深的檀溪也能跃过，可见这马绝非一般，忙勒马说："刘豫州，我家主公还在署衙等你饮酒呢。"刘备抹了一把脸上的水，说："我自来荆州后，数年来与尔等并无冤仇，不知为何要害我。回去告诉指使你的人，不管是何原因，我刘备都不想与你们为敌。我这里有礼，请张都尉留步吧。"说完调转马头，向西而去。走不多远，便折向北，寻到回新野的路，又走了一程，看太阳西坠，浑身被檀溪水泡了个透湿，这会被风吹得有些干了，但身上发黏，这荒郊野外，又无旅舍，便想找一户人家投宿，把湿衣服烤一烤，洗个澡，住一宿，第二天再赶路。正想着，见路边不远处有一茅舍，刘备一抖缰绳拐了过去，到茅舍前下马，见一老者从茅舍里走了出来。刘备将来意说明，老者欣然应允，让刘备把衣服脱了，点起火烘干，又烧了些水，让刘备洗了澡，穿上烤干的衣服，感到舒服多了。老者又安置饭菜，说："看客官这身打扮，绝非普通人家，我这里仅有粗茶淡饭，不一定合你胃口，将就吃些吧。"刘备说："随意就行。"

这时，一个年约十五六岁的少年从外面进来，说："舅舅，饭做好没有，我早就饿了。外面拴的马是谁的？我看这马和鞍都不一般……"猛然见有客人正盯着自己，不免有点囧，就要退出去。刘备连忙招呼，少年进屋来，上下打量刘备，问："你是谁，到我们家来干什么？"刘备看这少年并无拘谨之意，笑说："我偶然路过，见天色已晚，欲借宿一夜。"

这时老者将饭菜端上来，果然都是粗茶淡饭，并无一点肉。他们围在一起，边吃边谈，刘备问："听老人家口音，不是本地人吧？"老者答："我本长沙人氏，姓刘。""哦，原来老人家与我同宗，我也姓刘。"刘备说。说到都姓刘，大家觉得亲近了不少，刘备问："怎么从长沙到了这里？"老者答："一言难尽。我这外甥本是罗侯国寇氏之子，父母双亡，他的母亲也就是我的小妹，临终前将他托付我，说襄阳这里还有他一门亲戚，让我把他带到这里交给他亲戚。可到这里后，打听不到他的亲戚，便一边租地维持生活，一边打听，寻了这几年，我看也难以寻到了。我也不能单独把他丢在这里，想返回长沙又没有盘缠，只好过一天算一天了。眼看这孩子已渐渐长大，喜欢舞枪弄棒，我正发愁将来干什么。"刘备说："看他身体壮实，怎么样，跟我走吧？"老者答："不知道客官是干什么的？"刘备说："不瞒老哥哥说，我乃驻在新野的刘备刘玄德。"老者一听，连忙拉着外甥下拜，说："原来是刘豫州到了，失敬，失敬。"刘备说："不必客气，既然你我同为刘氏，他身上也流有一份刘氏血脉，我就收他为义子如何？"老者说："那太好了，没想到他能被刘豫州收为义子，这实在是他的造化，我那九泉之下的妹妹也安心了。这孩子单名一个封字，自此改为刘姓，叫刘封。"三人欢喜。

第二天，刘备带着刘封回新野，临别，老者说："看着外甥有这么好的归宿，我心愿已了，自此就回长沙去了。"

刘备告别老者，带着刘封回到新野，见了徐庶等人，将此次襄阳之行叙述了一遍。关羽、张飞、赵云当时就嚷嚷起来："这刘表竟然不顾同宗兄弟情分，要对主公下手。"刘备说："不在刘表，而是蔡氏。这次若不是伊籍，事情就危险了。"张飞说："大哥再去襄阳，我一定跟着去，看谁敢动大哥一根毫毛。"徐庶说："荆州夺嫡之战就此开始了，主公应避免卷入其中。蔡瑁有恩于刘表，其妹蔡氏又得宠，荆州上下蔡氏党羽不少，刘表又优柔寡断，我们要心中有数，静观其变。"刘备说："不知孙乾现在怎么样？"石韬说："主公放心，孙乾先生定无事。"刘备又将刘封的事说了，关羽听后不满意，说："大哥尽可将他带回，既然大哥已有亲骨血，何必收什么义子？"刘备说："我看这少年也可造就，或许也能成有用之才。"关羽虽不满，也不再说什么。

　　自刘备说要小解，起身离开后，刘表左等右等不见刘备返回，派人到茅厕去催，说早已不见踪影。刘表不禁生气，骂刘备不够仗义，说："你我兄弟拌了几句嘴，连个招呼也不打，就赌气走了，下次再见到你，定让你与我赔罪。"此时醉意已上来，便自睡去了。

　　第二天门吏来报："刘备的从事孙乾要见主公，说是刘备一夜未归，特来问刘备下落。"刘表奇怪，忙令门吏传孙乾进来，问："一大早你来寻刘豫州，他昨天不辞而别，我正要责罚他呢。"孙乾说："我家主公的确一夜未归，晚上我听到风声，说刘荆州要害我家主公性命，一夜未眠，早早来打听我家主公下落。如今刘荆州竟说不知，莫不是已将我家主公害了？"刘表大怒："胡说，我与你家主公乃同宗兄弟，自来荆州后我又一直待他不薄，怎会害他？"孙乾说："既未害我家主公，那我家主公现在何处？让我见上一面才好放心。"刘表下令荆州署衙中的所有掾属来问话，都说不曾见到刘备。这时刘表想起长子刘琦与刘备一向关系不错，刘备每来襄阳，都到刘琦府上拜访，莫不是到了刘琦府上，便派人将刘琦找来询问。刘琦也说未见。刘表心中生疑，唤蔡瑁来问，蔡瑁说："昨日见刘豫州骑着他的的卢马，慌慌张张出了署衙，不知到何处去了。"刘表派人将守城都尉张允来问，张允说："昨天刘备骑的卢马跃过檀溪，我追上去询问，他说有事回新野了。"此时刘表心中已明白了八九分，说："平白无故刘豫州怎会突然离去，一定是你们起了歹心。平时你们就对他看不惯。

我今天警告你们，我与玄德乃同宗兄弟，他来投我，若在我这里出了事，会遭天下人耻笑。今后再休动这种歹念。否则，玄德一旦出事，待我查实，定斩不饶。"然后对孙乾说："你家主公已自回新野了，这是虚惊一场，我料你家主公没事儿。回去向玄德致歉，让他以后尽管来襄阳，我保他无事。"孙乾谢过刘表，回旅舍收拾了东西，自回新野去了。

　　刘备经过此番襄阳之行的折腾，更感到荆州不是久留之地，早晚必生祸端，于是更想早点见到卧龙先生，求得他的指点，好对今后早做打算。便着手准备厚礼，选定吉日，要到隆中去拜见诸葛亮。关羽、张飞不放心，要一同前往。刘备应允，遂三人骑马，带上若干随从，押上厚礼，前往隆中。徐庶、石韬、孙乾等人送出城外，叮嘱一路小心。

　　此时已是深秋，万叶飘丹，层林尽染，一路行来，三人神清气爽，信马由缰，谈笑自若，宛若游山玩水。刘备被这气氛所感染，心想，这次隆中之行，若能请得卧龙先生辅佐，从此大展宏图，再不用寄人篱下，正可谓时来运转。想到此，不由地两脚磕蹬，加快了速度。时正中午，转过一处小丘，便见一道山岗，层林掩映处，只见片片茅舍，经过打听，知隆中已到。详细询问，知岗上红叶翠竹簇拥下的那处茅舍，就是诸葛亮的草庐。

　　眼看诸葛亮的草庐已近在咫尺，刘备不免担心起来。说是拜见诸葛亮，只求指点一二，可心中还是渴望能把诸葛亮请出来辅佐自己。若诸葛亮坚持不从，该怎么办？一路欢快的心情，又低落下来。关羽看刘备眉头锁在一起，忙问怎么回事？刘备说了自己的担心。张飞说："大哥不用愁，若那诸葛亮端架子，我就将他抓到新野。"刘备怒斥道："三弟休要胡说，此等贤人只能以礼相请，万不可莽撞胡来。传出去，让世人笑话。"

　　说话间三人来到岗上，一处草庐被林木环绕，甚是僻静。竹篱围起的院落中，垛着收打过的豆荚，收割的青麻也堆在那里等待沤制，绩好的麻挂在茅屋檐下，十足的一处农家小院。刘备怀疑走错了地方。这时恰从茅屋内走出一个童子，看那模样像是书童，刘备隔着竹篱问："请问这里是诸葛孔明先生的住处吗？"那书童闻声朝篱门走来，答："正是。你们是何人？"刘备说："我们是专程来拜见卧龙先生的。"这时书童已来到篱门前，上下打量了三个人一眼，说："对不起，我家先生于前日出去访友了。"刘备问："先生什么时候回来？"书童答："这就说不准了，或三五日，或十天半月。"刘备沉吟，自语道："这也无法等啊。"犹豫一阵，说："既然如此，我们只好先回去。待先生回来时，请你转告先生，说新野刘备携两位义弟前来拜访，等过几日我们再来。"然后命随行仆人动手卸带来的礼物，说："初次拜见，备了些薄礼，请你打开篱门，我们好搬进去。"书童连忙阻止："先生有话，不让收礼。如今先生不在家，我更不敢收了，还请带回吧。"刘备哪里肯听，见书童不开篱门，便说："我们把礼物放在这里，还烦请小童自己搬进去吧。待先生回来，万望能转告一声，告辞！"说完带着关羽、张飞等随行人员，踏上了回新野的路。张飞嘟囔着："大老远跑来，连门也没进，真是晦气。"关羽说："虽说没见到先生，但毕竟礼物送到了，也不枉跑这一趟。收了礼物，再见面就好说话了。"刘备点了点头，觉得关羽说得不错，这是一个良好的开端。

三人回到新野，刘备又耐着性子等了一月有余，觉得诸葛亮该返回隆中了，于是又备了厚礼，再访诸葛亮。关羽、张飞一同前往。此时已是初冬，渐渐有些寒意。由于二次前往，轻车熟路，加上心中着急，未到中午，便来到隆中卧龙先生的草庐前。隔着篱笆墙，见一人头戴儒冠，身着布衣，看上去约是弱冠之年，正手捧书卷，边吟诵边在院内踱步。三人都料想，这必是卧龙先生了。刚要打招呼，那年轻人转过身来，看到篱笆墙外一行数人停在那里，便迎了过去。刘备先施一礼，问："请问可是诸葛孔明先生？"那年轻人一边还礼一边说："想必几位是来找我家兄的，我是他的弟弟诸葛均。实在不凑巧，家兄不在家。"刘备说："我们是从新野来的，早前来过一次，说是诸葛孔明先生出外访友了，难道至今还未回来吗？"诸葛均说："原来是刘使君，家兄早已回来了，只是昨天又出去了。"刘备问："请问卧龙先生什么时候回来？"诸葛均说："说不准，或被哪个朋友留住，住个十日八日也不一定。"刘备说："既如此，我改天再来。请您转告诸葛孔明先生，说我刘备急切向他讨教治国安邦之道。这是我略备的薄礼，请先生笑纳。"诸葛均推让，刘备执意留下。正在此时，一老者须发皆白，骑着一头驴来到，问："你们在干什么？"诸葛均说："来客欲见家兄，家兄不在，非要留下礼物。家兄早有交代，不管何礼，一律拒收。正在争执，老先生来到。"刘备不知老者是谁，忙说："我从新野赶来……"老者哈哈一笑，说：

"莫不是刘备刘玄德?"刘备说:"正是,老者何以知我?"老者一笑说:"我不但知道你,我还知道你来的目的。我劝刘豫州还是别费心思了,诸葛亮不会接受你的邀请的。"刘备说:"老先生怎么会这么肯定?"老者说:"知子莫如父,我乃黄承彦也。诸葛亮是我的女婿,就是我的半个儿,我能不了解他?"刘备连忙施礼,说:"不知岳丈大人来到,晚辈失礼了。还请老岳丈帮我说几句好话,劝劝诸葛孔明先生。"黄承彦摆摆手说:"劝也无用,你还是把礼物拿走吧,以后也不用再来了,请回!"刘备说:"我只是想见卧龙先生一面,这个总可以吧?"黄承彦说:"恐怕此面难以见上,不必浪费时间。"刘备坚持留下礼物,告别了黄承彦、诸葛均,与关羽、张飞等人返回新野。

一路上刘备心里沉甸甸的,骑在马上默默无语。黄承彦的话对他打击太大了,刚燃起的一点希望,一下被他浇灭。张飞说:"这糟老头不会说话,一个岳丈能做得了女婿的主?大哥休要烦恼,等见了诸葛孔明自然能弄明白。"关羽说:"怕是诸葛亮有意躲着我们,怎么事情总那么巧,来了两次都偏偏不在家。"刘备赞成道:"二弟说得不错。这说明我们的诚意还未打动诸葛先生。"因情绪低落,不觉速度慢了下来,回到新野时已是晚上了。

徐庶、石韬、孙乾等人得知刘备三人这次又空跑了一次,见他们闷闷不乐,便赶忙劝解,又从张飞口中知道了黄承彦的事,徐庶说:"黄老夫子所说不差,以我对诸葛亮的了解,确实很难把他请出山。但事在人为,精诚所至,金石为开,何况人心乎!"经过劝解,刘备的心情好多了。

转眼又过了月余,此时已到隆冬时节,新野一带虽属长江流域,却仍然带有中原地区的气候特点,四季分明。刘备决定再到隆中拜访诸葛亮。徐庶等人劝道:"前几天刚下过一场大雪,路面上已结了冰,行动不便,不如明年开春,天气转暖再去。"刘备说:"正是由于天气不好,卧龙先生才不会出门,待春暖花开,卧龙先生又要出外游学,到那时又见不着了。"徐庶觉得刘备说得不错,便叮嘱路上小心。张飞听说刘备还要去隆中,坚决不同意,说:"天气寒冷,道路难行,若像前两次那样,仍然见不着诸葛亮,岂不又是空跑一趟。大哥不必前往,待我跑一趟。若那诸葛亮在,我领他来拜见哥哥,省得哥哥再跑冤枉路。"刘备呵斥道:"三弟休要胡说,这是对诸葛先生的大不敬。我们诚心诚意犹嫌不够,怎能再如此胡说?"张飞说:"这些酸腐儒士,你越敬他,他越拿架子,他们无非长了一张会诡辩的嘴而已,不见得有什么真本事,打起仗来说不定还尿裤子呢。"刘备眼一瞪，发怒道："我让你闭嘴，你倒越发放肆了。这次由我和二弟去好了，你就在家待着，省得到时坏我大事。"张飞赶忙赔不是："一切听大哥的，我再不胡说就是了。"

　　刘备这次格外重视，专门请了卜者，用蓍草卜了一卦，选定吉日，沐浴更衣，然后带上厚礼，与关羽、张飞一起，再次前往隆中。

第九十章
隆中对三分天下　阁楼宴单授机宜

　　昨天又是一场雪，通往隆中的路上，积雪车碾人踩，朔风一吹变得溜光，马蹄直打滑。走到半路，天上又开始飘起雪花，张飞嘟囔道："什么卜者，算来算去算了这么一个好天。雪花打得人眼都睁不开。"关羽瞪了他一下，他闭上嘴没有再往下说。尽管动身极早，由于道路难行，直到下午才来到隆中。这时雪已住了，登上山岗，只见卧龙先生的草庐也盖满了白雪。刘备下马叩响柴门，前次的小童从茅屋中出来，见是他们，便说："请贵客返回吧。"刘备说："孔明先生仍不在家？"小童说："在家，只是我家主人吩咐，他不会见你们。前两次带来的礼物，也都原封不动地放着。"说着小童朝屋里喊了几声，很快几个仆人从偏房搬出来一些物资。刘备一看，正是前两次带来的金玉绢帛。小童指着这些物品说："你们走时请把这些东西带走！"刘备心里此刻也像这天气一样凉了个透。无奈强打起精神，近乎哀求地央告小童："请转告卧龙先生，我们大老远冒雪赶来，还是见我们一面。"这时诸葛均从正屋里走了出来，说："刘使君还是请回吧。这次是我二哥亲口交代的不见你们。天气不好，你们路途较远，还是不要耽搁了。"刘备郑重地对诸葛均说："请转告卧龙先生，如先生不见，我是断然不会回去的。"

　　诸葛均见再说无益，吩咐小童关紧柴门，便回屋去了。柴门外留下刘备一行人。张飞生气道："这可倒好，来了三次，连院子都没进去过。待我把他这柴门踹开，撞进去把他们扔到院子里冻上一冻。"刘备呵斥道："不准胡闹！你们自去找一处避风的地方暖暖身子，我在这里静候卧龙先生。"关羽说："我们大家陪着主公，一起盯在这儿。"

　　这时雪又纷纷扬扬下了起来，很快天色就暗了下来。刘备等人饥寒交迫，每一阵风刮来，都让身体一阵哆嗦。他们身上落了厚厚的一层雪，如果不是偶尔跺一下脚，真如同几尊雪人一般。张飞说："大哥，还是回家吧，这么待下去，非冻出毛病不可。"刘备缩了缩头，说："不见到卧龙先生，我就站死在这儿。"

此时草庐中的诸葛亮并非心若止水，他透过留下的窗户缝隙观察，夜幕笼罩下，那雪中挺立的身躯犹如一座座洁白的雪雕。诸葛亮叹了口气，吩咐下人准备饭菜，心想，前两次来，自己都避而不见，没想到他们竟挑了这么一个天气，又来到这里。现在仍不气馁，可见韧性十足；此人若能得人辅佐，必会有一番作为。想到此，诸葛亮撩起门帘，来到柴门前，亲自打开柴门，深施一礼，说："亮不才，劳刘使君雪中静候，失敬，失敬！"刘备知道这就是诸葛亮了，抬头看去，八尺高的身躯裹着皂袍，头戴纶巾，透着一股儒雅之气。刘备的腿好像僵在那里，只往前欠了欠身子，算是还礼，说了致谢的话。诸葛亮一看，连忙搀着刘备，并唤下人招呼大家进屋。很快热饭热菜端了上来，大家也不客气，一阵狼吞虎咽，身上微微出了汗，这才缓过劲来。诸葛亮又吩咐下人安排他们的住宿。刘备与诸葛亮移到书房中，两人相向而坐，灯光下，刘备这才有机会细细端详诸葛亮，只见他面色红润，眉宇间显露着一股英气，年届而立，却透着一股非凡的气势，刘备暗暗称奇。

刘备说："我来到荆州已有五六年了，孤陋寡闻，偶然从庞德公和水镜先生处闻卧龙先生奇才，便有心拜见……"诸葛亮一笑说："你能找到这里，还是徐庶徐元直告诉你的吧？"没想到诸葛亮一语点破，刘备尴尬地笑笑，说："是我多次央求元直先生，他拗不过我，才告诉我的。"诸葛亮说："徐元直多事。"刘备说："这真的不怪徐元直。自古道，天下兴亡，匹夫有责。当今曹孟德，挟天子以令诸侯，致使汉室空有其名。眼见汉室倾颓，奸臣窃命，主上蒙尘，备不度德量力，欲行大义于天下，无奈智术短浅……"刘备详述了自起兵以来，多次险遭灭顶之灾。说到伤心处，眼泪都要掉下来了。"时至今日，依然寄人篱下，然而备不敢有所懈怠，故来向先生请教，我今后该怎么办？"

诸葛亮微微点头，缓缓说道："自董卓以来，豪杰并起，跨州连郡者不可胜数，称王者不称王者比比皆是。乱至今日，成者有之，败者更是不计其数。就说曹操与袁绍，曹操名微势寡，与袁绍本无法相比，然而曹操终能克绍，以弱胜强，非仅靠天时，而主要靠人谋。到如今曹操已拥有百万之众，地跨司、豫、兖、徐、冀、青、幽、并八州，挟天子而令诸侯，刘使君万不可与其争锋。再说孙权。孙氏据有江东已历三世，选贤任能，安抚百姓，民心已归附，此可以结盟为援而不可图。荆州北据汉、沔，拥有长江之利，南依交州、东连吴会、西通巴蜀，此用武之国，而刘表不能守，这是上天留给使君的一块宝地，不知刘使君可否有意取之乎？益州险塞，沃野千里，天府之国，民殷国富，高祖据此而成帝业。刘璋与张鲁却纷争不断，不知存恤百姓，偏居一隅不思进取，智能之士思得明君，这块宝地，也是上天留给刘使君的。若刘使君以信义取信于民，总揽英雄，思贤若渴，拥有荆益两州，扎牢根基，三分天下据其一，然后西和诸戎、南抚夷越，东结孙权，内修政理，待时机成熟，则命一大将率荆州兵马，自宛向洛，刘使君率益州之众出秦川，百姓无不箪食壶浆，以迎刘使君。如此，则霸业可成，汉室可兴矣。"

一席话，说得刘备心情激越，胸中澎湃，好似一条锦绣大道在眼前铺就。刘备抑制住心中的激动，说："荆州刘表，益州刘璋，皆为汉室宗亲，尤其刘表，对我有收留之恩，此两州我怎能取之？"诸葛亮说："悠悠万事，唯此为大，克己复礼。振兴汉室，挽大厦之将倾，是天下大事。大礼不拘小让，将军万不可拘泥于私情，而置江山于不顾。况且并不是让你马上夺取荆、益二州。世事难料，占有荆、益两州的机会，上天终会给你的。你只需做好准备，一旦机会出现，就要抓住不放。"刘备说："听了先生的分析，我心里立刻敞亮了不少，感到信心倍增，还望先生能随时在我身边，替我好好谋划。咱们同心协力，共扶汉室。"

诸葛亮莞尔一笑，说："我料刘使君不仅仅是来听我的建议的。我本不欲介入这乱世纷争，无奈使君五次三番，以诚相待，不嫌弃我这躬耕垄亩之山野村夫，我就勉为其难，为使君效犬马之劳。"刘备一听此话，喜出望外，起身相拜。诸葛亮再拜还礼。二人推心置腹，畅谈到天亮。

吃过早饭，诸葛亮来的后院，给妻子黄氏和弟弟诸葛均交代道："我受刘使君诚心相邀，不得不随其前去。此一去戎马倥偬，待创出一片基业后，我再回来接你们。"诸葛均说："兄长只管放心，我在家中躬耕读书，早日完成学业，报效国家。"其妻黄氏说："大丈夫理应大展宏图。我在家中治理家业，以待夫君功成名就。"诸葛亮将家中之事交代完毕，就要随刘备前往。刘备将随身带来的礼物从车上卸下来，诸葛亮坚辞不受，说："有薄田桑林，足够他们用度。"刘备说："些许薄礼，不成敬意，只略表我的心意而已。"诸葛亮只得命人收下。

一夜之间，漫山遍野又罩了厚厚的一层雪。此刻风也停了，雪也住了，马蹄踏在积雪上发出沙沙的响声。一路上他们有说有笑，尽管马蹄不时打滑，但他们谁也没感到辛苦。

因刘备一行一夜未归，徐庶对石韬和糜竺等人说："我料主公已说服诸葛亮。"糜竺说："元直何以如此肯定？"徐庶说："诸葛亮如不应允，早已将他们赶出茅庐。"大家将信将疑，推算好时间，早早在新野城外等候。刚过午，果见刘备、关羽、张飞簇拥着诸葛亮，说笑着走来。大家迎了上去，徐庶、石韬围着诸葛亮问这问那，似有说不完的话。大家一起回到府中，摆宴庆贺。刘备当即征辟诸葛亮、徐庶、石韬三人为军师，随时参谋军事。

眼看新年临近，这天斥候来报："曹操已经平定了三郡乌桓，现在已班师回到易县，谋士郭嘉已病逝。"诸葛亮长叹一声："郭嘉乃天上魁星，人间魁首，只是尚在中年便夭折，实在可惜。这对曹操是一大损失，而对我们是一大幸事。现在北方诸州俱平，曹操自感无后顾之忧，必然要南向用兵。而荆州离许都最近，是曹操首选之地，我们必须早做准备。"刘备说："不知军师有何应对之策？"诸葛亮说："现在首要的事情是广招兵马，扩充军备，万一事变，方能掌握主动。"刘备说："唯有此事难办。当初袁术在此，不顾民生，大肆劫掠，百姓大批逃亡；后张绣在此，也是竭泽而渔，在降曹时又裹挟走了一些青壮勇士和财物。我在这里已六年了，根据户籍征调赋税和兵役，百姓的负担已经很重了。若再下令征调，必引起百姓不满。"

诸葛亮说："主公只知其一，不知其二。南阳虽遭袁术横征暴敛，张绣掠夺，但与中原地区相比，这里战事相对较少，从中原逃亡到这里避难的百姓，远超当地户籍人数。主公可奏报刘荆州，重新统计户籍，凡有游户，一律登记在册。再根据新的户籍，征调兵役和赋税。"徐庶恍然大悟，连称此计甚妙。于是刘备奏报刘表，说："希望在南阳普查户籍，凡游户一律予以登记，以便确切掌握人口情况。"

刘表自到荆州后，十几年来从未普查过户籍，自己心中也没底。刘备的奏报，正合心意，于是下令在全荆州普查户籍。刚过完年，户籍登记的结果就出来了，人口比先前成倍地增加。根据新的户籍，刘备广招兵马，部曲一下扩充到近两万人，物资也得到了充实。刘备深切地感受到了诸葛亮的才略。

就在此时，从冀州传来消息，曹操于正月间回到邺城，现在邺城开凿了玄武池，命在邺的各部曲练习水战。曹操要南下征伐的意图已经很明显了。诸葛亮说："我们要认真备战了。请主公奏报刘表，将南阳诸县交由主公统辖，以便统一协调，利于布防。"刘备面有难色，说："刘表一向对我有所顾忌，现在公开向他要地盘，势必引起他的怀疑。"诸葛亮说："我与主公一起到襄阳面见刘表，定让他亲口下令将南阳诸县交由主公管理。"刘备将信将疑，携诸葛亮与孙乾前往襄阳面见刘表。

三人来到襄阳，仍寻旧日旅舍住下。第二天一早，留下孙乾值守，刘备与诸葛亮到荆州署衙拜见刘表。二人被引到后堂，进门后见刘表斜卧在几案旁，身后是一大靠垫。刘表见二人进来，欠了欠身子，算是打了个招呼。刘备见状，忙上前说："兄长身体有恙？"刘表说："自上次你走后，我后背就长了个疮，也请大夫看了几次，都说无甚大碍，却总也不见好转。每日以药疗疾。"说着指了指诸葛亮，问："此人是谁？"刘备说："是我的新任军师诸葛亮。"刘表一愣，端详了诸葛亮一会儿，说："莫非是诸葛玄的侄子吗？"诸葛亮跨前一步，施礼说："正是。刘荆州还记得我。"刘表一笑："当初你随叔父来的时候，还未及弱冠，如今已长成大小伙了。自你叔父故去以后，一直也没有你们的消息。我记得你还有一个弟弟和妹妹？"诸葛亮说："叔父后来领着我们在南阳邓县隆中住了下来。叔父故去后，我们便留在了隆中。后来小妹嫁与襄阳庞德公的儿子庞山民为妻。"刘表说："你叔父不在了，你们也不来找我，我还一直很担心你们。听你如此说，我也放心了。你如今又做了我这贤弟的军师，更是让人高兴。"刘表的一席话，拉近了与诸葛亮的关系，刘备心里也很高兴。

刘表问："今日你二人来襄阳，可有什么重要事吗？"刘备说："从冀州传来消息，曹操正抓紧训练水军，不知兄长听说了没有？"刘表说："听说了，我觉得他是要对孙权动手了。"刘备不解地问："兄长何以这样认为呢？"刘表说："从孙坚到孙策，都紧紧跟随袁术。曹操灭了袁术后，其残部又都归了孙氏。现在孙权依靠父兄基业，拥有江东六郡，却并未得到朝廷的诏命，而且还自行任命各郡县守令，有好几位朝廷诏命的郡守都被他赶出了扬州。这些人回到许都，能不向曹操诉苦？现在江东犹如独立王国，孙权犹如无冕之王，曹操绝不会听之任之。"诸葛亮问："难道曹操不是为了荆州吗？"刘表摇摇头说："不是。一是我这荆州牧是朝廷正式诏命的，二是我与曹操青少年时即为好友，当初他对我非常尊重。"诸葛亮说："我认为恰恰相反，曹操南下首选必是荆州。"刘表问："何以见得？"诸葛亮说："请叔父大人恕我直言。自孙氏占有江东以后，公开背叛袁术，坚定地站在曹操一边，为曹操消灭袁术起了重要的作用。在曹操与袁绍相争之时，叔父与袁绍结为盟好，而孙氏进攻黄祖来配合曹操。另外孙氏年年都向朝廷进贡厚礼，而当初治中邓义劝叔父结好曹操，叔父不听。还有张绣，在叔父的怂恿下，数次进攻曹操，曹操长子曹昂和侄子曹安民都死于张绣之手。曹操虽有容人之量，和张绣冰释前嫌，但他定会把这笔账记在叔父头上。还有长沙太守张羡响应曹操起兵反叛，却被你强势镇压了下去。这一件事，曹操能不记在心上，替张羡报仇？当官渡之战正在紧要关头，别驾刘先、大将蒯越劝叔父归顺曹操，叔父不听。韩嵩受叔父指派前往许都观虚实，被曹操表奏为侍中、零陵太守，回来劝叔父归顺曹操，叔父反而差一点将他杀了。这桩桩件件，叔父大人斟酌，何曾念过与曹操当年的友谊呢？即便这些都不说，单从地理位置上看，扬州离许都远，荆州离许都近。请问叔父，曹操是舍近求远，还是舍远求近？"

诸葛亮一席话，说得刘表直冒虚汗，说："贤侄说得句句在理。现在想来，当初刘使君劝我趁曹操讨伐乌桓之际，夺取许都，看来失去了一个绝好的机会。"刘备说："今天下分裂，战事不断，机会还会有的。兄长不必为过去的事遗憾。"诸葛亮说："为了防备曹操进攻荆州，我们应早做准备。希望叔父将南阳诸县统交由刘使君管理，在此建立第一道防线，汉水是天然的第二道防线。刘荆州坐镇襄阳，手中兵马、物资充足，然后东结孙权，西北联络关中兵马，足可以与曹操周旋，曹操不足虑也。"诸葛亮的这些话说到了刘表的心里，便毫不犹豫地答应了将南阳诸县交由刘备管辖。刘备说："兄长也累了，我们告辞了。"刘表要起身相送，刘备忙按住他。刘表说："贤弟常来，有些事还要与你常商议。"刘备说："一定。请兄长保重身体。"然后告辞。

刘备与诸葛亮回到旅舍，看看天色尚早，诸葛亮说："主公即可动身回新野。"刘备说："又无什么急事，何必赶得那么紧，可住一晚，明日启程，轻松回新野。"诸葛亮说："主公若住一晚，我料刘琦必来拜见主公，若言语不当，传入蔡氏耳中，又不知生出什么事来。"刘备想起上次的事，觉得诸葛亮说得不错，为稳妥起见，立刻结算房钱，打点行装，返回新野。

回到新野，刘备依仗刘表委托，下令南阳诸县储存军备，增修各自城邑，训练兵马，提高防御能力，以备曹军来犯。这时接到斥候报告："东吴孙权亲率大军，以周瑜为前部大都督，攻打江夏，江夏守将黄祖兵败被斩。"刘备说："江夏失守，黄祖被斩，刘表绝不会善罢甘休，必为黄祖报仇。双方战火难熄。"诸葛亮说："此时双方交战，犹如引火烧身，给曹操南下提供可乘之机。东吴和荆州俱危矣。"刘备说："如此该怎么办？"诸葛亮说："主公可多派斥候，潜入东吴，散布谣言，就说曹操要南下夺取扬州，逼孙权主动息兵罢战，将江夏归还荆州。"刘备立刻按诸葛亮吩咐，将斥候派往东吴。诸葛亮说："刘表必邀主公前往襄阳，商议与东吴开战之事，很可能想让主公助战。"刘备说："如此该怎样应对？"诸葛亮说："到时主公只推说曹军南下，应倾力御曹。"

果然，刘表派人来，邀刘备赴襄阳，说有重要事情商议。刘备即携诸葛亮、孙乾前往襄阳，仍寻旅舍住下。刚安顿好，刘琦就来拜见。刘备诧异："贤侄怎么知道我来襄阳？"刘琦说："我得知父亲邀你来襄阳，便早早派人在旅舍守候。"刘备问："贤侄有什么紧要事吗？"刘琦说："后母蔡氏欲置我死地。前次叔父来襄阳，我本欲见叔父一面，来到旅舍，说叔父已走了。今天叔父来，拜求叔父救我。"刘备默然不语，少顷，对刘琦说："这里环境复杂，蔡氏耳目众多，稍有不慎，必遭谋害。"刘琦说："前次之事，我已知晓，很对不起叔父。我只想求叔父一个万全之策，以保我性命。现在我是惶惶不可终日。"刘备见推脱不过，与诸葛亮交换了一下眼神，说："非我拒绝公子，这里确实不是说话之地。这样吧，公子自先回去，待天黑后，我派诸葛先生前往你府上与你商议。"刘琦听后，感觉可行，便告辞刘备，出了旅舍，自回府中，交代门吏："若有人来见我，无论早晚，立刻引入后堂。"

待夜幕降临，门吏报："有人求见。"刘琦立刻迎住，果然是诸葛先生，让进房中，双方分宾主坐定。刘琦说："孔明先生的叔父与我父是至交，咱们两人虽然未曾谋面，但我从父亲那里听说过你。我今刚弱冠，孔明先生大我几岁，我就以兄事之。小弟当下正被蔡氏排挤，处境艰难，万望孔明先生指点迷津，让我度过此难关。"

诸葛亮面有难色，说："论理，贤弟话说到这个份上，我本不应推辞，但正如刘使君所说，这件事本是你家私事，我也只能劝和，不能挑拨，还望贤弟包涵。"接着说些和为贵的话，劝慰刘琦忍耐，尽量讨得蔡氏欢心，然后便起身告辞。刘琦见此，着急道："我如今是一再忍让，宁愿放弃世子身份，但他们仍然不肯放过我。孔明先生既为刘使君军师，定有妙计，还望你不吝赐教，给我指一条生路。待避过此难，我定当厚报。"诸葛亮说："我随叔父客居荆州，受到你父照顾，怎能在你们骨肉之间说三道四，搬弄是非，倘刘荆州得知，将陷我于不义。"说完欲起身告辞。刘琦拦住，说："今在我府中，保证今天的话传不出去。"诸葛亮默然，说："隔墙有耳，这间亲疏情之事，断不敢相从。"

刘琦说："既如此，我也不强人所难。今晚月色尚好，我已在后园阁楼上备下宴席，请孔明先生赏光，你我畅饮，共叙友谊。"说着起身引诸葛亮到后园，诸葛亮见刘琦如此盛情，也只得随刘琦登上阁楼，果然宴席已摆好。刘琦亲自斟酒，两人推杯换盏，谈天说地，甚是亲热。这时刘琦与诸葛亮又一碰杯，说："还望兄长助我……"诸葛亮说："我酒量有限，现已醉了，谢公子招待，就此告辞。"说着就要起身。刘琦也不拦，笑着说："我已令人撤去楼梯，兄长已走不了了。我知道兄长所虑，今天这阁楼前后左右都无房相接，上不至天，下不至地，楼上仅你我二人，话从你口中说出，只入我耳中，这回可以说了吧？"

诸葛亮淡然一笑，说："既然贤弟执意要亮开口，那就只好多几句嘴。贤弟不闻春秋时晋国之事吗？申生在内而危，重耳在外而安。如今在襄阳，你已成蔡氏的眼中钉，肉中刺，必欲拔之而后快，何不赶快脱身，在外避过风头，再图大业。"刘琦说："我脱身去哪里呀，实在找不到容身之地。"诸葛亮说："机会就在眼前。孙权斩杀了黄祖，夺了江夏，你父亲正在气恼之时，必要为黄祖报仇，夺回江夏。你此时以为黄祖报仇，夺回江夏之名，请求率兵马出征，必能赢得你父欢心，也可以此为由，前往江夏避祸。"

刘琦不无忧虑地说："兄长此计虽好，可我从未率兵马征战过。孙权亲率大军，又有周瑜为都督，黄祖老将军尚且兵败，我恐怕难以取胜。"诸葛亮说："贤弟尽管前去，我保证你率大军到日，东吴兵马定会望风而逃，江夏唾手可得。"

刘琦本来心虚，见诸葛亮说得胸有成竹，便将信将疑，咬咬牙说："明天我就向父亲请战，不夺回江夏甘愿受罚。感谢孔明先生赐教。"然后令人搬来梯子，送诸葛亮下楼，为避人耳目，派仆人将诸葛亮送回旅舍。诸葛亮见到刘备，将此事细说与刘备，刘备说："刘琦若据有江夏，我们又多了一个帮手。"

第二天，孙乾在旅舍留守，刘备与诸葛亮前往荆州署衙来见刘表。二人被引入殿堂，只见荆州各将领及掾属齐聚在此，气氛很是凝重。刘备心中忐忑，也不便多说话，与各位点点头，算是打过招呼。刘表忙招呼刘备和诸葛亮，指了指旁边空着的两个位置，说："刘使君、诸葛先生请来这里就座。"刘备与诸葛亮谢过，坐了下来。看刘表的气色不是太好，知道他是在强打精神。

这时刘表说："江夏的情况大家都已经清楚了，下面议一议如何夺回江夏，为黄祖将军报仇。诸位各抒己见，拿出一个好的办法。"这时大将蒯越说："不用商议，我率兵马即刻前往征讨孙权，夺回江夏，以雪我荆州之耻。"别驾刘先说："今看到刘使君，倒使我想起，刘使君在我荆州已有六年，受我荆州恩惠不浅，据闻手下关羽、张飞、赵云皆猛将。当此荆州受辱之时，可否挺身而出，回报我荆州一二？"东曹掾傅巽说："据闻刘使君近来广招兵马，现又统领南阳，兵强马壮，粮草充裕，理应为荆州出一份力。"治中从事蔡瑁、守城校尉张允等也纷纷附和。一时间大家都将目光投向了刘备，似乎此次征伐东吴非刘备莫属。诸葛亮看出来，荆州署衙中，有相当一部分人是对刘备不满的。

刘备望了望刘表，见他微微点头，知道这些意见也符合刘表的意愿，刚要答话，这时大将文聘说："荆州之事当有荆州之人来办。难道我们荆州无人了吗？我愿率大军夺回江夏，替黄老将军报仇。"刘备说："诚如大家所说，我刘备自来荆州后，受刘州牧恩惠不浅，如今荆州有事，我理当倾全力相助，只是近闻曹操欲南下用兵，我要在荆州北部防御曹操的进攻。"大将蒯良说："刘豫州是以防备曹操之名，行扩充自己势力之实。如今曹操并未对荆州用兵，而收复江夏是当务之急，刘豫州却推三阻四，无非是想保存自己的实力。"诸葛亮说："凡事预则立，不预则废。曹操目前虽未出兵南下，但正大力操练水军，这已不是什么秘密。倘我家主公前往江夏，曹操此时南下，回防不及，荆州必危。此事轻重，诸位可自行斟酌。"

刘表认为诸葛亮说得很有道理，便换了想法说："大家不用推诿，刘豫州守好新野，不可轻易征调。夺回江夏，我荆州有充足兵马，大家商议由谁挂帅出征？"话音刚落，刘琦闯了进来，说："启禀父帅，我虽不才，愿率兵马征讨东吴，夺回江夏，替黄老伯父报仇。"

刘琦的请战，颇让刘表感到意外，没想到一向懦弱的他，竟有如此之壮举。蒯越、蒯良、文聘等将军见刘琦请战，更是纷纷请战。刘表看了刘琦一眼，不以为然地说："你从未领兵征战过，战争不是靠说大话就能取胜的。"刘琦说："父帅怎么长他人志气，灭自己威风。想那东吴孙权，与孩儿年龄不差上下，他能领兵马夺我江夏，孩儿为什么不能再将其夺回？我愿与父帅立下军令状，请父亲拨我五万兵马，即刻出征，若夺不回江夏，甘愿受罚。"

蔡瑁实在没有料到，刘琦竟敢自告奋勇领兵征伐孙权，此时从惊愕中回过神来，觉得这是一次借东吴之手除掉刘琦的好机会，便说："我赞成公子的请求。公子已弱冠，主公应让他前去历练一番。只是荆州还要防备曹操进攻，不可能一下子抽调更多兵马，先给你调集三万兵马如何，不知公子还敢领兵征讨东吴，与孙权一较高下否？"刘琦没想到蔡瑁会如此说，心中犹豫，他看了诸葛亮一眼，诸葛亮朝他微微点头，刘琦当即表示："三万兵马也可以。我已说过，夺不回江夏，愿受军法惩处。"

看到刘琦如此坚决，刘表也不由得被刘琦的精神感动，于是侧脸征求刘备意见："刘豫州意见如何？"刘备说："公子胆识过人，不比孙权差，刘州牧正可以此历练公子。"刘表慨然应诺，并叮嘱："征讨东吴，应加倍小心，若兵马不够，可速派人来告，我再调集兵马增援。若夺回江夏，你就任江夏太守，负责防御东吴，守好荆州东大门。"刘琦应诺。

讨伐东吴之事尘埃落定，各掾属和将军皆告退。刘备询问了刘表的身体，叮嘱了几句，也告辞。回到旅舍，刘琦已在此等候，见到刘备和诸葛亮，急切地说："蔡瑁用心歹毒，只给我三万兵马，这不是让我送死吗？"诸葛亮笑说："三万兵马足够了。公子尽管放心前去就是，我保你定能夺回江夏。"刘琦将信将疑，待要再问，刘备说："你就把心放在肚里吧。如遇无法决断之事，可派人速到新野告知，我们绝不会袖手旁观。"刘琦谢过，自回府中准备出征之事。刘备等返回新野。

第九十一章
顺大势鲁肃献韬略　报父仇孙权征黄祖

　　自建安五年，孙权承继父兄创下的基业，主政江东以后，便不忘兄长临终嘱托，欲起兵讨伐黄祖，以报父仇。怎奈大位初继，万事纷杂，始终腾不出手来。建安七年，其母吴氏也因病辞世，临终前告诫孙权："你父仇未报，我心终不安。"又拉着张昭和周瑜的手，含泪道："你二人都拜我为干娘，我也视二人为子。仲谋年纪尚轻，待我归天之后，二人应好生辅佐你们的兄弟，不枉伯符与你们相交一场。"张昭和周瑜当即表示："我们一定将孙权视为亲兄弟，尽心辅佐，不辜负伯符将军和老夫人的期望。"吴老夫人又对孙权说："我死之后，你一定要把张昭和周瑜视为兄长，遇事多与他们商量，切不可独断专行。无论早晚都要剿灭黄祖，替父报仇。"说完便一命归西了。

　　孙权在母亲吴氏的葬礼举行完毕后，便着手征讨黄祖的准备。至建安八年，以老将军程普为右都督，老将军黄盖为前锋，别部司马韩当、蒋钦、周泰、越骑校尉太史慈等各率本部兵马，一同征讨黄祖。就在这时，山越地区蛮人造反，豫章全郡告急，孙权只得命吕范、韩当前往豫章北部平叛，周泰、蒋钦等前往豫章南部平叛。恰在此时，刘表令其侄子刘磐率兵马直趋东吴，侵犯艾县、海昏，孙权又命太史慈、黄盖抵御刘磐，这样，攻打江夏，征伐黄祖的战事便半途而废。

　　山越地区的蛮人叛乱，在孙权的快速镇压下，很快被平定下去，刘磐的入侵也被太史慈、黄盖给赶了出去，这时孙权却得到一个噩耗，其弟丹阳太守孙翊被其部下边鸿所杀。孙权急令其堂兄孙瑜率兵马讨伐边鸿，边鸿战败被斩，孙权任命孙瑜为新任丹阳太守，镇守丹阳。

　　孙权自主政江东以来，蛮越和黄巾的叛乱此起彼伏，几乎就没有停止过。为加强治理，孙权要求各郡县选茂才、举孝廉，争取网罗大批人才，巩固江东的统治。然而一段时间后，各地选拔的人才寥寥无几，孙权不无忧虑地叹道："东吴偏居一隅，人才实在不能与中原相比。看那曹操，真是猛将如云，谋士如雨。"正在他忧叹之时，他姐夫曲阿弘咨来看望他，说："我特来向主公荐举一人，此人复姓诸葛，单名一个瑾，字子瑜；本琅琊阳都人，因避乱来到江东。"

原来这诸葛瑾与诸葛亮乃一母同胞，排行老大，因叔父诸葛玄携侄子、侄女前往荆州投靠刘表，诸葛瑾时已弱冠，不愿再依附叔父，便留在了江东。后与曲阿弘咨相识，颇受其赏识，所以今天特来举荐给孙权。孙权很高兴，即招诸葛瑾来见。看此人身高八尺，年约而立，眉目清秀，儒冠布衣，印象不错，便示意他在下手几案旁就座，三人一起无拘无束地攀谈起来。渐渐地孙权了解到诸葛瑾对《毛诗》《尚书》《左氏春秋》等典籍颇有研究，孙权不由暗叹："此真人才也。"再与其深谈，发现诸葛瑾说理清晰，善于以小喻大。如和孙权意见不合，也并不反驳，暂时转移话题，少顷又托事造物，以物类相求，往往在不知不觉中，使孙权转变了看法。孙权感到与诸葛瑾谈话，犹如春风拂面，好不惬意；又如涓流入心，丝丝入扣；还如慢饮温酒，暖人心脾。于是当即征辟诸葛瑾为从事，以上宾之礼待之。

这天长史张昭来见孙权，说："我近闻有一贤才，姓严名畯，字曼才，本徐州彭城人氏，因避乱来到江东也有几年了。据说他自幼迷恋读书，我与之交谈，《诗》《书》、三礼、《说文》无有不精，果然名不虚传，特举荐给主公。"孙权即召严畯相见，果然满腹诗书，而且为人敦厚淳朴。与人谈论，循循善诱，让人总能从中获得收益。孙权大喜，征辟为从事中郎、骑都尉。

直到这时孙权才知道，吴中近来盛传著名三才子，诸葛瑾、严畯只是其中之一，还有一位姓步名陟，字子山，本临淮淮阴人，也是避乱来到江东，一直以种瓜为生，白天劳作，夜晚诵读经传。孙权即召步陟来见，与之交谈，果然又是一位贤士，博学多才，为人谦恭，能屈身相从。孙权即召为主记。短短十余天，吴中三才子俱归孙权麾下。

这天孙权正聚众议事，周瑜喜滋滋来到，孙权问："公瑾喜笑颜开，定有好事。"周瑜说："正是。现有一贤士回到曲阿，我特来向主公举荐。"孙权忙问："是谁?"周瑜说："此人姓鲁名肃，字子敬，临淮东城人也。"孙权说："此名非常熟悉。"周瑜说："我曾向前将军孙策举荐过。"孙权说："原来如此。为何兄长当初未用?"周瑜便向孙权详细介绍了鲁肃。

原来当初周瑜在袁术手下为校尉，与袁术相处一段时间后，认为袁术终不能成大事，便想回东吴找孙策，又怕袁术不同意，便请求到居巢任县长，顺势借道东归。袁术同意了周瑜的要求，于是周瑜率手下数百人到居巢上任。然而走到东城县，所带粮草已用完，眼看这么多人就要断粮，周瑜非常着急，无意中打听到当地有一大户颇有钱粮，老庄主前些年已经过世，如今是其子少庄主管理，而这少庄主为人乐善好施，专以赈穷结士为务，广散财物，颇得周围百姓拥戴，便抱着试一试的想法，找到了少庄主，其人就是鲁肃。两人一见面，周瑜见他与自己年龄相仿，都是年轻人，便感觉有几分亲切，当周瑜把自己的困难告诉给鲁肃，说想借点粮食，鲁肃二话没说，将周瑜领到粮仓。此时有两大囷米，各三千斛，鲁肃指着其中的一囷说："这个归你了。"周瑜非常感动，认为此人豪爽可交，当即与其结拜为兄弟，按年齿来叙，周瑜为大。后来鲁肃也被袁术相中，征召其为东城县长。不久，鲁肃认为袁术毫无治世之才，在其手下不足立事，便对家中老小说："今天下大乱，贼寇横行，淮、泗间非久居之地，而江东沃野万里，民富兵强，可以避害。我准备带大家到江东，以观天下之变。"于是辞了东城县长，携宗亲老少共计百余人，到居巢找周瑜，得知周瑜已辞去居巢县长，在孙策手下任建威中郎将。于是鲁肃率宗族之人渡江到了曲阿。周瑜见到鲁肃，非常高兴，赶忙帮助安置鲁肃一家老小，然后将鲁肃举荐给孙策。孙策见了鲁肃，感到确是人才，就打算委以重任。没想到孙策却天命夭折。待孙策丧事完毕，恰巧鲁肃的祖母病故，于是他将母亲及宗亲托付于周瑜，带着祖母的灵柩回东城老家安葬。因其父早亡，便代父守孝三年。现在恰逢守孝期满，就要动身回曲阿。恰巧昔日好友刘子杨来见他，说："现在天下豪杰并起，以弟之姿才，正是大显身手之时。最近有一叫郑宝的，在巢湖一带聚众起事，很快发展到万余人。庐江人纷纷响应，我们昔日好友都纷纷前往投奔，前景很是光明，你若前去必能得到重用。"非要鲁肃立刻同他前往。鲁肃不愿当面驳了他的面子，便说："我母亲及族人俱在东吴，待我迎回老母，再到巢湖投奔郑宝。"刘子杨只好自己去了巢湖，鲁肃回到了曲阿。

　　此时周瑜与鲁肃已分别了三年，见面后甚是亲热。闲聊时鲁肃将刘子杨之事告诉了周瑜，周瑜怕他真要去巢湖投奔郑宝，便劝道："想当年大将马援曾答应光武帝说：'当今之世，非但君择臣，臣亦择君，'你还是留在东吴。"鲁肃说："只是不知道这新主公是何等样人？"周瑜说："今主公虽年少，但亲贤贵士，纳奇录异，凡是人才，必予重用，将来必能开一片基业，功昭后世。而郑宝虽强势登场，终不过一贼寇。此正是英雄攀龙附凤驰骛的时节，请贤弟三思。"鲁肃笑说："我也是这样打算。"周瑜说："明日你就随我去见主公。"

周瑜将鲁肃介绍完毕，孙权说："此人现在何处，快引来见我。"周瑜说："就在殿堂外等候。"随即到殿堂外，携鲁肃进来。鲁肃向孙权施礼，又向各文武掾属施了礼。孙权细细打量鲁肃，见他头戴儒巾，身着袍服，身高八尺，身材魁梧，体格健壮，浑身上下透着一股青春的朝气，倒像一位将军。孙权笑问："我看你这体魄架势，并不像一儒生。"鲁肃说："主公眼光锐利。肃自幼喜爱击剑骑射，常招聚乡邻少年，在家乡南山中狩猎，讲武习兵，排兵布阵，所以练得一副好身板。"孙权问："我听公瑾说，你熟读经史子集，好为奇计。"鲁肃说："不敢说十分精通，倒也确实熟读过。"孙权高兴道："这么说，你是文武全才了。"鲁肃答："主公过奖了，都是粗通，略知一二。"

鲁肃豪爽的性格，不加掩饰的回答，更加深了孙权对他的好感。朝会结束，大家散去，鲁肃正要告辞，孙权招呼鲁肃留下，然后挽着鲁肃的手，来到后堂，令人摆下酒宴，与鲁肃相对而坐，两人边饮边漫谈起来。

孙权说："我视公瑾如兄长，子敬与公瑾为好友，年纪相仿，自然也视子敬为兄长。今我俩在此畅饮漫谈，都不必拘礼，心中想什么就说什么。"鲁肃说："肃本一介俗人，承蒙主公厚爱，定当知无不言。倘有不当之处，还望主公原谅。"孙权说："我就喜欢你这豪爽的性格，咱俩颇对脾味。"说着斟酒，与鲁肃连着对饮几杯。酒酣耳热之际，孙权说："当今汉室倾危，四方云扰，孤承父兄余业，长思有桓、文之功。请问子敬，我该如何去做，才能实现这一理想？"鲁肃说："我看主公的这一理想难以实现。"

孙权诧异："此话怎讲？子敬是否认为我才智不行？"鲁肃摇摇头说："不是。凡事要成，必符合天时、地利、人和，这三者缺一不可。主公要建桓、文之功业，此想法虽好，但不合天时，所以子敬认为不可。昔日汉高祖欲尊事义帝终不可能，以项羽为害也。今日曹操，犹昔日之项羽，主公怎么能成为桓、文呢？肃私下认为，汉室终不可复兴，曹操也不可立刻除掉，为主公计，唯有鼎足江东，以观天下之衅。大势如此，主公只能顺势而为。"

孙权默然，又问："依子敬看来，我东吴应该怎么办？"鲁肃说："主公父兄虽在江东打下了基础，但一直以来，山越之民并未完全臣服。黄巾余党也经常起事造反，主公虽拥有扬州六郡，却并未明确得到朝廷的诏命，因此各郡县也不乏不听号令之人，因此江东形势并不稳固。目前曹操正与袁氏兄弟在冀州大战，无暇南顾，这是上天给我们的机会。主公应抓住这个机会，整肃江东。然后征讨黄祖，进伐刘表，夺取荆楚，就可以拥有荆、扬两州，割断交州与中原的联系，不战而拥有交州。再向西取益州。这样拥有四州之地，坐拥长江之险，联合西凉，与曹操相争，就可以建号帝王，以图天下，此高帝之业也。"

鲁肃的一席话，说得孙权热血沸腾，心潮澎湃。但如此大逆不道之言，倘若传了出去，将祸及九族。孙权笑笑说："子敬之言过矣。我只想把江东治理好，好好辅佐汉室，不敢有什么非分之想。"但心里却说：果真如此，孙氏将开一代基业，名垂青史。心中对鲁肃更是敬爱有加。

鲁肃说："大势所趋，主公不可违拗，应有担此大任的准备。"孙权说："倘若真如先生所说，成高帝之业，子敬先生就是我的子房。"孙权感到与鲁肃相见恨晚，当晚即留鲁肃同宿府中，合榻共枕。

第二天张昭来见孙权，说："我闻鲁肃昨夜留宿府中。据昨日朝会所见，我看此人年轻张狂，不知自谦，终将误国，不可重用。"孙权笑说："长史与他初次相见，未能深谈，此人志向远大，真乃奇才，我东吴能有此人，善莫大焉。"随即征辟鲁肃为长史从事，并命人为鲁肃安排了一座宅院，将其母亲及族人从周瑜那里接来安置好，亲自到鲁肃家中拜见鲁肃的母亲，感动得鲁肃无以言表。

鲁肃的建议，正中孙权的下怀，希望有朝一日称帝建号的欲火，一下被点燃起来。他决定按照鲁肃所说的，先彻底整肃江东，于是打算从庐江太守李术那儿动手。

当初袁术病亡后，曹操迅速表奏严象代袁术任命的惠衢为扬州刺史。严象到任后，处处制衡孙策，引起了孙策的不满，双方终至撕破了脸，互相攻伐，孙策最终击败严象，并斩了首。扬州自此再无刺史，孙策实际上拥有了扬州。后来孙策又趁庐江太守刘勋前往豫章找华歆筹粮之机，袭夺了庐江，刘勋只得携玉玺北归许都。由于在这两件大事上，手下的汝南人李术都立下了功劳，孙策便表奏他为庐江太守。曹操无暇南顾，只好默认。

然而自孙策死后，李术便以功自傲，从没把孙权放在眼中，后来又招降纳叛，扩充兵马，势力逐渐壮大。据斥候报告，他的兵马已发展到三万余人。有消息说，他与黄巾渠帅郑宝暗中勾结。前些日子，有数名被孙权惩处的掾属逃到庐江投了李术，孙权立刻写信，要求李术把这几个人遣送回曲阿。而李术在回信中说："有德见归，无德见叛，这些人都是自愿来投，我不能背信弃义。"拒绝将他们遣返。很明显李术是要公开反叛了，于是孙权决定，先从李术下手，整肃纲纪。

然而鲁肃却阻拦道："主公且慢。这李术之所以有恃无恐，是因为他占有地利。这庐江与江东隔着长江，北与豫州相连，如果我们征剿他，他便据长江防守。如果守不住，就会转身投靠曹操。我们利用曹操正在与袁氏兄弟在河北交战，希望东南方向稳定的心理，与曹操建立良好关系，讲明征剿李术的原因，断了李术的后路，就可以放手攻打他了。"

孙权认为鲁肃讲得有道理，就亲自给曹操写了一封信，信中说："现庐江太守李术，当初亲手将曹公表奏的刺史严象斩杀，又率兵马将前庐江太守刘勋赶回许都，窃据太守一职，李术凶恶，由此可见。他触犯了汉制，残害州司，肆无忌惮，应予诛灭，以儆效尤。我决定率兵马征剿之。进为朝廷扫除鲸鲵，退为举将报塞怨仇。此天下大义，乃我日夜所想。如我出兵征讨，李术必然害怕，会向曹公诡辩求援。曹公乃当世明公，身居评判之任，海内敬仰，愿明公勿听其蛊惑。"信写好后，又筹备一份厚礼进贡朝廷，派专人送往许都。很快曹操回信，赞扬了孙权心系朝廷，扬州之事由其全权处理。孙权得此尚方宝剑，立刻调遣程普、黄盖、韩当、凌操等一批老将，北渡长江，征讨李术。

李术闻知，便调兵遣将，抵御孙权。然而兵马悬殊，节节败退，便向曹操告急，退入皖城坚守。却始终不见曹兵来救，皖城粮食告罄，城中百姓饿的吞泥丸充饥。皖城最终被孙权攻破，李术被抓斩首，三万兵马尽归孙权。

稍事休整，孙权率大军顺势包围了巢湖黄巾渠帅郑宝，将其一举围歼，快速兴起的巢湖黄巾顷刻覆灭，庐江全境平定。孙权率大军渡江返回曲阿。

孙权回到江东，又瞄上了吴郡太守盛宪。原来盛宪曾举孝廉，补尚书郎，后被朝廷诏拜为吴郡太守，不久因病辞官。朝廷又诏拜许贡为吴郡太守。孙策进驻江东后，杀了许贡，许贡的部下安东将军陈瑀不服，誓为许贡报仇，自任代理吴郡太守，终被孙策赶出了扬州。为稳定形势，孙策力邀久负盛名的盛宪再度出任吴郡太守。自孙策亡故后，盛宪一直不肯臣服孙权，万事以朝廷为上。孙权便以盛宪体弱多病为由，罢了他吴郡太守一职，将鼎力辅佐自己的孙策旧部朱治，表奏为吴郡太守。至此扬州六郡郡守，全部听命于孙权。

前几年黄巾渠帅彭虎在鄱阳县起事，数年间在鄱阳湖一带攻城略地，孙权命右都督程普统帅黄盖、董袭、凌操等部曲征剿，各将领身先士卒，很快就剿灭了彭虎。接着又趁势南进，剿灭了黄巾渠帅陈败、万秉等。再进军会稽，平定了吕合、秦狼的造反，回程中又平定了黟县的叛乱。与此同时，孙权命左都督周瑜统帅孙瑜、吕蒙、徐盛、朱然、蒋钦等部曲，征剿保屯、麻屯、临城、南阿、建昌等地山越人的叛乱，恩威并用，一边剿除，一边招抚，终使山越人基本臣服，山越之地逐渐趋于稳定。就在此时传来噩耗，建昌都尉太史慈不幸病逝，孙权下令厚葬，由程普代其镇守海昏。

自建安八年开始，至建安十二年，经过几年的治理，整个江东地区政通人和，经济富足；新老将帅、掾属济济一堂，共奉孙权为主。而且部曲兵马已达十余万，其中水军拥有大小战船七千多只，实力得到了极大的增强。

建安十二年五月，曹操北征乌桓的消息传到江东，鲁肃禀告孙权："如今江东大治，实力大增，应趁曹操无暇南顾之际，实施第二步，围剿黄祖，夺取江夏，重创刘表，进而占有荆楚，夺取益州，臣服交州，坐拥江南四州，为抗衡曹操打下基础。"

孙权此刻已是信心倍增，踌躇满志，立刻听从了鲁肃的建议，调集兵马，仍由右都督程普老将军为统帅，破贼校尉凌操为先锋，中郎将韩当、别部司马周泰、董袭等大小将领，各率本部兵马共计五万余人，前往江夏征讨黄祖。

自孙策至孙权，曾数次讨伐黄祖，均以失败告终。老将军黄祖闻知东吴又起兵来征讨，并未将其放在眼中，而是从容应对，排兵布阵。这时手下大将甘宁要求担任前锋，并扬言："若东吴兵到，定让其有来无回。"

原来这甘宁将军字兴霸，本巴郡临江人，少年时好游侠，有蛮力，招合一帮轻薄少年，舞刀弄枪，自为渠帅。腰间挂一铜铃，听到铜铃响，即知甘宁来也。不论到何地，当地官吏、世家大族隆重接待者，他都与其结为朋友；凡将其拒之门外者，皆纵兵抢掠，残杀长吏，如此十多年。忽一日性情大变，不再攻劫，专心研读诸子百家，要成就一番功业，便率兵马数千人慕名要投刘表。但很快认为刘表胸无大志，便率兵马要投东吴。走到江夏，被黄祖留了下来。初时黄祖待其还可以，后来闻知甘宁是贼寇出身，便轻视于他。甘宁也看出黄祖将军有点看不起他，这次东吴来侵，甘宁也想立场大功，让黄祖对自己刮目相看，因此自告奋勇，要担任前锋。黄老将军轻蔑地一笑，并未答应，而是自任前锋，率水军前往应战。

程普率东吴兵马沿长江西进，行到江夏地界，见黄祖已布好阵势，前锋凌操率先进攻，双方激战，黄祖诈败，向后退却。凌操追歼，黄祖返身再战，又不抵再撤。凌操再追。如此多次，就要追到夏口，凌操立功心切，率兵马直杀过去，眼看又要追上黄祖，不料一声炮响，江两岸伏兵尽出，凌操大叫不好，赶快退兵。不料河汉处甘宁率舰船又堵住了去路，双方激战，凌操杀开一条血路，指挥舰船突围。这时程普率大军已经赶了上来。甘宁以善射闻名，眼看凌操的舰船要冲出包围，便挽弓搭箭，朝着令旗下的凌操射去，正中面门，应声而倒。甘宁大叫："凌操已死，还不快快投降。"率兵马冲了上去，东吴舰船只顾逃命，反将程普将军的船队冲乱，黄祖的大军气势正旺，一鼓作气，将东吴兵马赶出了江夏。孙权见老将凌操阵亡，甚是伤心，命人拣选上好棺木，将其厚葬。念其忠勇，死于战阵，便命其子年仅十五岁的凌统，摄领其父旧兵，拜凌统为别部司马，代理破贼将军。

凌操的丧仪完毕，孙权情绪低落，没想到精心准备的征战黄祖的战斗，打成这个样子，信心受到了严重打击。鲁肃来见孙权，说："请主公调集兵马，再征黄祖。"孙权犹豫不决。鲁肃说："若不能尽快剿除黄祖，夺取荆襄，一旦曹操腾出手来，我们就再也没有机会了。"见孙权仍难以决断，鲁肃说："再征黄祖，换成左都督周瑜为统帅，必能取得胜利。"

见鲁肃说得如此斩钉截铁，孙权将信将疑，说："程普老将军自随我父出征，讨黄巾于宛、邓，破董卓于阳人，攻城野战，功勋卓著。后又随我兄攻庐江，破张英、于糜，连下秣陵、湖熟、句容、曲阿等，又连破乌程、石木、波门、陵传、余杭等。我东吴今日之基业，全赖程老将军。如今这样能征惯战的老将军尚且不能取胜，换了别人，恐怕更不行了。"鲁肃说："的确程普老将军战功显赫，但他是右北平土垠人，随先将军征战时，大多是陆战；而今与黄祖交战，却以水战为主，老将军不谙水战。当初主公兄长数次讨伐黄祖，也是无功而返，皆因不习水战的缘故。而周瑜生于庐江舒城，长于江淮之间，随孙策将军攻横江、当利，又渡江击秣陵，破笮融、薛礼，转征湖熟、江乘，夺曲阿，战刘繇，镇守丹阳，屡立战功，水陆皆能战。据我所知，孙策将军在世时，曾谋划再征黄祖，任命周瑜为中护军，领江夏太守，意图很明显，准备由其攻打江夏，待夺取江夏后由其驻守。前次黄祖曾派邓龙率水军攻打柴桑，被周瑜一战而胜之，几乎使其全军覆没。所以我认为，再战黄祖，应由周瑜挂帅。

孙权想了想，觉得鲁肃说的有道理，便下了决心，调集水陆两军，再征黄祖。

第九十二章

讨黄祖东吴夺江夏　发檄文曹操征荆州

孙权征调兵马完毕，命左都督周瑜为中军统帅。为鼓舞士气，孙权亲自督战，发誓不灭黄祖，决不收兵。凌统请战，孙权说："你父旧部前次元气大伤，这次征讨黄祖，你们凌家军就不要参加了。"凌统不听，坚决要为父报仇。孙权只得同意。

此时是建安十三年春，大军沿江而上，进驻柴桑，探得射杀凌操老将军的甘宁，就驻守在邾城。周瑜让副将吕蒙抵近邾城驻扎，一旦开战，由吕蒙攻打邾城，吸引甘宁，周瑜率水陆大军将其包围，一举歼灭。再顺江西进。凌统闻知要攻打甘宁，非要担任前锋，说："我非亲手斩了甘宁不可。"孙权怕凌统有闪失，坚决不许。

排兵布阵停当，就要发起攻击。这时副将吕蒙突然回到柴桑，面见孙权禀报说："黄祖手下大将甘宁要献出邾城，归顺我们。"一句话，说的孙权、周瑜、鲁肃等人心中一愣，都以为听错了。孙权还追问了一句："是射杀我老将军凌操的甘宁吗？"吕猛点点头，说："正是。"

原来上次交战，黄祖取胜后，甘宁自认射杀东吴大将，终至东吴大军溃败，立有首功，必受奖赏。不料黄祖并未论功行赏，反而对其旧部大加犒赏。这明显的不公，引起了甘宁的愤怒，向好友苏飞发起了牢骚，说了几句怪话。这苏飞本黄祖手下都督，是其副将，颇受黄祖信任，也感到黄祖的做法不对，便向甘宁承诺："也许黄祖将军疏漏了，待我亲自替你前去讨赏。"当苏飞见到黄祖，将此一说，黄祖却说："甘宁本是贼寇出身，自来江夏后，我已很高看了，难道他还不满足？真是做贼的，贪得无厌。"苏飞不敢将这些话告诉甘宁，只是推托黄祖太忙，没有顾得上此事，一边继续向黄祖建议，给甘宁以奖赏。很快甘宁便发觉了事情的真相，觉得不能再在这里待下去了，便设宴请苏飞商议。酒过三巡，甘宁把自己的打算说了。苏飞说："我已数次劝谏，将军都不听。日月如梭，人生几何，再待下去已无意义。我也赞成你离开这里，另图高就吧。"

甘宁漠然道："我虽打算离开，但到哪里去呢？我射杀了东吴大将，已与其结下了仇。再说黄祖会放我离开吗？"苏飞想了想说："这样吧，明天我向黄祖将军提议，由你担任邾县县长，到那里去驻防，把守江夏东大门。至于到了那里何去何从，就由你自己决定了。"甘宁谢道："如此大恩，不知将来如何报答？"苏飞说："你我朋友一场，我也可以放心了。"于是苏飞奏报黄祖，黄祖同意，让甘宁任邾县县长，携其部曲到那里驻防。

甘宁到邾县后，不久便得知东吴大军要再征黄祖，本想离开这里，可又能到哪里去呢？欲投东吴，又因曾射杀凌操将军与东吴结下了仇，很难得到东吴的原谅。就这样犹犹豫豫，左思右想。很快吕蒙抵近邾城扎下营寨。甘宁下定决心，先派人到吕蒙处试探。吕蒙讲道："我一听这个消息，很是高兴，可又怕其中有诈，便提出让他来营寨面谈。很快他乔装改扮，只带几个亲随，到了我的营寨。当我明白了事情的原委，知道了他的顾虑后，便说：'我家主公求贤若渴，胸襟博大，绝不会记旧账。况且当初各为其主，情有可原。'答应他即来禀报主公，他自回邾城等候。"

孙权、鲁肃、周瑜听了吕蒙的介绍，都非常高兴。孙权说："大战前得一猛将，这真是一个好兆头，此战必能斩获黄祖。你回去告诉他，说我就在柴桑等候他的到来。让他尽管放心，过去的事一笔勾销，从此我们再无相疑之理。"

吕蒙回到营寨，召见甘宁，说："主公说就在柴桑与你相见，主公特别强调，过去的恩怨休再重提。"于是甘宁随吕蒙到柴桑来见孙权。

孙权早早在殿堂外迎候。吕蒙引见，甘宁跪拜说："宁本有罪之人，承蒙将军宽宥，宁无以为报，必为将军效犬马之劳。"孙权连忙搀扶起来，回到殿堂内，分主仆坐定。孙权说："久闻兴霸英名，今终得相见，你年长于我，我必以兄事之。"孙权一番言语，说得非常动情，让甘宁深受感动，说："将军此番征讨黄祖，我甘兴霸愿为前锋，以报知遇之恩。"周瑜、鲁肃齐声称赞。甘宁说："将军征讨黄祖，还是及早行动为好。今汉祚日微，曹操日渐骄横，终为篡盗。荆襄之地，山陵形便，江川流通，实在是占尽地利。我观刘表，并无远见，近闻身体有恙，其子才智又劣，很难承业传基。将军应趁曹操北顾之时，抢抓机遇。为今之计，宜先取黄祖。黄祖现在年迈昏耄已甚，其军资粮草都不充足，且倚老卖老，动辄惩罚士卒；士卒心生怨恨，军心很是不稳。舟船战具不及时整修。江夏本鱼米之乡，却怠于农耕，百姓怨声载道。将军今率大军，其攻必破。一破黄祖，鼓而西行，再战刘表，据有荆楚，即可渐窥巴蜀。待江南已定，就能与曹操周旋。至少能隔江而治，拥有半壁江山。”

鲁肃一听，甘宁的主张与自己如出一辙，料定甘宁绝非一般战将，更不是传闻中的所谓贼寇，而是有着战略远见的贤才，便连夸甘宁："说得好！"孙权也非常高兴，说："兴霸的主张与子敬的一样，可见英雄所见略同。好，我们先取江夏，斩杀黄祖，为父报仇；再征刘表，获取荆襄。"甘宁说："我这就回去整备兵马，静候大军。"

话音刚落，凌统闯了进来，说："主公，我听说甘宁居然到了柴桑，此事可是真的？我要见了他，非碎尸万段不可。"殿堂气氛顿时紧张起来。甘宁站起身说："小将军息怒，兴霸在此给你赔罪了。"凌统一愣，抽出佩剑就要动手。孙权呵斥道："公绩小弟，当初交兵都是各为其主，如今事情已过，兴霸已归附我们，自此大家便是情同手足的兄弟了，岂可再记旧恨。如要记仇，也只能记在黄祖身上。望小将军以国事为重，看在我的面上，原谅兴霸。"凌统紧咬嘴唇，默然不语。鲁肃、周瑜、吕蒙等人纷纷劝说。凌统长叹一声，将宝剑收起。孙权示意吕蒙："快送兴霸回去。"

待吕蒙和甘宁走后，凌统说："主公要我把仇恨记在黄祖身上，我有一要求，攻打江夏，由我任前锋。"孙权说："小将军且听我说，前锋是董袭将军，曾从先兄多次征战，屡立战功。而你们凌家军上次遭到重创，现在元气未复，这次就不要担任前锋了。"凌统说："看来主公认为我年少，我敢和主公立下军令状，若征伐有失，愿受惩处。"孙权见凌统意志坚决，便说："好吧，你与董袭将军同为前锋。"

诸事安排妥当，选定吉日，孙权下令大军西行。周瑜统领水陆两路兵马，先到邾城，甘宁接住，合兵一处，顺江西进。凌统求战心切，令本部兵马乘舰船奋力前行，渐渐把董袭和周瑜的船队甩在后面。身边副将提醒他："我们行进的速度太快了，后面的大队舰船已不见踪影，估计相距已有十多里了，是不是停下来等等？"凌统说："兵贵神速。我为先锋，正可杀黄祖兵一个措手不及；不仅不能停，还要加速前进。通知各舰船，加快划水的速度。"在凌统楼船的率领下，船队快速向西驶去。

行不多时，楼上瞭望的士卒报告："右侧江湾处，发现大量舰船停泊岸边，似有埋伏。"凌统下令暂且停下，上到楼船高处，极目眺望，透过江雾，果隐约可见大批舰船，上面似有大纛旗飘扬。副将说："黄祖的舰船又大又多，远远超过我们，还是暂且回撤，待董袭将军和左都督将军的船队赶到再说。"凌统说："现在黄祖的舰船还未发现我们，正可以发动突然袭击。若回撤，一来二去，战机也就消失了。传我的号令，各舰船一鼓作气，冲入敌阵，争立头功。敢有临阵逃脱，不奋勇向前者，必严惩！"

原来，前方右侧江湾处停泊的是黄祖手下将领张硕率领的近千艘战舰。他们按照黄祖的指令埋伏在这里，待东吴大军进攻邾城时，他们突然袭击，配合甘宁给东吴兵马以重创，削其锐气。此刻前方的邾城安然无事，他们也悠然自得，享受着春日的暖阳，当他们发现有战船驶来，张硕忙令各战船解开缆绳，摆开阵势，想要应对时，已经有点晚了，东吴的战船已到眼前。

擒贼擒王，凌统令自己的楼船直趋张硕楼船，刚一靠近，就率士卒跳了上去，双方展开了厮杀。凌统年纪虽小，武艺不差，激战中将张硕一刀斩杀，枭首示众。荆州兵遭此突然袭击，又见主帅被斩，立刻军心大乱，纷纷放下兵器，做了凌统的俘虏。凌统大获全胜，立刻派人向周瑜报告。周瑜一边派人向孙权告捷，一边督促大军加快速度向凌统靠近。

初战告捷，而且是小将军凌统以少胜多，东吴将士群情振奋，斗志高昂。在周瑜的指挥下，浩浩荡荡奔夏口而来。行到汉水入江口，见两艘巨大的蒙冲战舰，一字排开，横在江面上，堵住水道。前锋董袭见凌统已立下首功，不甘示弱，率本部将士乘大舸船向蒙冲大舰发起了攻击。然而蒙冲战舰上布满了士卒，各持弓箭，不等董袭靠近，箭矢如雨般倾泻而下。勉强攻到蒙冲大舰前，上面手持长戟刀枪的荆州兵一阵乱砍乱刺，根本无法登船，董袭连攻几次都无功而返。

夏口城中的黄祖，闻知东吴大军已到阵前，颇为吃惊。邾城甘宁和右江湾的张硕竟没有一点消息传来。这东吴大军难道是从天而降？此刻他也顾不上这些，赶快下令将士们行动起来，准备抵抗。当得知汉水入江口那儿布下的蒙冲大舰犹如铜墙铁壁，东吴连攻数次都奈何不得，他为自己的杰作又得意起来，只待东吴大军筋疲力尽，斗志衰退之时，夏口江上的数千艘舰船一起出动，定让东吴大军有来无回。他相信，这次东吴的进攻，同前几次一样必遭失败。

周瑜见连续几次进攻都遭到失败，便下令停止进攻。仔细观察一阵后，对董袭说："这两艘蒙冲大舰体量巨大，用生牛皮蒙覆船身，异常坚固，看来是黄祖精心特制的。它们都被碗口粗的棕榈大缆绳，牢牢地系在下入水中的大石碇上，纹丝不动，硬冲是不行的。破解的办法我看只有一个，只要将系住船的棕榈大缆绳砍断，这蒙冲大舰就没了根，阵型就会大乱，水道自然就打开了。"

董袭听了周瑜的分析，心里立刻明白，赶快从士卒中挑选百名勇士，每人身穿两层重型铠甲，一手持盾牌，一手持枪戟，董袭亲手掂了一把大板斧，就要往上冲。凌统说："两艘蒙冲大船，你我一人一只。"说着如法炮制，也掂了一把大板斧，两人率各自挑选的勇士，分头乘大舸船，朝两艘蒙冲大舰冲去。周瑜集中弓箭手，紧随其后掩护。两艘大舸船冒着箭雨冲到蒙冲大船前，勇士们一边用枪戟与荆州士卒搏斗，一边用盾牌护住董袭和凌统。两人抡起板斧，奋力朝棕榈大缆绳砍去。荆州兵一看他们要砍缆绳，发疯般围攻过来，两边的百名勇士死伤惨重。董袭和凌统全然不顾，拼尽全力只顾挥斧猛砍，一下、两下……碗口粗的大缆绳几乎同时被砍断，两艘蒙冲大船随着湍急的江水，一下分到两边，顺水流朝下游飘去，水道被打开。周瑜率各部将领，一起顺江朝夏口攻去。

黄祖在夏口惊闻他精心布阵的蒙冲大舰被攻破，立刻要亲自上城督战。这时有士卒来报，守卫东门的大将陈龙被吕蒙斩首，东吴大军已攻入城内。紧接着又有消息传来，都督苏飞被程普擒获，长江、汉水中的舰船悉被东吴俘获。黄祖感到大势已去，于是翻身上马，打算先逃回襄阳，向刘表求救。然而刚出夏口西门，迎面碰上甘宁。原来甘宁料定黄祖必到襄阳求救，于是直接绕到西门，刚好堵截住黄祖。黄祖一愣，立刻明白是怎么回事，大骂甘宁："想当初你来投我，我待你不薄，没想到你却是此等小人。今日之败皆由你起。"甘宁说："当初你强留我于江夏，本以为必受重用，没想到你却把我当贼，立功不受奖，反被防备，这就是你所谓的待我不薄。"黄祖不愿与甘宁纠缠，勒马转身就走，甘宁随后追来，本欲活捉黄祖，这时吕蒙从城中追出，甘宁害怕到手的功劳被吕蒙抢去，于是拈弓搭箭，将黄祖射下马来，赶上来削了首级。至此江夏终于落入东吴手中。

坐镇柴桑的孙权得到周瑜夺取江夏的捷报，立刻在鲁肃等掾属的陪同下，乘锦华大楼船前往夏口慰问全体将士。其时周瑜已率各将领在夏口城外的江边恭候。待孙权乘坐的楼船靠岸，甘宁献上黄祖首级，孙权命人取来早已备好的木匣，将黄祖首级装入木匣中，说："将其带回江东，以祭奠我父亡灵。大仇终报，先父可以安息了。"这时孙权看到程普，说："公瑾捷报中说，程老将军抓获了江夏都督苏飞，此人为虎作伥，帮着黄祖干了不少坏事。我准备了两只木匣，一只是给黄祖的，另一只是给苏飞的。"程普说："主公既如此说，我这就去把苏飞押来，请主公将其头斩下，装入主公的另一木匣中。"说着转身就去押苏飞。

只见甘宁扑通一声跪倒在孙权面前，连连叩头，额头上流出了血，孙权连忙搀扶，问："兴霸将军这是为何？"甘宁涕泪交加，说："我当初在江夏时，苏飞对我有大恩。若不是苏飞，恐怕我甘宁尸骨早已被填入沟壑中了，也就不会替将军征伐了。虽然苏飞罪当夷戮，但看在我的面子上，请将军免于处罚。"孙权说："原来如此。假如我为你放了他，他逃走怎么办？"甘宁说："将军若免其罪，苏飞定感谢将军再生之恩，你就是赶他走他也不肯走，怎么会逃跑呢？将军若不信，我甘宁的头就寄放在这儿，若苏飞逃走，我的头就装进将军的木匣中。"这时程普已将苏飞押来，让孙权验明正身，就要砍头。孙权说："兴霸将军已为其求情，既然是兴霸将军的恩人，那就免除其罪，不予追究。"说着，令人将苏飞松绑，交与甘宁。苏飞跪拜谢恩，又来到甘宁面前，倒地要拜，甘宁连忙搀起。苏飞流泪道："自战败被俘，一直无法见到你，本想必死无疑。"甘宁说："我一直把你记挂在心。就是见不到我，我也绝不会将你忘了。"

孙权在众人簇拥下，进入江夏城，来到江夏郡署衙，命人在署衙大摆宴席，犒赏各将领及有功人员。宴席上孙权论功行赏。凌统首战胜利，被孙权加封为承烈都尉。董袭与凌统破蒙冲大舰有功，加封董袭为偏将军，并亲自举杯向二人敬酒。甘宁先是献了邾城，后又射杀黄祖，替孙氏报了仇，授予别部司马，以旧臣相待。其余各将领也都按功劳大小，奖赏有差。众皆欢宴。

江夏已平，所获荆州兵马舰船尽归东吴所有，孙权信心大增，按照鲁肃的谋划，即着手准备顺江而上，夺取荆州南郡的江陵。这时斥候来报，刘表长子刘琦，率三万大军，由襄阳顺汉水直扑夏口，要夺回江夏。孙权冷笑一声："区区三万兵马，想夺回江夏，真是异想天开。即便你荆州十几万大军到来，我也能与你一搏。"下令水陆大军摆好战阵，要一口吃掉刘琦这三万兵马，然后再夺取江陵。

也就在此时，突然快马来到，留守曲阿的长史张昭，有急信送到，说现在传言越来越厉害，曹操准备南下征讨江东，以至于江东人心惶惶，请孙权速回兵准备应对。孙权看完信，默然不语。鲁肃说："看来夺取荆襄的机会已经失去了。"孙权说："张昭信中说曹操正在准备南下，我们先将刘琦的兵马消灭了再说。"鲁肃说："我们不仅不能和荆州兵马开战，还要将到手的江夏归还给他们。"听了鲁肃的话，不仅孙权难以理解，就连周瑜等将领也全都反对，纷纷叫嚷："我们好不容易夺到手的江夏，凭什么归还给他们？"孙权说："大家别嚷嚷，听子敬是怎么想的。"

鲁肃说："我们征讨江夏之初，就得知曹操正训练水军，我催促主公早点征讨黄祖，夺取江夏，争取早日夺下荆州，以应对曹操南下。现在张昭送来急信，说明事情已经很紧急了。可我们的兵马全集中在江夏，江东空虚，万一曹操来攻，我们来不及回防，江东就危险了。所以当务之急，是放弃江夏，回兵东吴，建立防线，以御曹兵。"

这时有人说："即便这样，也不至于把到手的江夏再让出来。"鲁肃说："我们占了江夏，刘表绝不会善罢甘休，必要设法夺回，这样双方就会在江夏无休止地争夺，我们就会陷入两面应敌的窘境，那样终将被拖垮。"

孙权说："曹操自消灭乌桓，就叫嚷要南征，这已是公开的秘密。但说要进攻我们江东，还只是谣传。若万一曹操南下先征刘表，我们可以趁此机会夺取南郡，与曹操共分荆州。"鲁肃说："主公应该知道唇亡齿寒的道理。若荆州亡，曹操必灭我东吴。我们以一州之力，怎能抵挡曹操大军？我们不仅应与荆州停战，还要设法与刘表议和，建立联盟，共同抵御曹操。先稳定住江南局势，再观以后变化。"经过鲁肃的解说，大家似乎明白了，但心里却难以一下子转过弯来，都默不作声。最后还是孙权说："我们听子敬的，现在只能随机应变了。"

于是东吴水陆大军依次从江夏退出，返回柴桑。临走，孙权给刘琦留了一封信，信中说："此次攻打江夏，只为斩杀黄祖，以报父仇，并非要夺江夏。如今父仇已报，仍将江夏归还荆州，愿双方从此和睦相处，永结同好"云云。

刘琦来到江夏，本欲要一场激战，不料东吴大军已经全部退去，紧张的心更是忐忑不安，不知孙权使的什么计。及至看到孙权的信，心中的石头落了地，进城安抚百姓，将收复江夏的捷报，派人禀报刘表。心中暗叹，这诸葛亮真是神人，此番出征江夏，果如其所料。自此对诸葛亮由衷敬佩。

建安十三年七月，孙权攻占江夏的消息传到许都，正在筹备征讨荆州的曹操非常欢喜，立刻召荀彧、荀攸、贾诩等人商议，说："孙权攻占了江夏，杀了黄祖，刘表必出兵报复。我们可趁机征讨荆州，使其首尾不能相顾。这得感谢孙权帮了我们一个大忙。"荀攸说："孙权与刘表已是世仇，他们的恩怨非一朝一夕能解得开，我们正可以利用这一点各个击破。"曹操说："公达说得对，现在我们商议一下这次南征如何排兵布阵。"

贾诩说："据斥候报告，刘表已将荆州所辖南阳诸县交由刘备管辖，我们可集中兵马先拔除刘备这颗钉子，然后渡汉水取襄阳。若能在襄阳将刘表剿灭，得荆州就易如反掌了。如果他逃回江陵，这就有点麻烦了。他就会利用自己经营多年的有利条件与我们周旋，大大延缓我们夺取荆州的时间。"

曹操想了想说："这样，我们兵分两路，一路由许都直趋南阳，一路由汝南南下，进入荆州后折向西，切断刘表南逃江陵的道路，把它围歼在襄阳。"荀彧说："丞相的这个办法不错。南阳这一路应大张旗鼓，但行动要慢，以吸引刘表的注意力；汝南这一路要偃旗息鼓，行动要快，这样便于切断刘表南逃的道路。"曹操说："既然大家都同意，那就兵分两路。曹仁、曹洪、乐进、徐晃加上曹纯的虎豹骑，由我统领，由许都出发进攻南阳。由夏侯惇统领夏侯渊、张辽、于禁加上张熹的乌桓骑，由汝南进入荆州，切断刘表的退路。为防孙权偷袭许都，由臧霸在徐州、张郃在淮泗的合肥建立防线。李典押运粮草，朱灵留守许都。"荀攸补充说："为便于汝南这一路的行动，可让太守满宠随部曲行动，协调各县与部曲的关系。汝南暂由李通代管。"曹操点头说："就这样办。我让军谋祭酒陈琳马上拟一篇讨伐刘表的檄文，公告天下。"

陈琳受命，讨伐刘表的檄文一挥而就。檄文先是列举了刘表、刘备的罪状，然后说："荆州牧刘表、前豫州牧刘备，不尊朝廷，拥兵自重，图谋不轨。奉天子诏命，出兵讨伐。各部曲将士皆尽力用命，取胜之日，论功行赏。荆州百姓，皆有讨伐叛逆之责，协助王师之义。如执迷不悟，助叛贼顽抗者，王师到日，定严惩不贷。"曹操看完，很是满意，交与荀彧公示天下。随即调动兵马，在许都举行了隆重的出征仪式。由天子率百官在许都城外赐酒送行。

自刘琦率三万兵马前往江夏找东吴报仇后，刘表越想越放心不下，认为蔡瑁提议的三万兵马太少，于是再调五万兵马，由大将蒯越指挥，增援刘琦。然而兵马刚调集完毕，就接到刘琦捷报：江夏已全部收复，东吴大军已逃回柴桑。刘表没想到一向被自己认为懦弱的长子，竟有这样的能耐，不禁对他刮目相看。蔡瑁等人没想到弄巧成拙，让刘琦一下改变了在刘表心中的地位，不禁懊恼万分，要寻机再离间其父子。

夺回江夏的捷报，并没有让刘表高兴几天，就接到斥候的报告，说曹操在许都正调集兵马，准备南下征伐荆州。刘表这下慌了神，急忙派人召刘备到襄阳商议抵御曹军一事。刘备不敢耽搁，携诸葛亮到襄阳，见刘表侧卧榻上，精神很是不好，劝慰道："兄长不必着急，想我们荆州山川相依，物资丰饶，完全有能力抵御曹军。"刘表说："我如今十分后悔，当初没听你的劝。若及早对曹操动手，现在或许不是这样。"刘备说："事情都过去了，再提无益。"刘表说："南阳至关重要，曹操进攻荆州，必然先取南阳，不知玄德有何应对办法？"刘备说："我计划在新野设第一道防线，先挫曹军锐气，然后在樊城设第二道防线，背靠汉水，避免曹军包围。只要兄长在襄阳做好我的后盾，我保证将曹军阻止在汉水以北。"刘表说："玄德的安排正合我意。曹军过不了汉水，我荆州就能确保无虞。玄德弟放心，一应军需物品，我将派专人从汉水给你送过去。荆州十几万大军就在襄阳驻扎，随时增援你。我现在身体虚得厉害，一切尽由玄德安排。"

刘备见刘表喘得厉害，便说："既然大计已定，兄长安心休养，我会随时与你联系。我这就回新野加强布防。"

辞别刘表，刘备与诸葛亮出了荆州署衙，诸葛亮说："主公，我看刘荆州命将不保，我们应早做打算。"刘备长叹一声："谁想到在这关键时刻，景升兄的身体却每况愈下，真令人担忧。"诸葛亮说："如刘表在，荆州尚能抗曹……"刘备打断了诸葛亮的话，不以为然地说："即便景升不在，无论长子刘琦、次子刘琮也都不会将荆州拱手让与曹操。先生尽管放心。"诸葛亮张了张嘴，似还有话要说，终没有说出来。二人自回新野加强防御。

第九十三章

刘表临终立世子　曹操下令攻新野

曹操率大军刚离开许都，就接到斥候报告，说孙权已将江夏交还给荆州，东吴大军已退回柴桑。曹操在马背上沉吟不语，许久，对并马而行的荀攸说："原想孙权和刘表大打出手，正可以牵制刘表一部分兵马，没想到孙权竟能把梦寐以求才到手的江夏让了出来。眼看双方的大战顷刻间被压了下去，我看孙权身旁有高人，此人眼光远大，不争一时之利，这要引起我们的警惕。"荀攸点头认可，说："征荆州，比我们预想的要费点劲了。"曹操说："没有关系，无论刘表分兵与否，都不影响大局。"

曹操率大军刚抵达宛城，就收到御史大夫郗虑派人送来的书信。信中说："少府孔融自丞相出征后，大肆散布谣言，发泄不满，说丞相以不义之师征讨荆州。刘表、刘备乃汉室宗亲，丞相必欲除之，实为窃取汉室江山。此次征伐不得民心，必遭溃败。我已将孔融收治狱中，论罪当诛。"随信附了一份奏状。曹操打开奏状，见是留守许都的丞相府军谋祭酒路粹写的。奏状中说："少府孔融，昔在北海，见王室不静，而招合众徒，欲规不轨，云'我大圣之后，而见灭于宋，有天下者，何必卯金刀。'及与孙权使语，谤讪朝廷。又融为九列，不遵朝仪，秃巾微行，唐突宫掖。又前与白衣祢衡跌宕放言，云'父之于子，当有何亲？论其本意，实为情欲发耳。子之于母，奕复奚为？譬如寄物缶中，出则离矣。'既而与衡更相赞扬。衡为融曰：'仲尼不死。'融答曰：'颜回复生。'大逆不道，宜极重诛。"

曹操低头沉思。想当初孔融正在走投无路之时，我把他征辟到朝廷，并委以重任，那时他尚能谦恭逊让。后来随着权势的稳固，常以圣人自居，目空一切，自命为世家大族的代言人。只因我庶族出身，没有显赫的家族背景，便处处讥讽，甚至百般刁难。只因他圣人之后，给他留足了面子。如今大战在前，后方急需稳定，却大放厥词，蛊惑人心，若任其为所欲为，将遗患无穷。想到此，曹操批准了郗虑和路粹的请求。

曹操在宛城稍事休整，就要发动对刘备的攻击。也就在此时，曹操得到斥候报告：荆州牧刘表病逝，襄阳正在举行刘表的丧仪。曹操随即下令："各部曲暂停进攻荆州。"又派人赶到汝南，通知夏侯惇等各部曲，因刘表大丧，暂停行动；何时进攻，再听指令。此时夏侯惇为首的汝南方向兵马刚要出汝南，只得就地扎营。各将领百思不得其解，觉得刘表病逝，正是进攻荆州的大好时机，丞相为何反而下令停止进攻了呢？满宠说："丞相与刘表曾是挚友，两人青少年时交情颇深，虽然后来二人不睦，刘表追随了袁绍，但丞相念及旧情，不忍此时下手。"众将领听了半信半疑。

其实满宠说的一点也不错，南阳方向的将领也感到不解。曹操知道大家有疑虑，便说："我与刘景升相识甚早，与袁绍同是好友。如今这些好友许多已故去，今听到景升又病故，心情很是郁闷。不管后来我与景升何等不睦，他毕竟曾是我的兄长，我不能在这时搅了他的葬仪，就让他安安静静地走吧。"于是曹军各部曲皆按兵不动。

刘琦入主江夏以后，自信心增强了不少，一边加紧操练兵马，一边打探襄阳城中父亲的情况。得知父亲的身体每况愈下，放心不下，决定回襄阳探视。于是委托郡丞和都尉管理江夏，自己带几名亲随回到襄阳，来到署衙门前，等着门吏通报。刘表后妻蔡氏急召其兄蔡瑁商议，觉得为确保刘琮的地位，绝不能让刘表与刘琦见面，于是派人出来告诉刘琦："将军命君抚临江夏，为州东藩，其任至重，今释众而来，必见谴怒，伤亲之欢心以增其疾，非孝敬也。"让刘琦速回江夏。刘琦明知是蔡氏捣鬼，从中作梗，但也无法，大哭一场，转回江夏。

刘琦前脚刚走，蔡氏便会同其兄蔡瑁、外甥张允拟了一道告示，宣称立刘琮为世子，然后让刘表签字。此时刘表已不能言，知道自己将不久于人世，便点头同意，签上了名字。蔡瑁立刻将其公示于众。蔡夫人心里安定了许多，只要刘表亡故，刘琮就可以顺理成章地承继荆州的基业。

就在刘琮被公示为世子的第三天，刘表背上毒疮发作，带着满腹的遗憾撒手人寰。蔡瑁会同别驾刘先，东曹掾傅巽等人，表奏刘琮袭任镇南将军、荆州牧。刘琮立刻走马上任，随即发丧。为了安抚刘琦，将刘表的成武侯爵位让与刘琦，并派专人在报丧的同时，将成武侯的印绶送到江夏。刘琦得到消息，将印绶摔在地上，点起兵马，发誓要趁奔丧之际，夺回本应属于自己的镇南将军和荆州牧。一场夺嗣之战眼看就要发生，就在此时，刘琦接到了刘备派快马送来的书信。

原来，在新野的刘备接到刘琮的报丧，诸葛亮说："刘琮承嗣，刘琦必然不满，我担心刘琦会率兵马夺嗣。眼看曹操大兵压境，应劝刘琦以大局为重，退了曹兵，再来议嗣。"刘备立刻修书一封送往江夏，然后携诸葛亮启程，前往襄阳奔丧。刘琦看了刘备的信，大哭一场，收好印绶，仅带少量亲随，也前往襄阳奔丧。

襄阳城内白幡高挂，一片肃穆，尤其是荆州署衙更是一片白色。州中各掾属及将帅都身着缞服，头戴白帻，依职位高低列在灵前。刘琮身披斩麻缞服，一见刘备到来，便跪下行礼说："叔父大人在上，先父逝去，还望叔父鼎力助我。"刘备连忙将其挽扶起来，说："贤侄节哀。"安慰了刘琮一番。

这时刘琦也到了灵前，身穿缞服，长跪不起，失声痛哭。刘琮前来劝慰，刘琦不听，怒道："为何不通知我来见父亲最后一面？"蔡瑁回说："事发突然，来不及向你通报。"一边劝刘琦节哀，跪在灵前守灵。刘琦怒目而视，诸葛亮连忙上前，劝说刘琦。刘琦咬了咬牙，把一腔怒火随着哭声倾泻出来。

刘表的丧仪有条不紊地进行着。出殡这天，举城哀恸，白幡蔽日。葬礼一结束，蔡瑁就以曹军大兵压境，大战在即为由，让刘备赶快返回新野，以抵御曹操的进攻；让刘琦返回江夏，谨防东吴孙权袭击。刘琦说："父亲已葬，我要在墓旁筑庐为父亲守孝三年。"实为以此为名，暂留襄阳，伺机反扑。这时候别驾刘先，东曹掾傅巽等掾属，力劝他非常时期，不可拘泥礼数，应回江夏整备军务，以应大战。刘琦无法，只得与刘备同时离开了襄阳。临别，两人约定，互通消息，共同进退。

刘备和诸葛亮来到汉水边，乘上渡船，向北岸驶去。扭头望着身后的襄阳城，刘备忧虑地说："这次来襄阳，心里空落落的，感觉很不踏实。"诸葛亮说："但愿刘琮能像刘表那样，尽全力抵御曹操，以保荆州不失。否则，主公应做好准备，想法取而代之。"刘备说："曹军大兵压境，刘琮怎能不抵抗呢？先生过虑了。"

　　刘琦和刘备离开襄阳后，刘琮悬着的心终于放了下来，感到荆州牧的位置已经坐稳，于是召集各掾属及将领，商讨如何抵御曹操的进攻，说："据斥候报告，曹操已率大军抵达宛城，荆州势危，请大家想出好的计策，以御曹兵。"

　　大家互相望望，都不说话。沉默良久，在刘琮的催促下，别驾刘先说："北方九州已被曹操统一，现在曹军兵强马壮，以我一州之人力、物力，实在难以抗衡。我以为应与曹操讲和。"从事王威接着说："别驾说的讲和实际就是投降，就是把荆州拱手让给曹操。"刘琮有点生气，说："别驾怎能长别人志气，灭自己威风。我们今天据有全楚之地，守先君之业，独立天下，怎能拱手相让呢？"东曹掾傅巽说："荆州本是朝廷的，我们都是汉室官吏，曹操身为丞相，我们听命于他，怎么能叫投降呢？"幕僚李珪说："刘氏乃汉室宗亲，州牧乃天子诏拜。如今曹操挟天子以令诸侯，其心叵测，我们不能受其摆布。"大将蒯越说："袁绍拥有河北四州，兵甲数十万，尚且败于曹操，我荆州满打满算也仅十数万兵马，如何抵御曹操大军的进攻？"王威说："异度将军统率千军万马，本应以守好荆州为己任，却先说出这些丧气的话，让人羞耻。别忘了，驻守新野的刘备将军久经战阵，手下数员大将勇猛异常，我们与其联手，足以抵御曹操。"傅巽说："逆顺有大体，强弱有定势。以人臣而拒人主，逆道也；以新造之楚而御朝廷，必危也；以刘备而抵曹公，不当也。三者皆短，欲以抗王师之锋，必亡之道也。"随即问刘琮："将军自料与刘备相比，谁的本领更强？"刘琮说："我不如刘叔父。"傅巽说："如果刘备不能够抵御曹公，则我荆楚也不能自保；如果刘备能抵御曹公，则刘备还能臣服在将军手下吗？"

　　刘琮漠然不语，想了想，说："当初先父在时，刘备就信誓旦旦，要和荆州共存亡，并答应先父辅佐于我。"别驾刘先说："先将军在时，就对刘备不放心，处处提防他。请问将军，你有能力制御刘备吗？"刘琮摇摇头："不能。"这时大将文聘、庞季、蒯良等也都附和傅巽的话。蔡瑁看到一边倒地赞同归附曹操，只得说："今天先议到这里，各位回去再仔细想一想，随后再议。"然后陪同刘琮回到后堂，见到妹妹蔡氏，将刚才掾属们的议论说了一遍。蔡氏问蔡瑁："如此说来,荆州就只能归附曹操了?"蔡瑁说:"以别驾为首的主要掾属,以蒯越为首的各位将领,都赞成归附曹操,看来也只能如此了。"

刘琮心有不甘,说:"我刚承继荆州牧,就要听命于曹操吗?"蔡夫人说:"当初你父来到荆州时,就是靠着蒯越兄弟及别驾刘先,还有我们蔡氏的鼎力相助,才在荆州站稳了脚跟。如今他们都说难以抵抗,仅有我蔡氏坚持也是孤掌难鸣。"刘琮说:"曹操不是还没进攻吗?叔父刘备还坚守在新野,看看再说吧。"蔡氏认为刘琮说得有理,也说看看再说。蔡瑁表示赞同。

刘备携诸葛亮和孙乾回到新野,即着手加强新野的防务。诸葛亮说:"主公,新野一带无险可守,一旦被围,孤城无援,难以长期坚守,因此不宜死守。"刘备问:"依先生之见,该怎么办?"诸葛亮说:"新野西部的白河是一道天然屏障。根据地势,在白河上游筑一道堤坝,将水蓄积,待曹军渡河时,破坝放水,冲淹曹军,然后趁混乱之际,发动进攻,给曹军以重创。争取以白河为界相持。若曹军攻破白河,可边战边退,退到樊城。樊城隔汉水与襄阳相望,曹军无法包围樊城,我们可源源不断地得到襄阳的援助,就能固若金汤,长期坚守。"于是刘备令关羽在白河上游筑垒水坝,截流白河。关羽领命而去。

这时徐庶建议:"攻城略地,要的还是百姓。可将新野百姓悉数迁入樊城,曹军即便夺取新野,只是一座空城,也就毫无意义了。"刘备采纳了徐庶的建议,着手动员百姓前往樊城。百姓听说要离乡背井,大多不愿迁徙。刘备就派人到处散布说,曹操在攻打徐州时见人就杀,见物就抢,以至徐州各城血流成河。又说曹军在消灭袁绍时,攻破城池即屠城,凡被俘获,无论士卒、百姓一律坑杀。弄得人心惶惶,都赶快捆扎行李,准备向樊城搬迁。眼见人数众多,一片混乱,刘备令石韬负责家眷和百姓的迁徙。由于徐庶的母亲年事已高,行动不便,刘备特意交代石韬,要格外照顾好老人家,将其平安送到樊城。

这天,刘备和诸葛亮、徐庶等人来到白河上游,看水坝修筑的如何,见装满土的麻袋,一层层垒筑起来,很是巍峨,坝后已蓄满了水;各种破坝的绳索、钩杆等工具整齐地摆放着。刘备高兴地说:"这些水放下去,定能冲跑淹死曹军大量兵马。"诸葛亮交代关羽："关将军只看下游烽火起，即破坝放水，然后随水流杀下来，即能重创曹军。"关羽说："军师放心，保证误不了事。"

回到新野，诸葛亮对张飞说："张将军先于白河西岸扎下营寨，准备接应。赵云将军坚守新野城，待曹军攻城，给曹军以重创后，即留下部分士卒，扮作百姓，潜在城中，部曲撤出新野。待夜半潜在城中的士卒点火为号，部曲趁势杀回城中，夜袭曹军，搅得曹军夜不能寐，然后撤往白河西岸，与翼德将军堵截曹军。若曹军渡河来攻，待其渡半时即点起烽火，通知关将军破坝。待大水倾下，关将军必到。趁曹军混乱之际，围歼曹军。如果曹军攻破白河，你们也不用慌张，我和主公率糜芳、刘封在朝阳城接应你们撤往樊城。"张飞、赵云异口同声保证："请军师放心，定让曹军有来无回。"一切部署停当，只等曹军来攻。

九月，曹操推知刘表丧期已过，便下令大军进攻新野。曹军到达新野已是下午，立刻发动进攻，赵云依托新野城进行抵抗，战至傍晚，按诸葛亮要求，留下扮作百姓的士卒潜伏城中，率兵马退出新野城向西撤去。曹操见天色已晚，下令停止追击，兵马进驻新野城。来到城中见许多房屋都空无一人，百姓并不多，经过打听，得知新野城中许多百姓受刘备蛊惑，已逃亡樊城。于是曹操下令埋锅造饭，早点休息。令各部曲放好岗哨，防止刘备兵马夜晚偷袭。

朔日刚过，月亮刚刚露出一个小芽，整个天空黑黢黢的。经过了一天的奔袭，将士们也都累了，吃过晚饭，早早地睡了。时至半夜，正是夜深人静之时，忽然城中到处着起火来，很快响起一片喊杀声。城中曹军从睡梦中惊醒，丈二和尚摸不着头脑，大喊起来。这时赵云携本部兵马，在城中潜伏士卒的接应下，进了城，与曹军在城中混战在一起。许多曹军在黑暗中分辨不清，竟自己打了起来。赵云见目的达到，便率兵马悄悄退出新野，在张飞的接应下，渡过白河。而新野城中折腾了一夜，直到天亮曹军才安静下来，许多士卒都受了伤。再看城中，到处是火烧的痕迹，百姓几乎不见。曹操明白是怎么回事了，还好，这是偷袭，虽然夜里闹得动静挺大，将士们也都没有休息好，但损失不大。这时斥候报告，刘备兵马都在白河以西集结。曹操下令，早饭过后，即向白河以西发动进攻。

当曹军来到白河时，见对岸刘备兵马果然已扎好营寨，布好阵势；再看白河水浅，蹚水就能过去，便嘲笑刘备兵马，妄图以白河阻住曹军。不待曹操下令，就要跳下河岸，蹚过河去。荀攸连忙阻拦道："且慢，大家谁都不能过河。"曹操问："为什么？"荀攸说："这河水太浅了。"曹操说："现在已是晚秋，雨季早过，水浅是正常的。"荀攸说："虽然雨季早过，但水不应这么浅。你看两岸的水痕，还都很湿，显然被人将水拦住了。"曹操若有所悟，吩咐道："曹仁率兵马渡河，其余部曲留在河东岸等待。"又交代曹仁："你率本部兵马过河，只听我鸣金，立刻撤回。"曹仁领命，即将曹操要求通告下去，然后率兵马跳下河去，涉水朝对岸攻去，白河中立刻布满了曹军士卒。待曹军过了河中流，曹操见对岸升起一股烽烟，急令鸣金。曹仁听到锣声，急速令兵马返回河东。这时听到上游方向传来沉闷的响声，接着滔天巨浪，顺着河道滚滚而下，有几个行动迟缓的士卒，顷刻被湍急的水头吞没，不见了踪影。逃上岸的士卒惊魂未定，纷纷说："鸣金若稍晚一点，恐怕就没命了。"曹仁问："丞相怎么知道有大洪水泻下？"曹操说："荀攸说白河岸边的水痕异常，我就猜想刘备要屯水淹我大军，便让你率士卒过河，以引诱刘备放水。当我看到对岸突然升起烽烟，就知是通知上游放水，便急令你们回撤。"士卒闻知，皆赞丞相英明。

这时一阵喊杀声从上游传来。原来关羽决坝放了水，顺着河东岸杀来，曹操立刻指挥兵马迎战。关羽原以为曹军此刻已被洪水冲得七零八落，正在混乱之际，没想到曹军阵容整齐，知道事情有变，就要撤退。曹军哪里肯放，立刻围了上去。张飞、赵云眼看水淹曹军的目的没有达到，又见关羽被围，急忙派弓箭手射住曹军，掩护关羽渡河。双方互有伤亡，关羽逃过河去。

此时白河虽然洪水过去，但河水已涨了上来，曹操只好留少数兵马在河东警戒，率大军仍回新野驻扎。经过几天的忙碌，终于征调了一批船只，以曹仁为帅，统徐晃、曹洪、乐进和曹纯渡河，围歼刘备兵马。曹操率许褚坐镇新野。

关羽、张飞、赵云看到曹军集结在河对岸，也布好阵势，准备迎战。待曹军渡河的船只已过中流，三位将军急令弓箭手射击，曹军一边还击，一边手持盾牌，冒着箭雨，快速向对岸驶去。刚一抵岸，曹军便跳上岸，刘备的兵马迎了上来，双方战在一处。随着曹军源源不断地渡过河，双方兵力发生逆转。刘备兵马渐渐不支，关羽立刻与张飞、赵云互相掩护，按照事前的安排，有序退往朝阳。曹军紧追不舍。刘备早已闻知关羽等人退了下来，赶忙率麋芳、刘封出城阻截曹军，将关羽等人接入城中。曹仁见天色已晚，下令兵马扎下营寨，只待第二天攻城。

第二天曹仁就要下令攻城，却发现刘备的兵马不知何时已逃离朝阳。原来刘备知孤城难守，已于半夜悄悄逃往樊城去了。曹仁一边向曹操禀报，一边进入朝阳城安抚百姓。曹操得到曹仁的报告，就要携荀攸、贾诩等人离开新野，渡过白河，前往朝阳。就在这时，侍卫来报：说有一商人打扮的人，自称是荆州刘琮特使，从襄阳来，要面见丞相。曹操不知来者何意，连忙令侍卫将其带来。一见面，曹操觉得眼熟，仔细一看，叫道："这不是韩嵩吗？听说你一直被刘表囚禁，怎么到了这里？"韩嵩拜见曹操，说："一言难尽。"向曹操讲述详情。

原来，曹军攻占新野的消息迅速传到襄阳，正在犹豫的刘琮立刻慌了手脚。本想指望刘备能抵挡住曹操，没想到这么快就丢了新野，长叹一声："看来我的这位叔父也是徒有虚名，根本指望不上。"于是急招掾属商议对策。从事王粲说："当初天下大乱，豪杰并起，在仓促之际，强弱未分，故人各各有心耳。当此之时，家家欲为君王，人人欲为公侯，拥兵自重，互不统领，尚能行得通。而今曹公已统一北方，观古今之成败，曹公本就是一个人杰，雄略冠时，智谋出世，摧袁绍于官渡，驱袁尚于塞外，逐高干于并州，破乌桓于柳城，其余枭夷荡定者，不可胜计。今日之事，去就可知也。将军能听粲计，卷甲倒戈，应天顺命，以归曹公，曹公必重德于将军，保其全家，长享福祚，垂直后嗣，此万全之策也。粲遭乱流离，托命荆州，蒙将军父子重顾，敢不尽言！"一番话说得情真意切，掷地有声。

别驾刘先说："仲宣所言极是。荆州牧乃朝廷诏命，现在先将军已故去，朝廷随时可以重新诏命新的荆州牧来上任。不如举州归附丞相，丞相重德将军，表奏将军为荆州牧，名正言顺地坐稳荆州，岂不更好？"

大将蒯越说："机不可失，时不再来，一旦曹公率军攻占了荆州，恐怕将军的州牧真的就做不成了。"

也有几个认为坚决不能归附曹操的，说："我们手中还有十几万兵马，荆州还有充沛的物资，足可以与曹操周旋。"刘琮说："刘备号为能征善战，多次与曹操交手，手下战将皆称万人敌，刚一交战就丢了新野，谁还能确保荆州无恙？"无人答话。蔡瑁说："先派人与曹丞相商谈，若能确保将军之荆州牧，那就归附丞相，若丞相不答应，别无他法，只好坚决抵抗，大不了鱼死网破。"刘琮说："治中说得对，只要曹操答应我仍为荆州牧，各位履职如旧，归附曹丞相也未尝不可。"大家齐声附和。

那么派谁前往新野与曹操和谈呢？东曹掾傅巽说："有一个人最合适，就是现在仍被拘禁的从事中郎韩嵩。早些年被先将军派往许都，颇得丞相赏识，被表奏为侍中、零陵太守，回荆州后被先将军拘押至今。他如能前去见曹丞相，会便于沟通。"大家都觉得不错，于是刘琮下令，释放韩嵩，亲自接见了他，将掾属们的意见告诉了他。蔡老夫人放心不下，在韩嵩临走前，又反复叮咛韩嵩："希望韩大人见到丞相，一定要争取让刘琮继任荆州牧。只要丞相答应了这个条件，荆州即刻归附曹公。"韩嵩说："我先向太夫人致以谢意，若不是太夫人力劝刘荆州，保下我这条命，我怎能活到今天？请太夫人放心，我竭尽全力去为小将军争取。"因时间紧迫，韩嵩携带从事宋忠及两名随从，即刻从襄阳奔新野而来。因为中间要经过樊城，便装扮成商人，以避开刘备。

听完韩嵩的叙述，曹操强抑制住激动的心情，说："荆州的掾属们深明大义，没有忘记自己是朝廷命官。特别是你，虽被刘表拘禁多年，却从不改其志，可称官吏们的楷模。荆州归附后，我要表奏天子，重重奖赏你们。至于刘琮希望留任荆州牧一事，因刘琮献出荆州有功，蔡氏又是当地世族，为了荆州的稳定，我将表奏天子，刘琮为荆州牧，继续治理荆州。"得到曹操明确的肯定，韩嵩放下心来，说："丞相胸怀坦荡，我先替刘琮小将军谢过丞相。荆州百官得知后，也会欢欣鼓舞。"荀攸说："只是驻扎汉水北岸的刘备，他会投降吗？"韩嵩说："刘备来荆州已有六年了，曾多次怂恿刘表将军进攻许都。正是怕他从中作梗，才将此事瞒着他。不过我想，待生米做成熟饭，木已成舟，不由他不服从。"曹操点点头说："但愿能够如此。"

然后大家又在一些具体细节上交换了意见，取得了共识，于是曹操下令："部曲皆原地待命，停止一切行动。"又派快马通知汝南方向的夏侯惇等人，暂缓进入荆州。韩嵩带着宋忠及两名亲随，回襄阳向刘琮禀报和谈结果。

第九十四章

降丞相刘琮献荆州　护阿斗赵云战曹兵

在襄阳等得有点着急的刘琮及蔡氏兄妹，听了韩嵩的禀报，得知曹操答应表奏天子仍由刘琮袭父原职；由于刘琮已将成武侯的爵位让与刘琦，为表彰刘琮献出荆州，曹操还许诺再表奏天子另赐刘琮爵位，他们非常满意。刘琮的荆州牧得到了曹丞相的确认，就再也不怕刘琦来争夺了。各掾属百官得知荆州又重新置于朝廷的统辖之下，犹如一个流离在外的游子重归母亲怀抱，也都非常满意。即便有少数不愿归附曹操的，但见刘琮、太夫人蔡氏、蔡瑁、张允、蒯氏兄弟等主要掾属一致拥护，也不敢多说什么。刘琮令宋忠返回新野，向曹丞相禀报，说刘琮携荆州文武百官在襄阳城恭候丞相。

宋忠再赴新野，见到曹操，说："荆州文武百官都盼丞相早日到襄阳，届时荆州牧刘琮将携文武百官亲自出城迎接。"曹操说："我这就启程前往襄阳。议和已成，请刘琮将军通报刘备，让他放下兵戈，不可阻止我大军南下。"宋忠应诺，急忙回到襄阳，将曹操的旨意转禀刘琮。刘琮说："曹丞相若不提醒，我倒将此事忘了。你就再辛苦一趟，到樊城告知刘使君。"宋忠应诺，渡汉水到樊城见刘备。

刘备自从在朝阳接应关羽、张飞、赵云，退兵樊城，料想曹军很快就会到来，便忙着部署樊城的防御。他要利用樊城背靠汉水，曹军不易包围的优势，凭借襄阳这个坚强后盾，长期抗击曹军。然而十几天过去了，曹操在新野竟无南下的动向，这让刘备非常狐疑。诸葛亮说："此现象非常不正常，我们切不可疏忽大意。"

这天侍卫来报，说刘琮特使宋忠来到。刘备猜想刘琮必有重要事情通报，于是亲自出来相迎。待将宋忠迎入正堂，分宾主坐下，刘备问："不知刘琮将军有何要事，劳烦你亲自跑来？"宋忠便将刘琮已举州归降曹操，曹操已表奏刘琮为荆州牧，希望刘备不可阻止曹军南渡汉水一事说了。刘备闻知，如晴天霹雳，惊得目瞪口呆。宋忠还在喋喋不休地讲述双方议和的好处。刘备心烦意乱，一声令下，让人把宋忠绑了。宋忠此刻才知道闯了祸，连忙求饶，刘备令人将其先押下去。

刘备铁青着脸，对诸葛亮说："没想到刘琮这么无能，还没见到曹军，就已经举手投降了。"诸葛亮说："不是刘琮无能，而是荆州文武百官，多是拥曹之人。有的早在灵帝时期，就与曹操在大将军何进府中共事，彼此趣味相投；有的认为曹操首倡义举，讨伐董卓，功劳卓著；还有许多人认为，曹操在许都贡奉天子，代表朝廷，归附曹操天经地义。先将军刘表在世时，这些人就多次劝说刘表投靠曹操。刘表不愿折节辱身，俯首称臣，凭其名望，尚能坐镇荆州，与曹操一较高下。如今刘琮新立，架不住这些人的鼓噪，岂有不降之理。"

刘备说："刘琮已降，接下来我们怎么办？"诸葛亮说："刘琮降曹，樊城已是一座孤城，再守已无意义。我们可假意附和刘琮的意愿，率兵马前往襄阳，赚开城门，将刘琮及荆州文武百官囚禁起来，夺得襄阳，控制荆州，这样仍能和曹操抗衡。"刘备连连摇头："不可。刘表刚死，我就将其儿子抓捕，夺了荆州，百年之后，我有何面目去见刘表？"诸葛亮说："如果主公不愿走这一步，那就赶快离开樊城，直取江陵。虽然刘表将兵马屯驻襄阳，但州治依然在江陵，州中粮草赋税、各种物资都囤积在江陵。如果我们以最快的速度占据江陵，就可以把这些雄厚的物资占为己有。再依托长江天险，与江夏刘琦互应，就足以抗拒曹操。"

刘备说："说到刘琦，我想他此刻也同我们一样，至今可能还蒙在鼓里。要派人告诉他，好让他有个准备。"诸葛亮说："刘琦得到消息，必定会惊慌失措，可让关羽率本部兵马乘船顺汉水到江夏，与刘琦一起守江夏。"刘备说："那从新野带来的百姓怎么办？"诸葛亮说："此次行动，贵在速度。除了我们的家眷，随来的百姓悉听尊便。"刘备说："我们到江陵后，仍需充实大量的人口，我想连同樊城的百姓，一同带往江陵，仍给曹操留下空城。"诸葛亮说："那样会拖我们的后腿，主公到时会付出代价的。"刘备说："曹操接收襄阳是需要时间的，这给我们留出了足够的时间，到时我们再加快一点速度，还是能把这些百姓带到江陵的，这对我们今后有好处。"诸葛亮说："主公既如此说，那就试试吧。一旦情况紧急，就将他们就地遣散。"

计议已定，樊城城中连夜行动。百姓原以为樊城固若金汤，没想到曹军还未来就放弃了，又害怕曹军到来屠城，便争先恐后捆扎行李，将能带的物品尽量带上，随刘备的兵马渡过汉水。有些胆大的，实在不愿背井离乡地折腾，就留了下来。

刘备渡过汉水，来到襄阳，命人将宋忠押来，说："看在昔日刘表将军的面上，我不杀你。回去告诉刘琮，本来我们只要团结一心，定能守住樊城，就有足够的时间与曹操周旋。没想到他却拱手将先将军的基业让与了曹操，今后只能任人摆布，让他好自为之。我今放弃樊城，实属无奈，但绝不会投降曹操。"令人将宋忠释放，绕道刘表墓前，想到仅仅过去数月就发生了天翻地覆的变化，不仅悲从心中来，哭祭了刘表。令关羽率本部兵马，乘船顺汉水前往江夏，自己率张飞、赵云等护着百姓前往江陵。

宋忠回到襄阳，见了刘琮，便将刘备的话禀报刘琮，说："刘使君率新野、樊城百姓，过襄阳，已投他处去了。"蒯越等将领说："放跑刘备，无法向曹公交代，应将其追回。"刘琮流泪道："刘备乃我前辈，人各有志，既然他不愿归附曹公，那就随他去吧，何必再兵戎相见。"然后命人准备仪仗，迎接曹操。

就在宋忠返回襄阳后，曹操即着手调动兵马前往樊城，若刘备拒不投降，就武力攻打，将其消灭，看他这次还能逃到哪里。然而刚出新野城，即接到曹仁从朝阳送来的情报，刘备得知刘琮归降丞相，已率兵马裹挟着百姓，连夜逃离樊城，渡过汉水，投他处去了。曹操不无遗憾地说："这次又让他溜了，早晚我要将其抓捕归案。"

曹操来到樊城，果然城中百姓大为减少，也没了昔日的繁华。曹操安抚城中百姓，派人渡汉水通知刘琮，明天一早，即率兵马过汉水到襄阳。

第二天，刘琮早早率荆州文武百官，在襄阳城外恭迎曹操。只见仪仗排列，旌旗飘扬，待日上三竿，曹操渡过汉水，来到襄阳城外，这时鼓乐齐鸣，刘琮亲手奉印绶兵符及荆州典籍呈送曹操。曹操说："我已表奏天子，你继任荆州牧，此印绶仍留于你，荆州还由你治理，典籍也不用呈交，唯有这兵符我收下了，荆州的防务以后由朝廷统一管理。"刘琮施礼谢过曹操，命人将印绶典籍收起，然后向曹操介绍道："这位是别驾刘先。"刘先施礼。刘琮又介绍道："这位是治中蔡瑁。"然后依次介绍东曹掾傅巽，从事王粲等，大家一一施礼。刘琮又介绍蒯越，曹操摆摆手说："不用介绍，这是蒯越蒯异度，荆州大将。当年大将军何进府中的东曹掾，曾力主惩治宦官，我们是老朋友了，有二十多年未见面了。"蒯越见曹操对过去的事情还记忆犹新，激动地说："当年洛阳一别，真是二十多年了，丞相还记得我这故旧。"曹操说："今天来到荆州，让我最高兴的是见到了老朋友蒯异度。"蒯越指着身旁的将军说："这是我胞弟蒯良蒯子柔。"蒯良施了礼，曹操说："久闻子柔大名，今日终得一见。"刘琮又介绍了身边的将军庞季，又介绍了城门校尉张允。二人一一向曹操施礼，曹操问："怎么不见治中从事邓义？"刘先说："自从邓义劝刘表将军与曹公交好，遭到拒绝，便称病辞了治中从事一职，在家中养病至今。如丞相想见他，明日让他到署衙拜见丞相。"曹操点头应允。然后又问："还有一员大将文聘，我也是早闻其名，怎么今日也没来呀？"蒯越说："临来时文聘将军说身体不适，回家休息去了。明天让他来见丞相。"曹操说："既然身体不适，那就让他暂在家中休养。过两天我抽时间去探望他。"刘琮又依次将荆州各位掾属做了介绍。曹操向大家施礼说："感谢大家对我曹操的信任，全赖大家的努力，我才来到襄阳，以后荆州的治理还要依靠大家。随后我将依各位功劳大小，向天子表奏，以功论赏。"这时韩嵩说："大家还是进城再叙吧。"刘琮连忙说："我已在署衙摆好酒宴，特为丞相及各位将领接风。请丞相移步城内。"曹操令各部曲在城外扎营，并下令："所有将士未经允许，不得擅自入城，以免骚扰百姓。"随后仅携许褚的虎卫营，随刘琮进入襄阳城。

刘琮的接风宴已毕，便选取署衙中最好的房屋，安排曹操住下，许褚的虎卫营负责守卫。刘琮自回后院歇息。

第二天，邓义即来拜见曹操，说："别驾刘先告诉我，说丞相要见我，便贸然前来。"曹操说："你为我得罪了刘表，被迫辞去治中从事一职，曹某很是过意不去，特向你致歉。——我看你身体倒还硬朗，还是出来帮我一把吧。"邓义说："谢丞相信任，我愿尽绵薄之力。"这时侍卫来报："文聘将军前来拜见丞相。"邓义闻言，起身说："文聘将军来见，我就告辞了。"曹操相送，到门外见到文聘，邓义与其相致意，自离去了。曹操携文聘回到殿堂，说："我昨天见荆州诸掾属俱在，唯独不见文聘将军，听人说将军身体不适，本打算抽时间去看望你，不想将军却先来了。将军身体如何？"看到曹操这么关心，文聘吞吞吐吐。曹操问："莫非将军有什么隐情？"文聘说："当初刘荆州在世时，我不能劝说其辅弼朝廷，自感惭愧。刘荆州亡故，本愿辅佐刘琮据守荆襄，保全其境。丞相大军来到，我虽力主顺应大势，归附丞相，但总觉生有负于孤弱，死有愧于地下，所以无颜见荆州掾属，更不敢来见丞相。"曹操听后为之感慨，说："文聘真忠心耿耿也。你劝刘琮归附朝廷，乃是大义，理应无愧。"文聘谢过曹操，两人又说了一些别的话，文聘起身告辞。

　　曹操召刘琮来问刘备去向，刘琮说："刘备离开襄阳时，让宋忠传话说绝不投降丞相，然后便不知去向。有说到江夏投刘琦去了，有说南下逃往江陵去了。"曹操即令史涣加派斥候，打探刘备下落，然后问刘琮："荆州兵马和粮草共有多少？"刘琮答："具体数目我并不清楚。兵马要问蒯越，粮草要问别驾刘先。"曹操又召蒯越、刘先来问。蒯越说："荆州兵马总计二十余万，其中水军约八万，大多屯驻在江陵，由蔡瑁统辖。江夏刘琦那里有三万马步水军，其余马步军主要集中在襄阳，由蒯良、文聘、庞季等指挥。张允负责襄阳城守卫。"曹操点头。刘先说："荆州这些年无大灾大乱，粮草充足，但都储存在江陵。"曹操问："为何将粮草军资储存在江陵？"刘先说："当初为抵御袁术和董卓，刘表把部曲屯驻在襄阳，其州治仍在江陵，所以粮草军资都储备在那里，曹公尽可放心取用。"

　　经过几天的了解，曹操对荆州的情况掌握得差不多了。这天他召荆州刘琮以下各掾属说："荆州重归朝廷统辖，大家都功不可没。我已表奏蒯越为光禄勋，位列九卿，到许都上任；韩嵩为大鸿胪，位列九卿，到许都上任；邓义为侍中，兼荆州治中从事；刘先为尚书，兼荆州别驾；傅巽为谏议大夫，兼荆州东曹掾；加拜蔡瑁为水军大都督，张允副之；文聘为征虏将军；蒯良为平南将军；庞季为安南将军。以上诸文武皆封列侯。征辟王粲为丞相府掾属，随我左右听用。其余各掾属也依功劳大小各有任用。"大家齐声欢呼，蒯越等十五人皆为朝官，更是无比荣耀。

　　荆州之事完毕，曹操想起了一个人，就是当初在汝南参加完袁绍母亲的葬礼后分手的王俊。当初王俊说到荆州避乱，为何今在襄阳，却不闻王俊的一点消息，便问别驾刘先和治中邓义，可曾听说王俊其人？二人说："荆州谁人不知王俊。当初刘表来荆州后，就征辟王俊在州中任从事。后来刘表与袁绍交好，王俊以好友的身份劝刘表说：'曹公，天下之雄也，必能兴霸道，继桓、文之功者也。今乃释近而就远，如有一朝之急，遥望漠北之极，不亦难乎？'劝刘表与丞相结盟，刘表不听，王俊愤而辞职，不愿再见刘表，离开襄阳到武陵去了。"曹操默然。

这时荀攸接到斥候急报，说已探得准确消息，刘备兵分两路，一路由关羽率领，乘船顺汉水直趋江夏；一路由刘备率领南下江陵，现已快到当阳。荀攸不敢耽搁，立刻禀报曹操。蔡瑁说："刘琦一向与刘备交好，他前往江夏驻防，就是诸葛亮出的主意。若关羽到江夏，必与刘琦联合抵抗丞相。"曹操令刘琮即刻派人到江夏，通知刘琦荆州已归附朝廷，切不可受人蛊惑，一意孤行。刘琮说："丞相有所不知，这刘琦一向与我不和，还是丞相派人通告他为好。"对于刘表废长立幼，导致二子不和的情况，曹操略知一二，为稳妥起见，曹操令史涣即刻到江夏劝其归降。

荀攸说："江夏尚不足虑，最危险的是刘备，他一定是奔着江陵的粮草军资去的。若一旦据有江陵，将后患无穷。"曹操想起刘先的话，不禁倒吸一口冷气。蒯越说："刘备已快到当阳，说明他离江陵已不远了，我们现在恐怕追不上他了。"刘先、邓义也急得站立不住。曹操沉吟不语，良久，说："刘备走了这许多天，还未到当阳，说明他行军速度并不快，这是为什么？"傅巽说："据说他裹挟了新野、樊城的十几万百姓，所以至今才未到当阳。"曹操说："他背着这么大的包袱，这就给了我们机会。现在令曹纯、曹真、曹休率虎豹骑，立刻追击刘备，无论如何也要把他截住。曹仁、曹洪、徐晃、乐进率马步军随后跟进，文聘率本部兵马为前锋，各部曲务必努力，争取全歼刘备。"曹仁说："我们全走了，丞相手下就没有多少兵马了。"曹操说："谁说没有多少兵马，蒯越、蒯良、庞季不是都在吗？好了，我的安全不用担心，你们立刻行动。蔡瑁、张允也随你们南下，到江陵控制水军。"

自刘备在襄阳城外与关羽分手后，即裹挟着新野、樊城两地的百姓，奔江陵而去。一路上早早动身，满天星斗才宿营。尽管刘备不停地催促，一天也走不上三十里路。这时不断有人向刘备建议，弃了百姓，否则曹军追上会全军覆没。刘备不同意，说："到了江陵，有充沛的粮草军资，没有足够的人，怎能与曹操长期抗衡？我们应把眼光放远一点。"刘备虽如此说，心中也非常着急。这天斥候报告，前面快到当阳了。刘备舒了一口气，说："我们离江陵不远了，曹操此时再追赶我们，已经很难追上了。大家这些天也都累坏了，明天在当阳休息一天。"

徐庶说："行百里者半九十，越是临近江陵，越不能大意。"诸葛亮说："我们当初只顾想着奔赴江陵，却忽略了一件事，江陵有数万荆州水军，我们到江陵未必能被他们接纳。"刘备心中一慌，叫道："是啊，当初只想快点离开襄阳，却把这事给忽略了，这可如何是好？"诸葛亮一笑说："主公不必慌张，刘琮投降曹操的消息，我料其还未传到江陵。关羽想必已到江夏，可让关羽代刘琦暂守江夏，由刘琦率水军沿长江溯流而上前往江陵，以刘表长子的名义接管水军。好在统领这支水军的蔡瑁久在襄阳，鞭长莫及。"

刘备说："此计甚好，但此事重大，刘琦一向看重军师，还是军师亲自到江夏去一趟，陪刘琦到江陵接管水军。"诸葛亮说："事不宜迟，我现在就动身。"刘备说："暂与刘封五百兵马，护送军师到江夏。"诸葛亮说："我走之后，主公明日到当阳，万不可滞留，应按徐庶说的，早点赶赴江陵。"刘备点头应允。

送走诸葛亮后，刘备携百姓继续向江陵行进。翻过一处山岭，便是一片宽阔的大坡，经打听得知，此已是当阳境内，名唤长坂。坡底便是一条蜿蜒的小河，称作沮河。眼看天色已晚，此处坡大且缓，又有河水相伴，刘备便令就此扎下营寨，及早休息。第二天，不到四更，刘备记着诸葛亮的叮嘱，不敢耽搁，便早早令人埋锅造饭，吃完饭就上路。

当刘备就要启程时，忽听后面人喊马叫。刘备急派人去探看发生了什么情况，这时有骑卒飞驰来报："曹军追上来了。"刘备大叫一声，险些栽下马来，容不得刘备多想，立刻令张飞、赵云到后面阻截曹军。二人刚要离开，曹军的兵马已冲了过来。刘备下令赶快渡过沮河。赵云前去阻截曹军，张飞护住刘备，一阵厮杀，逃过沮河，见附近一片树林，大家逃到林中暂歇。这时沮河北岸的喊杀声此起彼伏，也不清楚到底有多少曹兵。刘备放心不下，就要派人返回沮河北岸打探消息，这时只见糜芳浑身是伤，率数百士卒逃到这里。刘备赶忙迎上去询问情况，糜芳说："曹军人数不多，皆是马军，来去迅疾，一阵猛杀，难以阻挡。"徐庶说："我知道曹军为什么来得这么快了，这一定是曹操的虎豹骑。曹操大军未到，大家不用惊慌，虎豹骑虽猛，毕竟人数较少。"刘备的心稍微安定下来，于是令张飞会同赵云收拢兵马，再战曹军。糜芳说："我刚才见赵将军率几名亲随掉头向北去了，莫不是投曹操去了？"刘备说："休要胡说，子龙绝不是那种人。"张飞说："整个荆州都降了曹操，今见我们又遭此一劫，便失了信心，反投曹操也未必，毕竟与我们不是结义兄弟。"刘备说："我和子龙相交已非一日，面临绝境也非一次，子龙心如铁石，此事必有原因。你去接应，一定要与子龙一起回来。"张飞说："大哥放心，如果他真投了曹操，我一定将他的首级提来。"刘备说："三弟切不可鲁莽。"不等刘备说完，张飞已率手下兵马往北而去。

张飞刚走出去不远，就碰见糜竺率领着士卒护着一些家眷退到这里。张飞问："你可见子龙？"糜竺说："一场混战，家眷走失不少，两位夫人及少主不见了踪影，赵将军返回去寻找了。"张飞说："主公就在前面的树林中隐蔽，你们快去，我这就去找子龙，助他一臂之力。"

原来，赵云率兵马和曹军混战在一起，按照刘备的要求，护着百姓及家眷往沮河南岸撤退。恰巧碰到糜竺，赵云令其赶快撤过沮河。糜竺说："家眷们走失了不少，二位夫人及少主也不见踪影，我如何向主公交代？"赵云一听，令将士们护住家眷随糜竺往南过河找刘备，说，我再返回去寻找。"率数骑向北驰去。

此时天已大亮，整个长坂大坡到处是三五成群的百姓，他们都睁着惊恐的眼睛，蜷缩在一起，不知所措。死伤的士卒横躺竖卧，不时传出几声呻吟声。赵云焦急地在他们中间寻找，这时听到有人喊："赵将军！"赵云循声望去，见一伤者斜撑着身子，呼喊着自己，便问："你是何人？"伤者答："我乃糜竺手下护送家眷的士卒，因受伤掉了队。"赵云问："你可见二位夫人及少主？"伤着答："刚才曹军冲来，人员四散，我见他们朝那处断垣处跑去。"说着指给赵云看。赵云说："你在此别动，待我寻着二位夫人及少主，再回来接你。"于是按着伤者所指寻了过去，果然在一处断垣处见到了糜夫人，靠在墙边喘气，看样子已奄奄一息。赵云赶快下马，呼喊了一阵，糜夫人才缓缓睁开眼睛，说："快救甘夫人及阿斗。"赵云问："在什么地方？"糜夫人说："就在前边的草丛里。我将他们藏在那里，然后把曹兵引开……"喘了一阵，说："本以为要死了，没想到还能见到将军。快去，晚了恐怕被曹军发现。"赵云把她扶起，令士卒牵过马来，准备往马上送，糜夫人说："我伤得太重，已无生还的希望，不要为我耽误时间。"赵云不听，坚持要扶糜夫人上马。这时又传来曹军的呼喊及马蹄声，糜夫人说："我已骑不成马，带上我只是累赘，你们快走。"然后一指："快看，那不是曹军？"趁赵云回头之际，糜夫人使出全身力气，翻身跌入身旁的一口枯井中，赵云急得直跺脚，但已无法，只得将这堵断垣推倒盖在井上，然后按糜夫人所说，向前去寻找甘夫人和阿斗，果然在一处草丛中寻到了他们。只见甘夫人怀抱着阿斗，蜷缩在那里，一见赵云便放声大哭。赵云一边安慰她，一边令士卒将她扶上马，然后把阿斗交给她。无奈甘夫人从未骑过马，伏在马背上无法抱阿斗。眼看曹军兵马已发现他们，正朝这里扑来，情急之下，赵云接过阿斗，解开紧勒甲胄的丝带，将阿斗放入怀中，重新扎好，护着甘夫人，寻到那位受伤的士卒，一起往南撤去。

　　这时曹军已追了上来。赵云令士卒护着甘夫人先走，挺枪拦住曹军，只听"噗、噗"两声，曹军两士卒应声落马。曹军略一迟疑，仗着人多又冲了上来。赵云挺枪又连刺两下，又有两名曹军被刺下马来。这时有人喊："快去禀告曹真将军，说我们围住了一员战将，一连刺杀了我们数位士卒。"有人应声而去。赵云见护送甘夫人的士卒已去远，便边战边退，退到坡底沮河边，就要跨上长坂桥，这时曹真率人马已经追了上来。赵云与曹真战在一起，因顾着怀中的阿斗，不愿纠缠。这时曹军人马已拥了上来，眼看事情紧急，忽然看见张飞率兵马杀到，便喊："张将军助我。"张飞说："赵将军快去找主公，这里交给我了。"随后挺起长矛，大喊一声："燕人张翼德在此，谁敢上前。"截住了曹军。曹真闻听是张飞，挥戈就要上去厮杀，忽然快马来报："曹纯将军有令，不可恋战，快速集结。"曹真一声令下，曹军向北退去。张飞见曹军忽然退去，也不敢追赶，立刻收拢兵马，找刘备去了。

第九十五章

遭阻截刘备投江夏　平叛乱刘琮徙青州

　　赵云带着阿斗，直奔小树林。刘备从赵云手中接过阿斗，望着甜甜笑意的儿子，听着随行士卒讲述赵云救子的激战壮举，刘备无限感慨，说："为你一个小儿，几乎损我一员大将。"这时走失的家眷也陆续回来，唯独不见徐庶母亲及石韬。徐庶心中忐忑不安。刘备立刻安排人，再过沮河去寻找。

　　此时刘备的部曲陆续退到沮河南岸，经过清点，虽然伤亡不少，但战力还在，只是十几万百姓均留在了沮河北岸，被曹军截获。刘备说："这十几万百姓被曹军截去，实在太可惜了。"孙乾说："不过这也让我们卸下了包袱。此地离江陵已不远，我们趁曹军大队人马未到之前，要快速赶到江陵。"刘备说："只等徐庶的母亲和石韬找到后，即刻行动。"

　　然而派出去寻找徐庶母亲及石韬的人陆续回来说："到处是四散的百姓，就是找不到徐老夫人和石韬先生。"时间已刻不容缓。在徐庶的要求下，刘备只好留下人员继续寻找，下令向江陵进发。

　　然而没走多远，在一个隘口处，即遭到了曹军的阻截。刘备心里一沉，急忙赶到前面一探究竟，只见一面大纛旗上，绣着一个大大的虎头，后面列阵而立的是重装的骑卒。刘备知道这是曹操的虎骑，不由疑惑起来，自问道："他们什么时候跑到前边去了？"

　　原来曹纯率虎豹骑从襄阳出发，一路上马不停蹄，一日一夜，豹骑赶了数百里路，黎明时分在长坂大坡追上了刘备，不等喘气，立刻发动突袭。刘备摸不清底细，一下乱了阵脚，匆忙中百姓裹着士卒四下逃窜，犹如无头苍蝇般乱撞，待天亮逃过沮河才稍稍稳定下来。这时虎骑也赶到，大家要立刻投入战斗，曹纯说："我们的目的是拦截刘备，不使其逃到江陵。你们立刻绕道向前，寻找有利地势，截断往江陵的道路，绝不能放过刘备的一兵一卒。"曹休领命，在豹骑还在与刘备厮杀时，率虎骑赶到前边扎下营寨，截断了往江陵的道路。

　　刘备突遭拦截，容不得多想，只有冲过去才是唯一出路，于是下令张飞进攻，双方展开厮杀。由于曹军全是骑卒，又是重装，虽然人数不多，但战斗力却很强，又占据有利地势，几轮激战下来，都未能突破曹军的战阵。刘备换下张飞，又令赵云进攻，依然不能突破曹军的战阵。但是曹军在张飞、赵云两员大将的拼死攻击下，也伤亡不少，眼看已守不住，这时曹真从刘备后面发动进攻。刘备不得不两面迎敌，战了一天，至晚双方收兵。

半夜时分，刘备接到斥候急报："曹仁正统帅大军，昼夜兼程往这里赶，其前锋文聘明天就能赶到。"刘备急召徐庶、孙乾、简雍等人商议，徐庶说："即使明天能冲过去，也甩不掉曹军虎豹骑的纠缠，而曹军大队人马赶到，我们就可能全军覆没。看来江陵是去不成了，只有调头向东，改道江夏，与刘琦会合。"大家全都赞成。徐庶又说："既然去不了江陵，那就赶快派人通知孔明先生，让他不必再与刘琦赶往江陵。"刘备看着麋芳说："你的伤怎么样？"麋芳说："主公不必担心，都是皮肉伤，并未伤筋动骨，我这就启程赶往江夏。"送走麋芳，刘备趁夜率兵马悄悄启程，转向东往江夏奔去。

第二天天亮，曹休发现刘备的营寨已空，兵马不知去向，赶快派斥候打探，方知已于半夜时分向东逃走了，马上禀报曹纯，要求追击，曹纯说："防止刘备耍花招，你就盯在原地不动。只要他不能到江陵，就是大功一件。"于是曹休依然列阵屯守往江陵的路，不敢大意。

曹纯率曹真的豹骑在长坂大坡加紧收拢四散的百姓，临近中午，有几个士卒押着两个人到来。这两个人一男一女，年龄大的是个老太太，穿戴整齐，衣料都是绢绸一类，言行举止颇有修养；年轻的那位宽袍大袖，身着深衣，头戴纶巾，一身儒士打扮。押解的士卒说："禀告将军，我们看这两个人不是寻常百姓，问他们又闭口不言，向百姓打听又都说不认识。有的说他们可能是刘备掾属的家眷，我们不敢大意，就押来交与将军审问。"

曹纯示意士卒退下，详细打量了一下二人，问他们是什么人？起初二人谁也不答，后来见曹纯态度和蔼，并无恶意，老太太先开口说："我是徐庶的母亲。"曹纯一笑说："我料想老夫人的身份也不一般。"又问那位年轻人说："这位是……"年轻人说："我是石韬，石广元。"曹纯说："久闻石韬先生大名，丞相不断提起徐庶和您的大名，很想见你们一面。我这就安排人护送您和老夫人到襄阳。"说完，便令人找辆车来，让徐老夫人乘车，石韬骑马，派专人送往襄阳，并叮嘱道："一路上好生照应，不可怠慢。"

送走徐老夫人和石韬，曹仁率大军也赶到了长坂。这时曹纯已将四散的新野、樊城两地的十几万百姓收拢好，曹仁命乐进率本部兵马，护送百姓返回新野和樊城。百姓见曹军并不像刘备说的那样见人就杀，紧张的心情也慢慢舒缓下来，听说要将他们护送回家乡，都非常高兴，于是在乐进的护送下，踏上了回乡的道路。曹仁按照曹操的指令，率曹洪、徐晃、曹纯、文聘等部曲，与蔡瑁、张允赶往江陵。

曹操在襄阳时刻关注着追歼刘备的战况。这天侍卫报告："曹纯将军派人将徐庶的母亲和石韬送了来，现在门外等候。"曹操一听，连忙站起来亲自出外迎接，见到徐母，连说："徐老夫人一路颠簸，受惊吓了。这位想必是石韬、石广元了？久仰大名，无缘相见。"说着将二人引入殿堂。徐母说："我二人已成阶下囚，任凭丞相处置。"曹操说："徐老夫人此话差矣，我久仰徐庶大名，今老夫人与石韬先生能来此相见，亦是缘分。两位都是颍川人氏，我找一个人来见你们，请稍坐。"说着，令人把荀攸喊来。

不大一会儿，荀攸来了，曹操说："这两位是你的同乡，一位是徐庶的母亲，一位是石韬石广元。"荀攸一听，立刻上前施礼，说："久仰徐元直和石广元大名，虽说是同郡，却未曾谋面，今天见了老夫人，慈眉善目，更觉亲热。"徐母听说是荀攸来到，站起身还礼说："荀氏一门乃荀子后人，是我们颍川的骄傲，荀淑乃贤士、宗师，一代名儒，其八个儿子号称'八龙'，并名天下。我儿徐庶对荀氏倍加敬重，常以荀氏为楷模。你叔父荀彧荀文若，你们叔侄两人才智过人，我儿也非常敬慕。"荀攸说："仰赖祖上功德，忝列门墙，不胜惶恐。"石韬也向荀攸致意。大家叙些颍川的风土人情，荀攸向二位介绍了颍川的近况，越说越亲热。曹操对荀攸说："徐老夫人和广元贤士一路辛苦，也该歇息了，你带他们下去安排吧，一定要照顾周到。乡情之意，你们自去相叙。"荀攸起身，搀着老夫人，携石韬一起，按照曹操的嘱托，自去安排了。

第二天荀攸来见曹操，高兴地说："我已劝说徐母口述，石韬执笔，给徐庶写了一封劝降信，让他归附汉室，为朝廷做事。"说着把信交给了曹操，曹操看后非常高兴，嘱荀攸立刻派人，设法找到徐庶，将此信传送给他。

这时前往江夏劝说刘琦归降的史涣也回来了，说："刘琦说他与刘琮势不两立，若丞相废了刘琮，由他任荆州牧，此事尚可商议。我说刘琮已率荆州文武百官归降丞相，江夏乃荆州一郡，也该归降。刘琦大怒，要斩我，还是关羽将军说情，看在当初丞相善待于他的份上，将我放回。"曹操听了拍案叫道："立刻派人告诉夏侯惇，让在汝南待命的部曲进军江夏，征讨刘琦。"这时曹操忽然感到头有点疼，心想，莫不是头疼病又犯了。他用手拍打着、揉捏着。这时东曹掾傅巽急匆匆来见曹操，非常紧张地说："从事王威正谋划反叛。"曹操的头疼立刻轻了许多，问："消息可靠吗？"傅巽说："我有一个亲戚，是守卫荆州署衙的一个小伍长，他得知要反叛丞相，心中害怕，反复思量，就告诉了我。"曹操说："先不露声色，待我们将其一网打尽。"

原来，自曹仁、曹洪、徐晃、乐进、文聘离了襄阳，南下追歼刘备后，一直不愿归降曹操的王威感到机会来了，便去见刘琮说："曹操兵马悉数南下，襄阳城中仅有许褚的虎卫营，若能一举诛杀曹操，形势就会发生彻底的转变，这四两拨千斤的机会千载难逢。曹军没了曹操，就如无头苍蝇一般。而我荆州兵马，就可逼曹军投降。"刘琮吓得只摇头，说："断然不可。据闻当初董承就打过这样的主意，结果被丞相诛了九族。如不成功，你我将死无葬身之地。"王威动情地劝道："如果成功呢？我们就可以北进许都，掌控朝廷，天下就是我们的了，甚至可以废了当今天子，你也是汉室宗亲，完全可以登基自己做皇帝。"一席话说的刘琮心中痒痒。他说："这事太大了，不如先找别驾和治中，与他们商量一下。"王威说："这些人都屈从曹操，他们若知道，岂不坏了大事。只待事成之后，他们自然会赞成。"刘琮又斟酌了一下，感到此事还是太危险，摇头否决了。王威见刘琮不敢干，便说："主公可以不参与，但你只要睁只眼闭只眼，我联络部曲时你不必阻挠就行了。如果事情失败，与你无关。"刘琮不置可否。王威按照自己的计划，开始行动起来。他首先联络那些不愿归降曹操的掾属，然后分头策动守卫襄阳城的部曲。因城门校尉张允被曹操表奏为水军副都督，随蔡瑁去了江陵，这些兵马暂归许褚统领。由于新附曹操，一些人心中尚存戒心或敌意，经王威的策动，他们便起了反叛之心。

事情紧急，傅巽说："情况突变，丞相还是暂时撤出襄阳城，先到蒯越、蒯良或庞季的军营中暂避，待平定叛乱后，丞相再回来。"曹操说："我此时出了襄阳城，反而让王威知道他的阴谋败露了。有许褚的虎卫营，我暂时不要紧。你去悄悄联络蒯越将军，让他率兵马快速进入襄阳城，只要将为首的人员抓获，其他士卒就不敢动了。"

傅巽按照曹操的旨意，出城到蒯越将军营中，将情况说明，蒯越说："王威利令智昏，谅他也翻不起大浪。这事你放心，交给我来办，一定将他们一网打尽。"说着即召集兵马，进入襄阳城，分头行动，很快将参与叛乱的首要分子全部抓获。捷报传到曹操那儿，曹操说："想要动用守卫襄阳城和荆州署衙的兵马，不经刘琮同意，恐怕难以实行，审讯王威，看刘琮参与了了没有？"

蒯越、韩嵩亲自审问，王威闭口不招，严酷的刑罚打得他皮开肉绽，始终不吐露一个字。经过追查，得知刘琮确实没有参与，但知情不报，其罪也不小。曹操说："刘琮已不适合待在荆州，现表奏其改任青州刺史，即刻到青州上任。"刘琮不愿去，蔡老夫人也以家业在此，请求曹操让刘琮留在荆州，曹操不允，刘琮只得与蔡氏一起，打点行装，到青州上任。王威等人尽被曹操诛杀。

曹操罢免刘琮的荆州牧后，即给荀彧写信，让其为荆州新选一位刺史。很快荀彧回信，推荐丞相府掾、幽州涿郡人李立、字建贤，为荆州刺史。曹操同意，并让荀彧通知李立，荆州州治仍迁回江陵，李立可直接到江陵上任。

信发出后，曹操即着手回迁州治的准备。这时乐进护送新野、樊城的十几万百姓回到襄阳。曹操令乐进将两地百姓送回家乡樊城和新野，然后率本部兵马屯驻襄阳。安排妥当后，曹操率荆州百官准备前往江陵。

自徐母写了劝降信，荀攸亲自挑选了一位机灵、可靠的斥候，将徐母的信件交到他手中，叮嘱一定将此信交给徐庶。斥候领命不敢耽搁，一路打听、追赶，直到编县地界，才追上了刘备的兵马，趁人不备，混入刘备营中，找到徐庶，将信件呈上，即告辞离去。徐庶听说是老母的来信，心中忐忑，打开一看，上面说："自从来到襄阳，曹丞相关爱有加，照顾得十分周到，征询我是去是留，我想，自逃难到荆州，已有二十多年了，听说家乡现在形势稳定，百姓安居乐业，就想返回家乡。毕竟我年龄已大，总要落叶归根，漂泊在外终不是长久之计。希望吾儿见信能来此相见，咱们一同返回颍川老家，颐养天年。我现在有石韬陪伴，甚好！"徐庶不觉流出泪来，赶快来见刘备，说："我老母及石韬已找到，他们现在都在襄阳。"刘备很是惊讶，问："他们都安好吧？"徐庶说："从信中看，曹操待他们不错，没有为难他们。只是老母希望我能前去与她相聚，然后回颍川老家，终老家乡。本欲与主公共图霸业，只是老母被劫往曹营，究竟情况怎样，无从知晓。"指了指自己的心口说，"如今我心中乱得很，只想尽快见到老母。"刘备说："侍奉老母，天经地义，人立世上，当以孝为先，其余都不足挂齿。既如此，那就早点上路，见到老母后，代为致意，说我照顾不周，让他老人家受惊了。见到广元贤士，也代为问好。山不转水转，也许我们还能见面。即使无缘再见，彼此的友情，也会记挂心中。"说着，刘备眼中也滚下泪来。徐庶也非常感动，挥泪告别刘备，只身前往襄阳。

徐庶的离去，让刘备的心情坏到了极点，一时间心里空荡荡的，强打起精神，继续向江夏进发。此时已进入编县，前锋来报："前面就是汉津口，已到汉水。"刘备下令："就在汉津口扎下营寨，准备在此渡河。只要渡过汉水，就可以彻底甩掉曹军。"

刘备的营寨刚扎好，就有士卒来报："一队舰船，正逆汉水而来。"刘备不敢大意，亲自到汉津口向下游瞭望。果见一队舰船有近千艘，上面遍插旌旗，逆流而上，正朝这里驶来。刘备急令将士列阵，以防不测。这时早有士卒登高远眺，望见那艘高大的楼船帅旗上书一"刘"字，报与刘备。刘备暗想，莫不是公子刘琦的战船前来接应？很快船队驶近，双方搭话，确认是刘琦的船队。刘备率简雍、孙乾、糜竺等在汉津渡口迎候，很快那艘硕大的楼船，在数艘船只的簇拥下，缓缓停靠在汉津码头，从楼船上下来的果然是刘琦，诸葛亮陪在他身边。刘备等人迎了上去，与刘琦见面，甚感亲切，互诉衷肠。

原来诸葛亮到了江夏，转告了刘备的打算，暂由关羽守江夏，刘琦率江夏水军，随诸葛亮前往江陵收编荆州水军。刘琦听了心中非常高兴，即令马步军随关羽守江夏，点起水军就要启程。这时糜芳赶到，说刘备的兵马在当阳被阻，被迫转道来江夏。曹军已赶往江陵，让刘琦勿再去江陵。刘琦、诸葛亮、关羽闻听大惊。这时斥候来报，曹军夏侯惇等部尽起兵马，正由汝南杀来。大家不敢大意，留关羽守江夏，刘琦与诸葛亮便率水军，由长江改道汉水，一路逆水而上，来迎刘备，刚好在汉津口双方相遇。

听了刘琦的述说，刘备说："公子来得真及时，我正愁没有足够的船只渡过汉水。"刘琦说："叔父的兵马可乘上我的船，咱们顺风顺水直抵江夏。"说着就要邀刘备等人登船。诸葛亮突然问："怎么少了一个人，徐庶哪里去了？"刘备据实说来，诸葛亮长叹一声，不无遗憾地说："事已至此，也只好这样了。"

大家登上刘琦的舰船，随即升起风帆，摇动船桨，顺水而下，犹如离弦之箭，真是飞快。刘备等人坐在刘琦楼船的顶楼上，一边看着汉水两岸的风景，一边听着刘琦地介绍："由此向南，便是九百里云梦泽。这里夏秋之际，便是烟波浩渺的大泽，水天相接，一眼望不到边。冬春之际，大水退后，便是河湖相连，一片沼泽，内中道路一片泥泞，难以通行，纵使曹操得江陵，要想犯我江夏，也不是一件容易的事。此云梦大泽少说也抵十万兵马。"听了刘琦的介绍，刘备悬着的心立刻放了下来，脸上充满了笑意。

船队顺风顺水，很快来到江夏，关羽早在城外迎候，见了刘备，说："闻知大哥当阳遭遇曹军阻截，心急如焚，本想前去接应，又说曹军分兵，由汝南来攻江夏，只好在此据守。"刘琦将大家让入城中，吩咐摆上宴席，为刘备压惊，庆贺团聚。

此时曹操已率荆州文武掾属到了江陵，好在江陵的署衙都有人员照应，房屋都是现成的，很快安置停当。第二天水军都督蔡瑁、副帅张允即陪同曹操视察水军。站在高大的荆江大堤上，宽阔的江面，奔腾的江水，使曹操感到非常震撼。他从未见过长江，也想象不到长江如此波澜壮阔。江岸边大小数千艘战舰排列整齐，桅杆林立，旌旗在江风的吹拂下，猎猎作响。曹操说："看见长江，才知道水军是多么重要。"蔡瑁说："丞相说得对，荆州江河湖泊众多，水网密布，若无水军寸步难行。"曹操说："从这里乘船，可以直达东吴了？"蔡瑁说："正是。"曹操说："东吴依仗长江，认为朝廷奈何不了他。现在我们也拥有了它，就可以顺水而下，直捣东吴，看他还有什么本钱与朝廷相抗衡。"蔡瑁说："征伐东吴，这点水军还远远不够。因为东吴的水军和我们差不多，双方势均力敌。"曹操说："这好办，下令征调船只，扩充水军。"蔡瑁说："丞相有所不知，百姓的民船虽可以征调，但和水军的战船还是有所不同。"曹操说："那就赶快赶造。"蔡瑁说："舰船好办，只是水军的士卒从哪里来呢？"曹操说："我带来的兵马当初在北方都经过水战训练，只要有船，让他们上了船，立刻就会成为水军。"蔡瑁笑着摇摇头，委婉地说："这中间还是有区别的。"曹操说："无论如何抓紧时间扩充水军，此事就交给你们二位了。"蔡瑁和张允立刻答应下来。

曹操视察完水军，回到荆州署衙，这时夏侯惇派的信使到达，呈上夏侯惇的信，信中说："江夏郡北部的云杜、安陆、西陵诸县，已被攻占，现正攻打江夏城，因无水军，进攻受挫。"曹操告诉信使说："回去告诉夏侯将军，暂停进攻江夏。待我水军到日，即能一举攻克。"信使领命，回去向夏侯惇复命去了。

这天门吏来报："益州牧刘璋的使者阴溥求见丞相。"这有点出乎曹操的意料，忙命阴溥来见。

原来益州牧刘璋闻曹操率大军到了荆州，荆州牧刘琮归降曹操。为向曹操示好，便派阴溥主动前来联络。见到阴溥曹操非常高兴，为了笼络刘璋，便表奏天子加拜刘璋为振威将军，领益州牧。阴溥将印绶带回益州，呈交刘璋。刘璋大喜，得知曹操正扩充水军，又从益州水军中特别挑选了一批有经验的水军老兵，并筹措了一批军资，派别驾从事张肃到江陵交与曹操。曹操对刘璋大加赞赏，见张肃为人正直，办事干练，便表奏张肃为广汉太守。张肃回到益州，转述曹操对刘璋的赞誉，然后自去广汉上任。自此孤悬多年的益州也置于朝廷管辖之下。

第九十六章

乘酒兴曹操抒真情　借吊唁鲁肃欲结盟

　　自州治迁回江陵，曹军屯驻于此，江陵又繁盛起来，只是江南四郡至今未派人来表明态度。由于李立刚上任不了解情况，曹操询问刘先是什么原因？刘先说："武陵、长沙、桂阳、零陵四郡，地处偏远，山川阻隔，消息闭塞，丞相可派一使者前去宣谕。"曹操说："去宣谕的这个人派谁好呢？"就在这时门吏来报："有一自称刘巴者，求见丞相。"刘先说："真巧，前往四郡宣谕的人来了。这刘巴字子初，零陵丞阳人也。其祖父刘耀曾任苍梧太守，父亲刘翔曾任江夏太守，本人少年时在江南四郡就有名望，刘表多次征辟，皆不就。派他到江南四郡宣谕最合适不过。"

　　话音刚落，刘巴进来，一见曹操便下拜施礼，说："小民刘巴，久慕丞相。"曹操见刘巴一身儒士打扮，气宇轩昂，心中喜欢，忙令其坐下，说："刚才别驾刘先介绍了你，闻刘表数次征辟皆不就，却是为何？"刘巴说："刘荆州欲行自立，我料其早晚必败。而丞相欲统天下以固汉室，与其高下可判。我愿为朝廷尽心竭力，特来拜见丞相。"曹操喜爱有加，说："贤士乃有气节之人，现有一事欲委托于你，不知是否愿意？"刘巴说："请丞相尽管吩咐。"曹操说："荆州已归附朝廷，而江南四郡地处偏远，消息还未送达，想派你代表朝廷前去宣谕。"刘巴说："我愿代丞相前去抚慰四郡百姓，宣谕朝廷恩惠。据我所知，长沙太守韩玄、桂阳太守赵范、零陵太守刘度，早愿归附朝廷。只是武陵太守刚刚病故，郡中之事由郡丞龚志暂理。"曹操说："既是这样，我即刻告知荀彧，让他为武陵再选一位太守。"刘巴说："事不宜迟，我这就前往江南四郡，宣谕朝廷抚慰之意。"曹操说："名不正则言不顺，我正式征辟你为丞相府掾。江南四郡就拜托你了。我还有一私事，你顺便帮我打听一下。我有一好友王俊，据说在武陵，若你见到他，可让他来江陵找我。"刘巴说："王俊先生的大名我早已耳闻，只要他在武陵，我一定转达丞相的旨意。"刘巴告辞，回去准备马匹和随从，即刻登程，前往江南四郡。

蔡瑁、张允按照曹操的指令，一边加紧训练水军，一边赶造舰船，每造好一批，即交付曹军上船训练。看着江中的战船越来越多，曹操心中高兴。这日巡视完水军，回到署衙，曹操与王粲闲聊，问："有一叫赵戬的，因坚决反对董卓，听说他逃到荆州避难，你可知此人？"王粲说："此人就在江陵，刘表曾多次征辟，皆不就。如丞相欲见，我这就给你找来。"说着就出去了。果然不大一会儿，就把赵戬领来了。曹操起身相迎，拉着赵戬的手说："你过去被董卓追杀，逃到这里避难，自今日起就留在我身边，与王粲一样，任丞相府掾。"赵戬闻听，连忙感谢。曹操问赵戬："据说董卓之乱以来，北方有许多贤达俊杰之人来到荆州避难，荆州还有哪些贤士，你可为我举荐？"赵戬说："南阳郡堵阳人韩暨，字公至，早年为避袁术，逃到江陵，因与刘表不和，多次征辟不就，后刘表欲加害他，韩暨无法，才出任宜城县长，后称疾辞职，现在家赋闲。"

这时王粲插话说："我还知一人，名裴潜，字文行，乃河东闻喜人也，也是避乱来到荆州。刘表对其相当尊重，多次征辟不就。我曾问他为何，他说：'刘荆州非霸王之才，却想以西伯侯自处，终将败亡。'"接着二人又举荐了和洽、隗禧、司马芝、邯郸淳及杜夔等，这时王粲说："说到大音乐家杜夔，我又想起一个人，以书法称名于世，此人叫梁鹄。不知丞相听说过此人吗？"曹操一笑："我不仅知道此人，还与他相当熟悉。当初我被举为孝廉，梁鹄任朝廷的选部尚书。我想当洛阳县令，以施展自己的抱负，这梁鹄却与司马防商议，说我只够北部尉的资格。"王粲笑说："原来丞相还与梁鹄有这一段渊源。"曹操说："一晃这么些年过去了，没想到他也来到了荆州。你见到他，就说我非常想念他，让他早点来见我。"王粲说："我一定转告。"曹操说："看来荆州卧虎藏龙，汇聚了不少贤俊。"王粲说："一是荆州相对较安定，二是刘表名声在外，都认为他曾是八俊之一，所以避乱时都首选来到了荆州。可到荆州后才发现，刘表与大家的想象差得太远，认为此人私心太重，又好算计，便不受其征辟，或被征辟后又以疾辞职，或在郡县任一闲职，或躬耕田亩，以求自养。"曹操想了想，说："我想见见这些人，把他们请出来，量才使用，埋没了太可惜。"这时王粲说："还有一人，我差点忘了，它可是对丞相有大功的。"曹操忙问是谁？王粲说："此人叫桓阶，字伯绪，本是长沙临湘人也。"曹操问："你刚才说此人有大功，是指的什么？"王粲说："丞相还记得前长沙太守张羡反叛刘表一事吗?"曹操点头:"记得。当初张羡向我告急,要我出兵策应他,可当时正是官渡之战,我实在抽不出兵马策应,最后张羡失败,被刘表镇压下去了。这与桓阶有什么关系?"王粲说:"当初丞相与袁绍相持官渡,刘表与袁绍结为同盟,桓阶劝张羡说:'凡举事而不遵从大义,没有不失败的。故齐桓率诸侯以尊周,晋文逐叔带以纳王。今袁绍反此道而行,而刘荆州却积极呼应,乃取祸之道也。太守此时应立功明义,全福远祸,以示不同流合污。'张羡说:'依你看怎么办?'桓阶说:'曹公虽弱,仗义而起,救朝廷之危,奉王命而讨有罪,谁敢不服?今太守若联络江南四郡,保三江以待其来,而为之内应,必首功一件。'张羡采纳了桓阶的建议,高举义旗,反叛刘表,使其不能呼应袁绍。刘表倾全州之力镇压,适逢张羡突发疾病,终至失败。"曹操说:"这里面的细节,今天你若不说,我还一直都不知道。其实我心中一直因为未能呼应张羡而感到有愧。那么后来桓阶怎么样呢?"王粲说:"张羡兵败后,桓阶便隐姓埋名躲藏了起来。过了很久,刘表念桓阶确是人才,便赦免了他,征他到襄阳任从事祭酒,并打算让蔡氏的妹妹嫁给他。桓阶称自己已结婚,拒而不受,又以疾病为由,辞了从事祭酒一职,回长沙临湘老家去了。"曹操听了大为感动,叮嘱王粲说:"你一定要设法找到他,我应该好好感谢他。"王粲说:"丞相放心,包括桓阶,这些贤达之士,我二人一定设法给你招来。"二人起身告辞。

曹操心中久久不能平静,他没有想到荆州竟隐藏了这么多的贤士,而他们又都不为刘表所用,那么这些人能为我所用吗?曹操似乎心中也没有底。

这天门吏来报:"新任武陵太守金璇拜见丞相。"原来荀彧接到曹操让其为武陵郡选取一位太守,便细细考察,很快选定了京兆人、议郎、中郎将金璇,表奏天子,颁授印绶,即启程来荆州上任,路过江陵来见丞相。曹操立刻接见,说:"你到武陵后,替我办一件事。前天刘巴给我捎信,说打听到我的好友王俊去年在武陵病逝,殡殓后因家贫无力安葬。你到武陵后,派人将其灵柩及妻子儿女送到江陵来。"金璇应诺。曹操又交代了一些安抚武陵百姓的话,金璇即启程前往武陵上任去了。

王粲和赵戬联络流落荆州的贤士们的事情,还算进行得比较顺利。一些隐居在其他郡县的贤士得到消息,也陆续到了江陵。王粲和赵戬将他们安排在旅舍暂歇。唯在江陵的梁鹄不见了踪影。王粲禀报了曹操,曹操说:"梁鹄老先生是怕我追究当年北部尉的事情，躲起来了。你发一则通告，就说凡知梁鹄下落着，只要举报，皆给予重奖，隐匿不报者，必重罚。"王粲领命而去。

此时已是建安十三年十月。这天，蔡瑁兴冲冲地来见曹操，曹操说："看你那么高兴，有什么喜事？"蔡瑁说："禀告丞相，专为你打造的楼船已经建好了，丞相看什么时间前去巡视，顺便庆贺一番？"曹操高兴地说："明天是望日，十五的月亮十六圆，就放在后天吧，大家一起赏月饮宴，尽情欢乐一番，以示庆贺。"蔡瑁说："好，我这就去筹备。"

蔡瑁走后，曹操立刻召见王粲和赵戬，问："还没有梁鹄的消息吗？"王粲答："没有。"曹操说："如果梁鹄实在不露面，也就由他去了。你二人告诉在旅舍中等待的贤士们，让他们十六这天都到江边参加新楼船的落成典礼，大家欢宴一场。"王粲和赵戬领命而去。

十六这天，太阳西坠。曹操在文武百僚的陪同下，出了江陵城，行不多远，便到了荆江岸边。放眼望去，宽阔的长江水流湍急，江面上战船排列，一眼望不到边，阵势比先前大了许多。沮漳河入江处，一艘崭新的楼船停泊在那儿，显得巍峨壮观。蔡瑁、张允见曹操来到，便迎了上去，陪曹操来到楼船旁。此时曹仁、曹洪、徐晃、曹纯、曹真、曹休、蒯越、蒯良、文聘、庞季等将领早在一旁等候，一见曹操来到，一起迎了上去。曹操在众人的陪同下，兴致勃勃地欣赏着漂亮的新楼船。只见楼船长约十丈，宽约数丈，共有三层楼阁，船上遍插旌旗，硕大的帅字旗挂在楼船最高处，远在数里之外都能望得一清二楚。曹操一行登上楼船，只见船舷两边各站着数十名士卒，握着长长的船桨，只等一声令下，楼船就能起航。曹操等人登上楼阁，来到最高一层，凭栏远眺，视野非常开阔。江两岸郁郁苍苍，江中桅杆林立，战船在夕阳的映照下，仿佛涂抹了一层金色。这时王粲、赵戬领着桓阶、韩暨、裴潜、和洽、隗禧、司马芝、邯郸淳、杜夔等贤士来到楼船上。曹操高兴地与大家互致问候。蔡瑁说："水军将士都严阵以待，等待丞相的检阅。"曹操点头应允，蔡瑁立刻吩咐张允开船，一声令下，楼船上的桨手摇动大桨，楼船动了起来，渐渐驶离码头，朝大江驶去。

孟冬的天气已经有些凉了，曹操说："若在北方，此时已经很冷了，但在这儿，到底比北方暖和些。江风一吹，反而神清气爽。"楼船在战船的阵列中穿行，水军将士望着楼船齐声欢呼。曹操说："在北方打仗时要设营帐，现在营帐设在船上，随时可以移动，非常方便。"直到夕阳西下，夜色笼罩江面，曹操巡视完水军，楼船上挂起灯笼，船舱中灯火通明，才缓缓停泊在码头上。

蔡瑁命人将早已准备好的美酒佳肴在船舱中摆开，大家依案而坐，各自斟满酒杯。曹操举杯说："今天在座的既有久经沙场的将帅，也有运筹帷幄的谋士，更有闻名天下的贤士达人，大家为汉室江山尽心竭力。我身为丞相，代天子向大家致意。今天借蔡瑁将军准备的贺酒敬奉大家，咱们尽兴而饮，一醉方休。"说着先将杯中酒饮下，接着觥筹交错，笑语飞扬。

就在这时，侍卫来报："有一自称梁鹄的，求见丞相。"曹操一听，忙令有请。不一会儿梁鹄进到舱中，大家一看，全都愣住了。只见梁鹄五花大绑，径向曹操走去，接着跪拜施礼，口称有罪。曹操忙站起，上前将其搀起，边解绳索边问："梁鹄老先生，这是为何？"梁鹄说："当年丞相欲为洛阳令，我只征调你任北部尉，实属有眼无珠，得罪了丞相。闻知丞相出重金购募于我，自知罪责难逃，便自缚其身，前来领罪。只求丞相罪及本人，不要牵连家中老小。"

曹操听了哈哈大笑，说："你要不是有意躲避我，何必重金求募。来坐下，我亲自斟酒，为你压惊。"梁鹄依案而坐，看到曹操如此热情，也放下心来，说："早知丞相如此，我当及早赶来，何必东躲西藏，真是自己吓唬自己。"说完也哈哈大笑，接过曹操递过来的酒，一饮而尽。

曹操笑对大家说："当年我初举孝廉，命运就捏在梁老先生手中。"然后转脸问梁鹄："若事情倒回三十多年前，老先生还认为我只能就任北部尉吗？"梁鹄一愣，随即答道："若倒回三十多年前，我仍坚持你为北部尉。"曹操说："那么现在呢？"梁鹄说："现在适合做丞相。"曹操连连点头，笑说："梁鹄老先生说得妙。"大家又一起大笑，互相举杯庆贺。

一轮酒过后，曹操指着在座的贤俊达人说："你们都是学有所成的儒士名流，既有荆州人，更多的是其他州的人。自董卓之乱起，先后流落在此，客居他乡已多年。大家饱读诗书，本欲报效朝廷，无奈天下大乱，性命难保，报国无门，只好屈居在此。如今天下渐趋一统，百废待举，朝廷也正是需要人才之际，望各位贤俊达人重振精神，施展才华，上报朝廷，下耀门庭。若大家不弃，愿随曹某，请举杯饮下此酒。"说完，曹操先饮，各位贤士也纷纷举杯而饮。曹操大为感动，当即令荀攸宣布：桓阶、赵戬被征辟为丞相府掾主簿，韩暨为丞相府士曹掾，裴潜为参丞相军事，和洽为丞相掾属，隗禧为丞相军谋掾，司马芝出任菅县县长，邯郸淳任议郎，杜夔为军谋祭酒，参太乐事，为朝廷创制雅乐。荀攸宣布完，曹操对梁鹄说："前几天见不到你，也不知你心中是怎么想的。你是书法家，字写得好，就留在军中任假司马，专门办理秘书事务，可以吗？"梁鹄欣然接受。自此闲暇时，曹操常与梁鹄讨论书法。梁鹄每有书法大作，曹操都悬挂帐中细细品鉴，称他的书法已超过其老师师宜官。此是后话。

这时新任荆州刺史李立说："丞相新得一批贤俊达人，值得庆贺，我们共同举杯向丞相道喜。"文武掾属齐响应，又是一阵觥筹交错，大音乐家杜夔满面红光，激动地说："为谢丞相厚爱，我愿抚琴一曲，为大家助兴。"大家齐声叫好。蔡瑁忙令乐舞暂停。只见杜夔将他形影不离的囊包打开，取出一架颇有年月的古琴，轻拨琴弦，调校音准，然后说："我为大家奏一曲雅乐。"话音刚落，琴声响起，悠扬缠绵，如美酒沁入心扉，整艘船立刻安静下来，唯有这清音在夜空回旋，似要把满天星斗邀入楼船中同乐。一曲弹罢，大家击掌欢呼，这时不知谁提议了一句："早闻丞相善舞长槊，未曾眼见，不如也在此让我们开开眼。"这时曹洪说："这有何稀罕，一把青釭宝剑，一杆长槊，战场上凭此斩了多少敌首。"荀攸说："在座的不少人从未上过战场，未睹丞相舞槊之风采，丞相不如让他们一饱眼福。"众人齐称赞，这时不知是谁又嚷道："丞相文武俱全，诗也做得好，值此月明星稀，夜空寥廓，我等宴饮正酣，丞相不如吟诗一首以助兴。"大家又是一阵叫好。

看着这满船的文武掾属、贤俊达人，曹操不胜感慨，难抑心中激情，说："大家鞍前马后，随我南征北战，为汉室江山奉献着才智学识，才有这河山一统的局面。我在此连饮三杯，向大家致谢。"说完，亲自斟酒，连饮三杯，说："我先为大家舞槊，再吟诗一首，以聊表我对大家的谢意。将我的长槊拿来——"

早有侍卫去拿长槊。曹操邀众人出了船舱，来到船头甲板上，脱去深衣，束好腰中丝带，接过长槊，舞动起来。只见长槊上下翻飞，疾如闪电，倾而势大力沉，朝前刺去，尽显战场上的英姿。自官渡之战后，曹操已很长时间没有持长槊亲自厮杀了，此刻趁着酒兴，让激情彻底倾泻了一下。他突然感到人生是那么短暂，可许多事情都还没有做，便显老了，不仅万分感慨，诗意已在心中奔腾，他收住长槊，立于船头，让江风吹拂面庞，为灼热的身躯降降温，转身对杜夔说："我要吟诗一首，就用乐府《短歌行》的曲调吧，请你为我奏响此曲。"杜夔应声抚琴，少顷《短歌行》的曲调响起，曹操依音律吟道：

对酒当歌，人生几何？譬如朝露，去日苦多。慨当以慷，忧思难忘。何以解忧，唯有杜康。青青子衿，悠悠我心，但为君故，沉吟至今。呦呦鹿鸣，食野之苹。我有嘉宾，鼓瑟吹笙。明明如月，何时可掇。忧从中来，不可断绝，越陌度阡，枉用相存。契阔谈讌，心念旧恩。月明星稀，乌鹊南飞，绕树三匝，何枝可依。山不厌高，海不厌深。周公吐哺，天下归心。

随着杜夔古琴最后一个音符的戛然而止，楼船上爆发出一片叫好声。有的说："丞相这首诗可与高祖皇帝的《大风歌》相媲美，都是抒发了思得猛士之情。"有的说："丞相为了揽尽天下人才，可谓用心良苦，倾情相待。"曹操说："一统天下的大业还未完成，如果咱们都能像周公一日三吐哺那样对待贤俊达人，天下英才齐聚朝廷，天下太平的一天终将到来。"王粲说："丞相的诗中说，南飞的乌鹊不知道停在哪棵树上，那咱们齐心协力，帮助他们停在丞相这棵大树上。"众贤士齐声附和。

十六的明月又大又圆，月光洒在江面上，波光粼粼，此时已是深夜。楼船上的喧闹声随着江风在江面上回荡，传得很远很远。

第二天，曹操余兴未减，对荀攸、程昱、贾诩等人说："昨天我们乘着楼船巡视水军，其雄壮的阵势颇为震撼。有如此强大的水军，何愁江南不平，天下一统已经指日可待。"荀攸说："下一步丞相是否要对东吴用兵？"曹操一笑说："根本不用，我只要给孙权写一封信，摆明利害关系，他就会像刘琮一样，乖乖交出扬州。不战而屈人之兵，乃是上上策。"荀攸说："丞相想得过于乐观了吧？毕竟孙权与刘琮不同。"曹操说："都是年少当家，有何不同？且看我书信到日，孙权有何表现。"于是亲自修书一封，派人送往东吴。

孙权闻知曹操要征伐东吴，主动向荆州刘表示好，放弃江夏退回曲阿。由于九江郡合肥以北诸县，早在袁术失败后已被曹操所占，天险淮河已为曹军所有，便一边加强庐江的防守，一边在长江构筑第二道防线，并密切关注着曹操在合肥的动向，生怕曹军由此挥师南下，夺取庐江后渡江进攻江东。然而七月斥候来报，曹军兵马奔西南而去，要征剿荆州。孙权松了一口气，好像躲过了劫难。鲁肃说："我们切不可掉以轻心。如果刘表守住荆州，长江天险就会掌握在我们手中，东吴可确保无虞；如果刘表守不住荆州，江东随时都处在危险之中。"听了鲁肃的忠告，孙权的注意力又集中在荆州方向，盼望刘表抵御住曹操的进攻，守住荆州。

　　然而世事难料，就在荆州之战一触即发之际，却传来了刘表病逝的消息，孙权心中莫名地感到了恐慌。鲁肃说："形势确实很严重，荆楚与我们相邻，水流向北，外带江汉，内阻山陵。有金城之固，沃野万里，士民殷富，若据而有之，便是帝王之资。今刘表新亡，其二子素不辑睦，军中诸将，各有彼此。再加上刘备枭雄，寄寓于表，表恶其能而不能用也。因此荆州很容易被曹操趁乱各个击破。如果刘备能与二子上下齐同，就能抵御曹操，我们就可以与他们结为盟好。我们应赶快前往荆州，以探实情。劝说刘备与刘表二子和睦相处。如果荆州真的四分五裂，我们也可以早做打算，以防不测。"孙权说："我们与荆州是世仇，双方互不来往，贸然前去，实在有点唐突。"鲁肃说："事情紧急，大礼不拘小让，刘表新亡，我们就以此为借口，前去吊唁。我想刘表二子总不会将吊唁的人赶出来吧。"孙权说："你说得在理，可派谁前去呢？"鲁肃说："到荆州后，一切都要随机应变，我只好亲自去一趟。"孙权说："那就劳你辛苦了。"

　　于是孙权立刻令人准备礼品，随行人员由鲁肃自己挑选。很快一切准备停当，鲁肃乘船离了东吴，顺长江逆流而上，前往襄阳。当船行到彭泽，得到消息，刘琮率荆州百官已投降曹操，刘备已离了新野，不知去向。没想到事情变化这么快，鲁肃不敢再向前行，令船暂靠岸停泊，派人打探江夏情况。很快得到消息，刘备大将关羽已到江夏与刘琦会合，刘备已撤往江陵。这时鲁肃心中有了底，便下令开船，直驶江夏。

　　鲁肃的船行到江夏，看江夏城上大纛旗上的"刘"字，便对守城士卒说："请通报刘将军，我乃东吴特使鲁肃。我家主公闻知刘荆州亡故，特遣我来吊唁。"守城士卒不敢怠慢，忙去通报。这时刘琦正与刘备、诸葛亮在府衙商议抗曹事宜，闻听东吴来人，吃惊道："荆州与东吴早已结为世仇，他来吊唁，有何用意？若真想吊唁，直接去襄阳找刘琮便是，我父亲的墓在那里。"诸葛亮说："吊唁是假，来探我们对曹操的态度是真。"便命人将鲁肃带进来。

少顷，鲁肃进来，见到刘琮，施过礼，说："奉我家主公之命，前来吊唁先将军。本当到襄阳刘荆州墓前哭拜祭奠，无奈少公子已降曹，只好来到江夏，向长公子致意，所带薄礼一并奉上，以表我东吴之意，请长公子收下。"说着将礼单呈上。刘琦接过礼单，略看一看，令人收好，说："子敬先生不辞辛劳来此，带来了孙权将军的厚意，我深表谢意。愿今后我们两家共修盟好。"鲁肃说："我家主公也正有此意。目前刘琮已降曹操，不知刘琦将军有何打算？"刘琦说："我是绝不会降曹的。刘豫州乃我叔父，一切尽听刘豫州安排。"然后向鲁肃介绍了刘备和诸葛亮。鲁肃一听，旁边坐着的是刘备和诸葛亮，起身见礼，向两人致意，并问："据说刘豫州到江陵去了，没想到在这里相见了。"刘备尴尬地说："江陵已被曹操所占。"鲁肃不再追问，岔开话题说："公子仅据江夏一郡，虽不降曹，但毕竟地狭兵少，请问刘使君，长远来看，是否有更好的打算？"

刘备略一沉吟，说："江夏一郡的确地狭兵少，但目前我与长公子共有兵马五万余人，且有长江之险，足可以与曹操周旋。实在不行，我与苍梧太守吴巨有旧，在给予曹操以重创后，到苍梧投吴巨，然后根据情况另行定夺。"鲁肃说："苍梧远在交州，且粮少兵微，曹操占了荆州，岂能放过交州？如此一来，刘使君还能撤向哪里？我倒有一个想法，我们东吴拥有扬州六郡，地域辽阔，回旋余地大，文臣武将济济一堂，兵精粮足。假如我们携起手来，共依长江天险，同抗曹操，即便不能剿灭曹操，自立尚且问题不大。""子敬所说倒是一个好主意。"诸葛亮说，"只是孙刘两家一向没有交往，怕是当不得真。"

鲁肃一笑，说："我家主公特遣我来，其诚意可见一斑。如若不信，无论刘使君还是公子，都可到东吴见我家主公一面。"刘备说："据斥候报告，曹军夏侯惇等部，正由汝南方向朝这里袭来，我与公子都不能离开。"鲁肃说："既然如此，那就由孔明先生随我到东吴。我与诸葛先生之兄子瑜交好，他常常诉说兄弟思念之情，此去东吴，一可叙兄弟之情，二可与我家主公共商抗曹大事。"诸葛亮说："子敬如此真诚，我就随子敬走一趟，以结双方盟好。"刘备和刘琦都表示赞同。诸葛亮于是与鲁肃一起，登上东吴的船，前往曲阿，去见孙权。

第九十七章

主抗曹鲁肃排众议　结同盟周瑜会孔明

自鲁肃前往荆州吊唁走后，孙权便时刻关注着曹操的动向。不久传来消息，刘琮归降曹操，曹军已进驻襄阳，屯驻新野的刘备已不知去向。孙权不禁为鲁肃担起心来。后又有消息传来，刘备在当阳遭到曹军阻截，伤亡惨重。孙权心情非常紧张，只盼着鲁肃能平安返回。

这天，孙权收到曹操派特使送来的书信，怀着忐忑不安的心情，打开信一看，上面写道："我受天子之命，奉辞伐罪，旌麾南指，刘琮束手，荆襄之民，悉已归附。今率水陆大军八十余万，方与小将军会猎于吴，何去何从，请将军早拿主意。"

孙权手持书信，半天没有说话。他没想到形势变化如此之快，心中埋怨刘表死的不是时候，刘琮又实在太窝囊，刘备又如此不堪一击。与曹操的对垒已近在眼前。这时他又想到了鲁肃。鲁肃现在到了哪里？既然刘琮已降，为何还不快点回来？他心烦意乱，无法使自己平静下来，便召集众掾属，想听听他们的意见。

当他把曹操的信公示给大家后，厅堂上竟出奇的平静，大家都默不作声，气氛显得很压抑，可以明显地看出大家的紧张。孙权故作镇静，说："曹操信中的意思很明白，我们是战还是降？"

长史张昭皱了皱眉说："我们谁都不愿意降。可是我们都知道，曹操当初与先将军几乎同时起兵征剿黄巾，可以说是我们的父辈。其久经战阵，运筹帷幄，用兵如神，大家早有耳闻。现在统领水陆大军八十余万，我们江东六郡与其相差甚远，实在难以抵挡。"

左司马顾雍说："子布之言甚是。过去我们之所以能与曹操抗衡，一是河北有袁绍，二是我们有长江天险。而现在河北四州均归附曹操，现在荆州也归降了曹操，长江天险已与我们所共有。正像他信中说得那样，顺江而下，会猎于吴，是轻而易举的事。"

中司马诸葛瑾说："曹操身为丞相，仗顺而起，功以义立，携天子之名，道义上占了上风。倘我们反抗，便是以下犯上，于情于理都是大逆不道。"

堂上一片避战声。这时右都督程普老将军说："自我随先将军起兵讨黄巾起，大小战斗不计其数，身处险境也是家常便饭，不也是打出了今天这一片天地吗？曹操有何不可战胜？今天这一封信就把大家吓得人人自危，岂不是长别人志气。我坚决主张抗击曹操，是胜是败，较量一番再说。"黄盖、韩当、蒋钦等一批武将，齐声附和，皆言可战。

东部都尉张纮说："抗击曹操，说起来容易，可结果如何，不能不让我们深思。想那袁绍拥有冀、青、幽、并四州，身居大将军之位，尚且惨败，更何况我们仅有扬州六郡——说是六郡，其实九江一郡合肥以北实为曹操所占。以此抗击曹操，无异以卵击石。"

看到自己最敬重的两位股肱，一位长史张昭，一位东部都督张纮，都言说不可战，孙权心里失望到了极点，情绪非常低落，说："照大家的意见，我们只有像刘琮那样，束手待毙，将这扬州六郡拱手相让了。"大家一阵沉默。

张昭说："仔细想来，我们本来就是汉室属臣，曹操乃汉丞相，归附曹操便是归附汉室。据说刘琮仍为荆州牧，并无实质改变。咱们主公一直都是承袭的讨虏将军，领会稽太守，虽拥有扬州六郡，朝廷却一直不予承认。不如趁此机会，向曹操提出要求，表奏主公为扬州牧。这样我们不仅实际拥有扬州，也得到了朝廷的承认，主公成为封疆大吏，位列朝班。若将来形势有变，仍可割据一方，面南称孤。"

大家都认为张昭所说，不失为一个好的提议，放弃割据江东，面子和利益均能保住。孙权虽心有不甘，但一时也没了主意。正在此时，人报鲁肃回来了。孙权立刻来了精神，慌忙站起身说："快快有请。"

鲁肃携诸葛亮来到曲阿，先将诸葛亮安置在旅舍歇息，然后便直奔署衙来见孙权。一见面，孙权便说："你总算回来了。"不等鲁肃坐稳，便问："荆州之行怎样，都见了谁？曹军在荆州有多少兵马？"一连串急不可待地询问，让鲁肃无从回答。他扫视了一下殿堂，问孙权："今天文武百官都聚在一起，看来有大事相商？"孙权连忙把曹操的来信递给鲁肃。大家屏息静气地等着鲁肃看信，少顷，鲁肃将信交还给孙权，淡淡一笑说："果不出所料，曹军要犯我东吴了。主公怎么看？"

孙权说："我正与掾属们商讨此事，大家都认为应归降曹操，或可仍能封侯拜将。上藩汉室，下保民物。子敬认为如何？"这时张昭说："子敬荆州一行，不知收获如何？既然刘琮已降，曹军势力大增，形势必定危急。"大家也都急不可待地想听听鲁肃带来的荆州情况，便一起催促。鲁肃扫视了一眼殿堂，朝孙权使了个眼色，说："荆州一行，所感颇多，不是一句两句能说明白的。以后咱们慢慢叙说。"

孙权会意，说："今天大家议论的时间不短了，我也累了，大家先回去吧，以后再议。"于是起身退入后堂。众文武也纷纷散去。鲁肃追着孙权来到后堂廊道。孙权知鲁肃有话要说，早在廊道上等候，等鲁肃到来，抓住鲁肃的手说："子敬有什么话，但说无妨。"鲁肃说："大家都说应归降曹操，我看此言专欲误主公，不足与图大事。如今肃等皆可降曹操，唯主公不可降曹操。"孙权问："此话怎讲？"鲁肃说："今肃等迎曹操，曹操以肃还付乡党，品其名位，犹不失下曹从事，乘犊车，交游士林，累官故不失州郡也。主公迎曹操，欲安所归？爵不过封侯，位不过拜将，再无面南称孤之希望。众人之意，各自为己，愿主公早定大计，莫用众人之议也。"

孙权叹了口气，说："众人之议，甚失孤望。今子敬廓开大计，正与我相同，此乃天以子敬赐我也。只是曹操如今兵强马壮，八十万大军整备荆州，长江天险已与我所共有，恐势大难以抵敌。"

鲁肃说："我此番前往江夏，见到了刘备、刘琦，他们手中尚有五万兵马，誓与曹操抗衡到底。我劝他们与我东吴联合抗曹，他们也非常愿意。刘备的军师，也就是诸葛瑾的弟弟诸葛亮，随我一同来到曲阿，专门与主公商议共同抗曹之事。"孙权问："诸葛亮现在何处？"鲁肃说："我已将他安顿在旅舍中歇息。"孙权说："今日已晚，明天可早早让他前来，与我商议抗曹之事。"

鲁肃辞别孙权，即刻来到旅舍，见到诸葛亮，将曹操来信及众文武的议论简述了一遍，说："明日主公要见你，倘问起曹军情况，切不可夸大其词，应尽可能提高我们主公抗曹的信心和勇气。"诸葛亮说："子敬兄不必叮嘱，到时我自会应对。"鲁肃让诸葛亮早点休息，随后告辞。

第二天一早，鲁肃便来到旅舍，诸葛亮已收拾停当，便起身随鲁肃去见孙权。刚出旅舍门，碰见兄长诸葛瑾，诸葛瑾说："昨日闻你到了曲阿，想你晚上必到家中见我，左等也不来，右等也不来，今日一早便来旅舍见你，以叙兄弟之情。"诸葛亮说："我此次来曲阿，是应子敬兄之邀，受刘豫州之托，专程来见孙将军。公事未毕，不敢及私，望兄长见谅。"诸葛瑾说："理当如此。你与子敬先去忙公事，待公事完毕，可到家中一叙。"说完告辞。

鲁肃引着诸葛亮来到孙权府中。孙权昨夜没有睡好，早早起来，在后堂等待诸葛亮到来。一见到诸葛亮，便说："早闻孔明先生大名，今日一见，气宇轩昂，真我青年之辈的才俊，果然名不虚传。"诸葛亮连忙施礼，见孙权碧眼紫髯，高鼻豹眼，生得异常威武，心想：早听说孙氏父子生得异于常人，今日一见，果然不差。如此相貌之人，并不是懦弱无能之辈，看来只需稍加激励，双方联合抗曹之事就能实现，于是说："少将军英名早已闻达天下，我家主公早就敬慕，今特遣我前来向将军示意，以结同好。"

孙权让诸葛亮坐下，问："你辅佐刘豫州，在新野和樊城与曹操交手，据你看来，曹军战力如何？曹军自称八十余万，可是真的？"诸葛亮说："自黄巾之乱，曹操统兵南征北战，擒吕布，攻袁术，战袁绍，灭乌桓，可谓大小战阵，捷报频传。其战略战术，确实智高一筹，曹军战力不可小觑。曹操曾收百万青州黄巾，择其精锐三十万整编，张绣归降也有好几万，又平了袁氏，得其部曲好几十万。新迎刘琮投降，又得荆州兵马近二十万。如今曹操手下兵马说是八十万，恐怕还是少说了。"

鲁肃连忙示意诸葛亮慎言。诸葛亮视而不见。孙权觉得诸葛亮说得非常实在，绝无掩饰矫造之词，反而更加信任他了，于是问："照孔明先生说来，面对如此强敌，我们怎么应对呢？"诸葛亮说："想当初海内大乱，将军父兄起兵，身历百战，打下这东吴江山。刘豫州也是南北厮杀，都欲与曹操并争天下。今曹操芟夷大难，略已平矣，遂破荆州，威震四海。英雄无所用武，故刘豫州遁逃至江夏。将军量力而处之：若能以吴越之众与中原抗衡，不如早与之绝；若不能挡，何不按兵束甲，北面事之。今将军外托服从之名，而内怀犹豫之计，事急而不断，祸至无日矣！"

孙权心中有点不高兴，说："假如像你所说，刘豫州为何不遂事曹操呢？"诸葛亮说："昔田横，齐之壮士耳。犹守义不辱，况刘豫州王室之胄，英才盖世，众士仰慕，若水之归海。若事之不济，此乃天也，安能复为之下乎！"

诸葛亮话音刚落，孙权勃然变色，怒道："我虽不是田横，也不是王室之胄，但也不能举全吴之地，十余万众受制于人。我决心已下，非刘豫州可以挡曹操者。然刘豫州新败之后，安能抗此难乎？"诸葛亮说："刘豫州虽败于当阳，今关羽尚有水军精甲万人，张飞、赵云统步卒万余人，刘琦合江夏战士亦有三万之众。曹操虽号称八十万之众，然所统辖八州并不安定，各州郡要留兵卒看守，真正能用来征战的也就二三十万人，且远来疲惫。追击刘豫州，轻骑一日一夜行三百里，此所谓'强弩之末，势不能穿鲁缟'者也，故兵法忌之，曰'必蹶上将军'。且北方之人不习水战，战力又大打折扣，虽收编了荆州水军和步卒，然而两军之间并不融合，互有戒心，隐患不可小觑。且荆州之民附曹者，迫于兵势耳，非心服也。所以曹军不足虑也，刘豫州定能与之周旋。"孙权觉得诸葛亮句句说的在理，频频点头称是。诸葛亮接着说："今将军诚能命猛将统兵数万，与刘豫州协规同力，破曹军必矣。曹军破，必北还，长江天险重回我们手中，如此则荆吴之势强，鼎足之形成矣。成败之机，在于今日。请将军早下决心。"

孙权此刻信心高涨，说："先生所言极合我意。吾意已决，愿与刘豫州携手同心，共同抗御曹操。"遂召众文武，商议联合刘备，起兵抗曹事宜。诸葛亮告辞，自回旅舍歇息。

当众文武听孙权说打算联合刘备，共同抵抗曹操时，便议论纷纷，埋怨鲁肃上了诸葛亮的当，误导了主公。张昭说："主公认为，自比袁绍如何？"孙权说："江东六郡，何以比得上袁绍四州。"张昭说："既如此，当初曹操仅有十几万兵马，尚能攻克邺城。即便今日号称八十万大军有水分，屯驻荆州的兵马也不会少于四十万，岂可如此轻敌。若听诸葛亮之言，无异于以卵击石。"张纮也说："刘备曾参与衣带诏之事，只是借机侥幸逃出许都，杀徐州刺史车胄，反叛曹操，又与袁绍勾结，在袁曹之战的关键时刻，数次攻击曹操后方。被曹操击败后退居荆州，鼓动刘表偷袭许都。刘琮降曹后，又蛊惑刘琦抵抗曹操，再次被曹操打得四下逃窜。曹操恨不食其肉，嚼其骨。刘备除了抵抗曹操，已无其他路可走。现在又想把我江东拉下水给他垫背，我们可不能上他这个当。"顾雍接话道："都尉张纮说得不错，我们从未与曹操撕破脸，反而多次助曹操攻袁术，配合曹操牵制刘表，得到曹操多次表奏拜将封爵。如果我们能再次与曹操合作，消灭了刘备，必能得到曹操的嘉许，或能再次表奏天子加官晋爵。刘琮仍领荆州牧便是明证。"

其他掾属纷纷表示赞同。孙权低头不语，心中盘算：张子布等人的话也有几分道理。自己不是不想抵抗，只是与曹军的实力相差太悬殊了。战还是降，实在难以决断。他摆摆手说："容我斟酌，明天再议。"随即退入后堂。

鲁肃知道张昭、张纮都是孙策生前挚友，临终前将孙权予以托付的顾命掾属，他们的意见在孙权心中有相当重要的分量，要想打消孙权的顾虑，坚定他的信心，必须请出另一位托孤重臣——周瑜。他知道周瑜是绝不会同意投降曹操的。于是鲁肃紧随孙权来到后堂，说："张子布等人乃一介文臣，是否抵抗曹操，应由武将说了算。如果武将不同意抵抗，那么抵抗也无从谈起，只好归降曹操。如果武将认为能抵抗曹操，那就说明我们有必胜的把握。我想主公应将在鄱阳湖训练水军的左都督周瑜请回来，征询一下他的意见。"孙权一拍脑门说："我真是急昏了头，怎么把他给忘了。快派人连夜到鄱阳去，把他给请来。"

第二天，孙权召集文武百官，继续商议抗曹事宜。未及开言，报说左都督周瑜回来了。孙权非常惊喜，没想到周瑜回来得这么快。

原来周瑜在鄱阳湖训练水军，闻知曹操已占荆州，有意进犯东吴，放心不下，便安排好部曲，连夜赶回曲阿，打探真实情况。走到半路，碰上孙权派出的召回自己的使者，这才知传言并非空穴来风，便马不停蹄火速赶了回来，直接来到府衙，见文武百官济济一堂，来不及施礼，开口便问："主公召我回来，说是曹操要犯我江东。御敌之策，可已商定妥当？"孙权说："召卿回来正是商议此事。这是曹操的来信，公瑾可先看看。"

周瑜接过曹操的信，看毕，说："曹操老贼欺人太甚！大家有什么看法？"孙权说："自子布以下，大家都同意归降曹操。所以请你回来再议此事。"周瑜问张昭："子布先生力主降曹，愿闻其详。"张昭说："曹操豺虎也。然托名汉相，挟天子以征四方，动以朝廷为辞，今日拒之，事更不顺。且东吴大势，可以拒曹者，长江也。今曹操得荆州，奄有其地。荆州水军，蒙冲斗舰，乃以千数，探悉浮以沿江，兼有步兵，水陆俱下，此为长江之险，已与我共之矣。而势力众寡，又不可论，愚谓大计不如迎之。"

周瑜冷笑一声，说："子布之言差矣。操虽托名汉相，其实汉贼也。我主公身为将军，以神武雄才，兼仗父兄之烈，割据江东，地方数千里，兵精足用，英雄乐业，尚当横行天下，为汉家除残去秽。况操自送死，而可迎之邪？"然后扫视了一眼大家，提高声音说："请听我为诸位筹之。今假使北土已安，曹无内忧，能旷日持久，来争疆场，又能与我校胜负于船楫间吗？更何况曹操犯以下四忌：今北土即未平安，加马超、韩遂为首的西凉兵马，尚在关西割据一方，长此以往，必生后患，这是一忌；曹操擅长陆战，今舍鞍马，仗舟楫，与吴越争衡，本非中原所长，以彼之短，击吾之长，这是二忌；现在时值隆冬盛寒，马无藁草，此三忌也；驱中原之众，远涉江湖之间，不习水土，必生疾病，这是第四忌。此四忌，皆用兵之患，曹操皆冒行之。虽拥兵众多，焉有不败之理。"对着孙权施礼说："将军擒曹，宜在今日，破了曹操，直捣许都，朝廷便入我股掌之中。"

周瑜的一席话，直说的孙权热血沸腾，双眼圆睁，激动地说："曹操老贼欲废汉自立久矣。徒忌二袁、吕布、刘表与孤耳。今这些老家伙一个个都被他灭了，唯有孤尚存。他以为我少不更事，没把我放在眼里。我这个黄嘴小雀就是要蹬上他的头顶，拉一泡屎。卿言当击，甚合我意。此乃苍天把公瑾送到我身旁，就让我们这些黄毛小子与曹操老贼斗上一回。我正式征拜公瑾为水陆兵马大都督，统领抗曹一切事务。"言罢，拔出身上的佩剑，挥手砍向面前的几案，应声削去一角，说："我与曹操老贼势不两立，诸将史敢复有言当迎操者，与此案同！"

程普、黄盖等武将，群情激昂，一扫这些天来的抑郁。众文官听了周瑜的分析，也觉得颇有道理，也就不再多言，大家纷纷散去。

出了殿堂，鲁肃对周瑜说："主公大计已定，刘豫州军师诸葛孔明现在旅舍中，大都督可否前去与他相商联合事宜？"周瑜说："理当前去相见。"两人直奔旅舍而去。路上，周瑜问："听说刘琦尚有三万兵马，刘备有多少兵马？"鲁肃答："刘备有兵马两万余人。"周瑜说："此数字可真？"鲁肃说："我到过江夏城，看那阵势应该不虚。"周瑜说："加上他们这五万兵马，破曹我就更有把握了。"

二人来到旅舍，见到诸葛亮，周瑜笑说："诸葛军师如此年轻，看来要小我与子敬了。"诸葛亮说："二位与我兄长诸葛瑾年龄不相上下，我当以兄长待之。"双方坐定，周瑜开诚布公地说："我家主公抗曹决心已定。既然孔明先生专程前来相商联合抗曹事宜，不知刘豫州有何打算？"诸葛亮说："我家主公与刘琦现屯驻江夏，东吴兵马可直趋江夏，我们合兵一处，就在那儿与曹军决战，可确保东吴无虞。"周瑜说："我也正有此意。但两军联合，如果各行其是，必然互相掣肘，形不成合力……"诸葛亮摆手，拦住周瑜道："公瑾的意思我明白，我们江夏五万兵马愿听大都督调遣。"周瑜说："既如此，我就放心了。结盟之事就这样定了。"

诸葛亮说："虽然孙将军已决心抗曹，但他心中仍有疑团未解，不知公瑾可为其排解？"周瑜问："有何疑团未解？"诸葛亮说："根据我与孙将军的接触，虽然他嘴上不说，可以看得出他心中一直认为曹军势力太过强大。应该设法把他的这个心结打开。有了决心，再有信心做保证，就不会游疑摇摆，抗曹之事必然成功。"

周瑜略一沉思，说："孔明先生所言极是，我也有同感。子敬与孔明就具体事宜再议一议，我这就去找主公，开解他心中的疑惑。"说完起身返回孙权府中。

孙权见到周瑜，颇感惊讶，问："公瑾又来，必有事情。"周瑜说："明天我就要开始调动兵马了，主公还有什么要交代的事情吗？"孙权说："曹操兵多将足，公瑾用兵必须慎之又慎。"周瑜说："主公尽可放心。今天在殿堂上当着众人的面，我仅说了曹操这次欲攻江东，犯了四大忌，仅凭他所犯这四忌，我就有把握战胜他。其实曹军还有一个很大的弱点。"孙权说："愿闻其详。"周瑜说："主公及各椽属徒见曹书言水步军八十万，而感到恐慌，不复料其虚实。今以实较之，彼所率中原兵马，不过十五六万，且军已久疲。所得荆州兵马，不过七八万耳，尚且狐疑。夫以疲病之卒，御狐疑之众，众数虽多，根本不用害怕。"

孙权抚着周瑜的肩说："公瑾这些话，甚合我意。子布、文表等人，甚失我所望。独卿与子敬与孤同耳。此天以卿二位赞孤也。只是所有兵马难以卒合，我至少先调集五万兵马与你，多载物资粮草，汇集柴桑，待与曹军开战，如不顺利，赶快来报我，我当再调兵马亲自增援。"

周瑜说："此次与曹军决战，将以我之长，攻曹军之短，五万兵马已足够了。曹军主力全集中在荆州方面，许都空虚，主公可另派一支部曲，在我于江夏发起攻击后，可令其攻击合肥，夺取寿春，曹操必分兵救援。如此，我们就会顺利夺取荆州。如果曹操不救合肥和寿春，主公顺势直趋许都，攻入曹贼老巢许都，朝廷就掌握在我们手中。"

孙权连连点头，说："公瑾此计甚妙，曹操做梦也不会想到我们会主动进攻他。攻击合肥的兵马由我亲自率领，这样东西配合，让曹贼顾头顾不了尾。"

周瑜心想：真是虎门无犬子，这孙权继承了父兄的血脉，危难时刻敢于挺身而出，东吴大有希望，嘴上却说："主公坐镇曲阿，只派一部将进攻合肥就行，不必亲自出战。"孙权说："卿不必多言，我自会安排。"看到孙权信心满满，周瑜也放下心来，便说："时间已不早了，请主公歇息吧。"

周瑜前脚刚走，诸葛瑾后脚来见孙权，说："闻主公召我，不知何事？"孙权说："你弟诸葛亮此次来到曲阿，你可曾与他叙谈？"诸葛瑾说："仅在旅舍见了一面，他说受刘豫州之托，重任在肩，公事尚未完毕，私情岂敢占先，所以还未见面叙谈。"孙权说："我观孔明乃人中俊杰，子瑜与他同产，且弟应随兄，于义为顺，何不劝其留在东吴？孔明若留此从卿者，我当亲自以书解刘使君，意自随人耳。"诸葛瑾说："我也有此意。今日已晚，明日见到我弟，定转述主公厚意，劝他留在江东。"然后告辞。

第二天，诸葛瑾便到旅舍见诸葛亮。诸葛亮说："我正打算去见兄长，没想到兄长倒先来了。小弟先向兄长致歉了。"然后服侍诸葛瑾坐下，二人各诉离情，详述了各自的近况。诸葛瑾又问了小弟诸葛均及妹妹的情况，当听说妹妹已经出嫁，一切均好后，也就放下心来。接着转述了孙权敬重孔明，有意留其在江东的意思。诸葛亮说："论兄弟情分，你我在一处，互相有个照应，最好不过了。但刘使君汉之皇叔，三顾茅庐，待我至诚，我理应以义待之。且刘使君志存高远，不如兄长随我同归江夏，共事刘使君如何？"

诸葛瑾忙摆手说："刘豫州如今若丧家之犬，寄人篱下，跟随他毫无希望。而孙将军拥有江东六郡，水步兵马十几万，且粮草兵器丰厚，还是随兄留在江东吧。"诸葛亮说："我们不能以一时之成败论英雄。刘豫州虽然将寡兵少，但他思贤若渴，从善如流，日后定能开创一番基业，如兄此时投靠刘豫州，定能得到重用，不知兄意如何？"诸葛瑾说："你我谁也说服不了谁，我看我们还是各为其主吧。"说完起身告辞。

诸葛瑾随即来见孙权，说："弟亮已失身于人，委质定分，义无二心，反劝我随他事刘豫州。"孙权说："子瑜意下如何？"诸葛瑾说："弟之不留，犹瑾之不去也。我岂能背主公而去。"孙权赞许道："子瑜忠心，由此可见也。"

遂对诸葛亮再无非分之想，而是静下心来，忙于调集兵马，征调粮草，以备周瑜出征之需。

　　周瑜自领兵马大都督后，也不敢耽搁，令鲁肃和诸葛亮前往柴桑等候，赶回鄱阳湖，率吕蒙、韩当、甘宁、凌统等水军，由水路进入长江，此时孙权已调程普、黄盖等水陆兵马在柴桑等候，待周瑜赶到柴桑，会齐兵马，共计水陆五万大军，浩浩荡荡开往江夏。

第九十八章

未出师曹操斩蔡瑁　初交手周瑜胜曹军

曹操自从把"与孙权会猎于吴"的书信派信使送往东吴后，便料想孙权很快会像刘琮一样，举江东六郡来归降；这样，在大汉朝的土地上，敢于公开叫板的成规模的势力，也就所剩无几了。一个统一的，百姓安居乐业的太平盛世的时代，就要来到了，自己当初的夙愿就要实现了。想到此，曹操踌躇满志。就在此时，曹操得到斥候报告："刘备已派诸葛亮前往江东。"曹操冷笑道："江夏与江东历来不和，双方已是世仇，刘备欲化干戈为玉帛，想得太天真了。"程昱说："丞相无敌于天下，初举荆州，威震江表。孙权自感难以抵挡，却心有不甘。而刘备世有英名，专与丞相作对，手下大将关羽、张飞皆万人敌也。可以说双方互有需求，一定会一拍即合。"很快传来消息，果然不出程昱所料，诸葛亮蛊惑孙权成功，东吴正调集兵马，准备沿长江西进，与驻守江夏的刘琦、刘备，共同抵抗曹军。曹操勃然大怒，骂道："孙权小儿乳臭未干，不知天高地厚，待我大军踏平江东，方知我曹某的厉害。"说着就要调动大军，沿长江而下，直捣东吴。

谋士贾诩忙劝阻道："丞相息怒。想丞相昔日破袁氏，今收汉南，威名远著，军势浩大。若现在趁荆楚之饶，以犒赏将吏，抚安百姓，使安土乐业，不出几年，即可威吓东吴，不战而江东稽服。"荀攸反对道："文和之言差矣。荆楚新附，让丞相安坐荆楚，以感怀吴会，则旷日持久。刘备、孙权觊觎荆楚大地已非一日，西北韩遂、马超之徒，狼顾关右已久，不趁此新平江汉，借荆楚舟楫之利，廓定大机，夺取东吴，一旦错失良机，将悔之晚矣。"曹操说："文若说得对，我们不能再给刘备以喘息之机，也不能让东吴再从容备战几年。趁此诸州无战事，正可集中用兵于东吴，一战而定乾坤。平了东吴，再不怕西北的韩遂、马超起事。我主意已定，调集粮草，不日即发兵东进，剿灭东吴。"

就在曹操紧锣密鼓，调集兵马，准备发兵东吴之时，田畴和娄圭分别得到消息，说是水军都督蔡瑁和副都督张允准备谋反。起因是曹操将刘琮和蔡夫人

155

强行逐到青州，这甥舅两人心怀不满，准备在曹操东征东吴时，起兵反叛，诛杀曹操，迎回刘琮和蔡夫人。二人不敢耽搁，先后向曹操报告。联想到王威的反叛，知道荆州军心民心不稳，曹操心中顿生疑虑，信以为真，当即令蔡瑁、张允二人来见。二人不知什么紧急军情，接到命令赶快来见曹操，刚进门就被人绑了起来。二人莫名其妙，这时曹操从内室出来，问："你二人干的好事，从实招来。"蔡瑁、张允二人互相望着，一头雾水，惊恐地问曹操："请丞相明言，我等不知何罪。"曹操说："你二人休要故装无辜。想趁我兵发东吴之际，起兵谋反，迎回刘琮及蔡太夫人。若从实招来，尚能留你二人性命，否则即刻把你二人碎尸万段。"二人大呼冤枉。曹操一怒之下，喝道："拖出去斩了！"侍卫上来，将二人拖了出去。二人直呼冤枉。

曹操在房中烦躁不安，这时荀攸进来，问："听说丞相要斩蔡瑁、张允……"不等荀攸说完，曹操抬头看了一眼荀攸，嘴一张，刚要说什么，似有所悟，赶快说："来人，快将蔡瑁、张允押回来！"然而迟了，送回来的是两颗人头。曹操对荀攸说："我们是不是中了什么人的计了？"荀攸说："这正是我想说的。"曹操立刻召田畴和娄圭，让他们追查蔡瑁、张允要反叛的消息来源。二人领命而去。

曹操对荀攸说："蔡瑁、张允赞成刘琮归降我们，又积极主动训练水军，征讨孙权还要求担任前锋，此二人能背叛我们吗？但他们与蔡太夫人关系又非同一般。自从将刘琮和蔡太夫人逐往青州后，他们嘴上不说，心中应有不满情绪。"荀攸说："虽如此，也不能推断他们真会反叛。主公太着急了。"曹操说："我害怕王威的事重演。要知道蔡瑁和张允握有水军大权，远非王威可比，稍有疏忽，就会有灭顶之灾。"荀攸说："没了蔡瑁和张允，由谁来统领荆州这支水军呢？"曹操说："一时还真找不到这样的人才，敌人的险恶用心就在这里。让我们静候田畴和娄圭的消息吧。如果蔡瑁、张允反叛之事属实，那他们一定还有同党，我们必须及时肃清。如果不实，这支水军仍可重用。"

待到傍晚，田畴和娄圭回来报告，说是经过追查，发现这消息都归结到十几个人身上，而这十几个人突然一下都不见了。田畴和娄圭立刻派人缉捕，虽然跑了一些，还是捕获了几个人，经过拷问，才知他们是鲁肃派来的奸细，专门来军中散布谣言的。

原来鲁肃料想曹操之所以敢这么底气十足地征讨东吴，就在于他获得了荆州这支训练有素的强大的水军，且蔡瑁和张允又具有丰富的指挥水军的经验。于是鲁肃抓住蔡太夫人和刘琮被逐往青州，曹操对蔡瑁和张允必有狐疑之心，精准施计，果然让曹操自毁了两员大将。

此刻曹操追悔莫及，他对田畴和娄圭说："我们只好将错就错，明天一早宣布蔡瑁、张允勾结东吴图谋不轨，同时把抓获的东吴奸细一并问斩，并且宣布，荆州水军无一人参与，是一支可以信赖的部曲，让大家不必惊慌，绝不株连无辜。"

田畴和娄圭由于自己没把事情搞清楚，给曹操提供了错误的消息，导致蔡瑁、张允被斩，心中正羞愧不安，见曹操有意要把这件事压下来，正求之不得，连忙应允，自去安排去了。

第二天，曹操与荀攸商议，荆州水军怎么办？考虑到一时难以找到合适的正副都督，荀攸建议："将荆州水军分散到各部曲中，与各部曲新组建的水军混合编在一起，也有利于把新组建的水军带起来。"曹操采纳了荀攸的建议，荆州水军很快分编完毕。

一切准备就绪，曹操下令："曹纯的虎豹骑不适合水战，驻守在江陵担任守卫。贾诩留守江陵，与刺史李立和别驾刘先等，负责兵马的粮草筹措。"然后选定吉日，登上楼船，一声令下，江面上大小舰船，依次排列，首尾相接，浩浩荡荡，顺流而下，直奔江夏而去。同时派人通知夏侯惇，待大队水军到达江夏，两支大军合在一处，即围剿刘备、刘琦。

自诸葛亮随鲁肃到东吴去后，刘备率兵马移防夏口，与刘琦的江夏成为掎角之势。现在离诸葛亮前往东吴已经一个月了，刘备推算诸葛亮该返回了，但迟迟没有消息，莫非结盟之事不顺利？忍不住常常登上夏口城楼朝东眺望。尤其近几日，斥候不断来报，曹操在江陵正紧锣密鼓调集水军，不日就要顺江而下，刘备更是坐卧不宁。他在做着最坏的打算，如果孙权也像刘琮那样投降曹操，那么他和刘琦只好逃往苍梧，去投吴巨，暂在那里栖身，再做打算。

今天，刘备在城楼上又眺望了一天，宽阔辽远的江面上，除了有偶尔的渔船和过往的商船外，依然不见战船的影子。眼看太阳西斜，他悻悻地下了城楼，回到府中，心中闷闷不乐，简雍和麋竺劝他不必悲观，说："鲁肃亲来寻求联合，东吴一定不会降曹。"刘备叹口气说："但愿如此。"

话音刚落，在城楼值守的士卒跑来报告："东边大江上隐约可见有大批舰船驶来，上面旌旗飘扬，只是太远，看不清旗号。"刘备一听，立刻从座席上弹了起来，边走边说："快去看看。"话音刚落，人已出了门。

刘备来到城楼上，向东望去，果然水天一色处，隐约见有许多船只。等了好大一会儿，眼见天色已晚，不见船队驶近，刘备心中焦急。忽然侍卫来报："东吴使者已到城下，要求拜见刘使君。"刘备忙命人将使者带上来。来人见到刘备，施礼说："奉大都督周瑜将军之命，前来通报刘使君，我大军已到三江口，因天色渐晚，就在那里扎下营寨。大都督说，本应前来拜见刘使君，只因重任在肩，希望刘使君能屈威前往，诚副所望。"刘备即命人将早已准备好的厚礼带上，就要前去面见周瑜。关羽、张飞此时已得到消息，连忙赶来相劝，说："我们并未见到诸葛军师，又从未与东吴打过交道，恐怕有诈，可派简雍或麋竺前去即可。"并斥来使说："你家大都督真不省事。我家主公乃朝廷正式诏拜的一州之牧，你家主公充其量不过是会稽太守，大都督无非是太守手下一员将军而已，论理你家大都督应前来拜见刘使君。"来使说："我只是奉命行事而已。"刘备连忙阻止说："非常时期，人家远道而来，我自应前去慰劳，以表同盟之意。你们不必多言，守好城池，我去去就来。"遂亲自前往三江口见周瑜。

原来周瑜到三江口后，扎下营寨，便要了个小聪明，派人通知刘备来见自己，无形中抬高了自己的身份。当刘备将厚重的礼单呈到周瑜面前时，周瑜确实被感动了，说："谢刘使君厚意。刘使君乃吾前辈，与曹贼交手多年，经验丰富，还望多多赐教。"刘备说："今两家共同抗曹，理应各尽其力。不知周将军带来多少人马？"周瑜说："水军为主，总计五万兵马。"刘备原以为东吴会倾巢而出，没想到周瑜仅带了这么点人马，便说："只可惜太少了。"周瑜说："已经足够了。刘使君但观我如何破曹。"刘备听周瑜充满了自信，心里不觉也安定了许多，问："孔明随子敬到东吴后，已数十天了，我想见见二人。"

周瑜说："我今天是带着前锋先到，他们二人随大队舰船明日才到。待明日他们到达后，我们一起前往夏口，不知道夏口能否泊下这许多舰船？"刘备说："公瑾将军放心，我与刘琦太守已安排好，夏口的江面上，足容得下东吴舰船驻扎。今日已晚，我先告辞，明日我在夏口备好盛宴，恭迎大都督。"说完辞别周瑜回夏口去了。

第二天，诸葛亮与鲁肃随东吴大军来到三江口，与周瑜会合后，一起前往夏口。刘备与刘琦早在江边迎候，待东吴舰船停泊靠岸，赶忙迎上前去，将周瑜、鲁肃等迎入城中。此时府中早已摆好盛宴，大家入座，把盏言欢，说的都是些共结盟好，同心抗曹的话，至晚方散。周瑜、鲁肃仍回东吴楼船安歇，诸葛亮与刘备、刘琦尽述与东吴结盟事宜。刘备、刘琦听后，信心倍增，高兴得一夜未眠。

翌日，刘备、刘琦相约携诸葛亮来到东吴楼船，拜见周瑜、鲁肃，共商排兵布阵事宜。周瑜问："听说江夏郡北半部所属各县俱已落入曹军手中，可是真的？"刘备说："曹操命夏侯惇、夏侯渊、于禁、满宠等部曲潜从汝南来攻江夏，经过我们顽强的抵抗，终于粉碎了曹军的进攻，曹军被迫后撤二十里下寨。"话音刚落，斥候来报："曹操大军已自江陵出发，不日就到。"周瑜说："既然曹操已主动出击，咱们也不能在这里傻等。刘使君和刘琦将军守好江夏，以防曹军从陆路进攻，断我后路。我率水军前往迎战。为便于协调，诸葛亮随我行动。"于是刘备、刘琦自回江夏、夏口布防。周瑜下令开动楼船，率水军逆流而上。

船过石阳，鲁肃介绍道："现在已进入九百里云梦泽。"周瑜说："云梦泽天下闻名，夏秋两季，这里一片汪洋。"鲁肃说："正是。如今已是冬季，大水退去，留下许多湖泊港汊，遍地沼泽。"船队继续向前，放眼望去，南北两岸尽是枯黄的香蒲、芦苇，正在冷风中摇曳，再向前，行不多时，南岸便是一片陡峭的崖壁，呈红色，鲁肃说："这里就是赤壁。"周瑜令楼船停下，说："这里江面宽阔，水流湍急，漩涡密布，正是发挥我水军长处的地方。曹军不习水战，只这湍急的江流、漩涡，就把曹军晃晕了。"鲁肃和诸葛亮也皆曰此处地势不错。周瑜说："既然大家无异议，我们就在这里伏击曹军。将舰船隐蔽在周边的港汊处，待曹军到来，出其不意予以痛击，保证旗开得胜。"于是各舰船寻港汊处隐蔽。

这时派往江陵的奸细已经返回，赶来向鲁肃报告说："曹操已将荆州水军大都督蔡瑁和副都督张允诛杀。"周瑜不解其意，鲁肃这才将秘密派人潜入江陵，散布谣言，使用离间计之事详述了一遍。周瑜非常兴奋，说："还是你鲁子敬想得细致、周密，这样，破曹我就更有把握了。"

曹操率水军离了江陵，一路顺风顺水，曹操说："咱们已走了两天了，我看这江两岸与先前不一样了，一眼望去尽是一望无际的枯黄的芦蒲。"这时桓阶说："禀告丞相，我们已进入九百里云梦泽。这里夏秋之际洪水泛滥，长江两岸一片泽国，水天相接犹如大海。现在已是冬季，大水退去，湖泊星罗棋布，遍地沼泽。"曹操说："芦蒲等虽已枯黄，依然可以感觉到当初是多么茂盛。早前曾听说过云梦泽如何广阔，今日一见，果然名不虚传。虽水已退去，天地相接处，辽远而空阔。"

大家一路说笑，又行了一阵，桓阶说："丞相请看江南岸，那一处山岭，因临江陡崖是赤色，名为赤壁山，过了赤壁，再向前便是石阳城，过了石阳就是江夏城了。"

说话之际，曹操水军驶过赤壁，江水折了一个弯，江面宽阔起来。突然从江两岸涌出许多船只，直朝曹军扑来。曹军稍一犹豫，刚要应对，这些船只已围了上来，接着便是密集的箭雨。曹军赶快拈弓搭箭，无奈舰船在江上摇晃得非常厉害，弓箭手站立不稳，瞄不准目标，弓箭屡屡放空。只见东吴的战船靠上曹军的船，东吴士卒手持戈戟刀枪，杀上曹船，而曹军士卒好像手中的兵器也不听使唤，曹军的舵手也手忙脚乱，船在江中像无头苍蝇一样乱撞，整个水军毫无章法，乱成一团。曹操在楼船上一看不好，便下令撤往北岸。周瑜的水军乘胜追击，曹军伤亡惨重，有许多战船被周瑜劫了去。这时处在中军的曹仁率战船筑成一道防线，且战且退，迟滞了周瑜的进攻，直退到北岸方才稳住阵脚。毕竟曹军势力强大，周瑜也不敢恋战，鸣金收兵，退往赤壁，扎下营寨。

曹军见东吴战船已退，赶快傍岸扎下营寨，派人打听，方知此处乃乌林。经过清点，曹军竟损失了百余艘战船，数千士卒伤亡。曹操责问各部曲将帅："平时训练有章有法，今日为何竟如此慌乱，既无阵形，也无战法？"曹仁等将帅纷纷说："在大江上行了两天船，许多士卒头晕脑涨，还有不少呕吐的。"曹操说："当初在许都和邺城时，经过水战训练，来到江陵又在江上训练了许多天，即使有晕船的，也是个别现象，为何行了两天船就成了这个样子？"文聘说："丞相有所不知，北方湖泊既小又浅，更无风浪；在江陵时，船只停靠码头，也比较平稳，而船在江上行走，水流湍急，波浪起伏，士卒大都来自北方，自然很不适应。还有此处暗流涌动，士卒们情急之中，更是手忙脚乱，再加上我们全无防备，自然难抵东吴这些久经战阵的水军。"曹操说："文聘将军说得在理，我们确实太大意了，以致遭了周瑜的暗算。但我们也有许多荆州水军，他们也是久经战阵，并不输于东吴水军，为何却也显得慌乱？"文聘说："他们与新水军混合在一起，大家一乱，他们也被冲得七零八落，无奈之中，只好疲于应付。"曹操心中十分懊悔，若不是错杀蔡瑁、张允，也不至有此大败。他长叹一口气，说："好在我们并未伤筋动骨，令各部曲扎好营寨，防止东吴偷袭。"

经过几天的认真思索，又与各位谋士和将帅协商，曹操决定：各部曲船只一律听从荆州水军的指挥，一艘荆州水军船只，领一艘或数艘新编水军的战船；每一艘新编水军的战船上都调配有荆州水军士卒，负责指挥战船的操控。经过操练，果然好了许多。曹操决定发动对周瑜的攻击。

然而就在此时，接二连三传来士卒得病的消息。先是许多士卒一直呕吐、头晕，曹操以为是晕船，并未在意，觉得过几日就会好。但是情况一直不见好转，反而越来越严重，转而发展到发烧、拉肚子，每天都有许多士卒病倒。曹操这才意识到问题的严重，慌忙请部曲中的大夫诊看，又派人到附近各县请来当地名医会诊，这才知道部曲中发生了时疫。主要是因为士卒晕船导致体质下降，再加上水土不服，才使情况如此严重。曹操只好下令："暂缓对周瑜的进攻。"并令夏侯惇率进攻江夏的部曲，向乌林靠拢，与水军配合，加强防守。

夏侯惇等接到命令，立刻从江夏赶到乌林，与曹操会合，在长江北岸扎下营寨。乌林曹军水旱两寨绵延数十里，蔚为壮观。曹操准备待时疫过后，再发动进攻。然而随着时间的推移，事情并未好转，时疫使士卒们的身体非常虚弱。曹操忧心忡忡，带上荀攸等人到各寨巡视。当他来到徐晃的水寨时，看到各舰船用粗大的缆绳紧紧连接在一起，无论江水怎样涌动，甲板都非常平稳，走在上面如履平地。曹操连连说好，问徐晃："你怎么想出了这么个好办法？"徐晃说："我也是被整天起伏晃动的船，弄得头昏脑涨的。一天我在船舱中躺着，正在苦思冥想，听到有两个士卒交谈，他们说船越大越稳当，丞相的楼船又长又宽，就比我们的船稳当得多。我一听是这么个理，便想着把几艘战船用缆绳连起来，是不是会好一些？一试，果然效果不错，便将所有的船都用缆绳连在了一起，将士们都感觉舒服多了。"

听了徐晃的解说，曹操连连称赞，随即下令各水寨皆效仿徐晃的办法，把所有舰船都连锁在一起，仅留少数快船在水寨中穿梭联络。有的水寨怕缆绳不结实，干脆赶造了一些铁链，将船锁在一起，显得更加牢固。这一新的方法非常实用，受到了士卒们的一致欢迎。曹操终于舒了一口气，他相信只要抓紧治疗，将士们的身体很快就会恢复，时疫终将过去。只是剿灭周瑜的战事只能往后推迟了。

周瑜首战即取得胜利，重创曹军，立刻派人向孙权和刘备、刘琦通报赤壁大捷。刘备和刘琦随即准备了牛羊等厚礼，亲自前往赤壁犒赏东吴将士。刘备叮嘱诸葛亮说："军师在此，身挑两家，责任重大，可尽心尽力配合大都督。"又对周瑜说："如需要我们配合，可令诸葛先生及早告知，只盼大都督再传捷报。"周瑜笑道："刘使君和刘将军只要守住江夏，确保我后路无恙，请刘使君静等我的好消息。"劳军完毕，刘备、刘琦告辞，返回江夏、夏口，不久派人来告诉周瑜："围攻江夏的夏侯惇、夏侯渊等兵马，已撤往乌林，与曹操会合，请大都督小心为是。"

周瑜得到刘备的通报，立即乘快船前往江北探察，果然见乌林江岸上，曹军建起了许多旱寨。水旱两寨互为依托，绵延数十里，那阵势真让人叹为观止。周瑜心想：曹军的势力的确不容小觑。虽说初战告捷，但面对如此强大的军团，下一步该怎么办，是要认真谋划一番了。

随行的甘宁看周瑜沉吟不语，便说："曹军水旱两寨虽阵势庞大，但都是刚刚建立，趁他们立足未稳，我们再发动进攻。利用我们水军的优势，打进水寨，重创曹操水军。"周瑜说："曹军的这些水寨依江傍岸，彼此相连，又与旱寨互为依托，我们贸然进攻，很可能会寡不敌众。只有将曹军设法调动起来，离了江岸，就能以我水军之长，击彼之短。"甘宁说："这好办，由我前去攻打曹军，劫持曹军船只，诱曹军来追。大都督可率战船埋伏起来，待曹军追来，就可围歼。"周瑜说："兴霸将军的主意不错。明日五更时分，你袭击曹军水寨，劫持曹军战船，引诱曹军来追。我率程普、黄盖、凌统、韩当、吕蒙等将，在南岸河汊处埋伏，再次痛歼曹军。"计议已定，周瑜令快船返回赤壁。

冬天夜长，五更时天还是漆黑的。甘宁率本部水军悄悄出发，在夜幕的笼罩下，驶向北岸乌林曹军水寨。根据夜色中的轮廓，选了一处靠外的水寨，贴了上去；刚要动手，却被曹军发现，甘宁只好令船只迅速靠上曹军舰船。按照事先的约定，一部分士卒与曹军厮杀，掩护另一部分士卒去砍断缆绳，将曹军的舰船劫持出来。然而当一些船只的缆绳被斩断后，发现曹军船只竟纹丝不动。此时天色已明，东吴水军这才发现，曹军的战船彼此全用铁链和缆绳紧紧地锁扣在一起。一个水寨就是一片水上平地。甘宁暗中叫苦，只好下令撤退，然而此时想跑已不容易了。曹军越聚越多，铺天盖地汇聚过来。甘宁身先士卒，拼命抵抗，眼看就要全军覆没，就在这危急关头，周瑜率水军赶到。原来周瑜在南岸已经埋伏好，后来只听北岸曹军水寨处杀声震天，却不见甘宁返回，知道事情不妙，赶快率水军前来接应，发现甘宁已被曹军纠缠住，脱不了身，于是令弓箭手射向不断涌来的曹军，又令士卒接应甘宁逃回到自己的船上，迅速逃回赤壁。

铁链锁战舰，使曹军充分发挥了自己的优势。甘宁的偷袭不仅没占到便宜，反而丢盔弃甲。此一战，一扫曹操心头的不快，于是犒赏三军，以此来提振将士们的斗志。

但是很快传来的消息，却让曹操再次皱起了眉头。旱寨的将士也开始出现发烧拉肚子的症状，显然时疫在旱寨也蔓延开来。九百里云梦泽，虽是冬季，但湿气厚重，笼罩着曹军的水旱两寨。每一次巡视，看到将士们日渐消瘦的体形和此起彼伏的呻吟声，曹操的眉头都锁得更紧。大夫们纷纷建议，应赶快撤离云梦泽，再加以治疗、调理，将士们的身体才能尽快恢复。

荀攸建议道："这九百里云梦泽的环境太差，将士们习惯了北方的干冷，却完全不适应这里的湿冷。虽然中草药熬煮了不少，时疫却未见好转。不如像大夫们说的那样，先撤兵。"曹操说："我也有此打算。但我们兴师动众，调集数十万兵马，岂不前功尽弃，也惹世人耻笑。我们让大夫继续加大治疗力度，兴许再努力坚持一下，就会有转机。"

这日曹操又巡视到旱寨，满宠说："启禀丞相，有一件事，我思虑了几天，越想越觉得后怕，必须向丞相报告。"曹操说："请讲。"满宠说："水寨战船都用铁链和缆绳紧锁，虽平稳了许多，犹如平地，但一旦东吴用火来攻，一船火起，就会连片燃烧。还有旱寨，周围是一眼望不到边的干枯的香蒲、芦苇，一旦火起，根本来不及救。如今时疫不见好转，还是先撤出这云梦泽为好。"

曹操笑着说："伯宁多虑了。东吴用火来功，早在战船锁在一起时，我就想到了。现在是冬季，刮的全是西北风，倘若周瑜在云梦泽北面，我们就要格外警惕了。现在他在江南岸，若要火攻，就会烧及自身，他的战船逃都逃不及。这一点你放心好了。至于时疫，确实令人头疼，再看一看，实在不行，只好先撤了。"满宠想了想，果然是这个道理。笑着说："我倒把冬季的风向给忘了。"

然而经过积极的治疗，许多染疫的将士逐渐好转，但不断又有将士被感染，如果长期在这里耗下去，粮草军资的供应也是一个很大的问题。曹操思来想去，觉得撤军是摆脱目前困境的唯一办法。但是真要撤起来也不是一件容易的事。一旦撤军行动迟缓，就会被东吴的水军缠上，很可能欲战不能，欲撤不成，陷于被动的境地。荆州水军很容易就可以撤回江陵，而新改建的这些水军怎么办？来时顺风顺水，回去时逆流而上，将士们经过时疫的折磨，身体状况都很差，再让他们抱病把舰船驶回江陵，将是得不偿失。如果把战船丢在这里，等于把它们送给了周瑜。经过再三考虑，曹操决定，就地销毁这些船只，销毁这些船只的最好办法，就是一把火把它们烧了。虽然可惜，可总比留给周瑜强。于是曹操下令："各部曲除荆州原水军外，凡是在江陵新修造的船只，一律准备膏油、柴草，待撤军时将船只焚毁。"得知曹操要撤军，将士们都非常高兴，终于可以离开这人烟稀少，遍地芦蒲，湿气侵人的云梦泽了。

第九十九章

设巧计黄盖献降书　欲火攻孔明借东风

自甘宁偷袭曹军失利，连日来周瑜一直闷闷不乐。他原以为虽然自己兵力不如曹操，但水战，曹军无论天时、地利、人和，都远不如自己。利用自己的优势，取得对曹军的胜利，是有把握的。然而铁链锁战船，把曹军的劣势变为了优势，这实在出乎他的意料。再加上曹军水旱两寨互为呼应，想要攻破曹军的战阵，实在没有好的方法。

正在他冥思苦想之时，鲁肃来到楼船，对他说："近闻曹军正闹时疫，近半数将士都已丧失了战斗力，这对曹军的士气打击很大。如果不趁此时击败曹军，一旦曹军控制住时疫，敌众我寡，长期相持下去，对我们非常不利。"周瑜说："虽是如此，但曹军战阵严密，舰船紧锁，曹军在上面如履平地，实在没有必胜的把握。"鲁肃说："我有一个不成熟的想法，不知行不行？"周瑜说："尽管说来听听。"鲁肃说："曹军用铁链锁船，看似犹如平地，但同时这些船死死地捆在一起，根本动弹不得，一船失火，殃及四邻。如果我们用火攻，纵有这一江碧水，恐怕也难以扑灭。"周瑜猛一击掌："好计好计，火攻是破曹军连环船的最好办法。"

两人高兴了好一阵，周瑜又突然沉下脸来，说："虽然火攻是好计，可怎么接近曹军水寨去放火呢？曹军戒备森严，不等靠近，雨点般的箭矢就会射过来。"话音未落，就听老将军黄盖嚷嚷着进来，说："大都督，自甘宁失利，难道被曹操吓破了胆？至今按兵不动，真把人急死了。"鲁肃和周瑜对望了一眼，笑了。周瑜说："黄老将军，现有一事，不知你能不能办好？"黄盖说："大都督尽管吩咐，没有我黄盖办不好的事情。"周瑜说："你听好了，我打算派你去投降曹操。"黄盖一愣，转而哈哈大笑："大都督真会开玩笑，以为我老了，不中用了，来取笑我。"鲁肃正色道："大都督没有开玩笑。"随即把打算火攻曹营，需要派人去诈降一事说了，然后说："去诈降的人必须设法取得曹操信任，然后将装满引火用的硝磺、柴草、膏油的船，靠上曹军的船，点着火，一切就成功了。只是这件事非常冒险，要一个老成持重，胆大心细的人去完成，不知老将军敢不敢去?"

黄盖一听是这样的事，便说:"这事就交给我，保证办得圆满。"周瑜说:"我只是担心，放完火以后，你们怎样脱身?"黄盖说:"这个好办，我们在装满硝磺、柴草的大船后面，各系一条轻舟，一旦得手，我们跳上小舟，人少船轻，眨眼就能逃离。退一万步说，万一逃不成，战死也值得。"

周瑜心里一阵感激，到底是老将军了，久经战阵，经验丰富，对黄盖说:"你怎么取得曹操的信任呢?"黄盖说:"这个好办，我先写一封诈降信给曹操，既然反叛，无非是把主公和你大骂一顿，说些弃暗投明的话。"周瑜和鲁肃都笑了。周瑜说:"我身边参谋阚泽，文笔较好，我派他与你斟酌，由你执笔。"

黄盖回到营中，与阚泽经过斟酌，写了一封诈降的信，然后寻找可靠之人，前往乌林曹寨投书。阚泽说:"由我亲自去，信是我们俩写的，倘曹贼问起，我也好回答。"阚泽收好信，装扮成江中渔夫模样，驾一叶小舟，趁着夜色向北岸曹军水寨驶去。

曹军水旱两寨中的将士都在做着撤退前的准备，尤其是水寨中，那些在江陵新修造的船只上，摆满了薪柴及引火的膏油，一旦撤退的命令下达，一把火就可以把这些船只烧成灰烬，以免落入东吴手中。

尽管将士们已做好了撤退的准备，可真要撤退，曹操心中仍有不甘。这天，曹操将水旱诸寨巡视了一遍，回到楼船时夜幕已经降临。时间还早，他坐在灯下看书，时近午夜，困意上来，准备休息，忽巡夜士卒来报:"拿获一渔夫模样的人，鬼鬼祟祟，形迹可疑，说是欲见丞相，就把他押来了。"曹操困意顿无，料必有重要事情发生，赶快令士卒将人带进来。

来人施过礼，暗示曹操屏退左右，说:"我姓阚名泽，字德间，乃东吴大都督周瑜帐中一参谋，今特来见曹丞相，有一书信相呈。"说着掏出密信，递给曹操。曹操接过信，先看署名，说:"黄盖将军曾是孙坚将军的别部司马，是一员老将，当初剿灭黄巾时，我曾与黄盖将军有一面之交。"再看信中写道:"盖受孙氏厚恩，常为将帅，见遇不薄。然顾天下事皆有大势，用江东六郡山越之人，以当中原百万之众，众寡不敌，海内所共见也。东方将史，无有愚智，皆知其不可。我家主公本有意恭迎丞相，唯鲁肃、周瑜偏怀浅戆，意未解耳。诸葛亮又从中蛊惑，终至我家主公徘徊。前日交战，果然失败。盖数次劝说，望其迷途知返，皆遭其斥责。伏闻丞相虚怀纳士，为报孙氏厚恩，拯救东吴于水火，盖愿弃暗投明，决定归命丞相。瑜所督领，自易攻破。交锋之日，盖为前部，当因事变化，效命在近。"

　　曹操看完信，心中大喜，没想到，久盼的转机终于出现了，说："看来黄老将军是个明白人。"阚泽说："当初在曲阿时，我与黄老将军共同建议我家主公归附丞相，但我家主公平日最信鲁肃、周瑜二人，在此二人的劝说下，决心抵抗。黄老将军在甘宁战败后，再次劝说二人与丞相议和，没想到却遭此二人奚落，说黄老将军年龄越大，胆子越小。如果老将军再动摇军心，就不看将军事主多年的面子，定斩不饶。黄老将军看他们一意孤行，向我诉说。我也看不惯二人骄横跋扈，便劝老将军暗通丞相，免得将来落个身败名裂的下场。黄老将军踌躇再三，不知丞相肯接纳否？我便自告奋勇，愿为信使，这才扮作渔夫避人耳目，前来拜见丞相。"

　　曹操赞许地点点头，关切地说："黄老将军何时举事？"阚泽说："此事重大，必要随机应变。只要得遇机会，便随机而行，时间不好定死。"曹操说："你说得对。回去告诉黄老将军，我随时接应，事成之后，必奏报朝廷，对你二人封爵授勋。"阚泽说："我出来的时间不短了，得赶快回去。请丞相务必早做准备。"辞别曹操，下了楼船，驾轻舟而去。

　　送走阚泽，曹操兴奋异常，睡意全无。他想："吉人自有天相"，此话果然不假。官渡之战时，紧要关头来了许攸，献了劫粮之计。袁尚、袁谭联兵之时，辛毗到汝南，劝我北征袁尚。北征乌桓时，道路断绝，请得田畴为向导。南征荆州，又有许多旧友贤士，明里暗里相助。如今东征东吴，正在进退为难之际，又来了阚泽，带来黄盖欲降的大好消息。这一次的转机也非同寻常，看来自己绝不轻言放弃的决心，终于结出了硕果。他暗自庆幸多亏没有轻易撤兵。此时天色已亮，他命人将荀攸和程昱招来，把昨夜阚泽到来，黄盖欲降之事叙述了一遍。荀攸和程昱听后并未作声。曹操说："怎么你二位不相信吗？"荀攸说："我相信丞相说的是真的。只是这好消息来得那么恰逢其时，让人……"程昱接过话头："别是有诈吧。"

　　曹操说："想当初官渡之战时，许攸不也是来得恰逢其时吗？如今我们大兵压境，据闻东吴有许多人主张投降，只是周瑜、鲁肃这帮年轻人气势太盛，不知轻重，加上孙权小儿也是初生牛犊不怕虎，仗着江东六郡欲与我抗衡。可是这些老将们却想得比较全面、周到，因此黄盖来降，也属情理之中。人往高处走，水往低处流，乃人之常情。退一步说，即使他诈降，我数十万大军在此，他又能奈我何？"程昱说："即便如此，还是小心为妙，加强防御，以防不测。"然而曹操并未把程昱的话放在心上，而是准备一旦黄盖来降，趁东吴军心混乱之际，发起进攻，一战而定乾坤。

　　鲁肃和周瑜制定的火攻曹营的计划，也及时通报给了诸葛亮。鲁肃说："一旦火攻计划得手，料曹操必从华容道退出云梦泽，孔明先生可转告刘使君，让他率兵马由陆路截杀曹军。此一战虽不能全歼曹军，也必给予重创。"诸葛亮对此计划也非常赞同，立刻写了书信，交随从前往夏口交给刘备，让其早做准备。

　　此时黄盖也在紧张地做着准备。他特选了二十条大船，上面备足了薪柴、膏油、硝磺等引火物品，用篷幔遮蔽，一切准备停当，只待周瑜下令，就可以出击。

　　这天，周瑜特来巡视，看黄盖准备得非常充分，心中很满意，说了些勉励的话，就要返回楼船。这时刮来一阵风，冷飕飕的，周瑜不禁打了个寒战，抬头看船上的牙旗，被风刮得猎猎作响。周瑜突然一阵眩晕，险些跌倒。黄盖连忙扶住。只见周瑜用手掌重重拍了一下自己的脑门，长叹一声。黄盖见他神情黯淡，萎靡不振，连忙亲自把他送回楼船。

　　周瑜生病的消息，很快传到鲁肃和诸葛亮那里。鲁肃纳闷，昨天还好好的，怎么今天就病了呢？两人相约去探视周瑜。其实诸葛亮心中已明白了八九分。两人来到楼船，见周瑜眉头紧缩，精神倦怠，鲁肃关切地问："大都督身体不适，可否请大夫看过？"周瑜摇摇头。鲁肃说："为何不赶快请大夫来看？"周瑜苦笑一下，说："我这并不是病，怎么看？""茶饭不思，都这样了，还说不是病。我这就去找大夫。"鲁肃刚要起身，就被诸葛亮拦住道："我可能知道病因。"

鲁肃吃惊道："孔明先生也懂医道？"诸葛亮笑说："略知一二。待我说与大都督，看对也不对。"随后近前一步，低声道："此病可是因火而起？万事俱备，却无东风。"周瑜点点头："孔明先生一语中的，只是无法可解。"诸葛亮一笑，说："大都督不必烦恼，我有法可解。"周瑜似信非信地看着诸葛亮。鲁肃听不明白二人在说什么，看看周瑜，又看看诸葛亮，突然顿悟，叫道："我也明白是何原因了。"催促诸葛亮："孔明快讲，有何法可解？"

诸葛亮望望二人，微微一笑，不慌不忙地说："我曾学奇门遁甲之术，会借风唤雨，若要东风不难，大都督在江岸边筑一祭坛，上面再搭一祭台，再在祭坛四周遍插五色旌旗，在祭台四周竖上高高的旗杆，上面挂上青龙、白虎、朱雀、玄武四面大旗，到时我在祭台上施展法术，或可借二三日东南风。"

周瑜看诸葛亮说得神乎其神，将信将疑，便说："此事非同小可，孔明先生可开不得玩笑。"鲁肃也满腹狐疑，但看诸葛亮又不像在开玩笑，只听诸葛亮肯定地说："绝非玩笑，如若不信，我愿与二位立下军令状。"周瑜说："孔明先生什么时间能借来东南风？"诸葛亮闭目掐指，嘴角一阵微动，说："再过三天就是仲冬甲子日，就在甲子之日借风，多则可借二三天，至少也能借到一日东南风。"周瑜说："只需一夜东南风即可。"诸葛亮说："大都督只要能在甲子日前把祭坛、祭台建好，到时就可借到东南风。"周瑜说："只要孔明先生借到东南风，你即乘船回江夏，通知刘使君，从陆路堵截曹军，将其歼灭在云梦泽。"此时周瑜已一扫萎靡不振之态，那种自信的朝气又回到了年轻的脸上。

鲁肃和诸葛亮辞别周瑜，下了楼船，鲁肃问："我有一事不明，奇门遁甲之术真有这么神？"诸葛亮笑笑说："到时你自会知道。"

周瑜调集精干士卒，从赤壁山上运来赤色土，紧傍江岸，按照诸葛亮的要求，在甲子前一日，将祭坛、祭台建好，祭台四角立有四根旗杆，上挂青龙、白虎、朱雀、玄武四神大旗，祭坛上下遍插五色牙旗，周围遍布警戒的士卒，不许闲杂人等靠近。一切准备就绪，周瑜请诸葛亮验收，诸葛亮非常满意。

第二天甲子日，清晨太阳初升，空气暖暖的，让人感觉非常惬意。诸葛亮身披道袍，手拿一杆令旗来到坛前，四面各拜了一拜，然后上到坛顶，面向大江又拜了一拜，登上高高的祭台，向苍天拜了一拜，这才盘腿坐在祭台上，手握令旗，挥了几下，放在膝上，双目微闭，口中念念有词。

祭坛下有几位小校在静静等候。按事先约定，只要诸葛亮借到东南风，这静候的小校就赶到江边的楼船，报与周瑜，周瑜再根据时间，下令黄盖出击。黄盖今早已派人给曹操送去密信，约定今晚前去归降。现在黄盖又令士卒再次检查船只，生怕遗漏了什么。程普、甘宁、凌统等诸位将领，各率船只静候在江边。周瑜已下令，一旦黄盖得手，所有船只齐发北岸，全体将士只能前进，不准后退。

此刻施展法术的诸葛亮，正盘腿坐在高高的祭台上闭目养神。就在十几天前，当他从鲁肃那里得知东吴水军准备火攻曹营时，认为根据曹军营寨战舰紧锁的情况，这确实是一个很好的办法。但他很快发现了其中要命的缺陷，这就是冬季刮的是西北风。他冥思苦想，想找出一个补救的办法，却一直感到束手无策。

这天，他独自一人来到大江边，沿着港汊漫无目的地走着，继续调动所有的脑细胞，要完善这个火攻的计划。当他又到一个港湾处，见一位老渔翁正在岸边修补渔网，旁边的火堆上架着一口锅，正炖着鱼汤，便上前搭话。这老渔翁见到有人来，也很高兴，便与诸葛亮攀谈起来。聊了几句闲话后，诸葛亮问他打了多少年的鱼，这里都是些什么鱼，每天能打多少鱼，都拿到什么地方卖等等，老渔翁一一做了回答。老渔翁很健谈，凡是与打鱼有关的，不等诸葛亮问，也都向诸葛亮做了详细的介绍。诸葛亮问他："今天为什么没有打鱼？"他说："过几天有一场东南风，我要赶紧把网修补好。在这场风到来之前，连着打几天鱼，待风来就可以休息几天了。"说者无心，听者有意，诸葛亮眼里放光，生怕听错了，忙问："老人家，不会是我听错了吧。如今正是冬季，刮的都是西北风，哪来的东南风？"

老渔翁嘿嘿一笑："年轻人，听口音你不是本地人吧？这里这些日子住了许多部曲，说是要和曹丞相打仗，我想你大概应是他们的人。"诸葛亮点头道："老人家眼光果然很准。"老渔翁听到夸奖，有些得意，说："难怪你不清楚了。唯有赤壁这地方，每年仲冬必有一场东南风。这风也怪，先是西北风，刮一阵后，就渐渐转了风向，成了东南风。有人说与这赤壁山有关，有人说与这九百里云梦泽有关，谁也说不清是什么原因。"诸葛亮问："这风从何时刮起，到何时停止？"老渔翁道："风于仲冬甲子之日起，长的可刮两三天，短的仅有一天。"诸葛亮又问："甲子日何时起风？"老渔翁道："这个就说不准了。早的从天明刮起，晚的傍晚才起风，不论早晚，必有风起。生活在这里的百姓都知道，因此称为甲子风，并不是什么稀奇事。"诸葛亮一下握住了老渔夫的手，激动地说："老伯，太谢谢你了。"说着就要告辞。老渔翁倒有些莫名其妙，连忙说："年轻人莫走，我炖的鱼汤鲜美得很，天气冷，喝几口暖暖身子再走。"说着拿碗给诸葛亮盛鱼汤。诸葛亮难抑激动的心，边喝鱼汤边夸赞："真好，真好！"老渔翁问："鲜吧？"诸葛亮使劲点点头："鲜，鲜！"

诸葛亮心里有了底，便沉住了气，直到周瑜愁得茶饭不思，这才装模作样地用一道神乎其神的奇门遁甲之辞，唬得周瑜一愣一愣的，为他精心准备了祭坛祭台。其实这高高的祭坛上面遍插的旗帜，都是为了观察风向和风力而设的。此刻诸葛亮坐在祭台上，微闭双目，不时偷眼翻看一下四角那高高旗杆上的四神旗。临近中午，空中一丝风也没有。之所以这么早就坐在这里，是因为老渔翁说，甲子日的风不知什么时候起。若风起再上祭台，就露了马脚。

四周担任警戒的东吴士卒，都紧张地盯着台上的诸葛亮，谁也不敢喧哗，生怕惊扰了诸葛亮，破了这奇门遁甲，遭大都督责骂。

诸葛亮盘腿坐在祭台上，看着当头而照的冬日暖阳，身上感受不到一丝风；再看祭坛上的五色旗，都低垂着，心中不免有些焦躁。凡事皆有万一，倘若今年不来这风，该如何办？这时他听到祭坛下士卒们的窃窃私语声，知道他们已沉不住气了。眼看太阳已经西斜，他感到一阵风掠过，便微睁双眼，觑了一眼高高的四神风信旗，果然低垂的旗角飘动了几下。他知道风要来了，于是挥起手中的令旗，喃喃而语，很快祭坛上的五色旗也飘动起来。风势越来越强，再看旗的摆动，刮的是西北风。坛下士卒们的议论声大了起来，先是惊奇，接着便夹杂着许多嘲笑和讥讽。诸葛亮不动声色，坐在那里纹丝不动，他已经确信，老渔翁的话是真的。

临近傍晚，风似乎小了一些。诸葛亮知道，正像老渔翁说的那样，风向要变了。于是他煞有介事地站起来，围着祭台转了一圈，手持令旗，上下左右混摇一番，然后又觑着眼，望了一下四神风信旗，见旗子朝西北方向忽闪了几下，于是加紧做法，一番舞动下来，东南风渐起。也许是有点累了，他又盘腿坐了下来，手持令旗，口中念念有词。风势越来越大，坛下一片惊呼。诸葛亮又在祭台上舞弄一番，令旗一挥，朝下大喊："通报大都督，东南风已借到，可速速依计而行！"下边静候的士卒如离弦之箭，朝江边周瑜的楼船跑去。诸葛亮下了祭坛，来不及换下道袍，辞别鲁肃，乘早已准备好的轻舟，返回夏口见刘备去了。

周瑜在楼船上已经感觉到起了东南风，心中暗暗惊奇：诸葛亮的奇门遁甲之术果然厉害。正在他惊异之际，得到士卒来报："诸葛亮声称东南风已借到，让大都督依计而行。"周瑜看看天色已晚，正是施行计谋的好时机，立刻令黄盖出击。黄盖得令，张起风帆，统领二十只盖好帷幔的大船，朝江北曹军水寨驰去。

自阚泽递交了黄盖的降书，曹操便令各舰船暂停准备薪柴、膏油、硝磺等引火的物资。然而一连数天，黄盖那里都无消息，曹操不免有点着急，程昱说："别是黄盖诈降，想把我们拖在这里吧。丞相还是早下决心，无论黄盖是否投降，先撤出云梦泽，待时疫过去，将士们调养好身体，再行进攻。"荀攸也不无担忧地说："即便黄盖来降，此时进攻东吴也属强弩之末。"曹操说："黄盖来降，正说明东吴军心不稳，我一鼓作气就能取得完胜。诸位不必多虑，即使许多将士都染了时疫，我们的兵力也比东吴强大得多。"

甲子这日，天还未亮，夜色中从江南驶来一只快船，一名小校求见曹操，递上黄盖的信。信中说："自上次与阚泽联络过以后，一直未有方便的机会，心中甚是着急。昨日接到周瑜指令，说今天要从东吴送来一批粮草，令我率士卒前去迎接、押运。这正是起事的大好时机，我将于今晚趁夜幕降临，押上粮船，直趋丞相水寨，将此粮草作为厚礼奉送丞相。粮船帷幔遮盖，上面插有青龙牙旗，请丞相认准，以免误伤。"曹操看完信，强抑制住激动，叮嘱来人回去禀报黄盖："我早已做好迎接黄将军的准备，到时水寨大门尽开，船只尽管驶入，绝不会误伤。"

曹操在焦急中挨过了一日，眼看太阳落山，夜色渐浓，曹操步出舱楼，来到甲板上，朝江南望去。弦月照在江上，江水波光粼粼，除了哗哗的江水声，什么声音也没有。下午刮起的西北风使寒意更浓。傍晚时分风似乎小了许多，这时荀攸说："丞相，外面风凉，还是回舱楼吧。"曹操说："我觉得挺清爽的，就在此等候吧。"

夜色越来越浓，荀攸说："丞相，这风向似乎变了。"曹操"唔"了一声，认真感受了一下："好像成东南风了，这有点奇怪。"还没容他多想，不知谁喊了一声："远处似有船过来。"甲板上所有人的眼光齐聚向东南方向，渐渐地船的轮廓越来越清晰了，果然前后相随，一支船队悄无声息朝这里驶来。很快船上的帷幔也看清楚了，似乎每艘船上都装满了黄盖信中所说的粮草。曹操笑着对荀攸说："这些粮草到了这里，周瑜的营寨就支撑不了几天了。一无粮草，军心必乱。"曹操传令下去："各水寨注意，打开寨门，迎接黄盖将军，万不可误伤。"

随着船队越来越近，月光下看得更清楚了，这时程昱说："丞相，这些船好像有点不对。"曹操问："哪里不对？"程昱说："帷幔覆盖的粮草那么庞大，而船却好像吃水很浅，与所说粮草好像不符。还有，这些粮船前后左右并未见战船押运，也几乎看不到士卒的身影。"曹操仔细看去，确如程昱说的那样。荀攸说："丞相，可令粮船暂停，我们派人前去接应。"此时文聘在旁，说："我乘船前去接应，打探一下是什么情况。"说着跳上一艘轻舟，率数艘巡逻小船前往接应，快到东吴粮船时，文聘高喊："黄盖将军请来答话。"船上并无反应，文聘又喊："黄盖将军，请稍停，我奉丞相之命，前来迎接你们进入水寨。"巡逻船上的士卒高喊："请你们先把帆篷降下来。"

这时黄盖知道已瞒不过去，一边令船加速前进，一边周旋道："来者何人？我已与曹丞相约好，请不要阻挡。"文聘说："刚才已说过。我乃文聘也，特奉丞相之命前来迎接，请立刻停船。"黄盖觉得恐要露馅，抬头望了望曹军水寨，已近在咫尺，越来越大的东南风足以把船送到曹军水寨。下令各船揭开帷幔，引燃硝磺、薪柴、膏油，随即弃船，跳上拴在船后的小舟，快速离开。眼看二十艘大船全部起火，在东南风的鼓动下，齐向水寨冲来，文聘一看不妙，赶忙率小船阻挡，哪里阻止得住。巡逻小船上的士卒急忙拈弓搭箭，朝东吴逃跑的小船射去，东吴的小船很快消失在夜色中。文聘急令巡逻小船快返回救火。曹操在楼船上看到文聘没有阻止住东吴的船，就知情况不妙，及至看到东吴船上火起，在风的催动下直冲过来，立刻明白是怎么回事了，赶快召文聘回来。此时火船已靠上曹军战船，强劲的东南风立刻将火龙刮到了曹军的舰船上，又引燃了船上原来准备撤退时焚烧战船的硝磺、膏油、薪柴。各船之间用锁链、缆绳捆锁在一起，动弹不得。此时风助火势，火借风威，在船上蔓延开来。将士们根本没有准备，被这突如其来的大火弄得惊慌失措，许多人的衣服被烧着，连忙往江里跳，顷刻之间被烧死、溺亡的不计其数。曹操下令各水寨将士放弃舰船退到岸上，谁知刚退到岸上，还没来得及喘口气，一阵大风袭来，裹着火苗引燃了岸上的枯草，火势又蔓延到了旱寨。旱寨的将士连忙扑打燃着的蒲草、芦苇。然而在大风的肆虐下，这一切又显得那么无助。旱寨的许多将士被大火烧死烧伤的难以计数，真是叫天天不应叫地地不语。整个曹军水旱两寨犹如火燎蜂房，乱哄哄一片。直到后半夜，看看火势渐小，曹操这才收拢住兵马，只见所有战船全部被焚毁，将士伤亡惨重。这时有士卒来报："东吴水军正朝这里杀来。"曹操说："这九百里云梦泽，到处是湖泊、沼泽，从乌林只有一条近路能出云梦泽，这就是通往华容的华容道……"曹操还未说完，就有小校来报："东吴水军已经靠岸，曹公快走！"曹操说："长话短说，夏侯惇担任前锋，各部曲依次而行，曹仁、徐晃将军断后，立即行动，撤往华容。"

第一百章

走华容曹操出云梦　攻江陵周瑜中箭矢

　　周瑜在楼船上见乌林方向火起，知道黄盖已经得手，赶快命人前去接应。少顷黄盖回来，见其左肩受了箭伤，便让其快去治疗，立刻令各部曲舰船齐向江北出击。此时东南风正盛，东吴水军鼓起风帆，很快到了曹军水寨，曹军战船正在燃烧，烧死的士卒横躺竖卧。这时旱寨的火势正旺，火光中隐约可见曹军一些受伤的士卒还在拼命逃跑。周瑜待火势转小，便发动攻击。甘宁、凌统身先士卒，冲在最前面，见曹军已溃不成军，挥起手中兵器大开杀戒。这时突然冲过来一员大将，喝道："我曹仁在此，休要撒野。"挥起长矛拦住东吴兵马。甘宁、凌统一起拥上，战了几合，心中暗想：这曹仁果然名不虚传，真是厉害。这时吕蒙赶到，冲上去助战。曹仁不敢恋战，边战边撤，正在这时，徐晃赶到，说："陆战正是我们的长处，我早已憋坏了。"截住吕蒙厮杀。曹仁说："徐晃将军切勿拼命，掩护大军撤出云梦泽为上。"两人率士卒互相掩护，且战且退。

　　东吴将士紧紧咬住曹军不放，已追出数十里。这时鲁肃赶到，对周瑜说："我们不可在此恋战，诸葛亮已回江夏，会同刘备从陆路堵截曹操，曹军可交给他们。如今江陵空虚，大都督应赶快率战船直捣江陵，得了江陵就得了荆州。"周瑜顿悟，鸣金收兵，回到战船，率大军沿长江逆流而上，奔江陵而去。

　　曹仁和徐晃互相配合，率部曲抗击着东吴的追兵。很快发现东吴兵马已停止了追击，便禀报曹操："东吴追兵已被甩掉，危险已经解除，将士们太累了，又伤病在身，能否就地休息？"曹操说："不能休息，趁无追兵纠缠，必须全力加快行军速度，只有走出这云梦泽，才能算安全。"然而这云梦泽的道路太难走了，唯一的华容道穿过的都是沼泽地带，泥泞难行。由于时疫和大火，将士们拖着虚弱和受伤的身躯，拼尽全力在泥水中行进着。有的地方犹如陷阱，陷进去腿脚很难拔出来。曹操令各部曲挑选未染时疫和未受伤的士卒，专门就地砍伐蒲草和芦苇，将道路铺好。由于人多，刚铺好的蒲草和芦苇很快被踩得稀烂，只好重新铺设。许多将士体力几乎耗尽，有的干脆躺坐在泥水中不愿起身。曹操急了，令各部曲的司马、伍长用鞭子抽，用棍子打，迫使他们跟上队伍，并令兵马继续加快行军速度。将士们怨声载道。

经过数天的艰苦行军，道路渐渐好走了。桓阶说："丞相，我们就要走出云梦泽了，前边不远就是华容县。"曹操舒了口气，说："到华容后让将士们好好休息一下。"荀攸问："到华容后，下一步怎样行动？"曹操说："我料周瑜未追击我们，一定是奔江陵而去。曹仁率其兵马，由此向西直奔江陵，争取赶在周瑜前边到达江陵，凭江陵的城防和粮草物资，坚守江陵。另外江夏郡的北部诸县不能白白还给刘琦，表奏文聘为江夏太守，让他由此向东北进驻江夏北部。其余兵马俱随我向北撤往襄阳，在那里休整。待时疫过后，将士们恢复了体力，再南下与周瑜决战。"话音刚落，负责断后的曹仁来报："我们后边发现一支兵马，正从东边赶来。"程昱说："不用问，一定是刘备从江夏而来，企图把我们堵在云梦泽中。"曹操登上一个小山包，向东眺望，果然帅旗上依稀可见大大的"刘"字。曹操说："必是刘备、刘琦无疑。"曹仁说："我们掉头包围他们，将其消灭。"曹操说："不可。如果我们在此与刘备纠缠，正好上了周瑜的当。你去告诉刘备，我们已经走出了云梦泽，他刘备晚到一步，想把我们堵在云梦泽的美梦破灭了。"这时将士们才知道，曹操为何狠心下令用皮鞭和棍棒驱赶他们咬牙往前赶路。若当初稍一迟疑，让刘备赶在前边，把我们堵在云梦泽中，后果是不堪设想的。

自诸葛亮借到东南风，立刻辞了鲁肃，乘上早已准备好的轻舟，顺流而下直趋夏口。此时刘备与刘琦俱在夏口等候消息。诸葛亮见到他们就问："我先前信中说请主公准备好兵马，不知准备得怎样？"刘备、刘琦都说："所有兵马俱已准备停当，随时可以行动。"诸葛亮说："好。今夜周瑜在乌林火烧曹营，料曹操必败走华容，这是唯一出云梦泽的近路。我们可由此向西，沿云梦泽北缘直抵华容道，在那里拦截曹军，与东吴兵马一起，南北夹击，将曹军全歼在云梦泽。"刘备、刘琦闻言大喜，立刻传下令去，除留下必要的守城士卒外，所有兵马悉数前去堵截曹军。一路上刘备不断催促将士赶路，然而紧赶慢赶，就要到华容道的时候，却见前边一队兵马已出了云梦泽，正向华容县行进，不觉大吃一惊。这时只见对面驰来一匹快马，拦在前面说："我乃曹仁，特奉丞相之命，前来告知刘将军，你们已迟了一步，请转身回去吧，不必再相送了。"说完就转身飞驰而去。

张飞提马向前就要追赶，诸葛亮拦住道："翼德将军不必动怒。"张飞说："他这是在嘲讽我们，这口气怎能忍得下？"刘备说："曹军今晚必驻扎在华容，我们趁此时机前去劫寨。"诸葛亮说："不可。"张飞嚷嚷道："我们千辛万苦赶来了，也见到了曹军，总不能眼睁睁地放他们过去。今夜就去劫寨，刹一刹他们的骄横。"诸葛亮说："曹军之所以这么快走出云梦泽，我料东吴兵马并未紧紧咬住曹军，而是正加紧向江陵进发，企图在曹军返回江陵前夺取它，进而控制荆州。而曹军虽经乌林之败，死伤不计其数，加上时疫侵染，实力确实损失不少，但他们仍有一定的战力。如果我们在此与曹军开战，正好牵制曹军，帮东吴趁机攻下江陵，夺取荆州。"刘备频频点头，下令兵马就地扎营。

第二天斥候来报："曹军已逃离华容。"刘备问："是不是逃往江陵？"斥候报告："曹仁所部逃往江陵，文聘所部逃往江夏，其余兵马逃往襄阳。"刘琦紧张道："我们赶快返回夏口、江夏吧，两城兵力空虚，谨防文聘夺取两城。两城若失，江夏全郡落入曹军之手，我们将无立锥之地。"诸葛亮说："公子莫急，夏口、江夏两城虽兵马很少，但城防坚固。再说文聘此去，是守已占江夏北部的诸县，暂不会攻城。我们应尾随曹仁前往江陵，配合周瑜夺取江陵，与周瑜平分南郡，以免东吴独吞荆州。"刘备、刘琦遂点起兵马，尾随曹仁到江陵，见曹仁已进了江陵城，知道周瑜还未赶到，立刻扎下营寨，只待周瑜来到，联手攻取江陵。

尽管周瑜紧赶慢赶，由于水道弯曲，又逆流而上，原定乘虚而入，夺取江陵的计划落了空。面对前来迎接的刘备，心中颇为不满，埋怨道："说好的刘使君要在华容道上拦截曹军，为何放曹军出了云梦泽？"刘备反唇相讥："双方约好将曹军围困在云梦泽，为何大都督弃曹军而奔江陵，致使曹军先我到达华容？"周瑜知道自己理亏，也不再说什么，而是问："刘使君率兵马来到这里，江夏和夏口怎么办？"刘备说："既然我们两家结为同盟，我就不能让大都督独自面对曹军。至于江夏和夏口两城，暂无大碍。"周瑜知道刘备这是要与自己争夺江陵，但刘备的回答于情于理都无可挑剔，只好说："还是刘使君顾全大局。"随即令舰船在江上扎下营寨，与刘备的旱寨遥相呼应，将江陵城团团包围。

一连数天，周瑜与刘备的水旱两寨都按兵不动。这天诸葛亮对刘备、刘琦说："两位牧守，我斟酌再三，还是主动撤离这里，渡江南下。"刘备、刘琦皆惊讶道："放着到手的江陵不争，却要渡江南下，不知军师是何用意？"诸葛亮说："这江陵城久为南郡和荆州的治所，城墙既高且厚，粮草物资储备丰富，西有夷陵与之成掎角之势，其背后又有襄阳的曹操随时可以接应。我料短期内周瑜攻不下江陵。反观江南有荆州四郡，这四郡本是随刘琮归降曹操，曹操并未实际控制，四郡也仅有各自的郡兵，极易对付。我们可对外宣示大公子袭任荆州牧，四郡官民感念刘表厚恩，必拥戴刘公子，所以四郡虽大，却轻而易举可以取得。有此四郡，我们就拥有了荆州的半壁河山，也就有了立足之地，再设法与周瑜争江陵，荆州就会完全为我所有。"

刘备、刘琦皆大喜，但又担心周瑜不同意，诸葛亮说："这好办，临走时，我们把张飞将军留下，这样一是依然践行两家共抗曹军的承诺；二是一旦江陵被攻破，为平分江陵留下借口。至于周瑜那里，我已想好离开的理由，两位牧守不必多虑。"刘备、刘琦皆说："一切均听军师安排。"

当即诸葛亮陪刘备来见周瑜，双方各表问候。落座后，刘备说："大都督一场火攻，使曹军遭到重创，如今大都督已控制了长江，江陵指日可下。但江南四郡还在曹操手中，对我们夺取江陵是一个很大的威胁。为解除大都督进攻江陵的后顾之忧，我愿率兵马渡江南下，牵制四郡。同时为配合大都督攻取江陵，我把张飞将军及其部曲留下，由大都督调遣，不知大都督意下如何？"

几天来周瑜一直按兵不动，并不是考虑如何排兵布阵，而是考虑夺取江陵后，这硕大的果实由谁占有的问题。他想独吞江陵，看来刘备不会答应。如今刘备主动提出渡江南下，正是他求之不得的好事。鲁肃刚要说什么，周瑜阻止道："这样最好，有劳刘使君辛苦了。"见周瑜已经同意，刘备起身告辞，与诸葛亮回到营寨，劝说张飞留下，随即率大队人马渡江南下。

待刘备离开，鲁肃埋怨道："大都督不该答应刘备，他这是要乘虚而入，想独占江南四郡。"周瑜笑道："我岂能不知，江南四郡地域辽阔，且偏僻闭塞，不等刘备攻占，我就夺了江陵，到那时荆州州治在我们手中，名正言顺，四郡焉能不归附于我。子敬不必多虑，到时自有办法。"

　　曹操率大军刚回到襄阳，就接到合肥急报："孙权率兵马进攻合肥，因城中兵马有限，请丞相速派兵救援。"曹操大吃一惊。

　　原来，周瑜赤壁火攻曹军得手，即派小校乘轻舟顺流而下，疾驰东吴向孙权报捷。孙权喜不自禁，按照与周瑜先前的约定，即率蒋钦、陈武、董袭、徐盛、潘璋共计十万兵马，乘船到达濡须口，转道濡水，直趋巢湖，进抵合肥，决心夺取合肥，收复九江郡被曹军所占的诸县，从而威胁许都，逼曹操从荆州撤兵，配合周瑜夺取荆州。

　　此时据守合肥的是曹操表奏的扬州刺史刘馥，字元颖，本沛国相县人，曾避乱扬州。建安初，曾策动袁术的部将戚寄、秦翊，率众归降曹操，被曹操征辟为掾属。后来孙策任命的庐江太守李述杀了扬州刺史严象，曹操便表奏刘馥为新任刺史。刘馥接到任命，单人独马，仅携一纸诏书，便到扬州上任。此时扬州诸郡实为孙策所占，唯有九江、庐江部分属县归曹操所有。刘馥走到合肥，再也走不动了。曹操正与袁绍相争，无暇南顾，刘馥便停在合肥，将州治设在这里。名为扬州刺史，实际仅统辖九江、庐江部分属县。经过数年的施恩教化，这些县的百姓安居乐业，流民来归者数以万计。在此基础上，刘馥又兴建学校，推广屯田，整修芍陂和茄陂及七门、吴塘等多处湖陂，灌溉良田，百姓富足，官府府库充盈。刘馥随即又整修城池，囤积了许多滚木礌石，编制了草苫数千万枚，储存了鱼膏数千斛，以备不时之需。这次孙权率大军来攻，刘馥一面向曹操告急，一面率全城军民抵抗。

　　曹操看着刘馥派快马送来的急报，眉头紧皱，此时襄阳与合肥相距甚远，孙权已到城下，派兵增援能来得及吗？他感到非常后悔，当初太轻视孙权了，以至于兵马全集聚在荆州，江淮露出了这么大一个破绽。刘馥手中的州兵区区有限，根本抵挡不住孙权十万兵马的进攻，一旦丢了合肥，九江不保，许都就会非常危险。事不宜迟，无论如何也要想办法增援合肥。

　　荀攸说："步卒增援太慢，曹纯的虎豹骑又在江陵，只有派张憙的乌桓骑昼夜兼程，或许能早一点赶到。"曹操说："张憙的乌桓骑兵马太少，相对孙权的十万兵马也是杯水车薪。"程昱说："我们在汝南还有李通的兵马，让张意路过汝南时，带上李通的兵马，这样可以抵挡一阵，为我们大队兵马争取时间。"荀攸说："臧霸的青徐兵离合肥相对较近，派快马令其赶快增援。"曹操赞同："就这样办。"即召张憙来，如此这般交代了一番，让其务必尽早赶到合肥。张憙二话不说，率乌桓骑即刻出发。

周瑜待刘备率兵马南渡长江后，即登岸扎下大帐，令兵马依次登岸，包围江陵，准备攻城。城楼上曹仁看得真切，不屑一顾地说："我江陵城固若金汤，看他周瑜能奈我何。"部将牛金说："曹将军，趁周瑜的兵马正在登岸，包围圈还未形成，我选豹骑三百勇士，突出城外，直趋周瑜大帐，先取了他的首级。东吴兵马水战在行，这陆战可要看我们的了。"曹仁也想报赤壁火攻之仇，同意了牛金的请求，嘱其速战速决；毕竟东吴占有优势，倘若不利，可快速撤回。牛金立刻从曹休的豹骑中选了三百精壮勇士，打开城门，像利剑一般冲了出去。东吴将士猝不及防，在曹军的喊杀声中纷纷倒下，这三百勇士直朝周瑜大帐冲去。

周瑜正在帐中与鲁肃商议事情，忽闻战马嘶鸣，喊杀声突起，急忙出大帐查看，见曹军正快马朝这里扑来，不禁大怒，翻身上马，挥起长枪迎了上去。东吴士卒此时也回过神来，跟着周瑜冲了上去，双方战在一处。城楼上曹仁看得真切，东吴兵马越聚越多，已将牛金等三百将士团团包围。曹仁立刻要下城楼，前去解救牛金。长使陈矫等掾属连忙劝阻："东吴贼众越聚越多，其势不可挡。三百勇士已无突围之希望，将军万不可冒险前去。"曹仁不听，下了城楼，披甲上马，带领亲随侍卫数十人，打开城门冲了出去。陈矫等人大喊："曹将军，万万不可越过城河，就在河这岸给牛金助威即可。"话音未落，曹仁大吼一声，已经冲过城河，直入东吴阵中，一阵猛杀，救出牛金及勇士，撤回城中。刚到城河边，见还有几位勇士没有突围出来，曹仁命牛金率士卒先进城，反身又冲入东吴阵中，连杀数名士卒，救出几位勇士，一起朝回撤。周瑜率兵马紧随其后，曹真率虎骑出城接应，杀退周瑜兵马，将曹仁等接回城。陈矫等在城楼上看得一清二楚，简直惊呆了，感叹道："将军真天人也！"

曹仁回到城中，对牛金、曹纯等人说："经此交手，可知东吴兵马并非仅擅长水战。我们当要认真对待，切不可轻视他们。"

周瑜初次与曹仁交手，见其胆略过人，技艺超群，突入阵中如入无人之境，不禁感叹："曹操手下战将果然了得，曹仁将军不可小觑。"

经过认真准备，周瑜下令进攻江陵。江陵城墙又高又厚，数次进攻都无功而返，只好下令暂停进攻，待城中粮草用尽，再发动进攻。张飞说："据我家主公说，江陵粮草非常充足，曹军人马足用数年。"周瑜这才意识到，江陵并不像当初想的那样容易攻破，便冥思苦想，要找到尽快攻破江陵的办法。

这天，甘宁来到大帐，对周瑜说："我思虑多日，不如先攻打夷陵。夷陵城小且破，曹军驻军不多，况且夺了夷陵，攻打江陵再无后顾之忧。"

周瑜之所以没有攻打夷陵，是认为只要夺了江陵，夷陵不攻自破。现在江陵久攻不下，不如像甘宁说的，先夺了夷陵，于是同意了甘宁的建议。甘宁当即自告奋勇，愿率本部兵马夺取夷陵。这时鲁肃说："甘宁攻夷陵，曹仁必分兵去救，可在半途伏以重兵，将其歼灭。留在江陵城的曹军必军心动摇，我们可乘势夺取江陵。"周瑜连连叫好，嘱甘宁："到夷陵后，只攻不夺，引曹军救兵前去增援。"甘宁当即统领本部兵马，直奔夷陵而去。

周瑜这里亲自率程普、吕蒙、凌统、韩当及张飞，于江陵与夷陵途中枝江之地伏下兵马，要全歼来增援的曹军，而仅留周泰、肩伤刚愈的黄盖等少部分兵马，虚张声势包围江陵。

夷陵守将陈卫见甘宁来攻，派快马到江陵向曹仁告急。曹仁得到陈卫的告急信，就要分兵去救夷陵，可又怕周瑜攻打江陵，正在犹豫之时，忽闻城外有喊杀声，心中疑惑，急忙登上城楼观看，原来是徐晃将军领兵杀到，于是急令兵马出城接应。待把徐晃接入城中，曹仁问："你怎么到这里来了？"徐晃说："孙权率兵马攻打合肥，丞相前去救援，说江陵恐怕要守一段时间了，所以派我来助你守江陵。本来我还以为这城不好进，没想到你我里外夹击，这东吴就败了，怎么这么不禁打？"曹仁的心思全在救援夷陵上，并没有解释，只说："你来得真巧，东吴攻打夷陵，我正要分兵去救，现在江陵城就暂由你守卫。"徐晃说："我前往夷陵救援吧。"曹仁说："你刚到，路途辛苦，还是我去吧。"立刻率本部兵马，加上曹纯的虎豹骑，开了城西门，杀退东吴士卒，直奔夷陵而去。

周瑜在枝江埋伏下重兵已经好几天了，仍不见曹仁分兵来救夷陵，正在焦急，忽然得报："曹仁率兵马已到。"一边派人赶到夷陵，命甘宁夺取夷陵；一边率程普、吕蒙、凌统、张飞从四下里拥上来。曹仁一看中了埋伏，便率牛金、曹纯、曹休全力抵抗，掩护曹休率豹骑赶往夷陵增援。

然而曹休赶到夷陵，却迎面碰上陈卫。原来甘宁已攻入城中，将陈卫赶了出来。陈卫见曹休赶到，提起精神，誓要夺回夷陵。夷陵城小且破，陈卫没有守住，现在甘宁也同样不好守，眼看曹军就要夺回夷陵城，东吴士卒都非常惊恐，甘宁不断给士卒打气："一定要坚守住，大都督援兵很快就到。"话音刚落，曹军背后就响起了喊杀声，周瑜援兵已到。原来周瑜一看曹军的豹骑冲了过去，怕甘宁有失，一边与曹仁周旋，一边令吕蒙前去增援甘宁。甘宁一看援兵已到，便率兵从城中杀出，里外夹击，曹休一看势头不对，对陈卫说："放弃夷陵，赶快回撤，与曹仁将军会合。"二人边战边撤，到枝江与曹仁会合。曹仁知夷陵已丢，不敢恋战，下令撤回江陵，在徐晃的接应下，回到江陵城。

周瑜虽然夺了夷陵，但要劫杀曹仁的计划却没有得逞。而且江陵城中反而增加了不少兵马，夺取江陵更加困难。

周瑜经过斟酌，重新调整兵马，将留守水寨的兵马全部用上，再次攻打江陵。几天过去，一连数战，仍是无功而返。这天凌统请战，说："明天我自为先锋，亲自率士卒强登城墙，我就不信攻不破这江陵城。"周瑜说："好，我亲自在阵前为你助威。"

第二天，凌统全身双铠双甲，手持利剑，率敢死勇士准备登城。周瑜亲临阵前，指挥弓箭手掩护，令鼓手尽力擂鼓，立刻向江陵城发起猛攻。城上曹军箭矢如雨点般倾泻下来，礌石滚木接二连三滚落下来，攻城的云梯被砸坏了好几个，凌统毫不畏惧，手持盾牌，带领士卒往上冲。周瑜为鼓舞士气，不顾个人安危，不断向前靠，就在双方攻打最激烈的时候，一直利箭射向周瑜，直插左肋。周瑜从马上摔了下来，被士卒救起。鲁肃下令停止攻城，吩咐士卒将周瑜抬回营中，急找医者前来救治。医者拔出箭矢，褪去甲胄，解开襦衣，认真清洗伤口，辅以药膏，仔细包扎，然后对鲁肃等人说："大都督的箭伤较深，已伤及胸肺，应静卧休息。待换药时我自会来。"

周瑜受伤，东吴士气低落，鲁肃下令各营寨加紧防守，以免曹军趁此机会偷袭。

　　曹仁在城楼上亲见周瑜被箭射中，被士卒抬了下去，又见东吴几天来紧守营寨，便知周瑜伤势不轻，性命是否能保，不得而知，便要趁此机会主动进攻东吴。如果周瑜伤重，就可一鼓作气，消灭东吴的部曲。主意已定，曹仁即率徐晃、曹纯等直趋东吴大寨前挑战。

　　此时东吴各营寨谨遵鲁肃号令，皆紧闭寨门，尤其是大寨，对前来挑战的曹军更是不予理睬，任凭曹军叫阵，根本不予应战。周瑜在帐中静卧，听到远处传来叫骂声，知是曹军前来叫阵，便要上马应战。程普等将领纷纷要求代他出战。周瑜说："曹军是冲我来的，你们谁都无法替代。"不顾众人劝阻，让医者将他创口处用绷带扎紧，在众人的搀扶下，走出营帐，跨上战马，令人打开寨门，高声叫道："曹仁匹夫，周郎在此，我与你战上几合，如何？"说着挥起手中长枪，拍马冲出寨外。程普等将领紧随其后。曹仁一见周瑜英姿飒爽，手中长枪舞得呼呼风起，心中疑惑："莫不是周瑜有诈，要取我江陵。"心想不敢大意，便赶快令将士后撤到城中，紧闭城门。

　　周瑜见曹兵已撤，哈哈大笑，谈笑风生，回到营帐。在众人的搀扶下，艰难地下了马，被大家抬回帐中，早已气喘吁吁。

　　至此，两军各守城寨，谁也不主动发起进攻。

第一百零一章

凭旧恩公子收四郡　争利益孙刘分荆州

刘备、刘琦自辞别周瑜，南渡长江后，即公开宣称："江夏太守、长公子刘琦，承先将军之志，已袭任荆州牧。现在左将军刘备陪同下，前来巡视、安抚各郡县，所到之处，望各郡县守令出城迎接。"长沙各属县闻听此消息，有的迫于压力，有的感念旧恩，纷纷出城迎接，表示归顺。所以没费一兵一卒，顺利到达长沙。

长沙太守韩玄，本是刘表旧部，刘备以为他也会像那些县令长一样，拱手相迎。不料长沙城门紧闭，韩玄在城楼上怒斥道："自先将军逝去后，已由公子刘琮袭任荆州牧，我等已随刘琮归顺曹丞相，尔等的荆州牧是私相授受的，未经朝廷诏命，算不得数，所以我等不予承认。"

刘备大怒，命关羽率先攻城，韩玄也不示弱，命黄忠将军率郡兵出城迎战。关羽见是一个年近花甲的老将军，并未放在眼里，冷笑道："来者何人？"黄忠答道："我乃长沙裨将，姓黄名忠，字汉升。"话音刚落，便挥刀直取关羽。双方你来我往，连战几十回合不分胜负，关羽暗暗吃惊：这老将军果然武艺非凡，我当认真对待。双方又斗了十几回合，看看天色已晚，各自鸣金收兵。

关羽回到营寨，连夸老将黄忠。刘琦说："这黄忠曾是我父手下中郎将，多次荣立战功，只因他年事已高，便让他到长沙攸县镇守地方。这攸县县令乃是我堂兄刘磐，据说二人关系相处得非常好，我这就前往攸县，让他劝老将军归顺。"

刘备正有心招降黄忠，闻知非常高兴，催促刘琦连夜赶到攸县。刘琦见到刘磐，将来意说明。刘磐说："黄老将军前不久才被韩玄征辟到郡。我这就随你前往长沙，劝说黄老将军。"

第二天双方再战，刘备嘱关羽手下留情，不可伤了黄老将军。而黄忠受韩玄之命，定要斩杀关羽，因此招招毙命。关羽左挡右防，处处留情。黄忠心下疑惑，不由分了心，胯下战马失蹄，一不留神被掀下马来，眼睛一闭，只道这次命已休矣。不料关羽连忙下马，搀起黄忠，说："老将军战马失蹄，快回去换马再战。"黄忠站起，说："谢关将军手下留情。"便返回城中。

韩玄在城上看得一清二楚，待黄忠入了城，韩玄问："怎么回事？"黄忠说："因马失蹄，回来换马再战。"韩玄问："我见关羽将你搀起，给你说了什么？"黄忠说："只说换马再战，并未说什么？"韩玄将信将疑，说："快去换马再战，定要关羽首级。"

黄忠回到营中换马，却见刘磐在营中，很是吃惊："刘县令如何在此？"刘磐说："我堂弟刘琦现为荆州牧，他让我转告你，希望念先将军厚恩归附于他。"黄忠说："我本先将军旧将，闻知长公子来了，早有心归降，无奈太守韩玄不同意。"刘磐说："既如此，不如将韩玄绑了，献出长沙城。"黄忠说："韩太守毕竟也是先将军表奏的，都是自家人，还是劝他同归公子，岂不更好。"说完便来见韩玄。谁知韩玄听了黄忠的劝告，却勃然大怒："曹公乃朝廷丞相，刘氏乃朝廷州牧，我的太守一职虽是先将军刘表表奏的，却是朝廷诏拜的。我随刘琮已归附曹丞相，刘琦自立州牧，实是反叛朝廷，黄老将军不要糊涂，守好长沙，效忠朝廷才是应有之义。"

黄忠不愿再出战，仍竭力劝说，韩玄更加恼怒，命左右把黄忠绑了，说："你既然不愿出战，我就把你斩了。"话音刚落，一员将闪入，说："我在外已听多时了，黄老将军所言极是，我们都是先将军刘表部下，归顺曹操实属无奈。如今长公子刘琦重掌荆州，我等理应归附，而你却执意不肯，今天我先斩了你。"说罢，挥起佩剑，斩了韩玄。原来此人姓魏，名延，字文长，义阳县人，也是被韩玄从县里征辟来加强郡兵的。魏延说："韩玄已被斩，还有谁不愿归附长公子的？"长沙郡的掾属，本就是昔日刘表的部下，既然刘琦大兵压境，一齐表示愿意归附。

黄忠请出刘磐，打开城门，迎接刘琦、刘备入城。刘琦表奏刘磐由攸县令升迁为长沙太守。长沙郡既归附刘琦，刘备与刘琦便南下零陵。零陵太守刘度，闻知刘备取了长沙，正在赶来零陵，自思手中这点郡兵，怎能抵挡刘备兵马，便有心投降。此时曹操安抚江南四郡的特使刘巴正在城中，竭力阻止刘度投降。郡都尉邢道荣说："我们已随刘琮归顺丞相，而刘备早已被丞相打得四下逃窜，手中并无多少兵马，现在又蛊惑刘琦，要我们反叛，我们岂能还未交手，就准备投降。太守放心，依托零陵城，我们尚能抵挡一阵。"刘巴坚决支持邢道荣。

　　既然武将愿战，又有刘巴坚持，刘度只好调动郡兵，严守城池。一切刚准备停当，刘备、刘琦兵马已到，在城楼上，刘度和邢道荣见刘备、刘琦兵马阵列整齐，果然非他们的郡兵所能比，心下已自怯阵。邢道荣大话已说，也只好硬着头皮，披挂上阵。黄忠老将军见邢道荣冲出城来，便拍马向前。战前刘备有交代，对零陵守将手下留情，尽量逼其投降，于是对邢道荣说："你我俱为先将军刘表旧部，现公子来到，何不归附，以示忠义。"邢道荣说："我们早已归附曹丞相，岂能朝三暮四。先赢了我手中这杆长矛再说。"边说边挥起手中长矛，朝黄忠杀来。黄忠左躲右闪，手中大刀前后劈杀，一会儿邢道荣便手忙脚乱，只有招架之功，黄忠说："回去告诉刘度，让他不忘旧恩，重归刘氏门下，免得伤了和气。"

　　邢道荣知是黄忠手下留情，便退回城中，说："长沙黄忠老将军也已归附刘琦，城外大军兵强马壮，难以抵挡，不如归顺了吧。"郡中掾属也一齐附和。刘度本就有心归降，更是满口赞成。刘巴见状，立刻反对，说："丞相在江陵还有重兵，可向丞相告急。既已归降丞相，岂能反复无常。"无奈刘度、邢道荣等众掾属降意已决，刘巴再劝不听，只好眼睁睁地看着刘度派人出城与刘备谈判，获得刘备承诺：零陵自太守以下俱留任原职。于是刘度打开城门，迎刘备、刘琦入城。

　　刘备、刘琦与零陵众掾属相见，刘琦一眼认出刘巴，连忙施礼，并引荐给刘备，说："此我荆州名士也，曾被先将军多次征辟。"刘备、诸葛亮连忙施礼，恭敬地说："早闻贤士大名，只是无缘相见。如今既已相识，愿随时听闻贤士指教。"刘巴冷冷地说："曹丞相特命我巡视江南四郡，宣谕朝廷厚恩，抚慰百姓，如今使命已毕，我就要启程北上禀报丞相，恕不能奉陪。"说着就要离去。刘备再劝刘巴留下，刘巴不从。刘备说："如今零陵、长沙俱已归附公子刘琦，一声令下，子初先生恐怕连零陵城都出不了，还能北上回江陵吗？更何况周瑜已将江陵包围。"刘巴说："刘使君在威胁我？"刘备说："不是威胁，只是想你我与刘琦都是同宗，还是留下好。"刘巴愤而退出，回到住处，知道向北的道路已经不通，再三寻思，决定乔装改扮，趁夜逃出零陵，向南到交州，再绕道北上去见曹操。主意已定，于是连夜逃了出去。

　　第二天，刘备寻不见刘巴，知其已逃走了，便传下令来，凡见到刘巴，立刻拘捕。对刘琦说："抓到刘巴，定将其斩首。"

江南二郡已收入囊中，所剩两郡，一在零陵西北，即武陵郡；一在零陵东南，即桂阳郡。两郡距离相等，却方向相反。刘备问诸葛亮："先取武陵还是桂阳?"诸葛亮说："武陵太守金旋，是曹操亲自任命，我料金旋必效忠曹操。桂阳太守赵范，是先将军刘表表奏的，如大兵压境，或许也会不战自降。"刘备说："我们先易后难，先取桂阳，再夺武陵。"于是调动兵马，准备南下取桂阳。

赵云来见刘备，说："主公去取武陵，我自去取桂阳，这样节省时间。"刘备担心赵云势单，说："万一赵范如韩玄一样，誓死不降，事情就麻烦了。"坚持兵马齐聚桂阳，夺了桂阳后，再掉头去夺武陵。

赵云说："主公放心，我愿立军令状。"看到赵云态度坚决，诸葛亮说："既如此，那就由赵将军去取桂阳吧。"于是赵云率本部兵马，向东南方桂阳而去，刘备等人向西北武陵而去。

武陵太守金旋得知刘备率兵马奔武陵而来，一面命人向江陵曹仁告急，一面整备兵马，誓与武陵共存亡，并向士卒打气，说："曹军就在江陵，不日即可到达。刘备乃丧家之犬，这武陵就是他葬身之地，看我如何战胜他。"

很快刘备的兵马将武陵城团团围住，金旋毫不畏惧，披挂上马，要与刘备决一雌雄。从事巩志劝道："刘备自黄巾时起兵，久经战阵，手下关羽又是一员猛将，黄忠老将军也归顺了他。而我们仅有这点郡兵，双方实力相差悬殊，不如降了刘备。"金旋一听此话，怒从心头起，斥道："莫非你想投靠刘备，背叛丞相?"巩志说："我们总不能以卵击石吧。"金旋说："我们有武陵城做掩护，实在不行，紧闭城门，等待援军，也不能投降贼寇。再言投降，动我军心者，定斩不饶。"随即命人打开城门，率兵马冲了出去。

关羽早在阵前等候，见此情景，挥起大刀，冲向金旋。那金旋所领郡兵，哪经过这种战阵，很快败下阵来，金旋也被伤及多处，只好率兵马撤回城中。然而此时城门已闭，只见巩志在城楼上高喊："我等皆是先将军刘表旧部，现刘琦公子已袭任州牧，我等愿归顺。"便命城上乱箭齐射。金旋后撤无门，一支箭射来，正中金旋面门，坠于马下，手下郡兵齐呼愿降。巩志打开城门，迎刘琦、刘备等入城。刘备表奏巩志为武陵太守。

刘备得了武陵，虽心中高兴，却担心赵云势孤，便赶快率兵马去桂阳增援赵云。

赵云自零陵与刘备、刘琦等人分别，便一路奔赴桂阳。桂阳太守赵范，听说将军赵云率兵马前来攻取桂阳，便与掾属商议："我桂阳郡穷乡僻壤，郡兵又寡，听说那赵云曾在当阳长坂坡于曹军中单骑救幼主，如此猛将谁能阻挡？我看只有投降这一条路。"众掾属纷纷说："我们本就是刘表部下，只是随刘琮降了曹操。现在长公子又重领荆州，且有刘备等人相助，我们实属回归旧主，算不得丢人。"赵范见大家如此说，便派人出城去迎接赵云。

赵云来到桂阳，本欲大战一场，没想到太守赵范，早派人在城外迎候，心中惊喜，遂将部曲驻扎城外，随来人到了郡府。赵范早已摆下盛宴。双方施礼，互致问候，然后入席，推杯换盏，很是亲热。酒过三巡，便叙起了家常。赵云说："赵太守听口音是北方人吧？"赵范说："我乃冀州常山真定人也。"赵云说："这么说来，咱们是同乡了。你也姓赵，我也姓赵，若有家谱，说不定是同宗同族。"赵范说："听赵将军口音，就像回到了家乡，格外亲切。倘赵将军不弃，愿与你结为兄弟。"赵云很高兴。两人各叙了年庚，赵云与赵范同年，赵云长赵范四个月，于是赵范拜赵云为兄长。两人拜了兄弟，你敬我让，喝得兴起。这时赵范忽然请出一位妇人，要她与赵云敬酒。赵云看她穿着朴素，长得也非常秀气，疑惑地看着赵范。赵范忙说："兄长勿怪，这是我家嫂嫂樊氏，你我既为兄弟，又无外人，特请出与你相见。"赵云得知是赵范家嫂，便肃然起敬。樊氏敬过酒，便辞归后堂。两人又饮了一会儿，看时间已晚，赵云起身告辞。赵范留赵云在郡府中居住，赵云不肯，回到城外营寨，当即修书一封，派人向刘备告捷。

这天，赵范在府中又摆下酒宴，邀请赵云再到府中一叙，赵云应约而往。两人言语投机，开怀畅饮，不觉微有醉意。赵范说："前日唤兄嫂前来为将军把盏敬酒，将军对家嫂印象如何？"赵云随口说了句："印象不错。"赵范问："长得如何？"赵云说："没敢细看，想是不错。"赵范说："先兄弃世已有数载，家嫂一直寡居，为人贤惠。我常劝其改嫁，而家嫂必欲寻一个文武双全，且相貌堂堂、威仪出众的人方肯出嫁，我一直寻找不到。自见到将军，便觉眼前一亮，那日嫂嫂见过将军，也很满意。你我同姓，又为兄长，岂不是老天有意安排。便斗胆欲将家嫂与将军为妻，亲上加亲，如何？"

赵云一听大怒，说："我们既为兄弟，你的嫂子也是我的嫂子，怎能行此乱伦之事？恕我难以从命。"说完，站起身来要回城外营中。赵范非常尴尬地站在那儿，留也不是，不留也不是。待赵云走后，赵范又羞又愧。嫂子年轻，人又不错，他本不愿嫂子守寡，也是好心玉成此事。嫂子听从了自己的安排，却不料遭赵云一口回绝，感到手足无措。嫂子在后堂闻知此事，也觉无脸见人，只是悲哭。赵范左思右想，觉得这事办得太唐突，无脸再见赵云，于是便携全家老小，趁着夜色，逃离了桂阳。

一连数天，赵云都闭坐在营中。自那天从郡府回来，酒醒过后，也觉得自己回绝得太生硬，与赵范伤了和气，便想着再见到赵范时如何缓和气氛。这天听说赵范携家小已经逃离了桂阳，知是赵范觉得下不来台，无颜再见面，只好赶忙入城，抚慰众掾属，等待刘备的到来。

这天，刘备、刘琦等人从武陵来到桂阳，一见面，刘备说："我听说太守赵范降后又逃了？"赵云便将此事的来龙去脉向刘备细述了一遍，刘备听后哈哈大笑，诸葛亮说："这是好事，为何推辞？"赵云说："赵范刚降，并无深交，此举究竟何意，我不得不小心。再者我既与其拜为兄弟，再娶其嫂，岂不乱伦，让人耻笑。还有战事正忙，荆州未定，不是说此事的时候。"刘备说："既然赵范已逃走，这事也就不再说了。看看由谁任桂阳太守？"刘琦说："赵将军这些天与桂阳各掾属相处得已很熟了，我看就由赵将军任太守吧。"刘备说："这样也好，子龙就暂时驻守桂阳。"

江南四郡悉数收服，刘琦说："目前江陵还在曹军手中，我既为州牧，州治应放在何处？"刘备说："就在这四郡中找一个地方，我看零陵位置适中，就将州治放在那里。"诸葛亮说："不可。江南四郡地处偏僻，我们可将州治放在江陵附近，油江口就很合适，离江陵不远，待取了江陵，州治仍放在那里。"大家商量已定，便留赵云暂守桂阳，其余人等沿耒水入湘江，来到江陵附近的油江口，设立荆州州治，并把油江口改为公安。

周瑜箭伤未愈，与曹仁的攻防战处在胶着状态，心中正在焦虑，忽闻刘备得了江南四郡，并将荆州州治设在离此不远的油江口，大为不满，便派鲁肃前去质问。鲁肃来到油江口，见到刘备、诸葛亮，便问："我东吴动用大军，击败曹操，既是两家结盟，江南四郡也应有我东吴的份，岂能刘使君独占？"刘备说："荆州乃我兄刘表之荆州。长公子刘琦承袭荆州，确属天经地义。正如孙将军承袭父兄基业，拥有江东一样。我并未占江南四郡，只是助世侄刘琦夺回本应属于他的地方。"鲁肃说："刘使君的说法不对。荆州已属曹操，我们商定的是共同抵御曹操，曹操战败我们有很大功劳，所以荆州至少应一家一半。"诸葛亮说："子敬此言差矣。我们共同抗曹，并未说与东吴分占荆州，因此江南四郡，统归刘琦所有，刘使君也未得到一寸土地。"鲁肃说："孔明先生若这样说，我们就撤兵回东吴，江陵由你们去攻打。"说着佯装要走。诸葛亮忙拦住，说："子敬莫生气，我们虽然取了江南四郡，我劝公子将南郡和南阳郡这两郡让与东吴便是了。"鲁肃冷笑一声说："南郡和南阳郡都在曹操手中，怎么就成了你劝刘琦将江北两郡让与我们。"诸葛亮说："如你所说，这两郡还在曹操手中，那这样好了，只要你们从曹操手中夺了这两郡，这两郡就归你们所有。若你们夺不了，我们夺了就归我们所有。"鲁肃说："既如此说，大家谨遵诺言。"然后告辞。

回到江陵，鲁肃将与刘备商谈的结果告诉周瑜，周瑜说："江南四郡地处偏僻，穷山恶水，民生凋敝，就让与他们吧。江北这两郡，户籍充盈，物产丰富，远非江南四郡可比。况且拥有这两郡，也为日后西进夺取益州奠定了基础。只要他们答应不染指这两郡，那就以长江为界，各据南北。"然后嘲讽道："说这两郡我们夺不了，他们夺，简直是笑话。让他们做梦去吧。"随即写信，将与刘备分占荆州之事禀报给孙权，并说："一俟箭伤痊愈，即攻取江陵。"

孙权久攻合肥不下，心中正在焦躁，得到周瑜来信，对刘备颇为不满，于是表奏周瑜为南郡太守，并通报刘备知晓，让他不要再打江陵的主意。

合肥城被围已经月余了，可增援的兵马至今未到。更令人焦急的是，一连十几天的雨好像扯不断的丝线，没有完结的时候。刘馥知道，当初筑合肥城时，城墙全是用土垒成，现在经过雨水长时间的冲刷和浸泡，有些地方已经坍塌，多亏当初准备了数千条草苫和蓑幔，刘馥下令全部盖在城墙上。为防东吴夜晚偷袭，刘馥又下令制作了无数火把，浸满鱼膏油，到了晚上，在城墙上点起火把，把城墙照得通亮。由于准备充分，应对得当，致使孙权对合肥城毫无办法。不过刘馥明白，城中储存的粮草已经不多了；郡兵和百姓不分昼夜地守城，也都十分疲乏，如援军再不到，形势将会更加严峻。治中从事蒋济看刘馥愁眉不展，便说："我亲自再去荆州，当面向丞相说明情况。"刘馥说："此去荆州路途遥远，乘快马前往也要很多天，你辛苦了。"蒋济说："辛苦倒不怕，我唯一不放心的是，你的身体最近太差了。这一段时间你茶饭不思，身体眼看垮了下来。这个时候你是全城的主心骨、顶梁柱，大夫开的药一定要及时服用。"刘馥说："我不要紧，只是辛苦你了，有消息快派人来告知。"

蒋济告别刘馥，夜晚悄悄潜出城，奔荆州而去，快到汝南，正碰上赶来救援的张憙，像见到了救星一般，紧拉住张憙的手说："你是丞相的前锋吧，大军离这还有多远？"张憙说："救兵就这些。"蒋济非常失望。

原来，张憙自领命后，不敢怠慢，率乌桓骑日夜兼程来到汝南，见到李通，便将曹操欲调汝南兵马赴合肥救援的意思说了。李通听后，面有难色，说："目前汝南正在发生时疫，将士大多染病，已调不出兵马随你前去合肥。"张憙一听，登时头上冒了汗，说："如此怎么办？仅凭我这点兵马，如何解得了合肥之围？"李通说："张将军不妨稍留几日，我正在令大夫积极治疗，若情况好转，尽量多派兵马随你去合肥。"张憙无奈，只好同意。然而几天过去，情况虽有好转，但仍相当严重，张憙已不能再等。李通也知道事关重大，只好将所有未染时疫的士卒，勉强凑了几千人，交给张憙前往合肥。

张憙将这些情况详细告诉了蒋济，说："目前就这一点兵马，有总比没有强。"此刻的蒋济犹如三九天一桶冷水从头上浇下来，浑身凉透。他坚持让自己冷静下来，沉吟了一阵，心生一计，告诉张憙，放慢行军的速度，随即写了一封信，说："曹丞相的前锋兵马二万余人，现已到达零娄。为首将领张憙，其余各部兵马紧随其后，请刺史刘馥准备迎接。"然后派人前往合肥送信。

第二天，同样的信蒋济又写了第二封，仍派人送往合肥。张憙知道，这是怕刘馥收不到。

第三天，同样的信蒋济又派人送了一次。张憙不解其意，问："同样的信，为何治中屡次三番的送？"蒋济说："合肥被孙权紧紧包围着，只要有一封送入城中，守城吏民就会群情振奋，士气高昂。同样，只要有一封信落入孙权手中，他必撤兵。"张憙问："何以见得？"蒋济说："孙权围合肥已近两月，士气早已低落，如果得知丞相先锋将到，大批兵马紧随其后，必无心恋战，只好撤回东吴。"张憙这才知道蒋济为何让自己放慢行军的速度，但仍将信将疑。这天已望见合肥城了，派出的斥候回来报告："东吴的兵马已于昨日撤回江东去了。"张憙不由得钦佩蒋济计谋高超。蒋济让张憙把所有旌旗都打出来，号称丞相前锋已到合肥，后续兵马随后就到。一面派人通知刘馥，让他打开西城门，迎接张憙到来。

当蒋济和张憙率兵马来到合肥城西门时，见迎接的人群稀稀拉拉，一点欢快的气氛也没有。蒋济极力搜索刘馥的身影，却找不到，心中疑惑，忙询问前来迎接的掾属，不等蒋济开口，这些掾属便含着眼泪说："当得知孙权退军，刘刺史连说几句'好！'便咽气身亡了。"蒋济一听，泪水夺眶而出，说："他身体一直不好，尤其东吴围城以来，更是殚精竭虑，咬牙硬撑着。"蒋济进城，先安排了张憙及其部曲住下，便直奔州衙，祭拜了刘馥的灵柩，然后将刘馥病故的消息奏报曹操，奏章上列举了刘馥如何率合肥吏民顽强守城，请求丞相以朝廷名义予以表彰。

曹操送走张憙后，命徐晃前往江陵助曹仁守城，又命满宠率一支兵马驻守当阳，以随时接应曹仁，令乐进屯住襄阳，曹洪仍守南阳，然后率夏侯惇、夏侯渊、张辽、张郃、于禁、李典等部兵马驰援合肥，走到汝南，李通接住，将汝南遭时疫，只凑了数千人马随张憙前往合肥救援的情况，奏报给曹操。曹操一听援兵太少，很难解合肥之围，于是下令所有兵马即刻向合肥进发。就在此时，接到张憙和蒋济的奏报："孙权已撤兵，合肥之围已解；刺史刘馥操劳过度，已经病逝。"曹操感到奇怪：我大军未到，孙权十万兵马怎么就撤退了？送信的人乃扬州府中的掾属，便将蒋济如何三送假消息，孙权如何上当，慌忙撤军一事，详述了一遍。曹操称赞道："这蒋济是个人才。"又有感于刘馥守卫合肥的功绩，命蒋济安抚刘馥的家眷，将其灵柩送回家乡沛国相县厚葬。

合肥来的信使领命而去。这时臧霸又派人来报："青徐兵马已奉丞相之命到达合肥。孙权已逃跑，请示下一步如何行动？"曹操命来人回去告诉臧霸："暂留屯合肥，以防孙权来袭。"

合肥之围已解，又有臧霸屯住，目前暂无大碍。夏侯惇等将领请示曹操：

"是否返回荆州，以报赤壁之仇？"曹操说："我们前脚刚走，孙权后脚就会再围合肥。况且赤壁一战，将士们大多有伤病在身，需要好好医治，现在又马不停蹄赶到这里，是该休整一下了。"夏侯惇说："依丞相之见，是要返回许都，那里各方面条件都比较好。"曹操说："前往谯县休整，那里紧邻九江郡，离合肥也不太远，一旦合肥有事，可以很快增援。"荀攸、贾诩、程昱都赞同曹操的意见，于是各部曲拔寨起营，离了汝南，前往谯县。

第一百零二章
军合肥曹操平叛乱　借荆州鲁肃签和约

　　曹军到达谯县时，已是阳春三月，天气转暖。曹操征调医者，抓紧治疗将士们的伤病。经过积极治疗，将士们的身体很快康复起来。与此同时，曹操又令人赶造了一批舟船，利用涡河加强水战训练。因为他意识到，以后无论在荆州还是在扬州交战，水军都是不可或缺的。

　　经过数月整训，曹军的战力得到恢复。就在此时，曹操接到臧霸、张憙、蒋济派人送来的急报：雷绪、梅成、陈兰等，在孙权的策动下，发动叛乱，占据了合肥西南六县，合肥受到威胁。此时正值秋七月，天气还热得很，曹操二话不说，率兵马渡过淮河，直达合肥。

　　曹操到合肥后，立刻排兵布阵：令夏侯渊进抵氐县，攻打雷绪；令于禁、臧霸包围六安，征剿梅成；令张辽、张郃直逼潜县，消灭陈兰。曹操又令夏侯惇、李典、张憙留守合肥，防止孙权偷袭。

　　各部曲领命，立刻分头行动。因六安离合肥最近，于禁、臧霸首先到达，立刻包围了六安，梅成知道难以逃脱，便谎称自己从未反叛，所说都是谣传。于禁报与曹操，曹操为了分化瓦解，传下令说："暂且相信他。你可回合肥负责调运粮草，留臧霸暂屯六安，监视梅成。"于禁告别臧霸，自回合肥督运粮草。

　　氐县的雷绪得知夏侯渊来征剿，立刻向庐江逃窜，夏侯渊紧追不放，追到舒城，将雷绪就地歼灭。

　　梅成见于禁已撤回合肥，便趁臧霸不防，率兵马偷偷逃出六安，奔潜县投靠陈兰去了。臧霸发觉，一边报告曹操，一边紧追梅成。这时曹操得到斥候报告，孙权已渡过长江，到达庐江，准备接应叛军。曹操令臧霸放弃追赶梅成，前往舒城，与夏侯渊堵截孙权。

　　原来陈兰等人反叛后，闻知曹操率大军来征剿，赶忙请求孙权增援。孙权接到报告，便率水军由长江经水路到庐江，得知雷绪已被歼灭，便打算由此进攻合肥，从侧面配合陈兰、梅成。但兵马到了舒口，闻知夏侯渊、臧霸正从舒城赶来。孙权没料到这次曹操尽遣主力来平叛，吓得他没敢前进，准备后撤。夏侯渊、臧霸得到斥候报告，主动迎战。眼见曹军已到，孙权急令马步卒撤到船上。士卒们慌成一团，拼命往船上挤，许多人被挤下了船，掉落水中，孙权也顾不得这些，下令开船，沿来路退回庐江。

梅成逃离六安，到了潜县，呼叫陈兰。陈兰在潜县正孤立无援，忽见梅成来到，急忙出城迎接，要将梅成接入城中。围攻潜县的张辽、张郃哪里肯让，率兵马分兵堵截，陈兰、梅成遭受重创，丢了潜县，只好率残部逃往潜山。张辽、张郃紧追不放，陈兰、梅成逃往主峰天柱山。眼看山路越来越难走，有士卒说："据当地人讲，天柱山高近二十里，道路又窄又险，有的地方仅容下脚掌，人就像挂在石壁上一样，难以用兵。况且陈兰、梅成逃入山中，也难成气候，不如撤兵。"张辽说："斩草必须除根，今不将其彻底歼灭，以后必有后患。地势虽险，正所谓一对一，勇者应奋力向前。"于是下令继续追歼。进入天柱山，果然险峻无比，石壁直立，如刀削一般。张辽让张郃留在山脚扎下营寨，说："我将马匹辎重全部留下，由你看守。我进入山中追歼。"张郃也要去。张辽说："地势如此险要，兵马再多也无用，贼寇仅剩残兵败将，我一定要活捉他们。"

陈兰、梅成本以为逃入天柱山中，曹军定会放弃追赶，没想到曹军穷追不舍，由于山路太过险峻，慌忙之中摔下山崖的不计其数；没有掉下去的，看逃跑无望，也纷纷投降。陈兰、梅成感到上天无路，入地无门，已是山穷水尽，只好束手就擒。张辽、张郃押上陈兰、梅成及所擒获的俘虏，回到合肥。曹操下令："梅成降而复叛，陈兰乃此次叛乱的祸首。二人皆应斩首，不可饶恕。"将二人就地正法。

叛乱已平，各路兵马回到合肥，曹操说："此次平叛，唯登天柱山的挂壁路最为险峻，荡寇将军功劳不小。"便依各将士功劳，予以增邑、假节等奖励有差。

看到这些得到增邑、假节等各种奖励的将士都非常高兴，曹操想到了那些阵亡的和染上时疫亡故的将士，心中很是伤感，与荀攸、贾诩、程昱等人商议道："自南征荆州以来，部曲连续征战，又遇时疫，将士们死亡不在少数，许多家庭都失去了亲人。虽然战争不可避免，每当想到这些，我的心情就不好受。我想是不是由各县给这些失去亲人且没有家业、生活艰难的家庭以资助，而且这些资助是长期的，绝不能随意终止。同时还要令各县令长，经常对他们抚恤慰问，以表达我们的歉意。"荀攸、程昱和贾诩等人都有同感，他们一致认为早就该这样办。于是曹操立刻草拟了《存恤从军吏士家室令》，令中说："自倾以来，军数征行，或遇疫气，吏士死亡不归，家室怨旷，百姓流离，而仁者岂乐之哉？不得已也。其令死者家无基业不能自存者，县官勿绝廪，长吏存恤抚循，以称吾意。"随即颁布实行。各将士看到《存恤从军吏士家室令》后，纷纷说："以后打仗再无后顾之忧，皆应奋力向前。"

荀攸说："此令主要靠各地的县令长及官吏执行。由此想到合肥西南这几个县的官府，由于被陈兰等叛军破坏殆尽，需要赶快重新建立起来。"曹操说："这几个县自归属我们后，一直没有太守管理，这也给这些人反叛留下了机会。这次不仅要赶快重建这几个县，还要设立我们的庐江郡，派太守统一管理。"于是曹操写信告诉荀彧，让他选派一位庐江太守并所据六县的县令长。不久庐江新任太守朱光带着朝廷诏命，携六位县令长到庐江上任。因庐江城及以南被孙权占据，便将皖城定为庐江郡郡治，朱光在此建立郡府署衙，正式走马上任。

随着淮南地区的渐趋稳定，曹操对荀攸说："自刘馥病故后，扬州还缺一位刺史，又要麻烦你的小叔荀令君，来为我们举荐一位好刺史。"荀攸说："正是，扬州与东吴分治，事情繁杂，是得选一位有才干的人来担任刺史。"曹操说："我这就给荀令君写信，说到刺史刘馥，我们来到这里以后，听到传言不少，都说他上任以来，大力整修湖陂水系，学习许下屯田的经验，广招流民，屯垦土地，使一度遭到袁术破坏的淮南地区又重获生机。这次平叛，我们就得利不少，许多粮草都是就地征调的。以后为防备孙权，我们还要在合肥屯驻兵马，其粮草如能在此征调，就可以大大减少运粮的困难。咱们这几天到淮南各处看看。"于是曹操留贾诩守大帐，带上荀攸、程昱等人，骑上马前往各处巡视。

经过巡视，曹操更感到刘馥是一个好刺史，在任上这些年，将淮南治理得粮谷丰收，百姓安居乐业。最后他们来到了最著名的九江郡治寿春南边的芍陂，看到一眼望不到边的万顷碧波，曹操感到心旷神怡，询问附近百姓，才知芍陂经过整治，比先前扩大了数倍。芍陂的整治是由本郡一个叫仓慈的郡吏，在刘馥的授意下主持完成的，并且沿芍陂周围开垦了许多土地，招募有大量流民在此屯田。芍陂水可灌溉万顷良田。曹操立刻召见仓慈，询问了芍陂的治理过程，当即决定：征辟仓慈为绥集都尉，负责扬州的湖陂水系整修及荒地的开垦和流民的屯田。

曹操巡视完毕，回到合肥，由荀彧举荐的新任扬州刺史温恢到达合肥。曹操看到温恢到任，非常高兴，感到荀彧的举荐非常合适。原来这温恢，字曼基，太原祁县人；父亲温恕，曾为涿郡太守。温恢十五岁那年，父亲病故，温恢扶灵柩还归乡里。当时家中颇有资财，温恢说："天下将乱，守着这些财富已经没有用处。"便将家中所有资产尽散与宗亲乡邻，并州人皆敬之，将其举为孝廉。先为廪丘县长，后又任鄢陵、广川县令，又先后迁为彭城、鲁国国相。在任颇受百姓喜爱，曹操亲自征辟为丞相府主簿。现在被荀彧举荐为刺史，曹操认为还是比较合适的。曹操有感于蒋济的功劳，将其任为扬州别驾，并对温恢和蒋济说："由曼基担任刺史，子通担任别驾，扬州有你二人搭档治理，我就放心了。"

此时已是建安十四年年末。淮南之事已定，曹操打算撤离合肥，就在这时，收到了曹仁自江陵送来的信。信中说：将士们都盼望丞相早日率大军再返荆襄，剿灭孙刘贼寇，以泄胸中积闷已久的恶气。

夏侯惇等将领闻知曹仁来信，也纷纷要求："如今我们各部曲战力皆已恢复，正是携平叛胜利之余威，彻底剿灭周瑜、刘备之时，应再返荆州。"夏侯渊说："兵马立刻进军荆襄，会同曹仁等诸位将军，一举收复荆州，再下东吴。"曹操问荀攸、贾诩、程昱等谋士，对此事有何看法？贾诩说："我认为应让出南郡。"声音不大，却惊得在座的诸位文武目瞪口呆，唯有曹操频频点头。夏侯渊叫道："江陵牢牢地掌握在我们手中，现在毫无缘由地让出来，这不是说胡话嘛。"荀攸说："我明白文和的意思了。刘备现在窃取了江南四郡，引起了周瑜的强烈不满，双方私下商定，江北南郡和南阳郡划给了东吴，可是刘备却依然觊觎江陵。近闻关羽不断袭扰襄阳。如果我们主动放弃南郡，双方就会大打出手，孙刘联盟就会顷刻瓦解。待双方打得难分难解之时，我们由合肥南下，直取东吴，然后再回头取荆州，就易如反掌了。或者等孙刘两家打得筋疲力尽时，我们再返回荆州。总之，只要孙刘两家反目成仇，无论我们先取东吴，还是先取荆州，都是轻而易举之事。"程昱恍然大悟，连连称赞："此计甚好，以退为进，极具战略眼光。极妙，极妙！"

这时曹操说道："孙权竖子野心大得很，早在刘表在世时，他就想夺取荆州，进而再占益州。如果南郡落入刘备手中，不仅预示着荆州丢失，也绝了他取益州的念想，因此孙权绝不会让步，一定会为了南郡与刘备争个鱼死网破。我们只管养精蓄锐，以取渔翁之利。"程昱说："这下我明白丞相为何将兵马屯驻谯县了，原来是想等孙刘两家反目成仇，争抢荆州之时，南下夺取东吴。"曹操会意地笑了。

计议已定，曹操派专人到南郡，命曹仁、徐晃携荆州署衙所有掾属，到当阳与满宠会合后退到襄阳，把江陵让与刘备，然后留曹仁守襄阳，徐晃等撤往谯县集结。为确保此次撤军顺利完成，令李通率汝南兵马前往当阳接应。

命令发出后，曹操说："我们也该离开合肥了。"为防孙权再犯合肥，临走时留下张辽、李典两部兵马驻守合肥，其余各部悉返谯县，依然在那里操练整训。臧霸返回徐州。

曹仁接到曹操令他放弃江陵，撤往襄阳的信后，心中并不情愿。自去年晚冬守卫江陵开始，一年来与周瑜交锋了好几次，双方互有胜负。守卫当阳的满宠也数次击败程普的进攻。前一段时间关羽出兵襄阳，想截断江陵、当阳的退路，也被乐进击败。整个南郡仍牢牢控制在曹军手中。依据江陵的物资储备，再守个一年半载也问题不大。前些日子给丞相去信，希望他早率兵马征剿周瑜，没想到丞相却下令要放弃江陵。尽管他想不明白这是为什么，但丞相的命令还是要执行的，于是他传下令去，要荆州署衙的各位掾属做好撤退的准备，到时随部曲一同撤往襄阳。同时与徐晃商议，为了确保撤退时不至于收不住阵脚，两人互相掩护，依次后撤。

一切准备就绪，这天早上天还未亮，曹仁突然打开江陵的南城门，向周瑜的大帐发起了猛烈进攻。周瑜措手不及，仓促应战，东吴的兵马被吸引过来。这时按事先约定，由曹纯、曹休、曹真率虎豹骑打开北城门，掩护着署衙中掾属们及家眷向北撤退，徐晃断后。此时天已大亮，曹仁令兵马边战边撤，周瑜攻入城中，见曹军穿城而过，立刻明白了曹军意图，传下令去："曹军要跑，这正是消灭他们的好时机，各部曲倾力追歼。"东吴兵马追了一程，转过一个小山脚，见徐晃的兵马扎住阵脚，让过曹仁，截住东吴兵马再战。这样依次掩护，傍晚时分退到当阳。满宠在城楼上看得真切，忙将曹纯的虎豹骑及荆州掾属迎入城内，此时曹仁、徐晃也跟脚赶到，一起进入城内。满宠早已备好佳肴，让全体将士美美地饱餐一顿。第二天，打开城门，曹纯的虎豹骑掩护着荆州掾属先行一步，曹仁、徐晃、满宠三支兵马交替掩护，向襄阳撤退。

周瑜令程普、吕蒙、凌统、周泰、韩当等各率本部兵马穷追不舍，定要全歼曹军。曹军快到宜城时，突然关羽率兵马拦住去路，曹仁大惊，说："孙刘两家南北夹击，凶多吉少。"命令徐晃、满宠："你二人向南抵住周瑜，虎豹骑掩护荆州掾属，我独战关羽，今日必拼个鱼死网破。"拍马率本部兵马迎了上去。

原来关羽受刘备指派，要与周瑜争夺南郡，趁周瑜围攻江陵、当阳之际，率部曲绕道北进，要夺取襄阳，遭到乐进的顽强抵抗。关羽见襄阳一时难以攻克，转而攻打襄阳周边的临沮、旌阳等县，又遭到乐进的攻击，只好不断袭扰乐进，伺机夺取襄阳。这日闻知周瑜率大军追剿曹军，立刻赶来助战，以图分一杯羹。见曹仁拍马来战，也立刻迎了上去，双方战在一处，正打得难分难解之际，忽然关羽后队大乱，收不住阵脚。原来李通率汝南兵马赶到，与曹仁两下夹击，关羽一看不妙，忙鸣金收兵，撤出战场。曹仁与李通相见，来不及搭话，急忙向南去助徐晃、满宠，这时却见徐晃、满宠率部曲迎了过来。曹仁正在疑惑，徐晃说："不知什么原因，东吴兵马突然撤走了，好像发生了什么事。我们急着赶回来助曹仁将军战关羽，所以也没有追赶。"曹仁说："在李通将军的夹击下，关羽已败，我们先撤到襄阳再说。"

曹军到达襄阳，乐进忙打开城门，将诸位将军及兵马迎进城中，已摆好盛宴，要款待各位，说："我们已一年有余未见面了，今日聚在一起，开怀畅饮，明日我们一起攻打关羽，将其剿灭在这里。"曹仁说："主公让我守好襄阳和樊城，其余兵马都要赶到谯县。"乐进说："我们一直盼丞相返回荆州，歼灭刘备、周瑜，以报赤壁之仇，如今反而要我们放弃江陵，我实在不明白。"曹仁、徐晃也附和说："我们也想不明白，待见到丞相，一定要问个清楚。"

周瑜见曹军节节败退，只有招架之功，眼看快到宜城，下令各部曲均应奋勇向前，不给曹军以喘息的机会。这时突然接到斥候报告："刘备已进驻江陵。"周瑜大吃一惊，自己与曹军对峙了一年有余，好不容易将其赶出了江陵，正在全力追歼之时，刘备却窃取了江陵，不由怒火中烧，下令兵马掉头南下，回去与刘备抢夺江陵。当周瑜率兵马赶到江陵时，果见江陵城门紧闭，城楼上大大的"刘"字帅旗正迎风招展。原来，自从张飞被刘备留在江陵参与周瑜围攻曹军以来，实时将双方的战况报与刘备。这天见曹军弃城北窜，东吴兵马紧追不舍，也跟着虚张声势，嚷嚷了一阵，却掉头进了江陵城，并迅速将其控制，即刻派人禀报刘备。刘备欣喜若狂，留刘琦守公安，率赵云、黄忠等与诸葛亮一起，渡江来到江陵，安抚百姓，部署防御。待一切安置停当，见周瑜杀气腾腾奔来，知道必是来抢夺江陵的，忙问诸葛亮："该如何应对？"诸葛亮说："主公莫慌，且看他周瑜如何办。"

周瑜见进不去城，立刻命各部曲扎下营寨，包围江陵，就要攻城。鲁肃对刘备的所为也很生气，但却阻拦周瑜道："大都督且慢，待我进城去见刘备、孔明，双方早有约定，江北两郡归我们所有。我让他们把江陵城让出来，免得双方伤了和气。"

鲁肃来到江陵城中，见到刘备与诸葛亮，强压住火气，赔着笑脸，很客气但直言不讳地说："我们围攻江陵，打了一年多，方才击败曹军，按事先约定，江陵应归我们，请刘使君把江陵让出来。"诸葛亮说："事先约定的是，你们取了江陵，归你们；我们取了江陵，归我们。刘使君手下大将张飞，也参与了围攻曹军的战斗，江陵是从曹军手中夺得，并非从你们手中取得，所以依约应由刘使君占有。"鲁肃说："如果不是我们全力攻打，曹军如何能逃出江陵？你们只是乘虚而入。况且依约江南四郡已归你们，难道我们的兵马厮杀一场，白白替你们夺了荆州不成？"诸葛亮说："子敬此言差矣。刘琦子承父业，荆州江南四郡理应归其所有。你们出兵抗曹，助刘琦夺回荆州，也是为了东吴自己，若荆州不保，东吴也不能保。"鲁肃说："所定协议，这才几天，就出尔反尔，若其这样，哪有诚信可言？你们抢占江陵，大都督必不会善罢甘休，一定会兵戎相见。"诸葛亮说："还请子敬回去劝说大都督，荆扬两家不能失和，否则必为曹操利用。"鲁肃说："既然孔明先生明白这一点，为何还要抢占江陵？两家失和的责任并不在我们东吴。"说着就要告辞。诸葛亮忙拦住道："刘琦现有荆州五郡，你们拥有扬州六郡，而刘使君却连个落脚之地都没有，如此还怎么抗曹？我们占了江陵，得了南郡，也是想有个落脚之地。你回去告诉大都督，既然你们非要南郡，我们也不是说不给，那就算南郡是我们暂借的，刘使君暂且在此屯兵。”

鲁肃冷笑一声：“照此说来，刘使君一日无落脚之地，江陵就一日不能归还，如此不就成了遥遥无期吗？”诸葛亮说：“只要曹操不再南侵，刘使君必取西川、汉中，到那时一定将江陵奉还。”鲁肃说：“孔明先生如此说，我回去转告大都督，看他是否同意。”说着告辞。刘备、诸葛亮将他送出署衙外，再三叮嘱，一定要好言相劝大都督，说明刘使君的难处，双方万不可撕破面皮。

鲁肃离了署衙，边走边想，回去如何向周瑜交代。刘备言而无信，大都督恐难容忍。不知不觉出了江陵城，回到营寨，周瑜一见便问：“看你脸色，我料子敬必无功而返。”鲁肃苦笑一下，摇头道：“刘使君不肯让还江陵。”便将诸葛亮如何拒绝，以及暂借荆州的理由细述了一遍。恰在此时，有斥候来报：关羽趁我回撤江陵之机，已取当阳及南郡北部诸县。周瑜勃然大怒：“我与曹军屡屡苦战，历时一年有余，刚把曹军赶走，刘备窃取江陵，关羽占了当阳，竟视我为无物。通知各部兵马，再攻江陵，把南郡全部夺回来。我能击败曹军，击败他刘备就更不在话下。”鲁肃赶忙劝阻：“大都督且慢！双方战端一开，反目成仇，正中曹操下怀。孙刘联盟若破，曹操必乘虚而入，荆扬两州险矣。”

周瑜根本听不进鲁肃的劝说：“我巴不得曹操再袭荆州，到时我情愿与曹军联手，先灭了刘备这个反复无常的小人，以泄我心头之恨。”鲁肃说：“大都督是在说气话。退一步说，荆州在刘备手中，至少可保我江东无虞。”周瑜说：“主公已表奏我为南郡太守，意思很明白，让我据守南郡，以备将来取西川——这也是子敬的心愿。所以一定要把南郡夺回来。”再次欲下令包围江陵。鲁肃苦劝不听。

这时一人开口劝道：“大都督万万不可意气用事，子敬的话是对的。”说话的正是周瑜帐下主簿庞统，字士元，号为凤雏先生。当初刘表看他拙嘴笨舌，并不是伶牙俐齿之人，仅用为郡功曹。后机缘巧合，被人引荐给周瑜，同为年轻人，志趣相投，颇得周瑜赏识，留在帐中为主簿。今见周瑜被激怒，要莽撞行事，赶快出面劝阻，说：“孙刘两家联合，方能勉强抗御曹操，若自己先反起来，无疑是在帮曹操的忙。我总觉得这次曹军撤出南郡，好像是曹操有意为之。望大都督先忍下这口气，凡事皆有转圜的时候。”周瑜听了庞统的话，恨恨地说："刘备哪里是借，分明是抢。你们劝我忍下这口气，是可忍孰不可忍。主公与我兵马，大动干戈，到头来空忙一场，我如何向主公交代。今日定要向刘备讨个说法，免得说我们东吴好欺辱。"

鲁肃看劝不住周瑜，便说："这样吧，大都督先屯驻江陵，我回一趟江东，面见主公，看主公怎么说。主公若说必讨要南郡，待我回来咱们立即动手，夺回江陵。主公若同意暂借江陵，那就维持现状，将南郡借与刘备，如何？"周瑜说："我料主公也咽不下这口气。既然子敬说了，那就依你，若主公要我夺取南郡，你们可不能再阻止。好了，你快去快回。"鲁肃临走之时叮嘱庞统："在我回来之前，无论遇到什么事，万望主簿一定劝阻大都督，千万不要坏了抗曹大事。"庞统说："子敬放心，我知道该怎么做。"鲁肃不敢耽搁，即乘轻舟，顺长江直奔东吴而去。

此时孙权正因曹操率大军屯驻合肥，不敢掉以轻心，率东吴十万兵马屯驻在芜湖，闻知鲁肃回来觐见，便命人摆开仪仗，奏起鼓乐，率身边所有文武出芜湖城到江边亲自迎接。待鲁肃船到，亲自登船，迎鲁肃下船，说："若不是子敬当初坚持抗曹，恐怕我东吴早已亡矣。如今周郎赤壁大捷，我东吴安然无恙，首功当推子敬。"命人牵过配以雕鞍的战马，扶鲁肃上马，这才跨上自己的坐骑，要与鲁肃并辔而行。鲁肃没想到竟受到孙权如此隆重的礼遇，感觉浑身不自在，坚持要孙权先行。孙权不允，一直伴着鲁肃进到城中，来到署衙，携手进入殿堂，只见里面早已摆下盛宴。孙权让鲁肃在挨着自己的几案旁坐下，亲自为其斟酒。鲁肃起身拜谢。孙权施礼说："子敬不必客气，先饮此酒。"鲁肃接过酒杯，一饮而尽。相陪的众文武齐声叫好。孙权又斟满一杯酒，奉与鲁肃说："子敬为东吴倾心谋划，辛苦了。今日我亲自率文武前去迎接，扶你跨鞍上马，并辔而行，一路金鼓齐鸣，此礼仪够隆重吧，子敬可满足吗？"

鲁肃接过酒杯，再一饮而尽，说："很不满足。"所有文武闻之无不愕然，目光齐聚鲁肃，都在想：这鲁子敬今日怎么如此狂妄。只见鲁肃微微一笑，施礼说："愿主公尊威德加乎四海，总括九州，克成帝业，更以安车软轮迎接鲁肃，方才使我满足。"孙权开怀大笑，众文武拍手叫好。

酒宴结束，待众掾属散尽，孙权引鲁肃来到后堂，急切地问道："据报曹军已撤到襄阳以北，南郡可为我所有？"鲁肃便将南郡怎样落入刘备之手，怎样讨要无果，周瑜欲强夺南郡一事细述了一遍。孙权听罢，怒不可遏："这刘备果然是个无赖，言而无信。当初被曹操打得如丧家之犬，无处容身，派诸葛亮前来结盟，如今却将荆州据为己有，实在可恨。周郎说得对，一定要将南郡从他们手中夺回来。我再调兵马，增援周郎。"

鲁肃说："刘备言而无信，窃据南郡，着实可恶，即便把他碎尸万段也不解恨。可战端一旦开启，曹操便会再次南下，所以现在还不是与刘备兵戎相见的时候。"孙权愤愤地说："难道我们就白白地吃这个亏？这口气实在咽不下去。"鲁肃说："刘备久经战阵，手下有关羽、张飞等众将，又有刘琦相帮，短时间难以剿灭，可曹操数十万大军就屯在谯县。据斥候报告，曹军正在加紧训练水军，一旦我们与刘备交战，曹操从合肥南下，我们腹背受敌，后果不堪设想。"

孙权沉默不语，许久才口气软了下来，说："依子敬该怎么办？"鲁肃说："我们必须强忍下这口恶气，维持与刘备的盟好，使曹操不敢南侵。关中西凉一带的韩遂、马超表面归附曹操，实际上是独立王国，曹操心知肚明，因此双方早晚必有一战。一旦曹操后院起火，无暇南顾，转机就会到来。到时我们放手与刘备一战，还怕夺不回南郡？"孙权长叹口气，无奈地说："只好听子敬的，先忍下这口恶气了。"鲁肃说："可大都督却怕辜负了你的希望，不肯撤兵，请主公劝他撤回来。"孙权应允，立刻给周瑜写信，信中说："大都督将曹军逐出荆州，已确保我东吴的安全，目的已经达到。为抗曹大计，可暂将南郡借与刘备。"鲁肃拿到信，就要返回南郡，孙权说："既然回来了，就休息几天，不必这么着忙。"鲁肃说："大都督还在等待，我必须赶快回去。"说罢辞别孙权，登舟而去。

鲁肃昼夜兼程，返回江陵，将信交到周瑜手中。周瑜看了孙权的信，在鲁肃和庞统的劝说下，极不情愿地同意鲁肃与刘备签下了暂将南郡借与刘备的和约，然后令各部曲乘船撤回柴桑。

第一百零三章
曹操颁行《求贤令》 孙权嫁妹换南郡

曹军撤到襄阳，屯驻在此的乐进，亲自出城迎接，并摆下盛宴，为诸位将军接风。席中大家开怀畅饮，相约在此休整几天，然后各自启程。第二天却得到噩耗：李通晚上突发疾病而亡。事发突然，大家悲痛之余，赶快禀报曹操。曹操很快传下令来，命满宠以汝南太守统领李通的兵马，将李通盛殓，送回汝南厚葬，其家眷由朝廷抚慰供养。

待满宠率李通旧部，护送李通灵柩回汝南后，徐晃、乐进和曹纯等率部曲奔谯县而去。待见到曹操，徐晃开口就问："我们在南郡守得好好的，丞相为何要我们放弃？"曹操笑着说："我就知你们有这个疑问。自你们撤出江陵后，刘备窃取了江陵，引起了周瑜的强烈不满，很快二人就会兵戎相见。待孙刘两家争斗之时，咱们再次南下，一举夺取荆扬两州。"徐晃和曹纯等人心中的疑惑顿解，说："原来丞相是在布一场大局。"

这天曹操正在起草一份公文，荀攸来到帐中，说："据斥候报告，孙权已将南郡暂借与刘备，周瑜已撤兵返回柴桑了。"曹操闻言一震，手中的笔跌落在地上，反复地说："怎么会这样，怎么会这样？"荀攸将跌落在地的笔捡起，将斥候探得的来龙去脉叙述了一遍。曹操感慨道："实再想不到，东吴竟出了鲁肃这样一个人。此人胸怀宽广，眼光远大，顾大局不计小利，非一般人可比。"荀攸说："孙权之所以能听鲁肃的劝解，也与我们数十万大军虎视淮南有关。"曹操说："公达说得对，那我们就干脆撤兵。"于是下令集结在谯县的兵马全部撤回许都。

曹操回到许都，荀彧来见，说："刚刚接到青州刺史刘琮的奏章，说是想辞去青州刺史一职，回襄阳为其父刘表守孝。"曹操说："刘琮献出荆州，避免了一场大战，是有很大功劳的。此人心高志洁，智深虑广，轻荣重义，薄利厚德，蔑万里之业，忽三军之众，拿他与鲍永之弃并州，窦融之离五郡相比，也犹过而不及。虽为青州刺史，正像俗话说的，监史虽尊，秩禄未优，待遇还是有点低了。这样吧，表奏天子，让他任谏议大夫，参同军事，到许都来任职吧。"荀彧说："这样最好。"说着便起身告辞。曹操伸手示意道："还有一事要与你相商。这次南征荆楚，先胜后败，许多人认为我不该急于讨伐东吴，我也多次反思，可总认为讨伐东吴并没有错。为此我也多次与荀攸商讨过这件事，他也认为讨伐东吴的决定并没有错，错就错在一场时疫摧毁了将士们的身体，使本不习水战的将士雪上加霜。屯驻兵马时又处在九百里云梦泽，这天时地利都不占。这使我想起了郭奉孝。当初在征伐乌桓的路上，奉孝就告诉我，平定乌桓后，要对江南用兵。记得奉孝说：'我身体不好，南方又多时疫，我要到了那里，肯定不能活着回来。然而以大局来看，还是应争取时间早定江南。'奉孝虑事极细，我在想，倘若奉孝在，结局决不会这样。"曹操说完，很是伤感。

荀彧说："丞相说得对，奉孝虑事周到、详备，若奉孝在，必能将这不利的天时、地利避而化之。"曹操说："荀令君曾荐戏志才、郭奉孝，他们都早早弃我而去，实在可惜。你能否再荐一位这样的谋士？"荀彧说："像奉孝这等绝世奇才，只可遇而不可求。"

两人漠然。曹操说："我相信闾巷之间还隐藏着许多人才，其中也不乏戏志才、郭嘉那样的绝世奇才。若恰逢机缘，峥嵘而出，则为天下知；若没有机缘，便被埋没。这就要求我们这些身居高位的人，去寻找他们，发现他们，给他们创造机缘。"荀彧说："是啊，有许多贤俊，我们不知道，不认识，有的甚至可能擦肩而过，这机缘也就失去了。这对双方都是一个损失。"曹操说："为了弥补这一损失，尽可能地创造机缘，我们颁布一道求贤的法令，让天下人都举荐人才。"荀彧说："这个办法很好。"曹操说："现在有一种不好的倾向，认为是才俊，就应方方面面都出类拔萃，不能有一点瑕疵。按照这样的标准，许多人才会被埋没。比如奉孝，陈群就多次向我举报，说奉孝的行为有点不检点。如果我揪住这些小事不放，弃而不用，奉孝如何能为我们运筹帷幄？"荀彧说："丞相说得对，我们对人不能过于求全责备，尺有所短，寸有所长，人无完人。"曹操说："有些时候甚至都不是瑕疵，只是误传，或是有意陷害。比如陈平，他辅佐汉高祖开创了汉室基业，可当初就有人污蔑他与嫂子私通，还接受贿金，贪污舞弊。如果不是魏无知查知陈平就没有哥哥，哪来嫂子，既无嫂子，又何来与嫂子私通之说，恐怕陈平就冤沉海底，怎么能为汉朝建功立业呢？还有，如果必须是廉洁之士才能任用，那么齐桓公就不能得到管仲，他也就成不了一时的霸主了。所以我认为，那些被世家大族、道学之士诬为有污点的才俊，不必求全责备，先把他们举荐上来，大胆使用，然后再予以考察，看哪些是小节问题，哪些是不实之词，哪些是有意陷害。"荀彧说："说到这里，我又想到，人才是多种多样的，不必非要是全才，只要某些方面有过人之处，就可以征辟他。"曹操说："荀令君说得对。有人在这方面强，有人在那方面强，就像孔子说的，孟公绰担任赵、魏两个大国的宰相，绰绰有余，却不能做滕、薛两个小国的大夫。主要是看才俊之人是否适合他所处的位置。有些人看似没有才华，只是因为没有把它放到合适的位置，这就要求我们必须知人善任。再者从历史上来看，不论是开国还是中兴，都需要大批的贤俊之士来共同治理天下。现在又到了中兴的时候，所以必须不拘一格延揽人才。我相信，天下一定还会有像姜太公那样，穿着破衣烂衫，而胸中却怀着白玉般的才华，正坐在渭水边垂钓，等着我们去发现他们。现在我就拟一道求贤令，让各州郡都行动起来，为朝廷举荐人才。"说着，即铺开简册，提笔写道：

自古受命及中兴之君，曷尝不得贤人君子与之共治天下者乎！及其得贤也，曾不出闾巷，岂幸相遇哉？上之人不求之耳。今天下尚未定，此特求贤之急时也。"孟公绰为赵、魏老则优，不可以为滕、薛大夫。"若必廉士而后可用，则齐桓其何以霸世！今天下得无有被褐怀玉而钓于渭滨者乎？又得无有盗嫂受金而未遇无知者乎？二三子其佐我明扬仄陋，唯才是举，吾得而用之。

写完，交与荀彧，让他即刻颁布下去，并说："眼看已是秋季，许都之事基本处理完毕，我身兼冀州牧，得回去看看，许都的事情就交给你了。"荀彧说："请丞相放心，若有什么事，我会及时奏报你。"

就在曹操准备动身前往邺城的时候，益州牧刘璋派别驾张松从成都来到许都，朝拜天子。曹操闻知，非常高兴，盛情迎接，说："在荆州时，刘益州倾力相助，现在又派你跋山涉水，一路颠簸，来朝拜天子。刘益州心向朝廷，忠心可鉴，我当表奏天子，予以奖赏。"接着又询问了益州的近况，张松一一作答，说："巴蜀物产丰富，百姓富足，都心向朝廷，盼丞相如望云霓。"曹操说："刘璋治理益州，没有出大乱，百姓也能安居乐业。"张松说："丞相有所不知，益州北有张鲁公开反叛，据汉中自立为王；南有蛮夷不愿臣服，拒向官府缴纳赋税；东有孙刘两家虎视眈眈，图谋窃占巴蜀，实是危机四伏。而刘璋暗弱，难以自保，我总害怕益州早晚会落入他人之手。所以想劝丞相，早日谋划益州，若用得着我张松，愿为丞相效犬马之劳。"曹操听了张松的话，默然不语，忽而冷笑道："别驾太过虑了。我近日就要回邺城了，益州的事以后再议吧。"然后对主簿杨修说："你安排别驾到旅舍歇息，明日将他送走即可。"说罢，起身退入后堂。

张松颇为尴尬，不知曹操为何突然冷下脸来。他这次之所以来许都拜见曹操，说来话长。当初张松的哥哥张肃为刘璋特使，前往江陵拜见曹操，带去了刘璋送与曹操的战船、士卒和物资。曹操非常高兴，当即表奏张肃为广汉太守。这让张松羡慕不已，一直也想找个机会拜见曹操，以求得到重用，所以多次劝刘璋，自己愿为特使，来与曹操结好。刘璋答应后，即备了厚礼，交与张松，嘱其快去快回。张松带上随从，出了益州，一路辛苦，这才到了许都，很快得到曹操接见，心中正踌躇满志，不料曹操竟这么冷冷的几句话，就把自己打发了，和自己原来的想象相差甚远，不觉失落得很。

杨修也不知曹操为何转瞬便如此冷淡，就好言相劝，暂到旅舍中歇息。张松看杨修也是儒雅之人，便问其姓名，这才知是前太尉杨彪之子，天下闻名的才俊，立刻肃然起敬，忘了刚才的不快，与杨修边走边谈，颇为投机。杨修看张松也非无能之辈，便邀张松到家中一叙，张松也不推辞，随杨修回到家中。杨修命人准备肴馔，二人对饮。席间杨修问："听说益州多山，且道路险峻，出入巴蜀，唯靠长江，可是真的？"张松答："所传不假。我此次来，本想给丞相献入川之路，助丞相取益州，不知为何丞相不屑一顾。都说丞相惜才如命，我看不过如此，空有惜才之名，实无惜才之实。料其不过也是一庸人而已，我高看他了。"杨修说："别驾妄言了。丞相之才，非一般人可比，文武皆通。大战之余，诗词歌赋信手拈来，大气磅礴，振聋发聩。再者善于总结经验，因此著作颇丰，等等——"说着起身从书架上拿出一个箱子，打开，取出一捆简册，说，"这是丞相新著的《兵书要略》，颇得孙子兵法主旨，不乏独到见解，你读了此书，就知丞相绝非一般人可比。"说着将简册递给张松。张松看完，大笑说："此书无非拾人牙慧，其中许多论述，我早已闻之，何来新意和独到见解。"杨修说："别驾既言早已知晓，请略讲一二。"张松一笑，将书中所写叙述一遍，竟无甚差错。杨修大惊，才知张松有过目不忘之才，连说："别驾记忆惊人，实属天下奇才。今晚暂且到旅舍中歇息，明日我见丞相，倾力举荐。"

第二天，杨修来见曹操，说："昨日丞相为何冷淡张松？我看此人颇有心计，又有辩才，便邀其至家，以丞相新作《兵法要略》示他，没想到竟能过目不忘。如此奇才，丞相当收在身边，或委以重任，奈何弃之？"

曹操语气凝重地说："这张松确是一个人才，只是此人心术不正。"杨修说："何以见得？"曹操说："他本是刘璋别驾，跟随刘璋多年，这次又受刘璋之托来到许都，却背主求荣，为了自己的利益，不惜出卖其主，此等小人如何能用？我料刘璋早晚必毁于其手。再者，刘璋虽远在益州，却主动归附朝廷，不要说我们现在无力征剿，即便有能力征剿，对这些忠于朝廷的人，也不能妄动兵戈。"杨修点头道："我明白了。只是此等人才，我们不用，必被人利用，弃之有点可惜了。"曹操说："我们也不是不用，我们只是对他的投机钻营不提倡不鼓励。你回去告诉他，让他尽心辅佐刘璋，治理好益州。只要尽心为朝廷做事，终有被重用的时候。"

杨修回到旅舍，对张松说："丞相身兼冀州牧，忙于返回邺城，处理冀州事务，请别驾谅解。丞相嘱我转告你，回去后好好辅佐刘璋，把益州治理好。是金子总会发光。"张松说："丞相之意我已知晓，这就告辞。"说着便收拾行装，杨修将其送出许都，挥手告别。

自周瑜撤回到柴桑，便加紧训练兵马，随时准备夺回南郡。这日忽然得到斥候报告：荆州牧刘琦突然得病身亡，临终前已将荆州尽数交与刘备。周瑜大喜，说："没想到刘琦年纪轻轻却过早夭亡，这下刘备得了荆州五郡，南郡该让出来了。"于是派鲁肃以吊唁为名，前往公安，要回南郡。鲁肃筹办吊唁的厚礼，乘船前往公安。

此时刘备与诸葛亮等一班文武俱在公安，为刘琦举行丧仪。因刘琦生前有言，荆州交与刘备，所以刘备即领荆州牧。这日侍卫来报：东吴鲁肃前来吊唁。

诸葛亮说："这是来要南郡的。"刘备说："如此怎样应对？"诸葛亮说："随便找个借口搪塞过去，南郡绝不能让出去。"于是二人亲自迎出府外，见到鲁肃，互致问候。引鲁肃来到灵前，鲁肃致哀，干号了几声，奉上挽礼，然后退至一旁说话。鲁肃说："当初使君有言，待有落脚之地，即奉还南郡。如今荆州五郡已为刘使君所有，南郡当应奉还。"刘备说："当初借南郡时，说好取了西川再还南郡。如今西川未取，怎能践约，还请子敬谨遵诺言。"鲁肃说："当初因刘使君自言无落脚之地，才答应使君取了西川，再让还南郡。现在刘琦公子既逝，荆州的五个郡已归使君所有，借南郡的理由已不存在，还是归还南郡为好，免得伤了两家和气，让曹操见笑。"诸葛亮说："子敬既怕伤了两家和气，还来强要南郡。先前有约，何时取了西川，再说归还南郡。"看诸葛亮如此说，鲁肃知道再说无益，也无心再留，起身告辞，返回柴桑。

周瑜见鲁肃一脸愁容地回来，知道商谈无果，说："我料刘备、诸葛亮不会让出南郡。"鲁肃说："他们仍坚持先前的说法，非要取了西川才肯还我南郡。"周瑜说："真是无赖，看来只有硬夺了。待我请示主公，重返南郡，看我能不能将南郡夺回来。"鲁肃劝阻道："当前我们的主要敌人仍是曹操，还不到与刘备反目的时候，望大都督暂且忍耐。"庞统也劝道："曹操正在等着我们同室操戈，万不可草率从事。事情终有转机的时候。"周瑜勉强压下火来，一心要找机会，讨回南郡，便派出许多斥候，实时打探荆州动静，伺机行动。

苍天不负有心人，终于给周瑜送来一个机会。据斥候来报：刘备的甘夫人因病逝去。因事发突然，刘备一时难以接受，每日愁眉不展。周瑜开始并未将此事放在心上，后来一想，不禁暗喜，召鲁肃、庞统商议："收复南郡的机会来了。"两人齐问："有何机会？"周瑜说："刘备丧妻，必会再娶。主公有一小妹，可派人前去提亲，让刘备前来迎娶，到时将其扣押，换取南郡。"鲁肃说："我看此计不成。刘备年近五旬，几近我们的父辈，主公小妹如花似玉，正值妙龄，岂肯嫁给一个老头，不行，不行。"庞统也说："年龄悬殊太大，刘备也未必肯娶。"周瑜说："我们只是将刘备诓来即可。到时只说主公小妹不愿嫁就是了。我去一趟芜湖，亲见主公，将此计告知主公。"不顾鲁肃、庞统的反对，自到芜湖来见孙权。

当周瑜将自己的打算告诉孙权，孙权摇头反对，说："刘备与小妹年龄相差悬殊，小妹肯定不愿嫁。"周瑜劝道："只要把刘备诓骗来，要了南郡，目的就达到了。到时再反悔，就说小妹不允，那时他能奈我何？"孙权说："如此一来，小妹名声受损，如何再嫁人？"周瑜见孙权不同意，想了想说："退一步说，让小妹嫁了刘备，也不屈了小妹。想那刘备既是皇叔，又是一州之牧，年龄相差大一点，也不是什么要紧的。那甘、糜二位夫人，与刘备年龄相差也不小，英雄配美人，历来如此。通过联姻，一可以要回南郡，二可以巩固孙刘联盟，有什么不好？"孙权想了想，觉得周瑜说得在理，便说："我先约小妹谈谈，看她意下如何？"于是亲自到后堂去见小妹。

这孙小妹名尚香，自幼受父兄影响，喜爱舞枪弄棒，性格率直。一听兄长孙权要其嫁与刘备，无论虚应其名，还是真嫁，皆不从，说："我此生不嫁。"最终惹恼了孙权，说："父母俱亡，为兄若父，为了江山，只好委屈小妹，我替你做主了。"于是令主簿吕范前往荆州提亲。

吕范携从人即刻登舟，一路到达公安，见到刘备，便将来意说明，刘备说："感谢子衡热心，只是甘夫人刚亡不久，怎能立刻续娶？"吕范说："刘使君日理万机，岂可无人服侍。我家主公之妹，贤淑美丽，正可谓英雄配美人，天作地合，恰是好事。"刘备笑说："我已年近半百，孙将军之妹当值妙龄，恐不合适。"吕范说："我家主公的小妹志向高远，非英雄不嫁。刘使君既为皇叔，又领州牧，威名播于天下，只是年龄上稍差了几岁，细论起来并无大碍。况且双方结为秦晋之好，荆扬两州视同一体，曹操再不敢有非分之想，江南从此可保无虞，于己于公都是美事，望使君不必推脱。"刘备说："此事过于唐突，容我再思量。"于是安排吕范到旅舍歇息。

送走吕范，刘备对诸葛亮说："此等好事，来得如此突然，我总觉心里不踏实。"诸葛亮说："这是孙权想趁主公前去迎亲之际，挟持主公索要南郡。"刘备说："如此说来，这亲事是不能应承了。"诸葛亮说："主公若拒绝此事，他们就会以主公瞧不起东吴来说事。"刘备说："这倒叫人为难了。"诸葛亮说："此事若成，对我们也有好处。一是孙刘两家结为姻亲，正像吕范说的，可断了曹操染指江南的念想；二是孙小妹嫁到荆州，久之必为我荆州着想；三是孙小妹在荆州，我们又多了一条要挟东吴的手段。我看此事还是成了好。"刘备说："可我一旦前往东吴迎亲，被孙权扣住不放，该怎么办？"诸葛亮说："主公尽管大胆前去，我料东吴不敢与我撕破脸皮，到时我自有安排，可保主公娶得美人归，又不失南郡。"

　　于是刘备派孙乾随同吕范一同前往芜湖去见孙权，奉上聘礼，与孙权约了吉日，即返回荆州，报与刘备。此时诸葛亮已令人将一艘楼船披红挂彩，装饰停当，随行的数十艘舰船也都装饰一新，安排好鼓乐仪仗，并令赵云率五百精壮勇士护驾。按照商定的吉日，启程前往东吴迎亲。

　　一路行来，顺风顺水，很快便到东吴境内。将士皆披上五彩绶带，鼓乐齐鸣，吹吹打打，阵仗如此庞大、隆重，引来沿江两岸百姓的围观，早将孙权嫁妹，女婿便是当今皇叔、荆州牧刘备的消息，传遍了东吴。迎亲船队到达芜湖，孙权闻之，惊得不知如何是好。说是嫁妹，他却一点准备也没有，慌忙亲到码头迎接，引入旅舍，安排刘备一行人住下，回到府中，这才对周瑜说："本想悄悄将他诓骗来，没想到却是这么张扬，倒是要弄假成真，非嫁不可了。"周瑜说："主公莫慌，先在旅舍中把刘备晾几日再说，然后让他交出南郡，如同意，再议婚姻之事。"

　　刘备在旅舍中一连几天都未见到孙权等人的面，心中不免忐忑。这天长史张昭来到旅舍，刘备问："我已来数天，婚礼何时可以举行？"张昭说："刘使君莫急，既然孙刘两家已结秦晋之好，可否将暂借的南郡先予归还？"刘备说："南郡之事早已有约在先，我此次来是应孙将军之邀，专为婚姻而来，别的事留待以后再说。"张昭说："刘使君是明白人，若不归还南郡，是对我东吴没有诚意，婚姻之事也就另当别论了。"刘备笑道："请回去转告孙将军，如今天下人皆知他要嫁小妹，如悔婚，我看他怎么收场。"张昭只得回去禀报孙权。

　　这天孙小妹来见孙权，开口便问："兄长说要嫁我，为何刘皇叔来了这些天，却至今不见动静？"原来刘备的迎亲船队到达芜湖，早引起了城中的轰动。孙小妹也悄悄前去观看，果然气势宏大，非同一般，心中已有几分感动。随后又派心腹前往旅舍打探，皆说："到底是皇叔、州牧，气宇轩昂，非常人可比。除了年纪稍大以外，别的倒无可挑剔。"这让孙小妹萌生了非嫁不可的想法。可一连几天却不见兄长有任何动静，为人豪爽的她只好自己前来询问。孙权只好说："等刘备还了南郡，再议婚事。"孙小妹说："如今东吴皆知我要出嫁，兄长却要他先还了南郡。若刘使君一日不应，我便一日嫁不成，岂不惹人耻笑？"孙权无法，只好同周瑜商议："真是女大不可留，只好先举行了婚礼，再索要南郡。刘备一日不还南郡，便一日不放他回荆州。"

　　因事前并未打算真要嫁妹，现在倒弄成了真的，孙权只好手忙脚乱准备起来。很快府内外张灯结彩，一应婚礼用品，皆准备妥当，孙小妹的闺房便成了新房，又安排鼓乐仪仗，吹吹打打，迎刘备入府中，又备下丰盛的酒宴，招待诸位嘉宾，在热烈的气氛中举行了婚礼。至此刘备和孙小妹才算见了面。孙小妹见刘备虽老成持重，但眉宇间充满英豪之气，实非等闲之辈；刘备望孙小妹年轻貌美，干练中透着机警，绝无扭捏之态——真是相看两不厌。

婚后三天，刘备命孙乾准备盛宴，答谢东吴诸位宾客，并宣称就要返回荆州了。然而答谢宴后，一连数天孙权都避而不见，刘备只得请孙小妹去见孙权辞行，说要随夫君回荆州。孙权说：“小妹此一去，隔山隔水再见就难了，为兄实在不舍，再多住些时日。”孙小妹觉得哥哥说得在理，便回去说了哥哥的不舍之意。刘备知道自己这是被囚禁了，恐怕不让还南郡，孙权是不打算放自己回去了。眼看新年就要到了，刘备心中着急，对孙小妹说：“你再去见你哥哥，我乃荆州之牧，怎能久居东吴，年前必要赶回荆州。”孙小妹只得再去见哥哥孙权。孙权说：“此时天气正冷，行动不便，待过了年，春暖花开时再说。”刘备无法，与赵云和孙乾商议：“实在不行，只有强行离开东吴了。”赵云说：“当初军师说自有安排，可保主公抱得美人归，为何至今没有一点消息？”孙乾说：“我料军师绝不会坐视不管，再等等看。”刘备叹息，只得耐住性子静候。

这日，孙权正与文武在一起议事，孙权说：“这几日已不听刘备说要返回荆州了，看来他已经知趣了。”周瑜说：“我们不要理睬他，非让他自己提出让还南郡，方才将他放还。”大家皆夸道：“还是大都督的主意好，不费一兵一卒就要回了南郡。”还有的得寸进尺道：“趁势让他把江夏也让出来，这样我们东吴就与南郡连成一体了。”

就在此时，人报鲁肃已从柴桑回来。话音刚落，鲁肃就出现在大家面前，孙权说：“子敬怎么这时候回来了？”鲁肃与孙权见过礼说：“我之所以这么急赶回来，是有要事禀报。诸葛亮点起八万大军，已屯驻夏口，说我东吴扣押了刘备，要来讨要，若不放还刘备，就要兵戎相见。”周瑜随即说：“刘备在我们手中，既然诸葛亮要兵戎相见，我们只好奉陪。你去告诉诸葛亮，先把南郡交出来，刘备即刻就能返回荆州，双方不伤和气。否则，我先把刘备杀了。既然想要耍无赖，我周瑜也会。”吕范也附和说：“好不容易把刘备诓骗来了，若放了，不但南郡要不回来，还赔上了孙小妹，此事万万不可。”孙权听了连连点头，大家也齐声附和。

　　鲁肃皱了皱眉，低声对孙权说："现在曹操仍在大力操练水军，孙刘两家此时反目，正中曹操下怀，请主公三思。"又对周瑜说："庞统要我转告大都督，无论如何不能意气用事，现在要把所有力量都放在抗御曹操上，否则东吴难以自保。"

　　孙权沉吟了半晌，说："子敬说得对，曹操一直对我虎视眈眈，只好以大局为重，放刘备回去。"周瑜仍不情愿。鲁肃说："留得青山在，不怕没柴烧，南郡终有一天会要回来。"然后对大家说："现在孙刘两家结为秦晋，既为姻亲，更应同心勠力共御曹操。主公不忍小妹骤然离开，可既已嫁人，终要随夫君而去，咱们就劝主公不要挽留了。"大家都说鲁肃的提议好，于是孙权召刘备与小妹，说："本想让你们多留住些日子，但终归要有一别，想了想，只好同意你们返回荆州了。"刘备心中暗喜，说："兄妹分别，恋恋不舍，人之常情。荆扬两州相连，小妹随时可以回来探望孙将军。"孙权说："既为亲戚，以后皆要常走动。我不忍分别，就不送了。"令吕范给刘备和小妹送行。

　　刘备与孙小妹告别孙权，回到住处，将早已准备好的行李带上，在赵云的护卫下，由鲁肃陪同，离了芜湖，到了柴桑，在荆扬交界处，与鲁肃挥手告别，自回荆州去了。

第一百零四章

伐西川周瑜命夭折　　登秋台曹植赋为冠

自刘备携孙小妹离了东吴，周瑜就一直闷闷不乐，总想找机会夺回南郡。时间过得真快，转眼就是建安十五年春三月，周瑜对孙权说："刘备说取了西川就让还南郡，至今不见动静，我打算出动大军助其夺取西川。如果刘备允诺，双方联合伐蜀，若胜，既可分获西川，又能讨回南郡。"

听了周瑜的计谋，孙权表示赞同，于是亲自给刘备写了一封信，说："曹操当初袭夺荆州时，刘璋曾主动配合。又据可靠消息，盘踞在巴汉的张鲁暗中与曹操勾结。若曹操再下荆州，此二人必助纣为虐。为根除后患，愿与刘使君一起，先攻取刘璋，再征讨张鲁，一统蜀汉。然后与韩遂、马超结盟，那样，即便有十个曹操，也不足为患。"

刘备接到孙权的信，召集众掾属商议。诸葛亮说："孙权是在怂恿我们征伐益州，图我南郡。但双方共同征讨刘璋、张鲁，分据巴蜀，足可与曹操抗衡，应予采纳。不过为防止周瑜假途灭虢，我们也要提高警惕。"刘备于是写信给孙权，答应双方共同征伐益州。很快孙权又来信，说："征伐益州，粮草从东吴运输，路途遥远，可否由荆州供应粮草。待取胜后，从益州所获中予以补偿。"刘备爽快地答应了，随即积极调动兵马，筹备粮草，迎接东吴兵马的到来。

这天，刘备正与诸葛亮、孙乾等人商议征伐益州之事，有门吏来报："益州牧刘璋的特使、别驾张松拜见主公，现在门外等候。"大家皆感到惊奇。刘备说："与刘璋素无交往，怎么突然派来特使？"于是令侍卫将其带进来。

原来张松在曹操那里碰了壁，感到非常失落，心生怨气，路过荆州，突然心生一计：既然曹操如此轻慢，何不将西川献与刘备。主意打定，就绕道江陵，前来拜见刘备。

刘备见张松身材矮小，鼠目塌鼻，已有几分不喜，碍于礼节，强颜欢笑，起身迎接，说："别驾此来，不知有何要事？"张松一边施礼，一边心中暗说：这刘备当前最关注的，莫过于曹操的动向，于是大大方方地说："我受刘璋刘益州所托，前往许都拜见曹丞相，现从许都返回，路经荆州，闻知刘使君乃天下英雄，特来拜见。"这不露声色的恭维，让刘备心中颇感惬意，问："既从许都来，可知曹操有何举动？"张松说："曹操目前正在许都加紧操练兵马，欲再征荆州。"为多打探一些许都的情况，刘备令人摆下盛宴，招待张松。

觥筹交错，酒兴渐浓，张松神秘地说："不瞒刘使君，我此行前往许都，是受刘益州指派，欲与曹丞相建立盟好，共奉朝廷，以讨不臣。"刘备紧张地问："这么说，刘益州与曹操已定立盟约？"张松淡然一笑："我看曹操待人傲慢无礼，眼中并无益州，所以未曾提及结盟之事。"刘备松了一口气，举杯相邀，一饮而尽，说："我与刘季玉皆汉室宗亲，请别驾回去后转告刘益州，备愿与他同结盟好，共扶汉室。"张松只是饮酒，回答含混。当日酒宴散席，刘备派人安排张松在旅舍住下。

送走张松，诸葛亮说："这张松一定是在曹操那里受了冷遇，心怀怨愤。主公应力争此人为我所用。"

自第二天起，刘备每日盛宴款待张松，宴席上全然没了皇叔、州牧的架子，哄得张松如沐春风，满面笑意。这天趁着酒兴，张松说："我离开益州之时，已将益州的交通、地理、关隘、民风等造好图册……"说着从袖袋中取出一卷绢帛，在刘备眼前晃了晃，说："本想将它献与丞相，没想到他狗眼看人低，我就将它献与刘使君了。"说者将绢帛递与刘备。刘备本欲要接，想了想，推辞道："如此重要信息，当属益州秘密，我怎么能领受？"张松说："刘使君不知，刘璋乃袭其父刘焉之位为益州牧，却秉性柔弱，对内不能任贤用能，对外不能剿除凶顽，益州早晚必属他人。而刘使君乃当今英雄，所以愿将益州付与刘使君，我等也好有个依靠。"说着将绢帛再递与刘备。刘备心情激动，接过绢帛，说："若得益州，别驾当首功一件。"

看看时间已晚，张松告辞，刘备令人将其送回旅舍，然后忙打开绢帛观看，上面所画的入川路径、所设关隘一目了然；各郡县的物产资源、人文户籍清晰明了，刘备说："有此图册，取西川就易如反掌了。"

第二天，张松收拾行装，与刘备告辞。刘备和诸葛亮亲自送行。张松恋恋不舍，叮嘱说："请刘使君做好准备，我在益州迎刘使君及早入川。"告别刘备，离了公安，回益州去了。

送走张松，诸葛亮说："我们握有入川图册，又有张松为内应，全取西川势在必然。若再借助东吴的力量，将来必要分一杯羹。"就在这时，斥候来报：东吴兵马在周瑜的率领下，分水旱两路，正浩浩荡荡奔南郡而来。刘备着急道："得赶快想个办法，阻止东吴兵马。"主簿殷观说："主公不必着急，既然东吴大军已到荆州，再阻止已来不及了。只说因新据荆州，境内不稳，未可轻举妄动。就由东吴兵马自己伐蜀。如果我们不出兵马，周瑜必不敢越过南郡独自伐蜀，否则一旦我们断其后路，东吴兵马将腹背受敌，必全军覆没。这样既可吓退周瑜。"诸葛亮说："此办法甚好。"于是刘备修书一封，派人立刻去见周瑜，将情况说明。

　　周瑜此时已进入南郡，正奔江陵而来，却陡然接到刘备的信，不再出兵征伐西川，连答应的提供粮草，也以征调不上来为由给断掉了，不禁勃然大怒："这刘备真乃言而无信的小人，我数万兵马赶到南郡，却说要我独取西川，且断我粮草。既已到此，绝无退兵之理，只要他借道让我过南郡，我就独自取西川。"鲁肃劝道："大都督息怒，刘备占据南郡，一旦心生歹意，必断我后路。"周瑜怒气未消："兵马继续前进，到江陵后，我要亲自问问刘备，为何出尔反尔。"

　　周瑜率兵马到达江陵，扎下营寨，要见刘备，问个究竟。鲁肃怕周瑜正在气头上，见了刘备必发生争执，便劝周瑜在营寨等候，自己前去见刘备。

　　鲁肃进入江陵，见到刘备，开口便问："既相约共同伐蜀，为何反悔？"刘备说："我已在给大都督的信中说得很明白了，我可以借道给你们。"鲁肃说："那么原先商定的粮草，是否继续供应？"刘备说："不是我不想供应，只是荆州遭曹操洗劫，元气大伤，粮草筹措困难。还请你们自行解决。"鲁肃说："本来伐蜀是我们两家的事，现在让我们独家替你们去伐蜀，又不提供粮草，我们完全可以返回东吴，待曹操南征荆州，刘璋从背后袭击你们时，那时后悔已晚。"诸葛亮说："子敬此言差矣，你们伐蜀主要是想换取江陵。伐与不伐，你们自己斟酌。"鲁肃生气道："孔明先生怎么说出这种话来，看来我们已无协商的余地，就此告辞。"诸葛亮说："子敬回去劝劝公瑾，凡事应顺势而为。"鲁肃不愿再听，站起身拂袖而去，回到营寨，大骂道："刘备和诸葛亮现在是一群无赖。"待情绪平复后，劝周瑜暂时撤兵。周瑜说："刘备不是说愿意借道吗？那我们的兵马继续西进。"鲁肃说："可这粮草难以为继啊。"周瑜说："派人告诉主公，让他筹措粮草送来，我们拔寨起营，独取西川。"

刘备闻知东吴兵马继续西进，对诸葛亮说："周瑜并未被吓住，依然要进军西川，这打乱了我们独取西川的计划，怎么办？"诸葛亮说："主公可修书一封，说明不宜伐西川的道理，让孙权来阻止他。"刘备即刻修书一封，派简雍去见孙权。

自周瑜率水旱两路兵马离了东吴，孙权就一直盼着有好消息到来，然而等来的却是周瑜派人送来催运粮草的信。信中说："刘备出尔反尔，不肯出兵共同伐蜀，原来答应的粮草也不提供。请主公从东吴调运粮草，我已率兵马独自去取西川。"孙权一边骂刘备不守信用，一边赶快筹措粮草，心却悬了起来。这时刘备的使者简雍送来了刘备的信，孙权打开一看，开头无非是些谦辞，心中厌恶，皱了皱眉头，见正文写道："当初孙将军说，刘璋、张鲁欲勾结曹操从背后袭我，要与我共同征伐此二人，我曾表示同意。现在经过了解，得到确切消息，刘璋暗弱，只愿自守，张鲁也不曾与曹操勾结，看来孙将军此前消息有误。若我贸然征伐益州，路途险阻且遥远，即使吴起在世，也不敢说就能获胜，孙武亲率兵马也不一定能打赢。许多人认为曹操在赤壁大败，现撤兵许都，暂不会进攻荆扬，这是过于乐观了。今曹操三分天下已有其二，将欲饮马于沧海，观兵于吴会，怎肯坐守许都。倘我们出兵远伐，曹操乘其隙来取荆吴，我们将难以应对。望孙将军三思，勿挑起与益州的战争，务令大都督不要贸然取西川。"孙权看了信，犹豫不决，与张昭等人商议，皆认为刘备说得不错，不可贸然远伐。于是孙权修书一封，派其堂弟奋威将军孙瑜押着粮草去见周瑜，令其退兵。

周瑜率兵马越过江陵，继续西进，要独自征伐西川。走到巴丘，鲁肃说："据各部曲报告，粮草所剩不多，应在此屯驻，待主公送来粮草再行西进。"周瑜说："只好如此。一想到刘备出尔反尔，我就气不打一处来。"鲁肃劝道："事已至此，大都督想开些，待取了西川，我们就掌握了主动。"周瑜说："到那时，不只是要回南郡，我要让刘备把整个荆州都吐出来，方解我心头之恨。"鲁肃见周瑜直皱眉头，问："都督还生气吗？"周瑜摇头道："不是。这两日总感到肋部疼痛，莫不是旧伤又发作了？"鲁肃说："都督伤未痊愈，就开始操劳，看来是劳累过度。这几日无事，应抓紧时间好好休息。"周瑜说："可事情一个连着一个，总不叫人省心。"鲁肃说："我嘱咐一下各将领，这几天不要打搅你。"又嘱咐庞统，"你好好督促都督，让他趁这个机会，静养几天。"庞统说："大帐中的事不劳子敬操心，一切由我照看。"

一连几天鲁肃都悄悄来大帐问庞统："都督身体恢复得如何？"庞统都说："一直不见好转，好像越发重了。"这天鲁肃忍不住了，直接来见周瑜，问："大都督身体可好转多了？"周瑜说："我感到这两天胸闷气短。"鲁肃问："大夫不是看过了吗，怎么说？"周瑜说："大夫总说让我静养，数万大军停留在此，我的心怎能静得下来？我让大夫继续开了些药，感到有点效果。粮草还没有运来？"鲁肃点点头："你就不要操这个心了。我不在这打扰你了。"起身告辞，出来悄悄对庞统说："看都督的身体，我真担心，西川恐怕讨伐不成了。不行的话就劝都督撤兵吧。"庞统说："子敬说的是。"

第二天，鲁肃放心不下，又来探望周瑜。也不知是天热的缘故，只见周瑜身上汗水不断，鲁肃拿一块帕巾帮他擦了擦，问感觉如何？周瑜说："几天来未见各部曲将领，你把他们招来，我有话要说。"鲁肃说："都督有什么话告诉我，我转告他们即可。"周瑜发急道："我要亲自见见他们，快把他们招来。"鲁肃道："都督别急，我这就召他们来。"

很快程普、黄盖、甘宁、凌统等各部曲将领一起来到周瑜榻前。周瑜说："这次伐西川，恐怕是要空忙了。我自己感觉不好。若我天命该绝，你们要秘不发丧，以防刘备趁机偷袭我们——此人毫无信义可言。"接着，周瑜拿出一封信，交给鲁肃说："待回到东吴，替我交给主公。"这时周瑜气有点喘，感到头晕。庞统说："诸位先退下吧，让大都督歇一歇。"诸位将领退出大帐，心情都很沉闷。然而没有想到，这是他们与周瑜的最后一面。当晚周瑜归天，终年三十六岁。

就在大家悲痛之时，孙瑜押运粮草来到，得知周瑜亡故，不禁大哭一场，说："公瑾离去，东吴犹如失了顶梁柱，让我孙权兄弟今后怎么办？"众人劝住。孙瑜待心情平复一些后，将孙权的信交与鲁肃。鲁肃看完信，对大家说："主公令我们退兵。按照大都督的要求，秘不发丧，各部曲拔寨起营，返回东吴。"
并令庞统护卫好大都督的遗体。东吴水陆大军路过江陵时，刘备、诸葛亮亲自
来送行，要求见周瑜，鲁肃说："大都督心绪不佳，请刘使君自回吧。"刘备
只说周瑜还在生他的气，并未深究，对鲁肃说："请转告大都督，一路走好。"
鲁肃勉强挤出一点笑："谢刘使君。"率水陆大军离了江陵。

此时鲁肃早派两路快马返回东吴，一路赶到芜湖，向孙权报丧，一路赶到
柴桑，筹备丧仪。待船到柴桑，鲁肃令人用最好的棺木将周瑜盛殓，全体将士
立刻身穿孝衣，打出白幡，军中哭声一片。鲁肃安排好柴桑的防卫，与庞统一
起，将周瑜的灵柩护送到芜湖。

孙权身着素服，亲往江边迎接。登上楼船，看到灵柩的一刹那，孙权抚摸
着灵柩，哭倒于地。鲁肃、张昭、张纮等皆掩泪劝慰。孙权强忍悲痛，下令：
"将公瑾灵柩运往家乡庐江厚葬，其妻室子女，今后凡有过错，一律不得责问。"
这时鲁肃将周瑜的信交给孙权，说："这是大都督病故前给主公的亲笔信，嘱
我转呈主公。"孙权打开信，只见上面写道："瑜以凡才，昔受讨逆将军孙策
的特殊厚爱，以心腹待之，委以重任，统御兵马，志执鞭弭，追随左右。后得
主公信赖，统辖重兵，以破曹操。今受命征伐巴蜀，不料道遇暴疾，恐难好
转。人生有死，长短之命在天，诚不足惜，但恨遗愿未展。方今曹公在北，疆
场未静，刘备近在荆州，有似养虎，天下之事纷纭，未知结果如何。值此文武
百官废寝忘食，主公忧思难安的困难时刻，唯鲁肃忠烈，临事不苟，可以代瑜。
人之将死，其言也善，倘或能采纳我的举荐，将死可瞑目矣。"孙权看罢，再
难抑制，大哭道："公瑾倾其一生，都在呕心沥血，为我谋划，临去又举荐子
敬以代。"说着将信交给鲁肃，宣布道："谨遵公瑾遗言，拜子敬为奋武将军，
任兵马大都督，总督兵马。"鲁肃领命，辞别孙权，与庞统一起，护送周瑜灵
柩前往庐江安葬。

待周瑜的丧仪完毕，鲁肃携庞统回到芜湖，来见孙权，向孙权举荐道："此
是庞统，字士元，号为凤雏先生。才学过人，公瑾在世时，紧随左右，出谋划策，
颇得公瑾信赖，请主公予以重用。"孙权随便问了几个问题，见其木讷，更无
伶牙俐齿之辩，心中已有几分不喜欢，只淡淡地说："既是公瑾的手下，子敬
喜欢，你就留在身边吧。"鲁肃又要举荐，孙权说："子敬这些日子只顾操劳
公瑾的事，辛苦了，下去休息吧。"说完起身而去。

　　鲁肃陪庞统从府中出来，安慰道："主公失了公瑾，心情不好，待过几日，我再举荐。"庞统长叹一声："周郎已亡，我已无心在此。既然不被孙权看重，再说无益，我还是离开这里吧。"鲁肃说："凤雏先生莫不是要回荆州？"庞统说："正是。孔明多次邀我回荆州，只因公瑾尚在。前日孔明得知公瑾已亡，又来信邀我回荆州。我与孔明曾是挚友，三番五次相邀，这回已无理由回绝，就此与子敬告别吧。"鲁肃说："既然凤雏先生要去，我也不宜强留，只愿先生到荆州后，多劝刘备、诸葛亮与东吴共结盟好，同抗曹操。"庞统应道："这个自然。现在孙刘两家只有交好，才是唯一出路。"于是就此别过鲁肃，回荆州去了。鲁肃望着庞统的背影，心中不免惆怅。

　　曹操这次返回邺城，打算将卞氏等诸位妻妾及子女带上。早在天子诏拜他兼任冀州牧时，就有这个打算，只是丁夫人不愿意去。这次回到许都，得知丁夫人在他出征荆州不久就病故了，卞夫人将其厚葬在了许都，丧仪依规而行。曹操听后非常满意，感到卞夫人不计前嫌，善待丁氏，始终如此，真贤妻也。孩子们听说要随父亲迁往邺城，也都非常高兴。曹操令二子曹彰，协助其母卞氏护送一家老小到邺城。曹彰领命，帮着母亲打点行装，随部曲一起，护卫着一家也上了路。

　　曹操回到邺城时已是夏季，其长子曹丕听说母亲及弟妹们都来到了邺城，非常高兴，连忙携妻子甄氏到府中探望。母子分别已有数年，卞夫人望着曹丕说："几年不见，看上去真的长大了，但还是不如你二弟子文壮实。"曹丕说："二弟这两年随父亲征战，武艺一定长进不少，不知诗书上可有长进？"曹彰说："兄长专揭我的短。"曹植笑说："听父亲说，大哥已能独当一面了。"曹丕说："三弟几年不见，也长成大人了，学业一定长进不小。"其他弟妹们也来向曹丕问好，曹丕也给各位母亲见过礼，并将甄氏介绍给大家。卞氏看到儿媳如此漂亮、贤淑，心里也很满意。曹丕忙着帮助安置，一家老小很快安定下来。

　　曹操处理完一应公务，回到后堂，见曹丕也在，就问："我让你协助董昭建造的铜雀台现在怎么样了？"曹丕说："我正要向父亲禀报此事。经过两年的努力，再有月余就建成了。"曹操说："告诉董昭，建成以后，要在那里举行盛典，以示庆贺。"

时间过得真快，转眼已是秋季，铜雀台建成。选定吉日，曹操携全家老小去参加落成盛典。当辇车刚出邺城，就见远处一座高大、巍峨的建筑耸入云霄。辇车很快来到一处茂密的林海旁。新建的阙门前，文武掾属早已迎候在那里。曹操下了辇车，董昭立刻迎上去，解说道："这里就是铜雀园。"引导着曹操进了阙门，文武掾属在后面紧随，走不多远，是一处湖泊，里面满湖的荷叶已经枯萎。曹操问："这湖水从哪里来的？"董昭说："引漳水入园中，分为左右两渠，蜿蜒回环，在这里交汇。"曹操问："此湖叫什么名字？"董昭说："还没有名字，请丞相赐名。"曹操略一沉吟，说："湖中满是莲荷，就叫芙蓉湖吧。"大家都说名字起的贴切。湖岸杨柳依依。伴着左右两条渠是两条蜿蜒的小路，路旁栽种了许多树木，上面结满了果实，红的黄的色彩艳丽。曹操携众人沿着右边小路边走边说："这里空气很清新，瓜果的香气飘来，沁人心扉。"这时几只不知名的鸟儿受到惊吓，鸣叫着飞了起来，盘旋了一会儿，见并无人伤害他们，又落到高高的枝头上去了。一路走来，各种鸟鸣声不断，犹如正在演奏一首悦耳的歌曲。董昭说："春天的时候，这里开放着各种颜色的花，可谓五彩缤纷，引得蜂蝶翩翩。"曹操说："这铜雀园修得不错，你当记首功。"董昭说："大公子曹丕也功不可没。"曹操笑说："那就也给他记一功。"

大家一路观赏，一路说笑，不知不觉出了果林，一座高大的台基矗立在眼前。向两边望去，各有一座同样高的台基。只是中间的台基要宽阔得多，正中是一条直通台顶的阶梯，顺着阶梯向上望，只看见楼阁构成的天际线。董昭介绍道："中间的台基是铜雀台，左边的是冰井台，右边的是金虎台，三台之间有两座桥相连。"说话之间，大家来到台基前，在阶梯的前面，是一座巨大的铜雀雕像，曹操围着雕像转了一圈，赞许道："雕得很有神韵。"这时董昭说："请丞相移步台阶，到上面巡看。"曹操在文武掾属的簇拥下，拾级而上，登到半程，是一处石砌的平台，曹操说："我们在此小憩一下。看来岁月不饶人，毕竟已过半百，力不能及了。"众人皆说："丞相正值精力充沛之时，汉室统一大业尚未完成，怎可言老。我们还都打算跟随你建立新的功绩呢。"大家说笑一阵，又开始向上攀登。待登到台顶，迎面便是高大的双阙，阙门后面，便是一座巍峨的宫殿，门楣上面是一个宽大的牌匾，镌刻着"铜雀殿"三个大字，是董昭特意派人到洛阳找钟繇所题。宫殿旁边相连座座大小不一的楼阁，所有殿堂楼阁的屋脊皆用铜雀装饰，在日光下闪闪发光。董昭介绍道："台顶的殿堂共计一百二十间，无论举行盛宴、召集议事、抑或在此小憩，都足够使用。"

曹操来到台边，凭栏而望，漳水闪闪发光，蜿蜒向东，流淌在冀州平原上；向西遥望，太行山的轮廓，在秋日阳光的映衬下，显得莽莽苍苍。曹操不禁感叹道："神龟虽寿，犹有竟时，腾蛇乘雾，终为灰土，老骥伏枥，志在千里，烈士暮年，壮心不已。盈缩之期，不但在天，养怡之福，可得永年。"荀攸说："这正是三年前丞相平定乌桓回来后写的诗句。"曹操说："不知怎么，今天忽然想到了这首诗。"这时曹丕过来说："父亲请到冰井、金虎两台巡视。"曹操在众掾属的簇拥下，通过连接三台的廊桥，先后来到冰井、金虎两台，上面的亭台楼阁大同小异，都非常壮观。董昭说："时间已经不早了，大殿中遵照丞相吩咐，已摆下盛宴，请丞相与诸文武掾属到大殿就位。"

大殿不仅外观巍峨壮观，里面也非常阔大。曹操招呼大家进入大殿，只见一排排几案排列整齐，上面早已摆好美酒佳肴。董昭将曹操及卞夫人引到正中的几案前，说："这上面摆的鲜果，都是从铜雀园中的果树上摘取的。"曹操坐定，看着艳丽的各色鲜果，说："果香味浓得很。"这时其他姜室及孩子们分在两边坐定，其余各文武掾属也依次坐定。一首乐曲过后，曹操令大家都将面前的酒爵斟满，举杯道："今天我们大家齐聚在一起，共贺铜雀台的落成，其意义非同一般。铜雀台之所以能建成，说明经过多年的动乱，北方地区战乱基本平息，生产得以恢复，百姓也不再流离失所。眼看汉室又要中兴，这与在座诸位的努力是分不开的，咱们共饮此酒，以示庆贺。"大家举起酒杯，一饮而尽。

这时音乐响起，一群舞女飘然而至，随着节拍跳起了轻快的舞蹈。一曲舞罢，曹操兴起，令人搬来古琴，说："我抚琴一首，为大家助兴。"大殿中立刻响起悠扬的琴声，时而舒缓，时而激越，一曲奏罢，齐声叫好。荀攸说："丞相琴技，不愧得蔡邕真传，敢问蔡琰，与其父相比有何差距？"时蔡琰也在座，答道："丞相琴技，已是炉火纯青。"曹操说："不敢与蔡大师相比。"这时王粲说："丞相也善吟诗，在此欢聚时刻，也请丞相赋诗一首，抒发情怀。"有人却说："今天丞相的诸位公子都在，尤其长公子曹丕，早闻才思敏捷，何不在此给大家展示一番。"曹操也早想试试诸公子的才学，赞同道："好，这个提议不错。

就以铜雀台为题，各作赋一首，以先后完成的顺序各自吟诵，由在座的贤士来评判，看谁写得又快又好。"大家纷纷赞成。董昭立刻命人拿来绢帛和笔墨，分给诸位公子。看到各位公子都已坐定，曹操想：都说子建善作诗赋，我也曾看过他写的诗赋，确实写得好；我一直怀疑有人代笔，总没有机会当面试他。于是把眼光落在曹植身上，只见他笔走龙蛇，埋头写作。再看曹丕，也是笔耕不辍。曹熊、曹铄等以下诸公子，有的眉头紧皱，有的凝思苦想，有的涂涂画画，只有二子曹彰，左顾右盼，心思全不在这上面。曹操心中笑道：这曹彰乃匹夫一个，只好随他了。

这时曹植说："我已完成。"曹操想：果然是第一个，写得挺快，不知水平如何。很快曹丕也跟着宣布写完。又等了一会儿，其余十几位公子也依次搁笔，只有曹彰说："我实在写不出来，要不我为大家舞一番刀剑如何？"众人皆笑。曹操斥道："还不知羞耻，快闭嘴。"这时有人说："二公子将来必是员猛将，也令人钦佩。"曹操说："按照约定，依先后完成顺序，各自将大作吟诵一遍。"

曹植首先吟诵自己的《铜雀台赋》："从明后而嬉游兮，登层台以娱情。见太府之广开兮，观圣德之所营。建高门之嵯峨兮，浮双阙乎太清。立中天之华观兮，连飞阁乎西城。临漳水之长流兮，望果园之滋荣。仰春风之和穆兮，听百鸟之悲鸣。天云垣其既立兮，家愿得而获逞。扬仁化于宇内兮，尽肃恭于上京。惟桓文之为盛兮，岂足方乎圣明！休矣美矣！惠泽远扬。翼佐我皇家兮，宁彼四方。同天地之规量兮，齐日月之晖光。永贵尊而无极兮，尊年寿于东王。"

曹植语调顿挫、昂扬，充满了激情，在场的人都沉浸在《铜雀台赋》所描绘的那大气、华美的景象中。吟诵完毕，大家交口称赞。王粲说："子建的赋气势恢宏，不仅写了巍峨的铜雀台，也写了郁郁葱葱的林木；既写了华观飞阁，又写了百鸟啼鸣。犹如一幅美景图画呈现在眼前。"应场接口道："赋的后边，由华美的台观，联想到国家的繁荣昌盛，天下的安宁，愿这美好的日子没有尽头，就像上仙东皇一样，与天齐寿。显示出很高的境界。"其他贤士也纷纷赞扬。曹操也颇为吃惊，没想到子建的赋写得这么快，这么好。

接下来便是曹丕吟诵自己的《铜雀台赋》，其语言清新，情景交融，意味隽永，也博得了大家的一致好评。两篇《铜雀台赋》各有千秋，只因曹植完成在先，曹丕只好屈居第二。随后其他公子也都吟诵了自己的《铜雀台赋》，也有写得比较好的，也有某些段落写得好的，也有某些句子写得好的，王粲等人也都酌情给予了赞扬。曹操依此都给予了不同的奖励。曹操说："刚才是小孩子们的戏耍之作，博大家一笑而已。诸位在座的大多是贤士达人，饱读诗书，功底深厚，何不在此赋诗唱吟，一展才华。"

丞相掾应场起身说："各位公子已就铜雀台为题写了赋，我就趁着酒兴，吟诗一首助兴。"说完，清清喉咙，吟道："巍巍主人德，嘉令被四方。开馆延群士，置酒于新堂。辩论释郁结，援兄兴文章。穆穆众君子，好合同欢康。促坐褰重帷，传满腾羽觞。"应场吟诵完，众人叫好。陈琳也起身赋诗一首，赞颂丞相的功绩。接着王粲、徐干、阮瑀、刘桢等纷纷赋诗，也皆赞颂曹操的功绩。起初曹操听了也有点沾沾自喜，及至听完，曹操有点坐不住了，心里说：这些赞扬免不了有点夸大其词，若不加以抑制，会使自己迷失方向。于是举杯对大家说："请大家共饮此酒。今天赋也作了，诗也吟了，我也有些心里话，要与大家说说。"说完，将杯中酒一饮而尽。诸文武掾属，也纷纷端起酒杯饮下，凝神屏息，望着曹操，不知曹操要说何话。

第一百零五章

献益州奸人卖刘璋　霸关中潼关阻曹操

大家屏息静气，望着曹操。只见曹操沉吟了一会儿，说："大家刚才的诗作得很好，不愧是才学之士，只是听来溢美之词有点过了。想我曹操自少年起，最大愿望，就是此生能做一郡守，教化百姓，造福一方就足够了。没想到国家动乱，征为典军校尉。那时只是想讨贼立功，战死沙场，能在墓碑上题刻'汉故征西将军曹侯之墓'，也就心满意足了。不想后又遭遇董卓之乱，兴举义兵，本来可以广招兵马，但害怕兵多意盛，常常自我约束，裁减兵员，只求与各路义兵平定叛乱。然而袁氏兄弟图谋不轨，先是袁术僭号于九江，后是袁绍称霸河北，图谋废帝。我只好投死为国，以义灭身，幸而取胜。而此后刘表自以为宗室，占据荆州，包藏奸心，我只好出兵将其平定。可以毫无讳言，设使国家无有孤，不知几人称帝，几人称王。如今我身为丞相，人臣之贵已极，远远超过了我当年的愿望。有人见我势力强盛，再加上我又从不信天命，便私下议论，妄想忖度，说我有不逊之志。我常想，齐桓公、晋文公之所以能名垂青史，被人称颂，是因为兵势广大，犹能效忠周室。论语说'三分天下有其二，以服事殷，周之德可谓至德矣。'也是说的能以大事小。昔胡亥之杀蒙恬，蒙恬说：'自吾先人及至子孙，积信于秦三世矣，今臣将兵三十余万，其势足以背叛，然自知必死而守义者，不敢辱先人之教以忘先王也。'我每读史至此，无不怆然流涕。我也曾想为避人嫌，放弃兵马，就到我的封地武平安度晚年，仔细想来，不能这样做。如果我放弃了兵马，不仅我及子孙会遭人祸害，就是国家也会再度大乱。我不能因为慕虚名而处实祸。自起兵以来，仗钺征伐，能荡平天下，不辱主命，全赖天助汉室，靠在座的诸位共同努力。然而朝廷赐封我食邑四县户三万，仔细想来，受之有愧。天下未静，兵马不可让；至于封邑，可以请辞。我反复思虑，打算将天子赐封我的阳夏、柘、苦三县共计二万户的食邑奉还天子，仅留武平一县户一万作为我的封邑，以向天子表明我的心迹，从而减少一些人对我的谤议。"

曹操说完，大殿内一片寂静，顷刻爆发出一片赞叹声，都为曹操的高风亮节所感动。但文武掾属纷纷劝阻说："丞相功高盖世，天子封赐，受之无愧，不应让还，请丞相三思。"曹操说："我这一打算考虑很久了，并非今天喝了点酒，心血来潮。我今天在众人面前把它说出来，也是想让大家共同监督我，是否说话算数。明日我就给天子写奏章，让还三县封邑，以表明我的心志。"

此时夜幕降临，曹操说："晚风渐凉，还是散了吧。"然后起身，携妻妾及子女要走。曹丕、曹彰、曹植等一帮年轻人还未尽兴，想留下来，曹操应允："如有意犹未尽的，还可以在此尽兴。"掾属们中年纪尚轻的皆想留下来，曹操说："好，你们就尽情放纵吧。"然后在董昭及文武掾属的簇拥下，下了铜雀台，乘辇车返回府中。

曹操回到府中，辗转反侧，难以入眠，索性起身，将让还三县封邑共二万户之事写成奏章，第二天即派人将奏章送往许都，奏报献帝。奏章送出后，为了让天下人都明白自己的心志，曹操又亲笔写了《让县自明本志令》，告示天下并无代汉之意。

眼看已进入隆冬，大地已经上冻，人们都躲在屋内避寒。曹操与荀攸、程昱、贾诩等人围着火炉，讨论着来年的计划。这时史涣送进来一份斥候的报告，说是周瑜已病亡。曹操说："没想到周郎这么年轻，竟命丧黄泉，真是世事难料。当初孙策刚死时，我曾派九江人蒋干密下东吴，劝说周瑜来许都。据蒋干说，周瑜热情招待了他，然而态度坚决地告诉蒋干：'大丈夫处事，遇知己之主，外托君臣之义，内结骨肉之恩，言行计从，祸福共之。'蒋干无奈地告诉我：'周瑜雅量高致，非言辞所间。'也就只好作罢。这些年他一直以君臣之礼敬奉小他好几岁的孙权，人能做到这一点实属不易。"

程昱接过报告看了看，说："从斥候的来报上看，接替周瑜的是鲁肃，此人也非等闲之辈。"曹操说："鲁肃领兵打仗怎样，我们尚不得而知，但此人在战略谋划上，比周瑜要强。据说他曾为孙权定下'鼎足江东，进伐刘表，竟长江之所极，据而有之，以图天下'的战略。从他借荆州给刘备，就知道他是一个胸有全局，不拘泥蝇头小利的人。由此人继任周瑜，孙刘两家的联盟将更加巩固，恐无懈可击。看来我们暂不能对孙刘用兵了。"

这时程昱说："丞相请看，这里还有一份报告，说是孙权表奏步骘为交州刺史，已将交州七郡据为己有。"荀攸说："刘表先前表奏的刺史赖贡呢？"曹操连忙接过斥候的报告，看后说："这下清楚了，赖贡与刘表一同任命的苍梧太守吴巨不和，被吴巨率兵将其赶出了交州，逃回零陵老家去了。鲁肃得到消息，便赶忙怂恿孙权，让时任鄱阳太守的步骘到交州任刺史，并拜他为立武中郎将，给他调集一千多名武艺及射箭高手，随他一同到交州上任。这步骘到任后，知道苍梧太守吴巨是刘表派来的，料其必有异心，表面上不露声色，诱骗吴巨相见，当即将其斩了，便在交州立了威。"荀攸说："士燮呢？他可是丞相表奏，朝廷诏拜的交趾太守，绥南中郎将，总督交州七郡。他的几个弟弟也都是各郡太守，宗族势力在交州不可小觑。"

曹操扬了扬手中的报告说："这上面说，自吴巨把赖贡赶跑后，士燮立刻派遣张旻奉贡到许都报告，请求朝廷新派刺史。然而荆州被刘备占据，扬州被孙权占据，道路断绝，无法到达许都。此后又多次派人，设法来许都联系，始终不能通过荆扬二州。步骘到任后，报告孙权，加士燮为左将军，几位弟弟皆拜中郎将。在孙权的拉拢下，看到与朝廷相通无望，只好承认了步骘的刺史之位，愿受其节制。"荀攸说："没想到孙权竟不露声色地将交州七郡全部据为己有，这一下他的势力可壮大了不少。"

曹操点头说："我刚才说了，鲁肃这个人不可小觑，他看到夺取荆州和西川暂时无望，便审时度势，抢抓机遇，使孙权轻而易举地占了交州。"贾诩说："交州远离中原，又有荆、扬阻隔，才让东吴钻了空子。"曹操说："即便如此，也应该看到，鲁肃是个纵横捭阖的人，我们需要认真对待。"

年终岁尾，曹操接到天子的诏书，所让三县之事不予准奏，并加拜其长子曹丕为五官中郎将、副丞相，置官署。曹操立刻再写奏章，坚决要求让还三县，并对曹丕的诏拜拒领不受。荀攸等人劝道："天子已下诏书，不宜再坚持。刚好新年快到，趁着过年，为曹丕好好庆贺一番，这毕竟是他的大喜事。"曹操说：

"我让还三县是诚心诚意向天子表明心迹，并不是做做样子。至于曹丕，年纪尚轻，还需历练。"说完，不听劝阻，立即动手再写奏章，派人送往许都。

新年过后，曹操再次接到献帝诏书，同意曹操让还食邑，但只减户五千。曹丕的诏拜不变，并新敕封其子曹彰为鄢陵侯，曹植为平原侯，环夫人所生曹据为范阳侯，杜夫人所生曹林为饶阳侯，环夫人所生次子曹宇为都乡侯，秦夫人所生曹玹为西乡侯。他们的食邑由曹操欲让还的一万五千户中分取。其余诸子尚小，暂不封赐。最后献帝在诏书中写明："此诏不得再拒。"曹操只得遥拜谢恩。受到封赐的诸子及他们的母亲皆大欢喜。曹操叮嘱他们："切不可忘记天子恩德。"

未出正月，曹操接到并州急报：太原郡的商曜起兵反叛，已攻占大陵，请求丞相出兵平叛。曹操召荀攸等人商议，决定命夏侯渊为代理征西护军，总督本部及徐晃兵马，即刻前往征剿。夏侯渊和徐晃不敢耽搁，既点起兵马奔太原而去。

送走夏侯渊和徐晃，曹操对荀攸等人说："交州落入孙权之手，是因为久与中原不通。现在刘备占据荆州，把益州与我们的联系掐断了。汉中如今被张鲁占据，使益州与中原来往的这条路也中断多年了。长此下去，益州就是第二个交州。如今北方已平定，必须征讨张鲁，收复汉中，打通到益州的道路。但对张鲁此人，我们了解不多。"这时贾诩接话说："说到张鲁，当初我在关中三辅时，对其时有耳闻。此人祖籍与丞相是同乡，也是沛国人，其祖父张陵，当年客居蜀地，学道鹄鸣山中，以妖言蛊惑百姓，凡入道者出五斗米，所以被称为'米贼'。后来张陵死，其子张衡继任，这时刘焉为益州牧，无力征剿，便招抚了张衡。两家关系一度很好。后来张衡死，张鲁继其父统领五斗米道。当时汉中太守苏固反叛刘焉，刘焉以张鲁为督义司马，领兵击败苏固，占据了汉中。不久刘焉死，刘璋继其父为益州牧。因刘璋曾听说其父和张鲁的母亲私通，心中不满，便将张鲁的母亲杀了。张鲁和刘璋反目成仇，便占据汉中和巴地，自号'师君'，任命一些道徒为'祭酒'，统领部众多者为大祭酒，统领部众少者为小祭酒，治理汉中和巴地。巴汉百姓凡有病，则自责其过，若有犯法者，可以原谅三次，若屡教不改便治罪。这些都与黄巾军类似，严格说起来，就是黄巾军的一支。献帝在长安时，无力征剿，只好采取拉拢的办法，诏拜他为镇民中郎将，领汉宁太守，维持着表面的归顺，实际上是独立王国。"曹操接过话来说："这种独立王国不能再继续下去了，汉室的土地必须收归汉室，不能任由贼人侵占。收回了巴汉，就可以打通和益州的联系，便于将来联合刘璋征讨刘备。"

大家听后，都赞成讨伐张鲁。在商讨如何出兵时，贾诩说："我认为应由司隶校尉钟繇任前部先锋，率司州兵马先行。因为征讨张鲁要经过关中地区，而关中地区现在被马超、韩遂等西凉各部兵马所控制，钟繇与他们关系一向和睦，由钟繇去比较容易让他们让出道路，还可向他们借兵。"曹操觉得贾诩的主意不错，于是派人到洛阳，令钟繇率司隶校尉部兵马为前锋，经关中前往汉中，征剿张鲁。

曹操要征剿张鲁，夺取汉中的消息传到益州，张松大喜。自荆州告别刘备，回到益州后，张松对刘璋说曹操对益州很不满意，有心征伐。刘璋听张松如此说，吓得不知如何是好，忙问张松该怎么办？张松说："刘备联合东吴，在赤壁大败曹操，助刘琦夺回了荆州。要想抵御曹操，保我益州安全，只有联合刘备方是出路。"刘璋说："派谁去见刘备呢？"张松说："唯有军议校尉法正最合适。此人善于言辞，定能劝说刘备与我结盟。"

这法正字孝直，本扶风郿县人，建安初，天下正乱，三辅地区饥荒，法正与好友孟达一起入蜀依附刘璋，被征辟为新都县令，被人谗毁，降为军议校尉，回成都赋闲，又受同僚排挤诽谤，郁郁不得志，只有别驾张松与其相好，两人常私下议论刘璋，认为刘璋没有大的作为，时逢乱世，跟着这样的主公，必无出头之日。正是两人气味相投，所以张松第一个举荐的就是他。

刘璋听取了张松的建议，召法正，让他前往荆州与刘备联系，互通友好。法正不愿去，推托身体欠佳，让刘璋再换他人。刘璋不允，定要法正前去。法正只得应承下来，闷闷不乐回到家中。刚进门，就见张松后脚来到，劝法正说："刘备新入主荆州，志向远大，非刘璋可比。我已与刘备相约，待时机成熟，我们将益州献与刘备，如此大功，必被重用。所以我特意向主公举荐了你出使荆州。"法正说："原来如此。不过刘备真如兄所说的那么好吗？"张松说：

"是真是假，你一去不就明白了吗？"法正说："若如兄所说，将来随刘备创出一番功业，也不枉来人世走一遭。"于是打点行装，很快启程前往荆州。

待法正从荆州回来，再见张松，喜形于色道："果如兄所说，刘备乃雄才大略之人，待我非常热情。我愿与兄共同戴奉刘备。"随后又见刘璋，言说刘备念与刘璋同为汉室宗亲，愿与刘璋结为盟好。若刘璋有难，随时出手相助。刘璋深为感动，说："到底同为宗室，骨肉之情抓把土都是热的。有刘使君相助，我以后也不感到孤单了。"于是数次派法正到荆州，送去益州的物产，荆、益两州关系甚密，法正与刘备的关系也日益密切。法正与张松暗中多次密谋，急于想把益州早日献与刘备，只是找不到合适的机会，两人心急如焚。

这天得知曹操要征讨张鲁，张松立刻来了主意，去见刘璋说："据斥候报告，曹操要征讨张鲁。"刘璋说："我已知晓，张鲁米贼，强据巴汉，我虽有心征剿，却苦于无力。如今曹丞相征剿，正可出我一口恶气。"张松说："主公此言差矣。曹操乃汉贼，早有亡汉之心，必视主公为眼中钉，名为征讨张鲁，实为夺取益州，所以汉中绝不能落入曹操之手。"刘璋说："别驾是要我帮着张鲁抗御曹操？若是这样，我宁愿益州归了曹操，也不帮张鲁。"张松说："主公误会我的意思了。我是说，抢在曹操进伐汉中之前，先将汉中夺到我们手中。"刘璋摇头道："我何尝不想夺回汉中，怎奈张鲁惯使妖道，迷惑百姓，势力强大。"张松说："主公难道忘了结盟的刘使君？他曾说过，只要主公遇有难处，定会出手相帮。刘使君善用兵，又与曹操有深仇，若让他替我们征讨张鲁，张鲁必败。我们夺回了巴汉，势力会大大增强，那时即便曹操想攻取我益州，也无能为力了。"

刘璋一听，这个主意不错，立刻召法正商议。法正听了，装着为难的样子说："蜀道险峻，路途艰辛，刘使君未必肯帮这个忙。"刘璋着急道："请孝直务必到荆州走一趟，劝刘使君看在同是汉室宗亲的面子上，帮我们这个忙。"法正说："既让刘使君来，也不能白帮这个忙，可许以物资，并派兵马前去迎接。"刘璋连说："那是应该的，那是应该的。"并告诉法正："若刘备到，一应粮草物资皆由益州供给。现派孟达率精兵五千，前往荆益交界处迎接。"法正立刻收拾行装，前往荆州去见刘备。

益州文武掾属得知法正和孟达前去迎接刘备入川，纷纷表示反对。张松说："今州中文武掾属一片反对声，更说明召刘备入川的必要。像庞义、李异等将领，平日恃功骄豪，图谋不臣。若刘备不来，将来曹军攻于外，他们攻于内，益州就难保了。"刘璋对张松的话深信不疑，下令："再有非议者定严惩。"

庞统应诸葛亮之邀，辞别鲁肃，回到荆州。恰逢诸葛亮出外巡视，刘备接见了他。言谈之中，刘备感觉此人没有灵气，不善言辞，便不喜欢，心想：军师怎么与这样的人为友；看在军师的面上，打发他到外面上任吧。于是将他任为耒阳县令。不久从耒阳传来消息，说新任县令庞统，把耒阳治理得一塌糊涂。刘备大怒，立刻将其罢免。时值诸葛亮巡视完毕，回到公安，问刘备："我走这些日子，东吴可有人来？"刘备说："你说的那个叫庞统的来了。"诸葛亮问："他现在哪里？"刘备便将情况告诉了诸葛亮，诸葛亮说："主公差矣，此人正是凤雏先生。"刘备惊疑道："我看此人并无过人之处。"诸葛亮说："庞统自少年时便给人以淳朴的感觉，唯水镜先生知其才华，称其为南州之冠冕。周瑜深知庞统，所以一直将其留在身边，交情甚密，对其言听计从。庞统是有大才之人，大才之人当有大用。"刘备说："军师只说庞统在东吴，从未提及他就是凤雏先生。"诸葛亮说："我若当时告诉主公，他就是凤雏先生，主公必想法劝其回荆州，让庞统为难。"刘备听了诸葛亮的话，深感后悔，要亲自到耒阳向庞统道歉，迎接他回江陵。诸葛亮说："主公不必过于自责，待庞统回来，给他说明就是了，不知者无罪。"

刘备亲自安排麋竺用车将庞统接回，一见庞统便连连道歉，说慢待了贤士。随即任庞统为军师中郎将，与诸葛亮同，共议方略。

自庞统回到荆州，刘备想："水镜先生曾说，卧龙、凤雏两人得一，可助我成就大业。如今两人皆来助我，怕是要时来运转了。"这天，人报法正又从益州来，刘备急忙有请。见法正满脸带笑，问："看孝直如此高兴，莫不是有好消息？"法正说："恭喜刘使君，机会来了。"便将刘璋要迎刘备入蜀，帮助剿灭张鲁之事，一五一十诉说了一遍，并将刘璋的亲笔信奉上。刘备细看，果然是说要自己看在同宗的份上，伸手相助，征伐张鲁，夺回巴汉。所需粮草物资，悉由益州供给。法正说："此天赐良机，使君名正言顺进入益州，乘势夺之，益州即为使君所有。"

刘备犹豫了一会儿，才说："我与刘璋毕竟同宗，从他手中夺取益州，恐有不妥。"法正说："以使君之英明，乘刘璋之懦弱，加上益州股肱张松为内应，夺取益州，然后凭着天府之国的富足，成就霸业，犹如反掌之易。望使君早做决断，不可犹豫。"刘备说："话虽不错，还是容我斟酌。"于是安排法正暂去旅舍歇息。

送走法正，庞统立刻劝刘备："荆州经与曹操一战，元气大伤，人员和物资损失殆尽，且东有孙权，北有曹操，鼎足之计，难以实现。而益州天府之地，国富民强，户口百万，兵源充足，军资丰盈，正可借此以定大事，主公万不可犹豫。"刘备说："今与我水火不相容者，曹操也。操以急，我以宽；操以暴，我以仁；操以诡，我以忠。正是靠着与操不同，我才有了一席之地。若我夺了同宗的地盘，今后世人将如何看我？"庞统不以为然，说："值此天下动乱之时，都在倾其全力，用尽权术，以求取胜。若主公墨守成规，无疑作茧自缚。主公难道不闻'兼弱攻昧，五伯之事''逆取顺守，报之以义'？兼并弱小，讨伐昏君，本就是匡扶正义的人应该做的，夺取江山，然后很好的治理它，才是最大的信义。今日主公不取益州，终将落入别人之手，到那时后悔就晚了。"

庞统的话打消了刘备的疑虑，于是当即请诸葛亮来，与法正一起商议出兵益州之事。诸葛亮说："荆州东临东吴，北接曹操，需有重兵防守，不宜抽调过多兵马。"法正说："军师不必多虑，使君只带少数兵马即可。孟达已带五千兵马，在荆益交界处迎候使君。使君到益州后，再以攻打张鲁，兵马不够为由，向刘璋借兵。有张别驾为内应，早晚益州兵马都归使君所有。"刘备说："我带黄忠、魏延两部兵马即可。此到益州，关键是笼络人心，除庞统外，麋竺、简雍、孙乾皆随我入蜀。诸葛军师与云长、翼德、子龙俱留荆州镇守，以防东吴或曹操来袭。"安排已定，刘备即点起三万兵马向西川进发。进入益州，等候多时的孟达接住，一路大开关隘，各郡县早接刘璋指令，无不热情迎送。刘备大军犹如回到自己的家中一样亲切，遂写信给刘璋表示感谢。

刘璋接到刘备的感谢信，心里非常激动，决定亲自前去迎接。这引起了州中文武掾属的强烈不满。主簿黄权劝谏道："刘备素有饶名，今将其迎入益州，若以部曲相待，则不能满足他的志向；若以宾客之礼相待，则一国不容二君；若让他安稳地待在益州，则主公有累卵之危。主公不仅不能去迎接他，反而应将其逐出益州。"刘璋不听，反而将其贬为广汉县长，逐出成都。从事王累为阻止刘璋出城前去迎接刘备，用一根大绳将自己倒悬在东城门上，手中拿一剪刀，说："若主公出此门去迎接刘备，我就剪断绳索，头朝下撞死在这里。"刘璋不听，率三万兵马，带着二十万斛米，战马千匹，车千乘，缯絮锦帛无数，前往涪城迎接、犒劳刘备，表示感谢。王累见大队人马就要出城，大叫一声，剪断绳索，撞向地面。张松早有防备，立刻令人将王累的尸体清走。刘璋乘坐豪华的辇车，风风光光出了成都。

此时法正接到张松的密信，要刘备趁涪城相会之际，立刻动手劫持刘璋，逼其交出益州。法正将张松的密信呈于刘备，刘备犹豫。法正又去见庞统，让庞统劝说刘备，刘备说："我带有三万兵马，刘季玉也带有三万兵马，况且益州百姓受刘璋父子恩惠已有多年，我初来乍到，民心未服，此时行事，风险太高。"拒绝了法正和庞统的劝说。

刘备率大军来到涪城，刘璋已先到，早摆下盛宴，双方在宴席上觥筹交错，相见甚欢。刘备、刘璋更以宗亲兄弟，相见恨晚，共同盟誓，共扶汉室，早日中兴。二人连日宴席，互相恭维。刘璋表奏刘备代理大司马、领司隶校尉；刘备亦表奏刘璋为代理镇西大将军、领益州牧。二人互相封官，自相授受，自得其乐，好不惬意，终日情意难尽，恋恋不舍，在涪城欢宴百余日。刘备说："征伐张鲁要紧。"要启程北上汉中。刘璋将所带物资及马匹尽数送给刘备，刘备说："征讨张鲁，恐怕兵马不够。"刘璋说："兄率军北上时路过白水，我将驻守在那里的两万兵马交与你节制。"并亲自给白水军统领杨怀将军写了信。刘备非常高兴，告别刘璋，先到白水与白水军汇合。刘璋自回成都。

钟繇接到曹操指令，立刻率司隶校尉部兵马，一路向西来到潼关，通报守关将士："我乃司隶校尉钟繇，奉丞相之命，征讨张鲁，请开关放行。"守关将士乃马超部曲，说："无偏将军马超之令，任何人不得放行。"钟繇无法，只得写信说明此次过关缘由，交与潼关守将，让其快马送与马超。此时马超在长安，接到钟繇的信，找韩遂商议说："韩世叔，你看该怎么办？"韩遂说："曹操对我们早有防备。现北方已经平定，势必要对我们下手，这正是假途灭虢之计。征讨张鲁是假，想要剿灭我们是真，我们千万不要上当。"马超觉得韩遂说的在理，于是赶到潼关，在关楼上对钟繇说："我们关中各部，一直悉听曹丞相调遣，并无反叛之举，为何钟校尉率兵马到来？"钟繇说："此次兴兵，实是征剿张鲁，与关中各部曲并无关系。"马超说："既如此，请转告丞相，征剿张鲁之事由我们代劳，还请钟校尉率司州兵马返回洛阳。"无论钟繇怎么劝说，坚决不让钟繇过关。钟繇无法，只得在潼关外扎下营寨，派人速到邺城，向曹操禀告。

曹操大怒，说："我本无意兴兵关中，看来关中、西凉各部，要以潼关为界，占据三辅、西凉地区，自立于朝廷之外。三辅地区乃朝廷先祖安息之地，岂容他们胡为。既如此，调集兵马，先平定关中、西凉，再征剿张鲁。"恰在此时，夏侯渊、徐晃派人来报：太原商曜的反叛已经平定，请求凯旋。曹操随即下令："夏侯渊、徐晃率所部兵马，由太原直接到河东郡的汾阴集结，在那里待命，准备讨伐关中。"

这时钟繇又送来急报："马超、韩遂二人联合，将所部兵马集结在潼关，扬言誓与潼关共存亡。"曹操怕钟繇孤军有失，忙令徐晃留守汾阴，夏侯渊率所部兵马南下渡河前往潼关，并命曹仁由樊城赶往潼关增援钟繇。又命屯驻许都的朱灵、路招等部兵马赶往潼关集结，夏侯惇留守许都。并下令说："各部到潼关后，关西兵精悍，坚壁勿与战。"此时已是秋七月，曹操令荀攸、程昱留守冀州，命曹丕率兵马守卫邺城，遇事多向荀攸、程昱请教。又令于禁、张辽守好合肥，防止孙权偷袭，令曹洪、乐进守好南阳、襄阳，防止刘备偷袭。安排停当，曹操令贾诩为军师，亲率张郃、曹休、曹真、许褚等前往潼关，与钟繇、曹仁、夏侯渊等会合。

曹操到达潼关的时候，正是八月仲秋。曹仁禀报说："接到丞相指令，一直未对潼关发动进攻。"曹操说："很好，关中兵马攻击性很强，又依托潼关，怕你们有闪失。现在营寨都扎得很牢，我们的兵马已集结完毕，可以对他们发动进攻了。"这时徐晃得知曹操已到达潼关，便亲到潼关请战，说："潼关易守难攻，我请求率部曲渡河，来潼关参战。"曹操笑着摆手道："公明的老家是河东阳县吧？你离家的时间不短了吧？"徐晃说："回丞相，自随杨奉起兵，一直未回过家。"曹操说："你现在驻守汾阴，正可以回家看看。"徐晃说："我父母俱亡，兄弟姐妹也久不联系，这些年战乱，恐怕也见不到人了。"曹操说："我已准备好太牢和美酒，你带回去，到父母坟前祭典一番。我还为你准备了一些绢帛资财，回去分给你的兄弟姐妹。如他们不在，分给你的宗亲乡邻，和他们叙叙旧。"一席话，说的徐晃丈二和尚摸不着头脑，说："丞相，你是在与我开玩笑吗？大战在即，你却让我回老家祭祀先人，并与乡亲们叙旧，莫非我徐晃有什么地方做得不对？"曹操说："公明说哪里话，我让你屯驻河东，是防止关中兵马从那里绕道偷袭我们。你尽管回家乡探视，随后我还有重要任务交与你。"徐晃满腹狐疑，带上曹操为他准备的太牢、美酒和财物，渡河返回河东去了。

这里曹操排兵布阵，要攻打潼关，钟繇说："关西兵强，擅长使用长矛，非精选前锋，则不可挡也。"众将认为钟繇对关中兵熟悉，说得很对。曹操说："如今我大兵压境，主动权掌握在我们手中，西凉兵不敢出关交战，他们的长矛也发挥不了作用。众将看我怎样消灭他们。"随即令朱灵为先锋，率先进攻潼关。虽然连攻数次，都无功而返。曹操换了路招再攻，直攻到日落西山，也毫无建树。朱灵、路招很是沮丧，要求再攻，曹操说："今日已晚，明日再攻。"令撤回营寨休息。

第二天再攻，朱灵、路招自告奋勇，要求继续攻打潼关，曹操不允。换上张郃，自早到午也是无功而返。又派钟繇进攻，也以失败告终。随后一连几天，夏侯渊、曹仁、许褚等都轮番上阵，无奈潼关建造坚固，地方狭小，兵马施展不开，又有马超、韩遂在关上亲自督战，西凉士卒防守顽强，滚木礌石准备充足，曹军连续进攻，终未能奏效。

然而斥候传来的消息更加不妙，散落在关中、西凉各地的大小部曲，在马超、韩遂的号召下，正纷纷向潼关集结。首先赶到的是侯选，没出两天，程银又率兵马赶到。马超在关楼上叫嚷道："曹贼，今日我西凉兵马已同仇敌忾，誓死守卫三辅、西凉地区，你休想进入潼关。"曹操说："马超小儿，你父马腾及两个弟弟马休、马铁等一应宗族老小，俱在许都，你执意与朝廷为敌，难道不顾及他们的性命吗？"马超在关楼上大叫："当初我劝父亲不要到许都，他执意不听，如今走到这一步，只好听天由命了。"曹操说："你父马腾当年与韩遂不和，被他排挤，才到朝廷任职，如今你认贼作父，和韩遂沆瀣一气……"韩遂一听此话，马上接话道："曹贼休要花言巧语，挑拨我西凉兵马的关系。如今我们占据潼关，北有黄河天险，南有华岳峻岭，如今你已攻打一月有余，丝毫奈何不得我。我劝你早日撤兵，休要觊觎我关中地区，从此你我互不侵犯，大家相安无事。"曹操说："叛贼休要狂妄，关中乃大汉的三辅地区，岂能任凭你们窃据。好言相劝不听，莫等破关之日后悔已晚。今不收复三辅地区，我誓不退兵。"曹操随即命兵马继续攻打，至晚收兵，仍是一无所得。

众将领纷纷要求："潼关坚固，关中兵马又不断增援，这样相持下去对我们不利，不如放弃潼关，转到河东，绕到马超背后，将其歼灭。"曹操不同意，仍坚持攻打潼关，声势造得更大，可每次都派一支兵马攻打。众将领让贾诩劝曹操停止攻打潼关，认为这是在空耗军力。贾诩笑而不语，引起众将不满，说："文和不出一谋，看来空有其名。"

曹操坚持攻打，众将无奈，只得轮番上阵。随着时间的推移，关楼上的新面孔越来越多，继侯选、程银之后，又有杨秋、李堪、成宜、张横、梁兴、马玩等大小十余支部曲赶来，他们齐聚关楼，大摆盛宴，整日狂欢，不时朝关下说些风凉话，气得曹军将士破口大骂。而曹操却喜形于色，全然不当回事。众将领私下猜测：丞相是气糊涂了吧。纷纷质问贾诩："为何不向丞相进言？"贾诩说："大家稍安勿躁，关中兵马高兴不了几天了，丞相就要发起反击了。"

第一百零六章

渡黄河许褚护曹操　施巧计马超疑韩遂

曹操下令继续攻打潼关，并召徐晃来见。徐晃赶到潼关，曹操问："老家回去了吗？父母也都祭奠过了？兄弟姐妹可好？宗亲邻里也都见过了？"徐晃一一作答，说："谢丞相关心！"曹操问："潼关久攻不下，你看有什么好办法？"徐晃说："我正要向丞相禀报，现在双方兵马都集结在潼关，而河东黄河沿岸却无兵马把守。我认为丞相应避实就虚，率大军由河东渡过黄河，绕到关中兵马的后方，马超、韩遂可擒矣。"曹操点头道："当初让你留在河东，就是这个打算。你屯住的地方不远就是蒲坂津，你率部曲立刻控制住蒲坂津。我料马超得知后，必与你争夺蒲坂津。为确保该渡口不失，我再派朱灵率兵马与你一起守蒲坂津。"于是召朱灵来，将控制蒲坂津的计划告诉了他，并说："你们走后，我很快就会率大军紧随其后北渡黄河。"朱灵领受任务后，即点起兵马，随徐晃向北渡过黄河，进入河东地区。

这天，马超、韩遂得关楼上守将报告："不知为何，曹军攻击强度下降。"马超、韩遂及关中各部曲首领登上关楼察看，果然潼关外，曹军各营寨旌旗招展，而进攻的兵马却不多。马超心中暗喜，对韩遂及各部曲首领说："曹军在此已两个月，恐怕粮草告罄，军心已散。"韩遂说："切不可大意。"这时斥候来报："曹军徐晃部占据蒲坂津。"马超不以为然，淡淡地说："他高兴就让他占着吧。"这时又有斥候来报："潼关外黄河下游，曹军正在渡河北上，现在大部兵马已经渡过黄河。"韩遂眼睛一眨，大叫："不好，曹操佯攻潼关，吸引我们的注意力，是准备先渡黄河北上到河东，由河东再西渡黄河，绕到我们背后进攻。"一句话点醒了马超，忙对各部曲的首领说："你们谁去把蒲坂津夺回来？"成宜说："我愿前往。"马超说："务必夺回蒲坂津，堵住曹军西渡黄河。"成宜下了关楼，既点起本部兵马，渡过渭河，直奔蒲坂津而去。

马超对韩遂说："曹军正在潼关外北渡黄河，兵书云'半渡而击'，此时正是攻击的好时候，你守好潼关，我率兵马前去截击。"说着下了关楼，令庞德为前锋，堂弟马岱为后卫，自己率杨秋、梁兴等西凉部曲，开了关门，冲了出来。

此时钟繇受曹操命令，率司州兵马佯攻潼关，吸引马超的注意力。待黄昏日落，曹军就可以全部渡过黄河，他佯攻的任务就算完成，然后只要守好营寨，看住马超就可以了。冷不防见马超率兵马打开关门冲了出来，赶忙前去堵截。马超令马岱抵住钟繇，率兵马直扑黄河下游而去。

此时曹军正在渡河，贾诩、曹仁说："马匹与士卒大多已渡过河去，丞相随我们一起上船吧。"曹操说："你们先渡过去吧。我随最后一批士卒渡过去。"张郃也说："你们先过去吧，我陪丞相最后过河。"待曹仁、贾诩等上了船，十几只船向对岸驶去。许褚搬来一把交椅，说："丞相坐下，稍休息一会，船只很快就会返回来。"眼看船只到了对岸，将士们陆续下了船，登上了岸，船只掉头向回驶来，这时只见上游岸上尘头大起，似有无数兵马朝这里扑来，已隐隐听到叫喊声。这时在岸边等待渡河的所有人都紧张起来，急呼船快点靠岸。曹操坐在交椅上一动不动，说："不要催他们，他们已经在努力加快速度了。"眼看上游的兵马越来越近，已经看清帅旗上那大大的"马"字了，许褚说："是西凉兵马，丞相快到水边等候，待渡船靠岸，我们就上船。"曹操说："沉住气，士卒都看着我们，我们一慌，士卒们就乱了。"张郃说："丞相快到水边等候，我们身边所剩兵马太少，难以阻住关中兵马来袭，还是赶快渡过河才安全。"这时马超也看到岸边的曹军不多，大喊："抓活的。"扬鞭催马，直向这里扑来。许褚对张郃说："来不及了，待船靠岸，你扶丞相上船，我断后掩护。"说着挥起大刀，率士卒返身冲向率先跑过来的西凉兵马，连杀数人。此时船已陆续靠岸，张郃搀着曹操登上船，招呼许褚："许将军快上船！"然后率士卒纷纷登上船只。许褚又连续杀死关中数名士卒，返身跳上船。这时马超也赶到，见船已离岸，忙令弓弩手张弓搭箭，一时间箭矢如雨。许褚见船舱有一具马鞍，忙抓了过来，挡住了曹操。曹仁、夏侯渊、曹休、曹真、路招，还有贾诩等，见情况危急，在对岸大声叫喊，让士卒加紧划船。马超见此，料船上必是曹操，下令弓箭手连续射箭，掌舵的船工中箭落入水中。由于无人掌舵，这只船离了船队，顺着急流沿河而下，马超令兵马紧紧追赶着顺流而下的船只，不停朝船上射箭。河对岸的曹军眼看着曹操的船在关中兵马的追击下，越来越远，转过一道弯看不见了，所有将士的心一下子提到了嗓子眼。

就在马超率兵马紧追曹操的船不停放箭的时候，负责押运粮草的校尉丁斐正率士卒赶着牛马沿黄河返回许都，看到了这一幕，见关中兵马人数众多，就命士卒赶着牛马准备躲避。随着船只越来越近，丁斐从轮廓中看见船上好像是许褚在用什么东西遮护着谁。丁斐一惊：莫非是丞相。此时已顾不上多想，立刻令士卒将千余匹牛马赶下堤岸，在河滩里形成一道屏障，阻拦关中兵马的追赶。关中士卒一见这么多牛马，贪心即起，顾不上追赶曹操的船，开始抢夺起这些牛马来，黄河滩上一片混乱。马超气得破口大骂，砍了几个正在争抢的士卒，混乱的局面才控制住。这时再看曹操的船只，顺激流冲出很远，就快看不见了。此时太阳就要落山，深秋的天短了不少，马超看已追出十数里，天色渐晚，怕潼关发生意外，立刻收拢兵马，返回潼关。

黄河北岸的曹仁等眼看曹操的船消失在视线里，关中兵马的叫喊声越来越小，直到听不见，他们的心全都处在恐慌中。贾诩令各部曲立刻派出士卒沿黄河两岸朝下游寻找，直到半夜，仍未得到一点消息。晚上天寒，也不知是天冷的原因，还是心中恐慌、焦躁的原因，曹仁等人浑身直抖，虽然都默不作声，但心中都有预感，这次丞相恐怕凶多吉少。正在这时，只听有人喊："丞相回来了。"曹仁等人立刻起身冲出帷帐，前去迎接，果然是曹操、许褚、张郃等。曹操笑着说："今日差一点被贼人所害。"大家簇拥着曹操进到营帐，曹操说："多亏岸上有人驱放牛马，才阻住了关中兵马的追击，我们才腾出手来，由许褚亲自掌舵，将船划到对岸。此时天色已晚，上岸打听，才知船只冲到下游十多里远了，只好弃船登岸，一路走了回来。"

话音刚落，守营士卒来报："押粮官校尉丁斐求见。"丁斐进来，见曹操安然无恙，悬着的心放了下来，说："傍晚时我见一只失舵的船被关中兵马追赶，离得远看不真切，仿佛是许褚将军、张郃将军在船上，便赶快驱放牛马，阻挡关中追兵。那艘船顺流而下，不知所终。我不放心，就找了只小船，渡河来看。今见大家都在，我就放心了。"说着就要告辞，曹操说："原来那些牛马是你放的？今天若非是你，我恐怕就要遭到关中兵马的截杀了。今日你立了一件大功，我必要重重奖赏你。"丁斐说："不要什么奖赏，只要丞相安全，我们大家就都放心了。天已亮了，既无事，我就返回了。"于是告辞。

为了赶时间，曹操立刻命各部曲埋锅造饭，吃过饭天已大亮，便率兵马迅速赶往蒲坂津。

　　徐晃、朱灵控制蒲坂津后，就在渡口两侧扎下营寨。这时成宜率兵马赶到，要夺回蒲坂津。双方在河西岸大战一场，成宜兵败被斩，败兵逃回潼关，报与马超。此时马超亲见曹军北渡黄河，祈求成宜夺回蒲坂津，挡住曹军再渡黄河，从背后进攻，不料成宜兵败。后悔当初大意，注意力都在潼关，没有及时派兵占据蒲坂津，于是决定留马岱守潼关，以防钟繇攻打，自己亲率兵马夺回蒲坂津，把曹操堵在黄河以东。韩遂不同意，说："曹军已北渡黄河进入河东，蒲坂津又被其控制，此刻再去堵截，困难很大，不如凭渭河天险，固守渭河南岸。"马超不听，说："我只要把曹军堵在黄河东岸，坚守二十天，曹操的军粮就会耗尽，到时曹军不战自退。"韩遂说："偏将军孤注一掷，过于冒险。我留在渭河南岸，准备接应，以防不测。"马超说："可以。"于是率本部兵马及程银、侯选等，渡渭河北上，迎战曹操，其余兵马随韩遂留在渭河南岸坚守。

　　曹军正在蒲坂津渡河，见马超的兵马杀到，曹操一边令部曲加快渡河速度，一边令已渡过河的夏侯渊会同徐晃、朱灵，摆开阵势迎战马超。庞德率先杀入曹阵，双方激战在一起。此时曹仁刚刚渡过河，曹操指示曹仁沿黄河西岸悄悄南下包抄马超。马超很快发觉，立刻分兵令程银阻截。曹仁下令不与关中兵马纠缠，用车辆、木栅顺黄河堤岸建立甬道，阻挡关中兵马，快速南下。马超见大事不妙，立刻迅速后撤。由于马超逃得太快，曹仁顺黄河西岸河堤刚到渭河口，还未形成对马超的包围，马超已退到渭河南岸，河西之地的冯翊已落入曹操之手。曹操征调船只，准备强渡渭河。然而韩遂早有准备，接应马超渡河之后，立刻封锁了渭河，安排弓箭手沿河布防，一旦曹军渡河，立刻射杀。曹军多次进攻，不等船只靠岸，士卒纷纷被箭射中，即使勉强靠岸，又无营寨，很快就被关中兵马赶了回来。贾诩建议："利用夜晚，乘船从黄河出发，悄悄到达渭河口，再拐入渭河偷渡过去，在岸上构筑临时营寨，掩护部曲渡河。"曹操觉得此计甚妙，立刻组织实施。然而渭河南岸全是沙滩，营垒根本无法修筑，由于无险可守，曹军又被赶回北岸。

　　眼看进攻受挫，这时侍卫来报："有人求见。"曹操请进，见是一位鹤发童颜，眉目清秀的老者，连忙起身，扶老者坐下，问"老者从何而来？"老者气定神闲，说："我姓娄，名子伯，京兆人士，久居南山，自号'南山道人'。这些年亲见这帮西凉贼寇霸占关中，祸害三辅，百姓深受其害。闻听丞相征伐，欲渡渭河，屡屡受阻，今有一良策，特赶来献与丞相。"曹操高兴地说："我正为此事发愁，请老人家指教。"娄子伯说："丞相难渡渭河，苦于不能在南岸建立营垒掩护兵马过河。"曹操说："正是，南岸尽是粗细河沙，屡筑屡塌，"娄子伯说："丞相每筑一层，取河水泼在上面，待上冻后，再筑一层，再泼水冻之。如此，何愁营垒不成？"曹操说："此法虽好，只是时机不对，现不过九月，即使天气寒冷，也不会有大冻。"娄子伯说："丞相难道忘了，今年闰月，按往年推算，现在已是十月末了。"曹操猛然醒悟："先生所言极是，我竟将此忘得一干二净。"娄子伯说："别看这两天天气较暖，按往年推算，再有几天必是大寒天气，到时北风凛冽，直刺骨髓，在这空旷的河滩上，更是滴水成冰，何愁营垒不成。"曹操大喜，说："老先生真是雪中送炭，我该如何感谢你？"娄子伯说："我此来并非为求感谢，只盼丞相早日平定三辅，百姓能安居乐业。"说完起身告辞。曹操送出帐外，目送娄子伯骑毛驴回南山去了。

送走娄子伯，曹操即刻命各部曲赶制盛水的囊袋。又令曹仁从部曲中挑选数千精壮勇士，分成两拨，一拨持锹、锨等挖土工具，一拨持囊袋做好准备。朔日这天天气突变，北风骤起，天空阴沉沉的，气温越降越低。待夜幕降临，曹操一声令下，这数千勇士乘上船，由黄河南下，到渭河口转向渭河，驶向南岸。待船靠岸，跳上河滩，开始筑造营垒。按事先安排，持锹、锨的士卒，每筑一层沙土，持囊袋的士卒从河中取来水泼在上面，瞬间冻住，依此类推，不到天亮，营垒筑成。这些将士丢弃手中工具，操起兵戈，隐藏在营垒后面，准备掩护大队人马渡河。马超、韩遂得到急报：曹军再次渡河。忙令兵马前去堵截。不料曹军竟在一夜之间筑起许多营垒，据此抵抗，牢牢守住了渭河南岸。曹军大队人马一批一批渡过河来，随即发动了进攻，马超、韩遂等西凉兵马被迫后撤，曹军全部渡过渭河，扎下了营寨。

面对如此严峻的形势，韩遂建议马超与曹操谈判，将河西地区让与曹操，以换取曹操退兵。开始马超不同意，但杨秋、梁兴等部曲首领赞成韩遂的提议，马超只得同意。于是韩遂写了一封信，派人送给曹操。

曹操接到韩遂的求和信，冷笑一声，说："河西地区已在我手中，却要以此换取我退兵，真是异想天开。回去告诉马儿，彻底投降，尚能留其一条性命，别无出路。"马超大怒，令马玩为前锋，发动攻击。曹仁提马向前，率本部兵马迎战，战不数合，曹仁一矛刺马玩于马下，其手下部曲，悉数被歼。这时张横、李堪不等马超下令，提本部兵马向前再战。徐晃、张部各率本部兵马迎了上去，几个回合下来，张横、李勘败下阵来。此时天色已晚，各自收兵。马超怒不可遏，对韩遂说："鱼死网破，明天我亲自上阵，大战曹兵。"韩遂说："偏将军不可意气用事。现在潼关外有钟繇进攻，内有曹操从背后进攻，我们已陷入曹军的两面夹击，情势已相当危急，唯有割地求和方是上策。"马超说："上次求和，曹操不许，再次求和，岂能应允。"韩遂说："上次求和，许以割让河西之地，此地已为曹操占据，所以不许。这次除河西之地外，我们情愿撤兵长安，将现在占据的长安以东的京兆地区也让出来，想必曹操会允许。"马超说："三辅地区让出两辅，我们怎么办？"韩遂说："除了扶风一郡之外，我们还有凉州，足够我们自立。待曹操退兵，我们总有机会再将京兆、冯翊两郡夺回来。"马超说："如果曹操还不应允，怎么办？"韩遂沉吟，说："那就派我的儿子去做人质。"见韩遂如此说，马超说："那就听世叔的。"于是韩遂再写议和书信，派心腹成公英去见曹操。

曹操看了韩遂的议和书信，刚要撕毁，贾诩忙拦住，对成公英说："你先回去，待丞相细看之后，再做答复。"成公英回去。曹操问贾诩："想必文和已有计谋。"贾诩说："关中诸将唯马超和韩遂势力最大，其余部曲都是附庸。若离间此二人，就能起到事半功倍的结果。"曹操说："我知道该怎么办了。"于是派人通知马超、韩遂，明日与二人阵前相见，共议和谈事宜。韩遂对马超说："明日与丞相相见，应力促和谈成功。"马超说："都说曹操奸诈，明日我俩前去，倘或不测，事情危矣。我先去见曹操，世叔提兵列阵，以防不测。"韩遂觉得马超说的在理，点头应允。马超回到自己帐中，叮嘱庞德、马岱："明日阵前去见曹操，你二人看我眼色，若我或擒或杀了曹操，你二人率兵马迅速攻杀曹军。"庞德说："主公明日不是前去与曹操议和吗？"马超说："那是韩世叔出的主意，如果能斩了曹操，还议和个屁！"

第二天，马超率庞德、马岱来到阵前，少顷，见曹操提马也来到阵前，身后跟着一员大将。马超示意庞德、马岱做好准备，然后一提马缰，跨前一步，施礼说："丞相安好？"曹操在马上还礼说："都好！怎么，我的老朋友镇西将军韩遂没来吗？"马超说："这么说，韩世叔与丞相是故交了？"曹操说："我们三十多年前就是好朋友了。"马超心中暗说，怪不得韩世叔总要议和，张口说："议和信是韩世叔写的，上面的条件说得很清楚了，不知丞相是何打算？"曹操说："韩将军是你的长辈，他不来，你能决定吗？万一他不认可怎么办？"

马超听了心中不快，偷眼觑看，曹操离自己仅十步之遥，只要一纵缰绳，伸手就可以抓住曹操，或一挺长枪，就可以刺中曹操。他心中一阵骚动，再看曹操身旁的大将虎目炯炯，眨也不眨，紧盯着自己，让人不寒而栗。心想：都说曹操身边的许褚，绰号"虎痴"，人说自己是第二个吕布，此人看去，绝不在自己之下，切不可莽撞，先问清楚再说。于是问："丞相，听说你身边有一位虎将，号称'虎候'，可是这位？"他本想称虎痴，为表示尊重，话到嘴边，打了个滚，变成了"虎候"。

许褚挺枪提马，赶上一步，说："不错，正是俺。"双眼瞪着马超。马超心中一惊，看那身板、气势，果然名不虚传，真"虎痴"也，还是谨慎为妙，于是说："果然英雄。"

曹操一笑说："听说马超将军手下也有一员猛将，名叫庞德，不知今日来了没有？"马超一指庞德说："这位就是。"曹操说："原来大名鼎鼎的庞德将军就在眼前。当年亲斩郭援首级，英勇无比，功劳卓著。"庞德见曹操夸他，感到有点不好意思，说："谢丞相夸奖。"曹操说："你的功劳，朝廷皆记录在案。"曹操转脸对马超说："说到这里，我就有点不明白，当初你父马腾将军遣你随钟繇讨伐郭援、高干，你率兵马英勇作战，立下功勋，受朝廷诏封为'都亭侯'，为何这次要与朝廷为敌，大动干戈，置一世英名于不顾？"马超说："且禀丞相，这都是误会。现在我们情愿让出冯翊、京兆两郡，甚至包括通往汉中的子午道，由丞相自去讨伐张鲁。"曹操说："议和书中说，要把韩遂将军的儿子质于我，可是真的？"马超犹豫道："是这么说的。"曹操说："看来你做不了主，明日让韩遂来见我。今日到此，请回吧。"说着调转马头，回阵去了。

曹操回到营寨，对贾诩说："今日未见韩遂，正好可以分而施计。我已告诉马超，说他不能做主，明日让韩遂来见。我看马超脸有不悦。"贾诩说："明日丞相见韩遂，应格外精心准备一番，让马超心中更加不快。"

马超回到阵中，见到韩遂，说："曹贼指名要见你，说唯有你才能做主。"韩遂见马超脸色不悦，说："将军没有告诉他，关中兵马悉听你的号令吗？"马超说："曹操对我颇感不屑。"韩遂说："明日我见曹操，向其申明。"

第二天，韩遂披挂整齐，率本部兵马出了营寨，来见曹操。哪知赶到阵前，立刻惊呆了。只见曹军约五千铁骑，排成十重战阵，每个骑卒手持兵戈，威武挺坐在马背上，英姿飒爽，鞍辔上的铜嚼、铜镫，在冬日的阳光下熠熠生辉。韩遂手下的将士看到此，无不啧啧称奇，纷纷朝前挤，想看个究竟。这时不知谁喊了一声："丞相来了。"更是向前涌去，要睹丞相尊颜。韩遂极力制止，方才稳住阵脚。

曹操见此，笑着对大家说："大家只闻其名，不见其面，或许以为我是三头六臂，现在看清楚了吧？我也是一个普通人，同你们一样，也是一双眼睛，一个嘴巴，并非四只眼睛两个嘴巴。"将士们笑了起来。"当然也有区别，"曹操一指自己的脑袋说，"只是这里比你们的智慧多一些罢了。"将士们又笑了起来，纷纷议论："只看这五千铁骑阵，就让人害怕，幸亏现在和谈，若再打下去，终究会丢了性命。"将士们的议论，韩遂听得清楚，于是开口要与曹操讲和谈之事。曹操摆手说："今日我俩见面，只叙旧情，其他的事以后再说。敢问韩将军，今年多大年纪了？"韩遂说："年过半百，五十有三了。"曹操说："是啊，一晃三十多年过去了。想那时还是汉灵帝喜平三年，我与你父同年被举为孝廉，同被朝廷征辟，你父带你们全家从西凉到京城洛阳上任，我尊你父为叔。"韩遂道："是啊，我当时见你那么年轻，竟与我父是同僚，还非常羡慕你。"两人忆起了在洛阳的交往，无不欢心，拊掌大笑。曹操说："不久你也被征为朝廷的掾属，咱们同朝为官。自光和二年我被免官回到家乡谯县后，与将军再未见过面，不知将军什么时候离了京城？"韩遂说："我是在你离洛阳后不久，父亲病故，经朝廷批准，扶灵柩回凉州老家安葬，接着便守孝三年。后黄巾起，响应朝廷号召，起兵讨伐黄巾，就留在了凉州，再后就来到了关中。"两人越说越亲热，胯下坐骑也越靠越近，两人不时哈哈大笑，又互相靠在一起耳语，真似多年不见的好友，乍一见面有说不完的知心话，不知不觉竟谈了半日。曹操说："老朋友多年不见，还有许多话未说，今日就到此吧，以后再接着聊。"各自打马返回营寨。

韩遂回到营寨，马超赶忙迎了上去，酸酸地问道："你与曹操交谈这么久，又那么亲热，都谈了些什么？"韩遂说："只谈了昔日与家父在京城洛阳时的一些旧事。"马超问："和谈之事怎么说的？""并未提及和谈之事。"马超说："莫不是将军要隐瞒什么？"韩遂说："绝无隐瞒。"马超说："世叔不觉得有悖常理吗？"韩遂说："我也好生奇怪。"马超见话已至此，也不好再问，只好悻悻而退。

马超回到自己的大帐，庞德和马岱连忙问和谈情况，马超阴沉着脸，说：

"我总觉得韩世叔对我有什么隐瞒。"便将刚才的情况与二人讲了一遍。庞德说："今日丞相摆了豪华的阵势来迎韩将军，那么隆重，与昨日见我们完全不一样，我就感到奇怪。"马超说："你不提此事我倒忘了。看来他们是老相识，怪不得韩世叔一再说和谈。我们要谨防他们把我们卖了。"马岱说："哥哥说得对，我们要多长个心眼。"

曹操回到营寨，对贾诩说："阵前我与韩遂演的这场戏如何？"贾诩说："很好，韩遂回去后，定与马超产生嫌隙，我们还要再加一把劲。丞相再亲笔写一封信，信中用语多含糊其词，于紧要地方涂抹遮盖，然后派人高调送与韩遂，马超必索信求看。信中语言模糊，紧要处又看不明白，必料是韩遂怕马超知晓，故意私自遮盖，联想到阵前亲热相会，必引起猜忌。"曹操认为贾诩的计策甚妙，于是亲自修书一封，措辞含糊，多加涂改。派人到阵前，只说丞相有一书信交与韩将军。一路招摇，送到韩遂大帐。

马超闻知，赶到韩遂帐中，询问曹操来信都说了些什么？韩遂将信交与马超，马超看了，如堕五里雾中，说："书信中有何机密，韩世叔怕我知晓，先行涂抹了？"韩遂说："我接到的书信就是这样，我也正在纳闷。"杨秋说："莫不是丞相将草稿装了来？"马超说："既是草稿，虽有涂抹，也要语句通顺。看此信，语句不通，再说曹操是何等样人，岂能装错？"程银、李堪附合说："韩将军与曹操曾是旧好，是否有什么事瞒着我们？"韩遂连忙辩解："虽与曹操有旧，却并非相好。"马超冷笑道："我们关中兵马，正勠力同心抗曹，本应共同进退，却不料世叔暗中与曹贼勾结，莫非要出卖我们？"韩遂赶忙解释说："我向诸位保证，绝不会与曹操有私交。"马超哪里肯信，怒道："若我抓住有人私通曹操，别怪我翻脸不认人。"说完气冲冲地走了。李堪、程银、张横也横眉立目，随马超走了。这里杨秋、梁兴、侯选、刘雄留下来安慰韩遂，猜测曹操的信是什么意思。

过了几天，曹操派人送来口信，明日要与各部曲首领相见，共商和谈事宜。韩遂早憋足了劲，要询问曹操是否把草稿当成书信送了来。而马超暗嘱庞德、马岱，以及李堪、程银、张横等，准备与曹操决战。

第二天，曹操披挂整齐，来到阵前，身后战阵虽排列整齐，却都是步卒，许褚仍陪在身边。韩遂刚要打马上前问个明白，马超伸手一拦，提马冲了过去。见到曹操，先施礼说："丞相安好，我有一事不明，同为关中兵马，为何分彼此？"

曹操一笑，说："贤侄此说差矣，只要放下兵戈，我必一视同仁，何分彼此？"马超冷笑一声："割让长安以东，那是韩遂的主意，是否应允，还得看我马超。"说着挥其手中兵器，冲向曹操。许褚早有防备，提马迎了上去。庞德、马岱也各持兵器冲了上去。夏侯渊、曹仁迎了上去。李堪、程银、张横等也一声喊，率兵马杀了过来。徐晃、张郃、朱灵、路招等拍马迎了上去，一场激战，李堪被徐晃斩于马下。

韩遂、杨秋、梁兴、刘雄等大吃一惊，本以为今天议和，双方撤兵，根本没有打仗的准备，正不知如何是好，突然左右两侧曹军的虎豹骑包抄过来，梁兴、刘雄一看不妙，赶快迎了上去，战不数合，梁兴被斩，刘雄负伤退了回来，韩遂只得下令向西撤退。

马超本以为出其不意，要捉了曹操，哪料曹操有备而来，各部曲一拥而上，眼看李堪被斩，韩遂等人向西逃窜，情知难以抵挡，只得令各部曲交替掩护，也向西逃窜。曹军一路追歼，不给关中兵马任何喘息的机会，程银、张横被追杀。好不容易逃到长安，本想凭长安固守，不料收不住阵脚，被曹军赶出了长安城。关中兵马只得四下逃窜。

曹操屯驻长安，命各部曲加紧休整。自马超、韩遂逃离河、渭地区，钟繇趁势夺了潼关，派将士屯守，率司州兵马前来长安与曹操会合。曹操一边派人回许都向献帝报捷，一边设宴与诸将庆贺关中三辅地区全部收归朝廷。席间，徐晃问："请问丞相，当初你让我驻守河东，就打算从蒲坂津渡黄河，为何一直攻打潼关，持续两个月才由蒲坂津西渡黄河？若开始从蒲坂津过黄河，不早就取胜了吗？"曹操笑说："当时我若北渡黄河，关中兵马必识破我的意图，分兵固守蒲坂津，再西渡黄河就非常困难。所以我大造声势，坚决夺取潼关，关中兵马倾力死守。黄河以西防守空虚，露出破绽，才使得你和朱灵将军轻易控制了蒲坂津。这时由你们两位将军守河西，马超再想夺回蒲坂津就不容易了。我大军掌握了主动，这才从容北渡黄河进入河东，再西渡黄河占领河西的冯翊。"徐晃这才明白，在座的诸位将领也纷纷称道。

这时张郃问："当初既已度过渭河，为何不全力进攻，却要主动示弱，与其和谈。这不是浪费时间吗？"曹操说："我是用此来麻痹他们，让他们放松戒备，又诱使他们产生不和，然后集中所有兵马，以迅雷不及掩耳之势，彻底将其击败。"众将皆说："丞相所虑周全也。"这时夏侯渊问："我还有一点不明，当初关中兵马不断增兵，丞相不忧反喜，这是为何？"曹操说："关中兵马大小部曲有十多支，散布在关中西凉各地，若灭了马超、韩遂，唇亡齿寒，他们必拼死抵抗。我们再逐一去征剿，费时费力，疲于奔命，不用数年时间，恐怕关中、西凉难以平定。现在他们一个个都朝潼关集结，之间又互不统领，谁也不服谁，看似人多，实则是一群乌合之众，一次征剿，基本摧毁，省了我们多少麻烦。所以看到他们不断增援，我就感到非常高兴。"大家这才恍然大悟。众将觥筹交错，至晚方散。

部曲经过休整，曹操决定除恶务尽，斩草除根。这时斥候报告："刘雄率残部逃往南山，杨秋向北逃往凉州安定，韩遂逃往凉州天水显亲，隐入羌氏部落，马超逃往凉州陇西，也隐入羌氏部落。"曹操说："刘雄兵马损失惨重，暂时难成气候。韩遂、马超隐入羌氏部落，需从长计议。我们先向北，征剿杨秋。"于是留钟繇守长安，率兵马直奔安定。

第一百零七章

斩韦康马超夺凉州　对空盒荀彧亡寿春

自杨秋逃往安定，每日如惊弓之鸟，惶惶不可终日。这日得到斥候报告，曹操率大军前来安定征剿，更是坐卧不宁，赶快派人向曹操请降，说自己并非有意与朝廷为敌，只是受了马超蛊惑，现在愿真心归顺朝廷，永不反叛。曹操曾听钟繇说过，杨秋是关中集团中一直主张归顺朝廷的，于是答应了杨秋的请降，待大军到安定，杨秋开城门，迎曹操入安定。曹操恢复其列侯的爵位，表奏其为征寇将军，驻守安定，代行太守一职。

安定既平，曹操率兵马来到凉州州治冀城。刺史韦康率州中文武掾属亲自出城迎接。曹操在众掾属的陪同下，来到凉州署衙。曹操问："我记得凉州牧是韦端，你与其是什么关系？"韦康答道："回禀丞相，韦端是我父亲，去年病故。因马超、韩遂等占据关中，断了凉州与朝廷的联系。父亲病故前，嘱我代行其职。受众掾属拥戴，权且暂领凉州刺史。"曹操说："原来如此。"韦康接着将凉州的掾属们一一向曹操做了介绍："这是别驾杨阜，姜叙、梁宽皆治中从事。因凉州地处边关，赵衢、尹奉为正副校尉，统领州兵，以维护凉州平安。其余官吏皆由我父亲自行征辟。"曹操说："大家在如此困难的情况下，依然忠于职守，我在此向大家致谢了。鉴于韦康一年多来带领大家治理凉州，我向朝廷正式表奏韦康为凉州刺史。"大家高兴地说："这下韦康刺史就名正言顺了。"

曹操说："为使凉州长治久安，我们要商讨一下怎么彻底剿灭马超、韩遂。听斥候报告，他们率残部已逃入羌氏部落。"韦康说："唯有这件事不好办。凉州地处边关，州中羌氏等各民族部落众多，马超、韩遂部曲中的将士，许多都是羌氏部落的人，他们与这些部落有千丝万缕的联系。每遇战败，都会逃入这些部落，然后东山再起。如派兵征剿，有羌氏族人掩护，急切之下难以如愿。"曹操说："那就多派斥候，一旦确定他们的下落，立刻聚而歼之。"

就在此时，留守冀州的荀攸、程昱送来急报："苏伯、田银在冀州起事，已攻占河间等地，望丞相率兵马回冀州讨贼。"曹操不敢大意，对韦康说："马超、韩遂已是强弩之末，暂时难成气候。现在冀州告急，我要率兵马回去平叛。"韦康面有难色，欲言又止。这时别驾杨阜说："韩遂、马超人称第二个韩信、吕布，有智有勇，又都得羌氐等胡人的拥戴，若丞相率兵马离开，恐怕要不了多久，凉州诸郡非国家所有也。"曹操说："我虽撤军，但会留一支部曲屯驻长安，若有不测，随时增援你们。"韦康说："如果是这样，那就太好了，我们就放心了。"

曹操率兵马退到长安，表奏张既为京兆尹，命夏侯渊为代理护军将军，率本部兵马并督张部、朱灵的兵马，留屯长安，负责镇守关中、西凉，继续剿除马超、韩遂等西凉残部。然后率曹仁、徐晃、曹休、曹真等返回邺城，路招走到洛阳分兵回许都。

曹操回到邺城，即令曹仁代理骁骑将军，总督本部兵马及徐晃、于禁、曹休、曹真等兵马前往河间，平定苏伯、田银的叛乱。

送走曹仁，曹操动手写奏章，向献帝奏报关中大捷。很快献帝颁下诏书："丞相曹操，收复关中，使我祖居龙兴和陵寝之地的三辅地区，重归朝廷治下，功勋卓著，特诏赐其上朝赞拜不名，入朝不趋，剑履上殿，如前汉萧何故事。"曹操接诏，非常高兴，自感荣耀，认为自己辛苦征战没有白费。邺城的文武掾属皆来祝贺。荀攸、程昱皆称赞道："天子把丞相比作萧何，可见天子对丞相的敬重。"曹操笑说："天子过誉了。此次征剿关中、西凉，二位虽未随军前往，但留守冀州也是功不可没。"二位谦虚道："丞相长子曹丕，勤于政事，调度有方，其前途不可限量。"曹操说："全赖二位教诲。待曹仁从河间平叛回来，我们再设宴好好庆贺一番。"

夏侯渊自领命留屯长安后，便决定先清剿离长安最近的、躲在南山的刘雄残部。于是留张部守长安，督朱灵奔赴南山。这刘雄自逃到南山，极力扩充兵马，闻知曹军要征剿南山，便依据山势，凭险坚守。然而一战即败，便率残部逃往武关。夏侯渊追到武关，刘雄弃武关而逃。

南山既平，夏侯渊又督兵马前往户县征讨梁兴。梁兴占据户县城，负隅顽抗。夏侯渊连续攻打，不出半月攻下户县，斩了梁兴。

夏侯渊回到长安，刚要休整兵马，就接到凉州刺史韦康的急报："马超又纠集了许多羌氏士卒，现已包围冀城，请求夏侯将军火速解救。"原来马超逃回羌寨休养生息，得知曹操率大军已撤回邺城，便率兵马将冀城包围。夏侯渊不敢耽搁，即留朱灵镇守长安，督张郃奔冀城而去。刚出扶风地界，就遇到从冀城逃出来的士卒报说："冀城已被马超攻陷，刺史韦康及一家老小被斩，别驾杨阜及治中姜叙逃出冀城，其余文武掾属俱降了马超。"就在这时，又接到斥候来报："汧水一带的氏人，响应逃到显亲的韩遂的号召，起兵反叛，三辅地区危急。"夏侯渊只得下令，调转马头，回身平定汧水地区的叛乱。在夏侯渊的强大攻势下，汧水氏族首领被迫投降。这时传来消息，马超在冀城自称征西将军，领并州牧，督凉州军事。夏侯渊派人飞马报与曹操，率兵马回到长安固守。

献帝得到曹操奏报，一怒之下，下诏说："马超屡次反叛，残害朝廷命官，实属十恶不赦，应诛杀九族。"将马腾等一家老小俱斩杀。可怜马腾一家被不孝子马超牵连，皆命归黄泉。

建安十七年秋，朝中议论，准备分封献帝几个年龄稍大的儿子为王。曹操得知，即上奏章赞同说："依制当行。"董昭也写了一道奏章，说："应重修古制，建公、侯、伯、子、男五等爵位。丞相功勋卓著，应进公爵，九锡备物，以彰殊勋。"曹操不同意董昭的做法，说："建五等爵位的人都是圣人，不是为人臣子者所应该得到的，我担当不起。"董昭说："自古以来，为人臣匡扶君主的，没有谁建有您这么大的功勋。有大功勋的人，没有谁像您这样久处臣位而权势极高的。即便这样，丞相还一直认为自己德行不够，还没达到尽善尽美的境界，如此品德高尚已超过伊尹、周公。丞相身处大臣之位，总有小人心怀叵测，认为丞相功高震主，总欲阴除之。丞相虽然有威德，明法术，但若不早定基业，终致有祸患。而定基业之根本，在地与人。丞相应早日在这两点上有所建树，以便藩卫自己。我董昭受丞相大恩非比寻常，所以不揣冒昧倾心而诉。"

董昭的话，让曹操陷入了深思，觉得这些话不是没有道理。荀攸、程昱、贾诩等人也都认为董昭说得不错。曹操于是让董昭征求一下荀彧的意见。然而荀彧坚决反对，给董昭写信说："丞相本兴义兵以匡朝宁国，秉忠贞之诚，守退让之实；君子爱人以德，不宜如此强人所难。"责备了董昭的主张，认为这违背了丞相的意思。董昭立刻去信反驳，辩解道："昔周旦、吕望，正逢姬氏之盛，辅翼成王之功，功勋卓著，犹受上爵，锡土开宇。末世田单，驱强齐之众，报弱燕之怨，收城七十迎复襄王，襄王加赏于田单，使东有掖邑之封，西有菑上之虞。前朝对待有功之人，就是如此厚待。今丞相适逢海内倾覆，宗庙焚灭，挺身而出，亲自披挂甲胄，周旋征伐，栉风沐雨，已三十余年，剿除群凶，为百姓除害，光复汉室，使刘氏延祀。拿过去的那些人与丞相相比，就好比小丘与泰山，不可同日而论。可丞相如今所封，与列将功臣一样，只是一县之侯爵，这有负天下之所望，请荀令君详察。"很快，荀彧给董昭回信说："丞相一向谦让，所授四县三万户的爵禄，还要让出三县二万户，表奏公爵之事，丞相定然不允。"再次拒绝了董昭的意见。董昭不听，执意写了奏章，呈报了上去。

不久，诏命下达，立皇子刘熙为济阴王，刘懿为山阳王，刘邈为济北王，刘敦为东海王。而董昭提议的赐封曹操为公爵的奏章，如石沉大海，很明显是被荀彧扣下没有上奏。

消息传到邺城，董昭极为不满，曹操也有点生气，荀攸劝曹操不必太在意，曹操说："授不授公爵我并不在意，要是别人反对也就罢了，只是没想到荀令君竟坚决反对。"荀攸说："我这就去信询问。董昭的提议得到了许多人的赞同，为何他坚决反对？"曹操想了想说："算了，等有机会我亲自和他谈谈。这些年忙于征战，很少有机会交谈，倒真的有点生疏了。"

刘备入川，要助刘璋征讨张鲁，消息传到柴桑，鲁肃大喜，急忙赶到芜湖，来见孙权，说："刘备入川，孙夫人必留荆州，就说分别多日，主公思妹心切，希望她回娘家省亲。若能将刘备的儿子阿斗带回，就可用他换回南郡。"孙权连连点头，亲笔给妹妹写了信，说："父母双亡，兄长早逝，你我兄妹骨肉之情，难以忘怀。近日身体不适，更是思念亲人，请小妹回来省亲，以解思念之苦。"派人持信，带上舟船，前往荆州迎取孙小妹。

这孙夫人随刘备来荆州时，从东吴带了一些自己的亲信，一直不把荆州的文武掾属放在眼里，非常骄横。刘备入川时，特命赵云对其严加约束。而赵云碍于孙夫人的身份，便处处让着她。这日，孙夫人见哥哥特意从东吴派来船只接自己回去省亲，激动不已，看罢孙权的信，更是勾起思兄之情，立刻就要禀知诸葛亮。来人劝阻道："若告知诸葛亮，必说要请示刘备。而刘备在益州，蜀道又难，来去最快也要数十天，岂不误事。早去早回，还请孙夫人即刻上路。"孙夫人一想也是这个理，便说："我这就随你走，只是这小阿斗，自我来到后一向由我照顾，也只好带上他了。"来人说："那样最好。"于是带上阿斗，出了江陵城，来到江边，登上船，刚起航，就听有人大喊："夫人到哪里去，为何不告知一声？"孙夫人一看是赵云，便说："我兄有恙，思亲心切，特派人来接我回去省亲。"赵云说："既回东吴省亲，请将阿斗留下。"孙夫人说："主公将其交与我照顾，我岂能丢下他。"说着便返回舱中。来人怕赵云阻挠，便说："赵将军请回，你家主母多则月儿四十，少则十天半月，即可返回。"说着令船加速前进。赵云紧追不舍，眼看驶离江陵，恰逢前面岸边停有一艘打鱼小船，赵云弃马登船，令渔夫划船去追东吴的大船。渔夫见是赵云将军，拼命划船，到底船小轻快，眨眼便追上大船。赵云跳了上去，上面士卒前来阻拦，赵云用手中兵器拨开众人。这时孙夫人从舱中出来，说："赵将军放肆了，你要阻止我回东吴省亲吗？"赵云说："夫人若回东吴省亲，我不敢阻拦，但必须将阿斗留下，否则断不敢放夫人离去。"双方正在争执，船已驶离江陵，来到公安地界。在此守卫的张飞恰好巡江至此，见数艘大船由江陵急驶而来，船上未见任何旗号，心中怀疑，便率巡江的船只迎了上去，要进行检查。赵云一看，立刻大喊："张将军，快截住此船，夫人要将阿斗带回东吴。"张飞一听，怒道："嫂嫂要回东吴，为何带上我小侄？今日不将我小侄留下，立刻将你们全部扣留。"孙夫人一看是张飞来阻，遂不敢坚持，只好将阿斗交与赵云，说："我兄长患病，我要回去探视，难道我嫁到荆州，就不能回娘家了吗？"张飞说："嫂嫂既如此说，我们也不是无情之人，只劝嫂嫂省亲完毕，早早归来，也不负我哥哥的一番情义。"赵云抱着阿斗到张飞的船上。孙夫人与二位将军告别，回东吴去了。张飞与赵云同回江陵，见到诸葛亮，细述此事。诸葛亮说："今日若非二位将军，鲁肃的计谋已成。夫人此去，恐难再回。通令各将士，严守各处关隘，防止东吴来袭。"

孙夫人回到东吴，孙权得知阿斗被赵云、张飞强行留下，知道荆州对东吴并不信任，便对孙夫人说："吾妹既已回来，就不要再去了。我在东吴替妹再寻一个好人家。"孙夫人自到荆州后，感到与刘备格格不入，见哥哥这样说，欣然应允。

孙权见妹妹已回，打算趁刘备不在荆州之际，强行夺回南郡。忽然斥候来报："曹操调集数十万兵马，要来征讨东吴。

原来刘备驻兵葭萌关，要助刘璋征讨张鲁的消息传到邺城，曹操听后冷笑道："这刘璋竟引狼入室，益州就要易主了。"召荀攸、程昱、贾诩商议："刘备要窃据益州，必无暇东顾，这是夺取东吴的好时机。"荀攸等人皆赞成。恰好曹仁平定了河间苏伯、田银的造反，回到邺城，于是曹操下令："为防止关羽等荆州兵马乘虚来攻，令曹仁率本部兵马驻守樊城，令夏侯惇率本部兵马先行到谯县集结，路招留守许都。"

孙权得知曹操要来征讨，立刻坐不住了，下令加紧赶造濡须口的偃月城。早在去年，张昭、鲁肃等东吴文武掾属提议说："东吴的治所一直在会稽，地处偏僻，所以这些年一直在柴桑、芜湖等地游荡，很不利于江东的治理，建议将治所迁至秣陵。孙权采纳了这一建议，正式将治所由会稽迁往秣陵，建石头城，改名建业。又得知曹操曾在谯县利用涡水大练水军，深感忧虑，担心曹军进攻东吴，顺涡水直达淮水，经巢湖入濡须水到达长江。经吕蒙提议，在濡须水汇入长江的地方，也就是濡须口，修筑一座坚固的城坞，将濡须口紧紧封锁起来，断了曹军由淮入江的水路，可确保建业无虞。因城坞形似偃月，又名偃月城。眼看曹军就要南下，城坞还未建好，孙权亲自到濡须口督工，加紧赶造，偃月城很快建成。孙权很是高兴，心想：凭此城坞，进可攻，退可守。曹军即使水军练成，面对如此坚固的城坞，也是无可奈何。同时又派快马前往荆州，向刘备告急，请求刘备从荆州方向出兵，使曹军东西不能相顾。

建安十七年冬十月，曹操奏报献帝，留贾诩守邺城，率徐晃等前往谯县，与夏侯惇会合，同时派人通知臧霸，率青徐兵前往皖城，参加征剿东吴的战斗。

曹操到达谯县后，见夏侯惇正依靠涡水操练水军，勉励他们加强水战训练，防止再吃赤壁之战时的亏。

献帝得到曹操征讨东吴的奏报，为鼓舞士气，便让荀彧调集美酒、肉食等物资，前往谯县犒劳大军。因前次董昭表奏进封曹操为公爵之事，荀彧曾竭力阻止，后来侄子荀攸来信质问，说丞相对此事很不高兴，荀彧才意识到与曹操沟通不够，这件事处理的欠妥，与曹操产生了误会，一直想找个机会见到曹操，详说现在不能进封公爵的原因。这次献帝让自己前往谯县劳军，正是一个机会，于是积极筹备美酒肉食等物资，前往谯县劳军。

曹操闻知是荀彧奉诏前来劳军，亲自出谯县城迎接。两人见面，虽说依然亲热，各自却颇觉有点尴尬。荀彧转述了献帝的问候及对全体将士的勉励，然后按各部曲的人数，将带来犒劳将士的物资分发下去。正在操练的将士们得到天子的慰问及犒劳，军心大振。待劳军结束，恐是操劳过度，荀彧感到身体不适。曹操忙请大夫来看，开了药，嘱其好好休息，转身要走，荀彧挽留曹操，似有话要说。曹操说："荀令君身体有恙，先好好休息，日子长着呢。待身体恢复，咱们再好好聊聊。"荀彧望着曹操的背影，心事重重。

此时已是深冬，曹操考虑南方较暖，对兵马行动不会有大的影响，于是起兵南下。而荀彧的身体却未见好转，便对荀彧说："咱们很长时间没在一起行动了，这次征伐东吴，荀令君就留在军中陪陪我吧。"荀彧说："我早想随丞相征战，只是来时天子诏拜我犒劳将士，不敢擅自留在军中，再加上不幸染病，恐拖累丞相，我还是回许都吧。待丞相告捷，我在许都迎丞相凯旋。"曹操说："我表奏天子，请你留在军中助我一臂之力，至于说拖累，那就太见外了，这又不是什么大病，再吃几剂药，估计也就好了。"荀彧说："既然丞相不怕拖累，那就表奏天子，我留在军中，随丞相征伐东吴。"于是曹操表奏献帝，请荀彧与军行动。很快接到献帝诏书，拜荀彧以侍中光禄大夫持节，参丞相军事。随即曹操率水陆两路大军，浩浩荡荡启程南下。

大军走到寿春，荀彧的病却见重了，曹操心中焦急，对荀彧说："本想再吃几剂药，荀令君就康复了。早知是这样，就不该让你来。路途劳顿，不利身体恢复。荀令君就留在寿春，安心静养些日子，再请最好的大夫仔细医治，先把病彻底治好再说。"荀彧说："本想能助丞相一臂之力，没想到身体这么不争气，只好暂留寿春。"于是曹操亲自将荀彧搀下楼船，叮嘱寿春县令："好生照看，若有不周，必严惩。"然后率大军继续向南进军，直抵合肥。扬州刺史温恢、别驾蒋济、荡寇将军张辽，将曹操接入城中。曹操巡视了合肥城的防守，见城墙增修的比先前结实多了，城上也备齐了滚木礌石，连连夸赞。又询问了扬州的屯田情况，感到非常满意。

第二天臧霸率青徐兵马也到达合肥，孙观也随臧霸一起来到，稍作休整，随曹操大军离开合肥到达皖城。庐江太守朱光及参军董和等，早早在城外迎候。曹操令兵马在城外扎下营寨，随朱光来到城中署衙，见早已摆下盛宴，说："还是很丰盛的嘛。"朱光说："闻知丞相要来，特备下佳肴，为丞相接风。这几年按照丞相指示，大力招募流民，扩大屯田规模，又加上这里水利条件很好，逢上风调雨顺，粮谷连年丰收，物资充盈。可以毫不夸张地说，丞相大军的粮草不用从许都调运，我庐江就地就能解决。"曹操非常高兴，说："没想到庐江的屯田，竟能有如此大的收获，部曲的粮草能就地解决，省去了多少麻烦。这个办法要大力推广，争取部曲出征到什么地方，就由当地来解决粮草。"得到曹操的夸奖，朱光特别高兴。

此时已是深冬，这里的天气湿冷湿冷的。曹操决定待过完年，开春天气稍暖和一些，再发动进攻，水陆兵马利用这段时间，继续加紧操练。

这天，朱光捧着两个十分精致的木盒子来见曹操。看到朱光笑嘻嘻的，曹操问："什么事让你这么高兴？"朱光说："这里的屯田客刚做好的美食，味道很好，特送与丞相品尝。"曹操问："这美食叫什么？"朱光说："这屯田客是由塞外流落至此，说是按照他们家乡的制法，先用牛羊的鲜奶制成乳酪，再用这里细细的面粉，糅合在一起制作出来的，至今也没一个正式的名字，丞相品尝后，给起个名字吧。"曹操说："先放在书架上吧，待我闲下来再细细品尝。"朱光将两盒美食放在曹操身后的书架上，见曹操正忙，便告辞而去。

待曹操忙完了手上的事，这才从书架上拿了一盒美食，端详起来。盒子是用非常细致的木材制作的，长约一尺，宽约七寸，高约三寸，做工非常精致，整个木盒白白净净，散发着木材特有的香味。至于什么木材就不得而知了。曹操端详过后，抽开匣盖，见里面摆放着几块乳白中透着淡黄的美食，晶莹温润，散发着一股奶香味。曹操拿起一块，感到很轻，小心地放在口中，一股甜甜的清香充斥在口齿之间，不用咬，上下腭一碰，就化在口中。曹操细细品味着，将木匣上的盖子合好，放在几案上，边咂摸口中的味道，边思索着，然后拿起笔来，仔细润好墨，在盒盖上由上而下写了"一合酥"三个字，看了看，满意地放下笔，站起身出了屋，看看天色尚早，便出了署衙。看到街上人来人往，人们都在忙着置办年货，便饶有兴趣地到街上转转，看看当地的风土人情。

曹操刚出门没多久，杨修便进来找曹操禀报事情，见曹操不在，正打算离开，见几案上放着一个精致的木盒，刚拿在手中，这时有几个随军从事也进来了，纷纷问杨修："这么好看的盒子，里面装的是什么？"杨修打开盒子，见里面是美食，拿出尝了一块，说："这味道美极了，咱们谁也没吃过，来大家都吃一块。"大家互相看看，谁也不敢动手。杨修说："怎么不动手啊？放心，丞相专门给我们准备的，让我们每人吃一块。"大家见杨修这么说，以为是丞相交代过杨修，便纷纷动起手来。由于人多美食少，吃到的人直夸好吃，还一直咂巴嘴，没吃到的瞪眼看着，很是遗憾。这时不知谁发现了书架上还有一个同样的木匣，忙拿起来打开一看，装的也是同样的美食，不由分说，连忙分而食之，随即将木匣的盖子合上，放回到书架上。正当大家直夸美食的味道时，曹操从外面回来了。听到大家的议论，再看几案上空空如也的盒子，皱了皱眉说："你们怎么也不问一声，就打开吃了？"有人说："是杨修说丞相专门让我们吃的。"曹操看了看杨修，问："我什么时间说让你们吃的？"杨修一指盒盖上的字说："丞相已经写了，'一人一口酥'，我们奉命行事。"曹操一看盒盖，笑了，说："你杨修真会钻空子，吃就吃了吧。怎么样，味道好吗？我给它起名叫'酥'，合适吗？"大家说："这个名字最好，就叫'酥'。"大家说笑了一阵，向曹操禀完事，先后离开了。

第二天，曹操将随军出征的曹丕招来，指着书架上那盒被曹操称为"酥"的美食，说："庐江太守朱光送来了两盒美食，本打算让荀攸等人和你一起尝一尝，可几案上的那一盒让杨修与从事们给吃了。这里还有一盒，你骑上马，专程到寿春，把它送给你荀彧叔父，顺便看一看他身体恢复得怎么样了。"曹丕从书架上拿起盒子，说："我即刻就去。"然后出门跨上马，直奔寿春而去。

荀彧留在寿春养病，自感身体每况愈下。虽然寿春县令怕打扰荀彧，专门辟了一处僻静的院落，又派了几位侍者精心服侍，荀彧还是将自己的长子荀恽招来，照顾自己的起居。眼看快要过年了，荀彧记挂着出征的曹操，对儿子说："没想到一场小病，竟拖得越来越重，看来难以痊愈了。"儿子劝道："父亲快别这样说，只要静心调养，很快就会痊愈的。眼看快过年了，等过了年，开了春，天气转暖，就会大好了。"父子二人正说着话，忽然见曹丕进来了，在床榻上侧卧的荀或就要起身，曹丕赶上一步拦阻，说："叔父别动，还是躺着吧，现在身体恢复得如何？"荀或坚持坐起，说："已经好多了，还劳你这么远跑来。大军现驻扎什么地方？"曹丕简单介绍了情况，说："快过年了，天气又不好，我奉父亲之命来看看您，并特意让我送来一盒美食，让你尝尝。兵马正在操练，不知叔父还有什么事情没有？如果没有，我就回皖城去了。"荀或说："回去告诉丞相，让他别牵挂我，我很快就会好的。"曹丕又说了些安慰的话，就告辞了。

荀或在儿子的服侍下吃了晚饭，休息了一会儿，又吃了药，荀恽将药碗拿了出去。因药很苦，他想到曹丕送来的那盒美食，于是抬手将身边的美食盒拿过来，抽开盒盖，荀或愣住了，盒中什么也没有。他怕儿子看见，连忙把盖子推上，默默地靠坐在那儿，神情呆滞。荀恽收拾完杂事回来，见父亲异样，忙问怎么回事？荀或摆摆手，说自己想静一下，让儿子出去。荀恽退了出去。荀或百思不得其解，丞相说专门给他送来一盒他没有吃过的美食，然而却是个空木匣，难道丞相忘记装美食了？这不可能。丞相是个很细心的人，怎么可能出这种差错？他那敏感的性格，迫使他极力要破解其中的奥秘，越想越理不出头绪。他想，难道因我不同意丞相进位公爵，使他愤怒，用这个办法给我难堪吗？可是我与丞相相处多年，他不是这种斤斤计较之人啊。我是否在尚书令这个位置上待久了，有点忘乎所以，因此丞相在提示我，要我从此闭嘴，不要多管闲事。不管什么原因，送我空木匣就是在警告我，这是最合理的解释。想到此，他感到有点不寒而栗。这时有一股冷气仿佛从门缝钻了进来，忙喊儿子进来添柴，将炉火烧旺些，荀恽说："炉火很旺，屋里暖和得很，我都感觉有点热了。"荀或说："我身体虚，不能和你相比，你把门窗堵严一些，别让冷风往里钻。"荀恽只得重新将门窗检查了一遍，尽可能关得严一些，不露一点缝隙，又添了一些薪柴，把火烧旺一些。荀或说："现在是后半夜了，时间不早了，你也去睡吧。"将儿子赶了出去，抱着那个木匣呆呆坐着，思索着。

第二天天刚亮，荀恽就来到父亲房前，推开门，薪柴已经烧成火炭，温度依然很高，屋中的空气很浑浊，让人感到窒息。几案上的灯亮着，父亲手捧曹丕送来的那个装美食的木匣子，里面是空的。难道父亲已将那些美食吃完了，会不会吃得太多了？此刻父亲正斜靠在身后的靠垫上，微眯双眼，似乎睡着了，又似乎醒着。荀恽叫了两声，没有应声，感到有点不妙，连忙扑到父亲面前，伸手去摸，发现父亲的身体已经凉了，立刻哭了起来。荀恽的哭声惊动了寿春县署衙的人，大家连忙跑了过来，得知荀彧已病逝，赶快去禀报县令。县令慌了手脚，赶忙派人到皖城报告曹操。

曹操大惊，忙召曹丕来问："你不是说你荀彧叔父身体恢复得很好，看上去还是很有精神的，怎么你刚回来，他就去世了？"曹丕也感到奇怪，说："我见到荀彧叔父时，的确感觉不错，怎么突然就病逝了，我都有点不相信。"荀攸说："也许当时是回光返照吧。"曹操对荀攸说："你返回寿春送送你的小叔吧，告诉荀恽，我将表奏天子，让他承嗣其父的万岁亭侯，及食邑两千户。你通知荀令君的其他几个儿子，让他们到寿春扶灵柩回颍阴老家厚葬。"曹操沉吟了一会，对荀攸说："因大战在即，我无法亲自送他了。我此生非常敬重荀令君，就表奏天子，赐他谥号'敬侯'吧，以示我的敬意。"荀攸即随寿春来人一起回寿春奔丧去了。

第一百零八章

曹操屡攻偃月城　刘备兼并白水军

新年已过，天气转暖，曹操调兵遣将，准备进攻东吴，这时斥候来报："孙权为确保万无一失，又令大将公孙阳率兵马在长江西岸扎下营寨，与濡须口偃月城互为犄角，扬言即使曹军水陆两路来攻，有此水城旱寨的防守，定会安然无恙。"张辽、臧霸闻知，立刻要求率本部兵马，拔了孙权的江西大营。曹操说："上次讨伐陈兰，你二人配合得不错，这次就由你二人为先锋，攻取孙权的江西大营。"张辽、臧霸领命，即率各自兵马出征。

真是天有不测风云。张辽、臧霸率兵马离了皖城，没走多远，天就下起雨来，时大时小，一直不停，道路泥泞。部曲好不容易赶到东吴的江西大营，准备扎下营寨，由于连续降雨，地面到处是泥水，扎营困难。张辽同臧霸商议："不如先撤兵，待天气转晴再进攻。"臧霸不同意，说："我们刚遇到一点困难就撤军，还未开战，从气势上我们就输了。坚决不能撤！我们赶快扎营，立即发动进攻。"

公孙阳率兵迎战，不胜，退回大营，坚守不出。曹军奋力攻打，一鼓作气，攻破大营，守将公孙阳被斩，其部曲悉做了曹军的俘虏。首战大胜，曹操非常高兴，夸赞张辽、臧霸立下首功。张辽说："首功应属臧霸。"便将自己如何要撤兵，臧霸如何坚持进攻一事讲给曹操。曹操当即拜臧霸为杨威将军，以示奖励。并下令兵马进抵濡须口下寨。

丢了江西大营，孙权震惊，即派快马十万火急向刘备告急，请求刘备在荆州方向对曹军发起进攻，牵制曹军，以减轻自己的压力。同时急调甘宁、吕蒙、凌统等兵马增兵濡须口加强防卫。

甘宁接到孙权的命令，不等与吕蒙、凌统等会合，先行由柴桑出发，直接赶往濡须口，见到孙权，立刻就要出兵攻打曹军营寨。孙权说："待吕蒙、凌统等兵马到来再行进攻。目前曹军气势正盛，不可轻敌。"甘宁说："曹军初胜，正在兴头上，必轻敌。我就在今晚偷袭曹军营寨，必能取胜。"于是挑选数百精壮勇士，组成突击队。孙权大为感动，特备下好酒与众勇士壮行。夜幕降临，孙权命人拿过银碗，将酒斟满，每人一碗，甘宁连饮两碗，随后乘上战船，悄悄打开偃月城水门，在夜幕的笼罩下，驶向曹军营寨。临近曹营，弃船登岸，潜向曹营。

曹军初战告捷，孙权又缩在偃月城坞不肯出战，果然如甘宁所料，守备松懈。甘宁来到曹营前，命勇士们拔除寨前的鹿角，翻入寨中，挥起手中兵器，便砍杀起来。曹军大惊，也不知东吴突进来多少人，惊慌中到处乱窜，惊叫声一片。曹操下令赶快燃起火把，照亮营寨，这才稳住阵脚。此时甘宁已率勇士们回到船上，顺濡须水回到偃月城坞。孙权亲自开水门迎接，说："这回让曹军受惊不小，我真知兴霸的胆量了。曹孟德有张辽、臧霸，我有兴霸，足可相敌，我无忧矣。"

曹军被甘宁趁夜偷袭，军心波动，曹操下令暂撤十里下寨。臧霸不服，请求愿为先锋，率本部兵马攻打偃月城。这时斥候来报："关羽调集兵马，准备攻打襄阳。"有人担心襄阳不保，建议曹操分兵前往增援。曹操笑道："这是关羽在虚张声势。刘备正谋取益州，哪有心思管孙权的事。我料孙权向刘备求救，刘备碍于孙刘联盟，不得不答应，只好令关羽做做样子。退一步说，即使是真的，有曹仁驻守襄阳、樊城，不必担心。"于是传令曹仁、曹洪严加防范，不要主动出击。随后令臧霸为先锋，率兵马攻打偃月城坞，又令水军直抵偃月城坞水门，配合臧霸的进攻。

青徐兵冒着箭雨拼命攻打，大将孙观手持盾牌、手戟带头冲锋，突然左脚被流矢射中，随手拔出箭头，不顾一切朝前冲，脚上鲜血直流，身后留下一串血脚印。曹操大为感动，当即传令，加拜孙观为振威将军。

由于偃月城坞修筑坚固，箭矢充足，曹军伤亡重大，曹操只好下令停止进攻，退回营寨。为防止东吴再次偷袭，曹操命晚上加强巡逻，严防死守。

随后曹操又数次对偃月城坞发动进攻，都无功而返。曹操经过观察，发现偃月城坞背靠长江天险，正面又被濡须水隔开，曹军无法对其包围，而东吴水军每次从偃月城水门出击，都直接威胁濡须水岸上的曹军，使曹军顾此失彼。曹操又发现离偃月城坞不远的濡须水道中，有一处沙洲，上面树木丛生，于是决定：在此伏三千将士，手持弓弩，待东吴水军从水门出来后，出其不意发动进攻，给东吴水军以重创，使其不能对岸上的曹军造成威胁。李典自告奋勇，要求率兵马潜伏在沙洲上，曹操应允。李典从本部兵马中选出三千弓弩手，趁夜色乘船率这三千弓弩手上到沙洲上。

第二天曹操下令再攻偃月城坞。当东吴水军从水门出击，刚到沙洲，突然遭到曹军伏兵的进攻，一时间乱了阵脚。曹军各部立刻猛烈攻打偃月城。然而东吴水军源源不断从水门涌出，很快稳住阵脚，并包围了沙洲上的曹军。正在危急时刻，曹军水军直趋沙洲，冲破东吴的包围，救出了李典等将士。终因东吴水军强大，曹军水军不敌，只好撤了回来。正在攻偃月城坞的各部曲又遭东吴水军威胁，攻打偃月城坞再次失败。

曹军这次失利，让东吴将士士气大振。甘宁屡屡挑战，曹操下令坚守营寨，不予理睬，双方僵持在那里。

这天，天气晴朗，虽然已是开春，气温还是很低的，士卒来报："偃月城坞水门大开，东吴水军列阵朝我们营寨方向驶来。"诸将闻知，纷纷请战。曹操令各部曲依托营寨，摆好战阵，准备迎战。这时东吴水军越来越近，领头的楼船上一杆大纛旗上，那硕大的"孙"字格外醒目。

眼看东吴舰船驶近，最前面的楼船上，一人在众人的簇拥下，高声叫道："我乃东吴会稽太守、讨虏将军孙权也。哪位是曹丞相？"曹操随声望去，这才知道此人是孙权。见其年方二十余岁，方颐大口，目有精光，果与传闻中相同。再看其身后，战船阵列整肃，不由叹道："生子当如孙仲谋，刘景升的儿子若豚犬耳！"曹操挺马立在岸上，高声道："仲谋吾侄，我与你父同讨黄巾与董卓，你父乃汉室忠臣，为何你却与刘备勾结，背叛朝廷。如今我受天子诏命，前来征讨，还望你迷途知返，早早归降。"

孙权略一施礼，笑道："今日得见丞相，深感荣幸。我东吴也是汉家臣子，从未反叛，望丞相不必劳师亲征，徒伤士卒性命。我水军天下无敌，赤壁之战，丞相不会忘乎？"

提到赤壁之战，曹军无不义愤填膺，纷纷要求发动进攻，以报赤壁之仇，曹操喊话："孙权小儿，休要狂言。赤壁之战，盖有运数。实由疾疫大兴，以损我凌厉之锋。凯风自南，用成焚之势，天实为之，岂人事哉？我又添加薪柴、硝磺、膏油，助周郎成就功业。东吴如今贪天之功，岂不可笑？我今天让你知道朝廷大军的厉害。"于是下令弓弩手，齐将箭矢射向孙权的楼船。顷刻间孙权的楼船迎敌的一侧，布满了箭矢，很快箭矢越聚越多，竟使楼船向一边倾斜，这时只见孙权一声令下，舰船调过头来，新的一面朝向曹军，很快这面又受满了箭矢，舰船又恢复了平衡。由于东吴将士都躲在船舱中，曹军射箭虽多，却不能伤人。曹操下令停止射箭。孙权大笑道："丞相箭矢虽多，又奈我何，就此告别。"下令奏起军乐，一路吹吹打打驶回偃月城坞去了。

曹军将士气得破口大骂，要追上去攻打。曹操拦住说："东吴水军舰船器杖整肃，果然非同一般，我们的水军还远无法与之相比。"

孙权回到偃月城坞，感叹道："诸位今天都见到曹军阵势威严，军容整齐，气势高昂，兵强马壮，其战力远非我们可比。若不是我们的舰船远离河岸，曹军无法靠近，恐怕就难逃厄运了。大家万不可大意。"

双方在濡须口又相持一月有余，互有攻防，各有损伤。程昱认为偃月城坞建造坚固，又有地势之利。北方兵马不习水战，不可硬攻，力劝曹操退兵，从长计议。曹操犹豫再三，难下决断。这天，曹操接到孙权派人送来的一封信，上面写道："丞相与吾相持日久，恐已疲惫。如今已是仲春，南方春水方生，望丞相速去。如其不然，复有赤壁之祸矣。望丞相三思。"夏侯惇说："孙权这是在故弄玄虚，待我再率兵马攻打偃月城坞。"曹操说："孙权说的是实话，并非欺骗我们。"于是下令撤兵。

路过皖城，太守朱光说："丞相大军退后，孙权必来袭扰。"曹操说："那就将庐江南部这几个县的百姓全部内迁。"朱光不同意，说："百姓在此屯田安居，已经习惯，现在让他们举家内迁，必引起骚乱。"曹操说："不会的，当初征乌桓时就是将塞外百姓全部内迁，既充实了关内的人口，又断了那些贼人的念头，并没有引起骚乱，以至这几年塞外一直很安定。这里的百姓迁往合肥一带，更便于管理，也不受孙权的骚扰。"朱光勉强应承道："我随后执行。"

曹操率军回到合肥，对张辽、李典、乐进说："这次征剿孙权，无功而返，只好留你三位驻守合肥，以防孙权来袭。"三人领命。又令臧霸、孙观率青徐兵马返回琅琊，然后亲率其余兵马返回许都。到许都后，表奏天子："因南方春水将至，不利征战，讨伐东吴一事，再寻时机。"留夏侯惇、于禁驻守许都，率徐晃、曹休、曹真等回邺城去了。

孙权见曹操撤兵，留周泰、蒋钦等守濡须口，也下令撤兵，回到建业。

刘备在葭萌关收到孙权的告急信，便与庞统和法正商量道："荆州与东吴互为唇齿，东吴有失，必殃及荆州。我想先回荆州，配合孙权抗御曹操。"法正一听刘备要退兵，立刻急了，刚要劝阻，只听庞统说："曹操进攻东吴，孙权有长江天险，又有鲁肃总督兵马，我料其暂无大碍。让关羽大造声势，佯攻襄阳，表示我们已策应，也就对孙权有了交代。如今我们在葭萌关已驻守一年，已得到了广汉郡百姓的拥戴，此时撤回荆州，我们这一年多的努力就白费了，将前功尽弃。"法正连忙说："庞军师所言极是。不如我们就以回荆州为借口，率大军南下，直取成都。"

刘备思索了一会儿，说："我与刘璋乃同宗兄弟，夺其益州，我实在难以下手，不如想个办法，请他让出益州。"庞统力劝道："孙权兼并了交州，曹操雄踞北方，而我仅有残缺的荆州，如何能与他们共有鼎足之势？刚入蜀时，主公说初来乍到，恩信未著，不同意立刻动手。现在我们在此已一年有余，人心也收买得差不多了，若再不动手，将后悔莫及。徐州陶谦，荆州刘琦之举，实难再现。大丈夫行天地间，当以大局为重，万不可行妇人之仁。如今夺取益州，有上中下三计，主公可择而从之。"刘备问："哪三计？"庞统说："上计，率所部兵马，昼夜兼道，径袭成都。刘璋不善用兵，又素无预谋，大军卒至，斩了刘璋，一举便定。中计，白水军将领杨怀、高沛虽受刘璋之托，归我们节制，但据可靠消息，此二人多次写信密告刘璋，说我在葭萌关按兵不动，名为讨张鲁，实为收买人心。劝刘璋早将我们礼送回荆州。今通知二人，要回荆州助孙权抗曹，正中二人下怀，二人必来送行，趁机擒获二人，并其部曲，然后围攻成都，逼刘璋投降。下策，退到白帝城，依托荆州，逐一攻取益州。此三计各有利弊，请主公择之。"

刘备斟酌了一会儿，说："上计虽快，一举便定，但太冒险，如若不成，便陷入重围。下计最稳，但旷日持久，用中计最好。"法正说："刘使君即决定取益州，我还有一计。"刘备说："请孝直明示。"法正说："刘使君可派人到成都，就以助孙权抗御曹操，保荆州为借口，请求刘璋再助兵马和粮谷。一可以扩充我们的兵马，二可以麻痹刘璋，使其不设防，便于我们采取行动。"庞统说："孝直此计甚好，起事前我们再敲诈刘璋一次。"于是刘备亲自给刘璋写信说："曹操进攻东吴，孙刘乃唇齿关系，东吴失，荆州不保，而张鲁乃自守之贼，不会主动进犯，暂不足虑，因急需东归荆州抗曹，希望兄长能助我一万兵马，粮草十万斛，待破曹之后，再来助兄长讨张鲁。"随即派人将信送往成都。

刘璋接到刘备的信，召众文武掾属商议。蜀郡太守许靖首先反对，说："当初刘备来益州时，说是助我征讨张鲁，我们又是给兵马，又是给粮草。现在已经一年有余，却在葭萌关按兵不动。不断有消息说，他在广汉郡遍施恩惠，收买人心，其心叵测。如今说是回保荆州，还要我们给他兵马粮草，不知是他来助我，还是我们助他。此人力抗丞相，早晚是我益州灾星，望主公当机立断，予以严拒。"

这许靖字文休，汝南人，曾参与堂兄许劭主持的"月旦评"，品评天下士人，曹操也被其品评过。董卓之乱时，与尚书周毖暗中谋议，举荐名人贤士为公卿、州牧、郡守。后来这些人组成关东联军讨伐董卓，董卓大怒，认为上了二人的当，杀了周毖，许靖逃往扬州，依附许贡。孙策杀了许贡，许靖又逃往交州避难，受到交趾太守士燮厚待，被陈国人袁微举荐给荀彧，欲前往许都。而当时交州刺史张翔欲留许靖，许靖不从，亲自写了一封长信给曹操，信中说："我在南海闻知曹公忠义奋发，整饬元戎，西迎大驾，巡省中岳，便与众士人欲北上许都，会遇州府倾覆，道路阻隔，能到许都者仅十有一二，大多病亡或被害。"表达了渴望回到许都的心情。信中又说："曹公扶危持倾，为国柱石，秉师望之刃，兼霍光之重，自古及今人臣之尊贵，未有能及曹公者也。曹公据爵高之任，当责重之地，行之得道，即社稷用宁，行之失道，即四方散乱，国家安危，系于曹公。"又说，"曹公用人能弃忘旧恶，宽和群司，审量五材，为官择人。苟得其人，虽仇必举，苟非其人，虽亲不授。"信中表示，愿追随曹操建功立业。不料此信落入张翔之手，张翔大怒，将信投入江中，并派人严加看管，防止许靖逃往许都。后来刘璋听说许靖在交州，专门派人到交州见张翔，将许靖要到益州，先是任巴郡太守，后任广汉太守。蜀郡太守王商病故，被调任蜀郡太守。时许靖年已六旬，须发皆白。刘璋对许靖颇为敬重，见许靖如此说，便低头不语。

刘巴接着说："许靖太守所言极是。不仅不能再给刘备增添兵马粮草，还要令白水军杨怀、高沛不再听从刘备节制。并令刘备回荆州所经沿途各郡县，一律不得再提供帮助，逼其赶快离开西川。"

刘巴自从被曹操派往荆州南部招抚长沙、零陵、桂阳、武陵四郡后，还未返回江陵，刘备乘势夺了江南四郡，逼时在长沙的刘巴投降。刘巴不从，逃往交州，本想绕道益州到许都，却被刘璋强行留在益州，辟为掾属。当初刘璋要迎刘备入川时，刘巴就坚决反对，说："刘备乃一英雄，入川必为害，绝不能纳也。"刘璋不听，后刘备入川，刘璋令其驻守葭萌关讨张鲁，刘巴再谏："若让刘备讨张鲁，犹如放虎归山。"所以刘巴这次反对之后，又强调说："如果继续给刘备增添兵马、粮草，就是为虎添翼。"

而李严却表示赞成，说："既然请刘备来川，以后还要仰仗他征讨张鲁，这次帮了刘备，刘备一定感恩图报，待从荆州返回，也一定会帮主公征讨张鲁。"这李严字正方，南阳人，本是刘表治下的秭归县令，刘琮降曹后，逃往西川，投靠了刘璋，现为成都县令。

大将庞羲坚决反对李严的说法，并严厉斥责。刘璋见众文武掾属反对者居多，只好说："刘备乃我自家兄弟，这次不辞辛劳入川，本是来帮助我的，现在情况有变，要回荆州，我们总要表示一下诚意，就先给其增调四千兵马，一万斛粮谷。告诉他，让他体谅，我们也有难处。"

刘巴见刘璋如此昏庸，怒而起身，拂袖而去，从此便闭门称疾，不问政事。

别驾张松听说刘备要率兵马回荆州，立刻着急起来，殿堂上众文武掾属议论了些什么，他已顾不得了，一心只想如何挽留住刘备。待商议结束，急忙回到家中，赶快给刘备写了一封信，说："刘使君入川已一年有余，恩信已立，松曾与刘使君有约，取益州乃是鼎足大事，为何迟迟不动手？近闻使君欲回荆州，实出我意料，松失望至极。有松做内应，成都指日可下。望使君万不可失此良机，早日发兵，益州唾手可得。"想了想，又给法正写了一封信，让他无论如何劝刘备抓住机会，早定益州。

信刚写完，其哥哥广汉太守张肃前来相见，张松慌忙把书信揣在袖带中。张肃见其弟神色慌张，心中疑惑，盯着张松说："我素知你放荡不治节操，但身为别驾，得刘益州信赖，应劝主公拒刘备，保益州，方是根本，为何力谏阻拦。我闻你与刘备有染，可是真的？"不料张松却不以为然，反而极力称赞刘备，兄弟两人大吵一架，张肃负气而去。争吵中张松袖袋中的书信掉落在地上，两人只顾争吵，谁也没注意，却被随张肃来的随从捡了起来。当张肃气咻咻地回到府中，从人将书信交给了张肃，张肃一看，大吃一惊。怪不得张松处处替刘备说话，看来传闻果然不假。当初他从许都回来，经常发泄对丞相的不满，原想未得丞相表奏，发发牢骚而已，却不想背主求荣，勾结刘备，出卖益州。如若自己不检举，刘璋知道后便是灭门之罪。思虑再三，赶到州衙，将书信呈与刘璋。刘璋看了张松给刘备、法正的信，勃然大怒："我待张松、法正不薄，对其言听计从，诚心邀刘备入川，没想到这些人如此薄情寡义，要夺我益州。"于是下令即刻抓捕张松，将一家老小皆斩首。由于四千兵马及一万斛粮谷已经发出，难以追回，刘璋后悔莫及，下令各郡县关隘，一律不得迎纳刘备。并令白水军杨怀、高沛，让刘备交出法正，看在同宗兄弟的份上，放其回荆州。

刘备自写信给刘璋后，便公开宣扬，已向刘璋借兵马粮谷，欲回荆州，联合东吴抗曹。白水关守将杨怀、高沛闻知，非常高兴。二人自从被刘璋下令受刘备节制，助其征伐张鲁后，一直不见刘备的动静，心中不满，私下给刘璋写信，说刘备在葭萌关广施恩信，劝刘璋及早将刘备礼送出益州，而刘璋一直不置可否。随着时间的推移，二人越发觉得事情不妙，更是心急如焚。现在忽然听说刘备欲回荆州，二人松了一口气，说："刘备终于要走了，我们的心就可以放下了。"这天，二人收到刘备的正式辞别信，信中说："为感谢二人一年多来的相助，临行之前，特备酒宴，以示感谢。"杨怀、高沛连忙准备牛羊及美酒，令二百士卒押运，一起前往葭萌关与刘备送行。

进到葭萌关，早有人迎接，说："随行士卒及礼物安置在别处。刘使君已在厅堂中设宴，敬候二位将军。"二人随即被引入厅堂，刚进门，就被埋伏的士卒擒获。二人大叫："我们受刘使君相邀，特备厚礼前来相送，为何如此相待？"刘备从帐后闪出，说："我与刘璋乃同宗兄弟，二人多次密报刘璋，要将我赶出益州，用心极其险恶。"二人大骂："刘备小人，图谋我益州，却还要与我家主公称兄道弟，真是大言不惭。倘我家主公看清你的真面目，定让你难逃惩罚。"刘备大怒，下令斩了二人。随后召随行来的二百士卒说："杨怀、高沛多次挑拨我与刘益州的关系，现已被我斩首，尔等无罪，不必惊慌。我现在派人前往白水关抚慰众将士，你们好好配合，我自有厚赏。"这些士卒见扬怀、高沛已死，大势已去，又知刘备待人宽厚，便纷纷表示，愿归附刘使君。

于是刘备令副将卓膺，率兵马前往白水关，在归降的二百士卒的协助下，收编了白水军。

刘备整备兵马，就要挥师南下，恰在这时，刘璋送来的四千兵马和一万斛粮谷到了。刘备看着刘璋的信非常生气，对押运的使者说："我历尽艰辛，从荆州来到这里，为刘璋征张鲁。现荆州有事，让他借我兵马与粮谷，就拿出这么点东西，真把我看成叫花子了。回去告诉你家主公，这些兵马及粮谷我先收下，让他想办法再送一些来。"刘备将这四千兵马编入部曲，以黄忠为先锋，魏延断后，留霍俊守葭萌关，尽起大军，向涪城进发。所过郡县纷纷迎送。

快到涪城时，庞统问法正："守涪城的将领是谁？"法正说："涪城守将是张任、邓贤，此二人有胆量，有志节。"刘备说："派人前去告知，就说我们要回荆州抗曹，路过涪城，请打开城门迎送。"话音刚落，就有人报："现有一人从成都来，求见刘使君。"待将来人带到跟前，法正一眼认出是张松的家奴，忙问怎么回事？张松家奴一见法正，哭诉说："张别驾一家俱被斩，我逃得快，这才捡了条命。本想到葭萌关找你们，不想在这里遇上。"便把事泄之事说了一遍，然后说："现刘璋已令各郡县、关隘，严防刘使君。涪城又增调刘瑰、冷苞，严防刘使君过涪城南下。"刘备知道事情已隐瞒不住，再想赚取涪城已不可能，于是决定强攻涪城。庞统阻止道："蜀军临时征调兵马，各部将领统属不明，军心混乱，且不知杨怀、高沛已被斩首，正可利用白水军，赚开城门，一拥而入，涪城可破。"法正称此计甚妙。立刻从白水军中选了数百士卒，只说刘备攻取白水关，现二位将军战败，正撤向这里，派其前来联络，大队兵马随后就到。

涪城守将听说杨怀、高沛的先头兵马已到，张任亲自到城楼上查看，果然是白水军，便开了城门将其迎了进去。得知杨怀、高沛率大队兵马随后就到，涪城全不设防。待刘备兵马进入城中，张任、邓贤、刘瑰、冷苞发觉事情不对时，为时已晚，虽奋力拼杀，还是难以抵挡，只好逃往绵竹。

刘备轻而易举地夺了涪城，高兴之余，在涪城大摆宴席，以示庆贺。刘备开怀畅饮，举杯对庞统说："今日欢宴，实在让人高兴。"庞统虽力主夺取益州，但毕竟感到良心上有愧，对刘备说："伐人之国而为欢，非仁者之兵也。"刘备此时已有醉意，听了庞统的话，颇觉不满，怒道："武王伐纣，前歌后舞，难道能说是非仁者之兵吗？没想到你会这么说，请你马上出去。"庞统笑了笑，起身退了出去。刘备举着酒杯，又找别人碰杯去了。

法正看在眼里，觉得事有不妥，待刘备碰完杯回到几案前，悄悄对刘备说："刘使君刚才失态，怎么把庞军师赶了出去？"刘备疑惑道："我什么时候把庞军师赶出去了？"法正便将刚才二人的对话复述了一遍。刘备一听，这才想起刚才好像说了这样的话，后悔异常，只说自己喝醉了，赶快派人请庞统回来。庞统回到自己的几案旁，也不向刘备赔礼道歉，坐下来饮食自若，好像什么事也没发生过。刘备来到庞统面前，故装糊涂地说："刚才好像与你发生了点口角，咱们究竟是谁失礼了？"庞统笑说："一个巴掌拍不响，我们两人同时失礼。"刘备哈哈大笑，两人碰杯，欢乐如初。

盛宴过后，刘备率兵马南下直趋绵竹。张任、邓贤、刘瑰、冷苞退往绵竹后，派快马急报刘璋。刘璋得知涪城已失，心中大惊，立刻令李严为护军，前往绵竹，总督张任、邓贤、刘瑰、冷苞四部兵马，务保绵竹不失。

待李严走后，刘璋的长子刘循说："成都北面仅有雒城、绵竹两城，李严已去绵竹，我率兵马到雒城，筑起第二道防线，万一绵竹有失，凭雒城仍可保成都无虞。时间一长，刘备粮草不济，就会退回荆州。"刘璋觉得在理。立刻调集兵马，交由刘循固守雒城。

第一百零九章

攻雒城庞统殒命　征东吴荀攸病亡

　　刘备率兵马来到绵竹城下，闻知刘璋已令李严为护军，总督绵竹兵马固守，不无忧虑地说："再靠巧取已不可能，看来这绵竹只有硬攻了。"法正说："不须刘使君多虑，这李严与我一向交情不薄，我亲自写信，劝他归降，绵竹不攻自取。"刘备大喜。法正即刻修书一封，派心腹之人前往绵竹城，守城士卒听说是找护军李严的，便开城门迎入，带其到署衙去找李严。李严一看，来者是法正的从人，忙屏退左右，问："孝直现在可好？"来人说："在刘使君身旁受到重用。"并将法正的信呈上。李严神情紧张，忙顾左右，见确无旁人，才打开信，看到："李严吾兄，自我随刘使君到葭萌关后，与兄分别已一年有余。现刘使君欲返荆州抗曹，不想刘璋听信谗言，与刘使君反目成仇。兄在益州已非一日，想必深知刘璋品性优柔寡断，毫无主见，若兄继续为刘璋卖命，犹如明珠暗投。而刘使君乃当今英雄，雄才大略，涪城尚且一击而破，何况绵竹小城。刘始君向闻兄有异才，早有征辟之意，望兄见信，献出绵竹，以此为礼觐见使君。"

　　李严看完信，心中暗想：自我从荆州来到益州，颇受刘璋重用，欲要反叛，于心不忍；可眼见这刘璋昏愦无能，按辈分与刘备、刘表皆为皇叔，可与二人相比却是天壤之别，这益州早晚得落入刘备之手，与其到时如丧家之犬，无有依靠，不如早归刘使君。想到此，亲自写信，表示愿为内应，献出绵竹。并约定了献城的时间及具体办法。

　　使者返回，将李严的信呈上，刘备看毕大喜。按照李严信中嘱咐，一切准备停当。第二天后半夜，刘备将大军潜藏在绵竹城下，李严亲自带人打开城门，荆州兵依次涌入城中。李严带领刘备直冲入绵竹署衙，对县令费诗说："我已降刘使君，现荆州大军已经入城，望你命城中百姓，欢迎刘使君入城。"费诗见此，只好率领绵竹掾属和百姓举城投降。

　　此时刘瑰、冷苞、张任、邓贤闻知荆州大军已突入城内，一边率各自部曲抵抗，一边派人联络李严，这才知是李严放荆州兵马入的城，县令费诗与李严一起俱降了刘备。就在此时，四人先后收到李严的劝降信，说刘备大军已控制绵竹城，再抵抗已毫无意义，希望各位将军弃暗投明。冷苞见大势已去，只好停止抵抗，归顺了刘备。而张任、邓贤、刘瑰至死不降，顽强抵抗，终因寡不敌众，杀开一条血路，撤往雒城。刘循开城门将张任、刘瑰、邓贤的兵马接入城中，方知护军李严、绵竹县令费诗、将领冷苞已降，不禁大怒，说："我刘氏待他们不薄，没想到临阵反叛，将绵竹城拱手让与刘备，若将他们抓获，必碎尸万段。"然后对张任等人说："雒城现在是护卫成都的最后一道防线，我等一定要死守雒城，绝不能让刘备再突破雒城。"张任等将领发誓说："请长公子放心，我们誓与雒城共存亡。"

刘备先取涪城，再取绵竹，势如破竹，同时兵马又得到了快速扩充，心想：早知如此，何必迁延至今，益州早可定夺。于是信心倍增，决定乘胜再取雒城。雒城一破，成都指日可下。于是率领大军进抵雒城，将其团团包围。庞统说："雒城由刘璋长公子刘循总督兵马镇守，必有一场恶仗。"刘备说："几次交手，蜀军不过如此。"即提马向前，令魏延发起进攻。庞统说："请主公坐镇中军，由我督兵马攻城。"

此时雒城守军早已众志成城，刘循亲自指挥，诸将严守城池。滚木礌石从城墙上倾泻而下，荆州兵马死伤惨重，攻城受阻。庞统心中着急，督兵马拼死向前，自己也一再靠前督战。城楼上刘循见大纛旗下，一主帅不停发号施令，料想此人必是刘备，于是号令弓弩手，齐向大纛旗下射击，箭雨如注，庞统躲避不及，身中数箭，当即毙命。可怜他年仅三十六岁，正是建功立业之时。刘备见庞统阵亡，即令停止进攻，后退十里扎寨，大哭道："是我太过轻敌，致庞军师殒命。"令搭建灵棚，高挂白幡，停灵祭奠，谥曰"靖侯"，追赐爵位关内侯。奠仪完毕，厚葬庞统。

刘备失了庞统，深怨自己过于轻敌，追悔莫及。法正劝道："轻敌之意，不全在使君，庞军师也过于轻敌，才有殒命之祸，使君不必自责。"刘备说："我要踏平雒城，为庞军师报仇。"于是集中兵马，疯狂进攻雒城。然而数次进攻，徒增伤亡，却毫无建树。法正说："使君不可意气用事。雒城城池坚固，又囤有大量粮草，守城主帅是刘璋的长子刘循，又有张任、刘瑰、邓贤相助，他们都抱着与雒城共存亡的决心，急切之下难以攻取。"刘备说："那我们怎么办？"

法正说："我们应高调宣扬为庞军师报仇，不攻取雒城誓不收兵，把蜀军的注意力吸引在雒城，然后分兵迅速夺占广汉郡其他诸县，进一步孤立雒城。同时趁刘璋注意力集中在雒城，抽调荆州兵马，迅速逆江而上，攻占巴郡，打通荆州和益州的联系，然后再夺取犍为，从南面进攻成都。这样我们南北夹攻，刘璋顾此失彼，益州指日可下。"刘备听了法正的提议，极为赞赏，说："孝直真乃第二个凤雏，自今日始，征辟你为随军主簿，参谋军事。"法正说："愿为主公效劳。"自此法正正式依附刘备。

刘备按照法正的建议，一边大造声势，继续佯攻雒城，一边分兵夺取广汉诸县，同时派人回荆州，令诸葛亮率兵入川，配合刘备夺取益州。诸葛亮接到刘备的命令，随即令关羽留守荆州，总督荆州事务，嘱托关羽："我走之后，荆州的安危集关将军于一身，可北拒曹操，东和东吴，万不可粗心大意。"交代完毕，即率张飞、赵云、刘封等分水旱两路，顺长江逆流而上。

曹操从东吴撤兵，回到邺城时，已是夏四月。董昭正忙于向天子写奏章，请求建封公、侯、伯、子、男五等爵位，赐丞相公爵之封。曹操连忙劝阻，说："荀令君当初反对这么做，事后想想荀令君是对的。天下尚未统一，我已位高权重，不宜再受公爵之封，否则会授人以柄。"董昭说："丞相受赐公爵，乃天下人心所向，请丞相不要拒绝，我自为之。"

董昭的"宜修古建封五等"的奏章，很快送到许都，不久即得到献帝的准奏。五月份，御史大夫郗虑奉献帝诏命，持节来到邺城，宣布诏封曹操为魏公。曹操表示自己不能领受魏公的敕封，请郗虑将诏命及印绶带回许都，奉还献帝。郗虑不肯，说："天子诏封已下，断无将诏命带回之理。"曹操无法，说："郗虑先生请在旅舍中静候，我再表奏天子，谢绝这一诏封。"于是亲自写了奏章，说："大凡受九锡，广开土宇，都是像周公这样的人。汉之异姓八王者，与高祖俱起布衣，创定王业。我怎么能与他们相比？"表示自己坚辞不受魏公之封。

在邺城的文武掾属，本来都已做好准备，参加丞相受封魏公的典仪，不想曹操却表奏献帝，拒绝受封，便纷纷劝曹操受诏。荀攸更是起草了一份劝进表，上面写道："自古三代，祚臣以土，受命中兴，封秩辅佐，皆所以褒功赏德，为国藩卫也。"接着详述了天下大乱，群雄并起，汉室倾危，然后说："唯曹公备身出命以徇其难，诛二袁篡盗之逆，灭黄巾贼乱之类，殄夷首逆，芟拨荒秽，沐浴霜露二十余年，有史以来，未有如此功者。"又以周公、吕望来比，说明曹操受封是应当的。最后说："众文武掾属，都想雨露均沾，附丞相受公爵之封，幸攀龙骥，得窃微劳，佩紫怀黄，亦将因此传之万世。而丞相独辞不受，众文武掾属也无以为荣。上违天子欢心，下失文武至望，冷了大家的心。"然后拿着劝进表征集签名。在劝进表后面首先签名的是：中军师陵树亭侯荀攸。接着依次是：前军师东武亭侯钟繇、左军师梁茂、右军师毛玠、平虏将军华乡侯刘勋、建武将军清苑亭侯刘若、伏波将军高安亭侯夏侯惇、扬武将军都亭侯王忠、奋威将军乐乡侯刘展、建忠将军昌乡侯鲜于辅，奋武将军安国亭侯程昱、太中大夫都乡侯贾诩、军师祭酒千秋亭侯董昭、都亭侯薛洪、南乡亭侯董蒙、关内侯王粲、傅巽、阎柔、祭酒王选、袁涣、王朗、张承、任藩、杜袭、中护军国明亭侯曹洪、中领军万岁亭侯韩浩、行骁骑将军安平亭侯曹仁、领护军将军王图、长史万潜、谢奂、袁霸等共一百余人，或亲自签名，或委托签名。最后将此劝进表呈与曹操。因夏侯渊、张郃、朱灵、路招、张辽、乐进、李典等远离邺城，得知消息也派人来致意。

这时献帝又颁下诏书，对曹操的拒绝不予准奏。曹操面对劝进表，再三思虑，觉得若再坚辞不受，那些随自己征战多年的文武掾属，便无法加官晋爵，冷了大家的心，于是决定受封，但提出来："所封魏国十郡，只领受魏郡，其余九郡，皆让还朝廷。"荀攸等人再劝道："今既虔奉诏命，副顺众望，又欲辞多当少，让九受一，是犹汉朝之赏不行，而攸等之请未许也。"劝说只有魏国土地广大，才有能力藩卫王室，成就翼戴天子的功勋。最后说："愿丞相恭承帝命，无或拒违。"曹操看荀攸话说到这个份上，也不好再推辞，于是同意接受献帝的诏命，并选定吉日，举行受封典礼。

适逢五月仲夏，万物方盛，邺城大街小巷装饰一新。署衙内外，喜气洋洋，旗幡招展。铜雀台上更是钟鼓排列，琴瑟成行。丙申这日（五月初十），凡在邺城的各级官吏，齐聚铜雀台上。曹操跪地听旨。御史大夫郗虑身着朝服，持节宣读天子诏命："朕以不德，少遭愍凶，越在西土，迁于唐、卫。当此之时，若缀旒然，宗庙乏祀，社稷无位，群凶觊觎，分裂诸夏，率土之民，朕无获焉，即我高祖之命将坠于地。朕用夙兴假寐，震悼于厥心，曰'惟祖惟父，股肱先正，其孰能恤朕躬？'乃诱天衷，诞育丞相，保乂我皇家，弘济于艰难，朕实赖之。今将授君典礼，其敬听朕命……"后面献帝历数了曹操兴义兵、反董卓，收黄巾、平关东，讨韩遂、杨奉，迁都于许，重造京畿，攻袁术、征吕布，讨眭固、收张绣。官渡之战，击败袁绍，平袁谭、高干，收编黑山军，又北征乌桓，消灭袁尚、袁熙，又讨伐刘表，平定马超、韩遂等关中诸强，收复了三辅，稳定了西凉。献帝诏书说："君有定天下之功，重之以明德，班叙海内，宣美风俗，旁施勤教，恤慎刑狱，吏无苛政，民无怀慝，敦崇帝族，表继绝世，旧德前功，罔不咸秩；虽伊尹格于皇天，周公光于四海，方知蔑如也。"接着，献帝又以周王室时期，齐太公和晋文公为例，阐述了裂土分封，以佐王室的重要。所以才"以河东、河内、魏郡、赵国、中山、常山、巨鹿、安平、甘陵、平原凡十郡，封丞相为魏公。锡丞相玄土，苴以白茅，爰契尔龟，用建冢社。其以丞相领冀州牧如故。"并且详述了受爵魏公后，朝廷特赐给曹操的各种待遇，最后要求："魏国置丞相以下群卿百僚，皆如汉初诸侯王之制。"

郗虑宣读完诏命，铜雀台上山呼万岁，声振天宇。曹操起身接过诏书，交与身边的董昭，从袖袋中掏出写好的谢表，遥向许都方向致谢道："臣蒙先帝厚恩，致位郎署，受性疲怠，意望毕足，非敢希望高位，庶几显达……"情真意切地详述了自己只是由于形势所迫，才致建功立业，实在没有想到"陛下加恩，授以上相，封爵宠禄，丰大弘厚。"认为天子给的赏赐太过厚重了，"开国备锡，以赆愚臣，地比齐鲁，礼同藩王。"并且表示"灰躯尽命，报塞厚恩，天威在颜，悚惧受诏。"

曹操致完谢表，双手呈与郗虑，让他带回许都，转呈天子。随后鼓乐齐鸣，歌舞渐起，参加受封典礼的众文武掾属，齐向曹操称贺。大家沉浸在欢乐的气氛中。

送走郗虑以后，曹操便着手筹建魏国的社稷宗庙及宫廷署衙。征拜荀攸为魏国的尚书令，凉茂为仆射，毛玠、崔琰、常林、徐奕、何夔为尚书，王粲、杜袭、卫觊、和洽为侍中，并分魏郡为东西部，各置都尉。

为表谢意，曹操表奏天子，将自己的三个女儿曹宪、曹节、曹华献与天子，以充后宫。很快，天子下诏：征曹宪、曹节为贵人，曹华因年龄尚小，待年于魏国。接着派行太常事、大司农、安阳亭侯王邑与宗正刘艾，皆持节，率黄门侍郎、掖庭丞、中常侍等人，带着玉璧宝物及束帛、玄纁、绢等共计五万

273

匹，并驷马等聘礼，前来邺城迎娶二位贵人。在魏公宗庙前，正式举行仪式，授予二位贵人以印绶，随后于魏公宫廷秋门，迎二位贵人登车。曹操令魏国郎中令、少府、博士及丞相掾属等人，随王邑等朝中来人一起，侍送二位贵人前往许都。

　　自马超率羌氏兵夺了冀城，杀了刺史韦康之后，杨阜、姜叙率兵马逃往卤城，赵衢、尹奉、梁宽虽留在冀城，降了马超，却无时无刻不在思虑如何报韦康一家老小被杀之仇。这天，赵衢对梁宽、尹奉说："韦刺史被杀已快两年，此仇未报，心一直不安。马超据西凉日久，势力越发强盛，我等受曹丞相重托，却没有守好西凉，心中有愧。我们一定要除掉马超，一是为韦刺史报仇，二是不负曹丞相的信任。"梁宽说："我二人手下部曲，与马超比相差太远，贸然起事，恐难成功。"赵衢说："杨阜、姜叙占据卤城，据传兵马扩充了不少，要想起事，必要联络此二人方能成事。"梁宽说："若能与二人联络上，事必能成。"于是三人计议一番，派心腹潜出冀城，前往卤城，见了杨阜、姜叙，将赵衢、梁宽、尹奉的打算说了。二人早有此心，只是孤掌难鸣，闻知此事立刻表示赞成。待来人走后，对外大肆宣扬，要攻打冀城，诛杀马超，为韦康刺史报仇。

　　消息很快传到冀城，马超大怒。赵衢、梁宽、尹奉火上浇油，大骂杨阜、姜叙自不量力，力劝马超攻打卤城。马超留赵衢、梁宽、尹奉守冀城，亲率羌氏兵马征伐卤城。然而杨阜、姜叙早有准备，马超久攻不下，粮草告急，于是派人回冀城调运粮草。不想很快回报，冀城已被赵衢、梁宽、尹奉夺占，不要说粮草没有，连冀城也进不去了。马超这才知道上了当，于是赶快回来攻打冀城。

　　赵衢、梁宽、尹奉待马超离了冀城，立刻派人到长安向夏侯渊求救。凉州的这些掾属本来大都是朝廷和韦康征辟的，一直对马超不满，见别驾等人领头反抗马超，便纷纷表示拥护。大家一边等夏侯渊救兵，一边加固城池，以防马超来攻。

　　马超的大军十万火急赶回冀城，立刻将其包围，并喊话："赵衢、梁宽、尹奉，我待你们不薄，为何叛我？"城楼上赵衢说："马超贼人，杀我刺史，背叛朝廷，乃十恶不赦之罪。我等皆是朝廷诏拜的命官，岂能允许你肆意妄为。"马超大怒，立刻攻城。赵衢令将马超妻、子押上城楼，说："若再攻城，就将他们斩杀。"马超怒不可遏，依然攻城。赵衢令人逐次将马超妻、子斩杀，马超发了疯般进攻。赵衢等人鼓励士卒："只要大家齐心协力固守，夏侯渊将军的援兵很快就到。"

夏侯渊在长安得到赵衢和梁宽、尹奉的求救，就要调动兵马增援冀城。这时军中有人说："部曲有大的行动，须报请丞相批准。"夏侯渊说："丞相在邺城，来往数千里，等得到丞相批准，赵衢、梁宽他们早已失败。"命张郃为先锋，昼夜兼程，直扑冀城。

冀城的防守异常顽强，马超屡攻不下，情急之中，亲自率庞德、马岱攻城。就在这时，杨阜、姜叙从卤城赶来，从背后袭击马超。马超只得停止攻城，掉头应战卤城来兵。赵衢又率兵马从城中杀出，马超又掉头围攻赵衢，赵衢退回城中，杨阜又从背后击杀。弄得马超顾此失彼，双方僵持。此时夏侯渊率大队兵马赶到，赵衢、梁宽、尹奉在城楼上看得真切，打开城门冲了出去。马超腹背受敌，损失惨重，庞德说："将军快撤，我来断后。"马超说："大家一起走。"马超与庞德、马岱互相掩护，杀出重围，再看身旁，仅剩数十匹兵马。眼看夏侯渊的兵马又一路追来，便想投靠韩遂，没想到夏侯渊紧追不舍，诸县羌氏纷纷投降，只得顺陈仓道逃往汉中。

韩遂自从被曹操重创后逃到显亲，经过近两年的休整，在羌氏部落的帮助下，又逐渐恢复了元气。得知马超与曹军大战，本欲前往助战，不想马超大败，逃往汉中去了。韩遂知道自己不是曹军对手，急忙率兵马逃到略阳，以避曹军锋芒，储存在显亲的大量粮谷物资来不及带走，全部留给了曹军。夏侯渊大喜，粮草物资得到了补充，将士们士气大振，又追到略阳。韩遂再退到兴国。曹军将士纷纷要求："兴国离此不远，仅有二十余里，一鼓作气，即可拿下。"夏侯渊不同意，说："兴国乃氐人老巢，城又坚固，难以一举攻克，不如转攻长离。韩遂部曲的兵马大多来自长离的诸羌部落，如攻长离，他们必要求回家相救。若韩遂不救，必军心浮动；若救，则要离开兴国，失去城池掩护，便于我们聚歼。"大家纷纷赞同，于是夏侯渊将粮草辎重及体弱伤病者留在略阳，然后率兵马转攻长离。一时间长离的诸羌部落悉向韩遂告急，韩遂在众将士的要求下，只得离了兴国前往长离相救。夏侯渊率兵马迎战，却大大出乎曹军的意料，没想到韩遂的兵马如此之多，一时间将士们竟产生了恐惧，纷纷要求赶快扎下营寨，依托营寨抵御韩遂。夏侯渊说："我们转战千里，深入羌氏地区，士卒本已疲惫，再扎营寨，欲以久战，对我十分不利。敌人虽多，不过乌合之众。"于是下令坚决进攻，果然羌氏兵纷纷投降，韩遂终不能抵抗，逃往金城。曹军大获全胜，返回略阳，进军兴国。兴国此时空虚，氏王千万只好率部也逃往汉中，余众皆降。

就在夏侯渊刚刚取得西凉大捷，曹操接到张辽急报："孙权率兵马攻占庐江，太守朱光和参军董和被擒。"

原来当初曹操从濡须口撤兵时，为防止孙权骚扰庐江南部，要求朱光将庐江南部诸县的百姓内迁，朱光虽有异议，但还是执行了曹操的命令。然而正如朱光所料，百姓不愿内迁，由于惊恐，反而纷纷逃往江东，致使江西人口大量流失。朱光赶紧上报曹操，曹操也感到出乎意料，对荀攸说："本以为将百姓内迁，能更好地保护他们安居乐业，没想到竟是这样的结果。"荀攸说："庐江的百姓这几年刚刚稳定下来，许多流民已适应了当地的生活，大规模内迁，让百姓不知所措，只好逃往江东躲避。"曹操说："看来当初是我考虑不周。"于是下令停止内迁，一切照旧。然而已经迟了，庐江及周围的百姓十余万户皆东渡江东。江西人口骤减，合肥以南仅剩皖城。

孙权看到江西的百姓大举前来江东，开始不知怎么回事，后来很快明白过来，知道江西已空，立刻令吕蒙为先锋，亲率兵马渡过长江，攻取皖城。朱光顽强抵抗，并向合肥求救。张辽留李典守合肥，与乐进一起即率兵马救援。刚走到夹石，获悉皖城已破，朱光和董和被擒，只得退回合肥，向曹操告急。

曹操闻知大怒，即调兵马再征孙权。刚到谯县，兵马还未聚齐，忽报荀攸突然病逝。曹操深感震惊，急忙到荀攸帐中，见已停灵在那里，急问随军大夫，只说得的是急病。曹操泪如雨下，泣不成声，哭诉道："我与公达相处二十余年，仔细想想竟找不出他的一点不好来。公达真贤人也！所谓'温良恭俭让'他已占全了。孔子曾称'晏平仲善与人交，久而敬之'，公达也是这样的人。真是天不留人，他才五十八岁，本小于我，却先我而去。"令人将灵柩运回颍阴老家厚葬。

荀攸的事处理完毕，兵马也已集结完毕，曹操就要起兵南下。时逢雨季，阴雨连绵，道路泥泞。众将士都说这种天气不利征战，纷纷要求丞相退兵。曹操听说，怒道："传令下去，有再说不宜征战，乱我军心者，必处斩！"丞相主簿贾逵联络其他主簿说："现在正是秋雨连绵，确实不应征战。再加上荀攸突然亡故，丞相心情不好，也不利于征战。虽然丞相下令有再谏者死，我们也不能不谏。"于是亲自起草了一份劝谏撤兵的书表，自己首先签上名字，又让诸主簿掾属也依次签上名字，去见曹操，将此表呈上。曹操一看大怒，追问谁是主谋？贾逵说："是我出的主意，书表也是我所写，此时丞相不能冷静，绝不应贸然出兵。"曹操下令："将贾逵抓起来，送入监狱，待我征讨东吴取胜，再来判罪。"侍者即将贾逵绑缚，送往狱中。狱吏一看是贾逵，赶忙松绑，又不戴刑枷，贾逵说："你们赶快给我戴上刑枷。丞相一定会派人来查看，若发现我不戴刑枷，一定会以为我利用自己主簿的身份要求你们施恩。丞相最厌恶的就是这一点，必严惩于我，对你们也没有好处。"狱吏听说，赶快给贾逵戴上重枷。

将贾逵抓起来后，曹操仍余怒未消，其他主簿掾属也不敢再劝谏。待其心情稍稍平复，参军傅干劝道："治理天下需要具备文与武这两个方面，用武则先威，用文则先德，威德相济，而后王道备矣。以前天下大乱，上下失序，丞相用武攘之，十平其九；今未承王命者，唯孙权与刘备也。两人同据长江之险，难以威服，易以德怀。我的愚见以为，可按甲寝兵，息军养士，分土定封，论功行赏。如果这样，则内外之心固，有功者劝，而天下的人都知道遵制而行。然后渐兴学校，以导其善性而长其义节。丞相神武震于四海，若修文以济之，则普天之下，无思不服矣。今举十万之众，进军长江之滨，若孙权凭险据守，则兵马不能逞其能，计谋不能尽其用，则丞相的神威就会大打折扣，终使敌人不能心服。希望丞相思虞、舜舞干戚之义，全威养德，以道制胜。"

对傅干的劝说，曹操并不认可，但已不像先前那样烦躁了。程昱又劝道："上次征伐东吴，荀令君途中染病，不幸病故，又因春水方生，终至伐吴无果。如今伐吴，荀军师又突然暴毙，时逢秋雨连绵，天时地利人和皆不具备，希望丞相暂且退兵，再寻战机。”程昱的劝说显然说到了曹操的心里，他微微点点头，然后召唤随军的曹彰：“你到狱中看一看贾逵，看他现在怎样？”

曹彰应声而去，少顷回复道：“贾逵主簿身戴重枷在狱中思过。狱吏说并无不满，甘愿受罚。”曹操说：“贾逵并无恶意，将他释放吧，仍为丞相主簿。秋雨已至，不利征战，撤兵回许。”

第一百一十章

陷困境马超附刘备　奉典籍刘璋献益州

曹操回到许都，询问荀攸的安葬情况，丞相府掾属们回说："丞相放心，葬礼非常隆重，棺椁俱是上等材质。因荀攸长子荀缉早殁，已按照丞相指示，表奏其次子荀适承嗣其陵树亭侯的爵位，并食邑千户，天子已准奏。荀适已结庐墓旁，守孝三年。"曹操说："这样最好。"

这天，御史大夫郗虑来见曹操，禀报说："根据暗查，皇后伏寿确与其父屯骑校尉伏完，曾暗通书信，密谋诛杀丞相，只是找不到证据。"原来，当初董贵妃与其父骠骑将军董承密谋诛杀曹操，事泄被诛。不久，有人举报说皇后伏寿也有这种阴谋，曹操令郗虑暗中追查。后来在建安十四年，皇后伏寿的父亲伏完病逝，这事也就搁置下来，曹操也逐渐淡忘了。没想到郗虑一直未将此事放下，便夸赞说："鸿豫先生办事认真。"郗虑说："我想搜查伏完的府宅，碍于是国戚，特请示丞相。"

曹操想了想，说："搜查一下也行，若查不到实据，也为皇后洗刷了不白之冤。但不可大张旗鼓，要顾及一下皇后的颜面。"郗虑应诺，即率领人马对伏完的府宅进行了搜查，果然搜出了伏皇后曾给父亲伏完的书信。信中说曹公不顾董贵妃有孕在身，诛杀了董贵妃，后宫震怖，自己也感到朝不保夕，希望父亲联络公卿，早日除了曹操。好几封书信俱是如此言语。当郗虑将这些书信摆在曹操面前时，曹操怒不可遏，说："看来谣传是真的，我这就去见天子，看他怎么办。"

曹操来到宫中，见到献帝，将伏寿的书信呈给献帝，献帝说："我竟不知此事。"只好下诏："皇后寿，得由卑贱，登显尊极，自处椒房，二纪于兹。既无任、姒徽音之美，又乏谨身养己之福，而阴怀妒害，包藏祸心，弗可以承天命，奉祖宗。今使御史大夫郗虑持节策诏，其上皇后玺绶，退避中宫，迁于他馆。呜呼伤哉！自寿取之，未致于理，为幸多焉。"

曹操拿到诏书，来到御史台，交给郗虑，说："为示公正，可由尚书令华歆随你一起去收缴皇后的印绶，并搜查后宫。既然伏后给她父亲有书信，想必她父亲也给她有回信，看看都牵涉到了谁。"自荀彧病故后，华歆代荀彧为尚书令。

郗虑接过诏书，既按曹操要求，去尚书台找华歆，两人一同调集兵马，前往后宫抓捕伏寿。这时献帝正在后宫，郗虑对华歆说："我在外殿陪着天子，你进内殿去收缴印绶。"华歆领士卒进入内殿，却找不到伏寿，感到奇怪，问侍女们都说不知道。原来伏后闻知郗虑、华歆带士卒来抓捕自己，无地方躲藏，只好藏在一面夹墙里。华歆下令搜查，很快将伏寿从夹墙中搜出，同时搜出的还有伏完给伏寿的书信，于是押着披头散发连鞋也没穿的伏寿，及收缴的皇后印绶来到外殿。伏寿见到献帝，哭诉道："请天子救我！"看到伏寿如此狼狈，献帝怒斥道："没想到你竟做出如此之事，让我如何为你开脱。你好自为之吧。"虽这样说，还是向华歆、郗虑求情说："郗公，我已下诏废后，为何还要来后宫抓捕？"郗虑说："伏皇后谋逆在先，咎由自取。天子应该知道，丞相最恨的就是后宫干政。天下大乱始于外戚与宦官的争斗，汉室几近灭亡，教训极为深刻。经过几十年的征战，死了多少将士，天下方才平安。宦官经过屡次打击，已经收敛，而后宫与外戚却屡屡欲重温旧梦。难道天子还想朝政大乱，过颠沛流离的生活吗？"献帝说："看在我的面上，留伏后一条命吧。"郗虑说："我一定将天子的旨意转告曹丞相。"

郗虑和华歆将伏寿押出后宫，囚禁在许都狱中。曹操根据旨意，留伏后性命，将其幽禁在冷宫。但其兄弟宗族被牵连致死者百余人。在后宫搜出的伏完给伏寿的书信，被送到曹操手中。曹操认真察看，见伏完在回信中屡劝伏寿处事不可过分，不赞成诛杀曹操，于是便将伏完的妻子刘盈等亲族留其性命，流放涿郡。

曹操刚处理完伏皇后的事，就接到夏侯渊的捷报："西凉诸贼已平，张郃率部曲渡河入小湟中，河西诸羌尽降。"曹操立刻写了贺信，派人送往西凉。贺信中说："西凉乱逆三十余年，渊一举灭之，虎步关右，所向无前。仲尼有言：'吾与尔不如也'。"并表奏京兆尹张既为凉州刺史。嘱夏侯渊等暂屯关中，准备征讨张鲁。

马超兵败冀城，率残部经陈仓道逃往汉中。张鲁早闻马超大名，得知马超来投，非常高兴。两人初次见面，彼此印象都不错。马超的英武给张鲁留下了深刻的印象，同样张鲁的儒雅也让马超肃然起敬。张鲁忙召董种来见马超。

这董种本是马超的内弟，一直在马超左右。自渭水马超被曹操击败，关中诸将四下逃亡，匆忙中董种与马超失了联系，便经子午道逃到了汉中，投靠了张鲁。没想到两人在这里又相遇了，更感亲切。当得知其姐在冀城已被赵衢斩杀时，不由大哭，张鲁好生劝慰。为让马超效忠自己，张鲁便打算将自己的女儿嫁与马超，并征拜马超为都讲祭酒。马超见张鲁如此厚待自己，便向张鲁借兵，欲找夏侯渊报仇。张鲁慨然应允，将五千兵马借与马超，马超遂率兵马北上。时逢大将庞德染病，无法随军前行，只得暂留汉中。马超说："你在此静心休养，待我报了仇就会回来。"庞德说："将军尽管前去，待我病愈，即刻赶去找你。"二人分手。马超率兵马刚到散关，碰到氐王千万，才知韩遂已兵败逃往金城，羌氐各部落皆降。本打算联合韩遂，在羌氐部落再征调人马的愿望落空，只得率兵马退回汉中，再做打算。

马超走到武都，见董种连夜来见自己，心中奇怪，问："有什么事？"董种说："张鲁手下大将杨白、司马李休见张鲁如此厚待你，心中妒忌，向张鲁进谗言说：'你父兄等宗亲俱在许都，而你却全然不顾，与曹丞相为敌，起兵反叛，杀了凉州刺史韦康一家老小，致使朝廷将你一家老小俱斩首；后不顾妻妾子女性命，猛攻冀城，如此不爱其亲，又怎能爱别人。将公主嫁与你，不知何时又被其害。'张鲁遂打消了招你为婿的念头。二人仍不死心，密谋要害你，向张鲁进言说：'据斥候来报，曹军已平定关右，马超无法报仇，已率部撤回。此人与朝廷为仇，如果将其收留汉中，只会给我们引来祸端，不如将其斩杀。'开始张鲁不愿意，但禁不住二人劝说，已点头同意。我是无意中得知的，便赶快来找将军。将军若回南郑，必遭杀身之祸，不如就此离开汉中，再寻别处。"马超无法，只得离了武都，转到氐中。刚到氐中，闻说刘备已夺取广汉，便与马岱、董种商议："这样无依无靠，四处飘荡，终不是长事。据闻刘备身为皇叔，又是州牧，且待人宽厚，目前正与刘璋争益州，一定需人相助，不如前往广汉，投靠刘备。"二人也都赞成，于是离了氐中，南下广汉去投刘备。

　　刘备听从法正的谋划，继续佯攻雒城，同时分遣兵马，攻打周边诸县。历时近一年，广汉郡所属诸县俱为刘备所有。就在此时，刘备得到诸葛亮派人来报："入蜀兵马分水旱两路，沿长江西进，连克白帝、江州，巴郡太守严颜已降，所属各县俱已归附，现正攻取犍为。"刘备大喜，说："攻占巴郡，荆益两州已连为一体，我势已不孤矣。"法正说："一旦再夺取犍为，就可以直接从南面威胁成都。现在广汉郡已经为我所有，雒城已成孤城，成都很快就会处在我南北夹击之下，益州的形势已经从根本上发生了变化。我打算给刘璋写一封信，告知他目前的处境，劝他赶快归降主公。"刘备说："若兵不血刃取了成都，雒城自然归降，这样最好。"于是法正修书一封，派人送往成都。

　　刘璋眼见形势对自己不利，心中已十分焦急。忽然人报法正派人送来一封书信，便急不可待地拆开，只见上面写道：

　　"刘益州在上。正受性无术，盟好违损，惧左右不明本末，必并归咎，蒙耻没身，辱及执事，是以捐身于外，不敢反命。"先撇清自己，目前这样的境况并不是由自己造成的。然后辩解说，因害怕刘璋听信谗言，所以也就一直未给刘璋写信。每想到刘璋对自己有知遇之恩，心中更是感到惆怅不安。然而想想事情的前后经过，自始至终自己都是一片赤诚，奉命行事。尽管自己不能做到言无不尽，那只是因为自己愚笨，想得不周全，以致如此。现在益州已危，大祸临头，自己虽被刘璋派驻在外，此时向刘璋进言，徒增刘璋的忧虑，但还是知无不言，以尽余忠。接着又指责刘璋听信谗言，违信黩誓，至酿成事变。却又不自量力，以为刘备孤军在外，没有粮谷，旷日相持，必能将其逐走。没想到刘备大军连连取胜，现在雒城虽有万余守军，但却是败军之将，惊弓之鸟，刘备一旦发动攻击，顷刻就会瓦解，根本无法阻挡。现在诸葛亮督张飞、赵云等战将已平定巴郡，张飞入犍为，赵云攻江阳。荆州与益州已连为一体，荆州的兵马会源源不断地进入益州。最近又听说孙权也打算派他的弟弟孙瑜率李异、甘宁等尾随荆州兵马来夺益州。目前主客已经易位，刘备全有巴郡、广汉、犍为。鱼复与关头这两地本是益州的福祸之门，现在均被攻克，益州兵将伤亡惨重，已无力抵抗，而荆州兵马数路并进，已攻入益州腹地。以我这样愚笨之人，犹知其势已不能挽回，何况刘益州身旁都是些明智用谋之人，岂能不知道吗？只是他们早晚看着刘益州的脸色行事，不肯说出实情而已。一旦大势已去，他们无非各找门路，另寻高枝，绝不会为刘益州尽忠。难道你还不感到忧虑吗？最后法正说："正虽获不忠之谤，然心自谓不负圣德，顾惟分义，实窃痛心。左将军从本举来，旧心依依，实无薄意。愚以为可图变化，以保尊门。"再次强调自己甘愿被诽谤，也不辜负刘璋，否则会感到痛心，对不起刘璋。并且让刘璋相信，刘备的本意并未改变，对刘璋还是有着很深的兄弟情谊的。所以劝刘璋应根据形势变化，作出正确的选择，不致失了尊严。

刘璋看了法正的劝降信，怒不可遏，大骂法正吃里爬外，卖主求荣。但事已至此，又无可奈何，不知怎么办才好。主簿黄权说："益州蜀郡还在，成都、雒城还在，尚有数万兵马，足以抵御刘备。只要我们坚守，并派人向丞相求援，依然能保益州不失。"刘璋说："曹丞相远在北方，怎能顾及益州？"黄权说："你是朝廷诏命的州牧，曹公身为丞相，岂能不救？况且刘备与丞相为敌，丞相早有剪除之心，绝不会听任刘备为所欲为。"刘璋听从了黄权的劝告，随即派人到许都向曹操告急，同时杀了法正的信使，决心固守蜀郡。

刘备闻知劝降失败，怒说："雒城被围日久，城中吏民早已军心动摇，强攻的时机已成熟。"就要排兵布阵，准备强行攻打。法正说："虽然城中百姓人心惶惶，士卒疲惫，但雒城毕竟防守严密，强攻恐伤亡太大。我有一计，可保主公轻易夺得雒城。"刘备问："是何计策？"法正如此这般说了一遍。刘备连呼此计甚妙，于是亲率无名之将单膺及老弱不整之兵，开始攻城。

刘循和张任、刘瑰闻知刘备攻城，齐登城楼巡视。张任说："刘备分兵攻夺周边诸县，有消息说围雒城的兵马不足，今日一看，果然并非虚传。待我亲率兵马，杀出城去，斩了刘备，雒城之围可解。"刘循说："不可大意，只要我们守好雒城，久之刘备必退兵。"张任说："这样被动防守，终非长久之计。城中吏民均已厌战，打一场胜仗也可鼓舞士气。机会稍纵即逝，你们就等我的好消息。"说着下了城楼，点起本部兵马，开了城门，直扑刘备而去。

刘备见张任率兵马冲出城门，提马挥剑迎了上去，双方战在一处。很快刘备大叫："单膺将军救我。"单膺正与蜀军交战，闻听刘备大喊，急忙杀退蜀兵，赶到刘备跟前，见刘备只有招架之功，赶快出手相助，保着刘备向后撤退。张任哪里肯舍，紧紧追赶。刘备见逃不掉，又回身率兵马与张任交战，仍不能取胜，又向后败退。张任杀得性起，率兵马一路追赶。过了雁桥，眼看荆州兵已成惊弓之鸟，张任大喊："赶上刘备，不论擒获、斩杀，皆大功一件。"士卒个个奋勇向前。就在此时，忽听鼓声大震，四下里忽地冒出许多荆州兵，张任这才知道上了当，急令退兵。雁桥上一员大将挡住了去路，大叫："我魏延在此等候多时了，请张将军投降，保你留条性命。"张任二话不说，率士卒冲了上去，要夺了雁桥，杀开血路，突围出去。双方激战，张任终于寡不敌众，渐渐不支，一不留神，被魏延砍下马来，荆州兵一拥而上，将其俘获，押到刘备面前。刘备说："早闻张将军忠勇，非常仰慕，愿敬待之。"劝其投降。张任厉声说："我家主公念你同宗兄弟，诚心相待，没想到竟来谋取他的基业，我岂能与你为伍？有道是忠臣不复事二主矣，更何况你这样的小人。"刘备说："常言道，识时务者为俊杰，还请张将军顺应大势。"说着命人给张任松绑。张任冷笑道："今日既降，它日也会反叛。"刘备感到非常惋惜，说："如此忠勇之士，却跟错了人。"长叹一声，下令斩了张任。其余士卒见张任被斩，知大势已去，表示愿意归降。于是刘备命手下士卒换了蜀军衣服，将归降的蜀军士卒夹在中间，打起蜀军旗号，冒充张任得胜返回雒城。

城楼上，刘循和刘瑰见张任冲出城去追杀刘备，不知胜负如何，心中正在担忧，忽然见蜀军兵马凯旋，内中有认得的大叫开门，说："张将军俘获刘备，随后就到。"刘循和刘瑰听后大喜，忙命人打开城门，迎接将士凯旋。随着部曲陆续进城，终不见张任，刘循感到事情蹊跷，兵马好像比先前多了许多，忙令关闭城门，但为时已晚，荆州兵一呼而起，在城里杀了起来。城外黄忠早有准备，一见城内大战骤起，忙率兵马冲了过去。城门已被魏延派人掌控，接应黄忠入城。双方在雒城内一阵厮杀，刘瑰战死，刘循杀出一条血路，冲出雒城，逃回成都。

刘备占了雒城，蜀郡北部门户大开，兵马直抵成都。此时张飞已攻占犍为，从南面进抵成都。赵云夺取江阳，从东面进抵成都。三路兵马会师成都，随即将成都团团围住，刘备与诸葛亮、张飞、赵云相见，分外欣喜。

刘璋在城中惶惶不可终日，后悔不该引刘备入川，无奈地说："怨我不明，听信张松、法正谗言，至有今日之祸，事已至此，不如降了吧。"主簿黄权反对，说："城中尚有精兵三万，谷帛能支一年，吏民皆欲死战，何言投降！"各文武掾属也都随声附和，说："成都城高墙厚，固若金汤，以拖待变，必能等到曹丞相派兵救援。"刘璋只好下令，固守待援。

刘备意在速战速决，到嘴的这块肥肉不能再掉出来，于是接连发动进攻。

然而刘璋父子毕竟经营多年，成都防御无懈可击，吏民百姓又同仇敌忾，以致刘备的进攻总是无功而返，心中不免焦躁，对诸葛亮、法正说："雒城尚且围了一年多，成都恐怕更需时日了。我们的兵马全都陷在这儿，一旦荆州有事，如何应对？"诸葛亮说："成都现在是一座孤城，只要我们保持攻势，城中吏民百姓终会军心动摇。"法正也说："主公不必着急，情况终会有变。以我对刘璋的了解，抵抗终难持久。"

这天，进攻再次失利，刘备坐在大帐中闷闷不乐。侍卫来报，说有一人在帐外求见。刘备问："此人没说是来干什么的？"侍卫答："只说见了刘使君再说。"刘备忙令侍卫带来人进见。见到来人，刘备上下打量，见其装束有异，不像中原之人，便问："你是何人，找我有何事？"来人说："我乃董种，西凉马超将军的内弟，特受马超将军指派，前来面见使君，转呈马超将军之意。"说着从怀中掏出一封信，呈与刘备。刘备一听信使是马超的内弟，心中暗暗惊奇。这马超乃马腾将军的长子，自马腾将军被征入朝后，就领马腾旧部称雄关中及西凉。曾传闻此人有羌人血统，勇武好斗，乃吕布第二，怎么想到派人来见我？带着满腹疑问，打开书信，看道："早闻左将军招贤纳士，待人以宽，一直想面见左将军赐教，无奈超远在西凉，无缘相见。近闻将军围刘璋于成都。超从氐中赶来，愿投在左将军帐下，助将军夺取成都。不知左将军意下如何？"刘备喜出望外，说："如马超将军愿意助我，成都指日可下。"说着将信交与诸葛亮。诸葛亮看完信说："董种将军一路辛苦，请下去暂歇。"于是令人安排董种的食宿，并嘱其好好招待。

待董种离开，诸葛亮说："可以肯定，马超被曹军逐出了西凉，正走投无路，若主公将其收留，必感恩戴德。"法正说："马超乃西凉名将，蜀人尽知，其来助战，定会动摇刘璋的军心，真是天助主公也。"大家商议已定，派麋竺随董种前去迎接马超。

此时马超已到什邡，见刘备派专人来迎接，一直忐忑的心情便安定下来，感激涕零，率兵马随麋竺来到成都城下。刘备一见马超，果然非同一般，见马超气宇轩昂，身高八尺开外，膀乍腰圆，真是一员虎将，足能与关羽、张飞、赵云并驾齐驱，心中喜不自禁，说："马超将军乃当世名将，今日得见，幸会，幸会！"马超施礼说："末将愿为刘使君效劳。"随即表示明日即为先锋，攻打成都。刘备说："孟起将军一路劳顿，暂歇息几天。不知孟起将军带来多少兵马？"

马超说："兵马总计有六七千。不过刘使君放心，兵马虽不多，打起仗来绝不含糊。"法正接着说："主公可拨两万兵马与马超将军，助其攻城。"刘备当即应诺。随后每日盛宴，款待马超，并不提攻城之事。马超过意不去，说："如今大战在即，初来乍到，我寸功未立，刘使君如此厚待，无以报答，明日定要攻城。"刘备应诺，调张飞、赵云、魏延、黄忠配合马超攻城。

此时刘璋在城中早已得到守城将士报告，说发现围城的兵马中，有西凉马超的旗号，心中感到不安。想这马超在西凉盘踞十数年，名震华夏，曹操也对其敬畏三分。所率兵马尽是羌氏胡人，战力非同一般。刘备怎么把他招了来？这日守城将士来报："城北马超将军叫阵，准备攻城。"刘璋急忙赶到城楼上观望，果然"马"字帅旗下一员大将，西凉口音，喊叫着准备攻城。再看其战阵，兵马恐有好几万，心中更是感到惊恐。急回府衙，与众掾属商议道："数万羌胡兵马就在城外，如此虎狼之师，谁能抵得住？看来只有献城投降了。"其长子刘循第一个反对，说："父亲的州牧乃天子诏拜，刘备来夺就是大逆不道。蜀郡军民皆同仇敌忾，区区一西凉边将又能奈何？我甘愿领兵战死，也绝不投降。"刘璋说："自我接任你爷爷任州牧，至今已二十余年了，前后两代我父子无恩德加以百姓。自刘备入川已近三年，双方相争，累及百姓，我心实在不安。停止干戈，我虽失去了州牧，百姓能安居乐业，也算对得起益州百姓了。"众掾属齐声反对。主簿黄权、蜀郡太守许靖等苦谏不听。闭门称病在家的刘巴闻听，也赶来相劝。刘璋不从，执意要降，派人出城与刘备接洽移交事宜。刘备喜出望外，立刻款待来使。并请其转告刘璋，归降之后，对其一家老小及宗亲宾客绝不伤害，并善待城中百姓，绝不滥杀无辜。

第二天，刘璋亲奉印绶典籍，率益州文武掾属出城，来到刘备帐中，办理交割事宜。刘备在帐中早已摆好宴席，要招待刘璋，共叙同宗兄弟之情，见跟随刘璋的文武掾属寥寥无几，知道大多掾属不愿投降，心中虽有不快，但仍满脸堆笑，热情迎接。接过刘璋奉上的印绶典籍，说："你我都是汉室血脉，同宗兄弟，我不得不为益州着想。张鲁、曹操、孙权都对益州虎视眈眈，为免益州落入他人之手，不得不出手接管益州。其实也是替天子暂管。"刘璋说："为兄我治理益州二十多年，也感到累了，正好交与贤弟，我倒落一个清闲。"见到法正嬉笑着向他施礼，他厌恶地皱了一下眉，脸扭向了别处。刘备将刘璋的振威将军印绶拣出，还给刘璋说："这振威将军的印绶是天子敕封你的，我断不敢领受，依然交还给你。"刘璋谢过刘备，只草草在宴席上略坐了坐，便陪同刘备等人入城。

刘备进入城中，惊叹成都如此繁华，心中欢喜。来到州衙，心安理得地端坐在大殿正中的高位上，面对肃立的众文武掾属，正式以左将军署理益州。征辟诸葛亮为军师将军，署左将军府事。表奏法正为蜀郡太守、扬武将军，外统都畿，内为谋主。原益州各掾属悉以任用。法正进言说："一国不事二主，可将刘璋另行安置。"刘备说："我早有安排，不会亏待他。"于是下令："振威将军刘璋，携妻小宗亲，迁往荆州南郡公安归养。"刘璋启程前往荆州这日，送行者寥寥无几，不禁潸然泪下。

自刘备入城后，主簿黄权和刘巴闭门不出，虽多次派人相请，二人俱不拜见刘备。涪城归降的李严说："黄权、刘巴屡次劝谏刘璋，要与主公对抗，主公进入成都，又闭门不见，应将其二人斩杀，以儆效尤。"糜竺说："当初在荆州时，这刘巴效忠曹操。我们占据荆州四郡，他宁死不降，逃往交州，没想到又在此遇上了，这次不能饶恕他。"刘备说："当时各为其主，黄权忠心，各掾属应向其学习；刘巴忠勇双全，也令人可敬。我要亲自登门拜访二人。"于是刘备分别亲自登门拜访黄权和刘巴。二人感念刘备胸襟，又叹其诚，于是皆应诺愿效力新主。别的掾属见黄权和刘巴都归顺了刘备，也就再无其他想法，益州很快稳定下来。

接着刘备按照刘璋移交的典籍，清查益州户籍和粮谷财宝。完全出乎刘备意料，蜀地竟如此富裕，刘备接手了大量的金银财宝。于是按功劳大小，分赐各有功将士。各将士领到这些金银财宝，皆大欢喜。鉴于张松已亡，刘备令将其重新厚葬，对其妻小宗亲，予以重金抚慰。

法正自大权在握，恍如一步登天。一餐之德，睚眦之怨，无不报复，擅自斩杀了许多人。当初凡得罪过他的人，都人人自危。有人找到诸葛亮，说："法正外统都畿，内为谋主，权势极大，太过骄纵。请军师启禀主公，抑其威福，让其有所收敛。"诸葛亮沉默良久，说："当初主公在荆州时，北畏曹操之强，东惮孙权之逼，身旁又有孙夫人随时可能翻脸，真是举步维艰，朝不保夕。是法孝直在其身旁辅佐，全取益州，以成鼎足之势，终令主公翻然翱翔。现在主公对其无比信任，如何能阻止法孝直任意行事啊？你们离他远一点，或许过一段时间自会收敛。"见诸葛亮如此说，也都三缄其口。

第一百一十一章

征汉中智取阳平关　讨荆州计夺零陵城

　　曹操接到夏侯渊捷报，关中、西凉已平，便打算征讨张鲁，恰在此时，又接到刘璋派人送来的急报："刘备现已夺取广汉、巴郡，请丞相速派兵马相救。"曹操大怒，心想：需立刻征讨张鲁，由汉中入蜀，增援刘璋。随即表奏天子，西征张鲁。献帝准奏。于是曹操令夏侯惇、徐晃、于禁等兵马在孟津集结，自己亲率掾属自邺城到孟津。

　　司隶校尉钟繇闻知，早早来到孟津迎接。一见面曹操问："自董卓胁迫天子和百姓西迁，把洛阳烧毁，河南行走百里难见到几个人，一片荒凉。这次进入河南地界，一路走来，明显感到人口比原来多了不少，一些集镇也颇为热闹，看来变化不小。"钟繇说："这几年广招流民，大兴屯田，尤其自丞相西征打败马超、韩遂后，我将流亡在三辅地区的百姓尽数回迁，又将西凉被俘的、归降的部曲，连同他们的家人，一并迁到了河南。通过几年的努力，这里现在户口充实，田地复耕，元气已得到恢复。不瞒丞相，这次讨伐张鲁，所需粮草物资，不用再从别处征调，仅我司隶校尉地区，就可以完全解决。"曹操听了非常高兴，说："实在没有想到，你把三河地区治理得这么好。荀攸前不久病故了，此次西征张鲁，心里总感到空落落的。你回洛阳，将司隶校尉部的事情交代给你的别驾、主簿们，随我前去征讨张鲁，任前军师，与贾诩一起，帮我谋划。还有一事，我考虑了很久，就是有关典狱刑罚的问题。这个问题关乎许多人的性命，而军中负责典狱刑罚的人，多是临时指派，我总怕他们赏罚不公。我想在军中选一些明达法理又处事公平者，让他们专管典狱刑罚，增设理曹掾属，这事交你具体办理。"钟繇应诺，说："还是丞相想得周到。"商议已定，钟繇告辞回洛阳去了。待洛阳诸事交代完毕，钟繇从洛阳回来，兵马已在孟津集结完毕，大军一路西进，不久到达长安。

　　夏侯渊、张郃和朱灵闻知曹操要西征张鲁，便翘首以盼。这天早早来到城外等候。前来迎接的还有从冀城赶来的凉州刺史张既。他们簇拥着曹操进入长安城，来到京兆署衙。待大家坐定，曹操关切地问夏侯渊："三辅地区现在怎样？"夏侯渊答："形势很稳定，百姓安居乐业，生产逐步恢复。"曹操点点头，赞同地说："进城的时候我也看到了，不像先前那样凋敝了。凉州现在如何？"张既连忙答道："自夏侯渊将军平了马超，张郃将军入小湟中，河西诸羌氐俱降，除韩遂占据金城外，陇右基本平定。虽然赶不上三辅地区，但已经没有大的问题了。"曹操说："关中、关西的平定，你们都有大功，为这次我们征讨张鲁奠定了很好的基础，让我们无后顾之忧。"夏侯渊问："丞相征讨张鲁，什么时候出兵？"曹操说："益州事急，将士们虽一路劳顿，在此稍事休整，就要南下。"夏侯渊说："现在刚过新年，正是冬春之交，天气寒冷，秦岭更是山高谷深，道路崎岖，不如在此多待些日子，待阳春三月再发兵汉中。"曹操说："刘璋告急，晚了恐怕来不及。"夏侯渊说："刘璋父子在蜀中经营几十年，据说成都墙高壁厚，粮谷充足，他手中又有几万精兵，区区刘备，丧家之犬，流窜蜀地，想要攻破成都，恐怕没那么容易。"贾诩说："刘备枭雄，刘璋暗弱，鹿死谁手，还真不好说。"夏侯渊说："即便刘璋无能，也不会这么快就败。丞相忘了当初征高干时，正值冬季，路途异常艰难，更何况秦岭远比太行山险得多。"这句话提醒了曹操，说："就依妙才将军的主张，在此逗留些日子，待阳春三月再发兵。"

大家说了会闲话，曹操说："我想起了一件事，自张既你到凉州任刺史，这里还缺一个京兆尹呢。待征讨张鲁时，夏侯将军随我一走，这京兆地区由谁治理呢？"钟繇说："我想到一个人，郑浑，字文公，河南开封人也，现在上党郡任太守。"曹操说："我知道郑浑，曾在我司空府任掾属，先到下蔡任县长，后升任召陵县令，也曾在左冯翊主政，对三辅地区不陌生。"于是表奏郑浑为京兆尹。

时值正月，曹操接到献帝诏命，诏立曹操次女曹节为皇后。为示普天同贺，赐天下有爵位的男子晋爵一级。被举为孝悌、力田者，晋爵二级。诸王侯公卿以下所属掾属，根据地位赐予不同数量的粮谷。所有在长安的文武掾属都来向曹操道贺。曹操也很高兴，说："天子总爱受人挑唆，认为我有废汉之心。现在我女儿为皇后，天子总该放心了吧。

转眼便是建安二十年三月，已是春光明媚，暖意融融。曹操决定出兵汉中，征讨张鲁。在长安屯住的这些天里，曹操详细了解到，通往汉中的道路有五条：一条是由长安南下，翻越秦岭，走子午谷到南郑，俗称为子午道；二是由长安先向西到周至，走党骆谷，翻越秦岭到南郑，称为党骆道；三是由长安向西到眉县，沿褒河到南郑，称为褒斜道；四是由长安向西到陈仓，再向西南过大散岭，自武都入氐到河池，过阳平关再折向东到南郑，称为陈仓道。五是出右扶风过祁山再向东，称为祁山道。前三条山高谷深，栈道相连，据说路途极为险峻。祁山道绕路太远。唯有陈仓道路途好走，相对绕路较近。经过询问关中的百姓，都认可这种说法，认为大军行动还是走陈仓道比较好。不过陈仓道要经氐人部落，需要得到他们的认可。夏侯渊说："这不是问题，氐王千万已被我击败，逃往汉中，氐人部落都已归附朝廷。"于是曹操决定，走陈仓道。令张郃、朱灵为前锋，凉州刺史张既为参军，先行出发。曹操率大军为中军，于禁在后押运粮草，便浩浩荡荡直奔陈仓。

到陈仓后，兵马进入氐人区域。这时传来消息，氐王窦茂在韩遂的蛊惑下，率万余氐人在河池固守，并且号召氐人各部落，沿途阻止曹军，使其不能经过氐人地区。原来韩遂自被夏侯渊击败，逃到西平、金城一带，在氐人的帮助下，元气又得到了恢复，渐渐又成了气候。氐王千万逃走后，韩遂又扶植了新的氐王窦茂。窦茂听从韩遂指令，阻止曹军不能进入氐人地区。曹操令张郃、朱灵，遇有氐人阻拦，尽量招降。张郃、朱灵刚进入氐区即遭到阻拦。氐人部落首领见来的是张郃和朱灵将军，他们曾经败在二位将军手下，知道不是对手。经参军、凉州刺史张既的劝告，便降了曹军。这样一路走一路招降，便来到大散关。大散关守关的氐人见到张郃、张既，也主动归降，曹军顺利过了大散关，接着进入大散岭。早晨的大散岭被浓浓的云雾笼罩着，随着向上不断地攀登，人马隐没在云雾中。道路又窄又陡，士卒们的身上湿漉漉的，不知是沾染的雾气还是冒的汗，大家都喘着粗气。临近中午，浓雾渐渐散去，大散岭的真容才露了出来。遥望山中林木已披上了葱绿的色彩，远远望去，深的浅的、一团一团的。虽是三月，山谷的风吹来，还让人感到丝丝的寒意。曹操望望脚下，顺着山势的山路窄窄的，驮着物资的牛马被士卒们小心地拉拽着。由于坡度太大，牛马有时抬起前腿朝上爬，竟不由自主地蹲坐在那里。还有的牛马蹄子一滑，便坠落在深谷里。朝下望什么也看不到。仰头向上，山峰高耸。景色虽是很美，真是太险了。将士们一鼓作气，登上大散岭时天色已暗，就在大散岭上扎下营寨，埋锅造饭，然后歇息下来。

第二天，张郃、朱灵为先锋，继续向河池进军。氐王窦茂率万余氐人守在河池，闻知曹军已朝河池奔来，立刻紧张起来。他没有料到各部落并没有遵从他的指令阻拦曹军，以至曹军这么快速地抵达河池。于是急令河池城中的氐人严阵以待，准备抗击曹军。同时派人向韩遂告急，请求赶快增援。

张郃率兵马来到城下，向城上喊话道："氐王窦茂，我是前锋张郃，现在曹丞相亲率大军征讨张鲁，从你们氐人部落借道经过，各部落首领皆主动让道，只要你们不阻拦，我向你们保证，绝不伤害你们。"窦茂回应道："马超、韩遂皆我氐人的朋友，师君张鲁待我们氐人也一向不薄，我不会放你们从这里过去的。"张郃再劝无用，只好下令进攻。这时曹操率大军赶到，得知窦茂不降，令所有兵马一起攻城。河池毕竟是一座小城，氐人哪见过这种排山倒海的攻击，很快军心动摇，守将解摽、高筜率部投降，曹军攻入城内，氐王窦茂被俘，曹操有心要释放他，无奈他连声叫骂，誓死不降，曹操只好下令将他斩了。

此时韩遂正调集兵马准备驰援窦茂，得知曹军已攻占河池，感到非常懊恼。其手下大将鞠演、蒋石觉得再跟随韩遂与朝廷作对，其下场必会像窦茂一样，于是两人暗中密谋，将韩遂斩首，带上首级，率韩遂旧部，前来河池投降曹操。

曹操非常高兴，迎接了鞠演、蒋石，赞扬了二人的行动，又表奏他们为列侯，韩遂旧部由他们二人分领，各回西平、金城驻守。二人高兴地说："谢丞相信任，我二人总算有了好归宿。"

这时曹操在随来的人群中认出了成公英，说："这不是对韩遂忠心耿耿的成公英吗？当初在渭河时我们初次见面，就给我留下了很好的印象，这次就留下来跟随我吧。"成公英犹豫了一会儿，说："蒙丞相不弃，愿随丞相左右效力。"于是成公英留了下来，鞠演、蒋石各率兵马回西平、金城去了。

张鲁在南郑城中，闻知河池失陷，氐王窦茂被杀，韩遂也被手下斩杀，心中便慌乱起来，打算投降曹操。其弟张卫坚决反对，说："我们占据汉中已数十年，所储备的粮谷物资十分充盈，手中握有数万兵马，再加上汉中地势险要，易守难攻，曹军远道而来，粮草物资必不能长久，只要我们坚定信心，足可以与曹军抗衡。时间一长，曹军必退，汉中可确保无虞。"张鲁犹豫。张卫继续说："兄长不必担忧，从河池到南郑，必经重要关隘阳平关，那里由杨昂驻守。为确保阳平关不失，我亲自率兵马前去那里督守。只要守住阳平关，就可确保南郑平安。"张鲁想了想，张卫的话说得也对，于是令张卫为大将，杨任副之，率兵马浩浩荡荡前往阳平关，与杨昂会合。为加强防御，将连接各营寨的关墙加高加固，宛如一道长城，绵延十余里，通往南郑的道路被拦腰斩断。

曹军从河池出发，一路上不是翻山越岭，就是在山谷中蜿蜒穿行。道路异常崎岖，将士们到达阳平关已是七月初秋。曹操见一道随着山势起伏绵延的石砌关墙横山而筑，不觉暗暗吃惊，心想：在武都时听氐人说，攻打阳平关比较容易；到陈仓时听人说，阳平关南北二峰各有一座营寨，离得较远，难以互为犄角，当时信以为真，今天到这里一看，根本不是那么回事。真是百闻不如一见，听信他人的议论去推断，很少有如人意的。曹操令各部曲依山扎寨，就地休整。随后根据阳平关的实际情况，将各部曲沿着关墙一字摆开，一声令下，各部曲同时进攻。只要有一处突破，就能攻到关内。然而阳平关山势陡峭，尽管新加固的关墙并不是很高，攻城的士卒却找不到好的立足点，关墙上礌石滚木纷纷而下，将士们连连受伤，曹操只好下令停止进攻。

第二天，曹操令各部曲佯攻，由张部集中兵马攻其一点，关上的箭矢犹如雨下，仍是无功而返。一连数天，进攻不利。张卫、杨昂、扬任气焰十分嚣张，在关楼上嬉笑怒骂，气得夏侯惇、夏侯渊、张郃、徐晃、于禁、朱灵等将帅和士卒们火冒三丈。张卫等人的每一次嘲讽，换来的都是曹军更加猛烈地进攻。然而一次比一次猛烈地进攻都败下阵来，曹操下令停止进攻，双方僵持在那儿。

曹操浓眉紧锁，在帐中坐立不安。成公英说："主公，这样会憋坏自己的。我陪你到外面去走走吧。"曹操心绪不宁，心想出去转转也好，散散心，让头脑清醒清醒。于是随成公英出了大帐，各骑上一匹战马，信马由缰地在山岭上走着，边走边聊。曹操说："我知道你很忠诚于韩遂，不会轻易背叛他。"成公英漠然无语，停了片刻，提马拦在曹操马前说："不敢欺瞒丞相，我跟随韩将军多年，情同父子。假使他还活着，我绝不会跟着鞠演、蒋石来投降。"曹操说："果不出我所料，确实是忠信之人。不过韩遂既然不在了，我相信你也一定会像忠于韩遂一样忠于我。我说得不错吧？"成公英刚要回答，从灌木丛中跳出三只麋鹿，两人的战马受到惊吓，险些把他们摔下来。只见成公英挽起弓箭，连射三箭，三只麋鹿全部应声而倒。曹操高兴地说："没想到成将军的箭法这样好。"成公英说："这一带麋鹿大的一群有上千只之多，可以说鹿比人多。很明显，这三只是跑散失群的。"两人下马，将麋鹿扔在马背上，返身准备回营寨。曹操望了望阳平关，说："攻打阳平关已有半个多月了，至今没有取胜，成将军认为哪里不对？说出来听听。"成公英陪着曹操，牵着马边走边想，说："此关之所以难攻，地势险要，攻打的将士无处立足是其一。守关的将士百倍警惕，不漏破绽是其二。现在丞相集中兵马猛攻，张卫他们也是倾尽全力防守，不容许有丝毫的闪失。我想，如能将守关的将士警惕性松懈下来，才好让他们露出破绽，就可以击败他们了。"曹操若有所思。

回到营寨，将士们连忙把麋鹿抬下来，高兴地说："这下有肉吃了。"七手八脚忙着宰杀了。曹操立刻召钟繇、贾诩来到大帐，将自己刚刚想到的破敌之策与二人商议，二人连呼其妙。

曹军停止了对阳平关的进攻。由于道路险阻，粮草难以为继，将士们开始吃不饱饭了。曹操请大家忍耐几天，正在想办法。将士们开始抱怨押运粮草的人行动这么迟缓。消息很快传到阳平关内，张卫高兴地说："果然不出我所料，曹军粮草告罄，看来他们待不长了，要不了几天，就会乖乖撤兵。"没等几天，张卫又接到各处报告，曹军已在四处抢收百姓种的秋庄稼。张卫说："看来曹军确实是饿极了，庄稼没成熟就开始抢了。我料曹军马上就会撤兵。"果然没几天，曹军偃旗息鼓，拔寨起营，依次交替回撤。张卫、杨昂、杨任在关上看得一清二楚，拍手称快。没想到闻名天下的曹操，居然奈何不了阳平关，在攻打了一个多月后，失败而退。于是张卫下令："守关将士大宴三天，以示庆贺。"并快马向张鲁报捷。

归降的氐胡将领解儦、高祚开始以为曹丞相真要退兵，赶忙来见曹操，这才知是计，原来丞相是在麻痹汉中兵马，打算要留一支兵马智取阳平关。想到自归降后还寸功未立，便要求留下来，并表示说："请丞相放心，我们氐人善于攀爬，一定神不知鬼不觉地突入阳平关。"曹操点头应允。

一切准备停当，这一天是七月末，又是阴天，夜幕沉沉，伸手不见五指，解儦、高祚率氐胡士卒悄悄摸到阳平关的关墙下。关墙并不高，又都是石块垒砌，士卒们迅速搭起人梯，借助凸起的石头棱角，快速爬上了关墙。守关的士卒连续庆贺了几天，以为曹军早已逃远，守卫非常松懈，哨位上的士卒搂着兵戈在睡觉。待他们发觉情况不对时，解慓、高祚的氐胡士卒已尽数登上了关墙。双方激战，喊杀声传到关里。张卫得知曹军已攻上关墙，急忙下令杨昂、杨任反扑。就在这时突然关中响起一片惊呼，只见关内营寨中的守军四下乱窜，狂呼："曹军已攻破营寨，大家快逃命。"解慓、高祚以为曹丞相又派了一支兵马已突入关内，立刻高呼："丞相的兵马已突入关内，大家奋力拼杀。"氐胡将士精神大振，一鼓作气攻入关内。杨昂、杨任被解慓、高祚斩杀，张卫见大势已去，率残部逃出阳平关，因无颜见哥哥张鲁，只好逃往蜀郡去了。

这时曹操率大军返回阳平关，还没等参战，阳平关已被攻取。此时天色已亮，经过询问俘虏，才明白是怎么回事。原来当解慓、高祚率氐胡军登上关墙，正与守关士卒厮杀时，一群麋鹿有数千头之多，不知受到什么惊吓，竟窜入阳平关内，惊起了营寨中的汉中士卒，他们以为是曹军杀了进来，便抄起兵戈乱打起来，也弄不清曹军攻进来多少兵马，慌忙应战，万余将士顷刻之间便被瓦解，四下逃散。弄明白了事情的原委，曹操在阳平关的关楼上哈哈大笑："真是天助我也，这数千只麋鹿就是天兵天将，要为它们记上一功。"随即留兵马驻守阳平关，率大军向南郑进发。

张鲁从连夜逃回南郑的士卒口中得知阳平关已失，杨昂、杨任被斩，其弟张卫无颜回南郑，已逃往蜀郡去了，便怒道："我早就说不是曹军的对手，现在损兵折将，丢尽颜面。阳平关既失，汉中已无险可守，只好稽颡投降了。"司马李休表示完全赞成，催促张鲁尽早投降，于是张鲁就要派人面见曹操，献出汉中。功曹阎圃说："当初未战之时，我们举汉中而降，表明我们有诚意。如今大败而再言降，便被认为是被逼无奈，必被曹操看轻，因此现在反而不能降。"张鲁说："我也不愿降，只是曹操大军压境，眼看南郑不保。"阎圃说："我们暂弃汉中，撤往巴中。那里的賨人和夷人皆信我们的五斗米教，依靠他们与曹操周旋，再视情况而定。"张鲁采纳了阎圃的建议，于是令南郑城中的所有文武掾属赶快行动，准备撤往巴中。这时许多掾属纷纷进言说："南郑城中储存有许多的粮草物资，根本无法把它们带走，应赶快组织人马，把它们全烧了。还有南郑城中的百姓，应让他们悉数跟随我们迁往巴中，给曹操留下一座空城。"张鲁说："我本打算归附曹丞相的，只是由于我弟张卫的阻挠，事情才弄得如此糟糕。现在我们奔南山入巴中，也只是权宜之计，暂避曹军的锋锐，并非要与丞相为敌。这些粮草物资原本就是国家所有，还是把它们完好无损地留给曹丞相吧。"于是下令将储存粮草物资的仓廪全部封存，然后率汉中郡所有文武掾属撤往巴中。

当刘备夺取益州，将刘璋迁往荆州公安的消息传到柴桑，在此驻守的鲁肃连忙赶到建业，向孙权禀报。孙权闻之大怒，说："当初我向刘备建议共取益州，刘备说什么'益州民富强，土地险阻，刘璋虽弱，足以自守。'说即使吴起、孙武在世，都不一定能取胜。并用曹操将饮马于沧海，观兵于吴会来恐吓我，要我不要与刘璋相互残杀，以免曹操从中取利。由此看来，刘备真是一小人也。以帮刘璋讨张鲁为名，借机取而代之，天下竟有这样无耻之人。"鲁肃说："主公还记得当初刘备的诺言否？如得益州，必还我们荆州。这次我们向他要还荆州，看他还有什么话说。"

孙权连连点头，当即修书一封，召诸葛瑾说："当初刘备借荆州时，说好得了益州就还荆州，你的弟弟诸葛亮一手经办了这件事。现在我派你前往益州讨要荆州，诸葛亮不会不认账吧？"诸葛瑾说："双方有约在先，想必此番前去，定能要回荆州。"立刻带上孙权给刘备的书信，动身前往成都。

然而去得快回来得也快，诸葛瑾带着满脸的尴尬返回建业，对孙权说："刘备让我转告主公，他正准备夺取凉州，让我们耐心稍等，等取了凉州，一定归还荆州。"孙权问："你没见诸葛亮，他怎么说？"诸葛瑾说："他说得更难听，干脆一口回绝，说整个天下都是刘家的，占荆州理所当然。并劝我留在益州归附刘备。"孙权说："既然天下都是刘家的，为何还要与同宗兄弟抢夺益州？看来这荆州他们是不打算还了。"鲁肃说："我已料到会是如此，既然他们无情，也别怪咱们无义，讨要不来，就夺回来。"孙权说："若强行去夺，必大打出手，你不是一直说要维护好与刘备的联盟吗？"鲁肃说："此一时彼一时也。现在刘备的兵马大多在益州，荆州关羽的兵马主要屯驻江北的南郡，以防曹操进攻，江南更是空虚。据斥候报告，曹操已率主力前往汉中征讨张鲁，现已到达长安。我们此时夺取荆州已无后顾之忧。这乃天赐良机，应牢牢抓住。"孙权说："子敬说得在理，既如此，当先取哪里？"鲁肃说："关羽的兵马俱在江北，江南四郡空虚。避实击虚，当取江南四郡。为防止关羽南下增援，可派大军诈称攻南郡，牵制其不敢南下。然后派兵马潜至豫章，从那里突然发动攻击，先夺取长沙、桂阳，后取零陵、武陵。"孙权说："子敬的计谋很妙，能否夺取江南四郡，关键在于能否阻止关羽南下。就由子敬率兵马屯驻巴丘威胁关羽。可惜程普老将军去年病故了，就由吕蒙将军督黄盖、甘宁、孙规、徐忠、鲜于丹等前去夺长沙、桂阳。我率一支兵马屯驻陆口，随时接应你们。留凌统、周泰、韩当等坚守濡须口，以防曹军南下。"

计议已定，随即行动。吕蒙率大军先至豫章，然后与黄盖分兵取长沙、桂阳。由于袭击太突然，长沙、桂阳守军仅是郡兵，根本不是吕蒙、黄盖的对手，两郡轻而易举被拿下，随即直奔零陵。在零陵城外，吕蒙与黄盖会师，将零陵城包围。关羽闻长沙、桂阳俱失，大吃一惊，就要南下救援，得到斥候报告，鲁肃率万余大军屯驻巴丘，准备夺取南郡。关羽不敢分兵南下，派人十万火急赶往成都报与刘备，请求速派兵回援。刘备得到急报，不敢耽搁，令诸葛亮督赵云留守成都，慌忙亲率张飞、黄忠、魏延等五万兵马，水陆两路，沿长江直奔荆州而来。

自吕蒙包围零陵后，即要求零陵太守郝普投降。郝普一边派人向关羽告急，一边率郡兵坚守，发誓绝不投降。吕蒙下令攻城，城上箭矢如雨，无奈败下阵来。随后又多次攻城，均毫无建树，吕蒙与黄盖等将领不免着急起来。这时吕蒙接到孙权送来的急令，说关羽已率兵马正在渡江，要南下解救零陵，现在已令鲁肃率兵马进至益阳，堵截关羽。请加紧攻取零陵，如零陵攻不下，可放弃，率兵马增援鲁肃。黄盖说："实在不行，就撤吧，万一鲁肃顶不住关羽，连到手的长沙、桂阳两郡也会丢失。"

吕蒙强令自己冷静下来，说："我们已围零陵这些天了，现在放弃太可惜。我想到了一个人，还是在夺取长沙时知道的，我当时留了心。此人本南阳人，后避乱来到江南，姓邓名玄之，与郝普是好朋友，现在酃县。可派人速将他请来，劝说郝普投降。"很快邓玄之被请到零陵。就在这时，吕蒙再次接到孙权急令："关羽兵马已渡过长江，正在南下，已快到益阳。据斥候报告，刘备亲率五万兵马已到达公安，将随关羽之后到达益阳。鲁肃兵少，势难抵挡，我已率兵马前往益阳，请你速放弃零陵，挥师北上，共助鲁肃与刘备在益阳决战。"

吕蒙将孙权的急令收起，揣在怀里，若无其事地对邓玄之说："邓先生也看到了，长沙、桂阳两郡已归附我东吴，现在大兵压境，郝普再抵抗也没有用，只能是死路一条。今天请邓先生来，是想请你劝劝郝普，不要再做无谓的抵抗。"邓玄之当即表示愿去劝降。吕蒙即刻修书一封，请邓玄之交与郝普。眼看着邓玄之入了城，吕蒙立刻派四个军候，各率百余名士卒做好准备，只要郝普随邓玄之出城，就立刻接管零陵城四门。又令自己的楼船在湘江边做好随时开拔的准备，命各部兵马暗中做好撤退的准备。

邓玄之进了零陵城，被守城士卒引到署衙，郝普早在这里等候。两人略叙一叙，邓玄之即把吕蒙的信交给了郝普，郝普打开看到："郝太守知道世间有忠义之事，也想效仿，实在可敬。但你不知道，凡事应随时而变。左将军刘备现在益州，被夏侯渊困在汉中，鲁肃大军进攻南郡，关羽自顾不暇，根本抽不出兵马来救援你。长沙、桂阳二郡已为我所有，零陵已是孤城，且夕可破，请郝太守能识时务。假如你能确保此孤城之守能等到外援，继续坚守是可以的。如果外援毫无希望，即使你身死又有何益，还要连累你的百岁老母，你能心安吗？现在道理也给你讲明白了，怎么办你自己拿主意吧。"郝普默然。邓玄之劝其说："吕蒙将军所说都是真的，长沙、桂阳已落入东吴之手，关羽现在被牵制在江北，刘备远在益州，难道你真的愿意让老母跟着受牵累吗？"经过劝解，郝普答应跟随邓玄之来见吕蒙。

吕蒙见郝普和邓玄之从城中出来，赶忙迎了上去，同时命四个军候各率百人控制了四个城门，随即将郝普引到湘江边停靠的楼船上。船上早已备好盛宴。吕蒙欢迎郝普弃暗投明，亲自把盏敬酒。酒过三巡，吕蒙将孙权给他的急令从怀中掏出，递与郝普。郝普打开一看，这才知道刘备已率大军到达公安，关羽也率大军到达益阳，心中懊悔不已。吕蒙说："请郝太守见谅，我这也是被逼无奈，邓先生也不明就里。现在军情紧急，就请郝太守暂随我前往益阳。"于是令孙皎留下处理零陵善后事宜，率水陆大军沿湘江火速赶往益阳增援鲁肃。

刘备亲率大军紧随关羽之后，日夜兼程赶赴益阳，益阳大战一触即发。就在这时，刘备得到诸葛亮急报："曹操已攻占汉中，张鲁逃往巴中，巴中危在旦夕。汉巴失陷，益州危矣，请主公速回兵御曹。"刘备大吃一惊。偏将军黄权建议说："若失汉中，则巴中不保，这就相当于割去了益州的大腿和胳膊，我们应速回巴中迎接张鲁，联合賨人控制巴中，然后设法夺回汉中。"刘备思虑再三，命关羽停止进攻，派糜竺前往陆口见孙权，陈说双方同为盟友，共抗曹操。现在反目成仇，伤了和气，必为曹操所乘，为了抗曹大计，愿与东吴讲和。

孙权也清楚，现在东吴的主力全在荆州，如果不与刘备讲和，万一曹军从合肥南下，后果也不堪设想。现在刘备既然主动示好，且已夺取江南三郡，见好就收吧，于是答应与刘备讲和。经过双方交涉，共同商定，以湘水为界，以东的长沙、桂阳连同江夏，此三郡归东吴所有。湘水以西的武陵、零陵连同南郡为刘备所有。曹操占有的南阳郡及襄阳，将来由刘备夺回，江夏北部诸县由东吴夺回。商议已定，签字画押，荆州被双方私分。随后刘备将江夏郡自己控制的诸县移交给孙权。孙权将零陵郡归还刘备，太守郝普也一并送还。于是各自罢兵。孙权任吕蒙为长沙太守，黄盖为桂阳太守，鲁肃为江夏太守，各守其郡。孙权回到建业。

刘备也着手返回成都，临别叮嘱关羽："湘水以东悉数归了东吴，北部又有曹军重兵把守，希望二弟与东吴搞好关系，共抗曹操，才能保荆州不失。"关羽说："兄长放心，我知道荆州的重要性，若荆州丢了，无论东吴还是曹操，都会把我们封堵在益州，也就失去了我们争夺中原的机会。我一定守好荆州，不仅守好荆州，若有机会，我还要把南阳、襄阳从曹操手中夺回来，直接威胁许都。"刘备说："你不要轻易挑起战端。切记，守住荆州就是一大功劳。"交代完毕，刘备率五万大军，急忙返回益州。

第一百一十二章

收张鲁曹操得汉中　战孙权张辽胜东吴

曹操率大军很快到达南郑，这才知道张鲁已逃往巴中。曹操入南郑城，只见城中街巷热闹，百姓守业，这让曹操没有想到。来到署衙，里外打扫得非常干净，各种器物摆放的井然有序。尽管掾属们都已逃走，仍留有门吏值守，全然不是逃亡后的落败景象，这更出乎曹操的意料。这时各部曲来报："城中所有仓廪府库全都封存，俱留有账册，上面记载有详细的数量、品种。"曹操对钟繇、贾诩说："我明白了，张鲁是有心归附的。"

南郑仓廪府库中储存的大量粮草物资，让曹军得到了充足的补充，曹操非常满意。随即派人前往巴中寻找张鲁，劝其返回南郑。没过多久，前往巴中的使者回来，说："张鲁避而不见，我把巴中七姓夷王朴胡和賨邑侯杜濩给带来了，现在府门外等候。"曹操非常高兴，立刻接见他们。二人率夷、賨各部落的首领见到曹操，立刻施礼，皆说："愿归附朝廷，听从曹丞相调遣。"曹操摆盛宴招待他们，并询问道："张鲁为何不愿与你们同来？"二人说："张太守还在犹豫，不知丞相肯接纳否？"曹操说："你们回去以后转告他，把一个完整的南郑城留给了我，这就是大功一件，我要向天子表奏他的功劳。如他返回南郑，我还要亲自出城迎接。"随后曹操向天子表奏，分巴中为东西两郡。朴胡为巴东太守，杜濩为巴西太守，两人皆封为列侯。朴胡和杜濩带着曹操赐给他们的丰厚财宝，率各部落首领高高兴兴回巴中去了。

张鲁见朴胡和杜濩平安回来，又分别被表奏为巴东、巴西太守，且都封了列侯，愿意归降的念头也越发强烈起来。二人又将曹操的话转告给张鲁，并力劝他早日归降。张鲁在犹豫了一段时间后，于十一月率文武掾属离开巴中，回到南郑。

曹操果然践行诺言，亲自率领文武掾属前往城外迎接。张鲁远远看到城外迎接的仪仗，早早下马，这时有人前来引见，将其带到曹操面前。张鲁跪拜施礼，说："公祺有罪，听凭丞相处置。"曹操连忙将其搀起说："你父子据汉巴三十多年，只因刘璋听信谗言，杀了你母亲，诬你反叛朝廷，这才造成了误会。我来南郑后，逐步了解了事情的原委，你受委屈了。"张鲁眼泪夺眶而出，说："谢丞相体谅公祺。"曹操说："我到南郑后，见府库封藏，物资宝货悉数保存，便知你不愿背叛朝廷。"一席话说得张鲁泪如雨下，待心情稍稍平复后说："我回来迟了，错在我一人，与这些掾属们没有关系。"指着身旁的阎圃说，"这位就是我们汉中郡的功曹阎圃先生。"阎圃上前施礼。曹操笑着说："早就闻知你的大名。当年张鲁要称汉宁王，还是你阎圃力谏，才使他没有迈出反叛朝廷的这一步，这是一件大功。"阎圃不好意思地说："可这次汉中郡的掾属们一起逃往巴中，也是我劝谏的，请丞相责罚。"曹操说："现在你们回到南郑，据说也是你劝谏的，将功补过了。"大家都笑了起来。

张鲁又介绍道："这是程银、侯选……"曹操不等张鲁介绍完，伸手挽起了施礼的程银、侯选，说："我们是老朋友了，当初在渭河南岸，互相厮杀过一阵。听说你二位逃往南山了，没想到跑到汉中来了。真是山不转水转，我们到底又见面了。"程银、侯选脸涨得通红，说："本该早日投降丞相，只是受马超、韩遂的蛊惑太深，请丞相原谅。"曹操说："虽然晚了点，但毕竟回来了，以前的事就算过去了。"曹操还要说什么，一眼瞥见程银、侯选背后站着的那个人，手一指说："这不是刘雄吗？当初马超在关中反叛时，你骗我说，不愿追随他，要率你的部曲归顺朝廷。我十分相信你。自你走后，便盼着你率部曲前来归降，不料一去不返。虽脱离了马超，却占据武关与我作对。"说着，指着身边的夏侯渊说："最后还是夏侯将军打败了你。当时我气得咬牙说：'我最恨的就是欺骗我的人，待抓住你一定碎尸万段。'老贼，没想到你今天终于落到了我的手中。"说着，伸出手去，一把揪住他的胡须。张鲁一看事情不妙，刚要来说情，曹操挥手阻住道："老贼，你说怎么办吧？"刘雄无奈地说："事已至此，再说无益，要杀要剐，全由丞相吧。"说着跪了下去。

曹操哈哈大笑，连忙挽起刘雄说："老将军请起！我与你开个玩笑。我后来听说，你回到部曲后，被你的部下劫持，没有办法，才随了他们。闻知夏侯渊将军要去攻取武关，你下令放弃武关，没想到也来到了这里。我知道你不愿与朝廷为敌。"刘雄泪水夺眶而出："谢丞相知我的心。"大家也都松了一口气。

这时张鲁拉着一位武将的手，来到曹操面前，介绍道："这位是庞德将军。"曹操上下打量，见其穿戴盔甲，宽肩厚背，鼻直唇厚，让人感到既威武又淳朴，心生爱恋，说："久闻庞德庞令明将军大名，如雷贯耳。当初在河东亲手斩了高干的大将郭援，又将叛贼张白骑歼灭于两骸间，真是勇冠三军。虽未曾谋面，却早有耳闻。今日一见，果然是气度不凡。"庞德说："没想到区区小事，丞相都还记得。"曹操说："如此大功，必彪炳史册，怎能说区区小事？"庞德望着曹操身边的钟繇说："只是对不住钟司隶校尉了，我是很久以后才知道郭援是你的外甥。"钟繇说："不要说对不住我，郭援虽是我外甥，但认贼作父，反叛朝廷，乃是国贼，理当除去，不必致歉。"

大家挨个见过曹操，看到丞相谈笑风生，态度和蔼，笼罩在心头的紧张和不安也渐渐消散了，大家同入城中。曹操早命人在署衙中摆好盛宴，为这些刚刚返回南郑的降将们接风洗尘，席间其乐融融。

汉中既平，曹操表奏献帝，仍由张鲁为太守，并拜张鲁为镇南将军，敕封为阆中侯，食邑万户。因其五个儿子俱已成年，皆封为列侯。阎圃仍为功曹，敕封为列侯。刘雄恢复其官爵，到渤海郡任都尉。分汉中的安阳、西城为西城郡，由程银任西城都尉，分汉中的锡城、上庸为上庸郡，由侯选任上庸郡都尉。鉴于刘璋此时已被刘备赶往公安，曹操同时表奏赵颙为益州刺史。因刘备占据成都，益州州治暂设在南郑。曹操对庞德说："你能征惯战，留在我身边吧？"庞德说："愿听丞相安排。"于是拜庞德为立义将军，表奏其为关门亭侯，食邑三百户，并调集五千精兵，交由庞德指挥。

很快，献帝的诏命颁了下来，对曹操的表奏均予以准奏，并下诏说："夫军之大事，在兹赏罚，劝善惩恶，宜不旋时，故《司马法》曰'赏不逾日者，欲民速睹为善之利也'……"诏书中以邓禹拜李文为河东太守，来歙拜高峻为通路将军为例，说明及时承制封拜，以彰功勋的好处，认为这是对国家有利的。因此诏书最后说："自今以后，临事所甄，当加宠号者，其便刻印章假授，咸使忠义得相奖励，勿有疑焉。"

依据天子的诏令，曹操与钟繇、贾诩等人商议，决定新设置名号侯爵位十八级，关中侯爵位十七级，皆授与金印紫绶；又新设置关内、外侯爵位十六级，授予铜印龟钮墨绶；五大夫十五级，铜印环钮，亦墨绶。与以前的列侯、关内侯合计共六等。只是新设置的这些爵位，只有荣誉，没有食邑。后世的虚封自此开始，这是后话。

此爵位等级已定，曹操即在军中评议各将士的军功，依军功大小授予适当的爵位，并颁授印绶。虽没有食邑，那些得到封授的将士也感到无上光荣，部曲中军心大振，纷纷表示要多立战功，早得封授，光耀门庭。

汉巴初定，随军主簿刘晔向曹操禀报说："丞相当初以步卒五千，将诛董卓，北破袁绍，南征刘表，到现在九州百郡，十并七八，威震天下，势慑海外。如今汉中归附，蜀人望风而惊，胆已吓破，惶惶不可自守，由此推断，蜀可传檄而定。刘备虽算得上一位人杰，只是得蜀日浅，蜀人并未完全臣服。眼看我们已破汉中，蜀人震恐，必倾心于我们。以丞相之神明，率大军一鼓作气，南下蜀郡，则攻无不克。若迟滞不前，诸葛亮善于治理，关羽、张飞又勇冠三军，待蜀中百姓安定，臣服刘备，据险守隘，则难以收复。今日不取，必为后忧。"钟繇和贾诩也都赞成刘晔的意见，劝曹操及早南下平定蜀郡，夺取益州。

曹操沉吟良久，说："当初平定荆州后，就认为可以一鼓作气平定东吴，结果由于太过仓促，以致在赤壁遭到很大损失，我怕再蹈覆辙。"钟繇说："赤壁之战后，我私下与荀攸先生议论过这件事，我们共同的看法是，东进东吴并没有错，当初采取的行动是完全正确的，只是没想到突发了大疫，才导致赤壁之败。我听说丞相也认为当初征讨东吴并没有错。因此这次也应不失时机，征讨蜀郡，剿灭刘备。"曹操说："我想起建武八年时，光武皇帝曾对大将岑彭说：'人苦不知足，既平陇，复望蜀。'现在的情况虽和那时不完全相同，但还是有些相似，这句话可以这样说：'人苦不知足，既得陇，何望蜀。'南下巴蜀，要翻越大巴山，据说并不比翻越秦岭容易。若当初刘璋能守住成都，接应我们，或孙权与刘备为争荆州大打出手，牵制了刘备，情况就会完全不同。据斥候报告，刘备与孙权分了荆州，双方讲和，一旦我们全力进攻巴蜀，孙权与刘备联手从东边进攻许都，我们将两面受敌，局面就很难控制。"贾诩说："现在我们的大军已在汉中，只要能下决心，我认为一鼓作气收复巴蜀，还是有把握的，请丞相斟酌。机会一旦失去，就太可惜了。"曹操说："容我再细想想。"

就在这时，曹操接到张辽、乐进、李典派人从合肥送来的急报，说："据斥候探报，孙权正在调集兵马，扬言夺取合肥，请丞相及早回师。"曹操立刻写了一封信，交与护军薛悌说："你乘快马赶往合肥，将此信交与张辽、乐进、李典将军。我远在汉中，一时难以到达，合肥的守卫就靠他们了。如何防守，我信中已写明，他们照着做就行了。"薛悌收好信，选了几匹快马，带上若干随从，离了南郑，昼夜兼程奔合肥而去。

随即曹操召见钟繇、贾诩、张鲁等人，说："不出我所料，孙权果然在东边动手了。据张辽派人来报，孙权已调集十万兵马，准备先夺取合肥，再攻占淮南，我们必须率兵马前去增援。看来巴蜀的问题只能往后放一放了。"张鲁说："丞相若撤兵，刘备来攻怎么办？"曹操说："这个你不用担心，我留夏侯渊，督徐晃、张郃驻守汉中，以防刘备来袭。"张鲁长舒一口气，说："由此三位将军镇守汉中，我们就放心了。"张鲁看了看曹操，见他张了张嘴，似有什么话要说，便问："丞相还有什么要交代的，尽管说好了，我一定率汉中诸掾属，协助夏侯渊等将军守好汉中。"曹操犹豫了一下，笑说："听说你有一个女儿，不知芳龄几何？"张鲁说："年方十六，正待字闺中，不知丞相怎么突然问起小女来了？"曹操说："我有一子，是环夫人所生，名叫曹宇，建安十六年时已被天子敕封为都乡侯，与你女年龄相仿，我有意聘其为媳，不知张将军意下如何？"张鲁一听，连忙说："能与丞相结秦晋之好，正是我求之不得的，既如此，就请丞相走时把她带上。只不过小女年龄尚小，不谙世事，还请丞相包涵。"钟繇、贾诩等众掾属皆道贺。

汉中诸事已定，曹操不敢耽搁，即率夏侯惇、于禁、朱灵、庞德、许褚等众文武掾属，沿子午道过秦岭，直奔长安而去。

孙权自夺得荆州三郡后，志得意满，得知曹操正率兵马攻打汉中，料其无暇东顾，便欲出兵夺取合肥，进而攻占寿春。鲁肃反对说："屯驻合肥的张辽、乐进、李典皆曹操手下战将，未必容易进攻。"孙权说："合肥守军虽是曹操的战将，毕竟兵马不过区区数万，我可调集东吴十万兵马攻打，这是我们夺回淮南的大好时机。"鲁肃说："我们攻打合肥，曹操虽来不及增援，若关羽从背后袭击怎么办？丢了荆州三个郡，关羽一直耿耿于怀。"孙权听鲁肃这么一说，心中犹豫了一下，随即说："这个也不用担心，就由你子敬督蒋钦、董袭、黄盖、潘璋等屯驻陆口，以防关羽从背后偷袭。我率吕蒙、甘宁、凌统、周泰、韩当等攻取合肥。"计议已定，孙权调集十万兵马，分水陆两部，进兵濡须口，然后向皖城进发。

合肥城中，张辽、乐进、李典得到斥候急报，孙权已率十万大军渡过长江，到达皖城。张辽说："我们虽然已经向丞相告急，但汉中离此太过遥远，只有再派人到徐州向臧霸求援。"李典说："臧霸若等到丞相指令再赶来增援，恐怕也会误事。守卫合肥只有靠我们了，我们一定要守到援兵到来。"乐进不无忧虑地说："孙权调集十万大军来攻，双方实力悬殊太大，我真担心能否守到丞相的援兵到来。"张辽说："不能守也得守，誓与合肥城共存亡。我们赶快向臧霸告急，同时抓紧时间再加固合肥城墙，尽可能多地筹备礌石滚木、弓弩箭矢。"

就在东吴大军陆续赶到合肥城，即将对合肥城形成包围之势的关键时刻，护军薛悌一行风尘仆仆赶到。张辽、乐进、李典等连忙将其迎入城内，询问丞相的大军现在到了什么地方？薛悌说："我动身的时候，丞相还在南郑。他让我给大家捎来一封信，嘱我说：'破东吴之计，俱在信中'。"连忙把信拿出交给张辽，只见函封上写道："贼至乃发。"乐进说："现在东吴兵马已经兵临城下，快打开看看。"张辽立刻拆开函封，见信中写道："若孙权至者，张李两将军出战，乐将军守，薛护军勿得与战。"三人面面相觑，不知何意。问薛悌，薛悌说："丞相信中写的什么我也不知道，只说御敌计策全在信中。"大家全都不说话，细思曹操的信。

少顷，张辽说："我明白丞相的意思了。丞相远征在外，若等丞相救兵赶到，合肥恐怕早被攻破了。由于远水不解近渴，若被动防守，终难长久。丞相告诉我们，要趁敌人刚到，立足未稳之时，让我们大胆地主动出击，挫其锐气，提高全城百姓及将士的士气，以安众心，然后再依城固守。成败在此一战，你们还有什么疑问吗？"大家都认为张辽分析得有道理，赞同主动出击。张辽因平时与李典互相不服，略有小隙，恐其不服从自己指挥，便说："明天我率本部兵马首先出战。"李典说："守卫合肥是国之大事，我岂能因个人恩怨忘掉公义。我的所有兵马悉听张将军调遣，明日我与张将军一同出战。"

张辽也不再谦让，立刻从三支部曲中挑选精壮勇敢之士八百人，由其亲自带领，直扑东吴大寨。李典率其本部兵马和张辽的兵马，随后杀出，以牵制东吴的兵马。乐进和薛悌守城。安排妥当，张辽下令宰牛杀羊，煮了许多肉，第二天早早犒赏这八百勇士，然后披甲持戈，跨上战马，待天刚亮，打开城门，张辽一马当先冲了出去，八百勇士紧随其后，像一阵狂风一样直奔东吴大寨。

东吴的兵马根本没料到曹军会主动出击，连忙仓促应战。张辽挥动长枪，大呼道："我乃荡寇将军张辽也，孙权快快投降。"孙权大惊，在众将士的护卫下逃往就近的一处山坡。甘宁令众将士护住孙权，与张辽展开厮杀。孙权在小山坡上朝下望去，见张辽手下仅不足一千人马，立刻来了精神，下令围歼张辽。这时吕蒙、凌统等已反应过来，赶来围歼张辽。此时李典率兵马也冲出了城，截住吕蒙等，便厮杀起来。双方混战在一起，从早至午，直杀得天昏地暗。毕竟双方力量悬殊，张辽见无法擒获孙权，只得下令突围。一阵猛杀突出包围，回身一望，还有一些将士没有突出来，又返身杀了回去，将所有被困将士带出，与李典相遇，两人互为依托，且战且退，退到城门，乐进的兵马在城上赶快放箭，射住东吴兵马，待曹军全部退入城中，立刻关闭城门。

此战曹军以突然袭击的方式，给东吴兵马以迎头痛击，将士们士气高涨，城中百姓也信心倍增。而孙权本来趾高气扬，对曹军不屑一顾，认为夺取合肥易如反掌，没料到却吃了一个大亏，于是令兵马将合肥城团团围住，拼命攻打，一定要夺取合肥城。然而连攻十几天，城上礌石滚木准备充足，箭矢如雨，都无功而返，将士的士气逐渐低落。这时闻知臧霸率青徐军赶来增援，又得知曹操从汉中撤兵，已过了西安，正在赶往合肥的路上。合肥城中物资粮草储备丰富，短期内夺取合肥无望，于是在合肥城周围掳掠一遍，准备留兵马守皖城，大军返回江东。

这天，张辽见东吴并未攻城，便与乐进、李典、薛悌在城上巡视，朝城下望去，见东吴营寨似有异动，忙招呼大家说："你们看，东吴的营寨好像要拆除，莫非是要逃跑？"李典、乐进、薛悌仔细观望说："张将军说得不错，东吴是要撤兵。他们一定是听到了我们的援军快到了。"张辽说："我们率兵马欢送一下怎么样？"李典说："虽说是撤军，但毕竟双方实力悬殊，万一他们回头攻城怎么办？"张辽说："我们正是要利用他们认为我们不敢出城，就再给他来个突然打击。"乐进完全赞成，说："这次由李典将军守城，我与张将军出击。"李典不听，坚持仍由乐进守城。张辽说："不必争了，我料东吴兵马只顾撤军，不会再想到攻城。留下一支人马，由薛悌统领，守好城池，你我三人全部出击。由于东吴兵马远超我们，擒贼擒王，我们仍像上次一样，集中兵马攻其大营，如能擒获孙权，必是大功一件。南面有一座桥叫津桥，是孙权南撤的必经之路。乐进将军，你率一支兵马迅速绕到孙权背后，设法把津桥毁掉，让他过不成河。

李典将军，你率其余兵马，抵住吕蒙等人的进攻，使其不能增援孙权。我仍率八百精壮敢死之士，直趋孙权大营。"

分拨已定，张辽即召上次的八百勇士，说："这次我们仍然突袭东吴的中军大营，争取活捉孙权。大家有没有胆量？"这些勇士异口同声道："愿随将军赴汤蹈火！"张辽说："这次来不及犒赏大家牛羊肉了，待战斗结束，一定重重犒赏大家。"于是令八百勇士跨上战马，自己也顶盔贯甲，打开城门，手持长枪，率先冲了出去。

孙权正在拔寨起营，需要带走的物资已装好车，没想到张辽如一股旋风，顷刻间又刮到身旁，甘宁说凌统："快护住主公撤退，过了津桥就保险了。这里由我应对。"挺起长枪迎了上去，与张辽战在一起。孙权由侍卫谷利仗剑紧紧跟随，在凌统的掩护下朝津桥撤去。

乐进此时正在拆毁津桥，刚拆了一半，孙权就逃了过来。乐进也顾不得拆桥，急忙率兵马迎击，凌统又与乐进战在一起，并催促孙权赶快过河。桥被毁了约两丈长，马根本跳不过去。这时侍卫谷利急了，说："主公，让马退后，松开缰绳。"孙权将马退后数丈，谷利说："主公，加鞭朝前冲。"孙权挥鞭打马，谷利紧追马匹，不断抽打摧马，以助马势，到了桥边，一个腾跃，跳了过去。这时张辽一边抵挡甘宁，一边紧追孙权，也到津桥，张辽问乐进："见到孙权没有？"乐进说："只顾拼杀，没有见到。"又问被俘的东吴士卒，告知说："那位乘马跳过津桥的紫髯将军就是孙权。"两人一听，直呼后悔，早知他是孙权，会不顾一切地冲过去将其拦截。这时吕蒙率兵马与李典边战边退，也撤到了津桥。孙权过了津桥，立刻令水军倾巢出动，接应甘宁、凌统、吕蒙过河。张辽见东吴水陆兵马众多，只好与乐进、李典一起，鸣金收兵，返回合肥城。恰在此时臧霸率兵马赶到——原来臧霸得到张辽告急，不等向曹操请示，即刻率兵马赶来。大家一起入合肥城，摆宴庆贺。随后张辽派薛悌向曹操报捷。

东吴兵马在水军的接应下过了津桥，在河南岸扎下营寨，稳定下来。两次曹军的突然袭击，都使东吴遭受重创，吕蒙等将领要求返回去再攻合肥，以报此仇，方解心头之恨。孙权劝道："曹兵的援军已到，曹操也到达洛阳，再进攻合肥于我不利。我们已将合肥周边袭夺一遍，并不吃亏。"于是撤兵回到濡须口，留甘宁守濡须口，率大军渡江回建业去了。因感念谷利救驾有功，回到建业后，特赐谷利为都亭侯。

曹操经子午道撤回长安，带上路招一起赶往合肥增援。走到洛阳，碰到飞马前来报捷的薛悌，得知孙权被张辽、李典、乐进三位将军击败，撤回东吴，非常高兴。随即表奏张辽为征东将军，乐进为右将军，李典为破虏将军，各赐食邑不等。因臧霸及时赶到，稳定了形势，也对臧霸予以奖励。

这时有掾属问薛悌："丞相当初交给你一封信，说取胜之计俱在信上，说的是什么计策？"薛悌说："并无什么计策，只有一句话。"然后把那句话说了出来。大家听了，果然觉得没什么新奇的，说薛悌不说实话。薛悌说："我说的都是实话，不信你们问丞相。"大家都把目光聚向曹操，曹操笑说："薛悌并没有骗大家，我信中就说了一句话。至于原因嘛——大凡用兵之道在于诡谲，奇正相资。三位将军平素争强好胜，互不服气，要么互相争先，要么互相推诿，难以形成合力。合肥城又前突孤悬，周围并无援兵，专任勇者好战生患，专任怯者，则惧心难保。且敌众我寡，彼必怀懈怠。我令其出击，以致命之兵，击懈怠之军，其势必胜。胜而后守，守则必固。后来在东吴撤兵之际，他们又敢于出击，险些捉了孙权，这是我没有料到的了。"大家皆说："丞相用兵，能根据将帅的秉性，敌我的态势，教以不同的战法，看似平淡无奇，实则是妙极了。"

既然合肥之战已胜，曹操便令臧霸仍回徐州驻守，夏侯惇、于禁、朱灵、路招等仍回许都驻扎，留庞德与许褚随自己回邺城。并对钟繇说："魏国初建，事情繁杂，你到邺城担任魏国的大理卿吧。司隶校尉由丁冲接任。"于是钟繇随曹操一同回到邺城。此时已是建安二十一年仲春二月。

由于张鲁归附，收复汉巴；合肥又击败孙权，于是曹操在铜雀台摆下盛宴，与众文武掾属共同庆贺。席间，众掾属趁着酒兴，赋诗赞颂。此次征讨汉巴随军出征的侍中王粲，更是胸中激情涌动，难以抑制，慨然赋诗一首，以抒发情怀：

"从军有苦乐，但问所从谁？所从神且武，安得久劳师？相公征关右，赫怒振天威。一举灭獯虏，再举服羌夷。西收边地贼，忽若俯拾遗。陈赏越山岳，酒肉逾川坻。军中多饶饫，人马皆溢肥。徒行兼乘还，空出有余资。拓土三千里，往返速如飞。歌舞入邺城，所愿获无违。"

此诗吟罢，众人称赞写出了真情实感。不知谁喊道："每有出征，丞相总有诗吟诵，想必此番出征，丞相也必有感而发，请吟之与大家共享。"曹操兴致很高，举起酒杯一饮而尽，说："翻越大散岭后我夜不能寐，以《秋胡行》的乐调，作了一首乐府诗，现吟诵之。"随即吟道：

"晨上散关山，此道当何难！晨上散关山，此道当何难！牛顿不起，车堕谷间。坐盘石之上，弹五弦之琴。作为清角韵，意中迷烦。歌以言志，晨上散关山……"

征战时的艰辛又清晰地呈现在人们面前。那些未随军出征的掾属，也好像行进在崎岖的山岭中。接着曹操以绮丽的想象，幻化自己遇到了仙人，仙人们的生活是多么地自由自在啊，这不正是自己追求的理想吗？然而他很快从理想中回到现实，"去去不可追，长恨相牵攀。去去不可追，长恨相牵攀。夜夜安得寐，惆怅以自怜……"理想是美好的，但对于一个六十多岁的人来说，却又是显得那么虚无缥缈，曹操略感到一丝忧伤。此诗吟完，众掾属皆点头称奇。有的说丞相想象奇特，是一首游仙诗；有的说不是，是丞相借神仙抒发了自己的真情实感。不过都认为，若依乐府曲调交倡人们唱出来，一定非常优美。

这时谏议大夫、千秋亭侯董昭起身说："丞相内修美德，外建武功，平定天下，民生复兴，汉室宗庙烟火渐盛，国家得以中兴。魏公之封犹不能显其功，我将表奏天子，诏赐魏公为魏王，使魏国能更好地藩卫汉室。"众掾属齐声赞同。曹操说："不可，天子赐我魏公，建立魏国，已是天恩厚重，礼同藩王，再赐魏王，有违规制，万万不可。"董昭说："丞相功勋远在诸侯王之上，非魏王不能显其尊。我必表奏天子，请陛下加恩丞相。"此时酒兴正浓，铜雀台上歌舞又起。

第一百一十三章

劝农桑魏公耕籍田　调兵马曹操征东吴

铜雀台庆功宴后，眼看已是阳春三月，曹操对钟繇说："魏国既建，本应依制实行籍田，以劝农桑。去年春天时因在陈仓，无法籍田，今年恰在邺城，籍田这件事就不能免了。"钟繇说："魏公不说，我也记着呢。百亩籍田，我已带人划定，就在邺城外。负责耕种的籍民，也已落实好。主簿刘晔正安排籍田用的耒耜。不知魏公准备何时籍田？"曹操说："就选在三月壬寅日这天吧。"

三月壬寅日，阳光明媚，暖风习习，树上的嫩叶已缀满枝头。在邺城的文武掾属齐聚籍田边。放眼望去，周围的冬麦葱绿一片。籍田内，曹操身穿短襦，用锦带将腰扎紧，头上扎着一块方巾，完全一副农人的打扮。一手紧握耒把，一手拿着竹鞭，将耜铧插入土壤中。前方一个壮实的农夫已将一副轭木套在牛颈上，手紧紧攥着缰绳，贴着牛头站着。只听曹操一声吆喝，扬起手中的鞭子打在牛屁股上，壮年汉子一拉牛鼻绳，犍牛头一低，蹬紧四蹄，朝前走去。曹操紧紧按着耒耜，泥土连续地向上翻着，文武掾属欢呼起来。曹操在籍田上耕了一遭，已微微出汗，并没有要停下来的意思。文武掾属劝道："魏公，籍田只是一个仪式，示范一下就行了。虽然身体很好，但毕竟是花甲之年，别再累坏了。"曹操用手朝脸上抹了一下汗，说："我身体还壮实得很，在耕一遭问题不大。"说着又耕了一遭。刘晔连忙令等在一旁的农人接过耒耜，换下了曹操。

曹操来到田埂上，边擦汗边说："这几年各郡县撂荒的土地大都得到了复耕，粮谷的产量也在逐年提高，手中有了粮谷，不仅我们的心能安定下来，百姓们的心也会安定下来。告诉各郡县，还是要大兴屯田，使所有土地都得到复耕。"

曹操籍田以后，冀州进入了春耕大忙季节。

时间过得真快，转眼便是五月，人们正忙于准备收割小麦，这时宗正刘艾奉献帝之命，持节由许都赶来邺城，宣读诏书，诏敕曹操为魏王。诏书中说："自古帝王，虽号称相变，爵等不同，至乎褒崇元勋，建立功德，光启氏姓，延于子孙，庶姓之与亲，都是相同的。"接着以刘邦分封异姓王为例，讲了封王的必要性。随后又以刘秀未封异姓王为例，终致传到献帝，天下四分五裂，群雄纵毒，汉朝几近败亡。说幸赖皇天之灵，由曹操"秉义奋身，震讯神武，捍朕于艰难，终始宗庙得保，汉室得以延续。"夸赞曹操勤政过于稷、禹，忠诚与伊、周相齐，然而却非常谦让、弥恭，所以上次在曹操的辞让下，才封其为魏公，欲待有新的功勋，再予以敕封。后来韩遂、马超等图危社稷，曹操率部出征，枭起元首，又在阳平关亲摝甲胄，深入险阻，终于荡定西陲。史上唐、虞之盛，三后树功，周朝之兴，旦、奭作辅，刘邦、刘秀成就帝业，全靠英豪佐命，而朕却寡德，倚仗曹公之力得以保全汉室，却赏典不丰，将如何报答宗庙，告慰天下？所以"今进君爵为魏王，使使持节行御史大夫、宗正刘艾奉策玺，玄土之社，苴以白茅，金虎符第一至第五，竹使符第一至第十，君其正王位，以丞相领冀州牧如故。"让曹操将先前颁授的魏公玺绶交还朝廷，领受魏王的玺绶，"敬服朕命，简恤尔众，克绥庶绩，以扬我祖宗之休命。"

曹操听后坚辞不受，安排刘艾在旅舍中住下，然后亲自上奏献帝，婉拒了献帝的敕封，说："天子诏封我为魏公，赐我九锡，我已受宠若惊，再诏封我为异姓王，实在难以受命。"献帝复又下诏，令曹操受诏。曹操再上奏婉拒，献帝只好亲自写诏说："大圣以功德为高美，以忠和为典训，故创业垂名，使百世可希，行道制义，使力行可效，是以勋烈无穷，休光茂著。"再次以稷、契和周、邵为例，说曹操的功绩远在他们之上，自己愿效法古人，行此有德之事，最后说："今君重违朕命，固辞恳切，非所以称朕心而训后世也。其抑制尊节，勿复固辞。"

董昭见曹操不愿受诏，劝道："自古以来，人臣匡世，未有今日之功。有今日之功，未有久处人臣之势者也。今明公耻有惭德而未尽善，乐保名节而无大责，德美过于伊、周，以至德之所极也。然太甲、成王未必可遭，今民难化，甚于殷、周，处大臣之势，使人以大事疑己，诚不可不重虑也。明公虽迈威德，明法术，而不定其基，为万世计，犹未至也。定基之本，在地与人，宜稍建立，以自藩卫。明公忠节颖露，天威在颜，耿弇床下之言，朱英无妄之论，不得过耳。昭受恩非凡，不敢不陈。"刘艾也屡劝曹操领旨。其他文武掾属也都力劝曹操受诏，曹操推辞不过，只好将魏公玺绶交还天子，接受了魏王的玺绶。

曹操受诏为魏王的喜讯很快传遍天下，各州郡纷纷派人来到邺城，向曹操庆贺。远在代郡的乌桓单于普富卢率代郡乌桓各部落首领来到邺城向曹操恭贺，并带来了代郡的许多土特产，曹操热情地接待了他们。临走曹操又筹备了丰厚的礼物用以回赠，普富卢高高兴兴地回代郡去了。

普富卢前脚刚走，匈奴南单于呼厨泉率其各王也来到邺城，向曹操道贺。曹操也热情接待了他们。呼厨泉看到中原形势稳定，便请求曹操派人协助南匈奴加强治理。曹操表奏献帝，令南匈奴各部落分为五部，由部落首领为帅，选汉人为司马，来协助他们管理。呼厨泉心满意足地回南匈奴去了。

由于魏国已由公国晋升为王国，曹操由魏公成为魏王，恰逢深秋重阳节，曹操在铜雀台上举行盛大家宴。以卞夫人为首的所有妻妾及婢女、歌舞艺人，连同曹丕以下的各位子女、曹氏宗亲，齐聚铜雀台上，登高望远，一边品尝着美味佳肴，一边欣赏着歌舞艺人们的表演。在这天伦之乐中，曹操不由地多饮了几杯，已有一些醉意了。看着照进大殿的阳光，曹操说："今日九九重阳，天气晴好，现在歌舞也欣赏得差不多了，咱们都到殿堂外面，在这高高的铜雀台上，欣赏一下那天高云淡、空旷辽远的秋景。"

大家随着曹操一起走到殿外，凭栏远望，一望无际的原野上，秋庄稼的收获已到尾声，冬小麦的播种已经开始。树木的叶子已经转黄，时时会有黄叶零落地飘到地面上。向西望去，太行山的余脉，在碧空下隐隐约约展现着巍峨的轮廓。曹操指着西边说："那里是邺城的西岗，西门豹的祠就在那里，待我归天之后，你们就把我葬在那里。"这看似不经意的一句话，惊得大家面面相觑。其妻卞氏不悦地说："大家兴致正高，魏王怎么说出这种话来？"长子曹丕说："父王说的话实在有点晦气。"曹植也说："父王身体健硕，并无什么大毛病，这一天还早着呢。"曹彰干脆说："父王有上天保佑，不会有这么一天。"曹操一笑说："人生一世，草木一秋，今见黄叶飘落，颇有些感悟。"其他妾室也纷纷埋怨曹操，不该在此刻说出这么不吉利的话。曹操见大家纷纷指责，反倒认真起来，说："生死是现实的问题，躲是躲不掉的，我们必须正视它。我已六十有二，步入老年，当然谁都想长寿，但正如我诗中所说：'神龟虽寿，犹有竟时。'更何况我们都不是神仙，都是普普通通的人。"

卞夫人嗔怪道："越不让你说，你反倒越来劲儿。今天秋高气爽，大家的心情都不错，不要扫了大家的兴。"曹操说："平日忙于政事、战争，很少有时间大家在一起说说心里话，这不是扫大家的兴，只是希望你们都知道我的真实想法。"说着向西边一指说，"我之所以打算把墓田放在那里，是有道理的。古之葬者，必居瘠薄之地，不能与活人争肥沃之土。邺城西岗土地贫瘠，不利庄稼生长；又因是高岗，因高为基，可以不封不树，省去了很多劳役。《周礼》说：'冢人掌公墓之地，凡诸侯居左右以前，卿大夫居后。'汉制把这一办法称为陪陵。待我百年之后，我们魏国的公卿大臣及列位有功将帅，辞世后可以葬在那里陪伴我。我已估算过，其地域之阔足以相容。"

曹操顿了顿，看了看曹丕、曹彰、曹植、曹熊四兄弟，说："跟随我的妻妾、婢女及歌舞艺人都很辛苦。我百年之后，不管你们谁承袭魏王，都要善待他们。就让他们居住在这铜雀台上，早晚奉上足够的食物，不可饿着他们。"转身对妻妾们说："你们不必刻意去祭典我，每逢祭祀之日，只要站在这高高的铜雀台上，朝西岗我的墓田方向望望就可以了。平时闲着无事，可学着做一些女红或鞋子，拿出去变卖，换一些钱币，以补贴你们的用度。"又对婢女和歌舞艺人说："我一生喜爱音乐，待我百年之后，你们每月初一、十五这两日，从早上到中午，就在铜雀台上演奏半日歌舞，那样我就很满足了。"说完，略一沉吟，对曹丕兄弟们说："这些年来，天子对我封拜颇丰，你们可以把这些印绶，都收好珍藏起来。我的衣服你们兄弟们能穿的，就把它分着穿了，不能穿的，就把它收藏起来。"说完这些，看着大家心情沮丧，曹操说："话虽这样说，我离死还早着呢，只是先提前给你们提示一下。到时候谁不按我说的办，我就会惩罚你们。"说完自己先哈哈大笑起来。

听着曹操爽朗的笑声，看到曹操并不是一本正经地交代后事，大家的心都舒展了许多，又说了些闲话，见太阳已经西斜，便下了铜雀台回府去了。

自重阳节在铜雀台上，就生死问题与家人半开玩笑地议论一番之后，每每闲暇时，曹操都会有意无意地将这一问题在脑海中思虑一遍。是啊，自己已是六十有二的年纪了，虽然身体康健，并无大毛病，但毕竟已是花甲之年，迈入老年的行列了。现在又被天子敕封为魏王，这爵位终究是要后人承袭的。那么究竟由谁做世子，承袭魏王的爵位呢？只要一想到这个问题，他就想到了早逝的长子曹昂。如果曹昂在世，他根本不用考虑，会毫不犹豫地将爵位传给他。因为曹昂文武双全，有勇有谋，处事稳重。他长叹一口气，这些年来对曹昂他一直不能释怀。还有环夫人所生曹冲，其才智无人能比，只可惜年仅十三岁就因病早亡了。现在的长子曹丕，无论是随自己出征，还是留守邺城，都得到了许多人的好评，自己对他还是比较满意的。只是总觉得他心机过重，治理国家尚缺乏一点宽容之心。三子曹植非常机敏聪慧，诗赋远在曹丕之上，许多文武掾属都很赞赏他。至于次子曹彰，那就是一介武夫，领兵打仗不在话下，治国理政一窍不通。承袭魏王爵位，只有在曹丕、曹植兄弟二人之间选定了。两人选谁为世子，都有优长与不足，放弃哪一个都觉可惜，不过从喜好上，他倒倾向于曹植。

这天曹操对钟繇说："魏国自天子敕封建立以来，在相国的操劳下，诸事都有了眉目，典章制度也已颁布实行，唯有一件事让我犹豫不决，好在也不是什么急事。"接着便将由谁来做世子之事，说与钟繇。

钟繇想了想，说："不怨魏王拿不定主意，二位王子都是人中豪杰，又都有所长，实难作出抉择。"曹操说："正是由于此，我才犯难。这几天我想出了一个办法，打算暗中征询一下各文武掾属的意见，看他们倾向于谁。"钟繇说："魏王这个主意好是好，就怕人多嘴杂，走漏了风声，引起不必要的猜忌，反而坏了事情。"曹操说："这个好办，你将此事暗中传与各文武掾属，让他们把自己的看法写好、密封。为让他们没有后顾之忧，都不许署名呈上来。"钟繇应诺，立刻暗中分头去见文武掾属。

很快各文武掾属悄没声地将密封好的没有署名的举荐世子的信函，呈报了上来。曹操逐一拆阅，这里面既有赞成曹丕的，也有赞成曹植的，不分伯仲。曹操无奈地笑了笑，这时发现有一封密函并没有密封，上面还有署名，曹操仔细一看是崔琰，心想：这一定是举荐曹植的。于是展开来看，上面写道："盖闻《春秋》之义，立子以长，加五官将仁孝聪明，宜承正统，琰以死守之。"这完全出乎曹操的意料，要知道曹植可是他的亲侄女婿。面对此举荐函，曹操感叹道："东曹掾崔琰真是公允啊！"

曹操将这些密函分类摆在几案上，召钟繇说："你看，一半对一半，都说的有道理。"钟繇说："这事现在不着急，或许再经几年的历练，就会有分晓了。"

曹操点点头，想了想说："我看加上曹彰，让他们三人各领一郡，数年后高下可立判。"钟繇问："魏王打算让他们分领哪几郡？"曹操站起身来，围着几案踱了几步，说："你看淮南、汉中、关中这三个地方怎么样？"钟繇说："这三个地方要么与孙权、刘备接壤，要么与羌氏、诸戎杂处，都是多事的地方，其难度可想而知。"曹操说："正因此才能看出他们才智的高下。若一郡领不好，更何谈治国。"话音刚落，侍者来报："张辽将军派快马自合肥来，有军情急报。"钟繇说："看来淮南方向又出事了。"

待快马进来，呈上张辽的书信，曹操说："你一路辛苦，暂到旅舍中歇息吧。"打开书信，览毕，说："张辽信中说，孙权自与刘备平分荆州后，态度极为骄横，不断派人马袭扰合肥一带。近日斥候探得，孙权欲调兵马再次进攻合肥，袭夺我淮南之地。"说着将张辽的书信递与钟繇，命侍从："去把贾诩找来。"

不一会儿贾诩来到，曹操将情况简要地述说了一遍，说："孙权觊觎淮南之地久矣。自庐江被他占去后，对九江更是垂涎欲滴，致使江淮地区一直不能安定。现在关中、汉巴已平，北方无大的战事，正可以集中兵马彻底平定孙权，你们怎么看？"贾诩说："魏王说得都对，只是忽略了一点，孙刘联盟还在。虽然前一段双方为争荆州动了手，但最后还是平分了荆州，说明他们双方都不想毁弃这个联盟，都打算借助对方的力量与我们抗衡。若我集中兵马征伐孙权，刘备必趁机捞取好处。"曹操说："说到刘备，益州新附，刘备精力都在那儿，荆州仅有关羽，不足为虑。倒是孙权现在异常骄横，绝不能任其胡为，以保我东南方平安。"贾诩说："我们可以给予痛击，甚至将庐江夺回，只是暂不过江，将孙权赶回江东即可。"

钟繇表示赞同，说："我们可以大造声势，说要与孙权决战，看刘备是何反应。"曹操点头认可，于是上奏献帝，征讨孙权。献帝准奏。

曹操令曹仁、曹洪率本部兵马由樊城，宛城前往合肥集结，樊城由文聘坚守，宛城交与侯音率郡兵守卫，以防关羽突袭。并调臧霸率青徐军，由徐州赶往合肥集结。自己亲率夏侯惇、于禁、庞德、许褚、曹休、曹真等前往合肥，连同已在合肥的张辽、乐进、李典的兵马，号称四十万大军要征讨孙权。曹操是按彻底剿灭孙权来准备的。兵力调动完毕，又令曹丕、曹彰随大军一起前往合肥参战，由曹植留守邺城，并对程昱说："以前出征，均由曹丕留守邺城，这次改换曹植留守，你要好好辅佐他。"程昱知道曹操用意，便说："魏王放心，子建聪颖，不会比子桓差。"曹操又叮嘱曹植："我当初任顿丘县令时，年龄是二十三岁，就独自一人走马上任，想想当时的所作所为，至今没有什么遗憾和后悔的。现在你也二十三岁了，今天让你留守邺城，希望你不要辜负了我的期望，遇事多与程昱等掾属们商量，确保邺城无事。"曹植当即表示："父王尽管放心，我一定竭尽全力确保邺城无恙。"曹操满意地点了点头，然后携钟繇、贾诩、王粲、史涣、丁斐等掾属，离了邺城，前往合肥。

曹操刚离邺城，就接到张辽急报：李典突发疾病去世。曹操颇为吃惊，对钟繇和贾诩说："我记得李典将军年龄好像才三十六岁，还很年轻，正是建功立业的好时候，怎么就亡故了，实在可惜！"钟繇叹道："正像屈原《九歌》中说的那样，'固人命系有当，孰离合兮可为。'就是神仙也不能掌控得了呢！"曹操说："我记得李典的长子李祯还未及弱冠。虽年纪尚少，但颇为勇武，就由他承嗣其父之职，任破虏将军，领李家兵马。"于是王粲立刻拟了一道指令，盖上曹操玺印，派人送往合肥。

当曹操到达合肥时，已是十二月了。曹操见到张辽、乐进、李祯时，非常高兴，说："你们三支兵马互相配合，彻底粉碎了孙权对合肥的进攻，功劳很大。只可惜李典将军现在却不在了。"转脸问李祯："你父亲的后事办得怎么样？"李祯答："灵柩已运回老家山阳巨野安葬了。因魏王赐我袭封父亲之职，军情重要，便赶了回来，由我弟代我守孝三年。"曹操说："想当年你父亲接任你伯父李整率领这支李家军时，年龄也像你这么大。但他勤奋好学，作战勇敢，立下许多战功。希望你也像父亲一样，把这支李家军带好。"李祯当即表示："请魏王放心，我绝不会给父亲丢脸，为魏王再立新战功。"曹操说："我相信你。"然后又对张辽、乐进说："你们上次在合肥大败孙权，而且险些捉了孙权，实在让人激动。我想到当时的战场看一看，也让其他将领们感受一下，以提振他们的士气。"张辽和乐进立刻表示："一切听从魏王安排，咱们现在就去。"

曹操即召钟繇、贾诩、王粲等随军掾属及诸将领，连同各部曲的司马们，随张辽、乐进来到合肥城外。张辽向大家介绍当初东吴大军如何包围合肥，又如何得魏王妙计，率八百勇士冲出城门，杀入孙权大营。李典如何配合，乐进、薛悌如何在城上擂鼓助威，杀得东吴兵马如汤浇蚁穴，抱头鼠窜。各位掾属和将领听得津津有味，无不表示感叹。当他们来到津桥时，张辽讲如何再率八百勇士直插孙权大营，乐进讲如何拆除津桥，合围孙权，孙权如何逃走。乐进说：

“我和张将军都不认识孙权，否则绝不会让他逃过河去。”曹操一边听着二人的介绍，一边脑海中浮现出八百勇士冲入数万敌阵厮杀的场景，不由感叹道：“都说刘备手下的张飞能百万军中取上将首级，我们也有一位张将军，也敢在百万军中取元帅首级，毫不亚于张飞。”大家都一起笑了起来。

眼看建安二十二年的新年就要来到，曹仁、曹洪、臧霸各率本部兵马，分别从樊城、宛城、徐州陆续赶到合肥。曹操令淮南屯田都尉庐江人谢奇，调集粮谷三牲，分发到各部曲，让将士们过了一个丰盛的新年。实行屯田的好处此刻完全显现出来。最近这些年来，不管多少兵马，在什么地方驻扎，粮草物资大都可以就地解决，很少再见到大队押运粮谷的行列，长途奔波在崎岖的道路上，将士们也很少再饿着肚子打仗了。

待新年过完，不等出正月，曹操即调动兵马，准备发动进攻。按惯例应先夺取舒城、皖城，解除对合肥的威胁。然而曹操说：“舒、皖两城城墙高大坚固，易守难攻，我们避实就虚，先向东南攻占居巢，再夺郝谿，直接威胁濡须口，牵制孙权。”庞德自告奋勇，愿为前锋。其他将领也都纷纷要求为前锋。曹操下令藏霸、庞德为前锋，夏侯惇、曹仁、于禁、曹休、曹真为中军，张辽、乐进为后卫，留李祯守合肥，大军直扑居巢。

守卫居巢的是东吴大将宋谦，闻知曹军来攻，一面派人飞马报与孙权，一面紧闭城门，率士卒死守。臧霸、庞德率兵马紧紧包围居巢，庞德就要攻城，臧霸说：“庞将军且慢，我与东吴交战多年，由我攻城，你率兵马配合。”庞德不答应，说：“我虽未与东吴交过手，但是也征战多年，久经战阵。如今我初归魏王，寸功未立，还请臧霸将军这次将功劳让与我。”臧霸说：“庞将军既如此说，那就依你，下次可不要与我争了。”话音刚落，庞德立刻率本部兵马开始攻城。城上箭矢如雨，庞德一手持盾牌，一手持大刀，冒死登上云梯，臧霸立刻令所有弓箭手朝城上猛射，以掩护庞德，并擂起战鼓，以壮声威。各个云梯上的士卒在庞德的带领下，个个冒死奋力向上攀登，前边的中箭摔下来，后面的紧跟着顶上去。守城的东吴士卒见曹军攻势凌厉，气势高昂，心中不由慌乱起来。宋谦下令：“即使战死，谁也不许后退半步，坚决守住城池，以待援军。”这时庞德率先攻上城墙，宋谦赶来堵截，双方交手，只几个回合就将宋谦斩杀。见主帅被斩，东吴士卒立刻军心大乱，纷纷扔下兵器投降，居巢很快落入曹军之手。臧霸与庞德商议，决定留下少数士卒迎接曹操，率兵马直奔郝谿。

守卫郝谿的是中郎将徐盛，闻知居巢已失，宋谦战死，曹军正杀奔郝谿而来，立刻率兵马主动出城迎战。刚摆好阵势，曹军已经杀到，双方大战。徐盛见曹军人数众多，久战下去于己不利，这时又见曹军身后尘头大起，知道曹军的大队人马也已赶到，只好下令兵马边战边退，退往濡须水边停留的战船上，顺濡须水撤往濡须口。臧霸、庞德沿着堤岸一路追赶，直追到濡须口，见徐盛的舰船进了濡须口偃月城，只好停止追击。很快曹操率大军也抵达濡须口，一边令臧霸、夏侯惇、庞德、曹仁、于禁沿濡须水两岸布防，一边令张辽、乐进挥师西进，分别攻打舒城和皖城。

此刻坐镇濡须口的孙权焦躁不安。自从与刘备平分荆州后，便一直打着淮南的主意。在多次袭扰合肥后，决定再次调集兵马，一举夺取九江郡，控制整个淮南地区。然而让他始料未及的是，在他的兵马还未征调到位的时候，曹操先他一步率大军南下，刚过完年就接连攻克居巢、郝谿，现在又陈兵濡须口，并分兵去攻打舒城和皖城，要夺回庐江。这让他十分着急，急令吕蒙督甘宁、凌统、蒋钦等赶到濡须口。看曹军正在修建营寨，便决定趁此机会先发制人。

丢了郝谿，败回濡须口的徐盛十分自责，主动要求担任先锋，以雪前耻。孙权同意，又命董袭乘五楼大船，率大队舰只紧随其后，充分发挥水军的优势。又调集万余弓箭手，持万张强弓，随舰船一起行动。令吕蒙督甘宁、凌统、蒋钦沿濡须水两岸，由陆路进攻，并令周泰镇守濡须口以便接应。部署完毕，一声令下，打开濡须口水陆两门，浩浩荡荡直扑曹军营寨。然而出了濡须口没走多远，突然刮起一阵大风，刮得天旋地转，濡须水像开了锅，翻起波浪，东吴水军的船只立刻失去了控制，被疾风吹到曹军布阵的河岸边，士卒们吓得躲在船舱中不敢出来。徐盛下令说："赶快杀入曹军，若有畏缩不前者，斩无赦。"手持长戟，带头跳上河岸，杀向曹军。

曹军将士先前看到东吴水军来袭，立刻放下正在修建的营寨，摆好阵势准备迎战。不料狂风骤起，飞沙走石，刮得人站立不住，连眼也睁不开。正在慌乱之际，东吴兵马杀了过来，只得仓促应战。这时吕蒙率领的陆路兵也赶到，臧霸、庞德、于禁、许褚与东吴兵马战在一处，杀得难分难解。董袭见此情景，下令所有舰船加速前进。然而狂风刮得五楼大船东倒西歪，几乎倾覆。船上的士卒怕船翻入水中，急忙争抢拴在船后的小舟，要逃离楼船。董袭挥起佩剑，怒道："现在各将士正与曹军激战，若有逃离者，必斩之!"令五楼大船一马当先，率众舰船朝前疾驶。这时一阵狂风袭来，五楼大船歪了几歪，轰然倾覆，船上的将士被倒扣在水中，除少数士卒逃生外，董袭等人沉入水中。五楼大船倾覆后，又挡住了濡须水道，此时狂风大作，暴雨又下了起来，吕蒙见事情不妙，立刻下令赶快撤退。曹操也鸣金收兵，双方各罢兵休战。

待大风过后，孙权令人将董袭等将士的遗体打捞出来，亲自改换殡服，为董袭等死亡将士殡殓，并予以厚葬。

第一百一十四章

生嫉恨关羽拒婚　耍任性曹植失宠

孙权损失了一员大将，舰船及士卒都遭到重创，心中很不是滋味，埋怨天公不作美。吕蒙督兵马要再与曹操决战。长使张昭此时随孙权在军中参谋军事，赶快劝阻道："主公暂且冷静。这次曹操南下，下了很大的决心要与我决战，动用的兵马号称四十万，即使有所虚夸，至少也在二十万。而我东吴在濡须口和庐江的兵马，合计也不过十万人。我虽有长江天险，但战线太长，万一曹军突破一点，后果就不堪设想。"孙权说："那依你怎么办？"张昭说："敌强我弱，应采用守势。我与刘备既然结为同盟，请求关羽配合我们在襄阳方面进攻曹军，曹军必分兵去救，那时再进攻曹军，必获胜利。"吕蒙接话道："子布先生此言不妥。前次为夺荆州，险些与刘备闹翻，关羽为此事一直耿耿于怀，总想寻个机会夺回荆州三郡，挽回自己的面子。现在让他配合我们进攻曹军，未必会愿意。"孙权频频点头，说："子明说得不错，自与刘备平分荆州后，不断有消息说，关羽早已放下狠话，要夺回荆州三郡。所以我才让鲁肃率重兵屯驻陆口，就是为了防关羽。"张昭说："虽为荆州之事与关羽有些龃龉，但抗曹仍是彼此共同的需求，只要设法与关将军谋和示好，为大局计，关羽也会捐弃前嫌，出手相助。"孙权说："这好说，那就多准备礼物，派人向关羽求和，给足他面子。"张昭说："关羽并不是贪财好利之人。我有一计，定能使关羽与我重修旧好。"孙权说："既有好计，子布快说。"张昭说："据闻关羽小女与主公长子孙和年龄相仿，可派人到荆州为媒，双方共结秦晋之好。如此，关羽必出手相助。"孙权连连称是，于是派诸葛瑾前往荆州说媒。

诸葛瑾带上聘书和聘礼，不敢耽搁，即刻动身，前往江陵去见关羽。路过陆口，拜见鲁肃，让诸葛瑾大吃一惊。只见鲁肃面黄肌瘦，神情倦怠，连忙问："子敬身体欠佳，可请医者看过？"鲁肃说："已请大夫看过，正在吃药调治。子瑜今日突来陆口，不知有何事？"诸葛瑾将受孙权之托，前往江陵下聘之事说了。鲁肃略一沉吟说："关羽生性狂傲，又极要面子，因分荆州之事，让他在刘备面前尽失颜面。此番前去下聘，恐难以应允。"诸葛瑾说："双方毕竟利益一致，相约婚姻又是一桩美事。关羽未必不给面子。"鲁肃说："子瑜尽管前去，若其不应，不可强求。"诸葛瑾辞别鲁肃，登船前往江陵。

　　江陵不日即到，诸葛瑾下了船，来到荆州署衙，让门吏进去通报。过了许久，才被允许进入署衙。来到大殿，见关羽端坐正位，盛气凌人，刚要施礼，只见关羽问："来者何人，来此何事？"诸葛瑾一愣：刚才已让门吏通报过了，双方又是熟人，怎么还如此问？忙谨慎地回答："我乃诸葛瑾，受我家主公之托，为长公子说媒，欲聘娶关将军小女为妻。"说着将聘书及礼单呈上。侍者接过来，递给关羽。关羽掂了掂说："太轻了。"诸葛瑾说："关将军若嫌聘礼太少，我家主公随后还有厚礼相送。"关羽哼了一声，说："好啊，请把湘水以东三郡先还了我，再来议婚姻之事。"诸葛瑾说："关将军说笑了。湘水以东三郡乃我家主公与刘使君相商分而治之，且有盟约在，岂能随意毁弃。"关羽说："湘水以东三郡是你们用奸诈手段，趁我不备夺取的。你们东吴全是奸邪小人，与你们相交有辱我的名分，更何谈什么结秦晋之好，痴心妄想。我小女本是虎女，岂能下嫁你东吴犬子。送客！"诸葛瑾说："孙刘两家本是多年的盟友，关将军此言太伤双方感情，希望关将军以大局为重，共续盟好，不要辜负了你家主公的期望。"关羽把聘书和礼单扔还给诸葛瑾，说："休再啰唆，赶快给我滚。回去告诉那孙权小儿，小心哪天我率兵马先剿了你们东吴，以泄我心头之恨。"诸葛瑾也恼羞成怒，说："关羽匹夫，休要狂言。我与你家军师乃同胞兄弟，我家主公看在我弟的面子上，才出手相救，否则你们早被曹操斩尽杀绝了。"关羽大怒，起身叫道："来人，把这贱人给我赶了出去。若不是看在你是我家军师兄长的面上，我早一刀砍了你。"这时上来两位侍卫，架起诸葛瑾，将其扔出了荆州署衙的大门。诸葛瑾怒气难消，对着署衙大骂了几句，气鼓鼓地出了江陵城，乘船回到陆口，见到鲁肃，竟忘了鲁肃重病在身，一股脑地将怨气倾泻出来。大骂关羽不是东西。

　　鲁肃听完诸葛瑾的倾诉，提起精神说："我当初携你弟诸葛亮去见主公，是为了借助刘备保我东吴。而刘备更是要借助我东吴以保全性命。双方本就是同床异梦，不必为此大动肝火。自刘备取了益州，曹操快速拿下汉巴，其目的就是针对刘备，只因担心我东吴，所以才没有南下成都。现在曹操征调四十万兵马，欲犯我东吴，若我应战，关羽必从背后袭击我们，趁机夺回湘水以东的三郡，东吴也就危矣。你回去劝告主公，让他与曹操讲和，关羽必不敢犯我东吴，而且曹操也会将注意力集中在刘备身上。我东吴暂无大碍。"诸葛瑾点头称是，嘱鲁肃多注意身体，然后乘船返回濡须口。

孙权正翘首以盼，闻知诸葛瑾从荆州回来，立刻召见，满以为与关羽讲和，双方联手再与曹操大战一场，听完诸葛瑾的报告，气得半晌说不出话来。张昭等人连忙劝解，良久才缓过劲来，咬牙道："关羽老匹夫，我与你势不两立。待我击败曹操，回头一定与你见个高低。"诸葛瑾见孙权仍要与曹操决战，连忙将鲁肃的话转告了孙权，并说："子敬的身体很差，主公是否将他召回秣陵调治？"孙权想了想，说："陆口的防守极为重要，将他召回，换谁去守呢？容我想一想。当下曹操重兵压境，我们忽然说要讲和，曹操定会看轻我们，未必能允诺。再看一看吧。"张昭知道现在讲和，一是孙权面子上过不去，二是城下之盟是要被人瞧不起的，便建议道："我们可以暂取守势，不主动对曹军发起进攻，先拖一段时间再说。"孙权赞同："就按子布说的，各部曲加强防守，一律不得主动进攻曹军。"

东吴兵马依托濡须口偃月城与曹军僵持着，眼看已是阳春三月，这样拖下去对东吴十分不利。这天，孙权感觉心情烦躁，忽然陆口快马急报："大都督、横江将军鲁肃病逝，这是遗书，呈与主公。"孙权大惊，接过鲁肃的遗书，已是泣不成声，强忍悲痛，打开遗书，上面写道："自瑜荐肃，随主公左右，颇受敬重，对肃所奏，均能言听计从。本想为主公鼎足江东竭心尽力，以成霸业，无奈上天不肯眷顾，只得弃主公而去。而难以瞑目的是，曹军压境，关羽觊觎。为今之计，当与曹公讲和。我死之后，可由吕蒙代之。"张昭说："关羽虎视东吴，曹军屯驻濡须口外，形势对我们十分不利。鲁肃亡故一事，可暂不外泄，以防关羽趁机袭击我们。要按照鲁肃的遗言，赶快争取与曹操和解。如与曹操和解，由吕蒙代鲁肃屯住陆口，关羽便不敢轻举妄动。"听了张昭的话，孙权下决心与曹操讲和，以免两面受敌，于是派都尉徐详携重礼前往曹营去见曹操。

曹操欲夺回舒城、皖城，分兵西进后，在濡须口突遭东吴袭击，于是令大军沿濡须水两岸扎下营寨，准备攻打濡须口偃月城。然而东吴兵马却据守濡须口，无论曹军怎样叫阵，只是高挂免战牌，偃旗息鼓，不予理睬。曹操不知孙权又要什么花招，令各部曲提高警惕，防止东吴袭击。这时传来张辽攻克舒城的捷报，曹操令张辽移师皖城，与乐进一起共同夺取皖城。

　　这天，丞相主簿司马朗来报："军中有许多士卒染疾，很可能是瘟疫，我正在安排大夫治疗。"曹操立刻紧张起来。赤壁之战就是败在这方面。必须当机立断，一是抓紧防疫，二是想法赶快撤离。曹操于是召钟繇、贾诩等，在一起商议下一步怎么办？侍卫来报："外面有一人，自称受孙权委托，从濡须口偃月城来，说要面见丞相。"贾诩说："东吴是要和谈了。"曹操说："有请东吴来使。"

　　徐详来到大帐，朝上位的曹操施礼说："曹丞相在上，我乃孙将军帐前都尉徐详是也。特奉我家将军之命，呈上书信一封。"说着从袖袋中取出一块绢帛，递了上去。曹操打开绢帛，只见上面写道："丞相在上，受晚辈孙权一拜。丞相当年与我父同讨董卓，从小便有耳闻。后来丞相与我兄策同伐袁术，更是亲眼所见……"孙权在信中历数了父兄与曹操同征叛逆，共保汉室的英雄壮举，说两家很早就互为里表，携手相助，然后说："自我承兄印绶，管理江东以来，为配合丞相征讨袁绍，多次出兵江夏，攻击黄祖，牵制刘表，丞相表奏我为讨虏将军，领会稽太守，屡有褒奖。我虽身在江东，无时无刻不在思虑报效朝廷。丞相既是国家重臣，又是我叔伯之辈，于公于私，我都应唯丞相马首是瞻。我愿与丞相冰释前嫌，随时听命于丞相麾下。讨虏将军、会稽太守、侄儿孙权再拜。"

　　曹操收起信，问徐详道："孙将军怎么忽然想起讲和来了？"徐详说："我家将军一直称颂丞相，早有心归附，只是与丞相误会已深，一时不知怎么沟通，所以派我前来面见丞相，愿丞相不计前嫌，双方同修旧好。"曹操说："请都尉暂且到别帐歇息，待我修书一封，交由你带给孙权。"

　　待徐详下去休息，曹操忙召众位将军及掾属商讨此事。一时间众说纷纭，有说要趁此机会麻痹孙权，一举攻取濡须口，打过长江，灭掉东吴，可一劳永逸解决东南的问题。有说可以接受孙权求和，兵不血刃即可稳定江淮地区，又可集中全力征剿刘备。曹操问贾诩："文和先生是何看法？"贾诩说："孙权突然求和，我料一是与刘备的关系出了问题，一是东吴自身出了事情。虽然我们一时还弄不清是什么原因，但这是一个机会。我们抓住这个机会，拉拢孙权，拆散孙刘联盟，以后就可以各个击破。"曹操说："我们军中已突发疫情，既然孙权来讲和，我们正可以借此退兵，但不能这么爽快地答应他，应让他感觉到此次求和也是来之不易的。先让徐详在这里待几天，不忙着让他回去。"

一连几天徐详都没有见到曹操，便有些坐不住了。临来时孙权交代快去快回，此时主公在濡须城中不知急成什么样，就私下打探曹操的消息。有说丞相到各营寨巡视去了，有说丞相正在召集各部曲将帅商议事情。徐详心情越来越紧张，莫非丞相不答应和谈，要对东吴发动进攻？他真是如坐针毡。

这天，曹操召徐祥，递给他一封信，说："本来我受天子诏命，要剿灭东吴，孙将军突然求和，这个弯转得太大，我必须先与将士们协商，所以忙了这几天。我也非常愿意双方罢兵休战，详情我都写在书信中了，回去交给你们将军。"徐祥得书，如获至宝，赶快辞别曹操，返回濡须口。

孙权因得不到徐详的消息，正坐卧不安，忽报徐详回来了，立刻召见。当徐详将曹操的信呈上时，孙权立刻拆看，只见上面写道："孙将军承袭父兄基业，一直效忠朝廷，现在又深明大义，主动示好，我将表奏天子，予以表彰和奖励。孙将军的小弟孙匡娶我侄女为妻，据闻已生子名孙泰，可在适当时候，让他们母子回邺城一趟，我很思念他们。你的堂妹是我的儿媳，现在邺城生活得很好。据闻孙将军长子孙登与我最小的女儿年龄相仿，如孙将军有意，我们可再续秦晋之好。愿与孙将军携起手来，共扶汉室，青史留名。"

孙权悬着的心立刻放了下来，特别是看到曹操愿意与自己再结姻亲，更是高兴。在关羽那里所受的羞辱立刻被冲淡了。自己的儿子能娶丞相之女为妻，这远比关羽的女儿强得多。于是很快准备了丰厚的聘礼，连同聘书让徐详再往曹营正式下聘。为表示诚意。孙权提出愿让还长江以西的皖城，并表示送还先前劫走的庐江太守朱光和参军董和及庐江郡所有官吏。

曹操看到孙权求和确有诚意，便允诺将表奏天子，把江东交与孙权治理，并且承诺，待双方子女成人，就正式嫁娶。然后下令留夏侯惇接收庐江，曹仁、庞德驻守郝豀，张辽驻守居巢，乐进、李典仍留守合肥，藏霸仍回徐州。正在此时传来噩耗，司马朗染疫病亡。曹操下令殡殓，灵柩随大军运回家乡河内温县厚葬。

然而大军刚走到谯县，侍中、军谋祭酒王粲突然病故。曹操伤感地说："我知仲宣身体一直比较羸弱，却并未料到年仅四十一岁就会骤然离世，看来与此次时疫有关。我身旁又少了一个才学之士。"令人将灵柩运回其老家山阳高平厚葬。

孙权看曹操已退兵，令周泰、蒋钦、徐盛守濡须口，吕蒙率兵马赶往陆口，接替鲁肃为大都督，然后为鲁肃举哀发丧，将其灵枢运往秣陵下葬，孙权亲自为其送葬。时鲁肃的儿子尚在腹中，孙权下令厚待其妻。

鲁肃病亡的消息传到成都，诸葛亮派人送来吊唁信，称鲁肃"周瑜之后，肃为之冠。"

曹操回到许都，在朝会上向献帝表奏，孙权率东吴已降，称臣纳贡，一如既往。献帝大喜，认为此功当属曹操，于是下诏："魏王功勋卓著，诏命出行可乘坐六匹马拉的金根车，允许设天子仪仗，出入可警戒清道。并令其在邺城建诸侯王所属的太学——泮宫。同时下令由少府监制金根车、五时副车各一辆。曹操谢过献帝，各文武百官向曹操恭贺。"

朝会结束后，曹操回到丞相府，对钟繇和贾诩等人说："我既为魏王，以后在自己的封地魏国待的时间就多了。丞相府的日常事务恐怕要多依靠掾属们了。王必从我起兵时就一直跟随我，办事认真，心如铁石，非常忠诚，就由他任长史，督领宫廷兵马，统管许都的事务。司直韦晃助王必统辖各州事务。此二人平日关系不错，让他们留守丞相府，我还是比较放心的。"

处理完许都的事，曹操回到邺城。曹植率留守邺城的各文武掾属出城迎接，贺父王凯旋。曹操询问邺城情况，曹植应对有度，颇得曹操赞赏。过后曹操询问程昱曹植在邺城的表现，又私下向魏郡太守王郎、谏议大夫董昭、秘书郎刘放、孙资等掾属了解情况，皆夸曹植留守邺城期间，处事果断，治理有方，堪当重任。曹操听了非常高兴，于是增曹植食邑五千户，连同以前的赐予共计一万户。曹操选定世子的天平，更加朝曹植倾斜了。

这天，曹操独召贾诩，询问说："文和先生虑事周全，看问题深邃，今日就咱们两人，我意欲立子建为世子，你看如何？"贾诩默然不答。曹操以为他没有听清楚，再细细地说与贾诩，贾诩仍没有回答。曹操奇怪，说："关于立世子的问题，我数问于你，为何不回答我？难道没听明白吗？"贾诩若有所思，说："魏王所问，我听清楚了。只是我正在思考一件事，所以没来得及回答。"曹操问："什么事这么重要，让你一直在思考，竟顾不上回答我？"贾诩说："我一直在思考袁本初、刘景升父子的事。"曹操一愣，然后大笑道："我明白了，我明白了。"

自曹操回到邺城后，一直忙于筹建魏国的太学——泮宫。眼看已是秋季，泮宫诸事已有了眉目，便忙着征召天下才学之士到泮宫任教。魏相国钟繇说："前些时忙于战事，一直无暇顾及魏国署衙的筹建，以致各署衙还缺许多掾属。"曹操说："我已拟好一道征辟令，向各州郡征召一批才学之士，也为泮宫征招一些老师。"说着拿出征辟令，交与钟繇，说："你再看看，有需要添加改动的没有。"钟繇打开，只见征辟令说："昔伊挚、傅说出身低贱，管仲本是晋桓公的敌人，然而他们得到重用，终成大事。萧何、曹参本是县里的小官，韩信、陈平的名声也不太好，经常被人耻笑，然而他们终能成就王业，流传后世。大家都认为吴起是个比较贪的人，杀妻自信，散金求官，母死不归。然而在魏时，秦人不敢东向，在楚时则三晋不敢南谋。今天下难道就没有至德之人散落在民间吗？对于那些果勇不顾，临敌力战的人，还有那些所谓文俗之吏，其实是具有很高的才能，完全堪为将守的人，或者所谓名声不好，被人耻笑看不起的人，甚至干脆被礼教认为是不仁不孝而有治国用兵之术的人，请大家各举所知，勿有所遗。"钟繇说："我这就拿去令人誊录，发到各州郡执行。"曹操说："叮嘱大家，举贤勿拘品行，不必在枝节末梢上纠缠，只要确是人才，都应为我所用。"

一场西北风，让温度降了不少，此时已是冬季，献帝派少府耿纪将打造好的金根车，五时副车送到邺城，同时诏命魏王曹操可戴十二旒的王冠。曹操为了表示对献帝的敬意，在魏王宫门前举行了隆重的接收仪式。各文武掾属及邺城百姓齐聚魏王宫前，观看献帝送来的金根车。只见金根车两轮赤红，两毂两辖饰以金色，车厢上涂饰着金龙，用作扶手的横木上彩绘着老虎，就连架在马脖子上的軛木，也涂画着龙。车厢上的华盖是用五彩的羽毛装饰的，车上插有大旗，旗杆顶端装有铜铃，车子一动，铜铃就叮当脆响。旗上还画着日月升龙，风吹旗飘，装饰旗子的十二条流苏随风翻动，尤其驾车的六匹马皆是一色的白马，马脖子上的鬃毛皆涂饰以红色，马辔头和马嚼子皆涂以彩色装饰，整个金根车耀人眼目，异常豪华，却又不失大气庄重。曹操戴上十二旒的王冠，乘上金根车，在众文武掾属的簇拥下，经行车的大门，驰入魏王宫。为表示对献帝的尊敬，曹操当即宣布："自今日起，此门称为司马门，此道称为驰道，唯有天子诏赐的金根车才能通行，其他任何车辆只能走旁道出入王宫；设公车令专门值守此门和驰道，凡有违犯者，必严惩。"随即曹操举行了盛大的宴会，招待少府耿纪。

刚刚送走耿纪，邺城就迎来了一场寒流，气温骤降，猝不及防，许多人得了病。起初都没把它当回事，渐渐地人们发现事情不对，不断有人去世，而且越来越厉害，许多人家甚至成了绝户。人们意识到，邺城一带发生了时疫。恐怖的气氛笼罩在邺城上空。曹操下令，凡是医者都要献出良方妙药。尽管如此，还是没阻止住时疫的蔓延。不出半个月，天下闻名的贤达才俊许干、陈琳、应场、刘桢先后离世，这一场接一场的丧礼让曹操心情沮丧。曹丕、曹植平日与这些人时有交往，与他们亦师亦友。尤其是曹植，与他们更是诗文相交。噩耗接踵而至，曹植的情绪非常低落，邀杨修、丁仪、丁廙兄弟二人，在魏王宫中自己的宅院相聚，借酒浇愁。曹植说："今年一年，王粲在内，五人先后离世。尤其最近这十几天，竟是四个人接连离我们而去，让人实在无法接受。今后诗文再与谁交流呢？"杨修叹道："当今天下七大才学之人，俱已亡矣。"丁仪说："孔融老前辈我们接触不多，暂且不说，阮瑀也已病故多年，只是今年怎么这么晦气，剩余这五人不出一年全都离世，实在让人难以接受。这可恶的瘟疫！"丁廙说："魏王正在想办法救助邺城的百姓，估计再过些日子，时疫就过去了。"杨修说："时疫来得凶猛，我们几位也要多加注意。"大家心情不好，借酒浇愁，很快醉意便袭了上来，舌头有点发硬了。杨修说："昨天我听说旅舍中又住进了几个人，说有一个叫吴凭的，济阴人，另一个叫苏林的，说是陈留人，还有一个叫孙该的，记不得是哪里人了，据说都是应魏王的征辟令，由当地举荐来的饱学之士。哪天闲暇时，我们一起去拜访他们，试试他们的才学。"曹植一听，立刻起身说："咱们现在就去，看看里面有没有像徐干、王粲那样的贤士达人。"杨修说："今日酒喝多了，还是改日吧。"丁仪、丁廙两兄弟被酒烧得也有点兴奋，说："正闲着无事，子建说得对，咱们现在就去。"曹植说："你们等着，我现在去马厩，让主管的小吏套车。"边说边跑了出去。杨修见大家情绪都很高涨，也不再反对。很快车就套好，曹植招呼大家上车。杨修问："怎么，你要亲自驾车吗？"曹植说："让驾车的跟着碍事，我们自己驾车更自由一些。"说着一扬鞭，两匹马朝前跑去，四个人在车上一阵欢呼。

很快车子驶上驰道，杨修立刻从曹植手里接过缰绳，勒马停车，丁氏兄弟冷不防跌倒在车厢里，曹植嗔怪道："正好好跑着，你为何突然停下来？"杨修说："这是驰道，魏王有令，除天子赐的金根车和五时副车，其他车辆和马匹一律不得在驰道上行走。违犯禁令是要被处罚的。"丁氏兄弟认真一看，也都吓了一跳，慌忙说："赶快离开驰道，走别的路出去。"曹植乘着酒兴，满不在乎地说："有我在，你们怕什么？魏王是我父亲，难道真处罚我不成？"说着就要扬鞭催马。杨修坚决不同意，曹植又固执地不听，无奈杨修、丁氏兄弟下了车，说："我们不坐车了。"以此要挟曹植改走其他道路。没想到曹植扬鞭说道："我不仅走驰道，还要从司马门出去。"驾车沿驰道直奔司马门而去。杨修说："不好，要出事。"就要上前去追，哪里还追得上，只好与丁氏兄弟改从其他门出去，前往旅舍。

曹植驾车来到司马门，呼叫公车令开门。公车令一看是曹植，连忙拦住车，说："魏王有令，任何人和车辆不得由此门出入，还请公子别走他门。"曹植不听，硬要公车令打开司马门，公车令苦苦哀求，曹植一时兴起，甩起马鞭抽向公车令，说："魏王是我父亲，今天你开了司马门，父王怪罪下来，由我承担；你若不开司马门，明日禀知父王，必重重罚你。"公车令心想，他们毕竟是父子，我再不开门，是自找没趣了，于是只好打开了司马门。曹植一阵大笑，驾车出了司马门，奔金门旁的旅舍而去。

第二天曹操知道了这件事，非常震怒，立刻召诸子严加训斥。因曹丕是五官中郎将，有自己的府宅，被招来时，见父亲脸色非常难看，不知发生了什么事，便十分小心，不敢多言。这时听父王对他们说："我一向认为，所有儿子中，子建是最能定大事者。不想却私开司马门，真令我对你异目而视。看来只要我不在，你们都敢随性而为。从子建私开司马门起，我对你们谁也不敢相信了。"这时他想起了贾诩的话，绝不能让袁绍和刘表的事在自己身上重演，于是对诸位儿子说："你们都已被封侯，唯独子桓不封，而为五官中郎将，可知就是世子了。"曹丕此时已知是怎么回事了，听了曹操的话，心中一阵暗喜。这时曹操又说："子建闭门思过。我已下令处死了公车令。"曹植一阵战栗，没想到自己的任性让公车令赔上了一条性命。

曹植回到自己的宅院，心情沮丧到了极点。曹彰与曹植关系一向交好，待父亲离开，跟着曹植的屁股追了过来，劈头就埋怨曹植太任性了。曹植说："二哥，我现在是太后悔了，父王从此再也不会相信我了。"曹彰说："这是父王的气话，平时父王最看重你，哪会只因这一件事就不相信你了？我抽空再劝解一下父王，你也要积极改过，说不定哪天大哥犯了错，父王又会相信你了。"劝导了一番，曹彰告辞了。

　　杨修和丁氏兄弟得知曹植受罚，悄悄来看曹植，一见面曹植就埋怨他们说："你们当初为何不阻止我？"杨修说："无论怎样劝阻，你都不听。"曹植说："我真是被酒烧昏了头。"丁氏兄弟说："还好我们没有随你一起出司马门，否则我们的命也将不保了。"曹植说："这下我是彻底完了，世子的位子我是不用再想了。"杨修说："你不用气馁，日子还长，世事难料。只要你以后谨言慎行，事情还会有变化的。"曹植说："你们是我的好朋友，一定要帮帮我，再有这种事一定要阻止我。"杨修说："你还想再有这种事啊，那就不可救药了。"

第一百一十五章

王长史重伤平叛贼　夏侯渊命丧走马谷

世子的遴选总算有了一点眉目，这让曹操轻舒了一口气。就在此时，夏侯渊从南郑发来急报："刘备派张飞率兵马攻占巴东巴西两郡，两郡太守朴胡和杜濩已被张部接应回汉中，请丞相速派兵马增援，夺回两郡。"巴东巴西已失，汉中直接受到威胁，曹操立刻令曹洪为帅，前往汉中增援，同时令曹休为参军，辅佐曹洪。临行前，曹操叮嘱曹休说："你伯父曹洪将军年事已高，你虽为参军，其实是帅，此次出征你要多操心。"又对曹洪说："曹休年轻有为，遇事多让他担当。"曹洪说："我知道魏王的意思了。此次出征，一定要曹休多历练。"随即曹洪、曹休点起三万兵马，离了邺城，奔汉中而去。

　　刘备自从与孙权讲和，共分荆州后，便星夜往回赶，要到巴中劝说张鲁归附自己。然而快到巴中时，闻知张鲁已返回汉中，投降了曹操。巴中的賨人头领朴胡和杜濩也已归附曹操。曹操将巴郡北部一分为二，由朴胡为巴东太守，杜濩为巴西太守。为防止曹操南下进攻蜀郡，刘备急忙赶回成都，部署蜀郡的防御。

　　然而出乎刘备的意料，曹操在占领汉巴以后，居然没有南下，而是撤兵返回邺城了，这让刘备喜出望外。法正说："曹操一举而定汉中，却并没有乘势南下，以图巴蜀，并不是智不逮力不足的缘故，而是担心江淮有事。现在曹操虽已返回邺城，仅留夏侯渊、徐晃、张郃屯守汉中，却犹如一只楔子揳入我们益州。我们必须先把巴中夺回来，以确保蜀郡的安全。好在巴中曹操并未驻军，我们派出兵马，逼朴胡、杜濩率賨人及七姓氏人归附我们。"刘备认为法正的提议很好，于是令张飞率部曲前往收复巴中。

　　张飞率兵马一战夺得宕渠，朴胡只好率賨人逃往蒙头，与杜濩一起共同抵抗张飞。张飞再战，又夺取蒙头，朴胡、杜濩情知难抵张飞，一面向荡石撤退，一面急报夏侯渊，请求派兵马增援。夏侯渊接到急报，立刻令张郃率本部兵马赶往荡石。然而等张郃赶到时，荡石已落入张飞手中。

张郃的到来，鼓舞了朴胡、杜濩，他们配合张郃，很快夺回了荡石，张飞被迫退往蒙头。张郃不给张飞喘息的机会，又夺回蒙头，张飞一边撤到宕渠，一边急忙向刘备告急，刘备派吴兰前往增援，双方在宕渠摆开战场，互相攻杀，各有胜负，相持达两月之久。由于持续地消耗，粮谷供应越来越紧张，张郃只好与朴胡和杜濩商议，暂时退出巴中，撤往汉中。为保护賨人及七姓夷氏撤往汉中，张郃令朴胡和杜濩带领族兵掩护百姓先行撤退，自己率本部兵马断后。

然而此事很快被张飞发觉，他一边率兵马追赶，一边令吴兰抄小路拦截。当走到瓦口时，张郃及賨人、七姓夷氏被张飞、吴兰堵截在山谷中，数万百姓惊恐万分。张郃下令："集中兵马，一定要杀开一条血路，退回汉中。"这时朴胡说："张将军，地势于我们极其不利，硬拼我们会吃很大的亏。只要我们翻过身旁的这座山峰，就可以跳出蜀军的堵截。"张郃见山势陡峭，并无道路，说："男女老少要翻过这样的山峰，恐非易事。"朴胡说："你放心，我们賨人从小生活在这山中，翻山越岭对我们来讲并非难事。"杜濩也拍着胸脯说："我们七姓夷氏也完全没有问题。"张郃于是下令："兵马分为两部，分别阻住张飞和吴兰，掩护百姓翻过这座山峰。"很快賨人和七姓夷氏在朴胡和杜濩的带领下，攀上山岭，隐没在茫茫的林海中。待百姓撤走后，此时已是傍晚，张郃便令所有士卒，趁着夜色，也攀上山峰，隐入山林中。待第二天天亮，张飞发现山谷中已空无一人，知道张郃及賨人已跳出包围，只好收拾兵马，分头占领巴东和巴西，安抚那些没来得及逃走的賨人和七姓夷氏，并向刘备报捷。

刘备大喜。法正说："夺取巴中后，嘉陵江、渠江上游就全部被我们控制，蜀郡的安全就有了保证。为防止曹军再来争夺，可派重兵把守。"刘备于是令张飞任巴郡太守，携吴兰驻守巴中。

就在此时，刘备得到消息，曹操受天子诏命，出入乘金根车，驾六马，用天子仪仗，实行警跸，戴有十二旒的王冠，不禁大怒，欲征讨曹操，先夺取汉中。征求法正的意见，法正完全赞同，说："据我所知，夏侯渊、张郃、徐晃等人的才略，远不及曹操，而曹操现远在邺城，我们就利用这个机会，调集大军前往征讨，可一举夺取汉中。拥有汉中后，可在此实行屯田，发展农业生产，囤积粮草，这样上可以击败曹操，重蹈我高祖皇帝的旧路；中可以蚕食雍、凉二州，扩充我们的势力范围，与曹操共分天下；下可以固守关隘，以保益州长久的平安。此乃天赐良机。主公既有此打算，应当机立断。"法正的一番激励，让刘备激情难耐，立刻着手调集兵马、粮草，要直取汉中，并派人告知张飞，准备接应大军。

张飞得到刘备的指令，立功心切，不等刘备大军到来，就令吴兰率兵马绕道祁山道，先行夺取下辩、武都，切断曹军的退路，待刘备大军到来，即形成对曹军的包围，以便全歼汉中的曹军。吴兰领命，即率本部兵马出发，连续击败氐人部落，占领了下辩。捷报传到巴中，张飞大喜，传令吴兰继续前进，夺取武都。然而让张飞没有想到的是，此时曹洪、曹休已率大军越过武都，得知下辩已失，切断了前往汉中的道路，于是立刻包围了下辩，发动了进攻。吴兰感到自己势单力孤，难抵曹军的攻势，于是派快马急回巴中求援。张飞闻听大惊，立刻大张旗鼓，倾巢出动，率兵马增援吴兰，打算从背后袭击曹军。曹洪此时犹豫不决，想退往武都，暂避锋芒，便对曹休说："我军千里行军，士卒疲惫，又与吴兰交战多日。现在张飞正耀武扬威向这里奔来，欲包围我们，形势对我们不利。参军看如何应对？"曹休说："张飞若真要从背后袭击我们，应当悄悄地潜行。如今大张旗鼓，可知是虚张声势，因其难以即刻到达，故意恐吓我们。我们应置之不顾，全力攻击下辩。若击败吴兰，张飞必撤兵矣。"曹洪说："你说的有道理，兵马交你指挥。"曹休下令攻城，一阵拼杀，下辩被攻破。曹休一马当先，冲进城内，蜀军拼命抵抗，大将任夔提马截击曹休，双方交手，战不数合，被曹休斩于马下。蜀军抵挡不住，只得弃城逃跑。逃到阴平，被氐人部落首领强端截杀。吴兰被斩首。

张飞得知吴兰兵败，只得率兵马退回巴中。而夏侯渊接到强端送来的吴兰的首级，知道曹洪、曹休率援军赶到，已夺回下辩，协助太守杨阜，从侧翼保证汉中的安全，便向曹操告捷。

刘备闻知曹军已派兵增援，料曹军必来争夺巴中，于是令诸葛亮、赵云留守成都，负责成都的安全及粮草物资的调运，由法正任军师，率马超、黄忠、魏延、刘封、雷铜等诸将，杀气腾腾奔汉中而来。

曹操在邺城闻知由曹休指挥，击败吴兰，牢牢控制了武都、下辩，不禁感叹道："我曾说过，文烈乃我家千里驹，果然不差。经过这些年的历练，已能独当一面了。"于是下令升曹休为中领军。此时正是建安二十三年新年，曹操设盛宴，与各文武掾属共贺新年。然而新年刚过去半月，就从许都传来急报：许都发生叛乱。

原来，谏议大夫京兆人金祎，本是汉朝名相金日磾的后人，自以为世为汉臣。自献帝诏敕曹操为魏王，认为设立异姓王会威胁汉室江山，便对曹操产生了不满，欲效其祖上金日磾讨莽何罗，要为确保汉祚永续，再创功勋。时太医令吉本也对曹操称王不满，于是两人一拍即合，阴谋利用曹操久在邺城的机会，联合志同道合的人在许都动手。时少府耿纪奉献帝诏命前往邺城，送金银车及十二旒王冠，看到邺城官吏一起庆贺，颇感失落，回来后向司直韦晃说起了此事，这引起了韦晃的同感。

善于察言观色的金祎正急于搜罗帮手，很快了解到耿纪、韦晃对曹操的不满，便挑拨说："我等皆汉臣，若一旦魏王代汉而立，我等皆是亡国之臣，而邺城的官吏皆成了开国重臣，将来就没有我们的立足之地，只有确保汉室江山永续，我等才有出路。"开始耿纪、韦晃并不赞成金祎的说法，说："丞相虽为魏王，并没有打算代汉而立，况且我等又都受到丞相重用。金祎大夫把事情看得太严重了。"金祎劝说道："凡事总有演变，照目前这态势，难保曹操不代汉而立。"后来又让吉本劝说二人，一来二去耿纪、韦晃的思想便发生了变化。金祎又鼓动说："我们控制了许都，使汉室再度中兴，大家也就成了有功之臣，子孙后代将会以我们为荣。"吉本说："我与两个儿子吉邈、吉穆已说好，我们父子三人愿为汉室江山的永续拼尽全力。"金祎说："朝廷中不满曹操的人很多，可是大家都不明说，只要我们振臂一呼，必应者如云。"耿纪和韦晃终于下定决心，参与金祎的反叛。

这时耿纪说："我与长史王必关系很好，许都城中的一应事物皆由他掌握，尤其城中的御林军，曹操将指挥权也交给了他，如能使他参与，则此事就易如反掌了。"金祎说："我与王必的关系也非常好，平常偶有试探，王必死心塌地效忠曹操，不仅不能与他合作，还要先斩杀了王必。"韦晃听说要斩杀王必，心中犹豫，说："一定要斩杀王必吗？我与他同为丞相府掾属，平日相处得不错，怎么下得了手啊。"金祎说："我们必须要下狠手，否则不可能取得成功。斩杀王必不用你们动手，我已派心腹之人安插在他府中。杀了王必以后，我们控制了御林军，挟天子颁布诏命，令刘备前来勤王。刘备现在已非当初，拥有荆、益两州，其大将关羽就在襄阳。而曹操远在邺城，且主要兵马一在淮泗，防备东吴，一在汉中，防备刘备，皆鞭长莫及。许都守将朱灵、路招也都在城外驻扎。只要我们在许都城中坚持到关羽到来，就大功告成。"耿纪说："计划虽好，但无奈我们手中没有兵马，一切都无从谈起。"金祎说："吉本家有家奴数百人，我也有家奴数百人，这些家奴死心塌地效忠我们。再加上你们二位的家奴共计有千余人，这些人马足够了。只要斩杀了王必，奏报天子下诏，御林军就会听命于我们。"韦晃问："什么时间动手？"金祎说："我与吉本初步商量，暂定于正月十六日。许都当地有个习惯，在正月十六这一天，人们都要出门游春，一直持续到深夜。我们利用这个机会，调动家奴们集聚在王必府外，不至于引起王必的怀疑。"几个人又商定了有关的细节，一致决定，于正月十六晚上动手。

正月十六这天，吃过晚饭，利用游春达到高潮的机会，他们各家的家奴暗藏兵器，开始向王必的府宅周围集结。随着夜色的渐浓，游春的人们逐渐散去，这些家奴们在吉邈、吉穆的指挥下，向王必的府宅进攻。王必在府宅中刚要入睡，听到府宅外人声鼎沸，连忙出屋查看，帐下都尉来报："外面许多人已将府宅包围，正在攻打。"王必问："是什么人？"都尉答："现在还不知是什么人。"王必说："令各家仆操兵器坚守，赶快查明情况。"这时撞击大门的巨响传来，王必说："赶快找来大柱子等物品，将大门堵好。"这时都尉来报："听声音像是太医令吉本的两个儿子在组织进攻。"王必说："这二人居然反叛，真是自不量力，大家把府宅守好，想法派人出去，召守城官兵来平叛。"都尉说："外面包围得太严，人出不去。""那就固守等待。"王必亲自部署防守。

吉邈、吉穆一边向府宅喊话，一边组织人撞开大门，但大门被里面堵得死死的。金祎对二人说："算了，不能再拖延了，把准备的柴草、膏油堆在大门前，放火烧！"顷刻间大火冲天而起，眼看大门就要被烧塌，王必说："大家准备好兵器，只要有人冲进来，格杀勿论。"话音刚落，背后一支箭射来，直刺王必的肩膀，王必刚一转身，又一支箭冲胸脯射了过来，王必本能一躲，射在了肋间，王必大喊一声："大家注意，我们这里有内奸。"话音刚落，大门轰然倒塌，叛贼冲了进来，双方激烈交战。都尉搀扶着王必，趁乱逃了出来。

都尉问："我们逃到哪里？"王必说："这里离谏议大夫金祎的家最近，我与金祎关系最好，先到他家躲避。"于是王必在都尉的搀扶下，跑到金祎家，赶快拍门，这时只听门内喊道："王长史被杀了吗？这么快就成功了？"王必先是一愣，很快明白金祎参与了此事，于是在都尉搀扶下马上离了这里。走不多远，迎面碰上典农中郎将严匡，王必大吃一惊，认为严匡也参与了此事，心想这下完了。只听严匡问："王长史浑身是血，是怎么回事？"听严匡这么问，王必的心稍微放了下来，将事情简要地叙述了一下。严匡大惊道："原来是有人反叛，知道是什么人吗？"王必答："不知道，但可以肯定金祎参与了此事。"严匡一指不远处的一处宅院说："那里就是我家，你快到我家包扎一下，我这就率家丁前去平叛。"王必说："叛贼人数太多，你这点家兵不够。"说着从腰上摘下一块兵符，说："你拿着这块兵符，快去调御林军前去镇压。你的家兵交我指挥。"说着已来到严匡家，严匡立刻召集家丁说："你们悉听王长史指挥，若王长史有半点差错，我唯你们试问。"说着连忙拿着兵符去调御林军了。王必简单包扎了一下，率领严匡的家兵返回自己的府宅平叛。

自王必府宅的大门被大火烧塌，叛军攻入王必府中，到处找不到王必，金祎等人内心不安，招来潜入王必府中的心腹之人来问，只说射中了王必，见他倒下了，后来人多混乱，就再没见到王必。金祎说："料他跑不出去，一定还在府内，派人仔细搜查，活要见人，死要见尸。"这时已是后半夜，金祎说："待天明，我们就去觐见天子，让他下诏，先掌控住御林军，严守许都城，派快马到襄阳向关将军求助。"话音刚落，只听府宅外传来喊声："我乃王必，所有参与反叛的贼人听着，立刻放下兵器，敢有负隅顽抗者，诛其三族。"耿纪颤抖着问金祎："王必还活着，怎么让他给溜出去了？"金祎也是心中一惊，故作镇静地说："怕是有诈，即便王必活着，手中也无兵马。"于是令吉邈、吉穆快去把王必抓来。吉邈、吉穆立刻率家兵赶到府外，一看果然是王必，就要冲上去。跟随王必而来的严匡的家兵护住了王必，双方就要交手，这时严匡带领御林军赶到。王必一声令下，将金祎、吉本父子、耿纪、韦晃以及几家的家奴全部抓获。此时天已大亮，王必一看，怒道："原来是你们发动的叛乱，可恨我有眼无珠，自认与你们是好友。想想平日丞相对你们多么信任，你们竟这么忘恩负义。"金祎说："曹操僭越，妄称魏王，意图篡汉，人人得而诛之。"王必说："一派胡言，混淆视听，魏王名号乃天子诏敕，何来僭越？当今天下，谁有魏王的功劳大？若不是魏王苦撑危局，恐怕汉室江山早已土崩瓦解，袁氏之流早已改朝换代，你们还能在这里自称汉臣？"金祎说："休再多言，既然事泄，要杀要剐，悉听尊便。"耿纪大呼道："真恨自己没有主见，被这帮群儿所害，我真是后悔极了。"韦晃用手扇自己的脸，说："我辜负了丞相的信任。"然后一头撞死在地上。王必命人将金祎、吉本父子、耿纪等叛贼全部关押，派人急驰邺城报与曹操，曹操下令将他们全部斩首。当得知王必是在身负重伤的情况下平定叛乱的，称赞道："这次多亏了王必，正如我以前所说，王必乃国之良吏也。"并下令在许都找最好的大夫为王必治伤，同时嘉奖严匡，表奏其为列侯。

　　然而没有几天，就传来噩耗，王必伤势过重，不治身亡。曹操十分震怒，将有嫌疑的百官押送邺城亲自审问，说："当夜叛贼烧王必府门，听说你们有人赶去救火了。那么好吧，凡是当夜赶到王必府宅参加救火者，一律站到我的左边，当夜没有参加救火者，都站到我的右边。"那些当夜赶到现场的人，以为参加救火者必有功，心中暗喜，纷纷站到曹操的左边，等待领赏。却不料曹操下令将他们全部斩首，这些人大呼冤枉。曹操冷笑道："你们一个也不冤枉，你们并不是去救火，而是前去助乱，实乃与叛贼同流合污。而不救火者，说明他们并不知情。"曹操将站在右边的人当即无罪释放，仍回许都任职。并令将王必厚葬，抚恤其家眷。

　　眼看已是春暖花开季节，从合肥传来噩耗，乐进将军因病辞世。曹操下令由其子乐琳承嗣其右将军，统领乐家军。将乐进灵柩运回阳平卫国厚葬，谥曰"威侯"。

　　钟繇见曹操这些天一直闷闷不乐，以为是王必和乐进的事，让他的情绪还没有平复下来，便说："王必已经厚葬，其家眷也已抚恤。乐进的后事也安排妥当，其子已承嗣。魏王不必太伤感了。"曹操长叹一声，说："并不全是因为王长史和乐进的事。最近我不断听说，咱们魏国去年冬季发生的那场时疫，让许多家庭死得只剩下一两个人，甚至有的都成了绝户，以至于这些辛苦复垦出来的田地，大片大片荒芜。现在正是春耕的时候，却不见春耕的景象，这是最让人揪心的。"钟繇说："好在这场时疫仅发生在邺城这一带，还不至于影响大局。"曹操说："话虽这样说，但那些死得仅剩老的老，小的小，或仅剩下残疾人的家庭，他们都没有劳动能力，难以养活自己，这些人该怎么办？这些天来我就一直在想这件事。你看这样行不行？让那些年纪七十岁以上，失去了丈夫和儿子的老妇人，以及年龄十二岁以下的孤儿，还有那些盲人，手脚有残疾无法自理的人，由官府出面给予粮谷和生活上的用度。对于家中有耄耋老人的，可以允许家中有一人不用服劳役，专门服侍老人。我已草拟了一道政令，你看看，若无不妥，就公告下去，让各级官府施行。"

钟繇接过曹操递给他的政令，打开看到："去冬天降疫疠，民有凋伤，军兴于外，垦田损少，吾甚忧之。其令吏民男女：女年七十以上无夫子，若年十二以下无父母兄弟，及目无所见，手不能作，足不能行，而无妻子父兄产业者，廪食终身。幼者自十二止，贫穷不能自赡者，随口给贷。老耄须待养者，年九十以上，复不事，家一人。"钟繇看完，连说："这条政令很好，很好。鳏寡孤独有衣穿，有饭吃，百姓一定欢迎。我这就令人誊写，发到各官府施行。"

钟繇前脚刚走，曹操就接到护乌桓校尉阎柔、左度辽将军鲜于辅的急报："代郡、上谷郡一带的乌桓首领无臣氏起兵反叛，请丞相派兵马征剿。"曹操思虑再三，于是令次子曹彰为北中郎将，行骁骑将军，率八千兵马前往幽州，配合阎柔、鲜于辅平叛。并令在自己身边多年的丞相军谋掾田豫辅佐。曹彰不以为然，说："田豫年纪大了，就不要随我去了，我保证凯旋。"曹操说："我知你勇武。这田豫处事稳重，遇事多向他请教。我还让黄门侍郎夏侯尚任你的参军，他勤学好问，遇事爱动脑子，你也要与他多商量。"夏侯尚乃夏侯渊的侄子，曹彰说："夏侯尚我们是好朋友，说话无拘束，这个我喜欢。"于是兴高采烈地去做准备了。临出征时，曹操亲自来送行，并再次叮嘱道："今次征战，你首次为主将，要记住：居家为父子，受事为君臣。动以王法从事，尔其戒之！"曹彰说："儿臣谨记在心，请父王放心。"于是持枪跨马，率八千壮士奔幽州而去。

送走曹彰，曹操回到后宅，见卞夫人在抹眼泪，说："你这是为何，彰儿又不是第一次出征。"卞夫人说："虽说不是第一次出征，可他这是第一次独当一面啊，我担心他太过莽撞。"曹操说："我已让田豫和夏侯尚去辅佐他。"卞夫人说："夏侯尚这孩子遇事细心，有他陪着，我也就放心了。"曹操说："凭我们黄须儿的胆略，保证旗开得胜。"

曹操刚送走曹彰，即接到夏侯渊急报："刘备亲率大军来夺汉中，我已令徐晃协助张鲁固守南郑，我与州刺史赵颙一起，亲自到阳平关驻守。又令张郃进驻广石，与阳平关成掎角之势，互相策应。并令曹洪、曹休固守武都，防止刘备从侧翼包抄汉中。请魏王速派兵马增援。"曹操闻知大怒，立刻调集兵马，要亲自讨伐刘备。驻守淮泗的诸将纷纷要求随曹操入汉中征伐刘备，曹操不允，说："汉中已有夏侯渊、张郃、徐晃、曹洪、曹休等，我仅带朱灵、路招、曹真等前往汉中。诸将要守好淮泗，防止孙权趁机侵袭。"于是仍留曹丕守邺城，曹植、杨修、丁氏兄弟等随大军一同前往汉中。

就在曹操从邺城动身的时候，刘备已率大军抵达宕渠，与张飞会合。稍作休整，即令马超、雷铜夺取武都，从侧翼威胁汉中。又令张飞、陈式进攻广石。自己亲率黄忠、魏延、刘封攻打阳平关。

马超、雷铜领命，即率兵马直趋武都城下，发动进攻。曹洪、曹休依城而守，双方连续大战，武都固若金汤。马超气急败坏，要亲自攻城，雷铜阻止，自告奋勇，担任先锋，再次攻城。马超亲自擂鼓助威，眼看雷铜已攻上城墙，曹军已经慌乱，这时曹休挥起手中兵器迎了上去，只两合便把雷铜刺伤，摔下城去。马超急令人将其救回，已经没了气。马超受到重挫，士气渐衰，屡次攻城，再无建树，双方僵持在那里。

与此同时，张飞、陈式进攻广石与张郃交战，也是连连受挫。尽管刘备亲自督战，进攻阳平关的战斗也不顺利。眼看已攻打了一个多月，各处的进攻都毫无进展，法正说："曹军为守，我为攻，这样平均用力，全线进攻，我们的兵马都消耗在这里，长久下去于我不利。"刘备说："我也觉得这样不行，军师有何高见？"法正说："我们应集中兵马攻打广石的张郃，如果夏侯渊不救，我们就夺取广石。如果夏侯渊分兵来救，于途中埋伏一支兵马，将其截杀，然后挥师夺取阳平关。唯有各个击破，才能取胜。"刘备于是采用法正的计谋，令魏延继续佯攻阳平关，令黄忠、刘封与张飞、陈式合兵一处，分为十部，昼夜不停，轮番急攻张郃。张郃拼死力战，刘备始终不能攻占广石。守在阳平关的夏侯渊，忽然感到蜀军停止了进攻，心下生疑，急忙派人探查，才知蜀军正集中兵马攻打张郃，于是就要分兵增援张郃。军司马郭淮劝夏侯渊："暂且不要分兵，张郃将军尚能坚守广石。"夏侯渊着急道："唇亡齿寒，广石一旦失守，阳平关就会暴露在蜀军面前。现在阳平关蜀军较少，分出一半兵马增援张郃将军完全没有问题。"于是留军司马郭淮守阳平关，携益州刺史赵颙率兵马前往广石增援张郃。

法正得知夏侯渊分兵来增援张郃，立刻建议刘备派兵马埋伏在夏侯渊的必经之路上。刘备按事先的准备，令黄忠率其兵马，在定军山兴势走马谷设下埋伏，待夏侯渊行到走马谷，猛然在道路上点起大火，夏侯渊兵马不能前行。这时蜀军居高临下，从山上滚下许多山石，砸得曹军人仰马翻。夏侯渊一看不妙，急令撤退，后边已被蜀军推下的乱石挡住了道路。黄忠亲自擂鼓助威，蜀军也高声喊叫，箭矢如雨点般倾泻下来。夏侯渊被乱箭射死。随即黄忠率蜀军从山上冲了下来，一阵短兵相接，随行的益州刺史赵颙于激战中阵亡。

这时早有逃回的士卒报与军司马郭淮，郭淮大惊，号令全体将士准备与阳平关共存亡。很快蜀军在刘备的指挥下，团团围住阳平关。双方激战，眼看阳平关就要失守，这时张郃率兵马赶到。原来夏侯渊的前军被打散后，有士卒逃到了广石，张郃闻知夏侯渊阵亡，料蜀军必围攻阳平关，阳平关若失，广石也难以坚守，于是放弃广石，前往阳平关，接应郭淮退回南郑。郭淮与张郃里应外合，粉碎了蜀军的包围，边战边退，撤回南郑。然而进到城中，却见城中挂满白幡。张郃忙问徐晃："夏侯将军和赵颙刺史阵亡之事你已知晓？"徐晃摇头道："不知。是汉中太守张鲁刚刚因病去世，所以才挂了白幡。夏侯将军阵亡了？"张郃便将广石和阳平关已失的事告诉了徐晃。徐晃说："有南郑在，刘备休想占领汉中。"

然而夏侯渊将军本是汉中主将，突然阵亡，益州刺史赵颙也一同阵亡；汉中太守张鲁又病故，南郑城中笼罩在一片悲凉的气氛中，将士们士气低落，百姓人心惶惶。郭淮说："国不可一日无主，军不可一日无帅。蜀军大兵压境，我们已无退路。为确保汉中不失，我举荐张郃将军为汉中主帅，统筹汉中防务。"张郃推辞，说："此重任我难以担当，还是由徐晃将军承担。"徐晃说："张将军不必推辞，我愿听从你的号令。"郭淮说："我久为夏侯渊将军的帐下司马，我保证夏侯将军的旧部悉听张将军调遣。"张郃还要推辞，郭淮说："张将军是国家名将，一直为刘备所惮，今日事急，非张将军不能安也，请勿推辞。"张郃遂权领主帅，勒兵布阵，诸将士俱受其节度，众人之心乃定。张郃派快马向曹操禀报汉中情况。

第一百一十六章

马鸣阁徐晃击陈式　阳平关曹操斩杨修

曹操自七月亲率大军从邺城出发，于九月到达长安，在此稍作休整，并就地补充粮草，然后就要进军汉中。就在这时接到南阳太守东里衮急报："宛城守将侯音、卫开反叛，他们要与关羽联络，妄图内外勾结，夺取南阳。事情紧急，请魏王速派兵马平叛。"曹操大吃一惊，立刻派快马急驰淮、泗，令驻守郝谿的曹仁、庞德昼夜兼程，赶往宛城平叛。同时令文聘严密监视关羽动向，若有异动，立刻来报。此时曹操不敢贸然南下汉中，一直密切关注着宛城的平叛。

原来，宛城守将侯音、卫开，因太守东里衮征调徭役过重，与其发生了矛盾，遭到太守东里衮的怒斥。二人一气之下，拘捕了东里衮，欲将宛城献与关羽。南阳郡功曹宗子卿见事情不妙，急忙前去劝说："二位守将顺民心，举大事，得到了大家的拥护。但是你们拘捕了太守，就是公然反叛，丞相必调兵镇压。不如现在将太守放了，暂时麻痹曹操。我与二位将军共同联系关羽，让他率兵马早日赶到，待曹操明白过来已经晚了。"二人一听颇有道理，立刻将东里衮释放。推说只是误会，并非反叛。宗子卿遂连夜与东里衮逃出宛城，一边向曹操告急，一边连忙召集所属各县的县令长，拼凑了一支兵马，包围了宛城。这时侯音才知上了当，于是率兵马往外冲，东里衮和宗子卿号召大家无论如何也要堵住侯音，使其不能与关羽联系，并向文聘求援。文聘要监视关羽，不敢将兵马悉数增援东里衮，眼看抵挡不住。此时曹仁、庞德兵马赶到，一起攻打宛城，侯音、卫开在苦撑一个多月后，终于在建安二十四年正月，城破被斩。曹仁立刻派快马向曹操报捷。

曹操接到曹仁的捷报，悬着的心终于放了下来，随即令曹仁屯住樊城，与文聘共同防御关羽，令庞德屯驻宛城，安抚百姓。东里衮激起兵变，撤职查办。由曹仁代行太守。

宛城即平，曹操就要启程，南下汉中。这时接到曹彰自代郡的报捷："代郡乌桓的反叛已平。"原来曹彰自邺城出发，一路上意气风发，自任前锋。田豫和夏侯尚多次劝说都无用。田豫只好紧紧跟随曹彰，夏侯尚在后边督大军跟随。刚进入涿郡，突遇数千叛贼来袭，而曹彰身边仅有千余步卒及少数骑卒，情势相当危急。曹彰就要应战，田豫劝阻说："敌强我弱，硬拼只有吃亏，可占据有利地势，与叛贼相持，待后边大队人马赶上来，再共同反击。"曹彰听从了田豫的劝告，下令固守待援。叛贼屡攻不下，心情烦躁。这时夏侯尚率大队人马赶到，曹彰立刻反击，手持佩剑，身先士卒，杀入敌阵，连斩数人，叛贼抵挡不住，向代郡撤退。曹彰一马当先追歼叛贼，就在这时大队叛贼赶来接应，曹彰手持弓箭，连续射击，弓弦响起，叛贼接二连三应弦而倒。夏侯尚劝阻道："敌人援军已到，可暂避锋芒，你身为主帅，身上已中数箭，不可莽撞。"

这时曹彰才往自己身上一看，铠甲上果然已中数箭，好在铠甲厚重，未能射穿。他满不在乎，伸手拔去箭矢说："仗打的是士气，应一鼓作气击败敌人。"依然斗志高昂，毫不退缩，率士卒与叛贼激战。乌桓兵马终于被曹军的勇猛震慑，掉头向北撤退。曹彰下令紧追不舍，一直追到桑干，已越过代郡近二百里。田豫劝道："这些天连续追歼，士卒和马匹都很疲劳，已经越过代郡，叛贼的势力还很强大，应与阎柔、鲜于辅取得联系，共同围歼叛贼，切不可轻敌。"曹彰说："率师而行，唯利所在，哪管什么地域范围。叛贼虽势众，已成惊弓之鸟，追之必破。拘泥于遵守节度，放跑了敌人，这不是为将之道。"于是上马，命令全体将士："凡不奋勇向前，迟滞在后者，斩！"于是连续追歼，不给乌桓兵马任何喘息的机会。数天激战，斩杀和俘获叛贼数千名，彻底击垮了乌桓叛贼，其首领无臣氏被斩首。阎柔、鲜于辅亲自赶来祝贺，并带来大批物资，慰劳将士。鲜卑首领轲比能本欲率数万兵马观望强弱，见曹彰兵马攻势凌厉，所向披靡，赶快俯首示好。幽州形势立刻稳定下来，捷报传至长安，曹操大喜，令曹彰直接赶来汉中。

接连两场平叛的胜利，让曹操再无后顾之忧，便下令：兵马进发汉中。就在此时，曹操接到张郃急报："夏侯渊及益州刺史赵颙阵亡，汉中太守张鲁病故，我暂且节度汉中兵马，请魏王速增援汉中。"曹操大惊，两眼垂泪，对贾诩、刘晔等人说："我曾多次劝诫妙才将军，为将当有怯弱的时候，不可但恃勇也。将当以勇为本，行之以智计。但知任勇，一匹夫敌耳。可怜妙才竟命丧汉中。"于是下令："所有兵马改走褒斜道，直趋阳平关。"刘晔劝说："褒斜道多栈道，太险，还是按原来的计划，走陈仓道比较稳妥。"曹操说："翻越秦岭的几条道路都险。前次都说陈仓道好走，结果走得也非常艰难，唯有这褒斜道，离汉中近，我要立刻赶到汉中，斩杀刘备，为妙才将军报仇。"随即派人通知张郃：大军经由褒斜道前往汉中。并征拜张郃为行镇南将军，假节，代夏侯渊节度汉中所有兵马。然后率兵马押着大批粮草物资奔斜谷而去。

　　驻守阳平关的刘备得到斥候报告，曹操率大军已由长安出发，经郿县斜谷，沿褒河增援汉中，刘备心中感到恐慌。法正说："主公莫慌，看我怎样阻拦曹操。我已派斥候探查清楚，马鸣阁处在曹军后方，仅有少数郡兵守卫，主公可派一支兵马，潜到马鸣阁，夺取关卡，然后将马鸣阁栈道拆毁。此栈道若毁，曹操必退回另寻他路，一来二去，至少半年时间就过去了。有这半年时间，何愁夺不下汉中。"刘备说："若曹操就地修复栈道呢？"法正说："若曹操想修复栈道，恐怕已是一年以后的事了。"刘备大喜，立刻调陈式率本部兵马潜往马鸣阁，反复叮嘱："此番你孤军深入，务必行动迅速，不可走漏风声。若夺取马鸣阁，拆毁栈道，将是大功一件，我必厚赏。"陈式领命，不敢耽搁，悄悄潜出阳平关，绕道奔马鸣阁而去。

　　张郃得知曹操率兵马经褒斜道来汉中，命徐晃率兵马到达马鸣阁，保护好栈道，迎接魏王的到来。徐晃领命，立刻点起兵马，在向导的带领下，赶到了马鸣阁，并根据地势，令将士们埋伏在山坡上，利用山上的石头、树木，就地制成滚木礌石。一切刚准备就绪，就见蜀军沿山涧中的道路蜿蜒前行。徐晃心中暗叫："好险！多亏张郃将军未雨绸缪，否则后果不堪设想。"下令兵马准备战斗。待蜀军全部进入曹军的伏击圈，徐晃下令发动进攻，礌石滚木从山上倾泻而下，蜀军士卒被砸下山涧，大多跌入褒河，连摔带淹，死伤无数。黄忠攻杀夏侯渊的场景几乎重现，只不过由于地势更险，蜀军伤亡更大，几乎全军覆灭。仅有少数命大的，逃了回去，向刘备报信去了。徐晃控制住马鸣阁，令将士们加强守卫，防止蜀军再来破坏，专心迎候曹操的到来。

　　曹操率大军自长安出发，由于褒斜道许多地段是栈道，非常难行，所以行动非常迟缓，曹操再次感受到了翻越秦岭的不易。当来到马鸣阁时，被徐晃接住，得知刘备派兵马欲夺取马鸣阁，却被徐晃全歼，并牢牢控制了马鸣阁，非常高兴，说："此阁道，汉中之险要咽喉也，刘备欲断绝此道，以取汉中，若非徐晃将军及时赶到，恐怕我要被阻止于此了。"遂留下兵马驻守马鸣阁，令徐晃随大军一起回到南郑。

张郃、阎圃等将曹操迎入城中，详述了汉中当前的情况，又陪曹操到张鲁陵前祭奠了一番。曹操表谥张鲁为原侯，其爵禄由长子张富承嗣，并令阎圃为代理汉中太守，留守南郑，集中所有的兵马，准备夺回阳平关，把刘备赶出汉中。临行前，曹操召主簿刘晔说："上次张鲁归附后，你曾建议要乘胜南下巴蜀，夺取益州，我没有采纳，现在看来，你当初的主张是对的。这次我准备夺取阳平关后，一鼓作气夺取巴蜀，平定整个益州。你看如何？"刘晔说："当初刘备刚取得益州，民心未附，现在已经过去三四年了，益州形势已经稳定，百姓已经认可刘备，再要夺取益州，就比较困难了。"曹操点点头，说："当时惧孙权在东南起事，现在已与孙权议和。如果条件允许，就不能再犹豫了。"随即点起兵马，奔阳平关而去。

自马鸣阁陈式全军覆没，逃回的士卒报与刘备，刘备忧心忡忡，对法正说："想阻止曹操看来已不可能，我们还是先撤回巴郡，以避曹军的锋芒。"法正淡然一笑，说："主公莫慌，我料曹公此来，必无功而返。汉中将属我矣。"刘备说："孝直未与曹操交战过，不知其用兵之厉害。此人排兵布阵一向无有定法，让人难以琢磨。"法正说："主公只管做好应战准备，我保证阳平关万无一失。"刘备将信将疑，于是下令增修阳平关的关隘，做好抵御曹军的准备。

很快曹操就率大军抵近阳平关扎下营寨，随即张郃就率领兵马叫阵。法正说："主公可遣一大将出关对阵，先挫曹军锐气。"话音刚落，张飞挺枪上马，自告奋勇要打头阵，便率本部兵马迎了出去。双方兵对兵将对将，杀了半日，未分胜负。眼看太阳就要落山，曹操和刘备都怕自己的大将有失，各自鸣金收兵。

第二天，曹操派徐晃出战。张飞又要迎战，刘备不允，令黄忠出战。徐晃誓要为夏侯渊报仇，一声令下率本部兵马杀了过来。黄忠率手下兵马立刻迎了上去，双方又是一场大战。直战到过午，已是人困马乏，互有伤亡，仍未见胜负，双方只好鸣金收兵。

第三天，刘备派魏延出战，曹操令朱灵应战。两边战鼓震天动地，将士一片喊杀声，都要置对方于死地，然而直到鸣金收兵，也未能分出胜负。

一连三天，双方尽遣主力出战。第四天，早已憋坏的许褚嚷着要出战，曹操不允，说："今日看刘备派谁来出战。"这时只见关门打开，一员小将提马冲了出来。许褚早已披挂停当，提马就要出战，曹操说："杀鸡焉用牛刀，还轮不到你出战。待我问明来者何人。"便高声问道："来将何人，请报上名来。"只见小将挺枪立马说："我乃刘皇叔的儿子刘封是也。"曹操哈哈大笑，说："原来是刘备的假儿子，既如此，待我令我的黄须儿来，让你们这两个真假儿子战一场，看看谁能取胜。"然后立刻下令："派快马前往迎接，令我黄须儿曹彰率领兵马赶来汉中助阵。"然后对刘封说："听见了吗？今日不与你战，你且回去，待我黄须儿来，专门与你一战。"

刘封大怒，挺枪杀了过来，曹真说："让我来会会他。"提马冲了出去，两个小将你来我往杀了起来，双方士卒混战在一起，渐渐地刘封体力不支处于下风，刘备看得真切，立刻鸣金收兵，曹操也鸣金收兵，双方又是未分胜负。

待刘封回到阳平关，刘备问法正："我们的将领各自战了一阵，明日派谁出战？"法正说："连战几日，双方都试探了对方，我们已挫其锐气，自明日起，高挂免战牌休战。"刘备不解，法正说："曹军远来，汉中地狭，十几万大军的粮草物资难以长久，必求速战速决，而我军背靠巴蜀，粮草供应源源不断，只要耐住性子固守，曹军必退。"刘备恍然大悟，下令各部，一律不得出战，守住阳平关，就是胜利。

一连数天，曹操排兵布阵，等待蜀军前来交战。但阳平关上高挂免战牌，再不出一兵一卒。曹操恼怒，令张郃为先锋，开始进攻。阳平关经刘备增修，堞高墙厚，虽多次攻打，都无功而返。贾诩说："我看刘备在故意和我们拖时间，待我粮草耗尽时，再对我发动攻击。"曹操说："你说得不错，只是想得太美了。来时我在长安特意征调了粮谷，现在粮谷足够用一个月的。我们再令三辅地区的令尹们筹措粮草，征调徭役，源源不断地往这里调运，加上汉中就地的征调，确保粮谷的供应。"

双方在阳平关相持了一个多月，曹军虽然粮草供应不成问题，但运送粮草翻越秦岭的艰辛和耗费的大量人力，让曹操的心不安起来，这样与刘备长期相持，自己十几万大军拖在这里，终究不是一个好办法。他征求刘晔的意见，刘晔说："失去巴中，汉中就暴露在蜀军面前，刘备已占据了天时、地利。倒不如放弃汉中，变被动为主动。"他又征求贾诩的意见，贾诩说："前些年中原大乱，许多人逃往这里，致使汉中人多地少，现在加上我们十几万大军，更加剧了这一困难。现在守卫汉中，如同背上了一个包袱，刘晔的话是对的，不如我们主动放弃。"

其实曹操心里也是这么想的。自己十几万大军陷在这里，一旦中原有事，就会顾此失彼。守汉中的目的，一是为夺取益州，二是为防止刘备袭扰凉州和三辅，现在暂时已无法从这里夺取益州，仅在陈仓、郿县、武功、周城等地部署少量兵马，扼守住子午、党骆、褒斜、陈仓、祁山这几条道路，刘备就出不了汉中。退一步说，刘备即使想从此出汉中，这几条险道也会给他的粮草供应及兵马的调动带来困难，如此一来，就等于把这个包袱丢给了刘备，所以放弃汉中，应该是一个不错的选择。可他又想到，放弃汉中，会不会对将士们的士气产生影响呢？而且从此也就失去了从汉中威胁益州的手段。他左思右想，想到了美味的鸡肉。鸡肉味道鲜美，可唯独这鸡肋，食之无味，弃之可惜。如今这汉中就是一块鸡肋。恰在此时，侍从来问今晚的口令。曹操口中正喃喃道："鸡肋。"侍从没听明白，又问了一遍，曹操说："对，就是鸡肋。"侍从出去传达口令去了。曹操反复重复道："鸡肋，鸡肋……"

第二天，曹操到各营寨巡视，见一些士卒和掾属窃窃私语，帐里帐外跑进跑出，不知在忙些什么。曹操感到奇怪，便趁势到各帐中看个究竟，见有的帐中掾属在整理物资，有些已打包捆扎完毕，曹操十分好奇，问："你们在干什么？"有的人吞吞吐吐，有的人悄悄往后躲。曹操不由来了气，再问了一遍，有个胆大的见躲不过去，便说："昨晚我们得到的口令是'鸡肋'，主簿杨修便开始打点自己的行装，我们问他干什么？他起初不肯说，我们问得紧了，他悄悄告诉我们说：'鸡肋，弃之可惜，食之无所得，以比汉中，可知魏王欲撤出汉中。我们早做准备，免得命令一下，到时手忙脚乱。魏王，果真要放弃汉中吗？"曹操不置可否，"哼"了一声，沉下脸来，返身出了营帐，回到大帐，立刻令人将杨修抓了起来。

曹植得到消息，赶快去找丁仪、丁廙两兄弟打探消息，二人也皆说不知原因，于是三人一起去探视杨修，问是怎么回事？杨修说："我也莫名其妙，我正在猜想，恐怕是因为我又揣度了魏王的心思引起的吧。"便将鸡肋一事说了。曹植说："我这就去找父王求情。"杨修连忙劝阻道："你千万不要去为我求情，你若不去，我或许还能保一条命，你若去了，我必死无疑。"丁氏兄弟问："这是为什么？"杨修说："我一向恃才傲物，子建又一向轻狂，魏王一直以为是我在背后教唆，早有意惩处我，所以子建掺和进来，只能是帮倒忙。"曹植急得直跺脚。

曹操将杨修抓起来后，也在考虑如何处置杨修。想这杨修，饱读诗书，才华横溢，的确是难得的人才。想那年在许都修建丞相府时，因嫌太阔气、奢华，便随手在府门上写了一个'活'字，谁都不解其意，唯有杨修一语道破太阔了，实在是才思敏捷。可恃才傲物，总爱耍点小聪明，曾多次密教曹植提前准备好应对我的问题。私开司马门一事，据说就是他与曹植一起喝酒引起的，当时就想惩戒他，只是证据不充分。这些倒还罢了，最令人不放心的是，他是袁绍的外甥，且又与曹植关系这么好。若我百年之后，他策动曹植挑事，曹丕的魏王之位还坐得稳吗？很可能导致兄弟相残。为了曹丕，也应趁这次机会将他除了。想到此，他几乎知道自己该怎样做了。可转念一想，杨修毕竟是人才难得，且并无大错，就此将其斩杀，实在可惜，也难以服众。我一生爱才、惜才，此刻应为国家留下此人。曹操竟拿不定主意了。思虑再三，决定先将杨修押来审问一番，看他如何为自己辩解。于是传令将杨修押来。

杨修被押到大帐，扫了一眼大帐中的人，见贾诩、刘晔及各位掾属均在，便不卑不亢。曹操问："你知罪吗？"杨修答："知罪。"曹操再问："什么罪？"杨修答："我根据口令，妄意忖度魏王，提前做了撤兵的准备。"曹操说："妄意忖度，虽不应该，也不是什么大罪。你罪在蛊惑军心，令士无战心，若刘备来攻，会令我军遭灭顶之灾。为了稳定军心，只好借你的头来用一用了。"于是令侍卫将杨修押出去斩首。

曹操命令一下，看了看左右，等待有人为他说情，这样既吓唬了杨修，又传谕了将士，稳定了士气。说实话，他此刻并不想斩了杨修，爱才惜才的想法又占了上风。

贾诩、刘晔等刚要张口，只见杨修推开来押他的侍卫，说："魏王，你一直觉得曹植很轻狂，认为这是我教唆的，只是这太冤枉我了，我从未教唆过子建。我知道，我一向喜欢戏谑，曾多次冒犯魏王，其实我并无恶意。那次在淮泗，庐江太守朱光送你两盒当地特产酥糕，我利用你在盒上写的一合酥，以一人一口为由，与在场的掾属们将它分吃了。事后我也感到后悔，不该将两盒酥糕全都吃了。诸如此类的事太多了，连我都记不清有多少次了，我自认多次冒犯魏王，早就该死了，只是因为魏王的大度，才让我活到今天，我已经十分感激了。"杨修欲以攻为守，来开脱自己，因为他看出来，曹操并不想杀了自己，所以嘴上说着，却并未挪动脚步。

曹操在等有人为杨修说情，他好趁势放了杨修，所以也并未催促侍卫将杨修押出去。当听了杨修的话，他便打算顺着杨修的话来为他开脱了。只是杨修最后说，当初在淮泗时，他们将两盒酥糕都分吃了，心中一紧，便问："两盒酥糕，你们全分吃了？"杨修答："是的。魏王不知道吗？"曹操又问："没有留下一盒？"杨修说："当时几案上的一盒因为人多不够分，见书架上还有一盒，便也分吃了。"曹操震怒了："既然你们已经吃了，为何还将空盒放回书架上？我一直疑惑，当年荀彧接到我送去的酥糕，说是全部吃完，当天晚上就死了。原来他接到的是一个空盒。荀令君是一个很敏感的人，一定是引起了他的误会。"杨修说："据说荀令君是因为有病，一直感到身上发冷，让人烧大火取暖，独自关在屋中被闷死的。"曹操怒道："荀令君接到的是空盒，他的心冷透了，能不喊冷吗？今天你要到阴间去给他谢罪。来人，将杨修押出帐外斩了！"帐中人全都为其讲情，曹操不允。杨修知道，这次必死无疑了，便不再说什么，随着侍卫朝帐外走去。

曹植一直在帐外等候消息，见杨修被押出帐外问斩，不顾一切冲进帐中，恳请父王手下留情，放杨修一条生路。曹操怒斥道："没有了杨修在你身旁引诱，你今后也会懂得一些持重，少一点狂傲。"

曹操斩了杨修，又与刘备对峙了半月之久，眼看已是仲夏五月，天气渐渐热起来，这时传来斜谷道上运送粮草的士卒和马匹，不断有摔下悬崖的消息。曹操经过考虑，终于决定甩掉包袱，掌握主动，下令撤出汉中、武都。时魏国尚书张既随在军中，曹操对他说："我不能白白将汉中、武都送与刘备，我打算将这两郡的百姓，悉数迁往长安和洛阳，以充实这两地因董卓之乱而造成的人口流失。你看如何？"张既说："武都氐人久居在此，不可迁徙太远，否则容易出乱子。可将他们就近迁徙到扶风、天水一带，并说明北上迁徙，主要是为了躲避蜀军的掠夺。对先迁徙的人厚加赏赐，后面的人就会效法他们。汉中的百姓也用这个方法迁往三辅地区，有愿意迁往洛阳的，给予更大的赏赐。"曹操立刻表示赞同，对张既说："武都氐人的北迁，就交给你来安排。你现在赶到武都，告诉曹洪、曹休，让他们协助你把北迁的氐人安全护送到天水。汉中百姓的北迁由我亲自安排。"张既领命，即刻赶往武都去了。

张既走后，曹操立刻动员汉中的百姓北迁。因为汉中的百姓有许多是从中原避乱而来到这里的，所以他们也都愿意北迁。为防止刘备袭扰，曹操令各部曲交替掩护，依次从斜谷道撤离汉中。临走，曹操亲自到夏侯渊和赵颙的墓前祭奠。本欲将夏侯渊的灵柩迁回许都安葬，只因道路太过艰险，只好作罢。只是将夏侯渊生前留下的几样随身物品包好带回许都，随后在许都设了衣冠冢，以示纪念。此是后话。

第一百一十七章

刘备矫诏称汉王　庞德勇武捐身躯

曹操撤出汉中的消息传到阳平关，刘备大喜过望，夸赞法正料事如神。一边令马超进驻武都，一边亲率张飞、黄忠、魏延、刘封等进驻南郑。待到进入南郑，却发现城中冷冷清清，人烟稀少，早已没有了往日的热闹，这才知曹操临撤退时，将汉中的大批百姓迁往三辅去了。尽管如此，刘备还是非常兴奋，得了汉中，就如同在巴蜀前面竖起了一道屏障，巴蜀就可以确保无虞了，进而整个益州也就稳定了。因曹操撤走时已将汉中的粮草物资尽数携带走，刘备得到的几乎是座空城，于是一边安抚汉中留下的百姓，一边派人到成都，催促诸葛亮调运粮谷到汉中。

汉中的取得，让刘备信心大增且踌躇满志，随即把目光盯在了房陵和上庸两郡上。这两郡就像楔子一样插在荆州和汉中之间，阻隔了两地的联系，刘备决心夺取这两个郡。根据斥候报告，这两个郡因地处偏僻，曹操并未派重兵驻守，于是刘备令驻守在秭归的孟达北上夺取房陵，遣刘封率兵马自汉中乘船顺汉水而下，围攻上庸。孟达领命，率其兵马北上，一战而取房陵，将房陵太守蒯祺斩首。孟达一面向刘备报捷，一面率兵马合围上庸。上庸太守申耽率郡兵抵抗，这时刘封到达上庸，申耽看寡不敌众，只好举众投降，并主动将妻、子及宗族送到成都充当人质。刘备感其诚，遂加征申耽为征北将军，领上庸太守及员乡侯如故。又分上庸新设西城郡，由申耽的弟弟申仪为建信将军、西城太守。升刘封为副军将军，与孟达一起共同镇守上庸、西城、房陵三郡。

经过一个多月的安抚，汉中的形势已经稳定下来。法正提议说："曹操已称魏王，现在主公已取得汉中，应效法高祖，称为汉王。"刘备说："不可，曹操的魏王毕竟是天子下诏敕封的。现在我们无法与朝廷取得联系，如何让天子敕封呢？"法正说："这个好办，我们先拟一道奏章，表奏主公为汉中王，主公权且暂领汉中王，将奏章封存，待遇有机会，再呈送天子追认。"刘备犹豫道："这样行吗？"法正说："凡事皆不可拘泥于细枝末节，应随势而行。"

刘备说："让我再斟酌一下。"法正知道刘备是不好意思，故意推托，便鼓动各文武掾属，要拥戴刘备为汉王。各文武掾属都清楚，刘备若称王，他们各自的官位、爵位及名号皆能升迁，所以都非常赞同，积极劝说刘备："曹操乃一外姓，尚能称王，主公本是刘姓，又是皇叔，并统领荆、益两州，足以称王。只因与朝廷的联系不通，否则天子早已诏敕主公为王了。"刘备嘴上推辞，实际心中早已巴不得快点称王。恰巧此时诸葛亮押运粮草到达汉中。刘备征询诸葛亮的意见，诸葛亮见众人热情高涨，也不好驳了大家的面子，就顺水推舟表示赞成。于是刘备下令，筹备称王典礼，准备正式称王。

法正一边令人赶制十二旒的王冠，一边令人在沔阳筑坛设场，准备在这里举行称王的典仪。很快坛场修筑完毕，各项准备工作也已就绪。九月刘备选定吉日，各部兵马列队坛场，坛场上旌旗飘扬，钟鼓齐鸣，各文武掾属依序站立，由诸葛亮主持仪式，法正宣读文武掾属给天子的奏章。奏章写道：

"平西将军都亭侯臣马超、左将军长史领镇军将军臣许靖、营司马臣庞义、议曹从事中郎将臣射援、军师将军臣诸葛亮、荡寇将军汉寿亭侯臣关羽、征虏将军新亭侯臣张飞、征西将军臣黄忠、镇远将军臣赖恭、扬武将军臣法正、兴业将军臣李严等一百二十人上言曰：'昔唐尧至圣而四凶在朝，周成仁贤而四国作难，高后称制而诸吕窃命，孝昭幼冲而上官逆谋，皆冯世宠，藉履国权，穷凶极乱，社稷几危……'"接着奏章说，若非大舜、周公、朱虚、博陆，则不能使天下安定。又说献帝受命天下时，却遭遇厄运。董卓首难，曹操窃权，皇后、董妃被杀，献帝蒙尘，因此左将军、豫州牧刘备曾与车骑将军董承同谋诛曹，不料事泄，致使曹操长期把持朝政，诸臣皆以为汉朝时有倾覆之危。《虞书》中认为应厚待九族，周朝时也大力分封同姓，《诗经》上也记录了这样的事。汉朝初兴时，分封诸王室子弟，才得以汉室承续至今。因此"臣等以刘备肺腑枝叶，宗子藩翰，心存国家，念在弭乱，平定了汉中，功绩显著，却爵号不显，九锡未加，非所以镇卫社稷，光昭万事也。"认为现在朝廷正有危难，所以"臣等辄依旧典，封刘备为汉中王，拜大司马，董齐六军，纠合同盟，扫灭凶逆，以汉中、巴、蜀、广汉、犍为为国，所署置依汉初诸侯王故典。"并审明，这一切都是为了社稷而不得不实行的权宜之制，甘愿"功成事立，臣等退伏矫罪，虽死无恨。"

法正宣读完众人上表天子的奏章，站立一旁。刘备登上坛场，展开自己亲笔撰写的奏章，宣读道：

"备以具臣之才，荷上将之任，总督三军，奉辞于外；不能扫除寇难，靖匡王室，久使陛下圣教陵迟，六合之内，否而未泰，惟忧反侧，疢如疾首。"接着刘备讲述了董卓之乱，又痛斥了曹操独揽大权，然后借口众人为了维护汉室江山，不得不"斟酌古式，依假权宜，上臣为大司马、汉中王。"因自己受国厚恩，不得不在群僚的逼迫下，"应权通变，以宁静圣朝，虽赴水火，所不得辞；辄顺公议，拜受印玺，以崇国威。"最后，刘备再次表示自己的忠心，"敢不尽力输诚，奖励六师，率齐群意，应天顺时，以宁社稷，谨拜表以闻。"

刘备宣读完奏章，与众人的奏章连同左将军及宜城亭侯的印绶，一齐交与许靖，嘱其认真保管，待有合适的机会呈送给天子。然后法正将早已准备好的十二旒王冠，戴在刘备的头上，钟鼓再次齐鸣，音乐奏响，歌舞骤起，刘备正式就任汉中王。

刘备称王后，即着手按王国的典制建立署衙，拜诸葛亮为汉中王国的国相。因法正筹划有方，功劳最大，征拜为尚书令。护军将军许靖为太傅。拜关羽为前将军，黄忠为后将军，张飞为右将军，马超为左将军，赵云为虎威将军。诸葛亮说："黄老将军的名望，平素不及诸位将军，而今汉王令其与诸将同列，恐怕不妥。"刘备说："黄老将军射杀曹军大将夏侯渊，致我一举夺取阳平关，才有今日之封王，其功勋卓著，非此不能表其功。"诸葛亮说："张飞、马超随征汉中，亲眼见到了黄老将军的功绩，他们不会反对。我担心的是，关羽远在荆襄，不知详情，得知黄忠将军与自己齐名，恐心中不悦。"刘备说："如二弟反对，我将亲自为其解释。"诸葛亮点头表示赞同。于是刘备为五位将军颁授新的印绶，史称蜀汉五虎上将。其他文武掾属，依功劳大小，也各有封赐。

诸事完毕，刘备就要班师回成都，众人议论：汉中乃战略要地，必以重将镇守汉中，其太守必为张飞。张飞也自认非己莫属，不料刘备却征拜魏延为镇远将军，领汉中太守。众人都纷纷议论，感到不解。刘备便当着众人问魏延："今天我将汉中交付于你，你打算怎样守卫汉中？"魏延说："若曹操举天下而来，我为汉王拒之；若偏将军率十万之众来侵，我为汉王吞之。"如此豪言壮语令众人振奋。刘备赞许，遂将汉中交与魏延，张飞仍驻守巴郡，然后率大军返回成都。

　　刘备回到成都，即令前部司马费诗，携带前将军的印绶，前往荆州，向关羽通报称王一事。关羽得知刘备称王，非常高兴。当费诗拿出前将军的印绶，亲自披挂在关羽身上时，关羽心中好不惬意，随口问道："我既为前将军，谁为后将军？"费诗说："老将黄忠为后将军。"关羽沉下脸来，问："我三弟张飞是何将军？"费诗说："张将军是右将军，马超为左将军，赵云为虎威将军，恭喜关将军为五虎大将之首。"关羽怒道："翼德是我弟，马孟起威震西凉，子龙屡立战功，他们与我位列相同是应该的。黄老将军无论名号和功绩都无法与其相比，却列我之后为后将军，我大哥是不是糊涂了？"于是将印绶取下，还于费诗，让他回成都问明白再说。

　　费诗一看关羽生了气，笑道："凡是成就王业者，都是广征人才。昔萧何、曹参与高祖从年少就是好朋友，情同手足，而陈平、韩信皆是逃亡之人，且来得晚。然而论其名号、班列，韩信、陈平最居上，并未听说萧何、曹参以此抱怨。如今汉王以其射杀夏侯渊之功，恩宠于汉升将军，但意之轻重，怎能与关将军相同？汉王与关将军犹如一体，休戚与共，汉王荣则关将军荣。我以为关将军不应计较名号之高下，爵禄之多少。我乃一介之使，受命之人。关将军不受封拜，我若将印绶带回，交还汉王，自感到为将军遗憾，恐关将军后悔。"关羽听了费诗推心置腹的劝说，立刻明白过来，说："我险些伤了大哥的心。"于是要回印绶，重新佩戴好，让费诗回成都后，感谢汉王的封拜。

　　送走费诗后，关羽心里越想越不是滋味。张飞、黄忠、马超等将领皆为大哥汉中称王立下大功，而自己却寸功未建，又被征拜为前将军，位列五虎大将之首，想想实在受之有愧。便要创一番功业，省得别人说闲话。于是经过认真分析，认为曹军的主要兵马一在淮泗，一在关中，南阳、襄阳一带只有曹仁在此防守，且襄阳孤悬汉水以南，若集中荆州现有兵马，将曹军所占荆州北部的南阳、襄阳夺回来，是完全有把握的。这就为汉王送上一份厚礼，也不枉自己为前将军的名号。若进攻顺利，乘虚直取许都，将大哥送上天子宝座，将更是无可比拟的大功。想到此，关羽激动起来，令糜芳守江陵，士仁守公安，一边派人向刘备通报，一边调集兵马，不等刘备批准，就率领兵马向襄阳发动了进攻。

　　由于事发突然，镇守襄阳的吕常将军，一边向曹仁告急，一边据城抵抗，终因襄阳孤悬汉水以南，寡不敌众，吕常将军战死，曹操所立的荆州刺史胡修，襄阳太守傅方开城投降。

关羽夺了襄阳，信心大振，依靠强大的水军，快速渡过汉水，攻打樊城。曹仁一边加强樊城的防卫，一边令庞德增援。庞德率兵马离了宛城，在离樊城不远处扎下营寨，与樊城成掎角之势，共同抵御关羽的进攻。曹仁同时派快马向曹操告急。

曹操率兵马掩护百姓撤出汉中后，便屯驻在长安，着手安置从汉中迁出的百姓。这时其次子曹彰率兵马赶到长安，见到曹操，不无遗憾地说："我正准备到汉中与刘备大战一场，不想父王已撤兵了。为何急于撤兵，不等我来战上一番？"曹操望着站在面前英姿飒爽的儿子，赞许地说："像个将军了。这次幽州平叛，干得不错，看来我黄须儿能独当一面了。但要记住，为将不可光想着拼杀。"曹彰说："谨记父王教诲。"

曹洪、曹休在协助张既完成武都北迁氐人的安置后，从天水撤回长安。这时迁到三辅的百姓也已安置完毕，曹操准备率大军返回邺城。恰在此时，得到斥候报告："刘备已在汉中称王，并按诸侯王典制设置属衙。诸葛亮为国相，法正为尚书令。许靖为太傅，其子阿斗为王太子，各文武掾属俱有封拜。"曹操大怒，说："刘备口口声声自称皇叔，却公然矫诏自封为汉中王，实属大逆不道。应表奏天子，下诏斥责，令其撤销这一僭越行为，否则天下人应共诛之。"然而还没等曹操写奏章表奏献帝，就接到曹仁从樊城派来的快马急报："关羽率大军已夺取襄阳，现利用水军优势，已渡过汉水，准备攻打樊城，望魏王火速调兵马增援。"曹操大吃一惊。因自己远在长安，鞭长莫及，一边派快马赶往淮泗，令于禁率其本部兵马，赶往樊城增援，一边为防刘备配合关羽从汉中出兵，即令张郃前往陈仓驻守，曹洪、曹休分驻郿县、斜谷，曹真屯驻周至，曹彰驻守长安。并告诫各部兵马，务必将刘备出汉中的道路堵死。然后率徐晃、朱灵、路招、许褚等，火速撤回关东，增援曹仁。

曹操率大军走到弘农，忽然接到陆浑、梁县、郏县急报：弘农、河南两郡交界处，有人起兵反派，叛军已公开归附关羽，欲由此直趋许都。曹操大惊。

原来，自于禁接到曹操急令，率兵马离了淮泗，昼夜兼程赶往樊城，增援曹仁。到樊城后，离城十里下寨，与樊城的曹仁和庞德的营寨共为品字形，互为依托。关羽进攻受挫，双方僵持。正在关羽焦急之时，得到斥候报告：流落在陆浑一带的高干旧部起事，欲为高干报仇。关羽喜出望外，立刻派人前去联络，愿与其联合共抗曹操。陆浑叛军欣然应允，顺势打出关羽旗号，招兵买马，连夺梁县、郏县诸城，其势如燎原烈火，并扬言要直接攻取许都。曹操不容多想，立刻派徐晃率本部兵马，自弘农南下，直接前往陆浑、梁、郏一带平叛。待送走徐晃，曹操率朱灵、路招、许褚，一路向东经洛阳回许都。

虽然与陆浑的叛军联合，着实让关羽高兴了一阵，但在樊城与曹军仍是僵持不下。关羽知道，曹操正由关中往回赶，据说已快到洛阳。为此急得关羽在帐中打转，甚至打算从荆州再调兵马，加强攻势，可又担心东吴乘虚而入，夺了荆州。这让关羽坐卧不宁，茶饭不思。

眼看七月将尽，荆襄地区已进入雨季，接连几场大雨，让地面非常湿滑泥泞，更增加了进攻的困难。关羽眉头紧皱，只好下令待天晴再进攻。眼看进入八月，又连着几场大雨，使汉水暴涨，冲出河床，樊城一带成了汪洋。曹仁在樊城城内用沙土袋将城门堵死，将洪水堵在城外，于禁和庞德只好随着水势的不断上涨，将各自的营寨不断向高处迁移，最终于禁据住一座小山头，庞德据住一处较高的堤岸。开始关羽也令兵马迁往高处，待水退后再攻打曹军。然而汉水一带却遇上了百年不见的天气，一场又一场暴雨让汉水泛滥成灾，樊城一带成了泽国。这天，关羽望着茫茫无边的大水，正在叹息，突然意识到，击败曹军的机会来了，这简直是上天的眷顾。曹军皆步军，而荆州有一支强大的水军，正可以己之长，攻彼之短。于是关羽令荆州兵马弃岸登船，准备对曹军发动进攻。

这时被洪水困在孤零零的山头上的于禁鼓励将士们说："天气再阴也有晴的时候，只要天晴，不出旬日大水就会退尽。"这时司粮官来报："粮草已所剩无几。"于禁说："我们没有舟船，只好选几位水性好的士卒游出去，向魏王告急，给我们调运一些粮草来。不过这样的天气，这样的大水，调运粮草也困难。大家坚持一下，自今日起，都吃稀的，只要挨到水退，一切都好办。"大家纷纷表示，愿同仇敌忾，共渡难关。

这天，于禁在帐中发愁，接到报告，周围水面上有大量舰船。急忙出去观看，果然密密麻麻，大小舰船有数千艘朝这里驶来，越来越近，大纛旗上硕大的"关"字已看得很清楚了。于禁下令："荆州兵马来攻，各将士准备战斗。"将士们立刻操起兵戈，准备迎战。很快荆州战船驶到近前，关羽一声令下，舰船上的弓箭齐向曹军射来，曹军立刻还击，双方弓矢如雨。关羽见无法靠岸，在对射一阵后，只得下令撤退，同时命战船在周围扎下水寨，把于禁的旱寨紧紧包围起来。第二天关羽又来进攻，双方再战，关羽又无功而返，如此数天，曹军的弓箭越来越稀，最后终于消耗完毕。失去了弓箭的抵挡，关羽的舰船抵近到岸边，反而用密集的箭雨射住曹军，荆州将士挥舞着兵戈趁机登上岸，与曹军战在一起，直杀到太阳偏西。关羽见曹军抵抗顽强，一时无法取胜，只得下令暂退。如此又战数天，曹军虽伤亡惨重，但关羽却无法取胜，不得不叹曹军顽强。于是令战船加强防御，绝不放曹军一人逃出，困也要把曹军困死。并且派人送来劝降信说："我知于禁将军已是山穷水尽，内无粮草，外无援兵，这样无谓的抵抗已毫无意义，只能让将士们白白送死，不如放下兵戈投降。当年在许都时，曹公待我不薄，我保证曹军投降后，绝不滥杀一人。请于禁将军放他们一条生路。"

于禁看完信，不由大怒，就要将来人斩了。可当他看到将士们因饥饿而少气无力的样子，再看看那些因受伤而无草药医治，呻吟着的将士，立刻犹豫起来。心想，若抵抗到底，自己的一世英名保住了，可这数万将士就会战死在这里。他们都有妻儿老小，家里的亲人都盼着他们回去。可又一想，我若投降，这些将士们的性命保住了，他们有机会与家人团聚，可我怎么面对魏王？我辜负了魏王对我的信任，我将遭世人的唾骂。宁可战死，也不能投降。可转念一想，这付出的却是数万人的性命，我不能将自己的名誉用数万将士的性命来换。经过再三斟酌，终于向关羽提出了停战的三个条件。第一、我们曹军不是投降，只是放弃抵抗；第二、必须保证所有将士的生命安全；第三，战事结束后，必须放这些将士回家与亲人团聚。如答应这三条，我们可以不再抵抗，如不答应，宁愿玉石俱焚。

关羽看了于禁提的三个条件，笑道："当初我在土山与曹公约法三章，如今这于禁也效仿起我来约法三章。好，这第一条投降与放弃抵抗，只是说法不同，可以接受。第二条，当初曹公待我不薄，也算给曹公一个回报。第三条，将来有不愿走的，自然会留在我军中，那些不愿留的留也无用。"于是派人通知于禁，所提三条全部答应。于禁知关羽是信义之人，不会反悔，便令将士们放下兵戈，停止抵抗。许多将士不听命令，欲抵抗到底。于禁劝道："倘能坚持到援军到达，无论损失多大，我们都会坚持抵抗。可现在大水围困，重兵压境，粮草已尽，援军遥遥无期，再抵抗已无意义。我与关将军约好，待战事结束，让你们返回家乡与亲人团聚。"将士们痛哭，只好放下了兵器。

关羽令曹军将兵器收拢在一起，先用舰船将其运送到荆州水寨，然后分批将于禁以下所有曹军将士送过汉水，派人押送到江陵看管起来。

于禁的兵马全部缴了械，这让关羽的自信心大增，于是如法炮制，用水军包围了庞德。早在庞德接到曹仁的军令，前往樊城协防的时候，就听到有许多人私下议论，说庞德的堂兄庞柔随马超投了刘备，现在成都，而马超又是庞德的旧主，担心庞德临阵倒戈，认为不宜让庞德单独扎营。庞德对曹仁说："我受国恩，意在效死。如今抗击关羽，必奋勇争先。今与关羽将势不两立，我不杀羽，羽当杀我。"曹仁感其诚，深信不疑。

此时庞德的兵马已困在汉水的一段较高的堤坝上，关羽派人送来劝降信说："于禁将军的数万兵马俱已投降，庞德将军这数千人马，仅凭一段堤岸，岂能抵挡我荆州水军的进攻。识时务者为俊杰，况其堂兄及旧主均在成都，一旦庞将军放下兵戈，即送庞将军到成都与堂兄和旧主相见。"庞德冷笑数声，将劝降信撕得粉碎，将来使斩首，然后命令全体将士，坚守堤岸，以待援军。关羽大怒，亲自指挥水军向堤岸发动进攻，庞德跨上白马，沿河堤来回奔跑督战。手中弓箭百发百中，荆州士卒应声而倒。荆州士卒皆惊呼："白马将军的箭矢实在厉害。"纷纷躲避。一连几天关羽都无法夺取这一段堤岸。这天，关羽又率水军发动进攻，庞德看得真切，一箭射向关羽，关羽大叫不好，急忙低头，箭矢擦着顶盔呼啸而过，刚躲过这一箭，一箭又来，躲闪之中已射中左臂，左右之人连忙将关羽护入舱中，拔出箭矢，急忙包扎。再摘下头盔一看，真险！头盔前额的地方，箭矢划过一道深深的痕迹，若不是躲得快，就正中额头。关羽大怒，重又走上甲板，令将士们猛攻，终又无功而返。

第二天，关羽又发起进攻，此时曹军箭矢早已用尽。眼看荆州的舰船已抵近堤岸，部将董衡、董袭见形势危急，欲投降关羽，庞德得知消息，立刻将二人斩首，并下令："有人敢言投降者，人人可诛之。"这时有人来报，荆州士卒已弃船登岸，杀了上来。庞德对都尉成何说："我闻良将不怯死以苟免，烈士不毁节以求生。今日是我的死日也。"操起兵器，杀向敌阵。这时荆州兵大小舰船纷纷靠上堤岸，大批士卒杀了上来。曹军拼死抵抗，终因寡不敌众，眼看就要全军覆没，成何率手下士卒夺得一艘小船，让庞德快上船逃往樊城，庞德不肯，被成何及士卒强行拉入小船，刚划出没多远，被关羽发现，令大船追赶，将其撞翻，庞德等人落入水中。关羽命人将他们打捞上岸。士卒们将庞德押到关羽面前，令其下跪。庞德怒目而立，坚决不跪。关羽感于庞德的勇武，有心招降他，说："你的旧主马超现在蜀中，位列五虎大将，你的堂兄庞柔也受到重用，他们非常想念你，希望你能归顺，早日到蜀中与他们相聚，共保汉王。若你归附汉王，必被拜为将，受到汉王重用。"庞德骂道："竖子，我从来不知道什么叫投降！魏王是天子亲赐，带甲百万，威震天下。你们那个汉王是僭越自封的，本就大逆不道。我宁为国家鬼，不为贼人将也！"关羽知庞德不为所用，于是下令将庞德斩首，然后指挥水军，包围了樊城。

建安二十四年冬十月，曹操回到洛阳，就得到急报：于禁投降了关羽，庞德战死。曹操非常震惊，呆坐在那里，许久长长地叹了一口气，说："我与于禁相处三十年，可以说十分了解他，为什么这次竟投降了关羽，反而不如庞德立场坚定，难道是我看错人了？"遂表奏庞德子庞会为列侯。

由于樊城已是一座孤城，又处在关羽的重重包围下，随时有陷落的危险，而樊城一旦陷落，由此向北再无重兵把守，关羽就可以举兵直趋许都，形势已变得非常严峻。为了确保朝廷和献帝的安全，曹操考虑要将朝廷和献帝迁往洛阳或是邺城，为此召集众掾属商议迁都之事。

曹操刚把自己的意见说出来，时任丞相主簿、西曹属，现随曹操左右的蒋济坚决反对，说："于禁投降并不是战败，而是为水所淹，为保全将士性命，不得不出此下策。庞德全军覆没，其原因也是由于被水所困，所以对于国家来说，并未伤筋动骨，其他各部曲兵马都在，并无必要迁都。"丞相掾属司马懿也反对，说："此时迁都，影响太大，举国上下士气受挫，而荆州反而士气大振，所以不能迁都。"曹操说："可许都以南空虚，无重兵把守。"贾诩说："魏王可再从淮泗地区调兵马驰援樊城。只要曹仁将军能坚守樊城，待援兵赶到，形势立刻就会反转。"蒋济说:"我相信曹仁将军一定能守住樊城。我这里还有一计,孙权已归附朝廷,与刘备的盟约已名存实亡。据闻,孙权对关羽颇有不满,关羽若取胜,孙权必不高兴。可派人前往东吴,劝说孙权从背后袭击关羽。并承诺若击败关羽,必表奏天子诏拜孙权为荆州牧,江南归孙权统领。这样樊城之围自然就解了。"其他掾属也都表示赞同。曹操也认为这个建议可行,于是派快马前往合肥,调夏侯惇、张辽各率本部兵马,赶往樊城增援曹仁。又亲笔写了一封书信,派专人前往建业,请孙权从背后攻击关羽。

第一百一十八章

巧施计吕蒙诈称病　贪吃酒曹植误军机

吕蒙自接替鲁肃守卫陆口以来，知关羽位居上游，时有夺回东荆州之心，便不敢大意；外与关羽倍修恩德，内里严加防范。

这日，吕蒙得到斥候报告：关羽亲率大军已夺取襄阳，又渡过汉水，正在包围樊城，正式向曹军宣战。吕蒙一阵大喜，立刻着手趁此机会攻打江陵，夺取南郡。不料斥候很快报告：关羽进攻曹军只动用了一半的兵马，尚有一半兵马仍留在荆州未动。吕蒙明白了，这是关羽为了防备东吴从背后袭击，特意留下的。怎样才能解除关羽对东吴的戒备，让他放心地将兵马悉数调出呢？经过深思熟虑，吕蒙给孙权写了一封信，说："关羽进攻曹军，却不能倾其力，是怕我们从背后袭击。希望主公以我有病，需要治疗为由，调我回建业，并选一名不见经传的将校来代我驻守陆口。关羽闻之，必倾其全力与曹军决战。我东吴可趁此机会，溯江而上，袭其空虚，则南郡可下。"随即派专人乘轻舟速回建业，将此信面交孙权，然后便称病，闭门不出。

孙权收到吕蒙书信，高调发出文书，召吕蒙回建业养病。吕蒙接到文书，也高调乘楼船回到建业，拜见孙权。孙权问："大都督要我选一位名不见经传的将校驻守陆口，我仔细想来，此人还真不好找。陆口相当重要，一般人驻守我实在不放心。可是派一知名将领，又不能麻痹关羽，不知大都督心中可有人选？"吕蒙说："给主公发出信后，我也一直在斟酌。不瞒主公，一时还真找不到这样的人。不过主公不必担心，现在关羽正集中精力攻打曹军，无暇顾及我们，陆口暂无大碍，容我们再认真斟酌。"孙权说："也只好如此了。无论有病与否，将军就趁这个机会，好好静养一段时间。"

吕蒙回到府中，闭门谢客，专心养病。这天门吏来报："主公帐下右部督陆逊求见。"吕蒙本欲拒绝，又一想，此人是孙策将军的女婿，看在故将军孙策的面上，只好令门吏将他放进来。

陆逊一进门，一边施礼，一边暗觑吕蒙，察言观色。吕蒙心生不快，也不让座，冷冷地问："不知伯言见我何事？"陆逊肃立道："将军驻守陆口，与关羽接境。如今回到建业，难道就一点也不担心吗？"吕蒙说："我岂能不担心？但我现在有病，主公令我回来治病。"陆逊说："关羽自恃勇猛，一向瞧不起人，又因屡立大功，意骄志满，现在举兵攻打曹军，对我们的防备必然松懈。我们要抓住这个时机，出其不意，将其击败。全取荆州，就在此时。俗语说养兵千日，用兵一时，希望大都督能以东吴为重，不辞辛劳，披挂上阵，再立战功。"

吕蒙听了陆逊的话，心中暗自高兴，嘴上却说："关羽素来勇猛，我们很难与他抗衡。何况他久据荆州，现在又刚刚夺取襄阳，气势正盛，贸然发动进攻，恐难战胜。"陆逊说："没想到大都督却长别人志气，灭自己威风。凡事预则立。现在荆州空虚，正是我们用兵的好时机……"吕蒙抬手打断陆逊的话说："我身体不适，要休息了。请小将军慢走，我就不留你了。"便命人送客。陆逊只好告辞。临走时又说："希望大都督认真斟酌，万不可放纵战机。"

吕蒙目送陆逊出去，心中高兴。第二天去见孙权。孙权说："我看大都督面露喜色，不知有什么好事？"吕蒙说："我找到了替代我驻守陆口的人。"孙权说："是谁？"吕蒙说："就是你的侄女婿，帐下右部督陆逊。"孙权点头说："你提到陆逊，我倒想起，会稽山贼首领潘临作乱，久剿不灭。陆逊采用软硬兼施的手段，一举收服潘临山贼。鄱阳贼帅尤突作乱，陆逊前往征讨，一举平定叛乱。丹阳贼帅费栈受曹操印绶，煽动山越作乱，以为内应。陆逊再往征讨，应时破散。此东部三郡，强者补为士卒，赢者补充户籍，使我东吴得精卒数万人，宿恶肃清。我当时觉得他是一个人才，便调他到建业任帐下右部督。当初会稽太守淳于式曾多次向我告状，说陆逊在会稽时，随意征调百姓徭役赋税，扰乱百姓生活。然而陆逊到建业后，多次向我推荐淳于式，说他是个佳吏、好太守。我问他，淳于式多次告你的状，为何你还要说他的好？陆逊说，淳于式的目的在于让百姓休养生息，所以才对我不满。而我诬告淳于式，就是扰乱主公的圣听。为人若这样，怎能长久？我很感动，只有贤良的人才会这样。陆逊虽平定山贼叛乱有功，可若代将军驻守陆口，与关羽的兵马对峙，恐难以胜任。"吕蒙说："陆逊思虑深远，他的主张又与我们的谋划不谋而合，我认为他能很好地执行麻痹关羽，夺取南郡的计策。"孙权说："既然如此，那就让他代你驻守陆口。"于是令人通知陆逊来见。

待陆逊来到，孙权便将吕蒙的计划告诉了他，陆逊这才恍然大悟，向吕蒙道歉，说："我昨日去见大都督，见其气色颇佳，不像有病的样子，却不到陆口赴任，躲在建业休闲，心中便有几分不满，说话有点狂了。没想到大都督早有良谋，请大都督见谅！"吕蒙说："伯言将军心系东吴，令人佩服。"孙权当即任命陆逊为偏将军，代吕蒙驻守陆口。陆逊当即表示："我一定依大都督的计谋行事，让关羽对我不再设防。"

陆逊告别孙权、吕蒙，即刻启程赶到陆口，大张旗鼓走马上任，然后亲笔给关羽写了一封信，信中说："前闻将军抓住战机，依照兵法用兵，一举夺取襄阳，获得大胜。将军真是名不虚传。曹军战败，也是我们东吴的胜利，作为同盟，我们也隆重庆贺。最近又听说于禁被擒，庞德被斩，更感到将军的功勋足以与世长存。即使昔日晋文公的城濮之战，淮阴侯的拔赵之略，都远不及将军，不由让人拍手称快。可以肯定地说，将军很快就能率师席卷中原，夺取许都，天下形势将会为之一变。我东吴上下也甘愿跟随将军共辅王室。现在我家主公指派我来陆口驻守，因我一介书生，不懂军事，幸好与将军为邻，很想得到您的指教。诚心可鉴，望将军察之。如将军有什么指示，我随时恭候，愿为将军效劳。"信中又说了些恭维的话，派专人送往樊城前线，交与关羽。

此时关羽的箭伤经医者治疗，逐步恢复，正筹划下一步对曹仁的进攻，接到陆逊的书信，看毕大喜，问："这陆逊是何许人也？"旁边有知道的人说："据说是孙权的侄女婿。"关羽冷笑道："前些日子闻吕蒙有病，被召回建业，还以为是诈，现在看来是真的。这陆逊无名之辈，显然是靠裙带关系，代吕蒙屯驻陆口。从信中可知，此必是花花公子，并无才学，还想得到我的指教。哼！这下好了，不用再担心东吴从背后袭击我们了。"于是下令，将留守南郡的兵马尽皆调往樊城，要一举攻下樊城，进而袭夺许都。

由于兵马全集中在樊城一带，关羽令留守江陵的麋芳，确保十几万大军的粮草供应。就在这关键时刻，江陵城中的仓廪不知何因却失了火，粮草军器几乎被烧光。关羽闻知大怒，令留守公安的士仁和南郡太守麋芳，立即征调粮草物资，务必尽快送往樊城前线。士仁和麋芳不敢耽搁，立即征调粮草，赶制兵器。关羽不断派人催促，下令说："如果粮草物资不能保证供应，待得胜之日，必严惩二人。"因为是临时筹措，尽管二人拼尽全力，粮草和物资的供应还是受到了影响，以至于关羽夺取樊城，袭击许都的计划不得不向后推迟。二人诚惶诚恐，不知关羽将会怎样惩处自己。

自于禁降了关羽，庞德战死，樊城已是一座孤城。由于长时间大水浸泡，城墙有的地方开始崩塌。如果天再不晴，水继续往上涨，很可能会冲破城墙，漫进城中。守城将士和百姓们心里已经开始发慌。眼看城中的粮草一天天减少，救兵却一点消息也没有，有人建议："今天遇到的危险，非人力所能抗拒，不如趁关羽最近还未发动进攻，我们绑扎木筏，趁夜色分批撤出樊城。虽然丢了城池，但至少可以保全将士和百姓的性命。"督军满宠阻止道："此言甚谬。关羽之所以不敢进攻许都，就是害怕我们从背后攻击他。如果放弃樊城，由此到许都皆无重兵把守，汝河以南就会落入关羽手中，许都就岌岌可危了。如今天气已连阴多日，估计该放晴了。洪水虽大，只要天气放晴，退得也很快。我相信魏王绝不会坐视不管，只要我们坚守住，等待时机，援军很快就会到来。"曹仁说："伯宁说得很对，我们绝不能后退半步，誓与樊城共存亡。"

就在此时，关羽的臂伤基本痊愈，留在荆州的兵马也已尽数调到樊城前线，关羽发动了猛烈的进攻。樊城守军在曹仁的指挥下，依托城池，进行了顽强地抵抗。此时天气果然逐渐放晴，围城的洪水也在逐渐消退。曹军看到了希望，信心倍增。连续几天的进攻，荆州兵马都毫无建树，关羽心中发急，想：这样持续下去，对自己非常不利，不如趁许都空虚，分兵竟取许都。只要夺了许都，断了曹仁的后路，樊城将不攻自破。主意打定，分出一支兵马，由赵累统领，直奔许都而去。

此时曹操在洛阳一直密切关注着樊城的战况，忽然得到斥候急报：关羽令赵累统领一支兵马，直趋许都而去。曹操大惊，令朱灵、路招急速赶往许都布防。恰在此时，徐晃派人来报："陆浑、梁县、郏县的叛贼已悉数被剿灭，弘农、河南一带俱平，请示魏王下一步行动。"曹操喜出望外，令其率兵马直趋郾城，阻截赵累兵马。然后在洛阳立刻征召到五千兵马，令掾属徐商、吕建为偏将军，率这五千兵马前往增补徐晃，并对二人交代："见到徐晃后告诉他，我将再征召兵马，补充给徐晃将军。无论如何也要阻截住荆州兵。"徐商、吕建领命，急率这支新军赶往颍川寻徐晃去了。

徐晃自接到曹操的命令，率兵马由郏县直奔郾城。过了颍阳，得知荆州兵马已到郾城，这时有人说："我们紧赶慢赶，还是慢了一步，这便如何是好？"徐晃当机立断，下令道："既然慢了一步，我们从背后拖住他。"许多人不解，问："我们攻其背后，不是逼着荆州兵向许都进攻吗？"徐晃说："非也。荆州兵远离荆襄，孤军突袭许都，最害怕后路被断。我们截其后路，其军心必然动摇，我乘势掩杀，必将其击败。"于是率部曲奔郾城而去。到了郾城，荆州兵马刚刚过去。徐晃立刻令人扎下营寨，开挖沟堑，并从背后发动攻击，扬言要将荆州兵后路截断，让其有来无回。

这时赵累率荆州兵马已到临颍地界，离许都近在咫尺，接到报告："大量曹军从背后包抄，打的是徐晃的旗号，欲断我后路。"赵累心中一惊，想：我这次轻兵袭夺许都，靠的是一"快"字，且沿途并无大股曹军，却不料突然冒出徐晃将军，这徐晃将军曾诛文丑，屡立战功，现在欲截我后路，是想将我聚歼在这里。恰在此时，又接到斥候报告："朱灵、路招已返回许都。形势突变，不能再一味冒进。"于是下令："后队变前队，趁徐晃营寨还未扎牢，退回樊城，再做打算。"

赵累率部曲退到郾城，与徐晃相遇，双方大战。因徐晃营寨还未扎好，赵累夺路而逃，徐晃下令："全体将士追歼赵累。"这时徐商、吕建率领的新兵赶到，说："魏王令将新招的兵马补充给你，务必阻截住荆州兵马，以确保许都无虞。"徐晃说："荆州兵已退，我正准备追歼，请二位率士卒跟上。"

曹操自令徐商、吕建率新征的士卒增补徐晃后，又令掾属殷署、朱盖加紧在河南一带继续征召士卒，很快又征召了十二营的新兵，准备再补充给徐晃。曹操想，要选一个合适的将领来统辖他们，这时想到了三子曹植。长子曹丕早已能独当一面，次子曹彰前次幽州平叛，表现不俗，获得大家的一致好评。唯有曹植，虽多次随军行动，却一直未承担重任。这次是一个机会，让他率这十二营新兵，前往徐晃那里，任偏将军，让徐晃带带他。于是将曹植招来，把打算告诉了他。

自上次闯司马门事件后，曹植一直受到父亲的冷遇，认为自己在父王面前，再无翻盘的可能，一直心灰意冷。特别是杨修在汉中被斩后，曹植更认为这是父王对自己的警示，所以意志更加消沉。现在父王突然交给自己这么重要的任务，分明是父王对自己还是很看重的。自己一定要利用这个机会，给父王留个好印象，于是满口答应，保证带好这十二营兵马。曹操看他勇挑重担，心里也十分喜悦，说："这十二营兵马是经殷署、朱盖征召的，他们二人对情况比较熟悉，就留给你做辅佐吧。你二哥出征时，我曾告诫说，在家为父子，受事为君臣。一切行动当以军规军纪为准，你务必小心谨慎。因时间紧，现在你就去找殷署、朱盖联系，明天一早就率部出征，到时我亲自为你送行。"随即征拜曹植为南中郎将，行征虏将军，并且将刚制好的印绶亲自给他佩戴上，满意地点了点头。

曹植佩上印绶，立刻前往新兵大营，与殷署、朱盖取得联系，商议好明天一早出征的事，然后去找丁仪、丁廙两兄弟，把这一喜讯通报给了他们。表示这次要大干一番，像二哥曹彰一样，建立功勋，让父王刮目相看。丁氏两兄弟非常高兴，要与曹植痛饮一场，表示祝贺。曹植说："我明天就要出征，今天还是早点休息，养好精神，明天给大家展示我的英姿。"丁氏兄弟说："此大喜，若不庆贺一番，实在心有不甘。我们仅小酌一番，略表心意，待你出征回来，再纵情庆贺。"曹植说："既如此，今天只能小酌，点到为止，待我凯旋时，咱们再尽兴。"

佳肴美酒，三人推杯换盏，丁仪说："只可惜少了杨修。"丁廙说："自司马门事件后，你心灰意冷，还是杨修多次劝你，事情不到最后不能认输，要你打起精神，以待时机。今天若他在，该是多么快乐。"曹植说："父王这次让我统帅兵马，配合徐晃将军征讨荆州，既是对我的信任，又是对我的考验。"丁仪说："此去若一战成功，世子之位还是有希望的。"曹植说："我一定会倾尽全力，做出一番业绩来。"三人说到高兴之处，不觉激情高昂，个个神采飞扬，说话的舌头已经有点硬了。丁廙说："明天子建还要出征，酒已喝得差不多了，咱们散了吧。"曹植说："酒正喝到兴头上，此刻散了，该有多扫兴。继续喝，我的酒量你们又不是不知道，离醉还远着哪。"三人直喝到黎明，东倒西歪在座席上，打起了鼾声。

第二天，天刚蒙蒙亮，十二营新军在殷署、朱盖的调动下，已整齐排列在校场，只等新帅曹植前来检阅。这时曹操也来到校场，一边与贾诩等人说着什么，一边等曹植到来。很快天已大亮，仍不见曹植的身影，曹操心中已有不满，令人去催促曹植，看看发生了什么情况。很快派去催促的人回来禀报："南中郎将、行征虏将军曹植，正醉卧在寓所。"曹操的怒火一下冲到了脑门："派人把他给我押来。"很快曹植被人架到校场，摇摆着站立不住，架他的人也不敢松手。只听曹植喃喃地说："父王如此信任我，我一定要做出个样子让父王瞧瞧……"贾诩来到他面前，正告道："子建醒醒，你父王就在面前，不可放肆。"曹植抬眼看了看贾诩，说："父王在哪，你故意吓唬我。"说着头一歪，又睡了过去。曹操铁青着脸，"哼"了一声，令人将曹植带下去醒酒，随即登上检阅台，说："南中郎将、行征虏将军曹植，不知检点，在出征之前饮酒不节，实难堪重任，所领之职皆罢免。由丞相府掾属殷署任南中郎将，越骑校尉朱盖任行征虏将军，率十二营新军，前往颍汝地区，受徐晃将军节制，征讨荆州兵马。"殷署、朱盖立刻率十二营新军离了校场，奔颍汝找徐晃去了。

送走十二营新军，曹操怒气未消，只待曹植酒醒要予以严惩。这时接到曹丕自邺城送来的快报："西曹掾魏讽暗中结党，与长乐卫尉陈祎阴谋反叛，陈祎临期惧怕，主动投案，现已将魏讽一党悉数诛杀，邺城安然无恙。"曹操感到曹丕处事果断，很是欣慰，在一定程度上冲淡了对曹植的愤恨。于是下令："曹丕身为武官中郎将，实为王太子。"由于丁夫人早年被废谪，且已亡故多年，又颁布一条法令："夫人卞氏，抚养诸子，有母仪之德，今进位王后，太子诸侯陪位，群卿上寿，减国内死罪一等。"并下令曹植闭门思过。然后率贾诩、许褚等文武掾属，离了洛阳，南下宛城，要亲自指挥征讨关羽。

陆逊自给关羽送去非常谦恭的书信后，便令斥候时时打探荆州兵马的动静。很快陆逊得到斥候报告：关羽已将荆州绝大部分兵马调往樊城前线，准备同时分兵攻打许都。陆逊大喜，即派人乘轻舟直下建业，向孙权报告，准备实施夺取荆州的计划。

孙权得到陆逊的报告，欣喜若狂，即召吕蒙商议。就在此时，孙权接到曹操来信，希望孙权从背后袭击关羽，配合樊城之战。并允诺，事成之后，将表奏孙权为荆州牧，江南皆由孙权统领。孙权更是高兴，当即写信交与曹操信使，许诺即刻起兵，配合丞相袭夺关羽后方。并要求曹操能将此事保密，便于东吴对荆州发动突然袭击。

送走曹操的信使后，孙权对吕蒙说："我们正要睡觉，曹操就送来了枕头。既然曹公邀我同征关羽，濡须口一带可保无虞。你先行到陆口与陆逊会合，我即刻调集大军随后跟进。"吕蒙即乘船赶回陆口，孙权仅留甘宁、丁奉留守濡须口，调集韩当、蒋钦、朱然、潘璋、周泰、徐盛、凌统等大将，率部曲跟随孙权前往陆口。

吕蒙乘快船抵达陆口，陆逊将其迎入大帐。吕蒙说："主公率大军随后就到，我们先商定一下，如何夺取荆州。"陆逊说："我已谋划好了，请大都督审议，看行不行？"便如此这般说了一遍，吕蒙暗暗称奇，这陆逊小将军果然不一般，连连点头称是。于是二人调集大小船只百余艘，上面装载各种物资，船上摇橹划桨之人皆穿白衣，押运货物的皆是商贾打扮，又选数百精壮勇士埋伏在船舱中，一切安排就绪，留陆逊在此接应孙权，吕蒙亲率船队，顺长江向荆州进发。

船队行了一天，傍晚便抵达浔阳。这浔阳城依江而建，江中停泊着一些战船，封锁着江面；城上旌旗招展，守城将士严阵以待。见一支船队浩浩荡荡而来，守城校尉喝令停船检查。这时扮作商贾的小校将船靠岸，守城的校尉早从城上下来，立在岸边，喝问是干什么的？扮作商贾的小校跳上岸说："孙、刘两家乃盟好之交，此到荆州是与贵地互通有无，易市贸易。"平日也常有一些商船来往，守城校尉也习以为常，说："即是贸易，请接受检查。"扮作商贾的小校说："请随意检查，都是东吴之地的一些土特产。知道弟兄们辛苦，所以来时多带了些禽畜和美酒，以犒劳将士们。我们既是盟好，请将军笑纳，不必客气。"说着令人将禽畜和美酒抬上岸。守城校尉脸上立刻笑成了一朵花，一边假意推辞，一边令守城士卒下来，将这些东西抬进城。扮作商贾的小校执意要送进城中，双方你推我让，其乐融融。扮作商贾的小校说："眼看天色已晚，船队只好在此停泊一宿。"守城校尉说："我们两家既是盟好，哪有不允之理，若需帮忙，尽可开口，我们一定提供方便。"商贾"谢过之后，高声喊道："各船伙计听好了，将船停泊码头，今晚在此留宿。"于是大小百余艘船只纷纷靠上码头，停橹降帆，埋锅造饭。浔阳城上荆州士卒也杀鸡宰羊，准备一醉方休，任船队中的商贾们自由出入浔阳城。

待到夜半时分，万籁俱寂，潜入城中的东吴士卒很快控制了城门。吕蒙一声令下，精壮勇士立刻从船舱中跃出，突入城中，荆州士卒还在睡梦中就成了俘虏。当守城校尉睡眼惺忪地被押到吕蒙面前时，才明白是怎么回事。在吕蒙的劝说下，答应投降，并令江中水军向东吴缴械，浔阳城轻而易举落入吕蒙手中。待孙权率大军赶到，吕蒙率船队继续溯江而上，一路如法炮制，荆州沿江大小城池、营寨、哨卡悉数落入东吴手中，东吴大军神不知鬼不觉，一路抵近公安城。

驻守公安城的乃将军士仁，闻听东吴一支商船队来到公安，起初并未在意，刚要传令放行，忽然转念一想，这支商船队规模庞大，从东吴溯江而上，到达公安竟没有半点消息，形迹实在可疑。如今关将军正在樊城交战，荆州空虚，与东吴虽为盟好，也不得不防，于是下令关闭城门，不准商船靠岸，待查验明白再予放行。

吕蒙得知，料事情不妙，没想到士仁这么心细。话又说回来，一路上靠此蒙骗，过了这许多关卡，已经非常侥幸了。看来这公安城只有强攻了。只待孙权率大军赶到，包围公安，然后强行攻取。这时随军谋士虞翻说："我与士仁将军皆会稽余姚人，从小便是好友，待我入城见士仁一面，晓以利害，劝其归降。"孙权同意。

虞翻来到公安城门，对守将说："请禀报士仁将军，就说他的同乡虞翻要与他叙叙旧。"守将应声去见士仁。士仁听说虞翻要见他，知道东吴大军已到，这虞翻是来做说客的，便对守将说："兵临城下，我是不会与他叙旧的，让他请回吧。"虞翻得知士仁不见他，想了想，只好当即写了一封信，交与守将说："请将这封信交与士仁将军，我在此等他的回音。"便在城门前席地而坐。守将不敢耽搁，立刻将信报与士仁。

士仁打开信，只见上面写道："明者防祸于未萌，智者图患于将来。知得知失，可与为人，知存知亡，足别吉凶。如今东吴大军已兵临城下，将军竟未得到斥候的报告，更来不及及早应对。若不是天命使然，便是有内应。将军既无先见之明，又无法应对，独守萦带之城而不降，死战则毁宗灭祀，为天下讥笑。大都督吕蒙的船队已包围公安，很快陆路也将会断绝，根据公安的地形，将军已无逃跑之可能，窃为将军不安，希望将军能深思熟虑。"士仁看完信，漠然不语。想到前不久，因筹措粮草兵器等物资稍显迟缓，就遭到关羽的痛斥，说是待大战结束，要严惩自己。现东吴大军围困，若丢了城池，其罪更大。想想关羽平日的盛气凌人，大战之后，还不知遭到怎样的惩处呢？既如此，倒不如降了东吴。主意打定，便传虞翻入城，在官邸中相见。

虞翻进到城中，见到士仁，细述旧情，又讲了吕蒙将军的诚意，并说孙权早已仰慕将军，归降之后，仍由士仁将军统辖公安。士仁大喜，立刻带上公安的册籍及印绶，同虞翻一起来见孙权。孙权将册籍及印绶仍归还士仁，令其依旧镇守公安。士仁谢过孙权，返回公安。孙权率大军继续逆流而上，准备夺取江陵。虞翻献计说："此番前往江陵，仍以智取为上。早闻士仁与糜芳交好，可令士仁前去劝降。若能成功，又省去许多麻烦。"孙权即召士仁，让其辛苦一趟，随大军前往江陵，劝糜芳归降。士仁慨然应诺。

第一百一十九章
降东吴士仁劝糜芳　救樊城徐晃战关羽

　　吕蒙率大军抵近江陵，早有斥候报与南郡太守糜芳。糜芳大吃一惊，立刻动员全城军民固守。因城中留守兵马实在太少，便打算与囚禁在狱中的于禁商议，希望于禁率在押的曹军俘虏，共同守卫江陵。并允诺，待得胜后，一定为于禁请功。于禁不允，糜芳无奈，便决定向关羽告急。恰在此时，守城士卒来报，公安守将士仁来见。糜芳赶快相请，一见面就问："东吴大都督吕蒙已围江陵，你的公安怎样？"士仁直说道："不瞒糜太守，我已降了东吴。今应吕将军之邀，特来劝说兄长归降东吴。"糜芳立刻变色道："主公待我们不薄，你为何要降东吴？"士仁说："主公确实待我们不薄，可关将军是如何待我们的？且不说荆州空虚，难以守卫，即便能守住，待关将军得胜之日，必追究你我输送粮草兵器不力的责任，与其受辱，不如降了东吴。"一句话说得糜芳半天无语。仓廪失火，引发关羽极度不满；临时征调粮草、兵器，又误了时间，遭到关羽的斥责。想想我糜芳，早在徐州时，就被朝廷诏拜为一郡太守，其兄长糜竺又是刘备的心腹，妹妹又曾是刘备的夫人，可关羽一向没把我放在眼里。樊城之战若取胜，定会追究我仓廪失火，误了部曲的粮谷物资供应之责。既然躲不过，不如趁此机会降了东吴。于是一咬牙，对士仁说："好，听你的。"于是打开城门，亲自迎吕蒙入城。

　　吕蒙进入城中，严令士卒不得掠夺百姓，妄杀一人。对所有荆州将士的家眷，尽皆抚慰。城中各掾属仍领旧职。时逢雨天，吕蒙手下一士卒与吕蒙是同乡，皆汝南人，害怕身上的铠甲淋雨，便取了百姓家中一个斗笠遮雨，被吕蒙得知，便下令："铠甲虽公，取百姓斗笠仍属违反军令，不可以乡里之故而废法。"挥泪将其斩杀。于是军中震栗，道不拾遗。吕蒙又早晚派人抚慰、存恤耆年之人，嘘寒问暖，有病者给医药，饥寒者赐衣粮。

　　孙权得知江陵也顺利归附，立刻率大军来到江陵，见到糜芳，自称晚辈，对糜芳甚是敬重，糜芳非常感动。孙权又将于禁放出，说此次袭夺荆州是受曹公之邀，配合曹军征讨关羽，希望于禁率领曹军旧部，归附东吴，共同征讨荆州。于禁不应，要求孙权放将士们回曹营，孙权答应，但仍将于禁及一部分将校扣押。

江陵的事情处理完毕。孙权令吕蒙驻守南郡，拜陆逊为抚边将军，令陆逊率水军都督李异，步军统领谢旌等，继续溯江而上，夺取宜都、秭归、枝江、夷陵，然后封锁峡口，堵住刘备出川的道路。

赵累害怕曹军断了后路，放弃攻打许都，掉头夺路而逃。徐晃紧紧追赶，一直追到樊城阳陵陂，见赵累逃回关羽寨中，这才停下脚步，扎下营寨。这时殷署、朱盖率十二营新军赶到，向徐晃报告：“我们赶到颍汝，得知将军追歼荆州兵马已南下，便一路赶了过来。”徐晃看到魏王又给自己增补了十二营新军，信心大增，就要趁势攻打关羽，以解樊城之围，不辜负魏王的信任。参军赵俨阻止道：“荆州兵马将樊城团团围住，所扎营寨鹿角重重，单凭我们的力量，很难解樊城之围。我们应设法与城中的曹仁将军取得联系，使他知道救兵已至，鼓舞城中军民的斗志，提高他们的信心。待各路大军赶到，再与曹仁将军里应外合，定能全歼荆州兵马。”徐晃还在犹豫，说：“丞相屡为我添兵，而我却止步不前，延误了战机，则辜负了丞相的期望。”赵俨说：“如将军担心魏王怪罪，我可以承担全部责任。”徐晃说：“那就依你，先设法与城中的曹仁将军联系。”于是给曹仁写了一封信，待到夜晚，派人潜到城墙脚下，将信射入城中。

城中曹仁接到徐晃的信，心中大喜，立刻晓谕全城：徐晃将军的援军已到，就在城外，不日就会发动对关羽的进攻，樊城之围指日可解。城中军民欢欣鼓舞，笼罩在每个人心上的阴影一扫而光，士气大增。曹仁当即派人潜出城外，来见徐晃，共商破敌之策。此时天已大亮，徐晃令来人暂且休息。就在这时，曹操派人送来急信，信中说：“徐晃将军接收的新军太多，且势单力孤，暂不宜对关羽发动进攻，等各路援军到齐后，再共同行动。”徐晃对赵俨说：“你的意见很对。”当夜，令来人回去告诉曹仁将军：“魏王有令，再忍耐几天，各路援军很快就到，到时再一起动手。”

　　曹操自离了洛阳，一路南下，到达摩陂。这时接到孙权的来信，信中说："我已率兵马西上，配合魏王征讨关羽。为便于取胜，希望魏王将我东吴的此次行动严格保密，以防关羽有备。"曹操高兴地说："东吴已经发兵，按时间推算，此时已到达公安、江陵。孙权要求我们替他这次行动保密，大家认为如何？"董昭说："若按照孙权的要求，替他保密，则关羽一心与我交战，东吴就会趁此机会，攻城略地，全取荆州，这对东吴最有利。若将东吴进攻荆州的消息告诉关羽，关羽必回救，樊城之围必解，这才是我们的目的。然后我们可坐山观虎斗，待他们两败俱伤，我们再出手。"有人反对说："若不替东吴保守秘密，将失信东吴，必引起孙权的不满。"董昭说："军中的事情在于随机应变，我们表面上按孙权的要求做，暗中将东吴的行动散布出去。"曹操赞许道："你说得对。"于是把孙权的信复制，派人送交徐晃，令徐晃将它们分别射入樊城和遗落给荆州兵马，既鼓舞樊城军民，又扰乱荆州兵的军心。待送信的人走后，曹操就要继续南下，赶往樊城前线。

　　这时侍中桓阶劝道："各路援军还未到，请魏王在摩陂等候。"曹操说："我及早赶到，可以增强他们的信心。"桓阶坚持道："请问魏王，曹仁、徐晃将军有没有能力应对危难之事？"曹操肯定地说："他们都有能力。"桓阶说："再问魏王，是害怕他们不肯尽力吗？"曹操答："不是。"桓阶说："既如此，那魏王为何还要亲自赶往樊城前线呢？"曹操说："因荆州兵马人多势众，面对如此强敌，恐徐晃、曹仁处境不利。"桓阶说："如今曹仁处在重围中已经很久了，却仍能坚守，是因为城中军民坚信魏王有足够的力量解救他们。凡据万死之地，必有死争之心；内怀死争，外有强救，魏王还有什么可担心的呢？"曹操认为桓阶说得在理，于是停止南下，就在摩陂静等各部曲的兵马到齐。

　　徐晃接到曹操的来信，知孙权已从背后袭击关羽，按照曹操的要求，派人将信射入城中，提振守城将士的信心；又令人携信往城中闯，引得围城的荆州兵前去抓捕，于惊慌之中，故意将孙权的信失落。这些荆州士卒拣到信一看，大吃一惊，也顾不得去追逃走的曹军士卒，赶快来见关羽。关羽看了拣来的信件，冷笑道："这是曹军的阴谋，想用此骗我撤兵。"主簿廖化说："将军赶快派人到公安、江陵确认一下真假。"关羽说："吕蒙将军正在建业养病，陆逊乃无名小儿，根本不值一提。若东吴兵马进攻，我们怎么竟连一点消息都没有？曹操的这点雕虫小技，我一眼就能看穿。"廖化说："现在樊城的洪水已退，曹军的援军已到，不知将军的臂伤好彻底了没有？若樊城再攻不下来，待大批曹军赶到，我们就会陷入被动。"关羽说："你说的对，我们就趁徐晃立足未稳，先将其消灭。明天我们就攻打徐晃。"

当天晚上，廖化又来见关羽，说："士卒们都在悄悄议论东吴从背后进攻这件事，军心已不稳，将军是否派人回江陵落实一下，也好让将士们安心。"关羽说："明知是曹军的计谋，却偏要相信。传令下去，凡私下再传谣，惑乱军心者，一律严惩！明天与曹军交战，都要奋勇向前。若有三心二意者，定斩不饶！"

第二天，关羽尽起兵马，到阳陵陂要与徐晃决战。早有斥候报与徐晃。徐晃对参军赵俨及众将领说："既然关羽主动发起进攻，我们也不能不应了。根据这些天了解的情况，荆州兵马主要分东西两大部，驻扎在樊城左右。东边的一路以关羽为首，屯住在围头，是其主力；西边的一路，以关平为首，屯驻在四冢。我们避实就虚，由我率少数兵马，依托营寨，与关羽周旋。由徐商、吕建率大部兵马，绕到四冢，攻打关平。"赵俨说："这样做是不是太冒险了？我们还是固守不战，等待各路援军。"徐晃说："现在是关羽主动进攻，我们不应战，就会非常被动。"于是各将士即按徐晃部署，分头行动。

此时关羽已率兵马来到阳陵陂徐晃营寨前，摆开阵势，要与徐晃交战。徐晃令殷暑、朱盖率十二营新军，在营寨前也摆开阵势，亲自提马到阵前。关羽一见，施礼说："公明将军，自许都一别，至今已有二十年了吧？"当初关羽在许都时，与徐晃、张辽、张郃等关系不错，知徐晃勇武。自己斩了颜良，徐晃斩了文丑，因此对徐晃一向敬重，说话也十分客气。徐晃念及旧情，感其忠义，也对关羽十分敬重，客气道："是啊，悠悠岁月一晃而逝，你我的鬓发都挂了霜。"关羽说："念在旧日情分上，希望公明将军听我一句劝。如今我水旱大军压境，曹操手中虽有千军万马，但一部分远在关中，另一部分留在江淮，均是远水难解近渴。于禁也是一员战将，数万兵马已经全部归降。庞德部曲已被我悉数斩杀，樊城也指日可破。樊城一破，我将直捣中原。你我关系交好，不忍伤了和气，还是握手言和，共事刘皇叔，岂不美哉？"

两人在这里温文尔雅，你一言我一语，一个劝对方归顺，一个虚与委蛇，既叙旧又辩理，真若老友重逢，有说不完的话。此时徐商、吕建早已绕到四冢，对关平发动了攻击。关平没有提防，只得仓促应战，双方厮杀起来。城中曹仁得报，急忙登上城楼观看。自得到徐晃通报，知孙权已从关羽背后下手，樊城军民一片欢腾，士气非常高涨。今见徐晃兵马正与关平战在一起，来不及多想，留文聘守城，打开城门，率兵马冲了出来，朝荆州兵马杀去。关平一看不好，情之难敌两支兵马，一面派人向关羽求援，一面向围头撤退。曹仁、徐商、吕建紧追不放。

这里关羽正与徐晃叙旧，只见一匹快马冲了过来，说："关将军，四冢被曹军两面夹攻，关平将军抵敌不住，正在撤退，请关将军速派兵马接应。"关羽大吃一惊，这才发觉上了徐晃的当，赶忙下令，后队变前队，前去接应关平。徐晃提马向前，下令："得关云长首级者，赏金千斤。"关羽惊问道："公明兄何出此言？"徐晃说："对不住关将军了，你我虽私交不错，怎奈此是国家大事，我不敢以私废公。"遂挥起手中大斧，直取关羽。

关羽救关平心切，不愿和徐晃纠缠，令周仓抵住徐晃，抽身前去接应关平。关羽接住关平，赶快撤回围头大寨，恰与回撤的周仓相遇，一起退入营寨。徐晃见荆州兵阵势已乱，下令追击。这时殷署劝阻道："前面就是关羽的大寨，有重重鹿角做屏障，且有重兵把守，不可贸然进入，否则很可能全军覆没。"徐晃不听，大声下令："荆州兵军心已乱，此正是大好机会，所有将士，有不向前冲锋者，斩！"说完一纵马缰，率先冲入鹿角阵，曹仁、徐商、吕建等，率部曲呐喊着，随徐晃追着荆州兵的脚跟突入鹿角阵。关羽见曹军和荆州兵裹挟在一起，大寨的门已无法关闭，下令所有兵马拼死抵抗，将曹军逐出营寨。毕竟荆州兵马人数众多，一番厮杀过后，渐渐稳住阵脚，徐晃见情景不妙，情急之中大叫："孙权率东吴大军已取公安、江陵，南郡已落入东吴之手，荆州将士们的家眷皆成东吴俘虏，你们已是孤军，毫无退路，还不快快投降。"曹军将士一起鼓噪。

荆州的将士这几天一直在私下窃窃私语，心存疑惑，只是由于关羽的命令严厉，才不敢公开议论。现在闻听曹军齐声喊叫，心中慌乱，无心抵抗，形势立刻大变。无论关羽怎样下令抵抗，都无济于事。关羽无法，只得传令水军在汉水边接应，然后率将士边战边退，退往汉水。许多将士看到战船在接应，大家拼命往船上挤，有些将士被挤入汉水，被滔滔的汉水冲得不见踪影。荆州兵马在水军的接应下，终于渡过汉水，撤往襄阳。

一天之内，形势发生了翻天覆地的变化。关羽知道，这次溃败全因东吴夺取公安、江陵的谣传而起，尽管他不相信这些谣传，而且笃定这是曹军的诡计，可将士们军心不稳，又无心作战，于是只好派出快马回公安、江陵一探究竟。若公安、江陵还在，他就要重振士气，再渡汉水，消灭徐晃，夺取樊城。

徐晃、曹仁见关羽逃过汉水，迅速征调船只，要一鼓作气，夺取襄阳。两天之内征调大小船只上千艘，随即发动了汉水之战。关羽依仗水军的优势，根本不把曹军放在眼里，决心不放一个曹军过汉水。也就在此时，派往公安、江陵的斥候回来了，惊慌地向关羽报告："士仁、麋芳皆已投降东吴，公安、江陵俱被东吴占领……"还未听完，关羽就惊得目瞪口呆，半晌才回过神来，问："从陆口到江陵，这么多城池哨卡，为什么竟没有一个人报告？"回来的人说："东吴大军扮作商贾，一路蒙骗，这才不露声色地进到公安、江陵。"许多人担心家眷的安危，纷纷询问江陵城中如何，东吴是不是大开杀戒？斥候说："江陵城中商铺正常经营，百姓安居，尤其对我们荆州兵的家眷照顾得非常好，家中有老人和小孩的，都给予抚恤，吃穿不愁。据闻孙权已令陆逊率兵马溯江而上，正在夺取宜都、秭归等。"关羽铁青着脸，南郡丢失，整个西荆州就危险了。该怎样向大哥刘备交代？上次丢了东荆州，虽然大哥刘备没有怪罪，自己心里已很不是滋味了。这次再丢了西荆州，还有什么脸面去见大哥。想到此，便立刻写了一封书信给孙权，信中说："刘孙两家共为盟好，盟约已分荆州为两家分治，东吴今违约侵占我西荆州，实属不讲信义。希望将军以大义为重，将南郡归还给我。否则我大军回军之日，必刀兵相见。为此若伤了和气，对两家皆不利，请将军深思。"派人立刻前往江陵，与孙权交涉。这里已无心与曹军交战，下令水旱两路兵马，放弃襄阳，赶回江陵。

徐晃和曹仁正与关羽的水军在汉水上大战，忽然荆州兵鸣金收兵，撤出襄阳，于是趁势渡过汉水，顺利进入了襄阳城。徐晃、曹仁一边向曹操报捷，一边安抚城中的百姓。许多将士立功心切，纷纷要求："东吴从背后袭击关羽，我们乘胜追击，与东吴配合，定能全歼关羽，此战机不可错过。"徐晃和曹仁也有同感，于是决定全力追歼关羽。参军赵俨坚决反对，说："关羽夺回南郡心切，必倾全力以战孙权。孙权已获南郡，必倾全力以保南郡，双方必有一场恶战。若我追歼关羽，孙权必以为我对南郡有所图，反而对我们戒备，说不定会与关羽重新联合，共同阻止我们。如果我们按兵不动，双方厮杀，对我们最有利。我想魏王也会有同样的看法。"徐晃、曹仁觉得赵俨说的在理，决定暂缓南下，等待曹操指示。第二天就收到曹操派快马送来的急信，果然与赵俨说的一样，要求曹仁、徐晃停止追击关羽。由曹仁留守襄阳，徐晃率兵马赶回摩陂。徐晃立刻收拢兵马，与曹仁告别，渡过汉水，撤往摩陂。

　　曹操听从桓阶的建议，留在摩陂，只待从江淮赶来的增援部曲到齐后，即前往樊城征讨关羽。然而未出三天，就接到徐晃、曹仁的捷报：关羽已向南逃窜，襄阳已经收复。现正安抚襄阳百姓，准备南下追歼关羽。曹操十分惊奇，这完全出乎他的意料。他知道这里有孙权的功劳，但取得如此迅速的胜利，不能不说与徐晃和曹仁两位将军有很大关系。他怕徐晃和曹仁脑子一热，挥师南下，坏了整个大局，于是立刻写了一封信，派快马送到襄阳，阻止他们南下进攻关羽，并调徐晃回摩陂休整。同时也给孙权写了一封信，告诉他已经向天子表奏其为骠骑将军，假节领荆州牧，敕封南昌侯。并派专人送到江陵，交给孙权。

　　这两封信发出去后，曹操轻舒一口气，这时丁斐来报："伏波将军夏侯惇督本部兵马从合肥赶来。"曹操连忙迎了出去。夏侯惇见曹操亲自迎出大帐，赶快下马施礼。将士们听说魏王亲自来迎接，都争先恐后伸脖仰头踮脚，一睹魏王风采。曹操笑着向大家致意，说："你们一路辛苦了。徐晃将军和曹仁将军已经击败了关羽，荆州兵已逃回南郡去了，樊城之围已解，你们就在摩陂扎下营寨，好好休整几天。"

　　第二天，曹操闻知张辽也率本部兵马赶到摩陂，便早早出来迎接。将士们见到魏王，个个都很激动，向魏王致意。张辽对曹操说："我紧赶慢赶，还是来得迟了，恐怕耽误大事了吧？"曹操笑道："将士们都辛苦了，你驻守居巢，路途远了一些，自然来得晚一点，并没耽误事。"便将徐晃已收复襄阳的事说了一遍，然后说："大家先扎下营寨好好歇息，估计这两天徐晃率兵马就到，我已令人准备好美酒佳肴，到时咱们好好庆贺一番。"张辽赞叹道："没想到徐晃将军竟立如此大功，是得好好庆贺一番。"遂率兵马扎营去了。

由于樊城之围已解，关羽撤回江陵与孙权争斗去了，多日来曹操紧绷的心一下子松弛下来，便唤夏侯惇来大帐陪着说话。真是老年人常思以往，也许两人年纪大了，在一起说不上几句，便扯到了当初如何如何，一说起来没完没了，常沉浸在昔日的回忆之中。不仅出入相随，连睡觉也在一起。如此亲热，超乎寻常。

两天一眨眼即过，这天曹操正与夏侯惇闲聊，斥候来报："徐晃将军率兵马回来了，离摩陂还有二十里。"曹操对夏侯惇说："走，陪我一起去迎接咱们的大功臣。"曹操携夏侯惇、张辽及众文武掾属出了摩陂，一口气走了七里远，接住了徐晃。徐晃见曹操带领众文武掾属迎出这么远，赶快下令将士们停下脚步向曹操致意。曹操望去，队列中的所有将士手持兵戈，军容严整，意气风发，个个挺胸而立，向曹操行注目礼。曹操为之一振，感叹道："我知道徐晃将军为什么能击败关羽了，他颇有周亚夫之风矣。"曹操对将士们说："我早已备下佳肴美酒，专等你们到来，犒劳你们这些功臣。其他部曲的将士们都等急了，咱们现在就回摩陂。"曹操调转马头，陪着徐晃，在众文武掾属簇拥下，回到摩陂。

按照曹操的吩咐，摩陂的将士们已动手宰杀牛羊，待徐晃的部曲扎好营寨，牛羊肉已经送来，一起送来的还有美酒。所有部曲都已开始烹调佳肴，很快摩陂到处都充满了肉香味，将士们围坐在一起，大口吃肉，大口喝酒，身上的疲乏一扫而光。

曹操的大帐中，每个几案上都摆满了美酒佳肴。各部曲将领及随行的文武掾属，依次坐在自己的几案旁。徐晃的几案，紧傍着曹操的几案，曹操将自己的酒杯斟满，令大家都斟满酒，然后举杯说："徐晃将军以少胜多，以弱胜强，击败了关羽，彻底扭转了战局，如此功勋，值得庆贺，咱们共同干杯。"一时间觥筹交错，欢声笑语充满大帐。酒过三巡，曹操说："樊城大捷，给我们带来了不少惊喜。大家知道，关羽号称万人敌，且荆州兵马人多势众，徐晃将军能够在敌强我弱的情况下，突破敌人的十重鹿角阵，其胆略过人。吾用兵三十多年，也听说过古之善用兵者的传奇故事，还没有见过能长驱直入敌围而取胜者。况且樊城之被围，超过了历史上的莒、即墨，所以毫不夸张地说，徐晃将军的战功，超过了孙武、穰苴，所以我们再敬公明将军一杯。"大家又一齐干杯，直喝到尽兴方散。

曹军在摩陂休整了半个月，此时已是建安二十四年年末，曹操说："现在孙权与关羽正在为争夺南郡交战，江淮一带暂时无甚风险，传令乐琳和李祯二位小将，各率本部兵马，分驻合肥和居巢。张辽将军屯驻陈国，向西可接应许都，向东可接应淮泗。夏侯惇将军的青州兵，因其家眷大都在许都屯田，仍回许都老营。徐晃将军两次增补的新军都是从洛阳征召的，就随我到洛阳屯住。各文武掾属及许褚的虎卫营，随我经洛阳回邺城。"安排完毕，张辽率本部兵马先离了摩陂，夏侯惇也要率青州兵到许都，曹操说："你把青州兵各营的渠帅找来，我想见见他们。"很快这些渠帅来到曹操的大帐，曹操对大家说："自从你们在兖州跟随我以后，至今已有二十八年了，有许多将士战死在沙场，也有一些伤残、病弱者离开了部曲，或屯田或告老。这二十八年来，你们青州兵立下了汗马功劳，我非常感谢你们。眼看又到新年了，这里离许都不远，我想让你们率各营回许都老营驻扎，与家眷们过一个新年。我与夏侯老将军的话还没有说够，就让他陪我到洛阳，然后再回许都，你们看怎么样？"渠帅们说："魏王这样安排最好。我们都很久未与家人团聚了，给将士们一说，保证都很高兴。"曹操说："青州兵就交给你们了。"各渠帅谢过曹操，回去拔寨起营，自回许都。

各部曲已散，曹操携夏侯惇、各文武掾属、许褚的虎卫营，及徐晃的兵马，离了摩陂，向洛阳进发。

第一百二十章

终无奈关羽走麦城　志未遂曹操殒洛阳

关羽离了襄阳，心如火燎，一路向江陵狂奔，走到宜城，天色已晚，便下令扎下营寨歇息。这时派往江陵向孙权送信的使者返回，将孙权的复信交与关羽，只见信中说："荆州本为我东吴所有。当初刘使君无立足之地，才将荆州暂借。刘使君答应，取了西川即归还。今江陵等郡，我东吴只是依约收回。希望关将军不必再纠缠，请转道回西川，免得两家再有龃龉，伤了和气"云云。关羽大怒，将孙权的信撕得粉碎，大骂孙权不讲信义，又骂吕蒙乃小人；发誓夺了江陵，一定将二人碎尸万段。吓得信使不敢多言，直到关羽发泄完怒气，挥挥手让他出去，这才战战兢兢地退了出去。

大帐外聚集了许多将士，见信使出来，立刻围了上去，打探江陵消息。信使摆摆手，将大家引入僻静之处，这才讲起了江陵城中的情况。

原来信使到江陵后，将关羽的信呈交给了孙权，孙权热情地款待了信使，并让信使自由地在江陵城中周游。信使看到江陵城中街市熙攘，商铺兴旺。又到将士们家中去探望，所到之处皆丰衣足食，纷纷委托信使转告部曲中的子弟，希望早日回到家中，平安度日。将士们都很激动，私下互相联系想回江陵。

第二天，关羽点起兵马，拔寨起营，各部曲司马来报："昨晚一夜之间，有许多将士不辞而别。"关羽赶忙下令："不要受东吴的蛊惑，待我们夺回公安、江陵，一定严惩那些逃跑的士卒。"遂起兵向江陵进发。

孙权早得到斥候报告，调集兵马在江陵城外摆好阵势，见关羽到来，孙权跨马立于阵前说："关将军，南郡已为我所有，宜都、秭归、枝江，夷陵等地，也大多归顺我东吴，荆州已无你立足之地。丢了荆州，刘备面前你也无法交代。识时务者为俊杰，不如你归附我东吴。"孙权话音未落，关羽怒斥道："黄毛小儿，胎毛尚未脱净，竟敢在我面前说大话。我手中尚有数万兵马，识相的赶快退出南郡。"孙权哈哈一笑，说："请关将军三思，今日天晚，明日再战。"退回阵中。关羽令兵马赶快安营扎寨。

月上树梢，突然从江陵城中传来阵阵的荆楚乐声，渐渐地这乐声近在咫尺，就在荆州兵刚扎好的营寨外。接着又传来了嘈杂的喊叫声，声音越来越清晰，仔细听来，皆是荆州将士的家眷们在呼喊。父母呼儿，妻呼夫，子呼父，弟呼兄，希望他们早日回到家中过平安日子。那些先前逃回的将士，也现身说法，讲说孙权待家眷们如何如何好。一时间哭声、骂声、倾诉声不绝于耳，直到夜深寒气袭来，方才逐渐稀落。搅得关羽营寨军心大乱。

第二天，荆州兵的营寨中空空荡荡，各部司马来报，昨天一个晚上，荆州兵跑了一大半。主簿廖化说："这是孙权在用四面楚歌之计，我们得赶快想办法。"关羽说："现在进攻江陵，我们已无这个实力，也只好在此固守，向汉王告急，请求支援。"廖化说："在此固守对我不利，再由孙权这么闹下去，人恐怕就要跑完了。我们应向西北上庸、房陵靠拢，那里有刘封、孟达的兵马驻扎，与他们会合后，再回头攻打江陵。"听了廖化的建议，关羽眼前一亮，说："这个办法不错。"于是在寨墙上遍扎旌旗，大有固守到底的意思。然后待夜幕降临，令部曲悄悄撤出营寨，向西北方向而去。

昨天晚上的四面楚歌之计，令荆州兵一夜之间逃回来不少，这令孙权很是兴奋，打算今天继续照方抓药，要不了几天，不用交战，关羽就会举手投降。正在他踌躇满志之时，突然接到报告："关羽率荆州兵趁夜色向西北方向逃窜。"孙权立刻令吕蒙率兵马追歼。吕蒙留徐盛等部曲留守江陵，率兵马沿关羽逃跑的路径，一路向西北追去。

关羽率残部直撤到麦城，刚想喘口气，东吴的大军已经赶到。关羽只好下令关闭城门，严守麦城。此时查点兵马，一路上掉队的、逃跑的，又散了好多，进入麦城的仅千余人。关羽几乎绝望了，对廖化说："看来天不佑我。麦城是个弹丸小城，真应了那句话，'外无救兵，内无粮草。'"廖化说："关将军不必悲观，这里离上庸、房陵虽还有一段距离，我亲自去搬救兵。你只要能在麦城守三天，我就能把救兵搬来。到时里应外合，一举消灭吕蒙。"关羽说："也只好如此了。我亲自披挂上阵，把你送出麦城。"

廖化在关羽的掩护下，冲出麦城，单骑日夜兼程，先到达房陵，见到太守孟达，说明来意，孟达说："关羽将军遇险，本应倾力相助，只是房陵初归汉王，形势不稳。若贸然出兵，房陵空虚，一旦有事，无法向汉王交代。"廖化反复向其说明麦城的危险，孟达说："现在刘封是副军将军，统管房陵、上庸、西城三郡的防务，我也要听其调遣。请你到上雍见刘封将军，他若同意，我就出兵。"廖化说："我也正要向刘封请求，既如此，你随我一起到上庸去见刘封。"孟达只好跟随廖化前往上庸。见到刘封，廖化又将关羽在麦城遇险的情况讲述了一遍，希望刘封速派兵增援。刘封听完，不置可否，说："廖主簿一路劳顿，也累了，先到旅舍歇息。出兵是件大事，待我与孟达将军相商。"廖化说："希望刘封将军早做决定，关将军在麦城危在旦夕。"然后不情愿地随人去旅舍歇息去了。

待廖化出去后，刘封问孟达："廖化前来求援，孟达将军怎么看？"孟达说："这次关羽大败，完全是咎由自取。关羽一向狂傲，自认为是万人敌，谁都不放在眼里，主动挑起了战端，没想到曹操竟与孙权联手，才有荆州大败。试想荆州兵马少说也有十万之众，却不是曹操和孙权的对手，更何况我们呢？若去救援，出兵少了不济事，出兵多了，上庸、房陵、西城三郡空虚，万一有人反叛，丢了三郡，汉王怪罪下来，谁能担得起这个责任。还是让廖化回西川找汉王求援吧。"

当初刘备收刘封为义子时，关羽就坚决反对。刘封对此一直心怀不满，本不想伸出援手救关羽，又怕将来刘备怪罪，正不知找个什么理由搪塞。听孟达这么一说，正合心意，连忙表示赞成，说："还是孟达将军想得周到。咱们也不耽误他的事情，明天就告诉他，让他到西川找我父王求援，这样最稳妥了。"

第二天，廖化早早来到刘封的府上，催促刘封出兵。刘封推辞道："廖主簿知道，房陵、上庸、西城三郡都是新附，民心不稳，且又是汉中的重要屏障，地位十分重要，所以是否出兵，我还要请示汉王，一来二去时间也就耽误了。请廖主簿直接到西川，向汉王求援。"无论廖化怎样哀求，刘封、孟达就是不答应，便发狠道："今日你们见死不救，汉王将来一定饶不了你们。"说着，含泪出了府，跨上战马，本想到西川搬兵，想了想路途太远，不能让关将军在麦城死等；及早回去，告诉关将军，只要突出重围，设法逃到西川，再重整兵马回来报仇。想到此，廖化一咬牙，调转马头返回麦城。

关羽在麦城中焦灼地等待着廖化搬来救兵，屈指算来，已是第四天了，援兵该到了，于是令人时刻监视城外，如有援兵即刻报告。关羽在帐中坐卧不宁，突然守城士卒来报："城外廖化将军正与东吴交战。"关羽问："廖化将军带来多少兵马？""就廖化将军一人。"士卒回答。关羽赶忙登上城楼，见廖化正与东吴兵马交战，情况相当危急。关羽立刻跳上战马，命人打开城门，冲了出去，连斩数人，东吴士卒稍退，这才将廖化接回城中。

不等关羽询问，廖化流着泪将事情复述了一遍，关羽怒火中烧，说："待我冲出麦城，必先斩了此二位小人。"廖化说："既然救兵无望，麦城城小且破，我们不能在这里等死，一定要冲出去。宜都、秭归已降了东吴，我们只有继续向西北，从上庸等地绕道汉中回西川。"关羽说："也只好如此了。"

这时吕蒙在城外高呼："关将军，你已插翅难逃了，还是早日归降吧。我们主公早就敬仰将军。"关羽在城上回答："此事关系重大，容我三思，明天再答复你。"当天晚上，到了后半夜，关羽率领兵马悄悄打开西城门，潜出麦城。尽管格外小心，还是被值夜的东吴士卒发现，一声呐喊，惊醒了围城的士卒。东吴士卒截住厮杀，双方激烈交战，关羽挥起大刀，纵马硬往外冲，待天亮时，终于冲了出去。这时再查点人数，仅剩下数百人。关羽不敢停歇，一路向西北，正是人困马乏之时，忽然杀出一支兵马。原来孙权料到关羽会取道上庸回西川，所以沿途派了数支兵马拦截。这支兵马由朱然率领，见关羽到来，便截住不放，双方又一阵激战，关羽虽冲破了朱然的拦截，再看看身边，仅剩关平等十余人了，廖化、周仓、赵累皆不见了，不知是死是活。他们害怕东吴兵马再追上来，只好继续向西逃跑。走到章乡，见路旁有处密林，便打算在此歇息片刻，不料刚一进去，马匹皆被绊倒，他们都摔在了草丛中。这时一群人仿佛从地下钻出来似的，上来七手八脚把他们绑了。关羽大骂，问他们是什么人？这时一个头领一样的人，上下打量着他们说："看这大刀想必是关将军了。我乃潘璋将军手下司马马忠，奉命在此等候关将军。都说关将军万人敌，也不过如此嘛。"遂押着关羽一行来见潘璋。潘璋见抓住了关羽，命令撤去埋伏，返回麦城，走到半路，碰见了朱然押着周仓、赵累、廖化等人，关羽这才知道，他们都已被俘。

关羽等人被押往麦城，此时孙权已到临沮，吕蒙押着他们来到临沮见孙权。孙权见了关羽，忙说："关将军乃我父一辈的人，多有冒犯，请关将军见谅。这也是咱们的缘分，希望关将军弃暗投明。"关羽嗤之以鼻，连声叫骂说："东吴皆卑鄙小人，使用诡计，与曹操勾结，赢得并不光彩。"左右都劝孙权："关羽乃刘备结义兄弟，对刘备死心塌地，留之必为害。主公不见当年曹公容之，致有今日险些迁都之患。"孙权想想在理，遂令人将关羽等人暂押，斟酌以后再处置。恰在此时，孙权接到曹操派人送来的书信，说："已表奏孙权为骠骑将军，假节领荆州牧，敕封南昌侯。待天子颁下诏书，印绶即会送达。"孙权大喜，自此名正言顺成为封疆大吏。吕蒙说："主公可备两份大礼，分送天子和丞相，表示感谢。"孙权说："这个自然。我还要另送曹公一份大礼。"于是令人将关羽、关平斩首。关羽的首级特用一精致木匣盛好，对吕蒙说："我们斩了关羽，刘备必不肯善罢甘休，将关羽首级送与曹操，一是向曹操邀功，二是告诉天下，这一切皆是听从曹操之命所为，刘备必恼恨曹操。"左右皆夸孙权想得周到。孙权将关羽首级送走后，押着廖化、周仓、赵累等人返回江陵。

曹操离了摩陂，于十二月下旬回到洛阳，将大帐设在当年任北部尉时的署衙中。此时正是隆冬季节，北风呼啸，黄河冰封。因孙权正与关羽争夺荆州，曹操决定暂留在洛阳观望形势，便令徐晃在西园当年新军的营寨驻扎，洛阳籍的将士可返回家中与亲人团聚，共度新年。

这天，曹操正与夏侯惇在后堂闲聊，就见史涣来报："孙权派他的校尉梁寓送礼来了，现在门外等候。""通知各掾属，看看孙权给我们送来什么大礼。"曹操说着，与夏侯惇一起前往大堂。很快诸掾属也陆续到齐。

梁寓来到，将礼单呈上。曹操接过礼单看了看，上面既有财宝，也有绢帛，还有许多江南的土特产，林林总总，异常丰富。梁寓又呈上一封书信，说："这是我家主公给丞相的信。"曹操将礼单交给史涣，说："你去安排人接收吧。"然后接过梁寓递过来的信，打开看了看，信中不少恭维、谄媚的话，主要是感谢曹操的表奏。曹操笑了笑，再看后面，说已派王惇正在采买一批马匹，随后送来，并说到时将禁连同剩余的曹军将士也一并送还。最后说另给曹操送来了一份大礼，曹操问梁寓："你家主公说还有一份大礼，是什么？"梁寓令人捧过来一个精美的匣子，郑重其事地呈了上去，说："这份大礼就是关羽的首级。"一句话说完，大堂上一片寂静。

曹操打开匣子，果然是关羽的首级，那双熟悉的丹凤眼，透着一股豪气，脸庞仿佛还是那样红，犹如生时一样。当年关羽在许都时的情景，立刻浮现在曹操眼前。若不是刘备先于自己认识了关羽，他一定可以和关羽结为生死之交的朋友。然而历史是没有假如的。曹操凝视着关羽的首级，轻轻地说了一句："终于又见到你了。"令人安排梁寓到旅舍中歇息。

待梁寓离开，曹操下令："选最好的木材，雕刻出关羽的身躯，连同首级，用最好的棺木殡殓，按照诸侯之礼予以厚葬。"随即选了一块风水宝地。下葬这天，曹操亲自参加了隆重的安葬仪式，亲致祭词，封树墓冢，随后又安排专人守墓。

关羽的葬仪，曹操一切皆亲力亲为。待葬仪完毕，文武掾属见曹操非常疲惫，劝他好好休息，他摇摇头，对大家说："孙权斩了关羽，刘备绝不会善罢甘休，孙刘双方会有一场恶仗。我们的机会终于来了。这次我们一定要吸取赤壁之战的教训，联合孙权，集中全力消灭刘备。"曹操情绪显得有点激动，突然他双手抱住了头，说："我的头疼病又犯了，大家先散了吧，我要休息了。"

曹操的头疼病大家早就习以为常，以为这次是忙于关羽的葬礼累的，纷纷劝曹操好好休息几天。大家随即散去。曹操回到后堂，让夏侯惇也自去歇息，然后躺到床上，史涣给他盖好被子，便退了出来。

曹操感到头昏沉沉的，他觉得好好睡一觉就会好的。渐渐地他仿佛回到了家乡谯县，和夏侯惇、夏侯渊、曹洪、秦邵、丁冲等正在秋庄稼的地里打猎。天是那么热，他们一起来到涡河边，当他们跳入涡河，正在戏水时，一条蛟龙悄悄向他游来。他一阵惊慌，躲避已经不可能了。他与蛟龙对峙着，全部的精神和全身的肌肉都集中着、紧绷着，刹那间，蛟龙猛地一下朝他扑来；他心一横，竟迎了上去，双手十指紧紧地扣在一起，锁住了蛟龙的咽喉。蛟龙像发了疯似的翻转着身躯，他稚嫩的双臂一点也不敢放松，身体与蛟龙贴在一起，随着蛟龙翻转着，直转得晕头转向。他咬牙坚持着，告诫自己，决不能放手，一旦放手，自己很快就会成为蛟龙的一顿美餐。不知过了多长时间，蛟龙似乎没劲儿了，他瞅准机会，腾出手来，一下抓住蛟龙的尾巴，用尽全力将蛟龙甩了出去。蛟龙摆了一下身体，掉头游走了。当他回到岸上时，整个身体都瘫软了。他真的太累太累了，小伙伴们一直在呼喊他，他困极了，真想美美地睡一觉。可这些人怎么这么讨厌，非要打搅他。他终于忍不住，发起火来，大吼了一声，睁开了眼，见许多人围在那里，他不明白他们围着自己干什么。这时他听到说："魏王醒了，终于醒了。"他问："你们围着我干什么？"这时贾诩凑过来说："魏王，你已经昏睡两天了。"他吃了一惊，这才感觉到头昏沉沉的。这时只听大夫说："魏王需要静养，大家都不要围着了，我这就开几剂药，发散发散就好了。"曹操告诉贾诩："你告诉我的黄须儿曹彰，让他回来一趟，我想见他一面。"贾诩说："我这就派人到长安去告诉他。"

吃了几天的药，曹操时而感到轻松一些，时而觉得头又沉又疼。这天，史涣问他："今天感觉可大好些?"曹操说："昨天晚上半夜时感觉身上不舒服，今天早上喝了一碗热粥，出了一些汗，又服了当归汤，感到好些了。"史涣说："魏王平日操劳过度，伤了元气了，慢慢调养，终会好起来的。"曹操说："我这次感觉和以前不一样，头不仅疼，还发木，服了这几天的药，也不见明显好转，恐怕难以逃过这一劫了。"史涣说："魏王一向乐观、自信，快别这样说。"曹操说："你把笔砚拿来，我有几句话，你帮我记下来。"史涣立刻将笔砚准备好，把绢帛铺好，曹操说："给我后背垫高一些。"史涣拿了一床被子，让曹操靠在上面。曹操待口中的气喘匀了，说："你记吧——我在军中这些年，当以法治军，至于有时言辞过激，也请大家不必过于计较。自古以来厚葬成风，现在天下尚未安定，我死之后，不得遵从这些陈规陋习。"史涣望着曹操说："魏王只是身体欠佳，怎么说这样不吉利的话?"曹操笑笑说："人固有一死，早晚这些话都用得着，接着记——我有头病，很早就戴上了头巾，我死之后，穿衣服时仍给我戴上头巾，这一点千万不要忘了。文武掾属来吊唁时，在我灵前哭十五声就可以了。安葬完毕，立刻脱去丧服，不必服丧。凡率部曲在外驻守的将帅，皆不得离开驻地来吊唁，各级官吏各司其职，也不得擅离职守来祭奠。还有我死之后，就用我平时穿的衣服殡殓，葬于邺城之西岗上，与西门豹祠相邻，一定不能用金玉珍宝等陪葬。我死之后，在铜雀台的大堂上安放一张六尺大小的供案，挂上带穗的帷帐，每天早上和下午都供上肉脯、干粮之类的供品。因我一生喜爱音乐，每月的初一、十五这两天，从早到午，由歌舞伎人向着灵帐演奏歌舞。另外，我一生不好用香，天子赐我的香存有许多，可分与诸夫人，不必用这些香来祭祀我。其余的我早先曾有交代，请诸夫人及诸王子谨记。"史涣尽管强忍着，可还是不停地抹眼泪。曹操看了看他，说："用不着这么哭天抹泪的。好了，今天就说这些吧，我有点累了。"史涣服侍曹操躺下，退了出去。

曹操感到头很沉，迷迷糊糊合上了眼。他恍惚看到戏志才正匆匆地朝前走，他喊了几声，可戏志才仿佛没有听见。怎么，那不是郭嘉吗? 郭嘉在朝他笑，他刚要迎上去，郭嘉却掉头走了。曹操正在懊悔，忽然荀彧又朝他走来，可荀彧好像没看见他，与他擦身而过。荀彧旁边的不是荀攸吗？这叔侄两人只顾朝前走，怎么不回头看我一眼呢？他大声喊："你们等等我，不要丢下我……"

　　曹操薨了。此时是建安二十五年正月庚子日（二十三日），即公元220年，时年六十六岁。

　　在洛阳的文武百官，谁也没有料到魏王会撒手而去，一时竟不知该怎么办？都来请示夏侯惇，说："论年龄你最长，论辈份你最高，魏王的丧仪看来只有你来主持了。"夏侯惇说："我已年届古稀，突遭此变故，身心俱疲，难以支撑，还是由谏议大夫贾逵来主持吧，他曾任丞相主簿，深受魏王信任。"大家觉得夏侯将军的提议不错，全都赞成。贾逵也不推辞，慨然应诺。这时有人建议："事发突然，王太子远在邺城，应密不发丧，待王太子来后再正式发丧。"贾逵反对，说："有王子现在洛阳，若不发丧，极易引发混乱。应立即发丧，通知王太子，速来洛阳承继大位。"夏侯惇表示赞成，大家再无异议，于是向天子表奏，并公告天下，为魏王举行丧仪。灵堂、棺木、白幡、孝服、礼器等所有丧事、丧仪用品，紧张地承办着。

　　鄢陵侯曹彰自接到父王曹操让他速回洛阳的指令，不知有什么紧急的事情，将部曲交由夏侯尚，一路上不敢耽搁，昼夜兼程赶到洛阳，却得知父王已薨，急忙来到灵前，痛哭一场。曹植过来劝慰，将父王的病情详述了一遍。曹彰想了想，说："父王令我赶回来，是不是要我辅佐你承继大位？"曹植知道曹彰并不知晓自己因酒误事，遭到父王怒斥一事，便摇摇头说："不是，父王说只是想你了。"曹彰说："听说现在贾逵主事，待我前去问问他。"不顾曹植劝说，径直来见贾逵，问："先王的玺绶现在什么地方？"贾逵厉声说："太子现在邺，国有储副，先王玺绶，不是君侯你应该问的！"曹彰不服，还要强争。曹植将他劝走，说："二哥，不可再争，难道你没见袁氏兄弟相争的后果吗？"曹彰见曹植如此说，便说："既然三弟不争，也就罢了。只是我觉得有点屈你的才了。"遂不再问。

　　丧仪按照典制依序进行，除边远地区外，近些的文武百官纷纷前来吊唁。

这时突然从许都传来消息：青州兵这些天来一直擂鼓呐喊，并扬言就地解散，回青州老家。大家紧张起来。都知道青州兵强悍，害怕他们闹事，引起连锁反应，纷纷议论要派兵镇压，以防不测。贾逵说："现在大丧在殡，嗣王未立，宜抚不宜剿。"随后问夏侯惇说："夏侯将军指挥青州兵多年，认为该怎么办？"夏侯惇说："我也不知青州兵是怎么回事，但我知道青州兵绝不会反叛。待我派人回许都了解一下情况再说。当前最要紧的还是催促太子，快来洛阳承嗣大位，才能安定人心。"贾逵说："我已派人去催了。"

曹丕接到父王曹操在洛阳已薨的消息，痛哭不已，在邺的文武百官陪着曹丕也是哭声一片。中庶子司马孚劝谏道："太子殿下节哀。魏王已薨，殿下应上以宗庙为重，下以国家为重，万不可像普通百姓那样号哭不止，只记着尽孝。"然后又大声喊道："各公卿大人，魏王薨，天下震动，应当早立嗣君以镇抚国家，哪能只在那里痛哭不止呢？"大家这才止住哭声，议论嗣立新君之事。有人提议说："太子继承王位，应当有天子的诏命。现在即表奏天子，然后去洛阳奔丧，待天子承嗣诏命下达，再立新君。"尚书陈矫反对说："魏王薨于洛阳，天下惶惧，且魏王爱子曹植又在洛阳，若生变，则社稷危矣。太子宜割哀即位，以系远近之望。"大家觉得在理，表示同意，立刻筹备承嗣大统的典礼。仅用了一天的时间，典礼的各项准备就已经安排妥帖。第二天，在王后卞氏的主持下，由曹丕承继王位，戴上了王冠，行了大礼。并上奏天子，改年号建安二十五年为延康元年，谥号曹操为武王，尊王后卞氏为王太后。然后留下一部分掾属，在邺城筹办曹操的葬礼，率另一部分掾属前往洛阳奔丧。

到了洛阳，曹丕在灵前祭拜父王，又是一番痛哭。文武百官已知曹丕在邺城受王太后之命承继大统，便以君臣之礼跪拜曹丕，百官之心已有归属，形势便安定了许多。这时御史大夫华歆持节奉天子诏书来到洛阳，曹丕率文武百官跪拜接诏。华歆宣诏道："魏太子丕：昔皇天授乃显考以翼我皇家，遂攘除群凶，拓定九州，弘功茂绩，光于宇宙，朕用垂拱负扆二十有余载。天不愸遗一老，永保余一人，早世潜神，哀悼伤切。丕奕世宣明，宜秉文武，绍熙前绪。今使使持节御史大夫华歆奉策诏授丕丞相印绶、魏王玺绶，领冀州牧。方今外有遗虏，遐夷未宾，旗鼓犹在边境，干戈不得韬刃，斯乃播扬洪烈，立功垂名之秋也。岂得修谅暗之孔，究曾、闵之志哉？其敬服朕命，抑弭忧怀，旁祗厥绪，时亮庶功，以称朕意。于戏，可不勉与！"华歆宣读完诏书，贾逵将魏王的玺绶奉上，曹丕接过，佩戴玺绶，正式接任汉丞相、魏王、冀州牧之位。

这时有人提议："既然新君嗣位，就要公开立威。据闻青州兵在魏王薨后，便擂鼓呐喊，宣布要自行解散。如不加以严惩，就会动摇军心。据传青徐兵也提出要解甲归田。"曹丕说："我在来时的路上，也偶有所闻。"然后问夏侯惇："夏侯老伯父，你是青州兵总帅，这事可是真的？"夏侯惇说："开始我也十分吃惊，便派人到许都了解情况。原来擂鼓呐喊是青州兵重要丧仪的一种祭奠仪式，他们是在按照自己的方式祭奠先王。"曹丕问："欲要自行解散是怎么回事？"夏侯惇说："当初收编青州兵时，他们与先王有约：降曹不降汉。先王任济南相时，禁绝淫祀，惩治贪腐，在青州有好评，所以愿意投降先王一人，跟随先王铲除天下恶势力。他们的口号是'苍天已死，黄天当立,'与汉朝势不两立，所以绝不降汉。因为不降汉，所以绝不接受汉朝的任何征召、诏拜、封敕，因此青州兵的各部首领，一直都以渠帅相称。他们曾与先王有言在先：助先王扫平天下后，或先王百年之后，青州兵自行解散，解甲归田，任何人不得阻止。总之一句话，除了先王，决不听任何人的指挥。当初先王派我统领他们时，他们一口回绝。先王说，我是代先王指挥，我的命令就是先王的命令，他们才认可。"

曹丕说："原来如此。现在想起来，好像我父王也曾提到过这件事。既然有约，那就依约而行，允许他们解甲归田。我听说他们的家眷有许多都在许都屯田，如果他们愿意留在许都，就编入屯田客，在许都屯田；如果想回青州老家，沿途各郡县一律热情接待，绝不容许刁难。回到青州后，各郡县要给他们分配足够的土地，让他们都能安居乐业。告诉各州郡，他们都是为先王立下赫赫战功的人，若有慢待，我必严惩。"说完，转向臧霸——此时臧霸已从徐州赶来参加曹操的葬仪，问臧霸："青徐兵是怎么回事？"臧霸说："青徐兵原是青州兵的一支，听说青州兵要解散，他们也受到了影响。不过现在清楚了，青徐兵与青州兵是有区别的。我们各部曲的将帅都已被朝廷诏拜为将军，敕封为列侯，自然已是朝廷的兵马。我这就派人速回徐州，命令他们严守军纪，若有违反，擅自解散，一定严惩。"曹丕点头认可。

曹丕对众文武掾属说："夏侯将军是我的伯父，一生追随先王，战功卓著。现在我表奏夏侯将军为大将军，统领所有部曲。"众将领说："谨遵魏王命令，愿受夏侯大将军节制。"

曹丕说："遵从先王遗愿，将先王灵柩移往邺城西岗西门豹祠旁边安葬。明天起灵，所有文武百官护灵。"大家齐声："遵命。"

赘述：

延康元年冬十月，汉帝刘协在许都繁阳设坛，禅位于魏王曹丕。礼成，改年号延康元年为黄初元年，大赦天下。

黄初元年十一月癸酉，魏帝曹丕以河内山阳邑万户奉汉帝刘协为山阳公，以天子之礼郊祭，上书不称臣。追尊父亲武王曹操曰武皇帝，史称魏武帝。